ଘରଡିହ

(ଉପନ୍ୟାସ)

ଘରଡିହ

(ଉପନ୍ୟାସ)

ନିତ୍ୟାନନ୍ଦ ମହାପାତ୍ର

ବ୍ଲାକ୍ ଇଗଲ୍ ବୁକ୍ସ

ଭୁବନେଶ୍ୱର, ଓଡ଼ିଶା

BLACK EAGLE BOOKS
Dublin, USA

ଘରଡିହ / ନିତ୍ୟାନନ୍ଦ ମହାପାତ୍ର

ବ୍ଲାକ୍ ଈଗଲ୍ ବୁକ୍ସ : ଭୁବନେଶ୍ୱର, ଓଡ଼ିଶା ● ଡବ୍ଲିନ୍, ଯୁକ୍ତରାଷ୍ଟ୍ର ଆମେରିକା

BLACK EAGLE BOOKS

USA address:
7464 Wisdom Lane
Dublin, OH 43016

India address:
E/312, Trident Galaxy, Kalinga Nagar,
Bhubaneswar-751003, Odisha, India

E-mail: info@blackeaglebooks.org
Website: www.blackeaglebooks.org

International Edition Published by
BLACK EAGLE BOOKS, 2025

GHARADIHA
by **Nityananda Mahapatra**

Cover & Interior Design: Ezy's Publication

ISBN- 978-1-64560-680-2 (Paperback)

Printed in the United States of America

We are thankful to

SEEDS

Sustainable Economic and Educational Development Society (SEEDS)
www.seedsnet.org
info@seedsnet.org

for their generous support
towards the publication of this book

ପ୍ରିୟତମାସୁ ...

ଏହି ଉପନ୍ୟାସଟି ଆମ ବିବାହର ବହୁ ବର୍ଷପରେ ଲେଖା । ବିବାହବେଳେ ରାଜନୈତିକ ଦୃଷ୍ଟିକୋଣ ମୋତେ ଲେଖକ ହେବାକୁ ଦେଇ ନଥିଲା । ରାଜନୀତିରୁ ବିଦାୟ ନେବାର ମାତ୍ର ଦୁଇ ତିନିବର୍ଷ ପରେ ଏହି ଉପନ୍ୟାସ ରଚନାର ଉପକ୍ରମ ।

ଏ ଉପନ୍ୟାସଟି ଜଣେ ପ୍ରକାଶକଙ୍କ ପାଖରେ ତିନିବର୍ଷ ରହିଲାପରେ ଫେରିଆସିଲା । ତା'ପରେ କେତେବର୍ଷ ପଡ଼ିରହିଲା ଘରେ । ସେଉଠୁଁ ହଠାତ୍ ମନେହେଲା 'ଡଗର'ରେ କ୍ରମାନ୍ୱୟରେ ବାହାର କରିବା ପାଇଁ । କଲି । ମାତ୍ର ଡଗର ତାକୁ ଅପେକ୍ଷା କରିପାରିଲା ନାହିଁ । ତେଣୁ ପରବର୍ତ୍ତୀ ସଂକଳ୍ପ ଅନୁସାରେ ପୁସ୍ତକରୂପରେ ପ୍ରକାଶ କରିବାର ଉଦ୍ୟୋଗ ହେଲା ।

'ହିଡ଼ମାଟି', 'ଭଙ୍ଗାଡିହ'ର ତୃତୀୟ ପର୍ଯ୍ୟାୟ 'ଘରଡିହ' । ଏହାର ବିଷୟବସ୍ତୁର ସମୟସୀମା ଊଣେଇଶହ ଏକଷଠୀ ମସିହାଯାଏଁ । ଊଣେଇଶ ଶହ ବୟାଳିଶଠାରୁ ଆରମ୍ଭ କରି ଯାବତୀୟ ଐତିହାସିକ ଘଟଣାକୁ ଲକ୍ଷ୍ୟ କରାଯାଇଛି । ସ୍ୱାଧୀନ ଭାରତରେ ଶାସନର ଅବସ୍ଥା ପ୍ରତି ଲକ୍ଷ୍ୟ ଦେଲେ ୧୯୬୧ଠାରୁ କୋଡ଼ିଏବର୍ଷ ଭିତରେ ଯେଉଁସବୁ ଆଭ୍ୟନ୍ତରୀଣ ବିପର୍ଯ୍ୟୟ ଦେଖାଦେଇଛି, ସେ ସବୁକଥା ଲିପିବଦ୍ଧ କରିବାର ଉଦ୍ୟମ ଏବେ ପ୍ରତିହତ ହୋଇଗଲା-ହାତର ଆଉ ଲେଖିବାର ଶକ୍ତି ନଥିବାରୁ । ନ ହେଲେ 'କାଳିମାଟି'ର କଳ୍ପନା କଳ୍ପନାରେ ରହିଯାଇ ନଥାନ୍ତା ।

ଏହି ଉପନ୍ୟାସ ଲେଖିବାର କଳ୍ପନା ବହୁଦିନରୁ ଥିଲା । ରାଜନୀତିରୁ ଅବସର ନେବାପରେ, ଏହା ରୂପରେ ଦେଖାଦେଲା ।

ତମେ ଏ ଉପନ୍ୟାସ ଲେଖିଲାବେଳେ ଯେଉଁ ପ୍ରେରଣା ଦେଇଥିଲ, ତାହାରି ପ୍ରତିଦାନରେ ଏହି ଉପନ୍ୟାସକୁ ତମ ହାତରେ ଟେକିଦେବା ଛଡ଼ା ଅନ୍ୟକିଛି ବିକଳ୍ପର ଆବିଷ୍କାର କରିପାରିଲି ନାହିଁ ।

ଏକାଧିକ ଛାପାଖାନାରେ ଏହା ମୁଦ୍ରିତ ହୋଇଛି । ନିଜ ଉଦ୍ୟମରେ କାଗଜ କିଣି ମଧ୍ୟ ଛାପିବାର ଖର୍ଚ୍ଚ ତୁଲାଇବା ସମ୍ଭବ ହୋଇନାହିଁ । ଏ କଥା ତୁମକୁ ଜଣା । ଭାରତବର୍ଷର ବିଶେଷତଃ ଓଡ଼ିଶା ରାଜ୍ୟର ଜଣେ ଭୂତ ମନ୍ତ୍ରୀର ଏ ଉକ୍ତି ତମଛଡ଼ା ଦୁନିଆରେ ଆଉ କେହି ବିଶ୍ୱାସ କରିବେ ନାହିଁ । ନକରନ୍ତୁ । କିଛି ଯାଏ ଆସେ ନାହିଁ । ଇତିହାସରୁ ଅନେକ କଥା ଲୋପ ପାଇଯାଏ । ଯିବ । ମାତ୍ର ବର୍ତ୍ତମାନ ବା ଭବିଷ୍ୟତ୍

ଯେଉଁ ପରମ୍ପରାକୁ ଧରି ଚାଲିବେ, ତା'ର ପୃଷ୍ଠଭୂମିକୁ ମଜବୁତ୍ ନକଲେ ଗୋଟାଏ ଜାତି, ଜାତି ହୋଇ ରହିପାରିବ ନାହିଁ। ଉଦାହରଣ ସ୍ୱରୂପ ବର୍ତ୍ତମାନର କଂଗ୍ରେସ, ବ୍ରିଟିଶ୍ ଶାସନକାଳର କଂଗ୍ରେସ୍ ସହିତ ତୁଳନୀୟ ନୁହେଁ। ଗାନ୍ଧିଜୀ କହିଥିଲେ ସ୍ୱାଧୀନତାର ଉତ୍ତରକାଳରେ ଗଣତନ୍ତ୍ରକୁ ଭିତ୍ତିକରି ବିଭିନ୍ନ ଦଳ ନିଜ ନିଜର ମତ ଉପରେ ପ୍ରତିଷ୍ଠିତ ହେବା ଉଚିତ। କଂଗ୍ରେସ ନାମକୁ ଧରି ଗଣତନ୍ତ୍ରରେ କୌଣସି ରାଜନୀତିକ ଦଳ ଗଠିତ ହେବା ଉଚିତ୍ ନୁହେଁ। ମାତ୍ର ଆମ କଂଗ୍ରେସ ନେତାମାନେ ତାଙ୍କ (ଗାନ୍ଧିଜୀ) ମତକୁ ଖାତିର କରିନାହାନ୍ତି। ଏବେ ତ କଂଗ୍ରେସର ଶତବାର୍ଷିକୀ ପାଳିତ ହେବାକୁ ଯାଉଛି, ରାଜନୀତିକ ଦଳ ଜାତୀୟ କଂଗ୍ରେସ ଶୀର୍ଷକ ଛଦ୍ମନାମରେ। ବର୍ତ୍ତମାନ କଂଗ୍ରେସ ଯେ ଆଉ ଜାତୀୟ ଅନୁଷ୍ଠାନ ନୁହେଁ, ଏକଥା କଂଗ୍ରେସବାଲାମାନେ ଭୁଲିଗଲେ କ୍ଷତି ନାହିଁ। କିନ୍ତୁ ରାଜନୀତିଜ୍ଞ, ରାଜନୀତିବିଶାରଦ, ତଥା ଐତିହାସିକମାନେ ଏହା ଭୁଲିଯିବାରୁ ଏତିକି ବିଶ୍ୱାସ ହେଉଛି ଯେ ସ୍ୱାଧୀନତା-ଉତ୍ତରକାଳରେ ଇତିହାସ ମଧ୍ୟ ମିଥ୍ୟାର ପ୍ରବଚକ ବା ପ୍ରବକ୍ତା ହୋଇରହିଯିବ।

ଏବେ ତ ଆହୁରି କୋଡ଼ିଏ ବର୍ଷରୁ ଅଧିକ କାଳ ଅତିବାହିତ ହୋଇଗଲାଣି। ଏବର ଉପନ୍ୟାସ ଏହି ସମୟର ଜୀବନକୁ ଆଶ୍ରୟ କରି ଲେଖା ହେବା ଉଚିତ। ଏବେ ତ ଲୋକଙ୍କ ଭିତରେ ରାଜନୀତିକ ଚେତନା ନାହିଁ କହିଲେ ଚଳେ। ରାଜନୀତି ବର୍ତ୍ତମାନ ଅର୍ଥର ଦାସ। ସ୍ୱାଧୀନତା ଯେଉଁମାନେ ଏ ଦେଶକୁ ଆଣିଦେଇଥିଲେ ସେଇମାନଙ୍କ କୃତିତ୍ୱ ପରିସ୍ଫୁଟ ହୋଇଛି ବର୍ତ୍ତମାନ ରାଜନୀତିରେ। ଆଧୁନିକ ବା ଅଧୁନାତନ ଜୀବନରେ ବୃହତ୍ ଶିଳ୍ପସଂସ୍ଥାମାନଙ୍କର ପ୍ରାଦୁର୍ଭାବ ମନୁଷ୍ୟ ଜୀବନରୁ ଚିରାଚରିତ ମୂଲ୍ୟବୋଧକୁ ଲୋପ କରିଛି। ପୃଥିବୀରେ ଅନ୍ୟତ୍ର ଏଭଳି ବିପର୍ଯ୍ୟୟ ଘଟିଛି କି ନାହିଁ, କହିପାରିବି ନାହିଁ, କିନ୍ତୁ ଏ ଦେଶ ସଭ୍ୟତାର ମୂଳଭିତ୍ତି ଯାହାକି ପରତନ୍ତ୍ରକାଳରେ ମଧ୍ୟ ଜାତୀୟ ଜୀବନକୁ ବହୁ ଊର୍ଦ୍ଧ୍ୱରେ ରଖି ପାରିଥିଲା, ତାହା ଯେପରି ଲୋପ ପାଇବାକୁ ଲାଗିଲାଣି; ଏପରି ମନେହେଉଛି।

ମୋର ଅନ୍ୟାନ୍ୟ ଉତ୍ସର୍ଗ ପତ୍ରଠାରୁ ଏ ପତ୍ରର ସ୍ୱର ସ୍ୱତନ୍ତ୍ର। ତା'ର କାରଣ କ୍ଷୟିଷ୍ଣୁ ବୟସ। ବର୍ତ୍ତମାନକୁ ଚାହିଁ ଭବିଷ୍ୟତରେ ପାଦଦେବାର ସାହସ ହଜାଇ ଦେଇଛି।

ଏତିକି ମାତ୍ର ମୋର କହିବାର କଥା ମୋ ସମ୍ବନ୍ଧରେ। ତମଛଡ଼ା ମୋର ଏହି ମର୍ମନ୍ତୁଦ ଯନ୍ତ୍ରଣା ଆଉ କେହି ବୁଝିପାରିବକି ନାହିଁ ସନ୍ଦେହ। ତେଣୁ ଏ ଲେଖାଟି ତମ ହାତରେ ଦେଲି।

୨୬.୧.୮୪

ତମର

'ତମେ'

ଆଜି ଆଉ ସେ ସପ୍ତାଘର ନାହିଁ। ସେ ବନ୍ଧ ନାହିଁ। ସଞ୍ଜବତି ପଡୁନାହିଁ ଆଉ ସେଠି। ସେ ଗୋଲାମଘର ବହୂ କୁଆଡ଼େ ମରି ପୋଡ଼ି ପାଉଁଶ ହୋଇ ମାଟିରେ ମିଶିଗଲାଣି। ସବୁ ଯାଇଛି। କର୍ପୂର ଯାଇଛି। କନା ବି ଯାଇଛି। ତଥାପି ଯେମିତି କେତେ କଣ ପଡ଼ିଛି ରଣ ବଣ କି, ଏଠି ସେଠି, ଚାରିଆଡ଼େ। ତାକୁ ଗୋଟଉଚି କିଏ! ତାକୁ ଗୋଟେଇବ କିଏ ଧୈର୍ଯ୍ୟ କାହାର ଅଛି ? ତାକୁ କେହି ଚିହ୍ନି ବି ନାହିଁ। ବୁଝୁ ବି ନାହିଁ।

ଦୁନିଆଟା ଆଗେଇଚି। ତା' ନା ସଂସାର। ସେ ଖାଲି ଲମ୍ବା ଲମ୍ବି ଯାଉଚି। ଟାଣିଲେ ଆହୁରି ସରିଯିବ। ସରିବ ନାହିଁ। କେତେ କଣ ବଦଳି ଗଲାଣି। ପୁରୁଣା ନୂଆ ହୋଇଗଲାଣି।

ଗୋଟାଏ ନିଦ। ଏକା ନିଦରେ ଯେମିତି ରାତି ପାହିଯାଇଚି। କୁମ୍ଭକର୍ଣ୍ଣ ନିଦ ଭଳି ନିଦଟାଏ। ଉଠିଲା ବେଳକୁ ସବୁ ଓଲଟ ପାଲଟ ହେଇଗଲାଣି। ଆମ୍ବଗଛରେ ଆମ୍ବଡ଼ା ଫଳିଲା ପରି କିମିତି ଅଲଗା ଅଲଗା ଲାଗୁଚି। ଶୁକୁରା ଡ଼ିମା ଡ଼ିମା ଆଖିରେ ଅନେଇଲା। ଆଖି ଚିରାଟା ଟାଣି ହୋଇଗଲା। ଏ କଣ ସେଇ ଗାଁ। ସେ ଆଖି ମଳି ପୁଣି ଅନେଇଲା ଚାରିଆଡ଼କୁ। ହଁ ସେଇ ଗାଁ। ତା' ପିଲାଦିନିଆ ଡାଳବାଗୁଡ଼ି ଖେଳର ବରଗଛରୁ

ଓହଳଗୁଡ଼ାକ ସେଇମିତି ଲମ୍ବି ଆସି ମାଟି ସାଙ୍ଗରେ ଚେର ଧରିଗଲା ପରି ଲାଗୁଛି। ଏ କ'ଣ ସେଇ ଗାଁ?

ଶୁକୁରାର ଗାଁ? ରତନୀର ଗାଁ? ବାଇୟାର ଗାଁ?

ଧନୀ ମାଷ୍ଟର ଗାଁ? ଦୁଃଖୀ ଦାଶର ଗାଁ! ଭାଗୁ ମାହାନ୍ତି, ନିଧିଆବୋଉର ଗାଁ। ଏ କଣ ସେଇ ଗାଁ!

ଦୁଇ ଦୁଇଟା ଦଶନ୍ଧି, ଯୁଗ କହ, ତିନି ତିନିଟା ଯୁଗ, କୋଡ଼ିଏ ବାଇଶ ବର୍ଷ ପାଣି ପରି ବହିଗଲା କୁଆଡ଼େ। କାଲି ପରି ଲାଗୁଛି। କେତେ କଣ ଥିଲା ଏ ଗାଁରେ। କିଏ କେତେ ଥିଲେ ଏ ଗାଁରେ। କିଏ କୁଆଡ଼େ ମଲେଣି ଗଲେଣି। ଖାଲି ଯେମିତି ଗଲା ଦିନଗୁଡ଼ାକ ସପନ ହେଇ, ତାର ନିଦୁଆ, କୁ କୁ କହଳ ଧୁଆ ଛାଇ ପଡିଛି ଗଛ ବୁରୁଛ, ଘର ଦୁଆର, ବିଲବାଡ଼ି ଚାରିଆଡ଼େ। ସେ ଛାଇଟା ଯେମିତି ଚଲାବଉଦର ଛାଇ ଭଳି ଉଡ଼ିଯିବ ବଳେ। ପୁଣି ଖରା ପଡ଼ିବ। ଚହଟି ଦିଶିବ। ନୂଆ ନୂଆ ଲାଗୁଛି। କେତେ ବର୍ଷ ପରେ ଗାଁକୁ ଫେରିଛି ଶୁକୁରା।

ଶୁକୁରା କଲିକତାରୁ ଆସିଛି। ଧଅଡ଼ିଲେ ଧଅଁସେଇ ପଅଁସେଇ ଗାଁଯାକ ପିଲେ। ଦେଖିବେ ଶୁକୁରା ବୋଲି କେମିତିକା ସେ ଜୀବଟାଏ।

ଶୁକୁରା ଆଇଚି। ବଇଚି ଭାଗୁ ମାହାନ୍ତି ପିଣ୍ଡାରେ ଗୋଡ଼ ଓହଳେଇ। ଜାମା ପିଅଣ୍ଟ ପିନ୍ଧା ଶୁକୁରା।

ବୃଶାଳିଆ କରଞ୍ଜ ଗଛଟାର ନହନହକା ଡାଳଖଣ୍ଡେ ରଡ଼୍ କିନା ଭାଙ୍ଗି ପଡ଼ିଲା ଅଚାନକ। ଚିରୁଗୁଣୀଟାଏ ଉଡ଼ିଗଲା ଏଇବାଟେ ବସିଥିଲା ସେଇ କରଞ୍ଜ ଡାଳରେ ପରା! ପିଲାଏ ପାଟିକରି ଉଠିଲେ। 'ହେଇ ଉଡ଼ିଗଲା' ବୋଲି କିଏ ହାଉଳି ଲଗେଇଦେଲା। ଦଉଡ଼ିଲେ ସମସ୍ତେ ଚିରୁଗୁଣୀ ପଛେ ପଛେ ଖାଲି ଶୂନ୍ୟଟାରେ। ଶୁକୁରା ସେମିତି ଚାହିଁଥାଏ। ଚିରୁଗୁଣୀ କି ପିଲା ତାକୁ କେହି ଦିଶୁ ନ ଥାନ୍ତି।

ଭାଗୁ ମାହାନ୍ତିଏ ଘରେ ନାହାନ୍ତି। କେତେବେଳେ ଆସିବେ କେ' ଜାଣେ। ଘରଆଡୁ ଖବର ଆସିଲା। ରତନିକୁ ରଖିଛି ରାଉତ ପୁଅ। ଶୁକୁରା ସେଠିକି ନ ଯାଇ ଏଠି ବସିଛି କିଆଁ?

ଖବର ପାଇଲା ମଣିଆ। ଧନୀ ମାଷ୍ଟରର ନେଖାଯୁଖାରେ ଭାଇ। ଝପଟି ଆସିଲା 'ଶୁକୁରାଇ, ଶୁକୁରାଇ।' ବୋଲି ଡ଼ାକି ଡ଼ାକି। ସତେ ଯେମିତି ଚିହ୍ନାଜଣା ଅତି ଆପଣାର।

ପଡ଼ିଗଲା ଗୋଡ଼ତଳେ ଆସି ସାଷ୍ଟାଙ୍ଗ ଦଣ୍ଡବତ।

"କିଏରେ ତୁ?" ପଚାରିଲା ଶୁକୁରା।

"ମୁଁ ତ ମଣିଆ। ଚିହ୍ନିପାରୁନା ମୋତେ? ଧନିଆ ଭାଇକି ମନେଅଛି?"

"ଧନିଆ ଭାଇ ? ଧନୀ ମାଷ୍ଟ୍ରେ ? କଣ ହେଲା ? ଧନୀ ମାଷ୍ଟ୍ରେ କାହାନ୍ତି ?"

"ଚୁପ୍ ହେଇ ଠିଆ ହେଲା ମଣିଆ । ତାର ମନେ ନାହିଁ ଧନିଆ ଭାଇକି । ସେ ଖାଲି ଶୁଣିଛି ତା ବୋଉଠୁ । ଧନିଆର ପିଉସୀ । ଧନିଆ ଡ଼ିହରେ ସେମାନେ ଆସି ରହିଛନ୍ତି । ଶୁଣିଛି ସେ ଶୁକୁରା ଆଉ ଧନିଆର ଭାରି ଭାବ । ସେଇ ବୋଉଠୁ ।

"କିରେ ଚୁପ୍ ହେଲୁ ଯେ । ତୁ' ତମେ ଧନୀ ମାଷ୍ଟ୍ରଙ୍କର କ'ଣ ହେବ ?"

"ଭାଇ - ପିଉସୀ ପୁଅ ଭାଇ !"

"ଆଉ ଧନୀମାଷ୍ଟ୍ର ?"

ପାଟିରେ ଭାଷା ନାହିଁ ମଣିର ।

"ଧନୀ ମାଷ୍ଟ୍ରେ ନାହାନ୍ତି ?" ଠିଆ ହେଇଥିଲା ଶୁକୁରା ମଣିକି ଦେଖି । ବସି ପଡ଼ିଲା 'ନଥ' କିନା ।

"ଆଉ ବାଇଆ ? କହି ପାରିବ ବାଇୟା କଉଠି ? ରାଉତ ଘରେ । ଚିହ୍ନିବ ତମେ ବାଇୟାକୁ । ବାଇୟା ମ । ମୋ ପୁଅ ।"

ମଣି ଚୁପ୍ ।

"ଦେଖିନ ଦେଖିନ ? ବାଇୟାକୁ ଦେଖିନ ?" ମୁଣ୍ଡ ହଲେଇଲା ମଣିଆ । ତା' ପଞ୍ଜରୀ ଭିତରୁ ବାହାରି ଆସିଲା ବହଳିଆକି ଗୋଟେ ନିଃଶ୍ୱାସ । ତାତିରେ ରକତ ସବୁ ଯିମିତି ବାମ୍ଫହେଇ ଉଡ଼ିଗଲା ଶୂନ୍ୟେ ଶୂନ୍ୟେ । ଥଣ୍ଡା ହେଇ ଆସିଲା ଧିଅଟା । ମୁଣ୍ଡ ଘୂରେଇ ଦେଲା । ପଡ଼ିଯିବ ନାହିଁତ । ଆଖି ଆଗରେ ସବୁ ଜାଲି ଜାଲି ଦେଖାଗଲା ।

ଆକାଶରେ ମେଘ । ଦି' ଟୋପା ଛିଞ୍ଚାଡ଼ି ଦେଲା । ତାପରେ ଝର ଝରକି ବରଷିଗଲା । ପାଣି ନୁହଁ, ଲୁହ । ଆଖିର ଲୁହ ।

'ବାଇୟା ନାହିଁ ! ବାଇୟା ନାହିଁ !' ବିଲ ପଦର, ଘର ଦୁଆର, ଗଛ ବୁରୁଛ, ସମସ୍ତେ ଯେମିତି ଏକା ସାଙ୍ଗରେ ଅନାମତେ ହାହାକାର କରି ଉଠିଲେ ।

"ବାଇୟା ନାହିଁ ? ଆଉ ରତନୀ ? ମାନେ ବାଇୟା ବୋଉ । ମାନେ ମୋ ସ୍ତ୍ରୀ ? ଓଃ ସେ ପରା ରାଉତ ଘରେ, ନୁହଁ ? ବୁଝିଲି । ସବୁ ବୁଝିଲି । ଗାଁରେ ଆଉ ସମସ୍ତେ ଅଛନ୍ତି ? ଭାଗୁ ମାହାନ୍ତି, ନୀଳ ରାଉତ, ଦୋଳ ନାୟକ, ସମସ୍ତେ ଅଛନ୍ତି ତ ? କେହି ମରି ନାହାନ୍ତି ? ସମସ୍ତେ ଜୀଇଛନ୍ତି ? ଏକା ଏକା ବାଇୟା ? ଆଉ ଧନୀମାଷ୍ଟ୍ରେ ?"

ମଣି ମୁହଁରେ ଭାଷା ନାହିଁ । ଇଏ ଯିମିତି ଆଉ ଏକ ଶୁକୁରା । ଯଉଁ ଶୁକୁରା କଥା ତା ବୋଉ ତାକୁ କହେ, ଯିଏ କଲିକତା ଯାଇଚି, ଅର୍ଜନ କରି ଆଣିବ । ଇଏ ତ ସେ ଶୁକୁରା ନୁହେଁ । ମଣି ଭାବୁଥିଲା ।

ଶୁକୁରା ମୁହଁଟା ନାଲ ପଡ଼ିଯାଇଛି। କାନ ଦି'ଟା ଯେମିତି ଠିଆ ହେଇଯାଇଚି। ନାକପୁଡ଼ା ଯୋଡ଼ାକ ଫୁଲି ପଡ଼ିଛନ୍ତି ଜୋର୍ ଜୋର୍ ନିଃଶ୍ୱାସ ଛାଡ଼ିବା ପାଇଁ।

ଆଉ ରହିଲା କଣ? ଆଉ ଅଛି କଣ? ଘର ଯାଇଚି। ଘର ତଳିବି ଯାଇଛି। ଘରର ଘରଣୀ ଯାଇଚି। ଘରର ଦୀପ ଲିଭିଯାଇଚି। ଆଉ ରହିଲା କଣ? ଚାରିଆଡ଼ ଅନ୍ଧାର। କିଟିକିଟି ଅନ୍ଧାର ଦେଖୁଥିଲା ଶୁକୁରା।

ମଟର ଶବ୍ଦ ଶୁଭିଲା। ହର୍ଣ୍ଣ ବାଜିଉଠିଲା ଜୀପ୍ ଗାଡ଼ିର। ଘୋଡ଼ା ହିଁ ହିଁ କଲାପରି ଗୋଟାଏ ରୁକ୍ଷ ଆବାଜ୍। ଚମକି ପଡ଼ିଲା ଶୁକୁରା।

ଗାଁ ଭିତରେ ଜୀପ୍ ବୁଲିଲାଣି।

ଓହ୍ଲେଇ ପଡ଼ିଲେ ପଟ୍ଟନାୟକେ ଜୀପ୍‌ରୁ। ଭାଗୁ ମାହାନ୍ତି ଓରଫ୍ ଭାଗୁ ପଟ୍ଟନାୟକେ। ଗାଡ଼ିରୁ ଓହ୍ଲେଇ ସିଧା ଚାଲିଲେ ଘର ଭିତରକୁ। ଏବେ ବି ଦମ୍ଭିଲା ଅଛନ୍ତି ସାଆନ୍ତେ। ଶୁକୁରା ଅନେଇଛି। ଅନେଇ ରହିଛି ମଣିଆ। ଭାଗୁ ମାହାନ୍ତି ଆଖିରେ କେହି ପଡ଼ିନାହିଁ, ଦିହିଁଙ୍କ ଭିତରୁ ଜଣେ ହେଲେ।

"ନମସ୍କାର ଭାଗୁ ବାବୁ।" କିଏ ତେଣେ ପାଟିକରି ଉଠିଲେ ଜୀପ୍ ଭିତରୁ। ଜଣେ ବାବୁ। ବାବୁ ନୁହେଁ - ବାବୁ ସାହାବ।

ହସିଦେଲେ ଭାଗୁ ମାହାନ୍ତିଏ କି ସୁନ୍ଦର ହସ। ପାଛିଆଏ ଦାନ୍ତ ବାହାରି ପଡ଼ିଲା। ଗୋରୁ ହେଡ଼ାପରି ପାଛିଏ ଦାନ୍ତ। ନୂଆ ଦାନ୍ତ ଯେମିତି ଗଜେଇ ଉଠିଛି ବୁଢ଼ାବଅସରେ, ଷାଠିଏ ବରଷର ବୁଢ଼ା ରିଢ଼ା ଉପରେ।

ଷାଠିଏ କାହିଁକି, ଷାଠିଏରୁ ବେଶି ହବ। ଦେଖିଥିଲା ଶୁକୁରା କଲିକତା ଯିବା ଆଗଦିନ। କୋଡ଼ିଏ ଦୁଇ କି ଚାରି ବରଷ ଆଗେ। ସେଦିନ ସେ ଯେମିତି ଦେଖିଯାଇଥିଲା ଆଜି ବି ସେଇମିତି ତଟକା ଦିଶୁଛି ସାଆନ୍ତଙ୍କ ଧଡ଼ଟା। ଖାଲି ଯାହା ବାଳ ପାଚି ପାଚି ଆସିଛି କାନ ମୂଳରେ, ଅରାଏ ଦି'ଅରା। ବହୁତ ବହୁତ କାନକୁହା କଥା ଶୁଣି ଶୁଣି କି କଣ! ଯେତେ ପାତଳା କରି କାଟିଲେ ବି ସେ ପାଣିରେ ଚନ୍ଦ୍ରକିରଣ ପଡ଼ିଲାପରି ଚିକ୍ ଚିକ୍ ମାରୁଛି। ଚନ୍ଦା ହୋଇ ଆସୁଛି କପାଳ ଉପରଟା, ଭଟାରେ ଜୁଆର ପାଣି ଛାଡ଼ି ଛାଡ଼ି ଆସିଲା ପରି।

"ସାଆନ୍ତେ!" ଡାକିଦେଲା ଶୁକୁରା।

"ଏଁ ସାଆନ୍ତେ!" ଦାନ୍ତକୁ ଦାନ୍ତରେ କାମୁଡ଼ି, ନିକିଟି ହେଇ କହିଲେ ଭାଗୁ ମାହାନ୍ତି, ଶୁକୁରାକୁ ଆଖିରେ ନ ଦେଖୁଣୁ, "ସାଆନ୍ତେ ସାଆନ୍ତେ! ହଗେଇ ମୁତେଇ ଦେବେ ନାହିଁ ଏ ଲୋକଗୁଡ଼ାକ। ଦିନରାତି ଖାଲି ସାଆନ୍ତେ ସାଆନ୍ତେ। ସାଆନ୍ତେ କଣ ତମର ବାରମାସୀ ମୂଳିଆ? ବେଳନାହିଁ କାଳନାହିଁ। ଖାଲି ବାବୁ ବାବୁ।"

"ମୁଁ ଶୁକୁରା ସାଆନ୍ତେ।" ହାକିଦେଲା ଶୁକୁରା, ମାହାନ୍ତିଙ୍କ କଥାକୁ କାନକୁ ନ ନେଇ।

ସେ ସ୍ୱର ବଡ଼ ଗମ୍ଭୀର। ଚଳନ୍ତି ଟଙ୍କା ବଜେଇଲା ପରି। ସେ ଆବାଜରେ ଯେମିତି ଘରର କବାଟ ଖିଡ଼ିକିଗୁଡାକ ଦୁଲୁକି ଉଠିଲା।

"କିଏ?" ସାଆନ୍ତେ ଫେରି ଚାହିଁଲେ ଏଥର। "ତୁ କେବେ? ଠିଆ ହେଇଗଲେ। ପଚାରିଲେ - "ଭଲ ତ ସବୁ ବାପା? କୁଆଡ଼େ ଗଲୁ ଯେ ଆଉ ପତା ନାହିଁ। ଯା ହଉ ତୁ ଫେରିଲୁ। ଭଗବାନ ତୋର ମଙ୍ଗଳ କରନ୍ତୁ। ହଉ ଥାଆ, ମୁଁ ଆସୁଛି ଘରୁ।" କହି ଭିତରକୁ ପଶିଲେ। ଯାଉ ଯାଉ ଆଉ ପଦେ ବାଢ଼ି ଦେଇଗଲେ - "କୁଳଭୁଆସୁଣୀଟାକୁ ଏକଲା ଛାଡ଼ି କେମିତି ତୋ ମନ ଟେକିଲାରେ ଏତେଦିନ। ଧନ୍ୟ ତୋ ଗଜା ବୟସ।" ଲୁଚିଗଲେ ସାଆନ୍ତେ ଘର ଭିତରେ।

ଯେ ଗଲେ ଯେ ଆଉ ଫେରିବାକୁ ନାହାନ୍ତି। ଶୁକୁରା ମଣିଆ ଦିହିଁକି ଦିହେଁ ଅନେଇଛନ୍ତି।

"ଚାଲ ଶୁକୁରାଇ, କେତେବେଳଯାଏ ବସିଥିବ ଏମିତି।"

"ଭାଗୁ ମାହାନ୍ତି କଣ ଆଉ ଦେଖା ଦେବ ନାହିଁ।"

"ମୁଁ ଜାଣିଛି ଶୁକୁରାଇ, ସବୁ ଶୁଣିଛି। ସେ ତମକୁ ଦେଖି ଘରେ ଲୁଚିଲାଣି। ଆଉ ଧରାଛୁଆଁ ନ ଦିଏ।"

"ମଣି, ଭାଗୁ ମାହାନ୍ତି ମୋ ବାସ ଉଚ୍ଛନ୍ନ କରିଛି। ମୁଁ ତାକୁ ସହଜରେ ନ ଛାଡ଼େ।" ଦାନ୍ତ କଡ଼ପଡ଼ ହେଲା ଶୁକୁରାର।

ମଣି ହସିଲା। ଶୁକୁରା ଆଉ ଭାଗୁ ମାହାନ୍ତି। କାହିଁ ଶୁକୁରା କାହିଁ ଭାଗୁ ମାହାନ୍ତି। କାହିଁ ରାଣୀ କାହିଁ ଚନ୍ଦ୍ର କାଣୀ। ଏ ପୁଣି ତାକୁ ସହଜରେ ଛାଡ଼ିବ ନାହିଁ। କ'ଣ କରିବ ତା'ର? ସେ ଭାଗୁ ମାହାନ୍ତିଟି! ଭାଗୁ ମାହାନ୍ତି ଓରଫ୍ ଭାଗୁ ପଟ୍ଟନାୟକ। ଗର୍ଭିଣୀ ଗାଈ ବାଟ ଛାଡ଼ି ଦିଏ ଭାଗୁବାବୁଙ୍କ ନାଁ ଶୁଣିଲେ। ମାହାନ୍ତିରୁ ପଟ୍ଟନାୟକ। ପଟ୍ଟନାୟକରୁ ବାବୁ। ପଟ୍ଟନାୟକ ବାବୁ। ହଉ ହଉ ସରପଞ୍ଚ ବାବୁ। ବି.ଡି.ଓ., ଏସ୍.ଡି.ଓ.ଙ୍କ ଠାରୁ କିଲଟର କମିଶନର ଯାଏ ସମସ୍ତଙ୍କ ତୁଣ୍ଡରେ ସରପଞ୍ଚ ବାବୁ। ଅଳିପି ଲୋକ ନୁହେଁ। ଜଣେ ମୁଖ୍ୟ ମନ୍ତ୍ରୀ। ପଞ୍ଚାୟତର ମୁଖ୍ୟ ମନ୍ତ୍ରୀ! ଦେଢ଼କୋଟି ଓଡ଼ିଆଙ୍କ ଭିତରେ ଏମିତି ପାଞ୍ଚହଜାର ମୁଖ୍ୟମନ୍ତ୍ରୀ! ଓଡ଼ିଶାର ମୁଖ୍ୟମନ୍ତ୍ରୀ ସେଦିନ ଘୋଷଣା କରି କହିଦେଲେ - ମୁଁ ଏକୁଟିଆ ନୁହେଁ। ତମେ ସବୁ ଜଣେ ଜଣେ ମୁଖ୍ୟ ମନ୍ତ୍ରୀ। ଏଇ ସରପଞ୍ଚମାନଙ୍କୁ କହିଲେ ସେଦିନ। କମ୍ ବ୍ୟକ୍ତି ନୁହନ୍ତି ଭାଇଗି ସରପଞ୍ଚ। ତାଙ୍କ ସାଥିରେ ଶୁକୁରା ପଟ ଦବ ପରା। କୋଉ ମଣିଷର ମଣିଷ। କୋଉ ଗାଈର ଗୋବର।

"ଆ ଶୁକୁରାଇ ଉଠିଆ। ଯିବା!" ମଣିଆ ଡାକିଲା ଶୁକୁରାକୁ।

"କୋଉଠିକି? କୋଉଠିକି ଯିବି? ମୋର କ'ଣ ଥାନ ଅଛି ଯିବା ପାଇଁ!"

"କାହିଁକି? ଆମଘର?" ମଣିଆ କହିଲା।

"ତମ ଘରେ ସବୁଦିନେ ରହିବି?" ଶୁକୁରା କଥା କାଟିଲା।

"ଆଉ ତମେ କଣ ଭାବିଚ, ଭାଗୁ ମାହାନ୍ତି ତମ ଘରଡିହ ଖଣ୍ଡକ ଫେରେଇଦବ? ଡିହ ଥିଲେ ତ!"

"ଡିହ ଯିବ କୁଆଡ଼େ? ତାର କ'ଣ ପର ଅଛି ଯେ ଉଡ଼ିଯିବ?"

"ପର ନାହିଁ ତ ପର ହାତକୁ ଗଲା କିମିତି! ଭାଗୁ ମାହାନ୍ତି ଆଉ କ'ଣ ରଖିଛି ତାକୁ ବିକି ନ ଦେଇ ଏତେ ଦିନଯାକେ?"

"ତୁ କ'ଣ କହୁଛୁ ମଣିଆ?" ଶୁକୁରା ତାଟଙ୍ଗା ହୋଇଗଲା।

"ମୁଁ ଯାହା କହୁଛି ସେଇଆ।" ମଣିଆ ଖୋଲିଦେଲା ସବୁ କଥା। "ଭାଗୁ ମାହାନ୍ତି ତମ ଘର, ଘର ଡିଅ ସବୁ ନିଲାମ ଉଠେଇ ବେନାମି ନିଲାମ ଧରି, ଦଖଲ ନେଇ, ପୁଣି ତାକୁ ବିକିଦେଇ ସାରିଲାଣି।"

ଶୁକୁରା ଖାଲି ବଲବଲକି ଅନେଇଲା ମଣିଆକୁ। ନିଃଶ୍ୱାସରେ ଭରିଗଲା ଫୁସ୍‌ଫୁସ୍ ଦିଇଟା। ଛାତିଟା ଫୁଲିଉଠିଲା। ଫଁ କିନା ନିଃଶ୍ୱାସଟାଏ ଛାଡ଼ିଲା।

"ଛାତିକି ପଥର କରି ଦେ ଶୁକୁରାଇ।" ମଣିଆ ବୁଝେଇଲା ଶୁକୁରାକୁ - "ଦେଶ ପରା ସ୍ୱାଧୀନ ହେଇଛି? ରାମ ରାଜ୍ୟ! ରାମ ରାଜ୍ୟ!! ତମେ ଏମିତି ଅଧୈର୍ଯ୍ୟ ହେଲେ ଚଳିବ କିମିତି? ନୂଆ ନୂଆ ଗାଁକୁ ଆସିଛୁ ବୋଲି ତରକୁଚୁ। ଧୀରେ ଧୀରେ ସରବସହଣୀ ହେଇଯିବୁ ଶୁକୁରାଇ। ଥିର ହ, ଥୟ ଧର!!"

"ମୁଁ ସବୁ ବୁଝିଛିରେ ମଣିଆ। ବୁଝିବାକୁ ଆଉ ବାକି ନାହିଁ କିଛି। ସେଦିନୁ ମୁଁ ଭାଗୁ ମାହାନ୍ତି କି ଜାଣେ। ହେଲେ ଅଣାଇତ। ସବୁ ଅଦୃଷ୍ଟ। ଆପଣା କିଆକୁ ଇଲାଜ କିଆ?"

ଉଠି ଠିଆହେଲା ଶୁକୁରା। ମଣିଆ ସେ, ଦି' ଜଣଯାକ ଚାଲିଲେ, ଭାଗୁ ମାହାନ୍ତି ପିଣ୍ଡାରୁ ଗୋଡ଼ କାଢ଼ି। ଶୁକୁରା ଜାଣେ ନାହିଁ ସେ କଉଠିକି ଯାଉଛି। ମଣିଆ ଯେଉଁଠିକି ନେଇଯିବ। ହେଲେ ମଣିଆ ଘରକୁ ନୁହେଁ। ତା'ଠୁ ଗଛତଳେ ପଡ଼ିବା ଭଲ, କାହାରି ଓଳି ତଳେ ମୁଣ୍ଡ ଗୁଞ୍ଜିବାଠୁ। ତା' ବାହା ଉପରେ ତାର ଭରସା ତୁଟି ନାହିଁ। ଏଇ ହାତରେ ଉଠେଇ, ଏଇ ପିଠିରେ ବହି ମହଣ ମହଣ ଓଜନର ସୂତା ଗାଣ୍ଠି ସେ ଫିଙ୍ଗି ଦେଇଛି ଦଶ ପାଞ୍ଚ ହାତ ଦୂରକୁ। ଗୋଦାମରୁ ନେଇ ବୋଝେଇ ଗାଡ଼ି ଉପରକୁ। ତାକୁ ପୁଣି ସାମରଥ କିଏ ହବ? ଏଇ ଗାଁ ଟାଉଟର ପରଧନ ବୁହା ବସିଖିଆ ଭାଗୁ ମାହାନ୍ତି? ହସିଲା ପରି ଲାଗିଲା ଶୁକୁରାକୁ।

"ଏଇଟା ନିଧିଆ ବୋଉ ଢିଅ ନା ମଣି ?" ପଚାରିଲା ଶୁକୁରା - "ନିଧିଆବୋଉ ବଞ୍ଚିଛି ?"

କୋଡ଼ିଏ ବର୍ଷ । ଦି ଦିଟା ଦଶନ୍ଧି କାଲିପରି ଲାଗୁଛି ଶୁକୁରାକୁ । ନିଧିବୋଉ ସେ ଦିନିକାର ଲୋକ । ଆଉ କଣ ଥାଆନ୍ତା । ମଣିଆ କହିଲା ତା ଇତିହାସ । ଶୁକୁରା ଜୁହାର ପକେଇଲା ସେଇଠି ।

"ମାଟି ସାଙ୍ଗରେ ମାଟି ହେଇଗଲାଣି ନିଧିଆବୋଉ । ଧନୀ ମାଷ୍ଟ୍ରେ । ଆଉରି କେତେ ଜଣ କାହାରି ମନେପଡ଼େ ନାହିଁ । ଅନେକ ଦେଖି ନାହାନ୍ତି ଆଖିରେ ତୋର ମନେଅଛି ?" ପଚାରିଲା ଶୁକୁରା ।

"ନା", ମୁଣ୍ଡ ହଲେଇ କହିଲା ମଣିଆ ।

"ମନେ ପକାନ୍ତି କେବେ କେହି ?"

"ନା", କହିଲା ମଣିଆ । ଉତ୍ତର ଦେଲା ।

"ଭାରତ ଛାଡ଼ ଆନ୍ଦୋଳନ ? ଅଗଷ୍ଟ ନ ?" ପୁଣି ପଚାରିଲା ଶୁକୁରା ।

"ଅଗଷ୍ଟ ପନ୍ଦର ?"

"ନା - ମ - ଅଗଷ୍ଟ ନ । ଯଉଦିନ ଭାରତ ଛାଡ଼ ପ୍ରସ୍ତାବ ପାସ ହେଲା ବମ୍ବେଇରେ ।"

"କିଛି ନା ।"

"ଅଗଷ୍ଟ ପନ୍ଦରରେ କ'ଣ ସବୁ ହୁଏ ?"

"ରାଜଧାନୀରେ ଆଲୁଅ ଜଳେ । ଲାଟସାହେବ ଟି ପାଟି ଦିଅନ୍ତି । ମାଷ୍ଟରମାନେ ପ୍ରାଇଜ ପାଆନ୍ତି । ଗାଁରେ କିଛି ହୁଏ ନାହିଁ ।"

ଠିଆ ହେଇଗଲା ଶୁକୁରା । ଅନେଇଲା ମଣିଆକୁ । ଏ ଯୁଗର ଯୁବକ ମଣିଆ । ସ୍ୱାଧୀନତା କ'ଣ ଜାଣି ନାହିଁ । ପରାଧୀନତା କ'ଣ ଚାଖି ନାହିଁ । କେହି ଜାଣନ୍ତି ନାହିଁ କେହି ବୁଝନ୍ତି ନାହିଁ । ଯିଏ ବ୍ରିଟିଶ ଅମଳ ଦେଖିଛି, ଯିଏ ନ ଦେଖିଛି, ସମସ୍ତେ ସମାନ ସ୍ୱାଧୀନତା ପରାଧୀନତା ଭିତରେ ଫରକ କେହି ବୁଝନ୍ତି ନାହିଁ । ସ୍ୱାଧୀନତା ପାଇଁ ଯେଉଁମାନେ ପ୍ରାଣବଳୀ ଦେଲେ ତାଙ୍କୁ ଚିହ୍ନିବେ କାହିଁକି, ଜାଣିବେ କାହିଁକି ମନେ ପକେଇବେ କଉଥିପାଇଁ ?

ଧନୀମାଷ୍ଟର, ନିଧିଆବୋଉଙ୍କର ପିଣ୍ଡ ଦବାକୁ କେହି ନାହିଁ । କାହାରିକି ରଖିଯାଇ ନାହାନ୍ତି । ପୁଅ ନାତିଙ୍କି ମଣିଷ କରି ରଖି ଯାଇ ନାହାନ୍ତି ଯେ ପିଣ୍ଡ ପକେଇବେ, ଗୟା ଶିରାଧ ଭୋଜ୍ୟ ଟେକି ଦେବେ । ସେ ଏଇ ଦେଶର ଲକ୍ଷ ଲକ୍ଷ ପୁଅ-ନାତିଙ୍କ ପାଇଁ ମରି ନାହାନ୍ତି ଯେ କୁଳବୁଡ଼େଇ ଦେଇ ଯାଇଛନ୍ତି । ବଂଶରେ ବତୀ ଜାଳିବାକୁ କେହି

ନାହିଁ। ତାଙ୍କ ପାଇଁ ତିଳତର୍ପଣ କରିବା ତ ବଡ଼ କଥା, ମନେ ବି କେହି ପକାଏ ନାହିଁ। ଅଥଚ ତାଙ୍କରି ରକ୍ତମାଂସ ଖାଇ ମଉଜ କରନ୍ତି ସମସ୍ତେ। ଏଇ ଯେତେ ବଡ଼ବଡ଼ିଆ ସମସ୍ତେ। ଗୋରାଙ୍କ ବଦଳରେ ଯେଉଁମାନେ ଏ ଦେଶର ଶାସନ ଗାଦି ମାଡ଼ି ବସିଛନ୍ତି – ହରେକ ମଣିଷ ହାକିମ ଦିପଟି, କିଲଟର ମାଜିଷ୍ଟ୍ରେଟ, ମନ୍ତ୍ରୀ, ଲାଟ ସମସ୍ତେ। ସମସ୍ତେ ଏଇ ଶହୀଦ୍‌ମାନଙ୍କ ରକ୍ତମାଂସ ଖାଇ ହାଡ଼ ଗୋଡ଼ ଚୋବେଇ ହଜମ କରି ଦେଇ ସାରିଲେଣି। କଡ଼ମଡ଼ କରି ଉଠିଲା ଶୁକୁରାର ଦାନ୍ତ।

ଆଉ ବାଲୁଙ୍ଗା ଭାଇ ? ହଠାତ୍ ମନେ ପଡ଼ିଲା ଶୁକୁରାର।

ବାଲୁଙ୍ଗା ବଞ୍ଚିଛି ? ବୁଢ଼ା ହେଇଗଲାଣି। ପୁଅ ନାତିକି ପଣେ କି କାହାଣେ। ପୁଅମାନେ ସବୁ ପାରି ଗଲେଣି। ବୁଢ଼ା ପିଣ୍ଡାରେ ବସି ହେଁସ ବୁଣେ। ମଶିଣା ବୁଣେ। ବାଣି କାଟେ। ଲଟେଇ ଗୁଡ଼ାଏ। ବିଅଁ ବାନ୍ଧିଦିଏ, ଏ ଖୁଣ୍ଟରୁ ସେ ଖୁଣ୍ଟକୁ, ଡେଣୁଆ ଝୁଲେଇ ଦିଏ ଏ ପାଖ ସେ ପାଖକି। କେଉଟି ବରୁଆଁ ଛଣ କୁଣ ହେଁସୁଆତି ଯେତେବେଳେ ଯାହା ମିଳିଲା ଆଣି ପକେଇ ଦିଏ ବିଅଁ ଉପରେ। ଲେଉଟାଇ ଯାଏ ଡେଣୁଆଗୁଡ଼ାକୁ ଗୋଟିଗୋଟି କରି ଏ ପଟରୁ ସେ ପଟକୁ – ସେ ପଟରୁ ଏ ପଟକୁ ଆପଣାର ପରମାୟୁକୁ ଆପେ ଗଣି ଯାଉଚି ଯେମିତି। ଏମିତି ଲାଗେ। ଯଉଁ ମଶିଣାଟା ବସାଏ, ସେଇଟା ଯେମିତି ତାର ଶେଷ ମଶିଣା। ସେଇ ମଶିଣାଟା ସଇଲେ ଯେମିତି ତାର କାମ ସରିଯିବ। ହାଲିଆ ହୋଇଯାଏ। ବୁଣା ସରିଯାଏ। କାମ କିନ୍ତୁ ସରେ ନାହିଁ। ଆଉ ଗୋଟାଏ ମଶିଣା ଧରେ। ଜୁଣ ସରିଗଲେ କେଉଟି କି ବରୁଆଁ ଧରି ବୁଣେ। ବାଲୁଙ୍ଗା ବଞ୍ଚିଛି ଏବେ ବି।

ବାଲୁଙ୍ଗା ଘରଆଡ଼ିକି ସେ ମୁହେଁଇଲା। ମଣିଆ ଚାଲିଚି ସାଙ୍ଗରେ। ସେଇ ବାଟେ ତ ବାଟ ତା ଘରକୁ।

ବାଲୁଙ୍ଗା ବଞ୍ଚିଛି। ବଇଚି ପିଣ୍ଡାରେ। ଗାଁ ମୁଣ୍ଡ ଥୁଣ୍ଟା ବରଗଛ ପରି ଟାଙ୍ଗରା ମୁଣ୍ଡଟାକୁ ଟେକି ସେ ବସିଛି। ନାକରେ ରସ ଚଷମାଟାଏ। ଚାଳିସା ଚଷମା। ବାପ ଅମଳର। କଉ କାବୁଲି ପାଖରୁ କିଣିଥିଲା। ନାସି ଭାଙ୍ଗି ଗଲାଣି। ନାସି ପାଖରେ ସୂତା ଦିପଟ। କାନରେ ଗୁଡ଼େଇ ଦିଏ। କାମରୁ ଫାରିକିତି ମିଳିଲେ ଯାଇ ସେ ଖୋଲାହୁଏ। ମଝିରେ କାହାକୁ କେତେବେଳେ ଚାହିଁବାକୁ ହେଲେ ସେଇ ଅଇନାକର ଫାନ୍ଦି ଉପରବାଟେ ଅନାଏ।

ବୁଢ଼ା ହେଲାଣି ବାଲୁଙ୍ଗା। ଚମ ଧୁଡୁ ଧଡୁ। କଳକ ଯାକ ଦାନ୍ତ ପଡ଼ିଗଲାଣି। ଫଟା ହାଣ୍ଡି ବାଡ଼େଇଲା ପରି ସ୍ୱର ପଡୁଚି। ତଥାପି ଆବାଜ ଦେଇ କତା କହେ ପୋଥିରୁ ସାହାସ୍ର ବଖାଣେ ଏବେ ବି।

"ଧର୍ମ ଅର୍ଜନେ ଧର୍ମ କରି
ଧର୍ମେ ପ୍ରାପତ ନରହରି।"

ଉତ୍ତର ଦିଏ ବାଳୁଙ୍ଗା। ପୁଅ ପୁତୁରା ତ ପୋଷୁଚନ୍ତି, ତୁ କାହିଁକି ଏତେ ଖଟୁଛୁ? କି ଦରକାର? କେହି ଯଦି କେବେ ପଚାରି ଦିଏ, ବାଳୁଙ୍ଗା ଉତ୍ତର ଦିଏ। ଜବାବ୍ ଶୁଣାଏ। ପୁଅ ଧନରେ ସେ ଧର୍ମ କରିବ? ସେ କି ଧର୍ମ; ଛି; ଛି; ଛି କରିଦିଏ ପୁଅମାନଙ୍କ ଅର୍ଜନକୁ।

ଦୁନିଆ ତାକୁ ହସେ। ସାରା ଦୁନିଆଟା ଯାକ। ତେଣିକି ନିଘା ନାହିଁ ତାର। ମଶିଣା ବୁଣେ, ବାଣି କାଟେ। ମଶାଣିକି ବାଟକାଟି ବସିଥାଏ। ଡାକରା ପଡ଼ିଲେ ହାଜର। ପରୁଆନା ଶମନ ସବୁ ସରିଗଲାଣି ଶମନର। ଖାଲି ୱାରଣ୍ଟ ବାକୀ। ନିଜେ କହେ ବାଳୁଙ୍ଗା। ଖାଲି ବଞ୍ଚିଛି, ବଞ୍ଚିବା ପାଇଁ। ଜୀବ ଯାଉ ନାହିଁ କି ଜୀବ ରହୁ ନାହିଁ।

"ଜୁହାର ବାଳୁଙ୍ଗାଇ ଜୁହାର; ମୁଁ ଶୁକୁରା।" ଶୁକୁରା ଯାଇ ଉଠିଲାଣି ବାଳୁଙ୍ଗା ଦାଣ୍ଡରେ।

ତୁରୁଙ୍ଗଟା ଭାରି ଓଜନ। ଆଉ ବହି ହେଉନି। ବାଳୁଙ୍ଗାର ପିଣ୍ଡା ଉପରେ ଥୋଇ ଦେଇ ବସିପଡ଼ିଲା ଶୁକୁରା। ତଳେ ମଶିଣା କି ହେଁସ କିଛି ନାହିଁ। ପରା ହେଇନି। ସଫା ସୁତୁରା ବି କେହି କରିନି, ସକାଳ ପହରୁ ଖରକି ଖୁରୁକାକି। ନିପଟ ଅରମାଟା ଉପରେ ବସିପଡ଼ିଲା। ବସିପଡ଼ି ମୁଣ୍ଡ ତଳକୁ ଝୁଙ୍କେଇ ଓଳଗି ହେଲା।

ବାଳୁଙ୍ଗା ଅନେଇଲା। ଶୁକୁରା? କୋଉ ଶୁକୁରା? ରତନୀ ଗିରସ୍ତ ଶୁକୁରା? କଲିକତା ଯାଇଥିଲା ପରା। ମୁହୂର୍ତ୍ତରେ ବର୍ଷ ବର୍ଷର ପର୍ବ ଯେମିତି ଫର୍ଦ୍ଦଫର୍ଦ୍ଦକି କିଏ ଲେଉଟେଇ ଗଲା ତା' ଆଖି ଆଗରେ। ଇଏ କ'ଣ ସେଇ ଶୁକୁରା? ପିଅଣ୍ଟ ପିନ୍ଧିଛି। ସାର୍ଟ ନାଇଚି। ଛତାବାଡ଼ି କାହିଁ? ହଳଦି ତେଲ କାହିଁ? କନା ଗୁଡ଼ିଆ ବୋତଲ କାହିଁ? ଇଏ କି ଶୁକୁରା ମ! ଚହଟ ଚିକଣ ଡଉଲ ଡାଉଲ ଶୁକୁରାଟିଏ। ବେଶ ଦୁଶୁଛି ତ। ଭଲ ହେଲା ଅଇଲା। ବାଳ ସବୁ କହଁରା କହଁରା ଦିଶୁଚି। ବଅସର ପାହାର ବସିଲାଣି ମୁଣ୍ଡ ଉପରେ। ଯିବ କୁଆଡ଼େ?

"ଏଁ - ଶୁକୁରା?" ଅନେଇଲା ଅଇନକ ଉପର ବାଟେ, "ଆରେ ତୁ ବଞ୍ଚିଛୁ? ଜଗନ୍ନାଥେ; ଜଗନ୍ନାଥେ ତୋର ମଙ୍ଗଳ କରନ୍ତୁ। ବୁଢ଼ାଟିଏ ହେଇଥା; ଏମିତି କଲିକତା ନିଶା ଲାଗିଗଲାରେ ତୋତେ? କହନ୍ତି ପରା ପୁରସ୍ତମରେ ଜାତି ନାହିଁ, କଲିକତାରେ ରାତି ନାହିଁ। ବାପ ମା' ଛାଡ଼ି ଯାହା ଚାହିଁବ ଯେତେବେଳେ ଚାହିଁବ ସବୁ ମିଳିବ। ପଡ଼ିଗଲୁ କିରେ ସେଠି କାହା ପାଲରେ? କାଉଁରୀ କାମାକ୍ଷୀ ତ ସେଠୁ ପାଖ।"

"ନାହିଁ ବାଳୁଙ୍ଗାଇ ଅକଲରେ ପଡ଼ିଗଲି। ସେ ଢେର୍ କଥା। ବଞ୍ଚିକି ଆଇଲି

କହ, ତମମାନଙ୍କ କଇଲାଣରେ। ଭାଗ୍ୟରେ ଥିଲା, ତମକୁ ସବୁ ଦେଖିଲି। ଜୀବନ ଘେନି ଘରକୁ ଫେରିବି ବୋଲି କୋଉ ଭରସା ଥିଲା;" କହିଲା ଶୁକୁରା।

"ହଉ, ହଉ, ସେ ତ ଯାହା ହେବାର ହେଇଚି। ସେ ସବୁ କଥା ପଛେ। ତୁ, ସିଧା ଗାଡ଼ିରୁ ଓହ୍ଲାଇଲା ପରି ଲାଗୁଛୁ। କ'ଣ ଖାଇଛୁନା କିଛିରେ? ମୁହଁତ ଶୁଖି ଚୋପା ପଡ଼ିଗଲାଣି। ଯା' ଯା' ଆଗ ଗୋଡ଼ ହାତ ଧୋଇଆ; ତା'ପରେ ଚିନ୍ତାକରିବା ତୁ ରହିବୁ କେଉଁଠି? ଭାଗୁ ମାହାନ୍ତି ତ ତୋ କଳାଡିହ ଉପରେ ଖସା ବୁଣି ଦେଇଛି। ରତନୀ ଯାଇ ରାଉତ ଘରେ। ଏବେ ଅଛି ନା ସେଠି?"

ପଚାରିଲା ମଣିଆକୁ। ମଣିଆ ହଁ ଭରିଲା – "ହଁ ସେଇଠି ଅଛି।"

"ଧାନ କୁଟୁଥିଲା ସେଇ ରାଉତ ଘରେ। ଆଉ କଣ କରନ୍ତା ବା। ତୁ ତ ଟଙ୍କା ପଇସା ବଟେଇଲୁ ନାହିଁ। ରହୁ ରହୁ ରହିଗଲା ସେଠି। ଏବେ ତ ଆଉ ଢିଙ୍କି ପାହାର ପଡୁନାହିଁ। ବୋଲହାକ କରୁଥିବ। ଢିଙ୍କି ଥିଲେ ତ କୁଟିବ! ଏବେ କ'ଣ ଢିଙ୍କି ପାହାର ପଡୁଛି କାହାରି ଘରେ; ଏବେ ତ ଭମ୍ ଭମ୍ ହଡ୍ ହଡ୍ ହଲର ମହାଦେବ ବର ଦଉଛନ୍ତି, ସାଙ୍ଗେ ସାଙ୍ଗେ ଧାନରୁ ଚାଉଳ ନାରଦଙ୍କ ବାହନ ବିଦା ହୋଇ ଗଲେଣି ସ୍ୱର୍ଗକୁ।" ହୋ ହୋ; ହସିଲା ବାଲୁଙ୍ଗା।

"ସପ୍ତା ଘରେ ରହି ହେବନି ଇନେ।"

ଆହୁରି ଜୋର୍‌ରେ ହସିଉଠିଲା ବାଲୁଙ୍ଗା। ସେ ହସର ଲହଡ଼ି ଗୋଟାକ ପରେ ଗୋଟେ ଯେମିତି ଆସି ଭାଙ୍ଗି ହେଇ ପଡୁଥାଏ ଶୁକୁରା ଉପରେ, କଲିକତା ଫେରନ୍ତି ଶୁକୁରାର ଜାମାଜୋଡ଼ ଉପରେ, ଲମ୍ବ ଲମ୍ବ କଟା କଲି, ସେଫ୍‌ଟି ରେଜରରେ ଛଇକଟା ସରୁ ସରୁ ଖଣ୍ଡାଗାରିଆ ନିଶ ଉପରେ।

"ସେଠି ପରା ଆମ ଯୁବକ ସଙ୍ଘ ଅଫିସ୍। ଲାଇବ୍ରେରୀ। କ୍ଲବ୍। ସରକାରୀ ଗ୍ରାଣ୍ଟ ମିଳେ।" କହିଲା ମଣିଆ। ଖବର ଦେଲା।

"ସପ୍ତା ହଉଚି କୋଉଠି ତେବେ?" ପଚାରିଲା ଶୁକୁରା!

"ସପ୍ତା, ସପ୍ତା? ଭାଗବତ ଗାଦି? ଭାଗବତ ଗୋସାଇଁ!"

ହୋ ହୋ ହୋ; ହସ ଆଉ ସରୁ ନ ଥାଏ ବାଲୁଙ୍ଗାର। ବାଲୁଙ୍ଗା ଆଜି ଫୁଲିପଡୁଚି ଯେମିତି। ଅନେକ ଦିନ ପରେ ସେ ପାଇଚି ଗୋଟେ ନୂଆ ମଣିଷ, ଯା' ଆଗରେ ସେ ତା ମନକଥା କହିବ, ଯିଏ ଧୈର୍ଯ୍ୟ ଧରି ଶୁଣିବ ସେ ଯାହା ଗାଇଯିବ। ଅନେକ ଦିନ ପରେ ଗୋଟେ ଲୋକ ମିଳିଛି, ତା ଚେଲା ହେଲା ଭଳି ଲୋକଟାଏ। "ସପ୍ତା କଥା କେଉଁଠି କହିବୁ ନାହିଁଟି ଶୁକୁରା; ହଁ, କହି ଦଉଚି। ଲୋକେ ହସିବେ। କେତେ ରୀତିରେ ଥଟ୍ଟା କରିବେ। ତୋ ବାଇସା ରହିବ ନାହିଁ। ସ୍ୱରାଜ୍ୟ ଆସିଛି

ସ୍ୱରାଜ୍ୟ। ବୁଝିଲୁ ? ତମ ସେଣିକି କ'ଣ ଆସିନି; ସାରା ଜମ୍ବୁଦ୍ୱୀପ ଘୋଟି ଯାଇଛି। କଲିକତା ତ ଏଇ ଆମ ଜମ୍ବୁ ଦ୍ୱୀପରେ, ନା ଆଉ କେଉଁଠି। ତମେ ଯାହାକୁ ଭାରତ ବୋଲି କହୁଛ ହୋ, କଲିକତା ତା ତାରି ଭିତରେ। ସେଠିକି ବି ଆସିଥିବ। ସେଠିକା ସ୍ୱରାଜ୍ୟ ଏଇମିତିଆ ନା ଭିନେ ? ସେଠି ଠାକୁର ବ୍ରାହ୍ମଣ ଅଛନ୍ତି ନା ଗଲେଣି ?"

ଶୁକୁରା କ'ଣ ଉତ୍ତର ଦବ ଭାବି ପାରୁ ନ ଥିଲା। ବାଲୁଙ୍ଗା ଭାଇଟାର ମୁଣ୍ଡ ଟିକିଏ ଗୋଳମାଳ ହେଲାଣି ନା କ'ଣ; ତାକୁ କେମିତି କେମିତି ଲାଗିଲା। କଥାଟାକୁ ବାଆଁରେଇ ଦେଇ ସେ ପଚାରିଲା – "ଦୁଖିଆନ୍ନା ଖବର କ'ଣ ?"

"କଉଁ ଦୁଖିଆ ? ସ୍ୱରାଜ୍ୟ ଦୁଖିଆ ? ଜିଅଲ ଦୁଖିଆ ? ଅଗଣି ଦାଶ ପୁଅ ? ଅଛି, ଅଛି। ଯିବ କୁଆଡ଼େ ? ବୁଣିଥିଲେ ଦାୟୀ, ଦେଇଥିଲେ ପାଇ। ଯିବେ କୁଆଡ଼େ ସୁଧ ଅସଲ ସବୁ ପଇଠ ନ କଲା ଯାଏ। ଆଖି ଦେଖୁଥିବ କାନ ଶୁଣୁଥିବ। ଗୋଡ଼ ଚଲୁ ନ ଥିବ, ହାତ ହଲୁ ନ ଥିବ। କେତେ କଥା ଦେଖିବ ସେ ଆହୁରି। କେତେ କଥା ଦେଖିଲାଣି। ଭେଟ ହବ ତୋ ସାଙ୍ଗରେ। ଅଥୟ କାହିଁକି ? ସମସ୍ତେ ଅଛନ୍ତି। ତୁ ଅଛୁକି ନାହିଁ ଆଗ ଦେଖ୍; ତୋତେ ଚିହ୍ନ। ତାପରେ ଆଉ ଯାହାକୁ ଚିହ୍ନିବାର ଚିହ୍ନିବୁ। ଯିଏ ଗଲେଣି ଗଲେଣି ଯିଏ ଅଛନ୍ତି ତାଙ୍କୁ କଣ ଇମିତି ଖୋଲା ଆଖିରେ ଚିହ୍ନି ପାରିବୁ କିରେ ଶୁକୁରା ? ନୂଆ ଯୁଗ। ସବୁ ଓଲଟପାଲଟ ହୋଇଗଲାଣି। ମଣିଷ ବଦଳି ଗଲେଣି। ସବୁ ନୂଆ; ସେଦିନକୁ ବାଘ ଖାଇଗଲାଣି।" କହି ନିଃଶ୍ୱାସଟା ଲମ୍ବାକି ନେଇ ଛାଡ଼ିଦେଲା ହଠାଦଶ୍।

"ଦୁଃଖିଆନ୍ନା କ'ଣ ମନ୍ତ୍ରୀ ହେଇଚି ବାଲୁଙ୍ଗାଇ ?"

"ହୋ ହୋ ହୋ !" ହସି ପକେଇଲା ବାଲୁଙ୍ଗା। "ଅଗଣି ଦାଶ ପୁଅ ଦୁଃଖୀ ଆଉ ମନ୍ତ୍ରୀ ? ହୋ ହୋ ହୋ ! ମଣିଷ ବଦଳି ଗଲେଣି। ଯୁଗ ବଦଳି ଗଲାଣି। ହେଲେ ଦୁଃଖୀ ବଦଳିଲା ନାହିଁ। ହୋ ହୋ ହୋ !"

ପୁଣି ଆପଣା ଭିତରକୁ ଫେରି ଆସିଲା ବାଲୁଙ୍ଗା। ହଁ ବାଲୁଙ୍ଗା ! ମଦନ ପଟ୍ଟନାୟକଙ୍କ ପୁରୁଣା ଚାକର। ପୋଥି ସାହାସ୍ର ପଢ଼ା ବାଲୁଙ୍ଗା। ବୁଢ଼ା ହେଲାଣି। କଳିଷଠା ଷାଠିଏ ଟପି ଗଲାଣି ସେଇମିତି ବଇଛି। ଦଣ୍ଡା ହାଡ଼ଟା ସିଧା ହେଇ ଟେଙ୍ଗା ହେଇ ଠିଆ ହେଇଚି ଏବେ ବି ନଇଁ ପଡ଼ିନାହିଁ ଦୁନିଆ ଦାଉରେ। ଭାଙ୍ଗିଯାଇ ନାହିଁ ବଅସର ମାଡ଼ରେ। ମଥା ଉପରେ କେରି କେରି କେଇ ଖିଅ ବାଳ ଜୀବନର ଜୟ ପତାକା ଉଡ଼େଇଚି। ଏବେ ବି ଲୋକଟାର ଟାଣ ଭାଙ୍ଗି ନାହିଁ। ପର ଘରେ ସାରା ଜୀବନ ଗୋଲାମି କରିବା ସାର କଥା, ଖାସ୍ କଥା କହିବାକୁ ପଛାଏ ନାହିଁ। ହକ କଥାରେ ଠକ ଠକ ନଥାଏ। ବେକ ନଇଁଯାଏ, ବିବେକ ନଏଁ ନାହିଁ।

କେତେ ବକି ଯାଉଚି ଯାଉ। ମଣିଆ ଅନେଇ ଥାଏ। ଏମିତି ବକିବା ତାର ଖୋଇ। ଅଗା ନା ପଘା ? କିଛି ନାହିଁ। ଶେଷରେ ତାଳ ଆସି ନ ଛିଡ୍ରୁ ମଣିଆ ଉପରେ। ମଣିଆକୁ ଡର ଲାଗୁଥାଏ।

କିନ୍ତୁ ଫେରି ଆସିଲା ବାଲୁଙ୍ଗା ଆପେ ଆପଣା ଭିତରକୁ। ଚେତା ପଶିଲା। କହିଲା – "ହଇରେ ଶୁକୁରା, ତୁ ତ କେତେ ବେଳରୁ ଅଇଲୁଣି। କିଛି ତ ଖାଇ ନଥିବୁ ଏ ଯାଏ ? କେଉଁଠି ଖାଇବୁ ? କିଏ ରାନ୍ଧି ବାଢ଼ି ଦବ ? ଘର ଦୁଆର କଣ ଆଉ ଅଛି ? ଯା ସେଇ ଭାଗୁ ମାହାନ୍ତି ଘର ପିଣ୍ଡାରେ ଧାରଣା ଦେଇ ବସିବୁ। ସତ୍ୟାନାଶିଆ ଘରବୁଡ଼ା – ଆଣ୍ଠୁକୁଡ଼ାଟା।"

ଚୁପ ରହିଲା ବାଲୁଙ୍ଗା। ଦାନ୍ତକୁ ଦାନ୍ତ ଜାବ ପଡ଼ିଗଲାଣି ପାଟିଭିତରେ। ସମସ୍ତେ ଚୁପ୍। ମଣି ଶୁକୁରା ଦିହିଁକି ଦିହେଁ।

ବାଲୁଙ୍ଗା ପୁଣି ମୁହଁ ଖୋଲିଲା – "କିରେ, ଠିଆଟା ହୋଇ ରହିଲୁ କିଆଁ ? କିରେ ମଣି, ତୁ ଶୁକୁରାକୁ ଟିକିଏ ଦେଖେଇ ଦେ। ବତେଇ ଦେ। ନୂଆ ଲୋକ। ତାକୁ ସବୁ ଅନ୍ଧ ଅନ୍ଧ ଲାଗୁଥିବ। କୋଡ଼ିଏ ବାଇଶି ବର୍ଷ ପରେ ଗାଁକୁ ଫେରିଛି ଲାଗିବା କଥା। ହେଇତିନି ହେଇ କ'ଣ ପୋଖରୀ ! ସେଠି ମୁହଁ ହାତ ଧୋଇ ଆସିବୁ। ପିଅଣ୍ଟ କୋଓଟ ଉତାରି ଦେ। କରିଆ ଖଣ୍ଡେ ପାଲଟି ପକା। କରିଆ କି ଗାମୁଛା ନାହିଁ ପରା ? ସେ ସବୁତ ସପନ। ଏବେତ ଲୁଙ୍ଗି ଟୁଆଲ ନା କ'ଣ କହୁଚନ୍ତିରେ ମଣିଆ ? ଥିବ ତ ତୋର ? ଆଉ କ'ଣ ଆଣିଚୁ କଲିକତାରୁ। ଏଇ ତୁରଙ୍ଗ ଖଣ୍ଡେ। ହଉ ହଉ ଯାହା ଆଣିଚୁ ଥୋଇ ଦେଇ ଗୋଡ଼ ହାତ ଧୋଇଆ। ତୋରାଣି ମୁନ୍ଦେ ପିଇବୁନା ବାଲୁଙ୍ଗାର ଘରେ ? ମୋର ଆଉ କ'ଣ ଅଛି, କ'ଣ ଦେବି ? ସେଇ ସାଲସା। ଗରିବ ଗୁରୁବାଙ୍କର ସାଲସା ସେଇ ପଖାଳ ତୋରାଣି।" ହୋ ହୋ ହୋ ହସିଦେଲା ବାଲୁଙ୍ଗା ଆପଣା କଥାକୁ। କହିଲା – "ନାଇଁରେ ନାହିଁ। ତୁ ଡରିଗଲୁ କିରେ ପଖାଳ ତୋରାଣି ନା ଶୁଣି ? ଡର ନାହିଁ। ମୁଁ ଜାଣେ, ତୁ କଲିକତିଆ, ତୋର ଯାହା ଲୋଡ଼ା ସେ ସବୁ ପାଇବୁ ବାଲୁଙ୍ଗାର ଘରେ। ସେ କାଳ ଏ କାଳ ସବୁରି ମେଳନ ଏଇଠି, ବାଲୁଙ୍ଗା ଖଟୁଲିରେ।"

"କ'ଣ ଚାହା ପାଣି ରଖିଚ ?" ପଚାରିଲା ଶୁକୁରା ହସ ହସ ମୁହଁରେ।

"ପଚାରୁଛୁ ଆଉରି ! ମୁଁ କ'ଣ ରଖିବିରେ ତାକୁ। ସେତ ବଳେ ପଶିଛି। ଏକା କ'ଣ ମୋ'ରି ଘରେ ? ଘର ଘର କି ଦେଖି ଯା'। କାହା ଚାଳିରେ ଚାହାପାଣି ବିଜେ ନ କରିଛନ୍ତି ? ଗାଁରେ ତିନି ଚାରିଟା ଚାହା ଦୋକାନ। ଗୋଟିଏ ଦୋକାନ ନ ଥିଲା ତୁ ଗଲା ବେଳକୁ, ସେହି ଗୁଣ୍ଡୁରି ସା'ର ତେଜରାତି ଦୋକାନଟି ଛଡ଼ା। ଏବେ ଚାହା ବିସ୍କୁଟ୍, ବରା, ପିଆଜି ସବୁ ମିଳୁଛି।"

"କେବେଠୁ ଏ ଦୋକାନ ସବୁ ଖୋଲିଲାଣି ?" ପଚାରିଲା ଶୁକୁରା।

"କେବେଠୁ ?" ମନେ ପକେଇଲା ବାଲୁଙ୍ଗା। ହଠାତ୍ କହିଲା- "କେବେଠୁ କ'ଣରେ! ସେ ତ କାଉଁରୀ କାଠି କିଏ ବୁଲେଇଦେଇ ଗଲାପରି ଖୋଲିଗଲା, ଦୋକାନଗୁଡ଼ାକ, ଗୋଟାକ ପରେ ଗୋଟେ। ମୋରି ଆଖି ଆଗରେ। ଏଇ ଯେଉଁ ଯୁଧିଆ ହେଇ ନ ଥିଲା - ଭାରି ବଡ଼, ମସ୍ତବଡ଼ ଯୁଧିଆ ? ଭାରତ ଯୁଦ୍ଧ ନୁହେଁରେ, ପୃଥୀ ଯୁଦ୍ଧ, ତାରି ପରେ ପରେ ତ ଠାକୁରାଣୀ ଗାଁ ଗାଁ କି ଘର ଘରକି ବୁଲିଲେ ସେ ଠାକୁରାଣୀ ତ ଛେନାପଣା ପାଆନ୍ତି ନାହିଁ କି ଧୂପଝୁଣା ପିଅନ୍ତି ନାହିଁ। ଯୁଦ୍ଧରେ ଲକ୍ଷ ଲକ୍ଷ ଲୋକଙ୍କ ରକ୍ତ ପିଇ ଅଭ୍ୟାସ ପଡ଼ି ଯାଇଛି। ନାଳି ନାଳି ପାଣି ନ ହେଲେ ସେ ସନ୍ତୁଷ୍ଟ ହୁଅନ୍ତି ନାହିଁ। ଛେନାପଣା ଜାଗାରେ ଦୁଧଚାହା ଆଉ ଧୂପଝୁଣା ଜାଗାରେ ବିଡ଼ି ସିଗାରେଟ। ଏତକ ହେଲା। ଠାକୁରାଣୀ ବର ଦେଲେ। ଅଲଗାକୁ ଲଗେଇ ଦିଅନ୍ତି। ନିସତକୁ ଶକ୍ତି ଦିଅନ୍ତି, ବଳ ଦିଅନ୍ତି। ହୋ-ହୋ-ହୋ।"

ଦମକାଏ ହସି ହସି ବାଲୁଙ୍ଗା ଠକ୍‌କିନା ଅଟକିଯାଇ କୁହାଟଟାଏ ଛାଡ଼ିଦେଲା - "ରେ ବିଶିଆ !"

ଶୁକୁରାକୁ ଅନେଇ କହିଲା - "ସେଇ ବିଶିଆରେ ଶୁକୁରା, ତୋ ସାଙ୍ଗ। ବାଲୁଙ୍ଗାର ଏକଇର ବଳା ବିଶିକେଶନ। ବଗୁଲିଆଟା ଏବେ ପୁଅ ଝିଅର ବାପ ହେଲାଣି। ଆରେ ଅପରିଚିଆ, ଆଲୋ ପାକି। ବିଶିଆର ଯୋଡ଼ିଏ। ଆରେ କୁଆଡ଼େ ଗଲକିରେ ସବୁ? ଆରେ ଦେଖି ଯାରେ ଦେଖି ଯା। ଅପୂର୍ବ ମଣିଷ, କଲିକତାରୁ ଆସିଛି - ତମ ଶୁକୁରା'ଦି ବିଶିଆ ନାହିଁ କୁଆଡ଼େ ଯାଇଛି କାମ ଧନ୍ଦାରେ। ଆଲୋ ଚାହାପାଣି ମୁନ୍ଦେ ବସେଇ ଦେ ଲୋ ପାକି ! କଣ କରୁଛୁ ଏତେବେଳ ଯାଏ ? କଣ ଆଉ କରୁଥିବୁ। ଜେଜେ ମା ସାଙ୍ଗରେ ନାଗିଥିବୁ ସଉତୁଣୀ ପରି। କିରେ ଶୁକୁରା ଖୋଲିପକା ତୋ ଡିରସ୍।"

ବାଲୁଙ୍ଗା କହିଯାଉଛି ଏକାତାନେ। ଶୁକୁରା ଶୁଣୁଛି, ତେଣେ ଲୁଙ୍ଗି ଗଳେଇ ଦେଇ ପେଣ୍ଟ ଖୋଲୁ ଖୋଲୁ କାନ୍ଧରେ ପକେଇଲା କଲିକତି ସରୁ ଚେକିଚେକି ଡୋରିଆ ତନ୍ତବୁଣା ଗାମୁଛା ଆଉ ଗୋଟେ ବାଲୁବାଲୁ ଟର୍କିସ୍ ଟାଉଏଲ୍।

"ପୋଖରୀପାଣି ଯିବୁ ?" ପଚାରୁଛି ବାଲୁଙ୍ଗା। "ହେଇଟି ହେଇ କଣ - ପୋଖରୀ, ରାସ୍ତା ସେ ପାଖରେ। ନେଇ ଯା'ରେ ମଣି, ଦେଖେଇ ଦେ' ସେଇଟା ପଞ୍ଚାୟତ ପୋଖରୀ। ପୋଖରୀପାଣି ସାରି ଗୋଡ଼ ହାତ ଧୋଇ ଚାଲି ଆସିବୁ ଝଅଟ୍। ଡେରି କରିବୁ ନାହିଁ। ଚାହା ଅଣ୍ଡା ହୋଇଯିବ। ଏକା, ଚା'ସାଙ୍ଗକୁ ବିସ୍କୁଟ୍ ନାହିଁରେ ଶୁକୁରା, ତୋ ବାଲୁଙ୍ଗାଇ ଘରେ ବିସ୍କୁଟ ମିଳିବ ନାହିଁ। ଆମ ଦେଶୀ ବିସ୍କୁଟ ମିଳିବ।

ଅଲବତ୍ ମିଳିବ। ହଇଲୋ ପାକି ହଇରେ ଅପରତିଆ ! ଜଣକୁ ଡାକିଲେ ଆଉ ଜଣେ ରୁଷି ଯିବ, ତା' ନା କାହିଁକି ନ ଧଇଲି ବୋଲି। ଚା' ସାଙ୍ଗରେ ମୁଢ଼ି ପାଛିଏ ଆଣିବୁରେ ଅପରତି, କାଇଁଚ ପାଛିଆରେ ପାଛିଏ। ଯେତେ ଖାଇପାରିବୁ। ମୁଢ଼ି ମିଳେ ନା କଲିକତାରେ ସବୁଦିନେ ତଟକା ମୁଢ଼ି ! ଦିନେ ଛଡ଼ା ଦିନେ ଭଜା ହୁଏ। କାଲି ଭଜା ହେଇଛି। ଚୂଡ଼ା ତ ସପନ ହେଲାଣି। ଗାଁ ମାଇପଟା ଆଟିକାରେ ଏଇ ମୁଢ଼ି ଦିଇଟା ଏବେ ବି ଫୁଟେ।"

ଶୁକୁରା ଫେରିପଡ଼ି ପଚାରିଲା ବାଲୁଙ୍ଗାକୁ। ଯିବାପାଇଁ ଗୋଡ଼ କାଛୁଥିଲା ପୋଖରୀପାଣି। ଆଗରେ ମଣିଆ। କ'ଣ କହିଲ ବାଲୁଙ୍ଗାଇ, ଚୂଡ଼ା ଆଉ ମିଳୁନାଇଁ ଗାଁରେ ? ତାକୁ ଆଶ୍ଚର୍ଯ୍ୟ ଲାଗିଲା।

ଆରେ ମିଳୁଛିରେ ମିଳୁଛି। ତୁ ଏତେ ବ୍ୟସ୍ତ ହୋଇ ପଡୁଛୁ କାହିଁକି ? ଏକାବେଳକେ ଚୂଡ଼ା ମୁଢ଼ି, ପୁରୀ ମାଲପା ସବୁ ଖାଇଯିବୁ କି ଆଉ !

"ନାଇ, ତମେ କହିଲ ଯେ ଚୂଡ଼ା ସପନ ବୋଲି, ସେଇଥିପାଇଁ ପଚାରିଲି।" ଶୁକୁରା କହିଲା।

ବାଲୁଙ୍ଗା ବୁଝେଇ ଦେଲା – ଆରେ ସପନ ବୋଲି ଯେ କହିଲି ସତକୁ ସତ ଆମ ଗାଁ ଚୂଡ଼ା ଆଉ ମିଳୁନାଇଁ। ପଦିଆ ନିଆରିଘର ଉଠିଗଲେଣି ଗାଁରୁ। ତାଙ୍କ କୁଳ ବୁଡ଼ିଗଲା। ଖାଇବାକୁ ନପାଇ ମରିଗଲେ ରୋଗ ବାଧିରେ ପଡ଼ି। କିଏ ଦେଖିଲା କିଏ ବୁଝିଲା ? ମୁଁ ମାସେ ପକ୍ଷେ ସମ୍ଭାଳିଲି। ମୋର ବା ପୁଷ୍ଟି କେତେ ! ଆଁ କରି ଶୁଣୁଥାଏ ଶୁକୁରା। ବାଲୁଙ୍ଗା ଗାଇ ଯାଉଥାଏ ପୋଥି ବୋଲିଲା ପରି – "ସରକାର କହିଲେ – ଏ ଗାଁରେ ଅନାହାର ମୃତ୍ୟୁ ନାସ୍ତି। ପଦିଆ ମଲା ଝାଡ଼ାରେ। ସାଉଣ୍ଟା ମଲା ଜରରେ। କେହି ନ ଖାଇ ମରି ନାହାନ୍ତି। ନ ଖାଇ ବଞ୍ଚିଛନ୍ତି ସମସ୍ତେ, ସରକାରଙ୍କ ପରି ଆଉ ବଞ୍ଚିଚି ରତନଲାଲ ମାଡୁଆଡ଼ି। ମିସିନରେ ଚୂଡ଼ା କୁଟୁଚି। ଚୂଡ଼ା ଆସୁଚି ସହରରୁ ଗାଁକୁ। ଗାଁରୁ ଆଉ ସହରକୁ ଯାଉନାହିଁ। ଚକ ଘୂରିଗଲା। ହୋ ହୋ ହୋ ! ସବୁ ଓଲଟା। ଯୁଗଟା ଓଲଟା। ହୋ ହୋ ହୋ।"

ଶୁକୁରା ମଣି ଧିଙ୍ଗିକି ଧିଏଁ ହସାହସି ହୋଇ ଚାଲିଗଲେ ପୋଖରୀ କୂଳକୁ। ଯେ ତା ମୁହଁକୁ, ସେ ଯା ମୁହଁକୁ ଅନେଇ ଅନେଇ ପୋଖରୀ ଆଡ଼େ। ବାଟରେ ସେଇ ଥୁଣ୍ଟା ବରଗଛଟା। କେଉଁ କାଳରୁ କେଉଁ ଯୁଗର। କୋଉ କାମକୁ ପାଏ ନାହିଁ ଭଲ ଜାଲ ବି ହବ ନାହିଁ; ପଞ୍ଚାୟତ ନମାନି ଚଳିବ। ଓହଳ ଗୁଡ଼ାକ ଲହମ୍ବିଚି। ଚେର ନାହିଁ। ମୂଳ ନାହିଁ। ଖାଲି ଓହଳ। ଶୂନ୍ୟ ଶୂନ୍ୟ ଝୁଲିଲା ପରି ଦେଖାଯାଏ।

କାଳର ମଳ। ଠାବରଠା, ଜାଗାରେ ଜାଗା ଝୁଲୁଚି ଏମିତି। ତାକୁ ଦେଖୁଚି

କିଏ, ଅନାଉଚି କିଏ ? ଖୋଜିବ କିଏ ? ସେଠି ବିଷ ଅଛି କି ଅମୃତ ଅଛି ? ଧୈର୍ଯ୍ୟ କାହିଁ କାହାଠି ? ସତ ବଳୁଛି କାହାର ? ପଛକୁ ଚାହିଁବାକୁ ବେଳ ନାହିଁ କାହାରି। ଆଗେଇଛି ଦୁନିଆଟା।

ବାଲୁଙ୍ଗା ଚାହିଁଛି। ଗାଁଟା ଯାକରେ ସେଇ ଗୋଟିଏ ଲୋକ। ମନେ ମନେ ସେ ଭାବୁଚି - ଅଲଗା ରକମର। ନିଆରା ସମସ୍ତଙ୍କଠୁ। ଆଖି ଦିଟା ଯେମିତି ତାର ପଛପଟେ। ତଥାପି ସେ'ତ ଆଗେଇଛି। ପଛକୁ ଚାହିଁ ଆଗେଇ ଚାଲିଛି ମନେ ମନେ ଚାଲିଛି ମରଣ ମୁହାଁକି ଯେମିତି। ସମସ୍ତେ ଧାଇଁଛନ୍ତି ସେଇ ମରଣ ମୁହାଁ। ସେ ଯୁଗୁତି ବାଢ଼େ। କିଏ ପଛ କିଏ ଆଗ। ଯେ ପଛକୁ ଚାହିଁଛି, ସେ ବି ଆଗେଇଚି, ଯିଏ ଆଗକୁ ଚାଲିଚି ସେ ବି।

"ଆମେ ସମେସ୍ତ ଆଗେଇଛୁ।" ବାଲୁଙ୍ଗା କହେ - "ଦିନେ ନା ଦିନେ ସଭାରେ କହିବା –"

ଏଇ ଗୋଟିଏ ଲୋକ ଗାଁଆରେ। ସବୁଦିନେ ତାର ଭିନେ ଗୋଠ। କାଳୀ ଗାଈର ବାଛୁରୀ ବୋଲି ସଭିଏଁ କହନ୍ତି। ଯୁବା ବଅସର ଯେତେ ଟୋକା କେହି ବାଦ୍ ପଡ଼ନ୍ତି ନାହିଁ। ଏଇ ମଣିଆ ବି ହସେ। ମଜା କଥାରେ ଝଡ଼ିଲା ବଅସକୁ ଏମିତି ହସେ। ସବୁ ଦିନେ ହସି ଆସିଚି ବାଲୁଙ୍ଗା କଥାକୁ। ସେଥିପାଇଁ ସମସ୍ତେ ଟାହି ଦେଇ ହସନ୍ତି - ଗାଁ ଯାକ ଯେତେ ଭେଣ୍ଡିଆ। ସମସ୍ତେ ତ ମରିବେ ଦିନେ ନା ଦିନେ। କିଏ ନ ଜାଣେ। ତାଙ୍କୁ ମନେ ପକାଇ କି ଲାଭ ? କୁହାକୁହି ହୁଅନ୍ତି ସେମାନେ।

ଅଗଣି ଦାଶ ବୁଢ଼ା ମଲାଣି। ସେ କହେ - 'ଅଜରାମରବତ ପ୍ରାଜ୍ଞଃ ବିଦ୍ୟାମର୍ଥଞ୍ଚ ଚିନ୍ତୟେତ୍' ମାନେ ଅଜମର ବୋଲି ମଣିଷ ନିଜକୁ ଚିହ୍ନ। ଅର୍ଥକୁ ଧନକୁବି ସେମିତି ଅଚିନ୍ତା କରିବ। ଚାଣକ୍ୟ କହିଛନ୍ତି ଏକଥା। କେହି ସାହେବ କହି ନାହାନ୍ତି। ଅଗଣି ଦାଶ ଏମିତି ସବୁ ମନେ ପକେଇ ଦଉଥିଲା। ଏବେ ଆଉ କେହିନାହିଁ ସେମିତିଆ କଥା କହିବାକୁ। ତାପରେ କହେ, "ଗୃହୀତ ଇବ କେଶେଷୁ ମୃତ୍ୟୁନା ଧର୍ମମାଚରେତ୍।" ଲାଗିଲା କଜିଆ ଦି' ପଣ୍ଡିତଙ୍କର ଦିନେ। ଏ ପଟେ ଅଗଣି ଦାଶ, ସେପଟରେ ବଇଦ ତିଆଡ଼ୀ ସଂସ୍କୃତ ପଢୁଆ। ସେ ଇଂରାଜୀ ପଢ଼ିଛି। ଇସ୍କୁଲ ମାଷ୍ଟର। କହିଲା, "ଯା ମାନେ ହେଉଛି, ବିଦ୍ୟା ପଢ଼ିଲା ବେଳେ, ଧନ ଅର୍ଜନ କଲା ବେଳେ ମୁଁ ମରିଯିବି, ବୁଢ଼ା ହେଇଯିବି ବୋଲି ଭାବିଲେ ମଣିଷର ଧନ ଅର୍ଜନ କରିବାକୁ କି ବିଦ୍ୟା ପଢ଼ିବାକୁ ମନ ହବ ନାହିଁ ମରିତ ଯିବ ! କାହିଁକି ଏତେ କଥା ! ଏମିତି ଭାବିବ କିଆଁ ? ସେଥିପାଇଁ ଚାଣକ୍ୟ କହିଲେ - ନିଜକୁ ଅଜର ଅମର ବୋଲି ଭାବି ପାଠପଢ଼। ଧନ ସଞ୍ଚ ! ଆଉ ଯମ ଆସି ଚୁଟି ଧଇଲେ ଯାଇ ଧର୍ମ କରିବ। ଅଗଣି ଦାଶ ମାନିଲା ନାହିଁ। କହିଲା,

ତା’ ଅର୍ଥ ଯା ନୁହେଁ। ମଣିଷ ଧନ ଅର୍ଜନ କଲାବେଳକୁ ତର ତର ହେବ ନାହିଁ। କାରଣ ଏକା ଦିନକେ ପାଠପଢ଼ା, ସରେ ନାହିଁ କି ଏକା ଦିନକେ ଧନ ଅର୍ଜନ କରି ଟଙ୍କାର ବଦାଡ଼ି ମାରି ହୁଏ ନାହିଁ। କହିଲା କ୍ଷୁଦ୍ର କୀଟ ଉଇ ଅଳ୍ପ ଅଳ୍ପ କରି ରଚଇ ଉଇ ହୁଙ୍କା ନା କ’ଣ କହିଲା। କାଲି ମରିଯିବି, ବୁଢ଼ା ହୋଇଯିବି, ଆଉ ପଢ଼ି ପାରିବି ନାହିଁ କି ଅର୍ଜନ କରି ପାରିବି ନାହିଁ। ଏମିତି ଭାବି ତରବରିଆକି ସେ ସବୁ କରିବା ଠିକ୍ ନୁହେଁ। ଆଉ ଦିନ ଗଡ଼େଇଦେଲେ କାଳ ଟାଳିଦେଲେ କ୍ଷତି ନାହିଁ। ହେଲେ ଧର୍ମ କଲା ବେଳକୁ ଦଣ୍ଡେ ଘଡ଼ିଏ, ପକ୍ଷେ ଲିତେ ବି ବିଳମ୍ବ କରିବ ନାହିଁ। ଟାଳିଦେବ ନାହିଁ। ମନେ କରିବ ସେ ଯମ ଆସି ଚୁଟି ଧରିଲାଣି। ସାଙ୍ଗେ ସାଙ୍ଗେ ନକଲେ ଆଉ ଯୋଗ ଘଟିବ ନାହିଁ। ଲାଗିଛି କଳି, ଦି’ ପଣ୍ଡିତଙ୍କର। ଏତିକିବେଳେ ଯାଇ ପହଞ୍ଚିଲା ମୂର୍ଖ ଭୂଷଣ୍ଡ ବାଲୁଙ୍ଗା। ଦିଜଣ ଯାକ ମାନିକଲେ ବାଲୁଙ୍ଗାକୁ। ଯେଉଁ ଟୀକାଟା ବାଲୁଙ୍ଗାକୁ ଭଲ ଲାଗିବ, ସେଇଟା ଠିକ୍ ବୋଲି ଦିହେଁଯାକ ମାନିନେବେ। କଥା ସାର ହେଲା। ବାଲୁଙ୍ଗା କହିଲା - ତାକୁ ତ ସଂସ୍କୃତ ବୁଝା ନାହିଁ। ସେ କଣ କରିବ? ସେଇଠୁ ଦିହେଁଯାକ ତାକୁ କାହାମାନେ କଣ କଞ୍ଚା ଓଡ଼ିଆରେ କହିଦେଲେ। ବାଲୁଙ୍ଗା କହିଲା – “ହେ ଭାଇ, ମୋତେ ତ ଆଉ ଗୋଟେ ବାଟ ଦେଖା ହଉଛି ଘୋଷା ନ ହବ ତ କହିବି।”

ଦି’ ପଣ୍ଡିତ ଯାକ ଏଥର ହସାହସି ହେଲେ, ମୂର୍ଖ କଥା ଶୁଣି। ବଇନ ତିଆଡ଼ି କ’ଣ ଇଞ୍ଜିମିଞ୍ଜିରେ କହିଲା। ତାର ମାନେ ପରେ ଜଣେ ଓଡ଼ିଆକରି ବୁଝେଇ ଦେଲା ଯେଉଁଠିକି ଦେବତାମାନେ ଯିବାକୁ ଡରନ୍ତି, ସେଠିକି ସେ ଧସେଇ ପଶେ, ସେ ବୋକା। “ମୁଁ ବୋକା ହୁଏ ଯାହା ହୁଏ,” ବାଲୁଙ୍ଗା ଟୀକା ବୟାନ କଲା ପୂର୍ବରୁ ଦି’ଜଣଙ୍କ ରାଗ କୁଆଡ଼େ ଚାଲିଯାଇଥିଲା। ଦୁହିଁକି ଦୁହେଁ ଗୋଟାଏ ମଜା ଦେଖିବା ପାଇଁ ବସିଥାନ୍ତି। ବାଲୁଙ୍ଗା କହିଲା, “ହେଇଟି ଶୁଣ! ଅଜରା ମାନେ ମୋତେ ଲାଗୁଚି, ଯିଏ ଲୁଣରେ ଜରି ନାହିଁ, ମାନେ ଅଲଣା, ଅଲାଜୁକ, ନିପଟ ବେଇୟା। ଅମଡ଼ା ମାନେ ଯେଉଁ ବାଟରେ କେହି ଚାଲି ନ ଥାନ୍ତି। ଆବୁଡ଼ା ଖାବୁଡ଼ା ରାସ୍ତା। ମାନେ ଯିଏ ଅଲାଜୁକ, ବେଦୁରସ୍ତ, ସେଇମିତିଆ ଲୋକେ ପାଠ ପଢ଼ନ୍ତି, ଧନ ଅର୍ଜନ୍ତି। ବେ ଅକଲ ଲୋକଗୁଡ଼ାକ ସେ। କିରେ ବାବୁ, ମଲେ କ’ଣ ଧନ ବିଦ୍ୟାକୁ ସାଙ୍ଗରେ ନେଇଯିବ? ତା’ ହେଲେ ଏତେ ପାଠ କିଆଁ? ଏତେ ମିହନ୍ତ କାହାପାଇଁ? ଆଉ ଯମ ଭଳିଆ ଧର୍ମ କରିବ। ମାନେ ମରଣଟା ଯିମିତି ନିଶ୍ଚେ ଆସିବ, ଧର୍ମଟାକୁ ସେମିତି ନିଶ୍ଚେ କରିବ। ଜନ୍ମ ସାଙ୍ଗରେ ଯେମିତି ମରଣ ରହିଛି, କର୍ମ ସାଙ୍ଗରେ ସେମିତି ଧର୍ମ ରହିଛି। ଧନ କାହିଁକି ଅର୍ଜିବ ମଣିଷ? କହିଚି ପରା, ଧନ ଅର୍ଜନେ ଧର୍ମ କରି, ଧର୍ମେ ପ୍ରାପତ

ନରହରି। ଯେଉଁ ଧନ ଦେଇ, ଯେଉଁ ବିଦ୍ୟାବଳରେ ନରହରି ପରି ଦେବତା ମିଳନ୍ତି; ନୋହିଲେ, ସେ ଧନ ସେ ବିଦ୍ୟା ମଣିଷ କାହିଁକି ଅର୍ଜିବ ଭଲା ? କହିଲ ହାନ୍ତେ ? ଧନ କଣ ସ୍ୱର୍ଗକୁ ନବ ?"

"କିନ୍ତୁ ଗାଁଟା ଯାକ ସମସ୍ତେ କହୁଛନ୍ତି - ଧନ-ଧନ-ଧନ। ସମସ୍ତେ ଅନେଇଛନ୍ତି ଧନ-ଧନ-ଧନ!!! ଟଙ୍କା ଟଙ୍କା ଟଙ୍କା!!! ସମସ୍ତଙ୍କର ମନ, ଏକା ରାତିକେ ଧନୀ ବଡ଼ଲୋକ ହୋଇଯିବେ। କୁଆଡୁ ଆସିବ ଟଙ୍କା! କୁଆଡୁ ଆସିବ ଧନ!! ଯେମିତି ପାରେ ସେମିତି ହେଉ ଟଙ୍କା ଲୋଡ଼ା। ଚୋରିକରି, ଡକେଇତି କରି, ବାଟପାରି, ହଡ଼ା ବେପାର କରି, ଯେମିତି ଇଚ୍ଛା ସେମିତି ଟଙ୍କା ଆଣିବାକୁ ହବ। ସେଥିରେ ପାପ ନାହିଁ। ଦୋଷ ନାହିଁ। ଧନଟାଇ ଧର୍ମ। ଧର୍ମ ବୋଲି ଆଉ ଗୋଟାଏ କିଛି ଅଲଗା ପଦାର୍ଥ ନାହିଁ। ଧର୍ମଟା ପଦାର୍ଥ ନୁହେଁ, ମଣିଷର ନିଶା। ଧନ ଅର୍ଜନ କଲେ ସେ ନିଶା ଛାଡ଼ିଯାଏ ପାପ ପୁଣ୍ୟ ଧାରଣା ଉଭେଇ ଯାଏ। ଆଖି ବୁଜି ଧନ ଅର୍ଜନ କରିଯାଅ। ଆଖି ନାହିଁ, କାନ ନାହିଁ, ଯା ଦେହରେ ବାଜିବ ଦୋଷ ନାହିଁ। ଧନ ଅର୍ଜନ କଲେ କାହାରିକି ନା କାହାରିକି ବାଧିବ। ସେଥିରେ ଦୋଷ ନାହିଁ।"

"ଖାଲି ଟଙ୍କା ଟଙ୍କା ଟଙ୍କା ଟଙ୍କାର ଭୋକ। ଭାତର ଭୋକ ନୁହେଁ ଟଙ୍କାର ଭୋକ। ଭାତ ଭୋକତ ଟିକକରେ ମରିଯିବ। ମୁଠିଏ ଚାଉଳ, ଗଣ୍ଡିଏ ଡାଲି, ଦି'କେରା ଶାଗ। ବାସ୍ ଶେଷ୍। କିନ୍ତୁ ଏ ଟଙ୍କା ଭୋକ ଯେ ମହୀରାବଣର ଭୋକ ପରି କଭେ ମେଣ୍ଟଣ ହେବାର ନୁହେଁ।"

"ମଣିଷର ଧନ ଲୋଡ଼ା। ଟଙ୍କା ଲୋଡ଼ା। ସ୍ୱାଧୀନତା ମାନେ ଏଇ ଭୋକ। ଧନର ଭୋକ। ମଣିଷ ଧନୀ ହବ। ଦେଶ ଧନୀ ହବ। ମଣିଷର ଜନ୍ମ ସେଇଥି ପାଇଁ। ଧନ ଅର୍ଜିବା ପାଇଁ। ଟଙ୍କା ରୁଣ୍ଡାଇବା ପାଇଁ ମଣିଷ ବଞ୍ଚେ, ଜାତି ବଞ୍ଚେ, ଧନରେ, ମନରେ ନୁହେଁ। ସ୍ୱାଧୀନତା ସିକେଇଚି।"

"ଚାରିଆଡ଼େ ହୋରଡ଼ି ପଡ଼ିଛି। ହାଉଳି ଖାଉଚନ୍ତି ଲୋକେ। ହାଲୋଳି ଉଠିଛି। ଦେଶକୁ ଧନୀ କରିବାକୁ ହବ। ଜାତିକୁ ଧନୀ କରିବାକୁ ହବ। ହେଇ ହେଇ ଆସିଲାଣି। ବିଦେଶୀ ଶାସନ, ଗୋରା ଲୋକେ ଆମକୁ ମାଡ଼ି ବସିଥିଲେ। ପଳେଇଲେ ଲାଙ୍ଗୁଳ ଜାକିକି ବୋଲି କହୁଚନ୍ତି କଂଗ୍ରେସବାଲାଏ। ଏବେ ଦରିଦ୍ରତା ମାଡ଼ି ବସିଚି। ସେ ବି ପଳେଇବ, ଦି' ଗୋଡ଼କୁ ଆପଣା କାନ୍ଧରେ ପକେଇ। ଠଅର ଠଅର : ଆଉ ଡେରି ନାହିଁ।"

ନେତାମାନେ କହୁଛନ୍ତି - "ହେଇ ବରଷିଲା। ପାଟିକି ଖାଲି ଆଁ କରି ବସିଥା, ଘିଅ ମହୁ ବର୍ଷିବ।"

ସରକାର କହୁଛନ୍ତି – "ହେଇ ହେଲା ହେଲା। ଯୋଜନା ହେଲାଣି। ପରଶମଣି ଛୁଇଁଲାକ୍ଷଣି ସବୁ ସୁନା।"

ବାଲୁଙ୍ଗା କହେ – "ଦେଶ ସୁନା ହଉ ପଛେ, ମଣିଷ ସୁନା ମୁଣ୍ଡେ ନ ହଉ।"

ଏକା ଏଇ ବାଲୁଙ୍ଗା। ଯୋଜନା ନା ଶୁଣିଲେ ହସେ। ହସିଦିଏ।

ରାମବାବୁଙ୍କ ମୁହଁରେ ସେଇ ଏକ କଥା। ନେତାମାନେ ଯାହା କହନ୍ତି। ସେ ବି ତ ସେଇ ନେତା। ତାଙ୍କର ବି ଗୋଟାଏ କି ପାଟି ଅଛି। ଆଉ ସବୁ ପାଟି ପରି। ଗୋଟିଏ ଗୋଟିଏ ସୁରସା ଏଇ ପାଟି ସବୁ। ଆଁ କରି ବସିଚନ୍ତି। ରାମବାବୁଙ୍କ ପାଟିଟା ! ସରକାରଙ୍କ ବିରୋଧୀ ପାର୍ଟି। କଙ୍ଗରସ ସାଙ୍ଗରେ ତାଙ୍କର ଦିନେ ନାହିଁ। ଭାଷାଟା କେମିତିକା ତେଢ଼ିଆ। ସେମିତି ଲାଗେ ବାଲୁଙ୍ଗାକୁ। ଦେଶଟା ଧନୀ ହବ। ସେ ବି କହନ୍ତି ସେଇ କଥା। କେମିତି ହବ। ଦେଶଯାକ ସମସ୍ତେ ଖଟିଲେତ ଧନୀ ହବ। ଧନ କ'ଣ ଆକାଶରୁ ଖସିବ ? ରାମବାବୁ କହନ୍ତି – ଧନ ଏଇଠି ଅଛି। ବଡ଼ ଲୋକମାନେ ମାଡ଼ି ବସିଛନ୍ତି। ତାଙ୍କଠୁ ଛଡ଼େଇ ଆଣିବାକୁ ହବ। ଏଣେ ଯେ ଅସୁମାରି ଲୋକ। ଲକ୍ଷ ଲକ୍ଷ କୋଟି କୋଟି ସଂଖ୍ୟାରେ ପେଟରେ ଓଦାକନା ଦେଇ ପଡ଼ିଛନ୍ତି। ପରପାଇଁ ଦରଜ ଅଛି ରାମବାବୁଙ୍କର। ହେଲେ ବସି ଖାଇଲେତ ନଈ ବାଲି ସରେ। ବଡ଼ ଲୋକଙ୍କ ସମ୍ପତ୍ତି ଏମିତି କେତେ କି ?

ରସିକ ପଟ୍ଟନାହାକେ କହନ୍ତି – 'ହେଇଟି ମୋ କୋଠାକୁ ଦେଖ' ବରଷ କେଇଟାରେ ଦୋତାଲା କୋଠା ପିଟି ଦେଲେ ଗାଁରେ। କେଇଟା ଲୋକଙ୍କର ଦୋତାଲା ଅଛି ? ଜମିଦାର ମହାଜନ ବି ତାଙ୍କ ଚଉଦ ପୁରୁଷରେ କେହି କେବେ ତୋଳେଇ ନ ଥିଲେ। ଧନ କାହାକୁ କହନ୍ତି ଦେଖ। ଧନ କେମିତି ଆସେ ଶିଖ।

ଅଗଣି ଦାଶ କହୁଥିଲେ ବଞ୍ଚିଥିଲା ବେଳେ – ବଣିଜେ ବସଇ ଲକ୍ଷ୍ମୀ। ତା ଅଧା କୃଷିକର୍ମରେ। ହସନ୍ତି ରସିକ ପଟ୍ଟନାୟକ ତା କଥା ଶୁଣି। ସବୁ ତାଙ୍କ ପାପୁଲି ତଳେ। ଚକି ଓଲଟାଇ ଦେଲେ ଭାଗ୍ୟ ଓଲଟି ଯାଏ। ତଳ ଉପର, ଉପର ତଳ। ଲେଉଟେଇ ଦେଲେ ହେଲା। ସେ ନହେଲେ ତାଙ୍କ ପୁଅ କାହିଁକି ନ ହେଲା। ପୁଅ ବିଶ୍ୱଜିତ ପଟ୍ଟନାୟକ ମିଷ୍ଟର ପଟ୍ଟନାୟକ ଆଇ.ଏ.ଏସ୍.। ବଡ଼ ହାକିମ। ବଡ଼ ଅଫିସର। ଭାରି ବଡ଼। କହନ୍ତି, ସେଇତ ରଜା। ରସିକ ପଟ୍ଟନାୟକଙ୍କ ପୁଅ କେମନ୍ତେ ରଜା। ଗୋଟେ ଗୋଟେ ଜିଲ୍ଲାର ରଜା। ତା'ପରେ ସାରା ଓଡ଼ିଶାର, ଗୋଟେ ଗୋଟେ ପାଇଟି ନେଇ ରଜା। କିଏ ରାସ୍ତା ଘାଟର ରଜା, କିଏ ନଈ ନାଳ କୂଅ ପୋଖରୀର ରଜା। କିଏ ଇସ୍କୁଲ କଲେଜର ରଜା, କିଏ ଦିହପା, ବେମାର ଆରାମ, ଡାକ୍ତର କମ୍ପାଉଣ୍ଡରଙ୍କ ରଜା। ଏମିତି ସବୁ ଭାଗ ଭାଗକି ରଜା ହୁଅନ୍ତି। କହନ୍ତି, ମନ୍ତ୍ରୀ ମାନେ

ନାଆଁକୁ। ନାମକାବାସ୍ତେ। କୁଛ୍ କାମ୍‌କା ନେହିଁ। ଆଜି ଆସିଲେ କାଲିଗଲେ। ଦି'ପଦ ଖେସାମତ୍‌ରେ ଶେଷ। ସାପ ଗାରଡ଼ି ଶୁଣିଲାପରି ଚୁପ୍। ଅସଲ ଶାସକ ଏଇ ରସିକଙ୍କ ପୁଅ ବିଶ୍ୱଜିତ୍ ଆଉ ତାଙ୍କ ସାଙ୍ଗସାଥୀ।

ତାଙ୍କ ସମୁଦି ବି ଖୁବ୍ ବଡ଼ ଅଫିସର ଥିଲେ ଓଡ଼ିଶା ସରକାରଙ୍କର। ପେନ୍‌ସନ୍ ନେଲେଣି ନା କ'ଣ! ପୁତୁରା ଡାକ୍ତର। ବଡ଼ ଡାକ୍ତରି ପଢ଼ିବାକୁ ଯାଇଛି ଏବେ ବିଲାତ। ଜୁଆଇଁ ଇଞ୍ଜିନିୟର। ପଇସା ହାଉଯାଉ। ତାଙ୍କ ଝିଅ ଥରେ ପୁଆଣି ଆସିଥିଲା ଯେ ସୁନା ଗହଣାରେ ଛାଇ ହେଇଥିଲା। ଗୋଡ଼କୁ ଛାଡ଼ିଦେଲେ ଆଉ ସବୁଆଡ଼େ ସୁନା କି ସୁନା। ଲକ୍ଷ୍ମୀ ତାଙ୍କରି ଘରେ। ଲକ୍ଷ୍ମୀଙ୍କି ବାନ୍ଧି ପକେଇଛନ୍ତି ଖଟ ଖୁଣ୍ଟରେ ଯେମିତି। ଖଟେଇ ଦେଇଛନ୍ତି ପୋଇଲି ପରିବାରୀ କରି।

ଗୋଲାମଘର ବହୁର ଦାଣ୍ଡଦୁଆରୁ ଘର ଭିତର ଯାଏଁ ଲକ୍ଷ୍ମୀପାଦପଦ୍ମ ପଡ଼ଚି। ଏମିତି ପଡ଼େ ପ୍ରତି ମଗୁଶିର ମାସ ମାଣବସାରେ ଗୁରୁବାରକୁ ଗୁରୁବାର ଆଜିରି ବାରେ। ଜଗେଇର ପୁଅ ଭଗେଇ ମାହାନ୍ତି ବାପଠୁଁ ଭିନେ ହେଇ ଆସି ଗାଁ। ଏ ମୁଣ୍ଡରେ ଘର କରିଛି। ଛିଗୁଲା ଜଗେଇର ପୁଅଟା ତା'ଘରେ ବି ଲକ୍ଷ୍ମୀ ବିଜେ କରନ୍ତି ଚଷା ଭୂଷା ଗଉଡ଼ ବାଉଡ଼, ରାଢ଼ୀ ନିଆରୀ, ପାଣ କଣ୍ଡରା, ଧୋବା ବାରିକ, କମାର କୁମ୍ଭାର ସମସ୍ତଙ୍କ ଘରେ ମାଣ ବସେ। ଏବେ ବି ବସୁଛି। ଚାଣ୍ଡାଲୁଣୀ ଘରେ ତ ବେଶୀ ପଧିପ। ବ୍ରାହ୍ମଣଠାରୁ ଚଣ୍ଡାଳ ପର୍ଯ୍ୟନ୍ତ ସମସ୍ତଙ୍କ ମାଇପେ ମାତି ଯାଆନ୍ତି ଲକ୍ଷ୍ମୀପୂଜାରେ।

ଖାଲି ରସିକ ପଟ୍ଟନାୟକଙ୍କ ପରି କେଇ ଘରକୁ ଛାଡ଼ି। ଯେଉଁମାନେ ସହରରେ ଯାଇ ଦୋତାଲା ଘର କଲେଣି, ସେମାନଙ୍କର ଆଉ ଗାଁରେ ମାଣ ବସେ ନାହିଁ। କେଜାଣି ସେଠି ବା କ'ଣ କରୁଥିଲେ କରୁଥିବେ - ସେଇ ସହରରେ ଏଠି କିଛି ନାହିଁ। ରସିକ ପଟ୍ଟନାୟକ, ପଟ୍ଟନାୟକ ସାହେବଙ୍କର ଏଠି ସେଠି ଦୁଇ ଜାଗାରେ ଘର। ଅସଲ ଘର ସହରରେ। ଏଠି ଦୋହରା ଘର। କେବେ କିମିତି ବୁଲି ଆସନ୍ତି ଗାଁକୁ ହାଉଆ ଖାଇବାପାଇଁ। ସହରର ଘୋ ଘାରେ ବେଳେ ବେଳେ ଧିଅ ଉଘେଇଯାଏ। ପଳେଇ ଆସନ୍ତି କିଛି ଦିନ ନିକାଞ୍ଚନରେ କଟେଇବାପାଇଁ। ରଜା ଚାଉଳ ଚୋବେଇଲା ପରି।

ମୋହନ ପଟ୍ଟନାୟକ ଏବେ ଭିନେ। ରସିକଙ୍କ ଭାଇ, ସାନଭାଇ। ପିଲା ପଦ୍ମେ ମୋହନଙ୍କର ପୁଅ ଝିଅ ନାତି ନାତୁଣିକି ସେମିତି କିଛି ଭଲ ଚଳନ୍ତି ନାହିଁ ଭିନେ ହବା ଦିନଠୁ। ଜମି କେଇମାଣ ଭାଗରେ ଯାହା ପଡ଼ିଲା, ସେତିକି ସାଙ୍ଗରେ ଥିଲା ବେଳେ ଯେତେବେଳେ ଯାହା ଦରକାର ପଡ଼େ ଭାଇ ପଠାନ୍ତି। ଭାଇଙ୍କ ସମ୍ପତ୍ତି ଜଗନ୍ତି ମୋହନ। ବରଷଯାକ ଚାଉଳ ଚଳାନ୍ତି। ପଠେଇ ଦିଅନ୍ତି ଯେତେବେଳେ

ଯେଉଁଠି ଥାଆନ୍ତି ବଦଳି ହେଇ। ମୋହନ ଭିନେ ହବାକୁ ଚାହିଁ ନଥିଲେ। ରସିକ ଭାବିଲେ କି କଣ ଯେ ଭାଇର ବେଙ୍ଗ ପହଣ ପରି ମେଞ୍ଚେ ଛୁଆ। ସେ କାହିଁକି ପୋଷିବେ, ପାଳିବେ, ପାଠ ପଢ଼େଇ ମଣିଷ କରିବେ। ଭିନେ ହେଲେ। ମୋହନ ମନା କରି ନାହାନ୍ତି। ମନା କରିବାର କିଛି ନ ଥିଲା। ଭାଗ୍ୟକୁ ଆଦରି ଦୁଃଖେ ସୁଖେ ପଡ଼ିରହିଲେ।

ମୋହନଙ୍କ ଘରେ ମାଣ ବସେ। ଲକ୍ଷ୍ମୀ ପାଦ ପଦ୍ମ ଚିତା ପଡ଼େ। କିନ୍ତୁ ମା' ଲକ୍ଷ୍ମୀ କେବେ ହେଲେ ପ୍ରସନ୍ନ ହେଲେ ନାହିଁ। ଯାହାକୁ ଲକ୍ଷ୍ମୀ ନ ଚାହାନ୍ତି ତାକୁ ଷଠିଯୋଶୀ ବଡ଼ କୃପା ଦୃଷ୍ଟିରେ ଚାହାନ୍ତି। ସେଥିପାଇଁ ମୋହନଙ୍କର ପିଲାଝିଲାକି ପଣେ ଖଣ୍ଡେ ବଡ଼ ପୁଅଟା ପାଠ ପଢ଼ିଲା ନାହିଁ। ବଗୁଲିଆ ଧରିଗଲା। ପିଲାଦିନେ ରସିକଙ୍କ ପାଖରେ ରହି ପଢୁଥିଲା। ଭାରି ଚଗଲା ହେଲାକୁ ରସିକ ପାଖରେ ରଖି ବାକୁ ମନାକରିଦେଲେ। ତାଙ୍କ ଛୁଆ ସବୁ ଯା ସାଙ୍ଗରେ ପଡ଼ି କାଳେ ବିଗିଡ଼ି ଯିବେ। ଗାଁକୁ ଆସି ବି କିଛି କଲା ନାହିଁ। ବିଲବାଡ଼ି ଦେଖିଲା ନାହିଁ। ବାପ ଯେତେ କହିଲା, ଶୁଣୁଚି କିଏ ? ଆଜି କାଲିକା ଟୋକା ତ ! ବାପ ଆଉ କିଛି ବାଟ ନପାଇ ଛନ୍ଦି ଦେଲା। ହାତକୁ ଦି' ହାତ ହେଲାଠୁ, ମନ ଘରଧରି ଯାଇଛି। ଏବେ ବାଟକୁ ଆସିଲାଣି। ବିଲବାଡ଼ିକି ଯାଏ କାମ ଧନ୍ଦା ଦେଖେ। ମୂଲିଆ ପାନିଆଙ୍କ କଥା ବୁଝେ। ବହୂ ଆଣିଲେ ମୋହନ। ଗରିବ ହେଲେ କ'ଣ ହେବ, ଖୁବ୍ ଖାନ୍‌ଦାନ୍ ବୁନିଆଦି ଘରୁ। ଗରିବ ହେଇଗଲେ ଏବକୁ। ଆଗେ ଜମିଦାର ବୋଲି ନା ଡାକ ଥିଲା। ଜମିଦାରୀ ଗଲାଠୁ ପଡ଼ିଗଲେ। ମୋହନ କହିଲେ - ପଡ଼ିଲା ଘରୁ ଝିଅ ଆଣିବ - ଉଠିଆ ଘରକୁ ଝିଅ ଦବ। ଖାପିଗଲା ତାଙ୍କ କଥାଟା। ବହୂ ନୁହେଁ ଯେ ସାକ୍ଷାତ୍ ଲକ୍ଷ୍ମୀ ଠାକୁରାଣୀ ଯେମିତି ବିଜେ କରିଚନ୍ତି। ଗାଁଯାକ ସମସ୍ତେ କହନ୍ତି ଏକ ମୁଖରେ। ପାଠ ପଢ଼ିଛି। ମୂର୍ଖ ନୁହେଁ। ବେ ଏମେ ନ ହେଲାନାହିଁ। ଗୀତା ଭାଗବତ, ପୋଥି ପୁରାଣ, ଛାନ୍ଦ ଚଉପଦୀ, ଢଗ ଢମାଳି ସବୁ ମାଲୁମ୍। ମୁଖସ୍ଥ। ଦୁଃଖୀ ରଙ୍କୀଙ୍କର ତ ଜୀବନ। ଉପାସ ଭୋକରେ ଯିଏ ଯାଇ ମୋହନଙ୍କ ଦୁଆରେ ଠିଆ ହେବ, ସେ ଆଉ ଫେରିବ ନାହିଁ, ଖାଲି ପେଟରେ କି ଖାଲି ହାତରେ, ଯଦି ବହୂସାନ୍ତାଣୀଙ୍କ କାନରେ ଆୱାଜ ବାଜିଛି। ପାଠ ଆଉ କାହାକୁ କହନ୍ତି ? ପାଠ ଆଉ କାହିଁକି ପଢ଼ନ୍ତି ? ଯିଏ ପର ମନ ନ ବୁଝେ ଯେତେ ପାଠ ପଢ଼ିଲେ ବି ସେ ଗଣ୍ଡ, ମୂର୍ଖ। ସୁନ୍ଦର ବୋଲେ ସେ ପୋଥି। କାନରେ ପଡ଼ିଲେ ସେଠୁ ଉଠି ଯାଇହବ ନାହିଁ। ଖଟୁଲିରେ ମାଣମାଣିକା ଥାପି ଦେଇ, ପାଟପଟନି, ଗହଣା ଗାଣ୍ଠି ପିନ୍ଧେଇ ଦେଇ ଯେତେବେଳେ ସେ ମାଣବସା ପଢ଼େ, ଦଶ ପାଞ୍ଚ ଘରୁ ଝିଅବହୂ ଆସି ଶୁଣନ୍ତି--

ନମସ୍ତେ କମଳା ମା'ଗୋ ସାଗର ଦୁଲଣୀ
ନମସ୍ତେ ନମସ୍ତେ ଲକ୍ଷ୍ମୀ ବିଷ୍ଣୁଙ୍କ ଘରଣୀ।
ନମସ୍ତେ କମଳାଳୟା ଅତି ଦୟାବତୀ
ସ୍ଥାବର ଜଙ୍ଗମ କୀଟ ଆଦି ପାଳୁ ନିତି।
ତୋର ଦୟାବଳେ ମା'ଗୋ ଦରିଦ୍ର ଜନର
ହୁଅଇ ଅଚଳ ବିତ୍ତ ଜିଣଇ କୁବେର।

ଲକ୍ଷ୍ମୀଙ୍କ ଦୟା ହେଲେ ଆଗେ ମଣିଷ କୁବେରକୁ ଜିଣୁଥିଲା। ଏବେ କୁବେର ଲକ୍ଷ୍ମୀଙ୍କୁ ଜିଣି ମନ କଲାଣି କଳିଯୁଗରେ ଲକ୍ଷ୍ମୀପୂଜା କଲେ ଫଳ ମିଳେ ନାହିଁ। ମିଳେ କୁବେର ପୂଜାରେ। ଏ ପରା କଳିକାଳ ! ଲକ୍ଷ୍ମୀକି ଉଝେଇ ଦେଇ କୁବେର ପୂଜାକର ସବୁ! ଯିଏ କୁବେରକୁ ବରିବ ସେଇ ଜିଣିବ ଦୁନିଆକୁ। ସେଇ ଟେକିବ। ସେଉ ଉଠିବ। ଲକ୍ଷ୍ମୀ କ'ଣ ଆଉ ସାଗର ଦୁଲଣୀ ହେଇ ବଇଚନ୍ତି ? ସାଗରରେ କଣ ବଣିଜ ହଉଚି ଯେ 'ବଣିଜେ ବସନ୍ତି ଲକ୍ଷ୍ମୀ' ବୋଲିବ। ମଣିଷ ଆକାଶରେ ଉଡ଼ିଲାଣି। ଲକ୍ଷ୍ମୀ ଯାଇ ଏବେ କୁବେରର ବୋଲକରୀ ହେଲେଣି।

ପଟ୍ଟନାୟକ ସାହେବଙ୍କ ଘରେ କୁବେର ପୂଜା। ଟଙ୍କା ସୁନାର ମରେଇ ବସିଚି। କହନ୍ତି, ନୋଟ ଜାଳି ଚାହା କରନ୍ତି ପଟ୍ଟନାଏକ୍ ସାହେବ। ଲକ୍ଷ୍ମୀଙ୍କ ଖାତିର ନାହିଁ। ଘରେ ମାଣ ବସେ ନାହିଁ। ଜମି ଦଶ କୋଡ଼ିଏ ମାଣ – ସବୁ ଭାଗ, ବଖରା, କୁଟା। ଆଇନ ଖାଟେ ନାହିଁ, ତାଙ୍କ ବେଳକୁ। କେତେ ମାଲିମକଦ୍ଦମା ଗଲାଣି। ଭାଗଚାଷୀମାନେ ଫାଇବ୍ ଆଇ କେଶ୍ କରି କରି ଥକତ। ଡିଗ୍ରୀ ସବୁବେଳେ ପଟ୍ଟନାୟକଙ୍କର। ହାକିମ ଡିପୁଟି ସବୁତ ତାଙ୍କରି ଗୋଷ୍ଠୀ। ସେ ଗୋଟେ ଜାତି ଭାରି ଜାତିଆଣ ଭାବ ଏମାନଙ୍କର। ବଣିଜ, ବଣିଜ ପରେ ଚାଷପରେ ରାଜ ସେବା, କଉ କାଳର କଥା ସବା ଶେଷରେ ଭିକ୍ଷା। ଏବେ ସବୁ ଓଲଟି ଗଲାଣି। ଆଗ ଭିକ୍ଷା। ଭିକ୍ଷାରେ ସବୁଠୁ ଲାଭ। ଏବେ ଆଉ ପେଟ ପାଇଁ ଭିଖ ମଗା ନାହିଁ। ଯାହା ଅଛି ସେ ବଡ଼ ହୀନ ସେବା। ଏଣିକି 'ପାଟି' ନା'ରେ ଭିକ। ତାକୁ ଚାନ୍ଦା କହନ୍ତି। ମନ୍ତ୍ରୀମାନେ ତାଙ୍କ 'ପାଟି' ପାଇଁ ଚାନ୍ଦା ଉଠାନ୍ତି। ଭିକ ମାଗିବା ସାଙ୍ଗରେ ସମାନ। ସବାଖିଆ କେଳା ଭିକ ମାଗିଲା ପରି ନ ଦେଲେ ମଣିଷମୁଣ୍ଡ ଦୁଆରେ ଥୋଇ ଦେଇ ଯିବ। ସେ ଏକ ନୂଆ ପ୍ରକାରର ଭିକ। ମୁଠାଏ ଦି' ମୁଠା ଚାଉଳ। ଏତ ଚାଉଳ ନୁହେଁ। ଲକ୍ଷ ଲକ୍ଷ କୋଟି କୋଟି ଟଙ୍କାର ଭିକ। ଏ ଭିକମଗାଙ୍କ ପରେ ଆସିବେ ଏଇ ରାଜକର୍ମଚାରୀ ଅମଲା। ମରନ୍ତି ନାହିଁ ବୋଲି ଅମଲା। ଭିକ ମଗା ମନ୍ତ୍ରୀଙ୍କ ତଳେ ଏମାନେ। ଏମାନଙ୍କ ପଇସାର ଧୋଇ ମରୁଡ଼ି ନାହିଁ। ମାସ ପହିଲାକୁ ଠଣ୍ ଠଣ୍। ଟଙ୍କା ନିଅ ଗଣି, ପାଣି ପିଅ

ଛାଣି। ତା ଉପରେ ପୁଣି ଉପୁରି। ତାର ହିସାବ ନାହିଁ। ସବୁ କୁବେର ପୂଜାର ଫଳ। ପାପ ଧନ, କୁତ୍ସିତ ଧନ ଦେବାକୁ କୁବେର ସମାନ ଦାତା ନାହିଁ। ଏଇ ପଟ୍ଟନାୟକ ସାହେବଙ୍କ ଭଳି ଯେଉଁମାନେ କୁବେର ପୂଜା କରନ୍ତି ସେମାନଙ୍କ ପାଖରେ ନ୍ୟାୟ ଅନ୍ୟାୟ, ଧର୍ମ ଅଧର୍ମ ନୀତି ଅନୀତି କିଛି ନାହିଁ। ପଟ୍ଟନାୟକ ସାହେବଙ୍କ ଗୁମାସ୍ତା ବାଡ଼େଇ ପିଟିକି ଅଧା ଅଧା ଭାଗ କରନ୍ତି, ଚାଷୀ ଯାହା ଅମଳ କରେ। ଯଉଁ ଚାଷୀ ଭାଗ ଚାଷ ଆଇନକୁ ଧରି ବସିଲା, ସେ ହେଲା ଉଚ୍ଛେଦ। ମକଦ୍ଦମା କରି ହକ ସାବ୍ୟସ୍ତ କରିବାର ଜୁ ନାହିଁ। ସମସ୍ତଙ୍କଠୁ ମୂଲ ପାଇଲି ବୋଲି ଲେଖେଇ ନିଆ ହୁଏ। ଆଉ ଯାହାର ଯେମିତି ଭାଗ ଫସଲ ଆଦାୟ ନ ହେଉ ପଛେ ପଟ୍ଟନାୟକ ସାହେବଙ୍କ ଭାଗରେ ମଳିଧୂଳି ନ ଥାଏ। ତାଗଦା କରିବାକୁ ପଡ଼େ ନାହିଁ। ଗୁମାସ୍ତା ଯାଇ ସବୁଠୁ ଭଲ କିଆରିରେ ଯାହା ଅମଳ ହେଉଥିବ ତାରି ଅଧା କରି କହି ଦେଇ ଆସେ। ସେତିକି ମାପି ଦେଇଯାନ୍ତି ଭାଗଚାଷିଏ।

ବର୍ଷେ ଖବର ଆସିଲା ଗୁମାସ୍ତାଙ୍କୁ, ଗାଁରେ ମାଣ ବସିବ। ବୋଉ ସାନ୍ତାଣୀ ନୁହନ୍ତି, ମେମ୍ ସାହେବ, ବିଶ୍ୱଜିତ୍‌ଙ୍କ ସ୍ତ୍ରୀ ଆସି ମାଣ ବସେଇବେ। ତାଙ୍କର ଭାରି ଇଚ୍ଛା - ଜିଦ୍। ମୋହନ ପଟ୍ଟନାୟକଙ୍କ ଘରେ ବସେ। ତାଙ୍କର ବି ବସିବ। ନୂଆ ହୋଇ ବସିବ। ସେ ବର୍ଷ ତାଙ୍କୁ କିଏ କହିଦେଲା ମୋହନ ପଟ୍ଟନାୟକ କେମିତି ଇଜିମାଲି ମାଣକୁ ନେଇ ବସଉଚନ୍ତି। ବଢ଼ିଲା ରାଗ। ଲାଗିଲା ଜିଦ୍। ଅଲବତ୍ ବସେଇବେ। ସେ ଇମିତି ସିମିତି ଲୋକ ନୁହନ୍ତି। ସ୍ୱାମୀ ଆଇ.ଏ.ଏସ୍.। ବାପା ଆଇ.ଏ.ଏସ୍.। ମୁଖ୍ୟ ମନ୍ତ୍ରୀଙ୍କ ପ୍ରାଇଭେଟ୍ ସେକ୍ରେଟେରୀ। ଆଉ ଯେତେ ସେକ୍ରେଟାରୀ, ଚିଫ୍ ସେକ୍ରେଟେରୀ ପର୍ଯ୍ୟନ୍ତ ସମସ୍ତେ ଡରନ୍ତି ତାଙ୍କୁ। କାହୁଁ କାହାଲବ ରଓ୍ୱାବ୍। ଝିଅକୁ କନ୍‌ଭେଣ୍ଟରେ ଛାଡ଼ିଥିଲେ ପିଲାଦିନୁ। ଏମ୍.ଏ. ପାସ୍ କଲା ଇଂଲିଶ୍। ଦନ୍ତ୍ୟ, ଓଷ୍ଠ୍ୟ ବର୍ଣ୍ଣ ଲଗାଇ କଥା କହନ୍ତି। ମିସ୍ ପରିଜା ମିସେସ୍ ପଟ୍ଟନାୟକ ହୋଇ ଆସିଲେଣି। ଆଜି କାହିଁକି ମନ ବଳାନ୍ତେ ଗାଁକୁ ଆସି ମାଣ ବସାଇବାପାଇଁ ଖାଲି ରିସାକୁ। ତାଙ୍କର ବସୁଚି, ଆମର ବସିବ। ସବୁ ମାଇପେ ସମାନ। ସମସ୍ତଙ୍କ ନା ଈର୍ଷା ଦେବୀ।

ମେମ୍ ସାହେବ ଖବର ଦେଲେ କାର୍ତ୍ତିକ ମାସରେ। କାର୍ତ୍ତିକ ଯାଇ ମାର୍ଗଶୀର ହେଲା। ବଜେ କଲେ ମିସେସ୍ ପଟ୍ଟନାୟକ। ପଟ୍ଟନାୟକ ରସିକ ପଟ୍ଟନାୟକଙ୍କ ବଧୂ। ଗାଁ ଯାକ ମାଇପେ, ବହୂ ଭୂଆଶୁଣିଏ ଧଅଡ଼ିଚନ୍ତି ପାଠୋଇ ବହୂ ଦେଖିବେ।

"ହାତୀ ନା ଘୋଡ଼ା, ବାଘ ନା ଭାଲୁ - କଣ ଦେଖିଲ କିଲୋ ? କିଏ ଜଣେ ପଚାରି ଦେଲା ଯାତରୁ ଫେରିଲା ପରି ଫେରୁଚ ତ। ଭାରି ହସ।"

ବହୂ ଦେଖି ଘରକୁ ଫେରିବା ବାଟରେ।

"ଆଖିରେ ଚଷମା ନାଇଚି ଲୋ। ସୁନା ଚଷମା। ଚିକ୍ ମିକ୍ ମାରୁଛି।" ନାରଣା ମା କହିଲା।

"ମୁହଁରେ କି ଚୂନ କାଳି ଦେଖିବ!" ଶୁଣ୍ଢିଆଣୀଟା କହିଦେଲା ପଦେ ଥଟାରେ "ଦେଖିଲୁନି!"

'ଫେଁ' କିନା ହସି ପକେଇଲା କୁନ୍ଦ। କୁନ୍ଦ ଯାଇଥିଲା, କେଇଦିନ ହେଲା ଫେରିଛି ତା ମାମୁଁ ଘରୁ। ମାମୁଁ ଘର ସହରରେ। ଶୁଣ୍ଢିଆଣୀ ବୁଢ଼ୀ କଥା ଶୁଣି ତାକୁ ଭାରି ହସ ମାଡ଼ିଲା।

"ବୋପାର ତ ନାଁ ନାହିଁ। ମାମୁଁ ଖଣ୍ଡେ କି ଚାକିରି ସହରରେ ଯାଇ କରିଛି ବୋଲି କେମିତି ଗୋଡ଼ ବୁଲେଇ ବୁଲେଇ ପକାଉଚି ଦେଖ ଏ ଟୋକୀକି!" ରାଗିଗଲା ଶୁଣ୍ଢିଆଣୀ।

କୁନ୍ଦ ଦବିଗଲା। ଭଲ ଝିଅଟିଏ। ସହର ଦେଖିଛି। ଆଖି ଟିକିଏ ଖୋଲି ଯାଇଛି। ହେଲେ ସହରର ଚକ ଚିକଣରେ ମନ ମଜିବାକୁ ବେଳ ପାଇ ନାହିଁ। ଶୁଣ୍ଢିଆଣୀ ଚିଡ଼ି ଯିବ ବୋଲି ସେ ଜାଣି ନଥିଲା। ହସଟାବି ବାହାରି ପଡ଼ିଲା ଅଣାୟିତରେ। ଭାରି ନିଡ଼ନ ହେଇ କହିଲା – "ନାଇଁ ଲୋ ମାଉସୀ, ସେ କ'ଣ ଚୂନ କଳା ମାଲିଚି କି, ତମେ କହୁଚ? ସେ ପରା ପାଉଡ଼ର୍। ଚୂନ ନୁହେଁ। ସହରର ଥିଲାବାଲା ମାଇପେ, ପାଠ ପଢ଼ା ଟୋକୀଏ ଏମିତି ଲଗାନ୍ତି ମୁହଁରେ – ଧଳା ଧଳା ପାଉଡ଼ର ଅଧା ଗୁଣ୍ଡପରି ମୁହଁରେ ମିଶି ମିଶି ଯାଏ, ତୋଫା ଦିଶନ୍ତି ଲଗେଇଲେ। କେତକୀ ଫୁଲର ରେଣୁ ଭଳି ଭାରି ବାସେ। ସେଇ ପାଉଡ଼ର ଝାଳରେ ସେମିତି ଛାବୁଲା ଛାବୁଲା ଦୁଉଚି। ଚୂନ ନୁହେଁ। ଆଉ ସେ କଳା କଣ କି ମାଉସୀ। କଜ୍ଜଳ ଆଖିର କଜ୍ଜଳ। ତେଣେ କଣ ଆମ ଏଣିକା ପରି ସବୁ, ଗାଲରେ, ଠିକ୍ ଆଖି ପତା ତଳକୁ ଲଗାନ୍ତି କିଲୋ ମାଉସୀ। ଏମିତି ଟାଣି ଦିଅନ୍ତି ଗାରଟାକୁ ଦି ଆଖିର ଦି କୋଣକୁ କାନ ମୂଳ ଯାଏ। ସେଇଟା କେମିତି ନେସି ହେଇ ଯାଇଛି। ସେଇତ ଫେସନ। ଏଇ ବଡ଼ ଘର ପାଠୁଆ ଝିଅ-ବୋହୂଙ୍କର ଧାଡ଼ିଶାଡ଼ି ଯେମିତି ପାରେ ସେମିତି ହେଲେ ବି ଫେସନ ହୋଇଯାଏ। ଆଉ ମାନେ ଦେଖା ଶିଖା ଗଉଡ଼ ବିଭାକରନ୍ତି। ବୁଝିଲୁ ମାଉସୀ?" ବୁଝେଇ ଦେଲା କୁନ୍ଦ।

"ହଇ ଲୋ ହଇ, ଦେଖି ନାହିଁ, ମୋତେ ଦେଖଉଚି! ଏହିଁ କି ଏତେ, ମୁଦି ନାହିଁ ଗୋଡ଼ କଚାଡୁ କେତେ! ଯେତେ ବଡ଼ଲୋକର ଝିଅ ହୁଅ କି ବହୂ ହୁଅ, ଯେତେ ପାଠପଢ଼, ମା ସରସ୍ୱତୀ ହେଇଯା' ଭୁଆଷୁଣୀଟା ତୁ, ତୋର ଏ କି ବେଶ? ଦାରିଆଣୀଙ୍କ ଭଳି। ଛିଆ ଲୋ।" କହିଲା ଶୁଣ୍ଢିଆଣୀ।

ଶୁକ କହିଲା – "ତା'ବି କାହିଁ ମାଉସୀ। କୂଳର ବହୂଟା। ତୁ ଗାଁରେ ସିନ୍ଦୂର

ନାଆନ୍ତୁ ନାହିଁ ସୁନ୍ଦାରେ? କ'ଣ ନା, କି ରଙ୍ଗ ସେ କେଜାଣି ଲୋ ମା, ଏଡ଼େ ଟିପାଟାଏ। ବଡ଼ସକାଳୁ ସିନ୍ଦୂରା ଫଟେଇ ସୂର୍ଯ୍ୟ ଉଇଁ ଆସୁଚନ୍ତି କି ଆଉ! ଏମିତି ନ ଦିଶିଲେ ସହରର ଝିଅବୋଲି ଚିହ୍ନିବେ ନାହିଁ କେହି।"

ପରୀ କହିଲା - "ଖାଲି ସେତିକି? କିଲୋ, ତୁ ତ ଅହିଅ ମାଇକିନିଆଟା, ହାତରେ କତୁରୀ କି ଶଙ୍ଖା ଦିମୁଠା ହେଲେ ଗଳେଇ ପକାନ୍ତୁ ନାହିଁ? ଯେତେ ବଡ଼ଲୋକି ଦେଖେଇ ହଉଥା, ସୁନା ଗହଣାରେ ଛେଇ ହେଇ ପଡ଼, ଏଇଟା ତ ହିନ୍ଦୁନାରୀର ଭୂଷଣ। କଣ ନା, ଗୋଟେ ହାତରେ ଘଡ଼ି, ଆଉ ଗୋଟିଏ ହାତରେ କିଛି ନାହିଁ। ହଁ, ହଁ ଖାଲି କାଚ ଦିଚାରିପଟ ଅଛି ନା କ'ଣ! କାହିଁ ଗଲା, ଖଡ୍ଡୁ, ବଟଫଳ, ବାଲା କି ବଳା! ଏ କି ରାଣ୍ଡ ହାତ ଲୋ ମା।"

ଘନବୋଉ ଧାନ ଶୁଖେଇଲା ପରି ତା' ପଛକୁ ତା' ପଛକୁ ଆଉ ଦି' ପଦ ଯୋଡ଼ି ଦେଇ କହିଲା 'ନା' ଅଛି ନାକରେ ନଥ, ଦଣ୍ଡୀ କି ବସେଣୀ, ନା ଅଛି ବାହାରେ ବାହ୍ୟ କି ଅନନ୍ତ। ଏ କିଆଡ଼ିଆ କଥା ଲୋ ମା!"

କୁନ୍ଦ ହସ ସମ୍ଭାଳି ପାରୁ ନ ଥାଏ। କେରଫୁଲୀଟା। ଯୋଡ଼ିଦେଲା- "ଏ କି କଥା ଲୋ ମା; ଖାଲି କଣ ବାହାରେ ବାହୀ ଥାଆନ୍ତା? ମୁଣ୍ଡରେ ଥାଆନ୍ତା ମୁକୁତାର ଝାଲି, ହୃଦରେ ଥାଆନ୍ତା ଇନ୍ଦ୍ର ଗୋବିନ୍ଦ କାଞ୍ଚୁଲି, ଅଣ୍ଟାରେ ରତ୍ନ ଓଢ଼ିଆଣୀ, ଗୋଠ କି ଚନ୍ଦ୍ରହାର କି ଚାପସରି, କାନରେ ହୀରା ମଢ଼ିଆଳ କୁଣ୍ଡଳ, ନହେଲା ଚମ୍ପା, ଗଳାରେ ଦୋ' ସରି ତିନିସରି ଚିନାମାଳ। ପାଦରେ ବାଜେଣି ନୁପୂର। ବାଙ୍କିଆ ପାଉଜ। ଆଙ୍ଗୁଳିରେ ରୂପା ଝୁଣ୍ଟିଆ। ଗୋଡ଼ ଆଙ୍ଗୁଳିରେ, ହାତ ଆଙ୍ଗୁଳିରେ ମାଣିକବସା ମୁଦି। କାହିଁ କିଛି ନାହିଁ; କଣ ନା ମୁଁ ବଡ଼ଘର ବହୂ? ଛିଆ ଲୋ!"

"ଚୁପ୍! ଝିଟ ନିଲଜ;" କୁନ୍ଦ ମା କୁନ୍ଦକୁ ରୋକିଲେ। "ବଡ଼ଙ୍କ ଉପରେ ପଡ଼ି କଥା କହୁଚୁ? ଏଇୟା ଶିଖି ଆସିଚୁ ସହରାଣୀ ମାଇଁ ପାଖରୁ?"

ଶୁଣ୍ଢିଆଣୀ ଏଥର ସାହସ ପାଇ କହିଲା - "କୋଉଁ ସହରର ଟୋକୀ ଲୋ ତୁ? ଦେଖ ଟୋକୀ ଫେଇସନ!"

ପଦିନୀ ତାର ନିଜ ମନକୁ ଯାହା ପାଇଲା କହିଲା, "ବଳିଆ ବୋଉ ଖୁଡ଼ୀ; ଯାହା କହ, ମଣିଷ ପରି ମଣିଷଟାଏ ଏକା। ଆଦର ଗଉର, କାଇଦା ଆଦପ କୋଉଥିରେ ଊଣା କି? ଏତେ ପାଠ ପଢ଼ିଛି ବୋଲି କିଏ କହିବ। ଟିକିଏ ବୋଲି ଫଉରବି ଅଛି?"

"ହଁ ଲୋ ହଁ। ଦେଖି ନାହିଁ ମୋତେ ଦେଖଉଚି।" ଶୁଣ୍ଢିଆଣୀ ଜବାବ ଦେଲା - "ଆମର ବି ଦଶ ପଚାଶ ଥିଲେ, ଆମେ ସେମିତି ଆଦର ଗଉର କରନ୍ତୁ ନାହିଁ?

ଆଦର କରିବାକୁ ମନ ନାହିଁ କାହାର ? ଅସଲ ହଉଚି ଧନ; ଗୋଡ଼ ଉପରେ ଗୋଡ଼ ପକେଇ ବଇଛି । ହାଙ୍କି ଦଉଚି । ଚାକର ବାକର ପଲେ । ନିଜ ଗତର ଖଟେଇ କରୁଚି ? ନା, କୁହ । କୁଣିଆ ମଇତ୍ର ଶଙ୍ଖାଳିବାକୁ ଅଣ୍ଟାରେ ବଳ ଥିବ, ପୋଇଲି ପରିବାରି ପଣେ କି କାହାଣେ ଥିବେ, ତେବେ ସିନା ସଇବ । କଣ ନା ଅଣ୍ଟାରେ ନଥାଇ ଧନ, ପୁଅ ବାହାକୁ ମନ ।"

ବାଲୁଙ୍ଗା କାନରେ ସବୁ ପଡ଼ିଚି । ଗାଁ ଯାକ ଖବର ତା ପାଖରେ । ସେ ଦିନ ପାକି ଯାଇଥିଲା । ଶୁଣି ଆସି ଗୋଟି ଗୋଟି ବର୍ଣ୍ଣନା କରୁଥାଏ ଜେଜେ ଆଗରେ । ମିସେସ୍ ଲିଲି ପଟ୍ଟନାୟକ । ତାଙ୍କ ନା । ରସିକ ପଟ୍ଟନାୟକ ବହୂଙ୍କର । ତାଙ୍କ ସାଙ୍ଗରେ ଯଉ ଚପରାସୀ ଆସିଥାଏ, ସେ ଖାଲି ମିସେସ୍ ପଟ୍ଟନାୟକ, ମିସେସ୍ ପଟ୍ଟନାୟକ ଘୋଷି ହଉଥାଏ । ପାକି କହିଲା - "ଜେଜେ ତମେ ଯେମିତି ହରେକୃଷ୍ଣ ହରେକୃଷ୍ଣ ହଉଚ - ଠିକ୍ ସେମିତି । ମିସେସ୍ ପଟ୍ଟନାୟକ ଖାଇବେ, ମିସେସ୍ ପଟ୍ଟନାୟକ ଶୋଇବେ, ମିସେସ୍ ପଟ୍ଟନାୟକ ବାଥରୁମ୍ ଯିବେ, ମିସେସ୍ ପଟ୍ଟନାୟକ ବହି ପଢୁଛନ୍ତି, ମିସେସ୍ ପଟ୍ଟନାୟକ ବଗିଚାରେ ବୁଲୁଛନ୍ତି ସବୁବେଳେ ସେଇ ଲିଲି ପଟ୍ଟନାୟକ - ଲିଲି ପଟ୍ଟନାୟକ - ମିସେସ୍ ଲିଲି ପଟ୍ଟନାୟକ ।"

ମିସେସ୍ ଲିଲିଙ୍କୁ ତାଙ୍କ ଶାଶୁଙ୍କର ଆଦେଶ ମୋହନଙ୍କ ଘର ମାଡ଼ିବ ନାହିଁ । ଡାକିଲେ କହି ଦବ - ଦିହ ଭଲ ନାହିଁ ।

ଲିଲି କୁଆଡ଼େ ଶାଶୁଙ୍କୁ କହିଲେ - ମିଛ କିମିତି କହିବି ?

ଶାଶୁ କହିଲେ - ଭାରି ସତିଆ ବାପର ଝିଅ ଅଇଲା କୋଉଠୁ ?

ପାକି ଶୁଣି ଆସିଛି ସେଇ ଚପରାସୀ ବାହାଦୂରୀ କରି କହୁଥାଏ କାହା ଆଗରେ, ମିସେସ୍ ପଟ୍ଟନାୟକଙ୍କ ବଡେଇ । ମିସେସ୍ ପଟ୍ଟନାୟକଙ୍କ ନାଁ ଶୁଣି, ସେଇ ଶୁଣ୍ଢିଆଣୀ ବୁଢ଼ୀଟା ଯାହା ହେଲା; ସଜ ଦହିରେ ପୋକ ପକେଇଦବା ଲୋକ ସେ । କହିଲା, ଏ କି ନାଁ ଲୋ ମା; କୁନ୍ଦ, ମଲ୍ଲୀ ସବୁ ଗାତକୁ ଗଲେ, ଚୂଲିକି ଗଲେ, ଏବେ ଅଇଲେ ଲିଲି, ଡଲି ହେଇଚି ସେ ସାହିର ରାମବାବୁ ଝିଅ ନା ଡଲି । ବାହା ହେଇଗଲା କୋଉ ବଡ଼ ଲୋକ ମିଲବାଲା ପୁଅକୁ । ଚମ୍ପା, ତୁଳସୀ, ବେଲ ଏ ନାଁ ସବୁ ଆଉ କେହି ଧରୁନାହାନ୍ତି । ମୋ ନାଁ ଅତି ଶରଧାରେ ମୋ ବର ଦେଇଥିଲା 'ଜହ୍ନ' । ଗାଁ ଯାକ ସମସ୍ତେ କହୁଥିଲେ ନଖିଆ ଘରେ ସତକୁସତ ଜହ୍ନଟିଏ ଉଇଁଚି । ମୁଁ ଛୁଆଟି ବେଳେ ଭାରି ସୁନ୍ଦର ଦେଖା ଯାଉଥିଲି । ମୋ ମା ମୋତେ ଗେହ୍ଲା କରି କହେ - "ମୋ ଚନ୍ଦ୍ରଉଦିଆ ଝିଅ ଲୋ ମା' ଆଉ କାହିଁ ଥାଏ ସେ ଦିନ ଲୋ ଅପା, ମୋ ଭାଗ୍ୟ ସିନା ମୋତେ ଏଇୟା କଲା । ମୁଁ କ'ଣ ଏଇଠି ବିଭା ହେଇଥାନ୍ତି । କେତେ ଆଡୁ କେତେ

ପରସ୍ତାବ ଆସିଲା। ବା' ମୋର କିଛି ଠିକ୍ କରି ପାରିଲା ନାହିଁ କହିଲା, କାଲି ସକାଳୁ ଯିଏ ଆଗ ଆସିବ ତାକୁଇ ଦେବି ଝିଅକୁ। ପଟିଆ ବାପର ବାପ ଆମ ଶଶୁର ତହିଁ ଆର ଦିନ ଆଗ ନ ଆସନ୍ତେ କି ଜାଣ ଯେ, ମୁଁ ଏଠି ବାହା ନ ହୁଅନ୍ତି ହେଇ ନ ଥାନ୍ତି କି ଆଜି ମୋ ମୁଣ୍ଡରୁ ସିନ୍ଦୁର ଲିଭି ନଥାନ୍ତା। ବୋଉ ଯେତେ ମନା କରିଛି, ଏ ଘର ଆମ ଯୋଗ୍ୟ ନୁହେଁ। ବା କହିଲା 'ହାତୀକା ଦାନ୍ତ, ମରଦ୍ କା ବାତ୍'; କହି କାନ୍ଦିଲା ଶୁଣ୍ଢିଆଣୀ।

ବାଲୁଙ୍ଗା ଏକଥା ଶୁଣି ହସିଲା। ମନେପଡ଼ିଲା ତା'ର, ରାହାସ ପଟ୍ଟନାୟକ ଝିଅର ଜନମ ଏଇଠି। ଏଇ ଗାଁରେ। ରାହାସ ବଡ଼ ଓକିଲ ହେଲେ। ସହରରେ ଘର କଲେ। ଝିଅ ନା ରଖିଥିଲେ ଦେବୀ। ସମସ୍ତେ ଡାକୁଥିଲେ 'ଦେବୀ ଦେବୀ' ବୋଲି। ଦେଖ୍ ଦେଖ୍ ଝିଅ ସହରକୁ ଗଲା, କି ପାଠ ପଢ଼ିଲା ଯେ ତା ନାଁ ହେଇଗଲା ବେବି। ଦେବୀ ବୋଲି ଡାକିଲେ ସେ ଖପା। ସେଇମିତି ପହଲି ଝିଅ ବୁଲି ବାହା ହେଇଗଲା। ଶଶୁର ଘର ସହରରେ। ଚଉଠି ବେଦୀରେ ତା' ଶଶୁର ନାଁ ଦେଲେ ବୁଲ୍‌ବୁଲ୍। ବୁଲି ବୁଲ୍‌ବୁଲ୍ ହେଇଗଲା।

ପାକି କହିଲା, "ଶୁଣିଛ ଜେଜେ? ଲିଲି ସାନ୍ତାଣୀ ଜିଦ୍ ଧରି ବସିଲେ, ସେ ସେଇଥିପିଁ ଆସିଚନ୍ତି, ତାଙ୍କର ମାଣ ବସିବ। ଜଣେ ଲୋକ ଯାଇ ବଡ଼ ଦେଉଳ ଲକ୍ଷ୍ମୀ ମନ୍ଦିରରୁ ମାଣୁଟିଏ ଆଣିଲା। ପଣ୍ଡା ମାଣ ଆଉ କଉଡ଼ି ନେଲା। ମୁହୁଣ୍ଡା କରିଦେଲା, କଟକୀ କାରିଗର। କେମନ୍ତେ ଭାରି ସୁନ୍ଦର ମୁଖାଟିଏ ହେଇଚି। ସାକ୍ଷାତ୍ ଲକ୍ଷ୍ମୀ ଠାକୁରାଣୀଙ୍କ ମୁହଁ କି ମୁହଁ।"

ଚିତା ପଡ଼ିଲା ରସିକ ପଟ୍ଟନାୟକଙ୍କ ଘରେ। ପଦ୍ମ ଫୁଲ ଗୋଟି ଗୋଟି, ଲକ୍ଷ୍ମୀପାଦ କୋଟି କୋଟି ଝୋଟି ଲେଖାହେଲା। ପାକିର ବୋଉ ଯେତେ ରକମର କରେ, ଛାଞ୍ଚୁଣି ମୁଠା, ଧାନଶିସା, ପିଞ୍ଛ, କଉଡ଼ି ଗାଦି, ତାଠୁଁ ବେଶି। କାଟି ଦେଇଗଲେ ଗାଁ ମାଇପେ ଆସି। ଆବୁଡ଼ା ପଡ଼ିଲେ। ସିଏ କହିଲା, ମୁଁ ଲେଖିବି, ଇଏ କହିଲା ମୁଁ କାଟିବି।

ଯେତେ କଲେ ବି ଲିଲି ସାନ୍ତାଣୀଙ୍କ ମନ ମାନିଲା ନାହିଁ। କହିଲେ ଏତେ ଚଞ୍ଚଳ ସାରିଦେଲ? ମାଇପେ ବା କ'ଣ କରିବେ। କାନ୍ଥ କାହିଁ ଯେ ଝୋଟି ଦେବେ? ସବୁ ତ ପକା। ତଳି ପକା, କାନ୍ଥ ପକା, ସେଥିରେ ଅବା ଝୋଟି କ'ଣ ଫୁଟନ୍ତା କି ଶୋଭାବନ୍ତ ଦିଶନ୍ତା। ନାଚାର ସମସ୍ତେ। ସାନ୍ତାଣୀ ଯାହା ଦେଲେ, ମନ ନମାନିଲେ ବି ଚାଲିଗଲେ ଚୁପ୍‌ଚାପ୍ ସେତକ ନେଇ।

କାଲି ମଗୁଶିର ମାସ ଗୁରୁବାର; ଆଜି।

ପଟ୍ଟନାହାକ ସାହାବଙ୍କ ଘରେ ନୂଆ ହେଇ ମାଣ ବସୁଛି। ସାତ ପୁରୁଷର ମାଣ ତାକୁ ମାଡ଼ି ବସିଲେ ମୋହନ ପଟ୍ଟନାୟକଙ୍କ ସ୍ତ୍ରୀ ଭିନେ ହେଲା ଦିନ। ରସିକ ପଟ୍ଟନାୟକଙ୍କ ସ୍ତ୍ରୀ ପାଟିକଲେ। ମୋହନ ପଟ୍ଟନାୟକଙ୍କ ସ୍ତ୍ରୀ ସାନ ସାନ୍ତାଣୀ କହିଲେ, କୋଉଁକାଳେ ମାଣ ବସେଇଥିଲ ନା ଅପା ? ଶାଶୁ ସାନ୍ତାଣୀ ତ ମୋତେ ଦେଇ ଯାଇଥିଲେ। ତମେ ଥିଲ କୋଉଠି ଏଠି ? ସେ ଗଲା ବରଷରୁ ତ ମୁଇଁ ବସେଇ ଆସୁଛି ଆଜି ତମେ ପାଟି କରିବାଟା କଣ ସୁନ୍ଦର ଦୁଉଛି ?

ଗାଁ ମାଇପେ କହିଲେ, "ଯେତେ ହେଲେ ବି ସେ ବଡ଼ ଅଂଶ। ତାଙ୍କର ନବା ଫାବୁଛି। ନଦିଆ ବୋଉର ଏଟା ନିୟତ ନୁହେଁ।" ମୋହନ ପଢୁଆଁ ପୁଅଙ୍କ ନାଁ ନଦୀୟା।

ସାରଦା ବୋଉ ବଡ଼ ଯା' ଧରି ବସିଲେ, "ମାଣ ଯଦି ମାଡ଼ି ବସିବ, ନଦୀୟା ଦି'ମାଣ ଛାଡ଼ିଦଉ।" ଏଇ ସେ ଦିନକା କଥା। ବାଲୁଙ୍ଗାର ସବୁ ମନେଅଛି। ରସିକ ବାବୁଙ୍କ ଝିଅ ସାରଦା ଶଶୁର ଘରେ ହେଁସେ ଛୁଆର ମାଆ। ତାର ନା ପଡ଼େ, ଗାଁଆରେ।

ସାଙ୍ଗେ ସାଙ୍ଗେ ରାଜି ପଡ଼ିଗଲେ ସାନ ଯା' ଶ୍ରୀମତୀ ଦେବୀ, ମୋହନ ପଟ୍ଟନାୟକଙ୍କ ସ୍ତ୍ରୀ ମହା ଆନନ୍ଦରେ। ସେହିଦିନୁ ପୂର୍ବପୁରୁଷ ପିତୃପିତାମହଙ୍କ ଅମଳର ମାଣ ମୋହନଙ୍କ ଘରେ। ପ୍ରତି ମଗୁଶିର ମାସ ଗୁରୁବାରରେ ପୂଜା ପାଆନ୍ତି। ଛୁତିକା ମୃତିକା ହେଲେ ରଖି ଦିଅନ୍ତି ମାଘ ମାସକୁ। ଶ୍ରୀମତୀ କହିଲେ, "ପୁଅ ବୋହୂ ଯଦି ମଣିଷ ହେବେ କେତେ ଦି' ମାଣ ଭୂମି ଆସିବ। ଏ ମାଣ ମିଳିବ କୋଉଠୁଁ, ମାଇପେ, କହିଲେ, "ଠାକୁରାଣୀ ଥିଲେ ବଳେ ଧନ ସମ୍ପତ୍ତିରେ ଘର ଭରି ଯିବ। ଜାଗା' ପାଇବ ନାହିଁ ରଖିବାକୁ।" ଠାକୁରାଣୀ ଘର ଆବୁରି ବସିଲେ ସତ, ହେଲେ ମୋହନଙ୍କ ଘର କେବେ ପୁରିଲା ନାହିଁ। ପୁରିଲା ରସିକଙ୍କର। ଗାଁ ଗାଁ କି ଘର ଘରକି ଯେତେ ଯେତେ ଜାଗାରେ ଲକ୍ଷ୍ମୀ ଠାକୁରାଣୀ ପୂଜା ପାଆନ୍ତି, କାହା ଘର ପୁରିଚି ହୋ ? ତଥାପି ଏ ଠାକୁରାଣୀ ପୂଜା ପାଇବେ, ପାଉଚନ୍ତି।

ବହୂ ସାନ୍ତାଣୀ ଲିଲି ଦେଇ ଯଉଁ ଦିନ ଶାଶୁଙ୍କଠୁ ଏକଥା ଶୁଣିଲେ, ସେଇ ଦିନ କହିଲେ – "ଆମର ବି ମାଣ ବସିବ;" ଜିଦି ଧରି ଗାଁକୁ ଆସିଲେ। ଏବେ ବସଉଚନ୍ତି କିମିତି; ବତେଇବ କିଏ ? ନଦୀୟା ବୋଉ ଖୁଡ଼ୀ ଶାଶୁଙ୍କୁ ସବୁ ଜଣା। ତାଙ୍କ ଘରକୁ ତ ଯିବା ମନା। କରନ୍ତି କଣ; ଗାଁ ମାଇପଙ୍କୁ ପଚାରିବାକୁ ଲାଜ ମାଡୁଚି। ମାଇପେ ଶୁଣିଲେ ହସିବେ। ଏତେ ପାଠ ପଢ଼ି କି ଲାଭ ? କହିବେ ସମସ୍ତେ। ମାଣବସା ବହି ଖଣ୍ଡେ କିଣି ଆଣିଥିଲେ ଆସିବା ବେଳକୁ। ବଡ଼ ବଡ଼ ବହି ଦୋକାନରେ ଖୋଜି ଖୋଜି ଥକିଲେ, କୋଉଠି ମିଳିଲା ନାହିଁ। ନଭେଲ ଉପନ୍ୟାସ, କାବ୍ୟ କବିତା

ନେଇ ବଡ଼ ବଡ଼ ବହି ଦୋକାନ। ସେଠି ଲକ୍ଷ୍ମୀପୁରାଣ, ମିଳିବ କୋଉଠୁ ? ଚପରାସି ଯାଇ କଚିରି ପାଖ ଦେବଦାରୁ ଗଛତଳେ ଚଟେଇ ପାରି ଦେଇ ଚଟି ବହି ସବୁ ବିଛେଇ ଦେଇଚି ଜଣେ – ଆର୍ତ୍ତତ୍ରାଣ ଚଉତିଶା, ମନବୋଧ ଚଉତିଶା, ଅଙ୍ଗଦ ପଢ଼ି, ବିଷ୍ଣୁ ସହସ୍ର ନାମ, ନଟୁ ଚୋରି, କପଟପାଶା ଏମିତି ଅସୁମାରି ବହି। ତାରି ପାଖରୁ ଦଶ ପଇସା ଦେଇ କିଣି ଆଣିଥିଲା ଖଣ୍ଡେ। ତାକୁ ଯେତେ ପଢ଼ିଲେ ହବ କ'ଣ ? ଯିଏ ଥରେ ଅଧେ କଲାଣି ସେ ସିନା ବହି ଡାକିଲେ କରି ଯିବ। ଯାହାକୁ ମୂଳରୁ କିଛି ଜଣା ନାହିଁ ତାକୁ ଖାଲି ଅନ୍ଧା ଅନ୍ଧା ଲାଗିବା କଥା।

ଗୋଲାମ ଘର ବୋହୂ ଛିଗୁଲାର ମାଇପ ଆସିଚି। ସେଇତା କହିଲା, "ବଡ଼ ଅଡୁଆ ବରତ। ସହସ୍ରେ ପାଠ। କାହାଣେ ପାଇଚି। ବଡ଼ି ଭୋରୁ ଉଷା କାଳରୁ ଉଠି ଗୋବର ଜଳରେ ଘର ଦୁଆର ଲିପି, ଲକ୍ଷ୍ମୀ ନୂଆ ମାଣ ଆଣ। ତା'ପରେ ତାକୁ ଧୋଇ ଧୋଇ ଶୁଧିଆ କଲ, ଶୁଖେଇ ଦେଲ। ତାକୁ ପୁଣି ଚିତ୍ର ବିଚିତ୍ର କରିବ। କଉଡ଼ିରେ ଆଖି ନାକ ଖଞ୍ଜିବ ଗନ୍ଧ ହଳଦୀ ଥାପି ଦେଇ। ଧୂଆ ଖଟୁଲିରେ ନୂଆ ଧାନ କୁଢ଼େଇ ଦବ। ସରୁ ଶୁକୁଳ ଧାନ। କଳା କି ମୋଟା ହେଲେ ମାରା। ମାଣରେ ପୂରା ମାଣେ ଶୁକୁଳ ଧାନ ପୁରେଇ ଗୁଆ ତିନୋଟି ହଳଦୀ ପାଣିରେ ଧୋଇ ତା' ଉପରେ ଥୋଇବ। ଇମିତି ଇମିତି କେତେ ନାଟ। ସେ କ'ଣ ସହଜ କଥା।"

ଲିଲି ସାନ୍ତାଣୀ କହିଲେ – "ଯାହାସବୁ କହିଲ, ସେତ ବହିରେ ଲେଖା ଅଛି। ତା ନ ହେଲା କଲି, କିନ୍ତୁ ଧାନ ଶିସାରେ ମେଣ୍ଟା କେମିତି ବାନ୍ଧନ୍ତ ମୋତେ ତ ଆସିବ ନାହିଁ।"

"ମୁଁ ମା ତମପେଇଁ ମେଣ୍ଟାଟାଏ କରି ବଟେଇ ଦଉଚି।" କହି ଗୋଲାମ ଘର ବହୂ ଚାଲିଗଲା। ଲିଲି ସାନ୍ତାଣୀ ମାଣ ବସା ବହି ପୁଣି ବସି ପଢ଼ିଲେ।

"ଅନ୍ଧ ବିଶ୍ୱାସ। ଏ ଗୁଡ଼ାକ ତୁଚ୍ଛା ସୁପରଷ୍ଟିସନ୍। ଅଶିକ୍ଷିତ ଲୋକଙ୍କର ମନ ଭୁଲାଣିଆ।" କୁଆଡ଼େ ଫିଙ୍ଗିଦେଲେ ବହିଟାକୁ ଏଇୟା କହି ଲିଲି ସାନ୍ତାଣୀ, ନାକି ସାହେବାଣୀ, କ'ଣ ଡ଼ାକନ୍ତି କିଜାଣି। କହିଲେ – "ଆମେ ମାଣ ନ ବସଉଚୁ ତ କ'ଣ ଭାଷିଗଲା। ଆମକୁ ଏବେ କୋଉ ଲକ୍ଷ୍ମୀ ଛାଡ଼ିଗଲେ ? ତାଙ୍କ ଘରେ ଏବେ କୋଉଠି ଲକ୍ଷ୍ମୀ ପୁରି ରହିଚନ୍ତି। ଲକ୍ଷ୍ମୀଛଡ଼ା ଗୁଡ଼ାକ। କଣ ନା, ସକାଳୁ ଶେଯରୁ ଉଠି ଯିଏ ମୁହଁ ନଧୁଏ, ତା ମୁହଁ ଦେଖିଲେ ଯଶ ନାହିଁ। ଲେଖା ହେଇଚି ଦେଖ ଏ ବହିଟାରେ। କୋଉ କାଳିକା କଥା, କି ଅଲାଗିଲା କଥା। କୁଆଡ଼େ ରାତି ଶେଷରେ ବାସୀ ଶେଯରେ ଶୋଇଲେ ଲକ୍ଷ୍ମୀ ଘରଛାଡ଼ି ଚାଲିଯାଆନ୍ତି। ତା ହେଇଥିଲେ ପେଚା ଲକ୍ଷ୍ମୀଙ୍କ ବାହନ ନହୋଇ କୁକୁଡ଼ା ହୋଇଥାନ୍ତା। ସେ ରାତି ଥାଉ ଥାଉ ଉଠେ। ପେଚା

ତ ସକାଳ ନ ହେଉଣୁ କୋରଡ଼ରେ ପଶେ। ସହରରେ ଯେତେ ବଡ଼ ଲୋକ ଅଛନ୍ତି, ଲାଖପତି, କାରଖାନା ମାଲିକ, ମନ୍ତ୍ରୀ, ସେକ୍ରେଟେରୀ ବଡ଼ଠାରୁ ସାନଯାଏ କିଏ ଦିନ ଆଠୁଟାରେ ଉଠି 'ବେଡ୍ ଟି' ନ ଖାଏ, ଶେଯରେ ଶୋଇ ଶୋଇ? କୋଉ ଏବେ ଲକ୍ଷ୍ମୀ ଛାଡ଼ି ଯାଉଚନ୍ତି ତାଙ୍କୁ? ଛାଡ଼ି ଯାଉଚନ୍ତି ନା ଅଧିକ ପେଲି ପଶୁଛନ୍ତି। ସକାଳୁ ଉଠୁ ନ ଉଠୁଣୁ ଦେଖା କରିବା ପାଇଁ ଗୁହାଳେ ଲୋକ ଠିଆ ହୋଇଥାନ୍ତି ଏମାନଙ୍କ ଦୁଆରେ। ସମସ୍ତେ ତ କାର୍ ନେଇ ଯାଆନ୍ତି। ଲକ୍ଷ୍ମୀଙ୍କ ବରର କି ଲୋଡ଼ା? ଲକ୍ଷ୍ମୀ ପୁରାଣରେ ଏ ଯାବତ କଥା ସବୁ ମନଗଢ଼ା, ଗୁଲିଖଟି ଗପ। ଏଇୟା ଭାବି ଫିଙ୍ଗି ଦେଇଥିବେ ଲିଲି ସାନ୍ତାଣୀ ଲକ୍ଷ୍ମୀପୁରାଣ ବୋଲି ଚଟି ବହି ଖଣ୍ଡକ। ଅନାବନା ଛପା ଲକ୍ଷ୍ମୀପୁରାଣ।

ପାକି କହିଲା ସେ ଆଖିରେ ଦେଖିଛି, ସାନ୍ତାଣୀ ପଢୁଥିଲେ ଗଲାବେଳକୁ। ପଢୁଥିବେ - 'ହାଡ଼ି ଘରେ ଥିବ ଲକ୍ଷ୍ମୀ ପାଣ ଘରେ ଥିବ।' ସେତେବେଳେ ସେ ଭାବୁଥିବେ, "ଇଏ କି କଥା, ଯାହାକୁ ଜଗତର ଠାକୁରାଣୀ ବୋଲି କହୁଛନ୍ତି, ଧନ ଐଶ୍ୱର୍ଯ୍ୟର ମାଲିକାଣୀ, ସେ ଲକ୍ଷ୍ମୀ କେମିତି ହାଡ଼ି ଘରେ ପାଣ ଘରେ ପଶିଲେ? ଏବକୁ ସିନା ଅସ୍ପୃଶ୍ୟତା ଉଠି ଗଲାଣି। ଯିଏ ପାଣ କଣ୍ଡରାଙ୍କୁ ନ ଛୁଇଁବ ସେ ଦଣ୍ଡ ପାଇବ। ଏ ବହି ଲେଖାବେଳେ କଣ କେହି ହାଡ଼ି ଘରେ ପଶୁଥିଲା? ପୁଣି ପଢ଼ିଥିଲେ --

ଯେଉଁ ନାରୀ ଭକ୍ତି ଚିତ୍ତେ ନ ସେବେ ସ୍ୱାମୀଙ୍କି
ସେହି ଜନ୍ମେ ଜନ୍ମ ହୁଏ ସ୍ୱାମୀ ସୁତେ ଦୁଃଖୀ।
ଯେଉଁ ନାରୀ ସ୍ୱାମୀଙ୍କୁ ଦେବତା ସମ ମଣି
ସେବା କରି ତୋଷୁ ଥାଏ ତାର ମତି ଚିହ୍ନି।

ଏ ଗୁଡ଼ାକ ସବୁ ପୁରୁଷଙ୍କ ମନଗଢ଼ା କଥା। କହି ହସିଥିବେ ସାନ୍ତାଣୀ। ସ୍ୱାମୀ କଣ? ପୁରୁଷ ସ୍ୱାମୀ, ସ୍ତ୍ରୀ ଦାସୀ। ଏଇ ପୁରାଣକୁ ପୁଣି ମଣିଷ ପଢ଼ିବ। ଏଇୟା କହି ସେ ବହିକି ଫିଙ୍ଗି ଦେଇଥିବେ। ବଳରାମ ଦାସ ଗୀତରେ କହିଲା। ଆଉ କିଏ କହନ୍ତା। ସେଇ ପୁରୁଷ ଛଡ଼ା ଏମିତି ଅସଙ୍ଗତ ଅସଭ୍ୟ କଥା କିଏ ଲେଖିବ? ରାଗ ଚଢ଼ି ଯାଇଥିବ ଲିଲି ସାହେବାଣୀଙ୍କର।

ଆହୁରି ରାଗିଥିବେ, ଯେତେବେଳେ ଆଖିରେ ପଡ଼ିଥିବ ଜଗନ୍ନାଥ ବଡ଼ଭାଇ ବଳରାମଙ୍କୁ କହୁଛନ୍ତି – "ତମେ ତ ବିନା ଦୋଷରେ ଲକ୍ଷ୍ମୀଙ୍କି ବାହାର କରିଦେଲ, ସେ ଛାଡ଼ପତ୍ର ଦେବାକୁ କହିବେ ନାହିଁ?" ବଳଭଦ୍ର ଉତ୍ତର ଦେଲେ - "ଆମ୍ଭର ଜାତିରେ ଛାଡ଼ପତ୍ର ଚଳେ ନାହିଁ।" ଆଉ କଣ ଚଳେ ତେବେ? ଲିଲି ସାହେବାଣୀ ଦାନ୍ତ କଡ଼ମଡ଼ କରିଥିବେ। ଖାଲି ପୁରୁଷ ସ୍ତ୍ରୀକୁ ବାହାର କରିଦେବେ ଘରୁ, ସ୍ତ୍ରୀ ଆଉ

ପୁରୁଷଙ୍କୁ ଛାଡ଼ପତ୍ର ଦେଇପାରିବେ ନାହିଁ ଭଲା ଭଲାରେ ପେରେମ। ପୁରୁଷ ନ ହେଲେ ଏମିତି ଆଉ କିଏ ଲେଖିବ ? ଏବେ ତ ଆଇନ ହେଇଗଲା, ସ୍ୱାଧୀନ ଦେଶରେ ସମସ୍ତେ ସ୍ୱାଧୀନ। ସ୍ତ୍ରୀ ପୁରୁଷ କେହି କାହାରି ଅଧୀନ ନୁହେଁ। ଯିଏ ଯାହାକୁ ପାରେ ତାକୁ ଛାଡ଼ପତ୍ର ଦେଇ ପାରିବ, ଯା ନା ସିନା ନ୍ୟାୟ। ଆଉ ଖାଲି ପୁରୁଷ ଯାହା ଇଚ୍ଛା ତାହା କରି ଯାଉଥିବେ, ନାରୀଏ ଖାଲି ସହୁଥିବେ। ଏ ସବୁ ପୁରୁଣା କଥା। କଳଙ୍କି ଖିଆ, ଗୁଣଲଗା କଥା ପୁରାଣ ନୁହେଁ। ଏଇ ବାଇବେଲ ତ ପୁଣି ଗୋଟେ ପୁରାଣ। ପିଲାଦିନେ କନଭେଣ୍ଟରେ ପଢ଼ିଥିଲେ ଲିଲି ଦେଈ। ସ୍ତ୍ରୀ ପୁରୁଷର ରକ୍ତର ରକ୍ତ, ମାଂସର ମାଂସ। ମାନେ ଏକ ଆତ୍ମା, ଏକ ମନ। ଯା ନା ଯେ ପୁରାଣ। ଏଗୁଡ଼ାକ କି ପୁରାଣ ? ଛିଆ !

କୁଆଡ଼େ ଏତିକିବେଳେ ସାନ ଯାଆ ଯାଇଁ ତଳେ ଜୁହାର ହେଲେ।

"କିଏ ?" ପଚାରିଲେ ଲିଲି ସାହେବାଣୀ।

"ମୁଁ ତ ସୁଲି -- ସୁଲକ୍ଷଣା।"

"ଓଃ – ନଦୀୟା ବାବୁଙ୍କ ..."

ମୁଣ୍ଡ ଟୁଙ୍ଗାରି ବସିଲେ ସେଇଠି ସୁଲକ୍ଷଣା। ପାକି ଦେଖିଚି। 'ବସ' ବୋଲି ବି ପଦେ କହିଲା ନାହିଁ ବଡ଼।

କହିବେ କେମିତି। ଆପଣା ନାଜ ଆପଣାକୁ ଖାଇଥିବ। ବଡ଼ ହୋଇ, ବଅସ ହିସାବରେ, ଧନରେ, ମାନରେ, ସବୁଥିରେ ସିନା ତେମେ ଆଗେ ଯାଇଥାନ୍ତ। ପଚାରି ଥାଆନ୍ତ। ନ ହେଲା ଡାକି ପଠେଇ ଥାଆନ୍ତ। କି ଖବରଟାଏ ଦେଇଥାଆନ୍ତ ଆସିଲ ବୋଲି। ତେବେ ସିନା ତମ ବଡ଼ପଣିଆ ଜଣା ଯାଇଥାନ୍ତା। ଏବେ ତା ମହତ ପଣିଆ ସେ ଦେଖେଇଦେଲା। ଲିଲି ସାହେବାଣୀଙ୍କ ନାକ ଟେକି ହେଇ ଯାଇଥିବ। ଏ କି ଢଙ୍ଗ ଲୋ ମା। ହାତେ ଓଢ଼ଣା ? ଏ ପୁରରୁ ସେ ପୁରକୁ ଆସିବା ପାଇଁ ଏତେ ନାଜ। ବାସ୍ତବିକ ଏବେ ବି ନିପଟ ଅନ୍ଧାରରେ ଅଛନ୍ତି ଗାଁ ଲୋକେ। ଦେହଟାକୁ ମଫସଲି ଗନ୍ଧ ବାହାରୁଥିବ ସୁଲକ୍ଷଣାର ସାବିନି ବାଜି ନାହିଁ ଦିହରେ ଜନମରୁ। ମଫସଲରୁ ଆସି ମଫସଲରେ ପଡ଼ିଚି। ସହର ହାଉଆ ଲାଗି ନାହିଁ, ବାଜି ନାହିଁ। ହାତ ପାପୁଲି ଦିଟା ହଳଦିଆ। ହଳଦୀ ବାଟିଥିବ। ଠାକୁରାଣୀଙ୍କ ଲୁଗା ହଳଦେଇଥିବ। ଦି'ଗୋଡ଼ ଅଳତା ଲଗେଇଥିବ, ଗୁରୁବାର ଓଷା ପାଇଁ ସବୁ କେମିତି କେମିତି ଲାଗିଥିବ ଲିଲି ସାହେବାଣୀକି।

"ତମେ କ'ଣ ଗୁରୁବାର ଓଷା କରୁଚ ?" ପଚାରିଲା ଲିଲି।

"ହଁ।" ମୁଣ୍ଡ ଟୁଙ୍ଗାରି ଉତ୍ତର ଦେଲା ସୁଲି।

"ଏ ଯେଉଁ ସବୁ ନିୟମ ଲେଖିଚି, ତାକୁ ସବୁ ପାଳିବାକୁ ତମର ବେଳ ହୁଏ ?"

ସେଇ ଏକା ଢଙ୍ଗରେ ମୁଣ୍ଡ ହଲାରେ ଉତ୍ତର – ମାନେ, 'ହଁ'।

"ତମେ ଗୁରୁବାର ଦିନ ପାନ ଭାଙ୍ଗ ନାହଁ, ଆଇଁଷ ଖାଅନି ? ସବୁ ଗୁରୁବାର ମୁଣ୍ଡ ଧୁଅ ? ଅଳିପି ଖାଅ ?"

ସେଇ ମୁଣ୍ଡ ଟୁଙ୍ଗୁରା। ଯେମିତି କଥା କହି ଶିଖି ନାହିଁ – ଜାଡ଼ୀ କି ହାଉଡ଼ୀଟାଏ।

"ଦେଖିଲ, ଦେଖିଲ, ଏ ବହିରେ କ'ଣ ଲେଖା ଅଛି। ତମେ କ'ଣ ଏ ସବୁ କର ?

'ଗୁରୁବାର ଦିନ ସକାଳରୁ ଗୋ ମୟରେ
ଦୁଆର ଯେ ନ ଲିପଇ ଅଳସ ପଣରେ।'

ପକାଘରେ ତା' ବୋଲି ଗୋବର ପାଣି ଛିଞ୍ଚିବ ? ଫିନାଇଲ୍ ହେଇଚି କାହିଁକି ତେବେ ? ପକା ଦୁଆର ଯାହାର ହେଇଥିବ ସେ ମାଟି ଗୋବର ମିଶେଇ ଲିପିବ ତ ? ପୁଣି ଚୁଲିରୁ ପାଉଁଶ କାଢ଼ିବ ବୋଲି ଲେଖିଚି। ପାଉଁଶ କୋଉଁଠୁ ଆସିବ ? ଆମର ତ ସବୁ ଇଲେକ୍ଟ୍ରିକ୍ ଉଭନ। ସେଥିରେ ପାଉଁଶ କାହିଁ ?"

ବାଳୁଙ୍ଗା ଆସି କେତେବେଳେ ପାକି ପାଖରେ ବାରନ୍ଦାରେ ଠିଆ ହେଇ ସବୁ ଶୁଣୁଚି। ପଛରେ ଯାଉଚି ବୋଲି କହି ସେ ପାକିକୁ ଆଗରୁ ପଠେଇ ଦେଇଥିଲା। ଏତେବେଳେକେ ମୁହଁ ଖୋଲିଲା ସୁଲକ୍ଷଣା ବହୂଙ୍କର। କହିଲେ, "ଏ ସବୁ ପୁରାଣ ସାହାସ୍ର କଥା। ମୁନି ଋଷିମାନଙ୍କ କଥା। ଆମେ ମୁରୁଖ ଲୋକ। ଯାହା କହିଲେ ସତ ଯେ, ହେଲେ ଆମେ ତାକୁ କାଟିବା କେମିତି ? ଯାହା ପାରିବା କରିବା। ନ ପାରିଲେ ନ କରିବା। ତା' ବୋଲି ନନ୍ଦିବା କି ?"

ବାଳୁଙ୍ଗା ଶୁଣୁଥିଲା, ଆଉ ସମ୍ଭାଳି ପାରିଲା ନାହିଁ। ପଶିଗଲା ପୁରା ଭିତରକୁ। କହିଲା, "ସାନ ସାନ୍ତାଣୀଏ ଓଳିଗି। ମୁଁ ବାଳୁଙ୍ଗା। ମୋତେ ତେମେ ଚିହ୍ନିବ ନାହିଁ। ଚିହ୍ନିବେ ବିଶ୍ୱଜିତ୍ ବାବୁ। ତାଙ୍କୁ ପଚାରିବ। ମୁଁ ଶୁଣିଲି ତେମେ ଆଇଚ। ବୋଇଲି, ହାନ୍ତେ ଟିକିଏ ଦେଖାକରି ଆସେଇଁ। ଘରେ ଥୟ ଧରି ରହି ହେଲା ନାହିଁ। ଇଏ ମୋ ନାତୁଣୀ। ତାକୁ ଆଗରୁ ବାଟେଇ ଦେଇଥିଲି। କହିଲା, ମୁଁ ସାନ ସାନ୍ତାଣୀକି ଦେଖିବି। ଅଝଟ ଧରିଲା। ଏମିତି ଜିଦିଖୋର ଟୋକୀ, ଆଉ କ'ଣ କହିବି। ପିଲାଦିନେ ବିଶ୍ୱଜିତ୍ ବାବୁ ବି ଏମିତି ଥିଲେ। ହେଲେ ବାଳୁଙ୍ଗା କୋଳରେ ସବୁ ଚୁପ୍। ବଡ଼ ଭଲ ପାଆନ୍ତି ମା ! ପଚାରିବ ! ବିଶ୍ୱଜିତ୍ ବାବୁଙ୍କ ଘରଣୀ ତେମେ। ଦେଖିବି, ଦେଖିବି ବୋଲି ବଡ଼ ସଧ ଥିଲା। ବାବୁ ତ ପୁଅ ବାହାକଲେ ସହରରେ। ଆମର ନିଃଶ୍ୱାସ ମଲା। କ୍ଷିରୀ ପିଠା ଆମ କପାଳରେ ନ ହେଲା ନାହିଁ। ଏବେ ତମକୁ ଦେଖି ମୋ ପେଟ ପୁରିଗଲା ମା।

ଶୁଣିଲି, କୁଆଡ଼େ ମାଣ ବସେଇବ ବୋଲି ଆଇଚ। ଭଲ, ଭଲ। ଖିଅ ନଗେଇ ରଖ ମା'। ଖିଅ ଛିଡ଼େଇ ଦେଲେ ସବୁ ସଇଲା। ପୁରାଣ ସାହାସ୍ତ୍ରରେ ତ ଏଇତା ଲେଖା ହେଇଚି। ଆଜିକାଲି କିଏ ମାନୁଚି - କିଏ ଶୁଣୁଚି ସେ କଥା। ଯିଏ ଇଙ୍ଗିମିଙ୍ଗି ପଢ଼ିଲା ସେ ପୋଥି ପୁରାଣ ଛାଡ଼ିଲା। କହିଲେ ଏ ପୋଥି ସାହାସ୍ତ୍ର ସବୁ ମନଗଢ଼ା, ମିଛ କଥା। ମିଛ କ'ଣ ସଂସାରରେ କିଛି ଅଛି ମା? ସଂସାରରେ ସବୁ ସତ। ଯାହା ଦେଖୁଛ ସେ ସତ; ଯା' ନ ଦେଖିଚ ତା' ବି ସତ। ମୋ ନା ବାଲୁଙ୍ଗା, ମା! ବାବୁମାନଙ୍କର ସେବା କରି ବୁଢ଼ା ହେଲି ବିଶୁବାବୁ କହିବେ ସେ କଥା। ପଚାରିବ ତାଙ୍କୁ। କେତେ କାଖେଇଚି, କାନ୍ଧେଇଚି, ସାକୁଲେଇଚି, ବହଲେଇଚି ମା! ସେଦିନ ଚାଲିଗଲା। କାଳ! କାଳ! କାଳ ଗର୍ଭରେ ସବୁ ଚାଲିଯିବ। କିଛି ରହିବ ନାହିଁ। ରହିଲେ ରହିବ ଏଇ ଖିଅ ଟିକକ। ଖିଅ ଛାଡ଼ିବ ନାହିଁ ଟି ମା! ବଡ଼ବଡ଼ିଆମାନେ ଯେଉଁ ବାଟରେ ଯାଇଚନ୍ତି, ସେଇ ଯେ ଠିକ୍ ବାଟ! ହଉ, ଯାଉଚି।"

ଲୋକଟା କ'ଣ ପାଗଳ? ଲିଲି ସାନ୍ତାଣୀ ଭାବୁଛନ୍ତି। ପୁଣି କହି ଉଠିଲା ବାଲୁଙ୍ଗା, ପଛକୁ ମୁହଁ କରି ଚାଲି ଯାଉ ଯାଉ – "ମୋତେ ସବୁ ପାଗଳା ବୋଲି କହନ୍ତି ମା! ମୁଁ ଏମିତି ଗୁଡ଼ାଏ ବକେ। କିଛି ଭାବିବ ନାହିଁ। ରାଗିବ ନାହିଁ ବୁଢ଼ା ପୁଅଟା ପରା ମୁଁ ତମର। ଠାକୁରେ କରନ୍ତୁ ମା' - ଏ କୁଳ ଉଜ୍ଜ୍ୱଳ ହେଉ! କୋଳରେ ଚନ୍ଦ୍ରଉଦିଆ ହସି ଉଠୁ ମା। ହଉ ଗଲି। ଦରକାର ହେଲେ ସୁବିଧା ଅସୁବିଧାରେ ମୋତେ ଖବର ଦେଲେ ମୁଁ ଆସିବି।"

ବାଲୁଙ୍ଗା ଚାଲି ଆସିଲା, ଏତକ କହି ଦେଇ। ତହିଁ ଆରଦିନ ଗୁରୁବାର। ଶୁଣିଲା, ରସିକ ପଟ୍ଟନାୟକଙ୍କ ମାଣ ବସିନାହିଁ। ଗୁରୁବାର ପରାଦିନେ ଘରୁ ଗୋଡ଼କାଢ଼ି ପଳେଇଲେ ବହୁ ସାନ୍ତାଣୀ ସହରକୁ ଗାଁରୁ। ଗାଁ ମାଇପେ ଟିପାଟିପି ଠରାଠରି ହଉଚନ୍ତି।

ଆଜି ସେଇକଥାସବୁ ବଖାଣୁଥାଏ ବାଲୁଙ୍ଗା ଶୁକୁରା ଆଗରେ। କଂସାରେ କଂସାଏ ପଖାଳ ବାଢ଼ି ଥୋଇଦେଇ ଗଲା ପାକି। ନୁଣ, ପିଆଜ, ତା ସାଙ୍ଗକୁ ଶାଗ, ବଡ଼ିଭଜା ମଣିଆ ଅନେଇ ଥାଏ। ରାକ୍ଷସଭଳି କ୍ଷୁଧା। ବେଲା ବେଲାକି ଭାତ ତୋରାଣି ସବୁ ଟାଣି ନେଉଥାଏ ସେ ଭୋକଟା। ଯେମିତି କେତେ ଦିନରୁ ଖାଇନାହିଁ।

"ଲକ୍ଷ୍ମୀଙ୍କୁ ଚାହିଁଲେ ନାହିଁ ପଟ୍ଟନାୟକ ସାହେବ। ଯିଏ କୁବେରର ବର ପାଇଛି, ତାର ଲକ୍ଷ୍ମୀରେ କି ଲୋଡ଼ା?" କହୁଥାଏ ବାଲୁଙ୍ଗା। "କଥାରେ କହନ୍ତି - ସେଉଟା ଭାରି ଅସୁନ୍ଦର କଦର୍ଯ୍ୟଟା! ପଟ୍ଟନାୟକ ସାହେବଙ୍କ ପରି ଯେତେ ସବୁ ଧପାଳିଛନ୍ତି ଏଇ କୁବେର ପଛରେ ଟଙ୍କା ଟଙ୍କା ହେଇ ସେମାନଙ୍କ ମନ ବି ସେଇମିତି କୁବେର ଭଳି। ଇସ୍!"

ବାଲୁଙ୍ଗା ଶୁଣଉଥାଏ ଶୁକୁରାକୁ। ପଚାରିଲା– "ତୁ କେତେ ଧନ ଅର୍ଜିଲୁରେ ଶୁକୁରା ? କୋଡ଼ିଏ କୋଡ଼ିଏ ବର୍ଷ, ଦିନେ ନୁହେଁ ଅଧେ ନୁହେଁ, କମେଇଲୁ ଯେ କ'ଣ ଆଣିଛୁ ଭଲା ଶୁଣେ। ନା ନାଇଁ କହନା କହନା। ଏ ଗାଁ ଲୋକେ ହିଂସା କରିବେ ତୋତେ। ନିଜେ ତ ଅର୍ଜିବେ ନାହିଁ। ଛ ମାସ ଖଟିଲେ ତ ଛ ମାସ ଶୋଇବେ। କୁମ୍ଭକର୍ଣ୍ଣ ଗୁଡ଼ାକ। ଆଉ କିଏ ଯଦି ମୁଣ୍ଡଝାଳ ତୁଣ୍ଡରେ ମାରି ଅର୍ଜନ କଲା, କହିବେ – "ଗଲେଣି ତୋ ଆଗରୁ ଯେତେକ ଜନ ଗଣ୍ଠିରେ ବାନ୍ଧିନେଲେ କେ କେତେ ଧନରେ।' ଖାଲି ହିଂସା ହିଂସା ! ଜଳିଯିବେ ଏ ଲୋକଗୁଡ଼ାକ ପରର ବଢ଼ନ୍ତି ଦେଖିଲେ।"

"ଏ ବାଲୁଙ୍ଗାଇ' କିଏ ପାଟିକଲା ବାହାରେ। ତମ ଘରକୁ ଶୁକୁରା ବାବୁ ଆସିଛନ୍ତି ପରା ଶୁକୁରା ବାବୁ ? କଲିକତାରୁ କେମନ୍ତେ ଲେଉଟିଛନ୍ତି ? ଗାଁ ଯାକ ଚହଳ ପଡ଼ିଗଲାଣି। ଶୁକୁରା ଫେରିଛି ଗାଁକୁ।"

ଦାଣ୍ଡରେ ଠିଆ ହେଇ ପାଟିକଲା ଚକରା। ଅଘାସୁର ପରି ମଣିଷଟାଏ। ସେଇ ହରିଜନ ସାହିର ଚକରା। ଚକରା ଚଉକିଦାର। ଚକ୍ରଧର ଦାସ। ଚଉକିଦାରୀ ଗଲାଣି। ସରକାର ପେଟି ଦରଶ ସବୁ ନେଇ ଗଲେଣି। ବୟସ ପଚାଶ ଏପଟରେ। ପଇଁଚାଳିଶ ଖଣ୍ଡେ ହେଲେ ହେବ କି ଟିକିଏ ବେଶି। ଦଣ୍ଡାଟା ଭଳି ଠିଆ ହେଇଚି ଦାଣ୍ଡରେ। ଅଭ୍ୟାସ ପଡ଼ି ଯାଇଚି ରାତିଅଧରେ ରଡ଼ି ଛାଡ଼ି ଛାଡ଼ି – ଓ ଓଇ !

ଚଉକିଦାରୀ ଉଠିଗଲାଣି। ଏବେ ଆଉ ଗାଁ କାହାରି ନୁହେଁ। ଯେଝା ହାତରେ ଯେଝେ ଚଉଦ ପା'। ରୋଗ ହେଲା ବଇରାଗ ହେଲା, ହଇଜା ହେଲା ବସନ୍ତ ହେଲା ତ ଆଉ ଠାକୁରାଣୀ ମାଜଣା କରି କିଏ ଗାଁ ଦେବତୀ ମା ବାସୁଳେଇକି ଜଣାଏ ନାହିଁ କି ଗରିବଙ୍କ ମା ବାପ ପୁଲିସ ଆଗରେ ଗୁହାରି କରେ ନାହିଁ।

ନିପଟ ମୁର୍ଖ ଚକରା ବୁଝିପାରିଲା ନାହିଁ ଚଉକିଦାରୀ ଉଠେଇ ଦେଲେ ବୋଲି ସରକାରଙ୍କୁ ଶୋଧୁଚି। ତା' ଦାନାପାଣି ଗଲା। ସେଇଥିପାଇଁ ମିଳିଲା ଢିପ ପଦର ଖଣ୍ଡେ ମାଣେ କି ଅଧମାଣେ। ପଞ୍ଚପ୍ରାଣୀ କୁଟୁମ୍ବ ପୋଷିହେବ ସେଇଥିରେ। ଏବେ ପାଠୁଆ ଗ୍ରାମରକ୍ଷୀ ହେଇଚନ୍ତି। ମାସେ ପକ୍ଷେ ପାଦ ପଡ଼େ କି ନାହିଁ ଗାଁ ଦାଣ୍ଡରେ। ପହରା ଦିଅନ୍ତି ନାହିଁ ରାତିରେ। ନାଜ ମାଡ଼େ କି କ'ଣ। ପେଁ' କାଳି ବଜାନ୍ତି, ସୁସୁରି ମାରନ୍ତି। ହୁଇସିଲ୍ ନା କ'ଣ କହନ୍ତି ତାକୁ। ଗାର୍ଡ ସାହେବ ପାସେଞ୍ଜରୀ ଗାଡ଼ିରେ ଯେମିତି ହୁଇସିଲ୍ ଦିଅନ୍ତି ସେମିତି।

ଚଉକିଦାରୀ ଗଲା ତ କ'ଣ ହେଲା, ଚକରା ତା' ଅଭ୍ୟାସ ଛାଡ଼ି ନାହିଁ। ଏ ଯାକେ କଥା କହିବ ତ ଏଡ଼େ ପାଟିଟାଏ। କାହାରି ଭଲ ମନ୍ଦ ହେଲା, ଠିଆ ହୋଇଯିବ ପାଖରେ। ସମସ୍ତଙ୍କ ହାନି ଲାଭ ତାକୁ ଜଣା। ଗାଁ ତାକୁ ପଚାରେ ନାହିଁ। କିନ୍ତୁ ସେ

ଗାଁକୁ ପଚାରେ। ତା'ର କାହାରିଠି ହାରି ଗୁହାରି ନାହିଁ। କହେ, ଫରିଆଦ କରିବ ତ ଜଣକ ପାଖରେ। ଏକଦମ୍ ସୁପ୍ରିମ୍ କୋଟ୍। ମଣିଷର କରାମତି ଅଛି ? ତାକୁ ଜଣାଣ କଲେ କି ଲାଭ ?

ଗୁଣି ଗାରେଡ଼ି ଜାଣେ ଚକରା। ନହ ନୁହାଣି କାଟିଲା ତ ଭୟ ନାହିଁ। ଛୁଇଁଲା କ୍ଷଣି ଚକରା ପାଖକୁ କେହି ଜଣେ ଖବର ନେଇ ଦଉଡ଼ିଗଲେ ହେଲା। ସେ ଏକା ଖୁବ୍ ସମ୍ଭାଳିବା ଲୋକ ହୋଇଥିବା ଦରକାର। ଚକରା ଶୁଣିଲା କ୍ଷଣି ବସେଇବ ବ୍ରହ୍ମ ଚାପୁଡ଼ାଏ ଗାଲକୁ ଦେଖେଇ। ସେଇ ବାଡିନି ଦେବା ଲୋକର କାନ ଝାଏଁ ଝାଏଁ। ଆଖି ଅନ୍ଧା ଅନ୍ଧା। ମୁଣ୍ଡ ଚକର ଖାଇଯିବ। ହେଲେ ସେଇଠୁ ଜାଣିବ ବିଷ ଝଡ଼ିବାକୁ ବସିଲା। ଚାପୁଡ଼ା ଖିଆ ଲୋକ ଯାହୁଁ ଯାହୁଁ ସାଷ୍ଟମ ହଉଥିବ, ଚାହୁଁ ଚାହୁଁ ସାପ ଖିଆ ଲୋକର ଚେତା ପଶୁଥିବ। ଯଦି ଚେତା ହଜିଥାଏ; ନ ହେଲେ କିରିମେ କିରିମେ ବିଷ ଝଡ଼ି ଝଡ଼ି ଯାଉଥିବ। ଚାପୁଡ଼ା ଖିଆ ଲୋକର ଜଳାପୋଡ଼ା ଛାଡ଼ିଗଲା କି, ଜାଣିବ ସାପଖିଆର ବି ବିଲକୁଲ୍ ବିଷ ଚାଲିଗଲା। ଆଉ ଝାଡ଼ ଫୁଙ୍କ୍ କିଛି ନାହିଁ।

ଖାଲି କ'ଣ ସାପ କାମୁଡ଼ା ? କୋଉଁଠୁ ଏତେ ଗୁଣି ସେ ହାସଲ କଲା କେଜାଣି ? ପାଗଲା କୁକୁର କି ଶିଆଳ କାମୁଡ଼ିଲେ ତମକୁ ଡାକ୍ତରଖାନା ଯାଇ ତଳିପେଟରେ ଇଞ୍ଜେକ୍ସନ ନବାକୁ ହବ ନାହିଁ। ଚାଲିଯା' ଚକରା ପାଖକୁ ଗୋଟିଏ ଗୁଆ, ଗୋଟିଏ ତମ୍ବା ପଇସା ନେଇ। ତମ୍ବା ପଇସା ତ ଆଜିକାଲି ସପନ। କାହା ପାଖରେ କେମିତି ଯଦି କଣା ପଇସାଟିଏ ରହି ଯାଇଥାଏ ତ ସେ ନେଇଯାଏ। ନହେଲେ ଚୋରା ତମ୍ବା ତାର ତରଳା ହେଇ ଯଦି କାହାଠି ଥିବ, ତାଠୁଁ ବକଟେ କାଟି ନେଲେ ବି ଚଳେ। ଚକରା ରୋଗୀକି ବସେଇ ଦବ ଗୋଟେ ଥାଳିରେ। ଦେହରେ ବିଷଥିଲେ ଥାଳିଟା ଆପେ ଆପେ ଘୂରିବ – ତା ମନକୁ। ଘୂରି ଘୂରି ଯେତେବେଳେ ରହିଯିବ ଥାଳିଟା, ଘୂରିବା ବିଲକୁଲ ବନ୍ଦ ହେଇଯିବ, ସେତେବେଳେ ଜାଣିବ ଯେ ବିଷ ଝଡ଼ିଗଲା ପୂରା।

କାହାରି ପିଲାଙ୍କୁ ଦୃଷ୍ଟିହେଲା, ନଜରହେଲା କାନ୍ଦୁଣିଆ ଧରିଲା, ଡାହାଣୀ କି ଭୂତ ମାଡ଼ି ବସିଲା ଗୋଟେ – ଫୁଟୁକିରେ ପାର। ଝାଡ଼ିଦିଏ 'ଫୁ' କିନା। ଫୁଙ୍କି ଦେଲେ ସବୁ ଉଡ଼ିଯାଏ।

ଜର ହେଲା, କିବା ପିହୁଳା ମାରିଲା ଛୁଆଲୁ, ତ ଚକରାକୁ ଡାକ। ଚକରା ବରାବର କି କି ମନ୍ତ୍ର ପଢ଼େ କିଜାଣି, ଦୁବ ଘାସ କେଇ କେରା ନେଇ ମୁଣ୍ଡ ପାଖରୁ ଗୋଡ଼ ଯାଏ ଝାଡ଼ିଦେଲେ, ଓହ୍ଲେଇଲାରେ – ଛାଡ଼ିଲା ପିହୁଳା !

ପଇସାଟିଏ ନିଏନାହିଁ କାହାଠୁଁ। କୁହେ ଗୁରୁଙ୍କ ଆଜ୍ଞା ନାହିଁ। ପଇସା ନେଲେ

ଆଉ ଗୁଣ ରହିବ ନାହିଁ ଗୁଣୀର। ଲୋକେ ଯାଇ ବଳେ ବଳେ ଚୁପ୍‌କିନା ତା' ମାଇପକୁ ଦେଇ ଆସନ୍ତି। ସେ ଜାଣେ ନାହିଁ। କହେ ଏକମାତ୍ର ଦାତା ସେ। ସେମିତି ସୁଖେ ଦୁଃଖେ ଚଳେଇନଉଚନ୍ତି। ଅଭାବତ ପଡ଼େ ନାହିଁ କେବେ।

"ହଁ, ହଁ, ଯାଉଚିରେ ଚକ ଯାଉଚି। ଶୁକୁରା ଏଇଠି ଅଛି – ଖାଉଚି କୁଣ୍ଡା ତୋରାଣୀ। ବସିପଡ଼ ଟିକିଏ ପିଣ୍ଡା ଉପରେ ମଶିଣା ପକେଇ ବସିପଡ଼!" ଘରୁ ରଡ଼ି ଛାଡ଼ିଲା ବାଲୁଙ୍ଗା।

ହାତ ମୁହଁ ଧୋଇ ଶୁକୁରା ଦାଣ୍ଡକୁ ଆସି ଦେଖିଲା, ଚକରା ବଇଚି ପିଣ୍ଡାରେ। ଶୁକୁରାକୁ ଦେଖି ଆଖି ଲଗେଇଲା ଚକରା। ଶୁକୁରା ବି ଦି'ହାତ ଯୋଡ଼ି ନମସ୍କାର କଲା।

"କୁଆଡ଼େ ହଜିଯାଇଥିଲା ଶୁକୁରା ଏତେଦିନ ଯାଏ" କହିଲା ଚକରା। ଆରେ ମରିବାକୁ ଯେ ଏଇଠି ? ହଁ, ହଁ, ତମରତ ମୁଆଁସ ହବା କଥା। ତମର ନ ହୋଇ ଆଉ କାହାର ହୁଅନ୍ତା ? ଧନୀ ମାଷ୍ଟରର ଭାଇ ତମେ, ତମର ନ ହବତ ଆଉ କିଏ ହବ ? ଧନୀ ଶୁକୁରା ଏକ ଆତ୍ମା, ଦୁଇପ୍ରାଣୀ।" ଚକରା ମନ୍ତବ୍ୟ ଦେଲା।

"ତୋ ଖବର କ'ଣ ଚକରା ?" ପଚାରିଲା ଶୁକୁରା। "ତୋର ପିଲାପିଲି କ'ଣ ? କେତୁଟେ ମାନେ ହେଲେଣି ? ତୁ ପୁଣି ଘର ସଂସାର କଲୁ ପରା ?"

କଲି ଯେ ସେ ବି ରହିଲା ନାହିଁ।

"ଦୁଇ ପୁଅ ଗୋଟିଏ ଝିଅ ସାଆନ୍ତେ। ଝିଅଟି ଜନମ କରି ନଟିଆ ବୋଉ ବି ଆଖି ବୁଜିଦେଲା ସବୁଦିନ ପାଇଁ। ଡାକତର ଖାନା ନେଇ ପାରିଲି ନାହିଁ। ସେ ଚାଲିଗଲା। ଡାକ୍ତରଖାନା ନେଇଚାଲ, ଡାକ୍ତରଖାନା ନେଇଚାଲ, ବୋଲି ବିକଳ ହଉଥିଲା। ନେଇପାରିଲି ନାହିଁ। ଅଭିମାନରେ ମୁହଁ ଫୁଲେଇ ଦେଇ ଶୋଇ ପଡ଼ିଲା ସାଆନ୍ତେ। ଆଉ ଉଠିଲା ନାହିଁ। ଯେତେ ଡାକିଲି ଆଉ କି ଶୁଣେ।" ଆଖି ଛଳଛଳ ହେଇଗଲା ଚକରାର। "ମୋ ପାରିଲା ପଣକୁ ଧିକ୍ ସାଆନ୍ତେ। ଟଙ୍କା କୋଡ଼ିଏଟା ହୋଇଥିଲେ ହୋଇଥାନ୍ତା। ସେତକ ପାଇଲି ନାହିଁ। ଏତେ ଲୋକଙ୍କର ଧାରିଥିଲି ଯେ କାହାକୁ ଧାର ଉଧାର ମାଗିବାକୁ ସାହସ ହେଲାନାହିଁ, ନାଜ ମାଡ଼ିଲା। ଯାହାକୁ ବି ମାଗିଲି, ବେହିଆ ମୁହଁରେ, ଶେଷ ବଖତରେ ସେ ମୁହଁ ମୋଡ଼ି ଦେଲା। ଆଉ କ'ଣ କରନ୍ତି। ଉଝେଇ ଦେଲି ଠାକୁରାଣୀକି।"

ଏଥର ଚକରା ଆଖିରେ ଲୁହ। ସେ ନିଜକୁ ଟାଣ କରି ପୁଣି କହିବାକୁ ଲାଗିଲା। ଯାହା ସବୁ କହିଗଲା ସେ ଗୁଡ଼ାକ ଯେମିତି ତା' ଦିହର ମଳି କି ଧୂଳି। ସାଙ୍ଗେ ସାଙ୍ଗେ ଝାଡ଼ିଝୁଡ଼ା ଦେଇ ପୁଣି ତାଜା ହୋଇ କହିଲା – "ମା ଛେଉଣ୍ଡ ଛୁଆଗୁଡ଼ାକ କରିବେ

କ'ଣ। ମୁଇଁ ମା ମୁଇଁ ବାପା। କାମ ଧନ୍ଦା କରନ୍ତି। ଘର କଥା ବୁଝନ୍ତି। ପାଠ ବି ପଢ଼ନ୍ତି। ସରକାରଙ୍କଠୁ ବୃତ୍ତି ପାଉଥିଲା ସେ ପୁଅ - ପୁରିଆ ପୁରୁଷୋତ୍ତମ।"

"ବୃତ୍ତି ଦିଅନ୍ତି ସରକାର ହରିଜନ ପିଲାମାନଙ୍କୁ। ଜାମା ପେଣ୍ଟ୍ ସିଲଟ ବହି ସବୁ ମିଳେ। ହରିଜନଙ୍କ ପାଇଁ ଅନେକ ସୁବିଧା କରିଚନ୍ତି ଆମ ସରକାର।" ମଣି କହିଲା।

"ହଇ ହଇ, ଅନେକ ସୁବିଧା କରିଚନ୍ତି। ନିମକହାରାମ ହେବି ନାହିଁ ବାବୁ! ସରକାର ସିନା ଦିଅନ୍ତି - ଆମ ହାତକୁ ଆସେ କେତେ। କଣା କଳସି, ବୁଝିଲ ବାବୁ? ଛାଡ଼ ସେ କଥା। ଏବେ ତମ କଥା କହିବଟି! ତମର ତ ଘର ଦୁଆର କିଛି ନାହିଁ। ଭାଗୁ ମାହାନ୍ତି କ'ଣ ଆଉ କିଛି ରଖିଛି। ସେଇ ବର୍ଷ ଡିଗ୍ରୀ ଜାରି କରି କୋରକ ନିଲାମ ଉଠେଇଲା। ସେଇ ବର୍ଷେ ଘର ଭାଙ୍ଗି ସମାନ କରି ଦେଲା। ହଳ ବୁଲେଇ ଦେଇ ଖସାବୁଣି ଦେଲା। କି ଅହନ୍ତା। ରତି ନାନୀ ତା କଥାରେ ରାଜି ପଡ଼ିଲା ନାହିଁ ବୋଲି ଏତେ ରାଗ। ଭାବିଥିଲା ରତି ନାନୀ ତା ରଖିଣୀ ହୋଇ ରହିଥାନ୍ତା।"

ଦାନ୍ତରେ ଦାନ୍ତ ପଡ଼ିଗଲା ଚକରାର। ଯେମିତି ସେ ରକତ ଚାଉଳ ଚୋବଉଚି। ଖାଲି ଚକରା କାହିଁକି, ମଣିଆ ବି। ମଣିଆର ଛାତି ଗହୀରିରୁ ନିଃଶ୍ୱାସଟାଏ ଫଁ କିନା ବାହାରି ଆସିଲା। ଶୁକୁରା ଗୁମ୍।

ଶୁଖିଲା କାଠର ରଡ଼ ଖଣ୍ଡେ ଶୁକୁରା। ନିଆଁ ନାହିଁ। ନିଆଁ ଜଳୁ ନାହିଁ। ଉପରକୁ ଦିଶୁ ନାହିଁ। 'ହୁ ହୁ' ହେଇ ଜଳୁଥିଲେ ବା କେହି ଦେଖନ୍ତା! ଉହ ଉହ ବି ନାହିଁ। କିନ୍ତୁ ଭିତରେ ଖାଲି କୁହୁଳୁଚି। ଜୁଳୁଜୁଳୁ କରୁଥିବ କେଉଁଠି। ଦିନରେ ଦେଖା ପଡୁନାହିଁ। ଆଲୁଅରେ ସେ ଦେଖା ଯାଏ ନାହିଁ। ଦେଖାଯାଏ ଅନ୍ଧାରରେ।

"ଶୁକୁରା ବାବୁ ରହିବେ କେଉଁଠି, ମଣିବାବୁ? ଆଜିକି କଉଁଠି ମୁଣ୍ଡ ଗୁଞ୍ଜିଥା। ମୁଁ କାଲି ରାତି ନ ପାହୁଣୁ ନାଗିଯିବି। କାଲିରେ ଖଣ୍ଡେ ଝାଟିମାଟି କି କୁଡ଼ିଆ ଠିଆ କରି ନ ଦେଇଚି ତ ମୋ ନା ଚକରା ନୁହେଁ। ତେମେ ଗଲ ଶୁକୁରାଇ, ଆଗ ରତି ନାନୀକି ଘିତି ଆସିଲ ରାଉତ ଘରୁ। ନାଇଁ ନାଇଁ ଉଛୁଁ। ନୁହେଁ - ମୁଁ ଆଗ ଘର ବନେଇ ଦିଏଁ କି ତେମେ ଯାଇ ଘିତି ଆସିବ।"

ଚକରାର ଏ ବାହାପିଆ କଥା ଶୁଣି ମଣିଆ କହିଲା - "ଘର ତୋଳି ଦେବୁ ଯେ କହୁଚୁ? ସାତ ଶେଣୀରେ ପାଣି ଉଠିଲେ ଯାଇ ହବ। ଏ ଫୁଲଘର ନୁହେଁ - ଫୁଲର ଖେଳ ଘର ନୁହେଁ।"

"କି କାହିଁକି ନ ହବ। ପଇସା ଥିଲେ ସବୁ ହବ। ଶୁକୁରାବୁ କଲିକତିଆ। ସେ କ'ଣ ଏମିତି ତମ ଆମ ଆମ ପରି ନପାରିଲା ହେଇଚିନି। କମରରେ ଜୋର ନଥିଲେ

କିଏ ଘର କରିବ ବୋଲି କଲିକତାରୁ ଦଉଡ଼ି ଆସନ୍ତା। ମୋତେ କ'ଣ ଜଣା ନାହିଁ ସେ କଥା। ନା କଣ କହୁଚ ଶୁକୁରାବୁ।"

"ତୋର ବି ଆଖି ପଡ଼ିଲାଣି ନା ତା' ପଇସା ଉପରେ? ସରିଗଲା କଥା।" ମଣିଆ କହିଲା।

ମଣିଆ ନିଜ ଭୁଲଟାକୁ ବୁଝିପାରି ବାଆଁରେଇ ଦେଇ କହିଲା - "ଆରେ ଚକରାଇଁ ମୁଁ କ'ଣ କହିଲି ତୁ ବୁଝିଲୁ ନାହିଁ, ଖାଲି କ'ଣ ପଇସାରେ ସବୁ କଥା ସବୁବେଳେ ହୁଏ? ଘର ପାଇଁ ତ ଆଗ ଘର ତଳି ଲୋଡ଼ା। ଭାଗୁ ମାହାନ୍ତି କ'ଣ ଆଉ ତା' ଘରଢ଼ିଅ ମୁକୁଳେଇ ଦେବ? ନ ହେଲେ ନୂଆ କଳା ଜମି ଖଣ୍ଡେ କିଣିବା ପାଇଁ କ'ଣ ସହଜ କଥା ପଡ଼ିଛି? ଏ ସବୁ ଭାବିଚିନ୍ତି କଥା କହିଲେ ହବ। ଖାଲି ଗୁଡାଏ ହାମ୍‌ବଡ଼ା ବକିଲେ କ'ଣ ଘର ଆପେ ଆପେ ତୋଳି ହେଇଯାଏ?"

"ତା ଠିକ୍!" ଚକରା ଏଥର ନରମି ଗଲା। ଶୁକୁରା ଚୁପ୍। ପାଟି ଫିଟୁନାହିଁ।

ବାଲୁଙ୍ଗା ଶୁଣୁଥିଲା ଶୁଣୁଥିଲା, ବୀର ଦର୍ପରେ, ଫଣାଟେକା ଫଣୀ 'ଫଁ' କଲା ପରି କହି ଉଠିଲା - "ଆଜି କାଲି ଘର କିଏ ତୋଳେଇବ? କୋଣାର୍କର ମୁଣ୍ଡି କିଏ ମାରିବ? କାହାର ବହପ କୁଳେଇବ? ପାପ ଧନ ନ ହେଲେ ଘର ତୋଳେଇବ ଇମିତି ପୁଅ କିଏ ଅଛି, ମୁଁ ଦେଖେଁ ତ ଭଲା, କିମିତିଆ ଚେହେରା ତା'ର। ଏ ଯୁଗରେ ପକାକୋଠା ଠିଆ କରିଦେବା ସହଜ, ଚାଳିଆ ଖଣ୍ଡେ ଉଠେଇବା କାଠିକର ପାଠ। ପାପ ଧନ ଚାଳିଆରେ ରହେ ନାହିଁରେ ଚକରା ଓ ପାପଧନ ପଶେ ପକା କୋଠାରେ, ଦୋତାଲା, ତେତାଲା, ନବତଳ ପ୍ରସାଦରେ। ବୁଝିଲୁ? ସୁବର୍ଣ୍ଣପୁରୀ ଲଙ୍କା ହୋଇଥିଲା ଏଇ ପାପ ଧନରେ। କୁବେର ପରା ଭାଇକୁ ତଡ଼ି ଲଙ୍କାର ରାଜା ହେଲା ରାବଣ। କଣ ହେଲା?"

"ସବୁ ଗଲା - ହନୁମାନ ଲାଙ୍ଗୁଳ ବୁଲେଇ ଦେଲା ଯେ ..." କହିଲା ଚକରା।

"କଥା ଭଳି କଥାଟିଏ କହିଲୁରେ ଚକରା। ସାବାସ୍! ହନୁମାନଙ୍କ ଲାଙ୍ଗୁଳରେ ଖାଲି ନିଆଁ ଲାଗିଲେ ହେଲା। ରହ ରହ! ଆଉ ବେଶି ଦିନ ନାହିଁ। ଅହଲ୍ୟା ଭୂଇଁକି ଉଦ୍ଧାର କରିବାକୁ ଜନକ ଚଷା ସିଅର ଭିତରୁ ଯଉଁ ଲକ୍ଷ୍ମୀ ସୀତା ଠାକୁରାଣୀଙ୍କୁ ଆଣି ଟେକି ଦେଇଥିଲେ, ତାକୁ ସୁବର୍ଣ୍ଣପୁରୀର ରାବଣ ପତର କୁଡ଼ିଆ ଭିତରୁ ଚୋରେଇ ନେଇଛି। ହନୁମାନ ସନ୍ଧାନ ଲଗେଇଚି। ଆଉ ଡେରି ନାହିଁ।

ଅନେକ ଦ୍ୱନ୍ଦ୍ୱ ଉପୁଜିବ । ନିଗୂଢ଼ ସଂଗ୍ରାମ ହୋଇବ ॥
ଲାଗିବ ଘରେ ଘରେ କଳି । ସମସ୍ତେ ହୋଇବେ ବାଉଳି ॥
ହେକି ଯେ ଭଲ ରହିବେ । ଅନେକ ଦ୍ୱନ୍ଦ୍ୱରେ ପଡ଼ିବେ ॥
ଦମନ ପଡ଼ିବଟି ପୁଣ । ଦାସେ ଯେ ଶୁଣ ମୋ ବଚନ ॥

ଏ ଖାଲି ଦମନ ଚାଲିଛି। ବଡ଼ ଲୋକଙ୍କର ଦମନ। ପଇସାର ଦମନ। ଗାଁ ଉପରେ ସହରର ଦମନ। ଗରିବ ଉପରେ ବଡ଼ ଲୋକର ଦମନ। ମୁରୁଖ ଉପରେ ପାଠୁଆର ଦମନ। ସରଳ ଉପରେ ବୁଦ୍ଧିଆ, ସତ ଉପରେ ମିଛର ଦମନ। ଯଶୋବନ୍ତ କ'ଣ ମାଳିକାରେ ମିଛ ଲେଖିଲେ? କହିଲେ –

ବହୁତ ପ୍ରମାଦ ପଡ଼ିବ । କେହି କାହାକୁ ନ ମାନିବ ॥
ଅର୍ଜିଲା ଧନ ପର ନେବ । କହିଲେ ତର୍କ ଯେ କରିବ ॥
ଏମନ୍ତେ ହୋଇବେଟି ଜାଣ । ଠାବେ ଠାବେ ବହୁତ ଜନ ॥

"ସବୁ ହେଉଛି'କି ନାହିଁ? ସହରରେ ଯେ କୋଠା ଉପରେ କୋଠା ପିଟା ହେଉଛି, ସେ କାହାର ଧନ? ଧନ ଭେଇଛନ୍ତି କେବେ ଏମାନେ? ଧନ ଭେଉଛୁ ଆମେ, ଏଇ ଗାଁର ମଳିମୁଣ୍ଡିଆ, ଯାହାକୁ ବସିଖିଆ ସହର ଲୋକେ ଭାଲୁ ମାଙ୍କଡ଼ ବୋଲି ଜ୍ଞାନ କରନ୍ତି, ତମେ ଆମେ! ଆଉ ଭିଯନ୍ତି ଏଇ ଗାଁରୁ ଯେଉଁମାନେ ଆମ ଧନରୁ ପୁଳାଏ ମାରି ଆଣିବାପାଇଁ ଯାଆନ୍ତି ସହରକୁ, ସହରର ଶରଣ ପଶି ସହର ପାଲରେ ପଡ଼ିଯାନ୍ତି, ଏଇ ଶୁକୁରା ପରି ନିର୍ବୁଦ୍ଧିଆ ପଞ୍ଝାଏ କାରଖାନାରେ କୁଲିଗିରି କରିବାପାଇଁ। ଏମାନେ କଞ୍ଚା ଡାହାଣୀର କୁଟା। କଞ୍ଚା ଡାହାଣୀ କୁଟା ଲଗେଇ ରକତ ଶୋଷଣ କରେ। କୁଟା ନହେଲେ ସେ ରକତ ଟାଣି ପାରିବ ନାହିଁ।"

"କଳିକାଳରେ ଚକରା କଳିକାଳ?"

ଚକରା କହିଲା - "ନାଇଁ ବାଲୁଙ୍ଗାଇ, ଏମାନେ କୁରାଢ଼ୀ ବେଣ୍ଟ - କାଠ ହାଣିବେ।"

"ଯାହା କହିଲୁ!" ବାଲୁଙ୍ଗା ସାଙ୍ଗେ ସାଙ୍ଗେ ଧରିନେଲା ଖିଅ। କହିଲା "ଏ କଳିକାଳରେ ଚକରା କଳିକାଳ।"

"ସତ୍ୟର ଅନ୍ତେ ତପ ଗଲା । ଶଉଚ ତ୍ରେତୟା ହରିଲା ॥
ଦ୍ୱାପର ଗଲା ଦୟା ସଙ୍ଗେ । ସତ୍ୟ ରହିଲା କଳିଯୁଗେ ॥
ତପକୁ ଗର୍ବ ନାଶ କଲା । ଶୌଚକୁ ବିଷୟା ହରିଲା ॥
ଦୟା ହରିଲା ମଦବଳେ । ସତ୍ୟ ରହିଲା ଏ ଶୟନେ ॥"

"ସେତେବେଳେ ଯଦି ସତ୍ୟ ଯାଇଥାନ୍ତା ତେବେ କଳି କ'ଣ ଆଉ ରହିଥାନ୍ତା, ସଂସାରରେ। ଧର୍ମର ତିନିପାଦ କାଟି, ଏଇ ସତ୍ୟଟି ଥିଲା ବାକି। ତାକୁ ବି କଳି ବାଡ଼ଉଥିଲା। ଗୋଡ଼ ଭାଙ୍ଗିଦବ। କି ମତଲବ! ପଡ଼ିଗଲା ପରୀକ୍ଷିତଙ୍କ ହାବୁଡ଼ରେ। ରାଜା ପରୀକ୍ଷିତ। ଧର୍ମ ବୃଷଭକୁ କଳି ରାଜପୁତ୍ର ବେଶରେ ବାଡ଼େଇଛି। ଯୋଡ଼ିଦେଲେ ଧନୁରେ ଶର। ଅତ୍ୟାଚାରୀକି ଶେଷ କରିଦେବେ। ହେଲେ କଳି

ବଡ଼ ବୁଦ୍ଧିଆ। ସଙ୍ଗେ ସଙ୍ଗେ ଶରଣ ପଶିଗଲା। ଦୟାଳୁ ରଜା ଶରଣାଗତକୁ ଯଦି ଦୟା ନ କରିଥାନ୍ତେ ଆମେ କ'ଣ ଭୋଗୁଥାଆନ୍ତେ ଏ ଦଶା? କଳିକି ବିଦା କରିଦେଇଥିଲେ ତାଙ୍କ ରାଜ୍ୟରୁ, ତାଙ୍କ ରାଜ୍ୟ ବୋଇଲେ ଆମ ଏଇ ଭାରତ ଭୂମିରୁ, ସେ ଆଉ ଯେଉଁଠି ପାରେ ସେଠି ଥାଆନ୍ତା। ହେଲେ ଗୋଡ଼ ତଳେପଡ଼ି ମାଗିଲା କଳି – 'ମୋତେ ଟିକିଏ ମୁଣ୍ଡ ଗୁଞ୍ଜିବାପାଇଁ ଥାନ ଦିଅ'। ପରୀକ୍ଷିତ କହିଲେ, - 'ଆଚ୍ଛା ହଉ, ଯା' ତୁ ଏଇ ଚାରି ଥାନରେ ରହିବୁ ଆଉ କୋଉଠିକି ଗଲେ ତୋ ମୂର୍ଦ୍ଧନା ଫାଟିଯିବ। 'ଦ୍ୟୁତ କି ପଶାଖେଳ, ପରସ୍ତ୍ରୀ ଗମନ ହିଂସା ଆଉ ମଦ୍ୟପାଦ।' କଳି କ'ଣ ସେତିକିରେ ତୁଷ୍ଟ ହେଲା କିରେ ବାପା! କହିଲା ମୋତେ ଆହୁରି ଜାଗା ଦିଅ। ଅତି ଦୟାଳୁ ହେଇ ସାରିଦେଲେ ସଂସାରକୁ ରାଜା ପରୀକ୍ଷିତ। ଆଉରି ପାଞ୍ଚଟି ଥାନ ଦେଲେ। କହିଲେ - ଯେଉଁଠି ମିଛ ଥିବ, ଯେଉଁଠି ମନର ଅହଙ୍କାର ଦମ୍ଭ ଥିବ, ଯେଉଁଠି କାମନା ଥିବ, ଯେଉଁଠି ରାଜଗୁଣ ଥିବ, ମୂଳ ହିଂସା ପରଶ୍ରୀକାତରତା ହେରିକା ଥିବ, ତା' ନା କ'ଣଟି ହଁ, ଯେଉଁଠି ବୈରଭାବ ଥିବ, ସେଠି ବି କଳି ପଶିବ। ଏ ପାଞ୍ଚକୁ ଛାଡ଼ି ଆଉ ଗୋଟିଏ ବଡ଼ ଜାଗା ବି ଦେଇଥିଲେ। ଯେଉଁଠି ଏ ସବୁ ଶିରା ପ୍ରଶିରା ଯାଇ ଏକ ଠୁଳ, ସେଇ ଜାଗା। ସେଇ ଗୋଟିକ ମୂଳରୁ ଦେଇଦେଲେ। ଆଉ ଏ ସବୁ ଦେଲେ କେତେ ନ ଦେଲେ କେତେ। ସେଇ ଗୋଟିଏ ଜିନିଷ ପଛେ ପଛେ ଏ ସବୁ କଳେ ବଳେ ଯାଇ ପେଲି ପଶନ୍ତି। କଣ ଜାଣିଚ ସେ କି ଚିଜ?"

ସମସ୍ତେ ମୁଣ୍ଡ ହଲେଇ ନାହିଁ କଲେ।

ବାଲୁଙ୍ଗା କହିଲା - ସୁବର୍ଣ୍ଣ, ସୁବର୍ଣ୍ଣ! ମାନେ ଅର୍ଥ। ସବୁ ଅନର୍ଥର ମୂଳ। ଅର୍ଥ ପଛରେ ଗୋଡ଼େଇଲେ ଏଇ ଯଉଁ ଚାରିସ୍ଥାନ ପରୀକ୍ଷିତ ଦେଲେ କଳିକି, ସେଇଠି ଯାଇ ପହଞ୍ଚି ଯିବ। ମାନେ, ବାଜି ମାରି ପଶା, ତିନିପଟିଆ ଚାଆସ ଖେଳିବ, ମଦ ଖାଇବ, ପରସ୍ତ୍ରୀ କି ଆଖି ଦବ, ଆଉ ହିଂସା କରିବ - ସବୁ ସତ୍ୟାନାଶ : ଯିଏ ଧନ ଅର୍ଜନ କରି ଏଇସବୁ କଥାରେ ମନ ଦବ, ସେ ତ ଧନ ଉଡ଼େଇବ, ସାଙ୍ଗେ ସାଙ୍ଗେ ଆଉ ଯଉଁ ପାଞ୍ଚଟି ସ୍ଥାନ ପରୀକ୍ଷିତ ଦେଲେ ସେଠିକି ଯାଇ ପହଞ୍ଚିଯିବ। କାହା ପାଖରେ? ନା ଏକରେ ମିଛ, ହାମ୍ବଡ଼ା ଭାବ; ଦୁଇରେ ଲୋଭ ମାନେ ଯେତେ ପାଇଲ ସେତିକିରେ ପେଟ ପୁରିଲା ନାହିଁ, ଆହୁରି ଦିଅ, ଚାଲିଲା ତା'ର ଆଉ ଶେଷ ନାହିଁ; ତିନିରେ ଆସିଲା ରଜା ଗୁଣ। ମାନେ, ସତ୍ ଗୁଣ ଲୋପ ପାଇଗଲା। ଦମ୍ଭ ଦର୍ପ ଅଭିମାନ, ଦୁରାଚାର, ଭ୍ରଷ୍ଟାଚାର, ବ୍ୟଭିଚାର, ଅନ୍ୟାଚାର, ମଦ, ମାଂସ, କଟୁ, ଅମଳ, ତିକ୍ତ ଏମିତି କେତେ କ'ଣ। ତାପରେ ଗହୀରେ ଆସିଲା ଈରିଷା। କାହାରି ସୁଖ ଦେଖି ବ

ନାହିଁ, ସେଇଠୁ ପରଧନ ଅପହରଣ ପାଇଁ ମନ ଖାଲି ହକ ହକ ହବ। ଶେଷରେ ଶତ୍ରୁତା। ବୁଝିଲ ? ଅଧର୍ମ ଧନର ଏଡ଼େ କରାମତି। ବୋଇଲା--

"ଅଧର୍ମେ ସଞ୍ଚଇ ଯେ ଧନ । ତାର ବିନାଶେ ଭୁଞ୍ଜେ ଆନ ॥
ଅଧର୍ମ ମାର୍ଗେ ମୂଢ଼ ପ୍ରାଣୀ । ଧନ ସଞ୍ଚଇ ଗୃହେ ଆଣି ॥
ପୁତ୍ର କଳତ୍ର ବନ୍ଧୁ ଭାଇ । ଛିଣ୍ଡିଲା ଧନ ତାର ଖାଇ ॥
ଯେଝାର ପଥେ ଯାନ୍ତି ବେଗେ । ଦୁଷ୍କୃତି ରହେ ତାର ସଙ୍ଗେ ॥"

ମୁହଁରୁ ପଦ ସରିଛି କି ନାହିଁ ରାମବାବୁ ଆସି ହାଜର ହୋଇଗଲେଣି। ହେତୁ ନାହିଁ ବାଲୁଙ୍ଗାର। ରାମ ପ୍ରତିବାଦ କଲା - "ଏବେ ଆଉ ସଞ୍ଚିତ ଧନ ବନ୍ଧୁ ଭାଇ ଖାଇ ପାରିବେ ନାହିଁ। ଯିଏ ଧନ ସଞ୍ଚୟ କରିବ, ତାକୁ ସରକାର ନେଇନେବେ। ମୃତ୍ୟୁ କର ବସିଛି ବାଲୁଙ୍ଗାଇ, ବାପ ମଲେ ପୁଅ ମୃତ୍ୟୁ କର ଦେଲେ ଯାଇ ସମ୍ପତ୍ତିର ଅଧିକାରୀ ହେବ। ନ ହେଲେ ନାହିଁ।"

ମନେ ମନେ ହସିଲେ ରାମବାବୁ। ଏ ଦେଶର ଲୋକଗୁଡ଼ାକ ଏଡ଼େ ବୋକା ? ସେ ଦେଶ ଭଳି ସଚେତନ ନୁହନ୍ତି। ଭଲ କଲେ ଏମାନେ ଭେଲ ବୁଝିବେ। ଆତ୍ମ ସଚେତନ ନ ହେଲେ ଗଣତନ୍ତ୍ର ତିଷ୍ଠିବ କିପରି ? ଏଥିପାଇଁ ଏକଛତ୍ର ଶାସନ ଦରକାର। 'ଗଣତାନ୍ତ୍ରିକ ସମାଜବାଦ' 'ଗଣତନ୍ତ୍ର ସମାଜବାଦ' ଦୁହା ଉଠେଉଛନ୍ତି କଂଗ୍ରେସବାଲାଏ। ଗଣତନ୍ତ୍ର ପ୍ରଥାରେ ସମାଜବାଦ କଣ କେବେ ହେବ ? ଅସମ୍ଭବ, ଏକଛତ୍ର ନ ହେଲେ ସମାଜବାଦ ପ୍ରତିଷ୍ଠା ଅସମ୍ଭବ କହିଲେ, - "ବଞ୍ଚିବାପାଇଁ, ମରିବାପାଇଁ କର ବସେ ନାହିଁ। ବାଲୁଙ୍ଗାଇ, ସମ୍ପତ୍ତି ଉପରେ କର ବସେ, ମଣିଷ ଉପରେ ନୁହେଁ। ବଞ୍ଚିବା ବେଳେ ସମ୍ପତ୍ତି ଭୋଗ କରୁ ବୋଲି ଆମେ କର ଦେଉ, ପୁଣି ମଲେ ସେ ସମ୍ପତ୍ତି ଯିଏ ଭୋଗ ଦଖଲ କରିବ ସିଏ ଦବ, ବୁଝିଲ ?"

"ନାହିଁ ବାବୁ, ମଲେ ତ ସାଢ଼େ ତିନି ହାତ ଜେଗା ଲୋଡ଼ା।"

"ନାଇଁ ନାଇଁ, ସେମତି ନୁହେଁ। ସମାଜବାଦୀ ସମାଜରେ ବସି ବସି କେହି ଭୋଗ କରିପାରିବେ ନାହିଁ, ଅର୍ଜନ କରିପାରିବେ ନାହିଁ। ଖଟ, ଖାଅ। ବାପ ସମ୍ପତ୍ତି ପୁଅ ବିନା ଶ୍ରମରେ କାହିଁକି ଭୋଗ କରିବ : ସେଥିପାଇଁ ସେ କର ଦବ। ଏଟା ଏକରକମ ସମ୍ପତ୍ତି ସରକାରଙ୍କଠୁ କିଣିନେବା ହେଲା। ଅବଶ୍ୟ; ବୁଝିଲ ?"

"କି କାହିଁକି, ବାପ ଅର୍ଜିତ ସମ୍ପତ୍ତି ପୁଅ କିଣିବ କାହିଁକି ?"

"ଠିକ କିଣିବ ନାହିଁ। ଅଲପ ଦାମ୍ ଦେଲେ ପାଇବ। କରଟା ଦରଠାରୁ କମ୍, ବୁଝିଲ ? ଧନୀଙ୍କଠାରୁ ଟଙ୍କା ଆଣ ଗରିବଙ୍କୁ ଦେବାପାଇଁ ଏ ମୃତ୍ୟୁକର। ୟାରି ନା ସମାଜବାଦ ?"

"ସରକାର ଏଠି ହେଲେ ଇନ୍ଦ୍ର ଦେବତା ବୋଲ। ସମୁଦ୍ରରୁ ପାଣି ନେଇ ନିରସା ଭୂମିକି ସରସା କରିବେ। ଭଲ କଥା, ବାଃ ଖୁବ୍ ଭଲକଥା। ହେଲେ ଇନ୍ଦ୍ର ଯେତିକି ନିଏ ସେତିକି ଦିଏ। ଅକାଶରେ ପାଣି ଭଣ୍ଡାର ନାହିଁ। ସରକାର ଆମର ଯେତିକି ନିଅନ୍ତି ସେତିକି ନିଅନ୍ତି ନା କଳସୀରେ ଫୁଟା ଥାଏ।"

"ପୁଞ୍ଜିପତି ସରକାରଙ୍କ କଳସୀରେ ଫୁଟା ଥାଏ। ସମାଜବାଦୀ ସରକାରଙ୍କ କଳସୀ..."

"ନିଦା ଅଭଙ୍ଗା, ଅଫୁଟା ନା କଣ? ଏୟା କହୁଛ'ତ?" କଥା ଛଡ଼େଇ ନେଇ ବାଲୁଙ୍ଗା କହିଲା - "ଆମର ଏଟା କି ସରକାର? ପୁଞ୍ଜିପତି ନା ସମାଜବାଦୀ। ଆମେ ଜାଣିଥିଲୁ ଗୋଟେ ଥିଲା ଗୋରା ସରକାର। ସେ ଗଲା। ଏବେ କଳା ସରକାର ହେଲା ଇଏ ହେଲା ନାହିଁ। ଆଉ କଣ ନାଲା ସରକାର ଆସିବ ନା ନେଳୀ ସରକାର ଆସିବ? ଏମିତି ସରକାର କେଉଁଠି ଅଛି ନା ଖାଲି ଆମ ଦେଶରେ ହବ।"

"ଓ ଅନେକ ଦେଶରେ ହେଲାଣି। ଇଉରୋପରୁ ଅଧେ, ଏସିଆର ତିନିପା ସାରା ପୃଥିବୀ ଲାଲେ ଲାଲ୍ ହେଇଯିବ। ଭାରତ କ'ଣ ଆଉ ପୃଥିବୀରୁ ବାହାର କି?" ରାମବାବୁ ଉତ୍ତର ଦେଲେ।

"ସେଠି କର ନିଅନ୍ତେ ସରକାର? ନା - କର ଛାଡ଼?"

"କର ବିନା ସରକାର କେଉଁଠି ହେଲାଣି?" ରାମବାବୁ କହିଲେ।

"ଇଂରାଜୀ ଅମଳରେ ଆମେ ଦୁଇ ପ୍ରକାର କର ଦେଉଥିଲୁଁ, ରାଜସ୍ୱ ଆଉ ପଥ କର।"

"ଚଉକିଦାରୀ ଟିକସ ବି।" ଶୁକୁରା ମନେ ପକେଇ ଦେଲା।

"ହଁ, ହଁ, କର, ଟିକସ। ଲୁଣ କର ବି ଥିଲା। ଗାନ୍ଧୀ ମାହାତ୍ମା ଉଠେଇ ଦେଲେ ପରେ ନେହେରୁ ପୁଣି ବସେଇଲେ। ଯାହା କର ରାଜସ୍ୱ ନେଉଥିଲେ ଜମିଦାର୍। ସେ ତ ଗଲେ। ଏବେ ନେଉଛନ୍ତି ହାକିମ ତହସିଲଦାର୍। ଜମିଦାର୍ ଥିଲେ ହେଲେ ତାଙ୍କ ଦର୍ଶନ ମିଳୁଥିଲା। ସମସ୍ତେ ତ କଲିକତି 'ବଙ୍ଗାଳୀ' ଜମିଦାର ନ ଥିଲେ। ଗାଁ ଜମିଦାର ବି ଥିଲେ। ଏ ଗାଁରେ ନ ହେଲା, ସେ ଗାଁରେ ଥିଲେ। କୋଶେ ଦି କୋଶ ଛଡ଼ାରେ ଗଲେ ଦେଖା ମିଳୁଥିଲା।

"ଏବେ କିଏ କାହିଁ ଆମ ହାରିଗୁହାରି ଶୁଣିବ?"

"କାହିଁକି, ସରପଞ୍ଚ ଅଛନ୍ତି।" ମଣି କହିଲା।

"ସରପଞ୍ଚ କିଏ?" ଶୁକୁରା ପଚାରିଲା।

"ଯାହା ଦୁଆର ମୁହଁରେ ବସିଥିଲୁ।" କହିଲା ମଣିଆ।

"ଭାଗୁ ମାହାନ୍ତି ?" ଚମକି ପଡ଼ିଲା ଶୁକୁରା । 'ସଇ ଟାଉଟରର ଟା ?'

"ଟାଉଟରର ନୁହେଁ - ଗୋଟେ ଜନ୍ତୁ ।" ମଣିଆ କହିଲା ।

"ଜନ୍ତୁ ନୁହେଁ, ସେ ଗୋଟାଏ ଭୂତ ।" ବାଲୁଙ୍ଗା କହିଲା - "ସେ ଭୂତଟା କେତେ ବର୍ଷପାଇଁ ଜଣକୁ ମାଡ଼ିବସେ । ତା'ପରେ ତାକୁ ଛାଡ଼ି ଦେଇ ଆଉ ଜଣକୁ ଧରେ । ଭୂତ ଆଉ ସରପଞ୍ଚ ଭିତରେ ତଫାତ୍ ଏତିକି - ଭୂତକୁ ଖୁଣି, ସରପଞ୍ଚକୁ ମୁଣି । ଭୂତ ଲାଗିବା ସହଜ ସରପଞ୍ଚ ଲାଗିବା କଷ୍ଟ । ଭୂତ ଛାଡ଼ିବା କଷ୍ଟ, ସରପଞ୍ଚ ଛାଡ଼ିବା ଅତି ସହଜ । ବୁଝିଲୁ ? ତମ କଲିକତାରେ ସରପଞ୍ଚ ନାହାନ୍ତି ? ନଈରେ ଘର କରିବୁ ତ କିମିର ସାଙ୍ଗରେ ପ୍ରୀତି କର ! ଗାଁରେ ଘର କରିବୁତ ଆଗ ସେଇ ସରପଞ୍ଚ ସାଙ୍ଗରେ ପ୍ରୀତି । ଭାଗୁ ମାହାନ୍ତି ସରପଞ୍ଚ, କଂଗ୍ରେସର ଜଣେ ବଡ଼ ପଣ୍ଡା । ମୋ ନାତି ନାତୁଣୀଏ କେମନ୍ତ ମଜାରେ କହନ୍ତି - କୁଆଡ଼େ ଗଲ ? ହଇରେ ଅପରତିଆ, ହଇଲୋ ପାକି ।"

"ଜେଜେ !" ବୋଲି ଜବାବ ଦେଇ ଘରୁ ବାହାରି ଆସିଲା ଅପର୍ତ୍ତିଆ । ସାତ ଆଠବରଷର ପିଲା, ତା ସାଙ୍ଗକୁ ନାତୁଣୀ ପାକି । ସେ ବଡ଼ । ଦଶବର୍ଷ ବୟସ ହେବ ।

"ଆରେ ଗାଇଲ ସେ ଗୀତ । ସରପଞ୍ଚ ଗୀତ !"

ପାକି ଲାଜରେ ସଢ଼ିଗଲା । ଅପର୍ତ୍ତିଆ 'ଉହୁଁ' କହି ପଳେଇ ଯାଉ ଯାଉ କହିଲା - "ସରପଞ୍ଚ ପରପଞ୍ଚ, ଜୁହାର ତୋ ମାରପେଞ୍ଚ, କଂଗରସ, ରଙ୍ଗରସ, ଜୁହାର ତୋ ସଙ୍ଗଦୋଷ !"

ବହେ ହସିଲେ ସମସ୍ତେ ।

ଶୁକୁରା କହିଲା – "ମୁଁ ତ ଜାଣି ନଥିଲି ସରପଞ୍ଚ ବୋଲି । ମୁଁ ଗାଡ଼ିରୁ ଓହ୍ଲେଇ ସିଧା ଯାଇ ପହଞ୍ଚିଲି ଭାଗୁ ମାହାନ୍ତି ପାଖରେ । ମୁଁ ଯେତେ ଟଙ୍କା ତା' ପାଖକୁ ପଠେଇଚି, ସବୁ ହିସାବ ଅଛି । କେତେଖଣ୍ଡ ଫେରନ୍ତା ମନିଅର୍ଡର ରସିଦ ବି ରଖିଛି । ଅଥଚ ଦଶଟା ଟଙ୍କା ପାଇଁ ସେ ମୋ ଘରଡିହ ନିଲାମ କରିଦେଲା । ମୁଁ ତାକୁ ପଚାରି ଥାଆନ୍ତି, କାହିଁକି ମୋର କି କସୁର ହେଲା ? ସେ ଘରେ ନଥିଲା । କେତେବେଳେ ଆସିଲା, କୋଉ ଅଫିସର ଜିପ୍ ଗାଡ଼ିରେ । ମୁଁ ଡାକିଲି । ଆସୁଛି ବୋଲି କହି ଯେ ଘରେ ପଶିଲା ଆଉ ଦେଖାନାହିଁ, ସାକ୍ଷାତ ନାହିଁ ।"

"ତୁ କଣ ଭାବିଚୁ ଯେ ଟଙ୍କା ପାଇଛି ବୋଲି ସେ ମାନିଯିବ, ଆଉ ଅକଲ ସଲାମି ନେଇ ତୋ ଘରଡିହ ତୋତେ ଫେରେଇଦେବ ? ମନରେ ଗେଣ୍ଠ ମାରି ବସିଥା, 'ବାପଧନ ନୀଳମଣି' କାଲି ଭାଗୁ ମାହାନ୍ତି ତୋତେ ଗେଲବସର କରି ଡାକି ନେଇଯିବ ।" କହିଲା ବାଲୁଙ୍ଗା ।

"କେମିତି ଫେରି ପାଇବି ବାଲୁଙ୍ଗାଇ, ମୋତେ ଟିକିଏ ବୁଦ୍ଧି ବତେଇ ଦେ' ।

ସତେ କଣ ମୋ ବାପ ଗୋସାପ ଅମଳର ଭିଟା ଖଣ୍ଡକ ମୋ ପାଖକୁ ଆଉ ଫେରି ଆସିବ।"

"ଅଲବତ୍ ଫେରି ଆସିବ।" ରାମବାବୁ ହାତକୁ ମୁଠା କରି ହଲେଇ ହଲେଇ କହୁଥାନ୍ତି।

"ହାରି ଗୁହାରି ନୁହେଁ - ଜବରଦସ୍ତ ଫେରେଇ ଆଣିବାକୁ ହବ, ଯେମିତି ହଉ ହକ୍ ହାସଲ କରିବାକୁ ପଡ଼ିବ। ସେଥିପାଇଁ ପ୍ରସ୍ତୁତ ହେବା ଦରକାର। ଯେତେସବୁ ଦଳିତ, ଶୋଷିତ, ଅତ୍ୟାଚାରିତ ସମସ୍ତେ ଏକଜୁଟ୍ ହୁଅ। ପ୍ରତିଶୋଧ। ପ୍ରତିଶୋଧର ବହ୍ନି ଜାଳିରଖ। ବିଦ୍ରୋହ ବିନା, ବିପ୍ଳବ ବିନା, ଦୁନିଆରେ କୌଣସି କାର୍ଯ୍ୟ ହୋଇନାହିଁ - ହୋଇପାରିବ ନାହିଁ।"

"ସେଗୁଡ଼ାକ ଖାଲି କଥାର କଥା : ମୁଁ କେତେ ବିଦ୍ରୋହ ଦେଖିଲିଣି, କେତେ ବିଦ୍ରୋହ ଦେଖିଲିଣି, କେତେ ବିପ୍ଳବ ଅଙ୍ଗେ ନିଭେଇଲିଣି। ଦେଖି ଦେଖି ମୋ ବାଳପାଚି ଗଲାଣି। ହେଇଟି ଗାନ୍ଧୀ ମହାତ୍ମା ବିପ୍ଳବ କଲେ, ବିଦ୍ରୋହ କଲେ, କେତେ ଲୋକ ମଲେ, କେତେ ଲୋକ ଜିଅଲ ଗଲେ ହେଲା କଣ ? କାହାର ଦୁଃଖ ଗଲା ? ଦୁଃଖ ଗଲା ଏଇ ବୁଦ୍ଧିଆ ଲୋକଙ୍କର, ଯେଉଁମାନେ ଗାଁ ଛାଡ଼ି ସହରରେ ଯାଇ ରହନ୍ତି ଗାଁକୁ ଶୋଷିବାପାଇଁ। ଏଇମାନେ ପାଟି କରନ୍ତି। ବିଦ୍ରୋହ ବୋଲି ଚିହିଡ଼ା ଛାଡ଼ନ୍ତି। ତମରି ଭଳି ପଢୁଆ ପାଠୁଆ ବଡ଼ଲୋକ ଯେତେ ଉସ୍‌କେଇ ଦିଅନ୍ତି ଶୁକୁରା, ଚକରାମାନଙ୍କୁ। ମୁଣ୍ଡ ଫାଟେ ତାଙ୍କର। ମରନ୍ତି ସେମାନେ। ମନ୍ତ୍ରୀ ହୁଅନ୍ତି ରାମବାବୁ। ହାକିମ ହୁଅନ୍ତି ରସିକ ପଟ୍ଟନାୟକ। ନା କଣ କହୁଛୁ ରେ ମଣି ? ରାଗିବ ନାହିଁ ରାମବାବୁ, ରାଗିଲ କି ?"

"ରାଗିବି କାହିଁକି ?" ରାମବାବୁ ଜବାବ ଦେଲେ। "ସାପକୁ ମାଇଲେ ସାପ ଫଁ କରି ଉଠିବ। ନ ଉଠିବାଟା ଅସ୍ୱାଭାବିକ। କିନ୍ତୁ, ସେଥିରେ ସାପକାମୁଡ଼ା ବିଷ ଯାଏ ନାହିଁ। ସାପକୁ ମାରିବା ସାଙ୍ଗେ ସାଙ୍ଗେ ବିଷକୁ ବି ଝାଡ଼ିବାକୁ ହବ।" ଜବାବ ଦେଲା ରାମ। "ଏ ସବୁ ପ୍ରତିକ୍ରିୟାକୁ ମୁଁ ଚିହ୍ନେ।"

"ବିଷ ଝାଡ଼ିବ ? କାହାର ବିଷ ଝାଡ଼ିବ ? ସାପକୁ ମାରିବ ? କିଏ ସାପ ? ସାପ ସବୁ ତମେଇ ଯେତେ ପାଠ ପଢୁଆ ବୁଦ୍ଧିଆ ଯାକ। ଆମେ ଏଇ ଗାଁର ଯେତେ ଲଙ୍ଗଳା ଭୋକିଲା, ତମକୁ ଦୁଧଦେଇ ପୋଷୁଁ ଆମେ ! ତମେ ଆମକୁ ଦଂଶ। ଆଉ କୁହ ଯେ ଆମେ ଚୁମା ଖାଉଚୁଁ।"

"କଣ କଲେ ତମର ପାଠୁଆ ଯାକ ? ତମକୁ କଣ ପାଠ ପଢ଼ିବାକୁ କିଏ ମନା କରିଥିଲା ? ଆମେ ପାଠ ପଢ଼ିଲୁ, ଆମ ଆଖି ଖୋଲିଗଲା। ସେଥିପାଇଁ ତମେ ଈର୍ଷାରେ ଏମିତି କହୁଚ ?" ରାମ ଅଭିଯୋଗ କଲା।

"ଆମର ସେ ଆଲୁଅ ଦରକାର ନାହିଁ, ରାମବାବୁ। ତମେ ସବୁଦିନେ ସେ ଆଲୁଅରେ ଥ'। କେତେଜଣ ଅନ୍ଧାରରେ ନରହିଲେ, ତମେ ଠକିବ କାହାକୁ ? ଭଣ୍ଡିବ କେମିତି ?"

"କଣ ତମକୁ ଆମେ ଭଣ୍ଡିଲୁ ? ଠକିଲୁ ? ଠକିଚନ୍ତି ଏଇ ଯେ କଂଗ୍ରେସବାଲା, ଗାନ୍ଧିବାଲା।"

"ସମସ୍ତେ ଏକା ଗାଈର ଗୋବର ହୋ। 'ଇଂରେଜ ତଡ଼' କହିଲ। ଆମେ ସାଯ୍ୟ ହେଲୁ। ଇଂରେଜୀ ଗଲେ। କହିଲ 'ଗଣତନ୍ତ୍ର' ହେବ। ହେଲା 'ଗଣତନ୍ତ୍ର'! ତେଣେ ଥାଇ ବୋଇଲ– 'ସମାଜବାଦ' ନା କଣଟି ହୋ! ଏବେ କଂଗ୍ରେସ କହିଲା 'ଗଣତନ୍ତ୍ର' ବି ହବ, 'ସମାଜବାଦ' ବି ହବ। ଉଆ ବି ହବ ଉଷୁନା ବି ହବ। ସୁନାରେ ତିଆରି ପଥୁରୀ ବାଟିରେ ଆମେ ଖାଇବା। ସବୁ ଆମକୁ ଭଣ୍ଡି ତଣ୍ଡିବାପାଇଁ। ଆଗେ କହୁଥିଲେ 'ରଜା ଖାଏ ତଣ୍ଡି, କେଳା ଖାଏ ଭଣ୍ଡି'। ଏବେ ରଜା ଯିଏ, ସିଏ ଆଗେ ଭଣ୍ଡି ଭୋଟ ନେଲେ ତା'ପରେ ତଣ୍ଡି ଖାଇବ।"

ରାମ ସେତେବେଳକୁ ନରମି ଯାଇଥିଲା। କହିଲା "ବାଲୁଙ୍ଗା ଭାଇ, ତମେ ରାଗିବ ନାହିଁ! ଏ ସବୁ ତମର ମରହଟ୍ଟା ଅମଳର କଥା। ଆଜି କାଲିକା ପିଲାଏ ଶୁଣିଲେ ହସିବେ। ତମେ ତ ରାଜନୀତି କ'ଣ ଜାଣିଲ ନାହିଁ। ମରହଟ୍ଟା ଅମଳରେ ରାଜନୀତିଟା ଥିଲା। "ମାର, ପିଟ୍, ଲୁଟିକର। ଏବେ --"

କଥା ଛଡ଼େଇ ନେଇ ବାଲୁଙ୍ଗା କହିଲା – "ଏବେ ହେଇଚି ପିଠି ଆଉଁସି ଦେଇ ବିଧାଟିଏ କସିଦିଅ। ନାହିଁ ?"

"ନାଇଁ, ନାଇଁ, ତା ନୁହେଁ।" ରାମବାବୁ କହିଲେ -- "ରାଜନୀତିଟା ଗୋଟିଏ ବିଜ୍ଞାନ ବୋଲି ଧରାଗଲାଣି। ଏଥିରେ ଅନେକ କଥା ଅଛି। ଅନେକ ଜାଣିବାର ଅଛି। ସାରା ପୃଥିବୀକି ଆୟତ୍ତ କରି ରଖିଛି ଏଇ ରାଜନୀତି। ତାର ଅଧ୍ୟୟନ ଦରକାର। ତା' ନହେଲେ କିଛି ବୁଝିହେବ ନାହିଁ।"

ଘରଆଡୁ ଅପର୍ତ୍ତି ପଢ଼ା ଆରମ୍ଭ କରି ଦେଲାଣି ବଡ଼ ପାଟିରେ -- "ବ୍ୟାଘ୍ର ଗୋଟିଏ ହିଂସ୍ର ଜନ୍ତୁ ଅଟେ।" ସଞ୍ଜ କେତେବେଳୁ ଗଡ଼ି ପଡ଼ିଲାଣି। ପାଞ୍ଚିଏ ତାରା ଆକାଶରେ ବିଛାଡ଼ି ହୋଇ ପଡ଼ିଛନ୍ତି। ଲ୍ୟାମ୍ପଟିଏ ଆଣି ଥୋଇ ଦେଲାଣି ପାକି।

"ହେଇଟି ଶୁଣ ଶୁଣ, କ'ଣ ପଢୁଛି ସେ, 'ବାଘ ଆସି ତଣ୍ଟି ଧରିଲାଣି'। ରାମବାବୁ କହିବେ, ବାଘ କ'ଣ ମଣିଷ ଖାଏ ? କାହିଁ କେଉଁ ପୋଥିରେ ଲେଖା ଅଛି ? ମଣିଷ ଖାଏ ବୋଲି ଖାଲି ଶୁଣିବା କଥା। ପୋଥିରେ କେଉଁଠି ଅଛି ?"

ସମସ୍ତେ ହସିଲେ, ବାଲୁଙ୍ଗା ହସରେ ତାଳଦେଇ।

"ଆରେ, ଆଗ ଶୁକୁରାର ମୁଣ୍ଡଗୁଞ୍ଜିବାପାଇଁ ଗୋଟାଏ ବେବସ୍ଥା କର। ତାପରେ ତମ ଶାହାସ୍ତ୍ର ଦେଖି ବିପ୍ଳବ କରୁଥାଅ। କିଏ ମାନକଲା। ଆଗ କଥା ଆଗ।" ବାଲୁଙ୍ଗା ପୁଣି କହିଲା।

"ଆଚ୍ଛା, ଆଚ୍ଛା, ଦେଖିବା।" କହି ରାମବାବୁ ହାତ ଘଣ୍ଟାକୁ ଅନେଇ ଦେଇ ଚମକି ପଡ଼ିଲେ। "ଆରେ ଛ'ଟା ବାଜିଗଲାଣି। ମୋର ତେଣେ ଗୋଟେ ସଭା ଅଛି। ମୁଁ ଆସେ। ପରେ ଦେଖାହେବ ଶୁକୁରା। ତୁ ଘର କର ଆମ ପାଟି ତରଫରୁ ଯାହାକିଛି ସମ୍ଭବ ହବ ଅଲବତ୍ କରିବୁ। ଆଚ୍ଛା, ନମସ୍କାର!"

ସମସ୍ତେ ପାଲଟା ଜୁହାର ଜଣେଇଲେ। ଚାଲି ଯାଉ ଯାଉ ରାମବାବୁ ଫେରି ପଡ଼ି କହିଲେ -- "ହଇରେ ଶୁକୁରା, ତୁ ସେଠି ଫ୍ୟାକ୍ଟରୀରେ କାମ କରୁଥିଲୁ, ନା ପ୍ରାଇଭେଟ୍ ଘରେ?"

"ପହିଲୁ ବାବୁବାଡ଼ିରେ। ତା'ପରେ ମାଟିଆ ବୁରୁଜ୍ 'ଚଟକଳ', 'ସୂତାକଳ' ଆହୁରି ଢ଼େର ଢ଼େର।"

"ମାଟିଆ ବୁରୁଜ? ଓ ମେଟେ ବ୍ରୁଜ୍, ମେଟେବ୍ରୁଜ୍ ନା? ହଁ ହଁ, ସେଠି ତ ଆମ କମ୍ରେଡ଼ମାନେ ଅଛନ୍ତି। ସେଇଟା ଆମରି ଟ୍ରେଡ୍ ଇଉନିଅନ୍ ଅଣ୍ଡରରେ! ତୁ ମେମ୍ବର ହୋଇଥିବୁ ନିଶ୍ଚୟ?"

"ହଁ, ଆଜ୍ଞା।" ଶୁକୁରା ଉତ୍ତର ଦେଲା।

"ଲାଲ ସଲାମ୍ କମ୍ରେଡ୍ -- ମୁଁ ଆସେ -- ପରେ ଦେଖା ହେବ।"

ଲାଲ ସଲାମ୍ ନୁହେଁ - ସବୁ ଲାଲେ ଲାଲ୍। ବାଲୁଙ୍ଗା ଅନେଇଥାଏ। ହୋରି ଖେଳିବେ ଠାକୁରେ। ଅବିର ଲାଲ୍। ପିଚକାରୀ ଲାଲ। ମୁହଁ ଲାଲ୍। ଧିଅ ଲାଲ। ଲୁଗାପଟା ସବୁ ଲାଲେ ଲାଲ୍।

ମଣିଆ ଅନେଇଲା ପଶ୍ଚିମ ଆକାଶଆଡ଼େ। ଶରତର ଶେଷ ଗୋଟେ ସଞ୍ଜ। ଖଣ୍ଡେ ଭସା ମେଘ ଛିଡ଼ିକି ପଡ଼ିଛି କାନ୍ଥି ତଳିକି ସୂର୍ଯ୍ୟ ବୁଡ଼ିଯାଇଛନ୍ତି। ଲାଲ୍ ଗୁଲାଲ୍ ହେଇ ଯାଇଛି ସେ ପଟଟା। ତାର ଆଭା ବୋଲି ହୋଇ ଯାଇଛି, ଗଛ ପତର ଘରଦୁଆର ଅଘର ଘରକି। ପବନ କାରିଗର କେଜାଣି କେତେ ରୂପ ଲେଖି ଗୋଟିକ ପରେ ଗୋଟିଏ ଲିଭେଇ ଦେଇ ଯାଇଛି। ହାତୀ, ଘୋଡ଼ା, ମଣିଷ, ମଗର, ଅସୁର ଭୂତ କେତେ କ'ଣ। ତଳେ ରଙ୍ଗିଣୀ ଫୁଲର ହାଟ।

ଶୁକୁରା ଚମକି ପଡୁଛି -- ରକ୍ତ, ରକ୍ତ। ମାଟିଆ ବୁରୁଜର ରକ୍ତ। ଇମ୍ପାଲ୍‌ର ରକ୍ତ। ତାଙ୍କ ଟ୍ରେଡ଼ ଇଉନିୟନ ପତାକାର ରକ୍ତ ସବୁ ଲାଲ୍ ଗୁଲାର୍। ଖୁନ୍ ଖରାବ୍।

"ଦୁଖିଆନା କାହିଁ, ମଣିଆଇ?" ଶୁକୁରା ପଚାରିଲା।

"ତାର କଣ କିଛି ଠିକ୍ ଠିକଣା ଥାଏ? ଆଜି ଏଠି, କାଲି ସେଠି।"

"ତା ପାଖକୁ ହାଁତେ ଯା'! ଆସ୍ତେ, ସେ ବାଟ ବତାଇ ଦବ।"

"ହଉ ଚାଲ।" ମଣିଆ ଉଠିଲା।

"ମୋ ଜିନିଷତକ ତୋ'ରି ପାଖରେ ରହିଲା ବାଲୁଙ୍ଗାଇ।"

"ଆରେ ତୁ କେତେ କଅଣ ସୁନା ରୂପା ହୁଣ୍ଡି ପସରା ଆଣିଛୁ। କିଏ ଯଦି ହାତପଇଠି କଲା ତ ମୁଁ ମଲି।"

"ନାଇଁ ବାଲୁଙ୍ଗାଇ, ସେମିତି ଧନ ଦଉଲତ କିଛି ନାହିଁ। ନୁଗା ଦି'ଖଣ୍ଡି। ଟଙ୍କା କେଇଟା।"

"ହଉ, ହଉ ରଖିଦେଇ ଯା'। ମୁଁ ଥୋଇ ଦଉଛି ମୋ ଶୋଇବା ଘରେ।"

ଶୁକୁରା ଚାଲିଗଲା ମଣିଆ ସାଙ୍ଗରେ। ସେପଟରୁ ଆସୁଥିଲା ଦୁଃଖୀ। ବାଟରେ। ମୁହଁ ଅନ୍ଧାର ବେଳ। ଖୁବ୍ ପାଖାପାଖି ନ ହେଲେ ଚିହ୍ନି ହବ ନାହିଁ।

"ଦୁଃଖିଆନ୍ନା ନା କିଏ? ଦୁଃଖିଆନ୍ନା, ଶୁକୁରା? ମୁଁ ପରା ତୋ' ଦୁଃଖିଆନ୍ନା।" କୁଣ୍ଢେଇ ପକେଇଲା ଶୁକୁରାକୁ ଦୁଃଖିଆ।

ଶୁକୁରା ଆଖିରେ ଲୁହ।

"ଛି ଶୁକୁରା, କାନ୍ଦୁଛୁ? ତୋର କଣ ହେଇଚି ଯେ ତୁ କାନ୍ଦୁଛୁ? ଘର କରିବୁ, ଦୁଆର କରିବୁ। ରତନୀ କୋଳରେ ପୁଉଣି ବାଇୟା ହସି ଉଠିବ। ଏଇ ଆଖିରେ ଦେଖିବି।"

"ମୋତେ କଇଲାଣ କର ନନା, ମୁଁ ବଡ଼ ଅଭାଗା।"

"ହଉ ହଉ ଚାଲ୍ ଚାଲ୍। ମୋ ଘରେ ରହିବୁ ଏବେ। ମୁଁ ସବୁ ଶୁଣିଲିଣି। ତୋ ଲୁଗାପଟା?"

"ବାଲୁଙ୍ଗାଇ ଜିମାଦେଇ ଆସିଛି।"

"ଯା-ଯା ଘିତି ଆସିବୁ! ମୁଁ ଯାଏଁ, ତୋ ରହିବାର ବନ୍ଦୋବସ୍ତ କରେଁ ଆଗେ।"

ମଣି ଆଉ ଶୁକୁରାକି ଫେରି ଆସିଲେ ବାଲୁଙ୍ଗା ଘରକୁ। ଶୁକୁରାର ଭିତରଟା ଯେମିତି କେତେଦିନୁ ଶୁଖିଲା ଥିଲା। ଖୁବ୍ ଅସରାଏ ବରଷା ହେଇ ଛାଡ଼ିଗଲା ପରି ଲାଗିଲା। ଥଣ୍ଡା ପଡ଼ିଯାଇଛି ସବୁ। ଅନେକଟା।

ଆଖି ଆଗରେ ନାଚିଗଲା ଶୁକୁରାର କୋଡ଼ିଏ ପଚିଶ ବର୍ଷ ତଳର ଗାଁଟା। କେତେ ଲୋକ ଥିଲେ। କିଏ କୁଆଡ଼େ ମରି ହଜି ନୂଆ ଜନମ ନେଲେଣି। ବଞ୍ଚିଚି ଏକା ଏଇ ଦୁଃଖିଆନ୍ନା। ଏଡ଼େ ଛାତିଟାଏ। ଖୁବ୍ ଚଉଡ଼ା, ଓସାରିଆ। ଆଉ କାହାକୁ

ଚିହ୍ନି ହଉ ନାହିଁ। କିନ୍ତୁ ତା' ଦୁଃଖିଆନ୍ନାକୁ ସେ ଠିକ୍ ଚିହ୍ନିଲା। ଅନ୍ଧାରରେ ବି। ଯେମିତି ଥିଲା ସେମିତି ମନଟା ବି ଅବିକଳ। ରୂପ ଯଉବନ ସବୁ ଅଜର ଅମର କି ଆଉ! କେହି କହିବ ନାହିଁ ଚାଳିଶା ଧରିଲାଣି ବୋଲି।

ନିରୋଳାରେ କହିଲା ମଣିକୁ -- "ଦେଖିଲ ଦେଖିଲ ମଣି, ମୋତେ କୁଣ୍ଢେଇ ପକେଇଲା ଦୁଃଖିଆନ୍ନା। ମୁଁ କଣ ସରି ଦୁଃଖିଆନ୍ନାକୁ। ଏଟା କ'ଣ ମଣିଷ? ମଣିଷ ସବୁ ଏମିତି ଥାଆନ୍ତି?"

କାନ୍ଦି ଉଠିଲା ଶୁକୁରା। କହିଲା – "ମୋତେ ତା' ଘରେ ବାସ ଦବ। କଥା ନାହିଁ, ବାର୍ତ୍ତା ନାହିଁ, ସବୁ ଜାଣିଲାପରି, ମୋ ଦୁଃଖ ବୁଝିଲାପରି କହି ପକେଇଲା 'ହଉ ଚାଲ, ମୋ ଘରେ ରହିବୁ।' ଦେବତା ସର୍ଗରେ ଥାଆନ୍ତି ନା ମର୍ତ୍ତରେ ମଣି?"

"ଦେବତାସବୁ ଏଇ ମର୍ତ୍ତରେ ଥାଆନ୍ତି।" ମଣି ଉତ୍ତର ଦେଲା; "ହେଲେ ପୂଜା ପାଆନ୍ତି ନାହିଁ - କଳିଯୁଗ ପରା!"

ଚୁପ୍ ନହିଲା ଶୁକୁରା। କ'ଣ ଏଣୁ ତେଣୁ ଗୁଡ଼ାଏ ଭାବୁ ଭାବୁ କହି ଉଠିଲା – "ଦୁଃଖିଆନ୍ନା କିଆଁ ମନ୍ତ୍ରୀଟାଏ ନହେଲା କି ମଣି? ବଙ୍ଗଦେଶରେ କେତେ କେତେ ଖଦଡ଼ ପିନ୍ଧା ଗାନ୍ଧୀବାଲା ମନ୍ତ୍ରୀ ଏମେଲେ, ଏମ୍ପି ହେଇଗଲେ। ଦୁଃଖିଆନ୍ନାର ନଖ କୋଣକୁ ସରି ହେବେ ନା ସେମାନେ!"

"ଦୁଃଖିଆନ୍ନା କଣ ଗାନ୍ଧୀବାଲା ହେଇଛି ଯେ ମନ୍ତ୍ରୀ ହେଇଥାନ୍ତା।"

"କେମନ୍ତ? ଦୁଃଖିଆନ୍ନା ଗାନ୍ଧୀବାଲା ନୁହେଁ, ତ ଆଉ କିଏ ଗାନ୍ଧୀବାଲା ଅଛି ଶୁଣେ?"

"ଆଜିକାଲି ଗାନ୍ଧୀବାଲା ସବୁ ଭିନେ -- ଦୁଃଖିଆନ୍ନା ତାଙ୍କ ସାଙ୍ଗରେ ନାହିଁ।"

"ଦୁଃଖିଆନ୍ନା କ'ଣ କମିଉନିଷ୍ଟ ହେଇଗଲାଣି କି?" ପଚାରିଲା ଶୁକୁରା, ଆଖି ଦିଟା ଏଡ଼େ ଏଡ଼େ ବାହାରି ପଡ଼ିଲା।

"ଉହୁଁ!" ମଣି ଉତ୍ତର ଦେଲା।

"ପି: ଏସ୍:ପି:?"

"ନା"

"ଜନସଙ୍ଘ?"

"ନା"

"ତେବେ କେଉଁ ଦଳର ସେ?"

"କୋଉ ଦଳର ନୁହେଁ, ଏକଚରା ପୋଢ଼?"

"ଦୁଃଖିଆନ୍ନା ତେବେ କଣ କରେ ? ସେ ତ ଖାଲି ବସିବା ପୁଅ ନୁହେଁ।"

"କଣ କରେ ଶୁଣିବୁ? ଶୁଣିବୁ କାହିଁକି ? ବଲେତ ଦେଖିବୁ ଚାଲ୍ ଚାଲ୍।"

***   ***   ***

ବଡ଼ ବାରନ୍ଦା। ମାଟିଘର। ପାଞ୍ଚ ପଚିଶ ଶୋଇଯିବେ ବାରନ୍ଦାରେ ଦରକାର ବେଳେ। ତାଟି ବାନ୍ଧିଥାଏ ଦୁଃଖୀ। ନିଜ ହାତରେ। ବାରନ୍ଦାର ଏକ ପାଖିଆକି। ସେଇଠି ଶୁକୁରାର ଠାଇଁ। ଦଉଡ଼ିଆ ଖଟ ଖଣ୍ଡେ ଆଉଜା ହୋଇଥାଏ କାନ୍ଥକୁ। ଶୁକୁରା ପାଇଁ।

ସେଇ ଘରତ। କିଛି ବଦଳି ନାହିଁ। ଖାଲି ଏହି ବାରନ୍ଦାଟା ଟିକିଏ ବଢ଼େଇ ଦେଇଛି ଦୁଃଖିଆନ୍ନା। ଓସାରିଆ କରି ଦେଇଛି। ନଇତ ନାହିଁ, ଯେମିତି ଥିଲା ସେମିତି। ନିମ୍ବ ଗଛଟା ଇଶାନ କୋଣରେ ଏବେବି ଝାଙ୍କିଲା ହେଇ ଠିଆ ହେଇଛି। ସେଠି ସେ ବେଲ ଗଛଟା ନଥିଲା। ଆଃ, କି ଖନ୍ଦ କରିଛି ଦୁଃଖିଆନ୍ନା ! ଶୁକୁରାର ପେଟ ପୂରିଗଲା ଦୁଃଖିର ବାଡ଼ିକୁ ଅନେଇ ଦେଇ।

"ମଣି, ଆଜି ଏଇଠି ଗଣ୍ଡେ ପଡୁ। ଶୁକୁରା ଆସିଛି। ଗପସପ ହେବା।" କହିଲା ଦୁଃଖୀ।

କି ସୁନ୍ଦର କାହାଣୀ। ପରୀ ରାଇଜର କଥା ପରି। ଶୁକୁରାର ଜୀବନ କାହାଣୀ। କାହାଣୀ ନୁହେଁ। ଗଲା ପଚିଶ ତିରିଶ ବର୍ଷର ଇତିହାସ। ଭାରତ ଇତିହାସ ନୁହେଁ। ଓଡ଼ିଶା ଇତିହାସ ନୁହେଁ। ଗୋଟିଏ ମଣିଷ ଜୀବନର ଇତିହାସ ମନେ ନ ପଡ଼ିବାର ଇତିହାସ। ମନେ ନ ପକେଇବାର ଇତିହାସ। କେହି ପଢ଼ନ୍ତି ନାହିଁ। କେହି ଶୁଣନ୍ତି ନାହିଁ। କେହି ଲେଖନ୍ତି ବି ନାହିଁ। ଲେଖିଲେ ସିନା କିଏ ପଢ଼ନ୍ତା କି ଶୁଣନ୍ତା ! କାଳେ କେହି ପଢ଼ିବ କି ଶୁଣି ପକେଇବ, ସେଥିପାଇଁ କେହି ଲେଖନ୍ତି ନାହିଁ। ଏ ଇତିହାସ ପଢ଼ିଲେ କାଳେ ମଣିଷ ମଣିଷକୁ ଚିହ୍ନି ପକେଇବ। ସେଥିପାଇଁ କେହି ଲେଖନ୍ତି ନାହିଁ। ମଣିଷ ମଣିଷକୁ ଚିହ୍ନି ପକେଇଲେ କାଳେ କେତେବେଳେ କିଏ ଚଳନ୍ତି ଶଗଡ଼ରେ ହାତ ମାରି ଦେବ, କାଳେ ଶଗଡ଼ ଗୁଳାରୁ ବାହାରି ପଳେଇବ। ମଣିଷର ଇତିହାସକୁ ମଣିଷ ଡରେ।

ମଣିଷ ପଢ଼େ ଅମଣିଷଙ୍କ ଇତିହାସ। ଚୋର ଡକେଇତଙ୍କ ଇତିହାସ। ମଣିଷ ହେଇ ଯେଉଁମାନେ ଏଇ ଶୁକୁରାପରି ଜନମ ନିଅନ୍ତି ଏ ମାଟିରେ, ଆସନ୍ତି ଏ ସଂସାରକୁ, ଚଳନ୍ତି, ଚରନ୍ତି, ବୁଲନ୍ତି ଏ ଶୟଳରେ, ଏ ଦେଶର ଇତିହାସରେ ତାଙ୍କ ଜୀବନରୁ ଗାରୁଟାଏ ବି କଟା ହୁଏ ନାହିଁ। ଅଙ୍କ କଷା ହୁଏ ନାହିଁ।

ଶୁକୁରାମାନଙ୍କର ଜୀବନୀ ଗୋଟାଏ ଗୋଟାଏ ଚଳନ୍ତି ଜୀବନୀ – ଜୀଅନ୍ତା ଜୀବନୀ – ଜ୍ୱଳନ୍ତ ଇତିହାସ। ତାକୁ ପଢ଼ିବା ପାଇଁ ଧୈର୍ଯ୍ୟ ଅଛି କେଇଟା ଲୋକଙ୍କର ? ମମତା ଅଛି କେତୁଟା ହୃଦୟରେ ତା' ପାଖକୁ ଯିବାପାଇଁ ! ତା ଧାସ ସହିବାପାଇଁ !

ବାଲୁଙ୍ଗା ବି ଆସି ଯୋଗ ଦେଲା ସେଇ ଖଟିରେ। ସେଇଠି କହିଲା – "ହଇହୋ ଦୁଖିବାବୁ, ଶୁଣିଲଣି ? ପଞ୍ଚେଇତ ଟିକସ, ଗ୍ରେନଗୋଲା ଟଙ୍କା, ସୁସାଇଟି ଧନ ସବୁ ମାରିନେଇ ପାର୍। ହେଇଟି ହେଇ, ଧପାଲି ଚାଲିଛି କେମିତି ଚାହାଁ! ଆଗରେ ଦି'ଟା ପଛରେ ଦି' ଦି'ଟା ଚାରିଟା ମଣିଷ, ନହେଲେ ହବ ନାହିଁ। ତେବେ ଯାଇ ବାହାରକୁ ବାହାରିବେ ସାଆନ୍ତେ। ସାଆନ୍ତେ ନୁହେଁ - ସାଇବ, ସାହାବ।"

"କିଏରେ କିଏ ?" ପଚାରିଲା ଦୁଃଖୀ।

"ଆଉ କିଏ - ସେଇ ଭାଗୁ ମାହାନ୍ତି, ସରପଞ୍ଚ। ଆସିଥିଲା କୋରକ ପରୁଆନା। ସରକାରୀ ଟଙ୍କା। ତାର ବାଳ କିଏ ବଙ୍କା କଲା ନାହିଁ।"

"କୋରକି ହେଲା କ'ଣ ?"

"କୋରକି ତ ତା' ବାଟେ ବାଟେ ଗଲା। ହବ ଗୋଟେ କ'ଣ ? ବୁଝି ପାରୁନା।"

"ଅଣ୍ଟାଗୁଞ୍ଜା ଦେଇ ପାର ହେଇଗଲା ?"

"ଅଣ୍ଟାଗୁଞ୍ଜା ? ଅଣ୍ଟାଗୁଞ୍ଜା ଗୋଟେ କଅଣ ମ ? ଆଜି କାଲି ଆଉ ଅଣ୍ଟାଗୁଞ୍ଜା ଅଛି ? ତା ନା ପକେଟ ଗରମ୍। ଖୋଲାଖୋଲି, ଦିଆନିଆ, ଦିନ ଦି'ପହରେ - କାହାରି ମୁହଁରେ ଭାଷା ନାହିଁ। ସମସ୍ତଙ୍କ ମୁହଁ ଯେମିତି କିଏ ସିଲେଇ କରି ଦେଇଛି।"

"କଣ ହେଲା ? ଏ ଗାଁର ଲୋକେ କଣ ସବୁ ମଲେଣି କି ?"

"ମଲେଣି କି ? କେଉଁ ଦିନ ବଞ୍ଚିଥିଲେ ଭଲା। ମୁଁ ତ ମୋ ଦିହକଯାକ ଦେଖି ଆଇଲି। ଇଂରାଜୀ ଥିଲେ ହେଲେ ମଣିଷ ଛାଟ ଖାଇ, ବେତ ମାଡ଼ ସହି ଚେଉଁଥିଲା ଏବେ ତ ଅଘୋଡ଼ ନିଦ। ଯିଏ ଶାସନ କରିବ, ଯିଏ ରଜା ହେଇ ରାଜୁତି କରିବ, ସେ ରାଜା ହେଉ ବା ମନ୍ତ୍ରୀ ହେଉ, ସେ ଯଦି ଲାଞ୍ଚ ଖାଇବେ, ସେ ଯଦି ଦୁର୍ନୀତି କରିବେ, ଚାରା କଣ ?"

ବାଲୁଙ୍ଗା କଥା ଶୁଣି ତାତି ଉଠିଲା ଦୁଃଖିଆ। "କଣ କହୁଛ ବାଲୁଙ୍ଗାଇ, ଆମେ ଏମିତି ଅନ୍ୟାୟ, ପାପ, ସବୁ ତୁନି ହୋଇ ସହିଯିବା।"

"ସହିବା ନାହିଁ ଆଉ କ'ଣ କରିବା ? ଆଉ କ'ଣ ବଅସ ଆସୁଛି ଜିଅଲ ଯିବା - ଲାଠି ଖାଇବ।"

"ଏ ଗାଁର ଟୋକା ଭେଣ୍ଡିଆସବୁ କୁଆଡ଼େ ଗଲେ ? ଡାକ ସମସ୍ତଙ୍କୁ। ଅନ୍ୟାୟର ପ୍ରତିବାଦ କରିବା।"

"ଆଉ ପ୍ରତିବାଦ। ଟୋକାଏ କରିବେ ପ୍ରତିବାଦ ?" ହସିଲା ବାଲୁଙ୍ଗା, "ଭେଣ୍ଡିଆ କଣ ଆଉ ଭେଣ୍ଡିଆ ହେଇ ଅଛନ୍ତି। ସମସ୍ତଙ୍କ ଅଣ୍ଟା ଭାଙ୍ଗି ଯାଇଛି।

ପଇସାର ପାହାଡ଼ ଭାଙ୍ଗି ପଡ଼ିଛି ତାଙ୍କ ଉପରେ। ସରକାରଙ୍କ ଟଙ୍କାରେ ଯୁବକ ସଂଘ ଗଢ଼ା ହେଇଛି। ସପ୍ତା ଘରେ ବସିଛି କିଲବ। ସେଠି ପଡ଼ିଛି ତାସ, ପାଲି, ଚଉସାର ସତରଞ୍ଜି, ଗଞ୍ଜପା। କଳିକାଳ, କଳିକାଳ। ଘୋର କଳି ଆସି ଘୋଟିଗଲା। ପରୀକ୍ଷିତ ମହାରାଜ କଣ କଲେ ଭଲା! ଏକା ଚଟାକେ ସିନା ସାବାଡ଼ କରି ଦେଇଥାନ୍ତେ। ରାଜା ଦୋଷୀକୁ ଦୟା ଦେଖେଇଲେ ଯାହା ହୁଏ ସେଇୟା ହେଲା, କଳି ଯାଇ ରହିଲା ସୁବର୍ଣ୍ଣ ପାଖରେ। ରଜା ଥାନ ଦେଲେ।"

"କଣ ହେଲ, କଣ ହେଲା?" ପଚାରିଲେ ମଣିଆ, ଶୁକୁରା ଦିହେଁଯାକ ଏକା ବେଳେକେ।

"ବିନା ମେହନତରେ ପଇସା କେଉଁଠୁ ଆସିବ?" ପଚାରିଲା ମଣି ବାଲୁଙ୍ଗା କଥା ଶୁଣି।

"ପଇସା କେଉଁଠୁ ଆସିବ? ପଇସା କେଉଁଠୁ ଆସୁଛି? ସବୁ ସେଇ ଦଉଚି -- ସେଇ!"

"କିଏ -- କିଏ?"

"ଚିହ୍ନିନ? ଯୁଜିଆନ୍ନା? ଯୁଜିଆନ୍ନା!"

"ଯୁଜିଆନ୍ନା?" ସମସ୍ତେ ହସି ଉଠିଲେ।

"ଆରେ ତମେ ଯୁଜିଆନ୍ନାକୁ ଚିହ୍ନିନ? ହସୁଚ? ତା' ନା ସେଇୟା। ସମସ୍ତେ ସେଇ ନାଁ ଧରି ଡାକନ୍ତି। ତା ଭଲ ନାଁ ହଉଚି ଦୁର୍ଯ୍ୟୋଧନ। ଦୁର୍ଯ୍ୟୋଧନ ପରା ପନ୍ନଗ ନାରାୟଣ! ଶଙ୍ଖନିଧି ପଦ୍ମନିଧି ତା କାନ୍ଧରେ। ଯାହା ଛୁଇଁଦବ, ସେ ସୁନା ହେଇଯିବ। ରାଜସ୍ୱୟ ଯଜ୍ଞ ହଉଛି। ଯୁଧିଷ୍ଠିରଙ୍କର। ଭାରି ଚଲାଖ ଶ୍ରୀକୃଷ୍ଣ। କହିଦେଲେ, ଦୁର୍ଯ୍ୟୋଧନକୁ ଭଣ୍ଡାର ଜିମାରେ ରଖି ଦିଅ। ରଖି ଦେଲେ। ତେଣେ ଦୁର୍ଯ୍ୟୋଧନ ମହାଖୁସ୍। ମନ ଇଚ୍ଛା କି ଖରଚ କଲା। ଖୋଲା ହାତ। ପାଞ୍ଚିଲା, ପାଣ୍ଡବଙ୍କ ଧନ ଉଜାଡ଼୍ କରିଦେବ। ଆପଣା କିମିଆ ଆପଣକୁ ତ ଅଜଣା। ସେ ଯେତେ ଦଉଚି, ସେତେ ଭରଣା ହେଇ ଯାଉଚି ଭଣ୍ଡାର ଘରେ। ମାଟି ସୁନା ହେଇ ଯାଉଚି, ଦୁର୍ଯ୍ୟୋଧନ ହାତ ବାଜିଲେ। ପାଣ୍ଡବଙ୍କ ଭଣ୍ଡାର ଅସରନ୍ତି। ସେମିତି ଆମ ସରକାର। ଯୁଜିଆନ୍ନାକୁ ଡାକି ଆଣିଚନି। ଯେତେ ଇଚ୍ଛା ତେତେ ନିଅ। ସରକାରଙ୍କ କୋଠ ସରୁ ନାହିଁ କି ଯୁଜିଆନ୍ନାର ଦିଆ ସରୁନାହିଁ। ଯୁଜିଆନ୍ନାର ଟଙ୍କା ସବୁ କଉଁଠି ଥାଏ ଜାଣିଚ? ଶୂନ୍ୟରେ - ଆକାଶରେ। ଖାଲି ନଗୀ ମୁଣ୍ଡରେ ଜାଲଟା ଝୁଲାଇ ଉଆରି ପାରିଲେ ହେଲା।"

ସମସ୍ତେ ଅନେଇଛନ୍ତି ଅବାକ୍ ହେଇ। ବାଲୁଙ୍ଗାଇର ଏମିତିଆ କଥା ଶୁଣିବାକୁ

ଭାରି ଭଲ ଲାଗେ। କଥାକୁ କେଉଁଠୁ ନେଇ କୋଉଠି ଛାଡ଼ାଏ ବାଲୁଙ୍ଗା, କେହି ଠଉରେଇ ପାରନ୍ତି ନାହିଁ। ସମସ୍ତେ ଆତଙ୍କରେ ଅନେଇ ଥାନ୍ତି ତାଳଟା କେଉଁଠି ଛିଡ଼ିବ।

ବାଲୁଙ୍ଗା କହି ଚାଲିଥାଏ -- "ଏବେ ଯୁଜିଆନ୍ନାକୁ ଦେଖୁନ? ଗାଁ ଗାଁକି କିଲବ ଘର, ଯୁବକ ସଂଘ। ସେଠି ଚାଲିଛି ଦ୍ୟୁତ। ଚାସ, ପଶା-ପାଲି। ତା'ପରେ ହେଲା ମଇଲା ସମିତି ମାନେ କାମିନୀ। ଆଉ ମଦ। ସେଟାତ ଘରେ ଘରେ ଆମଦାନି। ଗାନ୍ଧୀଙ୍କ କୁଟୀର ଶିଳ୍ପ। ବାକୀ ରହିଲା ପ୍ରାଣୀ ହିଂସା। କି ଦେଖିବ ମାଛଚାଷ, କୁକୁଡ଼ା ଚାଷ, ଛେଳି ଚାଷ, ମେଣ୍ଢା ଚାଷ। ଏଥିରୁ ଫଳିବ କ'ଣ ଜାଣିଛ? -- ସୁନା -- ସୁବର୍ଣ୍ଣ! ସବୁଯାକ କଳିର ଅର୍ଗଳି। ବୁଝିଲ?

"ଓ -- ଯୋଜନା କଥା କହୁଛ?" ଦୁଃଖୀ କହିଲା।

"ହଁ, ହଁ, ଯୋଜନା - ଯେ ଜନା! ଯୁଜିଆନ୍ନା ସେଇ। ମୁଁଇ ତାକୁଇ କହେ ଯୁଜିଆନ୍ନା - ଦୁର୍ଯ୍ୟୋଧନ।" ଉତ୍ତର ଦେଲା ବାଲୁଙ୍ଗା। ସମସ୍ତେ ହସି ଉଠିଲେ।

"ବାଲୁଙ୍ଗାଇ, କିଛି ଭାବିବ ନାହିଁ ତ ଗୋଟେ କଥା କହିବି।" କହିଲା ମଣିଆ।

"ଭାବିବି କ'ଣରେ? ଭାବିବାର କ'ଣ ଅଛି? ଦେଶ ସୁଆଧୀନ ହେଲା କାହିଁକି? ଆମେ ଯଦି ଭାବିବୁ ତ ଏ 'ସୁଆଧୀନ'ର କିମତ ଦିଅଣ୍ଡା ଦି'କଡ଼ା। ଆମପିଁ ଭାବିବେ ସରକାର। ଆମେ କିଆଁ ଭାବିବାକୁ ଯିବାରେ?"

"ତମେ ସବୁ କଥାକୁ ବଙ୍କେଇକି ଦେଖ।" କହିଲା ମଣିଆ। "ଯୋଜନା କ'ଣ ଖରାପ? ଆମେ ତାକୁ ବାଟରେ ପକେଇ ପାରୁଛୁ ବୋଲି ଅନର୍ଥ। ହେଇଟି ଦେଖ, ଲୋକ ସଂଖ୍ୟା ହୁ ହୁ ବଢ଼ି ଚାଲିଛି। ଯୋଜନା କହିଲା, ଅଧିକ ଫସଲ କର। ଯିଏ ଯେତେ ଚାହଁ ଟଙ୍କା ନିଅ। ଅଧିକ ଅମଳ ହବ। ତମେ ସେ ଟଙ୍କା ନେଇ ବାହାପୁଆଣିରେ ଖରଚ କଲ। ସେଇଟା କ'ଣ ଯୋଜନାର ଦୋଷ? ଯୋଜନା ତ ମଣିଷ ନୁହେଁ -- ଗୋଟେ ଅଟକଳ। ମଣିଷ କିଆ ଅଟକଳ -- ଜମା ଖରଚ।"

"ହା ହା ହା -- ଅଟକଳ ମଟକଳ ଫୁଟିଗଲା କାଇଁଚ, ତମର ଆମର ନାଲି ପଇଁଚ, ନାଲି ପେଁ ପେଁ ବାଜି ହୀରା" -- କହୁଁ କହୁଁ ଉଠିଲା ବାଲୁଙ୍ଗା। ଗାଲରେ ଗାଲେ ହସ। କହିଲା "ଯାଉଚିହୋ ଦୁଃଖିଆନ୍ନା, ଯାଉଚି ଶୁକୁରା-- ମଣିଆ-- ମୋ କଥାକୁ ଧରିବ ନାହିଁ। ମୋ ମୁହଁଟା ସେମିତି। ପେଟରେ କିଛି ନାହିଁ। ଯାହା ଦେଖେ ତା' କହେ। କଥାର ବାଇଶା ନ ଥାଏ। କିଛି ଭାବିବ ନାହିଁ। ଏ ଗୁଡ଼ାକ ସବୁ ପାଣିର ଗାର ବୋଲି ମନେ କରିବ। ହଉ ଜୁହାର ଦୁଖିଆନ୍ନା।" କହି ଉଠିଲା ବାଲୁଙ୍ଗା।

ବାଲୁଙ୍ଗା ଚାଲିଗଲା। ତା କଥାରେ ଗୋଟିଏ କମ୍ପ, ଗଛ ପତର ଚାଳ ବାଡ଼କୁ

ଯେମିତି ଥରେଇ ଦେଇଗଲା। ସମସ୍ତେ ଚାହିଁ ରହିଲେ ବାଲୁଙ୍ଗାର ଚଲା ବାଟକୁ। ସମସ୍ତେ ଚୁପ୍ ଚାପ୍। ସବୁ ଚୁପ୍‌ଚାପ୍।

ଦଶ ପାହୁଣ୍ଡ ବାଟ ଯାଇ ବାଲୁଙ୍ଗା ଫେରି ପଡ଼ି କହିଲା – "ଦୁଖିଆନ୍ନା" ଶୁକୁରାକୁ କେତେଦିନ ଆଉ ଘରେ ରଖିବ? ତା' ପାଇଁ ଗୋଟେ ସ୍ଥାୟୀ ବ୍ୟବସ୍ଥା କରିଦିଅ। ମୁଣ୍ଡ ଗୁଞ୍ଜିବାକୁ ଯାଗା ଖଣ୍ଡେ ହେଲେ ହେଲା। ନାଁ କ'ଣରେ ଶୁକୁରା। ରତନୀ ସେ। ଦି'ଟା ତ ପ୍ରାଣ। ଚଳିଯିବ। ହଉ ଯାଉଛି। ଶୀଘ୍ର ରତନୀକି ଘିଚିଆରେ ଶୁକୁରା!"

ରତନୀ! ରତନୀ!! କାନ୍ଥ ବାଡ଼ ଚାରିଆଡ଼େ ଯେମିତି ଛାପ ମାରିଛି - ରତନୀ - ରତନୀ। ପିଲାଏ ଦାଣ୍ଡରେ ଥଟା କଲେ ଶୁକୁରାକୁ ଦେଖି - "କଉଁ ଶୁକୁରା? ରତନୀ ଶୁକୁରା!" "ରାଉତ ପୁଅ ନୀଳା - ଶୁକୁରା ବାରିକି କିଳା।" "କାନ୍ଦିଲେ କି ହେବ କରୀନ୍ଦ୍ର ଗମନା ନୀଳ କି ସହଜେ ଛାଡ଼ିବ।" ଆହୁରି କେତେ କ'ଣ।

ଶୁକୁରା ଉଁ କି ଚୁଁ କିଛି କହୁ ନଥାଏ। ସବୁ ଶୁଣେ। ଗୁଣି ହୁଏ ମନେ ମନେ। ନୀଳ ରତନୀକି ରଖିଛି। ସମସ୍ତେ କହୁଚନି ସେ କଥା ତା ଛାତି ଭିତରୁ ଆଉ ଗୋଟେ କେମିତିକା କମ୍ପ ଉଠି ଆସେ। କମ୍ପ ନୁହେଁ ଥର। ତା' ମାନେ ରତନୀକୁ କେମନ୍ତେ କଲିକତା ନେଇ ଯାଇଥିଲା ନୀଳ। କାହିଁ ସେ ତ କେବେ ହାବୁଡ଼ି ନାହିଁ ରତନୀକି କଲିକତାରେ। ନୀଳ ପରା ବାହା ହେଇଚି, ତା'ର ମାଇପ ଅଛି। ହେଁସରେ ହେଁସେ ଛୁଆ। ଏ ଘର ଛିଆକୁ ସେ ଘରଛିଆ। ତଥାପି ... ...?

ଅଭ୍ୟାସ ଦୋଷ। କଣ କରିବ? ପଇସା ଯାହାର ଅଛି, ବାଲୁଙ୍ଗାର କହିଲା ଛଟା, କଳି ଗୋଟିପଣେ ତାହାରି ପାଖରେ। ପଇସାରୁ, ଧନରୁ, ସୁନାରୁ, ମଦ, ମାଂସ, ମାଇକିନା, ଜୁଆ ସବୁ। ସବୁ ଅମଳ। ଅମଳ ହୋଇଯାଏ। ନ ହେଲେ ନ ଚଳେ। ଯେତେ ହେଲେ ବି ନିଅଣ୍ଟ।

ପଇସାକୁ ଅଣ୍ଟିରେ ଯେତେ ଗୁଞ୍ଜିଲେ ସେ ଫୁଟି ପଡ଼ିବ। ଅଣ୍ଟିରେ ନିଆଁ ଗୁଞ୍ଜିଲା ପରି। ତା'ର ପୁଣି ପର ଥାଏ। ସେ ଉଡ଼େ। ଯା'ର ପଇସା ଅଛି ସେ ତାକୁ ନ ଉଡ଼େଇଲେ ସୁଖ ନାଗେ ନାହିଁ। ଛଞ୍ଚିଲା ଲୋକଙ୍କ କଥା ଭିନେ। ନୀଳ ରାଉତର ପଇସା ଅଛି। ନ ଉଡ଼େଇବ କିଆଁ?

ଶୁକୁରା ଭାବୁଥାଏ। ଅନେଇ ଥାଏ ବାଲୁଙ୍ଗାକୁ। ବାଲୁଙ୍ଗା ଚାଲିଗଲା। ମୁହଁକୁ ଖୋଲିଲା ନାହିଁ ସେ, ମନକୁ ଖୋଲି ଦେଇଗଲା। ଶୁକୁରା ଆଉ ଯେମିତି ମନଖୋଲି କହି ପାରିବ ନାହିଁ। ସେ ପାରୁଥିଲା। ଦିନେ ସେ ମନ ଖୋଲି ହସୁଥିଲା। ଆଜି ଯେମିତି କିଏ ଛଡ଼େଇ ନେଇଛି ତା ମନଖୋଲା ହସକୁ, ମନଖୋଲା କଥାକୁ।

"ଶୁକୁରା ଆଉ ଗୋଟେ ବାହା ହୋଇ ପଡୁ।" କହିଲା ମଣିଆ – "ନା କ'ଣ କହୁଛ ଦୁଃଖୀନନା ?"

ଶୁକୁରା ହସିଲା। ମଣିଆ କଥାରେ। କଥାଟା ତାକୁ ହାଉକା ଲାଗିଲା। ଏଡ଼େ ହାଲୁକା ଯେ ଟିକିଏନାକୁ ହସରେ ସେ ଉଡ଼ିଗଲା କୁଆଡ଼େ। ବୟସ ଆସି ହେଲା ଦି କୋଡ଼ି ଚାରି କି ପାଞ୍ଚ। ଏ ବୟସରେ ପୁଣି ବାହା ! କୋଉ ଚଉଠୀକି ଦି' ଗୋଡ଼ ଅଳତା !

"ତମ ଜାତିର ତ ଦ୍ୱିତୀୟ ଅଛି।" ମଣିଆ ପୁଣି କାମିକା କଥାଟେ ବାଢ଼ି ଦେଲା ପରି ଭାରି ଦମ୍ଭରେ କହି ପକେଇଲା।

"ନାଇଁ ବାବୁ, ସେ ସବୁ ମୁଁ ଭାବୁ ନାହିଁ।" କହିଲା ଶୁକୁରା। "ରତନୀ ରାଜି ହବ ତ ତାକୁଇ ନେଇ ଘର କରିବି ନାହିଁ କିଆଁ, ଗୋଟେ ଅଜଣା ଅଶୁଣା ପରପରକା ମାଇକିନିଆଟାଏ ଆଣି କୋଉଁ ସୁଖଟା ଭାସିଯିବ ଏତେ !"

"ସେ ତ ପଛ କଥା।" କହିଲା ଦୁଃଖୀ ଦାଶ। "ପଛ କଥା ପଛ। ଆଗ କଥା ଆଗ। ଆଗେ କହିଲୁ ମୋତେ, କଲିକତାରେ କିଛି କାମଦାମ ଅଛି ନାହିଁ ତୋର ? ଏଠି ଘରକରି ତୁ ପୁଣି କଲିକତା ଯିବୁ ନା – ଏଠି ମୂଲ ଲାଗି ପେଟ ପୋଷିବୁ ?"

ଶୁକୁରା ମୁହଁରୁ ଉତ୍ତର ବାହାରୁ ନାହିଁ।

"କିରେ ଶୁକୁରା ଭାଇ, କଥା କଣ ? କିଛି କହୁନୁ ଯେ।" କହିଲା ମଣିଆ।

ନିଃଶ୍ୱାସଟାଏ ଛାଡ଼ିଲା ଶୁକୁରା – "ସେ ଅନେକ କଥା। ଚାକିରୀଟାଏ କରିଥିଲି। ଚାକିରୀ ଆଉ ନାହିଁ। ହେଲେ, କାମ ମିଳିବ। ଶୁକୁରାକୁ କାମ ମିଳିବ ନାହିଁ କଲିକତାରେ ? କଲିକତା ଯିବ। କଲିକତା ତ ଯିବାକୁ ପଡ଼ିବ। କଲିକତା ନ ଗଲେ ଏଠି ଖାଇବାକୁ ଦବ କିଏ ? ଜମି ନାହିଁ, ଜାଗା ନାହିଁ, ଘର ନାହିଁ, ଦୁଆର ନାହିଁ। ସବୁ ହବ କିମିତି କଲିକତା ନ ଗଲେ ? ଚାକିରି ନ କଲେ ?"

"ଓକିଲକୁ ପଚାରି ବୁଝିବ ମଣି, ଶୁକୁରା ତା' ଘରତଳି ଫେରି ପାଇବକି ନାହିଁ ?" କହିଲା ଦୁଃଖୀ ଦାଶ।

"ନା, ଓକିଲ ଫୋକିଲଙ୍କ ପାଖକୁ ମୋର କିଏ ଯିବ।" ଉତ୍ତର ଦେଲା ଶୁକୁରା -- "ମୋର ପଇସା କାହିଁ ?"

"ପଇସା ଆମେ ଚାନ୍ଦା କରି ଦବୁ। ସେ କଥା ଭାବ ନାହିଁ।" କହିଲା ମଣିଆ।

"ବାବୁ ଆଇନ ଅଦାଲତ ବାଟ ମୋ ପାଇଁ ନୁହେଁ। ସେ ସବୁ ମୋ' ପାଇଁ ବନ୍ଦ। ମାଲିମକଦ୍ଦମା କରି ମୁଁ ପାରିବି ନାହିଁ। ଆଉ ଯଦି କିଛି ବାଟ ଥାଏ – ମୋତେ ଦେଖିବାକୁ ହବ।" ଶୁକୁରା କହିଲା।

"ଆଉ ପୁଣି ଗୋଟେ କି ବାଟ ? ନ୍ୟାୟ ନିଶାପ କଥା କହୁଛ ?" ମଣିଆ ପଚାରିଲା ।

"ନା - ନା - ନ୍ୟାୟ ନିଶାପ ନୁହେଁ । ସେ ବାଟ ମୋର ନୁହଁ । ସଂସାରରେ କ'ଣ ନ୍ୟାୟ ଅଛି ! ନ୍ୟାୟ ଦବ କିଏ ? ଯିଏ ନ୍ୟାୟ ଦବ ସେ ତ ନିଜେ ଦୋଷୀ । ସେ ପୁଣି କି ନ୍ୟାୟ ଦବ ହୋ ?"

"ତେବେ ଆଉ କି ବାଟ ଅଛି, ମୋତେ ତ ଦିଶୁ ନାହିଁ ।" ମଣିଆ କହିଲା ।

"ଅଛି, ବାଟ ଅଛି । ସିଧା ବାଟ । ତା ନା ହଉଛି ପ୍ରହାର । ଏକା ମାଡ଼କେ ସିଧା । ପୁଅର ମନ ଘର ଧରିଯିବ ।"

ଦୁଃଖୀ ଚମକି ପଡ଼ିଲା । ଶୁକୁରା କଣ କହୁଚି ? ଶୁକୁରା ଭିତରେ ତାକୁ ଗୋଟିଏ ନୂଆ ରୂପ ଦିଶିଲା । କିମ୍ଭୂତକିମାକର । ଅଧା ପଶୁ । ଅଧା ମଣିଷ । ନୃସିଂହ ଅବତାର । ଡୋଳା ଦିଟା ତାର ଯେମିତି ବାହାରକୁ ଖସି ପଡ଼ିବ । ଦାନ୍ତ କପାଟି କିଳି ହେଇ ଯାଇଚି ।

"ଛି ଶୁକୁରା, ସେ କଲିକତିଆ ବୁଦ୍ଧି ଛାଡ଼ ! ଦେଖିବା ଯଦି ଭଲରେ ଭଲରେ..."

"ଭଲରେ - ଭଲରେ ?"

ଦୁଃଖୀ ପାଟିରୁ କଥା ଛଡ଼େଇ ନେଇ ଶୁକୁରା କହିଲା - "ଭଲରେ ଭଲରେ କଥା ଛିଡ଼େଇବା ପୁଅ ନୁହେଁ ଭାଇଗି ମାହାନ୍ତି । ସିଧା ଆଙ୍ଗୁଳିରେ କୋଉଠି ଘିଅ ଉଠିଲାଣି ନା ଉଠିବ ? ହକ ମୋ ଘରଡିହ । ମୁଁ ଧର୍ମଡ଼ାକ ଦେବି । ସୁଧ ଅସଲ ତୋର ଯେତେ ହବ ଗଣି ନେ' । 'ମୋ ଡିହ ମୋତେ ଫେରାଇ ଦେ' । ନ'ହେଲେ ତୋ ମୁଣ୍ଡ, ମୋ ଠେଙ୍ଗା । ଏକା ପାହାରକେ ମାମଲା ଖତମ୍ ।

"ଶୁକୁରା ।" ଡାକିଲା ମଣି । ମଣି ଡରିଗଲାଣି ଶୁକୁରାକୁ ଦେଖି । ସତେ ଯେମିତି ଶୁକୁରା ବସିଲା ପାଖରୁ ଉଠି ଯିବ ଇଲେ । ଯାଇ ବସେଇ ଦବ ପାହାରେ ଭାଇଗି ମାହାନ୍ତି ମୁଣ୍ଡରେ ମଝି ଦଣ୍ଡାକୁ ଲକ୍ଷ୍ୟ କରି ! 'ଢୋ' ଶେଷ୍ । ଇସ୍ । ରକତ ଗୁଡ଼ାକ ପିଚି ପିଚିକି ଯିମିତି ପିଚିକାରୀ ମାରୁଛି । ତାପରେ - ତାପରେ -

ତାପରେ ପୁଲିସ୍ । ତାପରେ ଆରେଷ୍ଟ୍ । ତାପରେ ଜିଅଲ, ଶୁକୁରା ପୁଉଣି ପରବାସୀ - ପରଦେଶୀ !

"ମଣିଆ ଡରିଯାଉଚି ଦୁଖିଆ ନା । ମୋର କି ଡର । ମୋର କିଏ ଅଛି ଯେ ମୁଁ ଡରିବି ଏତେ ! କାୟା ତ ଯାଇଚି । ଆଉ ମାୟା କାହାପାଇଁ ! ଧର୍ମ କ'ଣ ନାହିଁ ? ଧର୍ମ କ'ଣ ଛାଡ଼ିଗଲା ?"

ଶୁକୁରା କାନ୍ଦି ପକେଇଲା।

ଦୁଃଖୀ ଦାଶ କହିଲା, "ଛି ଶୁକୁରା! ତୁ ପୁରୁଷ ପୁଅ ହେଇ କାନ୍ଦୁଛୁ? ଯିଏ ଅନ୍ୟାୟର ବିରୋଧ କରେ ସେ କାନ୍ଦିବାକୁ ଭୁଲିଯାଏ। ଭୁଲିଯିବାକୁ ପଡ଼ିବ। ଭୁଲି ହେଇଯିବ। କାନ୍ଦଣାକୁ ସେ ଭୁଲିଯିବ।"

ମଣିଆ କହିଲା – "ମୁଁ ଆଗ ଗୋଟେ କଥା ପଚାରେଁ। ହଇରେ ଶୁକୁରା, ତୁ କାହାପିଁ ଘର କରିବୁ ତେବେ? ରତନୀକି ନେଇ ଆଣି ପାଖରେ ରଖିବୁଟି?"

"କି କ'ଣ ହେଇ କି ତା'ର? ଗୋ ହତ୍ୟା ନା ବ୍ରହ୍ମ ହତ୍ୟା? କ'ଣ କରିଛି ସେ? ହେଲା ବା ହଜାରେ ଦୋଷ ସେ କଲା ମୁଁ ଏବେ କୋଉଁ ଭଲ ଯେ। ଆପଣା ଆଖିକି ଆଙ୍ଗୁଳି ଯାଏ ନାହିଁ। ସେ କାହିଁକି ଏମିତି ହେଲା? ତାକୁ କିଏ ଘରୁ ବାହାର କଲା? ହାତ ଧରି ବାହା ହେଇଥିଲା। ଦିନକୁ ପାଇଁ ସୁଖ ପାଇନି। ସୁଖର ସପନ ବି ଦେଖି ନ ଥିବ। ମୁଁ ତାକୁ ଦାଣ୍ଡରେ ବସେଇ ଦେଲି, ଭସେଇ ଦେଇ ଚାଲିଗଲି। କଳାପାଣି ପାର୍। ସେ କରନ୍ତା କ'ଣ। କୁଳ ଭୁଆଷୁଣୀଟା! ବିଧାତା ପୁରୁଷ କ'ଣ ଦେଖି ନାହିଁ ସେ କଥା? ହେଲେ, ରତନୀ କ'ଣ ଆଉ ମୋ ପାଖକୁ ଫେରି ଆସିବ ଦୁଃଖିଆନ୍ନା?"

ପୁଣି କାନ୍ଦିଲା ଶୁକୁରା। ପଥର ପରି ଟାଣ ମନଟା ଯେମିତି ପଥୁରୀ ପରି ଫାଟି ପଡ଼ିଲା। ଦୁଃଖିଆ ଦେଖିଲା ଶୁକୁରାର ଆଉ ଏକ ରୂପ। ଗୋଟିଏ ରୂପର ଦୁଇଟା ପାଖ। ଗୋଟେ ପାଖରେ କୋମଳ। ଅପର ପାଖ ଅଭୟ। ଅର୍ଦ୍ଧନାରୀଶ୍ୱର ମୂର୍ତ୍ତି।

"ଧୈର୍ଯ୍ୟଧର ଶୁକୁରା। ପିଲାଙ୍କ ପରି କ'ଣ ହଉଚୁ'ମ!" ଦୁଃଖିଶ୍ୟାମ କହିଲା – "ରତନୀ ଆଗ ଜାଣିଲାଣି ନା ତୋ' ଆସିବା କଥା।"

"ଏତେବେଳ ଯାଏ। ରାଉତ ସାହି କିଏ ଆମ ସାହି କିଏ?" ମଣି କହିଲା।

ଦୁଃଖୀ ଦାଶ ମଣିଆକୁ ଚାହିଁ କହିଲା – "ଖବର ପାଉ ନ ପାଉ, ତୁ ଯାଇ ଖବରଟା ଦେଇ ଆ'। ଦେଖିବା କ'ଣ ହେଉଛି। ତା' ମନର ଭାବଟା ତ ବୁଝି ହେବ।"

"ମଣି କାହିଁକି ଯିବେ। ମୁଁ ନିଜେ ଯିବି। ମୁଁ କାହିଁକି ନଯିବି? ହକ୍ ହାତ ଧରି ବାହା ହେଇଚି - ରଖିଚି ନା ଠାଇଁ ହେଇଚି ଯେ ଡରିବି?" କହି ଉଠିଲା ଶୁକୁରା।

"ସେମିତି ସେମିତି ବାହାରି ପଡ଼ିଲୁ? ଟିକିଏ ଭାବିଚିନ୍ତି ଯାହା କରିବା କଥା କରିବା। ରତନୀ ଯଦି ଆସେ, ରହିବ କେଉଁଠି? ଆଗ ଗୋଟେ ବ୍ୟବସ୍ଥା ହବା ଦରକାର।" କହିଲା ମଣି।

ଦବି ଗଲା ଶୁକୁରା! ଧପ୍ କିନା ନିଭିଗଲା ଭିତରର ନିଆଁଟା। ଜଳି ଉଠିଥିଲା

ଜୁଇ ଛୁଟିଲା ପରି। ନାଜ ନାଗିଲା ତାକୁ। ବସି ପଡ଼ିଲା ସାଙ୍ଗେ ସାଙ୍ଗେ ନଥ୍ କିନା। ଦୁଇ ଆଣ୍ଠୁ ଭିତରେ ମୁଣ୍ଡ ଗୁଞ୍ଜି ଦେଇ କ'ଣ ଭାବିଲା ବସି। ଅନେକ ବେଳଯାଏ। ସମସ୍ତେ ଚୁପ୍...

*** *** ***

ତହିଁ ଆରଦିନ।

ବଡ଼ି ସକାଳୁ ଉଠିଥିଲା ଶୁକୁରା। ନିତି ପାଇଟି ବଢ଼େଇ ଦେଇ ବଇଚି। ତେଣୁ ଗୋଟି ଗୋଟି କରି ଆସି ପହଞ୍ଚିଲେ ମଣି, ବାଲୁଙ୍ଗା, ଚକରା ଆହୁରି ଚାରି ପାଞ୍ଚ ଗାଁ ଲୋକେ। ଶୁକୁରାକୁ ଧରି ପହଞ୍ଚିଲେ ସରପଞ୍ଚ ସାହେବ ଘରେ। ଦୁଃଖୀ ଦାଶକୁ ବି ସାଙ୍ଗରେ ନେଇ ଯାଇଥାନ୍ତି।

ଦୁଆର ବନ୍ଦ ଟପି ନାହାନ୍ତି। ବାହାରୁ ଥାଇ ଡାକ ପକେଇଲେ – "ସରପଞ୍ଚ ଅଛନ୍ତି ?" ରଡ଼ି ଛାଡ଼ିଲେ। କେହି ନଶୁଣିଲାକୁ "ହୋ ସରପଞ୍ଚେ ! ସରପଞ୍ଚ ସାହେବ ବାବୁ ଅଛନ୍ତି ନା ?"

ରୋକି ଦେଲା ଦୁଃଖୀ। ଏ କି ଡାକ। ଭଦ୍ର ଲୋକଙ୍କୁ ଏମିତି ଡାକନ୍ତି ନାହିଁ।

"ଯୋଉଁ ଭଦ୍ରଲୋକ – ଭଦର ଲୋକ" ଟିପ୍ପଣୀ କାଟିଲା ମଣି।

ଦୁଃଖୀ ଖବର ଦେଲା ଚାକର ହାତରେ। କହିଲା, "ମାହାନ୍ତି ପୁଅଙ୍କୁ କହ, ମୁଁ ଦୁଃଖୀ, ମୋ ସାଙ୍ଗରେ ବାଲୁଙ୍ଗା ଭାଇ, ମଣି, ଶୁକୁରା ଆଉ ଆଉ ସମସ୍ତେ ଆସିଛନ୍ତି। ସରପଞ୍ଚଙ୍କ ପାଖରେ ଗୁହାରି ଜଣେଇବାକୁ ଆସିଛନ୍ତି ସମସ୍ତେ।"

ଥରକୁ ଥର ଖବର ଗଲା। ତେଣୁ ଜବାବ ଆସୁଥାଏ – ସରପଞ୍ଚ ପଦାକୁ ଯାଇଛନ୍ତି। ସରପଞ୍ଚ ପୂଜାରେ ବସିଛନ୍ତି। ସରପଞ୍ଚ ପ୍ରସାଦ ପାଉଛନ୍ତି। ସରପଞ୍ଚ ମୁହଁ ଧୋଉଛନ୍ତି। ଦାନ୍ତ ଖୁଣ୍ଟୁଛନ୍ତି। ସରପଞ୍ଚ ବିଶ୍ରାମ କଲେଣି।

ଘଣ୍ଟାଏ ଗଲା। ଦୁଇ ଘଣ୍ଟା ଗଲା। ତିନି ଘଣ୍ଟା ହବାକୁ ବସିଲା। ଏକା ମଣିଆ ଚାଲିଗଲା। କଚେରୀ ବେଳ ହେଇଯିବ। ଦଶ ମାଇଲ୍ ସାଇକେଲରେ ଯିବ। ଆଉ ସମସ୍ତେ ସେମିତି ବସି ରହିଲେ। ସରପଞ୍ଚଙ୍କ ବଙ୍ଗଳା। ଭାଗୁ ମାହାନ୍ତିର କଚେରୀ ବଙ୍ଗଳା। ଉଚ୍ଚ ମଥାନ। ମହଣ୍ଡ ମରିଛି। ଏହେଁ ଏହେଁ ଖୁଣ୍ଟ। ବହୁତ ପୁରୁଣା। ମଞ୍ଜ କାଠର ଖୁଣ୍ଟ। ବଡ଼ ଟେକସଇ। ହେଲେ ବି ଉଅଁର କଣା କଲେଣି ଠାଏ ଠାଏ। ଆଲକାତରା ଦିଆ ଯାଇଛି। ଘୁଣ ଧରିବ ନାହିଁ ବୋଲି। ଗୋଟେ କୋଣରେ ସବାରୀଟାଏ ଝୁଲୁଛି। ତଳି ବେତ ଛିଡ଼ିଯାଇ ଓହଳିଛି ଆଲୁରୁ ବାଲୁରୁ ହେଇ। ବଢ଼ିଗଲା ଦିନକୁ, ଗଡ଼ିଗଲା ବଅସକୁ, ପଡ଼ିଗଲା ଖାନ୍‌ଦାନିକୁ ସେ ହସୁଛି।

ଗୋଟିଏ ବେଞ୍ଚ, ଦି' ତିନିଟା ଚଉକୀ। ଗୋଟେ ବେଞ୍ଚର ଗୋଡ଼ ଭାଙ୍ଗି ଗଲାଣି।

ଗୋଟେ ଗୋଡ଼ ଭାଙ୍ଗିଛି। ସେଠି ଇଟା ଉପରେ ଇଟା ଦିଆ ଯାଇ ଠେକ ନାଗିଚି। କାହୁକୁ ଆଉଜା ହେଉଛି ବେଞ୍ଚଟା। ସେଇଟା ବସିବା ଲୋକଙ୍କୁ ପଡ଼ିବାରୁ ଉଦ୍ଧାର କରିବ।

ଗୋଟେ ଚଉକୀ, କାଠ ଚଉକୀ ନୁହେଁ। ବେତର। ତା' ଉପରେ ଗୋଟେ ଗଦି ପଡ଼ିଛି। ଆସନ। ନାଲି ରଙ୍ଗର ଆସନ। ଖଇରା ରଙ୍ଗ ଧରି ଗଲାଣି ତେଲ ମଳି ଚିକିଟାରେ। ପଛଟାରେ ଝାଳର ଗୋଟାଏ ନୂଆ ରଙ୍ଗ ପଡ଼ି ଯାଇଚି। ମଣିଷର ଛାଇ ଭଳି। ଛାଇ ନୁହେଁ ଭୂତ। ବସିବା ଲୋକର ଭୂତ ସେଇଟା। ଅତୀତର ଇତିହାସ ଗାଏ ସେ ଭୂତଟା।

ସମସ୍ତେ ବସିଥିଲେ ଗୋଟିଏ ବେଞ୍ଚ୍ ଉପରେ। ତିନି ଚାରି ଘଣ୍ଟାପରେ ଭାଗୁ ମାହାନ୍ତି ସରପଞ୍ଚ ବାହାରିଲେ। ଚାକର ଆସି କହିଦେଇଥିଲା - ସରପଞ୍ଚ, ସରପଞ୍ଚ। ସମସ୍ତେ ହୁସିଆର ହେଇଗଲେ। ବାହାରିଲେ ଭୋଜରାୟେ ବିଜୟେ।

ଖଦଡ଼ ଲୁଗା। ଖଦଡ଼ ପଞ୍ଜାବୀ। ଖଦଡ଼ ଚାଦର। ଟୋପିଟାଏ ବି ଅଛି। ଗାନ୍ଧୀ ଟୋପି। କିଲଟର କି ମନ୍ତ୍ରୀ ଆସିଲେ ବାହାରେ।

ଭାଗୁ ମାହାନ୍ତି! ଭାଗୁ ମାହାନ୍ତି ସରପଞ୍ଚ। ନମସ୍କାର କଲେ ସମସ୍ତେ। ଶୁକୁରା ନିଠେଇ ଚାହିଁଲା। ଅନେକଦିନୁ ଦେଖି ନଥିଲା ଭଲକି। ଭାଗୁ ମାହାନ୍ତି ବଦଳି ଯାଇଛି। ଯୁଗ ସାଙ୍ଗରେ ବଅସ ସାଙ୍ଗରେ ଯିମିତି ବଦଳନ୍ତି ମଣିଷ, ସିମିତି ତ ଦିଶୁନି। ସେ ଚିତା ଚଇତନ କାହିଁ? ଚିତାକଟା ଆଉ ପୋଷଉ ନାହିଁ କି କ'ଣ।

"କିରେ ଦୁଃଖି, ଶୁକୁରା, ବାଲୁଙ୍ଗା କୁଆଡ଼େ ଆଇଲ କିରେ? ତମେ ସମସ୍ତେ ସୂତା କାଟୁଛଟି? ସୂତା କାଟ, ସୂତାକାଟ। ଗାନ୍ଧୀ ମହାତମା କଇଛନ୍ତି - ସୂତା କାଟ, ସୂତା କାଟ! ମୁଁ ପରା ସୂତା କାଟୁଥିଲି ଏଇନେ। ବୁଝିଲକି ନାହିଁ? ପ୍ରତିଦିନ କାଟେଁ। ହେଁ, ହେଁ, ସୂତା ନ କାଟିଲେ ବାହାରକୁ ବାହାରେ ନାହିଁ। ଆଉ କିଛି କରେ ନାହିଁ। ଆଗ ସୂତା କାଟେ।"

ଅନେଇଲା ଡ଼ିମା ଆଖିରେ ଶୁକୁରା। ଇଏ କି ଭାଗୁ ମାହାନ୍ତି ରେ ବୁପା! ଗାନ୍ଧୀଙ୍କ ଧରମ ପୁଅପରି କଥା କହୁଛି। ଚିତା କଟା ଛାଡ଼ି ସୂତା କଟା ଧଇଲାଣି। ରାଧେକୃଷ୍ଣ ସୀତାରାମ ଛାଡ଼ି ଏବେ ଗାନ୍ଧୀ ନାମ ଭଜିଲାଣି।

"ସାଆନ୍ତେ, ଆପଣଙ୍କ ମାଳାଝୁଲି?" ଶୁକୁରା ଆଉ ସମ୍ଭାଳି ହୋଇ ରହି ପାରିଲା ନାହିଁ ପଚାରି ଦେଲା ପଦେ।

"ହେଁ ହେଁ ହେଁ ହେଁ, ମାଳାଝୁଲି। ମାଳାଝୁଲି ସଙ୍ଗାରେ।" ଖେଆସ ମନରେ କହିଲେ ଭାଗୁ ମାହାନ୍ତି। ହଠାତ୍ ପୁଣି ଗମ୍ଭୀର ହୋଇ ଉଠି କହିଲେ - "ଜାଣିଛ

ଦୁଃଖୀ। ଆମ କଂଗ୍ରେସ ନେତାମାନେ କେତେ ବହି, ଇତିହାସ ଲେଖିଛନ୍ତି। ବଡ଼ିଆ ବଡ଼ିଆ ବହି। ଆମ ଦେଶ ଏଇ ଓଡ଼ିଶା ଦେଶ ପରାଧୀନ ହେଲା କାହିଁକି ଜାଣିଛ? ଚଇତନଙ୍କ ଲାଗି। ଚଇତନ ଖଣ୍ଡାୟତମାନଙ୍କୁ ଖୋଳ କରତାଳ ଧରେଇ ଦେଲେ। ମାଇଚିଆ ହୋଇଗଲା ଜାତିଟା। ରାଧାକୃଷ୍ଣଙ୍କ ନାଁରେ ଭ୍ରଷ୍ଟାଚାର ଚାଲିଲା। ମୁଁ ଯେମିତି ପଢ଼ିଲି ଏ କଥା - ମୋର ତ ଆଖି ଖୋଲିଗଲା। ସେଇ ଦିନଠୁଁ ମାଳାଝୁଲି ଛାଡ଼ିଲି ଧରିଲି, ଖଦଡ଼ ଝୁଲି।"

ଦୁଃଖୀ ଦାଶର ମୁହଁ ଲାଲ ପଡ଼ିଗଲା। ଏଇ ଭାଗୁ ମାହାନ୍ତି। ଅଷ୍ଟପ୍ରହର ସଂକୀର୍ତ୍ତନ କରୁଥିଲା। କି ଉଦ୍ଦଣ୍ଡ ନାଚ ଦେଖିବ! ଆଜି ତା'ରି ମୁହଁରେ ଏକଥା।

"ମାହାନ୍ତିଏ, ମହାପ୍ରଭୁ ଶ୍ରୀକୃଷ୍ଣ ଚୈତନ୍ୟଙ୍କ ସମ୍ବନ୍ଧରେ ଆପଣ କିଛି ବହି ପଢ଼ିଛନ୍ତି?" ପଚାରିଲା ଦୁଃଖୀ ଦାଶ।

"ପଢ଼ିନାହିଁ?" ରାଗି ଉଠିଲେ ଭାଗୁ ମାହାନ୍ତି। "ମୁଁ ପଢ଼ିନାହିଁ, ତୁ ପଢ଼ିବୁ ମୋଠୁଁ ବେଶି?"

"ପଢ଼ିଥିଲେ ଆପଣ ଏମିତି କହନ୍ତେ ନାହିଁ।"

"ମୁଁ ନହେଲା ପଢ଼ିନାହିଁ। ଏଇ ପଣ୍ଡିତମାନେ, ଆମ କଂଗ୍ରେସ ନେତାମାନେ ଏକଥା ଲେଖିଛନ୍ତି। ସେମାନେ କଣ ପଢ଼ି ନାହାନ୍ତି ଚଇତନଙ୍କ କଥା? ତୁଇ ଏକା ପଢ଼ିଚୁ? ହେଁ, ବଙ୍ଗାଳିମାନେ ଚକ୍ରାନ୍ତ କରି ଚଇତନଙ୍କୁ ଓଡ଼ିଶା ପଠେଇଥିଲେ, ଓଡ଼ିଶାକୁ ପରାଧୀନ କରିବା ପାଇଁ, ଏକଥା କ'ଣ ମିଛ?"

"ଆପଣ ବିତଣ୍ଡା କରୁଛନ୍ତି ମୁଁ ତା'ର କି ଉତ୍ତର ଦେବି? ଆପଣ ଯାହା କହୁଛନ୍ତି ତାହା ଐତିହାସିକ ସତ୍ୟ ନୁହେଁ। ନେତାମାନେ ଯାହା ଲେଖିଛନ୍ତି ସେଟା କେବଳ ଅନୁମାନ। ନିଜର ମୂର୍ଖତାକୁ ଢାଙ୍କି ବଙ୍ଗଳା ଓଡ଼ିଶା ବିଭେଦ ସୃଷ୍ଟି କରି ଶସ୍ତା ନାମ ମାରି ନେବାର ଅଭିସନ୍ଧି ମାତ୍ର।

"ସତ ନୁହେଁ? ସତ ନୁହେଁ? ଆଃ ଏଇ ଅଇଲା ସତିଆଟାଏ। ଶୁଣିଲ ଶୁଣିଲ ରାମ - ହେଇଟି ଦୁଃଖୀଆ କଣ କହୁଚି। ହେଇଟି ରାମ ଅଇଲାଣି। ସେଇ ତୋ' କଥାର ଠିକ୍ ଜବାବ୍ ଦବ। ରହିଥା ଏଥର!"

"କଣ, କଣ? କି କଥା?" ରାମବାବୁ ଆସି ସମସ୍ତଙ୍କୁ ନମସ୍କାର କରୁ କରୁ ପହଞ୍ଚିଲେ।

"ଚଇତନଙ୍କ ନାଗି ଦେଶ ପରାଧୀନ ହେଇନି? କହିଲୁ ଭଲା।"

"ଏକା ଚଇତନ କାହିଁକି - ଏଇ ଯେତେ ଧର୍ମ ପ୍ରଚାରକ ସମସ୍ତେ ସେ ଦୋଷରେ ଦୋଷୀ!" କହିଲେ ରାମବାବୁ।

"ହେଇଟି ଶୁଣ ଶୁଣ, ରାମ କ'ଣ କହୁଛି। କହିବୁଟି କହିବୁଟି ରାମ। ମୋତେ ମୁରୁଖ ମନେକରି, ମୋ କଥାକୁ ଉଡ଼େଇ ଦେଉଛନ୍ତି। ଦେଖ ହୋ। ଏଥର ତମରି ପାସ୍ କଲା ଲୋକ ତ ସେଇତ କହୁଛି, ଶୁଣ!"

"ଧର୍ମଟା ଗୋଟାଏ ନିଶା - ଓପିଅମ୍ - ମାନେ ଅହିଫେନ୍ - ଯାହାକୁ କହନ୍ତି ଅଫିମ, ଅଫିମ।" ରାମ ଉତ୍ସାହିତ ହୋଇ କହି ଚାଲିଥାଏ - ଏହି ଧର୍ମ ଅମଳ କରି ଲୋକେ ଅନ୍ଧାରରେ ପଡ଼ିଛନ୍ତି। ଯେତେ ସାମନ୍ତବାଦୀ ରାଜା, ଜମିଦାର, ଧର୍ମଯାଜକ ପଣ୍ଡା, ପୁରୋହିତ ସମସ୍ତେ ଏଇ ନିଶାଖୋର ଧର୍ମ ଅମଳିମାନଙ୍କୁ ଭଣ୍ଡି ଖାଇବାରେ ଲାଗିଛନ୍ତି। ସମାଜରେ ବଞ୍ଚିବାର ଅଧିକାର ବି ଭୁଲି ଯାଇଛୁ ଆମେ। ଆମର ହକ୍ ଆମେ ପାଇ ପାରୁନୁ। ଏହି ଧର୍ମାନ୍ଧତା, ଅନ୍ଧବିଶ୍ୱାସ ସମାଜର ମେରୁଦଣ୍ଡକୁ ଭାଙ୍ଗି ଦେଇଛି। ଆମେ ସବୁବେଳେ ଧର୍ମକୁ ଅନେଇ ବସିଛୁ। ନ୍ୟାୟକୁ ଭୁଲି ଧର୍ମକୁ ଚାହିଁଲେ, ଧର୍ମତ ମିଳେ ନାହିଁ - ନ୍ୟାୟ ବି ହଜିଯାଏ। ଆଜି ଆମର କର୍ତ୍ତବ୍ୟ ଧର୍ମ ବିରୋଧରେ ସଂଗ୍ରାମ। ସେ ଚୈତନ୍ୟ ହୁଅନ୍ତୁ ବା ଶଙ୍କର ହୁଅନ୍ତୁ।"

ଛୋଟ ଗୋଟାଏ ବକ୍ତୃତା ରାମ ବାବୁଙ୍କର ସରିଲା ବେଳକୁ ହାତଟାକୁ କଚାଡ଼ି ଦେଲେ ଚଉକୀ ଉପରେ ଭାଗୁ ମାହାନ୍ତି। ଦୁଃଖୀ ମୁରୁକି ହସୁଥାଏ। ବାଲୁଙ୍ଗା ଆଉ ସମଳା ପଡ଼ିଲା ନାହିଁ, ଗର୍ଜି ଉଠିଲା। କହିଲା - "କଣ କହିଲ? ଧର୍ମଟା ଅଫିମ? ଚୈତନ୍ୟଙ୍କ ଯୋଗୁଁ ଆମେ ପରାଧୀନ ହେଲୁ? ଚଇତନ 'ହରେକୃଷ୍ଣ ହରେରାମ' ପ୍ରଚାର କଲେ ବୋଲି ଲୋକେ ମାଇଚିଆ ହୋଇଗଲେ। ଆଉ ମହାତ୍ମା ଗାନ୍ଧୀ 'ରଘୁପତି ରାଘବ' ଗାଇ ଦେଶକୁ ସ୍ୱାଧୀନ କରିଦେଲେ, ନାଁ? ଏଇତ ତମ ପାଠ। ତମ ପଣ୍ଡିତ ନେତାମାନଙ୍କର ବୁଦ୍ଧି? ବୋଇଲା --

'ବିଷ୍ଣୁର ଅଭୟ ଚରଣ। ଅଶେଷ ମଙ୍ଗଳ କାରଣ।।'

"ବିଷ୍ଣୁ ନାମ ଧଇଲେ ଅମଙ୍ଗଳ ପାଖ ପଶିବ? ସମସ୍ତେ ଯଦି ବିଷ୍ଣୁ ନାମ ଧରିଥାନ୍ତେ, ତେବେ କ'ଣ ଦେଶ ପରାଧୀନ ହେଇଥାଆନ୍ତା? ଆମେ ବିଷ୍ଣୁଙ୍କୁ ଭୁଲିଲୁ। ଧର୍ମକୁ ଛାଡ଼ିଲୁ। ସେଥିପାଇଁ ଏ ଦୁର୍ଗତି। ଦୁର୍ଦ୍ଦଶା! କାହାଳ ରୋଗୀ ଏମାନେ। ଏଇ ପାଠୁଆ ଇଙ୍ଗିମିଙ୍ଗି ପଢ଼ା ବାବୁମାନେ। ଏଙ୍କୁ ଦୁନିଆଟା ହଳଦି ଗରଗର ଦିଶୁଛି। ମାୟା ମାୟା! ବିଷ୍ଣୁ ମାୟା! ମାୟାରେ ପଡ଼ି ସପନ ଦେଖୁଛନ୍ତି। ଭାଗବତ କହିଲା ପରା -

'ଯେସନେ ସ୍ୱପ୍ନ ମନୋରଥ | ଭ୍ରମଇ ନିଦ୍ରାର ଆୟତ୍ତ।।
ମଣଇ ସତ୍ୟ ପ୍ରାୟେ ତାହା | ନିଦ୍ରା ବୋଧନେ ସର୍ବମାୟା।।
ଏ ମନ କୃଷ୍ଣ ପଦେ ଦେଲେ | ଏ ମାୟା ନ ଲାଗଇ ଭଲେ।।'

"କୃଷ୍ଣ ନାମ, ରାମ ନାମ, ଏ'ଙ୍କୁ ଖାଲି ଅଫିମ ଭଳି ନାଗୁଚି! ନାରାୟଣ!

ନାରାୟଣ! ଆଜି ରାତି କିମିତି ପାହିଥିଲା କେଜାଣି, କୃଷ୍ଣ ନିନ୍ଦା କାନରେ ପଡ଼ିଲା। ନାରାୟଣ! ନାରାୟଣ!"

"ହୋ ... ହୋ ... ହୋ" ହସି ଉଠିଲେ ରାମବାବୁ। – "ଏଇତ ଅଫିମ। ଏଥିରୁ ଗୁଡ଼ାଏ ଖୁଆଇ ଲୋକଙ୍କୁ ନିଶା ଧରେଇ ଦେଲେ ତେଣିକି ପଟି ମାରିବାକୁ ସୁବିଧା।"

ରାଗି ଉଠିଲା ବାଲୁଙ୍ଗା। ଠେଙ୍ଗାଟା ତଳେ ପଡ଼ିଥିଲା। ହାତଟା ତା'ର ଅଣ୍ଡାଳିଲା ପଡ଼ି ସେ ଠେଙ୍ଗାକୁ, ତା' ଅଜାଣତରେ। କହିଲା – "କଣ କହିଲ? ଲୋକଙ୍କୁ ଭଣ୍ଡୁଛୁ? ତମେ ନା ଆମେ? ତମେ ବାବୁ ଭୟା ନା ଆମେ ମଳିମୁଣ୍ଡିଆ? କାହାଲାଗି ତମ ବାବୁ-ବାବୁପଣ? କାହା ଲାଗି ଏ ଚହଟ ଚିକ୍କଣ ଧୋବ ଫର୍ ଫର୍ ପୋଷାକ? ଆମରି ଅର୍ଜନ, ଅମାରି ଝାଳ, ଆମରି ରକ୍ତ! ଆମେ ଯଦି ଧର୍ମ ନା'ରେ ଭଣ୍ଡୁଚୁଁ, ତମେ କର୍ମ ନାଁରେ ଭଣ୍ଡୁଚ। କ'ଣ କରୁଚ ତମେ ଆମର? ଆମେ କାହିଁକି ତମକୁ ଖୋଇ ପେଇ ବଢ଼େଇଚୁଁ! ସାପ, ସର୍ପ ତମେ!

ସର୍ପରେ ଜାତ କଲୁ ମୋତେ । ସ୍ୱଭାବ ଛାଡ଼ିବି କେମନ୍ତେ।'

"ପୁଣି ତମେ ଠାକୁର ବ୍ରାହ୍ମଣ ନାଁ ଧରିଛ ତ ଦେଖିବ ବାଲୁଙ୍ଗା ମୂର୍ତ୍ତି।"

ସମସ୍ତେ ଚୁପ୍। ବାଲୁଙ୍ଗା କଥା ଉପରେ କଥା କହିବ, ଏମନ୍ତ ସାହସ କାହାରି ନାହିଁ। ସାରା ଗାଆଁରେ କାହାରି ନାହିଁ। ବାଲୁଙ୍ଗା କଥାରେ ଦଳ ଦିଇଟା; ଗୋଟିଏ ପାଟି, ଆଉ ଗୋଟିଏ ହାତ। ପାଟିରେ କଥା। ହାତରେ ଠେଙ୍ଗା। କେଉଁ କାଳେ ବାଲୁଙ୍ଗା ଗୋଟାଏ ଭଲ ଲାଠିଆଳ ଥିଲା। ତା'ର ଭେଣ୍ଡା ବଅସ ଯେତେବେଳେ ବାଡ଼ି ବୁଲେଇବ ଯେ ଟେକା ପଥର ଫିଙ୍ଗିଲେ ବି ତା ଦିହରେ ବାଜେ ନାହିଁ। ସେଇ ନାଁ'ଟା ଏବେ ବି କାମ ଦେଖାଏ। ବାଲୁଙ୍ଗା ହାତରେ ଠେଙ୍ଗା ପଡ଼ିଲା ଶୁଣିଲେ, ମହା ମହା ଖଣ୍ଟ ଡକେଇତ ଗାଁ ଛାଡ଼ି ପଳାନ୍ତି।

ରାମ କିନ୍ତୁ ଡରିବା ଲୋକ ନୁହେଁ। କହିଲା – "ଅମଳୀ ଲୋକଙ୍କୁ ଦୂରୁଁ ଜୁହାର୍। ନିଶା ଘାରିଛି।"

"ହା ... ହା ... ନିଶା ନିଶା। ସେ ନିଶା ଘାରିଲା କେଉଁଠି ବାବୁ? ଭଗବାନ୍‌ଙ୍କ ନାମ ନିଶା ଲାଗିଲେ ଆଉ କେଉଁ ନିଶା ନ ଧରେ। ଯିଏ ଅସଲ ଭକ୍ତ ତାକୁଇ ସେ ନିଶା ଲାଗିଥାଏ। ସେ ଭାଗ୍ୟ ଆମର ନାହିଁ?"

"ହଉ, ହୁଏ ତମକୁ ସେ ନିଶା ଲାଗୁ। ତମେଇ ଏକା ସ୍ୱର୍ଗକୁ ଯାଅ। ଆମର ସେ ସ୍ୱର୍ଗ ଦରକାର ନାହିଁ।"

ରାମ ପାଟିରୁ କଥା ନ ସରୁଣୁ ବାଲୁଙ୍ଗା ପଦ ବୋଲିଲା --

'ସ୍ୱର୍ଗ ନରକ ବେନି ବାଣୀ । ଏହା ମୁଁ ଏକ ବୋଲି ଜାଣି ।।
ଏଣୁ ମୋ ଦୁଃଖ ଶୋକ ଏକ । ସମ ମଣଇଁ ସର୍ବଲୋକ ।।'

"ଇଆରି ନାଁ ସମବାଦ। ଈଶ୍ୱର ଭକ୍ତି ବିନା ସାମ୍ୟବାଦ ହବ ନାହିଁ ରାମବାବୁ। ହଁ ଜାଣିଥା ! ତମ ଶାହାସ୍ତ ଆମ ଶାହାସ୍ତ ଭିନ୍ନେ। ଈଶ୍ୱରଙ୍କୁ ଭୁଲିଲେ ତମ ସାମ୍ୟବାଦ। ଈଶ୍ୱରଙ୍କୁ ମାନିଲେ ଆମ ସାମ୍ୟବାଦ।"

"ଆମେ କଣ ଈଶ୍ୱର ମାନୁ ନା ? ତମେଇ ଏକା ମାନ ?" କହି ଉଠିଲେ ଭାଗୁ ମାହାନ୍ତି।

"ମାନ ଯେ, ଈଶ୍ୱର ତମ ବୋଲ୍‌କରା ବୋଲି ମାନ। ତମ କଥା ନ ମାନିଲେ ଈଶ୍ୱରଙ୍କୁ ଘରୁ ବାହାର କରିଦିଅ। ଈଶ୍ୱର ତମକୁ ଧନ ଦେଉଥିବେ, ମାନ ଦେଉଥିବେ, ପାନ ଦେଉଥିବେ ତେବେ ଭଲ। ନ ଦେଲେ କିଏ କାହାକୁ ପଚାରେ ! ଆଉ ରାମବାବୁ ମାନେ, ଏଇ ପୁଞ୍ଜିପତି ସାଗରଦୁଲଣୀ ଲକ୍ଷ୍ମୀଙ୍କ ବର ଭଗବାନ୍‌ଙ୍କର ସବୁ ସମ୍ପତ୍ତି ଲୁଟି ଆଣି କହନ୍ତି ଭଗବାନ୍ କେହି ନାହିଁ। ଭଗବାନ୍ ମଲେଣି। ତା' ଧନ ହରିଲେ ପାପ ନାହିଁ। ନୁହେଁ ରାମବାବୁ? ଏଇୟା ନା ?"

ରାମବାବୁ ରାଗି ନିଆଁ ବାଣ। କହିଲେ, - "ଭାଗୁ ମାହାନ୍ତି କଂଗ୍ରେସ। ଆମେ କମିଉନିଷ୍ଟ। ତାଙ୍କ ଆମ ଭିତରେ ଆକାଶ ପାତାଳ ତଫାତ୍। ଏସବୁ ବଡ଼ ଗଭୀର ରାଜନୀତି କଥା। ତମେ କିଛି ନ ବୁଝି ଗୁଡ଼ାଏ ବଡ଼ର ବଡ଼ର କର ନାହିଁ। କଂଗ୍ରେସ ବୁର୍ଜୁଆ। ଆମେ ପ୍ରୋଲେଟେରିଏଟ୍। ମାନେ ମାନେ, ସେ ସବାଖିଆ ଆମେ ସର୍ବହରା।"

"ସବୁ ବୁଝିଛି, ସବୁ ବୁଝିଛି।" ବାଲୁଙ୍ଗା ଜବାବ ଦେଲା - "ତମର ତାଙ୍କର ନାଗ ନାଡ଼ି। ରାମ ରାବଣ। କୃଷ୍ଣ କଂସ। ଗାନ୍ଧୀ ଗଭର୍ଣ୍ଣମେଣ୍ଟ। କଂଗ୍ରେସ କମିଉନିଷ୍ଟ। ନୁହେଁ? ଏଥର ବଡ଼ ବଡ଼ ରାଜନୀତି କଥା ମୁଁ ବୁଝିଛି କି ନାହିଁ କହିଲ ?"

"ନାହିଁ ନାହିଁ, ଆଜିକାଲି କମିନିଉଷ୍ଟମାନେ କଂଗ୍ରେସରେ ମିଶିଗଲେଣି।" ଦୁଃଖୀ କହିଲା।

"ଆହା ମୁଁ ଆଉ କ'ଣ କହୁଛି କି ? କମିନିଉଷ୍ଟ ଜାବୁଡ଼ି ଧରିଲାଣି କଂଗ୍ରେସକୁ। କଂଗ୍ରେସର ପ୍ରାଣ କଣ୍ଠାଗ୍ରତ। ଫଳ କ'ଣ ହେବ ଜାଣିଛ ? କଂଗ୍ରେସ କମିନିଉଷ୍ଟ ହୋଇଯିବ।"

"କୃଷ୍ଣଙ୍କୁ ଚାହିଁ ପ୍ରାଣ ଗଲା । କୃଷ୍ଣଙ୍କ ଦେହରେ ମିଶିଲା।"

କିଏ ? କଂସ ! ରାବଣ ଭିତରେ ବି 'ରାମ ରାମ' ଶବ୍ଦ ଶୁଭିଲା ମଲା ବେଳକୁ। ଇଂରେଜୀ ଗଭର୍ଣ୍ଣମେଣ୍ଟ ଗଲା। ଏବେ ଏ ଗାନ୍ଧୀବାଲାଙ୍କୁ ଇଂରେଜୀ ଭୂତ କିମିତି ମାଡ଼ି

ବଇଚି ଦେଖୁନ ? ସେଇମିତ କଂଗ୍ରେସବାଲା କମିଉନିଷ୍ଟ ହେଇ ହେଇ କମିଉନିଷ୍ଟ୍ ପାଲଟିଯିବେ।" ବୋଇଲା --

'ଦେହ ବିୟୋଗ କାଳେ ଜନ୍ତୁ । ମନେ ଚିନ୍ତଇ ଯେତେ ହେତୁ ।।
ଏକାନ୍ତ ସ୍ନେହ ବଶେ ଭୟେ । ନିଶ୍ଚଳ ଧ୍ୟାନ ଯହିଁ ରହେ ।।
ଜନ୍ମଇ ସେହି ରୂପ ଧରି । ଯେସନେ କୀଟ ପେଚସ୍କାରୀ ।।
କୀଟ ଆଣଇ ନାନା ରୂପେ । ନିଜ ଭୁବନେ ନେଇ ଥାପେ ।।
ସେ କୀଟ ପ୍ରାଣ ଯିବାବେଳେ । ଯାହାକୁ ଦେଖିଥାଇ ଭୋଳେ ।।
ଜନ୍ମଇ ଘେନି ସେହି ରୂପ । ଭୟେ ଚିନ୍ତିଲା ଯେ ସ୍ୱରୂପ ।।

କଥା ବଡ଼ ଅଡୁଆ ଧରିଲାଣି ଦେଖି ଭାଗୁ ମାହାନ୍ତି କଥାର ମୋଡ଼ ଫେରେଇ ଦେଇ କହିଲେ – "ଛାଡ଼, ଛାଡ଼, ସେ ସବୁ କଥାରୁ ଆମର କି ଯାଏ। ଅଦା ବେପାରୀର ଜାହାଜର ଖବର କିଆଁ ? କହିବଟି ଆଗ ଦୁଃଖୀ ଦାଶେ, ଆଜି ସଖାଳୁ ଆମ ଦୁଆରେ କିମିତି ପାଦ ପଡ଼ିଲା ? କୁଆଡ଼େ ଆସିଲ ସବୁ।"

"ଗୋଟିଏ ଗୁହାରୀ ଅଛି ?"

"ଆଁ – ଗୁହାରୀ ? ଏଡେ ବଡ଼ କଥା ? ହଇରେ ଦୁଃଖୀ, ତୋ ମୁହଁରୁ ପୁଣି ଏ ଶବଦ ବାହାରିଲା ? ଅଗଣି ଦାଶ ପୁଅ ଦୁଃଖୀ ଦାଶ ଆସିଛି ଭାଗୁ ମାହାନ୍ତି ପାଖକୁ ଗୁହାରୀ କରିବାକୁ ? ମୁଁ ଏମିତି କ'ଣ ହୋଇଗଲି କିରେ ? ଛାର ସରପଞ୍ଚଟାଏ ତ। ଆଜି ଯଦି ଅଗଣାନା ବଞ୍ଚିଥାଆନ୍ତା ସେ ଶୁଣିଲେ ଏକଥା କଅଣ କହନ୍ତା। ହାଇରେ କପାଳ। ସେ ଚାଲିଗଲା। ମୁଁ ନ ମରି ବଞ୍ଚୁଛି ଏଇତା ଶୁଣିବାକୁ ? ହଇରେ ବାଲୁଙ୍ଗା, ହଇରେ ଶୁକୁରା, କ'ଣ କହୁଛ ତମେ ? ତମେ ସବୁ କୋଉଁ ସାତ ସମୁଦ୍ର ତେର ନଈ ପାରିହୋଇ ଆସିଲ କି ? ଏଇ ଗାଁରଟି ତମେ ? ସଖାଳୁ ଉଠିଲେ ମୁହଁ ଚୁହାଁଚୁହିଁ। ଗୁହାରୀ ଗୋଟାଏ କ'ଣ ? ମୁଁ କ'ଣ ସରପଞ୍ଚ ହେଇଛି ମୋରି ପେଇଁ ? ହଇରେ, ମୋତେ ଏ ସିଂହାସନ ଦେଲା କିଏ ? ଆଜି ଏସ୍.ଡି.ଓ. କିଲିଟରଠାରୁ ଆରମ୍ଭ କରି ମନ୍ତ୍ରୀ ଗଭର୍ନର ଯାଏ ଭାଗିରଥୀ ପଟ୍ଟନାୟକ, ଭାଗିରଥୀ ପଟ୍ଟନାୟକ ବୋଲି ପାଣି ଗଳୁନାହିଁ। ଏ ଗଉରବ କାହା ପାଇଁ ? କାହାର କରାମତି। କାହା ବାହୁ ବଳେ କୀଚକ ରାଜା ? ହଇରେ ମୋ ନାଁ ପଡ଼ିଲେ ଏ ଗାଁର ନାଁ ନୁହେଁ ? ତମର ନାଁ ନୁହେଁ ?"

"ନିଶ୍ଚୟ। ନିଶ୍ଚୟ।" ମାନିନେଲେ ସମସ୍ତେ।

"କି କଥା କହୁଛ ସାଆନ୍ତେ ! କୋଉ ଗାଈର ଗୋବର ଆମେ। କହିଲା ଛଟା ତମେ ମଣିଷ ଚରଉଛ। ତମ ସାଙ୍ଗକୁ ଆମେ ସରି ? ଛି ଛି ଛି ! ତୁଣ୍ଡରେ ଧର ନାହିଁ

ସାଆନ୍ତେ ସେ କଥା । ଆମ ଗୁହାରୀଟା ଘେନା ହେଉ । ଦାତା ତମେ । ମାଲିକ ତମେ ।" କହିଲା ବାଲୁଙ୍ଗା ।

"ଗୁହାରୀ ଗୋଟେ କଣ ରେ?" ସରୁ କଣ୍ଠରେ କହିଲା ଭାଗୁ ମାହାନ୍ତି । "ତମରି ପେଇଁ ତ ଏ ବୁଢ଼ା ବୟସରେ ଏତେ ମିହନତ - ଏତେ ଖଟଣି । ସରପଞ୍ଚ ପଣ ପଣ । କେଇଜଣ ମୋ ବୟସରେ ଅଛନ୍ତି ? ଆଉ ପାଞ୍ଚସାତ ବରଷକେ ଚାରିକୋଡ଼ି ଠେକିବ । ଏ ବୟସରେ କିଏ କାହିଁ ଦେଶ ସେବା କରୁଛି ! ଜୀବନଯାକ ତ ଆପଣା ସୁଆର୍ଥ କଲି । ଶେଷକାଳକୁ ପାଞ୍ଚ ଲୋକଙ୍କର ସେବାକରି ଯଦି ଜୀବ ଯାଏ !"

"ହଁ, ହଁ, ହଁ, ଯାହା କହିଲ ସାଆନ୍ତେ?" - ବାଲୁଙ୍ଗା ସକେଇ ହେଲାପରି ଆହୁରି ସଳଖେଇ କହିଲା –

'ଜୀବର ଭଲ ମନ୍ଦ ବାଣୀ | ମରଣ କାଳେ ତାହା ଜାଣି ।'

"ପାଞ୍ଚଲୋକେ ଭଲ କହିଲେ ତ ଜାଣିବ ସେ ସ୍ବର୍ଗକୁ ଗଲା । ବିଦ୍ୟାନଗରୀରେ କାଳିଦାସ ବୁଦ୍ଧି ଶିଖିଲେ ପରା ! ଯା ନି ଲୋ ଝିଅ ଅମୁକ ଲୋକ ଯେ ମଲା ସେ ସରଗକୁ ଗଲା କି ନରକକୁ ଗଲା ବୁଝି ଆସିବୁ । ଛୁଆ ଝିଅଟି ଦଉଡ଼ି ଯାଇ ସାଙ୍ଗେ ସାଙ୍ଗେ ଆସି କହିଲା - ମା, ସେ ସରଗକୁ ଗଲା । କାଳିଦାସ ତ ଭେଳକା । କିମିତି ଜାଣିଲ ? ପଚାରିଲା ବୁଢ଼ୀକି । ବୁଢ଼ୀ କହିଲା - ମଲା ମୁଁ? ଏତିକି ଜାଣିନ ? ଆଉ କି ପଣ୍ଡିତ ହେଇଚ । ମଲାପରେ ଲୋକେ ଯାହାକୁ ଝୁରିହେବେ ସେ ସ୍ବର୍ଗବାସୀ । ହେଲେ ସାଆନ୍ତେ ସେ କଥା କାହିଁକି ପଡ଼ିଚି ? ତମର ଆଇଷ ଢ଼େର୍ । ଢ଼େର୍ ଦିନ ବଞ୍ଚିବ, ଖାଲି ଏଇ ଲୋକଙ୍କର ଭଲ କରିବାପାଇଁ ।"

"ମୋର ଆଉ କିଛି ଚିନ୍ତା ନାହିଁରେ ବାଲୁଙ୍ଗା ! କେମିତି ସମସ୍ତଙ୍କର ମଙ୍ଗଳ ହେବ, କଣ କଲେ ଲୋକଙ୍କର ହିତ କରିବି, ଖାଲି ସେଇୟା ଭାବି ଭାବି ତମ ସାନ୍ତାଣୀ କହନ୍ତି - ମୁଁ ପରା ଝଡ଼ି ଗଲିଣି ।"

ଭାଗୁ ମାହାନ୍ତି ହାଇରେ ଫୁଟ୍‌କି ଦେଲା ପରି ବାଲୁଙ୍ଗା କହିଲା - "ଆଉ ମୁଁ କଣ ଜାଣେ ନାହିଁ ସେ କଥା । ସାଆନ୍ତେ ତ ପରମ ଭାଗବତ । ପରହିତରେ ଦିନ ସରୁଛି । କୃଷ୍ଣ ପରା ଉଦ୍ଧବକୁ ସେଇତା କହିଥିଲେ । ଦେଖିନ ସାଆନ୍ତେ ଭାଗବତରେ ?

'ତୁ ଏବେ ଛାଡ଼ ସୁତ ବିତ୍ତ | ଦାରା ସେବକ ପ୍ରେମଚିତ୍ତ ।।
ଏ ସର୍ବ ମାୟାର ସଞ୍ଚାର | ଏଣେ ବିଶ୍ବାସ ତୁ ନକର ।।
ତୁ ଏବେ ସର୍ବ ପ୍ରାଣୀ ହିତେ | ନିରତେ ଥାଆ ଶାନ୍ତ ଚିତ୍ତେ ।।'

"ଆଉ କଣ ସାଆନ୍ତଙ୍କର ଦାରାସୁତ ଚିନ୍ତା ଅଛି ? ସବୁବେଳେ ତ ସେଇ ଲୋକ, ଲୋକ, ଲୋକ ! ଲୋକଙ୍କ ସେବା, ଆମେ ଦେଖୁନୁ ?"

"ତୁଇ ଏକା ମୋ ମନ କଥା ବୁଝିଛୁରେ ବାଲୁଙ୍ଗା। ଏ କଥା କେହି କଣ ବୁଝିଲା ? ଦେଖିଲି ତୁ ଗୋଟେ ଲୋକ। ସବୁ କଥା ତୋର ରୋକ୍‌ଠୋକ୍। ଗାଇବୁଟିରେ ବାଲୁଙ୍ଗା ଭାଗବତ ଗୋସେଇଁ ଆଉ କଣ କହିଲେ।"

ବୋଇଲେ --

'କର୍ମ ଆଦରି ସହି ଦୁଃଖ | କେବେ ହେଁ ନୋହିବ ବିମୁଖ।।
ଦୁଢ଼େ ନ ଛାଡ଼ି ନିଜ ପଥ | ଚଞ୍ଚଳ ନ କରିବ ଚିତ୍ତ।।
କର୍ମ କଷଣ ସହି ଧୀରେ | ଭ୍ରମଇ ସଂସାର ସାଗରେ।।
ଧନ୍ୟ ଜୀବନ ଏ ଜଗତେ | ଯେ ପ୍ରାଣ ଧରେ ପରହିତେ।'

"ହରିବୋଲ ! ହରିବୋଲ।" ଭାଗୁ ମାହାନ୍ତି ପିଚାଟାକୁ ଉଠେଇ କଚାଡ଼ି ଦେଲା ଚଉକି ଉପରେ, ବାଲୁଙ୍ଗା ମୁହଁରୁ ଭାଗବତ ପଦ ଶୁଣି ଛିଡ଼େଇଲା ପରି। "ଶୁଣିଲ ଶୁଣିଲ ଦୁଃଖୀ - ଶ୍ରୀକୃଷ୍ଣ ଅର୍ଜୁନଙ୍କ କ'ଣ କହୁଛନ୍ତି ?"

ବାଲୁଙ୍ଗା କହିଲା - "ପୁରାଣରେ କଣ ନାହିଁ ? ଯାହା ନାହିଁ ଭାଗବତେ, ତା' ନାହିଁ ଭାରତେ। ହେଲେ ତାକୁ ପାଳନ୍ତି କେଇଟା ଲୋକ ? ସାଆନ୍ତଙ୍କ ଭଳି, ସେ ସବୁ ଅକ୍ଷରେ ଅକ୍ଷରେ ପାଳିବା ଲୋକ ମହୀମଣ୍ଡଳରେ ନ ଥିବ। ଧର୍ମାତ୍ମା ଯିମିତି ଦୟାବନ୍ତ ବି ସେମିତି। ମୁଁ ତ ଅଇଲା ବେଳେ ସେଇତା ସଭିଙ୍କି କହୁଥିଲି। ସାଆନ୍ତେ ଶୁଣିଲା ତକ୍ଷଣେ ରାଜି ହୋଇଯିବେ। କେଢ଼େ ସାମାନ୍ୟ କଥାଟେ। ତାଙ୍କ ଆଶ୍ରିତରେ କେତେ ଲୋକ ନିର୍ଭା କରୁଛନ୍ତି। ଶୁକୁରାକୁ କଣ ମନା କରି ଦେବେ - ନାହିଁ, ଆଶ୍ରା ଦେବେ ନାହିଁ ବୋଲି। କିରେ ଶୁକୁରା ଶରଣ ପଶ୍। ଶରଣ ରକ୍ଷଣ ସାଆନ୍ତେ, ତୋତେ ତାଙ୍କ ଅଭୟ ପଞ୍ଜରରେ ଘଣ୍ଟ ଘୋଡ଼େଇ ଦେବେ।"

ଶୁକୁରା ସାଷ୍ଟଙ୍ଗେ ଦଣ୍ଡବତ କଲା।

"ଆରେ ସେ କ'ଣ କରୁଛୁ ? ଉଠ୍ ! ଉଠ୍ ! ଆଗ କଥାଟା କଣ ଶୁଣେ ! କ'ଣ ହୋଇଛି ତୋର ?" ପଚାରିଲେ ଭାଗୁ ବାବୁ କିଛି ଜାଣିଲା ପରି।

ଆହା ହା କି ମଧୁର ପଦ। ଇମିତି ବଚନ ଶୁଣିବ କାହାଠୁଁ କହିଲୁ --

'ଅମୃତ ବିନୟ ବଚନ। କହି ତୋଷିବ ପ୍ରାଣୀ ମନ।'

"କିରେ ଶୁକୁରା ମୁଁ କଣ କହୁଥିଲି ? ଶୁଣିଲୁ ତ ! ଦେଖିଲୁ ତ ! ସାକ୍ଷ୍ୟ ଲକ୍ଷ୍ୟ ପ୍ରତ୍ୟକ୍ଷ୍ୟ ? ଦେ ଏଥର ତୋ ଦୁଃଖ ଜଣା !" ବାଲୁଙ୍ଗା ଟେହୁଥାଏ।

ସେତେବେଳକୁ ଭାଗୁ ମାହାନ୍ତି ଗମ୍ଭୀର ହୋଇ ଗଲାଣି। ମୁହଁଟା ଫୁଲି ଫୁଲି ଉଠୁଛି। ନାକ ଆଗରୁ ଦି'ଟା ତେରଛା ରେଖା କାନ ତଳିକି ପାଇଗଲାଣି।

"କିରେ କହ ! କହୁନୁ କିଆଁ ? ତୋ ଲାଗି କ'ଣ ଆମେ କହିବୁଁ ? ଭେଲେରେ ଭେଲେ ଏ ଟୋକା।" ବାଲୁଙ୍ଗା ବିରକ୍ତ ହେଲା ଶୁକୁରା ଉପରେ।

ଶୁକୁରା ଡରେ ଛାନିଆଁ। କାଲେ କନା କରିଦେବ ଭାଗୁ ମାହାନ୍ତି। କେଉଁ ବିଶ୍ୱାସ ?

ଗୋଟିଏ ଗହୀରିଆ 'ହୁଁ' ପଦ ବାହାରି ଆସିଲା ଭାଗୁ ମାହାନ୍ତିଙ୍କ କଣ୍ଠତାଲୁକୁ ଭେଦ କରି।

ସେ ଶବଦରେ ଶୁକୁରାର ପିଳେଇ ଯେମିତି ପାଣି ହୋଇ ଆସୁଥିଲା। ସେ ଥରି ଥରି କହିଲା "ଆଜ୍ଞା ଆପଣଙ୍କ ଟଙ୍କା ମୁଁ ମଜୁରା କରିଦେବି।"

ଶୁକୁରା ମୁହଁରୁ ଭାଷା ନ ସରୁଣୁ ଭାଗୁ ମାହାନ୍ତି କହି ଉଠିଲା - "ଆହା ହା ମୁଁ କଣ ଚିହ୍ନିନାହିଁ ଶୁକୁରାକୁ ? ସେ କଣ ଅସତିଆ ହବ ? ଏ ଗୋଟେ କଥା ! ସୁଧ ଅସଲିକି ସେ ବଳେ ବଳେ ପଇଠି କରିଦେଇଯିବ। ସେଥିରେ ଆଉ କଣ କହିବାର ଅଛି। ତେବେ ମୁଁ ଯେ ସେ ଜମିଟାକୁ ନିଲାମ୍ କରିଦେଲି। ନ କରି ଆଉ କ'ଣ କରନ୍ତି ? ଗଲୁ ଯେ ଆଉ ତୋର ଗନ୍ଧ ବର୍ଣ୍ଣ ନାହିଁ। ଜୀବନରେ ଅଛୁ ବୋଲି କ'ଣ କେହି କେବେ ଭାବିଥିଲା ?"

"ହଁ ତା' ଯାହା କହିଲ ସାଆନ୍ତେ ସତ।" ଶୁକୁରା ନିଜେ ମାନିଗଲା।

"ହେଲେ ସାଆନ୍ତେ କାଳିଆ ତ ପୁଣି ଲେଉଟିଲା।"

ବାଲୁଙ୍ଗା କଥାରେ ନଥା ଦେଇ ଭାଗୁ ମାହାନ୍ତି କହିଲା - "ରତନୀ ଶଙ୍ଖା ସିନ୍ଦୁର ପିନ୍ଧୁ, ମୁଁ କଇଲାଣ କରୁଛି।"

"ପିନ୍ଧିବ ଯେ ମୁଣ୍ଡ ଗୁଞ୍ଜିବାକୁ ଥାନ ବକଟେ ହେଲେ ତ ! କିମିତି ଥଇଥାନ ହବ, ତାର ବ୍ୟବସ୍ଥା କରନ୍ତୁ ସାଆନ୍ତେ। ଶୁକୁରା ଆପଣଙ୍କୁ ଲାଗିଲା। ଆପଣ ନ ଚାହିଁବେ ତ ସେ ଭାସିଲା ବୋଲି ବୋଲନ୍ତୁ।" ବାଲୁଙ୍ଗା ନିଉଛାଳି ହୋଇ କହିଲା।

"ଆହା, ମୁଁ କ'ଣ ମନା କଲି ? ହେଲେ ନେଢ଼ି ଗୁଡ଼ କହୁଣୀକି ବହିଗଲା। ଉପାୟ କଣ ?" ଭାଗୁ ମାହାନ୍ତି କପାଳରେ ଗାରଗୁଡ଼ିକ ଗଭୀର ହୋଇଗଲା। ଯେମିତି ପୃଥ୍ୱୀଯାକ ଚିନ୍ତା ଘାରି ପକେଇଲା ଦଣ୍ଡକେ।

"ଯାହା ହେଉ, ସେ କଥା ସାଆନ୍ତେ ବୁଝିବେ ଶୁକୁରାକୁ କି ଲଗା ? ସାଆନ୍ତ ମନ କଲେ ପୃଥ୍ୱୀ ଲେଉଟାଇ ଦେବେ। ଏ'ବା କେଡ଼େ କଥା। ଗୁଣ୍ଠେ କି ଦେଢ଼ ଗୁଣ୍ଠ ଜମି ଖଣ୍ଡେ। ପିତୃ ପୁରୁଷଙ୍କର ଭିଟା ଶୁକୁରାର। ସେଇ ଖଣ୍ଡକ ସେ କେମିତି ଫେରିପାଇବ ? ଆପଣ ସେ ବୁଦ୍ଧି କରନ୍ତୁ। ଆମେ ସମସ୍ତେ ସେଇୟା ଗୁହାରୀ କରିବାକୁ ଆସିଛୁ।" ପୁଣି ଭଲଲୋକୀ କଲା ବାଲୁଙ୍ଗା।

"ଆହା ମୁଁ କ'ଣ ବୁଝୁ ନାହିଁ? ମୋର କ'ଣ ମନ ହେଉନାହିଁ, ଶୁକୁରା ରତନୀକି ଧରି ଘରକରି ରହୁ। ତା' ଭିଟା ଖଣ୍ଡିକ ସେ ଫେରି ପାଉ। ଘର ଦୁଆର କରି ଆରାମରେ ଦିନକଟୁ ତା'ର। ହେଲେ ମୁଁ ଏବେ କ'ଣ କରିବି? ମୁସ୍ତରୀ କ'ଣ ଆଉ ଫେରେଇ ଦବ କହିଲେ। ତମେ ସବୁ ଯାଅ – ତାକୁ ପଚାର! ମୋର କି ଯାଏ? ମୁଁ କାହିଁକି ମନା କରିବି କ'ଣ ତାକୁ ନିଲାମ୍ କରୁଥିଲି କି? ମୋତେ ଭଲ ଭଲ ଲୋକେ ପରାମର୍ଶ ଦେଲାକୁ ମୁଁ ନିଲାମ୍ କଲି। ଯିଏ ଧାର ଉଧାର ନେଲା ସେ ଆଉ ଦେଲା ନାହିଁ। ମାଗିଲେ ମୁହଁ ନେଫିଡ଼ି ଦେଇ କହିଲା – 'ହେଁ, ହେଁ ସାଆନ୍ତେ ଶୁକୁରାକୁ ଦୟା କଲ – ଆମକୁ ହାନ୍ତେ ଚାହିଁ।' ସମସ୍ତେ ଶୁକୁରା ଦାୟିକା ଦେଲେ। ସେଥିପାଇଁ ବନ୍ଧୁ ବାନ୍ଧବ ପ୍ରିୟାପ୍ରୀତି କହିଲେ ନ୍ୟାୟଟା ସମସ୍ତଙ୍କ ପାଇଁ ସମାନ। ଶୁକୁରାକୁ ଛାଡ଼ିବ ତ ସମସ୍ତଙ୍କୁ ଛାଡ଼। ସମସ୍ତଙ୍କଠୁ ଅସୁଲ କରିବ ତ ଶୁକୁରାଠୁଁ ଆଗ। ତା'ର ତ ତମାଦି ହେଇଯିବ। ନ୍ୟାୟର ଆଖି କାନ ନାହିଁ ମାୟା ମମତା ନାହିଁ। ନା କ'ଣ କହୁଚ?"

ଶୁକୁରା ପୁଣି ଦଣ୍ଡବତ୍ କରି କହିଲା – "ସାଆନ୍ତେ, ତମେ ଆପଣେ ବାପା ମା ଧର୍ମଦେବତା। ରଖିଲେ ରଖ। ମାରିଲେ ମାର। ମୋର ସବୁ କସୁର ମାଫ୍ କର। ସୁଧ ଅସଲ କି ମଜୁରା ଦଉଛି। ସେ ଘରଡିହ ଖଣ୍ଡିକ ମୋତେ ହୁକୁମ୍ ହେଉ?"

"ଆରେ, ମୁଁ କ'ଣ ବୁଝୁନାହିଁ। ହେଲେ ତୁ କହୁଛୁ କି ସୁଧ ଅସଲ କି ଗଣି ଦବୁ। କେଉଁ ସାହସରେ? କେତେ ଟଙ୍କା କମେଇ ଆଣିଛୁ କଲିକତାରୁ, ଏଁ? ପଚିଶ ବର୍ଷର କଲନ୍ତର କେତେ ହବ ଜାଣିଛୁ ତ? ପୁଣି ଚକ୍ରବୃଦ୍ଧି ହାରରେ। ସୁଧଟା ବର୍ଷକୁ ବର୍ଷ ମୂଳ ହେଇ ଯାଉଥିବ। ତୁ ଯାହା ଜବାବ୍ ଦେଇଥିଲୁ, ମୁଁ ତ ମନକୁ ଫାନ୍ଦି କହୁନାହିଁ। କି ରେ ସତ ନା ମିଛ?"

"ଆଜ୍ଞା ଆପଣେ ତ ଦଶୋଟି ଟଙ୍କା ଦେଇଥିଲେ।"

"ଆହା ମୁଁ କ'ଣ ବୁଝୁ ନାହିଁ! ପଚିଶ ବର୍ଷ ତଳର କଥା। ଗୋଟାଏ ପୁରୁଷ ବୋଲ। ଦୁଇ ଦୁଇଟା ଯୁଗ! ସେ କାଳର ଗଛ ପତର ନାହିଁ। ସବୁ କ'ଣ ମୋର ମନେ ଅଛି? ଖାତାପତ୍ର ଦେଖିଲେ ଯାଇ ଜଣାଯିବ। ଆରେ ମୁଁ ଗୋଟାଏ କଥାକୁ କହିଲି। ଯାହା ନ୍ୟାୟ ନ୍ୟାୟ, ଯେଉଁଟା ହକ ସେଇଟା କହିଲି। ହେଲେ ମୁଁ କ'ଣ ସେଇ କଥାରେ ଗଣ୍ଠି ପକେଇ ବସିଛି? ସବୁ ଯାକ ଟଙ୍କା ଦେଲେ ଦବ, ନାଇଁ ତ ନାହିଁ; ଆରେ ତୁ କିମିତି ଥଇଥାନ ହବୁ ମୁଁ ସେଇଟା ଚିନ୍ତା କରୁଛି। ଯେତେ ହେଲେ ତୁ ତ ଏଇ ଗାଁ'ର ମଣିଷ।"

"ଆ ହା ହା, ସାଆନ୍ତଙ୍କ ପରି ଆଉ କିଏ ଏଡ଼େ ଦୟାବନ୍ତ ପୁରୁଷ ହବ?" ବାଲୁଙ୍ଗା ଟେକି ଦେଲା ଭାଗୁ ମାହାନ୍ତିକି। "ମୁଁ କଣ କହୁଥିଲିରେ ଶୁକୁରା! କିହୋ

ଦୁଃଖୀ ଦାଶେ, ଏଁ? ହେଇଟି ଦେଖ ମୋ କଥା ମିଛ କି ସତ! ମୁଁ କ'ଣ ଚିହ୍ନି ନାହିଁ ଭାଗିରଥୀ ପଟ୍ଟନାୟକଙ୍କୁ। ଖାନ୍‌ଦାନ୍ ବୁନିଆଦି ଘର ବିଚାର। ଏମିତି କଥା ସମସ୍ତେ କହି ପାରିବେ? ଏଡ଼େ ବହପ ଏଡ଼େ ଛାତି କାହାର? ଜାଣନ୍ତି ତ ସାଆନ୍ତେ ଆପଣା ପିତୃପିତା ଡ଼ିହ ଖଣ୍ଡକ ଉପରେ ସମସ୍ତଙ୍କର ମୋହ। ଶୁକୁରା କହୁଥିଲା କି, ତା'ରି ଡ଼ିହକୁ ଲାଗି ସାଆନ୍ତଙ୍କର ଯଉଁ ଜମି ଅଛି, ସେଥିରୁ ମାଣେ ଅଧେ ଭାଗରେ ପାଇଲେ ସେ ବଞ୍ଚିଲା ଯାଏଁ ସାଆନ୍ତଙ୍କର ହୋଇ ରହିବ।"

"ଆ ହା ହା, ମୁଁ କ'ଣ ବୁଝୁ ନାହିଁ। ମୋର କ'ଣ ମନ ହଉ ନାହିଁ। ଶୁକୁରାକୁ ମଣିଷ କଲା କିଏ? କଲିକତା ପଠାଇଲା କିଏ? ହାବୁଡ଼ା ପୋଲ ଭେଟେଇଲା କିଏ? କିରେ ଶୁକୁରା ସତ ନା ମିଛ? ହେଲେ ଜମିଟାତ କରଛଡ଼ା ହୋଇଗଲା। ନଖରେ ଛିଡ଼ିବା ଜିନିଷ କୁରାଢ଼ୀ କଟୁରୀ ଖୋଜିଲା। ହଉ ଦେଖେଁ, କ'ଣ ହଉଚି, କହି ହଉନାହିଁ। ତଥାପି ଠାକୁର ଯାହା କରିବେ।"

ଦୁଃଖୀ ହସିଲା। ଏତେ ବେଳକୁ 'ଠାକୁର ଯାହା କରିବେ'। ଏଇନେ ଠାକୁର ବ୍ରାହ୍ମଣଙ୍କ ଚଉଦ ପୁରୁଷ ଉଠଉ ଥିଲେ। ଏବେ ଠାକୁର ସବୁ। ଠାକୁର ଛଡ଼ା ଯେମିତି ଆଉ କିଛି ଜାଣନ୍ତି ନାହିଁ। ପଚାରିଲା - "ଆଜ୍ଞା, ଜମି କରଛଡ଼ା କ'ଣ ହେଲାକି?"

"କହିଲି ପରା - ନାଲିସ୍ କରିଥିଲି। ଏକ ତରଫା ଡ଼ିଗ୍ରୀ ହେଲା। ନିଲାମ ଉଠିଲା। ଜମି କ'ଣ ଆଉ ମୋ ହାତରେ ଅଛି?"

"କିଏ ନିଲାମ ଧରିଲା ଆଜ୍ଞା?" ବାଲୁଙ୍ଗା ପଚାରିଲା।

"ମାରୁଆଡ଼ି, ମାରୁଆଡ଼ି।"

"ମାରୁଆଡ଼ି?" ଶୁକୁରା ପଚାରିଦେଇ, ହାଁ କରି ଅନେଇ ରହିଲା।

"ହଁ ରେ ହଁ, ସେଇ ଚିରଞ୍ଜୀଲାଲ୍ ମାରୁଆଡ଼ି ନୂଆ ବଜାରର ମଁ!"

"ରାସ୍ତାକର ଜମି। ଆବୁଡ଼ା ପଡ଼ି ନେଲା। କ'ଣ କାରଖାନା କରିବ। ମିସିନ୍ ବସେଇବ।"

"କ'ଣ ରେଜିଷ୍ଟ୍ରି ହୋଇ ଯାଇଛି?" ପଚାରିଲା ଶୁକୁରା।

ଚଟିଗଲେ ଭାଗୁ ମାହାନ୍ତି ଶୁକୁରା କଥାରେ - "ତୋର ଏତେ କଥା ବୁଝିବା କି ଦରକାର! ରେଜେଷ୍ଟ୍ରି ହେଲାଣି କି ନାହିଁ, ଦଖଲ ନେଲାଣି କି ନାହିଁ? ମୁଁ କ'ଣ ତୋର ଗୁମାସ୍ତା? କହିଲି ତ ଜମିଟା ହାତରୁ ଚାଲିଗଲା। ଏତେ ଭିତିରି ପ୍ରଶ୍ନ ପଚାରି କି ଲାଭ? ଏତେ ଅବିଶ୍ୱାସ ହେଉଛି ତ ଯା' ଚାଲି ଯା'। ମୁଁ କିଛି କରି ପାରିବି ନାହିଁ ତୋ ପେଇଁ ଛିଡ଼ି ଗଲା କଥା।"

"ହାଁ, ହାଁ, ସାଆନ୍ତେ! ଏମିତି ଗୋସା ହେଲେ ଚଳିବ ନା?" କହିଲା

ବାଲୁଙ୍ଗା । ଶୁକୁରାଟା ତ ପାଗଳ । ଧାଡ଼ି, ସାଢ଼ି ବାଗ ବାଇଶା ଅଛି କଥାରେ ? ତା କଥାକୁ ଧଇଲେ ଚଳିବ ସାଆନ୍ତେ ? ମୁର୍ଖାନ୍ତିଆଟା । ଯେତେହେଲେ ଆପଣଙ୍କ ଆଗରେ ପିଲାଟାଏ ନା ?"

"ଏ, ଏତେବେଳକୁ ପାଗଳା ପିଲା । ମାଇପକୁ ଛାଡ଼ି କଲିକତା ଚାଲିଗଲା ବେଳେ ମୁରବି, ଶୁଣିଲା କାହା କଥା ? ଯେତେ ମନାକଲି । ନା, ହେଲା ନାହିଁ । ସେଇ ଏକ ଜିଦ୍ଦି । କଲିକତା ଯିବି । ଗଲୁ । ଫଳ ପାଇଲୁ ତ ? ଜମିକି ନେଲା ମାରୁଆଡ଼ି – ମାଇପକୁ ନେଲା ରାଉତ ପୁଅ – ବାରୁଆଳି ।"

"ତେମେ ଆପଣେତ କହିଲ ସାଆନ୍ତେ – କଲିକତା ଯା, ଯା, ଯା । ମନାକରୁ ଥିଲା ଯିଏ, ସିଏ ସରଗରେ ।" ଶୁକୁରା ଜବାବ ଦେଲା ।

"ଚୁପ୍ ! ଚୁପ୍ !" ବାଲୁଙ୍ଗା ଦାବିଦେଲା ।

"ଦେଖିଲ, ଦେଖିଲ, ସାଙ୍ଗେ ସାଙ୍ଗେ ମୋତେ ମିଛୁଆ କରି ଛାଡ଼ି ଦଉଚି । ମୁଁ କଲିକତା ଯିବାକୁ କହିଥିଲି ବୋଲି କ'ଣ, ତେଣେ ତେଣେ ରହିଯିବା ପାଇଁ କହିଥିଲି । ଘରେ ଭୁଆସୁଣୀଟା, ମାସକୁ ମାସ ଟଙ୍କା ବଟଉଥିବୁ । ବର୍ଷେ ଛ'ମାସେ ଥରେ ନେଖା ଆସି ଦେଖି ଯାଉଥିବୁ । କ'ଣ ନା ମୁଁ କହିଲି ତୁ ପୁଅ ମାଇପଙ୍କୁ ଛାଡ଼ି କଲିକତାରେ ରହି ଯା' । ଆରେ – ଦେଖ ଯାର ଢଙ୍ଗ । ଦୟା କଲାକୁ ମୁହଁ ଚଢ଼ିଗଲା । ମୋତେ ପୁଣି ମିଛୁଆ କହିଦବୁ ? ଜାଣୁ ମୁଁ କିଏ ? ମୋ ନା' ଭାଗୁ ମାହାନ୍ତି ନୁହେଁ, ଭାଗିରଥୀ ପଟ୍ଟନାୟକ । ଦେଖ ହୋ, ମୋତେ ଇୟେ କହୁଛି ମିଛୁଆ । ମୁଁ କଂଗ୍ରେସ ସଭ୍ୟ – ନିଖିଳ ଭାରତ କଂଗ୍ରେସ କମିଟିର ଆକ୍‌ଟିଭ ମେମ୍ବର । ମାନେ, ଚଳନ୍ତି ସଭ୍ୟ; କ'ଣ ନା ମୁଁ ମିଛ କହୁଛି ! ଜାଣିନୁ ପରା – ପଚାର ପଚାର ମୋ ସ୍ତ୍ରୀ ସୂତା କାଟେ କି ନାହିଁ । ମନ୍ତ୍ରୀଙ୍କି ସେଦିନ ହାତକଟା ସୂତାର ମାଳ ପିନ୍ଧେଇଥିଲା କିଏ ? ଏଇ ଭାଗିରଥୀ ପଟ୍ଟନାୟକଙ୍କ ସହଧର୍ମିଣୀ । ଆମ ଘରେ କିଏ ଖଦଡ଼ ନ ପିନ୍ଧେ ? ପୋଇଲି ପରିବାରୀ, ଚାକର ବାକରଠାରୁ କୁକୁର ବିଲେଇ ଯାଏଁ ଦେଖି ଆସ ଯା' – କ'ଣ କରୁଛନ୍ତି, କ'ଣ ଖାଉଛନ୍ତି, କ'ଣ ପିନ୍ଧୁଛନ୍ତି । ହଇରେ ମୁଁ ପୁଣି ମିଛୁଆ ? ଖଦଡ଼ ପିନ୍ଧି ମୁଁ ମିଛ କହିବି ? ମୋ ଛାତି ଫାଟି ଯିବ ନାହିଁ । ନାଁ କ'ଣ କହୁଛୁରେ ବାଲୁଙ୍ଗା । ହଉ ଥା', ମୁଁ ଉଠେଁ । ଅନେକ ବେଳ ହେଲାଣି । ମୋର ତେଣେ ଢ଼େର କାମ । ମନ୍ତ୍ରୀ ଆସିବେ ଟୁର୍ ପ୍ରୋଗ୍ରାମ ପାଇଲି ଇଲାଗେ ।"

ଭାଗୁ ମାହାନ୍ତି ବାହାରିଲେ । ଗୋଡ଼ରେ ଚୁପୁଲି ହଳେ ଗଳଉଚନ୍ତି । ଶୁକୁରା ଠିଆ ହୋଇପଡ଼ି କହିଲା – "ଯାଉଚନ୍ତି କୁଆଡ଼େ ସାଆନ୍ତେ, ମୋ ଅଡୁଆ ତୁଟେଇ ଦେଇ ଯାଆନ୍ତୁ !"

"ହଇରେ କ'ଣ କହିଲୁ ତୁ?" ଭାଗୁ ମାହାନ୍ତି ଅଗ୍ନିଶର୍ମା - "ମୁଁ ଯାଉଚି କୁଆଡ଼? ତୋତେ କଇଫୟତ୍ ଦେବି? ତୋର କ'ଣ ଗଲା ବେ' ମୁଁ ଯୁଆଡ଼େ ଗଲି? ଇଏ ଅଇଲା ମୋ ଗୋସେଇଁ କଉଠୁଁ।"

"ବେ ବା କରୁଛନ୍ତି ସାଆନ୍ତେ, ମୁହଁ ସମ୍ଭାଳି କଥା କୁହନ୍ତୁ।"

ଶୁକୁରାର ଢଙ୍ଗ ଦେଖି ସମସ୍ତେ କାବା ହୋଇଗଲେଣି। ରାମବାବୁ ହଠାତ୍ କହି ଉଠିଲେ - "ଆପଣ ଜଣେ ଭଦ୍ରଲୋକ ସରପଞ୍ଚ। ସେ ଗରିବ ହେଲା ବୋଲି ସେ କ'ଣ ମଣିଷ ନୁହେଁ? ତାର ଇଜ୍ଜତ ନାହିଁ?"

"ଆଉ କ'ଣ ଆଜ୍ଞା ଆପଣ କରିବି? କଲିକତା ହାଡ଼କଟା ଗଳିରୁ ଫେରିଛି ବୋଲି? ଆମ ଚଉଦ ପୁରୁଷ ତମ ଚଉଦ ପୁରୁଷଙ୍କୁ ଏଇମିତି କହି ଆସିଛନ୍ତି ନାଁ, ଆଜି ନୂଆ।"

"ସେ ଦିନକୁ ବାଘ ଖାଇ ଗଲାଣି ଆଜ୍ଞା! ଆଲୋ ସଖି ଆପଣା ମହତ ଆପେ ରଖି। ଆପଣା ଆପଣା ଇଜ୍ଜତ କଥା ନ କହିବେ ତ ଆମେ କିଆଁ ଆପଣଙ୍କ ଇଜ୍ଜତକୁ ଅନେଇବୁ?" କହିଲା ଶୁକୁରା।

"ହଉ ହଉ, ତୁ କ'ଣ କରିବୁ ଯା'। ଭାଗୁ ମାହାନ୍ତି କାହାକୁ ଆଜ୍ଞା, ଆପଣ କରି ଶିଖି ନାହିଁ।"

"ହେଁ, ଶିଖିନ? ସରପଞ୍ଚ ହେଲ କିମିତି? କେତେ ଟିଣ ତେଲ ସାରିଛ? ଜୁହାର ନେହୁରା ହେଇ ମୁଣ୍ଡରେ ବିଣ୍ଡି ବସି ନଥିବ ତମର? ଏତେ ଫଉରବି?"

"ମୁଁ କାହାକୁ ଆପଣା କଲି, ତୋ ବାପର କି ଗଲା?"

"ଫୁଉଣି ବାପ ଗୋସା'ପଙ୍କ ନାଁ ଧରିଛ ତ ମାନ ମହତ ରହିବ ନାହିଁ। ସାବଧାନ! ମୋତେ ଯାହା କହିବାର କହ। ବାପ ଗୋସାପ ଶତାଣ୍ଡି ସାତ ପୁରୁଷକୁ ଉଘେଇ କହିବ କାହିଁକି?"

"କଣ ମାରିବୁ ମୋତେ? ରାଣ୍ଡେ ଧମକାଣି କାହା ଆଗେ ଦେଖଉଛୁ ବେ?"

"ମାରିବି ନାହିଁ, ଡରିବି?"

"ଏ ସବୁ କ'ଣ ହେଉଛି ଶୁକୁରା?" ଦୁଃଖୀ ଦାଶ ଦାବିଦେଲା ଶୁକୁରାକୁ।

"ଦେଖ ଦେଖ, କି ଉଦ୍‌ବାଇଜା ହଉଚି ସେ। ମୁଁ କିଛି କହିଛି? ତମେ ତ ସବୁ ଅଛ ଏଠି। ମୁଁ ତାକୁ ମାଇଲି ନା ପିଟିଲି, ନା ଗାଳି ଫଜିତ୍ କଲି? ତୋରି ଭଲକୁ ମୁଁ କହୁଥିଲି। ତୁ କଣନା ଓଲଟି ତେରି ମେରି ହେଉଛୁ?"

"ଛାଡ଼ନ୍ତୁ ଛାଡ଼ନ୍ତୁ, ଏ ଚଗଲା ଗୁଡ଼ାକ, ଯେଙ୍କ କଥାକୁ ଧଇଲେ ଚଳିବ? ଏ କଥାର କୌଣସି ମୂଲ୍ୟ ଅଛି? ଆପଣ ବୋଧା ଲୋକ। ଆପଣ ଏତିକିରେ ରାଗିବାଟା

ଶୋଭାପାଏ ନାହିଁ। ଆପଣତ ଜବାବ ଦେଇଚନ୍ତି ଯେମିତି ହେଲେ ଶୁକୁରାକୁ ଥଇଥାନ କରିଦେବେ। ଶୁକୁରା ପୁଣି କେବେ ଆସିବ, କେତେଦିନ ଲାଗିବ ?” ଦୁଃଖୀ ଦାଶ ପଚାରିଲା।

“ମୁଁ ବର୍ତ୍ତମାନ କିଛି କହି ପାରିବି ନାହିଁ।”

“ମୁଁ କେତେ ଦିନ ଏମିତି ପଦାରେ ପଡ଼ିଥିବି ?” ଶୁକୁରା ପଚାରିଲା।

“ତୁ ପଦାରେ ପଡ଼ିଲୁ ନ ପଡ଼ିଲୁ ମୋର କି ଯାଏ। ମୁଁ କଣ ସେଥିପିଁ ଦାୟୀ ?”

“ଅଲବତ୍ ଦାୟୀ।” ଭାଗୁ ମାହାନ୍ତି କଥାରେ ଶୁକୁରା ଖପାହୋଇ ଜବାବ୍ ଦେଲା। “ମୋ ଘରତଳି ନିଲାମ କଲା କିଏ ? ମୋ ମାଇପକୁ ଦାଣ୍ଡରେ ବସାଇଲା କିଏ ?”

“ଶୁକୁରା, ଶୁକୁରା, ଥୟ ଧର ! ଏମିତି ରାଗୁଛୁ କାହିଁକି ?” ବାଲୁଙ୍ଗା ହାତ ଧରି ପକେଇଲା।

“ଛାଡ଼ ବାଲୁଙ୍ଗାଇ।” ଛାଞ୍ଚାଡ଼ି ଦେଲା ବାଲୁଙ୍ଗାର ହାତଟାକୁ ଶୁକୁରା। “ସବୁ ନାଟର ଗୋବର୍ଦ୍ଧନ ଏଇ ଭାଗୁ ମାହାନ୍ତି। ଏବେ କିମିତି ଖସିଯିବାକୁ ବସିଛି ଦେଖୁଛ ? ଯେମିତି କିଛି ଜାଣନ୍ତି ନାହିଁ। ଆଜି ମୁଁ ଶେଷ କଥା ଶୁଣି ଯିବାକୁ ଚାହେଁ। ମୋ ଘରତଳି ମୋତେ ଫେରେଇ ଦେବ କି ନାହିଁ ?” ଭାଗୁ ମାହାନ୍ତିକି ଅନେଇ କହୁଥାଏ – “ମୋତେ ଜବାବ ଦିଅ – ହଁ କି ନା ?”

“କ’ଣ ମାରିବୁ ମୋତେ, ଜବାବ ନଦେଲେ ?” ଭାଗୁ ମାହାନ୍ତି ଛାନିଆଁ।

“ମାରିବା ଯାଏ କଥା ଯିବ ନାହିଁ। ମୋ ଡିହ ଖଣ୍ଡକ ମୁଁ ଯେମିତି ହେଲେ ଫେରି ପାଇବି। ଦେଖିବା କିମିତି ନଦବ ! ନିଲାମ ଫିଲାମ ସବୁ ମିଛ। ମୁଁ ଜାଣେ। ସବୁ ବେନାମି ସବୁ ଜାଲ୍।” ଶୁକୁରା ତମ ତମ ହେଉଥାଏ।

ଭାଗୁ ମାହାନ୍ତି ବଡ଼ ଚତୁର। ତେଣେ ପୁଲିସ୍‌କୁ ଖବର ଦେଇ ରଖିଛି ଆଗରୁ। କାଳେ କେତେବେଳେ କ’ଣ। ସେଥିପାଇଁ ଥରେ ଶୁକୁରାକୁ ଅନଉଥାଏ ତ ଥରେ ଦାଣ୍ଡ ଦୁଆରକୁ। ପୁଲିସ୍ ଆସିବାକୁ ନାହିଁ। ଏତେବେଳ ହେଲା ଉପାୟ କ’ଣ ? କଥା ମାଜିଲେ ମୋଟା। କେଜାଣି କ’ଣ ହୋଇଯିବ ? ନରମିଗଲେ ଭଲ।

“ଆରେ ଶୁକୁରା ! ତୁ ଏମିତି ପାଗଳଙ୍କ ଭଳିଆ କାହିଁକି ହଉଚୁ ଭଲା ? ତୋର କ’ଣ ହେଇଚି ? ଏମିତି ରାଗି ନିଆଁ ହେଇଯାଉଛୁ ଯେ। ଗୁରୁ ଗଉରବ, ମାନସଂଭ୍ରମ, ସବୁ ଜାଳିପୋଡ଼ି ଖାଇଲୁ। ହଇରେ ମୁଁ ତ ତତେ କହିଲି – ତୋ କଥା ମତେ ଲାଗିଲା। ଆଉ କ’ଣ କହନ୍ତି ? ନା କ’ଣ କହୁଛୁ ଶୁକୁରା ?”

“ହେଲା ହେଲା। ତେବେ କଥାଟା କ’ଣ କି ?” ବାଲୁଙ୍ଗା ଅଟକି ଗଲା।

"କ'ଣ କହୁଥିଲୁ କହିଲୁ ନାହିଁ।"

"ଏସବୁ ସାକଲା ସାକୁଲିରେ ଶୁକୁରା ଭୁଲିବା ଲୋକ ନୁହେଁ ଭାଗୁ ସାଆନ୍ତେ। ଜାପାନୀମାନେ ବି ଏମିତି କଳାମାଟିକି ଆମ ଭାରତ ସରକାର ହାତରେ ଛାଡ଼ିଦେବାକୁ କହି ଆମକୁ ବହୁତ ପଟାପଟି କରିଥିଲେ ଯେ ଓ ତୁଚ୍ଛା କଥାରେ ମୁଁ ଆଉ ଭୁଲୁ ନାହିଁ। ମୁଁ ଢେର ଶୁଣିଛି ଏଇମିତିଆ କଥା। ସଫା ସଫା କହି ଦିଅନ୍ତୁ, କେତେଦିନ ଭିତରେ ମୋ ଭିଟାଖଣ୍ଡିକ ମୋତେ ଛାଡ଼ି ଦେବେ।"

ତଥାପି ପୁଲିସ୍ ଆସୁନାହିଁ। ଭାଗୁ ମାହାନ୍ତି କନ୍‌କନ୍ ହେଉଛି। ଏତେବେଳ ହେଲା। ତିନଘଣ୍ଟା କି ଚାରିଘଣ୍ଟା ବିତି ଗଲାଣି। ଝାଡ଼ାଫେରା, ଗାଧୁଆ, ସେବାପୂଜା ଯେତେ ଡେରି ଡେରି ହେଲା, ସବୁ ବାହାନା, ସବୁ ଫିକର ଚୁଲିକି ଗଲା।

"ତୁ ଏମିତି ବ୍ୟସ୍ତ ହେଲେ ଚଳିବ ? କହିଲି ପରା ନେଡ଼ିଗୁଡ଼ କହୁଣୀକି ବହି ଗଲାଣି। ମୋତେ ତ ପୁଣି ଫନ୍ଦିଫିକର କରି ଜମିଖଣ୍ଡେ ଦେଖିବାକୁ ପଡ଼ିବ। ହଉ ଥା।" କହି ଧପାସ୍ ଧପାସ୍ ହୋଇ, ଭାଗୁ ମାହାନ୍ତି, ଘରପରସ୍ତ ଭିତରକୁ ଛୁ।

"ମୁଁ ଆସେ ବୋଲି କହିବା ବେଳକୁ ଦୁଆରବନ୍ଧ ପାଖରେ। ଘର ଭିତରକୁ ଯାଇ ଖଟଉପରେ ଧୁସ୍‌କିନା ବସିପଡ଼ି ନିଶ୍ୱାସଟାଏ ଛାଡ଼ିଲା। ରକ୍ଷା ପାଇଗଲା ପୈତୃକ ପ୍ରାଣଟା। ଟିକିଏ ଡେରି ହେଇଥିଲେ ଶୁକୁରା ହାତ ଲଗେଇ ଦେଇ ଥାଆନ୍ତା।"

"କଣ ହେଲା କଣ ହେଲା" ବୋଲି ସାଆନ୍ତାଣୀ ଭାଗୁ ମାହାନ୍ତିର ଛାତି ଆହୁରି ଜୋର୍‌ରେ ପଡ଼ିଲା ଉଠିଲା ମାଇପକୁ ଦେଖି।

"ଟିକିଏ ଡେରି ହୋଇଥିଲେ ଶୁକୁରା ହାତ ଲଗେଇ ଦେଇଥାଆନ୍ତା।" କହିଲା ଭାଗୁ ମାହାନ୍ତି।

"ଏଁ ଏଡ଼େ ସାହସ ସେ ରାଣ୍ଡିପୁଅ ଅ'ନ୍ତାର ? ଦିହରେ ହାତ ଦିଅନ୍ତା ?"

"ହଁ ତମକୁ ମିଛ, ମୋତେ ସତ, ସେଇମିତିଆ ଚିଠି ବଟେଇଥିଲା ପରା, ମୁଁ କହୁ ନଥିଲି ?"

ବିଞ୍ଚି ପକେଇଲେ ସାଆନ୍ତାଣୀ ପଙ୍ଖା ଆଣି। ଝାଳନାଳରେ ଏକାକାର ପତିଦେବତା। ଶୁକୁରା ଗାଳି, ଗାଳି ନୁହେଁ କଲ୍ୟାଣ। ଭାବୁ ଥାଆନ୍ତି ଭାଗୁ ମାହାନ୍ତି।

ବାଲୁଙ୍ଗା, ଦୁଃଖୀ, ଶୁକୁରା, ସମସ୍ତେ ଯାଇଁ ଦୁଃଖୀ ଘରେ ମସୁଧା କରିବାକୁ। ଆଉ ସବୁ ଯେଝା ବାଟ ଯେଝେ ଧରିଲେ।

"ଲୋକଟା ଚରଣଚୁଟିଆ। ମାନୁଥିବ, ଦେବାକୁ ନାରାଜ୍। ମାନୀୟତେ ନଦୀୟତେ।"

ବାଲୁଙ୍ଗା କଥାରେ ଶୁକୁରା ପୁଣି ତେଜି ଉଠିଲା – "ମୁଁ ତା ଚରଣଚୁଟିଆପଣ ଛଡ଼େଇ ଦେବି।"

"ଶୁକୁରା !" କହିଲା ଦୁଃଖୀ। "ତୁ ସବୁ ଭଣ୍ଡୁର କଲୁ ଆଜି। ଏମିତି ଚମ୍‌ରାଗୀ ହେଲେ ଚଳିବ।"

ହଠାତ୍ ଅପୂର୍ବ ଆସି ପହଞ୍ଚିଲେ ହଳଧର ବାବୁ। ହଳଧର ଚୌଧୁରୀ। ଶୁକୁରା ଚିହ୍ନିପାରିଲା। କାବା ହେଇ ଅନଉଥାଏ। ଖୋଜୁଥାଏ ମନ ଭିତରେ। ଯେମିତି ଗଲାଦିନର କେତେ ଅଳିଆ ଭିତରେ ବା କଥାଟା ଲୁଚିଛି କେଉଁଠି ?

ଖଦଡ଼ ପୋଷାକ, ଧୋତି, ଲମ୍ବାପଞ୍ଜାବୀ, ସବୁ ସରୁ ଖଦଡ଼ର। ପାଟଶାଳିଆ ସୂତା। ଜହର କୋକେଟ୍। ଗାନ୍ଧୀ ଟୋପି। ନିରାମିଷ ଅଣ୍ଡାପରି।

ବୟସ ତିରିଶ ଚାଳିଶ ଭିତରେ। ଶୁକୁରା କଲିକତା ଗଲାବେଳ ସରିକି ସେ ବକଟେନା'କୁ ପିଲା। ଗାଲ ଚିପିଦେଲେ ଦୁଧ ବାହାରି ପଡ଼ିବ। ଶୁକୁରାର ମନେ ପଡ଼ିଗଲା। ବାପ ଗୋସାପଙ୍କ ନାଆଁରୁ। ବାଲୁଙ୍ଗା କହିଦେଲା।

ବୟାଳିଶ ଆନ୍ଦୋଳନରେ ବାନରସେନା ହୋଇ ଜିଅଲ ଖଟିଥିଲା। ଏବେ ଗାଁରେ ଜଣେ ବଡ଼ ମାମଲତ୍‌କାର। ସେ ପାଖରେ ଭାଗୁ ମାହାନ୍ତି ତ ଏ ପାଖରେ ହଳଧର ଚୌଧୁରୀ। ଅହି ନକୁଳ।

ହଳଧରଙ୍କ ଟରଣି ଆସି ଖବର ଦେଲା, ଶୁକୁରା ଭାଗୁ ମାହାନ୍ତି କିଲାଗି ଯାଇଚନ୍ତି। ପଡ଼ିଗଲା ପ'ବାର। ଦଉଡ଼ି ଆସିଲେ। ଖାଇଲାଠାରୁ ଉଠି ଆସିଲେ ବୋଲ। ଶୁକୁରାକୁ ହାତ କରିବେ। ବଡ଼ ଶେଉଳଟାଏ। ଖାପଚରେ ପଡ଼ିଲେ ହେଲା। ଶୁକୁରାପରି ଦେଶ ବିଦେଶରେ ଘୂରି ଆସିଲା ଲୋକଟାଏ ହଳଧରଙ୍କ ଦଳକୁ ଆସିଲେ କିସ୍ତିମାତ୍।

ହଳଧରଙ୍କ ଦଳ। ଗାଁ'ଟା ଏବେ ଦି ଫାଙ୍କ୍। ପାଖେ ହଳଧରଙ୍କର, ଆଉପାଖେ ଭାଗୁ ମାହାନ୍ତିଙ୍କର। ଉଭୟେ କଂଗ୍ରେସବାଲା। ରାମବାବୁଙ୍କର ଅଧାକାଣ୍ଡିଆ ଗୋଟେ ଦଳ ଅଛି ଯେ, କେତେଜଣ ଚଷାଭୁଷାଙ୍କୁ ନେଇ! ସେମାନେ ଏକରକମ ଏକ ଘରିଆ। ସମସ୍ତେ ଆକାଶ କଇଆଁକୁ ଅନେଇ ବସି ଥାଆନ୍ତି। ଯେଙ୍କ କନ୍ଦଳିରେ ନଥାନ୍ତି। ବସି ବସି ନଖ ଘଷୁଥାନ୍ତି କେମିତି ଲାଗନ୍ତୁ। ଯେତେ ଲାଗିବେ ତେତେ ଭଲ। ରାମବାବୁ ତାଙ୍କୁ ବୁଝେଇ ଦିଅନ୍ତି - ଶ୍ରେଣୀ ସଂଘର୍ଷ, ବୁର୍ଜୁଆ ସଭ୍ୟତାର ଶେଷଘଡ଼ି। ଅଣଞ୍ଚାଶ ବହୁଛି।

ବାଲୁଙ୍ଗା ହଳଧରଙ୍କୁ ଚାହିଁଦେଇ କହିଉଠିଲା – "ହେଇଟି ଆମ 'କୁଳ ଉଜ୍ଜଳ' ଆଇଲେଣି।" ବୋଇଲା।

-- "ଦୃଷ୍ଟିଗୋଚରେ କୃଷ୍ଣ ଦେଖି । ଉଜ୍ଜ୍ୱଳକଲେ ବେନି ଆଖି।"

"ଯେଙ୍କୁ ଚିହ୍ନିଲୁରେ ଶୁକୁରା, ଆମ ନେତା ଏ। ଆରସାହୀ ଚୌଧୁରୀ ଘର ପୁଅ। 'ବେ' 'ମୋ' କେତେ କ'ଣ ପାସ୍ କରିଛନ୍ତି। ହାରିଗଲେ ସିନା; କିନ୍ତୁ ଭାଗୁ ମାହାନ୍ତି ଏଙ୍କ ପାସଙ୍ଗରେ ପଡ଼ିବ ନାହିଁ। ବହୁତ ପଇସା ଖରଚ କଲା ଭାଗୁ ମାହାନ୍ତି। ଭୋଟ କିଣିଲା। ତେବେ ଯାଇ ସରପଞ୍ଚ ବୋଲେଇଲା। ନ ହେଲେ କଣ ପାରିଥାନ୍ତା ଏଙ୍କୁ।"

ଓଳଗି କଲା ଶୁକୁରା। ଚୌଧୁରୀଏ ହାତ ଉଠେଇ ପ୍ରତି ନମସ୍କାର କଲେ।

"ସବୁ ତ ଜାଣ। ମୁଁ ଆଉ ଅଧିକା କଣ କହିବି? ' ହଳଧର ସମର୍ଥନ କଲେ।

"ହଇହୋ, - ପଇସା କ୍ୟା ନକରେ କାମ, ଆବେ ପରଶୁ, ଯାବେ ପରଶୁ, ବାବୁ ପରଶୁରାମ। ଭାଗୁ ମାହାନ୍ତି, ଗାଁ ଟାଉଟର, ଏବେ ଦଶଖଣ୍ଡ ଗାଁ'ରେ ସରପଞ୍ଚ ବୋଲାଉଛନ୍ତି। ନାଁ - ଶ୍ରୀଯୁକ୍ତ ଭାଗିରଥୀ ପଟ୍ଟନାୟକ।"

"ଯା କହିଲ ବାଲୁଙ୍ଗାଇ। ଦେଶ କ'ଣ ଚିହ୍ନିଲା ଆମକୁ। ବାଲୁତ କାଳରୁ ବାର ବରଷ ବେଳରୁ ମୁଁ ଦେଶସେବା କରିଛି। ଜେଲ ଯାଇଛି। ଲାଠି ଖାଇଛି। ଗୁଳିମାଡ଼ରୁ ଟିକେକେ ରକ୍ଷା ପାଇଗଲି।"

"ହଇହୋ ଆଜି ଶହୀଦ୍ ହେଇ ବସିଥାଆନ୍ତ। ତମ ନାଁ'ରେ ନଗର ବସିଥାନ୍ତା। ଖୁମ୍ବ ପୋତା ହୁଅନ୍ତା।"

"ସେଇୟା ପରା ଆମ ଦୁର୍ଭାଗ୍ୟ, ଆମେ ବଞ୍ଚିଗଲୁ। ଯାହାପାଇଁ ଏତେ କଷ୍ଟ କଲୁ, ଏତେ ଦୁଃଖ ସହିଲୁ, ସେ କଣ ପଚାରିଲେ। ଆମେ ମୁର୍ଖ। ଗାନ୍ଧୀ କଥାରେ ପଡ଼ି ପଢ଼ାପଢ଼ି ଛାଡ଼ି କଂଗ୍ରେସରେ ପଶିଲୁଁ। ନା ଏକୁଳ ହେଲୁଁ ନାଁ ସେ କୁଳ ହେଲୁଁ - ଓକିଲ, - ମନ୍ତ୍ରୀ, - ନେତା ରାହାସ ପଟ୍ଟନାୟକ - ନାଁ ସରପଞ୍ଚ ଭାଗୁ ମାହାନ୍ତି? ନା କ'ଣ କହୁଛ ବାଲୁଙ୍ଗାଇ? କି ଚୁପ୍ ରହିଲ କାହିଁକି?

"କଣ ଭାବୁଥିଲି କି" - ବାଲୁଙ୍ଗା ଭାରି ଗମ୍ଭୀର ହୋଇ କହିଲା। "କାହାପେଇଁ ଏତେ ନଟ। କାହା ଶତାନଇ ସାତପୁରୁଷ ଉଦ୍ଧାର ପାଇଲେ ଏଇ ତମେ ଯେତେ ସବୁ ଜିଅଲ ଗଲ, ଲାଠି ଖାଇଲ, ସେଥିରୁ କାହାର କ'ଣ ଗଲା?"

"କଣ ହେଲା ବାଲୁଙ୍ଗାଇ, ତମେ ବି ସେଇୟା କହିଲ? ଭାଗୁ ମାହାନ୍ତି ଯାହା କହେ, ତମେ ବି ସେଇୟା ଉଘାରିଲ? ତମେ ପରା ବୋଧ ପୋଖତ ଲୋକ ମୁହଁରେ ଏ କଣ ଶୋଭାପାଏ? ହଇ ହୋ, ଦେଶ କାହାଲାଗି ସ୍ୱାଧୀନ ହେଲା?"

"ଓ ସୁଆଧୀନ? ଦେଶକୁ ସୁଆଧୀନ ଆସିଲା? କାହିଁ, କେଉଁଠି? କେତେ ବାଟରେ ହେଲାଣି?"

ବାଲୁଙ୍ଗା କଥା ଗୁଡ଼ାକରେ ଯେପରି ଧାନ ନାହିଁ। ହସରେ ଉଡ଼େଇ ଦେଲା

ହଳଧର। କହିଲା "ହଇହୋ, ବାଲୁଙ୍ଗାଇ, ତମେ ବୋକା ନୁହଁ।" ତମେ ଗୋଟାଏ ଜାଣିସିହାଣା।

ସତରେ ବାବୁ ହଳଧର, ମୁଁ ଟିକିଏ ବୋକା ଧରଣର ମଣିଷ ବୋଲି ତମ ଭାଉଜ ସବୁବେଳେ ମୋତେ ବକନ୍ତି। ମୁଁ ବୁଝିପାରେ ନାହିଁ ସବୁ ଜିନିଷ। ସୁଆଧୀନ ଫୁଆଧୀନ ବହୁତ ବଡ଼ ବଡ଼ କଥା। ସତରେ ମୋ ମଗଜରେ ପଶୁ ନାହିଁ। ମତେ ଟିକିଏ ବୁଝେଇ ଦେଇନାର। ଦୁଖିଆନ୍ନା ବି ତ ବଇଚି। ସେ ତ ନିଶ୍ଚେ ଜାଣିଥିବ। ସୁଆଧୀନଟା କି ଜିନିଷ? ସିଏ ବି ତ ଜିଅଲ ଖଟିଥିଲା। ହେଲେ କିସ ହେଲା? ଏତେ କଷ୍ଟ ଯେ କଲ କ'ଣ ପାଇଲ?"

"କଣ ହେଲା?" ସାଙ୍ଗେ ସାଙ୍ଗେ ଜବାବ ଦେଲେ ହଳଧର। ଇଂରେଜ ସରକାର ଭଳି ସରକାର ଲାଙ୍ଗୁଳଯାକି ଦେ ଭାଗ୍। ଆଉ କ'ଣ ହୁଅନ୍ତା। ଆମ ହାତରେ ଶାସନ ଟେକି ଦେଲେ।"

"କାହା ହାତରେ, କାହାହାତରେ? କିଛି ନ ଜାଣିଲା ନବୁଝିଲାପରି ପଚାରିଲା ବାଲୁଙ୍ଗା। "କାହା ମୁଣ୍ଡରେ ହାତୀ କଳସ ଢ଼ାଳିଲା? କାହା ମୁଣ୍ଡରେ ଶିରୀପା ବନ୍ଧା ହେଲା?"

"କିଛି ନ ଜାଣିଲାପରି କଣ ପଚାରୁଛୁ ବାଲୁଙ୍ଗାଇ? କଂଗ୍ରେସ ହାତରେ କ୍ଷମତା ଟେକି ଦେଲେ ପରା।"

"କଂଗ୍ରେସ?" ସେଟା କିମିତିକା ଲୋକ ହୋ? ଡେଙ୍ଗା ନା ବାଙ୍ଗରା, କଳା ନା ଗୋରା? ମୋଟା ନ ପାତଳା?"

"କଂଗ୍ରେସମାନେ କଂଗ୍ରେସ। ବୁଝି ପାରୁନା? ମାନେ ଗୋଟାଏ ଦଳ, ଗୋଟାଏ ପାଟି।"

"ପାଟି ନା ପେଟ? ପାଟିଟା କେମିତି ରାଜା ହବ ହୋ?"

ମାନେ ପାଟିର ପ୍ରତିନିଧିମାନେ ରାଜା। ମାନେ ମନ୍ତ୍ରୀ। ପ୍ରଧାନ ମନ୍ତ୍ରୀ। ନେହେରୁ ଆମର ପ୍ରଧାନ ମନ୍ତ୍ରୀ। ତାଙ୍କରି ହାତରେ କ୍ଷମତା ହସ୍ତାନ୍ତର କରି ଇଂରେଜ ପଳେଇଲେ। ଦେଶ ସ୍ୱାଧୀନ ହେଲା। ବୁଝିଲ? ଲୋକେ ଭୋଟ ଦେଇ ନେହେରୁଙ୍କୁ ଶାସନ ଦାୟିତ୍ୱ ଦେଲେ।"

"ସେଇଆ କୁହ। ଏଥର ବୁଝିଲି।"

"କ'ଣ ବୁଝିଲ?" ପଚାରିଲା ଶୁକୁରା।

"କଣ ଆଉ ବୁଝନ୍ତି? ଭୋଅଟ ମନ୍ତ୍ରୀ ହେଲା ପରା?"

ହସି ଉଠିଲେ ସମସ୍ତେ। ଦୁଃଖୀ କିନ୍ତୁ ବାଲୁଙ୍ଗା ପକ୍ଷ ନେଇ କହିଲା –

"ବାଲୁଙ୍ଗାଇ କ'ଣ ନାକରା କଥା କହିଲା। ଯିଏ ମନ୍ତ୍ରୀ ହବ ସେ ଭୋଟ ବଳରେ ହବ ନା ଆପେ ହବ ?"

"ହାଁ - ହାଁ କୀଚକ ବାହୁବଳେ ବିରାଟ ରାଜା। ସେମିତି ଭୋଟ ବଳରେ ଯିଏ ରାଜା ହେଇଥିବ ନା ?" ବାଲୁଙ୍ଗା କହିଲା।

"ରାଜା ନୁହେଁ ମନ୍ତ୍ରୀ।" କଥାକୁ ସଜାଡ଼ି ଦେବାକୁ ଗଲା ଶୁକୁରା।

"ରାଜା ହଉ, ମନ୍ତ୍ରୀ ହଉ, ଦିଲ୍ଲୀ ସିଂହାସନରେ ଏବେ କିଏ ବସିଲା କହିବଟି - ଦିଲ୍ଲୀଶ୍ୱରୋ ବା ଜଗଦୀଶ୍ୱରୋ ବା କିଏ ହେଲା ?" ପଚାରିଲା ବାଲୁଙ୍ଗା।

"ଏତକ ଖବର ରଖିନ ?" ଛାତି ଫୁଲେଇ ହଳଧର କହୁଥାଏ – "ପଣ୍ଡିତ ନେହେରୁ, ଆମ ପ୍ରଧାନ ମନ୍ତ୍ରୀ।"

"ମନ୍ତ୍ରୀ ଫନ୍ତ୍ରୀ ନୁହେଁ ହୋ। କିଏ ରାଜା ହେଲା ସେ ନିଷ୍ଠୁର ଭୂଇଁରେ କହିବଟି ଆଗ।" କହିଲା ବାଲୁଙ୍ଗା। ତା କଥା ତ ଏମିତିଆ। ସାରୁ ଭିତରେ ମାରୁଥିବ।

"ନିଷ୍ଠୁର ଭୂଇଁ କ'ଣ ହୋ, ବାଲୁଙ୍ଗାଇ ?" ଦୁଃଖୀ ପଚାରିଲା। "ଏବେ ଦିଲ୍ଲୀ ଇନ୍ଦ୍ରପୁରୀ ହୋଇ ଗଲାଣି। ଗଛ, ବୁରୁଛ, ବାଗ ବଗିଚା, କୋଠାବାଡ଼ି, ଦୋକାନ ବଜାର କି ଦେଖିବ ଶୋଭା।"

"ଯେଡ଼େ ଶୋଭାବନ୍ତ ହେଲେ ବି ନିଷ୍ଠୁର ଭୂଇଁ।"

"ନିଷ୍ଠୁର ଭୂଇଁ କିମିତି ହେଲା ?" ପଚାରିଲେ ହଳଧର।

"ଆରେ ! ତମେ ନିଷ୍ଠୁର ଭୂଇଁ କ'ଣ ଜାଣିନା ? କିରେ ଶୁକୁରା କି ଦୁଃଖୀ ନନା - ଦିଲ୍ଲୀଟା ଯେ ନିଷ୍ଠୁର ଭୂଇଁ, ଇୟେ କ'ଣ ମନ ଗଢ଼ା କଥା କହୁଛି ବାଲୁଙ୍ଗା ? ପୁରାଣ ଶାହାସ୍ତ୍ର କଥା। ତମେ ତ ପୁରାଣ ଶାହାସ୍ତ୍ର ପଢ଼ିବ ନାହିଁ। ଜାଣିବ କେମିତି ! କହୁଛି ଶୁଣ।" ଖୋଲିଲା ତା'ପେଡ଼ୀ ବାଲୁଙ୍ଗା। "ନାଡ଼ି ନ ଚିହ୍ନି ବଇଦ। ପୋଥି ଶାହାସ୍ତ୍ର ନ ପଢ଼ି କ'ଣ ନା ଆମେ ନେତା, ଦେଶର ଉପକାର କରିବୁଁ, ଦେଶର ସେବା କରିବୁଁ - ସରଗକୁ ବଟେଇଦେବୁଁ। ଆରେ ଦିଲ୍ଲୀ ନା ଶୁଣିଛ, ଦେଖିଛଟି ? ଉପରେ ଉପରେ ଦେଖିଛ। ଗହୀରକୁ ଦେଖ। ତା ନାଁ ଇନ୍ଦ୍ରପ୍ରସ୍ଥ। ବୁଝିଲ ? ତା'ରି ପାଖରେ କୁରୁକ୍ଷେତ୍ର ଯଉଠି ମହାଭାରତ ଯୁଦ୍ଧ ହୋଇଥିଲା। ଭାଇ ଭାଇର କଳି ଲାଗିଥିଲା। ସେଇଟା ମାଟିର ଗୁଣ। ବୁଝିଲ ? ସେଠି ଯିଏ ସିଂହାସନରେ ବସିବ, ସିଏ ଭାଇ ବିରାଦରଙ୍କ ସାଙ୍ଗରେ କଳି ନ କଲେ ଭାତ ହଜମ ହେବନାହିଁ। ବୁଝିଲ ?"

ସମସ୍ତେ ମନେ ମନେ ହସୁଥାନ୍ତି।

"ହସୁଛ ? ମୋ କଥାକୁ ତମେ ଖେଆସ କରୁଛି। ଆରେ ସେଇଠି ଯୁଯୋଧନ ପୁଅ ଲକ୍ଷଣ କୁମର ମଡ଼ା ଉପରେ ରକ୍ତନଦୀ ସନ୍ତରଣ କରିଥିଲା। ମନେ ଅଛି ?

ସେଇଥିପାଇଁ ସେ ନିଷ୍ଠୁର ଭୂଇଁ। ସେଠି ମା ନାହିଁ, ବାପା ନାହିଁ, ପୁଅ ନାହିଁ, ପୁତୁରା ନାହିଁ। ଖାଲି ଖେମତା ଆଉ ପଇସା।"

ସମସ୍ତେ ଚୁପ୍। କିନ୍ତୁ ହଳଧର ଉତ୍ତର ଦେଲା ଏକା। ସେଠି କ'ଣ କାହାରି ପୁଅ ମାଇପ ଅଛନ୍ତି କି? ସମସ୍ତେ ତ ଠେଙ୍ଗା ଠେଙ୍ଗା ବୁଲୁଛନ୍ତି।

ଆରେ, ମୁଁ କ'ଣ ସେଇଟା କହିଲି। ଆଜି କାଲିକା ଟୋକାଏ ଖାଲି ଉପରେ ଉପରେ ଭାସନ୍ତି। ଆରେ ମୋ କହିବାର କଥା, ସେଠି ମାୟା ମମତା କିଛି ନାହିଁ। ଶୁଣ ତେବେ ପୁରାଣ କ'ଣ କହୁଛନ୍ତି। ବାଲୁଙ୍ଗା ସଳଖ ହୋଇ ଚକାମାଡ଼ି ପୁରାଣପଣ୍ଡାପରି ବସି କହିଲା --

"କୁରୁ ପାଣ୍ଡବ ଯୁଦ୍ଧ ଲାଗିବେ। ସବୁ ଠିକ୍। କଥା ପଡ଼ିଲା କୋଉଠି ହବ? ଜାଗା କାହିଁ? କୃଷ୍ଣଙ୍କୁ ସାଙ୍ଗରେ ଧରି ଗଲେ କୁରୁ ପାଣ୍ଡବ ସମସ୍ତେ। ଖୋଜିଲେ। ଇମିତି ଏକ ନିଷ୍ଠୁର ଭୂଇଁ ହେଇଥିବ, ଯେଉଁଠି ବାପ ପୁଅ, ଭାଇ ଭାଇଙ୍କ ମାୟା ମମତା ମଣିଷ ଭୁଲି ହଣାକଟା ଲାଗିଯିବ। ବୁଲି ବୁଲି ଯାଇ ପହଞ୍ଚିଲେ ଗୋଟିଏ ନିଛାଟିଆ ବିଲରେ। ଦେଖିଲେ ସେଠି ଦିଜଣ ହଳୁଆ ହଳ କରୁଛନ୍ତି। ଭାରି ଖରା। ଶୋଷରେ ପ୍ରାଣ ଆଉଟି ପାଉଟି ହେଲାଣି। ଟୋପାଏ ପାଣି ନାହିଁ କେଉଁଠି? ଜଣେ ଟିକିଏ ବଅସର। ତାକୁ ପଚାରିଲେ ପାଣି କେଉଁଠି! ଠୋ ଠା ଉତ୍ତର ଦେଲା, ମୁଁ କହି ପାରିବି ନାହିଁ। ଆର ଲୋକଟି ପାଖକୁ ଯାଉଛନ୍ତି, ତାକୁ ଗୋଟାଏ ନହ ଆସି ଦଂଶି ଦେଲା। ସେଇଠି ଛଟପଟ ହୋଇ ସେ ତଳେ ପଡ଼ିଗଲା। ଆର ଲୋକଟି ଅନେଇଲା। ଉଁ କି ଚୁଁ କିଛି ନାହିଁ। କୁରୁ ପାଣ୍ଡବ, କୃଷ୍ଣ ସମସ୍ତ କାବା। ତା ପାଖକୁ ଯାଇ ଦେଖିଲେ ସବୁ ଶେଷ। ସେଣୁ ଆସିଲା ମାଇପିଟିଏ। ପେଜ ତୋରାଣୀ ଧରି ଆସିଛି। ହଳୁଆର ତିଲା ଲୋକ ସେ। ଗିରସ୍ତକୁ ଦେଲା। ପିଇଗଲା ଚଁ ଚଁ କି ସେ ହଳୁଆ। ମାଇପ ପଚାରିଲା ପୁଅ! ଗିରସ୍ତ ଠାରି ଦେଲା ହେଇଟି। ମାନେ ସେଠି ପଡ଼ିଛି ଦେଖ। ମାଇପିଟି ଯାଇ ଦେଖିଲା ପୁଅ ମରିକି ପଡ଼ିଚି। ଆଖିରେ ଟୋପାଏ ଲୁହ ବି ନାହିଁ। ସେଇମିତି ଡଗ ଡଗ କରି ଚାଲିଗଲା ଘରକୁ। କୃଷ୍ଣ କହିଲେ, ଏଇଟା ଭାରି ନିଷ୍ଠୁର ଭୂମି। ବାପା ମା'ଙ୍କର ବି ପୁଅପାଇଁ ମମତା ଉଭେଇ ଯାଇଛି। ଏ ମାଟିର ଗୁଣ। ଏଇଠି ଯୁଦ୍ଧ ହବ। ସେଇଠି ଯୁଦ୍ଧ ହେଲା। ତା' ନାଁ ହେଲା କୁରୁକ୍ଷେତ୍ର। ସେଇ କୁରୁକ୍ଷେତ୍ରରେ ଭୋଟ ସରକାର ବଇଛି ସେ ପୁଣି କୁରୁକ୍ଷେତ୍ର ହେବ। କୁରୁଛତ୍ର ହେଇଯିବେ ମାଡ଼ପିଟ୍ ହୋଇ। ଗାନ୍ଧୀ ବଳି ପଡ଼ିଲାଣି ବେଲାଲସେନ ହେଇ। ଏଥର ସମାଳ।"

ଶୁକୁରା କହିଲା – "ଭାଇ ବିନା ରକ୍ତପାତରେ ଶାନ୍ତି ହେଲାଣି କଉଁଠି? ମୁଁ

କେତେ ମାଡ଼ପିଟି ଦେଖି ଆସିଲି। କୁରୁକ୍ଷେତ୍ର ସବୁଠିଁ। ଆମର ହେଲା ତ କ'ଣ ଭାସିଗଲା। ବଳେ ସବୁ ସୁଧୁରି ଯିବ।"

"ଆଉ ସୁଧୁରିବ ? ଅଇଲୁ ବଙ୍କା, କେଭେ ସଳଖ ହବନି।" ବାଲୁଙ୍ଗା କହିଲା।

"ଆଉ ତମ ଇଂରେଜୀ ସରକାରଟା ଭାରି ଭଲ ଥିଲା।" ଚୌଧୁରୀ ହଳଧର କହିଲେ।

"ଇଂରାଜୀ ଶାସନ, ଢ଼େର ଭଲ ଥିଲା ବାବୁ।"

"ତମେ ଗୋଟେ ପିଞ୍ଜରା ଶୁଆ, ବାଲୁଙ୍ଗାଇ। ପର ଗୋଲାମି ଭଲ ଲାଗେ। ସାତ ସମୁଦ୍ର ପାରି ହୋଇ ତମକୁ କାନଧରି ଉଠଉଥିଲେ ଇଂରାଜୀ, ସୁଖ ଲାଗୁଥିଲା, ନୁହେଁ ?" ହଳଧର ବାବୁ କହିଲେ।

"ସିଏ ସାତ ସମୁଦ୍ର ସେପାରିରୁ ଶାସନ କରୁଥିଲେ। ଇଏ ତେର ନଈ ସେପାରିରୁ ଶାସନ କରୁଛନ୍ତି। ସିଏ ଲଣ୍ଡନରୁ, ଇଏ ଦିଲ୍ଲୀରୁ। ସେ ଗୋରା, ଇଏ କଳା। ଏଇତ ତଫାତ୍।" ବାଲୁଙ୍ଗା ଉତ୍ତର ଦେଲା।

"ତଫାତ୍ ନାହିଁ ? ସିଏ ବିଦେଶୀ, ଇଏ ଆମ ଦେଶର ଲୋକ। ତଫାତ୍ ନାହିଁ ? ଆକାଶ ପାତାଳ ତଫାତ୍।"

"ଶତ୍ରୁ ଥାଏ ମା ପେଟରେ। ବୁଝିଲ ? ସିଏ ଥିଲେ ବଣିକ। ବଣିଜ କରୁଥିଲେ। ଦି ପଇସା ହେଲେ ହେଲା। ତାଙ୍କର ଧନ ଲୋଡ଼ା। ଆମକୁ କାଙ୍ଗାଳ କରି ଛାଡ଼ି ଦେଲେ। ଆଉ ତମେ ? ଖାଲି ଧନ ନେଇ କ'ଣ କଳା ସରକାରଙ୍କର ଅଭିମାନ ମେଣ୍ଟୁଛି ? ଆମ ମାନମହତ ବୁଦ୍ଧି ବିଚାର ସବୁ ଦେଇ ଆମେ ଦାରୁଭୂତ ହୋଇ ବଇଚୁଁ। ନା କ'ଣ ହୋ ଦୁଃଖିଆନ୍ନା ?"

"ବାଲୁଙ୍ଗାଇର ସବୁଦିନେ ମରହଟ୍ଟିଆ କଥା। ତୁ ଯେତେ ପାଟି କଲେ ବି, ତୋ ଇଂରେଜୀ ସରକାର ଆଉ ଫେରୁ ନାହିଁ।" ହଳଧର ବାବୁ କହିଲେ।

"ନ ଫେରିଲେ କ'ଣ ଆମକୁ ସ୍ୱର୍ଗକୁ ନବ ! ସେ କାହିଁକି ଆସିବେ। ତମେ ତ ଠାକୁର ଖାଇ ଖଟୁଲି ଖାଇ ସାରିଲଣି। ତାଙ୍କ ପାଇଁ ଅଛି କ'ଣ ?"

"କଣ, ଆମେ ଖଟୁଲି ଖାଇଲୁ ? ପ୍ରମାଣ ଦବ ?" ତାତି ଉଠିଲେ ହଳଧର ବାବୁ।

"ତୁ, ଏମିତି ତାତି ଯାଉଛୁ କାହିଁକିରେ ହଳୀ ? ଦୁଖୀ ଦାଶ କହିଲେ। ତା, କଥା ସେ କହିଲା ତୋ କଥା ତୁ କହ। କହୁନୁ ?"

"କଣ ଆଉ କହିବି ? କଣ ଆଖି ରେ ଆଙ୍ଗୁଳି ଖେଞ୍ଚି ଦେଖେଇ ଦେବି ? ସମସ୍ତେ କଣ ଅନ୍ଧ ? କେହି କଣ ଦେଖୁ ନାହାନ୍ତି କିଛି ? ଏ ଯୋଜନା, ଏ ରାସ୍ତାଘାଟ

ସଡ଼କ ଇସ୍କୁଲ, ଡାକ୍ତରଖାନା, ସବୁ ଇଂରେଜୀ କରିଦେଇ ଯାଇଥିଲା ? ଗାଁ ଗାଁକୁ ସଡ଼କ କାହାର କାରସାଦି ?

"ଠିକ୍ ଠିକ୍ !" ବାଲୁଙ୍ଗା ଜବାବ ଦେଲା ହଳଧରକୁ। "ଠିକ୍ କହିଛ ବାବୁ ! ଗାଁ ଗାଁ କି ଇସୁକୁଲ ଗାଁ ଗାଁ କେ ସଡ଼କ। ଇସିକୁଲରୁ ବାହାରି ସିଧାସେଇ ସଡ଼କ ବାଟେ। ଖାଲି ମୁଟୁର, ଖାଲି ସାଇକଲ୍। କାହା ମୁଟୁର ? କା ସାଇକେଲ ବାବୁ ? ସହରବାଲାଙ୍କର। ଆମର ନୁହେଁ। ଯେତେ ଇଂରାଜୀ ପଢୁଆ ବଡ଼ଲୋକ – ତାଙ୍କରି ସଡ଼କ। ତାଙ୍କରି ପୁଅ ପୁତୁରାଙ୍କ ପେଇଁ ଇସ୍କୁଲ କଲେଜ। ଆମର ପଇସା କାହିଁ, ଆମ ପିଲେ ପଢ଼ିବେ। ମନ୍ତ୍ରୀ ନେତା ହାକିମ, ଡ଼ିପୁଟି, ଅମଲା, ପିଅନ, ତମରି ପେଇଁ ଯୁଜିଆନା। ଗାଁ ଖାଲି ଗୋଡ଼େଇଛି। ଗାଁ ବାଲାଙ୍କର କି ସ୍ୱାଧୀନ ହୋ ?

ଲାଗିଗଲା ଦିହିଁଙ୍କ ଭିତରେ ଭିଡ଼ା ଓଟରା, କଥାରେ କଥାରେ ହଳଧର ବାବୁ କହିଲେ – "ପାଠୁଆ ତ ଅପରାଧ କଲେ। କାରଣ ପଇସା ପକେଇ ପାଠ ପଢ଼ିଲେ ନା ? ସେଇଟା ତମ ଆଖିରେ ଯାଉ ନାହିଁ। ପାଠୁଆ କଣ ବସି ଖାଉଛନ୍ତି କି ? କାହାର ହେଲେ କାମ କରୁଛନ୍ତି, ଖାଉଛନ୍ତି।"

"ଆମେ ଆଉ ଖଟୁନୁ ? ଆମର ଚଉକୀ ନାହିଁ, ଆମ ଖଟଣି ଗୋଟେ ଖଟଣିକୁ ଲେଖା ! ତମେଇ ଯା ଖଟୁଛ। ବିଜୁଳିବତୀ। ବିଜୁଳିପଙ୍ଖା। ଆମେ ଗୁଡ଼ାକ ମଣିଷ ମଡ଼ା। ଖରା ତରା ଆମ ଦିହକୁ କ'ଣ ବାଧେ କି ? ବାଧେ ପାଠୁଆଙ୍କୁ। ସହରିଆଙ୍କୁ।"

"ସେମାନେ ବୁଦ୍ଧି ଖରଚ କରୁଛନ୍ତି।"

"ବୁଦ୍ଧିରୁ କ'ଣ ଭାତ ଗଜାଏ, ନା ପଇସା ଗଜାଏ ? ପୋଷୁଛି କିଏ କାହାକୁ ? ଟଙ୍କା କାହାର। ଖଜଣା କିଏ ଦିଏ ?"

ହଳଧର ବାବୁ ମାଡ଼ ଉପରେ ମାଡ଼ ଖାଇ ଟିକିଏ ନରମି ଗଲେଣି। କହିଲେ – "ଯେତେ ହେଲେ ସେମାନେ ତମର ଚାକର। ତମରି ସେବା କରି ଦରମା ଗଣ୍ଡେ ପାଉଛନ୍ତି।"

"ଆହା ହା, କଥାଟେ କହିଲ। ମନକୁ ପାଇଲା ଏକା। ମୁନିବ ବଡ଼ ନା ଚାକର ବଡ଼ ? ମୁନିବଠାରୁ ଚାକର କୋଉଁଠି ବେଶି ଅର୍ଜନ କଲାଣି ? ଯା ଯା – ରାଣ୍ଡମାଇପଙ୍କ ଆଗେ ବଖାଣିବୁ ଯେ ସେ ଶୁଣିବେ। ଆମେ ତମକୁ ଚାହୁଁନୁ। ଆମର ହାତୀ ପୋଷିବ କିଏ ? ତମେ ଜବରଦସ୍ତ ସେବା ଲଦୁଛ ଆମ ଉପରେ। କାହିଁକି ଏଡ଼େ ସୁଆଗ କହିଲ ? ମାଗି ଓଳଗି ଯାଚି କଲ୍ୟାଣ ! ତମେ ଗଲ ଗାଁରୁ ବାହାରି ପାଠୁଆ ସହରିଆ ଯାକ। ଆମେ ଆମ କଥା ବୁଝିବୁଁ।

"ତମେ କ'ଣ କହୁଛ ବାଲୁଙ୍ଗାଇ, ଏଇ ପାଠୁଆ ସହରିଆଯାକ ସମସ୍ତେ

ଚୋର ? ମଫସଲକୁ ସେଇମାନେ ଶୋଷଣ କରୁଛନ୍ତି । ମାହାତ୍ମାଗାନ୍ଧୀ, ପଣ୍ଡିତ ନେହେରୁ, ସରଦାର ପଟେଲ, ଏମାନେ କ'ଣ ମଫସଲିଆ ? ଏମାନେ ଗାଁକୁ ଶୋଷଣ କରୁଥିଲେ ? ଦେଶକୁ ତାହାହେଲେ ସ୍ୱାଧୀନ କଲା କିଏ ?"

ଶୁକୁରା ବସିଥିଲା ବସିଥିଲା, ହଳଧର ମୁହଁରୁ କଥା ସରିଛିକି ନାହିଁ, ହଠାତ୍ ଛାତିଟାକୁ ଫୁଲାଇ ପକେଇ ମୁଣ୍ଡଟାକୁ ଦାଣ୍ଡା ଭଳିଆ ଠିଆକରି କହି ଉଠିଲା, ଭାରି କ୍ଷେପିଯାଇଛି । ତା' ସ୍ୱରରୁ ବୁଝାପଡୁଥିଲା । କହିଲା -

"କଣ କହିଲ, କଣ କହିଲ ? ଦେଶ ସ୍ୱାଧୀନ କଲା କିଏ ?"

"ଗାନ୍ଧୀ, ନେହେରୁ ।" ହଳଧର ବି ଠୋସ୍ ଜବାବ୍ ଦେଲା ।

"ଓ ହୋ ହୋ - ଭାରି ସ୍ୱାଧୀନ କଲା ବାଲା । ଏ - ଗାନ୍ଧୀ, ନେହେରୁ ସ୍ୱାଧୀନ କଲେ । ଯେଙ୍କ ଦେହକରେ ସ୍ୱାଧୀନ କରି ପାରିଥାନ୍ତେ ନା ? ଯେଙ୍କ ଦେହକରେ ସ୍ୱାଧୀନତା ପାଇଥାଆନ୍ତେ ।"

"ଗାନ୍ଧୀ ନେହେରୁ ନକଲେ ତ ଆଉ କିଏ କଲା ?" ପଚାରିଲା ହଳଧର ।

"କିଏ କଲା ? ଜାଣିନ ତମେ ? ଏ ଦେଶକୁ ଯେ ସ୍ୱାଧୀନ କଲା ସେ ହେଉଛନ୍ତି - ହାତ ଉଠାଇ ନମସ୍କାର କଲା ଶୁକୁରା - "ସେ ହେଉଛନ୍ତି ନେତାଜୀ । ନେତାଜୀ ସୁଭାଷଚନ୍ଦ୍ର ବୋଷ୍ ।"

ଆଖି ଦି'ଟା ଯେମିତି ତା'ର କାନମୂଳିକି ପାଇଗଲା । ଏ ହେଁ ଏ ହେଁ ଆଖି । ଡିମା ଡିମା । ଦେଖିଲେ ଡରିଯିବ ମଣିଷ । ଛାତିଟା ନିଃଶ୍ୱାସରେ ଫୁଲିଥାଏ । ଦିନ ଲେଉଟିବ ଲେଉଟିବ ହେଉଚି । ସୂର୍ଯ୍ୟ ମଥାନ ଉପରେ । ଖରା ପ୍ରଚଣ୍ଡ । ଶୁକୁରାର ଦେହଟା ଯେମିତି ଜଳୁଛି, ତାତିରେ । ସତକୁ ସତ ତା' ରୂପ ଦେଖି ଶଙ୍କିଗଲେ ସମସ୍ତେ । ଦୁଃଖୀ ବୁଝିଲା । ଶୁକୁରାର ଭକ୍ତି ନେତାଜୀଙ୍କ ପ୍ରତି । ଦେଶ ପ୍ରତି ହଳଧର ଆଉ ଶୁକୁରାଙ୍କ ମଧ୍ୟରେ କଳିର ପୂର୍ଣ୍ଣଚ୍ଛେଦ ଦେବାପାଇଁ କହିଲା - "ନିଶ୍ଚୟ, ନିଶ୍ଚୟ । ଭାରତର ସ୍ୱାଧୀନତା ପାଇଁ ନେତାଜୀଙ୍କର ମହତ୍‌ଦାନ ଅସ୍ୱୀକାର କରି ହବନି ।"

ଏତିକିବେଳେ ରାମବାବୁଙ୍କର ଆଗମନ । ଆଲୋଚନାର ବିଷୟବସ୍ତୁ ବୁଝି ସେ କହିଲେ - "ଆପଣମାନଙ୍କର କାହାରି କଥା ଠିକ୍ ନୁହେଁ । ଗାନ୍ଧୀ, ନେହେରୁ ସ୍ୱାଧୀନତା ଆଣି ନାହାନ୍ତି କି ନେତାଜୀ ପିତାଜୀ କେହି ଆଣି ନାହାନ୍ତି । ମିଳିତ ସାମ୍ମୁଖ୍ୟ ରୁଷ୍ ଆମେରିକା, ଇଂଲଣ୍ଡର ଜୟ ନ ହୁଏ, ଭାରତ ସ୍ୱାଧୀନ ନ ହୁଏ । କେହି ଯଦି କହେ ମିତ୍ରଶକ୍ତିର ଅନ୍ୟତମ ବ୍ରିଟିଶ୍ ସରକାରଙ୍କୁ ପରାଭବ ଦେଇ ଭାରତ ସ୍ୱାଧୀନତା ହାସଲ କରିଛି, ମୁଁ କହିବି, ସେ ଐତିହାସିକ ସତ୍ୟର ଅପଳାପ କରୁଛି । ବ୍ରିଟିଶ୍ ସରକାର ଆମକୁ ଡରିମରି ଯଦି ସ୍ୱାଧୀନତା ଦେଇଗଲା ବୋଲି ଯଦି କେହି ଦାବି

କରେ, ତେବେ ମୁଁ ତାକୁ ପ୍ରଶ୍ନ କରିବି, ସେ ଉତ୍ତର ଦେଉ, ବର୍ମା, ମାଳୟ ସ୍ୱାଧୀନ ହେଲା କିପରି ? ଶ୍ରୀଲଙ୍କା ସ୍ୱାଧୀନ ହେଲା କାହିଁକି ? ପ୍ରକୃତ ଐତିହାସିକ ସତ୍ୟ ହେଉଛି ଫାସିଷ୍ଟ ଅକ୍ଷ-ଶକ୍ତିର ପରାଜୟ । ଗଣତନ୍ତ୍ର ଓ ସମାଜବାଦୀ ମିତ୍ରଶକ୍ତିର ବିଜୟ ଫଳରେ, ପୃଥିବୀରେ ଔପନିବେଶିକ ଶାସନ ବିରୁଦ୍ଧରେ ଯେଉଁ ପ୍ରବଳ ଜନମତ ସୃଷ୍ଟି ହେଲା, ଯେତେ ବଡ଼ ଶକ୍ତି ହେଉ ପଛକେ, କୌଣସି ଦୁର୍ବଳ ଦେଶକୁ ଅଧୀନସ୍ଥକରି ରଖିବା ଆଉ ସମ୍ଭବ ହେଲା ନାହିଁ । ତେଣୁ ବ୍ରିଟିଶ୍ ସରକାର ଏ ଦେଶମାନଙ୍କୁ ସ୍ୱାଧୀନତା ଦେବା ଏକ ଐତିହାସିକ ଆବଶ୍ୟକତା । ରାଣ୍ଡଧମକାଣିରେ ଡରିଯାଇ ବ୍ରିଟିଶ୍ ସରକାର ଭାରତକୁ ସ୍ୱାଧୀନତା ଦେଇ ଯାଇନାହିଁ ।"

"ବୁଝିଲେ ଆପଣମାନେ ରାମବାବୁ ଯାହା କହିଲେ ? ବୁଝନ୍ତୁ !" ଦୁଃଖୀ ଦାଶ ମନ୍ତବ୍ୟ ଦେଲା । ତାଙ୍କ କହିବାର କଥା ଯେ ଜନଯୁଦ୍ଧରେ ଯେଉଁମାନେ ସହଯୋଗ କରିଥିଲେ, ସେହିମାନଙ୍କପାଇଁ ଦେଶ ସ୍ୱାଧୀନ ହେଲା । ନା କଣ ରାମବାବୁ ?"

"ଅଲ୍‌ବତ୍" । ରାମବାବୁ ବାଁ ହାତ ପାପୁଲିରେ ଡାହାଣ ହାତ ମୁଠାକୁ ବାଡ଼େଇ ଦେଇ କହିଲେ - "ଦୁଃଖିଆନ୍ନା ନ ହେଲେ ଏମିତି କଥା କିଏ କହିବ । ଦୁଃଖିଆନ୍ନା ଏଣିକି ଟିକିଏ ଟିକିଏ ପଢ଼ାଶୁଣା କଲାଣି ବୋଧହୁଏ, ମୋ କଥା ମାନି । ତା'ନ ହେଲେ ଏତେ ଭିତରକୁ ପଶନ୍ତା କିମିତି ?"

"ମୁଁ କଣ ତମ ଶାସ୍ତ୍ରରୁ କହୁଛି ?" ଦୁଃଖୀ ଦାଶ ମୁରୁକି ହସି କହୁଥାଏ । ଏ ସବୁ ଆମ ଶାହାସ୍ତ୍ର କଥା । ଆମ ଇତିହାସ କଥା । ବିଭୀଷଣ, ସୁଗ୍ରୀବ, ଜୟଚନ୍ଦ୍ର, ମିର୍‌ଜାଫର, ରାମଚନ୍ଦ୍ରମାନଙ୍କର କ'ଣ ପୁରାଣ ଇତିହାସରେ ସ୍ଥାନ ନାହିଁ ? ଜୟ କାହାର ହୋଇଛି ? ସେଇମାନଙ୍କର ଶେଷକୁ ଜୟ ହେଲା ।"

"ଦେଖ ଦେଖ, ଦେଖ, କୁଆଡୁ ନେଇ କଥାଟାକୁ କେଉଁଠି ଉଠେଇଲାଣି । ତୁ ଦୁଃଖିଆନ୍ନା ସେଇ ମରହଟିଆ କଥା ଛାଡ଼ିବୁ ନାହିଁ ।" ରାମବାବୁ ବାଁରେଇ ଦେଲେ କଥାଟାକୁ ଚତରୁ ଲୋକ । କହିଲେ, "ହଇହୋ - ଦୁଃଖୀଆନ୍ନା - ତମ ଭାଗରେ ମନ୍ତ୍ରୀ ଫନ୍ତ୍ରୀ ଗୋଟାଏ କିଛି ପଡ଼ିଲା ନାହିଁ ?"

"ଆମେ କି ମନ୍ତ୍ରୀ ହବୁ ହୋ, ରାମବାବୁ ? ମନ୍ତ୍ରୀ ହେବ ତୁମେ, ନା - ଯୁଦ୍ଧବାଲା । ଆମେ ତ ମିତ୍ରଶକ୍ତିର ଭାଗିଦାର, ବ୍ରିଟିଶ ବିରୋଧରେ ଲଢୁଥିଲୁ । ଆମେ ସବୁ ଦେଶଦ୍ରୋହୀ, ଜାତିଦ୍ରୋହୀ, ଯୁଦ୍ଧଖୋର୍, ଆଉ କ'ଣଟି ତମ ଭାଷାରେ କୁହ - କୁଇସ୍‌ଲିଙ୍ଗ୍, ପଞ୍ଚମବାହନିନୀ । ନା କଣ ?"

ରାମବାବୁ ଦେଖିଲେ କଥା ଲେଉଟୁ ନାହିଁ । ଦୁଃଖୀ ତାଙ୍କୁ ଅଡୁଆ ଭିତରକୁ ଟାଣିଆଣିଲା । ସେ ସେହି ଉପହାସକୁ ଉପଯୋଗକରି ଆକ୍ରମଣର ସୁବିଧା ପାଇଲେ

"ଠିକ୍ କହିଛ। ଏତେଦିନକେ ତମ ମୁହଁରେ ଭାବପ୍ରବଣ ଭାଷାର ଅଭାବ ଦେଖିଲି। ବାଳ ପାଚିବା ସଙ୍ଗେ ସଙ୍ଗେ ଅକଲ ହେଲା ତମର। ଗାନ୍ଧିଜୀ ଅବଶ୍ୟ ଆନ୍ଦୋଳନ କରୁଥିଲେ। ମିତ୍ରଶକ୍ତିର ସଂଗ୍ରାମ କୌଶଳପ୍ରତି ସେଟା ସେପରି ମାରାତ୍ମକ ନଥିଲା। ମାତ୍ର ତାଙ୍କ ଅନୁଚରମାନେ ଅଗଷ୍ଟ ବିପ୍ଳବ ନାଁ'ରେ ଯେଉଁ ଭଙ୍ଗାରୁଜା କାର୍ଯ୍ୟକଲେ, ମୋ ମତରେ ସେମାନଙ୍କୁ ଯୁଦ୍ଧବନ୍ଦୀ ଭାବରେ କୋର୍ଟ୍-ମାର୍ସେଲ୍ ବିଚାର କରି ଗୁଳି କରିଦେବା ଉଚିତ ଥିଲା। ସବୁଠାରୁ ବଡ଼ ଅପରାଧୀ ହେଉଛନ୍ତି ସୁଭାଷ ମିତ୍ରଶକ୍ତିର ଶତ୍ରୁ ସାଙ୍ଗରେ ସେ ହାତ ମିଳେଇ ଥିଲେ। ଭାରତକୁ ଚିରଦିନପାଇଁ ଜାପାନର ଗୋଲାମ୍, ଜାପାନର ଗୋଡ଼ାଣିଆମାନେ, ପପେଟ୍ ମାନେ ସଖିକୁଣ୍ଢେଇ।"

କଥା ପାଟିରୁ ଶେଷ ହୋଇଛି କି ନାହିଁ କ'ଣ ଦେଖିବ ଶୁକୁରାକୁ। ଅସୁର ଗୁରୁ ଶୁକ୍ରତ ! କହିଲା – "କଣ କହିଲ, କ'ଣ କହିଲ, ଆଉ ଥରେ କହତ। ତମ ଜିଭ ଉପାଡ଼ି ନ ଦେଇଛି ତ ମୋ ନାଁ ଶୁକୁରା ନୁହେଁ। ଆମେ ଜାପାନ୍‌ର ଗୋଡ଼ାଣିଆ, ଗୋଲାମ, ପପେଟ୍, ସଖିକୁଣ୍ଢେଇ ? ଆଉ ତମେ ? ରୁଷର ଯୋତାବୁହା, ଅଇଣ୍ଠାଖିଆ। ରୁଷ୍ ଯେତେବେଳେ ଜର୍ମାନ୍ ପକ୍ଷରେ ଥିଲା ସେତେବେଳେ ତା ଗୁହ ବି ଭଲ ଲାଗୁଥିଲା। ବ୍ରିଟେନ୍, ଆମେରିକା ସାମ୍ରାଜ୍ୟବାଦୀ ଦକ୍ଷିଣପନ୍ଥୀ ପ୍ରତିକ୍ରିୟାଶୀଳ ! ମିତ୍ରଶକ୍ତିରେ ରୁଷ୍ ମିଶିଗଲା ତ ତମେ ଓଲଟି ପଡ଼ିଲ। ମାଙ୍କଡ଼ଚିତ୍ ! କ'ଣ ନା ଜନଯୁଦ୍ଧ ! ରୁଷିଆରେ ଏକା ଜନ ଅଛନ୍ତି ! ଜର୍ମାନୀ ଜାପାନରେ କ'ଣ ଜନ ଅଛନ୍ତି - ସେ ଗୁଡ଼ାକ ପଶୁ ! ଇସ୍ ! ଭାରି କହିବା ବାଲା।"

ରାମବାବୁ ଶୁକୁରା ପାଟିକୁ ବୁଡ଼େଇ ଦେଇ କହିଲେ - "ଓ ସୁଭାଷବାବୁଙ୍କ ଆଇ.ଏନ୍.ଏ. କଣ ମୋତେ କହିଲ। ଜାପାନର ଅନୁଗ୍ରହରେ ଆଇ.ଏନ୍.ଏ. ଗଢ଼ା ହୋଇ ନ ଥିଲା ? ଜାପାନ ପଇସା, ଜାପାନ ମିଲିଟାରୀ ଅଫିସର। ପୁଣି ଜାପାନ ପତାକା ତଳେ ଯୁଦ୍ଧ କରୁ ନ ଥିଲେ ସେମାନେ ? ଆଇ.ଏନ୍.ଏ. ସାହାଯ୍ୟରେ ଜାପାନ ଭାରତ ଦଖଲ କରିଥିଲେ ସୁଭାଷବାବୁଙ୍କୁ ଦିଲ୍ଲୀ ସିଂହାସନରେ ବସେଇଥାନ୍ତେ ପରା ? ଏଡ଼େ ବେକୁଫ।"

"ଚୁପ୍ ବେଇମାନ୍ ! ଦେଶପାଇଁ ଯିଏ ପ୍ରାଣବଳି ଦେଲେ ତାଙ୍କୁ ତମେ ଇମିତି କହିବ ? ପ୍ରମାଣ ଦେଇ ପାରିବ ଯେ ଆମେ ଜାପାନ୍ ପତାକା ତଳେ ଲଢୁଥିଲୁଁ, ଆମ ଅଫିସର୍ ଜାପାନୀ ଥିଲେ ? ମୁଁ ପ୍ରମାଣ ଦେବି - ମିଛ - ମିଛ - ମିଛ। ଦେଖିବ ? ମୁଁ ଦଲିଲ୍ ବାହାର କରିଦେବି ?"

ଉଠିଗଲା ଶୁକୁରା ତା ତାଟିଘେରା ଘର ଭିତରକୁ। କହି କହି ଯାଉଥାଏ,

"ବାପର ପୁଅ ହୋଇଥିବ ତ ପ୍ରମାଣ ଦବ। ମୁଁ ଦେଖେଇ ଦଉଚି ଗୋଡ଼ାଣିଆ କିଏ କାହାର ?"

ସାଙ୍ଗେ ସାଙ୍ଗେ ପେଟରାକୁ ଧରି ବାହାରି ଆସିଲା। ସମ୍ପତ୍ତି ଭିତରେ ସେଇ ପେଡ଼ୀ ଖଣ୍ଡିକ ଦେଖି ଗାଁ'ରେ କିଏ କେତେ ଭାବି ସାରିଲାଣି। ଶୁକୁରା ହୁଣ୍ଡି ଆଣିଛି କଲିକତାରୁ। ହଜାର ହଜାର ଟଙ୍କା। ପେଟରାଟା କେଡ଼େ ଭାରି। ବାଟରେ ଯାଉଁ ଯାଉଁ ସେ କାହା ହାତକୁ ବଢ଼େଇ ଦେଇଥିଲା ଯେ ସେଇ କହିଲା - ସୁନାର ଇଟା ପରା ତା' ଭିତରେ ଖଟ୍ ଖଟ୍ କରୁଥିଲା। ଶୁକୁରା ତା'ର ସେଇ ରତ୍ନଭଣ୍ଡାରକୁ ଆଣି ଉଦୁଆଁ ମେଲା କରି ଥୋଇଦେଲା ସଭିଙ୍କ ଆଗରେ। ସଭିଏଁ କାବା। ଏ କିଏ ? ଇଏ କି ଶୁକୁରା ? ପଚିଶ ବରଷ ତଳର ସରଳିଆ ବୋକା ଶୁକୁରାଟି ଇଏ। ଯାର ଏ କି ରୂପ ?

ଗୋଟି ଗୋଟି କରି ପେଡ଼ୀରୁ କାଢ଼ି ଥୋଇଦେଲା ସମସ୍ତଙ୍କ ଆଗରେ ଆଖି ସାମନାରେ।

"ହେଇଟି ଦେଖ ମୋର ପୋଷାକ - ଇଉନିଫର୍ମ - ଦରସ୍! ହେଇଟି ମୋ ରାଙ୍କ୍‌ର ଇନ୍‌ସେଗାନିଆ।"

ଶୁକ୍ରୁ ଥିଲା ଫାଷ୍ଟ୍ ଲେଫ୍‌ଟନାଣ୍ଟ - ଇଣ୍ଡିୟାନ୍ ନ୍ୟାସନାଲ୍ ଆର୍ମି ଆଜାଦ୍ ହିନ୍ଦ୍ ଫୌଜ - ଆଇ.ଏନ.ଏ.ର। ଲାନ୍‌ସନାୟକରୁ ପ୍ରମୋସନ୍ ପାଇଥିଲା। ଆଶାଥିଲା ତା'ର ଦିନେ କପ୍ତାନ୍ ମେଜର ହେବ। ସେ ଆଶା ତା'ର ସଫଳ ହେଇ ନାହିଁ।

"ଏଥରେ କେଉଁଠି ଜାପାନର ମାର୍କା ବସିଛି ମାର୍କା ବସିଛି - ଦେଖ। ଆଖି ଖୋଲିକି ଦେଖ। ହେଇଟି ଦେଖ ଆମର ଶପଥ ପତ୍ର –"

ପଢ଼ିଲା' ସେ ସମସ୍ତଙ୍କ ଆଗରେ। ପଢୁଁ ପଢୁଁ ତା ରୋମ ଟାଙ୍କୁରି ଉଠୁଥାଏ। ଛାତି ଉପରକୁ ବାହାରି ପଡୁଥାଏ। ବେକ ସିଧା।

"ଆମେ ଯେତେ ଆଜାଦ୍ ହିନ୍ଦ୍ ସଂଘର ସଭ୍ୟ ଥିଲୁଁ ସମସ୍ତେ ଏଇ ଶପଥ ନେଇଥିଲୁଁ - ନେବାକୁ ବାଧ୍ୟ - ଈଶ୍ୱରଙ୍କ ନାମରେ - ଗୀତା, କୁରାନ୍ ବାଇବେଲ୍, ଗ୍ରନ୍ଥସାହେବ, ଯାହାର ଯେଉଁ ଧର୍ମଶାସ୍ତ୍ର ତାକୁ ଛୁଇଁ। ଆମେ ଯାକୁ ପଢୁଥିଲୁ - ନେତାଜୀଙ୍କ ସାମନାରେ ନ ହେଲେ ଆଉ କେହି କମାଣ୍ଡର ସେନାପତିଙ୍କ ଆଗରେ। ମୁଁ ପଢ଼ିଥିଲି ଏଇ କାଗଜ। ପଢ଼ି ସଇ କରିଥିଲି –"

"ମୁଁ ଶୁକ୍ରସେନ ବାରିକ୍ ଆଜାଦ୍ ହିନ୍ଦ୍ ସଂଘର ସଭ୍ୟ, ଏତଦ୍ୱାରା ସମସ୍ତ ଦାୟିତ୍ୱବୋଧ ଓ ଗୁରୁତ୍ୱ ସହକାରେ ଈଶ୍ୱରଙ୍କ ନାମ ଉଚ୍ଚାରଣ ପୂର୍ବକ ପଣ ଓ ପ୍ରତିଜ୍ଞା କରି ଏହି ଶପଥ ଗ୍ରହଣ କରୁଅଛି ଯେ ମୁଁ କାୟ-ମନ-ବାକ୍ୟରେ ଆଜାଦ୍ ହିନ୍ଦ୍ ନାମକ

ଅସ୍ଥାୟୀ ସରକାରଙ୍କର ଏକାନ୍ତ ଅନୁଗତ ଓ ବିଶ୍ୱସ୍ତ ରହିବା ସଙ୍ଗେ ସଙ୍ଗେ ମାତୃଭୂମିର ସ୍ୱାଧୀନତା ନିମନ୍ତେ ଶ୍ରୀଯୁକ୍ତ ସୁଭାଷଚନ୍ଦ୍ର ବୋଷଙ୍କ ନେତୃତ୍ୱରେ ଯେ କୌଣସି ତ୍ୟାଗ ନିମନ୍ତେ ସର୍ବଦା ପ୍ରସ୍ତୁତ ରହିଛି।"

"ଏଥିରେ କେଉଁଠି ରହିଲା ଜାପାନର ଗୋଡ଼ାଣିଆ ହବା କଥା। କୁହ। କି ରାମବାବୁ ଚୁପ୍ କାହିଁକି ? ଯେଉଁ କଥା ଜାଣି ନାହାନ୍ତି, ସେ ବିଷୟରେ ତମ୍ଭିତୁଫାନ୍ କରିବା କ'ଣ ଭଲ କଥା ?"

ରାମବାବୁ କିନ୍ତୁ ତାଙ୍କ ଦମ୍ଭ ଛାଡ଼ିବା ବ୍ୟକ୍ତି ନୁହନ୍ତି। ସେ ହସିଦେଲେ ଶୁକୁରା କଥାକୁ। କହିଲା - "ସରକାର, ସେଥିରେ ପୁଣି ଅସ୍ଥାୟୀ - ହା ହା ହା - ସାରୁଗଛ ମୂଳେ ବେଙ୍ଗଟିଏ ବସି ଆପେ ବୋଲାଉଛି ରଜା। ଜାପାନୀ ସାରୁଗଛ ତଳେ ଆଜାଦ୍ ହିନ୍ଦ୍ ସରକାର।"

ଆଉ ଶୁକୁରାକୁ ସମାଳେ କିଏ ? କ୍ଷେପି ଉଠିଲା। କହିଲା – "କଣ କହିଲ ? ବେଙ୍ଗ ? ଦେଖିବ ବେଙ୍ଗର କରାମତି ?"

ଲୁଗାପଟାକୁ ଭିଡ଼ିଦେଇ ଠିଆ ହୋଇପଡ଼ିଲା ଶୁକୁରା। ତା ହାତଟାକୁ ଧରି ଧରି ଟାଣି ବସାଇ ଦେଲା ଦୁଃଖୀ ଦାଶ "ବସ୍ ବସ୍ ! ବେଶି ଫଉରବି ଦେଖାନା। ଏଡ଼େ ଚେମରାଗୀ ତୁ !"

"ସେ କାହିଁକି କହିବେ ଇମିତି ?" କହିଲା ଶୁକୁରା। ଯେଉଁ ସରକାରଙ୍କୁ ଜାପାନ୍, ଜର୍ମାନୀ, ବର୍ମା, ଫିଲିପାଇନ୍, ମାଞ୍ଚୁକୋ, ନାନ୍‌କିନ୍ କାହିଁରେ କେତେ ଦେଶ ରାଷ୍ଟ୍ର ସ୍ୱୀକାର କରିଥିଲେ, ତାକୁ କହିବ ବେଙ୍ଗ ? ତମ ଜିଭରେ ହାଡ଼ ଅଛି ?"

"ନାହିଁରେ ଶୁକୁରା, ରାମବାବୁ ତୋ ସାଙ୍ଗରେ ଗେଲ ହେଉଥିଲେ।" କହିଲା ବାଲୁଙ୍ଗା।

"କିଛି ନଜାଣି କାହିଁକି ପାଟିକରିବେ ? ଜାଣିଛ ଦୁଖିଆନ୍ନା, ଜାପାନ୍, ଆଣ୍ଡାମାନ୍, ନିକୋବର ଦ୍ୱୀପପୁଞ୍ଜର ଶାସନ ଆମ ହାତରେ ଛାଡ଼ି ଦେଇଥିଲେ। ଏଇ କଣ କହୁଛନ୍ତି ନା ବେଙ୍ଗ।"

"ନାଇଁରେ ସେ ଗେଲରେ କହୁଥିଲେ ନା।" ପୁଣି ବାଲୁଙ୍ଗା କହିଲା।

"ଗେଲହେଲେ ମୁଁ ତେଲ ବାହାର କରିଦେବି। ଜାଣିଛ ?"

ଦୁଃଖୀ ଦାଶ ପରିସ୍ଥିତିକୁ ସମାଳି ନେବା ଉଦ୍ଦେଶ୍ୟରେ କହିଲେ - "ଆମେ କେଉଁ କଥାପାଇଁ ବସିଥିଲେ, କଥା ଯାଇ କୋଉଁଠି ଉଠିଲାଣି ଏଠି ଆଉ ଗୋଟିଏ ମହାଭାରତ ଲାଗିଯିବ ନା କଣ ?"

ରାମବାବୁ ବି ନରମି ଗଲେଣି। ତାଙ୍କ ଦେଶ ପ୍ରୀତି ଟିକେ ଦବିଗଲା ବୋଲି

କହିବା ଠିକ୍ ନହେଇ ପାରେ। ତେବେ ଯୁକ୍ତି ବାଢ଼ିବାପାଇଁ ତାଙ୍କ ଭିତରେ ଆଉ କିଛି ମସଲା ନଥିଲା। କହିଲେ – "କଉଁ କଥା ପାଇଁ ବସିଥିଲ ସବୁ ମୋତେ ତ କହିନ।"

"ଏଇ ଶୁକୁରା ବାରିକ କଥା" ବାଲୁଙ୍ଗା କହିଲା। "ସେ କିମିତି ଥଇଥାନ ହେବ ସେଇ କଥା।"

"ସରକାର ତ ଆଇ.ଏନ୍.ଏ. ବାଲାଙ୍କ ପାଇଁ ବହୁତ ସୁବିଧା କରିଛନ୍ତି" - ହଳଧର କହିଲେ। "ଜମିବାଡ଼ି ଘରଦ୍ୱାର ସବୁ କରି ନେଉଛନ୍ତି। ଶୁକୁରାର ଚିନ୍ତା କରିବାର କଣ ଅଛି ?"

"ଦୁସ୍ଥ ରାଜନୈତିକ କର୍ମମାନଙ୍କୁ ଦେଲାପରି ?" ଦୁଃଖୀ ହସିଲା।

"ହୋ, ହୋ" ହସି ଉଠିଲା ବାଲୁଙ୍ଗା। "ସବୁ ବସି ଖାଇବା ଫିକର୍। ଦଳେ ଚିତାକଟା ଯେମିତି ଦିନାକେତେ ଚିତା ଚଇତନ କରି ଭିକମାଗି ପେଟ ପୋଷୁଥିଲେ - ଏବେ ସେମିତି ଦଳେ ଖଦଡ଼ପିନ୍ଧା ସୂତାକଟା ଖଦଡ଼ିଆ ବାହାରିଛନ୍ତି ଭିକ, ଭିକ। ସରକାରଙ୍କଠୁ ଭିକ। ତା' ନୁହେଁ ତ ଆଉ କଣ। ମନ୍ତ୍ରୀଙ୍କ ଅଇଣ୍ଠାଚଟା ଏମାନେ। ମନ୍ତ୍ରୀମାନେ ଛେଳି, କୁକୁଡ଼ାଙ୍କ ବଂଶ ନିପାତ୍ କରନ୍ତି। ଆଉ ଏମାନଙ୍କ ପାଇଁ ଫିଙ୍ଗି ଦିଅନ୍ତି ହାଡ଼ ଖଣ୍ଡେ ଖଣ୍ଡେ। ସେଇଥିରେ ତ ବାଇ। ଚାହିଁ ବସିଥାନ୍ତି କେବେ ପୁଣି ଭୋଅଟ ହେବ। ସେତେବେଳେ ମନ୍ତ୍ରୀ ଖୋଜିବେ ଏଇ ସୂତାକଟାଙ୍କୁ ଆଉ କର୍ମୀ ଖୋଜିବେ ମନ୍ତ୍ରୀଙ୍କୁ। ସେଇ ଭୋଅଟ ବେଳକୁ ଅନେକ ମାସକ ପଚିଶ ଟଙ୍କା ବେତନରେ ବସିଥିବେ। ଖାଲି ଢେଉ ଗଣିବା ଏଙ୍କର ନାମ।"

"କର୍ମ କକ୍ଷଣେ ଦେହବହେ। ଅରଣ୍ୟ ଅଜଗର ପ୍ରାୟେ।।"

"କାହିଁ ଦୁଃଖୀ ଦାଶ ତ ଧାଇଁ ଯାଉନାହିଁ ପିନିସନ ପାଇଁ। ଆରେ ଦେଶ ସେବା କରିବାକୁ ତ ବରତ କଲ। ସେଥିରେ ପୁଣି ମୂଲ ପାଉଣା କଣ ହୋ ! ଭଗବାନ୍ ସେଥିପାଇଁ କହିଲେ ଉଦ୍ଧବକୁ --

'ତୁ ଏବେ ସର୍ବ ପ୍ରାଣୀହିତେ। ନିରତେ ଥାଅ ଶାନ୍ତ ଚିତ୍ତେ।।
ଆତ୍ମ କୁଶଳେ ସର୍ବସିଦ୍ଧି। ତରିବ ସଂସାର ବାରିଧି।। ହରିବୋଲ।'

"ଏସବୁ ଫାଙ୍କା ଆଦର୍ଶବାଦ୍" - ରାମବାବୁ କହିଲେ। "ହଳଧର କଥା ମାନ, ଶୁକୁରା। ଦରଖାସ୍ତ ଦିଅ। ଟିକିଏ ଧାଁ ଧପଡ଼ କରିବାକୁ ହେବ। ନକଲେ ହବ କିମିତି ? ନ ହି ସୁପ୍ତସ୍ୟ ସିଂହସ୍ୟ ପ୍ରବିଶନ୍ତି ମୁଖେ ମୃଗା।"

ରାମବାବୁଙ୍କ ମୁହଁରେ ସଂସ୍କୃତ। ସମସ୍ତେ କାବା। ହସି ଉଠିଲେ ଏକାବେଳକେ।

"ନାଇଁ ନାଇଁ, ହସିବା କଥା ନୁହେଁ" - ବାଲୁଙ୍ଗା କହିଲା - "ରାମବାବୁ ଯାହା କହିଲେ ତା'ର ମନ ହେଉଛିତ ସେ କରୁ। ମନ୍ତ୍ରୀ ତାଙ୍କ କାନକୁହ କାରପଟଦାର,

ଏଜେଣ୍ଟ, କର୍ମୀମାନଙ୍କ ପାଖକୁ ଯେତେଥର ଧଅଡ଼ିବାର ଧାଆନ୍ତୁ। ମୁଣ୍ଡ ଚନ୍ଦା ହଉ ଦଣ୍ଡବତ ବଜେଇ ବଜେଇ। ମୋର ଆପତ୍ତି ନାହିଁ। ହେଲେ ଏସବୁ ମିଳିବା ଆଗରୁ ମୋର ସାନକୁହାଟି ମାନରେ ଶୁକୁରା। ତୁ ଯାଇ ରତନୀକୁ ନେଇ ଆସେ। ଏଇଖଣି ଏଇଠି ରହିଯା ତମେ ଦି'ଜଣ। ଦୁଖିଆନ୍ନାର ତ ଏଇଟା ଆଶ୍ରମ। ସେ କ'ଣ ମନା କରିବ? କାହାକୁ କେବେ ମନା କଲାଣି ନା କରିବ। ନା କ'ଣ ନନା, ସେ ଏଇଠି ରହୁ।"

"ସେ ତ ଅଛି। ଆଉ ରହିବ କ'ଣ? ରହିଲାଣି।" ଦୁଃଖୀ କହିଲା।

"ଶୁକୁରା ସିନା ରହିଛି, ବାଲୁଙ୍ଗା କହିଲା, ମୁଁ ଭାବୁଥିଲି, ରତନୀ କଥା। କାଳେ ତମର କିଛି? ..... ବାଲୁଙ୍ଗା କହିଲା।

"ରତନୀ ଆଗ ଆସୁ। ଆସିଲେ ଦେଖାଯିବ। କିଛି ଅଟକିବ ନାହିଁ। ଚିନ୍ତା ପଡ଼ିଛି ତା'ର ସ୍ଥାୟୀ ବ୍ୟବସ୍ଥା ପାଇଁ। ଏ ବରଡ଼ା ତାଟି ବେଢ଼ା - ଭିତରେ ରହି ପାରିବେ ଦି'ପ୍ରାଣୀ? ସବୁଦିନେ? ପାରିଲେ ହେଲା। ମୋର କିଛି ଆପତ୍ତି ନାହିଁ।"

"ସ୍ଥାୟୀ ବ୍ୟବସ୍ଥା ଆମ ହଳଧର ବାବୁ ହାତରେ। ଭାଗୁ ମାହାନ୍ତିକି କାନ ମୋଡ଼ାଇ, ନାକ ଘଷେଇ କାହିଲ୍ କରିବାଲୋକ ଆଉ ସାହିପଡ଼ିଶାରେ କିଏ ଅଛି?" ବାଲୁଙ୍ଗା ଉସ୍କେଇ ଦେଲା ହଳଧର ବାବୁଙ୍କୁ।

"ଆଚ୍ଛା, ମୁଁ ଦେଖୁଛି କ'ଣ ହୋଇପାରେ?" ଫୁଲି ପଡ଼ିଲେ ହଳଧର ବାବୁ। "ଶୁକୁରା ତମେ ଖଣ୍ଡେ ଦରଖାସ୍ତ ଲେଖିଦେଲ ଆଗ, ସଭାପତି ଉତ୍କଳ କଂଗ୍ରେସ କମିଟିଙ୍କ ପାଖକୁ ଦରଖାସ୍ତ। ତନ୍ନ ତନ୍ନ କରି ସବୁ ହାଲ୍ ଫିଟେଇ ଲେଖିବ। କିଛି ବାଦ୍ ଦବ ନାହିଁ। ଅଇଲିରୁ ଯାହା ଘଟିଛି। ସବୁ।"

"ଦରଖାସ୍ତ କିଏ ଶୁଣିବ? କିଏ ତନଖି କରିବ? ଭାଗୁ ମାହାନ୍ତି ତ? ସେ ନ ଶୁଣିଲେ ତା'ର କିଏ କ'ଣ କରିବ? ଶୁକୁରା କହିଲା।"

"ଆହା, ମୁଁ ତା'ର ବ୍ୟବସ୍ଥା କରୁନାହିଁ। ମୁଁ ଗାଁର ଟୋକାଙ୍କୁ ନଗେଇ ତେଣେ ଦରଖାସ୍ତ କରିଦେବି ନାହିଁ ଯେ, ଭାଗୁ ମାହାନ୍ତି ଜାଲ ଦସ୍ତଖତରେ କଂଗ୍ରେସ ସଭ୍ୟ କରିଛି। କୌଣସି ଲୋକ ସଇ କରିନାହିଁ କି ଟଙ୍କା ଦେଇନାହିଁ। ହଉ ଇନ୍‌କ୍ୱାରି। ଭାରି ସକ୍ରିୟ ସଭ୍ୟ ହେଲାବାଲା। ମୁଁ ତା ଫଉରବି ଛଡ଼େଇ ଦଉଛି।।" ମସୁଧା ଦେଲେ ହଳଧର ବାବୁ। "ଏଣେ ଖବର କାଗଜରେ ବି ବାହାରିପଡ଼ିବ - ଅମୁକ ସରପଞ୍ଚଙ୍କ ଜାଲ ଦସ୍ତଖତ ସଂଗ୍ରହ! ନା କ'ଣ କହୁଛ?"

"କୋଉ କାଗଜ ବାହାର କରିବ କଂଗ୍ରେସ ବାଲାଙ୍କ ନାଁ'ରେ?" ରାମବାବୁ କହିଲେ। "ସବୁ କାଗଜ ତ କଂଗ୍ରେସ ସମର୍ଥକ।"

"କଂଗ୍ରେସ ସମର୍ଥକ କାହିଁକି କହୁଛ ? ସରକାରଙ୍କ ସମର୍ଥକ ବୋଲି କୁହ।" ଦୁଃଖୀ ଦାଶ ସଂଶୋଧନ କରି କହିଲା। ସରକାରଙ୍କ ମୁଣି ଭିତରେ ସମସ୍ତେ।"

"ଯା ହାତରେ ପାରେ ତା ହାତରେ ଥାଉ, ଖବରକାଗଜରେ କିମିତି ବାହାର କରିବାକୁ ହୁଏ, ମୁଁ ଜାଣେ। କପେ ଚା'ଖଣ୍ଡେ ଶିଙ୍ଗଡ଼ା, ବାସ୍।"

"ଖବର କାଗଜ ନୁହେଁ ଯେ କବର କାଗଜ।" ବାଲୁଙ୍ଗା କହିଲା। ସବୁ ମଲା କଥା ଗଲା କଥା। ଇରେ ବାବୁ, ଆଜିକା କଥା କାଲିକା କଥା କହ। ଆଗାମୀ ଭବିଷ୍ୟ କହ। ଲୋକେ ଶିଖିବେ। ସାବଧାନ୍ ହେବେ। କାହିଁ କିଏ କହୁଚି ସେ କଥା। ପୁରାଣ ଶାହାସ୍ତ୍ର ପଢ଼ିଲେ ସିନା ସେ ସବୁ ଜାଣିବ। ଏବେ ଆଉ କିଏ ପଢୁଛି ସେ ସବୁ। ଏବେ ତ କଂଗ୍ରେସିଆ ବାବୁମାନେ ଶିଖେଇଲେ ସାହେବୀ ଫଇସନ, ସାହେବୀ ଖାନା, ସାହେବୀ ଠାଣି, ସାହେବୀ ବାଣୀ। ଆମ ବାପ ଅଜା ଉଷାକାଳରୁ ଉଠୁଥିଲେ। ରୋମ ଲୁଚେ, ମୁହଁ ନଦିଶେ, ତାକୁ କହନ୍ତି ଉଷା। ସେତେବେଳେ ଗ୍ରହମାନେ ସବୁ ମୂଷା। ସେଟା ବ୍ରହ୍ମମୁହୂର୍ତ୍ତ। ସେମାନେ ସେତେବେଳୁ ଉଠି ପୂଜାପାଠ କରୁଥିଲେ। ଏବେ ତ ଆମ ଟୋକା ଟୋକିଏ ଦିନ ଆଠୁଟାରେ ବିଛଣାରେ ଅଳସ ଭାଙ୍ଗି ହୁଅନ୍ତା। ଶୋଇ ଶୋଇ ଅଧୁଆ ମୁହଁରେ ଅଦାନ୍ତଘଷା ଖାଆନ୍ତି 'ବେଡ଼ଟି' ନା କ'ଣ ହୋ ରାମବାବୁ।"

ବାଲୁଙ୍ଗା କଥାରେ ହସି ଉଠିଲେ ରାମବାବୁ - ବେଡ଼ଟି - ମାନେ "ଶେଯ ଚା"।

"ଠିକ୍ ଠିକ୍ ଶେଯ ଚା। ତା' ପରେ ଖବର କାଗଜ। ବିଛଣାରୁ ପାଇଖିନାଯାଏ।"

"ବାଥରୁମ୍ ବାଥରୁମ୍।" ରାମବାବୁ ସଂଶୋଧନ କରିଦେଲେ।

"ଓହୋ, ପାଇଖିନାକୁ ବାଥରୁମ୍। ଆମର ଯେ ପାଇଖିନା, ତମ ଦେବଭାଷାରେ ସେ ବାଥରୁମ୍। ସେଇ ବାଥରୁମରେ ବସି ଖବର କାଗଜ ପଢ଼ାହେବ। ପାଇଖିନାରେ କାଗଜ ପଢ଼ିଲେ କାଳେ ବୁଦ୍ଧି ଖୋଲେ। ଇଂରାଜୀ କାଗଜ ବୋଲି କି କଣ ? ଓଡ଼ିଆ ପିଲାଏ ପାଇଖିନାରେ ବସି ପାଠ ନ ପଢ଼ିଲେ ପାଠ ଆସେ ନାହିଁ। କମଡ଼ ଉପରେ ପିଚାମାଡ଼ି ଆରାମରେ ଝାଡ଼ା ଫେରନ୍ତି ନା - ସେଥିପାଇଁ ପ୍ୟାପର ପଢ଼ିବାରେ ମନ ଲାଗେ।"

ସମସ୍ତେ ହସିଲେ ବାଲୁଙ୍ଗା କଥା ଶୁଣି। ଏକା ହଳଧରବାବୁ ଟିକେ କାନ ବଙ୍କା କରି କହିଲେ - "ତମେ ଆମକୁ ଯାହା କହିବାର କୁହ ପଛେ ବାଲୁଙ୍ଗା ଭାଇ, ସକାଳଟା ଏଡ଼େ ସୁନ୍ଦର ଯେ ତା'ର ଚରମ ଉପଭୋଗ କେବଳ ଶୋଇବାରେ ସକାଳୁଆ ନିଦ ଯେ ନିଦ। ସକାଳେ ନିଦ ନହେଲେ ନିଦ କ'ଣ ଭୋଗ ହେବ। ଖରା ଉଠିଲା ପରେ ଉଠିଲେ ଦେହ ତାହା ରହେ। କାମରେ ମନ ଲାଗେ।"

"କ'ଣ କହିଲ ? କାମରେ ମନଲାଗେ ?" ବାଲୁଙ୍ଗା ପାଟିକରି କହିଲା - "ଦିନ ଆଠୁଟାବେଳେ ଚଷାପୁଅ ବିଛଣାରୁ ଉଠି ବେଡ୍‌ଟି ଖାଇ ବିଲକୁ ଯିବ ତ? ଚାଷ କରିବ ନା ପଡ଼ିଆ ବାଡ଼ିରେ ଗୋଧନ ଚରେଇବ ? ଏ ସବୁ ବସିଖିଆ ଶୋଷଣ ଖିଆଙ୍କୁ ସୁହାଏ। ଖଟିଖିଆଙ୍କୁ ପୋଷାଏ ନାହିଁ।"

"ଛାଡ଼ ଆମର ସେଥିରୁ କି ଯାଏ।" ଦୁଃଖୀ କହିଲା, "ଏ ଯୁକ୍ତିର ଶେଷ ନାହିଁ। କହିବଟି ହଳଧର ବାବୁ, ତମେ କିମିତି ଭାଗୁ ମାହାନ୍ତି'ଠୁ ଶୁକୁରାର ଘରଡିହ ଖଣ୍ଡିକ ହାସଲ କରିବ। ଖବର କାଗଜରେ ଏ ସବୁ ଅତ୍ୟାଚାର, ଅନାଚାର, ଦୁରାଚାର, ପାପାଚାର ଯଦି ବାହାରନ୍ତା, ତେବେ ଭାଗୁ ମାହାନ୍ତି ସିଧା ହୋଇ ଯାଆନ୍ତା।"

"କିନ୍ତୁ ବାହାରିବଟି ?" ରାମବାବୁ ପଚାରିଲେ।

"ହଳଧରବାବୁ ତ ଜବାବ ଦଇଛନ୍ତି। କି ହଳଧର ବାବୁ।"

"ଅଲ୍‌ବତ୍ ବାହାରିବ।" ହଳଧର ଉତ୍ତର ଦେଲେ।

"ଏତେ ଛୋଟ କଥା କ'ଣ ସଂପାଦକ ବାହାର କରିବେ ?" ରାମବାବୁ କହିଲେ।

"ଆରେ, ଛୋଟ ହେଉ ବଡ଼ ହେଉ, ବାହାରିଲେ ତ ଗଲା। ସଂପାଦକଙ୍କ ଯାଏଁ କଥା କାହିଁକି ଯିବ? ଏଣୁ ଏଣୁ ମାନେ, ତଳଆଡୁ କାମ ହେଇଯିବ ନାହିଁ? ସଂବାଦ ତ ପଠେଇବେ ସ୍ଥାନୀୟ ଖବରକାଗଜବାଲା। ତାଙ୍କ କିମତ୍ ଖଣ୍ଡେ ଶିଙ୍ଗଡ଼ା, କପେ ଚା।" ହଳଧର କହିଲେ।

"ତା'ଉପର ହାକିମମାନେ, ନିଉଜ୍ ଏଡ଼ିଟର ଯଦି" ରାମବାବୁ କହିଲେ।

"ପ୍ଲେଟେ ମାଂସ - ପେଗେ ମଦ।" ହଳଧର ଆଉ ଅଟକିଲେ ନାହିଁ, କହିଗଲେ।

"ବେଚାରୀ ସମ୍ପାଦକ।" ଦୁଃଖୀ ଦାଶ ସହାନୁଭୂତି ଦେଖାଇଲେ ସମ୍ପାଦକଙ୍କ ପ୍ରତି।

"ଆରେ ଖଜୁରୀ ଗଛ ମୂଳରୁ ପାହାଚ ପାହାଚ। ସଂପାଦକ ହେଲେ କୋଉ ଭଲ ? ତାଙ୍କ କିମତ୍ ଆଉ ଟିକିଏ ବେଶି। ସେ 'ଶ'ରେ ନଥାନ୍ତି ଥାଆନ୍ତି 'ହ'ରେ। ବୁଝିଲ ?"

"ସମସ୍ତେ କ'ଣ ସେଇୟା ?" ରାମବାବୁ ପ୍ରତିବାଦ କଲେ।

"ସବୁଥିରେ ଅପବାଦ ଥାଏ ରାମବାବୁ!" ହଳଧରବାବୁ କହିଲେ।

"ସବୁ କମିଉନିଷ୍ଟ ଦେଶ କ'ଣ ସମାନ ? ରୁଷ, ଚାଇନା କ'ଣ ଏକା ?"

"ଛାଡ଼, ପରଚର୍ଚ୍ଚାକରି କିଛି ଲାଭ ନାହିଁ।" ଦୁଃଖୀ ଦାଶ କହିଲା।

"ପରଚର୍ଚ୍ଚା ନୁହେଁ ବାବୁ, ଦେଶ ଚର୍ଚ୍ଚା।" ବାଲୁଙ୍ଗା କହିଲା। "ଦେଶଯାକ ଅନ୍ୟାୟ, ପାପ ଘୋଟିଗଲା। ସକାଳୁ ପୁରାଣ ଶାସ୍ତ୍ର ଛାଡ଼ି ଆମେ ଯାହାକୁ ପାରାୟଣ କଲୁଁ, ତା'ର ଲେଖନକାରମାନେ ଯଦି ଏଇୟା ହୁଅନ୍ତି, ଏ ପୋଥି ବସେଇଲା ଯିଏ, ପଢ଼ିଲା ଯିଏ, ଶୁଣିଲା ଯିଏ, ଶ୍ରୋତା ବକତାଙ୍କର ଅବସ୍ଥା କଥା ଟିକିଏ ଭାବିଲ ବାବୁ।"

ପୁଣି ଗୋଟାଏ ନିଃଶ୍ୱାସ ଟାଣି ବାଲୁଙ୍ଗା କହିଲା - "ସେ ସବୁ ଖବର କାଗଜ କବରକାଗଜ କଥା ଛାଡ଼ ବାବୁ। ଏ ଟାଉଟର ଘରବୁଡ଼ା, ଫାଉଆ ଭାଗୁ ମାହାନ୍ତି ସରପଞ୍ଚ ହାତରୁ ଏ ନିଆଶ୍ରୀ ବିଚରା କିମିତି ରକ୍ଷା ପାଇବ, କେହି ହେଲେ ମୁକୁତି କର।"

"ଆପଣମାନେ ଟିକିଏ ସାହାପକ୍ଷ ହୁଅନ୍ତୁ। ମୋ କାମ ମୁଁ କରି ନେବି। ମାଡ଼କୁ ମହାଦେବ ଡରନ୍ତି।" ଶୁକୁରା କହି ଉଠିଲା। ତା'ର ଧୈର୍ଯ୍ୟ ନଥିଲା।

"ଛି, ଛି, ସେଟା କୋଉକଥା।" ଦୁଃଖୀ ଦାଶ କହିଲା। "ଆମେ ଆଉ ଥରେ ଦୁଇଥର ଗଲେ ବୁଢ଼ା ମାନିଯିବା ପରି ଲାଗୁଛି। ଯଦି ନ ମାନେ ସତ୍ୟାଗ୍ରହ ?"

"ମୋର ସେ ସତ୍ୟାଗ୍ରହ ଫତ୍ୟାଗ୍ରହରେ ବିଶ୍ୱାସ ନାହିଁ। ନା କ'ଣ କହୁଛ ରାମବାବୁ।"

ଶୁକୁରା ପୁଣି କହିଲା – "ନେତାଜୀ କ'ଣ କହିଥିଲେ ଜାଣ ? କହିଥିଲେ କ'ଣ ? କହିଲେ - ଗାନ୍ଧିଜୀଙ୍କର ଆଇନ ଅମାନ୍ୟ ସତ୍ୟାଗ୍ରହ ଦିନେ ନା ଦିନେ ସଶସ୍ତ୍ର ବିଦ୍ରୋହର ରୂପ ନେବ। ସେଥିପାଇଁ ଗୁଳିଚାଳନା କରିବାର ଦୀକ୍ଷା ନେଇ ପ୍ରସ୍ତୁତ ହେବାକୁ ହେବ। କାଲିପରି ମନେପଡୁଛି ଏଇ ତେୟାଳିଶ ମସିହାର କଥା। ନିର୍ଦ୍ଧୂମ ଖରା ହୋଇଥାଏ। ଖରାକୁ ଖାତିର ନାହିଁ। ହଜାର ହଜାର ଲୋକ ଠିଆ ହୋଇଥାଆନ୍ତି। ରେଙ୍ଗୁନ୍ ସହର। ଆମେ ଯିଏ ଯେତେ ଯେଉଁଠି ଥିଲୁ ବର୍ମା, ମାଳୟ, ଶ୍ୟାମ ସବୁଠୁ, ଆଇ.ଏନ୍.ଏ.ର ସୈନ୍ୟବଳ ସମସ୍ତେ ଶୁଣୁଥାଉଁ। ୟୁରୋପ ମହାଦେଶରେ ଯେଉଁମାନେ ଥିଲେ, ସେମାନେ ବି ରେଡ଼ିଓରୁ ଶୁଣୁଥିବେ। ତାଙ୍କର ବି ଆମପରି ଛାତି ଫୁଲି ଉଠିଥିବ। ତାଙ୍କ କଥାରେ ଆମର ଯେ କ'ଣ ହେଇ ଯାଉଥିଲା ସେ କଥା ମୁଁ କଥାରେ ବା କିମିତି କହିବି ଦୁଃଖିଆନ୍ନା। ଏବେ ବି ସେ କଥା କହିଲାବେଳେ ରୋମମୂଳ ଟାଙ୍କୁରି ଉଠୁଛି। ସମସ୍ତେ ଯେମିତି ମରିବାପାଇଁ ରେଖା ରେଷି ଲଗାଇଛନ୍ତି। କିଏ ଆଗ ମରିବ - ମରିବାକୁ ପୁଣି ଏମିତି ଆବୁଡ଼ା ପଡ଼ନ୍ତି ମଣିଷ ? ଗୋଟାଏ ଲୋକ ବାଲୁଙ୍ଗାଇ ଗୋଟାଏ ଲୋକ। କି କୁହୁକ ଲଗେଇ ନ ଦେଲା ସେ। ଏଇ ଓଡ଼ିଆ ପୁଅ ତ ! ଓଡ଼ିଶା ମାଟିରେ ଜନ୍ମ। ତାଙ୍କ କଥା ମୋର ଗୁରୁଜ୍ଞାନ।"

"ସତ ଏକା। ସିଧା ଆଙ୍ଗୁଳିରେ କେଉଁଠି ଘିଅ ଉଠିଲାଣି ?" ବାଲୁଙ୍ଗା କହିଲା। ତେବେ କ'ଣ କି ବାବୁ ଭାଗବତ ପଦ କହୁଛି -

ଅମୃତ ବିନୟ ବଚନ | କହି ତୋଷିବ ପ୍ରାଣୀମନ।।
ଧନ କାର୍ପଣ୍ୟ ସେବାବଳେ | କିବା ଅସାଧ୍ୟ ମହୀତଳେ।।

"ଦେଖ, କହି ବୋଲି, ବାପରେ, ଧନରେ ଡାକି, ସବୋରେ କାର୍ପଣ୍ୟରେ କେତେଦୂର ଯାଉଛି।"

"ସେ ତ ଆମ ସମସ୍ତଙ୍କୁ ସେବାକରି ଚଲୁ କରିଦେବ। ଧୈର୍ଯ୍ୟ ଥିଲେ ତ।" ଶୁକୁରା ପାଟିରୁ କଥା ସରିଛି କି ନାହିଁ, ବି.ଡି.ଓ.ଙ୍କ ଚପରାଶି ଆସି ଡାକିଲା। ହଳଧରବାବୁଙ୍କୁ ବି। ବି.ଡି.ଓ. ବସିଛନ୍ତି ସରପଞ୍ଚ ଘରେ, ମାନେ ଭାଗିରଥୀ ପଟ୍ଟନାୟକ ଘରେ।

"କାହିଁକିରେ ? ହଠାତ୍ ବି.ଡି.ଓ. ସାହେବଙ୍କ ଡାକରା।" ହଳଧର ବାବୁ ପଚାରିଲେ।

ଚପରାଶି ଚୁପ୍। ଓଠରେ ଟିକେ ମୁରୁକି ହସ !

କିରେ, କହୁନୁ ?

ଆଜ୍ଞା, ମୋତେ କିଛି କହିନାହାନ୍ତି। ଖାଲି କହିଲେ ଡାକି ଆଣ।

ଆଉ କିଏ କିଏ ଅଛନ୍ତି। ହଳଧରବାବୁ ପୁଣି ପଚାରିଲେ।

"ସରପଞ୍ଚ ଅଛନ୍ତି। ବୈଦ୍ୟନାଥ ମିଶ୍ର। ନିଜେ କିଶୋରବାବୁ ବି ଅଛନ୍ତି।"

"ମୋତେ ରାମବାବୁଙ୍କୁ ନା ଆଉ କାହାକୁ ଡାକିଛନ୍ତି ?"

"ନାଁ ଆଉ କାହାକୁ ଡାକିବାକୁ କହି ନାହାନ୍ତି।"

"ଦୁଃଖୀ ଭାଇନାଙ୍କୁ ?"

"ନାଁ।"

"କଣ ଗୋଟେ ସଭା ବସିଛି।"

"ଆଜ୍ଞା ମୁଁ ଜାଣିଛି କି ? ତେବେ ଗୋଟେ କ'ଣ ହଉଛି।"

"କି ସଭା ?"

"ଆଜ୍ଞା, ମୁଁ ଜାଣିଛି କି ? କହୁଛନ୍ତି କି ମଇଳା ସଭା ବୋଲି।"

"ମଇଳା ସଭା ?"

"ଆଜ୍ଞା।"

"ଓହୋ। ମହିଳା ସଭା, ମହିଳା ସଭା, ସେଇଆ କହ।"

ସମସ୍ତେ ହସି ଉଠିଲେ।

"କାହା କାହା ମହିଳାମାନେ ଜୁଟିଛନ୍ତି ?"

"ଆଜ୍ଞା, ମୁଁ କ'ଣ ଚିହ୍ନିଚି ? ତେବେ ସବୁ ବଡ଼ ବଡ଼ ଘରର ମାଇପେ।"

"ମହିଳାମାନେ କାହିଁକି ଯାଇଛନ୍ତି ?"

"ଆଜ୍ଞା ମୁଁ ଜାଣିଛି ? କଅଣ ପରା ମଇଳା ସମିତି ହେବ ? ଗାନ୍ଧୀ ମହାତ୍ମା କହିଛନ୍ତି ସବୁ ମଇଳା ସଫା କରିବେ ନାରୀମାନେ। ନାରୀଜାତିର ସବୁ କଇଲାଣ କରିବେ।"

"କଣ କହିଲୁ, ନାରୀ ଜାତି ? ବ୍ରାହ୍ମଣ, କରଣଙ୍କ ଉପରେନା ତଳେ ?" ବାଲୁଙ୍ଗା ପଚାରିଲା।

"ସ୍ୱଭାବେ ନାରୀ ଜନ୍ମ ହୋଇ। ଧର୍ମ ଅଧର୍ମ ନ ଜାଣି।।" ସେ ପୁଣି କି କଇଲାଣ କରିବେ ରେ ?

ରାମବାବୁ ଉତ୍ତର ଦେଲେ - "ଏଇ ମରହଛିଆ କଥା ଗଲା ନାଇଁ ତମର ବାଲୁଙ୍ଗାଇ ? ମା ମାନେ କଣ ନାରୀ ନୁହନ୍ତି ? ତାଙ୍କ କଲ୍ୟାଣରୁ ଆମେ ତ ମଣିଷ ?"

"ମୋତେ ପାଠ ପଢ଼ାନା ରାମବାବୁ। 'ମାତୃବତ୍ ପରଦାରେଷୁ' କେତେ କେତେ ଲୋକ ଦେଖନ୍ତି ହୋ ? ମାଆମାନେ ନାରୀ ସତ, ହେଲେ ସବୁ ନାରୀ ମାଆ କାହିଁକି ହେବେ ? ବାଞ୍ଝ ମାଇପେ ନାହାନ୍ତି ?"

"ତମର ଯଉଁ କଥା ବାଲୁଙ୍ଗାଇ। ଏଥକୁ କ'ଣ ଉତ୍ତର ଅଛି ?" ରାମବାବୁ କହିଲେ।

"କାହିଁକି ଉତ୍ତର ନଦେବ କାହିଁକି ?" ବାଲୁଙ୍ଗା ଆହୁରି ଟାଣକରି କହିଲା - "ମାଆମାନଙ୍କର କି ସମିତି ହୋ ! ମତେ କୁହ। ଛୁଆଙ୍କୁ କିମିତି ଦୁଧ ଦବାକୁ ହବ, ମାଆମାନେ ସମିତି କରି ଠିକ୍ କରିବେ। ମାଆମାନଙ୍କ ଦାବି ପୂରଣ ନହେଲେ ଷ୍ଟ୍ରାଇକ୍ କରିବେ ? ଏକଜୁଟ୍ ହୋଇ କହିବେ - 'ଆମେ ଛୁଆଙ୍କୁ ଦୁଧ ଦବୁନି। ଆମର ଦାବୀ ପୂରଣ ହେଉ'। ମାଆମାନଙ୍କ କଥା ଅଲଗା ମହିଳାଙ୍କ କଥା ଅଲଗା। ଶାସ୍ତ୍ର ପୁରାଣ ଦେଖ। ମହିଳା ଶବଦର ମାନେ କ'ଣ ବୁଝିବ ? ମୁଁ ଜଣେ ପଣ୍ଡିତଙ୍କ ମୁହଁରୁ ମହିଳାର ଅର୍ଥ ଯାହା ଶୁଣିଥିଲି - ଛି, ଛି, ମୁହଁରେ ଧରନ୍ତି ନାହିଁ। ଏତେ କଥାରୁ କି ଯାଏ - ଭାଗବତ ପଦ କହୁଛି ପରା --

ବିଚାର ମାୟା ମୋହ କଷ୍ଟ । କପଟେ ହୋଇ ନାରୀରୂପ ।।
ସୃଷ୍ଟି ମୋହିନୀ ନାରୀ ମାୟା । ଘନେ ଯେସନେ ବିଦ୍ୟୁଚ୍ଛାୟା ।।
ସେ ରୂପେ ନକରିବ ସଙ୍ଗ । ଯେସନେ ଅନଳେ ପତଙ୍ଗ ।।
ସଂଯୋଗ କଲେ ପ୍ରାଣ ନାଶ । ଏଣୁ ନୋହିବ ତା' ବିଶ୍ୱାସ ।।

"ବାଲୁଙ୍ଗାଇ, ଗୋଟେ ଅଠରଶ ବାଆଷଠି।" ହଳଧରବାବୁ କହୁ କହୁ ଉଠିଲେ।

"ବିଲକୁଲ୍ ଅଚଳ।" ରାମବାବୁ ସାଇ ଦେବା ସାଙ୍ଗେ ସାଙ୍ଗେ ଆସନରୁ ଉଠି ଠିଆହେଲେ ଯିବା ପାଇଁ।

ବାଲୁଙ୍ଗାଇ ବି ଉଠିଲା ତା'ପରେ। ସମସ୍ତେ ଗଲେ। ଏକା ଶୁକୁରା ଆଉ ଦୁଃଖୀ।

ଗାଧୁଆବେଳ। ବେଳ ଗଡ଼ିଗଲାଣି। ମୂଲିଆ ବିଲରୁ ଫେରିଲେଣି। ଦୁଃଖୀ ଗାଧେଇ ଥିଲା ବଡ଼ି ସକାଳୁ। ପ୍ରତିଦିନ ସେ ଗାଧାଏ। ସୂର୍ଯ୍ୟ ଉଦୟ ହୋଇ ନଥାନ୍ତି, ସେ ଗାଧାଏ। ଅଭ୍ୟାସ। ଲୁଣମୟ ଦିନରୁ ଅଭ୍ୟାସ। ଆଶ୍ରମ ଜୀବନରୁ।

ଶୁକ୍ରାର କିଛି ଅଭ୍ୟାସ ନାହିଁ। କାରଖାନାର କୁଲି। ପୁଙ୍ଗା ଶବ୍ଦରେ ନିଦ ଭାଙ୍ଗେ। ତରତରକି ଦାନ୍ତ ପତର ଘଷି, ଯାହା ଥାଏ, ଦିଟା ପାଣିରେ ପକେଇ ଦେଇ ଛୁଟେ ଡିଉଟିକୁ। ଛେକ ଛେକକି ଡିଉଟି। ହପ୍ତାକୁ ହପ୍ତା ବଦଳେ। କେଉଁ ହପ୍ତା ଖରାବେଳେ ଆଉ କେଉଁ ହପ୍ତା ରାତି ଡିଉଟି ପାଳି ବନ୍ଧା। ସେଥିପାଇଁ ତା'ର କିଛି ଅଭ୍ୟାସ ନାହିଁ। ତା' ଅଭ୍ୟାସ ଉପରେ ପାହାର ପଡ଼େ ହପ୍ତାକୁ ହପ୍ତା। ପାହାର ବସାଏ ସେଇ ପୁଙ୍ଗାଟା। ପୁଙ୍ଗା ଆୱାଜ ନୁହେଁ, ପେଟର ଭୋକ। ପୁଙ୍ଗା ପାଟିରେ ପେଟ ଡାକେ - "ମୁଁ ଖାଇବି ମୁଁ ଖାଇବି, ମତେ ଖାଇବାକୁ ଦେ।" ତା'ରି ସ୍ୱରଟା ତାକୁ ଶୁଭେ। ସେ ଦଉଡ଼େ। ସେଇ ପେଟକୁ ଖୁଆଇବା ପାଇଁ। ନିଜେ ଖାଇବା ପାଇଁ ନୁହେଁ। ନିଜକୁ ସେ ଭୁଲିଯାଏ। ଆଗେ ଆଗେ ଗାଁରେ ଥିବାବେଳେ, ଘରେ ଯେତେବେଳେ ରହୁଥିଲା, ଗାଧେଇ ପଡ଼ିଲେ ତାକୁ ଭୋକ ଲାଗେ। ଯେମିତି କାମିକା ଦେହଟାରୁ ମଳି ଛଡ଼େଇ ଦେଇ ଆସିଲେ, ସଫା ସୁତୁରା ଆସ୍ଥାନ ଦେଖି ଭୋକ ମାଡ଼ିବସେ! କଲିକତାରେ କାମ କଲାଦିନଠୁଁ ପୁଙ୍ଗା ବାଜିଲେ ଭୋକ ନାଗେ। ଗାଧୋଉ ନ ଗାଧୋଉ। ଭୋକର ଭାରି ଅହନ୍ତା।

ଘରେ ଥିବାବେଳେ କଥା ଭିନେ। ଖଟି ଖଟି କାମରୁ ଫେରେ। ଶରମ ଝାଳ ମାରିଦିଏ ଟିକେନାକୁ। ତେଲ ଟିକିଏ ହାତରେ ଅଜାଡ଼ିଦିଏ ବାଇଆ ବୋଉ। ସୋରିଷ ତେଲ। ଅଶଥମା ଅଶଥମା, ତିନିଥର ଭୂଇଁରେ ଛିଟିକା ମାରି ମୁଣ୍ଡରେ ଦିଏ। ତା'ପରେ ଥାପି ଦେଇଯାଏ ହାତ ଗୋଡ଼ ଦେହ ପା ମୁହଁ କି। ପୋଖରୀକି ଗାଧେଇ ଯିବା ବାଟରେ ମାଲିସ କରୁଥାଏ ଆପେ ଆପଣା ଦିହରେ। ଜାଗା ବରଜାଗା ଥାପିଲା ମସଲପାକୁ। ଦି'ବୁଡ଼ ପକାଏ ପୋଖରୀରେ, ଦି'କାନରେ ଦିଟା ଆଙ୍ଗୁଳି ନ ହେଲେ ପାଣି ପଶିଯିବ କାନରେ। ପିନ୍ଧିଲା ଗାମୁଛା କାନିରେ ଘଷି ହୁଏ। ପୁଣି ବୁଡ଼ଟାଏ

ପକେଇ ଉଠେ। ସେଇ କାନିରେ ପୋଛି ପାଛି ହୁଏ, ଚିପୁଡ଼ି ଦେଇ ସେଇ କାନିକି ପାଲଟି ପକାଏ। ପୁଣି ଆର କାନିକି ଚିପୁଡ଼େ।

ଥକଟା ଯେମିତି ଧୋଇ ହୋଇଯାଇଛି ପୋଖରୀର ବୁରଝାଞ୍ଜି ଦଳ ଘିଅରେ। କେଉଁଠି ଦୋହଲି ହଉଥିବ ପବନରେ ଢୁଳଉଁ ଢୁଳଉଁ। ଥକାଟାକୁ ଥୁକୁଲୁ ପକେଇ, ସେ ଛାଡ଼ି ଆସିଥାଏ ଯିମିତି; ନିର୍ମାଲ୍ୟ ରୁଏ ପାଟିରେ ଦେଇ ଖାଇ ସାରିଲା ଯାଏଁ। ଖାଇ ଉଠିଲା ତକ୍ଷଣେ ସେ ପୁଣି ଆସି ମାଡ଼ିବସେ। ମଶିଣା କି ହେଁସ ଖଣ୍ଡେ ପିଣ୍ଡାରେ ପକେଇ ଦେଇ ଗଡ଼ିପଡ଼େ। ଷାଠିଏଟା ନିଃଶ୍ୱାସ। ମୁଣ୍ଡତଳେ ମୁରୁଳା ଖଣ୍ଡେ। ରତନୀ ଦେଇଯାଏ। ସାତ ପଛରେ। ମୁଣ୍ଡଟାକୁ ଟେକିଦିଏ ଶୁକୁରାର, ରତନୀ ନିଜ ହାତରେ। ତା'ପରେ ଗୁଞ୍ଜିଦିଏ ମୁରୁଳାଟାକୁ। ମୁଣ୍ଡତଳେ।

କାରଖାନା ଥକାଟାତ ଦିହରେ ନଥାଏ ଯେ ଗାଧୋଇ ଧୋଇ ହୋଇ ପଡ଼ିଲେ ଲିଭିଯିବ। କଳଘର କଳାଟା ସିନା ସାବୁନ୍ ମାରି ଛଡ଼େଇ ଦବ ମଣିଷ ଦିହରେ ଲାଗିଥିବ ବୋଲି! ମନର ମଇଳା ଛାଡ଼ିବ କିମିତି? ମନର ସେ ଥକାଟା ମଇଳା ପରି ନେସି ହୋଇ ଯାଇଥାଏ। ଚିକିଟା ହେଇଯାଏ କିରିମେ କିରିମେ। ମନଥକା ମେଣ୍ଟେ ନାହିଁ ସହଜରେ।

ତ୍ରିନାଥ ମେଳା ହୁଏ। ଛୁଟି ବା କମେଇ ଦିନେ ସେ ବସେ। ପୋଥି ଶୁଣେ।

"ଥୋକାଏ ପଥ ଚାଲିଯାନ୍ତେ । ମେଘ ଯେ ବରଷିଲା ପଥେ।।
ଘୋର ଅନ୍ଧକାର ହୋଇଲା । ଚାଲିବା ପଥ ନ ଦିଶିଲା।।
ପବନ ବହେ ଅଣଆଶ । ନଦିଶେ ଗ୍ରାମ ନଗ୍ର ଦେଶ।।"

ଶୁକୁରାର ମନ ଖାଲି ଡହଳ ବିକଳ ହୁଏ। ତା'ପରେ କେତେ କ'ଣ ବୋଲା ହେଇଯାଏ, ସେ ଶୁଣିଲେ ବି ତାକୁ ଶୁଭେ ନାହିଁ।

ସପନା ଭାଇ ଭଲ ଭଜନ ବୋଲେ। ସେ ଯେତେବେଳେ ବୋଲେ --

"ତ୍ରିନାଥ ହେ, ଅନାଥ ଜନଙ୍କ ନାଥ
ଦୀନ ହୀନ କି ବର୍ଣ୍ଣିବ ମହିମା ଅନନ୍ତ।"

ତା ଚେତା ପଶେ। ନିଜ ଭିତରକୁ ଫେରିଆସେ। ବଡ଼ ଭଲ ଲାଗେ। କାହିଁକି କିଜାଣି! ଭଲତ ଲାଗେ। ମନେହୁଏ, ମନର ଥକାରୁ ଖଣ୍ଡେ ଖଣ୍ଡେ ଫଡ଼ା ଫଡ଼ାକି ଯେମିତି ଉଠି ଉଠି ଯାଉଛି -- ଝଡ଼ି ଝଡ଼ି ପଡୁଛି ଖଞ୍ଜଣି ମାଡ଼ରେ -- ତିହାଇ ଅଧରେ।

ତଥାପି ସେଥିରେ ଗୋଟିଏ ତାଳ। ମିସିନ୍‌ରର ତାଳ ପରି। ହେଲେ ବି ଢେର୍ ତଫାତ୍। କାରଖାନାରେ ମିସିନ୍‌ର ତାଳ ବଡ଼ ନୁଖୁରା। ଯେତେ ଗ୍ରୀଜ୍ ଦେଲେବି

ତାଳଟା ଚିକଣା ଧରେ ନାହିଁ। ଖାଲି ଅଳସକୁ ଭାଙ୍ଗିଦିଏ। ଅଳସ ମନକୁ ଡରାଏ। ପହିଲୁ ପହିଲୁ ଭାରି ଡରଉଥିଲା। ମନଟାକୁ ମୁନିଆ କରିଦେଉଥିଲା ଟାଣି ନଉଥିଲା। ଅଭ୍ୟାସରେ ପଡ଼ିଗଲାଠୁଁ ମନ ଛାଡ଼ିଗଲା। ମିସିନ୍ ତାଳ ସଙ୍ଗତରେ ହାତ ଚାଲେ ମନ ଚାଲେନାହିଁ। ନ ଚାଲିଲେ ବି ଚଳେ। ମନଟା ଯେମିତି ପରସ୍ତ ପରସ୍ତ କି ମଣିଷ ଭିତରେ ଥାଏ। ସେଥିରୁ ଉପର ଉପରକି ଗୋଟେ ପରସ୍ତ ମିସିନ୍ ତାଳରେ ତାଳ ଦିଏ ହୁଏତ। ମନ ଗହନଟା ଥାଏ ଆଉ କେଉଁଠି ପଡ଼ି। ସେଥିପାଇଁ ଥକା ଲାଗେ। ଏଣୁ ତେଣୁ ହଜାରେ ଚିନ୍ତା ଆସି ଗୁଡ଼େଇ ତୁଡ଼େଇ ଝୋଟ କି ସୂତାକଳର ଝୋଟ ନହେଲେ ସୂତା ଭଳି ଲଟି ହେଇଯାଏ। ବେଳେ ବେଳେ ଛିଡ଼ିବି ଯାଏ। ସେ ବସି ଯୋଡୁଥାଏ। କାମରୁ ଫେରିଲାବେଳରୁ, ଦେହର ଥକାଠୁଁ ମନର ଥକା ଯେମିତି ଶହେ କି ସହସ୍ର ଗୁଣ ବଡ଼ ହୋଇ ଯାଇଥାଏ, ମାଡ଼ି ବସେ। ଥକା ନୁହେଁ। ଆଉ ସବୁ କିଏ କିଏ ଆସି ମାଡ଼ି ବସନ୍ତି। ରତନୀ, ବାଇୟା, ଧନୀ ମାଷ୍ଟ୍ର, ଦୁଃଖୀନନା, ଅଗଣି ଦାଶ। ସବୁଠୁ ବେଶି ଭାଗୁ ମାହାନ୍ତି ଟଙ୍କା। ସମସ୍ତେ ମାଡ଼ି ବସନ୍ତି। କିଏ ଦୁଃଖ ଦିଏ, କିଏ ଚାନିଆ। ଆଉ କିଏ କିମିତି ଆଉଁସନ୍ତି ଆସି।

ଗାଁ ବରଗଛ। ଡ଼ାଳବାଗୁଡ଼ି ଖେଳର ବଡ଼ ବରଗଛ। ଓହଳ ସବୁ ଲମ୍ବି ଲମ୍ବି ଆସିଛି। ସେ ଝୁଲୁଥିଲା ତାକୁଇ ଧରି, ସାଙ୍ଗ ମେଳରେ ଯେଉଁଠି। ଆଉ ସେ ପୋଖରୀତୁଠ, ପୋଖରୀ ମଝି ମଣିଖୁମ୍ବା। କିଏ ଯାଇଁ ଆଗେ ଧରିବ। କଷା କଷି ଲାଗିଥାଏ ସାଙ୍ଗ ପିଲାଙ୍କ ସାଙ୍ଗରେ। ଗାଁ ମୁଣ୍ଡ ମଶାଣିଟା। ଡରମାଡ଼େ ମନେ ପଡ଼ିଲେ। ଗାଁ ଦେବତୀଙ୍କ ପାଖରେ ସେଇ ଭଙ୍ଗା ଭଙ୍ଗା ଘୋଡ଼ା ହାତୀ ଗୁଡ଼ାକ, ଦିନେ ଦିନେ ତା' ଆଗରେ ଆସି ଠିଆ ହୁଅନ୍ତି। ଘୋଡ଼ାଙ୍କର କଦମ୍ ଚାଲି। ହାତୀ ଝୁଲି ଝୁଲି ଆସେ। ସବୁ ମନେ ପଡ଼େ। ସବୁ। ସାରା ଗାଁଟା ଟିକିନିଖି। ତାକୁ କାନ୍ଦମାଡ଼େ। ଗାଁ ପାଇଁ ଯେତେ ନୁହେଁ, ଛିଡ଼ି ଛିଡ଼ି ଯାଉଥିଲା ଗାଁର ମାୟାଟା ପାଇଁ, ମୋହଟା ଲାଗି ତା'ମୁଁ ଢେର୍ ବେଶି। ସେମାନେ କାହିଁକି ଛାଡ଼ି ପଳାଉଛନ୍ତି -- ମାୟା ମୋହ ସବୁ। ସେ ଗାଁକୁ ଛାଡ଼ି ଆସିଛି ବୋଲି ରାଗରେ ଏମାନେ ଅହନ୍ତା ସାଧୁଛନ୍ତି।

ମିସିନ୍‌ର ତେଲ ସରିଯାଏ। ପୁଣି ତେଲ ଦିଆହୁଏ। ଗ୍ରୀଜ୍ ହୁଏ। ସେମିତି ମାୟାଟା ଛାଡ଼ିଗଲେ, ନୂଆ ମାୟା ଆସି ମନକୁ ଚାଲୁ କରୁନାହିଁ କାହିଁକି? ସେ ଭାବେ। ବେଳେ ବେଳେ। ମନ ସବୁ ଖସେଇ ପକଉଛି ଚାଲିବା ବାଟରେ। କେତେ କ'ଣ ହଜି ହଜି ଯାଉଛି। ସେ ପଛକୁ ଫେରି ସାଉଣ୍ଟି ପାରୁନାହିଁ। ଏ ଭୁଲ ପଣବେଡ଼ି ପକେଇ ଦେଇଛି ତା' ହାତରେ। ତାକୁ ଯିମିତି ସମସ୍ତେ ବାନ୍ଧି ପକଉଛନ୍ତି। ଏଇ ମେସିନ୍ ଏଇ କାରଖାନା, ଏଇ ଭୋକ, ଏଇ ପେଟ, କୁମ୍ପାନୀ-ଦିଆ ତା' କାମ -

ସମସ୍ତେ। ତ୍ରିନାଥ ମେଳାବି। ବିନ୍ତି, ଟ୍ୱେଣ୍ଟିନାଇନ୍ ସୁଧେ। ତିନିପଟିଆ, ସିନେମା, ଯାଦୁକୋଠୀ, ଚିଡ଼ିଆଖାନା, ଚଉରଙ୍ଗୀ, ଘୋଡ଼ଦୌଡ଼ ସବୁ। କେହି ଛାଡ଼ି ନାହାନ୍ତି। ସମସ୍ତେ ତାକୁ ବାନ୍ଧି ପକାଉଛନ୍ତି। ସେ ଅଣନିଃଶ୍ୱାସୀ ହୋଇ ଯାଉଛି। ସବୁ ଯେମିତି ଗୋଟାଏ ଧରାବନ୍ଧା ନିୟମରେ ପକଉଛନ୍ତି ତାକୁ। ଜବରଦସ୍ତି। କେହି ତା ମନ ସାଙ୍ଗରେ ଚାଲୁନାହାନ୍ତି। ସେ ସମସ୍ତଙ୍କ ପଛେ ପଛେ ଦଉଡୁଛି। ଦଉଡ଼ିରେ ଟାଣିହୋଇ ଗଲାପରି। ଅଭ୍ୟାସରେ ପଡ଼ିଗଲାଣି। ତା ଅଭ୍ୟାସ ଏମିତି ଜବରଦସ୍ତି-ବାଧ୍ୟବାଧକତା। କେବଳ ରିହାତି ମିଳେ ସେଇ ତ୍ରିନାଥ ମେଳାରେ ଚଗଲାମନକୁ ପହଣ୍ଡି କରାଏ। ଧିମେଇ ଦିଏ ସେହି ମେଳା। ବାକି ସବୁ ଅଭ୍ୟାସର ଖେଳ। ପୁରୁଣା ଅଭ୍ୟାସ ସବୁ ଭୁଲି ହେଇ ଗଲାଣି। ନୂଆ ଅଭ୍ୟାସ ପଡ଼ିଯାଉଛି। ପଡ଼ିବାକୁ ବାଧ୍ୟ।

***   ***   ***

ଆଉ ଦୁଃଖୀ ଦାଶ ? ତା'ର ଅଭ୍ୟାସ ଯେମିତି ବେଡ଼ି ପକେଇ ଦେଇଛି ଜୀବନର ଯାବତ୍ ବିଶୃଙ୍ଖଳାକୁ। ଶୃଙ୍ଖଳା ଶୃଙ୍ଖଳିତ ହେଇ ଯାଉଛି ତା'ର ଦୈନନ୍ଦିନ ନିତ୍ୟ ନୈମିତ୍ତିକ କର୍ମ ଭିତରେ। ବଡ଼ି ସକାଳୁ ଉଠି ସେ ବୋଲେ। ଏବେ ତ ଏକୁଟିଆ। ଯେଉଁମାନେ ଆଶ୍ରମରେ ଏକା ସାଙ୍ଗରେ ଥିଲେ, ସେମାନେ କିଏ କୁଆଡ଼େ ଗଲେଣି କିନ୍ତୁ ସେ ତା ଅଭ୍ୟାସ ଛାଡ଼ିନାହିଁ। 'ଈଶାବାସ୍ୟମିଦଂ ସର୍ବଂ' ଠାରୁ 'ସର୍ବେଭବନ୍ତୁ ସୁଖିନୋ' -- ଓମ୍ ଶାନ୍ତିଃ, ଶାନ୍ତିଃ, ଶାନ୍ତିଃ ଯାଏଁ। ଗୋଟି ଗୋଟିକି।

ଖାଲି ଗୋଟାଏ ଅଭ୍ୟାସ। ସେ ଦିନର। ପୁରୁଣା କାଳର। ପୁରୁଣା ଯୁଗର। ତିରିଶ ପଇଁତିରିଶ ବର୍ଷର ଅଭ୍ୟାସ। ତିରିଶ ବର୍ଷ ହେବ ପ୍ରାର୍ଥନା ହେବ ପ୍ରାର୍ଥନା କରି କରି ଆସୁଛି ଦୁଃଖୀ ଦାଶ। ତିରିଶ ବର୍ଷ ପରେ ବି କେହି ଜଣେ ସୁଖୀ ହେବାର, ଶାନ୍ତି ପାଇବାର ଦେଖି ନାହିଁ ଦୁଃଖୀ ଦାଶ। ବରଂ ଚାରିଆଡ଼େ ଅଶାନ୍ତି। ତଥାପି ସେ ବୋଲୁଛି। ତଥାପି ସେ ଚରଖା ଖଣ୍ଡେ ଧରି ଏବେ ବି ସୂତା କାଟେ। ପ୍ରତିଦିନ। ନିୟମିତ। ପୂଜାଆହ୍ନିକ କଲାପରି।

ଗାଧୋଇସାରି ଆଗେ ପଶେ ଗୁହାଳରେ। ଦି'ହଳ ବଳଦ, ଦୁଇଟା ଗାଈ। ଜଣେ ବାରମାସୀ ଅଛି। ସେ ଆସିବା ଆଗରୁ, ଗାଈ ଗୋରୁଙ୍କ ପାଖରେ ଘାସ, କୁଟା ପକେଇଦେଇ ଆସେ। ପ୍ରଣାମ କରେ। ଅଷ୍ଟ୍ରିୟାରେ, "ମହଣକରୁ କମ୍ ଦୁଧ ଦେବା, ଗାଈକି କତଲଖାନାକୁ ପଠେଇ ଦିଅନ୍ତି"। କାମଧେନୁ ସେଇଠି ଏକଥା ଜାଣିବାପରେ ବି ଦୁଃଖୀ ଦାଶ ଗାଈ-ଗୋରୁଙ୍କୁ ପ୍ରଣାମ କରେ। ଗୋବର ମୂତ ନେଇ କମ୍ପୋଷ୍ଟ ପିଟ୍‌ରେ ପକାଏ। ଖାତରେ ପଡ଼ି ଖତ ହୁଏ।

ଜଳଖିଆ ଖାଇ ବାଡ଼ିରେ ମାଟି ହାଣେ। ହାତରେ କୁଦାଳି ଧରି। ବାରମାସୀ

ଆସିଲେ, ସେ କାମ ବରାଦକରି ଚାଲିଯାଏ। ପାଗ ବାଗ ଦେଖି ବିଲକୁ ବି ଯାଏ। ନହେଲେ, ସେଇ ବାଡ଼ିରେ। ସକାଳେ ଚାରି ଘଣ୍ଟା ହାଡ଼ଭଙ୍ଗା ଖଟଣୀ। ବୟସ ପଚାଶ ଠେକିଲାଣି। ସବୁ ହାତରେ। ଦରକାର ବେଳେ ରନ୍ଧାବଢ଼ା କରେ। ପିଲାଟିଏ ଅଛି। ଅରକ୍ଷିତ। ମା ଛେଉଣ୍ଡ। ପାଖରେ ଆଣି ରଖିଛି। କି ଜାତି କେହି ଜାଣନ୍ତି ନାହିଁ। ଅନାଥ ପିଲାଟିକୁ ବାଟରୁ ସାଉଣ୍ଟି ଆଣିଛି କହିଲେ ଚଳେ। ସଞ୍ଜବେଳେ ଘଣ୍ଟେ ପଢ଼ାଏ ତାକୁ। ଖାଦ୍ୟ ହେଉଛି ଭାତ, ଡାଲି ଆଉ ଗୋଟେ ପରିବା ସିଝା। ତିରିଶ ବର୍ଷ ତଳେ ଆଶ୍ରମରେ ଯାହା ଖାଉଥିଲା, ସେଇୟା।

ଦୁଃଖୀ ଦାଶ ଜେଲରୁ ଫେରିବାବେଳକୁ ଘରେ କାଉ ଉଡୁଛି। କେହି ନାହାନ୍ତି ବାପ, ମା ସମସ୍ତେ ପାର୍। ନୂଆକରି ସଂସାର ପାତିବାକୁ ପଡ଼ିଲା। ଗାଁ'ଯାକେ ସମସ୍ତେ, ଆଇଲା ଗଲା ଯିଏ ପାରେ ସେ କହିଲା - ଦୁଃଖିଆନ୍ନା ବାହାଟିଏ ହେଇପଡ଼। ଦୁଃଖୀ ଦାଶ ମନା କରେ ନାହିଁ କାହାକୁ। ବାହା ବି ହୁଏ ନାହିଁ। ମନଟା ଖାଁ ଖାଁ ଗୋଡ଼ାଏ। ଖାଲି ଘରଟା ନୁହେଁ, ଜୀବନଟା ବି କିମିତି ଫାଙ୍କା ଫାଙ୍କା ଲାଗେ। ତଥାପି ବାହା ହୁଏନାହିଁ।

ମନେ କିନ୍ତୁ ପଡ଼ନ୍ତି ସମସ୍ତେ। ଦେବତା ପରି ବାପ ମା। ଅହ୍ୟ ସୁଲକ୍ଷଣୀ ସ୍ତ୍ରୀ। ମନେ ପଡ଼େ ମାଷ୍ଟରାଣୀ ଦେବକୀ। ମନେପଡ଼େ ଆହୁରି କେତେ କେତେ କଥା।

ହଜିଗଲା ଅତୀତକୁ ସେ ଖୋଜି ବାହାର କରିବା ପାଇଁ ବୃଥା ଚେଷ୍ଟା କରେ ନାହିଁ। ତଥାପି ଅନେକ କଥା ଭିତରୁ ଗୋଟିଏ କଥା ଭୁଲି ହେଇଗଲେ, ତା'ର ଶିକ୍ଷାଟା ସେ ପାସୋରି ପାରେ ନାହିଁ।

ସେଇ ଘଟଣା ପରଠୁଁ ସେ ଆଉ ବାହାହେବାକୁ ମନ କରିନାହିଁ। ରାମବାବୁଙ୍କ ଯୁକ୍ତି ଶୁଣିଲେ ସେ ହସେ। ବିଦ୍ରୂପରେ। ସାମନ୍ତବାଦୀ ସମାଜରେ ନାରୀ ଗୋଟାଏ ସମ୍ପତ୍ତି। ସମ୍ପତ୍ତିରେ ଯେମିତି ସାମନ୍ତବାଦୀ ସତ୍ତ୍ୱ ସାବିତ୍ କରେ, ନାରୀର ସତୀତ୍ୱ ମଧ୍ୟ ଦାବୀ କରିବା ସମାନ୍ତବାଦୀ ମନୋବୃତ୍ତି। ରାମବାବୁଙ୍କର ଅସଂଦିଗ୍ଧ ମତ। କିନ୍ତୁ ରାମବାବୁ ବିବାହ କରିଛନ୍ତି ଏବଂ ଦୁଃଖୀ ଦାଶକୁ ବିବାହ କରିବାପାଇଁ ବାରମ୍ବାର ପରାମର୍ଶ ଦିଅନ୍ତି ମଧ୍ୟ। ଦୁଃଖୀ ଦାଶର ବିବାହିତା ସ୍ତ୍ରୀ ଗର୍ଭରୁ ଯେ କୌଣସି ଔରସଜ ସନ୍ତାନକୁ ସେ ଦୁଃଖୀ ଦାଶଙ୍କ ପୁତ୍ର ବୋଲି ସମ୍ବୋଧନ କରିବାକୁ ଆଜି ମଧ୍ୟ କୁଣ୍ଠାବୋଧ କରନ୍ତେ।

"ତୁମେ ସ୍ୱାଧୀନ କହ ନାହିଁ? ଗୋ, କନ୍ୟା, ଭୂମି ଭାଗ୍ୟଗୁଣରେ ମିଳେ ବୋଲି କଥା ନାହିଁ?" ପଚାରିଲେ ରାମବାବୁ ଦିନେ।

"ଅଛି, ସେଥିରେ ସମାନ୍ତବାଦ୍‌ର ଦୁର୍ଗନ୍ଧ ମୁଁ ପାଉ ନାହିଁ।" ଦୁଃଖୀ ଦାଶ ଯୁକ୍ତି

କଲା। "ଗୋଧନ ବୋଲି କହି, ଆମେ ଗୋରୁଙ୍କୁ ପୂଜା କରୁଁ। ସ୍ୱାଧୀନ କରି ଆମେ ନାରୀକୁ ଗୃହଲକ୍ଷ୍ମୀ କହୁଁ।"

"ପୁରୁଷ କାହିଁକି ଶହ ଶହ ମାଇପ କରିବ, ଶହ ଶହ ଥର ବାହାହେବ। ନାରୀ କାହିଁକି ସତୀ ହୋଇ ଜୀଅନ୍ତା ଜଳିବ।"

"ପୁରୁଷ ଅନ୍ୟାୟ କଲା ବୋଲି, ନାରୀ ତା'ର ପ୍ରତିଦ୍ୱନ୍ଦ୍ୱିତା କରିବା ପକ୍ଷରେ ମୁଁ ନୁହେଁ। ସମାଜର ଉଭୟପକ୍ଷ କଳୁଷିତ ହେଲେ, ସମାଜ ଭ୍ରଷ୍ଟ ହୋଇଯିବ। ପୁରୁଷଙ୍କୁ ଏଭଳି କାର୍ଯ୍ୟରୁ ନିବର୍ତ୍ତେଇବା ପରିବର୍ତ୍ତେ ନାରୀକୁ ପୁରୁଷ ମାର୍ଗରେ ପ୍ରବର୍ତ୍ତେଇବା ଏକ ମାରାତ୍ମକ ମନୋବୃତ୍ତି" – କହିଲା ଦୁଃଖୀ ଦାଶ।

"ନାରୀ ପୁରୁଷର ସମ୍ପତ୍ତି ବିବେଚିତ ହେବା ପକ୍ଷରେ ମୁଁ ନୁହେଁ। ତମେ ଯାହା କୁହ ପଛେ ଦୁଃଖିଆନ୍ନା, ନାରୀ ପୁରୁଷର ଅଧୀନସ୍ଥ ବିଚାର, ଅତ୍ୟନ୍ତ ଭ୍ରାନ୍ତିମୂଳକ। ନାରୀ ଓ ପୁରୁଷ ସମାନ" – ରାମବାବୁ କହିଲେ।

"କିନ୍ତୁ ନାରୀ ପୁରୁଷର ଭୋଗ୍ୟବସ୍ତୁ ବିବେଚିତ ହେବା ଉଚିତ ନୁହେଁ।" ଦୁଃଖୀ ଦାଶ କହିଲେ।

"ଦେହର କ୍ଷୁଧାକୁ ଅସ୍ୱୀକାର କରି ହେବ ନାହିଁ। ଉଭୟେ ଉଭୟର ଭୋଗ୍ୟ। ଯୌନ ଭୋଗରେ ଉଭୟଙ୍କର ସମାନ ଅଧିକାର।"

"ନାରୀ କିନ୍ତୁ ସନ୍ତାନର ଗର୍ଭଧାରିଣୀ" କହି ଉଠିଲା ଦୁଃଖୀ ଦାଶ। ହସିଲେ ରାମବାବୁ। ଉଭୟେ ଗୋଟାଏ ଗୁରୁତ୍ୱପୂର୍ଣ୍ଣ ବିଷୟକୁ ଅତି ହାଲୁକା ଭାବରେ ଫିଙ୍ଗି ଦେଲେ ସେ'ଦିନ।"

କିନ୍ତୁ ଦେହର ଏଇ କ୍ଷୁଧାକୁ ଅସ୍ୱୀକାର କରେ ନାହିଁ ଦୁଃଖୀ ଦାଶ। ଦେହର କ୍ଷୁଧାରୁ, 'ନାରୀପ୍ରତି ପୁରୁଷର ବା ପୁରୁଷପ୍ରତି ନାରୀର' ଏ ଯେଉଁ ଆକର୍ଷଣ ତା'ର ଶୃଙ୍ଖଳା ଆବଶ୍ୟକ। ନ ହେଲେ ସେ ଆକର୍ଷଣର ପରିଣାମ ଅତ୍ୟନ୍ତ ମାରାତ୍ମକ। ଏ ଆକର୍ଷଣର ମୂଲ୍ୟ ଅବଶ୍ୟ ରହିଛି; ମାତ୍ର ତା'ର ସୀମା ନିର୍ଦ୍ଧାରିତ ହେବା ଉଚିତ ନିଜର ତଥା ସମାଜର ହିତ ଦୃଷ୍ଟିରୁ।

"ଥରେ ବିଭା ହୋଇଥିଲ ବୋଲି ଆଉ ବାହା ହବନାଇଁ, କଉ କଥା?" ବାଳୁଙ୍ଗା ଦୁଃଖୀକୁ ବୁଝାଏ – "ପୁତ୍ ନାମକ ନରକରୁ ଉଦ୍ଧାର କରେ ବୋଲି ପୁତ୍ର। ପୁତ୍ରାର୍ଥେ କ୍ରିୟତେ ଭାର୍ଯ୍ୟା। କ'ଣ ଖାଲି ଦିହସୁଖ ପାଇଁ ବାହାହୁଏ, ମଣିଷ?"

କିନ୍ତୁ ସେ ଥରେ ବାହା ହୋଇଥିଲା ବୋଲି ଯେ ବାହା ହୁଏ ନାହିଁ, ଏକଥା ଠିକ୍ ନୁହେଁ। ଦୁଃଖୀ ଦାଶ ଭୁଲି ଗଲାଣି, କେବେ ବାହା ହେଇଥିଲା ବୋଲି। ସ୍ୱର୍ଗତା ସ୍ତ୍ରୀ ତା'ର ସ୍ତ୍ରୀ ଥିଲା। ମାତ୍ର ସେ ତାକୁ ବାହା ହୋଇଥିଲା କି ନାହିଁ; ତା'ର ମନେ

ପଡ଼େ ନାହିଁ ତ ! ବାହା ନହେଲେ ମଣିଷର କ'ଣ ଅଭାବ ରହିଯାଏ ବୋଲି ବି ସେ ଭାବି ପାରେନାହିଁ। ବରଂ ନାରୀର ସାନ୍ନିଧ୍ୟରେ ସଂଯତ ଜୀବନ ଯାପନରେ ବାଧାହୁଏ। ନିଜର କର୍ତ୍ତବ୍ୟ ପାଳନରେ ତ୍ରୁଟି ରହିବାର ଆଶଙ୍କା ଥାଏ। କିନ୍ତୁ ବେଳେବେଳେ ତା' ବାପାଙ୍କର ଶେଷ ପ୍ରଳାପ ଭକ୍ତି ମନେ ପଡ଼ିଗଲେ, ସେ ଅଥୟ ହୋଇଉଠେ।

କିନ୍ତୁ ଶୁକୁରା ! ଭାବିଲା ତା'ର ଯେମିତି କେଉଁଠି ଗୋଟେ ଖିଅ ଛିଡ଼ି ଯାଇଛି। ମନ ଭିତରର ସରୁ, ଖୁବ୍ ସରୁ ସୂତା ଖିଅଟେ। ବର୍ଷେ, ଦୁଇ ବର୍ଷ, ଚାରି ବର୍ଷ, ପାଞ୍ଚ ବର୍ଷ - ଗୋଟିକ ପରେ ଗୋଟେ। ରଜ କମେଇ। ଘର ମଥାନ ଉପରେ ଝିପି ଝିପି ବରଷା ଛିଞ୍ଚି ଅଭିଷେକ ସାରି ପଳେଇ ଗଲେ। ବିନା ଦକ୍ଷିଣାରେ। ସେ ଦକ୍ଷିଣା ଦେଇ ପାରିନାହିଁ। ଏମିତି ମନେହୁଏ। ରତନୀ ପାଖକୁ ମାସକୁ ମାସ ତ ଦୂରର କଥା, ରଜ କମେଇକୁ ଟଙ୍କା କେଇଟା ବର୍ଷ ପରେ ବର୍ଷ ବି ସେ ପଠେଇ ନାହିଁ। କଲିକତା ଗଲା ପରେ ବର୍ଷେ ଦି'ବର୍ଷ ସେ ଭାଗୁ ମାହାନ୍ତି ଠିକଣାରେ ଯାହା ବା ମନିଅର୍ଡର କରିଥିଲା, ସେଥିରେ କ'ଣ ରତନୀର ପେଟ ପୂରିଥିବ ଯେ ରଜ କମେଇକୁ ପିଚାପାଢ଼ି ଶାଢ଼ୀ, ଖଣ୍ଡେ କିଣି ପାରିଥିବ, ସେ ଟଙ୍କାକୁ ସାଇତି ରଖି ? ସେ ଟଙ୍କା ବି ପାଉଥା ଭାଗୁ ମାହାନ୍ତି ତାକୁ ଦେଇଥିବ କି ନାହିଁ କିଏ ଜାଣେ।

ପୁଣି ବାଇୟା କେତ୍ତୁଟେ ହବଣି। ପାଠ ପଢ଼ିବଣି। ଚାହାଳିକି ଯାଉଥିବ। ସେ ବସି ବସି ଭାବେ। ରତନୀ ଅସୁବିଧାରେ ପଡ଼ି ମନେ ପକାଉଥିବ। ବହି ନାହିଁ। ସିଲଟ ନାହିଁ। ହନ୍ତସନ୍ତ ହେଇ ରତନୀ ତାକୁ ଗାଳି ଦେଉଥିବ। ପୁଣି ଗାଳି ଦେଲା ବୋଲି କାନ୍ଦୁଥିବ ନିଜେ। ରତନୀ ରାଗିଯାଇ ଇମିତି ପଦେ ଅଧେ କେତେବେଳେ କିମିତି ଗାଳିଦିଏ ଶୁକୁରାକୁ। ଶୁକୁରା କିଛି କହେ ନାହିଁ। ମୁହଁଟା ତା'ର ଖାଲି ଗମ୍ଭୀର ହୋଇଯାଏ। ହାଣ୍ଡିପରି। ତା' ମୁହଁ ଦେଖି ରତନୀ କାନ୍ଦେ। ସେ କାନ୍ଦଣା କେଡ଼େ ନିରୀହ ସତେ ! ଯେମିତି ଆପଣା ରାଗଟା ଆପଣା ଉପରେ ଶୁଝୁଛି ସେ। କାହାରି ଅନିଷ୍ଟ କରିବାକୁ ସାହସ ନାହିଁ। ସେ କାନ୍ଦଣାର ଲୁହକୁ କେବେ ପୋଛି ଦେଇ ନାହିଁ ସେ। ପୋଛିବାକୁ ଥରେ ଥରେ ମନ କରେ। ହେଲେ ପାରେ ନାହିଁ। ତା'ର ପୁରୁଷପଣ ତା' ହାତକୁ ଧରି ପକାଏ। କିନ୍ତୁ ତାକୁ ଲାଗେ ଯେମିତି ସେ ଲୁହରେ ଉଷୁମ ନାହିଁ। ଭାରି ଥଣ୍ଡା। ରତନୀ ଗାଲରେ ପଡ଼ି ଉଷୁମ ଲୁହଟା ଥଣ୍ଡା ହୋଇଯାଏ। ଥରେ ସେ ଭାରି ସାହସ କରି ସେ ଲୁହ ଧୁଆ ଗାଲରେ ଯାଇ ଚୁମା ଖାଇଦେଲା। ସତରେ କି ଥଣ୍ଡା।

'ଆରେ।' ବୋଲି କହି ସେ ଶୁକୁରାର ହାତଟାକୁ ଛାଟି ଦେଲା। ଶୁକୁରାର

ପଉରୁଷ ଉପରେ ଯେମିତି କିଏ ମାରିଦେଲା ଚାପୁଡ଼ାଏ। ଶୁକୁରା ତାକୁ କୁଣ୍ଢେଇ ପକେଇ କହିଲା - "ମୋ ସୁନାଟା, ମୋ ମଣିଟା, ମୋ ରତନୀଟା।" ଆଉ ଥରେ ତା ମୁହଁ ପାଖକୁ ମୁହଁ ନେଲା ବେଳକୁ ରତନୀ ଆଖି ମୁଦି ହୋଇ ଗଲାଣି। ଗାଲ ଉଷୁମ ହୋଇ ଗଲାଣି। ଆଖି ପତା ବି। ଖାଲି ଫରକୁ ଥାଏ। ରାଗରେ ନୁହେଁ। ସରାଗରେ।

କଣ୍ଢେଇ ଭଳି ପିଲାଟା ବାଇୟା। କଥା କହିବଣି। ବାପା, ବାପା ବୋଲି ଡାକୁଥିବ ତ ? କାହାକୁ ଡାକିବ ? ଖୋଜୁଥିବ ନିଶ୍ଚେ। ଆଉ ଆଉ ପିଲାଏ ଡାକୁଥିବେ। ତାଙ୍କ ବାପାମାନଙ୍କୁ ଦେଖି ସେ ପଚାରୁଥିବ – "ମୋ ବାପା କାହିଁ ବୋଉ ?" ରତନୀ କ'ଣ କହୁଥିବ ? କହୁଥିବ "କଲିକତା ଯାଇଛନ୍ତି।" ପୁଅ ପଚାରିଥିବ - କେବେ ଆସିବେ ? ରତନୀ କ'ଣ ଉତ୍ତର ଦେଉଥିବ। ବହଲେଇ ଦଉଥିବ। ଥରେ, ଦୁଇଥର, ପାଞ୍ଚଥର, ଦଶଥର ଭୁଲେଇବ। ତା'ପରେ -- ?

ନିଜକୁ ଧିକ୍କାର କରେ। ସେ ବାପ ହେଇଥିଲା। ଗୋଟାଏ କଅଁଳା କଡୁକୁଲ ପରି ଛୁଆର ବାପା। ହାତ ଧରିଥିଲା କଇଁଫୁଲ ପରି ଗୋଟିଏ ଅଲିଅଳ କନିଆର। କେଉଁଠି ଛାଡ଼ି ଆସିଲା ତାଙ୍କୁ ? କିମିତି ଛାଡ଼ି ଆସିଲା ତାଙ୍କୁ ? ତାଙ୍କୁ ଛାଡ଼ି ସେ ରହିଛି କେମିତି ଏଠି ?

ନାହିଁ ସେ ଏଥର ଯିବ। ସେ ସର୍‌ଦାରକୁ କହିବ - ଏ ମାସ ଟଙ୍କା ସେ ଦେଇ ପାରିବ ନାହିଁ। ପାଞ୍ଚବର୍ଷ ହେଇଗଲା। ତେବେ ବି ସର୍‌ଦାର କଣ୍ଠରେ ଦୟା ବସୁନି। ଲାଠି ଦେଖେଇ ଦରମାରୁ ଅଧେ ଛଡ଼େଇ ନଉଛି। ଦିନ ପରେ ଦିନ ମାସ ପରେ ମାସ, ବର୍ଷ ପରେ ବର୍ଷ, ପାଞ୍ଚ ବର୍ଷ। ଟିକିଏ ନୁହେଁ ଅଧେ ନୁହେଁ।

ସତକୁ ସତ ସେ ଦରମା ପାଇଲାକ୍ଷଣି ସର୍‌ଦାର ପାଖକୁ ନଯାଇ ସିଧା ପଳେଇ ଆସୁଥିଲା ବସାକୁ ସେଥର। କେଉଁଠି ଥିଲା ଖଣ୍ଡିଆ ଭୂତ ଭଳିଆ ଅଟବାଟରେ 'ହୁଦସ୍ତ' ଆସି ହାଜର। ଠେଙ୍ଗାଟାଏ ଧରି କହିଲା - "କ୍ୟା ବେ - କାହାଁ ଯାଓ୍ୱଲବାନି ? ହମରା ରୂପୟା ପକା।"

ଛାତିଟା ଦମ୍ ଦମ୍ ହୋଇଗଲା ଶୁକୁରାର। ଥମ୍‌କିନା ଅଟକିଗଲା – "ବସାକୁ, ଜରୁରୀ କାମ ଅଛି। ତମେ ଥିଲ ନାହିଁ ସର୍‌ଦାର। ମୁଁ ମୁକାନ୍‌ରୁ ଫେରି ଆସିଲି। ବଳେ ନେଇ ଦେଇ ଆସିଥାନ୍ତି।"

ଏତକ ମନେ ମନେ କହିଲା। ମୁହଁରୁ ଭାଷା ବାହାରିଲା ନାହିଁ। ଥରେ ଦି'ଥର ଏମିତି ମିଛ କହି ଠକିଛି। ଆଉ କହିବାକୁ ସାହସ ହେଲାନାହିଁ। ଠଣ୍ ଠାଣ୍ ଗଣିଦେଲା। ଆଉ ରହିଲା କ'ଣ ? ମହାଜନ ପାଉଣା ଦେଲା ପରେ ମାସଯାକ ଚଳିବତ ?

କରଜା, କରଜା, ଚାରିଆଡ଼େ କରଜ। କରଜାରେ ଯେମିତି ବୁଡ଼ି ରହିଛି ଏ

ଦୁନିଆ। ଦୁନିଆଟା କରଜାରେ ତିଆରି କି କ'ଣ! କରଜ ନୁହେଁ। ଗଳାରେ ଫାସି। ଥରେ ସେଥିରେ ମୁଣ୍ଡ ଗଳେଇଲ ତ ଆଉ ବାହାରିବାର ଚାରା ନାହିଁ, ସେ ଶେଷ ନ ହେଲା ଯାକେ। କରଜା ଶେଷ ହଉ ନ ହେଉ, ନିଜେ ଶେଷ ହୁଅ। ଆଗକୁ ପଛକୁ ଏପାଖ ସେପାଖ କୁଆଡ଼କୁ ଟାଣେ ନାହିଁ ସେ ଫାସ। ଖାଲି ତଳକୁ ତଳକୁ ଝିକେ। ଯେମିତି ବୋଝ ଉପରେ ବୋଝ କି ଲଳିତା ବିଡ଼ାପରି ଉପରେ ଲଦି ଲଦି ଯାଉଛି। ଏମିତି ଲାଗେ। ଭାଗୁ ମାହାନ୍ତି କରଜା ତାକୁ ଘର ଛଡ଼େଇଲା। କଲିକତା କାରଖାନ କୁଲି ସର୍ଦ୍ଦାର କରଜା ତାକୁ କେଉଁଠି କି ନବ?

ଭାଗୁ ମାହାନ୍ତିକି ସେ କେତେ ଟଙ୍କା ଦେଲାଣି ହିସାବ ରଖି ନାହିଁ। ତା କରଜା ଶୁଝି ଯାଇଥିବ। ସେ ମନକୁ ମନ ଭାବେ। ଶୁଝି ନଥିଲେ କେତେ ବାକି ରହିଲା। ସୁଧ ଅସଲ କି ମଜୁରା ଯାଇ ରତନୀ ଲେଖି ଥାଆନ୍ତା ତ। ଯାହା ସେହି ବର୍ଷକ ତଳେ ଚିଠି ଦେଇଥିଲା ପୋଷ୍ଟକାର୍ଡ ଖଣ୍ଡେ। ରତନୀ ତାକୁ ଭୁଲି ଯିବ? ଆଉ କାହାସାଙ୍ଗରେ ପଳେଇ ଯିବ? ନହୁଲି ବୟସ। କିଜାଣି କ'ଣ। ସମସ୍ତେ କ'ଣ ଗାଁ ଛାଡ଼ି ପଳେଇଲେ? ଗାଁରେ ଆଉ କେହି ନଥିଲେ ଧନୀ ମାଷ୍ଟର ଦୁଃଖୀନନା।

ପହିଲୁ ଯାଇ ପତିଆନ୍ନା ପାଖରେ ଠିଆ ହେଲା। ବାବୁବାଡ଼ୀମାନଙ୍କରେ ପୁଝାରୀ ଚାକିରୀ କରେ ପତିଆନ୍ନା। ଠିକା। ତା ନାଁ ସେଠି 'ଠାକୁର୍'। ସେଇ ସେଦିନ ମୁଣ୍ଡ ଗୁଞ୍ଜିବାକୁ ଥାନ ଦେଇଥିଲା। ତା' ବସାରେ। ଗୋଟାଏ ବଖରା ଘର। ମଝିରେ କାଠ ପରଦା କିରାସିନୀ ପଟାର କାନ୍ଥ। ଗୋଟେ ପାଖରେ ସେ ଆଉ ତା ରଖିଣୀ। ଆର ପାଖଟା ଭଡ଼ା। ଭଡ଼ା ଘରଟା ତିନିଥାକ କାନ୍ଥକୁ ଲାଗି। ତିନି ଥାକରେ ତିନିଜଣ ଭଡ଼ାଟିଆ। ଭାଡ଼ିବନ୍ଧା ହେଲା ପରି ଥାକଥାକକି। ପାଞ୍ଚ ହାତରେ ପାଞ୍ଚ ହାତ; ନହେଲା ଛ, ସାତ ହାତ ହବ। ଝାଟିମାଟି ଘର। ଉପରକୁ ଖପରଲି। ରାତିରେ ତରା ଦିଶନ୍ତି। ସେତକ ପାଞ୍ଚଟଙ୍କା। ଭାଡ଼ିକେ ପାଞ୍ଚ। ଏତିକି ବଡ଼ ଦୟା ପତିଆନ୍ନାର। ସେ ଘରୁ ଯଉଁଦିନ ଆସି ପହଞ୍ଚିଲା ସେଇ ଦିନ। କହିଲା, ଚାକିରୀ ନପାଇଲା ଯାଏ ଥା' ନନ୍-ଭଡ଼ାରେ। ରିଲରେ ବସିବାବେଳେ ଜଣେ କଲିକତିଆ ପତିଆନ୍ନା ଠିକଣା ଦେଲା। ରିକ୍ସାରେ ଆଣି ସେଇ ଗଳି ପାଖରେ ଛାଡ଼ି ଦେଇଗଲା – ବାଡ଼ୀ ନମ୍ବର କହି ଦେଇ।

"ଚାକିରୀ ପାଇଲେ ସୁଧ ଅସଲ କି ଶୁଝି ଦେବି।" ସେ ପତିଆନ୍ନା ସାଙ୍ଗରେ ଜବାନ କରିଥାଏ। ଖାଇବାକୁ ଦିଏ ପତିଆନ୍ନା। ତା' ରଖିଣୀଟା ରାନ୍ଧି ଦିଏ। ଖାଇ ଖରଚ ପଚିଶ ଏମିତି ତିନି ଶହ ଟଙ୍କା ହେଇ ଯାଇଥିଲା, ଚାକିରୀ ପାଇବା ବେଳ ସରିକି। ଚାକିରୀ ଖଣ୍ଡକ ପାଇଁ ହଜାରେ ବାରଶ ଟଙ୍କା ଖରଚ ହେଲା। ହଜାରେ କାଇଁକି, ଢେର୍ ବେଶି। ଏକା ସାହେବର ହଜାରେ। ତା'

ଛଡ଼ା କିରାଣୀର ଦୁଇଶହ। ଆଉ ସର୍ଦ୍ଦାରର ପଚାଶ। ସବୁ ଦେଲା ସର୍ଦ୍ଦାର କରଜା ହିସାବରେ। ତା'ରି ହାତରେ ସେ ସାହେବ କିରାନୀକୁ ଘୁସ୍ ଦେଇଛି। ସେ ଦେଲା କି ନ ଦେଲା ମା ଗଙ୍ଗାକାଳୀ ଜାଣନ୍ତି। ସେ ଯାହା କହିଲା, ଶୁକୁରା ମାନି ନେଲା। ନ ମାନି ଉପାୟ କ'ଣ ?

ସେଇ ଟଙ୍କା ସେ ଗଲା ପାଞ୍ଚ ବର୍ଷ ହେଲା ଶୁଝୁଛି। ଷାଠିଏ ଟଙ୍କା ମଇନା। ତିରିଶ ଟଙ୍କା ସର୍ଦ୍ଦାର ନେଇ ନିଏ। ଦରମା ପାଇବା ଦିନ ଠେଙ୍ଗା ଧରି ବସିଥିବ। କେବେ ତା ଟଙ୍କା ଶୁଝିଯିବ କେଜାଣି !

ପତିଆନ୍ନା ଭଲ ଲୋକ। ମାଇକିନାଟେ ରଖିଛି। କି ଜାତି ବୋଲି କି ଜାତି। ବ୍ରାହ୍ମଣ ହୋଇ ସେ ଯାହା କରିଛି, ସେ କଥାଟା ତା'ର ଘୋଡ଼େଇ ଦେଇ ପଡ଼େ। କେହି କେବେ ଚର୍ଚ୍ଚା କରେ ନାହିଁ। ଏଡ଼େ ଭଲ ଲୋକ ସେ। ସମସ୍ତେ ତା' ଗୁଣ ଗାଆନ୍ତି। ଭାରି ଦୟାଳୁ। ସେ ତା'ଟଙ୍କା ଦିନକର ଦିନେ ମାଗି ନାହିଁ। ଦରମା ପାଇଲା ଦିନୁ କୁମ୍ପାନୀ ଘରକୁ ଆସିବାଯାଏଁ ସେ ମାସକୁ ମାସ ଦେଇ ଦିଏ। ଆଗିଲାଟା ବାକି ପଡ଼େ। ଦି' ପରାଣୀଯାକ ପାଟି ଫିଟାନ୍ତି ନାହିଁ। ସେ ଟଙ୍କା ବିଷୟରେ।

କୁମ୍ପାନୀ ଘର ପାଇବାକୁ ଦି' ଶହ ହାତଗୁଞ୍ଜା ପଡ଼ିଲା। ତାକୁ ବି ଦେଇଛି ସେଇ ସର୍ଦ୍ଦାର ଉଧାର ସୂତ୍ରରେ। ନିଜ ଘରେ ରହିଲା ଦିନଠୁଁ ସେ ହାତରେ ଗଣ୍ଡେ ଫୁଟେଇ ଦିଏ। ନିଜ ଖାଇବା ମମୁଜି। ଆଉ ପତିଆନ୍ନା ଘରେ ଖାଏ ନାହିଁ। ହେଲେ ବି, ଯେବେ ଯାଏ ପତିଆନ୍ନାର ସେ ଘରଣୀଟା ନ ଖୋଇ ଛାଡ଼େ ନାହିଁ। ଭାରି ଶରଧା କରେ।

ସେ ଗୋଟେ ପୁରାଣ। ପତିଆନ୍ନା ତା' ପାଲରେ ପଡ଼ିଲା କି ସେ ପତିଆନ୍ନା ପାଲରେ ପଡ଼ିଲା କହିବା କଷ୍ଟ। ଆଜିକାଲି ପତିଆନ୍ନା ସେ ପରବ ଆଉ କରେ ନାହିଁ। ଆଗେ କୁଆଡ଼େ କରୁଥିଲା। ଗୋଟେ ବେଉସା ଥିଲା ତା'ର। ପୁଝାରୀଗିରି କରି କେତେ ବା ପଇସା ପାଇବ। ତିନି ତିନିଟା ବାବୁବାଡ଼ି ବୁଲି ଠିକାରେ ରାନ୍ଧିଦେଇ ଆସେ। ତଥାପି ତାକୁ କୁଳାଏ ନାହିଁ। ରଖିଣୀଟିଏ ପାଇଁ ଯାହା ତାର ଖରଚ। ତା'ଛଡ଼ା ଘରକୁ ପଠାଏ। ମାସକୁ ମାସ। ରୀତିମତ। ଗାଁରେ ପୁଅ ମାଇପ ବାପ ମା। ରଖିଣୀ କି ପତିଆନ୍ନା ଆଣିଲା ପରି ରତନୀ କି ଆଉ ସେମିତି କେହି ଭୁଲେଇ କଲିକତା ନେଇ ଆସି ନାହିଁ ତ ! ଠାକୁରେ ! ତ୍ରିନାଥ ଗୋସାଇଁ ! ମା ଗଙ୍ଗା ! ତମେ ଭରସା।

ପତିଆନ୍ନା ଚାରି ପାଞ୍ଚଟା ଦଲାଲ୍ ରଖିଥାଏ। ସେମାନେ ବର୍ଷେ ଛମାସେ ଦେଶରୁ ଗୋଟେ ନେଖେ ଧରି ଆଣନ୍ତି। ମାଇକିନା – ଟୋକୀ। ଭଲ ଭଲ ଘର ଝିଅ ବୋହୂ ବି ଥାଆନ୍ତି। ପତିଆନ୍ନା ସେମାନଙ୍କୁ ବିକିଦିଏ ସୁନାଗାଛିରେ – ହାଡ଼କଟା

ଗଳିରେ । ନଇଲେ ରଖେଇ ଦିଏ ବାଡ଼ିରେ ଝି'କରି । ନଚେତ୍ କେହି ଅଭାବୀ ଲୋକଙ୍କୁ ଧରେଇ ଦିଏ ରଖିଣୀ କରି । ବାହା ବି କରେଇ ଦିଏ । ଯାହାକୁ ଯେମିତି ।

ଥରେ ପୁଲିସ୍ କଉଁଠୁଁ ଖବର ପାଇ ପତିଆନ୍ନା ଘର ଘେରାଉ କଲା । ସର୍ଚ୍ଚ କଲାରୁ ଦୁଇ ଦୁଇଟା ଜବାନ୍ ଝିଅ ବାହାରିଲେ । ବହୁତ ପଇସା ଖରଚ କଲା ପତିଆନ୍ନା । ପାର୍ ପାଇଗଲା । ସେଇ ଦିନଠୁଁ ସେ ବେଉସା ବନ୍ଦ ।" କାନ ନାକ ମୋଡ଼ି ହେଲା । ଆଉ ସେ ଧନ୍ଦାରେ ପଶେ ନାହିଁ ।

ସେହି କାରବାର ବେଳେ ଏଇ ରଖିଣୀ ବିଜେ କଲେ । ଦେବୀ ଆବିର୍ଭାବ ହେଲେ ସତେ କି ? ସାକ୍ଷାତ୍ ମା କାଳୀ ବୋଲି ଜାଣିବ । ତାର କେଉଁଟା ଯେ ପତିଆନ୍ନା ମନକୁ ପାଇଲା ସେଇ ଜାଣେ । ଆଖି ଦୁଇଟା ଗୋରୁ ଆଖି ପରି । ନାକ ମୂଳରୁ କାନ ଆଗ ଯାଏ ତେରେଛେଇ ଯାଇଛି ଯେ ଦେଖିଲେ ଡର ମାଡ଼ିବ । ଟିକି ଟିକି କାନ । ତେନ୍ତୁଳିମଞ୍ଜିଆ ଦାନ୍ତ । ମୁହଁ ଭିତରେ ଯାହା ନାକଟି ସୁନ୍ଦର । ହେଲେ ତାକୁ ଘୋଡ଼େଇ ପକେଇଛି ବସାଣି, ନଥ, ନାକମାଛି । ସେହି ନାକକୁ ଦେଖି କି କଣ ପତିଆନ୍ନା ଭଲିଗଲା । ସେ ମାଇକିନାଟା ବଅସବେଳେ କିମିତି ଦେଖାଯାଉଥିବ କିଜାଣି ? ଏବେ ତ ଏହେଁ ମୋଟ - ଏଡ଼େ ପେଟ । ଛୁଆ ପିଲା କିଛି ନାହିଁ । ମନେ ହେବ ଯେମିତି ସାତମାସିଆ ପେଟ ବାହାରିଛି । ହାତରେ ଖଡୁ ବଟଫଳ । ବେକରେ ସୁନାସୂତାହାର ଚିତା; ଆଉ ଗହଣାରେ ଭରିଦେଇଛି ପତିଆନ୍ନା ଗୋଡ଼ରୁ ମୁଣ୍ଡଯାଏଁ । ସେ ରଖିଣୀ ହଉ ଯାହାହଉ, ଜାତିକୁଳ କିଛି ନ ଥାଉ ପଛେ, ମନଟା ଭାରି ବଡ଼ । ବଡ଼ ଉଦାର । ତା'ରି ଦୟାରୁ ସେ ଛ'ମାସ ଯାଏଁ ରହିଲା ସେଠି । ସମସ୍ତେ ଥଟ୍ଟାକଲେ ଶୁକୁରାକୁ । ତାକୁ ଲଗେଇ ଟାହିଟାପରା କଲେ । ଶୁକୁରାକୁ କେମନ୍ତେ ସେ ମାଇକିନାଟା ରଖିଛି । ଶୁକୁରା କାନରେ ପଡ଼ିଲା । ଶୁକୁରା ହସିଦିଏ ସେମତା କଥାକୁ । ହେଲେ ଭିତରେ ଭିତରେ ସେ ଭାରି ରାଗେ ଏ ମଣିଷଗୁଡ଼ାକ ଏମିତି । କାହାରି ସୁଖ ଦେଖି ପାରନ୍ତି ନାହିଁ ।

ମାଇକିନାଟା ବି ସେମିତି ଅଲାଗୀ । କିଏ କାଳେ କ'ଣ ଭାବିବ, କିଏ କ'ଣ କହିବ, କିଛି ନ ଭାବି ସେ ଏମିତି କାଣ୍ଡ କରିଦେବ ଯେ ନ କହିଲା ଲୋକ କହିବେ । ଦିନେ ଶୁକୁରା ଫେରିବାକୁ ଡେରିହେଲା । ପତିଆନ୍ନା ବାବୁ ବାଡ଼ିରୁ ଫେରି ନଥାଏ । ପାଖ ପଡ଼ିଶାଙ୍କୁ ପଚାରି ଶେଷରେ ବାଟଗଲା ଲୋକଙ୍କୁ ବି ଡାକି ପଚାରେ ତମେ ଆମ ଶୁକୁରାକୁ ଦେଖିଛ ? ଏଥିରେ ଲୋକେ ସନ୍ଦେହ କରୁ ନଥିଲେ ବି କରିବା କଥା । ସେ ଦିନ ତାକୁ ଏତେ ମାଡ଼ି ପଡ଼ିଲା ଯେ ସେ କଣ କରିବ ଭାବି ପାରିଲା ନାହିଁ । ଶୁକୁରା ଖଣ୍ଡେ ଚିରା ଜାମା ପିନ୍ଧିଥାଏ । ବସାରୁ ବାହାରିଯିବା ବେଳେ ତା' ପଛପଟ ଚିରାଟା ତା ଆଖିରେ ପଡ଼ିଲା । ପଛରୁ ଡାକିଲା ସେ । ଚିଡ଼ିମାଡ଼ିଲା ଶୁକୁରାକୁ ସେ ପଛରୁ

ଡାକିଦେଲା ବୋଲି। ନ ଶୁଣି ଉପାୟ ନାହିଁ। ଖାଉନ୍ଦ ସେ ବାସ ଦେଉଛି। କ'ଣ କରିବ ? ଗଲା ଅଗତ୍ୟା। ଘର ଭିତର ଯାଏଁ। ଡାକି ନେଲା ସେ। ଘର ଭିତର ଯାଏଁ। ଘର ଭିତରକୁ। ପତିଆନ୍ନା ପରସ୍ତକୁ। ଡାକି, ହାତରେ ଦି'ଟା ଟଙ୍କା ଗୁଞ୍ଜିଦେଇ କହିଲା "ଛି, ଚିରା ଜାମାଟା କାଢ଼ି ପକା। ଏଇ ନିଅ - ନୂଆ ଜାମାଟେ ଚଉରଙ୍ଗିରୁ କିଣି ଆଣି ପିନ୍ଧିବ।"

କାହିଁକି ଏ ମମତା ? ତାକୁ ଅଡୁଆ ଲାଗିଲା। ଲାଭ ବି ଲାଗିଲା। ଶୁକୁରା ଚାକିରୀ କଲାଣି ସେତେବେଳକୁ। ଜୀବନରେ ପହିଲୁ ଥର ପାଇଁ ଅନ୍ୟର ଦୟାରେ ସେ ଛୋଟ ହୋଇ ଯାଉଥିଲା ପରି ବୋଧ କଲା। ନବ କି ନ ନବ ଭାବିଲା। ହାତ ବଢ଼ଉ ନ ଥିଲା। ସେ ମାଇକିନାଟା ହାତକୁ ଟାଣି ନେଇ ଗୁଞ୍ଜି ଦେଲା। ତାକୁ କିମିତି ଗରମ ଲାଗିଲା। ଟଙ୍କା କି ତା' ହାତ ସେ ବୁଝି ପାରିଲା ନାହିଁ। ତା ମୁହଁକୁ ସେ ଥରେ ଆଖି ଟେକି ଚାହିଁଲା। ତାକୁ ଖାଲି ଦିଶିଲା ତା ନାକଟା।

ତା' ପରଠୁ, ତାର କିମିତିକା ଗୋଟେ ମୁଲଝା ହେଲା ଯେ ସେ ଖାଇବାକୁ ଡାକିଲେ ଶୁକୁରା ମନା କରିପାରେ ନାହିଁ। ଅନେକ ଥର ସେ ଖାଇଛି। ଜଳଖିଆ। ଦିନରେ ଦି ବଖତ ଖାଇବା ଛଡ଼ା। ଖୋରାକ ପାଇଁ ତ ସେ ପଇସା ନିଏ। ତା' ବାହାରେ ସେ ଖାଇବାକୁ ଦେଲା। ପତିଆନ୍ନା ଥାଉ ନଥାଉ। ନଥିବା ବେଳେ ବେଶି।

ଥରେ ପତିଆନ୍ନା ଗାଁକୁ ଯାଇଥାଏ। ସେ ତା' ନିଜ ବସାକୁ ଗଲାଣି। ବୁଲି ଆସିଥିଲା ପତିଆନ୍ନା ଘରକୁ। ଏମିତି ସେ ଆସେ। ପତିଆନ୍ନାର ଉପକାର ସେ ଭୁଲିପାରେ ନାହିଁ। ତା'ପରେ ପୁଣି ଧାରିଛି। ନଗଲେ କାଳେ କହିବ, ଯେ ତା ଟଙ୍କା ଶୁକୁରା ବୁଡ଼େଇଦେଲା ବୋଲି। ବେଇମାନ ସେ ହବ ନାହିଁ। ସେଥିପାଇଁ ସେ ଅକାଳେ ସକାଳେ ସମୟ ପାଇଲେ ଯାଏ।

ସେଦିନ ଭୁରି ଭୋଜନ ଦେଲା ସେ ମାଇକିନା। ଯାହା ତ ରାନ୍ଧିଥିଲା ରାନ୍ଧିଥିଲା, ବଜାରରୁ ବି କେତେ କ'ଣ କିଣି ଆଣିଲା। ମାଂସ। କଟ୍‌ଲେଟ୍ ଦହି ସନ୍ଦେଶ। ଖିଆପିଆ ସରୁ ସରୁ ବେଶ୍ ରାତି ହୋଇଗଲା। ରାତି ୯ଟା ହେବ।

"ଏତେ ରାତିରେ ଆଉ ଯିବ କ'ଣ। ଘରେ ଛୁଆ ନା ପିଲା ସକାଳୁ ଉଠି ଯିବ।" କହିଲା ସେ। ତମ ନନା ନାହାନ୍ତି। ମୋତେ ଏକୁଟିଆ ଡର ଲାଗୁଛି। ଗହଣା ପତ୍ର। ରାତି ବିକାଳରେ କେତେବେଳେ କ'ଣ।"

"ସକାଳ ଡ଼ିଉଟି ଯେ" - ଶୁକୁରା ଉତ୍ତର ଦେଲା।

"ମୁଁ ବଡ଼ି ଭୋର୍ ଡାକିଦେବି। ରାନ୍ଧିବାଢ଼ି ରଖି ଦେଇଥିବି। ଖାଇକି ଚାଲିଯିବ।"

ଶୁକୁରା ମନା କରି ପାରିଲା ନାହିଁ। ଆସିଛି ଯେତେବେଳେ। ଚିଡ଼େଇବା ଠିକ୍ ହବନାହିଁ। ସେ ତୁନି ପଡ଼ିଲା। ସେ ମାଇକିନାର ଶରଧା ଆହୁରି ବଳି ପଡ଼ିଲା। କହିଲା "ତମ ନନା ଆସିଲାଯାଏ ଏଇଠି ରହ। ହେଲା ନା କ'ଣ କହୁଛ ?"

ତା' ବି ମନା କରି ପାରିଲା ନାହିଁ ଶୁକୁରା।

ଏଣୁ ତେଣୁ ଗପସପ ହୋଇ ଢେର୍ ରାତିରେ ଶୋଇବାକୁ ଗଲେ। ସେ ମାଇକିନା ଶୁକୁରା ପାଇଁ ଅଲଗା ବିଛଣା କରିଦେଲା ସେଇ ଘରେ। ଏଡ଼ିକି ବଖରାଏ ଘର ଛ ହାତରେ ଛ ହାତ ହବ। ମଝିରେ କାଠ ବାଡ଼। କିରାସିନୀ ପଟାର। ଆର ପରସ୍ତ ଭାଡ଼ିରେ ସେ ଅନେକ ଦିନ କଟେଇଛି। ଏ ପରସ୍ତରେ ଭାଡ଼ି ନାହିଁ। ପତିଆନ୍ନା ନିଜେ ରହେ ବୋଲି। ଖଟିଆଟାଏ ପଡ଼ିଛି। ସେଇ କିରାସିନୀ ପଟାର। ତକ୍ତପୋଷ ପରି। ଉପରେ ପତିଆନାର ରଖିଣୀ ସେ ମାଇପିଟା। ତଳେ ଶୁକୁରା। ଶୁକୁରାକୁ ମାଡ଼ି ପଡୁଥାଏ। ମନେ ହେଲା ସେପାରିରୁ କିଏ ଯେମିତି ସବୁ କାନପାରି ଶୁଣୁଛନ୍ତି। ଟିପାଟିପି ହୋଇ ହସୁଛନ୍ତି।

ରାତି ଅଧ ହବ। ଚାଏଁ କିନା ଶୁକୁରାର ନିଦ ଭାଙ୍ଗିଗଲା। ତା ଗୋଡ଼ରେ କଣଟାଏ ଚରୁଛି। ସରସର ଲାଗୁଛି। ଛାଟି ଦେଲା ଗୋଡ଼ଟାକୁ।

କିଏ ?

"ତୁନି ହୁଅ। ଖଟି ଖଟି ଆସିଛ। ଥକା ଲାଗିବଣି। ଗୋଡ଼ହାତ ଘୋଳେଇ ହେଉଥିବ। ଟିକେ ଟିପିଦିଏଁ।"

"ନାହିଁ ଥାଉ"। କହି ଗୋଡ଼କୁ କାଢ଼ିନେଲା ଶୁକୁରା। କିନ୍ତୁ ସେ ନ ଛାଡ଼େ।

"ପାଟି କର ନାହିଁ। ସେ ପାଖରେ କିଏ ଶୁଣିବ।"

*** *** ***

ତହିଁ ପରଦିନଠୁ ସେ ଆଉ ମାଡ଼େ ନାହିଁ ସେ ପୁରେ – ସେ ଅଞ୍ଚଳ। ପତିଆନ୍ନାର ବାଟଘାଟରେ କାଳେ ଦେଖା ହେଇଯିବ ସେ ଡରେ। ସତକୁ ସତ ଦିନେ ଅକସ୍ମାତ୍ ଦେଖା ହୋଇଗଲା। ଯାଦୁକୋଠି ସାମ୍ନାରେ। ପତିଆନ୍ନା ଡାକି ନେଲା ଘରକୁ। ତାକୁ ଭାରି ମାଡ଼ି ପଡୁଥାଏ। ପୁଣି ସେ ରଖିଣୀଟା କ'ଣ କହିବ। କାହିଁକି ଲୁଚିଥିଲ ? ସେ ଯଦି ପଚାରିବ ! ନାହିଁ ପତିଆନ୍ନା ଆଗରେ କିଛି କହିବ ନାହିଁ। ହେଲେ ପତିଆନ୍ନାକୁ, ତାକୁ ଏକାଠି ସେ ହାବୁଡ଼ିଲେ, ତା ଛାତି ଫାଟିଯିବ ନାହିଁ ତ ?

ଛାତି କିନ୍ତୁ ଫାଟିଲା ନାହିଁ। ଅନେଇ ଦେଇ ହସି ପକାଇଲା। କହିଲା ଗୀତ ବୋଲିଲା ପରି – ମନେ ପଡ଼ିଲା କି ଆଜି। ଦିଅର ନେଖା କରେ ତ। ସେଇଥିପାଇଁ।

ସେ ହସରେ ଯେମିତି ବିଷ ଥିଲା। ଆଉ ସେ ବିଷ ଯେମିତି ଚରିଚରି ଯାଉଥାଏ

ଶୁକୁରା ଦିହରେ। ସେ ଅବଶ ଅଚଳ ହୋଇ ପଡୁଥିଲା, ଆଗକୁ ଗୋଡ଼ ବଢ଼ାଇବା ପାଇଁ।

କି ଅଲାଜୁକ ତିର୍ଲୀଟା ! ଏଡ଼େ ବଡ଼ ଓଲଟପାଲଟଟାକୁ ସେ କେଡ଼େ ସହଜରେ ହଜମ କରି ନେଇଛି। ଶୁକୁରାର ପଉରୁଷ ଉପରେ କିଏ ଯିମିତି ପୁଣି ଥରେ ପାହାର ବସେଇଲା। ସେ ଦିନ ବିଛଣାରୁ ଉଠି ଆସି ଯେମିତି ସେ ଘୃଣାରେ ବିରକ୍ତିରେ ପଳେଇଯିବାକୁ ଇଚ୍ଛାକରି ଯାଇ ପାରୁ ନଥିଲା, ଆଜି ପୁଣି ଲାଗିଲା ସେମିତି ତାକୁ। ଘରଟା ଭିତରେ ଯେମିତି ଭାରି ଦୁର୍ଗନ୍ଧ। ପତିଆନ୍ନା ଡାକିନେଇ ନଥିଲେ ଯେମିତି ଯାଇ ପାରି ନଥାନ୍ତା।

ପତିଆନ୍ନା ପ୍ରତି ତା'ର ଯେମିତି ଦୟା ହେଲା। କେତେ ସତୀଙ୍କୁ ସେ ଅସତୀ କରିଛି। କେତେ କୂଳଭୁଆସୁଣୀ କୁଆଁରୀକନିଆ ଆଜି ହାଡ଼କଟା, ସୁନାଗାଛିରେ ରୂପର ପସରା ମେଲି ବଇଚନ୍ତି। ପତିଆନ୍ନାର ଦୟା। କିନ୍ତୁ ଏଇ ରଖିଣୀଟାକୁ ରଖି ସେ ଯେମିତି ଜଣେ ଅସତୀ କି ସତୀ କରି ଦେଇଥିଲା। ହାରିଗଲା ଶେଷକୁ।

ନିଜକୁ ତା'ର ଘୃଣା ହେଲା ସାଥେ ସାଥେ। ସେ ଦିନ ତା' ପାଖରେ ଟଙ୍କା ଥିଲା। କ'ଣ ମନେ ହେଲା କେଜାଣି, ପଚିଶଟା ଟଙ୍କା ସେ ପାକିଟିରୁ କାଢ଼ି ଗଣି ଦେଲା। ସେଇ ମାସ ଖୋରାକି ବାବଦ। ପତିଆନ୍ନାର ରଖିଣୀ ସାଙ୍ଗେ ସାଙ୍ଗେ ଗଣି ରଖିଦେଲା। ଶୁକୁରା ତା' ମୁହଁକୁ ଅନେଇ ଥାଏ। ମାସ ପୂରିବାକୁ ଆହୁରି ଦି, ଚାରିଦିନ ବାକି ଥିଲା। କହିଲା ନାହିଁ; କିଛି ଅଭାବ ଥିବ - ମାସ ତ ପୂରି ନଥିଲା, ଏବେ ଦଉଚ କିଆଁ ? ଏ ଜାତିଟା ପୁଣି ଏମିତି। ଡର ମାଡ଼ିଲା ଶୁକୁରାକୁ। ସବୁ କ'ଣ ସ୍ୱାର୍ଥୀ ? ମନେ ପଡ଼ିଗଲା ରତନୀ କଥା। ସେଇ ଦିନଠୁଁ, ସେଇ କାଳରାତି ବିତିଗଲା ପରଠୁଁ, ରତନୀ ମନ ଭିତରକୁ ଆସିଲେ, ତା' ପାଖରୁ ପଳେଇଲା ପରି ସେ ଦଉଡ଼େ ମାନେ ମନକୁ ଦଉଡ଼ାଏ। ରତନୀ ପଡ଼ିଯାଏ ପଛରେ। ଆଜି ସେ ସାହସ କରି ରତନୀକୁ ମନେ ପକାଇଲା। ବଡ଼ ବିକଳ ହୋଇ ଚାହିଁଛି ସେ। ଶହ ଶହ ମାଇଲ ଦୂରରେ।

ବସାକୁ ଫେରିଲା ବେଳେ ବାଟରେ ଶୁଣିଲା କାଳିଆ ଦେହୁରୀ ଚାଲିଗଲା। ତା' ରୂପଟା ଖାଲି ତା' ଆଗରେ ନାଚିଲା। ତା' ସାଙ୍ଗରେ ଆଉ ଦି'ଜଣ ବି। କାରଖାନାରେ ଏକ୍‌ସିଡେଣ୍ଟ। ଦେହୁରୀ ଘରେ କାନ୍ଦ ବୋବାଳି।

ଦୁଇ ଦୁଇଟା ପିଲା କାଳିଆର। ବଡ଼ଟି ଚଉଦ ପନ୍ଦର ବରଷର। ସାନଟି ଛ କି ସାତ ହବ। କ'ଣ କରିବେ ସେମାନେ ? ଗାଁରେ ଭାଇ-ଭଗାରିଙ୍କ ଦାଉରେ କାଳିଆ ଦିନେ ପଳେଇ ଆସିଥିଲା କଲିକତା। କେତେ ବର୍ଷ ହେଇ ଗଲାଣି। କାଳିଆ ବି କହିପାରେ ନାହିଁ କେତେ ବର୍ଷ ?

ଟପ୍ ଟପ୍ କି ଆଖିର ଲୁହ ଗଡ଼ିଗଲା ଶୁକୁରାର । ସିଧା ଛୁଟିଲା କାଳିଆ ଘରକୁ। ତା' ଭାରିଜା କାନ୍ଦୁଥିବ ମୁଣ୍ଡକୋଡ଼ି ହୋଇ । ପିଲାଗୁଡ଼ିକ ଆଉଟି ପାଉଟି ହେଉଥିବେ। ବଡ଼ଟା ବାବା ବାବା ବୋଲି ରଡ଼ି ଛାଡ଼ିଥିବ। ସାନଟା ବୁଝି ପାରୁ ନଥିବ ମରଣ କ'ଣ। ଏଡ଼େ ଭଲଲୋକଟାର ଏଇ ଦଶା। ହା ଭଗବାନ୍! ପନ୍ଦର ବର୍ଷର ଗୋଟେ ଘର କରଣା ! ସବୁ ଉଜୁଡ଼ି ଗଲା ?

କାଳିଆର ତା'ର ବଡ଼ ସାଙ୍ଗ ଦୋସ୍ତି। କାଳିଆ ପିଲାଦିନୁ ଘରଛାଡ଼ି ବିଦେଶ ଆସିଛି ଯେ ଆଉ ଫେରି ନାହିଁ। ବାପ, ମା, ନାହାନ୍ତି ତା'ର। ଖୁଡୁତା, ଜୁଡୁତା ଦେଖି ପାରନ୍ତି ନାହିଁ। ତାଙ୍କରି ନାଗିତ ଘର ଛାଡ଼ିଲା। ଏବେ ଖବର ଦେଲେ କେହି କ'ଣ ଆସିବେ? ବାହା ହେଲା ବେଳେ ଖବର ଦେଇଥିଲା। କେହି ଆସିଲେ ନାହିଁ। ସଂପଦରେ ଯାହାର ଦେଖା ନାହିଁ ବିପଦରେ ବା କାହୁଁ ପଚାରନ୍ତେ।

ଶଶୁର ବୁଢ଼ା ଥିଲା ଏଇ କାରଖାନାରେ କୁଲି। ସେ ତ ଗଲାଣି। ଶାଶୁ, ଶଶୁର ଦିହିଁକି ଦିହେଁ କେହି ନାହାନ୍ତି। ଶଳାଟିଏ। ସେ ବି ଥାଏ କାଳିଆ ପାଖରେ। ବାଲୁଙ୍ଗା ନମ୍ବର ଏକ। ବଗୁଲିଆ ବୋଲି ସରିଛି। ଭଉଣୀ ଦିନେ କ'ଣ ହଟି କରି ପଦେ କହିଦେଲା ବୋଲି ତୁ ପଳେଇଲୁ? କେତେ ଖୋଜା କେତେ ହାଉଳି ମାଉଳି। କାଳିଆର ମୁଣ୍ଡ ଖରାପ। ପାଗଳାଙ୍କ ପରି ହେଲା। ନିଜର ଭଉଣୀଟା ଯେତେ ନ କାନ୍ଦିଛି, ତାଠୁ ବେଶି ବେସ୍ତ ହେଇଛି ତା' ଭିଣେଇ କାଳିଆ। ସେମିତିକା ପ୍ରାଣ ଥିଲା କାଳିଆର। କେଡ଼େ ଭଲ ଲୋକଟା ଚାଲିଗଲା ସତେ! ଭଲ ଲୋକ ସବୁ ଏମିତି ଯାଆନ୍ତି। ରୋଗ ବଇରାଗ କିଛି ନାହିଁ। କାହାରିଠୁଁ ସେବା ନେଇନାହିଁ। କାହାରିକି ହଇରାଣ କରିନାହିଁ। ବାସ୍ ଫଟ୍ କିନା ଚାଲିଗଲା। ସେ ନିଶ୍ଚେ ଯାଇ ସ୍ୱର୍ଗରେ ବସି ସାରିବଣି। କାହାରି କେବେ ଅନିଷ୍ଟ କରି ନାହିଁ ତା' ଜୀବନରେ। ହଲିଲା ପାଣିରେ ଗୋଡ଼ ଦଉ ନଥିଲା।

ଓଃ ଛାତି ଯିମିତି ଫାଟିଯିବ ଶୁକୁରାର। ସେ ସମ୍ଭାଳି ହୋଇ ପାରିଲା ନାହିଁ। କାଳିଆ ସ୍ତ୍ରୀର ବାହୁନା ଶୁଣି – କାନ୍ଦଣା ଦେଖି । ସେ ତାକୁ ବୁଝନ୍ତା କ'ଣ ନା – ଓଲଟି ଭୋ ଭୋ ରଡ଼ି ଛାଡ଼ିଲା।

"ରତନୀ ରତନୀ।"

ସାଙ୍ଗେ ସାଙ୍ଗେ ଭୁଲଟାକୁ ସୁଧାରି ନେଇ କହିଲା – "ପରଶୁ ବୋଉ, ପରଶୁ ବୋଉ, ତମେ କାନ୍ଦ ନାହିଁ। ସବୁ ଠିକ୍ ହୋଇଯିବ। ଠାକୁରେ ଅଛନ୍ତି। ସେହି ସାହାପକ୍ଷ। ତମେ ଚିନ୍ତା କର ନାହିଁ। ତମ ଚିନ୍ତା ମତେ ଲାଗିଲା।

କହିଦେଇ ଚମକି ପଡ଼ିଲା ଶୁକୁରା। ଡରିଗଲା। ସେ ସମ୍ଭାଳି ପାରିବ ତ?

ଏଡ଼େ ବଡ଼ କୁଟୁମ୍ବ। ତା' ଦୁଃଖ ଦେଖି ସେ କାଠ ହୋଇଯାଇଥିଲା। ନିଜ ଆଇତିରେ ସେ ନଥିଲା। ସେତିକି ବେଳେ ତା' ମୁହଁରୁ ଯାହା ବାହାରି ପଡ଼ିଲା, ସେଇଟା କ'ଣ ସତ ସତ ତା' ମନକଥା ? ପରଶୁ ବୋଉର ମନକୁ ବୁଝେଇବା ପାଇଁ ସେ ସେମିତି କହିଦେଲା ନା। ବଡ଼ ପୁଅଟା ଦିନ କେଇଟାରେ ପାରି ଉଠିବ। ନିଜ କଥା ନିଜେ ବୁଝିବେ ସେମାନେ। ତା' ଯାଏ କଥା ଯିବ କାହିଁକି ?

ସେ ନିଜକୁ ବୁଝଉଥାଏ ସିନା କିନ୍ତୁ ସତକୁ ସତ ତାକୁ ସବୁ କରିବାକୁ ପଡ଼ିଲା। ସେ କଲା। ମନରେ କିଛି ନଭାବି କରୁଥାଏ। ହିଞ୍ଜି ନାହିଁ ଟିକିଏ। ହଟି ଯାଇ ନାହିଁ ଆଦୁଁ।

ସବୁ କରିଛି। ମଡ଼ା ଉଠେଇବାଠୁଁ, ଦଶଦିନ ଦଶକ୍ରିୟା ଯାଏଁ।

ଆଉ ଘରକୁ ଯିବା ହେଲା ନାହିଁ ତା'ର। ଘରକୁ ଯିବା ପାଇଁ ଯାହା ରଖିଥିଲା ସବୁ ପରପାଇଁ ଗଲା। ସେଇ ଟଙ୍କାରେ କାଳିଆର କ୍ରିୟା କଲା। ପତିଆନ୍ନା ପଚାରିଲେ ତୁନି ପଡ଼େ। ପତିଆନ୍ନା ରାଗେ। ଟଙ୍କା କ'ଣ କଲୁ ? କୋଉ ରାଣ୍ଡ ଘରେ ଦେଲୁ ? ପଚାରେ। କିଛି କହେ ନାହିଁ ଶୁକୁରା। ପତିଆନ୍ନା ସେତିକି ଜାଣେ। ରାଣ୍ଡ ଘରେ ଦବାଛଡ଼ା ମଣିଷ ଯେ ଆଉ କିଛି ପାଇଁ ଖରଚ କରିପାରେ ସେ କଥା ତା' ଚିନ୍ତାରେ ନାହିଁ। ଦୟା ପରେ।

ଟ୍ରାମ୍ ଗାଡ଼ି ଘୋ ଘୋ ଶବ୍ଦକରି ଚାଲିଯାଏ। ଓଏଲିଙ୍ଗ୍ ଡନ୍ ଷ୍ଟ୍ରିଟ୍ ବାଟେ। ଖଣ୍ଡେ ଦୂରରେ ମଟରବସ୍ ଧଡ୍ ଧଡ୍ ପେଁ ପାଁ କରି ଚାଲିଯାନ୍ତି। ଏକା ଶୁକୁରା ଚୁପ୍।

ଖଟି ଖଟି ଶୁକୁରା ବିଛଣା ଧରିଲା। ସେବାକଲା ସେଇ ପରଶୁ ବୋଉ। ପରଶୁ ଆଉ ଟିକେ ପାଠ ପଢ଼ି ପାସ କଲେ ଚାକିରୀ ପାଇବ। ଏଇ କମ୍ପାନୀରେ ନିଶ୍ଚେଁ। ଉଏଲଫେୟାର ଅଫିସର ଜବାବ ଦେଇଛନ୍ତି। କହିଛନ୍ତି, ଆଗ ତା' କଥା ବିଚାର କରିବ କମ୍ପାନୀ। ତା' ବାପ କମ୍ପାନୀ ଘରେ ପ୍ରାଣ ଦେଇଛି। ଖାଲି ପାସ୍‌ଟା କରି ପକଉ। ତମେ ଚିନ୍ତା କର ନାହିଁ ପରଶୁ ବୋଉ। ସବୁ ଠିକ୍ ହୋଇ ଯିବ। ତମ ଦୁଃଖ ଯିବ। ଠାକୁରେ ଭରସା।

ଶୁକୁରା ଜରରେ ବାଉଳି ହୁଏ।

ମୁଣ୍ଡ ପାଖରେ ବସି ପରଶୁ ବୋଉ କାନ୍ଦୁଥାଏ। ତା' ଆଖି ଲୁହ ଶୁଖୁ ନାହିଁ। ଶୁକୁରାର ଯଦି କ'ଣ ହୋଇଯାଏ। ସେ କ'ଣ କରିବ ? ହେ ଠାକୁରେ।

ଶୁକୁରା ଭାବେ, ସେ କାଳିଆ କଥା ମନେ ପକାଇ କାନ୍ଦୁଛି। ଯାହା ଯିବାର ଗଲାଣି, ତାକୁ ଆଉ ଭାଳି ହେଇ କି ଲାଭ ? କାଳିଆର ସନ୍ତକ ଏଇ ଅଣ୍ଡା ଦିଓଟି। ତାକୁଇ ମଣିଷ କଲେ କାଳିଆର ପିଣ୍ଡ ପାଇବ। ମୁଁ ପରଶୁ ମୁହଁକୁ ଚାହିଁଲେ ଗୋଟି

ପଣେ କାଳିଆ ଭାଇ କି କାଳିଆ ଭାଇ ବଞ୍ଚିଛି - ପରଶୁ ବୋଉ ବଞ୍ଚିଛି। ହେଇଟି ପରଶୁ ଚାହାଁ, ଆଉ ସେ ବଚକାନିକି।

ପରଶୁ ବୋଉ ବୁଝିବ କ'ଣ ଆହୁରି ସକସକ ହୋଇ କାନ୍ଦେ। ଲୁହର ସୁଅ ଛୁଟେ। ତାକୁ ଆଉ ତୁନି କରି ହୁଏ ନାହିଁ। ବୋଧ ମାନେ ନାହିଁ।

ପତିଆନ୍ନା ଖବର ପାଇ ଆସିଲା। ଦେଖିଲା ଶୁକୁରା ତା' ବସାରେ ନାହିଁ। ଖବର ନେଇ ଆସିଲା କାଳିଆ ଘରକୁ। ତା ସାଙ୍ଗରେ ସେ ରାଣ୍ଡଟା ବି। କାଳିଆ ମାଇପକୁ ସେ ରାଣ୍ଡ ଦେଖି ଉଁ କି ଚୁଁ କିଛି କହି ନାହିଁ। ଯାହା କହୁଥାଏ ପତିଆନ୍ନା। ପତିଆନ୍ନାକୁ ଦେଖି ପରଶୁ ବୋଉ ତା' ଗୋଡ଼କୁ ଧରି ଭୋ ଭୋ ରଡ଼ି ଛାଡ଼ିଲା। ବାହୁନି କାନ୍ଦିଲା। "ପଥି ଔଷଧ ପାଇଁ ପଇସା ଅଛି?" ପଚାରିଲା ପତିଆନ୍ନା। ମୁଣ୍ଡ ହଲେଇ ମନା କଲା ପରଶୁ ବୋଉ। ପତିଆନ୍ନା ରାଣ୍ଡ ମୁହଁକୁ ଅନେଇ ଦେଲା। ରାଣ୍ଡ ସାଙ୍ଗେ ସାଙ୍ଗେ ଦଶଟା ଟଙ୍କା କାଢ଼ି ବଢ଼େଇଦେଲା ପତିଆନ୍ନା ହାତକୁ। ପତିଆନ୍ନା ଶୁକୁରା ମୁଣ୍ଡ ପାଖରେ ଟଙ୍କାକୁ ଥୋଇଦେଇ କାଳିଆ ସ୍ତ୍ରୀ ଲକ୍ଷ୍ୟକରି କହିଲା - "ନିଅ ରଖ, ଓଷଧ ପଥି ପାଇଁ", ଗଲାବେଳକୁ କହିଗଲା - "ଠାକୁରେ ଭଲ କରି ଦେବେ।"

ଶୁକୁରା ଅନେଇଥିଲା, ତା ରଖିଣୀ ରାଣ୍ଡ କ'ଣ କହୁଛି। କିଛି କହିଲା ନାହିଁ। ପତିଆନ୍ନା ପଛେ ପଛେ ଚାଲିଗଲା। ଦୁଆର ବନ୍ଧ ଡେଇଁଛି କି ନାହିଁ କ'ଣ ମନ ହେଲା କିଜାଣି, ବୁଲିପଡ଼ି କହିଲା, "ଭଲ ହେଲେ ଆସିବ!"

ଭଲ ହେଲା ଶୁକୁରା। କିଏ କହୁଥିଲା ଭଲହେବ ବୋଲି। କାଳିଆକୁ କୁଆଡ଼େ ଏକପାଦିଆ ପୁସ୍‌କୁଡ଼ା ନାଗିଥିଲା। ସେଇ ଶୁକୁରାକୁ ନନେଇ ଛାଡ଼ିବ ନାହିଁ। ଇଏ ତ ମାଇପକୁ ନେଇ ରଖିଛି। ଖାଇବ ନାହିଁ ତାକୁ। ଏମିତି ଭାବୁଥାନ୍ତି ଲୋକେ।

ଶୁକୁରାକୁ ଟାଇଫଏଡ୍। ଔଷଧ ନାହିଁ ସେ ରୋଗକୁ। ଡାକ୍ତର କହିଲେ ଖାଲି ସେବା ଶୁଶ୍ରୂଷା। ଔଷଧ ନଥିଲା ସେତେବେଳେ। ତଥାପି ଭଲ ହୋଇଗଲା। ପରଶୁ ବୋଉର ଯତ୍ନରୁ। ଠାକୁରଙ୍କ ଦୟା।

କିନ୍ତୁ ଫେଲ୍ ହୋଇଗଲା ପରଶୁ। ପରୀକ୍ଷା ଦେଇଥିଲା। ବାପ ମଲା ପରେ ଟୋକାଟା ଭାଙ୍ଗି ପଡ଼ିଲା। ତା'ପରେ ପରେ ଶୁକୁରା ପାଇଁ ସେ ଢେର ଖଟିଛି। ପାସ୍ କରନ୍ତା କିମିତି?

ପଛନ୍ତରୀ ପରୀକ୍ଷା ଦେବାକୁ ଶୁକୁରା ଦିମାସ ପାଇଁ ଗୋଟେ ମାଷ୍ଟର୍ ରଖିଲା। ଭଲ ମାଷ୍ଟର। ଏମିତି ନାଗିପାତି ପଢ଼େଇ ଦେଲା ଯେ ଏକାଥରେ ପାସ୍। ଯାହାହଉ ଠାକୁରଙ୍କ ଦୟା। ସବୁ ଖରଚ ଦେଇଛି ଶୁକୁରା। କୁମ୍ପାନିରୁ ଯାହା କ୍ଷତିପୂରଣ ମିଳିଲା,

କାଳିଆ ମାଇପକୁ, ତାକୁ ବେଙ୍କରେ ରଖି ପାସ୍ ବହି ବଢ଼େଇ ଦେଲା ପରଶୁ ବୋଉ ହାତକୁ। କେତେବେଳେ କଣ ?

ବଡ଼ ଦୁର୍ବଳ। ରାନ୍ଧି ବାଢ଼ିଦିଏ କାଳିଆ ସ୍ତ୍ରୀ। ହେଲେ ଭଲ ଲାଗେ ନାହିଁ। ବାରଲୋକ ବାରକଥା କହୁଛନ୍ତି। ଯେ ଯାହା କହିବାର କୁହନ୍ତୁ ପଛେ ସେ ଅରକ୍ଷିତ ଛୁଆ ଦିଓଟିଙ୍କ ମୁହଁକୁ ଚାହିଁ ସବୁ ସହିଯାଏ।

ଆସ୍ତେ ଆସ୍ତେ ସେ ନିଜ ବ୍ୟବସ୍ଥା ନିଜେ କଲା। ନିଜ ଘରେ ନିଜେ ରାନ୍ଧିବାଢ଼ି ଖାଇଲା। ପ୍ରତିଦିନ କାଳିଆ ଘରକୁ ଯାଏ। ହାନି ଲାଭ ବୁଝେ। କାମର ଚପଟ ତଥାପି ମନଟା ଖାଁ ଖାଁ କରି ଉଠେ ସବୁ କିମିତି ଫାଙ୍କା। ଏକା ସେହି ତ୍ରିନାଥ ମେଳା। ସେଠି ଯାଇ ବସିଲେ ମନ ଟିକିଏ ଚହଲି ଯାଏ। ସେ ଶୁଣେ। ତା'ପରେ ରାତିଯାକ ତ ତ୍ରିନାଥ ମେଳା ବସେ ନାହିଁ।

ଘରକୁ ଆସି ଶୁଏ। ଛାତି ଭିତରଟା ଜଳେ। ଜଳେ ନାହିଁ ଛନ୍ ଛନ୍ ହୁଏ। ଛନକା। ଛନକା ନୁହେଁ ଦକା। ଭାରି ଦରଜ। ଦରଜ କାହାପାଇଁ? ପଡିଆନ୍ନାର ରାଣ୍ଡ ପାଇଁ? କାଳିଆର ମାଇପ ପାଇଁ? ନା - ନା - ନା - ସେ ପାଟି କରି ଉଠେ ରତନୀ। ବାଇୟା! ଶୋଇ ଶୋଇ ବିଳିବିଳାଏ। ନିଦ ଭାଙ୍ଗିଯାଏ। କେହି ନ ଥାନ୍ତି।

ଦିନେ ତାକୁ ଚିଲମ ଧରିବା ଶିଖେଇ ଦେଲେ ତ୍ରିନାଥ ମେଳାରେ। ଖାଇଲା। ଚୁପ୍ କିନା ଆସି ଶୋଇ ପଡ଼ିଲା ଘରେ। କାଶି, କାଶି। ବହୁତ କାଶିଲା। ଶେଷକୁ ନିଦ ହୋଇଗଲା କେତେବେଳେ। ଗାଢ଼ ନିଦ। ସକାଳୁ ଉଠି ସେ ଦେଖିଲା। ତା' ଅଙ୍ଗ ଅବଶ। ସେ ଦରଜ ଜାଗାର ଯେମିତି କିଏ ଚିପୁନି ରକ୍ତ କରି ଦେଇଛି। ବିନ୍ଧା ଛିଟିକା କମିଗଲା ପରି ଲାଗୁଛି।

ତା'ପରେ? ତା'ପରେ ସେ କାମକୁ ଗଲା। ଭୁଲିଗଲା ସବୁ। ହେଲେ କେତେବେଳ ଯାଏ? ଘରକୁ ଫେରି ଦେଖିଲା, ଦରଜଟା ପୁଣି ବଢ଼ିଯାଇଛି। ରତନୀ, ବାଇୟା ଜିଭ ଆଗରେ ନାଁ ଦୁଇଟା ଉଠି ମିଳେଇ ଯାଉଥାଏ ପୁଣି ଚିଲମ ଟାଣିଲା।

ଖାଲି ଚିଲମ ନୁହେଁ। ଦିନେ ସେ ଯେମିତି କାହାଠୁ ଶୁଣିଲା ଶୁକୁରା ମଦ ପିଇଲାଣି। ଯେ ନିଜକୁ ନିଜେ ପଚାରିଲା - ତୁ ମଦ ପିଉଛୁ ଶୁକୁରା? ନିଜେ ନିଜକୁ ଉତ୍ତର ଦିଏ। ପିଇଲି ତ କଣ ହେଲା? ମଦ ମଣିଷ ପିଏ ନା ପଶୁ?

କାଳିଆ ଘର କୁମ୍ପାନୀ କାଢ଼ି ନେଲା। କାଳିଆ ସ୍ତ୍ରୀ ନିଆଶ୍ରୀ। ତା'ରି ଘରେ ଆସି ରହିଲେ କାଳିଆ ସ୍ତ୍ରୀ ଓ ତା' ଦି ପୁଅ ସମସ୍ତେ। କଣ କରିବ? କାଳିଆର ଦାଦି ପାଖକୁ ଶୁକୁରା ଭାଷା ଲେଖିଲା। ସେ ଜବାବ୍ ଦେଲେ ନାହିଁ। ଶୁକୁରା ନାଚାର। କାଳିଆ ତାର ସାଙ୍ଗ, କେତେ ଦିନର ସାଙ୍ଗ। କଲିକତା ଆଇଲା ଦିନଠୁଁ। ଏକା

ମିସିନ୍‌ରେ କାମ କରନ୍ତି । ସେଦିନ କାଳିଆ ଡିଉଟି ନପଡ଼ି, ତା ଡିଉଟି ପଡ଼ିଥିଲେ କ'ଣ ହୋଇଥାନ୍ତା ! କାଳିଆ ପରି ଉପକାରୀ ବନ୍ଧୁ ସହଜରେ ମିଳନ୍ତି ନାହିଁ । ବିରଳ । ଦରକାର ପଡ଼ିଲେ କାଳିଆ ତା' ପାଇଁ ଡିଉଟି ଦିଏ । ଡବଲ ଡିଉଟି କରେ । ରାତି ରାତି ଉଜାଗର ରହେ । ସେ ବି କରୁଥିଲା ସେମିତି କାଳିଆ ପାଇଁ ଦିନକ ପାଇଁ କାଳିଆ ହିଞ୍ଜି ନାହିଁ ଡିଉଟି କରିବାକୁ । ନା' ପଦ ନଥିଲା ତା ତୁଣ୍ଡରେ । ବଳିଲା ବଳିଲା ହାତ ଗୋଡ଼ ଗୁଡ଼ାକ । ଡିଉଟି କଲାବେଳେ ଯେମିତି ଆହୁରି ବଳୀୟାର ହୋଇ ଉଠେ । ମାଉଁସ ପିଣ୍ଡ ଗୁଡ଼ାକ ଯେମିତି ତା ଦେହରୁ କାଳି କଥାଭାଷା ହୁଅନ୍ତି । ତା ବାହା, ତା ଛାତି, ତା ଭଣ୍ଟି, ତା ଜଂଘ ସବୁ । ଖାସା ମଣିଷ ଥିଲା କାଳିଆ । ସେଇଥିପାଇଁ କି କ'ଣ ଠାକୁର ତାକୁ ପାଖକୁ ଟାଣିନେଲେ । ହେଲେ ଅନାଥ କରିଗଲା କାଳିଆ ତା ପୁଅ ମାଇପଙ୍କୁ । ଭସେଇ ଦେଇଗଲା । ଠାକୁରେ ! ବାଲୁତ କୁମର ଦିଓଟି । ନିରୀହ । ନିପାରିଲା । କି ଦୋଷ କରିଥିଲେ ସିଏ ? ତାଙ୍କୁ ବାଟରେ ଠିଆ କରିଦେଲ !

କାଳିଆ ସ୍ତ୍ରୀ ସେହି ପତିଆନ୍ନାର ଦାନ । ହାତକୁ ଦି ହାତ କଲା ପତିଆନ୍ନା । ଝିଅଟିଏ ଆଣି ଦଲାଲ ଛାଡ଼ି ଦେଇ ଗଲା ପତିଆନ୍ନା ଜିମା । ତା' ପାଉଣା ସେ ନେଇଥିବ । ନଗଦ ନାରାୟଣ । ଟାକି ବସିଲେ ସୁନାଗାଛିର କାରପଟଦାରମାନେ । ହଜାରେ ଟଙ୍କା ଯାଏଁ ବଢ଼ିଲେ କୁଆଡ଼େ କେହି କେହି । ପତିଆନ୍ନା ନିଜେ କହୁଥିଲା ପରା । ଲାବନୀ ଖାଲି କାନ୍ଦିଲା । ଖାଇଲା ନାହିଁ, ପିଇଲା ନାହିଁ । ସେମିତି ଅଖିଆ ଅପିଆ ବିଛଣା ଧଇଲା । ମୁହଁକୁ ପାଣି ଟୋପାଏ ବି ନେଲା ନାହିଁ । ପତିଆନ୍ନାର ରଖିଣୀଟା ଆସି ନଥାଏ ସେତେବେଳକୁ । ଲାବନୀ ଭାରି ଚାଲାଖ୍ ଝିଅ । ପତିଆନ୍ନା ଯାହୁଁ ବହୁତ୍ ନଗେଇଲା, ଲାବନୀ କହିଲା, 'ମତେ କଣିକାଏ ନିର୍ମାଲ୍ୟ ଦିଅ ।' ପତିଆନ୍ନାର ଆଶା ହୋଇଗଲା । ନିର୍ମାଲ୍ୟ ପାଇ ପାରୁ ନାହିଁ ବୋଲି ଖାଉ ନାହିଁ କି କ'ଣ ? ଯେମିତି ନିର୍ମାଲ୍ୟ ବଢ଼େଇ ଦେଇଚି ସେ ଚଟ୍‌କିନା ନେଇ ପତିଆନ୍ନା ମୁହଁରେ ଗୁଞ୍ଜି ଦେଇ କହିଲା – 'ତମେ ମୋ ବାପା ।' ଲାବନୀ ହେଲା ପତିଆନ୍ନାର ଧରମ ଝିଅ । ପତିଆନ୍ନା ଆଉ ଯାଏ କୁଆଡ଼େ ? ନିସତ । ନିରୁପାୟ ।

ଏ ସବୁ ଗପ ଟିକିନିଖିକି କାଳିଆ କହିଛି ଶୁକୁରା ଆଗରେ । ପତିଆନ୍ନା ସବୁକଥା କହି ନ ଥିଲା । ନୁଚେଇ ଥିଲା ଏତକ । ରାତି ରାତି ପାହିଯାଏ । କାଳିଆ ଦିନେ ଦିନେ ଏମିତି ଗପ କରେ । ତା' ଜୀବନ କାହାଣୀ । ତା'ଘର କଥା । ତା' କଥା । ଲାବନୀ କଥା । ଲାବନୀର ଭଲ ପାଇବା କଥା । ଶୁକୁରା ବି କହେ – ରତନୀ କଥା, ବାଇୟା କଥା ।

ବିଚରା କାଳିଆ ! ଦାଦି ତାକୁ ପୋଷିଲେ । ଏଡୁଟାଏ କଲେ । ଅଠର ବରଷର

ଭେଣ୍ଡା। ଦି, ଦିଟା ଦାଦି। ବାପ ମଲାବେଳକୁ ବକଟେନାକୁ ଛୁଆ କାଳିଆ। ବାପ ବୋଲି ସେ ଦାଦିଙ୍କି ଚିହ୍ନିଥିଲା। ବଡ଼ଦାଦି, ସାନଦାଦି, ନ ଡାକି ବଡ଼ବାପା। ସାନବାପା ବୋଲି ଡାକୁଥିଲା। ସେମାନେ ବି ଆପଣା କରିଥିଲେ। ଦେଖିପାରନ୍ତି ନାହିଁ, ସାନ ବୋଉ, ବଡ଼ବୋଉ, ସାନ ଖୁଡ଼ି, ବଡ଼ ଖୁଡ଼ି। ଦି'ଟା ଯାକ ଅସୁରୁଣୀ। ବଡ଼ଦାଦି ଚାଲିଗଲେ ଅକାଳରେ। ବାପ ପଛେ ପଛେ। କାଳିଆକୁ ଯେତେବେଳେ ବାର, କି ତେର। ସେତେବେଳେ ସାନଦାଦି କହିଲେ ଆମେ ଭିନେ ହୋଇଯିବା। କାଳିଆର ବୋଉକୁ ଡାକି କହିଲେ ଭିନେ ହୋଇଯିବା ଭଲ। ଏ ଖାଲି ନାଁକୁ ଭିନେ କାଗଜ ପତରରେ। କାଳିଆ ଭାଉଜ - ବୋଉ ସମସ୍ତେ ଆମେ ଏକା ଅନ୍ନରେ ରହିବା। ହାଣ୍ଡିକି ଦି ହାଣ୍ଡି ହବ ନାହିଁ। ଘର ମଝିରେ କାନ୍ଥ ବସିବ ନାଇଁ। ଜାଣୁଛ ତ ? ଉପର ବରଡ଼ା, ମଝି ବରଡ଼ା ଖସି ପଡ଼ିଲେ। କିଏ ଜାଣେ କେତେବେଳେ କ'ଣ। ଯମ ତ ନ ଜାଣଇ ବାଳୁତ ଯୁବା। ସାନଦାଦି ସିନା ବଞ୍ଚିଲାତକ ସବୁ ଭଲରେ ଭଲରେ ଯିବ। ତାଙ୍କ ଅନ୍ତେ ? ସେଇଥିପାଇଁ ସେ ଆଗତୁରା କାଗଜପତର ଖଞ୍ଜି ଯାଉଛନ୍ତି ଯେ ଆଏନ୍ଦାକୁ ତାଙ୍କ ପୁଅ ପୁତୁରାମାନଙ୍କ ପାଇଁ ଅଡୁଆ ନଥିବ। ଅନ୍ୟାନ୍ୟ ଘରମାନଙ୍କରେ ଏମିତି ଏମିତି କଳିକରି ସର୍ବନାଶ ହୋଇ ଯାଇଛନ୍ତି। ଦେହୁରି ବଂଶରେ ତା' ଯେମିତି ନହୁଏ। ସେଥିପାଇଁ ଆଗରୁ ସେ ମାଲିମକଦ୍ଦମାର ବାଟ ବନ୍ଦକରି ଦେଇ ଯାଉଚନ୍ତି। କାଳିଆ ବୋଉ ରାଜି ପଡ଼ିଗଲେ ହେଲା।

ରାଣ୍ଡ ଲୋକ। ଏତେ କଥା କିଏ ବୁଝୁଛି ? ବିଶ୍ୱାସରେ ଟିପଚିହ୍ନଟା ଦେଇ ପକେଇଲେ। ସବୁ ଶେଷ। ଆପଣା ହସ୍ତେ ଜିହ୍ୱାଛେଦି। କ'ଣ ଆଉ କରିଥାନ୍ତେ ? ବିଶ୍ୱାସରେ ବିଷ ଦେବ ବୋଲି କ'ଣ ସେ ଜାଣିଥିଲେ। କାଳିଆର ସାନଦାଦିଙ୍କ ଉପରେ ଭାରି ବିଶ୍ୱାସ। କାଖରେ କୋଳରେ ଧରି ମଣିଷ କରିଥିଲେ। ପୁଅ ସମାନ ଦିଅର। କାଳିଆଠୁ ଦଶ ବାର ବର୍ଷ ବଡ଼। ସେଇଦିନ ସେ ଷଠୀ-ଯୋଶୀ ପରି କାଳିଆର ଭାଗ୍ୟରେ କଳାକନା ବୁଲେଇଦେଇ ଗଲେ।

ଭିନେ ହେବା ବାସି ଦିନ, ସାନ ଖୁଡ଼ି କାଳିଆକୁ ସଫା ସଫା ଶୁଣେଇଦେଲା ସୁବଦିନେ କିଏ ରାନ୍ଧିବାଢ଼ି ଖୋଇ ଦେଉଥିବ ? ମୁଁ ସିନା ଦେଉଛି ତମେ ତମ ପୁଅକି ରାନ୍ଧିବାଢ଼ି ଖାଅ। ସାନବାପା ଶୁଣି ଖପା ହୋଇଗଲେ। ବାଡ଼ିଟାଏ ଧରି ବାଡ଼େଇ ପକେଇବେ ସତେ କି ? ବଡ଼ ଖୁଡ଼ି ଯାଇ ଧରିପକେଇଲେ ହାତକୁ। ସବୁ ବାହାନା, ଉପରେ ଦେଖେଇବା ପାଇଁ। ସିଦା ଦିଆ ବନ୍ଦ ହେଲା ନାହିଁ। ଭିନେ ହାଣ୍ଡି ବସିଲା। ଭିନେ ଚୂଲି ହେଲା। ଖାଲି ଘର ମଝିରେ ଯାହା ବାଡ଼ ବସିଲା ନାହିଁ।

ସେତକ ରହିଥିଲା ସାଦଦାଦିର ସବା ସାନ ଝିଅ ବିଭା ହେବା ଯାକେ।

ବଡ଼ଦାଦିର ଗୋଟିଏ ବୋଲି ଝିଅ। କାଳିଆ ବାପା ଥାଉଁ ଥାଉଁ ସେ ଉଠି ଯାଇଥିଲା। ସାଦଦାଦିର ଦୁଇ। ଥରକୁ ଥର ଦାଦା ଆସନ୍ତି। କାଳିଆ ବୋଉଠୁଁ ବିକ୍ରୀ କବଲା କରି ନିଅନ୍ତି। କାଳିଆ ବୋଉ କି ଜାଣେ କି ସମ୍ପତ୍ତି ? କାହା ସମ୍ପତ୍ତି ?

ସାନ ଝିଅ ବିଦା ହେଲା ବାସି ଦିନ, ସାନ ଖୁଡ଼ି ଛୁଞ୍ଚୁଣିଟା ଧରି କାଢ଼ିଦେଲା ମା ଛୁଆ ଦିହିଁକି। ସାନଦାଦି ଘରେ ନଥାନ୍ତି। ଜାଣିଶୁଣି ଲୁଚିଲେ ଦାଣ୍ଡରେ ଆସି ଠିଆ ହେଲେ କାଳିଆ ଆଉ କାଳିଆ ବୋଉ। ଦାସଘର ପିଣ୍ଡାରେ ଆଶ୍ରା ନେଲେ, ଦାଦି ଆସିବା ଯାଏଁ। ଦାଦି ଶୁଣିପାରି ଖବର ଦେଲେ, ଆସିବେ ଆଉ କାହିଁକି ଭାଉଜ। ତାଙ୍କର ତ କିଛି ନାହିଁ ଆଉ। ସବୁ ସମ୍ପତ୍ତି ସେ ବିକ୍ରି କରିଦେଇ ସାରିଛନ୍ତି, ତାଙ୍କର ଯାହା ଥିଲା, ଭିନେ ବାହାର ହେଲାପରେ। କାଳିଆ ବୋଉ ଚୁପ୍। ଗହଣା ଦିଖଣ୍ଡ ଯାହାଥିଲା ବିକିଭାଙ୍ଗି ଚଳିଲା କେତେ ଦିନ।

ବାପ ଘରକୁ ଖବର ଦେଲା ଭାଇମାନେ କେହି ମୁଣ୍ଡଧାରତା ହେଲେ ନାହିଁ। ଗାଁ ମୁଣ୍ଡରେ ମା ପୁଅ ଚାଳିଆ ଖଣ୍ଡେ କରି ରହିଲେ। ତାଙ୍କରି ଯାଗା। ଖରିଦ୍ କଲାବାଲା ଦୟାକରି ଟିକିଏନାକୁ ଯାଗା ଛାଡ଼ିଦେଲା। କାଳିଆ ବୋଉ ଧାନକୁଟି ପେଟ ପୋଷିଲା ଶେଷକୁ। ଦେହୁରୀଘର କୁଳଭୁଆସୁଣୀ, ବଡ଼ ବୋହୂ, ଧାନ କୁଟିଲା ଶେଷକୁ। ଜଳିଗଲା ସେ ଚିନ୍ତାରେ। ବନ ଜଳିଗଲେ ସମସ୍ତେ ଜାଣନ୍ତି ମନ ଜଳିଲେ କିଏ ଦେଖୁଚି ? କିଏ ବୁଝୁଚି ?

ଭାଙ୍ଗି ପଡ଼ିଲା ଶେଷକୁ କାଳିଆ ବୋଉ ! ଦିନେ ହଠାତ୍ ଗାଁରେ ସମସ୍ତେ ଜାଣିଲେ, ମରିଶୋଇଛି କାଳିଆ ବୋଉ। ଦାଦି ଆସିଲେ ବି ନାହିଁ। ମଡ଼ା ଉଠେଇଲେ ଗାଁ ଲୋକେ। ଫିଙ୍ଗି ଦେଇ ଆସିଲେ ମଶାଣିରେ। କାଳିଆ ତା ବୋଉ ମୁହଁରେ ନିଆଁ ଦେଇପାରିଲା ନାହିଁ। ଶିଆଳ କୁକୁର ମୁହଁରେ ଗଲା ଶେଷକୁ।

ଏଡ଼େ ବଡ଼ ଘଟଣାଟାଏ। କେହି ପଦେ ଉଁ ଚୁଁ ହୋଇନାହାନ୍ତି। କାଳିଆ ଦାଦିକି କେହି ପଦେ ତୁଟିକରି କହିନାହାନ୍ତି। ଗାଁର ମାମଲତକାର କାଳିଆ ଦାଦି।

ଦଶଦିନ ଯାଇ ଏଗାର ଦିନ। ସୁଧକୁ ଆଇଲା ନାହିଁ ତା ଦାଦି। କାଳିଆ କାହାରିକୁ କିଛି ନ କହି ପଶିଲା ଦାଦି ଘରେ। ଗହଣାପତ୍ର ଯେଉଁଠି ଥାଏ ତାକୁ ଜଣା। ତୁରୁଙ୍ଗ ଭାଙ୍ଗି ଧରି ପଳେଇ ଆସିଲା। ଗୋଟିଏ ସୁନାହାର। ସେହିଦିନ ରାତିରେ ପାର୍। ବଣିଆ ଘରେ ଦେଇ ସିଧା ଟିକଟ କାଟିଦେଲା -- ହାବଡ଼ା।

ପନ୍ଦର ବର୍ଷ ତଳର କଥା। କାଳିଆ ଆସି ଚାକିରୀ କଲାଣି। ପତିଆନ୍ନାର କିମିତି ଚିହ୍ନାହେଲା କିଜାଣି, ବାହା କରିଦେଲା ତା ଧରମ ଝିଅକୁ। ପତିଆନ୍ନା ଏକା ମଣିଷ ଚିହ୍ନେ। ମଣିଷ ଭଳି ମଣିଷଟାଏ। ଗୁଣୀ ଚିହ୍ନେ ଗୁଣୀକି। ତଥାପି ଦୁଇଶତ

କାଳିଆଠୁ ଗଣିନେଲା। ନିଅନ୍ତା ନାହିଁ କିମିତି ! ସେତକ ସେ ଦଲାଲକୁ ଦେଇଥିଲା। ହଜାର ହଜାର ଟଙ୍କାର ଲୋଭ ତ ଛାଡ଼ି ପାରିଲା। ଧରମ ପାଇଁ ଖାଲି ଧରମବାପ ହୋଇଥିଲା ବୋଲି।

ପରଶୁ ବୋଉ ଦେଖିବାକୁ ବେଶ୍ ଡଉଲ ଡାଉଲ। ସେତେବେଳେ ଯିଏ ଦେଖୁଥିଲା ଦଣ୍ଡେ ଅନେଇ ରହୁଥିଲା। ନହୁଲୀ ବୟସ। ଗୋଡ଼ଠାରୁ ମୁଣ୍ଡ ପର୍ଯ୍ୟନ୍ତ ସବୁ ନିଦା। ଟିଙ୍କ ପରି ଫୁଲିଥାଏ। କାଳିଆ ନିଜେ ଦିନେ ବର୍ଣ୍ଣନା କରୁଥିଲା। ସାନପୁଅଟା ଜନ୍ମ ବେଳକୁ ତା'ର କି ଛୁତିକା ଦୋଷ ରହିଗଲା ଯେ ଦିହ ଭାଙ୍ଗି ପଡ଼ିଲା। ପଇସା ନଥିଲା ହାସପାତାଲ ଯିବାକୁ। ଦେଶୀ ଧାଇଟା ଝଙ୍କା ଝଙ୍କି କରି ପକେଇଲା ଛୁଆଟାକୁ। ଭାଗ୍ୟ ବଞ୍ଚରଲେ ମା' ପୁଅ।

ବାହା ହେଲା କାଳିଆ ଲାବନୀକୁ। ଲାବନୀ ତା' ଘର ପତା ବତେଇ ଦେଲା। ଚିଠି ଲେଖିଲା କାଳିଆ। ସେମାନେ ତେଣେ ଖୋଜା ନଗେଇଚନ୍ତି ଲାବନୀର ବାପ ମା। ଲାବନୀ କୁଆଡ଼େ ଗଲା ବୋଲି। ଉଛନ୍ନ ସମସ୍ତେ। ବୟସର ଝିଅଟା ଆସନ୍ତା ବର୍ଷ ଗୁରୁଶୁଦ୍ଧି ହେଲେ ବିବାହ। ସବୁ ଠିକ୍‌ଠାକ୍। ବରଘର ଦେଖି ଯାଇଚନ୍ତି। ପସନ୍ଦ ହେଇଛଇ। ଲାବନୀକୁ ବୟସ ଚଉଦ କି ପନ୍ଦର। ଘରେ ରହିଛି ମାସ କେଇଟା ହବ। ଚାଳିଶଟା ଜହ୍ନ ବି ଯାଇ ନାହିଁ।

ସର୍‌କସ୍ ପଡ଼ିଥାଏ ଥାନା ପଡ଼ିଆରେ। କି ସର୍କସ କହିପାରିଲା ନାହିଁ ଲାବନୀ। ମନେ ନଥିଲା। ସାଙ୍ଗସାଥୀ ହେଇଗଲେ ପଲେ ମାଇପେ। ଝିଅ ବୋହୂକି। ତିନି କୋଶ ବାଟ।

ସର୍‌କସ୍ ଭାଙ୍ଗିଲା। ଭାରି ଭିଡ଼। ଆଗୁଁ ଆଗୁଁ ଏଡ଼େ ବୋକା ଝିଅଟେ କିଏ ସେ ଜଣେ ହାତଟାକୁ ଛୁଇଁ ଦେଇ ଯାହୁଁ କହିଦେଲା ଜଲ୍‌ଦି ଜଲ୍‌ଦି, ସମସ୍ତେ ଆଗରେ ଚାଲି ଯାଉଛନ୍ତି, ହେଇଟି, ତମେ ପଛରେ ପଡ଼ିଯିବ, ସେ ତରତରକି ଏଣିକି ତେଣିକି ନ ଚାହିଁ ତା'ରି ପିଛା ଧଇଲା। କେତେବେଲ ପରେ ବୁଝିଲା ଯେ ସେ ଭୁଲ୍ ବାଟରେ ଆସିଛି। ସାଙ୍ଗସାଥୀ କେହି କୁଆଡ଼େ ନାହାନ୍ତି ନିଛାଟିଆ କିଆ ବୁଦା ଆଗରେ। ହଲକ ଶୁଖି ଯାଇଥିବ ଲାବନୀର। ବୁଦା ମୂଳରେ ବସିଛନ୍ତି କେତେ ଜଣ ମଣିଷ। କେହି ତା ଗାଁ ବାଲା ନୁହନ୍ତି। ମାଇପେ ଗଲେ କୁଆଡ଼େ ? ଜଣେ କିଏ ବସିଥିଲା ମୁଣ୍ଡରେ ଓଢ଼ଣା ଦେଇ ମାଇପିଟିଏ। ସେ ଡାକିଲା - "ଆଲେ ମା, ଆ, ଭୋକ ଲାଗିବଣି। ବସ୍ ଖା।"

ଆଗରେ ଥୁଆ ହୋଇଥାଏ ଖାଇବା ଜିନିଷ। ଜହ୍ନ ଆଲୁଅ ପଡ଼ିଥାଏ। ସେ ଆଉ ଖାଇବ କ'ଣ ? ଭୋ ଭୋ କି କାନ୍ଦି ଉଠିଲା। ତୁନି କରଉ ଥାଏ ସେ ମାଇପିଟା।

"ଭଗବାନ୍ ତତେ ଦେଲେ ମା। ମୋର ଝିଅ ନଥିଲା। ତୁ ମୋ ଝିଅ। ନେ ଖା। ହେ।"

ଖାଇଲା ନାହିଁ। ଯେତେ ସାଗୁଲା ବହଲା କଲେ ଲାବନୀ ଆହୁରି କାନ୍ଦିଲା। ପାଞ୍ଚ ହତା ମଣିଷ ଟାଏ। ହଠାତ୍ ତା ମୁହଁରେ ଲୁଗା ଦେଇ କହିଲା 'ଚୁପ୍‌କର ନହେଲେ ଭଲ ଗତି ହବ ନାହିଁ।"

ଡରିଗଲା ଲାବନୀ। ମାଇପି ଲୋକଟି କହିଲା "ତାକୁ ଡରା ନାହିଁ ସେ ଖାଇଦବ। ସୁନା ଝିଅ।"

ଲାବନୀ ଚୁପ୍ ହୋଇଗଲା ଡରରେ। ଖାଇଲା ବାଧ ହୋଇ। ତାଙ୍କ ସାଙ୍ଗରେ ଘରକୁ ବି ଗଲା। ଚାରା କ'ଣ ? ତା'ପରେ ଅନେକ କଥା ଶେଷକୁ ଏଇ କଲିକତା। ପତିଆନ୍ନା ବସା।

ବାହାହେବା ଦିନ ରାତି ଲାବନୀ ଖାଲି କାନ୍ଦୁଥାଏ। କାଳିଆ ଯେତେ ସାକୁଲେଇଛି, ହାତୀ ଦେବି, ଘୋଡ଼ା ଦେବି କହି ଭୁଲେଇବାକୁ ଚେଷ୍ଟା କରିଛି, ଯାହା କଲା, କେଉଁଥିରେ ତୁନି ପଡ଼ିଲା ନାହିଁ।

"ଲାବନୀ, ମୋର ବାପ ମା କେହି ନାହାନ୍ତି। ତୋର ବାପ ମା ଥିବେ" - ପଚାରିଲା କାଳିଆ।

ମୁଣ୍ଡ ଟୁଙ୍ଗାରିଲା ଲାବନୀ। ସେଇ ତା'ର ପ୍ରଥମ ଭାଷା।

"ତୋ ବାପ ମା, ମୋ ବାପ ମା ଜାଣିବୁ। ମୁଁ କାଲି ତାଙ୍କୁ ଚିଟାଉ ଦଉଛି।"

ଅନେଇଲା ଲାବନୀ। ଢେଗ, ଢେଗ ଆଖି ଦିଇଟାରେ! ଛଳ ଛଳ! ଲହୁ ଧୋଇ ହୋଇଯାଇଥାଏ ସଫା ଗୋଲାପୀ ରଙ୍ଗର ଆଖିରେ କଳା କଳା ଡୋଳା ଯୋଡ଼ାକରୁ। କାଳିଆ କହୁଥାଏ ତରେ ଶୁକୁରାକୁ। "ଶୁକ ମୁଁ ସେ ଦିନର ସେ ଆଖି ଆଉ କେବେ ଲାବନୀ ମୁହଁରେ ଦେଖି ନାହିଁ। ସେମିତି ଆଖିରେ ମଣିଷ ମଣିଷକୁ ଅନାଏନା। ତା' ଆଖିର ପୁଅ ଭିତରେ ମୋ ବାପ ମା ଯେମିତି ଠିଆ ହେଇଛନ୍ତି। ମତେ ଇମିତି ଲାଗିଲା।"

ଚିଠି ଲେଖିଲା ସାଙ୍ଗେ ସାଙ୍ଗେ। ତହିଁ ଆରଦିନ। ଆଜି ଚିଠି ଦେଲା କାଲି ଗଲା, ପହରି ଗଲା, ତହିଁ ଆରଦିନ, ତା' ପରଦିନ, ବାପ, ମା ଭାଇ, ସମସ୍ତେ ହାଜର୍। ସେମିତି ଥିଲାବାଲା ଲୋକ ନୁହନ୍ତି ସେମାନେ! କାଳିଆର ଡର ଭାଙ୍ଗିଗଲା। ଝିଅକୁ ଆଉ ନେଇଯିବେ ନାହିଁ ତ ସେମାନେ ? ସେ ଡରୁଥିଲା ଏମିତି କେତେ ଜାଗା ହେଇଚି। ବଡ଼ ଘର ଝୁଅ। ବାପ ମା ପୁଲିସ୍ ଆସି ଧଇଲା। ପୁଲିସ୍ ଧମକରେ ହଉ ବା ହଉ ଝିଅକୁ ଫେରେଇ ନେଇ ଯାଆନ୍ତି ଦେଶକୁ, ପୁଣି ବାହା କରେଇ ଦିଅନ୍ତି। କେହି

ଜାଣି ପାରନ୍ତି ନାହିଁ କଲିକତା ଆସିବା କଥା। ଏମିତି ତ ଗର୍ଭ ହେଲା ଝିଅକୁ ଖଲାସ କରିଦେଇ ପୁଣି ଅଭିଆଡ଼ୀ କହି ବିଭା କରି ଦିଅନ୍ତି। କିଏ ଜାଣୁଛି କଲିକତା ସହରରେ ଏମିତି କେତେ ଡାକ୍ତର ଡାକ୍ତରାଣୀ ଅଛନ୍ତି। ଖଲାସ୍ କରିବା ତାଙ୍କର ପେଷା। ସେମାନେ ବେଶ୍ ପଇସା କରନ୍ତି। ଲାବନୀକି ସେମିତି ଯଦି ନେଇ ପଳାନ୍ତି। କାଳିଆ ବହୁତ୍ ଏପାଖ ସେପାଖ କରି ଶେଷକୁ ଚିଠି ଦେଲା। କହିଲା ଲାବନୀର ଯଦି ମନ ନଥାଏ ତାକୁ ଜବରଦସ୍ତ କରି କିଛି ଲାଭ ନାହିଁ। ବେଶି ଡର ଥିଲା ଯଦି ତାକୁ ପୁଲିସ୍ ଆସି ଧରି ନିଅନ୍ତି। ଲାବନୀ ଯଦି କହେ ତା'ର ଇଚ୍ଛା ନାହିଁ ତାକୁ ଜବରଦସ୍ତ ଏଠି ରଖା ଯାଇଛି ତା' ହେଲେ ? ସେ ତେବେ ଧରା ହେଇ ଯିବ, ପୁଣି ବାପ ମା ଯଦି ଝିଅକୁ ଛି ଛାକର କରନ୍ତି ?

କିଛି ହେଲା ନାହିଁ। ବାପ ମା ଯାହା ଦି'ମାଣ ଜମି ଥିଲା, ବନ୍ଧା ପକେଇଦେଇ ପଳେଇ ଆସିଲେ କଲିକତା, ସାଙ୍ଗରେ ପୁଅଟା ବି ସମସ୍ତେ ରହିଲେ କାଳିଆ ଘରେ। କାଳିଆ ଘର ଘୋ ଘୋ ଡାକିଲା। ଭରପୁର। କିନ୍ତୁ ଦାୟିତ୍ୱ ବଢ଼ିଲା। କାଳିଆ ପୋଷି ପାରିଲେ ତ ହୁଏ। ତା' ଶଶୁର ପାଇଁ କାଳିଆ ଗୋଟେ ଚାକିରୀ ଯୋଗାଡ଼ କରିଦେଲା ଏଇ କୁମ୍ପାନୀରେ ସର୍ଦ୍ଦାରକୁ ଧରି। ସେମାନେ ଏବେ କେହି ନାହାନ୍ତି। ବାପ ମା'ଙ୍କୁ ଏଇଠି ସେ ଗଙ୍ଗା ଘାଟରେ ଦାହ କରିଛି। ଭାଇଟା ବଗୁଲିଆ। କେଉଁଠି ଥାଏ ଠିକ୍ ଠିକଣା ନାହିଁ। ଦି' ବର୍ଷ ବର୍ଷେକେ ଥରେ ଆସେ, ପୁଣି ପଳାଏ।

କାଳିଆର ସ୍ତ୍ରୀ ଲୋକ ଏଇ ଲାବନୀ। ନାବ। ବାପ ମା' ଡାକନ୍ତି ନାବ। ଶୁକୁରା ଜୀଇଁ ଥାଉଁ ଥାଉଁ ସେ ହୀନସ୍ତା ହେବ ? ବାର ଦୁଆର ଶୁଣ୍ଢୀ ପିଣ୍ଡାରେ ବସିବ ? ନା, ନା, ଶୁକୁରା ସେ କଥା ସହି ପାରିବ ନାହିଁ।

ହେଲେ ତେଣେ ? ତେଣେ ରତନୀ ବାଇଆ କ'ଣ କରୁଥିବେ ଦେଶରେ ? ଠାକୁରେ ଭରସା। ସେମାନେ ଭଲରେ ଥିବେ। ତାଙ୍କ ଦୁଃଖ ତ ଆଖିରେ ପଡୁନାହିଁ। ଭଗବାନ୍ ଏତେ ଦୂରକୁ ଦେଖିବା ପାଇଁ ଆଖି ଦେଇ ନାହାନ୍ତି। ସେ ଖଟିବ। ପ୍ରାଣ ପଣେ। ଓଭର ଡିଉଟି କରିବ। ଲହୁଲୁହ ଦେଇ ସେ ଲାବନୀକୁ ପୋଷିବ। ତା' ପୁଅକୁ ମଣିଷ କରିବ। ଯିଏ ଯାହା କହୁ। ପତିଆନ୍ନା ବି ସେଇଆ କହିଲା। "ହଇରେ, ଶୁକୁରା, ଯାହା କରୁଛୁ କିଛି ଖରାପ କଥା ନୁହେଁ। ଲୋକେ ବାର ଅନା କରି କହିବେ, କହନ୍ତୁ। ତୁ ଉପରକୁ ଅନେଇ ତୋ କାମ କରି ଯା'। ଅରଖିତକୁ ଦଇବ ସାହା। ହେଲେ ଘରକୁ ଟଙ୍କା ପଠଉଥିବୁଟି। ନଇଲେ ପର ଦରବ ହେପାଜତ କରୁଁ କରୁଁ ନିଜ ଦରବକୁ ପର ଖାଇବ। ହଁ ସାବଧାନ୍।

ପତିଆନ୍ନାର ରଖିଣୀ ସେ ରାଣ୍ଡଟା ପରା ଦିନେ ଟାହୁଲି କରି କହିଲା ପାନ

ଭାଙ୍ଗି ଦଉ ଦଉ – "ଏ ପାନ କ'ଣ ସୁଆଦ ଲାଗିବ। ପରଶୁ ବୋଉ ପାନ କେଡ଼େ ମିଠା।" କହି ହସୁଥାଏ ମୁରୁକି ମୁକୁକି। ଆଖି ପତା ଉଠୁଥାଏ ପଡୁଥାଏ। ନାକଗୁଣା ଯେମିତି ନାଚୁଛି।

ଦରମା ଯେତିକି ସେତିକି। କେତୁଟା ବା ଟଙ୍କା। ସେଥିରେ ପୁଣି କରଜ ଶୁଝା। ଗୋଟାଏ ମୁଣ୍ଡ ଜାଗାରେ ଚାରି ଚାରି ଜଣ ବଡ଼ ସାନକି ଖାଇବା ପାଇଁ। ତିନି ତିନିଟା ପ୍ରାଣୀ ତା' ବେକରେ ବନ୍ଧା। ମୁଣ୍ଡ ତା'ର ବୁଲେଇ ଦିଏ ଭାବିଲା ବେଳକୁ। ପତିଆନ୍ନା ମାଗିଲେ ଟଙ୍କା ଦଉଥିଲା। କରଜ। ଏଣିକି ମୁହେଁ ମୁହେଁ ନାହିଁ କରି ଦଉଚି। "ବାକିଆ ତ ଶୁଝିଲୁ ନାହିଁ, ଆହୁରି ମନ କରୁଛୁ କରଜା ଖାଇବା ପାଇଁ? ସେ ବା ଆଉ ଦିଅନ୍ତା କିମିତି? ନଉଥିଲା ରାଣ୍ଡର ସୁପାରିଶରେ। ଏବେ ତ ରାଣ୍ଡର ଆଗ ଶରଧା ନାହିଁ।

ସେ ଯାହାକୁ ସବୁଠାରୁ ବେଶି ଡରୁଥିଲା ଦିନେ ଯାଇଁ ଶେଷକୁ ତାହାରି ଶରଣ ପଶିଲା। ଶୁକୁରା ନିଜେ। ସାଙ୍ଗରେ ମେଳରେ ପଡ଼ି ସେ ସିନା କରି ପକେଇ ଥିଲା ସେ ଅମଳ। ହେଲେ, ପରେ ପସ୍ତେଇ ହେଲା ବହୁତ। ଝକ୍ ମାରି ଛାଡ଼ିଦେଲା। ଏବେ ପୁଣି ତା'ରି ପାଖରେ ଯାଇ ଆଶ୍ରା ନେଲାଣି। ମଦ!

ଶୁକୁରା ମଦ ଖାଇବା ଫୁଉଣି ଆରମ୍ଭ କରି ଦେଇଛି। ନାବନୀକୁ ନୁଚେଇ। ହେଲେ ସେ ପାପ ନୁଚେ ନାହିଁ। ନାବନୀ ଜାଣିଲା କାନ୍ଦିଲା। ଏ କ'ଣ କରୁଛ ତମେ। ଶୁକୁରା କହେ ସେ କିଛି ନା। ଏମିତି ଟିକିଏ ଚାଖୁଥିଲି।

କିନ୍ତୁ ଖାଲି ଚାଖିବା ନୁହେଁ। ଦିନେ ଦିନେ ମାତାଲ ହେଇ ଘରକୁ ଫେରେ। ରାତି ଅଧରେ। ସେଦିନ ମଦ ଖାଇ ବିଲକୁଲ୍ ହୁସ୍ ନାହିଁ। ଆସି ନାବନୀକୁ କ'ଣ ଅଣ୍ଡସଣ୍ଡ କରି କହିଲା। ତହିଁ ଆରଦିନ ସକାଳୁ ଦେଖିଲା ନାବନୀ ତା'ର ପେଡ଼ି ପୁଟୁଳା ସଜାଡୁଛି। ସେ ଆଉ ରହିବ ନାହିଁ ଶୁକୁରା ଘରେ।

ନିଶା ଛାଡ଼ି ଯାଇଥାଏ। ଗରମ ଭାଜି ଯାଇଥାଏ। ଦେହ ଦୁର୍ବଳ। ମନଟା ବି। ଗୋଡ଼ତଳେ ପଡ଼ିଗଲା ନାବନୀର। ନାବନୀ ନାକ ପାଇଗଲା। ଏଡ଼େ ବଡ଼ ମଣିଷଟାଏ ଗୋଡ଼ ତଳେ ପଡ଼ିଛି? ଶୁକୁରାକୁ ବି ଅଳିପି ନାଜ ନାଗି ନଥିବ ।

ନାବନୀ ଗଲା ନାହିଁ, ରହିଲା। ଚାଲିଗଲା ଶୁକୁରା। ଯେ ଗଲା ବାହାରି, ଆଉ ତାରି ଦେଖା ନାହିଁ। ନାବନୀ ଖୋଜି ଖୋଜି ଅକାତ।

ଦି' ମାସ ବିତିଗଲା। ଯେମିତି ସଞ୍ଜ ଗଡ଼ିଯାଏ ସେମିତି। ଚାହୁଁ ଚାହୁଁ ପଳେଇଲା କୁଆଡ଼େ। ମାସ ପରେ ମାସ। ଦି ଦି ମାସ। ଦିନ ମାସ ସବୁ ଯେମିତି ସେଇ ବେଳବୁଡ଼ର ଆକାଶ କାନ୍ଥି ତଳେ ଖଣ୍ଡକୁ ଖଣ୍ଡ ହେଇ ଖସି ପଡୁଛି। ନାବନୀ ଅନାଏ। ଆଖି ପାଏ

ନାହିଁ। ଆଗରେ ସହରର କୋଠାବାଡ଼ି ଢାଙ୍କି ଦିଏ ସେଇ ହଜିଗଲା ଦିନର ଜୁଇଜଳିଲା ଜାଗାଟାକୁ। ପଛିମ ଆକାଶକୁ। ବୁଡ଼ିଗଲା ସୂର୍ଯ୍ୟକୁ।

କୁମ୍ପାନୀ ଘର ନୋଟିସ୍ ଦେଲେ। ଶୁକୁରାର ଚାକିରୀ ଯାଇଛି। ଘର ଛାଡ଼ିବାକୁ ହେବ।

ଶୁକୁରା ଏ କ'ଣ କଲା? ଏଡ଼େ ଅହନ୍ତା ତା'ର? ଆଶ୍ରା ଦେଇ ନିଆଶ୍ରା କରିଦେଲା? ଦଇବ ଯାହାକୁ ଦେଇଥିଲା ତାକୁ ଧରି ତ ଦିନ ଗଲା ନାହିଁ। ଶୁକୁରାକୁ ବା କିମିତି ଭରସା କରନ୍ତା! ଏବେ ଆଉ ତାର ସାହା ପୁରୁଷ କିଏ? ନାବନୀର ଭାଇ? ସେ କେଉଁଠି? ତାର ଠିକଣା ନାହିଁ।

ସାତ ଦିନ ପୂରିନାହିଁ। ନାବନୀ ମୁଣ୍ଡ ଘୂରେଇ ଯାଉଛି। ସକାଳୁ ଉଠି ଶଙ୍ଖଚିଲ ମୁହଁ ଚାହିଁଥିଲା କି କ'ଣ ପୋଷ୍ଟପିଅନ ଆସି ଦୁଆରେ ଛିଡ଼ା ହେଲା। ମଣିଅର୍ଡର। ଶୁକୁରା ଟଙ୍କା ବଟେଇଚି ବର୍ମାରୁ। ସେ ଏବେ ପଲଟନ୍‌ରେ ଅଛି। ଜାପାନୀଙ୍କ ସଙ୍ଗରେ ନଢୁଚି। ବର୍ମାରେ। ନାବନୀ ଛାତିଟା ଦାଉଁ ଦାଉଁ ନାଚିଲା। ଶୁକୁରାର କିଛି ଖରାପ ହବ ନାଇଁ। କେତେବେଳ ଯାଏ ତାକୁ ଖାଲି ଶୁକୁରା ମୁହଁଟା ଦୁଶିଲା। ଆଖି ଛଳ ଛଳ ହୋଇ ଆସିଲା। ଭାବିଲା, ସିପାହୀ ଦରଶ ପିନ୍ଧି ଶୁକୁରା କିମିତି ଦିଶୁଥିବ। ତାକୁ ହସ ବି ମାଡ଼ିଲା। ବରଡ଼ା ପତର ସିପାହୀ।

ମାଡ଼ି ଆସିଲା ଜାପାନ୍। କଲିକତା ଉପରେ ବୋମା। ନାବନୀ ଛାତି ଥରିଲା ପଡ଼ି। ଶୁକୁରା କ'ଣ କରୁଥିବ! କେଉଁଠି ଥିବ? ଆଉ ଚିଠି ନାହିଁ। ବାରତା ନାହିଁ। ଖାଲି ଟଙ୍କା। ଟଙ୍କା ସେ ମାସକୁ ମାସ ପଠଉଛି। ଖାଲି ଟଙ୍କାରେ କ'ଣ ମଣିଷ ବଞ୍ଚେ? ନାବନୀ ଆଜି ନିଜକୁ ଧିକ୍କାର କଲା। କ'ଣ କଲା ସେ। ଶୁକୁରାକୁ ସେଇ ବିପଦ ମୁହଁକୁ ଠେଲି ଦେଇଛି।

ଆଜି ଶୁକୁରା ପାଇଁ ନାବନୀର ମନଟା ଏତେ ଗୁଡ଼େଇ ପୁଡ଼େଇ ହଉଚି କାହିଁକି? ଶୁକୁରାକୁ କ'ଣ ସତେ ସୁଖ ପାଏ? ସେ କିମିତିକା ସୁଖ ପାଇବ? ବୁଝିପାରେ ନାହିଁ – ନାବନୀ ଏ ସୁଖ ପାଇବାଟା ଯେମିତି ନ ଥିଲା ମଣିଷଠେଇଁ ହୁଏ। ଜୀଇଥିଲା ବେଳର କାଳିଆ ଆଉ ଏବର କାଳିଆ ଭିତରେ ତାକୁ ଯେମିତି ଫରକ୍ ଦେଖାଗଲା।

ଶୁକୁରାକୁ ବି ସେ ଭଲ ପାଏ। ଶୁକୁରା ତାକୁ ଭଲ ଲାଗେ। ଖାଲି ଯେମିତି ନ ଥିଲା ବେଳର ଶୁକୁରାକୁ ସେ ଭଲପାଏ। ସେ ଭଲ ପାଇବାଟା ତା' ଭିତରେ କେଉଁଠି ଲୁଚି ଉଙ୍କି ମାରୁଥିଲା। ସେ ଦେଖି ପାରୁ ନଥିଲା। ଠାକୁରେ ଯାହା କରନ୍ତି ଭଲପାଇଁ। ସେ ଯଦି ବୁଝି ପାରିଥାନ୍ତା ସେତେବେଳେ ସେ ଶୁକୁରାକୁ ଭଲ ପାଏ ବୋଲି, ତେବେ ଯେ ସେ କେଉଁଠି ଯାଇଁ ଉଠି ଥାଆନ୍ତା ତା'ର ଠିକ୍ ଠିକଣା ନାହିଁ। କୋଉଁ ଖମଣାରେ

ଯାଇ ପଡ଼ନ୍ତା କିଏ କହିବ? ତାର କ'ଣ ଥଇଥାନ ଥାଆନ୍ତା ଆଉ? ମଣିଷର ମନ କ'ଣ ଶାରଦ ଧାନ ହୋଇଛି ଯେ ବରଷକୁ ବରଷ ନୂଆ ବେଉଷା ନୂଆ ଅମଳ ଚାଲିଥିବ। ମଣିଷ ମନ କଳ କାରଖାନା ବି ନୁହେଁ। ଖାଲି ସୂତା ଉପରେ ସୂତା କାଟିହୋଇ ଯାଉଥିବ, କାହାପାଇଁ ଜଣା ନାହିଁ, କାହାରି ମମତାକୁ ଚାହିଁ ସେ ବୁଣିବ ନାହିଁ, କାଟିବ ନାହିଁ। ଇମିତି ତ ନୁହେଁ ମଣିଷ ମନ! ମଣିଷର ମନ ଦିଆନିଆରେ ବଢ଼େ। ପାଣିରୁ ଶୋଷ, ଶୋଷରୁ ପାଣି ପରି। ଖାଲି ଦିଆଟା ମଣିଷ ମନରେ ନିଆଁ ଲଗେଇ ଦିଏ। ସେ ନିଆଁଟା ଜଳେ ନାହିଁ ବେଶି ବଳେ ତେଲ ନଥିବା ଦୀପ ଭଳି। ନିଭିଯାଏ ଦପ୍ କିନା। ଖାଲି ଦୁକୁ ଦୁକୁ ହେଉଥାଏ ନଖ ବଳିତାଟା ପାଉଁଶ ହେବାଯାଏ। ଏକ ପାଖିଆ ଭଲ ପାଇବାଟା ସେଇମିତି। ହେଲେ ବି ସେ ଭଲ ପାଇବା ତ!

***   ***   ***

ମାଡ଼ି ଆସିଲା ଜାପାନ୍। ଓଡ଼ିଶାରେ ବି ପଡ଼ିଲା ବୋମା। ଶୋଇଛନ୍ତି ସମସ୍ତେ। ଢୋ ଢୋ ହୋଇ ଦି'ଥର ଆବାଜ୍ ହେଲା। ଭୂଇଁକମ୍ପ ହେଲା କି ଆଉ? ଏମିତି ମନେହେଲା। କାନ୍ଥ ବାଡ଼ ଥରି ଉଠିଲା। ଅଧରାତି। ନିଘୋଡ଼ ନିଦ। ଚମକି ଉଠିଲେ ସବୁ। ଶହ ଶହ ହଜାର ହଜାର ଲୋକ। ଶହ ଶହ ରାଜନୈତିକ ବନ୍ଦୀ। ଅଟକ ଅଛନ୍ତି ଜେଲଖାନା ଭିତରେ। ହଳ ହଳ ହୋଇ ବାହାରି ପଡ଼ିଲେ ତେଲୁଗୁଣୀ ପୋକ ପରି ସାଲୁବାଲୁ କି। ଖୁଆଡ଼ ଭିତରୁ। କେଉଁଠି କ'ଣ ହେଲା। ଜେଲଖାନାର ବଡ଼ ବଡ଼ ପାଚିରୀ। କିଏ କହିଲା ବୋମା ପକେଇଛି ଜାପାନ୍। ଜାତୀୟବାଦୀ ଗାନ୍ଧୀପନ୍ଥୀ ନେତାମାନଙ୍କୁ ମାରିବା ପାଇଁ। କିଏ ବା ହସିଲା। କେତେବେଳ ପରେ ସେ ପାଖରେ ଲୋକ ହାଉ ଯାଉ ଶୁଭିଲା।

ଜେଲ୍ କାନ୍ଥକୁ ଲାଗି ସେ ପଟରେ ଫୁଟିଛି ବୋମା। ଜେଲ୍ ୱାଡ଼ରମାନେ ଆସି ଖବର ଦେଲେ। ବୋମାଳି ଜାହାଜଟା ଖୁବ୍ ପାଖରେ ଆସି ବୋମା ଢାଳି ପକେଇଛି। କେଡ଼େ ନିଃସହାୟ କରି ରଖିଛି ଇଂରେଜ ସରକାର ଦେଶବାସୀଙ୍କୁ। କେହି ମରି ନାହାନ୍ତି। ଭାଗ୍ୟେ। ଆଉ ଟିକେକେ ନେତାଶୂନ୍ୟ ହୋଇ ଯାଇଥାଆନ୍ତା ଓଡ଼ିଶା ଭୂଇଁ। ସବୁ ଶିର ଯାଇ ବେକରେ ଠୁଳ ହେଲା ପରି ସବୁ ନେତା ଯାଇଁ ଜେଲଖାନା ଭିତରେ। ଧରି ଆଣିଛି ଇଂରେଜ ସରକାର। ଅଟକବନ୍ଦୀ କରି ରଖିଛି, ଖାଇବାକୁ ପିଇବାକୁ ଦେଇ। ଯାହା ପ୍ରାଣରେ ଦେଶ ପାଇଁ ଟିକିଏ ହେଲେ ମମତା ଅଛି, ଯାହା ଦେହରେ ଦେଶପ୍ରୀତିର ଗନ୍ଧ ବାଜିଛି, ହାଉଆ ଲାଗିଛି, ଧରି ନେଲେ ତାକୁ। ଦୁଃଖୀ ଦାଶ ବି ଧରାହେଇ ସେଇ ଜେଲ୍‌ରେ।

ବୋମାଟା ଯା ପଡ଼ିଲା ନାହିଁ ଏହି ରାଜନୈତିକ ବନ୍ଦୀଙ୍କ ଉପରେ। ଅନ୍ତତଃ

ଶହୀଦ୍ ହେବାର ଗୌରବ ପାଇଥାନ୍ତେ। ଅନ୍ତତଃ ପଚାଶ ବର୍ଷ ପାଇଁ ଓଡ଼ିଶାର ଶାସନ ନିଷ୍କଳଙ୍କ ହୋଇ ଯାଇଥାନ୍ତା। ଜାପାନର କୀର୍ତ୍ତି ରହିଯାଇଥାନ୍ତା ଓଡ଼ିଶା ମାଟିରେ।

ଆଜି ବସି, ସଞ୍ଜ ବୁଡ଼ ବୁଡ଼ ହେଉଛି, ଯେମିତି ଭାବୁଛି, ସେ ଦିନ ସେମିତି ଦିନେ ବସି ଭାବୁଥିଲା। ବୋମାଟା ପଡ଼ି ମରି ଯାଇଥିଲେ କ'ଣ ହୋଇଥାନ୍ତା। ଦେଶ ମାଆ ଖୋଜୁଛି ବଳି। ବିନା ବଳିରେ ସେ ରଣଚଣ୍ଡୀ ଶାନ୍ତ ହେବ ନାହିଁ। ଘରୁ ଗୋଡ଼ କାଢ଼ି ଆସିଛି ମରିବା ପାଇଁ। ମରିବାକୁ ଡରିବ କାହିଁକି? ସେ ଦେଖି ପାରିବ ନାହିଁ ସ୍ୱାଧୀନତା ତା ଦିହକରେ। ସେଥିପାଇଁ ଚିନ୍ତା କ'ଣ? ଏଇ ମାଟିରେ ଯିଏ ଜନ୍ମ, ସେ ଭୋଗିବ ତା'ର ଜନ୍ମ ମାଟିରେ ନ ହେଉ, ଯାଙ୍କ ମରଣ ମାଟିରେ ହବତ!

ତା'ରି ଆଖି ଆଗରେ ଫାଶୀ ଗଲା ଲକ୍ଷଣ ନାଏକ। ହେଇଟି ସେ ଦିନ। ଲକ୍ଷଣ ନାଏକ୍ ବହୁ ଅଲକ୍ଷଣାଙ୍କ ଆଖି ଖୋଲି ଦେଇ ଯାଇଛି ଦୁଃଖୀ ଦାଶ ନିଜକୁ ଜଣେ ଅଲକ୍ଷଣା ବୋଲି ଭାବେ। କାରଣ ସେ ଏଇ ଆନ୍ଦୋଳନରେ ଯୋଗ ଦେବାରୁ କି କ'ଣ, ଦେଶ ସ୍ୱାଧୀନ ହେଲା ନାହିଁ ଆଜିଯାକେ। ତା'ର ଭାଗ୍ୟ ହେଲା ନାହିଁ ଦେଶ ବଳି ହେବାର - ଦେଶ ପାଇଁ ପ୍ରାଣବଳି ଦେବାର।

ଆଖିରୁ ଟୋପାଏ ଲୁହ ବୋହି ନାହିଁ। ଚଢ଼ିଗଲା ଫାଶୀ କାଠ ଉପରେ। ଲକ୍ଷଣ ନାଏକ। ଜୟ ଲକ୍ଷଣ ନାଏକ। ଅମର ତମେ। ତମର ସେ ହରି ହରି ବୋଲ୍ ମୁହଁଟାକୁ ବନ୍ଦ କରି ଦେଲା, ମହମଦିଆ ଖସରା ଫାସି ଦଉଡ଼ିଟା। କାହିଁ, ଆଜି ତ ଆଉ ଦେଶର ବେକମାନଙ୍କ ମୁହଁରେ ସେ ଧ୍ୱନିର ପ୍ରତିଧ୍ୱନି ଉଠୁ ନାହିଁ। ଆଜି ସମସ୍ତେ 'ହରି' ଶିଖିଛନ୍ତି 'ହରିବୋଲ୍' ଶିଖି ନାହାନ୍ତି।

*** *** ***

ରାମବାବୁ ସେଦିନ ଯାହା କହୁଥଲେ ଆଜି ବି ଦେଶର ଅନେକ ଯୁବକ ସେଇୟା କହିଲେଣି। ନିଶା ନିଶା! ହରିବୋଲ୍ ଗୋଟିଏ ନିଶା। ଲକ୍ଷଣ ନାଏକ ଯେଉଁ ନିଶା ଖାଇ ଫାସୀ ପଟାକୁ ଡେଇଁ ପଡ଼ିଲା, ସେଇ ନିଶା। ଟିକିଏ ଲାଗନ୍ତା ଏଇ ଦୁଃଖୀ ଦାଶକୁ। ସେ ନମସ୍କାର କରେ। ପ୍ରତିଦିନ ସକାଳ। ସେଇ ହରିବୋଲ୍ ଫାସୀ ପିନ୍ଧା ଲକ୍ଷଣ ନାଏକକୁ।

ରାମବାବୁ ଯାଇଥିଲେ ସେହି ଜେଲକୁ। ତାଙ୍କୁ ଆଉ ତାଙ୍କ କମିଉନିଷ୍ଟ ସାଙ୍ଗସାଥୀଙ୍କୁ କଂଗ୍ରେସବାଲାମାନେ କହୁଥିଲେ 'ସ୍ୱାଏ'। ଇଂରେଜ ସରକାରଙ୍କ ଗୁପ୍ତଚର-ଗୁଇନ୍ଦା। ଦୁଃଖୀ ବିଶ୍ୱାସ କରିପାରେ ନାହିଁ। ରାମବାବୁ ଶିକ୍ଷିତ ଲୋକ। ଥିଲା ଘରର ପିଲା। ସେ କେବେ ଗୁଇନ୍ଦାଗିରି କରୁ ନଥିବେ।

କିନ୍ତୁ କାହିଁକି ? ଧନଜନ ଦେଇ ବ୍ରିଟିଶ ସରକାର ମିତ୍ରପକ୍ଷଙ୍କୁ ସାହାଯ୍ୟ କର ବୋଲି ଚିଲଉ, ଚିଲଉ, ଦୁଃଖୀ ଦାଶ ଭଳି 'ଭାରତଛାଡ଼' ଆନ୍ଦୋଳନକାରୀ ଯାବତ୍ ଦେଶଦ୍ରୋହୀ, ଜର୍ମାନର 'କୁଇଶଲିଙ୍ଗ'ଙ୍କ ସାଙ୍ଗରେ ଜେଲଖାନାରେ ଆସି ହାଜର କାହିଁକି ? କି ଉଦ୍ଦେଶ୍ୟରେ ? ଦୁଃଖୀ ଦାଶ ବୁଝିପାରେ ନାହିଁ। ତାଙ୍କ ସାଙ୍ଗରେ ଆହୁରି ଦଶ ପାଞ୍ଚ ବି।

ସେମାନଙ୍କର କିନ୍ତୁ ଗୋଠ ଭିନ୍ନେ। ଖୁଆଡ଼ ଅଲଗା। ପଚାଶ ଷାଠିଏ ଲେଖା ରାଜନୈତିକ କଏଦୀ, ଅଟକବନ୍ଦୀ ଗୋଟାଏ ଲେଖାଏଁ ଖୁଆଡ଼ରେ ଭରତି ହୋଇ ଥାଆନ୍ତି। ମାଟିକାନ୍ଥ, ଝଟିମାଟିର। ଉପର ଚାଳ ଛପର। ଲମ୍ବା ଲମ୍ବା ଗୁହାଳ ପରି ଘର। ତାକୁ ନମ୍ବର ବୋଲି କହନ୍ତି ନମ୍ବର ଅନୁସାରେ ସୁମାରି। ଏକ, ଦୁଇ, ତିନି, ଚାରି ଏମିତି। ଗୋଟିଏ ମାତ୍ର ଦୁଆର ଯିବା ଆସିବାକୁ। ସଞ୍ଜ ହେଲେ ତାଲା ପଡ଼େ। ରାତିରେ ନିଆଁ ଲାଗିଲେ ସମସ୍ତେ ଖତମ୍। ପଚାଶ ଷାଠିଏ ଲୋକ। ଚାଲିଲା ଆନ୍ଦୋଳନ। ଆମେ ରାତିରେ ତାଲାବନ୍ଦ ଚାଳଘରେ ଶୋଇବୁ ନାହିଁ। ସରକାର ମାନିଲେ। ରାତିରେ କବାଟଟା ଖୋଲା ରହେ।

ଖୁଆଡ଼ ଭିତରେ ଦୁଇଧାଡ଼ି କରି ତକ୍ତପୋଷ। ତଣକା ଗୋଟିଏ ଲେଖାଁ। ଖଣ୍ଡିଏ ଲେଖାଏଁ ଛୋଟ ଟେବୁଲ୍ ଆଉ ଟୁଲ୍ ପ୍ରତି ଖଟ ପାଖରେ। ଜଣ ଜଣକା ପିତଳ ଥାଳିଆଟି, ଗିନା ଗୋଟେ ଆଉ ରସ ଗିଲାସଟେ। ଏଇ ହେଲା ଅଟକବନ୍ଦୀଙ୍କ ସମ୍ପତ୍ତି। ତା'ଛଡ଼ା କମଳ, ବିଛଣା ଚାଦର, ମସୁରି। ଲୁଗାପଟା ଯେଝା ଯେଝାର। ମାଗିଲେ ଦିଅନ୍ତେ। କିନ୍ତୁ ମିଲ୍‌ଲୁଗା କେହି ପିନ୍ଧନ୍ତି ନାହିଁ। ସମସ୍ତେ ନିଜ ନିଜ ଲୁଗା ପିନ୍ଧନ୍ତି। କମିଉନିଷ୍ଟମାନେ ଖଦଡ଼ ପିନ୍ଧିଲେ ବି ମାଗନ୍ତି ନାହିଁ।

ରାମବାବୁଙ୍କ ଭାଷାରେ ଏଇ ଖଦଡ଼ିଆ ଧର୍ମ - ଅଫିମଖିଆ ଗାନ୍ଧିବାଲା ମାନେ ସକାଳେ ସଞ୍ଜ ଗାନ୍ଧୀ ପ୍ରାର୍ଥନା କରନ୍ତି। ସେତେବେଳେ ତ ସ୍ୱରାଜ ଆଶ୍ରମମାନଙ୍କରେ ଗାନ୍ଧୀ ପ୍ରାର୍ଥନା ହଉଥିଲା। ସେଠି ଯେମିତି ହୁଏ, ଏ ଜେଲ୍ ଭିତରେ ବି ସେମିତି। ସ୍ୱରାଜ ଆଶ୍ରମରେ ସବୁ ନିରାମିଷ। ଏଠି କିନ୍ତୁ ଗାନ୍ଧିବାଲାମାନେ ମାଛ ମାଂସ ଅଣ୍ଡା ସବୁ ଚଳାନ୍ତି। ଯେଉଁମାନଙ୍କୁ ଖାଣ୍ଟି ଗାନ୍ଧିବାଲା ବୋଲି ଥଟ୍ଟା ପରିହାସ କରାଯାଏ, ସେଇମାନେ ଅଲଗା ଗୋଠ କରି ଥାଆନ୍ତି। ବେକମିଉନିଷ୍ଟ ଓ ଅଣ ଗାନ୍ଧିବାଲାଙ୍କ ସଂଖ୍ୟା ବେଶି। ସେମାନଙ୍କ ଭିତରେ ବି ଭିନେ ମେସ୍। ନାନାରକମର ଖାଇବା ପିଇବା। ବୁର୍ଜୁଆ ମେସ୍। ପ୍ରୋଲେଟରେଟ ମେସ ଇତ୍ୟାଦି। କମିଉନିଷ୍ଟଙ୍କୁ ଘୃଣା କରି କରି ତାଙ୍କ ବ୍ୟବହୃତ ଶବ୍ଦ ଉପରେ ମୋହ ଆସିଥାଏ ଅଣ ଗାନ୍ଧିବାଲାଙ୍କ ମନରେ ଏମାନଙ୍କ ଭିତରୁ କିଏ ନେହେରୁ ପନ୍ଥୀ କିଏ ଜୟପ୍ରକାଶ ପନ୍ଥୀ, କିଏ ସମନ୍ୱୟପନ୍ଥୀ

ଏମିତି କେତେ କେତେ ପନ୍ଥା। ଦୁଃଖୀ ଥାଏ 'ପ୍ରଜାହାତି' ମେସ୍‌ରେ ଖାଣ୍ଟି ଗାନ୍ଧିବାଲାଙ୍କର ସେଇ ନାଁ ଦିଆଯାଇଥାଏ।

ପ୍ରଜାହାତି ଉଆଡ଼ରେ ପ୍ରାର୍ଥନା ଅବଶ୍ୟ କର୍ତ୍ତବ୍ୟ। ଆଉ ସବୁ ଉଆଡ଼ରେ ବାଧ୍ୟତାମୂଳକ ନୁହେଁ। ଏଇ ନମ୍ବର ଗୁଡ଼ିକୁ ଉଆଡ଼ କୁହାଯାଏ। ଇଂରାଜୀ ଭାଷାଟା ପଶିଗଲା ଏଇଠି ଓଡ଼ିଆ ସାହିତ୍ୟ ଭିତରେ। କମିଉନିଷ୍ଟ ଉଆଡ଼ରେ ପ୍ରାର୍ଥନା ହୁଏ ନାହିଁ। ବେଳେ ବେଳେ କେହି କେହି ଗୀତ ବୋଲୁଥାନ୍ତି ସକାଳୁ --

"ଏଇ ଲାଲ୍ ପତାକାର ତଳେ ହୁଅ ଆଗୁସାର," - ଆହୁରି କ'ଣ ଆହୁରି କ'ଣ। ଦୁନିଆର ଶୋଷିତ ଦଳିତ ଦଳ ସବୁ ବିଦ୍ରୋହ କରିବେ – ବିପ୍ଳବ କରିବେ। ଦେଶମାତା ଗୋଟାଏ ବୁର୍ଜୁଆ ଧାରଣା ସାମ୍ରାଜ୍ୟବାଦର ଅଠାକାଠି ଏଇ ଦେଶ ଭକ୍ତି। ସାମନ୍ତବାଦୀ ମନୋବୃତ୍ତିର ପ୍ରତୀକ। ଭଗବାନ୍‌ଙ୍କ ପ୍ରତି, ଦେଶମାତୃକାପ୍ରତି ଭକ୍ତି, ଶୋଷଣର ଅସ୍ତ୍ର। ଏ ସବୁପ୍ରକାର ଶୋଷଣ ବିରୋଧରେ ଅସ୍ତ୍ରଧାରଣ ଆମକୁ କରିବାକୁ ହିଁ ହେବ। ଆହୁରି କେତେ କ'ଣ। ବକ୍ତୃତା ଦେବା ଶିକ୍ଷା ଦିଆହୁଏ କମିଉନିଷ୍ଟ ଉଆଡ଼ରେ।

ଦୁଃଖୀ କହେ, ଭଗବାନ୍ ସବୁ ମହତ୍ତ୍ୱର ପ୍ରତୀକ। ଲାଲ୍‌ଝଣ୍ଡା ଯେମିତି ଏଇ ଭାବର ପ୍ରତୀକ, ସେହିପରି ଦେଶମାତା ମଧ୍ୟ ଆଉ ଏକ ଭାବର ପ୍ରତୀକ। ଦେଶମାତା ନାମରେ ଶୋଷଣ ସମ୍ଭବ ହେଲେ, ଲାଲଝଣ୍ଡା ନାମରେ ଶୋଷଣ ଅସମ୍ଭବ ନୁହେଁ।

ରାମ ଓ ଦୁଃଖୀ ଦାଶ।

'ଭଗବାନ୍‌ଙ୍କ ନାମରେ ଭଣ୍ଡି ଖାଉଛ ତମେ। ସମାସ୍ତବାଦୀ ବ୍ରାହ୍ମଣ।' ଦିନେ ଯୁକ୍ତିରେ ପରାଜିତ ହୋଇ ପାଟି କରି କହିଲେ ରାମବାବୁ।

"ଭଣ୍ଡି କିଏ ଖାଉଚି ରାମବାବୁ! ତମେ ମୁଲିଆଙ୍କୁ ଏକଜୁଟ୍ କରିବା ନାଁରେ, ଟ୍ରେଡ୍ ୟୁନିୟନ୍ ନାଁରେ ପଇସା ନଉନ? ପୁଞ୍ଜିପତିମାନଙ୍କୁ ଧର୍ମଘଟ ଧମକ୍ ଦେଇ ପଇସା ନଉନ? ପ୍ରୋଲେଟରେଟ୍ ନେତାମାନଙ୍କର ଶେଷଣଟା ଶୋଷଣ ନୁହେଁ - ଆଉ କ'ଣ ପୋଷଣ?" କହିଲା ଚଟ୍‌ପଟ୍ ଦୁଃଖୀ ଦାଶ।

ନିଆଁ ହୋଇଗଲେ ରାମବାବୁ - "ଭୁଲ ଭୁଲ - କଦାପି ନୁହେଁ। ପ୍ରମାଣ କରିଦେଇ ପାରିବ ଆମେ ପଇସା ଖାଉଁ? ସବୁ ଅପପ୍ରଚାର। ପୁଞ୍ଜିପତିଙ୍କର ଦଲାଲମାନଙ୍କର ଅପପ୍ରଚାର। ନିଖିଳ ବିଶ୍ୱର ଦଳିତ ଶୋଷିତମାନଙ୍କର ଏକମାତ୍ର ପ୍ରତିନିଧି ଆମର ଏଇ କମିଉନିଷ୍ଟ ପାର୍ଟି ଶୋଷଣ କରନ୍ତି - କାହା ଜିଭରେ ହାଡ଼ ଅଛି କହିବ ଏ କଥା?

ଦୁଃଖୀ ଦାଶ ହସିଲା। କହିଲା - "ରାମବାବୁ, ରାଗିବ ନାହିଁ। ଗୋଟେ କଥା

କହିବି। ଧୀରବୁଦ୍ଧି ସ୍ଥିରଚିତ୍ତରେ ବିଚାର କରି ଦେଖିବେ। ଆପଣମାନଙ୍କ ଶ୍ରମିକ ସଂଘ ଷ୍ଟ୍ରାଇକ୍ କରି କଳ ମଜୁରିଆଙ୍କ ପାଇଁ ଯେଉଁ ବର୍ଦ୍ଧିତହାରରେ ମୂଲ ଆଦାୟ କରି ବାହାବା ନିଅନ୍ତି ସେ ମୂଲ ଦିଏ କିଏ ?"

"ପୁଞ୍ଜିପତି, କଳର ମାଲିକ୍।" ରାମବାବୁ ସାଙ୍ଗେ ସାଙ୍ଗେ ଉତ୍ତର ଦେଲେ।

"ପୁଞ୍ଜିପତିଙ୍କର ଗଚ୍ଛିତ ଧନରୁ ଦିଆଯାଏ, ନା ଚଢ଼ାଦରରେ ବିକ୍ରୀକରି ସେ କ୍ଷତି ପୂରଣ କରନ୍ତି ? "

"ହେଲେ ହେଉ। ଯିଏ ଦ୍ରବ୍ୟ ବ୍ୟବହାର କରିବ ସେ ତାର ହକ୍ ମୂଲ୍ୟ ଦବ ନାହିଁ ? ସେଥିରେ କା'ର କ'ଣ ଗଲା ?"

ଆଉ କାହାରି କିଛି ଯିବ ନାହିଁ ଯେ, ଯିବ ଗାଁର ମଳିମୁଣ୍ଡିଆଙ୍କର। ସେମାନେ ସେଇ ସରଞ୍ଜାମ ଚଢ଼ାଦରରେ କିଣିବେ। ତାଙ୍କରି ପଇସାରେ କଳର ଶ୍ରମିକଙ୍କ ଗଣ୍ଡି ବଢ଼ିବ। ଗାଁ ମୂଲିଆର ଭୋକିଲା ପେଟରୁ କାଟି, କଳ ମୂଲିଆଙ୍କର ବଢ଼ନ୍ତି ପେଟରେ ପକେଇବ।"

"ସରଞ୍ଜାମ କ'ଣ କେବଳ ଗାଁ ମୂଲିଆ କିଣନ୍ତି ? ଆଉ କେହି ନୁହେଁ ?"

"କିଣନ୍ତି ନିଶ୍ଚୟ। କିନ୍ତୁ ଅନ୍ୟମାନେ କୌଣସି ନା କୌଣସି ଉପାୟରେ କଳ ମୂଲିଆଙ୍କ ବର୍ଦ୍ଧିତ ପ୍ରାପ୍ୟରୁ ଭାଗ ପାଆନ୍ତି। ଓକିଲ, ଡାକ୍ତର, ମାଷ୍ଟର, କିରାନି, ହାକିମ, ଡିପୁଟି ସମସ୍ତେ କଳ ମୂଲିଆଙ୍କଠୁଁ ପାଉଣା ପାଆନ୍ତି। ପାଆନ୍ତି ନାହିଁ କେବଳ ଏଇ ମୂର୍ଖ ବିଲ ମୂଲିଆ।"

"ପାଆନ୍ତି। ପାଆନ୍ତି ନାହିଁ ? ଧାନ ଚାଉଳ କ'ଣ କଳରେ ତିଆରି ହୁଏ ?"

"ମୁଁ କ'ଣ ତମକୁ ଅର୍ଥନୀତି ଶିଖେଇବି ରାମବାବୁ। ତମେ ତ - "ଡା କ୍ୟାପିଟାଲ୍"ର ପୋକ। ତମକୁ ମୁଁ କ'ଣ କହିବି ? ଧାନଚାଉଳ ଦର ଉପରେ ଶିଳ୍ପ ଉତ୍ପନ୍ନ ଦ୍ରବ୍ୟର ମୂଲ୍ୟ ନିର୍ଦ୍ଧାରିତ ହେବ, ନା ଶିଳ୍ପ ଉତ୍ପନ୍ନ ଦ୍ରବ୍ୟର ମୂଲକୁ ଚାହିଁ ଧାନଚାଉଳର ମୂଲ୍ୟ ନିର୍ଦ୍ଧାରିତ ହେବ ?"

"ଏକ କଥା। ଗଛ ଆଉ ମଞ୍ଜି। କିଏ ଆଗ କିଏ ପଛ କହି ହେବ ନାହିଁ। ପରସ୍ପର ନିର୍ଭରଶୀଳ।"

"ପରସ୍ପର ନିର୍ଭରଶୀଳ ନିଶ୍ଚୟ। ମାତ୍ର ଆମର ଲକ୍ଷ୍ୟ କ'ଣ ହେବା ଉଚିତ ? ଭଲଚାଷ ହେଲେ, ଖାଇପିଇ କିଛି ଭଲ ବିହନ ରଖିବା। ସେମିତି ମୌଳିକ ଆବଶ୍ୟକତାକୁ ଚାହିଁ ଅନ୍ୟାନ୍ୟ ଦ୍ରବ୍ୟର ମୂଲ୍ୟ ନିରୂପିତ ହେବା ବିଧେୟ। ନୁହେଁ ? ମାତ୍ର ଆପଣମାନେ ବିଲ ମୂଲିଆଙ୍କୁ ନ ଚାହିଁ କଳ ମୂଲିଆଙ୍କ ସ୍ୱାର୍ଥ ଜଗୁଛନ୍ତି।"

ରାମବାବୁ ସ୍ୱୀକାର କରନ୍ତି ନାହିଁ। ତାଙ୍କ ମତରେ ଦୁଃଖୀଟା ଅଧାପାଠୁଆ।

ଅର୍ଥନୀତିର ଗୁଢ଼ତତ୍ତ୍ୱ ସେ ବୁଝେ ନାହିଁ। ରାଜନୀତି ସହିତ ଅର୍ଥନୀତିର ଯେ ଘନିଷ୍ଠ ସମ୍ବନ୍ଧ ତାହା ଅନୁଭବ କରିବା ଦୁଃଖୀ ଦାଶ ବୁଦ୍ଧିର ବାହାରେ। ସେ କହନ୍ତି - ଏହି କଳ ମୂଲିଆମାନଙ୍କ ସଂଘ ହିଁ ପ୍ରଗତିର ଲକ୍ଷଣ। ଏହି ସଂଘ ବା ଟ୍ରେଡ୍ ୟୁନିୟନ ଯେତେ ସଂଘଟିତ ହେବ ସେତିକି ପୁଞ୍ଜିପତି ସମର୍ଥିତ ସରକାରର ଅବସାନ ଘଟିବ। ନିଷ୍ପେଷିତ ଜନତାର ସରକାର ପ୍ରତିଷ୍ଠା ସହଜ ଓ ସରଳ ହୋଇଯିବ।"

ଦୁଃଖୀ କହେ - ସେ ସବୁ ସଂଘ ସଂଘ ନୁହେଁ ଡକେଇତଙ୍କ ଦଳ - ଯେତେ କଳ କାରଖାନାର ଶ୍ରମିକ, ଅଫିସର, କିରାନୀ, ରେଳବାଇର କର୍ମଚାରୀଙ୍କର ସଂଘ, ଆସୋସିଏସନ୍ ବା ଟ୍ରେଡ୍ ୟୁନିୟନ୍ ଅଛି, ସେ ସବୁ କେବଳ ମଫସଲକୁ ଶୋଷଣ କରିବା ପାଇଁ ସହରର ଷଡ଼ଯନ୍ତ୍ର।

ରାମବାବୁ ହସନ୍ତି। ଦୁଃଖୀ ଦାଶର ଅଜ୍ଞତା କଥା ଭାବି। ଦୟା ହୁଏ ଦୁଃଖୀ ଦାଶ ପ୍ରତି। ପଚାରନ୍ତି - "ଦୁଃଖିଆନ୍ନା - ତମର କ'ଣ ଏଟା ଗାନ୍ଧୀବାଦ? ଗାନ୍ଧୀ କ'ଣ ଏଇୟା କହିଛନ୍ତି? ଏ ସବୁ ଗାନ୍ଧୀବାଦର ଅପବାଦ।"

"ଗାନ୍ଧୀବାଦର ଅପବାଦ ହେବାର ଆଶଙ୍କା ନାହିଁ ରାମବାବୁ। ଦୁଇଟି ଅବସ୍ଥା ଛଡ଼ା ଗାନ୍ଧିବାଦର ତୃତୀୟ ଅବସ୍ଥା ନାହିଁ। ହୁଏତ ଗାନ୍ଧିବାଦ ତିଷ୍ଠିବ ନଚେତ୍ ଲୋପ ପାଇଯିବ। ଯେଉଁଟା ମାର୍କସବାଦ୍ ସମ୍ବନ୍ଧରେ ସମ୍ଭବ, ଗାନ୍ଧିବାଦ କ୍ଷେତ୍ରରେ ତାହାହିଁ ସତ୍ୟ ବୋଲି ତମର ଧାରଣା ଭୁଲ।"

"ଗାନ୍ଧୀଙ୍କର ଅହିଂସା ନାମରେ ହିଂସା କରି ଯିଏ ଫାସୀ ପାଇଲା ତାକୁ ଗାନ୍ଧୀବାଦୀମାନେ ଶହୀଦ ବୋଲି ତେବେ କହୁଛ କାହିଁକି?"

"ଗାନ୍ଧୀଜୀ କହିଛନ୍ତି ଦୁର୍ବଳର ଅହିଂସା ଠାରୁ ହିଂସା ବରଂ ଭଲ। ମାତ୍ର ହିଂସା ଶ୍ରେୟସ୍କର। ଅଥଚ ଆପଣମାନେ କହନ୍ତି କେବଳ ହିଂସା ହିଁ ଏକମାତ୍ର ପନ୍ଥା। ସେଇଠି ଆପଣ ଓ ଆମ ଭିତରେ ତଫାତ୍। ମାତ୍ର ଲକ୍ଷଣ ନାଏକ ହିଂସାଚରଣ କରିନଥିଲେ। ସେ କାହାରିକି ହତ୍ୟା କରି ନାହାନ୍ତି। ଉତ୍ତେଜିତ ଜନତା ହତ୍ୟା କଲେ ଗୋରା ସାହେବକୁ। ଲକ୍ଷଣର ଦୋଷ ସେ ସେଠି ଥିଲା। ମନା କରୁଥିଲା ଲୋକଙ୍କୁ ହିଂସା କରିବାକୁ। କିନ୍ତୁ ଇଂରେଜ ସରକାର ଜୀବନ ବଦଳରେ ଗୋଟାଏ ଜୀବନ ଚାହିଁଲେ। ଆଖି ବଦଳରେ ଆଖି, କାନ ବଦଳରେ କାନ ମାଗିଲା ପରି।"

"ଲକ୍ଷଣ ନାଏକ ମାରି ନାହିଁ?" ରାମବାବୁ ବାଜି ମାରିବା ସ୍ୱରରେ ପଚାରିଲେ।

"ନା'! ଜୋର୍ ଦେଇ ଦୁଃଖୀ କହିଲା - "ଉତ୍ତେଜନାର ଉତ୍ତରରେ ପୁଲିସ ଲାଠି ଚଳେଇଲେ। ଜନତା ବି ପ୍ରତିଶୋଧ ନେଲା। ଗୁଳି ଚାଲିଲା। ଯିଏ ଯୁଆଡ଼େ

ଛିନ୍‌ଛତ୍ର ହୋଇ ପଳେଇଲେ। ଏକା ରହିଲା ସାହସ ବାନ୍ଧି ଲକ୍ଷଣ ନାଏକ। ସାହସ ହେଲା ତା'ର ଅପରାଧ।"

ସାହସର ପରୀକ୍ଷା ସରିଲା ସେଦିନ। ମନେ ପଡ଼ିଲା ଦୁଃଖୀ ଦାଶର ରାମବାବୁମାନେ ବୁଝିପାରନ୍ତି ନାହିଁ ସେ କଥା। ଗୋଟାଏ ପଢୁଆ ସହରବାସୀ ଫାସୀ ପାଇଥିଲେ ହୁଏତ କିଛିଟା ସେ ବୁଝିଥାନ୍ତେ। ମଳିମୁଣ୍ଡିଆ ମୁର୍ଖ ମୁଷୁଣ୍ଡା। ଗୋଟାଏ ଲୋକ କ'ଣ ଦେଶ ପାଇଁ ହସି ହସି ପ୍ରାଣବଳି ଦେଇପାରେ? ସେ ବିଶ୍ୱାସ ନାହିଁ ରାମବାବୁଙ୍କର।

ରାମବାବୁ ଉଠିଗଲେ। 'ଏ ସବୁ ଭାବପ୍ରବଣତା' ବୋଲି କହି।

ଦୁଃଖୀ ଆଗରେ ନାଚିଗଲା ସେ ଦିନର ସ୍ମୃତି। କିନ୍ତୁ ରାମବାବୁଙ୍କ ଆଖିରେ ଅନ୍ଧ ପୁଟୁଳି ବନ୍ଧା ହୋଇଥିଲା - ପାଶ୍ଚାତ୍ୟ ସଭ୍ୟତାର ଅନ୍ଧପୁଟୁଳି। ସେଦିନ ସକାଳେ ହୁଏତ ଆରାମରେ ଶୋଇଥିଲେ ରାମବାବୁ ତାଙ୍କ ଉଆଡ଼ ଭିତରେ।

ସେ ଏକ ରୋମାଞ୍ଚକର ସକାଳ। ବଡ଼ି ଭୋର୍। ଗୋଟାଏ ବିଚିତ୍ର ଚୈତ୍ର ରାତିର ଶେଷ। ଚାରିଟା ବାଜିବ। ଶୀତ ଛାଡ଼ି ଛାଡ଼ି ନ ଥାଏ। ଶୀତଳ ପବନର ଦମକାଏ ଦମକାଏ ନିଃଶ୍ୱାସ ଛାଡୁଥାଏ ରାତିର ଛାତିଟା ରହି ରହି। ସକାଳ ହେଇ ହେଇ ନଥାଏ। ନୂଆ ବସନ୍ତ ତେଣେ ହୋରି ଖେଳୁଥିବ ପଳାସ ଗଛ ଉପରେ, ଠିକ୍ ପାଚିରୀର ସେ ପଟରେ। ଏପଟରେ ରକ୍ତର ହୋରି। ଟୋପାଏ ରକ୍ତ ତଳେ ପଡ଼ିନାହିଁ। କିନ୍ତୁ ଉଷୁମ ରକ୍ତସୁଅ ଛୁଟେଇ ଦେଇଗଲା। ଶହ ଶହ ଦେଶପ୍ରେମୀ ରାଜନୈତିକ ବନ୍ଦୀଙ୍କ ଧମନୀରେ। ଲକ୍ଷଣ ନାଏକ।

ଫାସୀକାଠର ଶୁଖିଲା ଛାତି ବି ତାତି ଉଠିଥିବ। ଥରି ଯାଉଥିବ। ଲକ୍ଷଣ ନାଏକର ହରି ହରି ଧ୍ୱନିରେ। ଧନ୍ୟ ହେଇଯାଉଥିବ ସେ କାଠ। କେତେ ନରହତ୍ୟାକାରୀଙ୍କ ସ୍ପର୍ଶରେ ବର୍ଷ ବର୍ଷ ଧରି ସତ ପାପ ଆଜି ମୁଖ୍ୟ ହୋଇଯାଇଥିବ ଲକ୍ଷଣ ନାଏକର ପବିତ୍ର ପଦରଜ ପାଇ।

ହରିବୋଲ୍! ହରିବୋଲ୍!

ସେଇ ଏକମାତ୍ର ଧ୍ୱନି ଲକ୍ଷଣ ମୁଖରେ। ସେଲ୍ ଭିତରେ। ଜେଲ୍ ଭିତରେ। ଫାସୀ ଘରକୁ ଯିବା ବାଟରେ। ଫାସୀ ଘର ଭିତରେ।

ଏଣେ ଶହ ଶହ ରାଜନୈତିକ ବନ୍ଦୀଙ୍କ ମୁଖରେ ଗର୍ଜି ଉଠୁଛି ସ୍ୱାଧୀନ ଭାରତ କୀ ଜୟ। ମହାତ୍ମାଗାନ୍ଧୀ କୀ ଜୟ! ଲକ୍ଷଣ ନାଏକ କୀ ଜୟ।

ରୋମମୂଳ ଟାଙ୍କୁରି ଉଠୁଥାଏ। କାହାରି ଆଖିରେ ନିଦ ନାହିଁ। ରାତି ଦୁଇଟାରୁ ଆରମ୍ଭ ହେଲା ଜୟଧ୍ୱନି। ଧ୍ୱନି ନୁହେଁ କାଳରଡ଼ି। ରଣଡାକ। ଅତ୍ୟାଚାରୀ ଶାସନ ପ୍ରତି ଦୁର୍ମଦ ଆହ୍ୱାନ।

ଧ୍ୱନି ବନ୍ଦ ହୋଇଗଲା । ଫାସି ଘରେ ଖଟ୍ ପରି ଶବ୍ଦ ହେଇଥିବ । ତା'ରି ସାଙ୍ଗେ ସାଙ୍ଗେ ସବୁ ନୀରବ ।

ପୂର୍ଣ୍ଣାହୁତି । ସ୍ୱାଧୀନତା ଯଜ୍ଞବେଦୀ । ବଳି ପଡ଼ିଛି ଲକ୍ଷଣ ନାଏକ । ଶଙ୍ଖ ନାହିଁ, ହୁଳହୁଳି ନାହିଁ, ଘଣ୍ଟା ନାହିଁ, ମାଦଳ ନାହିଁ । ଅଛି କେବଳ ରୋମହର୍ଷଣକାରୀ ମନ୍ତ୍ର - ଭାରତ ମାତା - ସ୍ୱାଧୀନ ଭାରତ - ମହାତ୍ମାଗାନ୍ଧୀ - ବୀର ଲକ୍ଷଣ ।

ଗୋଟାଏ କୋଣକୁ କମିଉନିଷ୍ଟ ଉଆଡ଼ । ଚୁପ୍‌ଚାପ୍ । ନୀରବ । ପ୍ରଥମରୁ ....

ଏ ପାଖରେ ଉଆଡ଼ । ସେ ପାଖରେ ଆଉଗୋଟେ ଠିକ୍ ମଝାମଝିରେ । ସେଠି ରଡ଼ି ନାହିଁ, ରବ ନାହିଁ । ଖାଲି ଉଷ୍ଣତା । ସାମାନ୍ୟ । ଉଷ୍ଣ ନୀରବତା । ବୋଧା ସେମାନେ । ବୁଦ୍ଧି ବିଦ୍ୟାର ଅହଂକାର ଅଛି । ମାନ ସମ୍ମାନର ଜ୍ଞାନ ଅଛି । ଆସନ ପଦବୀର ଗୌରବ ଅଛି । ଧ୍ୱନି ଉଠାଇବାର ଯୁବତ୍ୱ ପ୍ରତି ଶ୍ରଦ୍ଧା ଥାଇପାରେ ମାତ୍ର ନିଜେ ଧ୍ୱନି ଦେବାରେ, ମର୍ଯ୍ୟାଦା କ୍ଷୁର୍ଣ୍ଣ ହେବାର ଅବବୋଧ ଅଛି ।

ଧ୍ୱନି ଦେବାପାଇଁ ଅନ୍ୟକୁ ଉତ୍ସାହିତ କରିବାକୁ ମଧ୍ୟ ସଙ୍କୋଚ । ମାତ୍ର ଧ୍ୱନିଦ୍ୱାରା ନିଦ୍ରାଭଙ୍ଗ କରିବାର ଧୃଷ୍ଟତା ପାଇଁ କେହି କେବେବେଳେ ଆପତ୍ତି କରି ନାହାନ୍ତି ।

ଲକ୍ଷଣ ନାୟକର ଫାସୀ ହେବାର ଥିଲା, ହେଲା । ପାଟି ଚିତ୍କାର ଦ୍ୱାରା ତା'ର ଫାସୀ କେହି ଅଟକାଇ ପାରିବ ନାହିଁ । କିମ୍ବା ଧ୍ୱନି ଦ୍ୱାରା ଆଉ ଜଣେ ଲକ୍ଷଣ ନାଏକ ସୃଷ୍ଟି ହେବ ନାହିଁ । ଏମାନଙ୍କର ମତ । ଏମାନଙ୍କୁ ସେଥିପାଇଁ ଟୋକାମାନେ 'ସ୍ଥିତପ୍ରଜ୍ଞ' ନାମରେ ଅଭିହିତ କରନ୍ତି । ମାନେ ଉପହାସ କରନ୍ତି ।

ତେଣେ ପାଟି ହେଉଛି । ଏଣେ ପାଟି ନ କଲେ ମଧ୍ୟ ଏଇ ସ୍ଥିତପ୍ରଜ୍ଞମାନେ ତୁନିହୋଇ ବସି ପାରୁ ନାହାନ୍ତି । ଶୋଇବାକୁ ଉପାୟ ନାହିଁ । କ'ଣ ଆଉ ବା କରନ୍ତେ ଏଇ ସ୍ଥିତପ୍ରଜ୍ଞମାନେ ! ଚାଲିଛି ଫୁସ୍‌ଫାସ୍ । ପରାମର୍ଶ ନିଜ ନିଜ ଭିତରେ । କିଏ କ'ଣ ହବ । ଆନ୍ଦୋଳନ ବିଫଳ ହେଲା । ଅଗଷ୍ଟ ଆନ୍ଦୋଳନ । ମହାତ୍ମାଗାନ୍ଧୀ ଯେତେ ଉପବାସ କଲେ କ'ଣ ହେବ । ବ୍ରିଟିଶ ସରକାର କ'ଣ ଏମିତି ଏମିତି ଭାରତ ଛାଡ଼ି ଚାଲିଯିବ ? କେଭେଁ ନୁହେଁ ? କିନ୍ତୁ ଏ ରାଜନୈତିକ ବନ୍ଦୀମାନଙ୍କୁ କ'ଣ ଚିରଦିନ ବିନା ବିଚାରରେ ଅଟକ କରି ରଖିବ ? ଅସମ୍ଭବ । ଛାଡ଼ିବା ଆରମ୍ଭ କଲାଣି । କେତେ ଲୋକ ବଣ୍ଡ୍ ଲେଖି ଦେଇ ଖଲାସ ହେଲେଣି । ବଣ୍ଡ୍‌ମାନେ ମୁଚାଲିକା । ଝକ୍ ମାରିଲୁଁ । ଆଉ ଏ କାମ କରିବୁଁ ନାହିଁ । କ୍ରମେ କ୍ରମେ ନୈତିକ ପତନ ଦେଖା ଦେଲାଣି ସତ୍ୟାଗ୍ରହ ଛାଉଣୀରେ । ସ୍ଥିତପ୍ରଜ୍ଞମାନେ ଦୁଃଖିତ ସେଥିପାଇଁ । ଟିକିଏ ଅପମାନ ଲାଗୁଛି । ସେମାନେ ସେଟା କରି ପାରିବେ ନାହିଁ । ଲଜ୍ଜା ହେବ । ଲୋକେ ନିନ୍ଦା କରିବେ । କିନ୍ତୁ ପୁଅ ବାହାଘର, ସ୍ତ୍ରୀ ଦେହ ଖରାପ କହି 'ପ୍ୟାରଲ୍'ରେ ଖଲାସ ହୋଇ ଯାଆନ୍ତି । ସାମୟିକ

ମୁଚାଲିକା। ବାହାରେ ଥିବା ସମୟରେ ସରକାର ବିରୋଧୀ କାର୍ଯ୍ୟ କରିବେ ନାହିଁ। ତା'ପରେ ପୁଣି ଜେଲକୁ ଆସିବେ। ସେଟା ଅଳ୍ପ ସମୟ ପାଇଁ। ତେଣୁ ଦୋଷ ନାହିଁ ସେଥିରେ। ସମସ୍ତଙ୍କ ଏ ସୁବିଧା ମିଳେ ନାହିଁ। ଯେଉଁମାନଙ୍କ ରକ୍ତରେ ମାନ ସମ୍ମାନ, ଭାବୀ ପଦ ପଦବୀରେ ଲୋଭ, ବିପ୍ଳବର ନିଆଁକୁ ନିଭେଇ ଦେଇଥିବ, ଯାହା ଟିକିଏ ଜୁକୁଜୁକୁ କରୁଥିବ, ତା' କେବଳ ସେହି ଭାବୀ ପଦପଦବୀ ପାଇଁ, ଯେଉଁମାନେ ଥରେ ଅଧେ ମନ୍ତ୍ରୀ ନିଶା ବା ଚେୟାରମ୍ୟାନ୍ ନିଶା ଖାଇ ମଜ୍ଜି ଗଲେଣି କେବଳ ସେଇମାନଙ୍କୁ 'ପ୍ୟାରେଲ୍'ରେ ରିହାତି ଦିଆଯାଏ।

ସେଇମାନେ ଖାଲି ରବେଇ ଖବେଇ ହେଉଥିଲେ କିମିତି ଗୋଟାଏ ଏକକାଳୀନ ଛାଡ଼ ହୁଅନ୍ତା। ପୁଉଣି ନିର୍ବାଚନ ଚାଲନ୍ତା। ପୁଉଣି ଚେୟାରମ୍ୟାନ୍ ହୁଅନ୍ତେ। ମନ୍ତ୍ରୀ ହୁଅନ୍ତେ। ମତଭେଦ ହଉଛି। ସବୁ ସ୍ଥିତପ୍ରଜ୍ଞମାନେ ଏକମତ ହୋଇ ପାରୁ ନାହାନ୍ତି - କିଏ କିଏ ମନ୍ତ୍ରୀ ହେବେ। କିଏ ଥିଲେ କିଏ ବାଦ୍ ଯିବେ। କାହାକୁ ମନ୍ତ୍ରୀମଣ୍ଡଳରୁ ବାଦ୍‌ଦେଇ ଚେୟାରମ୍ୟାନ୍ ପରେ ସନ୍ତୁଷ୍ଟ କରି ହେବ। କାହାକୁ ପବ୍ଲିକ୍ ସର୍ଭିସ କମିଶନରେ ଚେୟାରମ୍ୟାନ୍ ପଦଟାଏ ଅନ୍ତତଃ ଦିଆଯିବ।

ତେଣେ ଲକ୍ଷଣ ନାଏକ ବେକ ଝୁଲୁଛି ଫାସି ଫାସରେ। ଏଣେ ସ୍ୱପନ ଦେଖୁଛନ୍ତି ସ୍ଥିତପ୍ରଜ୍ଞମାନେ କାହା ବେକରେ କେତେ ଫୁଲମାଳ - କେତେ ଅଭିନନ୍ଦନ। ଏମିତି କେତେ ଲକ୍ଷଣ ନାଏକ ମରିବେ, ମରିଛନ୍ତି। ଅଗଷ୍ଟ ବିପ୍ଳବରେ କେତେ ଗୁଳି ଖାଇଛନ୍ତି। କେହି ଜଣେ ଏ ସ୍ଥିତପ୍ରଜ୍ଞଙ୍କ ଭିତରୁ ସେ ଦୁର୍ଭାଗ୍ୟ ବରଣ କରିନାହାନ୍ତି। ଇଂରେଜ ସରକାର ଭାରି ସାବଧାନ। ସେ ଆଗରୁ ଏ ନେତାମାନଙ୍କୁ ଅଟକ କରି ରଖି ଦେଇଛି। ଯେମିତି ତାଙ୍କ ଦିହରେ ଆଞ୍ଚ ନ ଲାଗେ। ଏଇମାନେ ହିଁ ଇଂରେଜ ସରକାରଙ୍କର ବୋଲକରା ହୋଇପାରିବେ। କାରଣ ସେମାନେ ଇଂରେଜୀ ପାଠ ପଢ଼ିଛନ୍ତି। ଇଂରେଜୀ ସଭ୍ୟତା ଚାଲିଚଳନରେ ଅଭ୍ୟସ୍ତ। ଏମାନଙ୍କ ଦ୍ୱାରା ଇଂରେଜୀ ଭାଷା, ସାହିତ୍ୟ, ସଭ୍ୟତା ବଞ୍ଚି ରହିବ ଭାରତବର୍ଷରେ। ଏମାନେ ଚାଲିଗଲେ ମୂର୍ଖ ମଳିମୁଣ୍ଡିଆ ଗାଁ ବାଲା ମଫସଲିଆ, ମୂଲିଆ ପାନିଆଁ ହାଟୁଆ ବାଟୁଆ ଦେଶ ସମାଳି ପାରିବେ ନାହିଁ।

ଗୋରା ଶାସନ ଚାଲିଯାଇପାରେ, ଯାଉ। କିନ୍ତୁ ଏଇ କଳାଚମ ଭିତରେ ଗୋରା ଶାସନ ଅବ୍ୟାହତ ରହିବ। ଚିରନ୍ତନ ହେବ। ସନାତନ ହେବ। ଇଂରେଜମାନେ ଯାଇ ଇଂରାଜୀ ପାଠୁଆମାନେ ଶାସନ କରିବେ। ଇଂରେଜଙ୍କର ଦୁଃଶାସନ ଲୋପ ପାଇବ। ଶାସନ କରିବେ ଇଂରେଜର ପ୍ରେତାତ୍ମା।

ସେହି ଫାସି ଏବେ ବି ଅଛି। ଲକ୍ଷଣ ନାଏକର ଆତ୍ମା ହୁଏତ ଏବେ ବି

ବାହୁନୁଛି ବସି ସେଇ ଫାସି ଘର ଉପରେ। ରାତି ଅଧରେ ଏବେ ବି ସେ କାନ୍ଦଣା ଶୁଭୁଥିବ। ପେଚା ରଡ଼ି ଛାଡ଼ିଥିବ। ଗୋଟାଏ ଜାତିର ଅସୀମ ଆକାଙ୍‌କ୍ଷାରେ ଅସଫଳ ଚିତ୍କାର - ଧ୍ୱନି।

ସେଇ ଫାସିଘର ସେମିତି ଥାଏ। ବୁଲିଗଲା ବେଳେ ଦୁଃଖୀ ଦାଶ ନମସ୍କାର କରେ। ସେଇ ଦିନଠାରୁ ଦୁଃଖୀ ଦାଶ, ଦୁଃଖୀ ଦାସରେ ପରିଣତ ହେଲା। ଜେଲ୍ ସୁପରିଣ୍ଟେଣ୍ଡେଣ୍ଟଙ୍କୁ ଲେଖିଦେଲା ତା ନାଁ ଦୁଃଖୀ ଦାସ ତାଲବ୍ୟ 'ଶ' ନୁହେଁ ଦନ୍ତ୍ୟ 'ସ'। ସେ ଦୁଃଖୀଙ୍କର ଦାସ, ସେବାକାରୀ, ରୂପେ ପରିଚୟ ଦେବାକୁ ଗୌରବ ମନେକରେ। ନିଜର ବ୍ରାହ୍ମଣ କୁଳଶୀଳକୁ ବଳି ଦେଇଥିଲା ସେଦିନ। ସେଇ ଫାସିଘର ସାମନାରେ। ତା' ସାଙ୍ଗରେ ଥିଲେ ସେଦିନ ଘନ, ଦୀନବନ୍ଧୁ, କାଶୀ ଆଉ ଦି' ଚାରିଜଣ। ନାଁ ମନେ ନାହିଁ। ସେଇ ରକ୍ତରେ ଲେଖା ହେଲା ପଣ - ପ୍ରତିଜ୍ଞା। ଫାସି ଘର କାନ୍ଥରେ। "ଦେଶ ସ୍ୱାଧୀନ ନ ହେବାଯାଏ ଏ ଜୀବନ ଦେଶ ପାଇଁ।" ଉତ୍ସର୍ଗ ! ଜୀବନ ଦାନ !

କୁଆଡ଼େ ଗଲେଣି ସେମାନେ। ଘନ ହେଉଛି ଘନଶ୍ୟାମ। ଦୀନବନ୍ଧୁ ହେଉଛି ଦିନା। ଆଉ କିଏ କେଉଁଠି ଅଛି ଜଣା ନାହିଁ। ମଲେଣି କି ଗଲେଣି ଠିକ୍ ଠିକଣା ନାହିଁ। ଦଶ ଟଙ୍କାରୁ ପନ୍ଦର ଟଙ୍କା, ପନ୍ଦରରୁ ଏବେ ପଚିଶ ହେଲାଣି। ପେନ୍‌ସନ୍ ପାଏ। କାଶୀନାଥ। ଦିନେ ଅକସ୍ମାତ୍ ଦେଖା ହୋଇଥିଲା ଦୁଃଖୀ ଦାସର ନାଥୁଆ ସାଙ୍ଗରେ। କାଶିଆ କପିଳା ଭେଟ। କହିଲା - ଦୁଇ ଦୁଇଟା ନିର୍ବାଚନରେ କଂଗ୍ରେସ ମନ୍ତ୍ରୀଙ୍କର ପ୍ରଚାର କରି ତା'ର ପ୍ରମୋସନ୍ ହୋଇଛି, ଦଶରୁ ପଚିଶକୁ। ଆଉ କଂଗ୍ରେସ ମନ୍ତ୍ରୀମାନଙ୍କର ସ୍ୱାଧୀନତା ପୂର୍ବରୁ ଯେଉଁ ହଜାରେ ଥିଲା ସେଇ ହଜାରେ। କେତେ ତ୍ୟାଗ !

କାଶିଆ କପିଳାମାନେ ଏବେ ଘରର କେହି ନୁହନ୍ତି। କିନ୍ତୁ ଚାଳରେ କୁଆ ବସେଇ ନ ଦେବାର ଦାୟ ତାଙ୍କରି। ଏଇ ରକ୍ଷଣଶୀଳ ଜାତୀୟବାଦୀମାନଙ୍କର ଘୋର ସମାଲୋଚକ ରାମବାବୁଙ୍କ ସାଙ୍ଗରେ ଯେଉଁ କେତେଜଣ ରହୁଥିଲେ, ସେମାନଙ୍କ ଭିତରୁ କ୍ୱଚିତ୍ ରାମବାବୁଙ୍କ ସାଙ୍ଗରେ ଅଛନ୍ତି। ସେମାନଙ୍କ ଭିତରୁ କେହି କେହି ରଙ୍ଗ ବଦଳେଇ ଦେଲେଣି। ଯାଇ ଉଠିଲେଣି କଂଗ୍ରେସ ଶିବିରରେ। କ୍ୟାମ୍ପ୍‌ରେ। ସେମାନଙ୍କର ଏହି ଅନୁପ୍ରବେଶର ଉଦ୍ଦେଶ୍ୟ ଅତି ମହତ୍। ଦେଶର ପ୍ରକୃତ ସେବା। ପ୍ରତିକ୍ରିୟାଶୀଳଙ୍କ ଭିତରେ ପଶି ପଛଆଡୁ ଛୁରୀକାଘାତ। କୁରୁବଂଶର ଧ୍ୱଂସ ସାଧନ। ଶକୁନିର ଭୂମିକା ଦୁଃଖୀ ଦାସ ମତରେ।

ପ୍ରତିଶୋଧ ! ପ୍ରତିଶୋଧ ! ପ୍ରତିଶୋଧର ବହ୍ନି ଜଳୁଛି ସେମାନଙ୍କ ହୃଦୟରେ। ସେ ସାମ୍ରାଜ୍ୟବାଦର ବୀଜମନ୍ତ୍ର ଏଇ ଜାତୀୟତାର ଭାବପ୍ରବଣତାରେ ଲୋକଙ୍କୁ ମତାଇ

ସେମାନଙ୍କୁ ସମାଜରେ ଘୃଣ୍ୟ ଦେଶଦ୍ରୋହୀ ବୋଲି ପ୍ରମାଣ କରିଛନ୍ତି ଏଇ କଂଗ୍ରେସବାଲାମାନେ। ତା'ର ପ୍ରତିଶୋଧ ନ ନେବାହିଁ ଅପରାଧ। ଛଳେ ବଳେ କୌଶଳେ ସେମାନଙ୍କର ଚରିତ୍ରକୁ କଳଙ୍କିତ କରିବାକୁ ହିଁ ହେବ। ସେଥିପାଇଁ ସବୁ କମ୍ରେଡ଼୍ ପ୍ରତିଜ୍ଞାବଦ୍ଧ ହେବାକୁ ପଡ଼ିବ।

ଦୁଃଖ ନାହିଁ। ଅବସାଦ ନାହିଁ। ଆଗେଇ ଚାଲ ଲାଲ୍ ପତାକାର ତଳେ ଆଗୁସାର ହୁଅ। କଂଗ୍ରେସର ଲୋକପ୍ରିୟତା ପ୍ରତି ଭ୍ରୂକ୍ଷେପ କର ନାହିଁ। ଲୋକନିନ୍ଦାରେ ବିବ୍ରତ ହୁଅନାହିଁ। ସମସ୍ତ ନିର୍ଯ୍ୟାତନା ଆକୁଣ୍ଠ ଚିତ୍ତରେ ସହ୍ୟ କରିଯାଅ। ଯେଉଁମାନେ ନିଜକୁ ସଂକୀର୍ଣ୍ଣତାର ଗଣ୍ଡିରୁ ମୁକ୍ତକରି କମିଉନିଷ୍ଟମାନଙ୍କ ପରି ଆନ୍ତର୍ଜାତୀୟତାରେ ଉଦ୍‌ବୁଦ୍ଧ ହୁଅନ୍ତି, ବିଶ୍ୱଶ୍ରମିକର ପ୍ରତୀକ ଏକ ମହାନ୍ ରାଷ୍ଟ୍ରର ଆଦର୍ଶରେ ଅନୁପ୍ରାଣିତ ହୁଅନ୍ତି, ଯେଉଁମାନେ ଭାବପ୍ରବଣତାର ସମସ୍ତ ବନ୍ଧନ ଛିନ୍ନ କରି ସାମ୍ୟବାଦର ପରମ ଧର୍ମରେ ଅନୁରକ୍ତ ହୁଅନ୍ତି, ସେଇମାନେ ହିଁ ସମାଜରେ ନିର୍ଯ୍ୟାତିତ ହୁଅନ୍ତି ସର୍ବାଧିକ। ଏହା ସ୍ୱାଭାବିକ। ଚିରନ୍ତନ। ବିଶ୍ୱ ଇତିହାସରେ ଏହାର ଦୃଷ୍ଟାନ୍ତ ବିରଳ ନୁହେଁ। ଏଥିରେ ସାମ୍ୟବାଦର ସ୍ନାତକମାନେ ବିଚଳିତ ହେଲେ ଚଳିବ ନାହିଁ। ଆଗେଇ ଚାଲ। ଆଗେଇ ଚାଲ। ବିପ୍ଳବର ବହ୍ନି ଲଗେଇ ଦିଅ। ଚତୁର୍ଦ୍ଦିଗରେ। ସାମାଜିକ ଜୀବନର ସ୍ତରେ ସ୍ତରେ।

ସତକୁ ସତ ଦିନେ ନିଆଁ ଲାଗିଗଲା କମିଉନିଷ୍ଟ୍ ଉଆଡ଼ରେ। ବିପ୍ଳବର ବହ୍ନି ନୁହେଁ। ନିପଟ ନିଆଁ। କିରାସିନୀ ଆଉ ଡିଆସିଲ ସାହାଯ୍ୟରେ। ଛଣ ନଡ଼ାଛିଆ ଘର ଉପରେ ସେ ଏକ ପରୀକ୍ଷା। ବିପ୍ଳବର ପରୀକ୍ଷା ନୁହେଁ। ପ୍ରତିଶୋଧର ପରୀକ୍ଷା ! କିଏ କହିଲା ସାଧୁ ! ସାଧୁ ! ଦେଶଦ୍ରୋହୀମାନଙ୍କର ଉପଯୁକ୍ତ ଶାସ୍ତି।

କିଏ କହିଲା ଅନ୍ୟାୟ। ଅତ୍ୟନ୍ତ ଅନ୍ୟାୟ। ମାନବିକତାର ଧର୍ଷଣ ଅହିଂସାର ଅନ୍ତରାୟ। କିଏ କହିଲା ଲଗେଇଛନ୍ତି କଂଗ୍ରେସବାଲାମାନେ। କିଏ କହିଲା ଅସମ୍ଭବ। କଂଗ୍ରେସବାଲା ଏପରି କୁତ୍ସିତ କର୍ମ କରି ଶିଖି ନାହାନ୍ତି। କିଏ ଉତ୍ତର ଦେଲା ଶିଖି ନାହାନ୍ତି ନୁହେଁ ଶିଖୁଛନ୍ତି। ଆଉ କିଏ ମତ ଦେଲା - ଏଭଳି କାଣ୍ଡ କେବଳ ସେଇ ଅଗଷ୍ଟବାଦୀମାନେ କରି ପାରନ୍ତି, ଯେଉଁମାନେ ମହାତ୍ମାଗାନ୍ଧୀଙ୍କର ଅହିଂସା ଆନ୍ଦୋଳନର କଳଙ୍କ। ଯେଉଁମାନେ ହିଂସାତ୍ମକ କାଣ୍ଡ ଭିଆଇ ଗାନ୍ଧିଜୀଙ୍କର ଅନଶନ ପାଇଁ ଦାୟୀ।

ଉଆଡ଼ ଖୋଲା ଥିଲା। ତେଣୁ କେହି ଆହତ ମଧ୍ୟ ହୋଇନାହାନ୍ତି। କାହାରି କୌଣସି କ୍ଷତି ମଧ୍ୟ ହୋଇନାହିଁ। ଯାହା କ୍ଷତି ସରକାରଙ୍କର। ଇଂରେଜ ସରକାରଙ୍କର। ବିଲାତରୁ ଯେଉଁ ଟଙ୍କା ଆଣି ଭାରତ ଶାସନ କରୁଥିଲେ ସେଇ ଟଙ୍କାରୁ କିଛି କ୍ଷୟକ୍ଷତି ହୋଇଗଲା ଯେମିତି।

ଆହୁରି କ୍ଷତି ହୋଇଥାନ୍ତା। ଖାଲି ଛପରଟା ଯାହା ଜଳିଗଲା। ଝାଟିମାଟି କାନ୍ଥ। କାଠ ଖୁଣ୍ଟରେ ନିଆଁ ଧାପ ବି ବାଜିନାହିଁ। ସାଙ୍ଗେ ସାଙ୍ଗେ ଲିଭେଇ ଦିଆଗଲା। ହୁଇସିଲ୍ ଉପରେ ହୁଇସିଲ୍ ବାଜିଲା। ବିପଦ ହୁଇସିଲ୍। ପାଗଳାଘଣ୍ଟି ବାଜି ଉଠିଲା। ଉଆଡ଼ରମାନେ ଆସିବା ଆଗରୁ ନିଆଁ ଲିଭି ଯାଇଥିଲା। ଲିଭେଇଲେ ସେଇ ଦୁଃଖୀ ଦାସ ଓ ତା ସାଥୀମାନେ।

ତହିଁ ଆରଦିନ କିଏ ଜଣେ ଦୁଃଖୀ ଦାସକୁ ଚେତେଇ ଦେଇ କହିଲା - "ଦୁଃଖିଆନ୍ନା ତମ ପଇତା" ?

ଭାରତୀୟ ଜାତୀୟବାଦୀ ଆନ୍ଦୋଳନର ଏକ ନିର୍ମଳ ପ୍ରତୀକ, ଉଚ୍ଚ ଜାତିଆଣ ମନୋବୃତ୍ତିର ଏକ ନିର୍ଲଜ୍ଜ ନଗ୍ନ ପ୍ରକାଶ ଯେଉଁ 'ଦାଶତ୍ୱ' ସୃଷ୍ଟି କରିଥିଲା ତାକୁ ଜଳାଞ୍ଜଳି ଦେଇ ମଧ୍ୟ ଯେପରି ଦୁଃଖୀ ଦାସର ମନ 'ଭିତରେ କେଉଁଠି' ଉଚ୍ଚ ଜାତିର ଅଭିମାନ ଉଙ୍କି ମାରୁଥିଲା। ଭଗବାନ୍ ସେଥିରୁ ମୁକ୍ତି ଦେଇଦେଲେ ଯେପରି।

ପଇତାଟା କେଉଁଠି ଖସି ପଡ଼ିଛି। ହୁଏ ତ ପୋଡ଼ି ଯାଇଛି। ଜଣା ଯାଇନାହିଁ। ନିଆଁଲିଭା ନହସରେ।

କେତେ ଯତ୍ନରେ ପିନ୍ଧା ପଇତା ଦୁଃଖୀର। ଧୋବ ଫର ଫର। ପରିଷ୍କାର। ପଟ ପଟ ହୋଇ ଖିଅ ଖିଅ କି ବିଛୁଡ଼ି ହୋଇ ପଡ଼ିଥାଏ ଦୁଃଖୀ ଦାସ କାନ୍ଧରେ।

ସେଇଟା କୁଆଡ଼େ ତା'ର ବ୍ରତ। ସେ ବ୍ରତ ହେବା ଦିନୁ ପକେଇଛି। ଇଂରାଜୀ ପଢୁଆ ବାବୁମାନେ ଅନେକ ଶୁଣି ହସନ୍ତି। ଅନ୍ଧ ବିଶ୍ୱାସ। ସେଇଟା କାନ୍ଧରେ ଥାଇ ତାକୁ କୁଆଡ଼େ ସବୁବେଳେ ମନେ ପକେଇ ଦିଏ ତା'ର ପଣ କଥା। ବ୍ରତବେଳେ ସେ ଯାହା ଯାହା ପାଳିବ ବୋଲି ପଣ କରିଥିଲା।

"ସେ ପଣ ଗଲା କୁଆଡ଼େ ?" କିଏ ଜଣେ ଟିପ୍‌ପଣୀ କରି ପଚାରିଲା।

"ସାଇଲ ସାଇଲ ଦୁଃଖୀଆନ୍ନା, ଜାତିଗଲା ଯେ" - ଆଉ ଜଣେ ଟୀକା କଲା।

"ଚିହ୍ନା ବ୍ରାହ୍ମଣର ପଇତାରେ କି ଲୋଡ଼ା ?" କହିଲା ଦୀନା!

ଦୁଃଖୀ ଦାଶ ଉଁ କି ଚୁଁ କିଛି କହିଲା ନାହିଁ। ଅନେଇଲା ଛାତିକି, ଅଣ୍ଟିକି। ସତରେ ପଇତାଟା କୁଆଡ଼େ ଖସି ପଡ଼ିଛି। ବିଚଳିତ ହେଲା ନାହିଁ। ବ୍ୟସ୍ତ ହେଲା ନାହିଁ ଆଉ ଦି ସଙ୍ଗାଡ଼ି ପଇତା ପାଇଁ। ଜେଲଖାନାରେ ପଇତା ମିଳିବା କଷ୍ଟ। ଅଟକବନ୍ଦୀ ରାଜନୈତିକ ବନ୍ଦୀ ବୋଲି ପଇତା ରଖିବାର କଟକଣା ନାହିଁ। ଅନ୍ୟାନ୍ୟ କଏଦୀମାନଙ୍କ କାନ୍ଧରୁ ପଇତା କାଢ଼ି ଦିଆଯାଏ। କାଳେ ଫାସି ଲଗେଇ ଦେବେ!

ଏ କଥାରେ ସାରା ଜେଲ୍‌ଖାନା ଭିତରେ ଜଣେ ଭାରି ଖୁସି। ଏଇ ପଇତା

ନେଇ କେତେ ଝଗଡ଼ା ଦୁଃଖୀଆନ୍ନା ସାଙ୍ଗରେ। ଆଜି ଦୁଃଖୀଆନ୍ନା ତାଙ୍କ ମତ ପାଖକୁ ଆପେଇ ଆସିଛି। ପୃଥିବୀର ଅଧିକାଂଶ ଲୋକ ପଇତା ପିନ୍ଧନ୍ତି ନାହିଁ। ସେମାନେ ବି ମଣିଷ। ପଇତା ନାଇଲେ ମଣିଷ ଅତିମାନବ ହୁଏ ନାହିଁ।

"ହଁ, ସେମାନେ ବି ମଣିଷ।" ଏଥର ଦୁଃଖୀ ପାଟି ଫଟେଇଲା ଟୀକା ଟିପ୍ପଣୀ ଶୁଣି। ପଇତା ନ ପିନ୍ଧିଲେ ଯେ ନ ହେବ ମୁଁ ତା କେଉଁ କହୁନାହିଁ। ମାତ୍ର କାହାରି କାହାରି ପଇତାର ଆବଶ୍ୟକତା ଥାଇପାରେ। ସେମାନେ ଘୃଣ୍ୟ ନୁହନ୍ତି।"

"ସେମାନେ ଆଦର୍ଶ ନୁହନ୍ତି କିନ୍ତୁ।" ରାମବାବୁ କହିଲେ।

"ଦେଖ ରାମବାବୁ, ମଣିଷ ଆଦର୍ଶ ଅନୁସରଣ କଲେ ଆଦର୍ଶ ହୋଇଯାଇ ପାରେ। ମାତ୍ର ଆଦର୍ଶ ହେବାର କାମନା ନେଇ ଆଦର୍ଶର ଅନୁସରଣ କଲେ ବିପଦ ଅଛି।"

"ସେଥିରେ ବିପଦ କ'ଣ ଥାଇପାରେ ? ଆଦର୍ଶ ହେବାର କାମନା ହିଁ ଶ୍ଲାଘ୍ୟ। ଯେତେ ବିପଦସଙ୍କୁଳ ହେଉ ପଛେ।"

"ଆଦର୍ଶ ହେବାର କାମନା ମୂଳରେ ଅନ୍ୟମାନଙ୍କଠାରୁ ଉଚ୍ଚରେ ରହିବାର ଅଭିଳାଷ ଥାଏ। ସେଇଟାର ବିପଦ।"

"ତା ବୋଲି ଆଦର୍ଶ ହେବାର କାମନା କ'ଣ ପ୍ରଗତିଶୀଳ ମାନବ ପରିତ୍ୟାଗ କରିବ ? ଆଦର୍ଶ ହେବାର କାମନା ନ ରଖି ମନୁଷ୍ୟ ଆଦର୍ଶ ପଛରେ ଧାଇଁବ କାହିଁକି ?"

"ହଁ - ଆଦର୍ଶ ହେବାର ଆକାଙ୍‌କ୍ଷା ନ ରଖି ଆଦର୍ଶ ଅନୁସରଣ କରାଯାଇ ପାରେ।"

"କେଉଁ ପ୍ରେରଣାରେ ?"

"ପିତୃପିତାମହଙ୍କ ପ୍ରତି ଭକ୍ତି ପ୍ରୀତି ହିଁ ତା'ର ପ୍ରେରକ। ପରମ୍ପରାର ରକ୍ଷା ହିଁ ତା'ର ଲକ୍ଷ୍ୟ।"

"କ୍ଷମା କରିବ ଦୁଃଖୀଆନ୍ନା। ମୁଁ ତମ ପରି ଶଗଡ଼ ଗୁଳାରେ ଚାଲିବାରେ ସୁଖ ପାଏ ନାହିଁ। ପରମ୍ପରା ଏକ ମାରାତ୍ମକ ରକ୍ଷଣଶୀଳ ବ୍ୟାଧି। ପରମ୍ପରାକୁ ଆଘାତ ନ ଦେଲେ ମଣିଷ ଆଗେଇ ପାରିବ ନାହିଁ। ମନୁଷ୍ୟ ପ୍ରଗତିଶୀଳ ହୋଇ ପାରିବ ନାହିଁ। ଅସମ୍ଭବ ! ଏହି ପରମ୍ପରା ହିଁ ଆମ ମନର ନିର୍ମମ ବେଢ଼ି। ତାଙ୍କୁ ଭାଙ୍ଗିବାକୁ ପଡ଼ିବ।"

"ପରମ୍ପରାକୁ ଭାଙ୍ଗିଲେ ଆମେ ମଣିଷ ହୋଇ ରହି ପାରିବା ନାହିଁ।"

"ଭୁଲ୍ ଭୁଲ୍ ଭୁଲ୍ ! ଅସ୍ପୃଶ୍ୟତା ନିବାରଣ ପାଇଁ ତେବେ ଚିତ୍କାର କରୁଛ କାହିଁକି ? ସେଟା କ'ଣ ପରମ୍ପରା ନୁହେଁ।"

"ନା ! ସେଟା ଏକ କଳଙ୍କ ସମାଜର। ମଣିଷ ମନ ଅକାମୀ ଅଚଳ

ହେଇଗଲେ କଳଙ୍କି ଧରିଥାଏ। ଅସ୍ପୃଶ୍ୟତା ସେହି ଅଚଳନ୍ତି ସମାଜର କଳଙ୍କି। ତାକୁ ସଫା କରିବାକୁ ହେବ।"

"କୋଉଟା ପରମ୍ପରା କୋଉଟା କଳଙ୍କି, ଜାଣିବ କିମିତି ମଣିଷ।"

"କଳଙ୍କିଟା ସଫା ହୋଇଯାଏ। ସଫା ହେଲେ ସୁନ୍ଦର ଦିଶେ ମୂଳଦ୍ରବ୍ୟ। କିନ୍ତୁ ପରମ୍ପରାକୁ ପରିଷ୍କାର କରିବାକୁ ବସିଲେ ଦ୍ରବ୍ୟ ଆଉ ରହେ ନାହିଁ। ଭାଙ୍ଗି ଚୁରି ଏକାକାର ହେଇଯାଏ ସବୁ।"

"କିନ୍ତୁ କଳଙ୍କି ଛଡ଼େଇଲେ କ'ଣ ମୂଳ ଜିନିଷର କିଛି ନଷ୍ଟ ହୁଏ ନାହିଁ?"

"ରାମବାବୁ, ଆପଣ ତାତ୍ତ୍ୱିକ ଆଲୋଚନା କରୁଛନ୍ତି। ଭଲ କଥା। ମୂଳ ପଦାର୍ଥର କେତେକାଂଶ କ୍ଷୟ ହେବା ସ୍ୱାଭାବିକ। ମାତ୍ର କ୍ଷୟ କରିବା ପାଇଁ ଆମେ କ'ଣ ଚେଷ୍ଟା କରିବା କି? ଯେତିକି କ୍ଷୟ ନହେଲେ ନଚଳେ ସେତିକି ଯାଉ। ତା ଦେହରେ କେତେ ଭଲ କେତେ ମନ୍ଦ ବି ଚାଲିଯାଏ। ଯାଉ। ଚିନ୍ତା ନାହିଁ। କିନ୍ତୁ ମୂଳ ଥାଉ।"

"ତମ ପଇତାଟା ଚାଲିଗଲା ଯେ। ସେଟା ବି ତ ଗୋଟେ ପରମ୍ପରା।" ରାମବାବୁ ଥଟ୍ଟାକରି କହିଲେ।

ଦୁଃଖୀ ଦାସ ବି ହସିଲା। କହିଲା – 'ଦେଖନ୍ତୁ ରାମବାବୁ, ପଇତା ଘେନିବାର ପରମ୍ପରାକୁ ମୁଁ ଇଚ୍ଛା କରି ଛାଡ଼ି ନାହିଁ। ପଇତା ମୋତେ ଯାହା ଯାହା କରିବାକୁ ପ୍ରେରଣା ଦେଇଛି, ସେହି କାମ ଅଭ୍ୟାସରେ ପଡ଼ିଗଲା ପରେ ହୁଏତ ପଇତା ବଳେ ବଳେ ଖସି ପଡ଼ିଛି। ତା' ଫଳରେ ଯେଉଁଥିପାଇଁ ପଇତା ପିନ୍ଧିଥିଲି ସେ ଅଭ୍ୟାସ ମୋର ପୂର୍ଣ୍ଣ ହୋଇନାହିଁ। ବ୍ରତ କରି ପଇତା ଘେନିଥିଲି। ପଇତା ଉଡ଼ିଗଲା। କିନ୍ତୁ ବ୍ରତ ଯାଇ ନାହିଁ। ପଇତାଟା ବ୍ରତ ନୁହେଁ ବ୍ରତର ସ୍ମାରକ। ମୁଁ ତ ବ୍ରତରୁ ବିବ୍ରତ ହୋଇନାହିଁ।"

ଏତିକି ବେଳେ କାଶିଆ କହି ଉଠିଲା – ଖଣ୍ଡେ ଦୂରରେ ଥାଇ ସୂତା କାଟୁ କାଟୁ କାନଟାକୁ ବଢ଼େଇ ଦେଇଥିଲା ଏଣିକି। କହିଲା – "ପୋଡ଼ି ମରିଥାନ୍ତ ରାମବାବୁ ପୋଡ଼ି ମରିଥାନ୍ତ, ଦୁଃଖୀଆନ୍ନା ଯଦି ପର ଉପକାର ବ୍ରତ ଧରିନଥାନ୍ତା, ଶତ୍ରୁମିତ୍ର ସମଜ୍ଞାନରେ ସେବା କରିବାର ପଣ ଘେନି ନଥାନ୍ତା, ତେବେ ଦେଶର ଶତ୍ରୁ ବୋଲି ତମକୁ ଯେମିତି ସମସ୍ତେ ଘୃଣା କରୁଛନ୍ତି, କେହି ଯାଇନଥାନ୍ତେ ନିଆଁ ଲିଭାଇବାକୁ। ଜାଣିଚ? ବାହାଦୂରୀ କର ନାହିଁ।"

"ତା' ଛଡ଼ା, ପଇତା ଖସିପଡ଼ିଲା ବୋଲି ମୁଁ ଆଉ ପଇତା ଘେନିବି ନାହିଁ ଏକଥା ତମକୁ କହିଲା କିଏ? ମୁଁ ପଇତା ଘେନି ପାରେ। ନ ଘେନି ବି ପାରେ। ଯଦି ଘେନେ ତେବେ ସେଟା ଲୋକ ଶିକ୍ଷାପାଇଁ। ମୋଠୁଁ ଯେଉଁମାନେ ବୟସରେ ସାନ, ସେମାନେ ଯଦି ପ୍ରଶ୍ନ କରନ୍ତି ଯେ କାହିଁକି ପଇତା ଘେନୁ ନାହାନ୍ତି? ତାଙ୍କୁ କି ଉତ୍ତର

ଦେବି ? ଯଦି ନ ଘେନେ ତେବେ ବୁଝିବ ଯେ, ଏଇ ପଇତା ପିନ୍ଧିବା ଦ୍ୱାରା ମୋର ଜାତିକୁଳର ଅଭିମାନ ବଢୁଛି ବୋଲି ମୁଁ ପଇତା ଛାଡ଼ିଲି।"

ସେହିଦିନୁ କିନ୍ତୁ ଦୁଃଖୀ ଦାସ ଆଉ ପଇତା ଘେନି ନାହିଁ। ଏଟା ଆଭିଜାତ୍ୟର ଏକ ଭେକ। ଖସି ପଡ଼ିଲା ତ ପଡୁ। ଦୁଃଖ ନାହିଁ। ଏଥିରେ ପରମ୍ପରା ବାଧା ପାଇନାହିଁ। ପରମ୍ପରାର ଏ ଲୋକଟା ଅନେକ ଦିନୁ ବାଧା ପାଇଲାଣି, ତୁମୁଳ ବିପ୍ଳବର ଇତିହାସ ସେ। ଉଠିଲା କଥା ସମାଜରେ। 'ବାରଜାତି ତେରଗୋଲା, ବଇଷମ ହେଲେ ସବୁ ଗଲା'। ଜାତି କୁଳ ପାଣ୍ଡିତ୍ୟ ଅହଙ୍କାର ନ ଗଲେ କୃଷ୍ଣଭକ୍ତି ହୁଏ ନାହିଁ। ପଢ଼ିଥିଲା ଦୁଃଖୀ ଦାସ। ସେଥିପାଇଁ ତା' ମନରେ ଦ୍ୱିଧା ନାହିଁ।

ଆଜି ସେହି ବିପ୍ଳବ ପାଞ୍ଚଶହ ବର୍ଷ ପରେ ପୁଣି ମୁଣ୍ଡ ଟେକିଛି। ସେହି ବିପ୍ଳବକୁ ଯୁଗପୋଯୋଗୀ କରନ୍ତି, ଗଭୀର ନଦୀ ସ୍ରୋତର ଏକ ବିରାଟ ପ୍ଲାବନ ପରି ମହାତ୍ମାଗାନ୍ଧୀ। ସେ ଏକ ସର୍ବଗ୍ରାସୀ ବିପ୍ଳବ, 'ସର୍ବଗ୍ରାସୀ' ନୁହେଁ 'ସର୍ବମୁଖୀ' - ଦୁଃଖୀ ଦାସ କହେ।

ରାମବାବୁ କହନ୍ତି - ସେ ମଧ୍ୟ ବିପ୍ଳବୀ। ତାଙ୍କ ବିପ୍ଳବ କିନ୍ତୁ ଏକମୁଖୀ। ଗୋଟିଏ ଧାର। ସେ ଚାହାନ୍ତି ଅର୍ଥନୈତିକ ବିପ୍ଳବ। ଦୁଃଖୀ ଦାସ ଶୁଣେ, ବିପ୍ଳବ କଥା ଶୁଣିବାକୁ ସେ ଭଲପାଏ। ରାମବାବୁଙ୍କଠାରୁ ତାଙ୍କ ବିପ୍ଳବ କଥା ସେ ମନ ଦେଇ ବୁଝେ। କିନ୍ତୁ ମନ ବୋଧ ହୁଏ ନାହିଁ। କହେ 'ରାମବାବୁ' ଏ ତ ନୂଆ ଗିଲାସରେ ପୁରୁଣା ମଦ ପିଇବା କଥା। ମନର ବିପ୍ଳବ ଛଡ଼ା, ମାନସିକ ଆଭିମୁଖ୍ୟର ପରିବର୍ତ୍ତନ ଛଡ଼ା କ'ଣ ଶୋଷଣର ଶେଷ ହେବା ସମ୍ଭବ? କଦାପି ନୁହେଁ।"

କିନ୍ତୁ ରାମବାବୁ କହନ୍ତି, "ମନର ମୂଳେ ଏ ଜଗତ' ନୁହେଁ, ଜଗତ ମୂଳରେ ମଣିଷର ମନ। ଯାହା ବାସ୍ତବ, ଯାହା ଆମେ ଆଖିରେ ଦେଖୁଛୁ ସେଇଟାଇ ସତ୍ୟ। ମନ, ବୁଦ୍ଧି ଅହଙ୍କାର ସବୁ ସେଇ ବସ୍ତୁର ଉଦ୍‌ଭାବ। ବସ୍ତୁର ଜ୍ଞାନ ହିଁ ବିଜ୍ଞାନ। ବସ୍ତୁର ସଂସ୍ପର୍ଶ ବିନା ଜ୍ଞାନ ଅସମ୍ଭବ। ବସ୍ତୁ ବସ୍ତୁ ମଧ୍ୟରେ ସଂଘର୍ଷ ହିଁ ବିପ୍ଳବ। ଦୁଇ ପରସ୍ପର ବିରୋଧୀ ବସ୍ତୁର ସଂଘର୍ଷରେ ନୂତନ ସୃଷ୍ଟି। ନୂତନ ମନର ବିକାଶ। ବାସ୍ତବ ରାଜ୍ୟରେ ଏହି ସଂଘର୍ଷ ବିନା ମାନସିକ ବିଷାଦର ଅବକାଶ ନାହିଁ।"

ଦୁଃଖୀ ଦାସ ଅସ୍ୱୀକାର କରେ ନାହିଁ। ସଂଘର୍ଷ ବିନା ସୃଷ୍ଟି ଅସମ୍ଭବ। ଏହା ସତ୍ୟ। ମାତ୍ର ସେ ସଂଘର୍ଷ ହିଂସାର ନୁହେଁ। ସେ ସଂଘର୍ଷ ପ୍ରୀତିର ସଂଘର୍ଷ। ପ୍ରୀତିପୂର୍ଣ୍ଣ ସଂଘର୍ଷରେ ହିଁ ସର୍ଜନା। ହିଂସାତ୍ମକ ସଂଘର୍ଷରେ ପ୍ରଳୟ।

କିନ୍ତୁ ସେ ଦିନ ଶୁକ୍ରସେନ ବାରିକ୍ ଆଗରେ ଥିଲା ବିପ୍ଳବର ଆଉ ଏକ ଦିଗ। ସେ ଅର୍ଥନୀତି ବୁଝେ ନାହିଁ, ଅର୍ଥନୈତିକ ବିପ୍ଳବ କଣ ବୁଝେ ନାହିଁ। ମାନସିକ ବିପ୍ଳବର ରୂପ ସେ କେବେ ଚିନ୍ତା କରିନାହିଁ। ତା ମନରେ ଏକ ବିରାଟ ପ୍ରଶ୍ନ। ତା'

ଭିତରେ ଏ କି ତାତି ? ତା' ଛାତି ଭିତରେ ! ସେ ଆଜି କାହିଁକି ଏମିତି ମତୁଆଲା ହୋଇଛି – ଏମିତି ଉଦ୍‌ବାଇଜା ହେଇଛି – କାହିଁକି ଉତ୍‌କୁଳଉଛି ମରିବା ପାଇଁ ? ମରିବାପାଇଁ ପୁଣି ମଣିଷର ଏମିତି ଲୋଭ ହୁଏ ନା ? ସେ ବୁଝି ପାରୁନାହିଁ।

କାଳିସୀ ଲାଗିଛି ତାକୁ। ଗାଁ ଠାକୁରାଣୀଙ୍କ ପାଖରେ ମାର୍ଜନା ଚାଲିଛି। ଢୋଲ ଟମକ ବାଜୁଛି। ଝୁଣା ପଣା ଥୁଆ ହୋଇଛି। ସେ କି ଆବେଶ ! ଠାକୁରାଣୀ ତା ଭିତରେ ବିଜେ କରିଛନ୍ତି। ସାକ୍ଷାତ୍ ଠାକୁରାଣୀ। ସର୍ଜୁଆ ବିଜେ କରିଛନ୍ତି। ସେଇଥିପାଇଁ ସେ ଯେମିତି ଉଛନ୍ନ ହୁଏ, ନିଆଁ ଗୁଡ଼ାକ ଖାଇଯାଏ, କଣ୍ଟା ଉପରେ ଚାଲିଯାଏ, ଜଳନ୍ତା ହୁଳା ଭିତରେ ପଶିଯାଏ, ସେମିତି ଲାଗୁଛି ତାକୁ।

ସେ ପ୍ରଶ୍ନର ଉତ୍ତର ତାକୁ କେହି ଦେଇ ପାରୁନାହାନ୍ତି। ଦେଖିଲା ଶୁଣିଲା ଯେତେ କଥା ଏ ଶୟଳରେ ଅଛି, ସତ ହେଉ ମିଛ ହେଉ କେହି ଦେଇ ପାରୁନାହାନ୍ତି ତା' ଉତ୍ତର। ତା' କଳ୍ପନାରେ, ମନରେ ନ ଥିଲା, ସେ ଏମିତି ଦିନେ ହବ ବୋଲି। ଯେମିତି ଗୋଟାଏ କିଟିମିଟିଆ ଅନ୍ଧାର ଧୁ ଧୁ ହେଇ ଜଳୁଛି। ମରିବାଟା ଯେମିତି ଭାରି ଗୋଟାଏ ମଜା।

ଆଗରେ ଠିଆ ହୋଇଛି ଗୋଟାଏ ମଣିଷ। ବସ୍ତୁ। କିନ୍ତୁ ସେ କଣ ବସ୍ତୁ ? ସେ କଣ ପଦାର୍ଥ ? ହାତ ଗୋଡ଼ ଦେହ ଧରି ସେ କଣ ମଣିଷର ଶରୀରଟାଏ ? ତା' ହୋଇଥିଲେ, ତାକୁ ଦେଖିଲା କ୍ଷଣି ଶୁକୁରାର ଛାତିଟା ଏମିତି ଫୁଲି ପଡ଼ୁଛି କାହିଁକି ? ଦେହଟା ଶୀତେଇ ଉଠୁଛି, ଶିର୍ ଶିର୍ କରି ଉଠୁଛି। ପୋକ ଚରିଲା ପରି। ତାଳୁଠୁ ତଳିପା ଯାଏଁ। ସେଇ ଦେଖା ଭିତରେ ଗୋଟାଏ ଅଦେଖା ହାତ ଆସି ତାକୁ ଚେତେଇ ଦଉଚି। ତା' କଥାର ଝାସଟା ଆସି ତାକୁ ତତେଇ ଦେଇ ଯାଉଚି। କଥା ନୁହେଁ ଡାକ। ଡାକ ନୁହେଁ କୁହାଟ। କୁହାଟ ନୁହେଁ ରଡ଼ି। ରଡ଼ି ନୁହେଁ ରଡ଼ ନିଆଁ।

ଦିନେ ରଡ଼ି ଦେଲା ସେ ମଣିଷଟା – 'ଦିଲ୍ଲୀ ଚଲୋ'। ଦିଲ୍ଲୀ ଯିବାକୁ ହେବ। ସମସ୍ତଙ୍କ ମନରେ ଗୋଟାଏ ନୂଆ ଉତ୍ସାହ। ଦିଲ୍ଲୀ ଯିବୁଁ। ବଡ଼ଲାଟ୍ ଭବନ ଉପରେ ତ୍ରିରଙ୍ଗା ଝଣ୍ଡା ଫର୍ ଫର୍ ହୋଇ ଉଡ଼ିବ। ଆମେ ଉଡ଼େଇବୁ। ଲାଲକିଲ୍ଲା ମଇଦାନ୍‌ରେ ଆଜାଦ୍ ହିନ୍ଦ୍ ଫୌଜ ପେରେଡ୍ କରିବେ। 'କୁଚକଓ୍ୱାଜ୍' ହବ। 'ଦିଲ୍ଲୀଚଲୋ, ଦିଲ୍ଲୀଚଲୋ !' ଅଠତିରିଶ କୋଟି ଭାରତବାସୀ ଚାହିଁ ରହିଛନ୍ତି – ଅନେଇ ବସିଛନ୍ତି – ଆଶୀର୍ବାଦ ବର୍ଷଣ କରୁଛନ୍ତି ଆଜାଦ୍ ହିନ୍ଦ୍ ଫୌଜର ଶିର ଉପରେ। ଆମର ବିଜୟ ସୁନିଶ୍ଚିତ – ଚଲୋ ଦିଲ୍ଲୀ ଚଲୋ।

ଛାତି ଫୁଲି ଉଠିଲା। ଲୋମ ମୂଳ ଟାଙ୍କୁରି ଉଠିଲା, ମୁଣ୍ଡିଟା କଟା ଘାସ ପରି। ଆଖିରେ ନିଆଁ ହୁଳା। ସମସ୍ତଙ୍କର। ମୁଣ୍ଡ ଗରମ୍।

ଏ ରଡ଼ି କାଳ ରଡ଼ି। ଏ ଡାକ ମରଣର ଡାକ। ଏ କୁହାଟ ମୁକ୍ତିର କୁହାଟ। ଆଗରେ ସର୍ବୋଚ୍ଚ ସେନାପତି - ନେତାଜୀ ସୁଭାଷଚନ୍ଦ୍ର ବୋଷ୍।

ସେ ଦିନର ଶୁକୁରା, ଶୁକ୍ରସେନ, ଆଉ ଶୁକ୍ରସେନ ନୁହେଁ। ସେ ଆଉ ଗୋଟେ ମଣିଷ। ସେ ବୁଝିଲା। ତା' ମୁଣ୍ଡ ଭିତରୁ ଗୋଟାଏ ତାତି ଆସି ତା' ବୁକୁର ଦୁକୁଦୁକିକୁ ଖାଲି ଫୁଟଉଚି ପଡ଼ି। ସେଇ ଫୁଟାଣରେ ସେ ଗୋଟି ପଣେ ନୂଆ ମଣିଷ ହେଇ ଗଲାଣି, ଚାଉଳ ଭାତ ହେଲାପରି।

ତା' ଭିତରୁ ଡର ଭୟ ଛାଡ଼ି ପଳେଇଛି। ପିଲାଦିନେ ମା' ତା'ର ଶିଖେଇଥିଲା। ଅକଳେ ବିକାଳେ, ଭୂତ, ପ୍ରେତ, ଡାହାଣୀ, ଚିରୁଗୁଣୀଙ୍କୁ ଡର ଯଦି ମାଡ଼େ ତେବେ ତିନିଥର ଦୁର୍ଗା, ଦୁର୍ଗା, ଦୁର୍ଗା ବୋଲି ଡାକିଦବୁ। ଡର ଭୟ ଛାଡ଼ି ପଳେଇବ।

ଆଉ ଆଜି ?

କିଏ ସେ ସିରାଜ ଉଦୌଲା ? କିଏ ସେ ମୋହନ ଲାଲ ? କେଉଁଠିକା ଲୋକ ହାଇଦର୍ ଅଲ୍ଲୀ, ଟିପୁସୁଲୁତାନ୍, ଆପ୍‌ପା ସାହେବ, ଭୌସଲା, ପେଶୱା ବାଜିରଓ ? କାହାନ୍ତି ଅଯୋଧାର ବେଗମ୍ ସର୍ଦ୍ଦାର ଅତ୍ରିଓ୍ୱାଲା ? କେଉଁଠି ଅଛନ୍ତି ରାଣୀ ଲକ୍ଷ୍ମୀବାଈ, ତାନ୍ତିଆଟୋପି, କନ୍ୱାର ସିଂ ଆଉ ନାନା ସାହେବ, ପୁଣି ଚାଖି ଖୁଣ୍ଟିଆ ? ସେ ଚିହ୍ନି ନାହିଁ, ଜାଣି ନାହିଁ କାହାକୁ। ଶୁଣି ବି ନଥିଲା ଆଗରୁ କାହାରି ନା। ହେଲେ ତାଙ୍କ କଥାସବୁ ଶୁଣିଲା ପରଠୁଁ ତ କାହିଁକି ତା'ର ଡର ଭୟ ସବୁ ଛାଡ଼ି ଯାଇଚି। ଭୂତ, ପ୍ରେତ ଡର ତ ଅତି ତୁଚ୍ଛ। ମରଣର ଭୟ ବି ପଳଉଚି - ତା' ପାଖ ପଶି ପାରୁ ନାହିଁ। ଖାଲି ସେତିକି ନୁହେଁ, ମରିବା ପାଇଁ କେମିତିକା ଗୋଟେ ଲୋଭ ହେଉଚି। ମରଣ ସାଙ୍ଗରେ ଖେଳିବାକୁ ମନ ହେଉଛି। ମରଣକୁ ହାତ ପାପୁଲିରେ ରଖି ସେ ଯେମିତି ଢପା ଖେଳୁଛି।

ମରଣ ନୁହେଁ - ମରଣ ନୁହେଁ - ଲକ୍ଷ ଲକ୍ଷ କୋଟି କୋଟି ଭାରତବାସୀଙ୍କ ଜୀବନ। ଜୀବନର ମେଳା - ମଉଚ୍ଛବ।

ସେ ଦିନ ଘୋଷଣା କରାଗଲା ସ୍ୱାଧୀନ ଭାରତର ଅସ୍ଥାୟୀ ସରକାର - ବିଦେଶରେ। ଭାରତ ବାହାରେ। ସିୟନାନ୍‌ରେ। ପ୍ରଧାନମନ୍ତ୍ରୀ, ରାଷ୍ଟ୍ରମନ୍ତ୍ରୀ, ରକ୍ଷାମନ୍ତ୍ରୀ, ବୈଦେଶିକ ମନ୍ତ୍ରୀ, ସମସ୍ତ ନାମ ଘୋଷଣା କରାଗଲା। ଘୋଷଣା କଲେ ନିଜେ ନେତାଜୀ - ସୁଭାଷଚନ୍ଦ୍ର ବୋଷ !

"ବନ୍ଧୁ ଗଣ, ହେ ମୋର ଆଜାଦ୍ ହିନ୍ଦ୍ ଫୌଜର ମୁକ୍ତିବାହିନୀ, - ଆମର ଆଜି ଏକମାତ୍ର ସଂକଳ୍ପ - ଏକମାତ୍ର ପଣ - ସ୍ୱାଧୀନତା ନଚେତ୍ ମୃତ୍ୟୁ। ଗୋଟିଏ ମାତ୍ର ଧ୍ୱନି - ଏକ୍‌ହୀ ଆଓ୍ୱାଜ୍ - 'ଦିଲ୍ଲୀ ଚଲୋ !' ଦିଲ୍ଲୀ ପଥ ହିଁ ସ୍ୱାଧୀନତାର ପଥ।"

ଘୋଷଣା ସଙ୍ଗେ ସଙ୍ଗେ ଡାକ ଦେଲେ ଆମର ପ୍ରିୟ ଅତିପ୍ରିୟ ସର୍ବୋଚ୍ଚ ସେନାନାୟକ ନେତାଜୀ !

ସେ ଡାକ ଶୁଭିଲା ଆରାକାନ୍‌ରେ । ସେ ଆୱାଜ୍ ଉଠିଲା ଇରାବତୀର ତୀରେ ତୀରେ । ନେତାଜୀର ଡାକ । ଦେଶର ଡାକ । ଜାତିର ଡାକ । ସେ ଗର୍ଜନ କାନର ଅତଡ଼ା ଖସେଇ ପକଉଥାଏ । ନିଆଁ ଲାଗି ଯାଇଥାଏ, ଆଜାଦ୍ ହିନ୍ଦ୍ ଫୌଜର ପ୍ରତି ପ୍ରାଣରେ – ଯେ ଯେଉଁଠି ଥାଏ ।

ଆଜି ଆଉ ସେ ନିଆଁ ଚିଆଁ ନାହିଁ । ସବୁ ଶୁଣିଲା ଦୁଃଖୀ ଦାସ । ଶୁକୁରା ବର୍ଣ୍ଣନା କରି ଯାଉଥାଏ । ଦୁଃଖୀ ଛାଡ଼ିଲା ଗୋଟିଏ ଦୀର୍ଘଶ୍ୱାସ – ଦୀର୍ଘ ନିଃଶ୍ୱାସ । ଆଜି ଆଉ ସେ ନିଆଁ କି ଚିଆଁ ନାହିଁ । ସବୁ ଅନ୍ଧାର । ଥଣ୍ଡା । ଆଶା ନାହିଁ । ଆକାଙ୍‌କ୍ଷା ନାହିଁ । ବାସ୍ତବ ନାହିଁ, କଳ୍ପନା ନାହିଁ । ସ୍ୱପ୍ନ ନାହିଁ, ସତ୍ୟ ନାହିଁ । ଖାଲି ଅଛି ବସ୍ତୁବାଦ ଓ ଛାୟାବାଦର ଦ୍ୱନ୍ଦ୍ୱ । ପ୍ରଗତି ଆଉ ରକ୍ଷଣଶୀଳତାର ତାତ୍ତ୍ୱିକ ତର୍କ ।

ବାରବର୍ଷ ଗୋଟିଏ ଯୁଗ । ବିତିଗଲାଣି ବର୍ଷ ପରେ ବର୍ଷ ହେଇ । ଅଗଷ୍ଟ ପନ୍ଦର ଜାନୁୟାରୀ ଛବିଶର ସରକାରୀ ଉତ୍ସବ ଛଡ଼ା କେଉଠି କିଛି ନାହିଁ । ଭାରତର ବହୁ କଳ୍ପିତ ରୂପ ବାସ୍ତବତାର ରଙ୍ଗରେ ରଞ୍ଜିତ ହୋଇ ପାରି ନାହିଁ ଆଜିଯାକେ । ଜଗନ୍ନାଥଙ୍କର ନୂଆ କଳେବର ହୋଇ ଯାଇଛି । କିନ୍ତୁ ଯୋଡ଼ା ଆଷାଢ଼ ପଡ଼ି ନାହିଁ ଭାରତର ଭାଗ୍ୟ ପଞ୍ଜିରେ ।

ସେଥିପାଇଁ ଦୁଃଖ କରିବାର କିଛି ନାହିଁ । ହସି ପଶିଲା ସୂର୍ଯ୍ୟକୁ ଚାହିଁ ଦୁଃଖୀ ଦିନେ ଦିନେ ଭାବେ । ଅନ୍ଧାର ମାଡ଼ି ଆସୁଛି । ଅନ୍ଧାରର ବର୍ଷା । ଅନ୍ଧାର ଭିତରେ ବର୍ଷାର ସୂଚନା । ନୂତନ ପ୍ରାଣର ଆଭାସ ।

ମୃତ୍ୟୁର ଅନ୍ଧକାର ଭିତରେ ଆତ୍ମାର ଜ୍ୟୋତି । ଭାରତର ଆତ୍ମାକୁ ସେ ଯେପରି ନୂଆ ନୂଆ ଆଉ ଥରେ ଆବିଷ୍କାର କରି ଦେଖୁଛି ।

ଏ ମାଟିରେ କେହି ଉଧେଇ ନାହାନ୍ତି । କେହି ଉଧେଇ ପାରିବେ ନାହିଁ । ଗାନ୍ଧୀ, ମାର୍କସ୍, ମନୁ, କେହି ନା ସବୁଦିନେ ରହିଥିବ ଶାଶ୍ୱତ, ଚିରନ୍ତନ ହୋଇ ଭାରତର ଏକ ଦୁର୍ବିନୀତ ଅପରାଜେୟ ଆତ୍ମା । ଯେ କାହାରି ଆଧିପତ୍ୟ ସ୍ୱୀକାର କରିନାହିଁ ଆଜିଯାକେ ।

କାହାରି ନା । କେତେ ସମ୍ରାଟ୍, କେତେ ଶକ୍ତି ଏ ଦେଶକୁ ଅଧିକାର କରିଛନ୍ତି, ଇତିହାସର ପୃଷ୍ଠା ପୃଷ୍ଠାକୁ ଆପଣା ଗୌରବରେ ମଣ୍ଡିତ କରି । କରିଛନ୍ତି ସତ୍ୟ, କିନ୍ତୁ କେହି ପଦାନତ କରିପାରି ନାହାନ୍ତି ତାର ଅନବଦମିତ ଆତ୍ମାକୁ ।

କାହାନ୍ତି ସେ ଚେଙ୍ଗିଜ୍ ? କାହାନ୍ତି ସେ ସିକନ୍ଦର୍ ? ପଠାଣ, ମୋଗଲ,

ଇଂରେଜ୍, ଫରାଜୀ, ପର୍ତ୍ତୁଗୀଜ୍ ଓଲନ୍ଦାଜ୍? ଏ ଦେଶ ମାଟିର ଗନ୍ଧରେ ବି ତାଙ୍କର ପତ୍ତାନାହିଁ।

କାହାନ୍ତି ନନ୍ଦ, କାହାନ୍ତି ମୌର୍ଯ୍ୟ? କୁଆଡ଼େ ଗଲେ ପୃଥ୍ୱୀରାଜ ଜୟଚନ୍ଦ୍ର, ସିରାଜଉଦ୍ଦୌଲା ମିଜାଫର? କାହିଁ କେହି ତ ରଖି ପାରିଲେ ନାହିଁ ଏହି ପୁଣ୍ୟଭୂମି ଉପରେ ତାଙ୍କ କୀର୍ତ୍ତି ଅପକୀର୍ତ୍ତିର କାଳଜୟୀ ସ୍ତମ୍ଭ? ଭାରତର ରାଜନୈତିକ ମାନଚିତ୍ରକୁ ଲକ୍ଷ୍ୟ କଲେ ସ୍ପଷ୍ଟ ଦେଖାଯିବ, ବହୁଧା, ବହୁବାର, ଖଣ୍ଡ ବିଖଣ୍ଡିତ ଭାରତ ଆସିନ୍ଧୁ ହିମାଳୟ, ଆସିନ୍ଧୁ ବ୍ରହ୍ମପୁତ୍ର ଏକ ବିରାଟ ଭୂଭାଗର ଆତ୍ମା ଏକ! ଧ୍ୱନି ଏକ୍! ବାଣୀ ଏକ୍!

କିନ୍ତୁ ଆତ୍ମା ସ୍ୱୀକାର କରିଛି ଗୋଟିଏ ଆଲୋଡ଼ନକୁ। ଅବନତ ମସ୍ତକ। ଭାରତର ଇତିହାସ କେବଳ ସେହି ଆତ୍ମିକ ବିପ୍ଳବରେ ପ୍ଳାବିତ ହୋଇ ଆସିଛି। ସେହି ଆଧ୍ୟାତ୍ମିକ ଚେତନାରେ ତାର ଚୈତନ୍ୟ ଚିରଦିନ। ବ୍ୟାସ, ବଶିଷ୍ଠ ମନୁ, ପରାଶର, ରାମ, କୃଷ୍ଣ, ବୁଦ୍ଧ ଚୈତନ୍ୟ, ଖ୍ରୀଷ୍ଟ ମହମ୍ମଦଙ୍କ ମହାଚେତନାର ଜୁଆର ତାର ବେଳାଭୂମିରେ ଲହଡ଼ି ଭାଙ୍ଗି ଯାଇଛି। ସମସ୍ତଙ୍କର ଚରଣ ରେଣୁରେ, ପାଦୋଦକରେ, ତାର ବେଳା ଆଜି ସିକ୍ତ – ସିକତିଳ।

କିନ୍ତୁ ରାମବାବୁ କହନ୍ତି 'ସବ୍ ଲାଲ୍ ହୋ ଯାଏଗା'। ଦୁଃଖୀ ହସେ। ଇଂରେଜ ସରକାର ରୁଷ୍କୁ ଟେକିନେଇ ନ ଯାଉ ଏ ଦେଶଟାକୁ।

ଘନ କହେ, "କଭି ନହି ହୋଗା। ଏ ଦେଶ ଗାନ୍ଧୀର ଦେଶ। ଗାନ୍ଧୀ ଆମର। ଗାନ୍ଧୀବାଦ ଅମର।"

ଦୀନା କହେ – "ନାହିଁ ରେ ଭାଇ, କିଛି କହିପାରିବୁ ନାହିଁ। ଏ ଦେଶ ଏକ ବିଚିତ୍ର ଦେଶ। ଏ ଦେଶର ମଣିଷଗୁଡ଼ାକ ଆହୁରି ବିଚିତ୍ର। ଏ ଦେଶ ବୁଦ୍ଧଙ୍କୁ କେଉଁ ପାତାଳକୁ ଚାପିଦେଲା। ସେ ଯାଇ ଉଠିଲେ ଚୀନ୍‌ରେ, ଜାପାନ୍‌ରେ। ଗାନ୍ଧୀଙ୍କି ସେମିତି ତଳକଣ୍ଟା ଉପର କଣ୍ଟା ଦେଇ ଆମେ ନ ମାରି କଣ ରଖିବୁ?"

କିଏ ଜାଣିଥିଲା ସେତେବେଳେ ଯେ ଏଇ ଦେଶର ଜଣେ ପୁଅ ଗାନ୍ଧୀଙ୍କି ଗୁଳିକରି ମାରିଦେବ? ସେଦିନ ଜେଲ୍ ଭିତରେ ଦୀନବନ୍ଧୁ ଆଗତ ଭବିଷ୍ୟ କହିଥିଲା କି କଣ?

କିନ୍ତୁ ଗଡ଼ସେ ଗାନ୍ଧୀଙ୍କୁ ମାରିନାହିଁ। ଗାନ୍ଧୀଙ୍କୁ ମାରିଛନ୍ତି, ପ୍ରକୃତରେ ତାଙ୍କର ଭକ୍ତମାନେ। ଗଡ଼ସ୍ ବଞ୍ଚେଇ ଦେଇ ଯାଇଛି ଗାନ୍ଧୀଜୀଙ୍କୁ। ଗାନ୍ଧୀ ଆଜିଯାଏ ଜୀଇଥିଲେ ତିଳ ତିଳ ପଳ ପଳ ହୋଇ ମରୁଥାଆନ୍ତେ। 'ଜଭେ' କରୁଥାନ୍ତେ ତାଙ୍କୁ ତାଙ୍କ ଭକ୍ତମାନେ।

"ଭଗବାନ୍, ମୋତେ ନେଇଯାଅ। ମୋ କଥା କେହି ଶୁଣୁ ନାହାନ୍ତି।" ପ୍ରାର୍ଥନା ସଭାରେ ଗାନ୍ଧୀ କହିଲେ ଶେଷକୁ। କାତର ହୋଇ। କର୍ଣ୍ଣପାତ୍ କଲେ ନାହିଁ ଯେଉଁ ଭକ୍ତମାନେ ତାଙ୍କର, ବସିଥିଲେ କ୍ଷମତାମଦରେ ମତ୍ତହୋଇ ଦିଲ୍ଲୀ ସଲତ୍‌ନତ୍‌ରେ। ଭାବିଲେ ନାହିଁ ଥରେ, ଯେଉଁ ଗାନ୍ଧୀ ମାସ କେଇଟା ଆଗରୁ କହୁଥିଲା, କଳିଯୁଗର ପରମାୟୁ ବିଶାଶହେ ବର୍ଷ ମୁଁ ବଞ୍ଚି ଦେଶର ସେବା କରିବାକୁ ଚାହେଁ, ସେଇ ଗାନ୍ଧୀ ମୁହଁରେ ପୁଣି ଏ କଥା ? ଭଗବାନ୍ ଭକ୍ତର ଡାକ ଶୁଣିଲେ। ଗାନ୍ଧୀଙ୍କ ନେଇଗଲେ ତାଙ୍କ ପାଖକୁ। ଗଡ଼ସ୍ ଗୁଳି ଖାଲି ଲୋକ ଦେଖାଣିଆ। ଜାରା ଶବରର ତୀର ପରି।

ଗାନ୍ଧୀଜୀ ତ ଚାଲିଗଲେ। ତାଙ୍କ ସାଙ୍ଗରେ ତାଙ୍କରି ସ୍ୱପ୍ନର ଭାରତ ବି ଉଭେଇଗଲା। ରାମରାଜ୍ୟ, ଗ୍ରାମରାଜ୍ୟ ଖାଲି କଥାର କଥା। କଥାରେଇ ରହିଗଲା।

ମାର୍କସଙ୍କ ବସ୍ତୁବାଦର ଅବସ୍ଥା ସେଇୟା ହବ। କିଜାଣି ଅବା ଗାଁ କନିଆ ସିଂଘାଣୀନାକୀ। ଗାନ୍ଧୀଜୀଙ୍କୁ ଭୁଲିଗଲେ ସିନା। ଦୂର ପରବତ ସୁନ୍ଦର ବୋଲି ଆମ ଲୋକ ମାର୍କସଙ୍କୁ ବଞ୍ଚେଇ ରଖିଲେ ରଖିବେ। ବେଳେ ବେଳେ ମନରେ ଉଠେ ଦୁଃଖୀ ଦାସର। କିନ୍ତୁ କାହିଁ ? ଏବେ କେତେ ପ୍ରକାର ବାମପନ୍ଥୀ ମାର୍କସ୍‌ବାଦୀ ସର୍କସ କଲେଣି। ମାର୍କସଙ୍କ ସଚ୍ଚା ସନ୍ତାନ କିଏ କହିବା ମୁସ୍କିଲ। ଦକ୍ଷିଣପନ୍ଥୀ ମାର୍କସ୍‌ବାଦୀ, ବାମପନ୍ଥୀ ମାର୍କସ୍‌ବାଦୀ, ସମାଜବାଦୀ, ସାମ୍ୟବାଦୀ, ସମାଜବାଦୀ କେନ୍ଦ୍ର, ଫରୁଆର୍ଡ ବ୍ଲକ, ବାମପନ୍ଥୀ, ଆହୁରି କେତେ ପ୍ରକାର କିସମ୍ କିସମ୍‌ର କମିଉନିଷ୍ଟ ଗଜା ହେଲେଣି ଏ ଭୂଇଁରେ। କେହି ତ ଉଧଉ ନାହାନ୍ତି।

ସେଟା ବୋଧହୁଏ ଗାନ୍ଧୀ ବା ମାର୍କସ୍ କାହାରି ଦୋଷ ନୁହେଁ। ବେଳେ ବେଳେ ଦୁଃଖୀ ଗୋଟାଏ ସମାଧାନ କରେ ମନେ ମନେ। ଦୋଷ ଏଇ ଆମ ଦେଶବାସୀଙ୍କର। ଏଠି ତ ପ୍ରଚ୍ଛନ୍ନ ମାର୍କସବାଦୀ ବାରବର୍ଷକାଳ ଭାରତ ଶାସନ କଲେଣି। ମାର୍କସବାଦୀ ଦେଶ ରୁଷିଆରୁ ଉଧାର ଆଣି ବିଧିବଦ୍ଧ ଯୋଜନା କଲେଣି। ଗୋଟାଏ ପରେ ଗୋଟାଏ ପାଞ୍ଚବର୍ଷିଆ ଯୋଜନା। ବାଲୁଙ୍ଗାଇ କହିଲା ଛଟା-ଯୁଜିଆନା ରୁଷି ଆସିଛି। ନିଜ ଘରେ ଛାଡ଼ି ପରଘରେ ସେ କଣ ଉଧେଇବ ?

ସତକୁ ସତ ଉଧଉ ନାହିଁ। ଖାଲି କ'ଣ ଯୋଜନା ? ଏ ମାଟିରେ କିଛି ହେଲେ ଗଜାନ୍ତା। ମାର୍କସ୍‌ବାଦୀ, ପ୍ରଚ୍ଛନ୍ନ ମାର୍କସବାଦୀ, ସମସ୍ତେ ମିଶି ଶ୍ରମିକ ସଂଘମାନ ଗଢ଼ିଲେ। ଯୋଜନାରେ ଶିଳ୍ପ ପ୍ରସାର ହେବ। ଶିଳ୍ପାଞ୍ଚଳରେ ଶ୍ରମିକ ସଂଘ ସବୁ ଗଢ଼ିଉଠିବ। ପ୍ରୋଲେଟେରିଏଟ୍ ସୃଷ୍ଟି ହେବେ। ବିପ୍ଳବପାଇଁ ସର୍ବହରା ତିଆରି ହେଲେ, ତା'ପରେ ଯାଇ ଦଳିତ ଶୋଷିତର ଏକଛତ୍ରବାଦ୍। କାହିଁ, କଣ କେଉଁଠି ହେଲା ?

ଶିଳ୍ପାଞ୍ଚଳ ହେଲା। ଶ୍ରମିକ ସଂଘ ବି ହେଲା। ପ୍ରୋଲେଟେରିଏ ହେଲେ। ତାଙ୍କ

ନେତା ବି ହେଲେ। କିନ୍ତୁ ପ୍ରୋଲେଟେରିଏଟ୍ ଡିଟେକ୍ଟର୍ କାହାନ୍ତି ? ସୁନା ହେଲା, ପଥୁରୀର ବାସନ ବି ହେଲା। ହେଲେ ସୁନାର ପଥୁରୀବାଟି ବା ଗିନାରେ ଖାଇବା ସଉକ୍ ମେଣ୍ଟିଲା କାହାର ?

କିନ୍ତୁ ରାମବାବୁ କହନ୍ତି – "ହବ, ଅଲ୍‌ବତ୍ ହବ ! ସବ୍ ଲାଲ୍ ହୋ ଯାଏଗା ! ଭାରତବର୍ଷରେ ଏକଛତ୍ରବାଦ୍ ଅବଶ୍ୟମ୍ଭାବୀ। କେହି ରୋକି ପାରିବେ ନାହିଁ। ସହସ୍ରେ ମହାତ୍ମାଗାନ୍ଧୀ ଜନ୍ମ ହେଇ ବିପ୍ଳବ ସାଙ୍ଗରେ ସାଲିସ୍ କରି ବିପ୍ଳବକୁ ଧିମେଇ ଦେବାହିଁ ତାଙ୍କ ଚେଷ୍ଟାର ଫଳ ହେବ। ଦଳିତ ଶୋଷିତର ଏକଛତ୍ରବାଦ୍ ଅଲ୍‌ବତ୍ ହୋଗା।"

ନେତାଜୀ ବି ସେଇୟା କହୁଥିଲେ। ଖାଇବସି ଶୁକୁରା କହୁଥାଏ ଦୁଃଖୀ ଦାଶକୁ। ଏକ ଠାରେ ବସିଥାନ୍ତି। ନେତାଜୀ କହୁଥିଲେ କୁଆଡ଼େ, ଭାରତବର୍ଷରେ ପ୍ରଥମେ ଜଣେ ଏକଛତ୍ର ଶାସକ ଦରକାର ! କେତେ ବର୍ଷ ଗଲା ଉତ୍ତାରୁ ଯାଇ ଯାହାକୁ କହନ୍ତି ଗଣତନ୍ତ୍ର, ସେଇ ଗଣତନ୍ତ୍ର ଶାସନ ତିଷ୍ଠି ପାରିବ। ଲୋକେ ପଢ଼ିବେ, ଶୁଣିବେ, ଶିଖିବେ, ତେବେ ସିନା ଗଣତନ୍ତ୍ର। ମୂର୍ଖଙ୍କର କି ଗଣତନ୍ତ୍ର ? କେତେ ଲୋକ ଥଟ୍ଟା କରି କହନ୍ତି, ମୂର୍ଖଙ୍କୁ ନେଇ ଗଣତନ୍ତ୍ର ହେବ ନାହିଁ, ଯେ ହେବ ଗଣ୍ଡତନ୍ତ୍ର।

ଖାଇସାରି ପଚାଶଟା ନିଃଶ୍ୱାସ ମାରିବାକୁ ଗଲା ଶୁକୁରା। ଦୁଃଖୀ ବୀରାସନରେ ବସି ଶିଙ୍ଗ ପାନିଆଁରେ ମୁଣ୍ଡ କୁଣ୍ଡାଉଥାଏ। ବାୟୁ ନାଶ କରିବ। ଭାରି ଦୟା ହେଲା ତା'ର ଏଇ ଶୁକୁରା ଲୋକଟାପ୍ରତି। ଅନେକ କଥା ଗପିଗଲା ଶୁକୁରା ଭାତ ଥାଳି ଆଗରେ ଥୋଇ ଖାଉ ଖାଉ। ଦୁଃଖୀ ଶୁଣୁଥାଏ ସବୁ। ଖାଲି ବଲବଲ କି ଅନେଇଥାଏ ଶୁକୁରା ମୁହଁକୁ।

ଜିତିଗଲା ଶୁକୁରା। ହାରି ନାହିଁ କେଉଁଠି ହେଲେ ଜୀବନ-ଯୁଦ୍ଧରେ। ରତନୀ ଆସୁ ନଆସୁ, ରତନୀ କି ଘେନି ସେ ଘର କରୁ ନକରୁ, ଶୁକୁରା ଆଉ ଭାଙ୍ଗି ପଡ଼ିବ ନାହିଁ। ଭାଙ୍ଗି ପଡ଼ିବାର ଆଉ କିଛି ନାହିଁ। ଗାନ୍ଧାରୀ ଦୁର୍ଯ୍ୟୋଧନ ଦେହରେ ହାତ ମାରିଦେଲା ପରି, ତା' ଦେହରେ କିଏ ଯେମିତି ହାତ ମାରି ଦେଇଛି। ଜାନୁଟା ବି ଛାଡ଼ି ନାହିଁ। ସବୁ ବଜ୍ର ପାଲଟି ଯାଇଛି। ଖାଲି ଦେହଟା ନୁହେଁ, ମନଟାବି।

ଇସ୍ପାତ୍ ଭଳି ଟାଣ। ତଥାପି ଖାଇ ଖୁଆଇ ନେଇପାରିବ ସବୁ ଅବସ୍ଥାରେ। ପଥର ଭଳି ସୁନ୍ଦର। ତଥାପି ସୁନ୍ଦର ଭାସ୍କର୍ଯ୍ୟ ସମ୍ଭବ ହୋଇ ପାରିବ ନିହାଣ ମୁନରେ। ଦୟା ସିନା ହେଉଛି ଦେଖିଲେ ତାକୁ। କିନ୍ତୁ କାହାରିଠୁ ଦୟା ପାଇଲେ ତା ଆତ୍ମା ଯେମିତି ଅପମାନିତ ହୋଇଯିବ। ଦୁଃଖୀ ଘରେ ସେ ସୁସ୍ଥ ଅନୁଭବ କରୁନାହିଁ। ବାନ୍ଧି ହେଇଯାଉଛି। ଛନ୍ଦି ହେଇ ପଡୁଛି। ଚାଲୁ ଚାଲୁ ଝୁଣ୍ଟି ପଡୁଛି ବାଟରେ। ଶୁଖିଲାଟାରେ। ନିଜ ଘର ଖଣ୍ଡେ କରି ବସା ନ ବାନ୍ଧିଲା ଯାଏ ତା'ର ଶାନ୍ତି ନାହିଁ ମନରେ।

ସେଥିପାଇଁ ସେ ନିଜେ ଗଲା ଶୁକୁରା ସାଙ୍ଗରେ। ଶୁକୁରା ଯାଇଛି ରତନୀକି ଡାକିବାକୁ। ରତନୀ କ'ଣ କହିବ ? ଆସିବ କି ନାହିଁ।

ଗାଁ ମୁଣ୍ଡରେ ରାଉତ ଘର। ରାଉତ ପୁଅ ନୀଳ। ଏବେ ତ ସେ କାହୁଁ କାହାଁଲକ ସମ୍ପତ୍ତିର ମାଲିକ। ଅଚଳାଚଳ। ସହରରେ ଦୋତାଲା। ଦୋତାଲା ଉପରେ ତେତାଲା। ଗାଁରେ ବି ପକ୍କା ଘର। କଲିକତାରେ ସରଦାରୀ ଆଉ ନାହିଁ। କଉଁ କାଳରୁ ଗଲାଣି। ଏବେ ଗୋଟେ କାରଖାନା ଅଛି ସେଠି। ଲୁହା ଢଳେଇ କାରଖାନା। କଲିକତାରେ, କଟକରେ, ଭୁବନେଶ୍ୱରରେ ଚାରିଆଡ଼େ କୋଠାମୟ। ସବୁ ଭଡ଼ା ଲାଗିଛି। ବାପ ଭିକାରୀ ରାଉତ ମଲେଣି। ଲକ୍ଷ୍ମୀପୁରୁଷ ଥିଲା ସିଏ। ତା'ରି ଅମଳରେ ଯାହା ଉନ୍ନତି। ନୀଳ କିନ୍ତୁ ସମ୍ଭାଳି ରଖିଛି। ବରବାଦ କରିନାହିଁ। ଭାରି ହୁସିଆର୍। ସବୁଥିରେ ଥାଏ। କଉଥିରେ ନ ଥାଏ।

ବାପ ମଲାବେଳକୁ ଖାଲି ସୁନା ଇଟାମାନ ଘରେ ପୋତି ରଖିଥିଲା ଯେ ଦେଖାଇ ଦେଇଗଲା ନୀଳକୁ। ଖାଲି ସୁନା। ଖାଲି ସୁନାକୁ ବାଡ଼େଇ ବାଡ଼େଇ ପିଟି ପିଟି ଇଟାମାନ ତିଆରି କରିଥିଲା। ସେ ଗାଁର ସୁନାରୀ ବଣିଆ ନିଜେ କହୁଥିଲା। ତା'ରି ହାତରେ ସେ ପଟିଛି। ପାଞ୍ଚ ଦଶ ଖଣ୍ଡ ଇଟା। କଞ୍ଚା ଆଉଟା ସୁନାର।

ନୀଳଟା କଣ କମ୍ ବଗୁଲିଆ ଥିଲା। ତାକୁ ମଣକଲା ଏଇ ଟୋକୀ। ଯାହାକୁ ସେ ହାତଧରି ବାହାହେଲା। ନାକରେ ଦଉଡ଼ି ଲଗେଇ ଖାଲି ଉଠେଇଲା ବସେଇଲା। ଯିବ କୁଆଡ଼େ ବାପ ଧନ ! ଭାରି ହୁସିଆର ମାଇକିନା। ଦିନ ରାତିକି ଯୋଡୁଥିବ ହିସାବ। ଖାଲି ଓଡ଼ାଙ୍କ ଫେଡ଼ାଙ୍କ ସେ ଜାଣେ ନାହିଁ। କାରଣ ଥିଲା ଘର ଝିଅ ତ ! ନ ହବ କିମିତି ?

ନୀଚ ଜାତି ବୋଲି ନୀଳକୁ ଟିକିଏ ମାଡ଼ି ପଡ଼େ। ମନ ଭିତରେ ନୀଚତ୍ୱ ବୋଧ। ତେଣୁ ସେ ମାଇପକୁ ଡରିଥାଏ।

ନୀଳ ବାକର ପଇସାକୁ ଦେଖି ଝିଅ ଦେଇଥିଲା ରାଉତ ଘରେ, ନୀଳ ଶ୍ୱଶୁର। କେହି କେହି ଛି ଛା କରନ୍ତି। କରନ୍ତେ ନାହିଁ କାହିଁକି। କିନ୍ତୁ ନୀଳ ଶ୍ୱଶୁର ଢେର ଗଣି ପଇସା କଲା ବଂଶର ପିଲା ତ, ହେଣ୍ଡିମାରି କହେ, ଆମେ ଆଧୁନିକ। ଆମେ ଜାତି ଫାତି ମାନୁ ନାହିଁ। ଜାତିଟା ଗୋଟାଏ ବଜ୍ଜାତି। ଏ ଜାତି ଜାତି ହେଇ ଦେଶଟା ସରିଗଲା। ଆହୁରି ଜାତି !

ରତନୀ ସେଇଠି ଅଛି ଏବେ ବି। ନୀଳ ବାହାହେଲା ପରେ ବି। ରତନୀକି କିଏ କେତେ ଭାଁତିରି କାଢ଼ନ୍ତି। ରତନୀ କିଛି କହେ ନାହିଁ। ଭାଗ୍ୟକୁ ଯାହା ନିନ୍ଦେ ମନେ ମନେ। ଆଉ କଣ କରନ୍ତା ବା। ସେ ଯାହା କରିଛି ସେଟା ଠିକ୍ ବୋଲି କେହି

କହୁ ନ କହୁ ସେ ଠିକ୍ ହେଇ ଯାଇଛି ଆପେ ଆପେ। ଆଉ କିଏ ହେଇଥିଲେ ଅଧିକ କଣ କରି ପକାଇ ଥାଆନ୍ତା !

ହେଲା ତ କ'ଣ ଭାସିଗଲା। ହଁ, ତାକୁ ନୀଳ ଗଢ଼ି ଦେଇଚି, ହାତରେ ରୂପାଖଡ଼ୁ। ପିଚାକୁ ଚନ୍ଦ୍ରହାର। ବେକରେ ସୁନା ସୂତା ତିନିସରି। ସବୁ ସବୁ ନୀଳ ଗଢ଼ି ଦେଇଛି। କାହାର କ'ଣ ଗଲା ? ତା'ର ଆଉ କିଛି ନାହିଁ। ଦଶ ପଚିଶ ବର୍ଷ, ସେ ଖଟି ଖଟି, ଧାନ ଉଁସେଇ, ଧାନ ଶୁଖେଇ, କୁଟି, କାଣ୍ଡି, ବାରଦୁଆର ଖରା ତରାରେ ବୁଲି, ଗୋଟାଏ ପେଟକୁ ଦାନା ତ ? ଆଉ ବାଦ୍ ବାକି କିଛି ସେ ଛଞ୍ଚି ଥିବ କି ନାହିଁ ?

ନୀଳର ଶ୍ୱଶୁର ଜାଣିଶୁଣି କିମିତି ଝିଅ ଦେଲେ ? ଗାଁ ବାଲା ଚୁପ୍‌ଚାପ୍ ହୁଅନ୍ତି। ହୁଅନ୍ତେ ନାହିଁ କାହିଁକି ? ସତ କଥା। ହେଲେ ତ, କି ଗୋଟାଏ ମାର୍ ହାଣ୍ କଥା ହେଲା କି ଆଉ ?

ନୀଳ ଶ୍ୱଶୁର ଶକତ ମାମଲତକାରୀ ସଂସାରରେ କିମିତି ଚଳିବାକୁ ହୁଏ ଜାଣେ। ସେ କ'ଣ କାହା କଥାକୁ ଖାତିର୍ କଲା ? କହିଲା - ହଁ, ହେଲାଇ ବା, ରଖଣୀଟାଏ ରଖିଛି ତ। ମରଦପୁଅ। ଇମିତି କଣ ହଉ ନାହିଁ। ଗୋଡ଼ର ଯୋତା। ପୁରୁଣା ହେଲେ ଫିଙ୍ଗିଦେବ। ବଳେ ଫିଙ୍ଗିଦବ। ସେ ମାଗିଅଣା ସୁଆଗ କଣ ରହିବ ସବୁ ଦିନେ। ବଅସ ବେଳେ କେତେ କଣ କିଏ ନ କରୁଛି ! ଜୁଆଇଁ ତ ଲୁଚେଇ ଛପେଇ କରି ନାହିଁ। କୁଣ୍ଡିଆ ହେଲେ କୁଣ୍ଡାନ୍ତି। ଗଲୁ କରେ ବୋଲି ସୁଖ ଲାଗେ। ତା' ବୋଲି କଣ କୁଣ୍ଡିଆକୁ ଧରି ବସିଥାନ୍ତି ଲୋକେ। ଔଷଧ ଲଗେଇ କୁଣ୍ଡିଆ ଭଲ କରନ୍ତି ନା - ଏବେ ମୋ ଝିଅ ଗଲେ କୁଆଡ଼େ ଛାଡ଼ିଯିବ। ବଳେ ପାଠ ପଢ଼େଇ ଦବ ସେ।

ଶଶୁର ଥିଲେ ଜଣେ ବଡ଼ ଜମିଦାର। ଇଲମ୍ ବି କିଛି ହାସଲ୍ ଥିଲା। ଶୁଣିବା କଥା ତ ! ସତ ବୋଲି ପରତେ ହୁଏ ନାହିଁ। ଗୋଟିଏ ବୋଲି ପୁଅ ତାଙ୍କର। ପୁଅକୁ କୁଆଡ଼େ ବଟେଇ ଦେଲେ କଲିକତାକୁ ଟଙ୍କା ଦେଇ। ପୁଅ ତେଣୁ ଫେରିଲା ମେହ ଗରମି ନେଇ। ଇଲାଜ୍ କଲେ ଭଲ ହେଲା। ବାପ ମହାଖୁସି। ପୁଅର ପୌରୁଷ ଅଛି। ତା'ପରେ ଯାଇ ପୁଅକୁ ବିଭା ଦେଲେ।

ଝିଅର କାହାଣୀ ଆଉ ପ୍ରକାରେ। ଝିଅଟି ଦେଖିବାକୁ ମନ୍ଦ ନୁହେଁ, ବେଶ୍ ବାଗର। ଲୋକେ କହନ୍ତି କଣ ନୀଳର ପଇସାକୁ ଚାହିଁ ସେ ରାଉତ ଘରେ ଝିଅ ଦେଇଥିଲେ ? ଏ ଦୁହା ସେ ନିଜେ ଉଠେଇ ଥିଲେ। ନିଜର ନିନ୍ଦା ପ୍ରଚାର କରିଦେଲେ। ତାଙ୍କରି ଲୋକେ କହି ବୁଲିଲେ ଏ କଥା। ହେଲେ ଅସଲ କଥା ଯାଇଁ କଉଁଠି ?

କ'ଣ କି - ଝିଅ ପଢୁଥିଲା ପାଠ। କଲେଜରେ। କଲେଜ ଯାଏ ପ୍ରତିଦିନ। ସେତେବେଳେ ତ ବେଶି ଝିଏ ପାଠ ପଢୁ ନ ଥିଲେ। କଲେଜ ଝିଅ ଗୋଟି ଗଣିତା।

ସବୁ ପୁଅ କଲେଜରେ। ଝିଅ କଲେଜ ଗୋଟେ ବି ନଥିଲା। ଟୋକାଙ୍କ ପଲରେ ଗୋଟିଏ ଦୁଇଟା ଝିଅ। କଲିଜା ସିମିତି ଟାଣ ନଥିଲେ କଉ ଝିଅ ଯିବ ପୁଅ କଲେଜରେ ପାଠ ପଢ଼ି। ଟୋକାଗୁଡାକ କଲେଜରେ ସେତେବେଳେ କଣ କମ୍ ଟାଉକା। ଝିଅଙ୍କ ସାଙ୍ଗରେ ମିଶିବାକୁ ତ ବାଟ ନଥାଏ। ଝିଅଟେ ଦେଖିଲେ ଡାହାଣାଙ୍କ ପରି ହୁଅନ୍ତି। ଯେମିତି ଝିଅଟେ ହାବୁଡ଼ରେ ପଡ଼ିଯିବ, ଆଉ ଦେଖିବ କି ନାଟ! କିଏ ସୁଷୁରି ମାରିବ ତ କିଏ ଅତର ରୁମାଲ ଫିଙ୍ଗିବ ଝିଅଙ୍କ ଉପରକୁ। ଚିଠି ବି ଫୋପାଡ଼ନ୍ତି ଘୋଡ଼ାଗାଡ଼ି ଭିତରକୁ। ସେତେବେଳେ ଏତେ ମଟର, ରିକ୍ସା ହୋଇ ନଥାଏ। ବଡ଼ ଲୋକଙ୍କର ଘୋଡ଼ାଗାଡ଼ି ଥାଏ। ଭଡ଼ା ବି ମିଳେ। ଝିଏ ସବୁ ଏକାଠି ହୋଇ ଯାଆନ୍ତି। ଇଏ ଟୋକୀର ବାପ ତ ବଡ଼ଲୋକ। ତାଙ୍କର ଫିଟନ୍ ଗାଡ଼ି ଥାଏ।

ଝିଅ ବି ଭାରି ମୁହଁଖୋର୍। ତା ଉପରକୁ କେହି ରୁମାଲ୍ କି ଚିଠି ଫିଙ୍ଗିବ ତ ସେ ଚପଲ ଗୋଡ଼ରୁ କାଢ଼ି ଫିଙ୍ଗିଦେବ। ଭାରି ତୋଖଡ଼। ହେଲେ ମାଇକିନିଆ ଜାତି। କାହାଁତକ ସମାଳିବ। ପଡ଼ିଗଲା ଫାନ୍ଦରେ ଶେଷକୁ। ଯେତେ ମୁହଁ ଭୁରୁଡ଼ି ଦେଖେଇଲେ କଣ ହବ, ଭିତରଟା ଭାରି ନରମ। ସବୁ ମାଇପିଙ୍କର। କିଏ ଜଣେ ସିହାଣ ପୁରୁଷ ଥିଲା ସେ ଦୁଧ ଉପର ଟାଣ ସର ଦେଖି ଡରିଲା ନାହିଁ। ଧଇଲା ଯା ପିଛା। ଧୀର ପାଣି ପଥର କାଟିଦେଲା। କଥା ଆଉ କଣ ନୁଚିଲା। ସମସ୍ତେ ଜାଣିଲେ। କହିଲେ ଟୋକାଟା ଭାରି କପାଳିଆ, ଭଲ ମାଲ୍‌ଟାଏ ପାଇଗଲା। ପାଇବ ପୁଳାଏ।

ହେଲେ ଝିଅର ବାପ ଶୁଣି ଖପା। ମୋ ଝିଅ ଯାହାକୁ ପାରେ ତାକୁ ବାହାହେବ। ମା କହିଲେ କଣ କରିବ, ଝିଅ ତ ମନ କରିଛି। ବାପ ଏକାବେଳକେ ନା। ପୁଅର କି ଥାତି ଅଛି, ଖାନଦାନି ଅଛି, ବୁନିଆଦି ଅଛି ଯେ ମୁଁ ଜୋଇଁ କରିବି? କେଭେଁ ନା।

ଝିଅର ପାଠ ପଢ଼ାପଢ଼ି ବନ୍ଦ। ଘର ଭିତରେ ସାତ କଟକଣାରେ। ପୁରୁଷ ଲୋକର ଛାଇ ପଡ଼ିବ ନାହିଁ। ମାଛି ପଡ଼ିଲେ ନବ ଖଣ୍ଡ। ଯେତେ କଲେ କଣ ହବ! ମାଇକିନିଆ ମନ ତ। ଟୋକୀର ଭାରି ସାହସ। ଟୋକା ପାଖକୁ ଭିତରେ ଭିତରେ ଚିଠି ଦେଇ ଦିନେ ଚିଡ଼ିଆ ଫୁର୍‌ର୍। ଟୋକୀ ଗଲା ଝାଡ଼ା ଫେରିବାକୁ ରାତି ଅଧରେ। ବାଡ଼ିଆଡ଼େ ପାଇଖାନାଟା। ଅନ୍ଧାର ରାତି। କିଏ ଦେଖୁଛି। ସେ ଟୋକାଟା ତ ଜଗି ବସିଥିଲା ରାସ୍ତା ସେ କଡ଼ରେ। ଖଣ୍ଡେ ଦୂରରେ ଘୋଡ଼ାଗାଡ଼ି ଠିଆ ହେଇଛି। ବାସ୍ ପାର୍। ଚମ୍ପଟ୍!

ପଡ଼ିଲା ଖୋଜା। ଘର ଦୁଆର। ବାଡ଼ି ବଗିଚା। ପାଇଖାନା, ଗାଧୁଆ ଘର।

"ଚୁପ୍ ଚପ୍। ପାଟିକର ନାହିଁ। ଝିଅ କଲିକତା ଯାଇଛି ବୁଲି, ତା ମାମୁଁ ସାଙ୍ଗରେ। ତମେ ଇମିତି କାହିଁକି ହଉଚ? ସେଇୟା କୁହ ସମସ୍ତିଙ୍କୁ। କାନ୍ଦିଲେ କଣ

ଝିଅ ମିଳିବ ? କଥାଟା ପ୍ରଘଟ ହୋଇଯିବ। ଶେଷକୁ ଝିଅ ବାହା ହେଇ ପାରିବ ନାହିଁ। ଅଭିଆଡ଼ୀ ରହିଯିବ ସାରାଜୀବନ ତମରି ବୋକାମି ଲାଗି।"

ମା' କାନ୍ଦୁଥିଲା ଯେ ବାପ ତୁନି କରିଦେଲା। ପୁଲିସକୁ ଖବର ଗଲା। ପୁଲିସ୍ ଯାଇ ଧଇଲେ ଟ୍ରେନ୍ ଭିତରେ। ଦଶ ପନ୍ଦର ଷ୍ଟେସନ୍ ପାରି ହୋଇ ଯାଇଥିଲେ। ବଗଲା-ବଗଲୀ, କେଦାର-ଗୌରୀ।

ପୁଲିସ୍ କହିଲା ପୁଅକୁ ଜିହଲ ଦବ। ଝିଅର ବାପ ଭାରି ସାବଧାନ। ପୁଅ ଜିହଲ ଗଲେ ଆଉ କଣ କଥା ରହିବ, ଫିଟି ନ ଯାଇ ? ପୁଲିସ୍‌ର ପକେଟ୍ ଭାରି କରିଦେଲେ। ପୁଲିସ୍ ଛାଡ଼ିଦେଲା। ଝିଅକୁ ପଠେଇ ଦେଲା ବାପ ସାଙ୍ଗରେ।

ଆଉ ପୁଅ ? ପୁଅ ବି ଏଡ଼େ ଅଲାଜୁକ, ଯାଇ ଧାରଣା ଦେଲା ତାଙ୍କ ଦୁଆର ମୁହଁରେ। ଯିଏ ଆସିଲା ମୋ ସ୍ତ୍ରୀକୁ ଅଟକେଇ ରଖିଛନ୍ତି। ଛାଡୁ ନାହାନ୍ତି। ଆମେ ଚଣ୍ଡୀ ମନ୍ଦିରରେ ବାହା ହେଇଛୁ। ବାପା ତ ମହା ଟାଉଟର୍, ଆଉ ଆରେ ପଡ଼ିଲେ କଥା ତ ଛପି ରହିବ ନାହିଁ ଏମିତି ହେଲେ। ଚୁପ୍‌କିନା ଯାଇ ପୁଅକୁ ଡାକି ଆଣିଲେ ଘର ଭିତରକୁ। ଖାଇବା ପିଇବାକୁ ଦେଇ ଭଲରେ ଭଲରେ କହିଲେ - "ତମେ ପାଟି କରୁଛ କାହିଁକି ? ମୁଁ କଣ ମନା କଲି ? ତମ ବାପାଙ୍କୁ ଡାକ। ଦିନବାର ଠିକ୍ କର।"

ଟୋକାଟା ବୋକା। ବାପାଙ୍କୁ ଖବର ଦେଲା। ସେ ଆସିଲେ। ଆସିଲାକୁ ଝିଅର ବାପ ଯାହା କହିଲେ ନା! ମହା ଟାଉଟର୍। କହିଲେ, "ତମ ପୁଅ ଭଳିଆ ଜୁଆଁଇଟିଏ ଜୁଟିବା ମହା ଭାଗ୍ୟର କଥା। ଏଡ଼େ ଭଲ ପିଲା କାହାଣେ ପଣେରେ ଗୋଟେ।" ହେଲେ ଝିଅକୁ ଯେତେ ବୁଝେଇଲି ହେଲା ନାହିଁ। ଯୋଉ ନାହିଁକୁ ସେଇ ନାହିଁ।

ମୁଁ ଡାକି ଆଣୁଛି। ମୋରି ଆଗରେ ତମେ ପଚାର ସମୁଦି ? ସେ ହଁ କହିଲେ ତ କାମ ସଇଲା। ନା କ'ଣ କହୁଚ ସମୁଦି ? ଆଜି କାଲିକା ଝିଅ। ପାଠ ଶାଠ ପଢ଼ିଛନ୍ତି। ତାକୁ ନ ପଚାରି ମୋ ମନଇଚ୍ଛାକି କିମିତି କରନ୍ତି ? ନା କଣ କହୁଛ ?

ସମୁଦି ତ ଆନନ୍ଦରେ ଆଠଖଣ୍ଡ। ହଁ ହଁ ମାରିଦେଲେ। ରାଜି ହେଇଗଲେ ଝିଅର ବାପ କଥାରେ।

ଝିଅ ଆସିଲା। ଯେମିତି କିଛି ଜାଣେ ନାହିଁ। ଆଗରୁ ତ ତାଲିମ୍ ପାଇଛି। ଖୁବ୍ ପାନେ ଘୋରିକି ପେଇଛନ୍ତି। ଆଉ କୋଉ ଟୋକୀ ପାଖକୁ ସେ ପୁଅ ଚିଠି ଲେଖିଥିଲା। ତା' ହସ୍ତାକ୍ଷର ଆଣି ଦେଖାଇ ଦିଆଗଲା। ଅବିକଳ ତାହାରି ହସ୍ତାକ୍ଷର। ତାଜୁବ୍ କଥା। ଝିଅ ତ ଅକା ଚକା। ସେ କିମିତି ଜାଣିବ ଯେ ଏତେ କଥା ଯା ଭିତରେ ହେଇଚି ବୋଲି। ଗୋଟାଏ ସ୍ତ୍ରୀ ଲୋକକୁ ପଇସା ଦେଇ ସେ ପୁଅ ପାଖକୁ ପଠେଇ ଦେଇଥିଲେ

ସେ ଯାଇଁ ପୁଅକୁ କହିଲା, ଝିଅ ଖବର ଦେଇଛି। ତମକୁ ସେ ଦେଖା କରିବ। କେଉଁଠି କେତେବେଳେ କିମିତି ଦେଖାହବ ଲେଖିଲେ ମୁଁ ତାକୁ ସାଙ୍ଗରେ ଘିନି ଆସିବି। ମୁଁ ତାଙ୍କ ଘରର ଅନେକ ଦିନର କାମ୍‌ଟୁଣୀ। ମୋତେ ବିଶ୍ୱାସ କର। ପୁଅ ତ ବିଶ୍ୱାସ କରିଗଲା। ଲେଖିଲା ଚିଠି। ଚିଠି ଲେଖିଲାବେଳେ ସେ ମାଇକିନିଆ କହୁଥାଏ, 'ଝୁଅ ନାଁ ଲେଖିବ ନାହିଁଟି। କାଳେ କେତେବେଳେ କିଏ ଦେଖି ପକେଇବ। ତମ ନାଁ ବି ଦବ ନାହିଁ। ଖାଲି ଲେଖି ଦିଅ 'ତମର ମୁଁ'! ହେଲା ?

ସେଇ ଚିଠିକି ଦେଖେଇ ଦେଲେ, ସେ ଟୋକା ଆଉ କେଉଁ ଟୋକୀ ପାଖକୁ ଲେଖିଚି ବୋଲି। ସଫା ପୋଷ୍ଟଫିସ୍ ମୋହରମରା ଚିରା ଲଫାପା ଭିତରେ ସେ ଚିଠିକି ଫିଙ୍ଗି ଦେଲେ ଝିଅ ଆଗରେ। 'ହେଇଟି ଦେଖ। ଏଇ ଚରିତ୍ରହୀନ ପିଲାକୁ ତମେ ଚାହଁ ତ ମୁଁ ବାହା କରେଇ ଦେବି କିନ୍ତୁ ତମ ଭବିଷ୍ୟତ ପାଇଁ ତମେ ଦାୟୀ। ମୋତେ ସେତେବେଳେ କିଛି କହିବ ନାହିଁ।'

ଗଲା ବିଗିଡ଼ି ମୁଣ୍ଡ ଟୋକୀର। ପୁଅର ବାପ ଆସିବା ଆଗରୁ ରିହର୍‌ସାଲ୍ କରି ଶିଖେଇ ଦେଇଥାଏ ବାପା, କିମିତି କଣ କରିବାକୁ ହବ।

ସେ ଆସି ବସି ପଡ଼ିଲା ବାପ ପାଖରେ। ସେଠି ଶଶୁର ବସିଛନ୍ତି। ତେଣିକି ଅନେଇଲା ବି ନାହିଁ। ପଚାରିଲା, "କାହିଁକି ଡାକୁଥିଲ କି ବାପା ?"

"କେଡ଼େ ବେଆଦବ୍ ଝିଅଟା ଲୋ ତୁ ? ସେଠି ମଉସା ବସିଛନ୍ତି ନମସ୍କାର କର।"

"କିଏ ମଉସା ? ମୋ ମଉସା ତ ଇଏ ନୁହନ୍ତି। ମୋର କୋଉ ମାଉସୀକୁ ବିଭା ହୋଇଛନ୍ତି ?"

"ଆରେ ନାଇଁ ମୁଁ। ତାଙ୍କ ପୁଅ ତୋ ସାଙ୍ଗରେ ପଢ଼େ ନାହିଁ ? ସେଇ କଣଟି ତା ନାଁଟା ?"

"ପଦ୍ମନାଭ ପଶାଏତ୍"। ପୁଅର ବାପ କହିଲେ।

"କାହିଁ ମୁଁ ତ ଜାଣେ ନାହିଁ। କିଏ ପଦ୍ମନାଭ ? କେତେ ପିଲା ପଢ଼ିଛନ୍ତି। କେହି ହେଇଥିବ। ମୁଁ କଣ ସମସ୍ତିଙ୍କି ଚିହ୍ନିବି। ଏମିତି କିଛି କଥା ନାହିଁ ତ।"

ପୁଅର ବାପା ଚୁପ୍। ଧୀରେ ଧୀରେ ସେଠୁ ଏକ ରାହାରେ ଯାଇଁ ଘରେ ହାଜର।

ତଥାପି ପୁଅର ମନ ନ ମାନେ। ସବୁ ଶୁଣି ବୋଲି ନିଜେ ଗଲା ଝିଅ ପାଖକୁ। ଝିଅ ବାପର ଆଉ ଡର ନାହିଁ। ପୁଅ କହିଲା, ମୁଁ ତା' ସାଙ୍ଗରେ ପଦେ କଥା ହେବି।

"ହଉ। ହୁଅ।" ବାପ ଡାକିଦେଲା ଝିଅକୁ।

"ତମେ ମୋତେ ଚିହ୍ନ ?" ପୁଅ ପଚାରିଲା।

"ଚିହ୍ନି ଥାଇପାରେ। ତମେ ଆମ କ୍ଲାସରେ ପଢ଼ି ବୋଧହୁଏ?"

ପୁଅ ରାଗ ଗର ଗର ହୋଇ କହୁଥାଏ – "ପଢ଼େ ନାହିଁ କେବଳ। ତମେ ମତେ ଜାଣ। ଏବଂ ଭଲ କରି ଜାଣ। ତମେ ମୋ ପାଖକୁ ଚିଠି ଦେଇ ନାହଁ?"

"କାହିଁ, ନାଁ ତ। ମନେ ପଡୁନାହିଁ କିଛି।"

"ହେଇଟି କଣ।" କହି ଗୋଛାଏ ଚିଠି ଦେଖେଇ ଦେଲା।

"ସେ ମୋ ଚିଠି? ମୁଁ ଦେଇଛି? କାହିଁ ମନେ ପଡୁନାହିଁତ। ଦେଖେଁ, ଦେଖେଁ।"

"ହେଇଟି ଦେଖ, ଭଲ କରି ଦେଖ।" କହି ବୋକା ପୁଅଟା ଚିଠିତକ ବଢ଼େଇ ଦେଲା ଝିଅ ହାତକୁ।

ଆଉ ପାଏ କିଏ ଝିଅକୁ। ଝିଅ ହାତରେ ସେ ଚିଠିତକ ସାଙ୍ଗେ ସାଙ୍ଗେ ସେ ପୁଅ ସାମନାରେ ଟିକି ଟିକି ଚିରି, କବାଟ ସେପାଖକୁ ଫିଙ୍ଗି ଦେଲା। କହିଲା – "ଅସଭ୍ୟ, ଆଉ କାହା ଚିଠି ବୋଲି କାହା ଚିଠି ଆଣି ଭଦ୍ରଲୋକ ଘର ଝିଅ ବୋହୂଙ୍କ ନାଁରେ ଦୁର୍ନାମ କରିବାକୁ ତମର ସାହସ ହେଲା? ବାହାରି ଯା' ଏଠୁ। ନ ହେଲେ ଅପମାନ ପାଇ ଯିବ।"

ଝିଅର କଥା ଉହାଡ଼ରେ ଥାଇ ବାପ ସବୁ ଶୁଣୁଥିଲେ। ବାହାରି ଆସିଲେ ଏତିକି ବେଳକୁ - "କଅଣ ହେଲା ମା, କଅଣ ହେଲା, କହ।"

"ବାପା, ଏ ଭଦ୍ରଲୋକ ମୋତେ ଅପମାନ ଦେଉଛନ୍ତି।" ଝିଅ କାନ୍ଦିବାକୁ ଲାଗିଲା।

"ନିକ୍ ଲୋ, ନିକ୍ ଲୋ - ମୋ ଘରୁ ବାହାର୍।" କହି ବାପା ତଡ଼ିଦେଲେ ସେ ଟୋକାଟାକୁ।

ରତନୀ ଜାଣେ ନାହିଁ ସେ ଟୋକା କୁଆଡ଼େ ଗଲା - ସେ ବା କାହିଁକି ପଚାରନ୍ତା କାହାକୁ। ତାର କି ଦରକାର। ଘରକୁ ବୋହୂ ଆସିଲା। ଆସନ୍ତା। ଆସିଲା। ତା ମନରେ ଦୁଃଖ ହେଇଛି। କିନ୍ତୁ ସେ ରାଗି ନାହିଁ। ଅଭିମାନ କରିନାହିଁ। ଘରର ଯଉ କାମ୍ତୁଣୀ କି ସେଇ କାମ୍ତୁଣୀ।

ଦୁଃଖୀ କିନ୍ତୁ ଚିହ୍ନିଚି ସେ ଟୋକାକୁ। ରାମ ଦିନେ ଚିହ୍ନେଇ ଦେଇଥିଲେ। କହି ବି ଦେଲେ – 'ରାଉତ ଘର ବୋହୂ ସାଙ୍ଗରେ ତା ବିଭାଘର ଲାଗିଥିଲା।'

ଶୁଣିଲେ ସମସ୍ତେ। ସେଇଦିନ ସେ ଘରକୁ ଆସି କେବଳ ଭାବି ହଉଥାଏ। ଘୋଷି ହେଉଥାଏ। ସାମନ୍ତବାଦ, ପୁଞ୍ଜିବାଦ। ଟ୍ରେଡ଼ ୟୁନିୟନ୍, ବସ୍ତୁବାଦ, ଐତିହାସିକ ବସ୍ତୁବାଦ। ଦୁଇଟି ବସ୍ତୁର ସମ୍ପର୍କ - ସଂଘର୍ଷ। ଦୁଇଟି ଭାବଧାରାର ସଂଘର୍ଷ, କ୍ରିୟା,

ପ୍ରତିକ୍ରିୟା, ସମାଧାନ। ଅନ୍ୱୟ, ପ୍ରତ୍ୟନ୍ୱୟ। ଦୁଇର ସଂଘର୍ଷରେ ତୃତୀୟର ଉତ୍ପତ୍ତି। ନାରୀ ଆଉ ପୁରୁଷ। ଆଉ ନାରୀ ପୁରୁଷର ସମ୍ପତ୍ତି ନୁହେଁ। ପୁରୁଷ ନାରୀର ବିପତ୍ତି ନୁହେଁ। ନାରୀ ପୁରୁଷର ଏକଚାଟିଆ ବାଣିଜ୍ୟ ନୁହେଁ - ଅବାଧ ବାଣିଜ୍ୟ –

ଏବେ ବି ସେ ଟୋକା ଅଛି। ଅନେକ ତାକୁ ଚିହ୍ନିଛନ୍ତି। ନ ଚିହ୍ନି ଉପାୟ। ବାହା ହେଲାଣି। ସେଥିପାଇଁ ସେ ଅନେକଙ୍କର ଚିହ୍ନା ଜଣା ତା' ନୁହେଁ। ସେ ଜଣେ ବିପ୍ଲବୀ। ବାହା ହେଇ ବି ଜଣେ ବିପ୍ଳବୀ। ତା' ପରଠୁ ସେ ଆଉ ପାଠ ପଢ଼ି ନାହିଁ। ପାଠ ପଢ଼ାଟା ଗୋଟାଏ ଆଦର୍ଶ। ଗୋଟାଏ ଛାୟାବାଦ। ମରୀଚିକା। ସେ ଜଣେ ବାସ୍ତବବାଦୀ ହୋଇଗଲା ସେଇ ଦିନଠୁଁ।

ସେତିକିବେଳେ ଲାଗିଥାଏ ସୀମା ଆନ୍ଦୋଳନ। ଭାରତ ସରକାର ବସେଇଥିଲେ ଗୋଟିଏ କମିଟି। ବଙ୍ଗଳା, ବିହାର, ଓଡ଼ିଶାର ନୂଆ ସୀମା ଧରି ଦେଇଗଲେ। ଭାରତ୍ ସରକାର୍ ସେ ଦାତା ନେହିଁ, ବିନା ମାଡ୍ ସେ ଦେତା ନେହିଁ। ବଙ୍ଗଳା ମାଡ଼ ଦେଲା, ପାଇଲା ଭାଗ ବିହାରରୁ। ଓଡ଼ିଶା ସାରା ସିଂଭୂମି ପାଇବା ତ ଦୂରର କଥା, ଯଉଁ ଷଢ଼େଇକଳା ଖରସୁଆଁକୁ ଓଡ଼ିଶାରୁ ନେଇଥିଲେ, ସେତକ ବି ଓଡ଼ିଶାକୁ ଫେରିଲା ନାହିଁ। ବଙ୍ଗଳାକୁ ସନ୍ତୁଷ୍ଟ କଲେ ବିହାରରୁ ଖଣ୍ଡେ ଦେଇ। ବିହାରକୁ ସନ୍ତୁଷ୍ଟ କଲେ ଓଡ଼ିଶାରୁ ଚେନାଏ ଦେଇ। ଓଡ଼ିଶା ଉଡ଼ିଲା ବାଏଁ ବାଏଁ।

ଲାଗିଲା ଆନ୍ଦୋଳନ ଗରମା ଗରମ ବକ୍ତୃତା। ସଭା ଶୋଭାଯାତ୍ରା। ପ୍ରତିବାଦ ପ୍ରତିରୋଧ। ତେଣୁ ଚାଲିଲା ଲାଠି ଗୁଳି। ସରକାରଙ୍କ ପକ୍ଷରୁ। ଓଡ଼ିଶା ସରକାର ନୁହନ୍ତି। ଭାରତ ସରକାରଙ୍କ ଏଜେଣ୍ଟ। ମୁଖ୍ୟମନ୍ତ୍ରୀ ଉସ୍କେଇଲେ ଆଗ। ତା'ପରେ ଆସିଲା ଦିଲ୍ଲୀରୁ ଡାକରା। ଫେରିଲେ ଫଉଜ ଧରି।

ଓଡ଼ିଶାର ମନ୍ତ୍ରୀ ନେତା ପ୍ରାଣ ଘେନି ଲୁଚିଲେ। ଓଡ଼ିଆଙ୍କର କେହି ନେତା ନାହିଁ। କୀଚକ ବାହୁବଳେ ବିରାଟ ନେତା। କେନ୍ଦ୍ର ନେତାଙ୍କ ଆଲୁଅ ନେଇ ଏମାନେ ଝଲମଲ୍ ଦିଶନ୍ତି। ନିଜର ଗାରିମା ନାହିଁ, ନିଜତ୍ୱ ନାହିଁ। ଚଳେଇଲେ ଗୁଳି। କିଏ ଘାଉଲା ହେଲା କିଏ ମଲା। ଆନ୍ଦୋଳନ ବି ଦବିଗଲା। ମନ୍ତ୍ରୀମାନେ ଆରାମରେ ଚଉକି ବଜାୟ ରଖି ବସିଲେ। କେହି ଇସ୍ତଫା ଦେଇ ନାହାନ୍ତି। ଇସ୍ତଫା ଧମକ୍ ବି ନାହିଁ। ଶହେ ଚାଳିଶଟା ଏମ୍.ଏଲ୍.ଏ. ଗୋଟେ ନୁହେଁ ଅଧେ ନୁହେଁ। ଜଣେ କେହି ଅନ୍ୟାୟର ପ୍ରତିବାଦ କରି ଇସ୍ତଫା ଦେଇନାହାନ୍ତି। ଏହାକୁ ଦାବି କରି ନୂଆ ନିର୍ବାଚନର ସମ୍ମୁଖୀନ ହୋଇ ନାହାନ୍ତି। ଏମ୍.ଏଲ୍.ଏ.ଙ୍କର ଦୁଇଶହ ଟଙ୍କାର ଲୋଭ ଏବଂ ମନ୍ତ୍ରୀଙ୍କର ହଜାରେ ଟଙ୍କା।

ଆନ୍ଦୋଳନ କଲେ ଖାଲି ପିଲାଏ। ଟୋକାଏ। କଞ୍ଚା ବଅସର ଇସ୍କୁଲ

କଲେଜ ପିଲା। ତଟକାରକ୍ତ ଖୋଜୁଥିଲା ଓଡ଼ିଶା ଭୂଇଁ କେଇଟା ପିଲାଙ୍କ ଛାତିରେ ବାଜିଲା ଗୁଳି। ଟହ ଟହ ନାଲି ମନ୍ଦାର ଭଳି ଗାଢ଼ ରକ୍ତରେ ଚିତା ଘେନିଲା ଉତ୍କଳମାତା। ସେଇ ଶୋଭା ଯାତ୍ରାରେ ଯୋଗ ଦେଇଥିବା ଯୁବକ ଭିତରେ ଇଏ ବି ଜଣେ। ବେଙ୍ଗପଣିଆ। ପାଖରେ ଲାଗି ଲାଗି ଠିଆ ହୋଇଥିଲା। ଗୁଳି ବାଜିଲା ତା' ଦିହରେ। ଏ ବଞ୍ଚିଗଲା। କେହି କେହି କହନ୍ତି - ବେଙ୍ଗପଣିଆ ପାଖେ ପାଖେ ଥିଲା ଯେ, ଯେମିତି ଦେଖିଲା ଆଗରେ ପୁଲିସ ଏକାତାନେ 'ଇ' ଦେଇ ଉଠିଲା ଯାଇ ଘରେ।

ସେଦିନ ଏବେ କୁଆଡ଼େ ଗାଧୋଇ ଗଲାଣି। ଏବେ ସେ ଜଣେ ବାମପନ୍ଥୀ ନେତା। ବାମପନ୍ଥୀମାନେ ବାମପନ୍ଥୀ। ଭାଗ୍ୟ ବାମ ହେଲେ ଯେଉଁମାନେ ଏ ପନ୍ଥା ଧରନ୍ତି ସେମାନଙ୍କୁ ବାମପନ୍ଥୀ କୁହାଯାଏ - ସେ ପ୍ରକାର ବାମପନ୍ଥୀ ନୁହେଁ। ବାମା ଠାରୁ ଖୁନ୍ଦା ଖାଇ ଏ ପନ୍ଥା ଧାରଣ କିଏ କଲା, ତେଣୁ ସେ ବାମପନ୍ଥୀ, ଏମିତି କିଛି କଥା ନାହିଁ। ପେନ୍ ବାମ ଅମୃତାଞ୍ଜନ ବୋଲି ତା' ସାଙ୍ଗମାନେ ଚଳେଇଲା ପ୍ରକାରେ ସେ ଯେ ବାମପନ୍ଥୀ, ତା ବି ନୁହେଁ। ସେ ଜଣେ ବାସ୍ତବିକ୍ ବସ୍ତୁବାଦୀ ବାମପନ୍ଥୀ, ଆଦର୍ଶ ତା ପକ୍ଷରେ ଗୋଟାଏ ମାୟା, ଛାୟା।

ଥରେ କିଏ ପଚାରିଲା - "ବାମ ମାନେ କଣ ?" ସେ କେବଳ ହସିଲା।

"ମାନେ, ଡେବିରି ହାତ, ଯେଉଁ ହାତରେ ଛଁଅଚନ୍ତି।" ସେ ଆହୁରି ଜୋର୍‌ରେ ହସିଲା।

"ମାନେ ଦକ୍ଷିଣର ଓଲଟା" - ସେ ହସି ହସି ମୁଣ୍ଡ ହଲାଇଲା।

"ମାନେ ଦେଖେଇ ଯଉଁଟା ନିଅନ୍ତି, ସେଇଟା ଦକ୍ଷିଣା। ଆଉ ଲୁଚେଇକି ବାଆଁ ହାତରେ ଯଉଁଟା ନିଆଯାଏ, ମାନେ ହାତଗୁଞ୍ଜିଆ ଦେବାର ନାମ ବାମପନ୍ଥା, ନାହିଁ ?"

ସେ ରାଗିଗଲା।

"ନା-ନା-ନା, ମୁଁ ଭୁଲ୍ କହିଲି, ମାନେ ଇଂରାଜୀ ଯାହାକୁ ରାଇଟ୍ କହନ୍ତି ତାର ଓଲଟା ତ।"

"ଏତେବେଳେ ଯାଇ ବାଟକୁ ଆସିଲ।" କହିଲା ସେ ଟୋକା।

ରାଇଟ୍‌ର ଓଲଟା ତ ରଙ୍ଗ୍। ମାନେ ଭୁଲ୍। ବାମପନ୍ଥୀ ମାନେ ଭୁଲ୍ ପନ୍ଥା ?"

"ବାମପନ୍ଥୀ ମାନେ ଅଗ୍ରଗତି। ମାନେ ରକ୍ଷଣଶୀଳତାର ବିରୋଧୀ।"

"କେଉଁ ଦିଗକୁ ଗଲେ ଅଗ୍ରଗତି, କେଉଁ ଦିଗକୁ ଗଲେ ପଶ୍ଚାତ୍‌ଗତି ?"

"ଆମର ବାମହସ୍ତ କେଉଁ ଦିଗକୁ ? ଉତ୍ତର ଦିଗକୁ ନା ନୁହେଁ ! ଉତ୍ତର କାଳରେ

ଅର୍ଥାତ୍ ପରବର୍ତ୍ତୀ ଭବିଷ୍ୟତ କାଳରେ ଖାପ୍ ଖାଇବା ଭଳି ପନ୍ଥା ହେଉଛି ବାମପନ୍ଥା। ବୁଝିଲ ?”

“ଏଥର ବୁଝିଲି। ମୁଁ ମନେ କରିଥିଲି ଡେବିରି ହାତ ଯାହା ଯାହା କରେ ସେଇଆ କରିବାର ମାନେ ବାମପନ୍ଥା।”

ଟୋକା ପୁଣି ରାଗିଗଲା। “କଣ ଆମ୍ଭଙ୍କୁ ମେହେନ୍ତର କରି ପାରିଲ ?” କହିଲା।

“ସମାଜର ଅଳିଆ ସଫା କରିବାଟା କଣ ଖରାପ କଥା ? ଯାବତୀୟ ସାମାଜିକ ଆବର୍ଜନାର ସଂସ୍କାର ହେଲା ବାମପନ୍ଥୀର କାର୍ଯ୍ୟ।”

ରାଗରେ ପଳେଇଗଲା ସେ ଉତ୍ତର ନ ଦେଇ। ଲୋକଟା ତା'ର ଜଣେ ସାଙ୍ଗ। ସେ ବି ଟୋକାଟାଏ। ଖାଲି ଚିଡ଼େଇବା ପାଇଁ ତେଣୁ କଣ ଗୁଡ଼ାଏ କହୁଥିଲା। ଚିଡ଼ି ନ ଥିଲେ କଥା ଛିଡ଼ିଥାନ୍ତା। ଚିଡ଼ିଲାରୁ ଏ ଅଧିକ ଚଳେଇଲା। ସେ ପଳେଇଲା ବେଳକୁ ଏ କି ତାକୁ ଛାଡ଼େ ! ଗୋଡ଼େଇଲା ତା ପଛେ ପଛେ।

ଏତିକିବେଳେ ହାବୁଡ଼ରେ ପଡ଼ିଗଲେ ନୀଳ। ନୀଳ ବାପ ସେତେବେଳକୁ ପାର୍। ଶଶୁର ହେଲେ ନୀଳର ମୁରବୀ। ଶଶୁର ଯିମିତି ମାମଲତବାଜ୍‌କୁ ଜୁଆଇଁ ସିମିତି ପାଉଆ। ଦିହେଁ ଦିହିଁକି ଖାପୁଚରେ ପକେଇବାକୁ ବସିଥାନ୍ତି। ଦୁହେଁ ଦୁହିଁକି ଛକିଥାଆନ୍ତି। ଦାଉ ପାଇଲେ ମାଡ଼ି ବସିବେ।

ଝିଅ କାହାକୁ ଉଣା ନୁହେଁ। ଭାରି ସିହାଣୀ। ଦି ଆଡୁ ହାତ ତେଲେଇ ଦିଏ। ଯଉଁ ଦିନ ନୀଳକୁ ପାକଳେଇ ସାକୁହେଇ ତା ମିଲ୍‌ରୁ ଗୋଟିଏ ଶେୟାର ତା ଭାଇ ନାଁରେ, ସେ ମାଇକିନା କରେଇ ନେଲା ହାତ କାଟି ନେଖି ଦେଲା ନୀଳ, ସେଦିନ ବୋହୂର ବାପାମାନେ ନୀଳ ଶଶୁର ମହାଖୁସ୍। ଯେସା ବୀଜା, ତେସା ଅଙ୍କୁରା। ନହେଲେ କି ବାପର ଝିଅ। ଖାସା କଥା କଲା।

ଏବେ ସେ ତିନି ତିନିଟା ଛୁଆର ମା। ନଈ ଉଜାଣି ବହିଲାଣି। ବାପଘରୁ କିମିତି ଫୁଲାଏ ଆଣିବ ଏବେ ସେଇ ମତଲବ। ମା ଗହଣାରୁ ଫୁଲେ ମାରି ଆଣିଲା। କହିଲା ଚୋର ନେଇଛି। ସେ ରାତିରେ ଦେଖିଛି। କବାଟଟା ବାଡ଼ିପଟେ ଦବାକୁ ଭୁଲି ଯାଇଥିଲେ। ସେଇ ପଟେ ପଶିଲା ଚୋର। ପୁଲିସ ଆସିଲା। କିଛି ନିଶାଣ ମିଳିଲା ନାହିଁ। ସେତେବେଳକୁ ପୁଲିସ୍ କୁକୁର ହେଇ ନଥିଲା – ଚୋର ଧରା କୁକୁର।

ଆଉ ଦିନେ ତିନି ତିନିଟା ଛୁଆକୁ ନେଇ ପହଞ୍ଚିଗଲା ବାପଘରେ। କହିଲା ବାପା ଘରେ ନୀଳ ତାକୁ ମାଇଲା। ସେ ଆଉ ବାପା ଘରୁ ଯିବ ନାହିଁ। ଛାଡ଼ପତ୍ର ମକଦ୍ଦମା କର।

ଚାଲିଲା ମକଦ୍ଦମା। କେତେବର୍ଷ ଲାଗିଲା। ମକଦ୍ଦମା ଚାଲିଥାଏ। ଦିନେ

ବସି କାନ୍ଦିଲା। ଖାଇଲା ନାହିଁ, ପିଇଲା ନାହିଁ। କହିଲା ମକଦ୍ଦମା ଯାହା ହଉ, ପିଲାଏ କଣ ଭାସିଯିବେ? କେଇଟା ଟଙ୍କା ଖୋରାକ୍ ପୋଷକରେ ତାର କଣ ହେବ? ବାପା ଆଉ କଣ କରିବ? ଲେଖିଦେଲା ପୁଅଙ୍କ ନାଁରେ ଦି'ଟା କୋଠ। ଝିଅ ନାଁରେ କିଛି ବ୍ୟାଙ୍କ୍ ଟଙ୍କା।

ଆଲୋ, କଣ ଦେଖିବ ସେ ମାଇକିନାର ଛଟକ? ଦିନ ପନ୍ଦରଟା ବି ତର ସହିଲା ନାହିଁ। ବାପାକୁ କହିଲା, ବାପା, ସେ ଆସିବେ ଚିଠି ଦେଇଛନ୍ତି। ଆସିଲେ ତମେ କଥା କହିବ ନାହିଁ। ଦୁଆର ମୁହଁରୁ ଫେରିଯାଉ। ମୁଁ ଆଉ ଏତେ ମାଡ଼ ସହିବି ନାହିଁ।

ଇଲୋ, ସତକୁ ସତ ନୀଳ ଯହୁଁ ଆସିଲା ଶଶୁର ଘରକୁ, ଶଶୁର ନ ବାହାରେ କି କଥା ନ କହେ। ନୀଳ ଆଉ ବାଟ ନପାଇ ସିଧା ପହଞ୍ଚିଲା ମାଇପ ପାଖରେ। "ଚାଲ୍ ଘରକୁ ଚାଲ୍।"

କଣ କହିବ, ବାପ, ମା' ଅନେଇଛନ୍ତି। ଟୁଙ୍ଗ୍ ଟୁଙ୍ଗ୍ କି ପଳେଇଲା ଘଇତା ସାଥିରେ। ସମିଏ କାବା। ବଗୁଲା ବଗୁଲି ଉଡ଼ିଗଲେ।

ପହିଲୁ ପହିଲୁ ଆସିଲାବେଳେ ରତନୀକି ସେ ଖୁବ୍ ଜାବତାରେ ରଖେ। ବାବୁଙ୍କ ପାଖ ବି ପଶିବାକୁ ଦିଏ ନାହିଁ। ଏବେ ସବୁ କଟକଣା ଉଠିଗଲାଣି। ବାସୀ ଫୁଲ। ଭଅଁର ଆଉ ଆସିବ ଯେ ହବ?

ରତନୀ କାନରେ ବାଜିଲା - ଶୁକୁରା କୁଆଡ଼େ ଆସିଛି। ଏଁ ଶୁକୁରା ଆସିଛି, ସତେ ଆସିଛି? ଏକା ଆସିଛି। ଆସିଥିବ ଅବା। ଆସିଲେ ଆଉ କଣ ତାକୁ ପଚାରିବ? ତାକୁ ନେଇ ଆଉ କଣ ସେ ଘର କରିବ? ବସା ବାନ୍ଧିବ? ନିଶ୍ୱାସଟେ ଉଠି ଖୁବ୍ ଗହୀରକୁ ହାଲୁକା କି ଉଡ଼ିଯାଏ।

ରତନୀ ବାସନ ମାଜୁଥିଲା। ଅନେଇ ଦେଲା, ଶୁକୁରା। ଶୁକୁରା ନା କିଏ? ଶୁକୁରା ପରି ଦୁଉଚିତ। ସାଙ୍ଗରେ ଦୁଃଖିଆନ୍ନା। ଦୁଃଖିଆନ୍ନା ସାଙ୍ଗରେ ଆଉ କିଏ ହୁଅନ୍ତା? ସେଇ ତ! ଖସି ପଡ଼ିଲା ହାତରୁ ବାସନ ଖଣ୍ଡେ। ମାଜୁଥିଲା। କାହିଁକି କିଜାଣି ସବୁ ଛାଡ଼ିଛୁଡ଼ି ଦେଇ ଦଉଡ଼ି ପଳେଇଲା ଘର ଭିତରକୁ। ଦିହକୁ ଅନେଇଲା। ଅସନା ନୁଗା ଖଣ୍ଡେ ପିନ୍ଧିଚି। ଶୁକୁରା ଆଗକୁ ଯିବ କିମିତି। କସ୍ତା ଖଣ୍ଡେ ପିନ୍ଧନ୍ତା ନାହିଁ?

ସେଥିପାଇଁ ନୁହେଁ। ସେଥିପାଇଁ କଣ ସେ ପଳେଇ ଅଇଲା? ତା ନୁହେଁ। ସେ ଭାବିପାରୁ ନଥିଲା ଯେ ସତ ସତ ଶୁକୁରା ଆସିଛି। ଶୁକୁରା କଲିକତାରୁ ଆସିଛି। ଶୁକୁରା ପଚିଶ ବର୍ଷ ପରେ ଫେରିଛି। ଏବେ ଆସିଛି ତାହାରି ପାଖକୁ। ନା-ନା ସେ ଆସିଲେ ଆସିଥିବ ବାବୁ ଘରକୁ।

ମଣିଷ ମନ ଭିତରେ କେଉଁଠି ବିଶ୍ୱାସ ବସାବାନ୍ଧି ରହିଥାଏ, ସେଇଟା ତାର ଶୂନ୍ୟ ହୋଇ ଯାଇଥିଲା। ଆକାଶ ଭଳି। ଖାଲି ଶୂନ୍ୟ। ମହାଶୂନ୍ୟ। ଚନ୍ଦ୍ର, ତାରା କିଛି ନାହିଁ। ଅନ୍ଧାର ଆଲୁଅ ସବୁ ସେହି ଶୂନ୍ୟରେ ହଜି ଯାଇଛନ୍ତି। ଶୂନ୍ୟଟା ଖାଲି ପଡ଼ିଆ ପଡ଼ିଛି। ଏ ମୁଣ୍ଡରୁ ସେ ମୁଣ୍ଡ ଯାଏ। ଶୂନ୍ୟ ଭିତରେ ଯେଉଁ ଶୂନ୍ୟ, ଘର ଭିତରେ ବି ସେଇ ଶୂନ୍ୟ।

ସେ ଆଉ କଣ କରନ୍ତା ? ସେଇ ଶୂନ୍ୟଟା, ତାକୁ ଯେମିତି ଉଡ଼େଇ ଆଣିଲା। ସେ ମନ କରି ଆସିନାହିଁ। ଆସି ବସିପଡ଼ିଲା ତା ଘର ଭିତରେ ନଥି କିନା। ତାକୁ ବଖରାଏ ଘର ଦେଇଥାନ୍ତି ବାବୁଘର। ସେଇ ବଖରା। ସେଇ ବଖରାକ ଘରେ ସେ କଟେଇଲାଣି ଦୁଇ ଦୁଇଟା ଯୁଗ। ସେଇ ବଖରା କବାଟରେ ଦିନେ ନୀଳ ଆସି ଠକ୍ ଠକ୍ କରୁଥିଲା। ସେଇ ବଖରାରେ - ସେଇ ବଖରାରେ।

ସେ ଅନେକ କଥା। ସବୁ କଥା ଆଜି ଶୂନ୍ୟରେ ମିଶିଗଲାଣି। ତାକୁ ପଛଟା ଦିଶୁନାହିଁ। ଆଗ ବି ଦିଶୁନାହିଁ। ଆଗଟା କିମିତି ଝାପସା ଝାପସା। ଚାଲିଯିବ। ହେଲେ ଡର ମାଡୁଛି।

ଶରମ ଝାଳ ବହିଗଲା। ତାଳରୁ ତଳିପା ଯାଏ। ଦଇବକୁ ଘରେ ଥିଲେ ବାବୁ, ସାଆନ୍ତାଣୀ ଦିହିଁକି ଦିହେଁ।

ଶୁକୁରା ତାକୁ ଦେଖି ନଥିବ। ଦେଖନ୍ତା କେମିତି ? ସେ ଥିଲା ଘର ଭିତରେ ଅଗଣାରେ। ଦାଣ୍ଡଟା ଦିଶୁଥିଲା ସେଠିକି। ଦାଣ୍ଡରୁ କଣ ଅଗଣାର କୋଣ କୋଣ ଦେଖି ହବ। ଅଗଣାରେ ଏକପାଖିଆ ବସି ସେ ବାସନ ମାଜୁଥିଲା କୂଅ ମୂଳରେ। ନା, ସେ ଦେଖିପାରି ନଥିବ। ସୂର୍ଯ୍ୟ ଗଡ଼ି ପଡ଼ିଲେଣି। ଦୋମହଲାର ଛାଇଟା ମାଡ଼ିବସିଚି ଅଗଣାରୁ ଅଧେ, କୂଅମୂଳଯାଏ। ସେ ମୋଟେ ଦେଖି ପାରି ନଥିବ।

ଅନେକ ଦିନ ପରେ ଆଜି ତା ମନେ ପଡ଼ିଗଲା - ତା' ବାଳ ପାଚିଲାଣି। ସୁନ୍ଥା ପାଖରେ ଅଧେ ବାଳ ଉଠିଗଲାଣି। ଗଛର ପତର ଝଡ଼ିଗଲେ ପୁଣି କଅଁଳାଏ ବରଷକୁ ବରଷ। ମଣିଷର ବଅସ ବାଳ ଝଡ଼ିଲେ ଆଉ କଞ୍ଜାଏ ନାହିଁ।

ହଁ ତ ଇଏ ଶୁକୁରା ! ଦାଣ୍ଡ ଦୁଆର ମୁହଁରେ ଠିଆ ହେଇଚନ୍ତି ଦିହେଁ ଯାକ - ଦୁଃଖୀଆନ୍ନା ଆଉ ଶୁକୁରା। କବାଟ ଉହାଡ଼ରୁ ଅନେଇଲା ରତନୀ। ଶୁକୁରାର ବି ବାଳ ପାଚିଲାଣି। ଭଲ ଦୁଉଚି ଏକା। ଅଳପିକା ପାଚିଲା ବାଳ। ଧୋବ୍ ଧୋବ୍। ଜକ୍ ଜକ୍ କରୁଛି। ରୂପା ଜରି ଜଡ଼ଉ କଲାପରି। ମଣିଷ ଭଳି ମଣିଷଟେ ଏକା। ଦଶ ପାଞ୍ଚରେ ଜଣେ ହବଣି ଶୁକୁରା। କଉଁ କାଳର ଲୋକ। ବାଟ ଘାଟରେ ଗଲା ଆଇଲା ଲୋକ, ତାକୁ ସମୀହ କରୁଥିବେ।

କେତ୍ତୁଟେ ହେଲାଣି ଶୁକୁରା ସତେ ! ଶୁକୁରା କଣ ଡେଙ୍ଗା ହୋଇଯାଇଛି ? ମୋଟା ତ ହେଇନାହିଁ ବେଶି ! ରତନୀ କିମିତିକା କିମିତିକା ଲାଜକଲା ଶୁକୁରା ଆଗକୁ ଯିବାପାଇଁ। ନୂଆ ଭୂଆସୁଣୀଟିଏ ଯେମିତି।

"ରତନୀ, ରତନୀ ଅଛୁ ରତନୀ ?" ଡାକଦେଲା ଦୁଃଖୀଦାସ।

ରତନୀ କଣ ଜବାବ ଦବ ? ଓ କରିବ ? କିମିତି ? ଶୁକୁରା ଅଛି ପରା। ଜବାବ ନ ଦବ ବା କିମିତି, ସେଇଠି ଥାଉଁ ଥାଉଁ। ସେ ଠିଆହେଇ, ରହିପାରୁ ନାହିଁ କି ଶୁକୁରା ଆଗକୁ ଯାଇପାରୁନି। ଏ କଣ ହେଲା ତାର ?

ପଦ୍ମତୋଳା ବୋଲି ଦେଇଛି ଦୁଃଖୀଦାସ। ଯେତେ ମୋଡ଼ି ଭିଡ଼ି ହେଲା, ରତନୀ ସମ୍ଭଳା ପଡୁଚି କେତେକେ ?

ରତନୀ ଯିବ। ଯିବାପାଇଁ ଗୋଡ଼ ବଢ଼େଇଲା। ବାଁ ଗୋଡ଼ଟା ଗୋଦଡ଼ ହେଇଯାଇଛି ଯେମିତି। ଖାଇଲା ହାତରେ କଣ ଧରିଛି ଯେମିତି ଗିନାରେ ଗିନେ। ଗୋଡ଼ କାଢ଼ିଲେ ଚହଲି ପଡ଼ିବ। ତଥାପି ସେ ଯିବ, ଯାଉଚି, ହେଇ ଗଲା। ପଣତଟା କିଏ ଟାଣିଧଇଲା, ଲାଗିଗଲା ଖୁଞ୍ଚ କେଉଁଠି ? ନାହିଁ ତ। କିଏ ଆଙ୍କୁଶୀରେ ତା ବେକୁ ଧରି ଟାଣୁ ନାହିଁ ତ ପଛରୁ ?

ତଥାପି ସେ ଗୋଡ଼ ବଢ଼େଇଲା। ତେଣେ ତୁହାକୁ ତୁହା ଡାକ ପକେଇଚି ଦୁଃଖିଆନ୍ନା। ଆଉ ସେ ଶୁଣୁଛି, ସହୁଚି, ହେଲେ କୋଉ ମୁହଁରେ ଯିବ ସେ ଶୁକୁରା ଆଗକୁ ?

ବାଇୟା ! ବାଇୟା !

ଝର୍ ଝର୍‌କି ତା' ଆଖିରୁ ଧାର ଛୁଟିଲା। ନା, ସେ ଯାଇପାରିବ ନାହିଁ, ସେ ମରିଯାଆନ୍ତା କି !

ଶୁକୁରା ଦେଇ ଯାଇଥିଲା ଏଡ଼ିକି ବକଟେ ସନ୍ତକ। ଝୁଲୁଥିଲା ଦୋଳିରେ। ସେ ଧନ ସେ ମାଣିକ କୁଆଡ଼େ ହଜିଗଲା। ନା, ନା, ହଜିବ କାହିଁକି ? ମିଛକଥା। ସେ ଉଝେଇ ଦେଇଛି। ଜାଣିଶୁଣି ରାଗରେ। ଶୁକୁରା କାହିଁକି ତାକୁ ନ ପଚାରିଲା କି ! କୋଉ ରାଣ୍ଡକୁ ନେଇ କଲିକତାରେ ରହିଲା କାହିଁକି ? ଦି ଦି'ଟା ଯୁଗ।

ନାଁ ସେ ଯାଇପାରିବ ନାହିଁ ଶୁକୁରା ଆଗକୁ।

ଯିବ କାହିଁକି ? ଆଉ କଣ ସେ ଫେରିଆସିବ ? ଶୁକୁରା କ'ଣ ଆଉ ତାକୁ ଫେରେଇ ଆଣିପାରିବ ? ନା-ନା-ନା-ପାରିବ ନାହିଁ, ପାରିବ ନାହିଁ। ରତନୀ ପେଡ଼ୀରେ ଆଉ କାଣି କଉଡ଼ିଟେ ବି ନାହିଁ। ନା-ନା-ନା-ସେ କେଭେ ଯିବ ନାହିଁ।

ଫେରି ଯାଉ ଶୁକୁରା। କଣ ପାଇଁ ଆସିଛି ସେ। ପୋଡ଼ିଗଲା ତୁଣରେ ଆଉ କି

ସୁଆଦ ! ସେ ଯେଉଁଠି ସେଇଠି। ହୁଙ୍କିବ ନାହିଁ ପାଦେ ବି। ଏତେ ଦିନକେ ମୁହଁ ଦେଖାଉଚି। ଆ ହା ହା କି ମୁହଁରେ। ଅଲଣା ! ଅଲାଜୁକ ? ଲାଜ ନାହିଁ ଏ ମିଣିପିଟା ମୁହଁରେ। ମରି ମାଟିରେ ମିଶି ସାରନ୍ତାଣି। ବାରବରଷକେ ମାଇଁ। ଦିନେ ନାଇଁ କାଳେ ନାହିଁ। କ'ଣ ନା ଯା ଦେଇ ତା ଦେଇ ଡାକ ହାଙ୍କୁଛି – ରତନୀ – ରତନୀ, ଅଛୁ ନା ଲୋ ରତନୀ ? ମଲା ମ ସୁଆଗ !

ଡାକିଲେ ସେ କାହିଁକି ଯିବ ଯେ ! ପୁଣି ଯଦି ସେଇ କଥା ହେଲା ! ପିଠିରେ ପଡ଼ିବାକୁ କେହି ନ ଥିବେ। ପେଟକୁ କେହି ଅନେଇବେ ନାହିଁ। କଲିକତା ମୁହଁ ନାଗି ଗଲାଣି। ପୁଉଣି ପଳେଇବ। ଦରବୁଢ଼ୀ ମାଇପିଟା, ଆଉ କଣ ବଳ ବଅସ ଆଉଚି, ଦିହ ଖଟେଇ ରୋଜଗାର କରିବ ? ସେ ଯଉଠି ଅଛି ଯିମିତି ଅଛି ସେଇ ଭଲ। ଶହେଗୁଣା ଭଲ। ଭୋକ ବେଳରେ ପେଟର ଡାକ ଯାହାକୁ ଶୁଘିଲା, ଯିଏ ପେଟରେ ଦାନା ଦେଇ ପ୍ରାଣ ରଖିଲା ତାକୁ ଛାଡ଼ି ବାରଅନା ହବ କାହିଁକି ? ସେ ନ ହେଇ ତୁ ହବୁ ଯିଏ ପଚିଶ ବରଷକାଳ, ଦି ଦି ଯୁଗ ଭୁଲି ବିଦେଶରେ ରହି ପାରିଲା, ଦିନକର ଦିନେ ମନ ଟିକିଏ ଗୁଡ଼େଇ ବି ହେଲା ନାହିଁ କି – ରତନୀ ତୁ କେମିତି ଅଛୁ ? ପଇସା ନ ଦେଲୁ ତ ନାହିଁ, ଭଲ ମନ୍ଦ ଟିକେ ପଚାରନ୍ତୁ ନାହିଁ। କଣ ନା – ଗଲୁ ଯେ ଗଲୁ, ଆସି ପଚାରୁଛୁ ପଚିଶି ପଚାଶ ବରଷ ପରେ। କାହିଁକି ? କା' କଥାରେ। ଦେଖିବା ତ ଭଲା, କିମିତି ସେ ଆସିଚି ନେଇଯିବ। ଭାରି ପାରିଲା ପୁରୁଷ। ଦେଖି ନାହିଁ ସେ ଦେଖଉଚି। ଚାଲିଯା, ଚାଲିଯା ! ଫେର ସେଇ କଲିକତିଆଣୀ ଖାନିକି ପାଖକୁ ଚାଲିଯା। ସେଇ ତତେ ଗେଲବସର କରିବ। ଶରଧା କରି ଖୋଇଦବ। ଏଇଟା ଦେ ସେଇଟା ଦେ ତାକୁଇ କହୁଥିବୁ। ତୋ' ଗୋଡ଼ରେ ତେଲମାଲିସ୍ କରି ଦଉଥିବ। ଖଟି ଖଟି ଗୋଡ଼ ଘୋଳେଇ ହେଲେ ଘଷି ଦବ। ଯା, ଚାଲିଯା, ସେଇଠିକି। ରତନୀ ଆଉ ନ ଯାଏ।

"ରତନୀ ଲୋ, ରତନୀ।" ପୁଣି ଡାକ ଛାଡ଼ିଲା ସେଇ ଦୁଃଖୀନନା ! ଯା ପାଟିରେ ତୁଣ୍ଡି ବନ୍ଧା ହେଇଚି କି ?

ହେଇଟି ନୀଳବାବୁ ଜବାବ୍ ଦେଲେଣି। ନିଦ ଭାଙ୍ଗିଲାଣି ବାବୁଙ୍କର। ଦି' ପହରିଆ ନିଦ ତ।

"ମୁଁ ତ ଦୁଃଖୀ। ଦୁଃଖୀଦାସ।"

ଶୁଣିଲେ ନୀଳବାବୁ।

"ଯାଉଚି। ଯାଉଚି।"

ବାବୁ ଆଉଚନ୍ତି। ବଞ୍ଚିଲା ମଣିଷ ଭାବୁଥାଏ ରତନୀ।

ଏକା ଭାରି ଖାତିର୍ ଦୁଃଖିଆନ୍ନାକୁ ନୀଳବାବୁଙ୍କର। ହେଇଟି ଧପ୍ ଧପ୍ ହେଇ ଓହ୍ଲାଉଚନ୍ତି ତଳକୁ।

ସଇଲା ସଇଲା। ତା'ରି କଥା ତ ପଡ଼ିଛି। ଶୁକୁରା କେମନ୍ତେ ଆସିଚି ରତନୀ କି ନେଇଯିବ ବୋଲି। ଦୁଃଖିଆନ୍ନା ତ କହୁଛି ତା'ରି ହେଇ। ଆଉ କଣ କହୁଥିବ? ସେଇୟା ତ? ଭଲ କରି ଶୁଘୁ ନାହିଁ। ହେଲେ ଆଉ କଣ ପାଇଁ ଆସନ୍ତା। ମଲା ମ ସୋଗ। କେମିତି ଅପସନ୍ଦର ଲୋକଟା। ଜଣା ନାହିଁ, ଶୁଣା ନାହିଁ, ପଚରା ନାହିଁ, ଉଚରା ନାହିଁ। ସିଧାସଳଖ ଚାଲି ଆସିଲା, କହି ବସିଲା ରତନୀକି ନେଇଯିବ। ରତନୀ ଏମିତି ଗୋବର ପାଛିଆଟାଏ ହେଇଚି – ଯଉଠି ପାରେ ସେଇଠି ଥୋଇ ଦଉଥିବ। ପୁଣି ଦରକାର ବେଳେ ଉଠେଇ ନଉଥିବ।

ସବୁ ଫିକର ସେଇ ଦୁଃଖିଆନ୍ନାର। ସେଇ ଶିଖେଇ ବୁଝେଇ ଆଣିଚି ଡାକି ଶୁକୁରାକୁ। ନାଇଁ ତ ନାଇଁ ଶୁକୁରାର କି ଯୁଗ ଯାଉନଥିଲା, ରତନୀ କି ନ ନେଲେ ଚଲୁ ନାହିଁ? ରତନୀର ଦୁଃଖ କଣ ସେଇଥିରେ ଯିବ? ମାଇପ ତ ନାହିଁ। ବୁଝିବ କିମିତି ମାଇପ ମନ କିଣିବାକୁ ହେଲେ କଣ କରନ୍ତି ମିଣିପେ। ମାଇପ ସୁଆଗ କାହାକୁ କହନ୍ତି ଜାଣି ନାହାନ୍ତି ତ ବୁଝିବେ କିମିତି? ମୁଁ ପର ଘରେ ଅଛି। ତୁ କ'ଣ ନା ସିଧା ସରପଟ୍ ପେଲି ପଶି ଆସିଲୁ? ସିନା ଆଗରୁ ଦୂତୀ ହାତରେ ବାତେନି ବଟେଇ ଥାଆନ୍ତୁ ଚୁପ୍‌କିନା କେହି ଜାଣନ୍ତେ ନାହିଁ। ଅଶୋକ ବନରେ ସୀତାଙ୍କୁ ହନୁମନ୍ତ ଠାବକଲା ପରି। ମୁଦ୍ରିକା ଦେଇ ଥାଆନ୍ତୁ। ପରତେ ହୋଇଥାନ୍ତା ଯେ କେହି ନା, ଏ ଶୁକୁରା। ଶୁକୁରା ଆସିଛି କଲିକତାରୁ। ଏଠିକି ଆସିବ, ତା ବିଭାହେଲା ନାରୀକି ଘିତି ଯିବାପାଇଁ। କିଛି କୁଆଡୁ ନାହିଁ କଣ ନା ରତନୀ, ରତନୀ! ହେଇଟି ପୁଣି ନନା ରଡ଼ି ଛାଡ଼ିଲାଣି – "ରତନୀ, ରତନୀ, ଶୁକୁରା ଆସିଛି ଏଣିକି ଆ!" ସେ କଣ ଜାଣି ନାହିଁ ଶୁକୁରା ଆଇଚି ବୋଲି? ଖାଲି ଏଣିକି ଆ! କି ସେ କାହିଁକି ଯିବ ତେଣିକି। ତାର କି ଗରଜ ପଡ଼ିଛି କି? ଯାହାର ଗରଜ ପଡ଼ିଛି, ସେ ଆସି ହାତ ଧରି ନେଇଯାଉ। ନେଇଯିବ ଯେ କେଉଁଠି କି? କୋଉଁଠି କି ସେ ଯିବ? ଘର ଅଛି ନା ଦୁଆର ଅଛି? ମୁଣ୍ଡ ଗୁଞ୍ଜିବାକୁ ଜାଗା ବକଟେ ନାହିଁ। କ'ଣ ନା ମାଇପକୁ ଘିତି ଯିବ। ବେହିୟା କାହାକୁ କହନ୍ତି କି ଆଉ! ଯଦି ନବାର ନାହିଁ ତ ଆଇଲୁ କାହିଁକି? ରୂପ ଦେଖି । ଯେତେବେଳେ ରୂପ ଥିଲା ସେତେବେଳେ ରହିଲୁ ସାତସମୁଦ୍ର ତେର ନଈ ସେ ପାରିରେ। ଏବେ ଆସିଛୁ କଣ ଦେଖିବୁ! ଝିଟ! ଅଲାଜୁକ!

ସମସ୍ତେ ଯାଇ ରୁଣ୍ଡ ହେଲେଣି ଦାଣ୍ଡ ଦୁଆରେ। ବାବୁ, ସାଆନ୍ତାଣୀ, ଛୁଆ, ପିଲା, ଅଣ୍ଡାବଚ୍ଚା, କେହି ଆଉ ଘରେ ନାହାନ୍ତି ଯେମିତି, ଗୋଟେ କି ଅଜବ ଜୀବ

ଆସିଛି । ମଣିଷଟାଏ ତ ଶୁକୁରା । ତାକୁ ଦେଖିବାପାଇଁ ଏତେ ସକସକ କିଆଁ ? ଦେଖିଲେ ଦେଖନ୍ତୁ, ଦେଖୁ ଥାଆନ୍ତୁ, କୋଉ ଘୋରି ଯିବକି ଏତେ ଶୁକୁରା !

ଶୁକୁରା ଆସି ରହିଛି ଦୁଃଖୀନନା ଘରେ । ଶୁଣୁଥାଏ ରତନୀ କାନ ପାରି । କଥାବାର୍ତ୍ତା ହେଉଥାଆନ୍ତି ଦୁଃଖୀନନା ନୀଳବାବୁ ଆଉ ସବୁ । ଭାଗୁ ମାହାନ୍ତି କେମନ୍ତେ ମନା କରି ଦେଲା । ଇଏ ଯାଇଥିଲେ ତା' ପାଖକୁ । ନାଁ ମୁଁ ଜମି ଦେବିନାହିଁ । ଏକା ଜିଦ୍ ଭାଗୁ ମାହାନ୍ତିର । ରତନୀ ଯାଇ ରହିବ ସେଇ ଦୁଃଖିଆନ୍ନା ଘରେ । ଛି ଛି - ତା'ହେଲେ ସେ ଯିବ ନାହିଁ ।

ସାଆନ୍ତାଣୀ ଆସି ଡାକିଲେ - "କିଲୋ, ରତନୀ ଯାଉନୁ କାହିଁକି ? ଲୁଚିଛୁ ? ଶୁକୁରା ଡାକୁଛି ପରା । କେତେବେଳୁ ଆସିଲାଣି ।"

ଚିଡ଼ି ମାଡ଼ିଲା ରତନୀକି । ସେ କ'ଣ ନୂଆ ବୋହୂଟିଏ ଆସିଛି ଯେ ତେମେ ଆଇଲ ମହୁଶେଯ ଘରକୁ ବଟେଇ ଦେବାପାଇଁ । ଛିଆ - ବେହେଲ । ନାଜ ନାହିଁ । ଆମର ହାଟୁଆ ବାଟୁଆ ଘର ହେଲେ କ'ଣ ହେଲା ! ଆମର ଗୋଟିଏ ଧାଡ଼ି ଅଛି । ବଡ଼ ଲୋକଙ୍କଠୁଁ ଭିନେ । ଘଇତା ସାଙ୍ଗରେ ମାଇପ କ'ଣ ହମ ହମ ହେଇ ଚାଲିଯାଏ କି ? କଉଁଠି ? କଉଁଠି ? ନାଜ ସରମ କ'ଣ ଭୁଲିଗଲାଣି ?

"କିଲୋ, ଆ ।" କହି ଘର ଭିତରୁ ରତନୀକି ଟାଣି ଆଣିଲା । ରତନୀର ଆଉ ଚାରା କ'ଣ । ଟଣା ଓଟରା କରନ୍ତା କାହିଁକି । ନାଜ କଥାଟା ।

"ଯା ଲୋ ଯା । ତୋ ଭାଗ୍ୟ ଖୋଲିଗଲା ।" କହୁଥାନ୍ତି ସାଆନ୍ତାଣୀ । "ଏଣିକି ମୋର ଚିନ୍ତା । ଯେତେହେଲେ ରତନୀ ଭଳି ମଣିଷଟେ କଣ ଆଉ ସତେ ମିଳିବ ?"

ସବୁଦିନେ କ'ଣ ତମରି ଘରେ ପଡ଼ି ରହିବାକୁ ନେଖି ଦେଇଚି ରତନୀ ? ତା ଗିରସ୍ତ ଫେରିଲା ପଚିଶ ବରଷ ପରେ ବିଦେଶରୁ । ସେ ଯାଆନ୍ତା ନି ? ତାର ଆଉ ଘର କରଣା ନାହିଁ । ଏକା ତମରି ଅଛି ? ଗିରସ୍ତ ବୋଲି ଯାହାକୁ କହୁଛ, ସେ ଖାଲି ବଡ଼ ଲୋକଙ୍କର ଥାଆନ୍ତି, ଗରିବ ଗୁରୁବାଏ ଯାହା ହାତ ଧରନ୍ତି ସେଗୁଡ଼ାକ ଭାଡୁଆ ।

ଶୁକୁରା ଫେରିଗଲା । ଏଁ ଶୁକୁରା ଫେରିଗଲା । ତାକୁ ନେଲା ନାହିଁ ତା ସାଙ୍ଗରେ, ଟିକିଏ ଦେଖା ବି କଲା ନାହିଁ ? ବାବୁ କୁଆଡ଼େ କହିଲେ - "ଉଛୁଣି ଯା ଶୁକୁରା । ମୁଁ ରତନୀ କି ପଠେଇ ଦଉଚି ତୋ' ପଛେ ପଛେ । ସେ ନାଜ କରୁଛି । ଏତେ ଲୋକଙ୍କ ସାମନାରେ ଶୁକୁରା ସାଙ୍ଗରେ ସେ କି କଥା ହବ ?"

"ଭଲାରେ ନାଜ । ମୁଁ ମରି ଯାଉଥାଏଁ ଟି" - କହୁଥାନ୍ତି ସାଆନ୍ତାଣୀଏ । "ବୁଢ଼ା କାଳରେ ପୁଣି ଏତେ ନାଜ ?"

ଶୁକୁରା ସତ ସତ ଫେରିଗଲା । ସୂର୍ଯ୍ୟ ବୁଡ଼ି ଯାଇଥିଲେ । ପଶ୍ଚିମ ଆକାଶଟା

ମନର ଅରମାନ ଭଳି ହଳଦୀ ଚୂନ ବୋଳିଦେଇ ବଇଚି । ରତନୀ ତା' ଘର ପରସ୍ତ ଭିତରକୁ ଯାଇ ଆସ୍ତେ ଆସ୍ତେ ଗୋଟିଏ ପରେ ଗୋଟିଏ ଗହଣା ଦିହରୁ ଖୋଲିଲା । ତୁରୁଙ୍ଗରୁ କେତୁଟା କ'ଣ କାଢ଼ି ସବୁକୁ ଏକାଠି କଲା ।

କି' ବା ଗହଣା, ରୂପାଖଡ଼ୁ ହାତରେ ପିନ୍ଧିଥିଲା ଆଉ ବେକରେ ଚମ୍ପାକଲି ହାର ନୀରସା ରୂପାରେ । ଅଣ୍ଟାରେ ଚନ୍ଦ୍ରହାର । ସବୁ ସେଇ ରୂପରେ । ତୁରୁଙ୍ଗରେ ଥିଲା ରୂପା ବଟଫଳ । ନିଜ ପଇସାରୁ କରିଥିଲା ଝୁଣ୍ଟିଆ କେଇଟା ନୂଆ । ସବୁକୁ ସେ ଏକାଠି କନାରେ ବାନ୍ଧି ଧଇଲା । ନିଜର ହେଲେ ବି ମାର୍କା ତ ମରା ହେଇନି । କାଳେ ଭାବିବେ ଯେ ତାଙ୍କ ଗହଣା ରତନୀ ନୁଚେଇକି ନେଇ ପଳେଇଲା । ସେଥିପାଇଁ ନୀଳ ଯାହା ଦେଇଥିଲା, ତା' ସାଙ୍ଗରେ ଆପଣା କିଆ ଗହଣାକୁ ମିଶାଇଲା ।

ନୀଳ କ'ଣ ଏତିକି ଦେଇଥିଲା ? ନୀଳ ଦେଇଥିଲା ଢେର୍ । ସୁନା ଗହଣାରେ ଛାଇ ଦେଇଥିଲା ରତନୀକି । ସେତେବେଳେ ତା'ର ବଅସ ଥିଲା । ଟିଣ୍ଟିଲା ଓଠଟାରେ ଗରମାଗରମ ସିରା ଥିଲା, ଚିନି ସିରା ପରି ସତେକି !

ଦିନଥିଲା ସେ ପିନ୍ଧୁଥିଲା ତାକୁ । ଦିନରେ ନୁହେଁ, କାଳେ କିଏ ଦେଖିବ, କ'ଣ କହିବ ? ନୀଳ ରତନୀକି ଗହଣା ଗଢ଼ି ଦେଇଛି, ରତନୀକି ରଖିଛି । ରତନୀଟା ରଖିଣୀ ! କୋଉଁ ଏବେ କହୁନଥିଲେ ଯେ ! ସମେତେ ମୁହଁ ଉପରେ କହିବାକୁ କେହି ଡରିବେ ନାହିଁ । ଦିନରେ ନ ପିନ୍ଧିବ ତ ରାତିରେ ପିନ୍ଧିବାରେ ଫାଇଦା କ'ଣ ? ଗହଣା ପିନ୍ଧିଲ, ଯଦି କେହି ନ ଦେଖିଲେ, କେହି ନ କହିଲେ ଯେ ରତନୀର ଭାରି ସୁନ୍ଦର ଗହଣା; ସେ ଗହଣା ପିନ୍ଧି କେତେ ନ ପିନ୍ଧି କେତେ ।

ନ ପିନ୍ଧି ଆଉ ଉପାୟ କଣ । ସେ ପିନ୍ଧେ । ସେଇ ରାତିରେ । ଖାଇପିଇ ସାରି ଶୋଇବାକୁ ଗଲାବେଳେ । ନ ପିନ୍ଧିଲେ ନୀଳ ରାଗିବ । ଭାରି ମନକଷ୍ଟ କରେ । ଖାଏ ନାହିଁ । ଦିନେ ଦିନେ ମିଛଟାରେ କହିବ ଦିହ ଭଲ ନାହିଁ । ମୁଣ୍ଡ ବିନ୍ଧୁଛି । ରତନୀ ଯାଇଁ ମୁଣ୍ଡ ଉପରେ ବସେ । ମୁଣ୍ଡ ଚିପିଦିଏ । ତେବେବି ନା । ସେ କିଛି କହିବ ନାହିଁ । ରତନୀ ବୁଝିପାରେ । ସେ ଗହଣା ପିନ୍ଧି ଆସି ପାଖରେ ବସେ । ଝରକା ବାଟେ ରାତିର ଅନ୍ଧାରଟା ମିଟି ମିଟି କରି ଚାହିଁଥାଏ । କେହି ନ ଥାନ୍ତି ।

ନୀଳ ଖାଏ । ତାକୁ ଖୋଇଦିଏ । ରତନୀ ଯେତେ ମନାକରିବ ମାନିବ ନାହିଁ । ତା' ମୁହଁରେ ହାତ ଦେଇ ସେଇ ଅଇଁଠା ହାତରେ ଖାଇବ । ଟିକିଏ ବି ଅସୁକ ଲାଗେ ନାହିଁ ତାକୁ । ରସଗୋଲା ଆଣି ମୁହଁରେ ଗୁଞ୍ଜିବ । ଦାନ୍ତରେ ଅଧା କାମୁଡ଼ିଛି କି ନାହିଁ, ଛଡ଼େଇ ନେଇ ନିଜ ମୁହଁରେ ଭର୍ତ୍ତି କରିଦବ । କହିବ, ଆଃ କେଡ଼େ ମିଠା । ଖାଲି ରସଗୋଲା ମିଠା ଯେମିତି ତାକୁ ଭେଟାଏ ନାହିଁ, ଆହୁରି ମିଠା ତା'ର ଲୋଡ଼ା । ଖଣ୍ଡ

ଆଣି ଦିଅ, ମହୁ ଗୋଳେଇ କି ଥୁଅ; କୋଉଥିରେ ନା। ସେଇ ରତନୀର ଅଇଣ୍ଠା ନ ହେଲେ ନୁହେଁ। ସେଇଥିରେ ରସଗୋଲାର ମିଠା ଶହେ ଗୁଣ ବଢ଼ିଯାଏ କି କ'ଣ! ତା' ନହେଲେ ରତନୀ ଅଇଣ୍ଠାପାଇଁ ସେ ଇମିତି ଡାହାଣାଙ୍କ ପରି ହୁଅନ୍ତା କାହିଁକି?

ରତନୀ ଗହଣା ପିନ୍ଧିଲେ, ସେ ଯେଉଁ ଡାହାଣାଙ୍କ ପରି ଅନାଏ, ସେ ଲୋଭ ତା'ର ଯିମିତି ମେଣ୍ଟେ ନାହିଁ, ତା ଅଇଣ୍ଠା ନ ଖାଇଲା ଯାଏ – ଆଉ -

ଛାଡ଼ ସେ କଥା। ରତନୀ ତୁ କେଡ଼େ ସୁନ୍ଦର ଦିଶୁଛୁ, ଏ ଗହଣା ପିନ୍ଧି। କହି କୁଣ୍ଢେଇ ପକେଇବ। ସେ କୁଣ୍ଢାରେ ଯେମିତି ଗୋଟେ ଶୀତଳ ନିଆଁ ତା ଦିହସାରା ତରିଯାଏ। ଦେହଟା ଗରମ। ମନଟା ଥଣ୍ଡା।

ସେ ଦିନ କୁଆଡ଼େ ବୋଲି କୁଆଡ଼େ ଗଲାଣି। ସେ ଗହଣା ସେ ଗୋପାଳଙ୍କ ମାଲ୍, ଗୋପାଳଙ୍କ ଭଣ୍ଡାରରେ ଥୋଇଦେଇଚି। ବାହାଘର ଠିକ୍ ହେଇଗଲା, ନୀଳବାବୁଙ୍କର ଏଇ ସାଆନ୍ତାଣୀଙ୍କ ସାଙ୍ଗରେ। ରତନୀକି ନୁଚେଇ ଥିଲା ସେ କଥା। ଏଡ଼େ ହୁଣ୍ଡା ଏଇ ନୀଳବାବୁ। ବାଜା ବଜେଇ ଯାହାକୁ ବାହା, ତାକୁ ପୁଣି ନୁଚେଇବେ ଘରର ଜଣେ ମଣିଷ ପାଖରୁ। ରତନୀ ଶୁଣିଲା ଗାଁ ମାଇପଙ୍କ ପାଖରୁ। ରତନୀ ଲୋତୋ ଭେଳା ବୁଡ଼ିଲା। ତୋତେ ଆଉ କ'ଣ ନୀଳା ଘରେ ରଖିବ। ନୀଳା ନ କହିଲେ କ'ଣ ହେବ ସେ ମାଇକିନା ଆସିଲେ କ'ଣ ତତେ ସହିପାରିବ। ରତନୀ କହେ, କି ସହିବ ନାହିଁ କାହିଁକି? କାହାରି ଘରେ କ'ଣ ପୋଇଲି ପରିବାରୀ ଅଛନ୍ତି କି ଆଉ?

"ତୁ କ'ଣ ଆଉ ରାଉତ ଘରେ ପୋଇଲି ପରିବାରୀ ହୋଇ ଥେଲୁ?"

"ପୋଇଲି ନୁହେଁ ତ ଆଉ କ'ଣ?" କହି ଚାଲିଆସେ ମୁହଁଟାକୁ ଝାଡ଼ିଦେଇ।

ବାହାଘର ଆଉ ଦିନ ଚାରିଟା। ନୀଳ କିଛି କହୁ ନଥାଏ। ରତନୀ କିଛି ପଚାରୁ ନଥାଏ। ବାହାଘର ବନ୍ଦୋବସ୍ତ ଚାଲିଛି। ନୀଳ ଜାଣିଲାଣି ଯେ ରତନୀକୁ ଆଉ କିଛି ଅଛପା ନାହିଁ। ହେଲେ ସେ ମୁହଁ ଖୋଲି କହିପାରୁ ନାହିଁ। ରତନୀ ସବୁ କାମ କରୁଛି। ଶୋଇବାଘର ସଜେଇବା ପାଖରୁ ନଳା ସଫା କରିବା ଯାଏଁ। ଏଣେ ପୁଣି କାନ୍ଥଯାକ ଝୋଟି ଚିତା ପକେଇ ସାରିଲାଣି।

ଖାଇ ପିଇ ସାରି ଶୋଇବାକୁ ଯାଉଛି ରତନୀ। ଲୋକ ଗହଳି ଭାଙ୍ଗି ଗଲାଣି। ନୀଳ ଡାକିଲା ଶୋଇବା ଘରୁ - ରତନୀ, 'ରତନୀ!'

ଗଳାଟା ଭାରି ଭାରି ଲାଗିଲା। ସେ ସିନା ରାଗନ୍ତା। ହେଲେ ରାଗ ଲାଗିଲା ନାହିଁ, ଦୟା ହେଲା ଏଇ ପିଲାଟାପାଇଁ। ବାହାହେଇ ଘର ଦୁଆର କରୁ। କରୁ ନଥିଲା ଆଜିଯାକେ - କାହିଁକି। ତା'ରି ପାଇଁ? ଲୋକେ କ'ଣ କହୁ ନଥିଲେ ସେ କଥା। ଏବେ ତାଙ୍କରି ମୁହଁ ବନ୍ଦ ହେଇଗଲା।

ହେଲେ, ତାକୁ ଯେ ଏତେ ଶରଧା କରୁଥିଲା ନୀଳ, ସେ ଗୁଡ଼ାକ କଣ ଖାଲି ଦେଖେଇ ହବାକୁ? ଭଲ ପାଇବାଟା କ'ଣ ଏମିତି ଗୋଟେ ଗହୀର ଗଡ଼ିଆ, ଯଉଁଥିରେ ପଡ଼ିଗଲେ ଭାସିହବ, ବୁଡ଼ିଯିବ ନାହିଁ ମଣିଷ, ପହଁରା ନଜାଣି ଥିଲେ ବି? ଅଶିଣର ଭସା ବଉଦ ଖଣ୍ଡପରି ଖାଲି ଉଡ଼ିଯାଏ, ଶିରାବଣ, ଆଷାଢ଼ର କଳା ହାଣ୍ଡିଆ ମେଘପରି ଗୁମ୍ ମାରି ରହି ରହି ଅସରାକୁ ଅସରା, ଢାଳି ଦେଇଯାଏ ନାହିଁ? ପାଣିରେ ଗାର କାଟି ଦେଲାପରି ଭଲ ପାଇବାର, ସୁଖ ପାଇବାର ଦିନଗୁଡ଼ାକ ଦିନ ଦିନକା ଘଟଣାକୁ ଖାଲି ଲେଖି ଦେଇଯାଏ ନିଭିଯିବାପାଇଁ। ଭଲପାଇଥିବା ମଣିଷ ବି ପଢ଼ିପାରେ ନାହିଁ ବାହାରର ଲୋକଙ୍କ କଥା ଛାଡ଼।

'ରତନୀ!'

'ଗଲି।'

ପୁଣି ଡାକିଲା ନୀଳ। ରତନୀର କ'ଣ ମନ ହେଲା କି ଜାଣି। ସବୁଯାକ ସୁନାଗହଣାକୁ ନେଇ ସେ ନୀଳ ପାଖକୁ ଗଲା। ଆଜି ଯେମିତି ପୁଟୁଳି କରିଛି, ସେମିତି ଖାଲିବେକ, ଖାଲିକନାକୁ ଅନେଇଦେଇ ନୀଳ କହିଲା – "ଗହଣା କାହିଁ?"

'ହେଇଟି' କହି ଥୋଇଦେଲା ଖଟପାଖ ଟୁଲ୍ ଉପରେ ଗହଣା ପୁଟୁଳିଟାକୁ ରତନୀ। ବଲ ବଲ କରି ଚାହିଁଲା ସେ ରତନୀ କି। ରତନୀ ଆଜି ଆଉ ଗୋଟେ ମଣିଷ। ଆଖିରେ କଳା ନାହିଁ, ମହମ ଲଗେଇ ବାଳ ବାନ୍ଧି ନାହିଁ। ଝୁମ୍ପୁର୍ ଝୁମ୍ପୁର୍ ଉଡୁଛି। ମୁଣ୍ଡରେ ସିନ୍ଦୂର ଟୋପାଟାଏ ଯେ ଲଗେଇ ଆସେ ତା' ନାହିଁ। ଗହଣାଗାଣ୍ଠି କିଛି ନାହିଁ। ଖାଲି ସେଥିପାଇଁ ଯେ ସେ କେମିତି ଅଲଗା ଲାଗୁଛି। ତା' ନୁହେଁ, ତା ଆଖିରେ ଯେଉଁ ନିଶା, ନ ଚାଖି ଖାଲି ଦେଖାରେ ମୋହ ନଗେଇ ଦିଏ; ସେ କାହିଁ? ତା' ନାକ ପୁଡ଼ାଟା ନୀଳପାଖରେ ବସିଲାବେଳେ ଯେମିତି ଫୁଲି ଫୁଲି ଉଠେ, ସେ କାହିଁ? ବାହାରେ ହସ ନଥିଲେ, ବି ଚାପ ହସରେ ଓଠଟା ଯେମିତି ଫାଟି ପଡୁଛି। ଆଉ ବେକର, ସେ ନହକ ଛାତି ଉପରେ ଯେମିତି ନିଉଛାଳି ହେଇଯିବାପାଇଁ, ଲୁଚି ହେଇଯିବାପାଇଁ କାତରରେ କୁହାଟ ଛାଡ଼ିଛି। ମୁଣ୍ଡଟାକୁ ଛାତି ଉପରକୁ ଭିଡ଼ି ନେଲେ ଯେମିତି ମନହୁଏ ପ୍ରାଣଟା ଚାଲିଯାଉ ପଛେ, ଏଇ ମଣିଷଟାକୁ ଆଉ ଅନ୍ତର କରି ହେବନାହିଁ। ତା' ପାଇଁ ମରିଗଲେ ଯେମିତି ଜୀବନର ସବୁ ସାଧ ମେଣ୍ଟିଯିବ। ଆଉ ପୁନର୍ଜନ୍ମ ହବ ନାହିଁ। ସେ ବେକଟା ଆଜି ଯେମିତି ଠିଆ ହେଇଛି ନିଜ ଇଚ୍ଛାରେ, ନିଜ ଆୟତ୍ତରେ, ନିଜ ମନ ଖୁସିରେ ଅଡ଼ି ରହିବାର ଅହଙ୍କାରରେ। ଏମିତି ହେଲା କାହିଁକି?

"ସେ କଣ?" ପଚାରିଲା ନୀଳ। ଆଶ୍ଚର୍ଯ୍ୟ!

"ତମ ଗହଣା!"

"ମୋ ଗହଣା?"

"ତମେ ଗଢ଼ି ଦେଇଥିଲ।"

ଚୁପ୍ ହୋଇଗଲା ନୀଳ। କେତେ କ'ଣ ଭାବିଗଲା ମୁହୂର୍ତ୍ତକେ। ପଚାରିଲା "କଣ ଫେରେଇ ଦେବାପାଇଁ ଗଢ଼ି ଦେଇଥିଲି?"

ହସିଲା ରତନୀ। କହିଲା - "ତମେ ଭାରି ପିଲା ସାନବାବୁ। କିଛି ବୁଝି ପାରନାହିଁ କିମିତି? ଅଯଥା ମନ ଦୁଃଖ କରୁଛ।"

"ସବୁ ବୁଝିଛି। ତୁ ମୋତେ ଆଉ ଭଲ ପାଉନୁ। ଏତିକି ବୁଝିଛି।"

ହସ ତା ମୁହଁରୁ ଲିଭୁ ନଥାଏ। ରତନୀ ମୁହଁରୁ। ଭାବୁଥାଏ - ହଁ, ଯଉ ଭଲ ପାଇବାଟାକୁ ଜମିବାଡ଼ି ସ୍ଥାବର ଅସ୍ଥାବର ସଂପତ୍ତିପରି ଭାଗବାଣ୍ଟ କରିହୁଏ, ତା' ପାଇଁ ପୁଣି ଦୁଃଖ କାହିଁକି? କହିଲା - "ସାନବାବୁ ସେମିତି କଥା ତୁଣ୍ଡରେ ଧର ନାହିଁ। କାଲି ସକାଳେ ଯେଉଁ ପ୍ରାଣୀଟି ନୂଆହେଇ ଏ ଘରକୁ ଆସିବ, ତା' କଥା ଟିକିଏ ଭାବୁନ?"

"ଭାବି ନାହିଁ ଖାଲି ଘରକୁ ଆଣୁଛି ତା' ଭାଗ ସେ ପାଇବ, ତୋ' ଭାଗ ତୁ ପାଇବୁ। ସେଥିପାଇଁ ମନଦୁଃଖ କରୁଛୁ? ତୋ ଦିହ ଛୁଇଁ କହୁଛି, ତାକୁ ବାହାହେଲି ବୋଲି ତତେ କେଭେଁ ପର କରିଦେବି ନାହିଁ।"

ମୋ ପାଇଁ ମୁଁ ଦୁଃଖ କରୁନାହିଁ। ଦୁଃଖ କରୁଛି ସେ କୁନି କୁନି ନାଲି ଟୁକୁ ଟୁକୁ କାଚ କଣ୍ଢେଇଟିପାଇଁ ସେ ଏକଥା ଯିମିତି କିଛି ନ ଜାଣେ। ଜାଣିଲେ ଭାଙ୍ଗି ଚୂନା ହେଇଯିବ। ମନଟା ସେମିତି ଭାଙ୍ଗିଲେ ଯୋଡ଼ି ହୁଏନାହିଁ।"

"ଆଉ ତୁ?"

"ମୁଁ ବାହାହେଲା ମାଇପିଟାଏ। ମୋ କଥାରେ କ'ଣ ଅଛି?"

"ତୁ ମୋତେ ତେବେ ଭଲ ପାଉନା ରତନୀ! ଆଜିଯାଏଁ, ମୋତେ ଖାଲି ଠକିଚୁ ତୁ?"

"ସିମିତି କୁହ ନାହିଁ ବାବୁ। ମୁଁ ତୁମକୁ ଭଲପାଏ ନାହିଁ ବୋଲି କିମିତି ଜାଣିଲ? ଏତେ କଥାପରେ ବି ତମେ ତୁଣ୍ଡରେ ଏ କଥା ଧରୁଚ?"

କାନ୍ଦିଲା ରତନୀ। ନୀଳ ତାକୁ ଭିଡ଼ି ନଉଥିଲା। ନିଜକୁ ଛଡ଼େଇ ନେଇ ଦୂରକୁ ଘୁଞ୍ଚି ଠିଆ ହେଲା ରତନୀ। "ନାହିଁ ବାବୁ, ଥାଉ! ମୋ ସୁନାଟା ପରା, ମୋ କଥା ମାନ! ମୁଁ ଆଖିରେ ଦେଖିବି ଏ ସଂସାରଟା ହସିବ। ମତେ ଭାରି ସୁଖ ଲାଗିବ। ମୁଁ ଯାହା କରିଛି ତମରି ସୁଖପାଇଁ। ତମରି ସୁଖପାଇଁ ମୁଁ ସବୁ ଦେଇଛି,

କିଛି ନୁଚେଇ ନାହିଁ। ଆଜି ତମରି ସୁଖପାଇଁ ଆଉ ଯାହା ଦବାର ଥିଲା, ତାକୁ ବି ଦେଇ ଯାଉଛି। ଏ ଗହଣା ତାକୁ ଦବ। ତା' ପାଇଁ ଗଢ଼ି ରଖିଥିଲ ବୋଲି କହିବ। ଭୁଲରେ ବି ମୋ ନାଁ ଧରିବ ନାହିଁ ତା' ପାଖରେ। ପେଟ ଭିତରେ ଅସନା ଦରବ ଥାଏ। ତାକୁ କେହି ଦେଖେ ନାହିଁ, ଦେଖାଏ ନାହିଁ। ଭଗବାନ୍ ମଣିଷକୁ ସେଇମିତିକା ଗଢ଼ିଛନ୍ତି। ଦେହଟାକୁ ମନଟାକୁ ବି। ବୁଝିଲ ବାବୁ! ମୁଁ ଯାଏଁ। ତୁମ ଘରେ ପୋଇଲି ପରିବାରୀ ହେଇ ରହିବି। ସୁଖରେ ରହିବି। କତୁକୁଲା ପରି ଟିକି ଟିକି ପ୍ରତିମାଟିମାନ ଏ ଘରକୁ ଉଜ୍ଜ୍ୱଳ କରି ଆସିବେ, ଠିକ୍ ତମରି ପରି ତମରି ହସ, ତମରି କଥା। ତାଙ୍କୁଇ କୋଳରେ କାଖରେ କରି ମୋ ଦିନଯିବ। ମୁଁ ଭାରି ଖୁସି ଭାରି ଆନନ୍ଦ। ତଥାପି ଯଦି ନ ରଖ, ଚାଲିଯିବି। ମୋ ଭାଗ୍ୟ। ମୁଁ ମୋ ଛାଏଁ କଉଠିକି ପଳେଇବି ନାହିଁ। ରତନୀ ଯାହାପାରେ ତାହା ହେଉ! ବେଧି ହଉ, ଖାନିକି ହଉ, ନିମକ ହାରାମ ହବ ନାହିଁ।"

ଚାଲିଗଲା ରତନୀ। ନୀଳ କ'ଣ ଭାବିଥିବ କେଜାଣି। ତା'ପରେ ଆଉ ଦିନକର ଦିନେ ରତନୀକି ସେ ଆଡ଼ ଆଖିରେ ଅନେଇ ନାହିଁ। ପୋଇଲି ହେଲେ ବି ମାନେ।

ଆଜି ସେଇ ପରବର ଆଉ ଏକ ଅଧ୍ୟାୟ। ଗହଣା ତକ କବାଟ ଖଣ୍ଡକରେ ବାନ୍ଧି ନେଇ ଥୋଇଦେଲା ସାଆନ୍ତାଣୀଙ୍କ ଆଗରେ। ଥୋଇଦେଇ ମୁଣ୍ଡିଆଟି ମାଇଲା ତଳେ। ବୟସରେ କେତେ ସାନ। ହେଲେ ବି ସେ ପୋଇଲି।

"ଏ କଣ ?" ଆଶ୍ଚର୍ଯ୍ୟ ଲାଗିଲା ସାଆନ୍ତାଣୀଙ୍କୁ।

"ମୁଁ ଯାଉଚି।"

"କୋଉଠିକି ?"

"ସିଏ ପରା ଡାକି ଆଇଥିଲା ?"

"କିଏ - କା କଥା କହୁଛୁ ?"

ରତନୀ ହସିଲା। ଲାଜ କଲା। ଓଢ଼ଣା ଉପରକୁ ହାତଟା ଚାଲିଗଲା। "ଇଏ କଣ ?" ପଚାରିଲେ ସାଆନ୍ତାଣୀ।

"ତମ ଗହଣା। ସାଆନ୍ତେ ଦେଇଥିଲେ, ସାନବାବୁ ବି କେତେବେଳେ କିମିତି ଦିଅନ୍ତି। ଯାହା ଦେଇଥିଲେ ସବୁ ଅଛି।"

ଏତକ ସେ ରଖିଥିଲା, ସାନବାବୁ ବହୁତ କହିବାରେ। ରୂପା ଗହଣା ପିନ୍ଧିଲେ, କେହି କିଛି ଭାବିବ ନାହିଁ ବୋଲି। ତା ବି ସବୁବେଳେ ପିନ୍ଧେ ନାହିଁ। ଯାହା ଖାଲି ଖଡୁ ଆଉ ଚମ୍ପାକଡ଼ି। ସୁନା ଗହଣା ସେ ଫେରେଇ ଦେଇଥିଲା। ଛି, ତାକୁ ଯିଏ

ଦେଖିବ ସେ କଣ କହିବ ! କହେ ରତନୀ । ସାନବାବୁ ସେ ଗହଣାକୁ ରଖନ୍ତି । ଦିନେ ଦିନେ ଗୋଡ଼ ଘଷିବାକୁ ଗଲେ ପିନ୍ଧାଇ ଦିଅନ୍ତି । ପୁଣି ସକାଳୁ ସେ କାଢ଼ିପକାଏ ।

ପୁଟୁଳିଟି ଫଟେଇ ଗହଣାତକ ଦେଖିଲେ ସାଆନ୍ତାଣୀ । ମୁହଁଟାକୁ ନେସେଡ଼ି ଦେଇ ରତନୀକି ଅନେଇଲା ବେଳକୁ ରତନୀ ଆଉ କାହିଁ ଥାଏ । ରତନୀ ଚମ୍ପଟ୍ ।

"ଓ, ଶୁଭୁଛି ! ରତନୀ ବାହାରିଗଲା ।"

"ବାହାରିଗଲା ! ମାନେ ?" ତେଣୁ ବାବୁ ପାଟିକଲେ ।

"ବାହାରିଗଲା ମାନେ ଚାଲିଗଲା" କହିଲେ ସାଆନ୍ତାଣୀ ।

"ଆପେ ?" ପଚାରିଲେ ବାବୁ । ସାନବାବୁ ।

"ଆପେ ନୁହେଁ ଆଉ କ'ଣ କିଏ ବାହାର କରିଦେଲା ? ସେ ଚାଲିଗଲା ଶୁକୁରା ପଛେ ପଛେ ।"

ରତନୀକି ଶୁଭିଲା । କାନ ପାରି, ଦାଣ୍ଡ ଦରିଜା ସେ ପାଖରେ ଦଣ୍ଡେ ଠିଆ ହୋଇ ଶୁଣିଲା । ବାବୁ କଣ ଉତ୍ତର ଦଉଛନ୍ତି, ଶୁଣିବ ବୋଲି ।

ବାବୁ କହିଲେ "ଆଚ୍ଛା ହଉ !" ବାସ୍ ସେତିକି ।

ଦମ୍ ଦମ୍ ହେଇ ରତନୀ ଡଗ ଡଗ ପାହୁଣ୍ଡ ପକେଇ ଛୁ । ଆଖି ତାର କାହିଁକି କିଜାଣି ଛଳ ଛଳ ହେଇ ଉଠିଲା । ସେ ଆଉ ଫେରି ଅନେଇ ନାହିଁ ବାବୁ ଘରଆଡ଼କୁ । ମନ ହଉଥାଏ । ମନଟାକୁ ସେ ଜବରଦସ୍ତି ମାରି ଦେଉଥାଏ । ମନ ସାଙ୍ଗରେ ଇମିତି ବଳାତ୍କାର କଲେ ମନ ଖାଲି ରବେଇ ଖବେଇ ହୁଏ । ଗୁଡ଼େଇ ତୁଡ଼େଇ ହେଇଯାଏ । ବେଳେ ବେଳେ ଏମିତି ଗଣ୍ଠି ପଡ଼େ ଯେ ସେ ଆଉ ଫିଟେ ନାହିଁ ସହଜରେ । ରତନୀ ଡରିଗଲା । ସେ କଣ କିଛି ଭୁଲ୍ କଲା କି ? ଭୁଲ୍ କାହିଁକି କରିବ ?

ନୀଳକୁ ପଦେ କହି ଆସିଥାନ୍ତା । ଦେଖାକରି ଆସିଥାନ୍ତା । ପାରିଲା ନାହିଁ କାହିଁକି ? ବିପଦ ବେଳରେ ସେ ସାହା ହେଇଛି, କଣ ନ କରିଛି ? ଏଟା କଣ ନିମକହାରାମି ନୁହେଁ ? ପରା କହିଥିଲା, ସେ ନିମକହାରାମି ହବ ନାହିଁ । ହେଇଟି ସେ ଦିନପରି ଲାଗୁଛି । ଏବେ କଣ କଲା ସେ । ହାୟ ହାୟ । ନା ସେ ଫେରିଯିବ । ନୀଳକୁ ଦେଖାକରି ଆସିବ ।

କି କାହିଁକି ? ସେ କିଆଁ ନିମକହାରାମ ହେଲା କି ଏତେ ? ସେ କଣ ଦୟା କରିଥିଲେ ଖାଲିଟାରେ ? ଦୟା କରିଥିଲେ ଏଇ ଅରକ୍ଷିତିଆଣୀ ରତନୀଟାକୁ ? ସେ ଦୟା କରିଥିଲେ ରତନୀର ରୂପକୁ । ଯଉବନକୁ । ସେ ରତନୀ ମଲାଣି, ଗଲାଣି । ତା ମୁହଁରେ ନିଆଁ । ଏ ରତନୀ ସେ ନୁହେଁ । ଏ ରତନୀ ଶୁକୁରା ମାଇପ । ବୁଢ଼ୀ ହେଲା ଦେଖି, ସେ ଯାଇଁ ଆଉ ଗୋଟାକୁ ବାହାହେଇ ପଡ଼ିନାହିଁ ? ଗାଁକୁ ଫେରିଛି କି ନାହିଁ

ଦଉଡ଼ି ଆସିଲା ନବାପାଇଁ। ସେଇ ଶୁକୁରା କେତେ କଥା ଶୁଣି ନଥିବ, କେତେ ଭାଁତିରି ଲୋକେ କହି ନଥିବେ। ମିଛ ତ କହି ନଥିବେ କେହି। ସବୁ ସତ। ଯିଏ କହିଥିବେ, ଶୁକୁରା ତାକୁ ପଚାରିଲେ ସେ ସିନା ଉପରକୁ ନା କହିଦବ, ତା ଭିତରଟା କଣ ମଙ୍ଗିବ ? ତା ଭିତରଟା କଣ ତାକୁ କେଳେଇ କାଟି ଖାଇଯିବ ନାହିଁ, ସେ ମିଛ କହିଛି ବୋଲି। ହେଲେ ଶୁକୁରା କଣ ଭାବିଲା କି କିଛି ଏତେ କଥା ଶୁଣି ? ତା ରତନୀ କ'ଣ ପର ଗିରସ୍ତ କରିବ ? କେଭେ ନାଁ ! ରତନୀ ଉପରେ ତା'ର କେତେ ଶରଧା। କେଡ଼େ ମୁହାଁସ ! କେମିତିକା ବିଶ୍ୱାସ !

ହଁ ଦେଇଥିଲ। ସେ କଣ ମନା କରୁଛି କି ଦେଇନ ବୋଲି। ସେ କଣ କିଛି ଦେଇ ନାହିଁ ବଦଳରେ ? ତମେ ତାକୁ ନ ହେଲା ଦୟା କଲ। ଏଇ ରତନୀକୁ। ତା' ଯଉବନ ଦେଖି ତମ ପାଟିରୁ ନାଳ ଗଡ଼ିନାହିଁ ? ହେଲା, ତମକୁ ସେ କଣ ନ ଦେଇଚି ? ମାଇପି ଜାତିର ସବୁଠୁଁ ବଡ଼ ସମ୍ପତ୍ତି, ତମରି ହାତରେ ସେ ସଁଅପି ନାହିଁ ? ତମର ସେଇ ଦୟା ଟିକକ ପାଇଁ ? ସେ ଦୟା ବା କେଡ଼େ ବକଟେ ଚିଜ। ତା' ପାଇଁ ତମେ କି ଅମୂଲ ମୂଲ ନ ଚାହିଁଛ ? ରତନୀ ମନା ବି କରିନି। ତମର ଥିଲା, ତମେ ଦେଲ। ତମର ନ'ଥାନ୍ତା, ଦେଖି ଥା'ନ୍ତେ ପେଟକୁ ନଖାଇ କେମିତି ଦିଅନ୍ତ ? ଏଡ଼େ ମହତ ଲୋକ ଇୟେ ? ଦେଖି ନାହିଁ, ମତେ ଦେଖଉଚନି। ରତନୀର ଥିଲା କଣ ଦବାକୁ ତମକୁ ସେଇ ଦୟାର ମୂଲ ପାଇଁ। ଥିଲା ବଳ ଆଉ ବଅସ। ଏଇ ଦି'ଟା ଛଡ଼ା ଆଉ କଣ ଥିଲା ? ନା କୁହ। ବଳ ଦେଇ ସେ ଖଟିଛି। ସେତିକିରେ ମନ ବୋଧ ହେଲା ନାହିଁ। ତମେ ମାଗି ବସିଲ ତା ବଅସକୁ ! ଖାଲି ଖାଲି ତମେ ଦୟା କରିଥାଆନ୍ତ ? ଏମିତି କେତେ ନୋକ ସେ ଦେଖିଛି।

ରତନୀ ଚାଲିଗଲା। ଏକଥା ଶୁଣିଲା କ୍ଷଣି ତମ ଛାତିରେ ଚାଉଁକିନା ନାଗିଲା ନାହିଁ, ପିଠା ଖଡ଼ିକା ଚୁଲିରେ ତତେଇ ଦାଗିଦେଲା ପରି। ନାଗି ନଥାନ୍ତା ଯଦି ସୁଖ ପାଉ ଥାଆନ୍ତ, ସତ ସତ। ଉଠି ଆସିଲ ନାହିଁ, ଶୋଇଲାଠାରୁ ? 'ରତନୀ' କୁଆଡ଼େ ଗଲା ବୋଲି କହି ? ପଦେ ପଚାରିଥିଲେ ହେଇ ନଥାନ୍ତା ! ରତନୀ କିମିତି ଗଲା ? କ'ଣ ନେଲା, ସେଠି କିମିତି ଚଳିବ ? ତାକୁ କଣ କିଛି ଦେଲ ନା ଖାଲି ହାତରେ ଗଲା ? କଣ ତମର କିଛି ସରି ଯାଉଥିଲା ଏଇ କଥା ପଦକରେ। ସତରେ ସେ ଘରୁ ଯିମିତି ପେଡ଼ୀ ପୁଟୁଳାରେ ଭରି କେତେ କ'ଣ ବହି ନେଇଛି। ବରଷ ବରଷର ମାୟା ମମତା। କେତେ କଥା, କେତେ କାହାଣୀ। ମନର କେତେ କଥା କୁହାକୁହି, କେତେ କଥା ଦିଆଦେଇ। ପରକୁ ଆପଣାର କରିବା ପାଇଁ କେତେ ମପାମପି ଏଇ ଛାତି ତଳର ଦରଜକୁ। ସବୁ କୁଆଡ଼େ ଉଭେଇ ଗଲା, ମିଛ ହେଇଗଲା ? ଯଦି ଟିକିଏ

ହେଲେ ଶରଧା ଥାଆନ୍ତା। ଛାତିରୁ ଗହୀରା ନିଃଶ୍ୱାସଟାଏ ହେଲେ ଉଠି ଥାଆନ୍ତା। କଣନା – 'ଆଚ୍ଛା ହଉ!' ଓ ହୋ ହୋ ଭାରି ଶରଧା। ଶରଧା ନୁହେଁ, ଗରଳ। ଆପଣା ଅରିମାନ ମେଣ୍ଟାଇବାକୁ ଯଉ ଶରଧା ସେ ଶରଧା ନୁହେଁ ଗରଳ। ଏତେ ଶରଧା ଥିଲା ତ ରତନୀକି ନେଇ ଘର କଲ ନାହିଁ? ସହର ବଜାରରୁ ଗୋଟେଇ ଆଣିବାକୁ ଯାଉଥିଲ କାହିଁକି? ଓହୋ – ସିଏ ଥିଲା ଘରର ଝିଅ ପରା! କୁଳ ବୋହୂ। ସହର ବଜାରରେ ଖାଲି କୁଳ ବୋହୂଏ ଥାଆନ୍ତି, ପରା! ତାଙ୍କ କୁଳସବୁ ବଜାରରେ ବିକିରି ହେଉଥାଏ। ସବୁ ଭେଜାଲ। ପୁରୁଣା ଜିନିଷକୁ ନୂଆ କରି ଇମିତି ଛାଡ଼ି ଦିଅନ୍ତି ଯେ ତମ ଆଖି ଝଲସି ଯିବ। କେଉଁ ସତୀ ସାବିତ୍ରୀଟିଏ ପାଇଲ? ତମ କୋଡ଼ରେ ସୋଗ ହେବା ଆଗରୁ ସେ ଆଉ କାହାରି କୋଡ଼ରେ ଶୋଇ ନଥିବ ପରା? ଲୁଚିଛି ନା ଗୋଡ଼ ଦିଓଟି ଦିଶୁଛି।

ବଡ଼ ଲୋକଙ୍କର ଦି'ଟା ମନ। ସେ କ'ଣ ବୁଝି ନାହିଁ। ଏକ ଦୁଇ ହେଇ ଦି'ଟା। ଦି ଦି'ଟା ମନ। ଗୋଟେ ଦରକାରୀ, ଆରଟା ସଉକୀ। ପହିଲୁଟା ଖାଲି ସାଇତି ରଖିବାପାଇଁ। ସଫା ସୁତରା କରି ଯାଉଣୁ ଆସୁଣୁ ଦେଖୁଥିବ, ତାକୁ ନେଇ ଆପଣା କାମ କରୁଥିବ। ଭାରି ହେପାଜତ୍। ଆରଟା ପାନ, ବିଡ଼ି, ସିଗାରେଟ ଭଳି। ଭାତ, ଡାଲି ତରକାରୀ ନୁହେଁ। ପାନ ଖାଇ ସିଠା ପକେଇ ଦଉଥିବ ପିଚି ପିଚିକି। ଛେପ ଫିଙ୍ଗି ଦେଉଥିବ। ବିଡ଼ି ସିଗାରେଟ୍ ଖାଇ ଧୂଆଁ ଛାଡ଼ି ଦେଉଥିବେ, ଝୁଲ ଝାଡ଼ି ଦେଉଥିବେ। ପହିଲୁ ମନଟା ଖାଲି ନଖ ଉଷୁମ ହେଇଥାଏ। ଥଣ୍ଡା ହେଲେ ସରଦି, ଗରମ ହେଲେ ଝାଡ଼ା। ଆର ମନଟା ସବୁବେଳେ ତାତିଲା। ସେ ଉତୁରୁ ଥାଏ। ଡାଲିହାଣ୍ଡି ପରି। ଖାଲି ଉତ୍‌କୁଳଉ ଥାଏ ପଡ଼ି। ଟବଟବକି, ଟବଟବ କି ଫୁଟୁଥିବ। ନଈ-ବନ ଭଳି ଘର ବାଡ଼ ଭାଙ୍ଗି ଏକାକାର କରି ଦଉଥିବ। ସେ ମନର ଖୋରାକ ହୁଅନ୍ତି ଏଇ ରତନୀ ଭଳି, ତା'ର ପରି ନିହାତି ନିରୀହ, ନିପାରିଲା, ଅଶକତ, ଅଶିଖିତ, ବେଉଆରସି ତିରୀଜାତି। ନ ହେଲାତ ଏକେବାରେ ଶହ ଶହ ଟଙ୍କା, ସୁନାଗହଣା, ପାଟଶାଢ଼ୀ, ମୂଲ ନେଇ ଯଉଁମାନେ ଯଉବନ ବିକିରୀ କରନ୍ତି, ବେଶ୍ୟା, ଖାନିକୀ, ରାଣ୍ଡି, ତାଙ୍କୁଇ ଧରି ସଉକୀମନର ପେଟ ଭରେ।

ରତନୀ ନାକସିଧାରେ ଯାଇଁ ହାଜର ଦୁଃଖୀଦାସ ଘରେ। ଏକା ଧ୍ୟାନରେ। ଏଣିକି ତେଣିକି କୁଆଡ଼ିକି ଅନେଇ ନାହିଁ। କହିଲା ଛଟା – 'ଏକା ରାହାକେ'। ଛାତିଟା ଖାଲି ଉଠୁଥାଏ ପଡୁଥାଏ। ଗୋଡ଼ ନଡ଼ବଡ଼ ହଉଥାଏ। ତାକୁ ସେ ସବୁ କିଛି ମାଲୁମ ନାହିଁ। ସେ ଜାଣେ ନାହିଁ ଏ ଗାଁରୁ ଯାଇଁ ସେ ଗାଁରେ କିମିତି କେତେବେଳେ ଦୁଃଖୀଦାସ ଘରେ ଉଠିଲାଣି।

ଅନ୍ଧାର ହେଇଗଲାଣି। ସଞ୍ଜ ରତ ରତ ହେଉଥିଲା ବାହାରିଥିଲା ସେ। ଏବେ ତ ମୁହଁକୁ ମୁହଁ ଦିଶୁନାହିଁ। ଖାଲି ଛାଇଟା। ଦୁଃଖୀ ଦାଣ୍ଡରେ ଯିମିତି କାହାରି ଛାଇ ପଡ଼ିଚି।

"କିଏ ?" ପଚାରିଲା ଦୁଃଖୀ। ପିଣ୍ଡାରେ ବସିଥିଲା।

ଜବାବ ନାହିଁ। କିଛି ଉତ୍ତର ମିଳିଲା ନାହିଁ।

"କିଏ ଠିଆହେଲା ସେଠି ?" ପୁଣି ପଚାରିଲା।

ଏଥର ପାଟି ଫଟେଇଲା ରତନୀ – 'ମୁଁ।'

"ମୁଁ କିଏ ?"

"ମୁଁ ତ ରତନୀ।"

"ରତନୀ ! ରତନୀ ଆସିଛୁ ? ଆ ଆ ପିଣ୍ଡାକୁ ଉଠିଆ। ଓଳିତଳେ ଠିଆ ହେଇଛୁ କାହିଁକି ସଞ୍ଜବେଳଟାରେ ? ଆରେ ଶୁକୁରା, ଓ ଶୁକ୍ରସେନ ବାରିକ। ହେଇଟି କିଏ ଆଇଲାଣି ଦେଖ !"

"ଶୁକୁରା ଘର ଭିତରେ ଲଣ୍ଠନ ସଫା କରୁଥିଲା କି କଣ, କିରାସିନୀ ହାତରେ ଦଉଡ଼ି ଆସିଲା – "କିଏ ? କାହିଁ ?" ପଚାରିଲା ଶୁକୁରା।

"ହେଇଟି ପରା ତୋ ଆଗରେ ରତନୀ ଗୋଟିପଣେ।"

"ରତନୀ ?"

ପଚାରିଲା ଶୁକୁରା। ରତନୀକି ନାଗିଲା ସେ ଯେମିତି ଡାକିଲା ନାଁ ଧରି। ଯେମିତି ଡାକୁଥିଲା ପଚିଶ ବରଷ ଆଗେ। ସବୁଦିନେ। ଶୁକୁରାର ସେଇମିତିଆ ଡାକ। ଚଡ଼କ ପଡ଼ିଲା ପରି। ତେବେ ବି ମିଠା। କେଡ଼େ ସିଠା। ଯେମିତି ଲହୁଣୀରେ ଗଢ଼ା ଚଡ଼କ କିଏ ମାରିଦେଲା। ଛାତି ଥରିଯାଏ ସେ ଘଡ଼ଘଡ଼ିରେ। ଆଖି ଝଲସି ଯାଏ ସେ ବିଜୁଳି ଚମକରେ। ହେଲେ ଡରମାଡ଼େ ନାହିଁ। ସେ ବଜ୍ର ପଡ଼ିଲେ ମଣିଷ ମରେ ନାହିଁ। ଓଲଟି ଚେତା ପାଇଯାଏ ମଣିଷ। ମଲା ମଣିଷ। ମଲା ମଣିଷ ବି ବଞ୍ଚି ଉଠନ୍ତା।

ରତନୀ କାନ୍ଦୁଥିଲା ସକସକ କି।

"ଛି ରତନୀ, ତୁ କାନ୍ଦୁଛୁ ?" ଦୁଃଖୀଦାସ କହିଲା। ଶୁକୁରା କିଛି କହୁ ନଥାଏ। ରତନୀ ତୁନି ହୁଅନ୍ତା କଣ, ଓଲଟି ଭେଁ ଭେଁ କି କାନ୍ଦି ଉଠିଲା ଛୁଆଙ୍କ ଭଳି।

ଦିନେ ଆଉ ଜଣେ ବି କାନ୍ଦୁଥିଲା। ଆଉ ଜଣେ। ମନେ ପଡ଼ିଗଲା ଦୁଃଖୀର। ମନରୁ ସେ କଥା ଫିଙ୍ଗିଦେଇ ସେ ରତନୀକି ବୁଝେଇବାରେ ଲାଗିଥାଏ। "ଛି ଏ କି କଥା। କାନ୍ଦିବାର କଣ ଅଛି ? କଉଥିକି ତୋର ଚିନ୍ତା ? କେହି ନଥିଲେ ତମ ଦୁଃଖୀନନା ତ ଅଛି। ମୁଁ ତ କହି ଦେଇଛି ଶୁକୁରାକୁ ଏଇଠି ରହିବ। ଦିହେଁଯାକ। ମୋର କଉଁ ଏବେ ଭୂଆସୁଣୀ ଘର ହେଇଚି ଯେ ଆବରୁ ପଦାରେ ପଡ଼ିଯିବ ତମେ ରହିଲେ ?"

ରତନୀ କାନ୍ଦ ବନ୍ଦ ହେଲା ନାହିଁ, ଯେତେ ବୁଝେଇଲା ଦୁଃଖୀଦାସ। ସେ କାହିଁକି ଶୁଣନ୍ତା।

ରତନୀ କଣ ସେଥିପାଇଁ କାନ୍ଦୁଛି! ଦୁଃଖୀ ଯେ ନ ବୁଝୁଚି ସେ କଥା, ତା ନୁହେଁ। ତା କାନ୍ଦଣାକୁ ବନ୍ଦ କରିବାପାଇଁ, ଶବ୍ଦ ନାହିଁ, ପଦ ନାହିଁ। କଣ କହି ରତନୀକି ସେ ଶାନ୍ତ କରାଇବ? କାନ୍ଦଣା ହିଁ ସେ କାନ୍ଦର ସାନ୍ତ୍ୱନା। ଅଦରକାରୀ ହେଲେ ବି କର୍ତ୍ତବ୍ୟ ଖାତିରରେ ସେ କହୁଥାଏ ବୁଝାଉଥାଏ ତଥାପି।

ଏମିତି ଖାଲି କର୍ତ୍ତବ୍ୟ ଖାତିରରେ ସେ ବୁଝଉଥିଲା ଆଉ ଜଣକୁ। ଆଉ ଦିନେ। ସେମିତି କାନ୍ଦଣା ସେ କେବେ ଦେଖି ନଥିଲା ଗଲା ଷୋଳ ବର୍ଷ ଭିତରେ। ଆଜି ଏଇ ରତନୀ ସେମିତି କାନ୍ଦୁଛି। ତା'ରି ପରି। ଅବଶ୍ୟ ପରିସ୍ଥିତି ଭିନ୍ନ। କାନ୍ଦଣାର ଉତ୍ପତ୍ତି ସ୍ଥଳ ଭିନ୍ନ। ବରଂ ବିପରୀତ ସ୍ଥାନ ହୋଇପାରେ।

ସେ କାନ୍ଦୁଥାଏ। ଅନେକ ଦିନର କଥା। ଦୁଃଖୀ ବୁଝଉ ଥାଏ – "ଏଥିରେ କାନ୍ଦିବାର କ'ଣ ଅଛି? କାନ୍ଦୁଛ କାହିଁକି ପିଲାଙ୍କ ପରି? ବାପା ମୋତେ ତମ ଘରକୁ ଯିବାକୁ ବନ୍ଦ କରି ଦେବେ ତ? ଦିଅନ୍ତୁ। ମୁଁ ତ କୁଆଡ଼େ ଚାଲି ଯାଉ ନାହିଁ। ମରି ଯାଉ ନାହିଁ। ଏଇ ଓଡ଼ିଶାରେ ମୋରି ପ୍ରଦେଶରେ ମୁଁ ରହିବି। ନିଜର ବ୍ୟବସ୍ଥା ନିଜେ କରିବି। ସେତକ ଆତ୍ମବିଶ୍ୱାସ ମୋର ଅଛି। ମୋର ଦାୟିତ୍ୱ ବି ସମ୍ପୂର୍ଣ୍ଣ ଭାବରେ ମୋର। ତମର ଚିନ୍ତା କରିବାର କିଛି ନାହିଁ। କେବଳ ନିଶ୍ଚୟ କରିବାର କଥା। ମୋର ମନେହୁଏ, ତମେ ଏ ପର୍ଯ୍ୟନ୍ତ ବାପା ବୋଉଙ୍କୁ ତମ ପକ୍ଷରୁ ଏ କଥା ଜଣେଇ ଦେଇ ପାରି ନାହଁ। ସିଧା ମୁହଁ ଉପରେ କହିବାକୁ ଲାଜ ଲାଗିପାରେ। ମାତ୍ର ଜଣେଇ ଦେବାରେ ଅସୁବିଧା କଣ ଅଛି? ମୋର ଆଶଙ୍କା ହୁଏ, ତମେ ଡରୁଛ। କାଳେ ସେମାନେ ମନା କରିଦେବେ? ତେଣୁ ତୁମ ଆଗରେ ଦୁଇଟି ବାଟ। ହୁଏତ ବାପା ମା'ଙ୍କ କଥା ମାନି ମୋଠାରୁ ଦୂରେଇ ଯିବ, ନଚେତ୍ ତମର ପ୍ରସ୍ତାବ ମତେ କେବଳ ମୋତେଇ ବିଭା ହେବା ପାଇଁ ପ୍ରସ୍ତୁତ ହୋଇ ଯିବାକୁ ପଡ଼ିବ। ଦ୍ୱିତୀୟ ପଥଟା ବିପଦ ସଙ୍କୁଳ। ସେଥିରେ ପ୍ରେମର ପରୀକ୍ଷା ହୁଏ। ମାତ୍ର ସେ ପରୀକ୍ଷାରେ ପାଶ୍ କଲେ ବେକାର ହେବାକୁ ପଡ଼ିଥାଏ। ନିଯୁକ୍ତି ମିଳେ ନାହିଁ। ପ୍ରଥମଟି ନିରାପଦ। ଏବେ ତମର ଇଚ୍ଛା। ମୋ ବିଷୟରେ ତମର କୌଣସି ସନ୍ଦେହ ନାହିଁ। ମୁଁ ତମକୁ ଧର୍ମତଃ ଗ୍ରହଣ କରି ସାରିଛି, ତମର ପ୍ରଣୟକୁ ସମ୍ମାନ ଦେଇ। ତମେ ଫେରାଇ ନଦେଲେ ମୋର ଆଉ ଫେରିଯିବାର ଉପାୟ ନାହିଁ। ମାତ୍ର ପଳାୟନ ପ୍ରସ୍ତାବରେ ମୁଁ ଏକମତ ନୁହେଁ। ପ୍ରଣୟର ପରିଣାମ ପରିଣୟ, ପଳାୟନ ନୁହେଁ। ବାସ୍ତବତାର ସମ୍ମୁଖୀନ ହେବାର ସାହସ ମୋର ଅଛି। ମୁଁ ପଳାୟନ ପନ୍ଥାକୁ ପସନ୍ଦ କରେ ନାହିଁ। ଏଠୁ ସିନା ପଳେଇ ଯିବା, ଜୀବନଠୁଁ ତ

ପଳେଇ ପାରିବା ନାହିଁ । ଜୀବନକୁ ଛାଡ଼ି ପ୍ରେମର ପିଛା ଧଇଲେ, ପ୍ରେମ ଧରା ଛୁଆଁ ଦିଏ ନାହିଁ । ପ୍ରେମପାଇଁ ଜୀବନ ଦେଇପାର । ସେ ଗୋଟେ କଥା । କିନ୍ତୁ ପ୍ରେମର ନିଶା ପିଇ ଜୀବନ ସହିତ ଜୁଆ ଖେଳିବା ଅନ୍ୟାୟ । ତମକୁ ଫେରି ଯିବାକୁ ପଡ଼ିବ ।"

ରଞ୍ଜନା ଫେରିଗଲା । ଉତ୍ତପ୍ତ ତମ୍ପ ଭଳି ଗୋଟାଏ ନିଃଶ୍ୱାସ ଛାଡ଼ି । ଘର ଭିତରୁ ସଂପୂର୍ଣ୍ଣ ବାହାରି ଯାଇ ନଥାଏ । ଦୁଆର ବନ୍ଧ ପାଖ ଦେହଳୀରେ ବୁଲିପଡ଼ି କହିଲା - "ଆପଣ ମତେ ଅପମାନ କରିଥିଲେ ମୁଁ ଦୁଃଖ କରି ନଥାନ୍ତି । କରିଛନ୍ତି ଅନେକ ବାର । କିନ୍ତୁ ଆପଣ ଆଜି ମୋର ପ୍ରଣୟକୁ ଅପମାନ କଲେ । ଆପଣ ଏଥିପାଇଁ ପଶ୍ଚାତ୍ତାପ କରିବେ ।"

"ହେଇପାରେ । ସେଥିପାଇଁ ଭୟ ନାହିଁ । ମୋର ଦୁଃଖ, ମତେ ବୁଝିବାର କ୍ଷମତା ତମର ନାହିଁ ବୋଲି ମୋର ଆଗରୁ ଜାଣିବା ଉଚିତ ଥିଲା । ସେଇଟା କିଜାଣି ମୋର ଆଗେଇବା ଭୁଲ୍ । ମୋର ସେଇ ଭୁଲ୍‌ପାଇଁ ମୁଁ ତମ ମନରେ ଆଘାତ ଦେଇଛି । କ୍ଷମା ଦେବ ।"

"ଆପଣ କ୍ଷମାର ଅଯୋଗ୍ୟ ।"

ରଞ୍ଜନା ଚାଲିଗଲା । ହସିଲା ଦୁଃଖୀ । ଆତ୍ମକୁ ଆତ୍ମଡ଼ା ବା ଆତ୍ମଡ଼ାକୁ ଆତ୍ମ ପ୍ରମାଣ କରିବା ପ୍ରଯତ୍ନରେ ନିପୁଣତା ଲାଭ କରିବା ପାଇଁ ଉପାୟ ଉଦ୍‌ଭାବନରେ ପ୍ରବୀଣା ଏମାନେ । ସେ ଯାହା କହିଲା, ସେଟା କଣ ରଞ୍ଜନାର ପ୍ରଣୟପ୍ରତି ଅପମାନ ? କିମ୍ୱା ତା' ପ୍ରତି, ତାର ଚପଳତା ପ୍ରତି, ସଂସାର ଅନଭିଜ୍ଞତା, ଭାବ ପ୍ରବଣତା ପ୍ରତି ଦୟା, କ୍ଷମା ?

ରଞ୍ଜନା ଘରୁ ପଳେଇ ଆସିଥିଲା ତା' ପାଖକୁ ଘରେ କାହାକୁ କିଛି ନକହି । ରଞ୍ଜନା ଖୋଜୁଥିଲା ଜୀବନରେ ଗୋଟାଏ ରୋମାନ୍‌ସ୍ । ରୋମାନ୍‌ସର ଆନନ୍ଦ, ଅନୁଭୂତି । ଧରାବନ୍ଧା ଗାଡ଼ିଗୁଳାରେ ଯିବାର ଏକତାନିଆ ବିରକ୍ତି ବିରୋଧରେ ତାର ଅଭିଯାନ । ସମାଜର ଶୃଙ୍ଖଳା ଭିତରୁ ବାହାରିଯାଇ ସମାଜ ବିରୋଧରେ ବିଦ୍ରୋହ ଘୋଷଣା କରିବାରେ ତାର ଆନନ୍ଦ । ସେଇଟା ତା' ପକ୍ଷରେ ଗୋଟାଏ ବଡ଼ ରୋମାନ୍‌ସ ।

ଦୁଃଖୀ ଆଉ ସେ ଦୁହେଁ ବାହା ହୋଇଥାନ୍ତେ, ପ୍ରଜାପତି ମତରେ ନୁହେଁ, ଗାନ୍ଧର୍ବ ମତରେ । ତା' ବି ନୁହେଁ । ଗନ୍ଧର୍ବ ନାମଟା ପୁରୁଣା, ପୌରାଣିକ । ସେ ଧରିବାକୁ ଚାହେଁ ନାହିଁ ମୁହଁରେ ସେ ଶବ୍ଦ । ସେ ଚାହୁଁଥିଲା ପଳାଇ ଯାଇ କଲିକତାରେ ରେଜେଷ୍ଟ୍ରି ମ୍ୟାରେଜ୍ ଆଉ ହନିମୁନ୍ । ହାତରେ ଆବଶ୍ୟକୀୟ ଅର୍ଥ ବି ଧରି ଆସିଥିଲା ସେ । କଣ ଅଭାବ ତାର ! ବାପାଙ୍କର ପ୍ରଚୁର ଅର୍ଥ । ଗେହ୍ଲା ଝିଅ ।

କହିଲା – "ମୋର କଣ ମନ ହଉଛି ଜାଣିଛ ? ଆମେ ଦୁହେଁ ଉଡ଼ିଯିବା ଏ

ଆକାଶରୁ ଅନ୍ୟ ଏକ ଦିଗନ୍ତକୁ - ଅନ୍ତହୀନ ଦିଗନ୍ତ। ଚକ୍ରବାଳର ସୀମା ଅତିକ୍ରମ କରି।"

ଦୁଃଖୀ ଶୁଣୁଥାଏ। କୌତୂହଳ ଲାଗୁଥାଏ ଶୁଣିବାକୁ। ଓଠ ତଳେ ଲୁଚିଥାଏ ହସର ପ୍ରସ୍ରବଣ। ମନେ ହଉଚି ଯେମିତି କେଉଁ ଚଳଚ୍ଚିତ୍ରର ଛବି ଦେଖୁଛି। ଯେମିତି ଆଧୁନିକ କେଉଁ ପ୍ରେମ ଉପନ୍ୟାସର ପୃଷ୍ଠା ପୃଷ୍ଠା ସେ କଣ୍ଠସ୍ଥ କରି ପକେଇଛି। କହୁଥାଏ - କହି ଚାଲିଥାଏ।

"ଯେଉଁଠି କେବଳ ତମେ ଆଉ ମୁଁ। ଗୋଟିଏ କାପ୍ତା ଆଉ ଗୋଟିଏ କାପ୍ତୀ। ଆଉ କେହି ନଥିବେ। ତମ ବୁକୁର ଦୁକୁଦୁକି ବାଜୁଥିବ ମୋ କାନର ଗିରିତଳ ଗୁହା ଭିତରେ। ଭଉଁରୀ ଖେଳୁଥିବ। ଆଉ ମୁଁ ଅନୁଭବ କରୁଥିବି ମୋର ଆଶ୍ଳେଷ-ବିଶୃଙ୍ଖଳ ନିବଦ୍ଧ କେଶପାଶର ମୃଦୁଗନ୍ଧର ମଧୁର ସୀଧୁରେ ତମେ ଯେପରି ଭୁଲି ଯାଉଛ ତମର ଅବସ୍ଥିତି। ତମେ ଯେପରି ଦୀର୍ଘ-ପ୍ରସ୍ଥ-ବେଧହୀନ ଗୋଟାଏ କୈନ୍ଦ୍ରିକ ବିନ୍ଦୁର ଅବସ୍ଥିତି ମାତ୍ର। ମୋ ପ୍ରେମର ପରିଧିରେ ତମେ ଏକ ମଧ୍ୟ ବିନ୍ଦୁ। ତା' ଭିତରେ ଅନ୍ୟ କାହାରି ପ୍ରବେଶ ନାହିଁ। କେବଳ ଆମେ। ସ୍ୱୟଂ ସଂପୂର୍ଣ୍ଣ। ଜୀବନରେ ଅନ୍ୟ କୌଣସି ପ୍ରୟୋଜନକୁ ସ୍ୱୀକାର କରିବାର ମନୋବୃତ୍ତି ଖସି ପଡୁଥିବ। ଚାଲି ଯାଉଥିବା ଆମେ ଆମର ସଞ୍ଚାଳିତ ପକ୍ଷରୁ ଖସି ପଡୁଥିଲା ପର ଭଳି ଗୋଟି ଗୋଟି କରି ଖସେଇ ପକେଇ ଏଇ କଠିନ ମାଟିର ଧରା ଉପରେ। ଆମେ ଦୁହେଁ ଏକ ହୋଇ ଯାଉଥିବା, ପୁଣି ଟିକିଏ ଦୂରେଇ ଯାଉଥିବା ଆକର୍ଷଣକୁ ଆହୁରି ଗଭୀରତର କରିବାପାଇଁ। ଭୋଗକୁ ଆହୁରି ନିବିଡ଼ତର କରିବା ପାଇଁ। ପରସ୍ପରକୁ ଆହୁରି ନିକଟତର କରିବାପାଇଁ। ପରସ୍ପରକୁ ଆହୁରି ନିକଟତର କରି ଜାଣିବା ପାଇଁ। କେବଳ ଭୋଗର ବିନିମୟପାଇଁ ଭେଦ, ଅନ୍ୟଥା ଏକ।"

"ଜୀବାତ୍ମା ଆଉ ପରମାତ୍ମା ପରି।" ଦୁଃଖୀ ଯୋଗକରି ଦେଇ ହସିଲା।

"ମୁଁ ସେ ସବୁ କିଛି ବୁଝେ ନାହିଁ। ସେ ସବୁ କଳ୍ପନା ବିଳାସ। ସଂସାରର ବାସ୍ତବିକତା ହେଉଛି ନାରୀ ପୁରୁଷର ଆକର୍ଷଣ ଆଉ ଆକର୍ଷଣ ଜନିତ ସୃଷ୍ଟି। ଅନ୍ୟ କେଉଁ ସୃଷ୍ଟିକୁ ଶଂସିତ କରିବାରେ ସୃଷ୍ଟିଶୀଳ ମାନବର ପୌରୁଷ ଆହତ ହେବାର ଅନୁଭବ ନହୁଏ କିପରି ?"

ଦୁଃଖୀକି ଲକ୍ଷ୍ୟ କରି ଏକ ପ୍ରେମାତ୍ମକ ଛଳବୋଧ ନୁହେଁ ତ ରଞ୍ଜନାର!

ରଞ୍ଜୁ ଚାଲିଯିବା ପରେ ଦୁଃଖୀ ବାରମ୍ବାର ଭାବୁଥାଏ – ରଞ୍ଜନା ଜୀବନର ଲକ୍ଷ୍ୟ କ'ଣ ? ଜୀଇବାର ଆଭିମୁଖ୍ୟ କଣ ? ରଞ୍ଜନାର ଭାଷା କଣ ତା'ର ନିଜର ? କଦାପି ନୁହେଁ। ରଞ୍ଜନା ସରଳ ସରଳତାର କାରଣ, ସେ ଜଟିଳତାର ସମ୍ମୁଖୀନ

ହୋଇନାହିଁ ଜୀବନରେ। ସବୁ କେବଳ ଦେଖାଶିଖା। ଅନୁକରଣ ପ୍ରବଣତା। ଆଧୁନିକ ସାହିତ୍ୟ ପୃଷ୍ଠାରେ ସାଂପ୍ରତିକ ଜୀବନର ପ୍ରତିକୃତିକୁ ସେ ଅନୁକରଣ କରି ଚାଲିଛି। ନିର୍ବିବାଦରେ ଅବାଧରେ। ତା'ର ପ୍ରଭାବରୁ ନିଜକୁ ମୁକ୍ତ କରିବାର ସ୍ପୃହା ନାହିଁ। ମନୋବୃତ୍ତି ନାହିଁ। ତା'ର ବିରୋଧ ମଧ୍ୟ ଏକ ବିପ୍ଳବାଭିମୁଖୀ ମନୋଭାବ ହୋଇପାରେ, ସେ କଥା ସେ କଳ୍ପନା ବି କରିପାରୁନାହିଁ। କେବଳ ପରମ୍ପରାକୁ ହତ୍ୟା କରିବାରେ ହିଁ ବିପ୍ଳବ ଓ ବିଦ୍ରୋହର ସାର୍ଥକତା, ରଞ୍ଜନାର ଧାରଣାରେ।

ଆଧୁନିକ ମାନବ ନିଜକୁ ଆଧୁନିକ ବୋଲାଇବାରେ ଆଭିଜାତ୍ୟକୁ ହିଁ ଆଶ୍ରୟ କରିଛି, ସମାଜର ପୁରାତନ ଆଭିମୁଖ୍ୟ ବିରୋଧରେ ବିଦ୍ରୋହ ଘୋଷଣା କରିବା ସଙ୍ଗେ ସଙ୍ଗେ। ନିଜକୁ ବାସ୍ତବବାଦୀ ଆକାଶ କୁସୁମ ଚୟନରେ ବ୍ରତୀ ହେବାରେ ହିଁ ତା'ର ଗୌରବ। ମାନବିକତାର ବିଶ୍ଳେଷଣ ଭିତରେ କଳ୍ପନା ହିଁ ଏକମାତ୍ର ଆଧୁନିକ ବିଳାସ। ସେଥିପାଇଁ ତା'ର ସାହିତ୍ୟରେ, କଳାରେ, ଅସମ୍ଭାବ୍ୟତା ହିଁ ପାଟବତା ନାମରେ ଅଭିହିତ। ନିଜର ଯେଉଁଥିରେ ବିଶ୍ୱାସ ନାହିଁ, ସେ କେବଳ ତାହାରି ଜୟଗାନ କରି ପଳାୟନ ପନ୍ଥାକୁ ପ୍ରଶୟ ଦିଏ।

ଚନ୍ଦ୍ର ଗୋଟିଏ ମୃତ ଗ୍ରହ, ଚନ୍ଦ୍ର ଶିଳାରେ ପରିପୂର୍ଣ୍ଣ। ଅଗ୍ନି ଉଦ୍‌ଗୀରଣକାରୀ ପର୍ବତମାଳାରେ ବିମଣ୍ଡିତ। ତଥାପି ଚନ୍ଦ୍ରଲୋକରେ ତା'ର ମଧୁଚନ୍ଦ୍ରିକା ଯାପନ ପାଇଁ ସେ ଆଶାନ୍ୱିତ। ଏଇ ଆଧୁନିକ ସାହିତ୍ୟ, କଳା, ତା'ର ଅବସର ବିନୋଦନ। ପୁରୁଷାର୍ଥ ପ୍ରାପ୍ତି ଦିଗରେ ସହାୟକ ପ୍ରୟୋଗ ନୁହେଁ। ଅଥଚ ତାହା ହିଁ ତା'ର ଆଭିଜାତ୍ୟ। ଗୋଟାଏ ବିରାଟ ଆତ୍ମପ୍ରତାରଣାକୁ ପ୍ରଦର୍ଶନୀ କରି ଗୌରବ ଅନୁଭବ କରୁଛି। ଅଥଚ ଭଗବାନ୍ ତା ପକ୍ଷରେ ଏକ ନିରାଟ ଆତ୍ମପ୍ରତାରଣା।

ରଞ୍ଜନା ମଧ ଆତ୍ମପ୍ରତାରଣା ତଳେ ଆତ୍ମରକ୍ଷା କରିବାରେ ଆଗ୍ରହ ପ୍ରକାଶ କରିଛି। ଫଳରେ ସେ ତା'ର ନିଜର ବିଡ଼ମ୍ବିତ ପ୍ରଣୟକୁ ବୁଝିବାପାଇଁ ଅସମର୍ଥ। ତେଣୁ କେହି ଯଦି ତା'ର ଭୁଲକୁ ଦେଖେଇ ଦବା ଲାଗି ଚାହେଁ ସେ ଅପମାନିତ ହେଉଛି।

ଏ ପରିସ୍ଥିତିପାଇଁ ଦାୟୀ ସେ ନୁହେଁ ତ ? ବହୁ ପୂର୍ବରୁ ସେ ସତର୍କତା ଅବଲମ୍ବନ କରି ପାରିଥାନ୍ତା। ମାତ୍ର ସେ କରିନାହିଁ। ସେଟା ମଧ ତା'ର ଦୁର୍ବଳତା। ସେ ଦୁର୍ବଳତା ଅହେତୁକୀ। ସ୍ୱଭାବଜାତ ଗୋଟାଏ ଖିଆଲ୍ ହୋଇପାରେ।

ସେ ଦିନ ବି ସେ କାନ୍ଦିଥିଲା। ମାତ୍ର ନାରୀର ଲୁହ ଅତି ବିଚିତ୍ର। ତା'ର ଟୀକା ସ୍ଥଳବିଶେଷରେ ବିଭିନ୍ନ।

ଆଉ ଦିନକର କଥା। ପ୍ରଥମ ପ୍ରଣୟ ତାର ସଲଜ୍ଜ ଭୟାତୁର ଶୀତଳ ସ୍ପର୍ଶରେ ଗୋଟିଏ ଆନନ୍ଦର ଆମେଜ୍ ସୃଷ୍ଟି କରିଥିଲା ଚତୁର୍ଦ୍ଦିଗରେ। କାର୍ ଭିତରେ। ସେ ଦିନ

ସେ କହିଥିଲେ କହି ପାରିଥାନ୍ତା ଦୁଃଖୀର ଆଚରଣରେ ତା'ର ପ୍ରଣୟ ଅପମାନିତ ହୋଇଗଲା ବୋଲି। କିନ୍ତୁ ସେ କହି ନାହିଁ। କହିବାର ଯଥେଷ୍ଟ ଓ ଯଥାର୍ଥ ଅବକାଶ ଥିବା ସତ୍ତ୍ୱେ।

ଖୁବ୍ ନିକଟରେ ଥିଲେ ସେମାନେ। ଦୁହେଁ ଦୁହିଁକି ଲାଗି ଲାଗି ବସି ଥାଆନ୍ତି। ସାମାନ୍ୟ ସଙ୍କୋଚ ନଥିଲା କାହାରି। କାହିଁକି କିଜାଣି ? ବୋଧହୁଏ ଗୋଟାଏ ସ୍ୱତଃସିଦ୍ଧ ନିର୍ବିବାଦ ସତ୍ୟର ସମ୍ଭାବନା ସମସ୍ତ ସଙ୍କୋଚକୁ ଗାଡ଼ିର ଚକତଳେ ଧୂଳିସାତ୍ କରିଦେଇ ଯାଇଥିଲା।

ଆହୁରି ପାଖକୁ ଲାଗି ଆସିଲା ସେ। ମୋଟରର ଗୋଟାଏ ଜର୍କର ସୁଯୋଗକୁ ଆଳକରି। ଅଧା ଅଧି କୋଳ ଉପରେ ପଡ଼ିଯାଇଥିଲା କହିଲେ ଚଳେ।

"ସରି, ମୁଁ ଦୁଃଖିତ। ରାସ୍ତାଟା ଏଡ଼େ ଖରାପ! ଡ୍ରାଇଭର ଟିକିଏ ଆସ୍ତେ ଆସ୍ତେ ମଟର ଚଳାଅ!"

ଉପଲକ୍ଷ ରଞ୍ଜନାର ଜନ୍ମଦିନ। ରଞ୍ଜୁ ଯାଉଥାଏ ତା'ର ବନ୍ଧୁମାନଙ୍କୁ ନିମନ୍ତ୍ରଣ କରି। ତା'ର ବାପା ବୋଉ ସାଙ୍ଗରେ ପଠେଇ ଦେଲେ ଦୁଃଖୀକୁ। ଅଗାଧ ବିଶ୍ୱାସ ଦୁଃଖୀ ଉପରେ, ଦୁଃଖୀର ଚରିତ୍ର ଉପରେ। ଉଭୟଙ୍କର।

ତଥାପି ମଟରରେ ବସିଲା ବେଳେ ରଞ୍ଜୁର ବୋଉ ବାରମ୍ବାର ତାଗିଦ୍ କରି କହିଥିଲେ, "ସହଳ ଫେରି ଆସିବୁ। ସଞ୍ଜ ଆଗରୁ।" କିନ୍ତୁ ସଞ୍ଜ ହୋଇଗଲା ଦୁଃଖୀ ଟିକିଏ ବିବ୍ରତ ହେଲା କାରଣ, ସନ୍ଦେହ କରିବାର ଅବକାଶ ସେ ଦେବାକୁ ଚାହେଁ ନାହିଁ, ରଞ୍ଜୁର ବାପା ବୋଉଙ୍କ ମନରେ। ଉପାୟ ନାହିଁ। ଏତେଗୁଡ଼ାଏ ନିମନ୍ତ୍ରଣ ପତ୍ର। ପତ୍ରଦ୍ୱାରା ନିମନ୍ତ୍ରଣ କରିବାର ତ୍ରୁଟିମାର୍ଜନା କରିବାପାଇଁ ଛାପା ହୋଇନଥିଲେ ମଧ୍ୟ ରଞ୍ଜୁ ସେ ତ୍ରୁଟି କେଉଁଠି ରଖିବାକୁ ଚାହୁଁ ନଥିଲା। ପ୍ରତ୍ୟେକ ସାଙ୍ଗଙ୍କ ପାଖକୁ ଯାଇ ସେ ନିଜେ ଅନୁରୋଧ କରି ଆସୁଥିଲା ଯେମିତି ହେଲେ ଯିବାପାଇଁ। ଗଲେ ପଦେ ଅଧେ କଥା ନକୁହନ୍ତା ବା କିମିତି। ଖାଲି ନମସ୍କାର କରି ଠେଙ୍ଗୋଟା ପରି ଚାଲି ଆସିଥାନ୍ତା! ଡେରି ହେଲା ସେଇଥିପାଇଁ, ସେ ଇଚ୍ଛାକରି ଡେରି କରୁଥିଲା ବୋଲି କହିବା ଠିକ୍ ହେବ ନାହିଁ। କିନ୍ତୁ ବୋଉ ତ ବୁଝିବେ ନାହିଁ। ସନ୍ଦେହ କରିବେ। ସନ୍ଦେହ କରିବା ସ୍ୱାଭାବିକ। ରଞ୍ଜୁ କିନ୍ତୁ ଠାଏ ଠାଏ ବଡ଼ ଡେରି କରିଛି। ଇଚ୍ଛା କରି ଡେରି ନ କରି ଥିଲେ ବି ଇଚ୍ଛାକରି ଡର ଡର ହୋଇ ନାହିଁ।

"ବହୁତ ଡ଼େରି ହୋଇଗଲା।" ସବୁ ନିମନ୍ତ୍ରଣ ପତ୍ର ବାଣ୍ଟିସାରି ଫେରିବା ବେଳେ ଦୁଃଖୀ କହିଲା।

"ହେଲା ତ କଣ ହେଲା ?"

"ବୋଉ କଣ କହିବେ ?"

"କଣ କହିବେ ? ଆପଣ ବଡ଼ ଇଏ।"

"ମାନେ ?"

"ମାନେ ବଡ଼ ଭୀରୁ !"

"ମତେ କଣ କହିବେ ବୋଲି ମୁଁ କଣ ଡରୁଛି ? ତମ ପାଇଁ। ତମକୁ ଗାଳି କଲେ ?"

"ମତେ ଗାଳି କଲେ ଆପଣଙ୍କର କଣ ଗଲା ?"

"ତମକୁ ଗାଳି କଲେ ମତେ ବାଧିବ ନାହିଁ?" କଥାଟା ଜିଭରୁ ବାହାରି ପଡ଼ିଲା କିମିତି। ଦୁଃଖୀ ସାଙ୍ଗେ ସାଙ୍ଗେ ସଂଶୋଧନ କରିଦେଲା -

"ମାନେ ଯେହେତୁ ମୁଁ ତମ ସାଙ୍ଗରେ ଯାଇଥିଲି, ତମକୁ ଗାଳିଦେବା ଅର୍ଥ ମତେ ଗାଳି ଦେବା ସମାନ।"

"ଇସ୍ ଖାଲି ସମାନ୍ ନା, ଆପଣ ବଡ଼ ଇଏ।"

"ଏ, ଇଏର ମାନେ ? ଭୀରୁ ?"

"ନା, ମାନେ, ଚାଲାକ୍।" କହି ଟିକିଏ ଠେଲି ଦେଲା ଦୁଃଖୀକି। ଅତି ଆପଣାର ଲୋକ ପରି। ଯେ ଆପଣାର ବୋଲି ଦାବୀ କରେ, ସେ ତ କରି ପାରିବ। ସେ ଠେଲାରେ ଏପରି ଶକ୍ତି ଥାଏ ଯେ ମଣିଷ ଦେହଟାକୁ ଦୂରକୁ ଠେଲି ଦେଇ ପ୍ରାଣଟାକୁ ପାଖକୁ ଟାଣି ଆଣେ।

'ଆଃ', ଯେମିତି କାଟିଲା। କହିଲା ଦୁଃଖୀ।

"କଣ କାଟିଲା ? ଇସ୍ କାଟିଥିବ ନା ! ଆପଣ ଭାରି - ମାନେ ଭାରି।"

"କୁହ, କୁହ, କ'ଣ ଭାରି ସଇତାନ୍, ବଦ୍‌ମାସ୍, ପାଜି ?"

"ନା, ନା, ଭାରି ମିଛୁଆ !"

"ହୋଇଥିବି।"

ତା'ପରେ ଚୁପ୍ ଉଭୟେ।

କିନ୍ତୁ ଚୁପ୍ ରହି ପାରିଲା ନାହିଁ ରଞ୍ଜୁ। ପଚାରିଲା - "ଆପଣ ରାଗିଲେ ? '

ହୁଁ, ଛୋଟ ହୁଁ ଟିଏ।

"ଇସ୍ ଖାଲି ରାଗିଥିବେ ନା ! ସୁଦ୍ଧୁ ମିଛ କଥା।"

ପୁଣି ଚୁପ୍ ଉଭୟେ।

ଜଙ୍ଘ ଉପରେ ହାତଟା ଦେଇ, ହଲେଇ ଦେଇ ଡାକିଲା ରଞ୍ଜୁ - "କି ଚୁପ୍ ରହିଲ ଯେ ?"

"ଆଉ କଣ କହିବାର ଅଛି କିଛି ?"

"କିଛି ନାହିଁ? ଢେର୍ ଅଛି। ଆପଣ କହୁ ନାହାନ୍ତି।"

"ତମେ ତା ହେଲେ ତ ଜାଣିଛ। ଆଉ କହିବି କାହିଁକି ?"

"ମୁଁ ସିନା ଜାଣିଛି। ଆପଣ ଜାଣି ନାହାନ୍ତି ମୁଁ ଜାଣେ ବୋଲି। ଆପଣ କହିଲେ, ଆପଣ ବଳେ ବୁଝିବେ, ମୁଁ ଆପଣଙ୍କ କଥା ଜାଣେ କି ନାହିଁ।"

"ତମେ ଯଦି ମିଛ କହିବ!"

"ମୁଁ ମିଛ କହେ ନାହିଁ।"

"ଆଜି କିନ୍ତୁ ବୋଉଙ୍କ ଆଗରେ ମିଛ କହିବ।"

"ମିଛ କାହିଁକି କହିବି? ଚିଠି ବାଣ୍ଟୁ ବାଣ୍ଟୁ ଡେରି ହୋଇଗଲା। ଏଟା କଣ ମିଛ କଥା ହେଲା।"

"ହେଲା ନାହିଁ?"

"କିମିତି ମିଛ ହେଲା ?"

"ନିଜକୁ ପଚାର।"

"ଆପଣ ତା ହେଲେ ମୋ ମନ କଥା ଜାଣି ପାରନ୍ତି ?"

"ପାରେ।"

"କୁହନ୍ତୁ ତେବେ ମୋ ମନକଥା, ଯଉଁଟା ବୋଉ ଆଗରେ ଲୁଚେଇ ମୁଁ ମିଛ କହିବି।"

"ମାନେ ତମେ ଇଚ୍ଛାକରି ଡେରି କଲ।"

"ମିଛ, ମିଛ, ମିଛ। ଆପଣ କିଛି ଜାଣନ୍ତି ନାହିଁ। ମୋ ମନକଥାର ଗନ୍ଧ ବି ପାଇ ପାରିବେ ନାହିଁ ଆପଣ। ମୁଁ କିନ୍ତୁ ଆପଣଙ୍କ ମନକଥା ଜାଣେ।"

"କଣ ମୋ ମନକଥା ?"

"ଆପଣ ଭାବୁଛନ୍ତି - ରଞ୍ଜୁଟା ଭାରି ବଦମାସ୍।"

"ତା ପରେ ?"

"ଏଟା ମରନ୍ତା କି ?"

ହଠାତ୍ ହାତଟା ଉଠିଗଲା ଦୁଃଖୀର ରଞ୍ଜୁ ମୁହଁ ପାଖକୁ। ରଞ୍ଜୁ ମୁହଁରେ ହାତଦେଇ କହିଲା ଦୁଃଖୀ – "ଛି, ସେମିତି କଥା ତୁଣ୍ଡରେ ଧରନ୍ତି ନାହିଁ।"

ରଞ୍ଜୁ ମୁହଁରେ ଦୁଃଖୀର ହାତ। ତାର କଣ ବୋଲି କଣ ମନ ହଉଥିଲା। ରଞ୍ଜୁର। କିନ୍ତୁ ଡରମାଡ଼ିଲା। ଦୁଃଖୀଦାସ ଭାରି ଅଖାଡୁଆ। ସେ ଖାଲି ତା ଦି' ହାତରେ ଦୁଃଖୀର ହାତଟାକୁ ଧରି ଧୀରେ ଧୀରେ ତା ମୁହଁରୁ କାଢ଼ି ନଉଥିଲା। ଯେତେ ଧୀରେ

ପାରେ। ମନ ହେଉଥିଲା, ତା ମୁହଁରେ ଏମିତି ଗୋଟେ ଅଠା ଥାଆନ୍ତା କି, ଯେମିତି ଦୁଃଖୀ ହାତ ଆଉ ଛାଡ଼ନ୍ତା ନାହିଁ। କଣ କରନ୍ତେ ସେ, ଭାରି ଅଡୁଆରେ ପଡ଼ନ୍ତେ ହସି ପକେଇଲା ରଞ୍ଜନା।

ତା'ରେ, ତା'ପରେ -

ହାତଟାକୁ ଦୁଇ ହାତରେ ଧରି ନିଜ କୋଳ ଉପରେ ରଖି ପଚାରିଲା- "ତମେ ରାଗିଲ ଦୁଃଖୀ ଭାଇନା ?"

ନା' ଦୁଃଖୀ ଗମ୍ଭୀର।

"ଗୋଟେ କଥା ପଚାରିବି ଦୁଃଖୀ ଭାଇନା ?"

ଦୁଃଖୀ ସେମିତି ଗମ୍ଭୀର।

"ଆପଣ ରାଗିବେ ନାହିଁ ତ ?"

ନା' ଆହୁରି ଗମ୍ଭୀର ହୋଇଗଲା ଦୁଃଖୀ।

"ତମେ - ତମେ ..."

"କୁହ, କୁହ, ଅଟକି ଗଲଯେ ?"

"ମାନେ ତମେ ମାନେ ତମେ..."

"ମୁଁ ତୁମକୁ ଭଲପାଏ କିନା ?" ଏଇୟାତ ?

ନିରୁତ୍ତର ରଞ୍ଜୁ।

'ପାଏ'। ଦୁଃଖୀ କହିଲା।

ଆଉଜି ପଡ଼ିଲା ଦୁଃଖୀ ଛାତି ଉପରେ ରଞ୍ଜନା। ଘର ଆହୁରି ଅନେକ ବାଟ। ଡ୍ରାଇଭର ଆଗକୁ ଆଗକୁ ଚାହିଁ ଗାଡ଼ି ଛାଡ଼ିଦେଇଛି। ପଛଆଡୁ ଗାଡ଼ି ନାହିଁ କି ଆଗ ଆଡୁ ବି ନାହିଁ। ମଟର ଭିତରଟା ଅନ୍ଧାର। ରଞ୍ଜୁ ଚାହିଁଥିଲା ଦୁଃଖୀ ମୁହଁକୁ। ଦୁଃଖୀ ତା ଦୁଇହାତ ପାପୁଲିରେ ଧଇଲା ରଞ୍ଜନାର ମୁଣ୍ଡକୁ। ବଡ଼ ଦୁର୍ବଳ। କାଳେ ପଡ଼ିଯିବ। ରଞ୍ଜୁର ପ୍ରାଣରେ ବିରାଟ ଆଶା ଗୁଞ୍ଜରି ଉଠୁଥିଲା। ସେ ଅନେଇଥିଲା ଅତି ଆଗ୍ରହରେ ଦୁଃଖୀର ମୁହଁଟା କେତେବେଳେ ନଇଁ ଆସିବ ତା ମୁହଁ ପାଖକୁ। ତା ପରେ - ତା ପରେ -

କିନ୍ତୁ ଏ କ'ଣ ହେଲା ? ଦୁଃଖୀ ଧୀରେ ଧୀରେ ରଞ୍ଜୁର ମୁଣ୍ଡଟାକୁ ସିଧାକରିବାକୁ ଯାଇ କହିଲା – "ଛି ରଞ୍ଜୁ, ବିବାହ ପୂର୍ବରୁ ନୁହେଁ। ଏଟା ଅନ୍ୟାୟ। ପାପ କି ପୁଣ୍ୟ କହିପାରିବି ନାହିଁ। ମାତ୍ର ଅନ୍ୟାୟ। ତମ ବାପା ବୋଉଙ୍କ ବିଶ୍ୱାସରେ ମୁଁ ବିଷ ଦେଇପାରିବି ନାହିଁ। ହୁଏତ ସେମାନେ ରାଜି ବି ନ ହୋଇ ପାରନ୍ତି।"

"ବାପା ବୋଉଙ୍କର ମନ ଜାଣି ନଥିଲେ, ମୁଁ ତମ ସାଙ୍ଗରେ ମୋଟେ ଆସି ନଥାନ୍ତି। ତମେ ମତେ କଣ ଭାବିଲ ଦୁଃଖୀ ଭାଇନା ? ମୁଁ କଣ ଚରିତ୍ରହୀନା ?"

ହସିଲା ଦୁଃଖୀ। କହିଲା – "ଛି, କି କଥା କହୁଛ ତମେ? ମୋ କଳ୍ପନାରୁ ବାହାରେ। ଏଭଳି ଶବ୍ଦ ମୁଁ କେବେ ପ୍ରୟୋଗ କରି ପାରିବି ନାହିଁ। କିନ୍ତୁ ତମେ ବଡ଼ ଆବେଗମୟୀ। ତମର ସେଇ ଆବେଗ ମତେ କିଜାଣି କାହିଁକି ବଡ଼ ଭଲ ଲାଗେ। କାରଣ ମୋ ଜୀବନଟା ବିତିଛି ବଡ଼ ଆବେଗହୀନ ଭାବରେ। ସେଇ ଅଭାବର ଅନେକଟା ପୂରଣ ହୋଇଯାଏ ମୋର ତମରି ସାନ୍ନିଧ୍ୟରେ। ସେଇଥିପାଇଁ ହୁଏତ ତମେ ମୋ ଆଖିରେ ଏତେ ସୁନ୍ଦର। ତମର ସେ ସୁନ୍ଦର ସରଳପଣକୁ ମୁଁ ଯଥାର୍ଥ ସମ୍ମାନ ଦେବାକୁ ଚାହେଁ। ପୂଜା ଦେବାକୁ ଚାହେଁ। ପବିତ୍ର ଭାବରେ – ବିବାହର ବେଦୀ ଉପରେ।"

ସେ ଦିନ ସେ ପ୍ରତ୍ୟାଖ୍ୟାନକୁ କାହିଁ ସେ ତ ଅପମାନ ମନେ କରିନାହିଁ। ଅବଶ୍ୟ ଅନେକ ବେଳପରେ କହିଲା – "ମୁଁ ଚାହିଁଥିଲି ପ୍ରତିଶ୍ରୁତି। ପ୍ରତିଶ୍ରୁତିର ନିଦର୍ଶନ ମାତ୍ର। ପ୍ରତିଶ୍ରୁତିଟା କଣ ଅନ୍ୟାୟ ହେଇ ପାରେ ଦୁଃଖୀ ଭାଇନା?"

'ଆଶ୍ଳେଷ ହିଁ କଣ ପ୍ରତିଶ୍ରୁତିର ଏକମାତ୍ର ନିଦର୍ଶନ? ତମେ ମୋର ପ୍ରତିଶ୍ରୁତି ଚାହଁ? ମୋର ଆଶିଷ ହିଁ ସେ ପ୍ରତିଶ୍ରୁତିର ପରିଚାୟକ ହେଉ।"

ରଞ୍ଜୁ ମୁଣ୍ଡରେ ହାତ ବୁଲେଇଦେଲା ଦୁଃଖୀ ରଞ୍ଜୁ ଦୁଃଖୀର ପାଦଛୁଇଁ ମୁଣ୍ଡରେ ଲଗାଇ ତା'ରି କୋଳରେ ମୁଣ୍ଡ ଗୁଞ୍ଜି ଦେଇ ତାରି ଲୁଗାକୁ ଓଦା କରୁଥିଲା ଲୁହରେ। କିନ୍ତୁ ସେ ଦିନର ଆଖି ପାଣି ଆଉ ଏବର ଲୁହ ମଧ୍ୟରେ କେତେ ତଫାତ୍।

ପୂର୍ବରୁ କେତୁଟା ଦିନ କଟି ଯାଇଥାଏ, ଗୋଟିଏ ଦିବା ସ୍ୱପ୍ନର ଛାୟା ବିଳାସ ଭଳି। ମନେ ପଡ଼େ ବେଳେ ବେଳେ। ଏବେ ବି।

ଜେଲରୁ ଖଲାସ୍ ହୋଇଥାଏ ଦୁଃଖୀ। ଅସ୍ଥାୟୀ ସରକାର ଗଢ଼ା ହେଲା କେତେ ଦିନ ପରେ। ବର୍ଷେ ଖଣ୍ଡେ ହବ। ମିତ୍ରପକ୍ଷର ଜୟ ହୋଇଛି। ବ୍ରିଟିଶ୍ ସାମ୍ରାଜ୍ୟର ଲାଲ୍‌ବତୀ ଜାଳିବା ମୋ ପକ୍ଷରେ ସମ୍ଭବ ନୁହେଁ ବୋଲି ଯିଏ ଆସ୍ଫାଳନ କରିଥିଲା ସେ ଗାଦିଚ୍ୟୁତ ହୋଇଛି। ବ୍ରିଟେନ୍‌ର ପ୍ରଧାନମନ୍ତ୍ରୀ। ସରକାର ଭାରତକୁ ସ୍ୱାଧୀନତା ଦେବା ପ୍ରାୟ ସୁନିଶ୍ଚିତ।

ଇଂରେଜ ସତକୁ ସତ ଭାରତ ଛାଡ଼ି ଚାଲିଯିବେ? 'ଭାରତ ଛାଡ଼' ଆନ୍ଦୋଳନ ସଫଳ ହୋଇଛି। ମାହାତ୍ମା ଗାନ୍ଧୀଙ୍କର ତପସ୍ୟା ସିଦ୍ଧ ହୋଇଛି। ଦିଲ୍ଲୀରେ କଂଗ୍ରେସ ମୁସଲିମଲିଗର ମିଳିତ ମନ୍ତ୍ରୀମଣ୍ଡଳ। ଏ ପକ୍ଷରୁ ପଣ୍ଡିତ ଜବାହରଲାଲ ନେହେରୁ, ସେପଟରେ ଲିଆକତଅଲି ଖାଁ। ସରକାର ଗଢ଼ିଲେ। ବାହାରେ ଥାଆନ୍ତି ଗାନ୍ଧୀ ଆଉ ଜିନ୍ନା।

କଂଗ୍ରେସର ସେତେବେଳେ ବୋଲ୍‌ବାଲା। କଂଗ୍ରେସ କର୍ମୀମାନେ ଗର୍ବରେ

ଫାଟି ପଡୁଥାନ୍ତି। ତାଙ୍କରି ଯୋଗୁଁ ଦେଶ ସ୍ୱାଧୀନ ହେଲା। ଚାରିଆଡ଼େ ସଭାସମିତି। ଆଦର ଅଭ୍ୟର୍ଥନା। ଫୁଲମାଳ, ବନ୍ଦାପନା। ବ୍ରିଟିଶ କେଶରୀର ଲାଙ୍ଗଳ ଟାଣି ହଟାଇଦେଲେ। ଯାହା ରାଜ୍ୟରୁ ସୂର୍ଯ୍ୟ ଅସ୍ତମିତ ହେଉନଥିଲେ ସେ ଭାରତ ଛାଡ଼ି ପଳେଇଲା କାହା ଯୋଗୁଁ? ଆମର ଏଇ କଂଗ୍ରେସବାଲାଙ୍କ ଯୋଗୁଁ। କଂଗ୍ରେସବାଲା ଖାଲି ହାଉଯାଉ। ମେଳା ମେଳା ଭେଳା ଭେଳା। କିଏ ନିଶରେ ହାତ ମାରୁଛି ତ କିଏ କେଶରେ ପାନିଆ ବୁଲଉଛି।

କୁଆଡ଼େ ଗଲା ସେ ଦିନ। ଗାନ୍ଧୀବାଲା ବୋଲି କଂଗ୍ରେସ ଲୋକଙ୍କର କି ଖାତି। ଯେଉଁଠି ବସୁଥିଲା ଦୁଃଖୀ ସେଇଠି ତାର ଘର। ଏବେ ତ କାଳ ଲେଉଟି ଗଲାଣି। ଯୁଗ ବଦଳି ଗଲାଣି। ଯେଉଁ ଗାଣ୍ଡୀବ ହାତେ ସେଇ ଗାଣ୍ଡୀବ ମାଥେ। ଆଉ ଗାନ୍ଧୀ ନାଁ ବିକଉ ନାହିଁ। ଗାନ୍ଧୀ ଟୋପି ଦେଖିଲେ ଥଟ୍ଟା କରୁଛନ୍ତି ଲୋକେ।

ଏଇ ସେ ଦିନର କଥା। ନିର୍ଧୂମ ଖରା ହେଉଥାଏ। ଝାଞ୍ଜି ତାତିରୁ ରକ୍ଷା ପାଇବାପାଇଁ ସେ ଗାନ୍ଧୀଟୋପିଟା ମୁଣ୍ଡରେ ଦେଇ ଛୁଟିଥାଏ ସାଇକେଲରେ। ବାଟ ମଝିରେ ଚାଲି ଚାଲି ଯାଉଛି, ନଇଁଗଲାଣି ଗୋଟିଏ ବୁଢ଼ୀ। କୁଜଟା ବାହାରକରି ଚାଲିଛି ଗୋଟିଏ ଗୋଟିଏ ହଜିଗଲା ବୟସକୁ ଖୋଜି ପାଦ ବଢ଼େଇଲା ପରି। ଯେତେ ଘଣ୍ଟି ଦେଲେ ଶୁଣୁନାହିଁ ଓହ୍ଲେଇ ପଡ଼ିଲା ଦୁଃଖିଆ।

'ମାଉସୀ, ଘଣ୍ଟି ଶୁଭାଯାଉ ନାହିଁ କି? ପାଖେଇ ଯା' ଟିକିଏ।' କହିଲା ଦୁଃଖିଆ।

ବୁଢ଼ୀ ବୁଲିପଡ଼ି କହିଲା – "କଣ କହିଲୁ କଣ କହିଲୁରେ ରାଣ୍ଡିପୁଅ; ମୁଁ ତୋ ବାପର ଶାଳୀ? ଓହୋ ଗାନ୍ଧୀଟୋପି ପିନ୍ଧିଛି ବୋଲି, ଏତେ ବହପ। କୋଉଁଠି ଟୋକା, ଆଶ୍ରମଫାଶ୍ରମ କରି ରହିଲୁଣି କି? ଉପୁରି ମିଳୁଛିନା, ଉପୁରି?"

ଦୁଃଖୀ କିଛି ନ କହି ବାଟକାଟି ଚାଲିଗଲା।

କେତୁଟା ବର୍ଷ ପରେ – ଦଶ ବାରବରଷ ହବ। ସେଇ କଂଗ୍ରେସର ଅବସ୍ଥା ଏଇୟା ହେଲା। ତା' ପରେ ପରେ କଂଗ୍ରେସର ନାଁ ଶୁଣିଲେ ଲୋକେ ମୁହଁ ମୋଡ଼ିଲେ। ଶାସନରେ ରହି କଂଗ୍ରେସ ମନ୍ତ୍ରୀମାନେ ଯାହାକଲେ, ତା'ରି ଫଳ ଇଏ।

ରଞ୍ଜୁର ବାପ ବି ମନ୍ତ୍ରୀ ଥିଲେ। ସେ (ଦୁଃଖୀ) ସେତେବେଳେ, ଜିଲ୍ଲା କଂଗ୍ରେସର ସଭାପତି। ସେଥିପାଇଁ ରଞ୍ଜୁର ବାପା ଖୁବ୍ ଆଦର କଲେକି କଣ! ରଞ୍ଜୁ ବୋଉ ତ ତାହୁଁ ଅଧିକ। ଅଧିକାଂଶ ଦିନ ସେ ତାଙ୍କରି ଘରେ ଖାଏ। ସେମାନେ ଡାକନ୍ତି। ସ୍ୱରାଜ ଆଶ୍ରମରେ ପଞ୍ଚୁବର୍ଣ୍ଣୀ ଚାଉଳ ତମେ କଣ ଖାଇପାରୁଥିବ – ରଞ୍ଜୁ ବୋଉ କହନ୍ତି ଦୁଃଖୀ ଦାସକୁ। "ଏଇଠି ଖାଇ, ସେଠି ଯାଇ କାମ କରୁଥିଲେ କିମିତି ହୁଅନ୍ତା?" ରଞ୍ଜୁର

ବାପା କାନ ପାରିଥିଲେ। ଘର ଭିତରୁ କହିଲେ – "ହଁ ହଁ କୁହ ଦୁଃଖୀକୁ ସେ ଏଇଠି ଖାଇଯାଉ।" ତଥାପି ସେ ଆସେ ନାହିଁ ବିନା ନିମନ୍ତ୍ରଣରେ। ଶେଷକୁ ରଞ୍ଜୁର ବାପା ବୁଝିପାରି କହିଲେ - "ତମର ଆତ୍ମଅଭିମାନ ରହିଛି। ଦେଶସେବକ ପକ୍ଷରେ ଅଭିମାନ ଭଲ ନୁହେଁ। ମୁଁ ତ କହିଲି ସବୁଦିନେ ଏଇଠି ଖାଇବ। ଏଟା ତମର ଘର ବୋଲି ଜ୍ଞାନ କରିବ। କିନ୍ତୁ ତମେ ବିନା ନିମନ୍ତ୍ରଣରେ ଆସିବାକୁ ନାରାଜ୍।"

ଏକଥା ଶୁଣି ରଞ୍ଜୁ ବୋଉ ଆହୁରି ଦି ହାତ ଲମ୍ବିଯାଇ କହିଲେ – "ନ ହେଲା ନ ଡାକିଲେ ଦୁଃଖୀ ଯଦି ନ ଆସୁଛି, ତୁ ଡାକିଆଣି ଖୋଇଲେ କଣ ତୋର ମାନ ପଚି ଯାଆନ୍ତା।"

ସେଦିନ ରଞ୍ଜୁ ନିଜେ ଡାକି, ପରଶି ଖୋଇଲା। ରଞ୍ଜୁ ବୋଉ ଆଗରେ ବସି ଏଟା ଦେ' ସେଟା ଦେ' ବରାଦ କରୁଥାଆନ୍ତି ରଞ୍ଜୁକୁ। ଆଉ ତାକୁ ଏଟା ଖାଆ ବୋଲି କହନ୍ତି। ମା ମରିଗଲାଣି ଅନେକଦିନୁ। ଆଜି ତାଆରି ସ୍ମୃତିଟା ଦୁଃଖୀକୁ କେମିତି ପୀଡ଼ା ଦେଉଥିଲା। ସେଥିପାଇଁ କି କଣ ସେ ବୁଝିପାରୁ ନଥିଲା, ଏତେ ଆପଣାର ଭାବ ତାକୁ କାହିଁକି ମାଡ଼ି ପଡୁଚି। ଦିନେ ତ ସଫା କହିଦେଲେ ରଞ୍ଜୁ ବୋଉ "କଂଗ୍ରେସ କମିଟି କିଛି ଦିଅନ୍ତି ନା!"

"ଦେବେ କଣ? ଆମେ ପରା ସ୍ୱେଚ୍ଛାସେବକ।"

"ଓହୋ। ସମସ୍ତେ ଖାଲି ସ୍ୱେଚ୍ଛାସେବକ ହୋଇ ରହିଛନ୍ତି। ମନ୍ତ୍ରୀମାନେ ତେବେ ଦରମା ନଉଛନ୍ତି କାହିଁକି? ମୁଁ ତାଙ୍କୁ କହୁଛି ତମମାନଙ୍କୁ ସେ ଦରମା ଦିଅନ୍ତୁ। କି ନଦେବେ କାହିଁକି? ଘରୁ ଖାଇ ଘୋଡ଼ା ଆଗରେ ଡେଇଁବା ଦିନ କଣ ଆଉ ଅଛି? ଏବେ ତ ଲକ୍ଷ ଲକ୍ଷ ଟଙ୍କା ଚାନ୍ଦା ଉଠଉଛି। ସବୁ କଣ ଭୋଟ୍ ପାଇଁ ଜମେଇ ରଖୁଛନ୍ତି? ତମେ ଖାଇପିଇ ସୁସ୍ଥରେ ନ ରହିବ ତ ଭୋଟ୍ କଣ ସ୍ୱର୍ଗକୁ ନବ କି?"

ଦୁଃଖୀର ମନେହେଲା ରଞ୍ଜୁ ବୋଉ ଜଣେ ଅସାଧାରଣ ମହିଳା। ପାଠ ଶାଠ ନ ପଢ଼ନ୍ତୁ ପଛେ, ସେ ଜଣେ ସମଝଦାର ବ୍ୟକ୍ତି। ସେ ଏ କଥାରେ କିଛି ଉତ୍ତର ଦେଲା ନାହିଁ। ଦେବା ଉଚିତ ମନେକଲା ନାହିଁ।

"ଶୁଣ ଦୁଃଖୀ, ମୁଁ କହୁଛି" ରଞ୍ଜୁ ବୋଉ ପୁଣି କହିଲେ। "ତମେ ଯାହା ପାଇବ କିଛି କିଛି ରଖି ଦଉଥିବ ସେଥିରୁ। ପାଖରେ ରହିଲେ ଯଦି ଖରଚ କରିବାକୁ ମନବଳାଏ ତେବେ ପୋଷ୍ଟ ଅଫିସରେ ରଖିଦେବ। ନ ହେଲେ ମୋ ପାଖରେ ଆଣି ରଖି ଦଉଥିବ। ବୁଝିଲ? କେତେବେଳେ କଣ ଜରୁରୀ ଦରକାରଟାଏ ପଡ଼ିଲା କାହିଁକି କା ପାଖରେ ହାତ ପାତିବ?"

"ମୋର କି ଦରକାର?"

ଦରକାର ନାହିଁ? ପିଲାଲୋକ ତମେ, କଣ ବୁଝିବ ସଂସାରର ହାଲ୍‌ଚାଲ୍। ଖାଲି ଖାଲି କେହି କାହାରି କରନ୍ତି ନାହିଁ। ଦିହପା' ହେଲେ କିଏ ଦେଖିବ? ପଇସା ନ ପାଇଲେ ପାଣି ମୁନ୍ଦିଏ ବି କେହି ଆଣି ଦବ ନାହିଁ। ତା ଛଡ଼ା ଏବେ ସିନା ଏକା ଏକା। ପୁଣି ଦିନକାଳ ତ ଆସିବ, ବାହାଚୁରା ହବ। ଘରସଂସାର କରିବ। ଦରକାର ନାହିଁ ବୋଲି କହିଦଉଚ ଯେ।

"ମୁଁ ତ ବାହାହେଇଛି ଥରେ ମାଉସୀ, ଆଉ କି ବାହାଚୁରା?" କହିଲା ଦୁଃଖୀ।

"ଇଏ ଗୋଟାଏ କଥା! କୋଉ ବାହାରେ ବାହା ସିଏ। ବନ୍ଦାପନା ହେଇନି ତ ସେ ଗୋଟେ କେଉଁ ବାହାରେ ଲେଖା। କୋଉ ମାଇକିନା ଝିଅ ହୋଇଚ ଯେ।"

ଦୁଃଖୀ ସେଦିନ ଆସି କେତେକଣ ଭାବିଲା। ବିଛଣାରେ ପଡ଼ି ପଡ଼ି। ସେ କଣ କେବେ ବିଭା ହୋଇଥିଲା? ସତରେ ବିଭା ହୋଇଥିଲା। ମନେ ପଡୁନାହିଁ ତ କାହିଁ? ତା'ର ମନେ ପଡୁ ନ ପଡୁ, ଯିଏ ତା ହାତ ଧରିଥିଲା, ସେ କଣ ଜାଣିଥିଲା, ବାହାହବା କଣ? ତାକୁ କଣ୍ଢେଇ ଖେଳପରି ଲାଗିଥିବ। ସେ ଖେଳଘର ଭାଙ୍ଗି ଯାଇଛି। ତାକୁ ପୁଣି ଝୁରି ହେବାର ମାନେ କଣ? ନୂଆ ଘର, ସତ ସତକା ଘର ତୋଳେଇବାରେ ଦୋଷ କେଉଁଠି?

ହେଲେ ବି ତ ସେଟା ବାହାଘର। ବାହା ହେଇଥିଲି ବୋଲି ତ ଅହିଡ଼ିଙ୍ଗୁରା ବଜେଇ, ଖଇ କଉଡ଼ି ବିଞ୍ଚି ସେ ଗଲା। ଦୁଃଖୀ ଯଦି ଆଗ ଯାଇଥାନ୍ତା, ସେ ତ ପୁଣି ହାତରୁ ଶଙ୍ଖା କାଢ଼ିଥାନ୍ତା, ଉପବାସ କରୁଥାନ୍ତା ଚବିଶ ଏକାଦଶୀ, ଷଡ଼ଜୟନ୍ତୀ ହବିଷ କେତେ କଣ। ବାରବ୍ରତ ସବୁ ପାଳୁଥାଆନ୍ତା। ସେ ମଲା ତ ଦୁଃଖୀ ପକ୍ଷରେ କାହିଁକି ତା ପାଇଁ କିଛି କଟକଣା ନ ରହିବ? ନାଃ, ସେ ବିଭା ହବ ନାହିଁ। ଫାଶୀ ଦିଆ ଘର କାନ୍ଥରେ ତା'ର କଥାରେ ସମସ୍ତେ ରକ୍ତଦେଇ ଲେଖି ଆସିଲେ – 'ଦେଶ ସ୍ୱାଧୀନ ନ ହେବାଯାଏ କେହି ବିଭା ହେବେ ନାହିଁ। ସେ କିନ୍ତୁ ଲେଖି ନଥିଲା। କାହିଁକି କାରଣ ସମସ୍ତେ କହିଲେ ସେ ତ ବିଭା ହେଇ ସାରିଛି, ସ୍ତ୍ରୀ ମରିଗଲେ କଣ ହେଲା? ତା ଅର୍ଥ ତାର ବିଭା ହେବାର ପ୍ରଶ୍ନ ଆଉ ନାହିଁ। ଏବେ ସେ ବିଭାହେବ କେଉଁ ଯୁକ୍ତିରେ?

ପୁଣି ଭାବେ – ନ ହେବ ବା କାହିଁକି? ସେମାନେ ସମସ୍ତେ ବିଭାହୋଇ ସାରିଲେଣି। ଦେଶ ସ୍ୱାଧୀନ ହେଲା। ଆଉ ବିଭା ହେବାରେ ବାଧା କେଉଁଠି?

ହଠାତ୍ ଆଖି ଆଗରେ ଆସି ସଜ୍ଜୁଆ ଠିଆହେଲା ପରି ଲାଗିଲା, ମନ୍ତ୍ରୀଙ୍କ ଝିଅ ରଞ୍ଜୁ। ପଚାରୁଛି – 'ଭୋକ ଲାଗିବଣି ବାଢ଼ିଦିଏଁ।' ଉତ୍ତର ନ ପାଉଣୁ ଆସି ପିଢ଼ା

ପକେଇ ପାଣି ଗିଲାସ ଥୋଇ ଦେଇ ଦଉଡ଼ି ଯାଉଛି ହାଣ୍ଡିଶାଳ ଘରକୁ ଭାତ ବାଢ଼ି ଆଣିବା ପାଇଁ। କହୁଚି, ବାହା ନହେଲେ କିଏ ଏମିତି ସାତଠା କରି ବାଢ଼ିବେ।

ନା - ନା - ନା ସେ ବାହା ହୋଇପାରେ। ମାତ୍ର ରଞ୍ଜୁକୁ ନୁହେଁ। ରଞ୍ଜୁ ବା ତାକୁ ବାହାହେବ କାହିଁକି ? ରଞ୍ଜୁ ବଡ଼ ଲୋକ ଝିଅ। ବାପାର ଥାଟି ଅଛି। ଅଚଳାଚଳ ସମ୍ପତ୍ତି। ତା ନ ହୋଇଥିଲେ ମନ୍ତ୍ରୀ ହେଇପାରନ୍ତେ ? ତାଙ୍କ ଝିଅ। କେତେ ପାଠ ପଢ଼ିଲାଣି। ତା' ସାଙ୍ଗରେ ଗରିବ, ମଳିମୁଣ୍ଡିଆ, ମଫସଲିଆ, ଦରପାଠୁଆ, ମୂର୍ଖ ଦୁଃଖୀ ଦାସର ବାହାଘର ? ଅସମ୍ଭବ। ତେଲ ପାଣି କେଭେଁ ମିଶେ ନାହିଁ - ମିଶି ପାରିବ ନାହିଁ।

"ପାରେ, ପାରିବ।" ରଞ୍ଜୁ ଯେମିତି କହୁଛି ମନେହୁଏ ଦୁଃଖୀର। "ଗୋଟେ କିମିଆ ଅଛି। ସେ ମନ୍ତ୍ର ପଢ଼ିଲେ ଅସାଧ୍ୟ ସାଧନ ହୁଏ।"

ଦୁଃଖୀ ସେ କଳ୍ପନାକୁ ପଚାରେ - "କି ମନ୍ତ୍ର।"

'ପ୍ରେମ !' କହିଦେଇ ସେ ହସି ହସି ପଳାଏ।

ଦୁଃଖୀ ଚିହିଙ୍କି ପଡ଼ିଲା। ଚମକି ଉଠିଲା ଏ କି ହସ ! ଏ ହସ ଯେପରି ସଚଳା ରଞ୍ଜନାର ନୁହେଁ। ସେ ହସ ଯେମିତି ସେ କେଉଁଠୁ ଧାରକରି ଆଣିଛି। ଆଉ କେଉଁଠୁ ନୁହେଁ। ତାରି ବାପମା'ଙ୍କ ପାଖରୁ। ସେମାନେ ଯେଉଁ ଥୋପ ପକାଉଥିଲେ, ସେ ଥୋପରେ ବଡ଼ ମାଛଟାଏ ପଡ଼ିଛି। ରାହୁଲ ମାଛ। କଳ ବନିସୀରେ ଖାଲି ଖେଳେଇ ଖେଳେଇ ମାଛକୁ ଆଣିବେ କୂଳକୁ। ଜବରଦସ୍ତି କଲେ ମାଛ ସୂତା ଛିଣ୍ଡେଇ ପଳେଇ ଯାଇପାରେ। ଦୁଃଖୀପାଇଁ ଯେତେ ଦରଜ ଏମାନଙ୍କର, ସବୁରି ମୂଳରେ ଗୋଟାଏ ବିରାଟ ଷଡ଼ଯନ୍ତ୍ର। ଦୁଃଖୀର ଭୟ ହେଲା।

ଦୁଃଖୀ ଦାସର ମନୋବୃତ୍ତି ରଞ୍ଜୁର ବାପାଙ୍କୁ ଭଲଭାବରେ ଜଣାଥିଲା। ସେ ଯେତିକି ଶୃଙ୍ଖଳ ସେତିକି ବିଶୃଙ୍ଖଳ। ନ୍ୟାୟ, ନୀତି, ଧର୍ମ ପାଳନରେ ସେ ଜଣେ ଶୃଙ୍ଖଳାବଦ୍ଧ ସୈନିକ। ଅନ୍ୟାୟ, ଅଧର୍ମ, ଦୁର୍ନୀତିକ୍ଷେତ୍ରରେ ସେ ବିଦ୍ରୋହୀ, ବିପ୍ଳବୀ। ବୟାଳିଶ ଆନ୍ଦୋଳନରେ ପ୍ରତିଷ୍ଠିତ ଇଂରେଜ ସରକାରକୁ ଗାଦିଚ୍ୟୁତ କରିବାପାଇଁ ଷଡ଼ଯନ୍ତ୍ରରେ ବ୍ୟାପୃତ ଥିବା ଅପରାଧରେ ତାଙ୍କୁ ହୋଇଥିଲା ଯାବତଜ୍ଜୀବନ କାରାଦଣ୍ଡ। ଅଟକବନ୍ଦୀମାନେ ଛାଡ଼ ପାଇବାପରେ ବି ସେ କାରାଦଣ୍ଡ ଭୋଗିଛନ୍ତି। ଜାତୀୟ ସରକାର ହେବାପରେ ସେ ଖଲାସ ହେଲେ ଜେଲ୍‌ରୁ। ସେତେବେଳେ ସେମାନେ ଗୌରବର ଚରମ ଶିଖରରେ। ସେ ଗୌରବରେ କିନ୍ତୁ ଭାଗ ବସାଇଲେ ଆଇ.ଏନ୍.ଏ - ଆଜାଦ୍ ହିନ୍ଦ୍ ସେନା। ଲାଲ୍‌କିଲ୍ଲାରେ ବିଚାର ହେବାପରେ ଯେଉଁମାନେ ଖଲାସ ହେଲେ ସେଇମାନେ। ଅସୀମ ତ୍ୟାଗ ଆଉ ଦୁଃସହ ଦୁଃଖ ଭିତରେ ଯେଉଁମାନେ ଭାରତର

ଗୌରବକୁ ନିଜର ଲହୁ ଦେଇ ଉଜ୍ଜ୍ୱଳ ରଖି ଥିଲେ ସେଇମାନେ। କିନ୍ତୁ ସେମାନେ ମୁଖ୍ୟତଃ ବ୍ରିଟିଶ ସେନାବାହିନୀରୁ ଯାଇଥିବାରୁ ଲୋକସଂପର୍କରେ ଆସି ପାରିନଥିଲେ ପୂର୍ବରୁ। ତେଣୁ ସେମାନେ ଗୋଟାଏ ଦୁଇଟା ବର୍ଷ ଭିତରେ ଜନମାନସରୁ ଲିଭିଗଲେ କୁଆଡ଼େ। ଡୋଳାର ଉଜ୍ଜ୍ୱଳତାପରି। କିନ୍ତୁ ଦୁଃଖୀ ଓ ତା'ର ସାଥୀମାନଙ୍କର ସାଧାରଣ ଲୋକଙ୍କ ଉପରେ ଯଥେଷ୍ଟ ପ୍ରଭାବ ଥିଲା। ତେଣୁ ରଞ୍ଜୁର ବାପା ଦୁଃଖୀକୁ ସବୁବେଳେ ହାତରେ ରଖିବାକୁ ଚେଷ୍ଟା କରୁଥିଲେ। ନାନା ଉପାୟରେ। କାରଣ, ଦୁଃଖୀ ଓ ଦୁଃଖୀ ସହିତ ଯେଉଁମାନେ ଜାତୀୟ ସରକାରଙ୍କ ସମୟରେ ମୁକ୍ତି ପାଇଲେ, ସେମାନଙ୍କ ଭିତରୁ ଯେତେଜଣଙ୍କର ଭବିଷ୍ୟତ ଉଜ୍ଜ୍ୱଳ ଦେଖାଯାଉଥିଲା, ତନ୍ମଧ୍ୟରୁ ଦୁଃଖୀ ଦାସ ହିଁ ରହିଥିଲା କଂଗ୍ରେସ ଅନୁଷ୍ଠାନର ଏକାନ୍ତ ଅନୁଗତ କର୍ମୀ ଭାବରେ। ଅନ୍ୟମାନେ ନାନା କାରଣରୁ ନିଜକୁ ନେଇ କେଉଁ ରାଜନୈତିକ ଦଳ ଭିତରେ ସାମିଲ କଲେ, ତାର କୌଣସି ଠିକ୍ ଠିକଣା ରହିଲା ନାହିଁ। ଏମାନେ ସବୁ ଯେ କେବଳ ନିଷ୍ପାପର ଭାବରେ ନୀତି ଭିତ୍ତିକି ପ୍ରତିଷ୍ଠିତ ସଂଗଠନରେ ରହିବାକୁ ପସନ୍ଦ କଲେ ତା ନୁହେଁ। କଂଗ୍ରେସ ଅନୁଷ୍ଠାନ ଭିତରେ ଉଚ୍ଚ ସ୍ଥାନ ଆସନ ବା ଶାସନ ଦାୟିତ୍ୱରେ ଭାଗ ପାଇ ନପାରି ଅନେକେ ଅନ୍ୟାନ୍ୟ ଦଳକୁ ପଳାଇ ଗଲେ। ବ୍ୟକ୍ତିଗତ ବିଦ୍ୱେଷ ପ୍ରତିସ୍ପର୍ଦ୍ଧା ହିଁ ଏହି ମତଭେଦର ପ୍ରଧାନ କାରଣ ବୋଲି ମନେ ହେଲା। କିନ୍ତୁ ଦୁଃଖୀ ଦାସ ସେ ଗୋଷ୍ଠୀର ନୁହେଁ। ଅର୍ଥାତ୍ ତାର ଉଚ୍ଚାଭିଳାଷ ନଥିଲା। ତେଣୁ ବଡ଼ ନିରାପଦ ମନେ କରୁଥିଲେ ରଞ୍ଜୁର ବାପା। ଦୁଃଖୀର ସହାୟତା ଓ ବନ୍ଧୁତ୍ୱକୁ ସେ ମୂଲ୍ୟ ଦେଉଥିଲେ।

ମାତ୍ର ଦୁଃଖୀ ଦାସର ଆଚରଣ ତାଙ୍କୁ ବହୁ ବନ୍ଧୁମାନଙ୍କର ଶରବ୍ୟ କରି ରଖିଥିଲା। ସମାଲୋଚନା ତା' ଚାରିପାଖରେ ଘୂରିବୁଲେ। ଗୋଟାଏ ଅଚଳ ମୁଦ୍ରା, କାଉଣ୍ଟରେ ଫିଟ୍, ମରହଟ୍ଟିଆ, ଅଠରଶବାଷଠୀ, ରକ୍ଷଣଶୀଳ ବୋଲି କହିଲେ ଦୁଃଖୀ ଦାସ ବୁଝାଏ। ତାର ନାମ ଧରି ଚିହ୍ନାଇ ଦେବାକୁ ପଡ଼େ ନାହିଁ।

ଏଇ ସମାଲୋଚକ ବନ୍ଧୁଗଣ ଅଧିକାଂଶ ମାର୍କସବାଦୀ। କିଏ କଂଗ୍ରେସର ସମାଜବାଦୀ ଗୋଷ୍ଠୀ, କିଏ ସମାଜବାଦୀ, ପ୍ରଜା ସମାଜବାଦୀ, କମିଉନିଷ୍ଟ ପ୍ରଭୃତି ଦଳର ସଭ୍ୟ ଦୁଃଖୀ ସେମାନଙ୍କୁ ଏ ସମାଲୋଚନାର ଉତ୍ତରରେ ପଚାରେ – "ପୁରୁଣା କିଏ ? ମାର୍କସ ନା ଗାନ୍ଧୀ ?"

ସେମାନେ କୁହନ୍ତି, ଗାନ୍ଧୀ ଆଧୁନିକ କାଳର ମଣିଷ ହେଲେ ବି ଚିନ୍ତାଧାରା ପୁରୁଣା। ଭାରତର ରକ୍ଷଣଶୀଳ ସମାଜରେ ଜନ୍ମହୋଇ ଅବଶ୍ୟ ପ୍ରଗତିଶୀଳ ହେବା ତାଙ୍କଠାରୁ ଆଶା କରାଯାଇ ନପାରେ, ତଥାପି ବିପ୍ଳବୀ। ମାତ୍ର ପ୍ରତିକ୍ରିୟାଶୀଳ। ସେ

ଯଦି ଭାରତରେ ଜନ୍ମ ନହୋଇ ରୁଷ୍‌ରେ ଜନ୍ମ ହୋଇଥାଆନ୍ତେ, ତେବେ ସେ ଆଜି ଜଣେ ପୃଥିବୀ ବିଖ୍ୟାତ ମାର୍କସବାଦୀ ନେତା ହୋଇଥାନ୍ତେ।

ଦୁଃଖୀ ପଚାରେ - "ଗାନ୍ଧୀ କଣ ଅହିଂସା ଛାଡ଼ି ହିଂସା ପ୍ରଚାର କରିଥାନ୍ତେ ?"

'ନିଶ୍ଚୟ।' ଉତ୍ତର ଆସେ। ଗାନ୍ଧୀଙ୍କର ଅହିଂସାଟା କୌଣସି ନୀତି ନୁହେଁ - ପନ୍ଥା, ଉପାୟ, କୌଶଳ। ପ୍ରିନ୍‌ସପଲ ନୁହେଁ ପଲିସି। ପରିସ୍ଥିତି ଦୃଷ୍ଟିରୁ ଭାରତୀୟଙ୍କ ହାତରେ ପ୍ରବଳ ପରାକ୍ରାନ୍ତ ବ୍ରିଟିଶ ସହିତ ଅସ୍ତ୍ରଶସ୍ତ୍ର ଘେନି ଯୁଦ୍ଧ କରିବା ସମ୍ଭବ ନୁହେଁ ବୋଲି ସେ ଅହିଂସ୍ର ଆନ୍ଦୋଳନ ଆରମ୍ଭ କରିଥିଲେ। ପରିସ୍ଥିତି ନେତା ସୃଷ୍ଟିକରେ। ନେତା ପରିସ୍ଥିତି ସୃଷ୍ଟିକରେ ନାହିଁ।"

ଦୁଃଖୀ କହେ - "ମୁଁ ସେ ଉକ୍ତିକୁ ସ୍ୱୀକାର କରେ ନାହିଁ। ରାଜା କାଳସ୍ୟ କାରଣମ୍। ରାଜା ଦେଶର ନିୟାମକ, ନେତା କାଳର କାରଣ। କାଳକୁ ସୃଷ୍ଟି କରନ୍ତି ରାଜା, ନେତା ବା ମନ୍ତ୍ରୀ।"

ଦୁଃଖୀ ଯୁକ୍ତି କରେ ନାହିଁ। ସେ ବିତଣ୍ଡାକୁ ଭଲପାଏ ନାହିଁ। ତଥାପି ଭାବେ, ସୁନ୍ଦର ଯୁବକ ଏମାନେ। ନିର୍ମଳ ମନ। ଦେଶପାଇଁ ପ୍ରାଣରେ ଆବେଗ ପରିପୂର୍ଣ୍ଣ। ତଥାପି ଏମାନେ ଏ ଦେଶର ଶିକ୍ଷା ସଂସ୍କୃତିକୁ ଭୁଲି, ଅନ୍ୟ ଦେଶର ଅଭିଜ୍ଞତା ଉଦ୍‌ଭୁତ ଗୋଟାଏ ବାଦପ୍ରତି ଆକୃଷ୍ଟ ହେଲେ କାହିଁକି ?

ସେମାନେ ଭାବନ୍ତି, ଦୁଃଖୀ ଭଳି ଜଣେ ଶ୍ରେଣୀଚ୍ୟୁତ ଯୁବକ, ଜାତି କୁଳ ଅଭିମାନ ରହିତ ଯୁବକର ରକ୍ଷଣଶୀଳ ହେବାର ଦୁର୍ଦ୍ଦଶା ମୂଳରେ କି କାରଣ ଥାଇପାରେ ?

ଦୁଃଖୀ ଦାସ ଭାବେ, ଏମାନେ ନିଜର ପୈତୃକ ସମ୍ପତ୍ତି ପ୍ରତି ବୀତଶ୍ରଦ୍ଧ ହୋଇ ଅନ୍ୟର ସମ୍ପତ୍ତି ପ୍ରତି ଲୋଭାନ୍ୱିତ ହେବାର କାରଣ କଣ ଥାଇପାରେ ?

ଦୁଃଖୀ ଦାସର ବନ୍ଧୁମାନେ ଭାବନ୍ତି - "ଜଣେ ଶିକ୍ଷିତ ଯୁବକ ଇଂରେଜୀ ପଢ଼ି, ଲେଖି ଜାଣେ, ଅଥଚ ସେ ମାର୍କସବାଦ୍‌ର ବିରୋଧୀ। କାରଣ କଣ ହୋଇପାରେ ? ବୋଧହୁଏ ଅଧ୍ୟୟନର ଅଭାବ। ଷଡ଼ି ନାହିଁ।

ଦୁଃଖୀ ଦାସ ଭାବେ - "ଭାରତୀୟ ବାଙ୍ଗ୍‌ମୟ ପ୍ରତି ପରାଙ୍ଗ୍‌ମୁଖ ହେବାର କାରଣ ଇଂରେଜୀ ଭାଷା ଓ ସାହିତ୍ୟପ୍ରତି ଆକର୍ଷଣ। ଦାସତ୍ୱ ମନୋଭାବର ଏକ ରୁଚିକର ଅଭିବ୍ୟକ୍ତି।"

କିନ୍ତୁ ବର୍ଷ କେତୁଟା ଭିତରେ ଦେଖାଗଲା ବହୁ ମାର୍କସବାଦୀ ଆସି କଂଗ୍ରେସ ଶିବିରରେ। ଅଥଚ ଦୁଃଖୀ ଦାସ କଂଗ୍ରେସ ବାହାରେ। ସେମାନଙ୍କ ଭିତରୁ କିଏ ମନ୍ତ୍ରୀ ପଦାସୀନ, କିଏ ବା ଚିଲିକାରୁ ମାଛ ଆଣି ଆକାଶ କୟାଁକୁ ଅନେଇ ବସିଛି। ଏମାନଙ୍କର ବେଶ ବି ବଦଳି ଯାଇଛି। ଚୋଗା ଚକ୍‌କନ୍, ଚିପା ପାଇଜାମା, ନେହୁରୁ ଜାକେଟ୍,

ଗାନ୍ଧୀ ଟୋପି, ଆଉ ବଟନ୍‌ହୋଲ୍ - ମାନେ ଛାତିରେ ଗୋଲାପ ପେନ୍ଥା। ଭାରତୀୟ ପରିଚ୍ଛଦର ଏକ ନବ ପ୍ରକରଣ। ଭାରତବର୍ଷର ଲୋକେ ଯେଉଁମାନଙ୍କର ଗୋଲାମୀ କରିଥିଲେ, ଅତୀତରେ ସେମାନଙ୍କ ସଂସ୍କୃତି ନୁହେଁ, ଫେସନ୍‌ର ସ୍ମାରକ ସ୍ୱରୂପ କିଛି କିଛି ସ୍ୱକୀୟ କରି ନେଇଛନ୍ତି। ପଠାଣୀ ଟୋପି, ମୋଗଲାଇ ପାଇଜାମା ଓ ଜାମା, ବ୍ରିଟିଶ ବଟନ୍‌ହୋଲ୍ - ଫୁଲ ତୋଡ଼ା।

ରଞ୍ଜୁର ବାପା ଦିନେ ପଚାରିଲେ - "ଆମେ ସବୁ ଭାବୁଥିଲୁ ତମକୁ ଜିଲ୍ଲା ବୋର୍ଡ ଚେୟାରମ୍ୟାନ୍ କରିବା ପାଇଁ। ତମର ମତ କଣ ?"

ସେ ବୋଧହୁଏ ଦୁଃଖୀର ମନୋବୃତ୍ତିର ଯଥେଷ୍ଟ ପରିଚୟ ପାଇ ନଥିଲେ। ସେ ଭାବିଲେ ଅନ୍ୟାନ୍ୟ ଅନେକ ଯେପରି ଆସନ ବ୍ୟସନର ଆଶା ବା ସୁଯୋଗ ନ ଦେଖି କଂଗ୍ରେସ ଛାଡ଼ି ଗଲେ, ଦୁଃଖୀ ଦାସ ସେମିତି ଛାଡ଼ି ଚାଲି ଯିବାର ଆଶଙ୍କା ରହିଛି। ତେଣୁ ତାକୁ କୌଣସିମତେ ସନ୍ତୁଷ୍ଟ ରଖିବାକୁ ହବ। ବିଶେଷତଃ ମାର୍କସବାଦୀମାନେ ଯେତେବେଳେ କଂଗ୍ରେସ ଭିତରେ ପଶି ଗାଦି ମାଡ଼ି ବସିଲେଣି। କଂଗ୍ରେସବାଦୀମାନେ ଯିବେ କୁଆଡ଼େ ?

ଦୁଃଖୀ ମନା କଲା।

କାରଣ ?

ମୋର ସେ ଯୋଗ୍ୟତା ନାହିଁ।

"ଯୋଗ୍ୟତା ନାହିଁ। ଦୁଃଖୀ ଦାସ ଚେୟାରମ୍ୟାନ୍ ହେବାକୁ ଅଯୋଗ୍ୟ ? କିଏ କହିବ ଏ କଥା ? ସବୁଠାରୁ ବଡ଼ ଯୋଗ୍ୟତା ଦୁଃଖୀ ଦାସର ତ୍ୟାଗ। ତାର ସାଧୁତା। ଅବଶ୍ୟ ଅଭିମାନ ହେବା କଥା। ମୁଁ ତମ ସ୍ଥାନରେ ଥିଲେ ମୋର ବି ସେ ଅଭିମାନ ହୁଅନ୍ତା। ମୁଁ ସ୍ୱୀକାର କରୁଛି। ତମର ଯୋଗ୍ୟ ସ୍ଥାନ ତମକୁ ଦିଆଯାଇ ନାହିଁ। ଦିଆଯିବା ସମ୍ଭବ ହୋଇନାହିଁ ଆଜିଯାକେ। ବଡ଼ ଦୁଃଖର କଥା। କିନ୍ତୁ ମୋର ମନେହୁଏ, ଶାସନ କ୍ଷେତ୍ରରେ ସର୍ବୋଚ୍ଚ ସ୍ଥାନର ଅଧିକାରୀ ହେବା ପୂର୍ବରୁ ପ୍ରାରମ୍ଭିକ ଅଭିଜ୍ଞତା ଅର୍ଜନ ଶ୍ରେୟସ୍କର। ଜିଲ୍ଲା ବୋର୍ଡରେ ସେ ସୁଯୋଗ ମିଳିପାରେ।"

"ନା, ନା, ଆପଣ ମୋତେ ଭୁଲ୍ ବୁଝନ୍ତୁ ନାହିଁ। ମୋର ମନୋବୃତ୍ତି ମୋତେ ବୋଧହୁଏ ଶାସନ କ୍ଷେତ୍ରରେ ଅନ୍ୟମାନଙ୍କ ସହ ତାଳଦେଇ ଚାଲିବା ପାଇଁ ଧୈର୍ଯ୍ୟ ଦେବ ନାହିଁ।"

କାରଣ ?

କାରଣ ଆପଣ ନିଜେ ଚେଷ୍ଟା କଲେ ବୁଝି ପାରିବେ, ଯଦି ଏବେ ମଧ୍ୟ ବୁଝିବାକୁ ବାକି ଥାଏ।

"ମୁଁ ଠିକ୍ ଧରି ପାରୁ ନାହିଁ ତମେ କଣ କହିବାକୁ ଚାହେଁ?"

"ଆପଣ ଯେଉଁମାନଙ୍କୁ ନେଇ ଶାସନ ଚଳେଇଛନ୍ତି, ସେମାନେ ଆପଣଙ୍କ ପ୍ରତି, ଆପଣଙ୍କ ପ୍ରତି ନ ହେଲା ଦେଶ ପ୍ରତି ବିଶ୍ୱସ୍ତ ତ?"

"ସେମାନେ କଣ ଭାରତୀୟ ନୁହନ୍ତି?"

"ଜୟଚନ୍ଦ୍ର, ମିର୍ଜାଫର ମଧ୍ୟ ଭାରତୀୟ ଥିଲେ।"

"ଏଡ଼େ ବଡ଼ କଠୋର ମନ୍ତବ୍ୟ କରିବା ବୋଧହୁଏ ଠିକ୍ ହେବ ନାହିଁ। ଯେଉଁମାନେ ଆମ ଶାସନର ମେରୁଦଣ୍ଡ ତାଙ୍କ ବିରୋଧରେ। ତମେ କଣ କହିବାକୁ ଚାହଁ ସେମାନଙ୍କର ଦେଶ ଭକ୍ତି ନାହିଁ?"

"ମହାତ୍ମା ଗାନ୍ଧୀଙ୍କ ଆହ୍ୱାନରେ କେତେ ଜଣ କଳାକର୍ମଚାରୀ ଚାକିରୀ ଛାଡ଼ି ଆସିଥିଲେ?"

"ସେମାନେ କିନ୍ତୁ ବୋରାବୋରି ବିଧିବଦ୍ଧ ଭାବରେ କଂଗ୍ରେସକୁ ଚାନ୍ଦା ଦେଇ ଆସୁଥିଲେ। ସେମାନଙ୍କର ଆନ୍ଦୋଳନ ପ୍ରତି ପୂର୍ଣ୍ଣ ସହାନୁଭୂତି ଥିଲା।"

"ଆପଣ କହିବାକୁ ଚାହାନ୍ତି - ସେମାନେ ବ୍ରିଟିଶ ସରକାର ପ୍ରତି ବିଶ୍ୱାସଘାତକତା କରୁଥିଲେ?"

"ନା, ସେମାନେ ଭାରତର ସ୍ୱାଧୀନତା, ସଂଗ୍ରାମ ପ୍ରତି ବିଶ୍ୱାସଘାତକତା କରୁଥିଲେ।"

"ଆପଣ ଯାହା କୁହନ୍ତୁ ଯେଉଁମାନେ ସେତେବେଳେ ନିଜର ପ୍ରଭୁଙ୍କ ପ୍ରତି ବିଶ୍ୱସ୍ତ ନଥିଲେ ବର୍ତ୍ତମାନ ସେମାନେ କଦାପି ଆପଣଙ୍କ ପ୍ରତି ବିଶ୍ୱସ୍ତ ହୋଇପାରିବେ ନାହିଁ।

"ଚାଣକ୍ୟ ତ ପୁଣି ରାକ୍ଷସଙ୍କୁ ମନ୍ତ୍ରୀତ୍ୱ ପ୍ରଦାନ କରିଥିଲେ।"

"ମାତ୍ର ରାକ୍ଷସ ନନ୍ଦ ରାଜାଙ୍କ ପ୍ରତି ବିଶ୍ୱାସଘାତକତା କରି ନଥିଲେ।"

"କିନ୍ତୁ ଏମାନେ କେତେଦିନ ପାଇଁ? ସ୍ୱାଧୀନତା ପରେ ଯେଉଁମାନେ ସରକାରୀ ଦପ୍ତରକୁ ଆସିବେ ସେମାନଙ୍କୁ ତମେ ବିଶ୍ୱାସଘାତକ କହିପାରିବ ନାହିଁ।"

"ସେମାନେ ଏ ପରମ୍ପରାରୁ ବିଚ୍ୟୁତ ହୋଇ ପାରିବେ ନାହିଁ। ଜେଲ୍‌ଖାନାରେ ନାବାଳକ ବନ୍ଦୀ 'ଦାଗି' ହୋଇ ଯାଆନ୍ତି ଭବିଷ୍ୟତରେ। ସେଥିପାଇଁ ସେମାନଙ୍କୁ ଜୁଭେନାଇଲ ଜେଲ୍‌ରେ ଅଲଗା କରି ରଖୁଥିଲେ। ସ୍ୱାଧୀନତା ପରେ ନିଯୁକ୍ତ କର୍ମଚାରୀମାନଙ୍କୁ ସେମିତି କଣ ଅଲଗା କରି ରଖାଯାଇଛି?"

"ତମର ଉଦାହରଣଟା ଠିକ୍ ବୋଲି ମନେ ହେଉନାହିଁ। କାରଣ, ସରକାରୀ ଅଫିସ୍‌ଟା ଜେଲ୍‌ଖାନା ନୁହେଁ।"

"ପାର୍ଥକ୍ୟ ଏତିକି ଯେ ଜେଲ୍‌ଖାନାଟା ଶୃଙ୍ଖଳାଯୁକ୍ତ ଶୃଙ୍ଖଳ, ଅଫିସ୍‌ଟା ଶୃଙ୍ଖଳହୀନ ବିଶୃଙ୍ଖଳ।"

"ମୁଁ ଏକମତ ହୋଇପାରୁ ନାହିଁ। ସେଥିପାଇଁ ଦୁଃଖିତ।"

"ମାତ୍ର ଆପଣ ଗୋଟିଏ ବିଷୟରେ କଦାପି ଭିନ୍ନ ମତ ପୋଷଣ କରି ପାରିବେ ନାହିଁ ଯେ ଯେଉଁମାନେ ନୂଆହୋଇ ସରକାରୀ ଦପ୍ତରକୁ ଆସୁଛନ୍ତି, ସେମାନେ କେବଳ ଅର୍ଥ ଲାଳସାରେ ବା ଉଦର ପୋଷଣ ପାଇଁ ଚାକିରୀରେ ଭର୍ତ୍ତି ହେଉଛନ୍ତି।"

"ତା ହୋଇପାରେ। ମାତ୍ର ସେଟା ସ୍ୱାଭାବିକ ନୁହେଁ କି? ଆତ୍ମରକ୍ଷା ବା ଆତ୍ମପ୍ରୀତି ହୋଇପାରେ। ମାତ୍ର ଦେଶରକ୍ଷା ବା ଦେଶପ୍ରୀତି ପ୍ରତି ଲକ୍ଷ୍ୟ ରଖି କେହି ସରକାରୀ ଚାକିରୀକୁ ଆସନ୍ତି ନାହିଁ। ଯେଉଁ କାରଣରୁ ସେମାନେ ବିଦେଶୀ ସରକାରର ଗୋଲାମୀ କରୁଥିଲେ, ସେଇ କାରଣରୁ ସେମାନେ ଆପଣଙ୍କ ଗୋଲାମୀ କରିବେ ଓ ଯେଉଁ କାରଣରୁ ସେମାନେ ବ୍ରିଟିଶ ସରକାରଙ୍କ ପ୍ରତି ଅନୁରକ୍ତ ଓ ଅନୁଗତ ନଥିଲେ ସେହି କାରଣରୁ ସେମାନେ ଆପଣଙ୍କର ଅନୁରକ୍ତ ଓ ଅନୁଗତ ହୋଇ ରହିପାରିବେ ନାହିଁ।"

ଚୁପ୍ ରହିଲେ ମନ୍ତ୍ରୀ। ରଞ୍ଜୁର ବାପା। ସେ ଭାବିଥିବେ ଦୁଃଖୀର ବୟସ ହୋଇନାହିଁ। ସଂସାର କରି ନାହିଁ। ସ୍ୱପ୍ନ ଦେଖୁଛି। ଭାବୁଛି, ସଂସାରଟାରେ କେବଳ ଭଲ ହିଁ ରହିବା ଉଚିତ୍। ଭେଲର ସ୍ଥାନ ନାହିଁ। ଭଲ ଭେଲ ମିଶି ସଂସାର। ଅମୃତ ଆଉ ବିଷ ଉଭୟର ଅଧିକାରୀ ହବାକୁ ହୁଏ ସଂସାର ସାଗର ମନ୍ଥନ କଲେ। କିମ୍ବା ଭାବିଥିବେ ବଡ଼ ସିନିକ୍ ହେଇଯାଇଛି। ଅଯଥା ଆକ୍ଷେପ ସମାଲୋଚନା କରି ନୁହେଁ। ବିଭା ନହେଲେ ଅନେକ ସମୟରେ ମଣିଷ ଏମିତି ହୋଇଥାଏ। ବିଭା କରିବା ତା' ପକ୍ଷରେ ନିତାନ୍ତ ଆବଶ୍ୟକ। ମାତ୍ର ରଞ୍ଜୁକୁ ନୁହେଁ। ଏଭଳି ଜିଦ୍‌ଖୋର୍ ଲୋକକୁ କିଏ ଝିଅ ଦେବ। ନିଜ ମତ ଉପରେ ଅଖାଡୁଆ ବିଶ୍ୱାସ ଭଲ ନୁହେଁ। ରଞ୍ଜୁ କଷ୍ଟ ପାଇବ। ତା'ଛଡ଼ା ଯା'ର ଉଚ୍ଚ ଅଭିଳାଷ ନାହିଁ, ତାକୁ ସେ ଝିଅ ଦେବେ କାହିଁକି?

ଦୁଃଖୀ ବାହାରିଲା ଯିବାପାଇଁ।

ମୁଁ ଆସେ। କହିଲା ଦୁଃଖୀ।

ଖାଇବ ନାହିଁ?

ଖାଇଛି।

ହଠାତ୍ ରଞ୍ଜୁ ବାହାରିଆସି କହିଲା, "ନାହିଁ ବାପା, ମିଛ କହୁଛନ୍ତି। ଦୁଃଖୀ ବାବୁ ଖାଇ ନାହାନ୍ତି।"

ଖାଇ ନାହିଁ? ଦୁଃଖୀ ଆଶ୍ଚର୍ଯ୍ୟ ହେଲା।

ଜଳଖିଆ ଖାଇଛନ୍ତି। ଭାତ ଖାଇବେ। ରଞ୍ଜୁ କହିଲା।

"ମୁଁ ଆଉ ଓଳି ନଥିବି। ତମେ ଆସି ଖାଇଯିବ। ଲାଭ କରିବ ନାହିଁ। ଏବେ ଖାଇସାରି ଯିବ।" ମନ୍ତ୍ରୀ କହିଲେ।

ଆଜ୍ଞା! ଦୁଃଖୀ ମନା କରି ପାରିଲା ନାହିଁ। ରଞ୍ଜୁର ବାପା ଉଠିଗଲେ। ରଞ୍ଜୁ ଏକା ବସିଲା ଗୋଟେ ଚଉକିରେ। ଦୁଃଖୀ ଅନ୍ୟମନସ୍କ। ଭାବୁଥିଲା ଅତି ଚିନ୍ତାଶୀଳ ଭାବରେ।

ମନ୍ତ୍ରୀ ହେବାର ଯୋଗ୍ୟତା କଥା ନେଇ ତା'ର ଭାବନା। ମନ୍ତ୍ରୀ ହେବାର ଯୋଗ୍ୟତା କଣ? ତାର କଣ ସେ ଯୋଗ୍ୟତା ନାହିଁ। ଗୋଟାଏ କିଛି ପାସ୍ କରିବା ବୋଧହୁଏ ଦରକାର। ଅର୍ଥାତ୍ ବିଶ୍ୱ ବିଦ୍ୟାଳୟର କିତାବ୍। କିନ୍ତୁ ଯେଉଁମାନେ ମନ୍ତ୍ରୀ ହୋଇଛନ୍ତି, ସେମାନଙ୍କର ସମସ୍ତଙ୍କର କଣ ଉପାଧି ଅଛି? ନାହି ତ। ବରଂ ସମାଲୋଚନା ହେଉଛି, ଯେଉଁ ପିଲା ପାଠ ପଢ଼ି ନ ପାରିଲା, ଫେଲ୍ ହେଲା ବାରମ୍ବାର, ତା ବାପ ମା'ଙ୍କର ଦୁଃଖ କରିବାର କିଛି ନାହିଁ। କାରଣ ସେ ନିଶ୍ଚୟ ମନ୍ତ୍ରୀ ହେଉଛି।

ଅଥଚ ଖୁବ୍ ଉଚ୍ଚ ଶିକ୍ଷା ପାଇ ମଧ୍ୟ ଅନେକ ମନ୍ତ୍ରୀ ହୋଇପାରି ନାହାନ୍ତି। ତ୍ୟାଗ ଅଛି, ସ୍ୱାଧୀନତା ସଂଗ୍ରାମରେ ଧନ, ଜନ, ମନଦେଇ ଯୋଗ ଦେଇଛନ୍ତି। ୟୁନିଭରସିଟିର ଉଚ୍ଚ ଡିଗ୍ରୀ ମଧ୍ୟ ଅଛି। ତଥାପି ମନ୍ତ୍ରୀ ହୋଇପାରି ନାହାନ୍ତି। ଦୃଷ୍ଟାନ୍ତ ଅନେକ। ମନେ ପଡ଼ିଗଲା ନିର୍ମଳ ବାବୁଙ୍କ କଥା।

ନିର୍ମଳବାବୁ ଏମ୍.ଏ. ଲ. ପାସ୍ କରିଥିଲେ। ଏମ୍.ଏ. ଫାଷ୍ଟକ୍ଲାସ୍। ତଥାପି ସେ ମନ୍ତ୍ରୀ ହୋଇପାରିଲେ ନାହିଁ। ତାଙ୍କ ତୁଳନାରେ ରଞ୍ଜୁର ବାପା ଗୋଟାଏ ବାମନ।

ସେ (ନିର୍ମଳବାବୁ) ଦାସେ ଆପଣଙ୍କ ଦଳର ଲୋକ। ସତ୍ୟବାଦୀ ଜାତୀୟ ବିଦ୍ୟାଳୟ ସହିତ ସଂପୃକ୍ତ ଥିଲେ। ମନ କରିଥିଲେ ଚାହିଁବା ମାତ୍ରକେ ଡେପୁଟି ମାଜିଷ୍ଟ୍ରେଟ୍ ହୋଇପାରି ଥାଆନ୍ତେ। ପୁଣି ଇଂରେଜୀ ଏମ୍.ଏ.। ଚାକିରୀ କଲେ ନାହିଁ। ଅସହଯୋଗ ଆନ୍ଦୋଳନରେ ଯୋଗ ଦେଲେ। ତାପରେ ଲବଣ ସତ୍ୟାଗ୍ରହ। ପୁଣି ଅଗଷ୍ଟ ବିପ୍ଳବ। ସବୁଥିରେ ଜେଲ୍ ଭୋଗିଛନ୍ତି। ଡେପୁଟି ନହେଲେ ପ୍ରଫେସର ହୋଇପାରି ଥାଆନ୍ତେ। ନିହାତି ନ ହେଲେ ଓକିଲାତି କରିପାରି ଥାଆନ୍ତେ। ଘରେ କେହି ନାହିଁ। ବିଧବା ମାଆ ଛଡ଼ା। ଧାନକୁଟି ପାଠ ପଢ଼ାଇଥିଲା। ପୁଅ ପ୍ରାଇମେରୀରୁ ବି.ଏ. ଯାଏ ବୃତ୍ତିପାଇ ଉପରକୁ ଉଠି ଯାଇଛି। ଗୋଟାଏ ବୋଲି ପୁଅ ବିଧବା ମାଆର। ମା ଆଖିରୁ ଲୁହ ଶୁଖିଲା ନାହିଁ। ମଲା। ପୁଅ ଜେଲ୍‌ରେ। ପୁଅ ହାତରୁ ପାଣି ମୁନ୍ଦିଏ ପାଇଲା ନାହିଁ ମଲା ବେଳକୁ। ପୁଅ ମା ମୁହଁରେ ନିଆଁ ବା ଦିଅନ୍ତା କିମିତି? ସେଥର ଗଲା। ଆଉଥରେ ଜେଲରେ ଥିବାବେଳେ ସ୍ତ୍ରୀ ପୁଅ ସବୁ କାବାର୍।

ସେ ଆଜି କେଉଁଠି ? ତାଙ୍କର ତ୍ୟାଗ ନାହିଁ ? ରଞ୍ଜୁ ବାପାଙ୍କର କେବଳ ତ୍ୟାଗ ? ରଞ୍ଜୁ ବାପା ମଟର ଗାଡ଼ିରେ ଚଢ଼ି ଧୂଳି ଉଡ଼େଇ ଯାଉଛନ୍ତି । ଆଉ ସେ ?

ସେ ବାକ୍ସ ଚରଖା । ଖଣ୍ଡେ ହାତରେ ଝୁଲାଇ, ସେଠୁ ଏଠିକି, ଏଠୁ ସେଠିକି, ଖରା ନାହିଁ ତରା ନାହିଁ ବୁଲୁଛନ୍ତି । ମନରେ ଏକମାତ୍ର ଶାନ୍ତି, ସେ ଦୈନିକ ସୂତ୍ରଯଜ୍ଞ କରନ୍ତି । ସୂତ୍ରଯଜ୍ଞ ପୂର୍ତ୍ତି ନ ହେଲେ ଖାଆନ୍ତି ନାହିଁ । ତାଙ୍କ ନିଜ ହାତକଟା ସୂତାରେ ସେ ଲୁଗା ପିନ୍ଧନ୍ତି । ବଜାରରୁ କିଣନ୍ତି ନାହିଁ । ହାତରେ ଲୁଗା ସଫା କରନ୍ତି, ଏବେ ବି । ଏଇ ବୟସରେ । ଷାଠିଏ ସେ ପାଖରେ । ଅଡ଼ା ନାହିଁ । ଆଡ଼ମ୍ବର ନାହିଁ । ରାଗ ନାହିଁ । ଅହଙ୍କାର ନାହିଁ । ମାତ୍ର ମନରେ ଗୋଟିଏ ମାତ୍ର ସାନ୍ତ୍ୱନା – 'ମୁଁ ପ୍ରତ୍ୟହ ସୂତା କାଟେ ।' ଯେମିତି ସେତକ ଗୌରବ ସେ ନିଜେ ନିଜକୁ ଦେଇ ଅନ୍ୟ ସମସ୍ତ ଉଚ୍ଚ ଆକାଙ୍‌କ୍ଷା ଅଭିଳାଷକୁ ତାହାରି ଭିତରେ ସମାଧି ଦେଇ ଦେଇଛନ୍ତି !

ଦେଶ ତାଙ୍କୁ ତାଙ୍କର ପ୍ରାପ୍ୟ ଦେଇନାହିଁ । ଲୋକେ ଚାହିଁ ନାହାନ୍ତି ତାଙ୍କୁ । ଭୋଟ୍‌ରେ ସେ ହାରି ଯାଇଛନ୍ତି । କାରଣ, ସେ ଟାଉଟରଙ୍କୁ ପଇସା ବାଣ୍ଟି ନାହାନ୍ତି । ତାଙ୍କରି ଲୋକେ ତାଙ୍କ ପଛଆଡ଼େ ହସନ୍ତି ଠରାଠରି ହୋଇ ! ତାଙ୍କରି କଂଗ୍ରେସ ବାଲାଏ । କହନ୍ତି - ଗୋଟାଏ ଜୀର୍ଣ୍ଣ କଙ୍କାଳ ଫିସିଲ୍ ! ଯାଦୁଘରେ ରହିବା ଯୋଗ୍ୟ । କଂଗ୍ରେସବାଲାଙ୍କ ହସରେ ଲୋକେ ବି ହସ ମିଶେଇ ଦିଅନ୍ତି । କିନ୍ତୁ ନିର୍ମଳବାବୁ ବୁଝିପାରନ୍ତି ନାହିଁ । ସରଳ ହୃଦୟ । ସେ ଭାବନ୍ତି, ସେମାନେ ତାଙ୍କୁ ଦେଖି ଖୁସି ହଉଛନ୍ତି । ମଣିଷ ମନର ପାପ ତାଙ୍କୁ ଛୁଇଁ ନାହିଁ । ତାଙ୍କର ଧାରଣା, ସମସ୍ତେ ଏବେ ବି ଗାନ୍ଧୀଙ୍କୁ ଭଲ ପାଆନ୍ତି, ମାନନ୍ତି ସେ ଯେମିତି ସହଜରେ ସରଳରେ ଗାନ୍ଧୀଙ୍କ ମତବାଦକୁ ଆପଣାର କରି ନେଇଛନ୍ତି, ସେମିତି । ସେଇଥିପାଇଁ ସେ ଭାବନ୍ତି, ପ୍ରତିଦିନ ନିୟମିତ ସେ ଚରଖାରେ ସୂତା କାଟନ୍ତି ବୋଲି ଶୁଣିଲେ ଲୋକେ ଖୁବ୍ ମହତ୍ତ୍ୱ ଦେବେ । ମାତ୍ର ସେଇଟା ହସର କାରଣ ହୋଇଯାଏ ।

ତାଙ୍କର କୋଠା ନାହିଁ ସହରରେ । ନିପଟ ମଫସଲରେ ଘର । ଘର ନୁହେଁ କୁଡ଼ିଆ । ସେଠିକି କେହି ବଡ଼ ନେତା ଆସନ୍ତି ନାହିଁ କି ସେମାନଙ୍କୁ ଆତିଥ୍ୟ ଦେବାର ସୁଯୋଗ କେବେ ତାଙ୍କ ମିଳି ନାହିଁ । କଂଗ୍ରେସ କର୍ମୀମାନଙ୍କର ପତର ପଡ଼ିବା ପାଇଁ ତାଙ୍କ ଘରେ ମେଳା ନାହିଁ କି ଅମାରରେ ଧାନ ନାହିଁ । ଭୋଟ୍ ପ୍ରଚାର କରିବ କିଏ ? ତାଙ୍କୁ ଗାନ୍ଧୀବାଲା ବୋଲି ମଧ୍ୟ କେହି ଖାତିର କରନ୍ତି ନାହିଁ । ସେମିତି ଲୋକଙ୍କୁ ଗାନ୍ଧୀବାଦୀ କୁହାଯାଏ ବୋଲି ଅନେକଙ୍କ ଧାରଣା ବି ନାହିଁ ।

ଗାନ୍ଧୀବାଦୀ ହେଉଛନ୍ତି ଯେତକ ମନ୍ତ୍ରୀ, ସବୁ । ପ୍ରଧାନମନ୍ତ୍ରୀ, ମୁଖ୍ୟମନ୍ତ୍ରୀ, ସେଇମାନେ ହଉଚନ୍ତି ଅସଲ ଗାନ୍ଧୀବାଲା । କାରଣ ସେଇମାନେ ଅକ୍ଟୋବର ଦୁଇରେ

ଗାନ୍ଧୀଜୟନ୍ତୀ ପାଳନ୍ତି ଆଉ ଜାନୁୟାରୀ ତିରିଶରେ ଶିରାଧ ବାଢ଼ନ୍ତି, ବର୍ଷକେ ଦୁଇଥର ସୂତା ବି କାଟନ୍ତି। ଚରଖା ଭାଡ଼ିରୁ ବାହାରେ ବରଷକେ ଥରେ। ତା'ଛଡ଼ା ରାମ୍ ଧୁନ୍‌ରେ ଯୋଗ ଦିଅନ୍ତି। କିନ୍ତୁ ରାମନାମ ମୁହଁରୁ ବାହାରେ ନାହିଁ। ଅପମାନ ହୋଇଯିବ। ଲୋକେ ଜାଣନ୍ତି ଏଇମାନେ ଗାନ୍ଧୀ ଲୋକ। କାରଣ ଏମାନଙ୍କ ହାତରେ ଖବର କାଗଜ ଅଛି। ଫଟୋ ବାହାର କରି ଲୋକଙ୍କୁ ଜଣେଇ ଦିଅନ୍ତି ଯେ ଏଇମାନେ ହେଲେ ଗାନ୍ଧୀଙ୍କ ଧରମ ପୁଅ।

ଆଉଦଳେ ଗାନ୍ଧୀବାଲା ଅଛନ୍ତି, ସେମାନେ କ୍ଷମତା ରାଜନୀତିରୁ ବାହାରେ। ଗାନ୍ଧୀଜୀ କଂଗ୍ରେସ ସଭ୍ୟ ନଥାଇ କଂଗ୍ରେସର ନେତା ଥିଲେ। କିନ୍ତୁ ଏମାନେ କଂଗ୍ରେସର ନେତା ନୁହନ୍ତି କି କର୍ମୀ ବା ସଭ୍ୟ ନୁହନ୍ତି। ନିଜକୁ ଅନେକ ନାମରେ ପରିଚିତ କରାଇଲେ ବି ଲୋକେ କହନ୍ତି କୁମ୍ଭୀପଟୁଆଙ୍କ ପରେ ଓଡ଼ିଶା ଇତିହାସରେ ଏମାନଙ୍କ ସ୍ଥାନ ନିର୍ଦ୍ଦିଷ୍ଟ। ସେ ବିଷୟରେ କେହି ପ୍ରତିବାଦ କରି ପାରିବେ ନାହିଁ। ଏମାନେ କ୍ଷମତାରେ ରହିବାକୁ ଯେପରି ନାରାଜ। କ୍ଷମତା ବିରୋଧରେ ଅଙ୍ଗୁଳି ଉତ୍ତୋଳନ କରିବାକୁ ମଧ୍ୟ ସେହିପରି କୁଣ୍ଠିତ। ଏମାନେ କିନ୍ତୁ ବିପ୍ଳବୀ। ସାମାଜିକ ଅନ୍ୟାୟ ବିରୋଧରେ ଏମାନେ ସବୁବେଳେ ପାଟିତୁଣ୍ଡ କରନ୍ତି। ସଂଗଠକ ଭାବରେ କଣ ସବୁ କାମ ବି କରୁଛନ୍ତି।

ରଞ୍ଜୁ ଖଣ୍ଡେ ପତ୍ରିକା ପଢୁଥିଲା। କେହି କାହାକୁ କିଛି କହିବାକୁ ନାହାନ୍ତି। ଉଭୟେ ଯେପରି ଉଭୟଙ୍କର ଧୈର୍ଯ୍ୟ ପରୀକ୍ଷା କରୁଛନ୍ତି। ଶେଷରେ ରଞ୍ଜୁ ହିଁ ହାରିଗଲା।

"ଦେଖିଲେ ଡ୍ୟାଡିଙ୍କ ଫଟୋ!" ରଞ୍ଜୁ ଆରମ୍ଭ କଲା।

"ଫଟୋଟା ଯେଉଁ କାରଣରୁ ନିଆ ଯାଇଛି, ସେଥିରୁ ଡ୍ୟାଡିଙ୍କୁ ଚିହ୍ନେଇ ଦବାଠାରୁ ନଚିହ୍ନେଇବାର ଉଦ୍ୟମଟା ବେଶି ହେଲା ପରି ଲାଗୁଛି।" ଦୁଃଖୀ କହିଲା।

"ମୁଁ ପରା ସେଇୟା କହୁଥିଲି। ସଂପାଦକଟା କରଣ ବୋଲି ସେ ଖାଲି କରଣ ମନ୍ତ୍ରୀଙ୍କ ଫଟୋ ଭଲ କରି ଦବ।"

ଦୁଃଖୀ ହସିଲା - କହିଲା, "ମୁଁ ଠିକ୍ ଓଲଟା କଥା ଶୁଣିଥିଲି, କରଣଙ୍କ ମୁହଁରୁ। ସେମାନଙ୍କର ଆପତ୍ତି ଯେ ଓଡ଼ିଶାର ପ୍ରାୟ ସବୁ ଦୈନିକ ଖବର କାଗଜର ସଂପାଦକ ବ୍ରାହ୍ମଣ। ସେମାନେ ବ୍ରାହ୍ମଣ ମନ୍ତ୍ରୀଙ୍କ ସଂବାଦ ଭଲ ଡିସ୍‌ପ୍ଲେ କରନ୍ତି। ଆଉ କରଣ ମନ୍ତ୍ରୀଙ୍କୁ ବ୍ଲାକ୍ ଆଉଟ୍। ତାଙ୍କ ବିଷୟରେ ଗୋଟିଏ ହେଲେ ଭଲକଥା ନାହିଁ। ବରଂ ଓଲଟାଟା ବେଶି।"

"କାହିଁକି, ମୁଁ ତ ଦେଖିଛି, ବହୁତ କରଣ ମନ୍ତ୍ରୀଙ୍କି ସେମାନେ ପ୍ରାଧାନ୍ୟ ଦିଅନ୍ତି।"

"ଉଭୟଟା, ଅସତ୍ୟ। ସତ୍ୟ ହେଉଛି କଣ ଜାଣ ?"

"ଜାଣେ ଆପଣ ଯାହା କହିବେ!"

"ବାଃ, ତମେ ତାହେଲେ ଜଣେ ବଡ଼ ମନସ୍ତାତ୍ତ୍ୱିକ ହୋଇ ଗଲଣି।"

"କେବଳ ଜଣକ ମନକଥା କହିପାରେ।" ହସିଲା ରଞ୍ଜୁ। ଦୁଃଖୀ ବି ହସିଲା। କହିଲା – "ଆଚ୍ଛା କହିଲ ଦେଖେ - ମୁଁ କଣ କହିଥାନ୍ତି ?"

"ଆପଣ କହିଥାନ୍ତେ, ଏଗୁଡ଼ା ଖବର କାଗଜ ନୁହେଁ। କବର କାଗଜ - ମାନେ, ଯିଏ ମଲା ତାଙ୍କରି କଥାରେ ପୃଷ୍ଠା ପୃଷ୍ଠା ଭରିଯିବ। ମଲା ବେଳକୁ ସେଠି କିଏ କିଏ ଥିଲେ, ମଶାଣିକି କିଏ କିଏ ଯାଇଥିଲେ, ମଲାପରେ କିଏ କିଏ କଣ କହିଲେ, କି ଶୋକବାର୍ତ୍ତା ଦେଲେ, ସଂପାଦକ କି ଶୋକବାର୍ତ୍ତା ପଠାଇଲେ, ଏସବୁ ଆଗ ବାହାରିବ। ବିରାଟ ତାଲିକା ଫର୍ଦ୍ଦ।"

"ତମେ ଯାହା କହିଲ ସତ। ମୁଁ ଜାଣେ। କୌଣସି ବଡ଼ଲୋକ ମର୍ ମର୍ ହେଉଛି ବୋଲି ଶୁଣିଲା ମାତ୍ରେ ଆଗ ଶୋକବାର୍ତ୍ତା ଲେଖି, କଂପୋଜ୍ କରି ସମ୍ପାଦକମାନେ ପ୍ରସ୍ତୁତ ହୋଇଯାଆନ୍ତି।"

ସତେ। ପଚାରିଲା ରଞ୍ଜୁ। କହିଲା - "ଧରନ୍ତୁ ଯଦି ସେ ଦୈବାତ୍ ନ ମଲା ?"

"ତାହେଲେ ତାକୁ ଭାଙ୍ଗି ଭୁଙ୍ଗି ଚିରି ଚୁରାକି ପକେଇ ଦିଅନ୍ତି। ଗୁଡ଼ାଏ ବାଜେ ଖର୍ଚ୍ଚ ହୋଇଯାଏ।"

"ଦେଖନ୍ତୁ ମୋ କଥା ଠିକ୍ ହେଲା ନା? ଆପଣ ଏଇୟା କହିବାକୁ ଭାବିଥିଲେ।"

ନା, ଖାଲି ଗମ୍ଭୀର 'ନା'ଟିଏ ମାରି ଦୁଃଖ ଆହୁରି ଗମ୍ଭୀର ହୋଇଗଲା। ରଞ୍ଜୁ ହାରିଯାଇ ଟିକିଏ ଲାଜପାଇ ମଧ୍ୟ ମୁହଁ ଭୁରୁଡ଼ି ଛାଡ଼ିଲା ନାହିଁ। କହିଲା – "ଇସ୍ ହୋଇ ନଥିବ ନା - ଆପଣ ମିଛ କହୁଛନ୍ତି।"

ରଞ୍ଜୁର ଗାଳିଟା କାହିଁକି ଭଲ ଲାଗିଲା ଦୁଃଖୀକି। ଏବେ ବି ତାର ମନେ ପଡ଼େ। କେତେ ବର୍ଷ ହୋଇଗଲାଣି। ରଞ୍ଜୁର ସେ ଲାଜ ଲାଜ ମୁହଁ। ରଞ୍ଜୁ ତଳକୁ ଚାହିଁଥିଲା। ଓଠରେ ହସ ଥିଲା। ଶାଢ଼ୀର କାନିରୁ ଗୋଟାଏ କୋଣ ଧରି ମୋଡୁଥିଲା। ଯେମିତି ତାର ହାର୍ ମାନିବାର ଅପମାନକୁ ସେ ଚିପୁଡ଼ି ଦେଉଥାଏ ଶୁଖିଲା ଭୂଇଁରେ।

କେତେବେଳ ପରେ ଦୁଃଖୀ ଆଗ କଥା କହିଲା - "ମୁଁ ଆମ ଦେଶର ଖବର କାଗଜ ସମ୍ପାଦକମାନଙ୍କର ରୁଚିକଥା କହୁଥିଲି। ଏ ଦେଶର ଖବର ଏ କାଗଜରେ ପ୍ରଥମ କାହାଣୀ ପ୍ରଧାନମନ୍ତ୍ରୀ ଓ ମୁଖ୍ୟମନ୍ତ୍ରୀମାନଙ୍କର ବାର୍ତ୍ତାବାଣ। ବାର୍ତ୍ତା କାଗଜ ନ କହି ଲୋକେ ଏହାକୁ ଖବର କାଗଜ କାହିଁକି କହନ୍ତି, ମୁଁ ବୁଝିପାରେ ନାହିଁ। ଇତିହାସ

ପଢୁଥିଲା ବେଳେ ଦେଶର ପ୍ରକୃତ ଇତିକଥା ସେଥିରେ ପାଉ ନଥିଲି। ମିଳୁଥିଲା କେବଳ ରାଜା ଓ ଶାସକମାନଙ୍କର ଇତି ଚରିତ୍ର ଓ ତତ୍ ସଂଯୁକ୍ତ କେତେକ ଘଟଣା। ମାତ୍ର ଆଜିର ଏଇ ସଂବାଦପତ୍ରକୁ ଭିତ୍ତିକରି କାଲିର ଐତିହାସିକମାନେ ଯାହା ଲେଖିବେ ସେଥିରୁ ଶାସକମାନଙ୍କର ଚରିତ୍ର ମଧ୍ଯ ବିଚାର କରି ହେବନାହିଁ। ଆମେ କେବଳ ପାଇବା ଇତି ବିବୃତ, ଇତିବାର୍ତ୍ତା। କାରଣ ଏମାନଙ୍କର ଚରିତ୍ର, ଆଚରଣ ଓ ବାକ୍ୟ ମଧ୍ୟରେ ଗୋଟାଏ ଗୋଟାଏ ସୁଦୀର୍ଘ ପ୍ରଣାଳୀ, ବିସ୍ତୃତ ବ୍ୟବଧାନ।"

"ଡ୍ୟାଡି ମଧ୍ୟ ଏଇ କଥା କହନ୍ତି।" ରଞ୍ଜୁ କହିଲା। "କଥା ଓ କାର୍ଯ୍ୟରେ ସାମଞ୍ଜସ୍ୟ ରହିବା ଉଚିତ୍।"

"କେବଳ ଶାସକ ନୁହନ୍ତି। ଆମ ସମସ୍ତଙ୍କର ଏକା ଦଶା। ଆମେ ମହାତ୍ମାଗାନ୍ଧୀଙ୍କୁ ଜାତିର ଜନକ ବୋଲି ତାଙ୍କ ସମାଧି ଉପରେ ଫୁଲମାଳ ଥୋଇ ତାଙ୍କୁ ଶ୍ରାଦ୍ଧ କରୁ। କିନ୍ତୁ ମହାତ୍ମାମାନଙ୍କର ପ୍ରଦର୍ଶିତ ପନ୍ଥା ଉପରେ ଆମର କାହାରି ତିଳାର୍ଦ୍ଧେ ବିଶ୍ୱାସ ନାହିଁ। ଗାନ୍ଧୀ ପ୍ରତିକୃତି ଉପରେ ଫୁଲମାଳ ଦେବାବେଳେ ଆମ ଫଟୋ ସମ୍ବାଦ ପତ୍ରରେ ବାହାରେ। ଲୋକେ ବୁଝନ୍ତି ଆମେ ହିଁ ପ୍ରକୃତରେ ଗାନ୍ଧୀଙ୍କ ଦାୟାଦ।"

"ଆମେ କଣ ପ୍ରକୃତରେ ଗାନ୍ଧୀଜୀଙ୍କର ଦାୟାଦ ନୋହୁଁ? ମାତ୍ର ଆମେ ଯେ ଗାନ୍ଧୀଜୀଙ୍କର ଦାୟାଦ, ଏଥିରେ ସନ୍ଦେହ କଣ ଅଛି ?"

"ଯଦି ଦାୟାଦ ହୋଇଥାଉ ତେବେ ପିତୃହନ୍ତା ଆମେଇ ଜାତିର ଜନକଙ୍କୁ ହତ୍ୟା କରିଛୁ – ଗଡ଼ସେ ଏକା ନୁହେଁ।"

"ଆମ ପ୍ରଫେସର କଣ କହୁଥିଲେ ଶୁଣିଛନ୍ତି ? କହୁଥିଲେ, ସେଇଟା ଭାରତୀୟ ଚରିତ୍ର। ଏଠି ବୌଦ୍ଧଧର୍ମ ଉଧେଇ ପାରିଲା ନାହିଁ, ବୌଦ୍ଧଧର୍ମ ପ୍ରସାର ଲାଭ କଲା ସୁଦୂର ଚାଇନା ଓ ଜାପାନରେ।" ରଞ୍ଜୁ କହିଲା।

"ଯଥାର୍ଥ କହିଛନ୍ତି ତମ ପ୍ରଫେସର।" ଦୁଃଖୀ ମତ ଦେଲା, "ମୋଗଲ ସାମ୍ରାଜ୍ୟର ଇତିହାସ ଯେପରି ସିଂହାସନ ପାଇଁ ପୁତ୍ର ପିତାକୁ ହତ୍ୟା କରିବାର ଦେଖାଯାଇଛି, ଏବେ ତାହାହିଁ ହେଲା। ଗାନ୍ଧୀଜୀଙ୍କର ଦାୟାଦମାନେ ହିଁ ଗାନ୍ଧୀଙ୍କୁ ହତ୍ୟା କଲେ ତିଳେ ତିଳେ। ସେ ହତ୍ୟାର କ୍ରିୟା ଆଜି ମଧ୍ଯ ଚାଲିଛି।"

"ଆପଣଙ୍କର କହିବାର ଅର୍ଥ, ଆମେ ଗାନ୍ଧୀ ବାକ୍ୟକୁ ହତ୍ୟା କରୁଛୁ ?" ରଞ୍ଜୁ ପଚାରିଲା।

"ତମେ ତା କହିପାର। ମାତ୍ର ମୋ ମତରେ ଗାନ୍ଧୀବାଦ ବୋଲି କିଛି ନିର୍ଦ୍ଦିଷ୍ଟ ସତ୍ୟ, ତଥ୍ୟ ବା ତତ୍ତ୍ୱ ନାହିଁ। ଏ ଦେଶରେ ଯାହା ଥିଲା, ଆମେ ଯାହା ଭୁଲି ଯାଇଥିଲୁ, ଗାନ୍ଧୀ ଆମକୁ ସ୍ମରଣ କରାଇ ଦେଇଛନ୍ତି ମାତ୍ର। ଆମେ ଗାନ୍ଧୀଙ୍କୁ ଭୁଲିବା ଅର୍ଥ ଆମ

ପରମ୍ପରାକୁ ହତ୍ୟା କରିବା। ପରମ୍ପରାର ହତ୍ୟା ପିତୃହତ୍ୟାଠାରୁ ମଧ୍ୟ ଗୁରୁତର ଅପରାଧ। କାରଣ ଯେ ପରମ୍ପରାକୁ ହତ୍ୟାକରେ, ସେ ବର୍ଣ୍ଣସଙ୍କରର କାରକ ବୋଲି 'ଗୀତା' କହନ୍ତି।"

ଚପରାସୀ ଆସି କହିଲା - "କିଏ ଜଣେ ଭଦ୍ରମହିଳା ମିନିଷ୍ଟରଙ୍କୁ ଖୋଜୁଛନ୍ତି।"

ଦୁଃଖୀ ଉଠିଯାଇ ସ୍ୱାଗତ କରି ଘେନି ଆସିଲା। ରଞ୍ଜୁ ଯାଇ ତାର ବାପାଙ୍କୁ ଡାକି ଦେଲା।

ମନ୍ତ୍ରୀ ଓ ଭଦ୍ରମହିଳା ଏକା। ଦୁଃଖୀକୁ ମଧ୍ୟ ବାହାରକୁ ଯିବାକୁ ପଡ଼ିଲା ବାଧ ହୋଇ। ରଞ୍ଜୁ କିନ୍ତୁ ଘର ଭିତରୁ ସବୁ ଶୁଣୁଥାଏ।

ଭଦ୍ରମହିଳା ଚାଲିଗଲା ପରେ ଡ୍ରଇଂ ରୁମ୍‌ରେ ପୁଣି ଆବିର୍ଭାବ ଉଭୟଙ୍କର। ଦୁଃଖୀ ଓ ରଞ୍ଜୁ।

"କିଏ ଚିହ୍ନିଲ ସେ ଭଦ୍ର ମହିଳାଙ୍କୁ ?"

"ଚେହେରାରୁ ମନେହୁଏ, ସେ ମିସେସ୍ କରୁଣା ଖାଁ। ଠିକ୍ ନା ?"

"କେମିତି ଚିହ୍ନିଲ ?"

"ଖବର କାଜରେ ଫଟୋ ଦେଖିଛି। ସେ ଜଣେ ବିପ୍ଳବିନୀ। ଅଗଷ୍ଟ ବିପ୍ଳବରେ ଯେଉଁମାନେ ହିଂସାତ୍ମକ କାର୍ଯ୍ୟକୁ ଗାନ୍ଧୀଜୀଙ୍କର ନିର୍ଦ୍ଦେଶ ବୋଲି ବ୍ୟାଖ୍ୟା କରି ସଂଗଠନ କରୁଥିଲେ, ସେମାନଙ୍କ ମଧ୍ୟରେ ସେ ଜଣେ ପୁରୋଧାତ୍ରୀ।"

"ବ୍ୟକ୍ତିଗତ ଓ ସାମାଜିକ ଜୀବନରେ ମଧ୍ୟ ସେ ଗତାନୁଗତିକ ଧାରାର ଘୋର ବିରୋଧୀ। ନୁହେଁ ?"

"ଜାଣେ, ଜାଣେ ! ତା' ନ ହୋଇଥିଲେ, ବ୍ରାହ୍ମଣ ଘର ଝିଅ ମୁସଲମାନ ବିବାହ କରିଥାନ୍ତେ ?"

"ସେଟା କଣ ଭୁଲ ? ଅନ୍ୟାୟ ?"

"ଅନ୍ୟାୟ କି ଭୁଲ ବୋଲି କହିବା କଠିଣ। ମାତ୍ର ତାଙ୍କ ସ୍ୱାମୀ ରାଜ୍ୟପାଳ ହେଲାବେଳେ ଦୁହିଁଙ୍କୁ ଏକ ସଙ୍ଗରେ ଦେଖିବାର ସୌଭାଗ୍ୟ କାହାକୁ ମିଳିନାହିଁ। ଶପଥ ଗ୍ରହଣ ଉତ୍ସବରେ ମଧ୍ୟ ନୁହେଁ।"

"ତା ଅର୍ଥ ଆପଣ ପ୍ରକାରାନ୍ତରେ କହୁଛନ୍ତି ଯେ ଏ ପ୍ରକାର ବିବାହ ଅନ୍ୟାୟ।"

"ନା, ମୋର କହିବାର ଅର୍ଥ, ମନୁଷ୍ୟ ତାର ପ୍ରତ୍ୟେକ ଦୁର୍ବଳତାକୁ ବିପ୍ଳବ ନାମରେ ପ୍ରଶ୍ରୟ ଦେବା ଅନ୍ୟାୟ।"

"ଅନ୍ୟ ଜାତିରେ ବିବାହ ହେବା କଣ ଦୁର୍ବଳତା।"

"ଅନ୍ୟ ଜାତିରେ ବିବାହ ଦୁର୍ବଳତା କି ନୁହେଁ ମୁଁ କହିପାରିବି ନାହିଁ। ମାତ୍ର

ଯୌବନର ଉଦ୍ଦାମତାକୁ ପ୍ରଣୟ ଆଖ୍ୟା ଦେଇ ପରିଣୟ କରିବା ବୁଦ୍ଧିମାନଙ୍କର କର୍ମ ନୁହେଁ।"

"ଯୌବନର ଉଦ୍ଦାମତା ଆଉ ପ୍ରଣୟ ମଧ୍ୟରେ ବ୍ୟବଚ୍ଛେଦ ରେଖା କେଉଁଠି ?"

"ସେ ରେଖା କେବଳ ଭୁକ୍ତଭୋଗୀ ଜାଣେ। ତାକୁ ବାକ୍ୟରେ ପ୍ରକାଶ କରିବା ଅନ୍ୟପକ୍ଷରେ ଦୁଃସାଧ।"

"ଯଦି କେହି ପାର୍ଥକ୍ୟ ବୁଝି ନପାରି ସମାଜର ତଥାକଥିତ ଶୃଙ୍ଖଳାକୁ ଅବହେଳା କରେ, ସେଟା କଣ ତାର ସମାଜବିରୋଧୀ କାର୍ଯ୍ୟ ହେବ।"

"ସମାଜବିରୋଧୀ କାର୍ଯ୍ୟ ହେବ କି ନା ମୁଁ ତା'ର ଉତ୍ତର ଦେବାକୁ ଯାଉନାହିଁ, ମାତ୍ର ଯେଉଁ ଲୋକ ଯୌନଲାଳସା ଓ ପ୍ରଣୟ ମଧ୍ୟରେ ପାର୍ଥକ୍ୟ ନ ବୁଝେ, ତା'ପକ୍ଷରେ ବିବାହ ନ କରିବା ବରଂ ଶ୍ରେୟସ୍କର। କାରଣ ଯୌନଲାଳସା ପ୍ରଥମ ପାତ୍ରଠାରେ ପରିତୃପ୍ତ ହେଲାପରେ, ପାତ୍ର ଅବହେଳିତ ହୋଇଯାଏ।"

"ପାତ୍ର ଯଦି ଖଲ୍ଲିପତ୍ର ନ ହୋଇ ସୁବର୍ଣ୍ଣ ନିର୍ମିତ ହୁଏ ତଥାପି ଅଇଁଠା ପତ୍ର ପରି ଫିଙ୍ଗି ଦେବେ ?"

"ଫିଙ୍ଗିଦେଇ ନପାରେ। ମାତ୍ର ସୁନା ପ୍ରତି ଲୋଭ ହେବାର ସମ୍ଭାବନା ଅଛି, ପାତ୍ର ପ୍ରତି ନୁହେଁ ?"

ହଠାତ୍ ରଞ୍ଜୁର ବାପା ଆସି ପହଞ୍ଚିଲେ। "କି ଯୁକ୍ତି ଚାଲିଛି ?" ପଚାରିଲେ। ରଞ୍ଜୁ ଆଗ କହି ଉଠିଲା – "ବାପା, ଦୁଃଖୀବାବୁ କହୁଛନ୍ତି –"

ରଞ୍ଜୁ ବୋଉ ପରଦା ଆଡ଼େଇ ଦେଇ କହିଲେ – "ଧାଡ଼ି ସାଡ଼ି ଟିକିଏ ଶିଖିଲୁ ନାହିଁ! ଏତୁଟିଏ ହେଲୁ। ଦୁଃଖୀବାବୁ କଣ ? ଦୁଃଖୀ ଭାଇନା କହି ପାରୁନୁ ?"

ରଞ୍ଜୁ ଲାଜ ପାଇ ତଳକୁ ମୁହଁ ପୋତିଦେଲା। ବୋଉ କହିଲେ – "ପୂଜାରୀ ପଚାରୁଛି ବଢ଼ାବଢ଼ି କରିବ ?"

"ଦୁଃଖୀ ଭାଇନା କହୁଥିଲେ – ମାମୀ, ସେ ଖାଇଛନ୍ତି, ଆଉ ଖାଇବେ ନାହିଁ, ନୁହେଁ ଭାଇନା ?" ଭାଇ ଡାକିବା ସୁଯୋଗ ସୃଷ୍ଟିକରି ରଞ୍ଜୁ ରହସ୍ୟମୟୀ ହୋଇଉଠିଲା।

ବାପା କହିଲେ – "ତୁ ବଡ଼ ଚଗଲୀ। ଦୁଃଖୀ ତା କଥାକୁ ଧରିବ ନାହିଁ। ତା କଥାର କିନ୍ତୁ ଠିକ୍ ଠିକଣା ନଥାଏ। କେତେବେଳେ ଯେ କଣ କହିଦିଏ ! ହଁ ସୁଜାତା, ବାଢ଼ିବାକୁ କହିଦିଅ। ହଁ ରଞ୍ଜୁ, ତମର କି ଯୁକ୍ତି ପଡ଼ିଥିଲା ?" ରଞ୍ଜୁ ବୋଉ ଚାଲି ଯାଇଥିଲେ।

"ଏଇ ମିସେସ୍ ଖାଁଙ୍କ କଥା। ସେ ତାଙ୍କର ସ୍ୱାମୀଙ୍କୁ ଛାଡ଼ିଦେଲେଣି ପରା ?"

"ନା, କିଏ କହିଲା ତୋତେ ?"

"ସମସ୍ତେ କୁହାକୁହି ହେଉଛନ୍ତି ଡ୍ୟାଡୀ।"

"କାହାର ବ୍ୟକ୍ତିଗତ ଜୀବନ ସମ୍ବନ୍ଧରେ ଜାଣିବାର ଚେଷ୍ଟା ଭଲ ନୁହେଁ? ସେ ଜଣେ ବିପ୍ଳବିନୀ ନାରୀନେତ୍ରୀ। ଏତକ ତୋର ଜାଣିବା କଥା।"

"ମାତ୍ର ଯେ ଯେଉଁ ଉଦ୍ଦେଶ୍ୟରେ ଆସିଥିଲେ ସେଥିରୁ କଣ ତାଙ୍କର ବିପ୍ଳବାତ୍ମକ ମନୋବୃତ୍ତିର କୌଣସି ଆଭାସ ମିଳୁଛି ?"

"ତୁ ତେବେ ସବୁ ଶୁଣିଛୁ ?"

ହଁ !

ଅନ୍ୟର ଚିଠିପତ୍ର ପଢ଼ିବା, ଅନ୍ୟର କଥାବାର୍ତ୍ତା କାନପାରି ଶୁଣିବା, ଅସୌଜନ୍ୟ।

କାନ୍ଥର ପରା କାନ ଥାଏ ବୋଲି କହନ୍ତି ଡ୍ୟାଡି କାନକୁ ବନ୍ଦ କରିଥାନ୍ତି କିମିତି ?

ତୁ ଭାରୀ କଥା କହି। ଏଇ ଶିଖିଛୁ? ହଁ ଦୁଃଖୀ, ତମେ ଜାଣିଛ ମିସେସ୍ ଖାଁଙ୍କୁ ?

"ବହୁତ ଶୁଣିଛି ତାଙ୍କ ସମ୍ବନ୍ଧରେ। ବୟାଳିଶ ଆନ୍ଦୋଳନ ବେଳେ ଆମେ ତାଙ୍କୁ କହୁଥିଲୁ 'ଝାନ୍‌ସୀକୀ ରାନୀ'। ଆତ୍ମଗୋପନ ଅବସ୍ଥାରେ ଏ ବିପ୍ଳବିନୀ ଇଂରେଜ ସରକାରଙ୍କର କୋକୁଆ ଭୟର କାରଣ ହୋଇଥିଲେ।"

"ଏବେ ସେ କାହିଁକି ଆସିଥିଲେ ଜାଣ ?"

ନାଁ।

ତମକୁ ରଞ୍ଜୁ କହିନାହିଁ ?

ନାଁ।

ତେବେ ଶୁଣ। ଏବେ ସେ କଂଗ୍ରେସକୁ ରକ୍ଷଣଶୀଳତାରୁ ଉଦ୍ଧାର କରିବାର ବ୍ରତ ନେଇଛନ୍ତି।

ସେ ଏକୁଟିଆ ନା, ତାଙ୍କ ସାଙ୍ଗରେ ଆଉ କେହି ଅଛନ୍ତି ?

କଂଗ୍ରେସ ପୁଙ୍ଗନେତା କେତେଜଣ ତାଙ୍କର ପ୍ରେରଣାଦାତା।

ତେବେ ସେ ନିଶ୍ଚୟ ତାଙ୍କର ମତ ପରିବର୍ତ୍ତନ କରିଛନ୍ତି ?

ନାଃ।

ସେ ତ ଜଣେ ବାମପନ୍ଥୀ ନେତ୍ରୀ ଥିଲେ। ଏବେ କଂଗ୍ରେସରେ ଯୋଗ ଦେଇ ଦକ୍ଷିଣପନ୍ଥୀ ହେଲେ। ପୁରସ୍କାର ସ୍ୱରୂପ ତାଙ୍କ ପ୍ରତି ଉଚ୍ଚ ଆସନ ପାଇଲେ। ବର୍ତ୍ତମାନ ସେ ନିଶ୍ଚୟ ଜଣେ ଗାନ୍ଧିବାଦୀ ଏବଂ ଗାନ୍ଧୀ ଯେଉଁ ବିପ୍ଳବ ଏ ଦେଶରେ ଚାହିଁଥିଲେ

କଂଗ୍ରେସ ସେ ପନ୍ଥାରୁ ଦୂରେଇ ଯିବାରୁ ସେ ବୋଧହୁଏ କଂଗ୍ରେସକୁ ଗାନ୍ଧୀ ପଥରେ ନେଇଯିବାକୁ ଚାହାନ୍ତି ?

ହସି ଉଠିଲେ ରଞ୍ଜୁର ବାପା । କହିଲେ "ଗାନ୍ଧୀ ଚିନ୍ତାଧାରାକୁ କୌଣସି ବିପ୍ଳବୀ ବିପ୍ଳବର ପ୍ରତୀକ ବୋଲି ଧରେ ନାହିଁ । ବରଂ ତାହା ବିପ୍ଳବର ପରିପନ୍ଥୀ ବୋଲି ମନେ କରେ ।"

"ତେବେ ସେ ଆଉ କି ପ୍ରକାର ବିପ୍ଳବର ପରିକଳ୍ପନା କରୁଛନ୍ତି ?" ପଚାରିଲା ଦୁଃଖୀ ।

ମୁଁ ଦିନେ ସେମାନଙ୍କୁ ଯାହା କହୁଥିଲି, ପୁସ୍ତକ ବି ଲେଖିଥିଲି, ଏତେ ଦିନେ ଏମାନେ ସେଇ ଧ୍ୱନି ଧରିଛନ୍ତି । କହିଲେ ରଞ୍ଜୁର ବାପା ।

ମାନେ ଏକ ଜାତି – ଏକ ନେତା ? ଦୁଃଖୀ ପଚାରିଲା ।

ଏକ୍‌ଜାକ୍‌ଟ୍‌ଲି – ବିଲକୁଲ୍ ଠିକ୍ ।

ଆପଣ କହିଲେ ? ସେ ରାଜି ହୋଇଗଲେ ?

"ପାଗଳ ! ମୁଁ ସେତେବେଳେ କହିଥିଲି ବୋଲି ଆଜି କଣ ସେଇଆ କହିବି ? ପରିବର୍ତ୍ତିତ ପରିସ୍ଥିତିରେ ନୀତି ପରିବର୍ତ୍ତନ କରିବା ହେଉଛି ରାଜନୀତି । ଏବେ କଂଗ୍ରେସର ଯେଉଁ ତୁଙ୍ଗ ନେତା ଏ ଧ୍ୱନି ଉଠାଇବାକୁ ଚାହାନ୍ତି, ତାଙ୍କୁ ଯଦି ଆମେ ସର୍ବାଧିନାୟକ ବା ଡକ୍‌ଟେଟର୍ ନ କରି ଅନ୍ୟ ଜଣକୁ ବସେଇ ଦଉଁ, ତେବେ ସେଇ ନେତା, କଂଗ୍ରେସ ଏକଛତ୍ରବାଦୀ ହୋଇଗଲା ବୋଲି କହି ଅନ୍ୟ ଦଳକୁ ଲମ୍ଫ ଦେବେ ବା ନୂତନ ଦଳ ଗଢ଼ିବେ । ଏମାନଙ୍କ ଚରିତ୍ର ମୋତେ ଜଣାନାହିଁ ? ବେଶ୍ ଭଲକରି ମୁଁ ଜାଣେ ।"

ନୀତି ବୟାନ କରାଯାଏ, ଏଇ ରାଜନୀତିରେ, କେବଳ ସ୍ୱାର୍ଥର ଅନୁକୂଳ ହେଲେ । ନୁହେଁ ଆଜ୍ଞା ? ଦୁଃଖୀ ପଚାରିଲା ।

"ଅନୁକୂଳ ନୀତିଟା ହିଁ ରାଜନୀତି – ମାନେ ଶ୍ରେଷ୍ଠ ନୀତି ।" କହିଲେ ରଞ୍ଜୁର ବାପା । "ତମେ ଯାହାକୁ ନୀତି କହ, ନୀତି ନୀତି ବୋଲି ଚିତ୍କାର କର, ତା'ର ବର୍ଣ୍ଣ କ'ଣ ? ରୂପ କ'ଣ ? ରେଖା କ'ଣ ? ନୀତିର କୌଣସି ସ୍ଥାୟୀ ମାନଦଣ୍ଡ ସମାଜ ଧରି ନେଇ ନାହିଁ । ଦେଶ କାଳ ପାତ୍ରକୁ ଚାହିଁ ସେ କେତେ ରୂପ ନେଉଛି । ପୁଣି ଦେଶ କାଳ ପାତ୍ରରେ ମଧ୍ୟ ଯେ କୌଣସି ସ୍ୱାର୍ଥାନୁକୂଳ ନୀତି ବରଣ କରିବା ତା'ର ଧର୍ମ । ସେଥିପାଇଁ ପରସ୍ପର ବିରୋଧୀ ନୀତିବାକ୍ୟମାନ ଶାସ୍ତ୍ର ବୟାନ କରିଛି । ଚୋର ଚୋରୀ କଲାବେଳେ କହୁଛି, ପେଟ ପୋଷ ନାହିଁ ଦୋଷ । ଗତ ନିର୍ବାଚନରେ କୁହାଗଲା ବର୍ଷକ ଭିତରେ ଘିଅ ମହୁ ବର୍ଷିବ । ଚାରିବର୍ଷ ହୋଇଗଲା, ଘିଅ ନାହିଁ କି ମହୁ ନାହିଁ ।

ଲୋକେ ପଚାରିଲେ କହୁଛୁ - ସବୁର୍ କା ପେଡ୍ ମେ ମେଓ୍ୱା ଫଲ୍‌ତା ହୈ। ଶନୈଃ ପନ୍ଥା, ଶନୈଃ କନ୍ଥା, ଶନୈଃ ପର୍ବତ୍ ଲଂଘନମ୍। ଯଦି ଦରକାର ମନେ ହେବ ଯେ ଭାବିଚିନ୍ତି କାମକଲେ ନେଡ଼ିଗୁଡ଼ କହୁଣୀକି ବହିଯିବ, ଲାଭର ଆଶା କ୍ଷୀଣ ହୋଇଯିବ, ତେବେ ମନେ ପକାଇ ଦିଆଯିବ - ରାବଣର ରାମଚନ୍ଦ୍ରଙ୍କୁ ଉପଦେଶ - ସ୍ୱର୍ଗକୁ ନିଶୁଣୀ ବାନ୍ଧିବାକୁ ହେଲେ ସଙ୍ଗେ ସଙ୍ଗେ କର୍ତ୍ତବ୍ୟ।"

"ଅନେକ କିନ୍ତୁ ଦୁର୍ନାମ କରୁଛନ୍ତି ଆପଣଙ୍କର। ମୁଁ ଶୁଣିଛି।"

କ'ଣ, କ'ଣ - କି ଦୁର୍ନାମ? କାହିଁକି? କାରଣ? ବ୍ୟସ୍ତ ହୋଇ ପଡ଼ିଲେ ରଞ୍ଜୁର ବାପା।

"ଆପଣ କେଉଁ କାମରେ ଟେଣ୍ଡର ନ ଡାକି କାମଟା ଶୀଘ୍ର କରାଯିବ ବୋଲି ଅର୍ଡର ଦେଇଦେଲେ। ଦଶ କୋଡ଼ିଏ ଲକ୍ଷ ଟଙ୍କାର କାମ। ଲୋକେ କହୁଛନ୍ତି ଅନ୍ତତଃ ଲକ୍ଷେ ଟଙ୍କା ମନ୍ତ୍ରୀ ପକେଇଦେଲେ।"

"କହୁଛନ୍ତି? ହା, ହା, ହା। ଲୋକେ ଲକ୍ଷେ ଯାଏ ଯାଇ ପାରିଲେ। ପାଞ୍ଚ ଲକ୍ଷ କାହିଁକି ନହବ? ହଇହୋ - ମନ୍ତ୍ରୀଙ୍କର ସେଇଟା କଣ ପାପ? ତମେ ଭୋଟ ବେଳକୁ ଆମ ପାଖରେ ହାତ ପତେଇବ, ଆମେ ପୁଣି ନିର୍ବାଚନ ମଣ୍ଡଳୀରେ ଆମ ଏଜେଣ୍ଟ ଟାଉଟରମାନଙ୍କୁ ବର୍ଷ ବର୍ଷ ଧରି ପୋଷୁଥିବୁ। କଉଁଠୁ ଆଣିବୁ? ଗତ ନିର୍ବାଚନରେ ମୋର ପଚିଶ ହଜାର ଟଙ୍କା ଖର୍ଚ୍ଚ? ରଞ୍ଜୁର ମାମୁଁମାନେ ମତେ କଣ ଦେବେ ନା ଦେଶବାସୀ ଦେବେ? ତା ଛଡ଼ା ପାର୍ଟି। ପାର୍ଟିର ତ ସବୁଠୁଁ ବଡ଼ ପେଟ। ତମେ ମୋ ସହିତ ଏକମତ ହେବ ନିଶ୍ଚୟ?"

ଏବେ ତା' ହେଲେ ଆପଣ ନିରଙ୍କୁଶ ଏକଛତ୍ର ଶାସନର ପକ୍ଷପାତୀ, ପ୍ରକାରାନ୍ତରେ?

କେମିତି? କେମିତି? ପାର୍ଟିଟାତ ଗଣତନ୍ତ୍ରର ମୂଳମନ୍ତ୍ର।

ଏକଛତ୍ର ଶାସନର ମୂଳମନ୍ତ୍ର ବି ସେଇ ପାର୍ଟି।

ସେଠି ନାମ ମାତ୍ରକୁ ପାର୍ଟି। ଗୋଟାଏ ପାର୍ଟି ଅର୍ଥ - ପାର୍ଟି ନାହିଁ କହିଲେ ଚଳେ। ସର୍ବବ୍ୟାପୀ ନିରାକାର ବ୍ରହ୍ମ। ଏକମେବାଦ୍ୱିତୀୟମ୍!

ଆପଣଙ୍କ କର୍ମ ଫଳରେ ଭାରତ ବର୍ଷରେ କେବଳ ଗୋଟିଏ ପାର୍ଟି ହିଁ ରହିବ ଶେଷକୁ।

କେମିତି? କେମିତି? ଆମେ କଣ ଅନ୍ୟ ଦଳକୁ ବେଆଇନ୍ କରିଛୁଁ?

"ହାତରେ ନମାରି ଭାତରେ ମାରୁଛନ୍ତି। ଯେଉଁ ଦଳ ଶାସନରେ ରହିବ, ସେଇ କେବଳ ଭୋଟପାଇଁ ସମ୍ବଳ ସଂଗ୍ରହ କରି ପାରିବ। ଆମେ ଭୋଟର୍ ବା

ଟାଉଟରଙ୍କୁ ଟଙ୍କା ଦେଇ କ୍ରମେ ଭୋଟକୁ ଏପରି ବ୍ୟୟ ସାପେକ୍ଷ କରି ଦେଉଛୁ ଯେ ଶେଷକୁ ଆମ ଛଡ଼ା ଆଉ କେହି ନିର୍ବାଚନରେ ଲଢ଼ି ପାରିବେ ନାହିଁ। ମୂର୍ଖତା ବଶତଃ ଯଦି କେହି ଲଢ଼େ, ତେବେ ସେ ନିଶ୍ଚୟ ହାରିବ।"

"ତଥାପି ତ ଲୋକେ ଲଢୁଛନ୍ତି, ଜିତୁଛନ୍ତି।"

"କ୍ରମେ ସଂଖ୍ୟା କମିଯିବ।"

ନା, ନା, ନା - ସେପରି ଭାବିବା ତମର ଭୁଲ୍। ଭାରତ ବର୍ଷରେ ଏକଛତ୍ର ଶାସନ ଅସମ୍ଭବ ଆମର ଏହି ସମ୍ବିଧାନର ଆଦର୍ଶ ଗଣତନ୍ତ୍ର। ଏ ସମ୍ବିଧାନ ଜୀବିତ ଥିବାଯାଏ ଭାରତ ବର୍ଷରେ ଏକଛତ୍ରବାଦ ଅସମ୍ଭବ।

ବଢ଼ା ସରିଲାଣି। ଲଞ୍ଚ୍ ରେଡି ସାର୍! ବବୁର୍ଚି ଆସି କହିଲା। ସଙ୍ଗେ ସଙ୍ଗେ ରଞ୍ଜୁ ଉଠିଗଲା। ମାତ୍ର ଦୁଃଖୀ ଓ ରଞ୍ଜୁର ବାପାଙ୍କ ମଧ୍ୟରେ ବାଦାନୁବାଦ ସରୁ ନଥାଏ।

ସେଦିନ ଦେଶର ନେତାମାନଙ୍କର ପ୍ରକୃତ ରୂପ ଦେଖିପାରିଲା ଦୁଃଖୀ। ତା ଆଖି ଆଗରୁ ଯେମିତି ଗୋଟାଏ ପରଦା ହଟିଗଲା। ତାକୁ ଘୃଣା ଲାଗୁଥିଲା ଏଇ ମନ୍ତ୍ରୀଙ୍କ ଘରେ ଖାଇବାକୁ। ରଞ୍ଜୁର ଉପସ୍ଥିତିଟା ମଧ୍ୟ ସେ ଯେପରି ସହ୍ୟକରି ପାରୁ ନଥିଲା। ଏଇ ରକ୍ତରେ ଗଢ଼ା। ଏଇ ପାଣିପାଗରେ ବଢ଼ିଛି। ଘୃଣା ନୁହେଁ ଦୟା ହେଉଥିଲା। କିନ୍ତୁ ସେ ପ୍ରକାର ଦୟାରେ କୌଣସି ଦାନଦେବା ସାଙ୍ଗରେ ଗ୍ରହୀତା ପ୍ରତି ଘୃଣା ଓ ନୀଚତ୍ୱବୋଧ ମଧ୍ୟ ଆସେ ପ୍ରତିଦାନ ସୂତ୍ରରେ। ସ୍ୱାଭାବିକ। ସେ ପ୍ରକାର ନୀଚତ୍ୱବୋଧ ତା'ର ନଥିଲା ରଞ୍ଜୁ ପ୍ରତି ଆଗେ। ଅନେକ ସମୟରେ ଦୟା ହେଲେ ମଧ୍ୟ ଦାନ କରିବାକୁ ଇଚ୍ଛା ହୁଏ ନାହିଁ। ତା' ବି ଠିକ୍ ନୁହେଁ ରଞ୍ଜୁ କ୍ଷେତ୍ରରେ। ରଞ୍ଜୁ ଦାନର ଅଯୋଗ୍ୟ।

ରଞ୍ଜୁ! ଯା' ବସ୍, ଆମେ ଯାଉଛୁ। କହିଲେ ରଞ୍ଜୁର ବାପା।

ନାଁ ଡାଡି, ତମେ ଆସ। ଭାତ ଶୁଖିଯିବ। ରଞ୍ଜୁ କହିଲା ଡାଇନିଂ ଟେବୁଲରୁ।

ଏଇ ଗଲୁ। ଡାଡି ତାଙ୍କର ଉତ୍ତର ଦେଇ, ଦୁଃଖୀକୁ କହୁଥାନ୍ତି - ବୁଝିଲ ଦୁଃଖୀ, ତମେ ଏସବୁ କଥା କେଉଁଠି ପ୍ରକାଶ କରିବ ନାହିଁ। ଶ୍ରୀମତୀ ଖାଁଙ୍କର ପ୍ରକୃତ ରୂପ ମୁଁ ଦେଖିନେଲି। ଗୋଟାଏ ଗୋଟାଏ ବଡ଼ ଆଦର୍ଶବାଦର ଦୁହା ଉଠାଇ ଏମାନେ ଅତି ନିମ୍ନସ୍ତରର ସ୍ୱାର୍ଥ ସିଦ୍ଧି କରନ୍ତି; ବୁଝିଲ? ମୁଁ ସେଇଥିପାଇଁ ମନା କରିଦେଲି। ସେ କହୁଥିଲେ, କଳେବଳେ କୌଶଳେ କଂଗ୍ରେସ କମିଟିସବୁ ଭାଙ୍ଗିଦେଇ ଆଡ୍‌ହକ୍ କମିଟିମାନ ଗଢ଼ି ଦେବା। ସେଥିରେ କେବଳ ଆମ ମତାବଲମ୍ବୀ, ଆମ ପକ୍ଷପାତୀ ବ୍ୟକ୍ତିମାନେ ସଭ୍ୟ, ସଭାପତି ଆଦି ରହିବେ। ମୁଁ କିମିତି ତା କରନ୍ତି, କହିଲ।

ଦୁଃଖୀ ମନେ ମନେ ହସିଲା। ମନ୍ତ୍ରୀଙ୍କୁ ଆଉ ଟିକିଏ ପରିଷ୍କାର ଭାବରେ ଦେଖିବା

ପାଇଁ ସେ କହିଲା - ଆପଣ ଜାଣନ୍ତି ନାହିଁ, ମୁଁ ବେଶ୍ ଅନୁମାନ କରି ପାରୁଛି। ଏ ଷଡ଼ଯନ୍ତ୍ର ମୂଳରେ ଆଉ ଏକ କୁତ୍ସିତ ଚିତ୍ର। ଯେଉଁ ତୁଙ୍ଗ ନେତାଙ୍କ ପରାମର୍ଶକ୍ରମେ ନାରୀନେତ୍ରୀ ଏଠାକୁ ଆସିଥିଲେ, ସେ କଣ କେବଳ ତାଙ୍କରି ନିରଙ୍କୁଶତ୍ୱ ଚାହାଁନ୍ତି ? ସେଟା ତ ତାଙ୍କର ଜୀବିତାବସ୍ଥାର ସ୍ୱପ୍ନ। ସେ ଚାହାନ୍ତି ତାଙ୍କ ଅନ୍ତେ ଯେପରି ଆଉ କେଉଁ ରାଜ୍ୟର ଧୀମାନ୍ ବ୍ୟକ୍ତି ଭାରତର ଶାସକ ହୋଇ ନପାରୁ - କେବଳ ଉତ୍ତର ପ୍ରଦେଶ ଛଡ଼ା। ଓଡ଼ିଶାର ଭାଗ୍ୟତ ଚିରଦିନ ପଥର ତଳେ।"

"ଠିକ୍ କହିଛ ଦୁଃଖୀ, ଠିକ୍ କହିଛ ! ଉଠି ପଡ଼ିଲେ ମନ୍ତ୍ରୀ ମହାଶୟ ଉତ୍ସାହରେ। ମୁଁ ଦେଖୁଛି ଦୁଃଖୀ, ତମର ପ୍ରଶସ୍ତ ଦୃଷ୍ଟି ଅଛି। କଉଁଠି କହିବ ନାହିଁ ବର୍ତ୍ତମାନ। ଏମାନେ କଂଗ୍ରେସ କାଠ ନେଇ, କଂଗ୍ରେସ ଗଛକୁ କାଟିବା ପାଇଁ କୁରାଢ଼ୀ ବେଣ୍ଟ ସଜାଉଛନ୍ତି। ଏମାନେ ବର୍ତ୍ତମାନ କଂଗ୍ରେସକୁ ଲୋପକରି ଏକ ନାଜୀ କଂଗ୍ରେସ ଗଢ଼ିବେ। ଆମେ ବର୍ତ୍ତମାନ ଚୁପ୍ ଚାପ୍ ରହିବା। ଦେଖାଯାଉ କୋଉ ପାଣି କୁଆଡ଼ିକୁ ଯାଉଛି। ଆସ ଖାଇବା।"

ମନ୍ତ୍ରୀ ଚାଲିଲେ। ଦୁଃଖୀ ପଛେ ପଛେ ଯାଉ ଯାଉ କହିଲା - "କଂଗ୍ରେସକୁ ଲୋପ କରିବାପାଇଁ କଣ କାହାରି ଚେଷ୍ଟା ଦରକାର ବୋଲି ଭାବୁଛନ୍ତି ? କଂଗ୍ରେସର ଏବେ ଅଣଚାଶ ବହୁଛି। ତାକୁ ବଞ୍ଚେଇବାକୁ ଚେଷ୍ଟା କରିବା ଯିମିତି ବୃଥା, ମାରିବାକୁ ଯିବା ସେହିପରି ବିଡ଼ମ୍ବନା, ମଲା ଘୋଡ଼ାକୁ ଗୁଳିକରି ଗୋଲନ୍ଦାଜ୍ ବୋଲାଇବା ହାସ୍ୟାସ୍ପଦ ବ୍ୟାପାର।"

ଖାଇବସି ମନ୍ତ୍ରୀ ପଚାରିଲେ – "ତମେ କଣ ଭାବୁଛ ? ଏ ଷଡ଼ଯନ୍ତ୍ରର ପରିଣାମ କ'ଣ ହୋଇପାରେ ?"

"ଗଛତ ଆପେ ଭାଙ୍ଗି ପଡ଼ନ୍ତା। ଭାଙ୍ଗି ପଡ଼ିଲାବେଳକୁ ଯାହା କୁରାଢ଼ୀରେ ଶେଷ ପାହାର ବସିବ, ସେଇ ହେବ ନେତା - ଏକଛତ୍ର ନେତା।"

"ନା, ନା, ମୁଁ ତା ବିଚାରୁ ନାହିଁ। କିନ୍ତୁ ଏ ବିଶ୍ୱାସଘାତକ ନେତୃତ୍ୱକୁ ସହ୍ୟ କରାଯାଇ ନପାରେ।"

"ଭାରତ ସବୁ ସହ୍ୟ କରିପାରେ। ବିଭୀଷଣ, ଶକୁନି, ଜୟଚନ୍ଦ୍ର, ମିରଜାଫର୍, ରାମଚନ୍ଦ୍ର କାହାକୁ ସହ୍ୟ ନ କରିଛି ଏ ଦେଶ ?"

ଭାରତ କଣ ପୁଣି ପରାଧୀନ ହେବ ? ତମେ କହୁଛ ? ଅସମ୍ଭବ।

"ପରାଧୀନତା ଶବ୍ଦଟା ବହୁତ ପୁରୁଣା। ସୁତରାଂ ସେ ଶବ୍ଦର ପ୍ରୟୋଗ ନାହିଁ ଆଜିକାଲି। ଏଟା ବିଂଶ ଶତାବ୍ଦୀର ତୃତୀୟ ପାଦ। ପରାଧୀନତା, ଔପନିବେଶିକତା ଅତି ପୁରାତନ ଐତିହାସିକ ଚିନ୍ତା। ସାମ୍ରାଜ୍ୟବାଦ, ପୁଞ୍ଜିବାଦ ପରେ ଏବେ ଯେଉଁ

ନୂତନବାଦ ଆରମ୍ଭ ହୋଇଛି, ସେ ପନ୍ଥାର ପଥିକମାନେ ତା'ର ନୂତନ ପ୍ରତିଶବ୍ଦ କହିଛନ୍ତି – "ପ୍ରଭାବ ପରିସର" – ଭୌତିକ ପରାଧୀନତା ନୁହେଁ; ସାଂସ୍କୃତିକ, ବୌଦ୍ଧିକ ଦାସତ୍ୱ। କିଏ କହି ପାରିବ, ଆମେ ଦିନେ, ଆମେରିକା, ରୁଷିଆ, ଅଥବା ଚାଇନାର 'ପ୍ରଭାବ ପରିସର' ମଧ୍ୟରେ ନ ରହିବା ?"

ଅନ୍ୟର ଚିନ୍ତାନେଇ, ନିଜ ମସ୍ତିଷ୍କ କେନ୍ଦ୍ରରେ ସ୍ଥାନ ଦେଇ ପରାନ୍ନଭୋଜୀ ହେବାଠାରୁ ଅଧିକ ଦୁଃଖଦାୟକ ଆଉ କ'ଣ ହୋଇପାରେ ? ନା କଣ ?

ହେ ଭଗବାନ, ଆମ ଦେଶର ଜୟଚନ୍ଦ୍ର, ମିରଜାଫର୍‌ମାନଙ୍କୁ, ସେ ଦୁର୍ଭାଗ୍ୟ ବରଣ କରିବାର ପଥ ପରିଷ୍କାର କରିବା ପାଇଁ ସୁଯୋଗ ଦିଅନ୍ତୁ। ଦୁଃଖୀ କହିଲା।

ଆମେ କଣ ନିରପେକ୍ଷ ନୀତିରେ ଦୃଢ଼ ରହି ପାରିବା ନାହିଁ ବୋଲି ଭାବୁଛେ ? ମୁଁ ତାହା ଭାବୁ ନାହିଁ।

ରଞ୍ଜୁର ବୋଉ ଅଣ୍ଡାର କଟଲେଟ୍ ଆଣିଲେ।

କଣ ? ଦୁଃଖୀ ପଚାରିଲା।

ଅଣ୍ଡା, ରଞ୍ଜୁର ବୋଉ କହିଲେ।

ମୁଁ ଆମିଷ ଖାଏ ନାହିଁ।

ଏଟା ନିରାମିଷ ଅଣ୍ଡା। ରଞ୍ଜୁ ବୋଉ କହିଲେ।

ମହାତ୍ମା ଗାନ୍ଧୀ କହିଛନ୍ତି, ଅନ୍‌ଫର୍ଟିଲାଇଜଡ୍ ଏଗ୍ ଖାଇବାକୁ।

ମହାତ୍ମା ଗାନ୍ଧୀଙ୍କର ଏଇ କଥାଟା ପାଳନ କଲେ କ'ଣ ମୁଁ ମହାତ୍ମା ଗାନ୍ଧୀ ହୋଇ ପାରିବି।

ହସି ପକେଇଲା ରଞ୍ଜୁ। ହସିଲେ ତା' ବୋଉ। କିନ୍ତୁ ତା ବାପା ବଡ଼ ଗମ୍ଭୀର। ସେ ବୋଧହୁଏ କେବଳ ଭାବିବାରେ ଲାଗିଥିଲେ – ଭାରତ କଣ ତାର ନିରପେକ୍ଷ ନୀତିରେ ଦୃଢ଼ ରହି ପାରିବ ନାହିଁ ? ସେ ଶେଷରେ କହିଲେ – "ଦୁଃଖୀ ଶୁଣ, ତମ କଥା ଉପରେ ବହୁତ ଚିନ୍ତା କରି ଦେଖିଲି। ମାତ୍ର ମୁଁ ନିଜକୁ ବୁଝାଇ ପାରୁନାହିଁ ଯେ ଭାରତ ପୃଥିବୀର ଦୁଇଟି ଶିବିର ମଧ୍ୟରୁ କୌଣସି ଶିବିରରେ କେବେ ଯୋଗ ଦେଇପାରେ। ମୋର ବିଶ୍ୱାସ ସେ ତା'ର ନିରପେକ୍ଷ ନୀତିରେ ଅଟଳ ରହିବହିଁ ରହିବ।"

"ଦୁର୍ବଳର ନିରପେକ୍ଷତା, ମୃତ୍ୟୁର ଆବାହକ। ସବଳ ବ୍ୟକ୍ତି ପକ୍ଷରେ ନିରପେକ୍ଷତା ଶୋଭାପାଏ। ଭାରତବର୍ଷ ପକ୍ଷରେ ଖୋଲାଖୋଲି ଭାବରେ କୌଣସି ପକ୍ଷ ନେବା ବରଂ ଶ୍ରେୟସ୍କର।" ଦୁଃଖୀ ତା'ର ଦୃଢ଼ମତ ଜଣେଇଲା।

କେଉଁ ପକ୍ଷ ଆଶ୍ରୟ କରିବ ? ଆମେରିକା ? ଅସମ୍ଭବ।

ସେତେବେଳେ ଯେଉଁଟା ସୁବିଧା, ସେ ପକ୍ଷ ଆଶ୍ରୟ କରିବାଠାରୁ ନିର୍ଦ୍ଦିଷ୍ଟ

ଗୋଟିଏ ପକ୍ଷ ଆଶ୍ରୟ କରିବା ବରଂ ଭଲ। ଏବେ ଭାରତ ସୁବିଧା ଦେଖି କେତେବେଳେ ଆମେରିକା, କେତେବେଳେ ଅବା ରୁଷିଆ ପାଖରେ ହାତ ପାତୁଛି। ଫଳରେ ଉଭୟଙ୍କ ପ୍ରତି ତା'ର ଭୟ। କିନ୍ତୁ ଗୋଟିଏ ପକ୍ଷ ଆଶ୍ରୟ କଲେ କେବଳ ପ୍ରତିପକ୍ଷ ଆତଙ୍କିତ ହେବାର କାରଣ ରହିପାରେ; ମାତ୍ର ଉଭୟଙ୍କର ପ୍ରତିଦ୍ୱନ୍ଦ୍ୱୀ ହେବାର ଆଶଙ୍କା ନଥିବ।

"ଉଭୟ ପକ୍ଷରୁ ହେଉ, ଗୋଟିଏ ପକ୍ଷରୁ ହେଉ, ଆତଙ୍କ ଯେ ଆତଙ୍କ। ଗୋଟିଏ ପକ୍ଷରୁ ହେଲେ ତାହା ଆତଙ୍କ, ଦୁଇପକ୍ଷରୁ ଆସିଲେ ତାହା ଆତଙ୍କ ନୁହେଁ, ଏପରି କୁହାଯାଇ ନ ପାରେ। ଆତଙ୍କମାତ୍ରାର ଊଣାଧିକ୍ୟର କୌଣସି ପରିମାପକ ନାହିଁ। ତେଣୁ ବରଂ ଉଭୟପକ୍ଷଠାରୁ ଆତଙ୍କ ଆଶଙ୍କାକୁ ସ୍ୱାଗତ କରି ଚତୁରତାର ସହିତ ଉଭୟ ପକ୍ଷଠାରୁ ସୁବିଧା ହାସଲ ବୁଦ୍ଧିମାନର କାର୍ଯ୍ୟ।"

କିଏ ହାସଲ କରିବ - ଦୁଃଖୀ ପଚାରିଲା।

କାହିଁକି, ଆମ ଦେଶ, ଆମ ରାଷ୍ଟ୍ର; ଏଇ ଭାରତବର୍ଷ।

ଭାରତବର୍ଷ ? ଦେଶ, ରାଷ୍ଟ୍ର ? ତା'ର ସଂଜ୍ଞା କ'ଣ ? କହନ୍ତୁ ଦେଶଧୀଶ୍, ରାଷ୍ଟ୍ରନାୟକ, ରାଜନେତା। ଏମାନେ କଣ ଦେଶର ହିତ ଦୃଷ୍ଟିରୁ କୌଣସି ନୀତି ଅବଲମ୍ବନ କରନ୍ତି ? ତା ହୋଇଥିଲେ ନୀତି ଧ୍ରୁବ ରହିଥାଆନ୍ତା। ଦୋଦୁଲ୍ୟମାନ ନୀତିର ପରିବର୍ତ୍ତନ ହିଁ ଶ୍ରେଷ୍ଠ ନୀତି - ରାଜନୀତି ଏମାନଙ୍କ ପକ୍ଷରେ।

ତମେ କଣ କହୁଛ ଆମ ନେତାମାନେ ଯେଉଁ ନୀତି ଧରିଛନ୍ତି, ତାହା ଦେଶର ଅହିତ ସାଧନ ପାଇଁ? କଥାଟାକୁ ବାଆଁରେଇ ଦେବାର ଚେଷ୍ଟାକଲେ ମନ୍ତ୍ରୀ।

ଦେଶର ହିତ ହେଉ, ଅହିତ ହେଉ, ସେଟା ଦ୍ୱିତୀୟ ବିଚାର। ପ୍ରଥମ ବିଚାର ନିଜର ହିତ ସାଧନ।

ଆବଶ୍ୟକ ହେଲେ, ଏମାନେ ନିଜର ସ୍ୱାର୍ଥପାଇଁ, ଦେଶର ସ୍ୱାର୍ଥକୁ ବଳି ଦେଇ ପାରିବେ ? କଦାପି ନୁହେଁ ?

"ନିଜର ସ୍ୱାର୍ଥପାଇଁ ଆଜି ଯେଉଁମାନେ ଉଭୟ ଗୋଷ୍ଠୀପ୍ରତି ସମଭାବାପନ୍ନ ହେବାର ଛଳନା କରି ଆମେରିକାଠୁଁ ଟଙ୍କା ଆଣୁଛନ୍ତି, ଆପଣ ଯେଉଁ ଷଡ଼ଯନ୍ତ୍ରର ସୂଚନା ଦେଲେ, ତାହା ଯଦି ସତ୍ୟ ହୋଇଥାଏ, ସେଇମାନେ ଏକଛତ୍ର, ନିରଙ୍କୁଶ, ଏକଦଳୀୟ ଶାସନର ସମର୍ଥକ କୌଣସି ଏକଛତ୍ର ରାଷ୍ଟ୍ରର ବନ୍ଧୁତା ବରଣ କରିପାରନ୍ତି।"

"ଅସମ୍ଭବ ! ଅସମ୍ଭବ !। ତାହେଲେ ଦେଶରେ ବିପ୍ଳବ ହେବ, ବିଦ୍ରୋହ ବହ୍ନି ଜଳି ଉଠିବ। ଚତୁର୍ଦ୍ଦିଗରେ।"

ଦୁଃଖୀ ହସିଲା। କହିଲା – "ସେ ଆଶଙ୍କା ଆଉ ନାହିଁ ଆଜ୍ଞା ! ବିପ୍ଳବ ବିଦ୍ରୋହର

ସମସ୍ତ ସମ୍ଭାବନାକୁ ମୂଳପୋଛ କରି ଦିଆଯାଇଛି। ଗୋଟିଏ ଏକଛତ୍ର ଶାସନ ପାଇଁ ପଥ ପରିଷ୍କାର।"

କଣ କହୁଛ ଦୁଃଖୀ? ମନ୍ତ୍ରୀଙ୍କ ହାତରୁ କଣ୍ଟା ଚାମଚ ଖସିପଡ଼ିଲା।

"ମୁଁ ଯାହା କହୁଛି, ତାହା ଏକ ନିରାଟ, କଠୋର ନିର୍ମମ ସତ୍ୟ। ଗତ ଦଶ, ବାର ବର୍ଷ ଧରି ଆମର ଏକାଧିପତ୍ୟ ଶାସନକାଳ ଭିତରେ, ଆମେ ବିରୋଧର ସମସ୍ତ ଶକ୍ତିକୁ ଲୋପ କରିଦେବାରେ ବହୁକାଂଶରେ ସମର୍ଥ ହୋଇଛୁ। ହୋଇନାହୁଁ? ଦେଶବାସୀଙ୍କୁ ଆମେ ପ୍ରତ୍ୟେକ କଥା ପାଇଁ ସରକାର ମୁଖାପେକ୍ଷୀ କରି ଦେଲୁଣି। ଲୋକଙ୍କର ନିଜ ଉଦ୍ୟୋଗରେ କିଛି କରିବାର ଶକ୍ତିକୁ ଅପହରଣ କରି ନିଆଯାଇଛି। ଲୋକଙ୍କୁ ବିଶେଷତଃ ଯୁବଶକ୍ତିକୁ, ଯେଉଁମାନଙ୍କ ଅନ୍ତରରେ ଅନ୍ୟାୟ ବିରୋଧରେ ବିଦ୍ରୋହ କରିବାର ଅଗ୍ନିଶିଖା ପ୍ରଜ୍ୱଳିତ ଥାଏ, ସେମାନଙ୍କୁ ସଂପୂର୍ଣ୍ଣ ଭ୍ରଷ୍ଟ କରିଦିଆ ହୋଇଛି। ଆଉ ଭୟ ନାହିଁ। ଏଥର ଦେଶ ନିର୍ବିରୋଧ ଭାବରେ ଏକଛତ୍ରବାଦ ଦିଗକୁ ଅଗ୍ରଗତି କରିବ।"

"ତମେ ବଡ଼ ନୈରାଶ୍ୟବାଦୀ। ମୁଁ କିନ୍ତୁ ନିରାଶ ନୁହେଁ।" କହି ଉଠିଲେ ଖାଇସାରି ଉଠୁଁ ଉଠୁଁ ମନ୍ତ୍ରୀ ମହାଶୟ। ସମସ୍ତେ ହାତ ଧୋଇବାକୁ ଗଲେ।

ଶୋଇବାକୁ ଗଲେ ମନ୍ତ୍ରୀ। ରଞ୍ଜୁର ବାପା ଦୁଃଖୀ ବାହାରିଲା ବସାକୁ। ପଛେ ପଛେ ରଞ୍ଜୁ। ବାଟେଇ ଦେବାପାଇଁ। ରଞ୍ଜୁର ବୋଉ କହିଲେ, "ବେଶି ରାତି କରିବ ନାହିଁ ଦୁଃଖୀ, ଆର ଓଳି ସେ ତ ଟୁରରେ ଯିବେ। ଆମେ ଚଞ୍ଚଳ ରାନ୍ଧିବାଢ଼ି ଖାଇଦବା।"

'ହଉ ଆଜ୍ଞା' କହି ଦୁଃଖୀ ଚାଲିଗଲା। ଡ୍ରଇଂ ରୁମ୍‌ର ଦୁଆରବନ୍ଧରେ ଠିଆହୋଇ ହାତ ଦି'ଟାକୁ ଟେକି ରଞ୍ଜୁ ଧରିଥିଲା, ଦୁଇଫାଳ ପରଦାର ଦୁଇ କାନିକି। ଦୁଃଖୀ ଫେରିପଡ଼ି କହିଲା – 'ମୁଁ ଯାଉଛି।'

ରଞ୍ଜୁ ହାତ ଦି'ଟା ସଜାଡ଼ି ନେଇ ନମସ୍କାର କଲା।

ରଞ୍ଜୁର ଆଖି ଦି'ଟାରେ କିମିତିକା ଗୋଟାଏ ନିଶା ଜମି ଆସିଥିଲା। ସେ ନିଶା ମଣିଷର ମନରୁ ଦୁର୍ବଳତାକୁ ନେଇ ଖେଳିବାର ନିଶା ନୁହେଁ। ନା, ସବଳ ମାନବର ସ୍ନେହ, ସହାନୁଭୂତି, ଦୟା, କରୁଣା, ଏପରିକି ପ୍ରୀତି ମଧ୍ୟ ଆକର୍ଷଣ କରିବା ପାଇଁ ଯେପରି ଖୁବ୍ ଶକ୍ତିଶାଳୀ। କୌଣସି ଫଳର ନିର୍ଯ୍ୟାସରୁ ପ୍ରସ୍ତୁତ ନୁହେଁ, ନିଷ୍ଫଳତାର ରସାୟନ ପରି ଭାରି ମିଠା। ଛାତି ତଣ୍ଟି ଜଳାଏ ନାହିଁ। ସରସ ଲାଗେ।

ସେଇଦିନ ସନ୍ଧ୍ୟାରେ ଖାଇବାକୁ ଅପେକ୍ଷା କରିଛନ୍ତି ଦୁହେଁଯାକ, ରଞ୍ଜୁ ଓ ଦୁଃଖୀ, ଡ୍ରଇଂ ରୁମ୍‌ରେ। ରଞ୍ଜୁର ବୋଉ ଘର ଭିତରୁ ପାଟିକରି କହିଲେ – "ଆସରେ ରଞ୍ଜୁ ଦୁଃଖୀ। ବଢ଼ା ହେଲା।"

ରଞ୍ଜୁ କହିଲା - "ଭାଇନା ! ଗୋଟିଏ କଥା ପଚାରିବି ଉତ୍ତର ଦେବ।"

"ପାରିଲେ ଦେବି।" ଦୁଃଖୀ କହିଲା।

"ତମେ ପାରିବ ମୁଁ ଜାଣେ। ନ ହେଲେ ପଚାରି ନଥାନ୍ତି।"

"ପ୍ରଶ୍ନଟା ଆଗେ ଶୁଣେଁ, ତା' ପୂର୍ବରୁ ଏତେ ମୁଖବନ୍ଧର ପ୍ରୟୋଜନ କ'ଣ ?"

"ପ୍ରଶ୍ନ ହେଉଛି ତୁମେ ସକାଳେ ଯାହା କହୁଥିଲ, ତା'ରି ଉପରେ।"

"ମୁଁ କଣ ଏମିତି ପ୍ରଳୟଙ୍କରୀ କଥା କହୁଥିଲି ଯେ, ଯାହା ଉପରେ କୁମାରୀ ରଞ୍ଜନାଙ୍କ ମନରେ ଏକ ତୁମୁଳ ପ୍ରଶ୍ନବାଚୀ ଝଡ଼ ସୃଷ୍ଟି ହୋଇଗଲା।"

"ଆପଣଙ୍କର କଥା ନିଶ୍ଚୟ ପ୍ରଳୟଙ୍କାରୀ। ମାତ୍ର ମୋର ପ୍ରଶ୍ନଟା ସାମାନ୍ୟ।"

ହଉ, ପଚାରିବା ହୁଅନ୍ତୁ।

ତମେ ବଡ଼ ଦୁଷ୍ଟ ଭାଇନା।

କିନ୍ତୁ ଦୁଷ୍ଟାମିଟା ତମର।

ହସି ପକାଇଲା ରଞ୍ଜୁ - ହଉ ହେଲା କହି ପଚାରିଲା – "ସତ କହିଲ ଭାଇନା, ଦେଶରେ ପୁଣି କଣ ଗୋଟାଏ ବିପ୍ଳବ ହେବ ?"

ହବା ଉଚିତ୍, ମାତ୍ର ହବାର ଭୟ ନାହିଁ।

ଯଦି ହୁଏ ?

ହେଲେ ଭଲ ହେବ।

ତମେ ପୁଣି ଜେଲ୍ ଯିବ। ଲାଠି ଖାଇବ ?

ରଞ୍ଜୁ ଆଉ କଲେଜ୍ ପଢୁଇ ଛାତ୍ରୀ ନୁହେଁ। ରଞ୍ଜୁ ଯେମିତି ଗୋଟାଏ କଅଁଳା ଛୁଆ ପରି କହୁଛି। ରଞ୍ଜୁର ଆଖି ଛଳ ଛଳ। ସ୍ୱର ଗଦ୍‌ଗଦ୍। ଦରୋଟି।

ସେଇଦିନ ଦୁଃଖୀ ପ୍ରଥମ ଜାଣିଲା ରଞ୍ଜୁ ତାକୁ ଭଲପାଏ। ଏଡ଼ିକି ବକଟେ ଜୀବ। ଚିପିଦେଲେ ପ୍ରାଣ ବାହାରିଯିବ। ଏଇ ରଞ୍ଜନା। ତା'ର ଏମିତି ମନେହେଲା। ଅଭ୍ୟାସ ଭଳି ସରଳ। ଅମଳ ଭଳି ତରଳ। ସମ୍ବେଦନ ଭଳି ସୁଶୀଳ। ଅବସାଦ ଭଳି ଶାନ୍ତ। ଆଶା ଭଳି ମଧୁର। ଆଭାସ ଭଳି ସ୍ୱପ୍ନ ତା'ର। ତାକୁ ଭଲ ଲାଗିଲା ରଞ୍ଜୁର ସାନ୍ନିଧ।

ହେଇପାରେ - କହିଲା ଦୁଃଖୀ। ଅତି ସହଜ ଭାବରେ।

ନା, ନା - ହବନାଇଁ, ହବନାଇଁ। ଡାଡି ଦିନେ କଣ କହୁଥିଲେ ଜାଣିଛ ? କହୁଥିଲେ - ଷ୍ଟୁଡେଣ୍ଟ୍ ଷ୍ଟ୍ରାଇକ୍ ହୋଇଥିଲା ସେତେବେଳେ; କହୁଥିଲେ - ଆଉ ଜଣେ ମନ୍ତ୍ରୀଙ୍କ ସାଙ୍ଗରେ ପରାମର୍ଶ କରୁଥିଲେ; କହିଲେ- 'ଏ ଯୁବକମାନଙ୍କ ଭିତରେ ସ୍ଫୁଲିଙ୍ଗ ଅଛି। ସେ ସ୍ଫୁଲିଙ୍ଗକୁ ଯେପରି ବିଦ୍ରୋହର ବହ୍ନି ପ୍ରଜ୍ୱଳିତ ନକରି କାର୍ଯ୍ୟକାରୀ

କୌଣସି ଶକ୍ତି ସଞ୍ଚାର କରିବାରେ ବିନିଯୋଗ କରାଯାଇ ପାରିବ ସେଥିପ୍ରତି ଦୃଷ୍ଟିଦେବା ଆମର କର୍ତ୍ତବ୍ୟ।' ବାପାଙ୍କ କଥା ଶୁଣି ଆଉ ମନ୍ତ୍ରୀ ଜଣକ କଣ କହିଲେ ଶୁଣିବ? କହିଲେ - 'ସେଟା ଆହୁରି ବିପଦ। ନେତୃତ୍ୱ ଆଉ ଆମ ହାତରେ ରହିବ ନାହିଁ। ଯୁବକମାନଙ୍କ ହାତକୁ ଚାଲିଯିବ।'

"ବାପା କଣ ଉତ୍ତର ଦେଲେ?" ପଚାରିଲା ଦୁଃଖୀ।

"କହିବେ କଣ, ଏତିକି ବେଳେ ପିଅନ ଚିଟ୍ ବଢ଼େଇଦେଲା, ଭିଜିଟିଂ କାର୍ଡ। ଅପରୂପ ମିଶ୍ର। ଯୁବକ ସଙ୍ଘର ସମ୍ପାଦକ। ଛାତ୍ର ୟୁନିୟନର ପ୍ରେସିଡେଣ୍ଟ୍। ଡାଡିଙ୍କ ସାଙ୍ଗରେ ଦେଖା କରିବେ।"

"ବେଶ୍ ନାଁଟିଏତ? ଦେଖିବାକୁ କିମିତି?"

"କଣା ପୁଅ ପଦ୍ମଲୋଚନ ପରି।"

"ସେ କଣ କହିଲା ଆସି ତମ ବାପାଙ୍କୁ?"

"କହିବ କଣ? ମାଗିଲା – ଟଙ୍କା। ଷ୍ଟ୍ରାଇକ୍ ବନ୍ଦ କରିଦବ।"

"କେତେ?"

"ଡାଡି ପଚାରିଲେ - 'କେତେ?' କହିଲା - ଦୁଇ ଚାରି ହଜାର। ଡାଡି କହିଲେ – 'ଦୁଇ ଠାରୁ ଚାରି ବହୁତ ଦୂର।'

ହସି ପକେଇ ଦୁଃଖୀ କହିଲା - ତା ପରେ?

"କେତେ ତମର ଦରକାର ଠିକ୍ କୁହ। ଡାଡି ପଚାରିଲେ। ଅପରୂପ ଉତ୍ତର ଦେଲା, 'ଆପଣ ଯାହା ପାରୁଛନ୍ତି ଦିଅନ୍ତୁ।' ଡାଡି କହିଲେ, ତମେତ ପଇସା କିମିତି ଝଡ଼ାନ୍ତ ଶିଖିଲ ନାହିଁ! ଛାତ୍ରନେତା କିମିତି ହବ? କଥା କେମିତି କହିବାକୁ ହୁଏ ଆଗ ଶିଖ। ଦୁଇ ଦରକାର ଥିଲେ ଚାରି କହିବ। ଚାରି ଦରକାର ଥିଲେ ଆଠ କହିବ।" ପିଲାଟା ଲାଜ ପାଇଗଲା।

"ସେଠୁ ବାପା କେତେ ଦେଲେ?"

"ସେ କାହିଁକି ଦିଅନ୍ତ -?"

"କିଏ ଦେଲା?"

"ଦେଲା ଚିରଞ୍ଜିଲାଲ୍?"

"ଚିରଞ୍ଜିଲାଲ୍ ପୁଣି କିଏ?"

"ଜାଣି ନାହଁ ଚିରଞ୍ଜିଲାଲ୍କୁ? ଆଉ ରାଜନୀତି କଣ କରିବ ଭାଇନା? କୋଉ ରାଜନୈତିକ ନେତା ତା'ର ଆଶୀର୍ବାଦ ଭିକ୍ଷା ନ କରିଛି। ଆଉ ଦିନେ ମୋରି ସାମ୍ନାରେ ଜଣେ କମିଉନିଷ୍ଟ ନେତା ଆସି କହିଲେ, ତାଙ୍କ ପୁଅ ରୁଷିଆରେ କେଉଁ ମେଡ଼ିକାଲ

କଲେଜରେ ପାଠ ପଢ଼ିବ। ଟଙ୍କା ଦବ ରୁକ୍ଷିଆ। ଖାଲି ବାଟ ଖରଚଟା ଦରକାର। କହିଲା ଡାଡିଙ୍କୁ - ଟିକିଏ ଚିରଞ୍ଜିଲାଲକୁ କହି ଦିଅନ୍ତେ ଫୋନ୍‌ରେ - ଟଙ୍କା ଦୁଇହଜାର ମୋର ଦରକାର।"

"ଡାଡି ଫୋନ୍ କଲେ ?"

"ନା, ଚିରଞ୍ଜିଲାଲ ଦୈବାତ୍ ଆସି ପହଞ୍ଚିଗଲା। ସେ ଯାହାଦେଲା, କମ୍ୟୁନିଷ୍ଟ ନେତା ଆନନ୍ଦରେ ପକେଟସ୍ଥ କରି ଚାଲିଗଲେ। ଏଇମାନେ ପରା ନିଜକୁ ବିପ୍ଳବୀ କହନ୍ତି ? ଏମାନଙ୍କ ଚରିତ୍ର ତ ଏଇୟା, ବିପ୍ଳବ କରିବ କିଏ ?"

"ତମେ ଭାବୁଚ, ତମ ବାପାଙ୍କ ଦୟାରୁ ଟଙ୍କା ପାଇଲେ ବୋଲି ସେମାନେ ବାପାଙ୍କ ବିରୋଧରେ କେଉଁଠି କିଛି କହିବେ ନାହିଁ, ଆସେମ୍ବିଲ୍‌ରେ ପାଟି କରିବେ ନାହିଁ ?"

କରିବେ ?

ସେ ସତ୍ ସାହସ ତାଙ୍କ ଅଛି ?

ତାହାହେଲେ କୃତଘ୍ନତାର ନାମ କଣ ବିପ୍ଳବ ?

ନା, ବିପ୍ଳବରେ ନ୍ୟାୟାଳୟର ବିଚାର ନ ଥାଏ। ଏମାନଙ୍କ ମତରେ।

"ପ୍ରେମରେ ମଧ୍ୟ। ଇଂରାଜୀରେ ପ୍ରବାଦ ଅଛି ନା ?"

ହସିଲେ ଦୁହେଁଯାକ। ଦୁଃଖୀ କହିଲା - "ଆଚ୍ଛା ସେ ଛାତ୍ରନେତାକୁ କେତେ ଦେଲା ଚିରଞ୍ଜିଲାଲ୍।"

"ମୁଁ କହିପାରିବି ନାହିଁ। ଚିରଞ୍ଜିଲାଲ ତା' ପେଟକୁ କାଢ଼ି, ମୁଣ୍ଡରେ ଠେକାବାନ୍ଧି ଆସି ପହଞ୍ଚିଲା। କହିଲା - ହଜୁର ଜୟରାମଜୀ କି। ଡାଡି କହିଲେ - କଣ ଦରକାର ? ହଜୁର କିଛି ନାହିଁ ସିରଫ୍ ଦର୍ଶନ ଲାଗି ଆସିଲା। ଡାଡି କଣ କହିଲେ ଜାଣ ? କହିଲେ - 'ଦର୍ଶନୀବିନା ଦର୍ଶନ ? ଶାସ୍ତ୍ରରେ ମନା, ଜାଣିଛ ? ' ଡାଡି ତାକୁ ଥଟ୍ଟାରେ କହିଦେଲେ ସେ ଭାବିଲା ସତରେ ଯେମିତି ଡାଡି ତାକୁ ଦର୍ଶନୀ ମାଗିଲେ। କହିଲା – 'ମାଲୁମ୍ ହଜୁର୍। ଯେ ହୁକୁମ ହୋଗା।' ଡାଡି କହିଲେ - ମୋର କିଛି ଦରକାର ନାହିଁ। ଏଇ ପିଲାଟିର କ'ଣ ଦରକାର ଟିକେ ବୁଝିବ। ଏଥିରେ କଣ କିଏ କହିବ ଡାଡିଙ୍କୁ ଅନ୍ୟାୟ କଲେ ବୋଲି ? ଦୁର୍ନୀତି ହେଲା ବୋଲି ? ଚିରଞ୍ଜି କେତେ ଦେଲା ? ଦେଲାକି ନାହିଁ, କିଛି ଖବର ରଖି ନାହାନ୍ତି ଡାଡି।"

ତା'ପରେ ଛାତ୍ର ଆନ୍ଦୋଳନ ବନ୍ଦ ହେଲା ତ ?

ହଁ ଦୁଇ, ତିନିଦିନ ପରେ ବନ୍ଦ ହୋଇଗଲା ଆପେ ଆପେ।

ଚିରଞ୍ଜିଲାଲ ଆଉ କିଛି କହି ନାହିଁ ? ଦୁଃଖୀ ପଚାରିଲା।

ନା, କିଛିନା, ଖାଲି ଗଲାବେଳେ ସେ କହିଲା - ସାହେବ, ହାମର୍ ଲାଇସେନ୍‌ସଟା ଅଭିତକ୍ ନେହିଁ ମିଲିଲା। କି ଜାଣି କି ଲାଇସେନ୍‌ସ !

ତା'ପରେ ତା'ପରେ। ଦୁଃଖୀ ଭାରି ଆଗ୍ରହରେ ପଚାରିଲା।

ଡାଡି କହିଲେ - ହୋଗା ହୋଗା, ସବୁର୍ କରୋ ! ତା'ପରେ ଡାଡି ତାକୁ ବୁଝାଇଦେଲେ, ସେ ଚାଲିଗଲା।

କଣ ବୁଝେଇଲେ ?

ତମେ ମତେ ଜେରା କର ନାହିଁ ଭାଇନା। ମୁଁ ଆଉ କିଛି କହି ପାରିବି ନାହିଁ। କାନ୍ଦିଲା, କାନ୍ଦିଲା ସ୍ୱର କରି ରଞ୍ଜୁ କହିଲା, ମିଛେ ମିଛେ ଗେହ୍ଲେଇ ହେଲାପରି।

"ମୁଁ ବୁଝି ପାରୁଛି। ସେ କହିଥିବେ, ଲାଇସେନ୍‌ସ ଦେବା ଭାରତ ସରକାରଙ୍କ ହାତରେ। ଆମେ ଖାଲି ସୁପାରିସ୍ କରିବା କଥା। ସେ ପାଇଟି ବଢ଼ି ଯାଇଛି। ଏଇୟା ନା !'

ତମେ କିମିତି ଜାଣିଲ ଭାଇନା ? ନିଶ୍ଚେ ତମେ କାହାଠୁଁ ଶୁଣିଛ। ସତ କହିଲ !

ନା, ମୁଁ ଶୁଣିନି କାହାଠୁ। ଅନୁମାନ କରି କହୁଛି।

ଜାଣିଛ, ଭାଇନା, ସେ ଯେଉଁ ଲାଇସେନ୍‌ସ କଥା କହୁଥିଲା - ସେଇ ମାରୁଆଡ଼ିଟାମ - ସେଟାକୁ କୁଆଡ଼େ ଅନ୍ୟ ରାଜ୍ୟବାଲା ମାରି ନଉଥିଲେ। ଡାଡି ବହୁତ ଲଢ଼ି ଓଡ଼ିଶା ପାଇଁ ଆଣିଲେ। ଡାଡିଙ୍କର କେନ୍ଦ୍ରରେ ଭାରି ପ୍ରଭାବ।

ଦୁଃଖୀ ନୀରବ ରହିଲା।

କି ଭାଇନା, ଚୁପ୍‌ଚାପ ହୋଇ ବସିଗଲ ଯେ। ଧ୍ୟାନରେ ? ଚିରଞ୍ଜିଲାଲକୁ ଧ୍ୟାନ କରୁଛ କି ? ମୁଁ ଧ୍ୟାନର ଶ୍ଳୋକ କହିଦେବି ଶୁଣ। ତମେ ଧ୍ୟାନ କର -

ସ୍ଥୂପାକାରଂ ଲୋଲୁପନୟନଂ କୂପନାଭଂ ଧନେଶମ୍
କୋଷାଧାରଂ ଗଦିଷ୍ଠୁ ଶୟନଂ ଛାଗବର୍ଣ୍ଣଂ ଗବାଙ୍ଗମ୍।

ବାଃ ବାଃ ଚମତ୍କାର। ଆଉ ଦି'ଧାଡ଼ି ବୋଲ ବୋଲ। ଦୁଃଖୀ କହିଲା - ଆଉ ହବନି। ଆଚ୍ଛା ମୁଁ ଭାବେ - କିଛି ସମୟ ଭାବିବା ପରେ ଦୁଃଖୀ ପାଦପୂରଣ କରିଥିଲା -

"ମନ୍ତ୍ରୀନାଥଂ ଅମଳନୟନଂ ନେତୃଭିଃ ଧ୍ୟାନଗମ୍ୟମ୍
(ବନ୍ଦେ) ପୁଂଜିପତଂ ଭୋଟ ଭୟହରଂ ସର୍ବଲୈକନାଥମ୍।"

ତାଳିମାରି ନାଚି ଉଠିଲା ରଞ୍ଜୁ। କିଜାଣି କେତେବେଳେ ଏମିତି ଯାଇଥାନ୍ତା କହି ହେଉନାହିଁ, ଯଦି ରଞ୍ଜୁ ବୋଉ ବା ମା ବା ମମ୍ମି ଭିତରୁ ଡାକି ନଥାନ୍ତେ - "ଆସରେ ରଞ୍ଜୁ ଦୁଃଖୀ, ବଢ଼ା ହେଲା।" ଦୁଃଖୀ ବିବ୍ରତ ହୋଇ ପଡ଼ିଲା ଡରିଗଲା ବି।

ମାତ୍ର ଆଉ ଗୋଟାଏ ପ୍ରକାର ଆନନ୍ଦ ବି ସେ ଅନୁଭବ କଲା । ସେ ଦୁଃଖୀ ଭାଇନାରୁ ପ୍ରମୋସନ ପାଇ ଖାଲି 'ଭାଇନା' ହୋଇଗଲାଣି ।

ଖାଇବସି ରଞ୍ଜୁ କହିଲା - "ଭାଇନା ସତ କହିଲ, ଏଟା କ'ଣ ଦୁର୍ନୀତି, ଲାଞ୍ଚଖୋରି ? ଜୁଆଚୋରୀ, ବାଟପାରି ? ଏସବୁ ଯେ ସମାଲୋଚନା କରୁଛନ୍ତି, ସେଟା କଣ ଠିକ୍ ?"

ଆମେ ଲୋକଙ୍କୁ କହିବା ପାଇଁ ସୁଯୋଗ ନ ଦେଲେତ ଗଲା ।

ତମେ ଯେତେ ଭଲ ହେଲେ ବି ଲୋକେ କହିବେ । ତାଙ୍କ ମୁହଁରେ ହାତଦବ କିଏ ?

ଖାଇସାରି ଦୁଃଖୀ ଘରକୁ ବାହାରିଛି, ରଞ୍ଜୁର ବୋଉ ଆଣି ଶହେଟା ଟଙ୍କା ଦୁଃଖୀ ହାତକୁ ବଢ଼େଇ ଦେଇ କହିଲେ - "ସେ ଟୁରରେ ଗଲାବେଳକୁ ତମକୁ ଦବାପାଇଁ କହିଗଲେ, କଣ ଅଫିସରେ ଖର୍ଚ୍ଚବାର୍ଚ କରିବ ।"

"ଏବେ ତ କଂଗ୍ରେସ ଅଫିସ୍‌ରେ କିଛି ଖର୍ଚ୍ଚର ଦରକାର ନାହିଁ । ପହିଲା ବେଳକୁ ନେବି ରଖି ଥାଆନ୍ତୁ ।"

ସେ ମୋ ଉପରେ ରାଗିବେ । ରଞ୍ଜୁର ବୋଉ କହିଲେ ।

ହଉ, ତେବେ ଦେଇଥାନ୍ତୁ ।

ଦୁଃଖୀ ଘରକୁ ଯିବାପୂର୍ବରୁ ପୁଣି ଦୁଇଜଣ ବସି କିଛି ସମୟ ଆଲୋଚନା କଲେ । ରଞ୍ଜୁ ମନରେ ଏକ ବିରାଟ ଦ୍ୱନ୍ଦ୍ୱ । ସେ ଦ୍ୱନ୍ଦ୍ୱର ସମାଧାନ ଉପରେ ଯେପରି ତାର ଏକ ବିରାଟ ସୁଖସୌଧ ଠିଆ ହୋଇପାରିବ । ଅନ୍ୟଥା ଅସମ୍ଭବ । ସେ ଭାରି ଚିନ୍ତାକୁଳ ଦେଖାଯାଉଥିଲା । ମୁହଁରେ ଭୟ ଆଉ ଅପମାନବୋଧକୁ ମିଶାଇ କିଏ ଯେମିତି ଧଳା ପାଉଡ଼ରରେ ଈଷତ୍ ନାଲି ପକେଇ ନେସି ଦେଇଛି । ଛାବୁଳା ହେଇ ଦିଶୁଛି ଦି'ଗାଲରେ ।

"ଡାଡି ହାତରେ ବି ଧରନ୍ତି ନାହିଁ ଏସବୁ ପଇସା । କହନ୍ତି, ଲୁଚେଇ ଛପେଇ ନବାଟା ପାପ । ଅନ୍ୟାୟ । ଘୁସ୍‌ଖୋରୀ । ସେ ଇୟାଠୁଁ ନେଲେ ତାକୁ ଦେଲେ, ଯାହାର ଦରକାର ତାକୁ ଦିଅନ୍ତି, ଯାହାର ଅଛି ତା'ଠୁଁ ନେଇ । ଏଥିରେ ଅନ୍ୟାୟ କେଉଁଠି, ପାପ କେଉଁଠି ? ଏଟା ଘୁସ୍ କିମିତି ହେଲା ?"

"ସେ ମଧ୍ୟ ଏକ ପ୍ରକାର ଚିନ୍ତା ।" ଦୁଃଖୀ କହିଲା ।

"ଆଉ ପାର୍ଟି ପାଇଁ ଚାନ୍ଦା ନେବାଟା, ତାହାହେଲେ କଣ ଅପରାଧ ? ପାର୍ଟି ସବୁ ଗଣତନ୍ତ୍ରର ମୂଳଦୁଆ । ଡାଡି କହନ୍ତି - ଗଣତନ୍ତ୍ରକୁ ସଫଳ କରିବାକୁ ହେଲେ ସୁସଙ୍ଗଠିତ ପାର୍ଟି ଲୋଡ଼ା । ସୁସଙ୍ଗଠିତ ପାର୍ଟି ପାଇଁ ଅର୍ଥ ଲୋଡ଼ା । ଅର୍ଥ ପାଇଁ ଚାନ୍ଦା

ଲୋଡ଼ା ? ତେଣୁ ପାର୍ଟି ପାଇଁ ଚାନ୍ଦା ସଂଗ୍ରହ କରିବା ଅନ୍ୟାୟ ନୁହେଁ, ପାପ ନୁହେଁ, ଘୁସ୍‌ଖୋରୀ ନୁହେଁ।"

ଛୋଟ ବକ୍ତୃତାଟିଏ ଦେଇ ନଥିକିନା ବସିପଡ଼ିଲା ରଞ୍ଜୁ ଚଉକୀ ଉପରେ। ଦୁଃଖୀର ମୁହଁକୁ ଅନାଇ ବି ପାରୁନଥାଏ। ଦୁଃଖୀ ବୁଝିଲା, ରଞ୍ଜୁ ଯାହା କହୁଛି ସେ ତା'ର ନିଜର ଭାଷା ନୁହେଁ। ନିଜର ବକ୍ତବ୍ୟ ଉପରେ ତାର ନିଜର ଦୃଢ଼ ବିଶ୍ୱାସ ନାହିଁ। କିଛି ସମୟ ପରେ ଦୁଃଖୀ କହିଲା – "ମୋର ଏ ସମ୍ବନ୍ଧରେ ମତ କଣ ଶୁଣିବାକୁ ଚାହଁ ? ଶୁଣ। ଯାହାର ଅଭାବ ଅଛି, ତାକୁ ଥିଲାବାଲାର ଅର୍ଥରେ ସାହାଯ୍ୟ କରିବା ପାପ ନ ହୋଇପାରେ, ପାର୍ଟି ନାଁରେ ଚାନ୍ଦା ଉଠେଇବା ମଧ୍ୟ ପାପ ନ ହୋଇପାରେ, କିନ୍ତୁ ଯାହାଠୁଁ ଚାନ୍ଦା ନବ, କ୍ଷମତାର ଅପବ୍ୟବହାର କରି ତାକୁ କୋଟା, ଲାଇସେନ୍‌ସ, ପରମିଟ୍ କରେଇ ଦେବାକୁ ଆଶାଦେଇ ଚାନ୍ଦା ଆଦାୟ କରିବା ଅନ୍ୟାୟ। ଘୁଷ୍‌ଖୋରୀ।"

ରଞ୍ଜୁ ତା'ର ଆହତ ଗର୍ବ ନେଇ ବିମୁଖ ହୋଇ ଯାଇଥିଲା ଦୁଃଖୀପ୍ରତି। ଲକ୍ଷ୍ୟ କରୁଥିଲା, ରଞ୍ଜୁର ସମସ୍ତ ଆଶାର ସୌଧ ଯେପରି ଭାଙ୍ଗି ଚୂରମାର୍ ହୋଇଗଲା କ୍ଷଣିକ ଭିତରେ। ସେ ମିଛଟାରେ ସୁବିନ୍ୟସ୍ତ ଶାଢ଼ୀକୁ ସଜାଡ଼ିବାର ଚେଷ୍ଟା କରୁଥିଲା। ଯେମିତି ତା' ଦେହରୁ ଲୁଗା ଖସିଯାଇ ଶରୀରର ଅଶ୍ଳୀଳତା ପଦାରେ ପଡ଼ିଯାଉଛି। ମନର ଚଞ୍ଚଳତା ପରି ଶାଢ଼ୀର ପରସ୍ତ ପରସ୍ତ ଭାଙ୍ଗ ଉପରେ ଇଲେକ୍ଟ୍ରିକ୍ ପଙ୍ଖାର ପବନ ବାଜି ଖସି ପଡୁଥାଏ ତଳେ।

ଅନେକ ବେଳପରେ କହିଲା – "ଦୁଃଖୀ ଭାଇନା..."

"ଦୁଃଖୀ ଭାଇନା ? ' ଆଶ୍ଚର୍ଯ୍ୟ ବୋଧକଲା ଦୁଃଖୀ ସମ୍ବୋଧନର ଅବନତି ଦେଖି।

ରଞ୍ଜୁ କହିଲା – "ଦୁଃଖୀ ଭାଇନା, ନୈତିକତାର ମୂଲ୍ୟବୋଧ ନୁହେଁ। ଅସ୍ଥାୟୀ। ମୁଁ ଆପଣଙ୍କ ସହ ଏକମତ ହୋଇପାରୁ ନାହିଁ। ତାତି କହନ୍ତି – ନୈତିକତାର ମୂଲ୍ୟବୋଧ ସ୍ଥାନ, କାଳ, ପାତ୍ର ଭେଦରେ ବିଭିନ୍ନ ହେବା ସ୍ୱାଭାବିକ। ଦ୍ୱାପରଯୁଗରେ ପଞ୍ଚସ୍ୱାମୀ ବିଶିଷ୍ଟା ନାରୀ ସତୀ। କିନ୍ତୁ ପରିବର୍ତ୍ତିତ ପରିସ୍ଥିତିରେ ଆଜି ଏକାଧିକ ସ୍ୱାମୀ ରହିବା ସମ୍ଭବ କି ? ୟୁରୋପରେ ଏକାଧିକ ସ୍ୱାମୀ ଭୋଗ କରିଥିବା ନାରୀ ସମ୍ମାନିତା। ଭାରତ ବର୍ଷରେ ତାହା ଅସମ୍ଭବ।"

"ହଁ, ଅସମ୍ଭବ। କାରଣ ଅହଲ୍ୟା, କୁନ୍ତୀ, ମନ୍ଦୋଦରୀ, ତାରା, ଏବେ ସେ ଦେଶରେ ଜନ୍ମ ନେଇଛନ୍ତି ବୋଲି ଏ ଦେଶର ନାରୀମାନେ ସେମାନଙ୍କ ପ୍ରତି ଈର୍ଷାନ୍ୱିତା। ନୁହେଁ ?" ହସି ପକେଇଲା ଦୁଃଖୀ। କହିଲା – "ରଞ୍ଜୁ। ନୈତିକତାର ମୂଲ୍ୟବୋଧରେ

ପରିବର୍ତ୍ତନ ସମ୍ଭବ। ମାତ୍ର କେବଳ ସ୍ଥାନ କାଳ ପାତ୍ର ଦୃଷ୍ଟିରୁ ତାର ବିଚାର ହୁଏ ନାହିଁ। 'ଯଦ୍‌ଯଦାଚରତେ ଶ୍ରେଷ୍ଠଃ ମତ୍‌ତଦେବେତରେ ଜନାଃ।' 'ମହତେ ଯାହା ଆଚରିବେ, ଇତରେ ତାହାହିଁ କରିବେ।' ଆମ ଦେଶରେ ମହତ୍ ଜନକଙ୍କର ସ୍ଖଳନ ହୋଇଛି। ସେଥିପାଇଁ ଏ ଦୁର୍ଦ୍ଦଶା।"

ରାତି ବେଶି ହୋଇ ଯାଇଥିଲା। ଦୁଃଖୀ ଚାଲିଗଲା। ରଞ୍ଜୁ କ'ଣ ଭାବିଥିବ ସେ ଜାଣେ ନାହିଁ। କିନ୍ତୁ ଭାବିଲା, ରଞ୍ଜୁକୁ ଅବାଞ୍ଛିତ ନ ହେଲେ ହେଁ ଅନାବଶ୍ୟକ ଭାବରେ ଉତ୍ତେଜିତ କରିବା ତା'ର ଉଚିତ ହୋଇନାହିଁ। ରଞ୍ଜୁର ତା'ର ମେଳ କିନ୍ତୁ କେଉଁଠି ନାହିଁ। ରଞ୍ଜୁ ତାକୁ ଭଲ ପାଏ ବୋଲି ଯେଉଁ ଗୋଟାଏ କଳ୍ପନା ତାକୁ ତା ଭିତରେ ବାନ୍ଧି ରଖିବାକୁ ଚେଷ୍ଟା କରିଥିଲା ମୋହ ଆଣି ଦେଇଥିଲା, ସେଟା ବେଶ୍ ଦୁର୍ବଳ ମନେହେଲା। ରଞ୍ଜୁ ଯଦି ତାକୁ ଭଲପାଏ, ତେବେ ତା'ର ଭଲ ପାଇବାର ମୂଳ କଣ ହୋଇପାରେ ? କି ଭବିଷ୍ୟତ ସୁଖ ସ୍ୱପ୍ନ ସେ ଦେଖୁଚି ଦୁଃଖୀ ଭଳି ଗୋଟିଏ ଅପାତ୍ରକୁ ଜୀବନର ସାଥୀ କରିବାର ଅଭିଳାଷ ପୋଷଣ କରି। ଖାଲି ଯଦି ଦେହର ମୋହ ହୋଇଥାଏ, ସେ ଚାଲିଯିବ ବଳେ, ଡେରି ଲାଗିବ ନାହିଁ। କିନ୍ତୁ ରଞ୍ଜୁର ପ୍ରେମଟା ଦେହର ମୋହ ହୋଇ ନ ପାରେ। ସେ ତା'ର ଜୀବନକୁ ନିଜ ପିତାଙ୍କ ନିର୍ଦ୍ଦେଶରେ ଯେଉଁ ଆଦର୍ଶରେ ଗଢ଼ି ଆସିଛି, ସେ ଆଦର୍ଶର ଅନୁଯାୟୀ, ଦୁଃଖୀ, ବୋଲି ସେ ହୁଏତ କଳ୍ପନା କରିଥିଲା। ସେ କଳ୍ପନାର ସୌଧ ଆଜି ତା'ର ଏକ ଅପ୍ରତ୍ୟାଶିତ ଭୂମିକମ୍ପରେ ଧୂଳିସାତ୍ ହୋଇଯାଇଛି। ଏବେ ଆଉ ସେ ରଞ୍ଜୁର ଶ୍ରଦ୍ଧା ପାତ୍ର ନୁହେଁ। ରଞ୍ଜୁ ପ୍ରତି ଦୁଃଖୀର ବରଂ ଶ୍ରଦ୍ଧା ଜାତ ହେଲା - ସାମାନ୍ୟ। ରଞ୍ଜୁ ନିଜ ନୀତିରେ ଅଟଳ। ସେଥିପାଇଁ ଏ ଶ୍ରଦ୍ଧା। ତେବେ କ'ଣ ସେ କେବଳ ପିତା ମାତାଙ୍କ ଇଙ୍ଗିତରେ ଏତେ ଦିନ ଯାଏ ତାକୁ ଭଲ ପାଇବାର ଅଭିନୟ କରି ଆସିଛି। ସଙ୍ଗେ ସଙ୍ଗେ ଘୃଣା ଜାତହେଲା ଦୁଃଖୀ ମନରେ ରଞ୍ଜୁ ପ୍ରତି। ରଞ୍ଜୁର ପ୍ରଣୟକୁ, ଯଦି ପୁଣି ପ୍ରଣୟର କୌଣସି ସୂଚନା ସେ ଦିଏ, ପ୍ରତ୍ୟାଖ୍ୟାନ କରିବ ସେ, ବୋଲି ନିଷ୍ପତ୍ତି କଲା। ମାତ୍ର ସେ ନିଷ୍ପତ୍ତିରେ ସେ ଯେପରି ଆଘାତ ପାଇଲା ତା'ର ହୃଦୟର ବେଦନା କେନ୍ଦ୍ରରେ। ମଣିଷ ତା'ର ମନର ମଣିଷ କେବେ ହେଲେ ପାଏ ନାହିଁ। ଯାହା ମିଳେ, ତା ସହିତ ନିଜକୁ ଖାପ୍ ଖୋଇ ନେଇ ଚଳାଇବାରେ ମନୁଷ୍ୟତ୍ୱର ବିକାଶ ହୁଏ। ହଠାତ୍ ତା'ର ମନେହେଲା, ସେ ଯଦି କେବେ ବିବାହ କରିବ ବୋଲି ସିଦ୍ଧାନ୍ତ କରେ, ତେବେ ତା'ର ଏକମାତ୍ର ଭାବୀପତ୍ନୀ ହେଉଛି - ସେହି ରଞ୍ଜୁ - ରଞ୍ଜନା।

ସ୍ୱପ୍ନ ଦେଖିଲା, ରଞ୍ଜୁ ଆସି କହୁଛି - ଭାଇନା, ଆଦର୍ଶକୁ ନିକୁଟି ଧରିଲେ ଆଦର୍ଶ ମଣିଷକୁ ଫିଙ୍ଗିଦିଏ। ମୋତେ ଭାରି ଡର ମାଡୁଛି। କାଳେ ତମେ ପଡ଼ିଯିବ। ମୁଁ

ଯାହା ଯାହା କହିଲି, ତମେ ସେଥିରେ ରାଗିଲ କି ? ରାଗିଛ ନିଶ୍ଚୟ। ତମେ ରାଗିଲେ ମତେ ଭାରି ସୁନ୍ଦର ଦିଶ। ସେଥିପାଇଁ ମୁଁ ତମକୁ ରଗେଇଲି। ମୁଁ ବାପାଙ୍କୁ ଭଲପାଏ। କିନ୍ତୁ ତମକୁ, ତାଙ୍କଠୁଁ ଆହୁରି ଭଲପାଏ।

ସତକୁ ସତ ସେଦିନ ଦୁଃଖୀ ବସି କଥା ହେଉଛି ମନ୍ତ୍ରୀଙ୍କ ସାଙ୍ଗରେ, ତେଣୁ ରଞ୍ଜନା ଆସି କହିଲା – "ଡାଡି! କାହାକୁ କୋଟା ପରମିଟ୍ ଲାଇସେନ୍ସ ଦବାକୁ କହି ପାର୍ଟି ପାଇଁ ହଉ ବା କୌଣସି ଅଭାବଗ୍ରସ୍ତ ଲୋକପାଇଁ ହଉ କାହାରିଠୁଁ କାହାରିଠୁଁ ଚାନ୍ଦା ଆଦାୟ କରିବା ବାସ୍ତବିକ ଅନ୍ୟାୟ। ତମେ କଣ କହୁଛ ଡାଡି! ମୁଁ ତମକୁ ସେଭଳି ଚାନ୍ଦା ଆଦାୟ କରିବାକୁ ଦେବି ନାହିଁ। ଯଦି ତମ ପାର୍ଟି ତମକୁ ବାଧ୍ୟ କରେ ତେବେ ବରଂ ମନ୍ତ୍ରୀପଦ ଛାଡ଼ିଦେବା ଭଲ।"

ରଞ୍ଜନାର ବାପା ରଞ୍ଜନାକୁ ଡାକି ପାଖରେ ବସେଇଲେ। ପିଠି ଆଉଁସି ଦେଉଁ ଦେଉଁ କହିଲେ, "ହଠାତ୍ ତୋର ଏମିତି ଗୋଟେ ଖିଆଲ୍ ହେଲା କାହିଁକି ?"

"ଦୁଃଖୀ ଭାଇନା କହିଲେ –"

ହଠାତ୍ ଜିଭଟାକୁ କାମୁଡ଼ି ଦେଇ ଚୁପ୍ ରହିଗଲା ରଞ୍ଜୁ।

କଣ କହିଲେ ? ପଚାରିଲେ ବାପା।

"ଭାଇନା କହିଲେ, ସେମିତି ଚାନ୍ଦା ଆଦାୟ ନ କଲେ ପାର୍ଟି ଚଳିବ କିମିତି ? ପୃଥିବୀରେ ଯେତେ ସ୍ଥାନରେ ଗଣତନ୍ତ୍ର ଅଛି, ସବୁଠି ଏମିତି ପାର୍ଟି ପାଇଁ ଚାନ୍ଦା ଆଦାୟ କରନ୍ତି। ବିହାରୀ ଚୋର ବି ଏମିତି ଡକେଇତି କରି ଗରିବ ଲୋକଙ୍କୁ ଟଙ୍କା ବାଣ୍ଟୁଥିଲା। ତାକୁ ସମସ୍ତେ ବାହାବା କରୁଥିଲେ।"

"ତୁ କଣ କହିଲୁ ?'"

"କହିଲି, ସେଟା ଅନ୍ୟାୟ, ପାପ। ଝିଙ୍ଗିକା ମାରି ବଣି ପୋଷିବା ଅନ୍ୟାୟ, ପାପ।"

ଦୁଃଖୀ ବିଚଳିତ ହୋଇଗଲା। ଚାହିଁ ରହିଲା ଏହି ରହସ୍ୟମୟୀ ବାଳିକାକୁ ଅବିଚଳିତ ଭାବରେ। ମନେହେଲା ଯେମିତି ରଞ୍ଜୁ ଖୁବ୍ ନିକଟରୁ ନିକଟତର ନିକଟତମ, ନିବିଡ଼ତମ ହୋଇଯାଇଛି।

କିନ୍ତୁ ସବୁ ଭୁଲ୍ ହୋଇଗଲା। ରଞ୍ଜୁକୁ ଛାଡ଼ି ତାକୁ ଚାଲି ଆସିବାକୁ ପଡ଼ିଲା, ସହରରୁ ଗାଁକୁ। ସେଇଦିନ। ରଞ୍ଜୁର ପ୍ରଣୟକୁ ସେ ଅପମାନ କରିଥିଲା। ରଞ୍ଜୁ ଦୁଃଖୀର ଜୀବନରୁ ଦୂରେଇ ଗଲା। ଆଉ ଶୁକୁରା ବୋଧହୁଏ ଖାଲି ରତନୀ କି ଅପମାନ କରିଥିଲା। ରତନୀର ପ୍ରଣୟକୁ ନୁହେଁ। ସେଦିନ ରଞ୍ଜନା ପଳେଇ ଆସିଥିଲା ଘରୁ, ଚିରଦିନ ପାଇଁ ଦୁଃଖୀ ସାଙ୍ଗରେ ଘରକରି ରହିବ ବୋଲି। କିନ୍ତୁ ରହିପାରିଲା ନାହିଁ।

ଆଜି ରତନୀ ଆସିଛି ରାଉତ ଘରୁ। ଶୁକୁରା ତାକୁ ଫେରେଇ ଦଉ ନାହିଁ ତ ! ଶୁକୁରା କହିଲା – "ଆ, ଆସୁନୁ ! ଓଳି ତଳେ ଠିଆ ହେଇଚୁ କାହିଁକି ?" ରତନୀ ଧୀରେ ଧୀରେ ଉଠି ଆସିଲା ପିଣ୍ଡା ଉପରକୁ। ଆହୁରି ଜୋରରେ କାନ୍ଦୁଥାଏ।

ରଞ୍ଜନା କାନ୍ଦୁ ନଥିଲା। ଲୁହ ନୁହେଁ - ନିଆଁ ବାହାରୁଥିଲା ତା' ଆଖିରୁ। ତା'ର କଥା କଥା ନୁହେଁ, ବଜ୍ରନାଦ। ସେ କ'ଣ ପ୍ରକୃତରେ ରଞ୍ଜନାର ପ୍ରଣୟକୁ ଅପମାନ କରିଥିଲା ? କିନ୍ତୁ ସେ ତା' ବାପାଙ୍କୁ ନକହି ପଳେଇ ଆସିଥିଲା କାହିଁକି ସେଦିନ ରାତିରେ ?

ଆଜି ବି ତାରାଗୁଡାକ ସେଦିନର ଏଇ ପୁରୁଣା ଆକାଶରେ ମିଞ୍ଜି ମିଞ୍ଜି ଦୀପ ଜାଳି ଅନେଇ ବସିଛନ୍ତି। ଆଉଥରେ ସେ ଦୃଶ୍ୟ ଦେଖିବେ ବୋଲି କି କ'ଣ। କିନ୍ତୁ ନିରାଶ ହୋଇଗଲେଣି ସମସ୍ତେ। ରତନୀ ଘର ଭିତରକୁ ଯାଇ ଆଲୁଅ ଲଗେଇଲାଣି।

ରଞ୍ଜୁର ଆସିବା ବୋଧହୁଏ ଅନ୍ୟାୟ ହୋଇନଥିଲା। ପ୍ରଣୟର ଆବେଗକୁ ଅଶ୍ଳୀଳ ବୋଲି ଭାବିବାର କି ଅଧିକାର ଥିଲା ତା'ର ? ସେ ବୁଝିପାରିଥିଲା, ସେଇଦିନ ସକାଳର ଆଲୋଚନାରୁ ଯେ ଦୁଃଖୀ ସମ୍ଭବତଃ ଆଉ କଂଗ୍ରେସ ଅଫିସରେ ରହିବ ନାହିଁ। ସମ୍ଭବତଃ ଇସ୍ତଫା ଦେଇପାରେ। ସମ୍ଭବତଃ ତାଙ୍କ ଘରକୁ ଆଉ ଆସିବ ନାହିଁ। ଆଉ ଖାଇବ ନାହିଁ। ସେ ଆଉ ଭାଇନା ବୋଲି ଡାକିବାର ସୁଯୋଗ ପାଇବ ନାହିଁ। ସେଥିପାଇଁ ତା' ଜୀବନରେ ଏକ ଚରମ ନିଷ୍ପତ୍ତି ସେ ନେଇଥିଲା। ନିଷ୍ପତ୍ତି ନୁହେଁ ତ୍ୟାଗ ! ସେ ତ୍ୟାଗକୁ ଦୁଃଖୀ ଅପମାନ କରିଛି। ଆଜି ତା'ର ଅନୁତାପ ହେଲା। କେଡ଼େ ଦୃଢ଼ ତା'ର ନିଷ୍ପତ୍ତି ! ସେ ବୁଝିପାରିଥିଲା ଯେ ଦୁଃଖୀଭଳି ଜଣେ ଦରିଦ୍ର, ଦରପାଠୁଆ ଏବଂ ସମାଜରେ ପ୍ରତିପତ୍ତିହୀନ ବ୍ୟକ୍ତି ସହିତ ମନ୍ତ୍ରୀଙ୍କ କନ୍ୟାର ବିବାହ ଅସମ୍ଭବ। ତା'ପରେ ସେଦିନ ସକାଳେ ତା'ର ବାପା ଆଉ ତା'ର ଓ ଦୁଃଖୀ ଭିତରେ ଯୁକ୍ତିତର୍କରୁ ସ୍ପଷ୍ଟ ସେ ବୁଝିପାରିଥିବ ଯେ ଦୁଇ ସମାନ୍ତରାଳ ରେଖାର ମିଳନବିନ୍ଦୁ ସୀମାତୀତ।

ସେଦିନ ସକାଳେ ଦୁଃଖୀ ଦାସ ତା'ର ସ୍ପଷ୍ଟ ମତ ଶୁଣାଇ ଦେଲା, "କଂଗ୍ରେସ ସମାଜକୁ ଭ୍ରଷ୍ଟ କରିଦେଉଛି। ମହାତ୍ମାଗାନ୍ଧୀଙ୍କ ନିର୍ଦ୍ଦେଶିତ ପଥରୁ ବହୁଦୂରକୁ ଚାଲିଗଲାଣି। ଏଭଳି ଅବସ୍ଥାରେ କଂଗ୍ରେସରେ ରହିବା ମୋର ମନେହୁଏ ବେଶିଦିନ ସମ୍ଭବ ହେବ ନାହିଁ।"

"ଗୋଟାଏ ଦୁଇଟା ଦୁଃଖୀ ଦାସ ଚାଲିଗଲେ କଂଗ୍ରେସର ସାମାନ୍ୟ ହାନି ହେବାର ଆଶଙ୍କା ନାହିଁ। ବରଂ କଂଗ୍ରେସର ନୂତନ ରକ୍ତ ସଞ୍ଚାର ହେବ –" ମନ୍ତ୍ରୀ କହିଲେ କ୍ଷୁବ୍ଧ ହୋଇ।

"ଆପଣ ଯାହା କହୁଛନ୍ତି ତାହା ସତ୍ୟ। ମାତ୍ର ଯେଉଁ ନୂତନ ରକ୍ତ ସଞ୍ଚରିତ ହେବ, ତାହା ଅଧିକ ଦୂଷିତ ବୋଲି ପ୍ରମାଣିତ ହେବ। ଏହା ମଧ୍ୟ ସତ୍ୟ।"

"ଦୂଷିତ କିଏ କଲା ନବ ଯୁବକମାନଙ୍କୁ - ଆମର ଏଇ ଛାତ୍ର ସମାଜକୁ? ଆମେ - ଆମେ ଦୂଷିତ କରିଛୁଁ?"

"କଂଗ୍ରେସର ନେତାମାନେ କରିଛନ୍ତି। ଅର୍ଥ ଦ୍ୱାରା ପ୍ରଲୁବ୍ଧ କରି, ଆପଣା ସ୍ୱାର୍ଥରେ ବିନିଯୋଗ କରିଛନ୍ତି ଏଇ ଛାତ୍ରସମାଜ - ଯୁବସମାଜକୁ।" ଦୁଃଖୀ ଜବାବ ଦେଲା।

ଯିଏ ପ୍ରଲୁବ୍‌ଧ ହେଲା, ତା'ର ଦୁର୍ବଳତା। ପ୍ରଲୋଭନ ବା ପ୍ରଲୋଭନକାରୀର ନୁହେଁ ମନ୍ତ୍ରୀ କହିଲେ।

"ଛାତ୍ର ସମାଜ କୋମଳମତି ଯୁବକ। ତାଙ୍କ ଆଗରେ ପ୍ରଲୋଭନ ଥାପନା କରିବା ଅପରାଧ।"

"ହା, ହା, ହା। ତମେ ଭୁଲ ବୁଝିଛ ଦୁଃଖୀ ଦାସ। ତମର ଅନୁମାନ ସବୁ ଭୁଲ୍। କୋମଳମତି କ'ଣ କେବଳ ପ୍ରଲୋଭନପ୍ରବଣ। ଯେତିକି ପ୍ରଲୋଭନପ୍ରବଣ, ସେତିକି ବଳିଷ୍ଠ। ଏହି ଅବସ୍ଥାରେ ମନୁଷ୍ୟ ତା'ର ଦୃଢ଼ ଚରିତ୍ର ଗଠନ କରିଥାଏ। ଏ ଚରିତ୍ର ଗଠନପାଇଁ ଉଦ୍ୟମ କରିବ କିଏ? ରାଜନୈତିକ ନେତା ନା ଶିକ୍ଷକ, ଅଭିଭାବକ? ବାପ, ମା'ମାନେ ପିଲାଙ୍କୁ ପାଠ ପଢ଼ାନ୍ତି ଚରିତ୍ର ଗଠନ କରିବାକୁ, ନା ପୁଞ୍ଜି ଖଟାନ୍ତି ବ୍ୟବସାୟୀଙ୍କପରି, ପରେ ଭବିଷ୍ୟତରେ ସୁଧମୂଳସହ ଆଦାୟ କରିବାକୁ? ଅଭିଭାବକମାନେ ହିଁ ଅର୍ଥର କ୍ରୀତଦାସ କରିଦେଇଛନ୍ତି ପିଲାମାନଙ୍କୁ। ତା' ନ ହେଇଥିଲେ ସେମାନେ ସହଜରେ ପ୍ରଲୁବ୍‌ଧ ହୁଅନ୍ତେ କାହିଁକି?"

"ଆପଣ ବିରକ୍ତ ହୁଅନ୍ତୁ ପଛକେ, ଛାତ୍ରମାନଙ୍କୁ ଅର୍ଥ ଉତ୍କୋଚ ନ ଦେଇ ଭ୍ରଷ୍ଟ କରିବା ମୋ ପକ୍ଷରେ ସମ୍ଭବ ନୁହେଁ।"

"ପୁଣି ମତେ ଭୁଲ୍ କହୁଛ, ଦୁଃଖୀ ଦାସ! ଛାତ୍ରମାନଙ୍କୁ ଭ୍ରଷ୍ଟ କରିବା ପାଇଁ ମୁଁ ତୁମକୁ ନିର୍ଦ୍ଦେଶ ଦେଉନାହିଁ। ଛାତ୍ରମାନଙ୍କ ମଧ୍ୟରେ ଦେଶାତ୍ମବୋଧ ଜାଗ୍ରତ କରିବା ପାଇଁ ଭାରତର ଶତ୍ରୁ ଶକ୍ତି ପ୍ରତି ଘୃଣା ଓ ବିଦ୍ୱେଷ ଉଦ୍ରେକ କରିବା ପାଇଁ ସେମାନଙ୍କର ଆବଶ୍ୟକତା ପୂରଣ କରିବାକୁ ତମେ ଏ ଅର୍ଥ ବିନିଯୋଗ କରିବ। ଏହା ପ୍ରଲୋଭନ ନୁହେଁ, ଆବଶ୍ୟକତା। ନିଅ, ଏ ଟଙ୍କା ନେଇ ଶୀଘ୍ର ଚାଲିଯାଅ। ବିଳମ୍ବରେ ସବୁ ବ୍ୟର୍ଥ ହୋଇଯିବ। ସବୁ ରାଜନୈତିକ ଦଳ ଏ କଥା କରୁଛନ୍ତି। ଏକା କଂଗ୍ରେସ ନୁହେଁ। ପ୍ରତ୍ୟେକ ଦଳର ସ୍ୱତନ୍ତ୍ର ଛାତ୍ରସଂଘ। ତମେ କ'ଣ ଜାଣ ନାହିଁ? ସେମାନେ ନିଜ ନିଜ ଅନୁଗତ ଛାତ୍ରମାନଙ୍କ ପାଇଁ ଖର୍ଚ୍ଚ କରୁନାହାନ୍ତି? ଗୁଇନ୍ଦା ବିଭାଗରୁ ମୁଁ

ଖବର ପାଇଛି, ଏଇ କଲେଜ ୟୁନିୟନ୍ ନିର୍ବାଚନମାନଙ୍କରେ, କମ୍ୟୁନିଷ୍ଟମାନେ ହିଁ ସର୍ବାଧିକ ତତ୍ପର। ଆମକୁ ବିଦେଶ ହାତରୁ ଦେଶକୁ ରକ୍ଷା କରିବାକୁ ପଡ଼ିବ। ଭାରତ ପ୍ରତି ସ୍ୱଦେଶପ୍ରତି ସେମାନଙ୍କ ହୃଦୟରେ ପ୍ରୀତି ଜାଗ୍ରତ କରିବାକୁ ହେବ। ଏଥିରେ ଅନ୍ୟାୟ କିଛି ନାହିଁ, ପାପ କିଛି ନାହିଁ।" ମନ୍ତ୍ରୀ କହିଲେ।

ଦୁଃଖୀ କହିଲା - "ଛାତ୍ରମାନଙ୍କ ଭିତରେ ସେ ପ୍ରେରଣା ଆଣିଦେବା ପାଇଁ ଅର୍ଥର ଆବଶ୍ୟକତା ନାହିଁ। ମୁଁ ଆପଣଙ୍କ ନିର୍ଦ୍ଦେଶମତେ, ଛାତ୍ରମାନେ, କଂଗ୍ରେସ ୟୁନିୟନ୍‌କୁ ଯେପରି ଭୋଟ ଦିଅନ୍ତି, ସେଥିପାଇଁ ପାରୁ ପର୍ଯ୍ୟନ୍ତ ଯତ୍ନ କରିବି। ସେମାନଙ୍କୁ ବୁଝାଇ ସୁଝାଇ ଯେତିକି ହେବ ସେଇ ଯଥେଷ୍ଟ। ମାତ୍ର ଅର୍ଥର ପ୍ରଲୋଭନ ଦେଖାଇ, ମୁଁ ତା' କରିବାକୁ ପ୍ରସ୍ତୁତ ନୁହେଁ।"

"ହା - ହା – ହା - ଦୁଃଖୀଦାସ! ପୁଣି ଭୁଲ୍ କରୁଛ। ବୁଝେଇ ସୁଝେଇ ମତେଇବାର ଯୁଗ ଚାଲିଯାଇଛି। ତ୍ୟାଗଦ୍ୱାରା ଦେଶର ସେବା ଆଉ ସମ୍ଭବ ନୁହେଁ। ସେ ଯୁଗ ବଦଳି ଯାଇଛି। ଏଟା ସ୍ୱାଧୀନ ଭାରତ। ମନେରଖ। ସ୍ୱାଧୀନ ଭାରତରେ କ'ଣ ସେନାବାହିନୀ, ଆକାଶବାହିନୀ, ନୌବାହିନୀ ପ୍ରାଣବଳି ଦେବେ ବିନା ପାରିଶ୍ରମିକରେ? ତେଣୁ ଦେଶପାଇଁ ଯେ କାମ କରିବ ତା'ର ପଇସା ଦରକାର। ଆମେ ଯଦି ତାଙ୍କର ଆବଶ୍ୟକତା ମେଣ୍ଟଣ ନ କରିବା ତେବେ ଦେଶର ସେବା କରିବାକୁ କେହି ବାହାରିବେ ନାହିଁ।"

"କିନ୍ତୁ ପଇସା ଦେଇ ଭୋଟ କିଣିବା କ'ଣ ଦେଶର ସେବା?" ଦୁଃଖୀ ଦୁଃଖିତ ହୋଇ ପଚାରିଲା, "ଆମେ ନିର୍ବାଚନକୁ ଏକ ପ୍ରହସନରେ ପରିଣତ କରି ଦଉଛୁ।"

"ନିର୍ବାଚନର ଅନ୍ୟ ନାମ ପ୍ରହସନ। ଏ କଥା ତମେ ଭୁଲିଯାଉଛ କାହିଁକି ଦାସେ? ନିର୍ବାଚନରେ କ'ଣ ପ୍ରକୃତ ଲୋକମତ ପ୍ରକାଶ ପାଏ? ଲୋକପ୍ରତିନିଧି ବୋଲି ଗର୍ବ କରିବାହିଁ ଆମର ସାର। ଲୋକେ ଭୋଟ ଦିଅନ୍ତି 'ହୁଯ'ରେ ମାତି କିମ୍ବା ଗାଁ ଟାଉଟରମାନଙ୍କ କଥାରେ ଭୁଲି। ନିର୍ବାଚନଟା ପ୍ରହସନ ନୁହେଁ ଆଉ କ'ଣ?"

"ତାହାହେଲେ କହିବାକୁ ହେବ, ଆମର ଗଣତନ୍ତ୍ର ଶାସନ ମଧ୍ୟ ଗୋଟାଏ ଛଦ୍ମନାମ।"

ଗଣତନ୍ତ୍ର, ଗଣତନ୍ତ୍ର ନୁହେଁ - ଗଣ୍ଡତନ୍ତ୍ର। ଶତକଡ଼ା ଅଶୀ ଭୋଟଦାତା, ନିରକ୍ଷର, ମୂର୍ଖ, ଗଣ୍ଡ। ଏଠି ଗଣତନ୍ତ୍ର? ଗଣତନ୍ତ୍ର କେବଳ ଧ୍ୱନି। ଲୋକଙ୍କୁ ଭୁଲାଇବା ପାଇଁ କୌଶଳ। କିଛିଦିନ ଗାନ୍ଧୀ ନାଁରେ ଭୋଟ୍ ନେଲୁ। କିଏ ନେଲା ଧର୍ମ ନାଁରେ, କିଏ ବା ଚାଷୀ ମୂଲିଆର ସେବକ ବୋଲାଇ। ତା'ପରେ ଆସିଲା ଗଣତନ୍ତ୍ର। ଏକଛତ୍ରବାଦୀ

କମ୍ୟୁନିଷ୍ଟ ବି କହିଲେ - ଗଣତନ୍ତ୍ର। ପୁଣି ଆରମ୍ଭ ହେଲା ସମାଜବାଦୀ ଢାଞ୍ଚା ନିରୋଳା ନିପଟ ସମାଜବାଦ ଧ୍ୱନି ଉଠାଇବାକୁ ସାହସ ନାହିଁ। ସେଥିପାଇଁ ଏବେ ଧ୍ୱନି ଦେଉଛୁ 'ଗଣତାନ୍ତ୍ରିକ ସମାଜବାଦ'। ତା'ପରେ ପୂରା 'ସମାଜବାଦ'। ସବୁ ଧ୍ୱନି ସବୁ ଲୋକଙ୍କୁ ଭଣ୍ଡିବା ପାଇଁ।"

"ଲୋକଙ୍କୁ ଭଣ୍ଡି ଭୁଲାଇ ଭୋଟ ନେବା କ'ଣ ମନୁଷ୍ୟତା ?" ଦୁଃଖୀ ପଚାରିଲା।

"ଦୁଃଖୀଦାସ, ଯାଅ ଚାଲିଯାଅ; ତୁମେ ଅରଣ୍ୟରେ ତପସ୍ୟା କରିବ। ଛାଡ଼ିଦିଅ ରାଜନୀତି। ରାଜନୀତିରେ 'ନୀତି' ହେଉଛି ସର୍ବ ପ୍ରଥମ ବଳି। ତମର କ'ଣ ଦରକାର ? ଆଦର୍ଶ ଦରକାର ନା ବାସ୍ତବ ଦରକାର। ବାସ୍ତବ ମାନବ ହେବାକୁ ଚାହିଁ ତ ମୁଁ ଯାହା କହୁଛି ତଦନୁସାରେ କାର୍ଯ୍ୟ କର।"

"ନା, ନା, ଆଜ୍ଞା ! ମୁଁ ପାରିବି ନାହିଁ ! ଲୋକ ଚରିତ୍ରକୁ ଭ୍ରଷ୍ଟ କରିବା ମହା ଅପରାଧ। ମୁଁ ତାହା ପାରିବି ନାହିଁ।"

"ଆମେ ଭ୍ରଷ୍ଟ କରୁଛୁ ଲୋକଙ୍କୁ, ନା ଲୋକେ ଭ୍ରଷ୍ଟ ହୋଇଥିବାରୁ ଆମକୁ ଭୋଟ୍ ଦେଉଛନ୍ତି। ଲୋକେ ଯେଉଁଭଳି ଶାସନର ଯୋଗ୍ୟ ତାଙ୍କୁ ସେଇଭଳି ଶାସକ ମିଳନ୍ତି।"

"ହୁଏତ ଉଭୟଟା ସତ୍ୟ। କହିହେବ ନାହିଁ ମଞ୍ଜି ଆଗ କି ଗଛ ଆଗ। ମାତ୍ର ଦୁଇଟିରୁ ଯେ କୌଣସି ଗୋଟିଏ ଗଣତନ୍ତ୍ର ପକ୍ଷରେ ମାରାତ୍ମକ।"

"ଗଣତନ୍ତ୍ର ? ହା - ହା - ହା। ଆଉ ସେ ଶବ୍ଦ ତମେ ଶୁଣିବାକୁ ପାଇବ ନାହିଁ। ନିର୍ବାଚନ ପ୍ରଥା ମଧ୍ୟ କ୍ରମେ ଲୋପ ପାଇଯିବ, ଆଉ ଆଠ ଦଶଟା ନିର୍ବାଚନ ପରେ।

"ମାନେ, ଆପଣ କହିବାକୁ ଚାହାଁନ୍ତି, ଦେଶରେ ଏକଛତ୍ରବାଦ ପ୍ରଚଳିତ ହେବ ?"

"ଆମେ ନ ଚାହିଁଲେ ମଧ୍ୟ ହେବ।"

"ମାତ୍ର ଆପଣ ନିଜେ ସେଦିନ କହୁଥିଲେ –"

"କହିଲେ କ'ଣ ହେବ ? ଯାହା ଅନିର୍ବାର୍ଯ୍ୟ, ତାକୁ ସ୍ୱାଗତ କରିନେବା ବୁଦ୍ଧିମାନ୍‌ର କାର୍ଯ୍ୟ।"

"ମାତ୍ର ଆପଣ ଯେ ଏକଛତ୍ରବାଦର ବିରୋଧୀ। ଗଣତନ୍ତ୍ରର ଏକାନ୍ତ ପକ୍ଷପାତୀ !"

"ଓହୋ ! ତମେ ରାଜନୀତି କରିବାକୁ ଆସିଛ ନା ନୀତି ଶାସ୍ତ୍ର ଅଧ୍ୟୟନ କରିବାକୁ ଆସିଛ ? ତମେ ଯୁବକ, ଯୁବକ ପକ୍ଷରେ କେବଳ କର୍ମ ହିଁ ଶ୍ଲାଘ୍ୟ। ଯୁକ୍ତି କେବଳ

ନୈଷ୍କର୍ମର ନାମାନ୍ତର। କର ବା ମର ! ପ୍ରଶ୍ନ ନ କର। ଏଇ ତମର 'ମଟୋ' - ଆଦର୍ଶ ବାକ୍ୟ। ଯାଅ, କଂଗ୍ରେସ ଛାତ୍ର ସଂଘକୁ ମୁଁ ବିଜୟ କାମନା କରୁଛି।"

"ତାହାହେଲେ କଂଗ୍ରେସ ଆଉ କମ୍ୟୁନିଷ୍ଟ ଦଳ ଭିତରେ ପାର୍ଥକ୍ୟ କେଉଁଠି ?"

"ପାର୍ଥକ୍ୟ ! ଢେର୍ ପାର୍ଥକ୍ୟ। ଭାରତ ଲାଲ୍ ନେହିଁ ହୋଗା। ହରା ନେହିଁ ପଡ଼େଗା - ସବ୍ ନାରଙ୍ଗୀ ହୋ ଯାଏଗା।"

"ମାନେ ?"

"ଆରେ, ଏତିକି ବୁଝିପାରୁ ନାହଁ। 'ନୋଟ୍ ନିଅ, ଭୋଟ୍ ଦିଅ'ର ପରିଣାମ କଣ ? ଟଙ୍କା କିଏ ଦବ ? ରୁଷିଆ ଦବ। ଚାଇନା ଦବ। ଲାଲ୍ ହବ ବା ହଳଦିଆ ହବ ? ନାଲି ହଳଦିଆ ମିଶି ନାରଙ୍ଗ।"

"ଆଉ ତାରକା ?'

"ତାରକା ତ ଖୋଲା ଖୋଲି ଦଉଚି। ଏମାନେ ଚୁପ୍‌ଚୁପ୍ କି। ଯିଏ ଦଉ, ଲୋକଙ୍କର ପଇସା ଖାଇବାରେ ମୁହଁ ଲାଗିଗଲାଣି। ଆଉ ଛାଡ଼ିପାରିବେ ? ଭୋଟ୍‌ଦାତା ଭାରତୀୟ ନାଗରିକଙ୍କର ଆଉ ନୈତିକତା ଅଛି ? ତମେ ଖାଲି ନୀତି ନୀତି ହେଉଥାଅ। ପଛରେ ପଡ଼ିଯିବ। କେହି ପଚାରିବେ ନାହିଁ। ନେତା ବୋଲି କେହି ମାନିବେ ନାହିଁ। ଯୋ ନେତା ହୈ, ସେ ଦେତା ହୈ। ଆମେ ଟଙ୍କା ନେବୁ ଧନୀ ପୁଞ୍ଜିପତିଙ୍କଠାରୁ। ଦେବୁଁ ଭୋଟରଙ୍କୁ। ଶେଷରେ ଭୋଟରଙ୍କୁ ବି ପଟି ଚଢ଼େଇଦବୁ। ଆଉ ଭୋଟ୍ ହବ ନା ଟଙ୍କା ନବ !"

"ଶାସନ ରହିବଟି ? ସରକାର ରହିବଟି ?" ଦୁଃଖୀ ପଚାରିଲା।

"ଆରେ ଶାସନ ରହୁ, ନରହୁ ସରକାର ଥାଉ ନଥାଉ ଗୋଟାଏ କିଛି ରହିବ ତ। ବୁଝିଲ ଦୁଃଖୀ, ସରକାରଟା ସବୁବେଳେ ସବୁଦିନେ ଅଦୃଶ୍ୟ। ମନ୍ତ୍ରୀ କହନ୍ତି, ଅମଲା ମାଲିକ୍, ଅମଲା କହନ୍ତି ମନ୍ତ୍ରୀ ମାଲିକ୍। ମୁଁ କହେ, ଏ କେହି ମାଲିକ୍ ନୁହନ୍ତି। ମାଲିକ୍ ହେଉଛି ସରକାରୀ ପିଅନ୍। ତା' ହୁଦା ଉପରେ ମରା ହୋଇଛି ଓଡ଼ିଶା ସରକାର। ଚକ୍ ଚକ୍ ମାରୁଛି ବାଁ ପାଖ ଛାତି ଉପରେ।"

ଦୁଃଖୀ ହସିଲା। ମନ୍ତ୍ରୀ ବି ହସିଲେ। ଦୁଃଖୀ କହିଲା 'ମୁଁ ଆସୁଛି'।

"ଟଙ୍କା ନେଇଯାଅ।"

"ନା - ଟଙ୍କା ମୋର ଦରକାର ହବ ନାହିଁ।"

"ହବ - ହବ - ହବ। ମୁଁ କହୁଛି ହବ। ଧର ଟଙ୍କା ଧର।"

"ନା - ମୁଁ ଟଙ୍କା ନେଇ ପାରିବି ନାହିଁ।"

"ତା'ହେଲେ ତମେ କଂଗ୍ରେସ ଭିତରେ ରହି କାମ କରିପାରିବ ନାହିଁ ?"

"ମୁଁ ପଛକେ କଂଗ୍ରେସରୁ ଇସ୍ତଫା ଦେଇଦେବି ମାତ୍ର ଛାତ୍ରଙ୍କର ଚରିତ୍ର ଭ୍ରଷ୍ଟ କରି ପାରିବି ନାହିଁ। ନମସ୍କାର !"

ଦୁଃଖୀ ଚାଲିଗଲା। ମନ୍ତ୍ରୀ ଦୀର୍ଘ ନିଃଶ୍ୱାସଟାଏ ଛାଡ଼ି ବସି ପଡ଼ିଲେ।

ଦୁଃଖୀ ଦୁଆର ମୁହଁରେ ହେଲା ବେଳକୁ ଦେଖିଲା ରଞ୍ଜୁ ଆସି ସେଠି ଠିଆ ହୋଇଛି। ନମସ୍କାର କଲା। ଆଖିରେ ତା'ର ଆଜି ମେଘୁଆ ଧରିନାହିଁ। ବରଂ ଉଜ୍ଜ୍ୱଳ। ମନେ ପଡ଼ିଗଲା ତା'ର ଦେବକୀ କଥା। ସେଦିନ ପୁଲିସର ଗୁଳି ମୁହଁକୁ ଗଲାବେଳେ ଦେବକୀର ଆଖି ଏମିତି ଦିଶୁଥିଲା। ରଞ୍ଜନା ଆଖିର ପୁଅ ଦୁଇଟା ବାହାରି ଆସି ଯେମିତି ତା' ଆଗେ ଆଗେ ଚାଲିଛନ୍ତି। ଏମିତି ମନେହେଲା ଦୁଃଖୀର।

ଦୁଃଖୀ ଚାଲିଗଲା।

ରଞ୍ଜୁ ଫେରି ଯାଇଥିବ ତା' ବାପାଙ୍କ ପାଖକୁ। ତା' ବାପା ପଚାରିଥିବେ - ଦୁଃଖୀ ଚାଲିଗଲା ?

ରଞ୍ଜୁ ଉତ୍ତର ଦେଇଥିବ - ହଁ, ଆଉ କହିବାକୁ ଚାହିଁଥିବ ରଞ୍ଜୁ ଚାଲିଯାଇଛି।

ରଞ୍ଜୁ ପ୍ରକୃତରେ ଚାଲିଗଲା ବାପ ମା' ସମସ୍ତଙ୍କ ଛାଡ଼ି। କିନ୍ତୁ - ସେ କଲା କ'ଣ ? ସେ କ'ଣ ପ୍ରକୃତରେ ରଞ୍ଜୁ ପ୍ରତି ଅନ୍ୟାୟ କରି ନାହିଁ ?

ନା ସେ କିଛି ଅନ୍ୟାୟ କରି ନାହିଁ। ରଞ୍ଜୁ ପ୍ରତି ସେ ଅନ୍ୟାୟ କରି ନପାରେ। ଏବେ ବି ତାର ଶ୍ରଦ୍ଧା ଅଛି ଏଇ ଅସାଧାରଣ ମହିଳାପ୍ରତି। ସେ ରଞ୍ଜୁର ପ୍ରଣୟକୁ ପ୍ରତ୍ୟାଖ୍ୟାନ କରି ନାହିଁ। ଅପମାନ କରିନାହିଁ। ସେ ଘୃଣା କରିଛି - ଘୃଣା ଠିକ୍ ନୁହେଁ - ଅସ୍ୱୀକାର କରିଛି। ମାନେ, ମନା କରି ଦେଇଛି, ରଞ୍ଜୁର ପ୍ରଣୟର ଅଶ୍ଳୀଳତାକୁ ସ୍ୱୀକାର କରିନେବା ପାଇଁ - ମାନି ନେବା ପାଇଁ।

ହଁ ପ୍ରଣୟର ଅଶ୍ଳୀଳତା। ପ୍ରଣୟ ଯେତେ ମହନୀୟ ହେଉ, ନିର୍ମଳ ହେଉ, ନିଜେ ନିଜେ ସେ ପ୍ରସ୍ତାବ ବାଢ଼ିବା ଅଶ୍ଳୀଳତା ! ନିଜେ ମାଗି ଖାଇବା ପରି ଅଭଦ୍ରତା।

ଜୀବନର ସେ ଗୋଟାଏ ପର୍ବ। ଦୁଃଖୀ ଭାବୁଥାଏ। ତା'ର ସ୍ତ୍ରୀ, ଦେବକୀ, ରଞ୍ଜନା। ଜଣେ ସହଧର୍ମିଣୀ। ଆଉ ଜଣେ ସହକର୍ମିଣୀ। ଆଉ ରଞ୍ଜନା ତା'ର ସହମର୍ମିଣୀ।

ସେ ସବୁ ଚଲାବାଟର ମାଇଲ୍ ଖୁଣ୍ଟ। ବାଟ ଚାଲୁ ଚାଲୁ ସବୁ ପଛରେ ରହିଯାଏ। ପଛକୁ ପଡ଼ିଯାଏ। ଖାଲିଖାଲି ବୁଝି ହୋଇ ନଥାନ୍ତା କେତେ ବାଟ ଆଗେଇଛି ମଣିଷ। ଚାଲିଲା ମଣିଷ। କେହି ସାଙ୍ଗରେ ଆସନ୍ତି ନାହିଁ। ଧର୍ମ କର୍ମ ସବୁ ନିଜର। ଆଉ ସବୁ ପର।

ଶୁକୁରା ଆଉ ରତନୀ। ତାଙ୍କ ଜୀବନକୁ ପର୍ବ ପର୍ବ କରି ଭାଗ କରି ହେବ

ନାହିଁ। ସବୁ ଗୋଟାଏ କାଣ୍ଡ। ଏବେ ରାମ ଫେରି ଆସିଛନ୍ତି ଅଯୋଧ୍ୟାକୁ। ସୀତା ଅଶୋକବନରୁ। ଦୁଃଖୀ ମନେ ମନେ ହସିଲା।

ରାତିରେ ଆସି ଜୁଟିଲେ ପଲ୍‌ହେ ମଣିଷ। ଆଉ ଦିନକର କଥା। ଗାଁଟାରୁ ଅଧେ କି ଚଉଠେ। ଉଠିଆସିଲା ପରି ଲାଗିଲା ସାରା ଗାଆଁଟା। ତା' ଭିତରୁ ଥୋକେ ଭାଗୁ ମାହାନ୍ତି ଦଳର। ଗୋଟା କେତେ ହଳଧର ପକ୍ଷ। ପଞ୍ଚାୟତରାଜ୍‌ର ନଗ୍ନ ରୂପ। ଉଭୟେ କଂଗ୍ରେସବାଲା। ୟେଙ୍କ ଛଡ଼ା କମିଉନିଷ୍ଟ, ସୋସିଆଲିଷ୍ଟ ବି ଅଛନ୍ତି ଜଣ କେତେ। କାହାର ଘରେ ଦି'ଘର ତ କାହାର ଚାରିପାଞ୍ଚ ଘର। ଦୁଃଖୀ କେଉଁଥିରେ ନଥାଏ।

କଥା ପଡ଼ିଲା ବି.ଡି.ଓ. କେମିତି ଟ୍ରାନ୍‌ସଫର ହେବ। ବି.ଡି.ଓ.କୁ ଟ୍ରାନ୍‌ସଫର କରିବାକୁ ହିଁ ହେବ। ବି.ଡି.ଓ. ଏଠୁ ବଦଳି ନ ହେଲେ ଚଳିବ ନାହିଁ। ଦୁଃଖିଆନ୍ନା ମୁଖ୍ୟମନ୍ତ୍ରୀଙ୍କ ପାଖକୁ ଲେଖନ୍ତୁ। ଗୋଟାଏ ଝିଟ, ଲମ୍ପଟ, ଲାଞ୍ଚଖୋର କେଉଁଠୁ ଆସିଛି ଏଇ ବି.ଡି.ଓ. ଟା!

କିଏ କହିଲା – "ମହିଳା ସେମିତି ହେଉଛି ନିକୁଞ୍ଜବନ। ଶ୍ରୀକୃଷ୍ଣ ତ ସେଇଠି ବସି ମୁରଲୀ ଫୁଙ୍କୁଛନ୍ତି।"

ଦୁଃଖୀଦାସ କହିଲା - "ଆମ ଝିଅ ବୋହୂ ସେଠିକି ନଗଲେ ତ ଗଲା!"

ସମସ୍ତେ ଚୁପ୍। କିଏ ତା' ମୁହଁକୁ ସେ ଇୟା ମୁହଁକୁ ଚହାଁ ଚହିଁ ହେଲେ। କାହାରି ମୁହଁରୁ କଥା ବାହାରିଲା ନାହିଁ।

ନିସ୍ତ ବେଳକୁ ଜଣେ କିଏ ଆଗକୁହା ବାହାରି ପଡ଼ିଲା। କହିଲା - ଝିଅ ବୋହୂ କାହିଁକି ଯାଆନ୍ତେ! ସେଇ ବଡ଼ବଡ଼ିଆ! କିଶୋର ପଟ୍ଟନାହାକଙ୍କ ଗୁଣର ନାତୁଣୀ। ବଅସର ଝିଅଟା। ତୁ କାହିଁକି ଯାଇଁ ବୁଲିବୁ ବି.ଡି.ଓ. ଜିପ୍‌ରେ?

ଜଣକର ଯେତେବେଳେ ମୁହଁ ଖୋଲିଗଲା, ସାହସ ବଢ଼ିଗଲା ସମସ୍ତଙ୍କର। ଆଉ ଜଣେ କହିଉଠିଲା - ସତରେ ଦେଖିଥିଲା ପରି କହୁଛି?

ତାର ଉତ୍ତର ମିଳିଲା - ସଞ୍ଜବେଳେ ନେଇଯିବ, ଅଧରାତି ହେଲେ ଛାଡ଼ି ଦେଇଯିବ। ଦେଖନ୍ତା କିଏ?

ଗର୍ଜି ଉଠିଲା ଶୁକୁରା – "ହଇରେ ତମେ ଆଖିରେ ଦେଖିଛ କେହି? ତମର କଣ ଝିଅ ବୋହୂ ନାହାନ୍ତି। ପର ଝିଅ ବୋହୂଙ୍କ ନାଁରେ ବାରଅନା କରି କହିବାକୁ ତୁମ ତୁଣ୍ଡ ଲେଉଟୁଛି?"

ସାଙ୍ଗେ ସାଙ୍ଗେ ପ୍ରତିବାଦ ହେଲା – "ଭାରି ତେଜତ ତୋର। ବେଶି ଫୁଟାଣି ଦେଖାନା। ଆସିଲେ କେଉଁଠୁ ଧର୍ମ ଯୁଜେଷ୍ଟି! ଆମକୁ କଲିକତିଆ କୁଲି କରି ପାଇଚୁ, ନା? ଯା ଯା, ଘରଆଡ଼େ ପଚାରିଆ ଆଗ ତା'ପରେ ଆମକୁ ଡିଆରିବୁ।"

ନିଆଁରେ ଯେମିତି ପାଣି ପଡ଼ିଗଲା। ଶୁକୁରା ଆଉ ରାଗିବ କ'ଣ? ସରମ ଝାଳ ବହିଗଲା ଦିହରୁ। ସଢ଼ିଗଲା ଗୋଟିପଣେ ସରମରେ। ରତନୀ, ରତନୀ, ରତନୀ!! ସେ କ'ଣ ରତନୀକି ନେଇ ଘର କରିପାରିବ ନାହିଁ। ପୁଣି ନେଇ ରାଉତ ଘରେ ଛାଡ଼ିଦେଇ ଆସିବ? ନଇଲେ କଲିଜାକୁ ଟାଣି କରି ସହିବାକୁ ପଡ଼ିବ। ଟାହୁଲି - ଟାପରା - ଦୁର୍ଚ୍ଛନା ସବୁ ସହିବାକୁ ହେବ ଓଃ।

ଦୁଃଖୀଦାସ ଅନେଇଥାଏ ସେ ଲୋକଟାକୁ। ଗାଁଟା କ'ଣ ହେଇଗଲା? ଗାଁର ଲୋକେ କ'ଣ ହେଇଗଲେ? ଗାଁଟା ଯେମିତି ଫାଟି ଆଁ କରିଛି। ରସାତଳକୁ ଯାଉନାହିଁ ଏ ଗାଁ'ଟା!

ହାଉଡ଼ା, ହାଉଡ଼ା। ଠିକ୍ ଠିକ୍। ତା' ନାଁ ହାଉଡ଼ା। ସେ କ'ଣ କହିବ କହିବ ହଉଚି। କହିଲା ଛାତିକି ଟାଣ କରି ଦୁଃଖୀଦାସ ମୁହଁ ଉପରେ "ଦୁଃଖୀଆନ୍ନା ପାଖକୁ କ'ଣ ପାଇଁ ଆସିଛ କହିଲ ଆଗ? ସେ କ'ଣ କାହାର କେଞ୍ଚି ପକେଇବ। ଚାଲ, ଉଠ!"

"ଗୋଟେ ମସୁଧା କରିବା ନାଇଁ?" କିଏ ଜଣେ କହିଉଠିଲା।

"ମସୁଧା? କି ମସୁଧା ହୋ? ମସୁଧାରେ ଶାଗ ସିଝେ? ବି.ଡି.ଓ.କୁ ବଦଳି ହାରିଗୁହାରୀରେ ହୁଏ ନାହିଁ। ତା' ବାଟ ମତେ ଜଣା। ଆସୁ ସେ ବି.ଡି.ଓ. ପୁଣି ଏ ଗାଁକୁ। ଟୋକାର ମନ ଘରଧରି ନ ଯାଇଥିବ ତ ମୋ ନାଁ ହାଉଡ଼ା ନୁହେଁ।" କହି ଲାଠିଟାକୁ ମୁଠେଇ ପକେଇଲା ହାଉଡ଼ା।

"କଉଁ କଥାକୁ କଉଁ କଥା, ଗବ ବାଡ଼କୁ ଗବ ବତା।"

କିଏ କହିଲା, କିଏ କହିଲା? ସମସ୍ତେ ଏଣିକି ତେଣିକି ଅନେଇଲେ। ଆରେ ଆରେ ବାଲୁଙ୍ଗାଇ ତ। କେତେବେଳେ ଆସି ଚୁପ୍‌କିନା ବସିଯାଇଚି ଏକପାଖିଆକି। କାହାରି ନଜର ପଡ଼ିନାହିଁ। ଯାହାଙ୍କ ପାଖରେ ଆସି ବାଲୁଙ୍ଗା ଚୁପ୍‌ଚାପ୍ ବସି ଯାଇଥିଲା, ଯେଉଁମାନେ ତାକୁ ଦେଖୁଥିଲେ, ସେମାନେ ଅନ୍ୟମାନଙ୍କୁ ଆକାଚକା ହବାର ଦେଖି ହସି ପକାଇଲେ।

"ଏସବୁ ମୁଫତ୍ କଥାରେ ମାତିଛ କାହିଁକି ଶୁଣେ?" ବାଲୁଙ୍ଗା କହିଲା।

"ମୁଫତ୍ କଥା ନୁହେଁ ବାଲୁଙ୍ଗାଇ। ଏଟା ଗାଁ'କୁ ନିନ୍ଦା।" ହାଉଡ଼ା କହିଲା।

"ଆ ... ହା ... ହା ..., ଗାଁ ନିନ୍ଦା ଟୋକାକୁ ବାଧିଯାଇଛି ଖାଲି। ଘର କଥା ଯିମିତି ପଦାରେ ନପଡ଼ିବ ସେଥିପାଇଁ କିଛି ମସୁଧା କରିପାରବ? ଖାଲି ଏଣୁ ତେଣୁ ବକ୍‌ବାଜିରେ କି ଫାଇଦା? ଗାଁର ସୁନାମ କିମିତି ହେବ ଭାବିଛ କେବେ? ଦୁର୍ନାମଟା ଘୋଡ଼େଇ ପକେଇଲେ ସୁନାମ ହୁଏ ନାହିଁ। ସୁନାମ ତଳେ ଦୁର୍ନାମ ବଳେ ବଳେ

ଡାଙ୍କି ହୋଇପଡ଼େ। ଏ ଗାଁ ଧନୀମାଷ୍ଟର ନିଧିଆବୋଭର ଗାଁ। ଏଠି ଇଜ୍ଜତ୍ ପାଇଁ ମଣିଷର ଜାନ୍ ଚାଲି ଯାଇଥିଲା। ଏବେ ପେଟପାଇଁ ଇଜ୍ଜତ୍ ବିକିଲାଣି ମଣିଷ। ବୁଝୁଛ ସେ କଥା ? ଖବର ରଖିଛ କିଛି ? ଯାଆ ପଚାରି ବୁଝ। ଯାଆ ଘରେ ପୁରୀ ତରକାରୀ ହେଉଥିଲା, ତା' ଘରେ ପେଜ ଶାଗ ନଦାରଦ୍। ଯୁଗ ବଦଳି ଯାଇଛି। ମଣିଷ ବି ବଦଳି ଯାଉଛି। ଅକଳରେ ପଡ଼ି।"

ବାଲୁଙ୍ଗା କଥାକୁ କାଟି ଆଉ ଜଣେ ବୁଢ଼ା କହିଲା – "ଛାଡ଼, ଛାଡ଼, ଏସବୁ ମୁତ୍‌ଫରକା, କିଲ୍‌ଫାଇଲା କଥା। ଆରେ ନିଜ ପେଟରେ ଏତେ ଗୁହ। ଆଉ କାହା ପେଟରେ କ'ଣ। ସେଥିପାଇଁ କିଆଁ ମୁଣ୍ଡ ବଥଉଚି ? କହିବଟି ଦୁଃଖୀ ଏଇ ଯେ ଭୋଟ୍ ଭୋଟ୍ କଥା ଶୁଣା ହଉଚି ସେଥିରୁ କ'ଣ ହବ ? ଆମେ ଭୋଟ୍ ଦବା କି ନାହିଁ ? ଦେଲେ କାହାକୁ ଦବା ?"

"କେବେ ଭୋଟ୍ ହଉଚି କି ? କିଏ କିଏ ଠିଆ ହେଇଛନ୍ତି ? କୋଉ କୋଉ ପାର୍ଟିରୁ ?" ପଚାରିଲା ଶୁକୁରା।

"ଆରେ ପାର୍ଟିକୁ ଚାହିଁ କ'ଣ କିଏ ଠିଆ ହୁଏ ? ଲୋକେ ଠିଆ ହୁଅନ୍ତି ପେଟକୁ ଚାହିଁ।" କିଏ ଜଣେ ପୁରୁଣା ପୋଖତା ଲୋକ କହିଲା। "ପେଟ ଖାଏ, ପାଟି ନାଁରେ ଯାଏ।"

ହସିଲେ ସମସ୍ତେ। ଦୁଃଖୀ କହିଲା – "ଭୋଟ୍ ବିଷୟରେ ମୋର କିଛି ମତ ନାହିଁ କି ମତଲବ୍ ନାହିଁ। ଯାହାର ଯାହାକୁ ଇଚ୍ଛା ସେ ତାକୁ ଭୋଟ୍ ଦେଉ। ପାଟି ହେଉ ପେଟ ହେଉ।"

ଟୋକା ଜଣେ କିଏ କହିଲା – "ଆମେ କେତେଜଣ ଠିକ୍ କରିଛୁ ଟୋକା କଂଗ୍ରେସକୁ ଦବୁଁ।"

"ଟୋକା କଂଗ୍ରେସ କିଏରେ ? କଂଗ୍ରେସ ତ ଗୋଟାଏ। ସେଥିରେ ନୂଆ ପୁରୁଣା ଆସିଲା କଉଠୁ ?" ଦୁଃଖୀ କହିଲା।

"ଜାଣ ନାହିଁ ? ଦଳେ ନୂଆ ଟୋକା ବାହାରିଛନ୍ତି ? ବାଲୁଙ୍ଗା କହିଲା – ହାତୀ ନେ ଘୋଡ଼ା ନେ ମୋ ପେଁକାଳି ବଜେଇ ଦେ। ପିଆଁକାଳି ବଜେଇବା ସାର। ହାତୀ ନାହିଁ ନା ଘୋଡ଼ା ନାହିଁ।"

ଆଉ ଜଣେ କହିଲା – "ଶୁଣିନ ବାଲୁଙ୍ଗାଇ, ମାଇପେ ଆଉ ପୋଖରୀ ତୁଠକୁ ଯିବେ ନାହିଁ। ଚୁଲି ଫୁଙ୍କିବେ ନାହିଁ। ଡର କେମେତେ ଭାରି। କିମିଆ ଜାଣେ।"

କିଏ କହିଲା – ଖାଲି ସେତିକି ? ଯଦି ଭୋଟ୍ ନ ଦେବ, ତେବେ ଅମୋଘ ଅସ୍ତ୍ର। ସେ କ'ଣ କି ବାଲୁଙ୍ଗାଇ ? – ସେ ଅସ୍ତ୍ର ଛାଡ଼ିବ। ସେ କୁଆଡ଼େ ମହାଭାରତର

ମୋହନା ଅସ୍ତ୍ର ପରି। ଆଦିବାସୀ ଅଞ୍ଚଳକୁ ଯାଇ ତା' ଭେଦ ପାଇଛି। ଏକଲବ୍ୟ ଯେଉଁ ଅସ୍ତ୍ର ମାରି ସମସ୍ତଙ୍କୁ ମୋହ କରି ପକେଇ ଦେଇ ନଥିଲା ?

"ସେଇଟା କୁକୁରଟା, କଥା କହି ପାରିଲା ନାହିଁ। ଯଉଁ ଅସ୍ତ୍ର ମାରିଥିଲା ସେଇ ଅସ୍ତ୍ର। ଏକଲବ୍ୟର ଅଣନାତି ପଣନାତି ସବୁ କଣ ଜଙ୍ଗଲରେ ନୁଚିକି ଅଛନ୍ତି। ତାଙ୍କରିଠୁଁ ପାଇଛି।"

ଆଉ ଜଣେ ଖଣ୍ଡେ କାଗଜ କାଢ଼ି ବଢ଼ାଇ ଦେଲା ଦୁଃଖୀ ହାତକୁ - "ହେଇତିନି ଦେଖ। ଛପା କାଗଜରେ ଛପେଇ ଦେଇଚନ୍ତି। ସେ କ'ଣ ମିଛ ହେବ ?"

ଦୁଃଖୀ ପଢ଼ିଲା। କାବା ହୋଇଗଲା। ଯୁଗ କ'ଣ ହେଲା ? ଦେଶ କୁଆଡ଼େକି ଗଲା ? କ'ଣ ନାଜି ଜର୍ମାନୀ ହୋଇଗଲା ଭାରତ ବର୍ଷ !

ଜଣେ କହିଲା - "କଣ କରିବ ସେ, ଦେଖିବା ଭଲା। ଅମୋଘ ଅସ୍ତ୍ର। ଭାରି ଅମୋଘ ଅସ୍ତ୍ର ମାରିବା ବାଲା ! କ'ଣ ଫାଶୀ ଦବ ନା ଶୂଳୀ ଦବ ? ଆମେ ତାକୁ ଭୋଟ୍ ଦବୁ ନାହିଁ। ଧମକେଇ ଭୋଟ୍ ନେବ ?"

ଆଉ ଜଣେ କହିଲା - "ନାଇଁରେ ବାବା, ଅମୋଘ ଅସ୍ତ୍ର ସେମ୍ତା ନୁହେଁ। ସେ ପରା ଅଣବାହୁଡ଼ା। ହେଇଟି ଦେଖ – ହୁଁ।"

ମଝି ଆଙ୍ଗୁଳି ଦେହରେ ବୁଢ଼ା ଆଙ୍ଗୁଳିକି ଲଢ଼େଇ ଦେଇ ଦେଖେଇ ଦେଲା ଟଙ୍କା ବଜାଇବା ଠାଣିରେ।

"ଏଁ ହେଁ - ଏଇ ମାଲ ମାଲ ! ବୁଝିଲ ? ମୋତେ ପରା ଜଣେ କଂଗ୍ରେସବାଲା ଯାଚୁଥିଲା। ଶହେ ଟଙ୍କିଆ ନୋଟ୍ ଖଣ୍ଡେ।"

"ନେଲୁ ନାହିଁ ?" କିଏ ପଚାରି ଦେଲା।

"ଇଲୋ ନୂଆ ! ମୁଁ ତା ଟଙ୍କା ଦେଖି ଡରିଗଲି। ଏତେ ଟଙ୍କା ଆଣିଲା କଉଁଠୁଁ ? କାଳେ ଜାଲ୍ ନୋଟ୍ ଫୋଟ୍ ହେଇଥିବ। ଶୁଣିତ ଥିଲି ଆଗରୁ ଏଇ ପି.ଏସ୍.ପି. ନା କଣଟି ନା ? ସେଇତ କହୁଥିଲେ। କହୁଥିଲେ କଂଗ୍ରେସବାଲା ନୋଟ୍ ବାଣ୍ଟୁଛନ୍ତି। ସେ ଗୁରାକ ଜାଲ୍‌ନୋଟ୍, ଦେଖି ଚାହିଁ ନବ। ନହେଲେ କୋଟ୍‌କୁ ଟଣା ହବ ! ସେଠୁ ସିଧା ମାମୁଁଘର। ମୁଁ କହିଲି - ଆଜ୍ଞା ଜୁହାର, ସେଥିରେ ତିନି ତିନିଟା ସିଂହ। ମୋତେ ଡର ମାଡୁଛି। ଉହୁଁ। ଟଙ୍କା ଫଙ୍କା ମୋର ଲୋଡ଼ା ନାହିଁ। ତେମେ ଯାଅ। ମୁଁ ଭୋଟ୍ ଏକା ତମକୁ ଦେବି ଆମ ଘରକୁ ଯୋଡ଼ି ବଳଦ ଆସିବ ନା ?"

"ତାପରେ - ତାପରେ ?" ପ୍ରଶ୍ନ କଲା ହାଉଡ଼ା।

"ତାପରେ ମୋତେ ପଚାରିଲା, ତମର ଯୁବକ ସଂଘ ଅଛି ? ମୁଁ ସିଧା ଦେଖେଇ ଦେଲି ଘନିଆ ଘର ଆଡ଼କୁ। କହିଲି ସେଇଟା ଆମ ସେକ୍ରେଟେରୀ ଘର।"

ଘନିଆ କହିଲା – "ତୁଇ ପଠେଇ ଦେଇଥିଲୁ ନା ଫକିରା। ବୁଝିଲି ବୁଝିଲି।" ମୁଁ କହିଲି, ଇଏ ମୋ ନାଁ ଜାଣିଲା କଉଁଠୁ ? ମୋତେ ଯୁବକ ସଂଘର ସେକ୍ରେଟେରୀ ବୋଲି ଭର ସେ ପାଇଲା କେମିତି !"

"ଦେଲା ଦେଲା ? କିଛି ଗରମା ଗରମ ପଡ଼ିଲା ହାତରେ ?"

"ନା। ଶହେ ଟଙ୍କା ଯାଚୁଥିଲା। ମୁଁ ମନାକଲି। ପଚାରିଲା କେତେ ? ମୁଁ ଦଶ ଆଙ୍ଗୁଳି ଦେଖେଇ ଦେଲି। ଆମ ଗାଁରେ ପାଞ୍ଚ ଶହ ଭୋଟର। ଜଣକା ଦି ଦି' ଟଙ୍କା ଦଉ।"

"ଯା ଯା ! ବାଗ ପଡ଼ିଥିଲା। ଛାଡ଼ି ତ ଦେଲୁ। ଆଉ ମାଛ ଜାଲରେ ନ ପଡ଼େକି ସେ ଆଉ ନ ଫେରେ। ଆରେ ଯାହା ଦଉଥିଲା ନେଇ ଥାଆନ୍ତୁ। ବାକି ନ'ଶ ଆଣିଥିଲେ ଆଣିଥାନ୍ତା, ନାଇଁତ ନାଇଁ ! ଭୋଟ୍ ବେଳ ତ ଅଛି ! ଏତେ ତନ୍ଦ୍ରା କାହିଁକି ? ସେତେବେଳକୁ ଯାହାର ଯହିଁକି ମନ ଖୁସି – ହିଡ଼ ତଳେ ବସି।"

ଦୁଃଖୀ କହିଲା – "ଛି ଛି, ଏ ଘୁଅ ଖିଆ ବୁଦ୍ଧି ତମକୁ ଦେଲା କିଏ ? ଭୋଟ୍ ପାଇଁ ନୋଟ୍ ନେବା ଏକ ପାପ। ତା'ପରେ ଟଙ୍କା ନେଇ, ଜବାବ୍ ଦେଇ ଭୋଟ୍ ନଦେବା ଘୋର ପାପ।"

ଏତିକିବେଳେ ହଳଧର ବାବୁ କଉଁଠି ଥିଲେ, ଆସି ହାଜର ହୋଇଗଲେ ସେଠି। ଦୁଃଖୀର ଶେଷ କଥାଟା ବାଜିଛି କାନରେ। କହିଲେ – "ମୋର ମତ ବି ସେଇୟା। ଭାଗୁ ମାହାନ୍ତି ଆମ ନିର୍ବାଚନ ଅଫିସରୁ ହଜାରେ ଟଙ୍କା ଆଣିଛି, ହଜାରେ। ମୋତେ ଯାଚିଲେ, ମୁଁ ମନା କରି ଦେଲି। ଦେଖିବା କେମିତି ଭାଗୁ ମାହାନ୍ତି ଭୋଟ୍ କରେଇ ଦେବ।"

ହାଉଡ଼ା ପଚାରିଲା – "ତମେ କଣ କହୁଛ ହଳଧରବାବୁ, କଂଗ୍ରେସକୁ ଭୋଟ୍ ଦେବା ନାହିଁ ତାହାଲେ ?"

"ତମେ ଧରବାବୁ ଓହୋ, ଏଡ଼େ ବଡ଼ ନା'ଟାଏ। ମୋ ତୁଣ୍ଡ ଲେଉଟୁ ନାହିଁ। ହ-ଳ-ଧ-ର। ମୁଁ ଡାକି ପାରିବି ନାହିଁ ମୋର, ମୁଁ ଡାକିବି ଧରବାବୁ। ହଇଓ ଧରବାବୁ, ତେମେ କଙ୍ଗରସ ଛାଡ଼ିଲଣି କି ?" ବାଲୁଙ୍ଗା ପଚାରିଲା।

"ଭାଗୁ ମାହାନ୍ତି ତମକୁ ଟପିଗଲା ଦେଖୁଛି।" ଦୁଃଖୀ କହିଲା। ତମକୁ ତଡ଼ିଦେଲା କି ?

"ମତେ କଂଗ୍ରେସରୁ ତଡ଼ିବ, ଏମିତି ପୁଅ ଜନ୍ମ ହେଇନାହିଁ କେହି ଏ ମହୀମଣ୍ଡଳରେ। ହବତ ତମରି ପରି ମୁଁ ଇସ୍ତଫା ଦେଇ ଚାଲିଆସି ପାରେ। ମୋର ସିଧା ପଣ୍ଡିତ ନେହେରୁଙ୍କ ସାଙ୍ଗରେ କଥାବାର୍ତ୍ତା। ସାତଥର ଜନ୍ମ ହେଲେ ବି ଭାଗୁ ମାହାନ୍ତି ନେହେରୁଙ୍କ ପାଖ ପଶି ପାରିବ ନାହିଁ। ମତେ ତଡ଼ିବ ? ଭାରି ତଡ଼ିବା ବାଲା ?"

"ଏତେ କଥାରୁ କି ଯାଏ ? ତମେ କହୁନ, ଆମେ ଭାଗୁ ମାହାନ୍ତି କଥାରେ କଂଗ୍ରେସକୁ ଭୋଟ୍ ଦବା କି ନାହିଁ ?" - ହାଉଡ଼ା ପଚାରିଲା ।

ହଳଧର ଆବୁଡ଼ ଥାବୁଡ଼ ହଉଥିଲା । ଆଉଜଣେ ତାକୁ ରକ୍ଷା କରିଦେଲା । ସେ ଭାଗୁ ମାହାନ୍ତି ତରଫ ଲୋକ ହେଇଥିବ । କହିଲା – "ଯାହାକୁହ, ସତୁରୀ ଅଶୀ ବରଷର ବୁଢ଼ାଟା କେତେ ଖଟୁଛି କହିଲ । ଦିନ ନାହିଁ ରାତି ନାହିଁ ନାଗିଚି ପଚାରରେ । କଂଗ୍ରେସକୁ ଭୋଟ୍ ଦିଅ । କଂଗ୍ରେସକୁ ଭୋଟ୍ ଦିଅ । ଆଉ କଣ କିଛି କଥା ଅଛି ତା ତୁଣ୍ଡରେ ?"

ତାର ପ୍ରତିବାଦ ସ୍ୱର ସାଙ୍ଗେ ସାଙ୍ଗେ ଉଠିଲା – "ଆହା ହା, ଶୟନେ, ସ୍ୱପନେ, କିବା ଜାଗରଣେ ଖାଲି କଂଗ୍ରେସ ନାମ ଘୋଷ ହେଉଥିବ ! ହରିନାମ ବି ଛାଡ଼ି ଦେଲାଣି । ଆଉ ମାଳି ଗଡ଼ଉଚି କି ଭାଗୁ ମାହାନ୍ତି ।"

ଯାହା ହଉ ପଛେ ସେଇ କଂଗ୍ରେସକୁ ଦବା ହୋ । ଦେଇ ଆସିଛୁ ଦବା ।" ଜଣେ ତା ମତ ଦେଲାରୁ ଆଉ ଜଣେ ତା' ହାଇ ସାଙ୍ଗକୁ ଫୁଟୁକି ମାରି କହିଲା – "ନୂଆ ଘଡ଼ି ବେଶି ଘିଅ ପିଇବ । ଆମର ସେଇ ପୁରୁଣା ଗଡ଼ି ଭଲ ।"

ଏଥର ହଳଧରଙ୍କ ମୁହଁ ଫିଟିଲା । ଆଉ ଚୁପ୍ ହେଇ ବସି ପାରିଲେ ନାହିଁ । ହଳଧର ବାବୁ କହିଲେ – "ହଇହୋ, କଂଗ୍ରେସକୁ ନଦେଇ ଆଉ କାହାକୁ ଦିଅନ୍ତ । କୁକୁର ଲାଙ୍ଗୁଡ଼ରେ କଂଗ୍ରେସ ଟିକେଟ ବାନ୍ଧି ଦେଲେ ସେ ବି ଭୋଟ୍ ପାଇ ଯାଉଛି । ଆମେ ବି ଦବା ।"

ବାଲୁଙ୍ଗା ବସି ବସି କହିଲା – "କଥା କଉଁ ମାର୍ଗରେ ଗଲା ଆମ୍ବ ଗଛକୁ ଝାମ୍ପଡ଼ ମାଇଲି, ନିମ୍ବଗଛ ଗଡ଼ି ମଲା ।"

ଏତିକିବେଳେ ବାହାରି ପଡ଼ିଲା ହାଉଡ଼ା – "ସେ ବେଳ ଯାଇଛି ହଳଧରବାବୁ । କୁକୁର ନାଙ୍ଗୁଡ଼ରେ ଟିକିଟ ନଚେଇ ଦେଲେ ଆଉ ଭୋଟ୍ ମିଳିବ ନାହିଁ ।"

ହଳଧର ଦଳିଆ ଜଣେ କହି ଉଠିଲା – "ଆମେ କଂଗ୍ରେସକୁ ଭୋଟ୍ ଦଉଛୁ, ଦବୁ । ହେଲେ ଭାଗୁ ମାହାନ୍ତି କେତେଟଙ୍କା ଆଣିଛି, ଆଗେ ତା'ର ହିସାବ ହଉ । ତାପରେ ଯାହା କରିବାର କରିବୁଁ । ସେ କୁକୁର ହଉ କି ବିଲେଇ ହଉ, ଯାହାପାରେ ତାହାହେଉ ।"

"କଣ କହିଲ ? କୁକୁର ? ବିଲେଇ ?" ଭାଗୁ ମାହାନ୍ତିର ଚର ଜଣେ କହି ଉଠିଲା – "ଜାଣିଚ ସେ କିଏ ? କଂଗ୍ରେସ ଇମିତି ସୀମିତି ଲୋକ ବାଛି ନାହିଁ । ଶୁକୁରାଇ ଜାଣିଛୁ ? ସେ ଜଣେ କଲିକତିଆ । ତା'ର କାରଖାନା ଅଛି । ଶିଳ୍ପପତି । ଭାରି ପଇସାବାଲା ।"

"ନାଁ କଣ କି ?"

"ହୃଦରଞ୍ଜନ ରାୟ।"

"ପଇସାବାଲା ଆମର କଣ କରିବେ ହୋ ? ଆମ ଛପର ଘରେ କୋଠା ପିଟିଦେବେ ?" ହାଉଡ଼ା କହିଲା – "ଆମ ସୁଖଦୁଃଖରେ ଯିଏ ଆସି ପାଖରେ ଠିଆ ହେବ, ଡାକି ଦେଲେ ଓ' କରିବ, ଆମେ ତାକୁଇ ଭୋଟ୍ ଦେବା। ଆଉ କଣ ଟିକିଏ ଟିକିଏ ହାରିଗୁହାରି ହାନିଲାଭ ସବୁକଥା ପାଇଁ କଲିକତା ପେଲି ଯାଉଥିବା ?"

"କଲିକତା ଯିବା କାହିଁକି ହୋ ?" ଭାଗୁ ମାହାନ୍ତି ଦଳିଆ ଜଣେ କହିଲା। "ସେତ ଆମ ଏଇଠିକା ଲୋକ। କଲିକତାରେ କାମ। ତା' ବୋଲି ଯିଏ କଲିକତା ଗଲା ସେ ପରଦେଶୀ ହୋଇଯିବ ?"

ଏଥର ଦୁଃଖୀ ପାଟି ଫିଟେଇଲା – "ଆରେ, ଭାଗୁ ମାହାନ୍ତି ଆଗେ କାହାକୁ ଭୋଟ୍ ଦେବା ପାଇଁ କହୁଛି ବୁଝ। ରାୟତ ଖଣ୍ଡେଇତ। ବିପକ୍ଷ ପ୍ରାର୍ଥୀ କରଣ। ଏଟା ଖଣ୍ଡେଇତ ବହୁଳ ଅଞ୍ଚଳ ବୋଲି କଂଗ୍ରେସବାଲା ଖଣ୍ଡେଇତ ପ୍ରାର୍ଥୀ ଦେଇଛନ୍ତି। ଭାଗୁ ମାହାନ୍ତି 'ଖଣ୍ଡେଇତ' ପାଇଁ କହୁଛି, କି 'କରଣ' ପାଇଁ ଭିତରେ ଭିତରେ ପ୍ରଚାର ଚଳେଇଛି ବୁଝିଲଣି ?"

ହଳଧର ବାବୁ ପ୍ରତିବାଦ କଲେ - ଯା କେଭେଁ ହୋଇ ନପାରେ। ରାୟ ଖଣ୍ଡେଇତ ବୋଲି କଂଗ୍ରେସ ତାକୁ ପ୍ରାର୍ଥୀ କରିଛି ? କଂଗ୍ରେସର ନୀତି ତା' ନୁହେଁ। କଂଗ୍ରେସ ସାଂପ୍ରଦାୟିକତାର ଘୋର ବିରୋଧୀ।"

ନୀତିଟା ଯଦି କାର୍ଯ୍ୟରେ ପରିଣତ ହେଉଥାଏ, ତେବେ ଦେଶ ପକ୍ଷରେ ମଙ୍ଗଳ।" ଦୁଃଖୀ ଆଉ ଉଚ୍ଚବାଚ୍ୟ କଲାନାହିଁ। କଥାଟାର ମୋଡ଼ ଫେରାଇ ଦେବା ଉଦ୍ଦେଶ୍ୟରେ ହଳଧର ବାବୁ କହିଲେ - "ମୁଁ ଶୁଣିଛି, ଭାଗୁ ମାହାନ୍ତି ଦୁଇପକ୍ଷରୁ ପକେଇ ଦେଇଚି।"

ଭାଗୁ ମାହାନ୍ତି ଦଳର ଜଣେ ମୁଖିଆ ଏତେବେଳଯାଏ ଚୁପ୍‌ଚାପ୍ ବସିଥିଲା। ଆଉ ସମ୍ଭାଳି ପାରିଲା ନାହିଁ। କ୍ଷେପି ଉଠିଲା ତ ! କଣ କହିଲ ? କଣ କହିଲ ? ପ୍ରମାଣ ଦିବ ? ଭାଗୁ ମାହାନ୍ତି ଦି'ପକ୍ଷରୁ ପଇସା ପକେଇ ଦେଇଛି, ଆଉ ଇଏ ଭାରି ଭଲ-ସଚ୍ଚୋଟ ?"

"ପ୍ରମାଣ ଦେବି କଣ ? ଏସବୁ ଦିଆନିଆ କଣ ଦେଖାଚୁହାଁରେ ହୁଏ ?" ହଳଧରବାବୁ କହିଲେ – "ତମେ କ'ଣ ଜାଣିନ ? ଜୟରାମବାବୁ ଟଙ୍କା ଦେଇଗଲା ପରେ ହରିରାମବାବୁ କାହିଁକି ଆସିଥିଲେ ଭାଗୁ ମାହାନ୍ତି ଘରକୁ ?"

ହରିରାମ ବାବୁ, ପି.ଏସ୍.ପି. ନେତା ନା ଜନସଂଘ ନେତା ? ଭଲ ନେତା

ହେଇଚ !! ତମକୁ କି ରାଜନୀତିର ରା' ଅକ୍ଷର ଜଣାନାହିଁ। ହଇହୋ, ନା-ନା- ଦୁଃଖୀଆନ୍ନା, କହିଲ ବାଲୁଙ୍ଗାଇ, ଦିହିଁକି ହିହେଁତ କଂଗ୍ରେସର ନେତା। ଭାଗୁ ମାହାନ୍ତି ଚଉପାଢ଼ୀରେ କଂଗ୍ରେସ ନିର୍ବାଚନ ଅଫିସ। କହିଲ ଦିହେଁ ଯାକ ଯଦି ସେଠିକି ଗଲେ କୋଉଁ ପ୍ରଣବ ଅଶୁଦ୍ଧ ହେଲା ? କହିଲେ ମୁଖିଆ।

"ଥାଉ ଥାଉ ବେଶି କଥା କହନା" - ହଳଧରବାବୁ କହିଲେ। "ମୋତେ ରାଜନୀତି ଜଣାନାହିଁ, ତମକୁ ବେଶି ଜଣା। କିଏ ନ ଜାଣିଛି ଏ କଥା ? ଲୁଚିଛି ନା ଗୋଡ଼ ଦିଓଟି ଦିଶୁଛି।"

ହାଉଡ଼ା କହିଲା – "ଆଉ ଜାଣିବାକୁ ବାକି ଅଛି। ଓଡ଼ିଶା କଂଗ୍ରେସ ଦି' ଫାଙ୍କ। ଗୋଟାକର ନେତା ଜୟରାମ ଆଉ ଗୋଟାକର ହରିରାମ। ଟୋକାଦଳ ମାୟାରାମର। ବୁଢ଼ାଦଳ ହରିରାମର। ଏବେ କଂଗ୍ରେସ ପଡ଼ିଛି ଟୋକାଙ୍କ ହାତରେ। ବୁଢ଼ାଏ ଖାଲି ରବେଇ ଖବେଇ ହଉଛନ୍ତି। ନୁହେଁ ?"

"ଶୁଣିଲ ଶୁଣିଲ ?" ହଳଧରବାବୁ କହିଲେ। "ଘରକଥା ପଦାର ନ ପକେଇଲେ କଣ ହେଲା, ସବୁ ତ ଦାଣ୍ଡରେ ପଡ଼ି ହାଟରେ ଗଡୁଛି। କଥା ଲୁଚୁଛି କଉଁଠି।"

ଦୁଃଖୀଆ କହିଲା – "ମୁଁ ଶୁଣୁଥିଲି, ହରିରାମ କୁଆଡ଼େ ଚାହାଁନ୍ତି - କଂଗ୍ରେସ କିମିତି ହାରୁ। ତା'ହେଲେ ଯାଇ କଂଗ୍ରେସ ଉପରମହଲାବାଲା, ହରିରାମ ବାବୁଙ୍କ ଛଡ଼ା ଓଡ଼ିଶାକୁ ଆଉ କେହି ସମ୍ଭାଳି ପାରିବେ ନାହିଁ, ବୋଲି ତାଙ୍କ ହାତ, ଓଠ ଧରିବେ। ତାଙ୍କୁ ନେତା କରିବେ। ସତ ନା ଏକଥା ?"

"ନା-ନା- ସେ ସବୁ ମିଛ କଥା। ହଳଧରବାବୁ, ଲୁଚେଇଲେ କଥାଟାକୁ। କହିଲେ – "ହରିରାମ ବାବୁ ନିରବ ଅଛନ୍ତି। ତଥାପି ଡାକିଲେ ଯାଉଛନ୍ତି ସଭାସମିତିକୁ। ତେବେ ସେମିତି ତତ୍ପର ନୁହନ୍ତି। ଏକଥା ସତ। ବୁଢ଼ାଲୋକ।"

ହାଉଡ଼ା କହିଲା - "ଓହୋ, ଏଥର ବୁଝିଲି। ଦୁଃଖୀ ଭାଇନା ଯାହା କହିଲା ସତ। ହେଲେ ଭାଗୁ ମାହାନ୍ତି ଘରକୁ କି ହରିରାମ ବାବୁ ଆସନ୍ତେ ? ସୂର୍ଯ୍ୟ ପଚ୍ଛିମ ଦିଗରେ ଉଇଁଲେ କି ? ଆମେ ସବୁ ଭାବିଲୁଁ।"

"ମୁଁ ପରା ସେଇଠି ବଇଥିଲି, ଭାଗୁ ମାହାନ୍ତି ଘରେ। କିଏ ଜଣେ ବଡ଼ ନେତା ଅଇଲେ। କଂଗ୍ରେସ ନେତା। ସେଇୟା, ସେଇୟା। କ'ଣଟି ତାଙ୍କ ନାଁ ? ତମେ ଯାହା କହିଲ।" କହିଲା ଭିକାରୀ।

"ତୋ ଦେଢ଼ଶୁର କି ସିଏ, ନା ଧରୁନୁ ?" କହିଲା ହାଉଡ଼ା।

"ଅ - ସେଟା ମୋର ଗାତ, ନା ଚୁଲି, ନା ପାଉଁଶ ! ମୁଁ ବଇଥାଏଁ। ସେ ଦିହେଁ ଚୁପ୍ ଚୁପ୍ କଥା ହଉଥିଲେ। ନେତା କହିଲେ, "ଏଇଟା କିଏ ବସି ଶୁଣୁଛି ?"

ଭାଗୁ ମାହାନ୍ତି କହିଲା। "ସେଇଟା ଗବାଟାଏ। କିଛି ବୁଝି ପାରିବ ନାହିଁ। ମୁଁ ସବୁ ଶୁଣୁଥାଏଁ। ସବୁ ବୁଝୁଥାଏଁ।"

ହାଉଡ଼ା କହିଲା – "ଛାଡ଼ ତା' କଥା କାହିଁକି ଶୁଣୁଚ। ନିପଟ ମାଇଚିଆଟାଏ।"

"କଣ କହିଲ, କଣ କହିଲ। ମାଇଚିଆ? ଆହା, ଅଇଲେ କୋଉଠୁ ପାରିଲା ପୁରୁଷ। କହିବି କହିବି? କଣ କଥା ହେଉଥିଲେ କହିବି? କହିବି ନାହିଁ, କହିଲେ ଏ ଘରେ ରହିବି ନାହିଁ। କହିଲେ କୁଳ କୁଟୁମ୍ବକୁ ଲାଜ, ନକହିଲେ କୁଳ ଭାସିଯାଉଛି। କଂଗ୍ରେସିଆଙ୍କ ମୁହଁରେ ଚୂନକାଳି ଲାଗିଯିବ କହିଲେ।"

ହଳଧରବାବୁ ରାଗିଗଲା ପରି କହିଲେ – "ଓହୋ, ଭାରି ଚୂନକାଳି ଲଗେଇଲାବାଲା। ମାଇଚିଆଙ୍କର ଅଠରମାଣ ଚାଷ।"

"ଭାରି କହି ଆସେ ତୁମକୁ। କହିବତ, ମତେ ମାରନା, ମୁଁ ମଲିଣି। ଏତେ ଏତେ ବାତ୍ ଫୁରୁସି ମୁହଁ ଭୁରୁଡ଼ି କାହିଁକି ହୋ!"

ଜଣେ ପି.ଏସ୍.ପି. ସମର୍ଥକ କହିଲା — "କହୁ ସେ! ତାକୁ କହିବା ପାଇଁ ଦିଅନ୍ତୁ। ଆପଣ ଏମିତି ବ୍ୟସ୍ତ ହଉଛନ୍ତି କାହିଁକି ହଳଧରବାବୁ?"

ଜଣେ କମିଉନିଷ୍ଟ କହି ଉଠିଲେ – "ବ୍ୟସ୍ତ ହେବେ ନାହିଁ? ବ୍ୟସ୍ତ ହେବା କଥା। ଚାମର ପଦାରେ ପଡ଼ିଯିବ ଯେ! ସେ କ'ଣ କଥାବାର୍ତ୍ତା ବେଳେ, ଆମେ କଣ ଶୁଣିନାହୁଁ? ସବୁ ଶୁଣିଚୁଁ। ହେଲେ ଶୁଣିବା ଆଉ ଦେଖିବା ଭିତରେ ଢେର ଫରକ୍। ଭିକାରୀ ତ ସେଠି ବସିଥିଲା। ସେ କହୁନାହିଁ? କହୁ।"

"ତମେ କଣ ଶୁଣିଚ କହିଲ ଆଗ।" ଭିକାରୀ ପଚାରିଲା।

"ଆମେ ଶୁଣିଚୁ ସେ ଭୋଟ ପାଇଁ ଟଙ୍କା ଦେଇ ନାହାନ୍ତି। ତା' ହେଲେ ତ ତମେ ଜାଣିନ, ସବୁକଥା। କହିଲ, କହିଲ, କଅଣ ପାଇଁ ଟଙ୍କା ଦେଲେ।"

"ଟଙ୍କା ଦେଇଥିବ ମକଦ୍ଦମା ପାଇଁ?"

"ଆଃ, ତେବେ ତ ତମେ ସବୁ ଶୁଣିଛ। କିଏ କହିଲା, କିଏ କିହିଲା ତମକୁ?"

"ଯିଏ କହିଲା, ତୋର କି ଗଲା? ତୁ ଭାବିଚୁ, ଏ ଗାଁଟା ଯାକରେ ତୁଇ ଏକା ଚତୁରୀନାନୀ?"

ଦୁଃଖୀ ପଚାରିଲା, "କି ମକଦ୍ଦମା?"

"ଆରେ, ତମେ ଜାଣିନ ଦୁଃଖୀନନା? କଂଗ୍ରେସ ନେତାଙ୍କର ଗୋଟାଏ ଭାରି କୌଶଳ ଅଛି। ଖାଲି କ'ଣ ନୋଟ ନେଇ ଭୋଟ କିଣିବା ଗୋଟିଏ ଅମୋଘ ଅସ୍ତ୍ର? ନେତା ଆସିଥିଲେ, କଂଗ୍ରେସ ପ୍ରାର୍ଥୀ ରାୟ ଯଦି ଜିତିଯାଏ, ତା ବିରୁଦ୍ଧରେ ନିର୍ବାଚନ

ମକଦ୍ଦମା କରିବାକୁ ଆଜିଠାରୁ ସାକ୍ଷୀ ସାବୁତ, ପ୍ରମାଣପତ୍ର ଯୋଗାଡ଼ କରି ରଖିବା ପାଇଁ।"

ପି.ଏସ୍.ପି. ବାଲା କହିଲା - "ସେଥିରେ ଯଦି କିଛି ନହୁଏ, ଯଦି ହାରି ଯାଆନ୍ତି, ମକଦ୍ଦମାରେ ଆହୁରି ତାତହୁଁ ବଡ଼ ବଡ଼ ଅସ୍ତ୍ର ଅଛି।"

"କି ଅସ୍ତ୍ର ?" ଦୁଃଖୀ ପଚାରିଲା।

"ତମେ କଣ ସବୁ ପାଶୋରି ଗଲ କି ନନା ? ଆମ ପି.ଏସ୍.ପି. ନେତା ଭୋଟ୍‌ରେ ଜିଣି ଆସେମ୍ବ୍ଲିରେ କଂଗ୍ରେସର ଗୁମର ପଦାରେ ଯାହୁଁ ପକେଇଦେଲେ, କଂଗ୍ରେସବାଲାଏ ରାଗିଯାଇ ମିଛରେ ଗୋଟାଏ ଜନାକାରୀ ମକଦ୍ଦମା କରିଦେଲେ। ଗୋଟାଏ ବେଶ୍ୟାଟାକୁ ଶିଖେଇ ହାକିମ ପାଖରେ ହାଜର କରିଦେଲେ। ଭାଗ୍ୟ ଜୋରରେ ସେ ବେଶ୍ୟା ବୋଲି ମାନିଗଲା। ନହେଲେ ତ ଆମ ନେତା ଜେଲ୍ ଚାଲିଯାଇଥାନ୍ତେ। ତଥାପି ଆମ ନେତାଙ୍କର ଆମ ଦଳରେ କମ୍ ଦୁର୍ନାମ ହେଲା ନାହିଁ, ଏଇ ମିଛ ମକଦ୍ଦମାରେ।"

"ଏତିକି ? ସଇଲା ତମର ?" ଭିକାରୀ ପଚାରିଲା।

"ଆଉ କ'ଣ ଅଛି। କରି କରି ସେତିକି କରିବେ।"

"ଆହୁରି ଢେର୍ ଅଛି। ହେଁ, ହେଁ, ଏ ସବୁ ହବ ଯଦି କଂଗ୍ରେସ ଲୋକ ଜିତେ ସିନା। କଂଗ୍ରେସ ଲୋକ କିମିତି ହାରିବ, ତାର ଯୋଗାଡ଼ ବି କରି ଯାଇଛନ୍ତି। ହେଁ, ହେଁ, କି, କାହିଁକି କହିବି ? ମୋର କି ଗରଜ ! ବାୟାର କି ଯାଏ, ନା ବାଆ କଲେ ବସା ଦୋହଲୁଥାଏ।"

ଅଣକଂଗ୍ରେସ ଲୋକ ଯେତେ ଥିଲେ ସମସ୍ତେ କହି ଉଠିଲେ, "କୁହ କୁହ ଶୁଣିବା।"

ହାଉଡ଼ା କହିଲା - "ହଁ, ହଁ, କହ କଉ ଦଳ କିମିତି, ଆମର ସବୁ ଜାଣିବା କଥା।"

"ଛାପା କାଗଜସବୁ ନେଇ ଯାଇଛନ୍ତି। ଭାଗୁ ମାହାନ୍ତିର ଲୋକ ନେଇ ବାଣ୍ଟିବ।"

"କି କାଗଜରେ ଭିକା ?" ପଚାରିଲା ହାଉଡ଼ା।

"ଇସ୍, ଯିମିତି କିଛି ଜାଣି ନାହିଁ। ଆଖି ବୁଜି ଦୁଧ ପିଉଚି। ପଢ଼ିଚୁ ସେ କାଗଜ ? ହେଇତିନି, ନିଅ ପଢ଼ !" ଫୋପାଡ଼ି ଦେଲା ଖଣ୍ଡେ ଛପା ପ୍ରଚାରପତ୍ର। ହାଉଡ଼ା ପଢ଼ିବାକୁ ଯାଉଥିଲା। ପି.ଏସ୍.ପି. ଇାଲା ତା'ଠୁ ଛଡ଼େଇ ନେଇ ପଢ଼ିଲା। କମିଉନିଷ୍ଟ୍ ବାଲା କହିଲା – "ପାଟି କରି ପଢ଼। ସମସ୍ତେ ଶୁଣନ୍ତୁ। ଏକା ଏକା ପଢ଼ିଲେ। ଚଳିବ କିମିତି ?"

ଏଥର ହାଉଡ଼ା ପି.ଏସ୍.ପି. ବାଲାଠଉଁ ଛଡ଼େଇ ନେଇ ପଡ଼ିଲା। କହିଲା ହେଇଟି ଶୁଣ ସମସ୍ତେ।

ପ୍ରାର୍ଥୀ ମନୋନୟନ ଏକାଙ୍କିକା

ସ୍ଥାନ - କଲିକତା - ମାଜେଷ୍ଟି ହୋଟେଲ୍ - ସମୟ ରାତି ଦଶ।

(ଜୟରାମ ନାୟକ ଡ୍ରଇଂ ରୁମ୍‌ରେ ବସିଛନ୍ତି। ପାଖରେ ହୁସ୍କି ବୋତଲ। ହୃଦରଞ୍ଜନ ରାୟଙ୍କର ପ୍ରବେଶ।)

ଜୟରାମ   କିଏ ?

ହୃଦୟରଞ୍ଜନମୁଁ ତ ହୃଦୟରଞ୍ଜନ।

ଜୟରାମ   ହୃଦୟରଞ୍ଜନ !

ହୃଦୟ   ହଁ, ସାର୍। ହୃଦୟରଞ୍ଜନ ରାୟ।

ଜୟରାମ   ଓ, ବୁଝିଲି। ତମ ପାଇଁ ତ ବହୁ ନେତା, ବହୁ ମନ୍ତ୍ରୀ ମତେ କହିଲେଣି।

ହୃଦୟ   ମୁଁ ତ, ଆଉ କାହାପାଖକୁ ଯାଇନାହିଁ ସାର୍। ମୁଁ ଆଉ କାହାକୁ ଚିହ୍ନେ ନାହିଁ ସାର୍। ମୁଁ କେବଳ ଆପଣଙ୍କୁ ଜାଣେଁ।

ଜୟରାମ   ଏଁ, ମୋ ଛଡ଼ା ଆଉ କାହାକୁ ଚିହ୍ନି ନାହଁ? ସେମିତି କଣ ମିଛ କହନ୍ତି ? ମୂର୍ଖ ! କହ, ମୁଁ ଆଉ କାହାକୁ ଦିନରେ ଚିହ୍ନି ନାହିଁ ରାତିରେ ଚିହ୍ନିଛି। ଝୁଟା ଆଦମି, ତୁମକୋ ମାଲୁମ୍ ନେହିଁ, ତୁମ କିସକେ ସାମ୍‌ନେ ବାତ୍ କରତେ ହୋ ? ରାସକେଲ୍।

ହୃଦୟ   ଇଏସ୍ ସାର୍, ଇଏସ ସାର୍ !

ଜୟରାମ   ତୁମ୍ ମନୀନ୍ଦ୍ର କୋ ନେହିଁ ଜାନ୍‌ତା ?

ହୃଦୟ   ଇଏସ୍ ସାର୍ !

ଜୟରାମ   ମୋ ପାଇଁ ଭଲ ମାଲ୍ ଯୋଗାଡ଼ କରିଛୁ ?

ହୃଦୟ   ଆଜ୍ଞା (କୁଣ୍ଡେଇ ହବା)।

ଜୟରାମ   ଆବେ, ଯୋଗାଡ଼ କରିଛୁ କି ନାହିଁ କହ ! ଆଜ୍ଞା, ଆଜ୍ଞା ହଉଚି ଏଠି।

ହୃଦୟ   ଇଏସ୍ ସାର୍।

ଜୟରାମ   ଭେରି ଗୁଡ୍। ତୁମ୍‌କୋ ଟିକେଟ ମିଲେଗା।

ହୃଦୟ   ଆର୍ ୟୁ ପ୍ଲିଜ୍ ସାର୍।

ଜୟରାମ   (ମଦ ବୋତଲ ଉଠାଇ) ଚଳେ ?

ହୃଦୟ ନୋ ସାର୍।

ଜୟରାମ (ଗୋଡ଼ କଚାଡ଼ି ଦେଇ) ନନ୍‌ସେନ୍‌ସ। କହ ଇଏସ୍ ସାର୍।

ହୃଦୟ ଇଏସ୍ ସାର୍। ଏଇସ୍ ସାର୍!

ଜୟରାମ ସିଟ୍ ଡାଉନ୍। ହେଭ୍ ଏ ପେଗ୍।

(ହୃଦୟରଞ୍ଜନ ବସୁଛନ୍ତି। ଡରି ଡରି ଥରି ଥରି ବୋତଲ ଆଡ଼େ ହାତ ବଢ଼ାଉଛନ୍ତି।)

ଜୟରାମ "ବୁଝିଲ ହୃଦୟବାବୁ, ଏଇ ଦୋସ୍ତିଟା ପାରମାନେଣ୍ଟ - ସ୍ଥାୟୀ। ବଟଲ ଫ୍ରେଣ୍ଡ୍। ଆଉ ସବୁ ଝୁଟା, ସଂସାରରେ ଆଉ କେହି ଆପଣାର ନୁହେଁ। ସବୁ ଆପକା ବାସ୍ତେ। କେବଳ ବୋତଲ ବନ୍ଧୁ ଛଡ଼ା। ଇସ୍‌ସେ ଜ୍ୟାଦା ୟାର୍ ନେହିଁ, ଅଉର୍ କିସିସେ ପ୍ୟାର ନେହିଁ।"

ହୃଦୟରଞ୍ଜନଇଏସ୍ ସାର୍!

ଜୟରାମ ଆଚ୍ଛା, ହୃଦୟରଞ୍ଜନ। ମୋର ମନେହୁଏ ତମେ ଗୋଟିଏ ବୋକା।

ହୃଦୟରଞ୍ଜନଇଏସ୍ ସାର୍!

ଜୟରାମ ତମେ କଲିକତାରେ ଓଡ଼ିଆମାନଙ୍କର ନେତୃତ୍ୱ ନନେଇ ଓଡ଼ିଶା ଯିବାକୁ ମନକଲ କାହିଁକି ?

ହୃଦୟ ଆଜ୍ଞା ମୁଁ ମୋର ଜନ୍ମଭୂମିର ସେବା କରିବାକୁ ଚାହେଁ।

ଜୟରାମ ଫୁଲ୍। ଆରେ ଜନ୍ମଭୂମିର ଆଖି, କାନ, ହାତ, ଗୋଡ଼ ଅଛି ଯେ ତାର ସେବା କରିବୁ? ଘରେ ଆଗେ ମା, ତାପରେ ଭାଇ। ଦେଶ ସେବାରେ ଆଗେ ଭାଇ, ତାପରେ ମା ବୁଝିଲ ?

ହୃଦୟ ଆଜ୍ଞା ସେଠି ମା, ଭାଇ ଉଭୟଙ୍କର ସେବା ହେବ। ଏଠି ଖାଲି ଭାଇ।

ଜୟରାମ ହା-ହା-ହା ଭଉଣୀ କୁଆଡ଼େ ଯିବେ? ଆମ ଏଠିକି ଆସିଲେ ଭଉଣୀମାନଙ୍କର ସେବା କରିବାର ସୁଯୋଗ ମିଳୁଛି। ସେଠି ମିଳିବ ?

ହୃଦୟ ମିଳିବ ସାର୍। ଆହୁରି ଭଲ ଭାବରେ ତାଙ୍କର ସେବା କରିପାରିବ। ମତେ ଖାଲି ଦୟାକରି ମନ୍ତ୍ରୀଟିଏ ... ...

ଜୟରାମ (ରାଗିଯାଇ) ଫୁଲ୍।

ହୃଦୟ ଇଏସ୍ ସାର୍।

ଜୟରାମ କଲିକତାର ଗଧ କୁକୁର ବି ମନ୍ତ୍ରୀ ହେବେ ମନେ କରିଛ ? ତମେ ଯଦି ମନ୍ତ୍ରୀ ହେବ, ଆମେ କୁଆଡ଼େ ଯିବୁଁ? ଗାଧେଇ? ବାମନ ହୋଇ ଚନ୍ଦ୍ର? (ପ୍ରାଇଭେଟ୍ ସେକ୍ରେଟେରୀ ପ୍ରବେଶ)

ପ୍ରା.ସେ.   ଆଜ୍ଞା, ମିଷ୍ଟର ରାୟ ଆଜି ଆମ ଲିଙ୍ଗରାଜ ଇଣ୍ଡଷ୍ଟ୍ରିଜ ସହିତ ଗୋଟାଏ କଣ୍ଟ୍ରାକ୍ଟ କରୁଛନ୍ତି।

ଜୟରାମ   ହ୍ୱାଟ୍? କଣ୍ଟ୍ରାକ୍ଟ? ହ୍ୱାଟ୍ କଣ୍ଟ୍ରାକ୍ଟ?

ପ୍ରା.ସେ.   ଦଶହଜାର ଯାକ ଟିଣ, ଏକ ମୁସ୍ତରେ ସେ କିଣିନେବେ।

ଜୟରାମ   ହ୍ୱାଟ୍ ଟିନ୍?

ପ୍ରା.ସେ.   ଆଜ୍ଞା ଜନ୍‌ସନ୍ ନିକଲ୍‌ସନ୍ ପେଣ୍ଟ୍‌ର ନକଲି ଟିଣ?

ଜୟରାମ   ଓ, ଇଏସ୍, ଇଏସ୍, ଅଣ୍ଡଷ୍ଟାଣ୍ଡ। ସେ ନକଲି ଦଶହଜାର ଟିଣ ତ!

ପ୍ରା.ସେ.   ଇଏସ୍ ସାର୍!

ଜୟରାମ   ସବୁଯାକ ତମେ ନେଇ ନେବ ହୃଦୟରଞ୍ଜନ?

ହୃଦୟ   ଏଇସ୍ ସାର୍।

ଜୟରାମ   ଇଏସ୍ ସାର୍, ଇଏସ୍ ସାର୍ ହଉଛ। ପୁଲିସ ଯଦି ଧରେ କ'ଣ କରିବ? ଭିଣେଇ ବୋଲି ଡାକି ଖଲାସ ହେଇଯିବ?

ହୃଦୟ   ଇଏସ୍ ସାର୍।

ଜୟରାମ   ତମର ତ ଖୁବ୍ ଛାତି ଦେଖୁଛି!

ହୃଦୟ   ଇଏସ୍ ସାର୍!

ଜୟରାମ   ତାହାହେଲେ ତମେଇ ଇଏସ୍ ସାର୍ ମନ୍ତ୍ରୀ ହେବା ପାଇଁ ଯୋଗ୍ୟ।

ହୃଦୟ   ଇଏସ୍ ସାର୍।

ଜୟରାମ   ଯାଅ ହୃଦୟ ରଞ୍ଜନ, ଆମ ହୃଦୟ ରଞ୍ଜନ କର! ଦେଶର ସେବା ପରେ ହେବ। ଆଗ ତମ ଭଉଣୀମାନଙ୍କର ସେବା ହଉ। ସେକ୍ରେଟେରୀ, ହୃଦୟରଞ୍ଜନ ବାବୁଙ୍କୁ ଫାଇଭ୍ ହଣ୍ଡ୍ରେଡ୍। ନା ବେଶି?

ହୃଦୟ   ନୀରସା ହେବ ସାର୍।

ଜୟରାମ   ଆଉଜେଣ୍ଟ। ଯାଅ!

ପଢ଼ା ସରିଗଲା। ସମସ୍ତେ କାବା ହେଇ ଅନେଇଛନ୍ତି। ଯିଏ ବୁଝିଲା ଯିଏ ନ ବୁଝିଲା, ସମସ୍ତେ ଗୁମ୍‌ମାରି ବସିଲେ।

ଦୁଃଖୀ କହିଲା – "କଣ ବୁଝିଲ, ବାଲୁଙ୍ଗାଇ?" ଖାଲି 'ହୁଁ' ଟିଏ ମାରି ତୁନି ପଡ଼ିଲା ବାଲୁଙ୍ଗା।

ଜଣେ ଜଣେ ଉଠିବାକୁ ଆରମ୍ଭ କଲେଣି।

ହଳଧର ବାବୁ ଭାବୁଥାଆନ୍ତି, ଏଇ ହୃଦୟରଞ୍ଜନ କଂଗ୍ରେସ ପ୍ରାର୍ଥୀ। କି ଲଜ୍ଜାର କଥା। ମୁହଁ ଦେଖେଇ ହଉ ନାହିଁ। ଅଥଚ ତାଙ୍କ ଭଳି ଜଣେ ପଢ଼ିଲା ଶୁଣିଲା ଲୋକ, ଯିଏ ଏତେଦିନ ଲୋକ ସେବା କରିଛି, ଲୋକ ସଂପର୍କରେ ଆସିଛି, ସବୁ ପ୍ରକାର ସମାଜ ସଂସ୍କାର ଜନମଙ୍ଗଳ କାର୍ଯ୍ୟରେ, ସରକାରୀ ଓ ବେସରକାରୀ ଅନୁଷ୍ଠାନମାନଙ୍କ ସହିତ ସହଯୋଗ କରି ଆସିଛି, ସିଏ ଟିକେଟ୍ ପାଇ ପାରିଲା ନାହିଁ। ବରଂ ଟିକଟ୍ ନ ପାଇବା ଭଲ। ଈଶ୍ୱର ଯାହା କରନ୍ତି, ମଙ୍ଗଳ ପାଇଁ। ଏମାନଙ୍କ ସାଙ୍ଗରେ ବସିବାକୁ ବି ଘୃଣା ବୋଧ ହେବ।

ତଥାପି ବିଶ୍ୱାସ ହଉନାହିଁ। ଏସବୁ ବିରୋଧୀ ଲୋକଙ୍କର ଅପପ୍ରଚାର। ଯା’ ଉପରେ ମକଦ୍ଦମା ହେବା ଉଚିତ୍। କାରଣ ଓଡ଼ିଶା କଂଗ୍ରେସର ନେତୃତ୍ୱ ଆଉ ବୁଢ଼ା ହାଉଡ଼ାଙ୍କ ହାତରେ ନାହିଁ। ଯୁବ ଶକ୍ତିର ଅଭ୍ୟୁଦୟ ହୋଇଛି। ବୁଢ଼ାହଡ଼ା ସବୁ ସହିପାରୁ ନାହାନ୍ତି। ଅପପ୍ରଚାର ଚଳେଇଛନ୍ତି। ଓଡ଼ିଶାର ନେତା। ଓଡ଼ିଶା କଂଗ୍ରେସର ସଭାପତି ଜୟରାମ, ମହାତ୍ମାଗାନ୍ଧୀ, ସର୍ଦାର ପଟେଲ, ପଣ୍ଡିତ ନେହେରୁଙ୍କର ଉପଯୁକ୍ତ ଦାୟାଦ। ସେ ଏ ଦେଶକୁ ଶିଳ୍ପ ସମୃଦ୍ଧ କରି, ଗ୍ରାମାଞ୍ଚଳକୁ ସହରରେ ପରିଣତ କରିଦେବେ। ଲକ୍ଷପତି ସେ। ଛୋଟମନ ତାଙ୍କର ନାହିଁ। ଜବାବ୍ ଏକ୍। ହଳଧରଙ୍କୁ ଜବାବ୍ ଦେଇଛନ୍ତି, ପ୍ରଥମେ ବ୍ଲକ୍‌ର ଚେୟାରମ୍ୟାନ, ତାପରେ ଏମ୍.ଏଲ୍.ଏ. ତାପରେ ମନ୍ତ୍ରୀ। ନେତା ବୁଝେଇ ଦେଇଛନ୍ତି। ଅଭିଜ୍ଞତା ହାସଲକରି ହଠାତ୍ ଯେଉଁମାନେ ଶାସନଗାଦିକୁ ଯାଆନ୍ତି ସେମାନେ ଅମଲାମାନଙ୍କର ଖାବୁଚରେ ପଡ଼ିଯାଆନ୍ତି। ଅମଲାମାନେ କାନ ଧରି ଉଠ୍ ବସ୍ କରାନ୍ତି। ତା ଅପେକ୍ଷା ସୋପାନ ପରେ ସୋପାନ ଉଠିବା ବରଂ ଭଲ।

ବାଲୁଙ୍ଗା ଭାବୁଥିଲା – ପୁରୁଣା ଯାଇ ନୂଆ ଆସୁଛି। ପୁରୁଣାରେ ଗହଣିଆ ଗନ୍ଧ। କିନ୍ତୁ ନୂଆଟା ଏମିତି ଭେଜାଲ୍। ହରେକ୍‌ମାଲ୍ ଭେଜାଲ୍ ଅପମିଶ୍ରଣ। ହେଲେ ଲୋକେ ତାକୁଇ ଭଲବୋଲି କହି ଖାଇ ଯାଉଛନ୍ତି। ଭେଲକୁ ଭଲ ବୋଲି ବିଶ୍ୱାସ କରିବା ପାଇଁ, କେତେ ମିହନ୍ତ କରି ନିଜକୁ ବୁଝାଉଛନ୍ତି। ବନସ୍ପତିର ତେଲରୁ ତିଆରି ଘିଅ – ଦାଲ୍‌ଦା ଘିଅ ନାଁରେ ଜଗନ୍ନାଥଙ୍କର ଧୂପ ହେଉଛି। ଏ ତ ଗଲା ଖୋଲାଖୋଲି ଧଳା ବଜାରରେ। ଲୋକେ ତେଲକୁ ଘିଅ ବୋଲି ନିଜକୁ ନିଜେ ଚୁକେଇ ହଉଛନ୍ତି। ତେଣେ କଳାବଜାରରେ ସବୁଯାକ ଭେଜାଲ୍। ଅଗରା ତେଲରେ ବାସନା ପକାଇ ଆମେ ସୋରିଷ ତେଲ ଖାଉଁ। ଘିଅ ଧିଅରେ ଆଳୁ ବାଟି ମିଶାଇ, ସାପ, ବେଙ୍ଗ, ଗୋରୁ ଚର୍ବି ଗୋଳେଇ ଆମେ ଯଜ୍ଞ କରୁଁ। ଆହୂତି ଢ଼ାଳୁଁ। ତା’ ସାଙ୍ଗକୁ ମଣିଷ ଗୁଡ଼ାକ ବି ଭେଜାଲ୍ ହୋଇଗଲେ। ଯିଏ ଯେମତି ଦିଶୁଚି ସେ ତେମନ୍ତଟି ନୁହେଁ। ତାର ବାହାରେ ଗୋଟିଏ ରୂପ ତ ଭିତରେ ଆଉ ଗୋଟିଏ ରୂପ।

ଯିଏ ଯେତେ ନିଜେ ନିଜକୁ ନୁଚେ୍‌ଇ ପାରିବ, ବହୁରୂପୀ ହେବ, ସମାଜରେ ତାର ସେତେ କାଟ୍‌ତି। ସେଇମାନେ ଆମ ଦେଶର ନେତା, ମନ୍ତ୍ରୀ। ଆମେ ସମସ୍ତେ ହେଲୁ ଚୋର। ଚୋରଙ୍କ ସର୍ଦ୍ଦାର ଚୋର ନ ହୋଇ ଭଲ ହେବେ କୁଆଡୁ ? ତା'ପରେ ? ଦେଶର କି ଅବସ୍ଥା ହେବ ? କେଡ଼େ ବଡ଼ ବିପତ୍ତି ଏ ମଣିଷମୁଣ୍ଡ ଉପରେ। ମଣିଷ ଆଖି ବୁଜି ଦଉଡଚି। ଦିନ ରାତିକି ନିଜେ ନିଜକୁ ବୁଝଉଛି - ମୋର କିଛି ହୋଇ ନାହିଁ, କିଛି ହେବ ନାହିଁ। ଏଡ଼େ ଝିଟ ଏଇ ମଣିଷ। ସେ ପୁଣି ଏମିତି ବଦଳିଯାଏ। ବାଲୁଙ୍ଗାଇ ପିଲାଦିନ କଥା ମନେ ପଡ଼ିଲା। ପଦେ ମିଛ କହିଥିଲା ବୋଲି ତା ବାପା ତାକୁ ଯେତେ ପିଟିବାର କଥା ମନ ଇଚ୍ଛାକି ପିଟି ପକାଇଗଲା। ଖାଲି ସେତିକି ନୁହେଁ, ଦି ତିନି ଦିନ ଉପାସ ରଖେଇ ଦେଲା। କହିଲା - ତୋ ହାତରେ ପିତୃପୁରୁଷ ପାଣି ପାଇବେଟି ? ଆଉ ଦିନେ କଳରେ କଳେ ପାନ ଦୂରେଇ ବସିଥିଲା ବାଲୁଙ୍ଗା। ଆଖି ପଡ଼ିଗଲା ବାପର। ଦଉଡ଼ି ଆସି ଏମିତି ଖୁନ୍ଦଟାଏ ନଦି ଦେଲାଯେ, ଏକଳ ପାନ ସେ କଳରେ ବାହାରି ପଡ଼ିଲା। କିନ୍ତୁ ଆଜି, ମିଛଟା, ହଗିଲା ମୁତିଲା ଖାଇଲା ପରି ସହଜ, ସରଳ ଅଭ୍ୟାସରେ ପଡ଼ିଗଲାଣି ଲୋକଙ୍କର। ପାନ, ବିଡ଼ି ଛାଡ଼ି ମଦ ଗଞ୍ଜେଇ ଚାଲିଲାଣି। ଇମିତି କିମିତି ହେଲା ? ସେଇ ସୂର୍ଯ୍ୟଚନ୍ଦ୍ର ତ ଆତଯାତ ହେଉଛନ୍ତି ଆଜିଯାଏ। ଖରା, ବର୍ଷା, ଶୀତ, ହେମାଳ ବରଷଯାକ ଆଉଚି ଯାଉଚି ଠିକ୍ ସବୁଦିନ ପରି। କିଛି ଟିକିଏ ବି ଏପାଖ ସେପାଖ ହେବାକୁ ନାହିଁ। ମଣିଷଟା କାହିଁକି ବଦଳିଗଲା ? କିମିତି ବଦଳିଲା ?

ଦୁଃଖୀଦାସ ଭାବୁଥାଏ - ପୁରୁଣା ଯାଇ ନୂଆ ଆସୁଛି। ତଥାପି ଚକ ଘୂରୁ ନାହିଁ। ଏକା ମାଘକେ ଶୀତ ଚାଲି ଯାଉଚି। ନୂତନ ମୂଲ୍ୟବୋଧ ଜନ୍ମନେବାକୁ ଆହୁରି ଡେରି ଅଛି। ଏହି ମଧ୍ୟବର୍ତ୍ତୀ କାଳରେ ମଣିଷ ପଥହରା, ଦିଶାହରା। ଗୋଟାଏ ମହାଶୂନ୍ୟ ଭିତରେ ଭାରତୀୟ ସମାଜ ଗତି କରୁଛି। ଏହି ଶୂନ୍ୟ ଏହି ଅଭାବ ଏଇ ଭାବ ଶୂନ୍ୟତା ଭିତରେ ଆସି ପଶି ଯାଉଛି ଆବର୍ଜନା। ଏହା ସ୍ୱାଭାବିକ। ମନ ଶୂନ୍ୟ ଥିଲେ ମନ୍ଦଟାଇ ପ୍ରଥମେ ପ୍ରବେଶ ପଥ ପାଇଯାଏ। ଦୋଷ କାହାକୁ ଦେଇ ହେବ ନାହିଁ। ଦୋଷ ଏଇ ନୂଆର। ନୂଆଟା ନିଜେ ଶୂନ୍ୟ। ଅଥଚ ନିଜେ ମଣିଷ ମନର ଶୂନ୍ୟତା ଭିତରେ ଆସନ ଜମେଇ ବସିଚି। ମଣିଷ ଭାବୁଛି, ସେ ପରିପୂର୍ଣ୍ଣ। ଭିତରର ଶୂନ୍ୟତା ସମ୍ବନ୍ଧରେ ସେ ଯଥାର୍ଥରେ ଅବହିତ ନୁହେଁ। ସେଥିପାଇଁ ଯାବତୀୟ ଭ୍ରଷ୍ଟାଚାର, ଦୁରାଚାର, ଅତ୍ୟାଚାରକୁ ସେ ସ୍ୱାଭାବିକ ଆଚାର ବୋଲି ଗ୍ରହଣ କରି ନେଇଚି। ଏହାର ଶେଷ କେଉଁଠି ? ଏହାର ପରିଣାମ କ'ଣ ? ମଣିଷ ଯେ ପଶୁ ହେଇ ଯାଉଛି। ବିବର୍ତ୍ତନର ବିପରୀତ ଗତି। ତାପରେ ... ତାପରେ ... ତାପରେ ...। ଦୁଃଖୀ ନିଶ୍ୱାସ ଛାଡ଼ୁଛି।

ଶୁକୁରା ଭାବୁଥିଲା। ଭାବୁ ନଥିଲା, ମନେ ପକାଉଥିଲା। କଲିକତାର

ହୃଦୟରଞ୍ଜନ ହେବେ ଏଇ ଗାଁର ପ୍ରତିନିଧି । ଲୋକନେତା । ଜାଣିଛି ସେ ହୃଦୟରଞ୍ଜନଙ୍କୁ । ସେ ଖଲାସ ହୋଇ ଯେଉଁ କେତେବର୍ଷ କଲିକତାରେ ରହିଲା, ଅନେକ ଓଡ଼ିଆଙ୍କ ମୁହଁରୁ ସେ ଏଇ ନାଁଟା ଶୁଣିଛି । ସ୍ୱାଧୀନତା ପରେ ସେମାନେ ଖଲାସ ହେଲେ, ଯେଉଁମାନେ ଆଜାଦ୍‌ହିନ୍ଦ୍ ଫୌଜରେ ଥିଲେ, ସମସ୍ତେ । ସମସ୍ତେ ଆତ୍ମସମର୍ପଣ କଲାପରେ ବିଟ୍ରିଶ ସରକାର ବନ୍ଦୀକରି ରଖିଥିଲେ । ବିଚାର ହେଲା । ଦଣ୍ଡ ହେଲା । ସ୍ୱାଧୀନତା ପରେ ସ୍ୱାଧୀନ ସରକାର ଅମଳରେ ଛାଡ଼ ପାଇଲେ । ଛାଡ଼ ପାଇଲାକ୍ଷଣି ସିଧା ଟିକେଟ କାଟିଲା ହାଓଡ଼ା-କଲିକତା । କଂଗ୍ରେସର ଚାରିଆଡ଼େ ଜୟ ଜୟକାର । କଲିକତାରେ ପଠାଣ ଦଳେ ବାହାରି ଥାଆନ୍ତି ମୁସ୍‌ଲିମ୍‌ଲିଗ୍ । ଜିନ୍ନା ଲିଆକତ୍‌ଙ୍କ ନାଁ ଶୁଣାଯାଉଥାଏ । କଲିକତାରେ ସୁରାବର୍ଦ୍ଦୀ । ହିନ୍ଦୁ ମୁସଲ୍‌ମାନ ଗୋଳ । ଯେତେବେଳେ ଅବସ୍ଥା ଶାନ୍ତ ପଡ଼ି ଆସିଲା, ସେତେବେଳେ କ'ଣ ଦେଖିବ ଓଡ଼ିଆ ନେତାଙ୍କ ଫଉରବୀ ? କଲିକତାଟା ହେଇଗଲା ଓଡ଼ିଆ ନେତାମାନଙ୍କ ଚରାଭୂଇଁ । ଓଡ଼ିଶାର ରାଜନୀତିକି କଳ ମୋଡ଼ିଲା ପରି ମୋଡ଼ ଦେଉଥାଏ କଲିକତା ।

ଏହି କଲିକତାରୁ ଦିନେ ଦାସେ ଆପଣେ କୁଆଡ଼େ ରୋଗର ବୀଜାଣୁ ନେଇ ଓଡ଼ିଶାକୁ ଫେରିଥିଲେ ମରିବାପାଇଁ । ସେ ଚାଲିଗଲେ ଅକାଳରେ, ଓଡ଼ିଆ ଜାତି ଅନାଥ ହୋଇଗଲା । ଯାହାକୁ କହନ୍ତି ବେମୁରବା । କେହି କାହାକୁ ମାନିଲା ନାହିଁ କଲିକତାରେ । ଯେଝା ହାତରେ ଯେଝେ ଚଉଦ ପା । ଦାସେ ଆପଣଙ୍କ ହାତରେ ଗଢ଼ା ଓଡ଼ିଆ ସମାଜ ଫାଟି ଦି' ଫାଳ । ଗୋଟିଏ ଓଡ଼ିଆ ସମାଜ ତ ଗୋଟେ ଉତ୍କଳ ସମାଜ । ସବୁ ଖଣ୍ଡ ଖଣ୍ଡ ଭାଗ ଭାଗ । କିଏ ନେତା ହେବ ? ଲାଗିଲା କଳି । ଏବକୁ କଲିକତା ଓଡ଼ିଆଙ୍କର ରାଜନୀତି ରଙ୍ଗ ବଦଳିଗଲା । ବଦଳି ବି ବଦଳିଲା ନାହିଁ କହିଲେ ଚଳେ । ଦେଶ ସ୍ୱାଧୀନ ହେଲା । ସମସ୍ତେ ସିନା ମିଳିମିଶି ଓଡ଼ିଆଙ୍କପାଇଁ କାମ କରନ୍ତେ । ନା, ହେଲାନାହିଁ । ଓଡ଼ିଶାର ନେତାଙ୍କ କୁରୁକ୍ଷେତ୍ର ହେଲା କଲିକତା । ଓଡ଼ିଆ ଓଡ଼ିଆଙ୍କ ଭିତରେ ବାଡ଼ିଆପିଟା । ଏ ନେତାଙ୍କର ଦଳେ ତ ସେ ନେତାଙ୍କର ଦଳେ । କଟକ, ପୁରୀ, ବାଲେଶ୍ୱର, ଗଞ୍ଜାମର ରାଜନୀତି ଖେଳ ଏଇ କଲିକତାରେ । ସେଠିକା ଭୋଟର ଗଣ୍ଡି ଏଇଠି, ଏଇ କଲିକତାରେ । କଲିକତା ମାତିଲେ ଓଡ଼ିଶାର ଗାଁ ମାତେ । ଖାଲି ଭୋଟ୍ କାହିଁକି, ଓଡ଼ିଶାରେ ଜିରା ଫୁଟିଲେ କଲିକତାକୁ ବାସେ, କଲିକତାରେ ଭାତ ଫୁଟିଲେ ଓଡ଼ିଶାରେ ଗଳାହୁଏ । ଓଡ଼ିଆଙ୍କର ବିଶାଶହେ ଚାନ୍ଦା, ଭେଦା । ସବୁ ଦିଅନ୍ତି କଲିକତା ଓଡ଼ିଆ । ଓଡ଼ିଶାରେ କୋଉ ଗାଁରେ ଇସ୍କୁଲଟିଏ ହେଲା, ଦିଅ ଚାନ୍ଦା । ଡାକ୍ତରଖାନା ହବ, ପକା ଚାନ୍ଦା । ନୂଆ କାଗଜ ବାହାରିବ, ଦିଅ ଆଗତୁରା ବାର୍ଷିକ ଚାନ୍ଦା । କେଉଁଠି ଘର ପୋଡ଼ିଗଲା, କୋଉଠି ବଢ଼ି, ମରୁଡ଼ି

ହେଲା, ଚାନ୍ଦା ନଦେଇ ଓଡ଼ିଆ ବାପର ଚାରା ନାହିଁ। ଯୁବକ ସଙ୍ଘ, ଲାଇବ୍ରେରୀ, ଦୁର୍ଗାପୂଜା, ଗଣେଶପୂଜା, ସରସ୍ୱତୀପୂଜା ହେବ ଗାଁରେ। ଏଠିଥାଇ ସେଠିକି ନଗଲେ ବି ଦିଅ ଚାନ୍ଦା। ସବୁରି ଉପରେ ନିର୍ବାଚନ ଚାନ୍ଦା। ସବୁ ଚପଟ ଏଇ କଲିକତିଆଙ୍କ ଉପରେ।

ଇୟେତ ଚାଲିଥିଲା ଚାଲିଛି। ସ୍ୱାଧୀନତା ପରେ ଶୁକୁରା ଆସି ଗୋଟିଏ କଥା ଦେଖିଲା – ବଙ୍ଗାଳି ଆଉ 'ବେଟ ଉଡ଼େ' ବୋଲି ଗାଳିଗୁଲଜ କରୁ ନାହାନ୍ତି ସେତେ ବେଶି – ମୁସଲମାନଙ୍କଠାରୁ ଖୁନ୍ଦାଖାଇ ବୋଧହୁଏ। ହେଲେ, ହାତରେ ନମାରି ଭାତରେ ମାରିବା ଚାଲିଛି ବେଶ୍ ଜୋର୍‌ସୋର୍‌ରେ। ଓଡ଼ିଆମାନଙ୍କୁ ଆଉ ଚାକିରୀ ମିଳୁନାହିଁ ଆଗପରି। ଚାକିରୀରେ ଥିବା ଲୋକଙ୍କୁ ବରଖାସ୍ତ କରି ଦିଆଯାଉଛି। ହାରି ଗୁହାରି ଶୁଣିବ କିଏ ? ନେତାମାନେ ଆସନ୍ତି। ଓଡ଼ିଆଙ୍କ ସଭାରେ ଲମ୍ବାଚଉଡ଼ା ଭାଷଣ ଦେଇ ଚାଲିଯାଆନ୍ତି। ମନ୍ତ୍ରୀମାନେ ଆସିଲେ, ବଙ୍ଗାଳି ମନ୍ତ୍ରୀଙ୍କ ଭୋଜିଖାଇ ଖୁସ୍ ମିଜାଜ୍ କରି ଫେରି ଯାଆନ୍ତି। ଓଡ଼ିଆଙ୍କ ପିଠିରେ କେହି ପଡ଼ନ୍ତି ନାହିଁ। ଯାହା ଖାଲି ମୁହଁରେ ବାତ୍‌ଫୁରସି, ତୁମ୍ଭି ତୁଫାନ୍।

ଓଡ଼ିଆ ପ୍ରୀତି ଆମ କଲିକତିଆ ସମସ୍ତଙ୍କର ଏତେ ବେଶି ଯେ କହିଲେ ନସରେ। ବିଦେଶରେ ଥିଲେ ସେମିତି ହୁଏ କି କ'ଣ। ଦେଶରେ ଥିବାବେଳେ ଏତେ ଓଡ଼ିଆ, ଓଡ଼ିଆ ହୁଅନ୍ତି ନାହିଁ କଲିକତି ଓଡ଼ିଆମାନେ। କଲିକତାରେ ଗୋଟିଏ ଖଣ୍ଡିଆ ମୁଣ୍ଡିଆ କି ଓଡ଼ିଆ ନେତାଟିଏ ପାଇଲେ, ଛାତି କୁଣ୍ଢେ ମୋଟ ହୋଇଯାଏ ତାଙ୍କର। ଖାଲି ଫୁଲମାଳ ଉପରେ ଫୁଲମାଳ। ସମସ୍ତଙ୍କର ଗୋଟିଏ ମାଳ ହେଲେ ହବନାହିଁ। କଲିକତାରେ ପଚାଶ କି ପଚିଶ ଯେତେ ଓଡ଼ିଆ ଅନୁଷ୍ଠାନ ଅଛି, ସମସ୍ତଙ୍କର ଅଲଗା ଅଲଗା ହାବ ଲାଭ। ନେତା ବିଚରା ଦେଶ ଚିନ୍ତା ବୋଝରେ ସେତେ ଧଇଁସଇଁ ହୁଏନାହିଁ, ଫୁଲମାଳରେ ଯେତେ ହବାକୁ ପଡ଼େ। କି ଦେଖିବେ ଏଇ ନେତାଙ୍କ ଗୁଣ। ଆମର ପଟ୍ଟେ ଓଡ଼ିଆ ପେରେମ ବହି ଯାଉଥାଉ, ନେତାମାନେ ବଙ୍ଗାଳିଙ୍କ ସଭାପାଇଁ ଡାକରା ପକାଇ ଖପର ଖପର ହେଇ ଦଉଡ଼ି ଯିବେ ଆଉ ତାଙ୍କ ସଭାରେ ଭାରି ଗମାତରେ ବଙ୍ଗଳାରେ ବକ୍ତୃତା ଦେବେ। ତାଳି ଉପରେ ତାଳି ପଡ଼ିବ। ନେତା ଭାବନ୍ତି, ଓଃ ମୋ ବକ୍ତୃତା ଭାରି ବଢ଼ିଆ। ସମସ୍ତେ ଶୁଣି ଭାରି ଖୁସ୍। ନଇଲେ ତାଳି ମାରନ୍ତେ କାହିଁକି ? ନେତାଙ୍କ ମଗଜରେ ଏତକ ପଶେ ନାହିଁ ଯେ ତାଙ୍କର ଓଡ଼ିଆଟିଆ ବଙ୍ଗଳା ଶୁଣି ହସୁଛନ୍ତି ବଙ୍ଗାଳିମାନେ। କୋଉ ବଙ୍ଗାଳି ନେତାକି ବଙ୍ଗାଳି ମନ୍ତ୍ରୀ ଦିନକର ଦିନେ ଓଡ଼ିଆ ସଭାରେ ଓଡ଼ିଆ ଭାଷାରେ କହିନାହିଁ। କିନ୍ତୁ ଆମ ଓଡ଼ିଆ ନେତାଙ୍କର ଫୁଟାଣି କହିଲେ ନସରେ – ଆଠ କାହାଣ ଦଶପଣ। ଓଡ଼ିଆଙ୍କ ନିମିତାରେ ଓଡ଼ିଆଙ୍କ

ଖର୍ଚ୍ଚରେ ଆସି, ଓଡ଼ିଆଙ୍କର ଖାଇପିଇ, ବଙ୍ଗାଳିଙ୍କ ଆଗରେ ନିଜର ବଡ଼ପଣିଆ ଆଉ ପଣ୍ଡିତଗିରି ଦେଖାଇଦେଇ ଯାଆନ୍ତି।

କୁଆଡ଼େ ଗଲେ, କୁଆଡ଼େ ଗଲେ, ଆମ ନେତା କୁଆଡ଼େ ଗଲେ ? ତାର ଉପରେ ତାର, ଟେଲିଫୋନ୍ - କଲିକତାରୁ କଟକ, କଟକରୁ କଲିକତା। ହେଲେ, କେହି କଣ ଶୁଣିଲା ? କାହିଁ କାହାରି ଦେଖାନାହିଁ? ଲୋକଗୁଡ଼ାକ ମାଛି ମଶାପରି ମରିଗଲେ। ରକତ ନଦୀ ବହିଗଲା ମାଟିଆ ବୁରୁଜ୍‌ରେ ଶୁଣିଛି ଶୁକୁରା। ସବୁ ଶୁଣିଛି ଶୁକୁରା ଏଇ ଓଡ଼ିଆ ନେତାଙ୍କ କାଣ୍ଡ। ସେତେବେଳେ କେହି ଅଇଲେ ନାହିଁ। ପାଖବି ପଶିଲେ ନାହିଁ।

ମାଟିଆ ବୁରୁଜ ! ସେଦିନ ମାଟିଆ ବୁରୁଜ ଉପରେ କୃଷ୍ଣପକ୍ଷର ଚଉଠି ଚାନ୍ଦ ଉଠିଥିବ। ମଣିଷ ଜୀବନର ସବୁ ଦୁଃଖରେ ସାକ୍ଷୀ ପଡ଼ିଲା ପରି। ନାଲାନାଲା ମୁହଁରେ ଚାହିଁଥିଲା। ଖାଲି ମଡ଼ା ଉପରେ ମଡ଼ା। ଖାଲି ହିନ୍ଦୁ ନୁହନ୍ତି - ଓଡ଼ିଆ ହିନ୍ଦୁ। କଲିକତାର ମାଟି। ଖାଲି ହିନ୍ଦୁ ରକ୍ତ ପିଇ ସେ ମାଟିର ଶୋଷ ମରି ନଥିଲା। ଶହ ଶହ ଓଡ଼ିଆ ହିନ୍ଦୁଙ୍କ ରକ୍ତପିଇ ଯେମିତି ଚଁ ଚଁ କରୁଥିଲା।

ଆହା ହା ! ବିଚାରି ନାବନୀ। ଖଲାସ ହେଲାପରେ ଆସି ଶୁଣିଲା ଶୁକୁରା। ଗଜା ବଅସ ପରଶୁର। ନାବନୀର ବଡ଼ ପୁଅ। ବାପତ ଯାଇଥିଲା ଆଗରୁ। ଏଇ ହିନ୍ଦୁ ମୁସଲମାନ୍ ଗୋଳରେ। ସେ ବି ଚାଲିଗଲା ନିଜେ। କାବାର୍ କରିଦେଲେ ମୁସଲମାନ ଗୁଣ୍ଡା। ନାବନୀର କଣ ରକ୍ଷାରକ୍ଷଣ ଥାଆନ୍ତା। ସେ ଆତରାସିଆ ପଶିଗଲା ପଡ଼ିଶା ମୁସଲମାନ ଘରେ। ସାଙ୍ଗରେ ସାନପୁଅଟି। ବଚକାନିଟା। ଆଖି ପଡ଼ିଗଲା ଗୋଟାଏ ମୁସଲମାନ ଗୁଣ୍ଡାର। ସେ ଘରବାଲୀକୁ ଯାଇ କହିଲା - ହିନ୍ଦୁ ଔରତ୍‌କୋ ତୁମ୍‌ନେ ଛୁପାୟା। ନିକାଲୋ ! ସେ ଘରବାଲୀ ଏକୁଟିଆ। ତା ସ୍ୱାମୀ ଘରେ ନାହିଁ। କଅଣ କରିବ। କହିଦେଲା - ଖୁଦା କସମ୍ - ବହ ରିସ୍ତେଦାର ହୈ। ଛାଡ଼ିଦେଲା ଗୁଣ୍ଡାଟା। ହାତରେ ଛୁରି। ହଠାତ୍ ସାମନାକୁ ଚାଲି ଆସିଲା ନାବନୀର ସାନପୁଅଟା। ସେ କଣ ଜାଣିଛି କଣ ହଉଛି। ସେ କି ବୁଝିବ ମରଣ କାହାକୁ କହନ୍ତି। ଧରି ପକେଇଲା ତାକୁ। ଇଏ ଶାଲା ହିନ୍ଦୁ ହୈ। ଇସ୍‌କା ଜାନ୍ ଲୋ କେ ଛୋଡୁଁଗା। ସେ ମୁସଲମାନ ତିର୍‌ଲାଟାର କମ୍ ସାହସ ନୁହେଁ। ଧରି ପକେଇଲା ସେ ଗୁଣ୍ଡାକୁ। ତୁ ମେରେ ଲଡ଼କେ କୋ ଖୁନ୍ କରୋଗେ ? ତୁମ୍ କାଫେର୍ ହୋ ମୁସଲମାନ ନେହିଁ ? ଖସି ପଡ଼ିଲା ଗୁଣ୍ଡା ହାତରୁ ଛୁରିଟା। 'ସୁନ୍‌ତି ହୁଆ ହୈ।' ଉତ୍ତର ଦେଲା, ନେହିଁ। ତୋ ମୈ ଉସ୍‌କା ସୁନ୍‌ତି କରୁଆଁ। ଅଗର୍ ଓ୍ୱହ ହିନ୍ଦୁ ରହା ହୋଗାତୋ ଆଜ ମୁସଲମାନ୍ ବନ୍ ଯାଏଗା କହି ସେ ଗୁଣ୍ଡା ତାକୁ ସୁନ୍‌ତ କରି ଦେଲା ସତକୁ ସତ।

ସବୁ ଶାନ୍ତ ପଡ଼ିଲା। ଦଉଡ଼ି ଆସିଲେ ବୀର ଓଡ଼ିଆ ନେତାମାନେ। ମଡ଼ ପଡ଼ିଲେ

ଶାଗୁଣା ଘେରନ୍ତି। ସେଠି ଯେତେ ଲହୁ ବହି ନଥିଲା ତା'ଠାରୁ ଢେର୍ ବେଶି ଲୁହ ବହିଗଲା ନେତାମାନଙ୍କର। ଲାଳ ବି ଗଡୁଥାଏ ପାଟିରୁ। ସରକାରଙ୍କ ଟଙ୍କା ଦେଖି। ଓଡ଼ିଆଙ୍କ ଜୀବନର ମୂଲ ଶହେ ପାଞ୍ଚଶହ। ମାଟିଆ ବୁରୁଜରେ ଯେଉଁ ଓଡ଼ିଆମାନେ ହାଣ ଖାଇଲେ, ତାଙ୍କ ପରିବାରଙ୍କୁ କ୍ଷତିପୂରଣ ମିଳିଲା ଶହେରୁ ପାଞ୍ଚଶହ। ଏକକାଳୀନ। ଏତେଗୁଡ଼ାଏ ଟଙ୍କା କଣ କରିବେ ଓଡ଼ିଆ ପୁଏ ? ଯିଏ ତ ମଲେଣି ମଲେଣି। ସରକାର ଟଙ୍କା ଦେଲେ ଆଉ କଣ ମଲା ମଣିଷ ପାଇବ ? ଦେଇ ପକ, ଦେଇପକ ସେ ଟଙ୍କାରୁ ଅଧେ ଲେଖାଏଁ। ଦେଶ ସେବାରେ ଲାଗିବ।

ଦେଲେ ଲୋକ। ଯେତେ ରାଣ୍ଡ ଆଣ୍ଠୁକୁଡ଼ା ସବୁ। ସେଇଥିରେ ବଢ଼ାହେଲା ଶିରାଧ। ଦେଶସେବାଠୁଁ ବଳି ପୁଣ୍ୟ ନାହିଁ। ସେ ଟଙ୍କାରେ ଉତ୍କଳଭବନ ହେବ। କଲିକତାରେ ଓଡ଼ିଆଙ୍କ କୀର୍ତ୍ତି ରହିବ। ଓଡ଼ିଆମାନଙ୍କ ରକ୍ତରେ ଗଢ଼ାହେବ 'ଉତ୍କଳ ଭବନ'। ହଜାର ହଜାର ଟଙ୍କା କୁଢ଼ାହେଲା ନେତାଙ୍କ ଆଗରେ। କିଏ କହିଲା ଚାଳିଶ ହଜାର କିଏ କହିଲା ପଚାଶ ହଜାର। ନେତା ବଇଛନ୍ତି। ତାଙ୍କ ସାଙ୍ଗରେ କେତେଜଣ ଚେଲା ନେତାକି। ସେଇ ଚେଲା ନେତାଙ୍କ ଭିତରେ ଜଣେ ଯୁବକ କଲିକତା ବାସିନ୍ଦା ଓଡ଼ିଆ ଶିଳ୍ପପତି, କି କାରଖାନା ବସେଇବ ବୋଲି ତନାଘନା କରୁଥାନ୍ତି ସେତେବେଳେ। ସେ ହେଉଛନ୍ତି ଏଇ ହୁରୁଦିବାବୁ ବା ହୃଦୟ ରଞ୍ଜନ।

ପଚାରିଲା – "ଦେଖିବାକୁ କିମିତିକା କହିଲ ତମର ହୃଦୟ ରଞ୍ଜନ ବାବୁ ?" ଶୁକୁରା ପଚାରିଲା।

କିଏ ଜଣେ ଉତ୍ତର ଦେଲା – "କାଳିଆ ହେଇ ବାଙ୍ଗରା। ବାଙ୍ଗରା ନୁହେଁ, ଉଚ୍ଚରେ ଟିକିଏ କମ୍। ଥାକୁଲୁ ଥୁକୁଲ୍ ହେଇ ମଣିଷଟିଏ। ପୁଚୁକା ପୁଚୁକା ଗାଲ।"

"ହଁ ହଁ, ସେଇ ହୁରୁଦି ବାବୁ ତ ! କଲିକତାରେ ଥାଆନ୍ତି ମୁଁ ଜାଣେଁ।" ଶୁକୁରା କହିଲା।

"ତମେ ଦେଖିଛ ?" ଆଉ ଜଣେ ପଚାରିଲା।

"ଦେଖିଛି ବୋଧହୁଏ। ହେଲେ ଶୁଣିଛି ବହୁତ। ସେ କେମନ୍ତେ ଥରେ ପ୍ରବାସୀ ଓଡ଼ିଆ ସମ୍ମିଳନୀ କରିବେ ବୋଲି ମାଟିଆ ବୁରୁଜକୁ ଚାନ୍ଦା ମାଗି ଆସିଥିଲେ। ଲୋକେ କଣ କହିଲେ ଶୁଣିମ ? ପଇସା ତ ଦେଲେ। ପଇସା ସାଙ୍ଗରେ ଗାଳି ବି ଦେଲେ। କହିଲେ - 'ହଉ ଆସିଚ ତ ନେଇଯାଅ। କଲିକତା ଓଡ଼ିଆଙ୍କ ପଇସାଟି। ତାର ଭାରି ଗୁଣ। ଏ ପଇସା ହଜମ୍ ଯଦି କରି ପାରିବ, ତେବେ ତମେ ଓଡ଼ିଶାର ଜଣେ ବଡ଼ ନେତା ବନିଯିବ।' ବୁଝିଲ ? ତାଙ୍କ କହିବା ଲେଖେଁ ହେଇତ ଗଲା। ଦେଖୁଥା ଇଥେ ଭୋଟରେ ଜିଣିଲେ ମନ୍ତ୍ରୀ ହେବେ।"

ହଲଧରବାବୁ କହିଲେ – "ଏଗୁଡ଼ାକ ତୁଚ୍ଛା ମିଛ। ଦିଅ ସେ କାଗଜ। ଇଲେକ୍‌ସନ୍ କେସ୍ ହେବ।"

ଭାଗୁ ମାହାନ୍ତି ଦଳରୁ ଜଣେ କହି ଉଠିଲା – "କେସ୍ କଣ ହବ ? ଆମେ କଣ ହାରିଯାଇଛୁ ଯେ କେସ୍ କରିବୁଁ। ଯିଏ ହାରେ ସିଏ ସିନା କେସ୍ କରେ। ଆମ ବିରୋଧରେ ଯେତେ ମିଛ ପ୍ରଚାର ହେଲେ ବି ଆମେ ଜିଣିବା। ଆମେ ଜିଣିସାରିଲୁଣି କୁହ। ଲୋକେ ବୁଝିଗଲେଣି ଯେ କଂଗ୍ରେସ ଛଡ଼ା ଯେତେ ଦଳ ସବୁ ନୂଆ ଡାହାଣୀ। ଗୁହ ଖାଆନ୍ତି – ଛୁଆ ଖାଇ ଶିଖିଛନ୍ତି କଉଁଠୁ ?

ପି. ଏସ୍.ପି. ଦଳରୁ ଜଣେ କହିଲା – "ରୁଟି ସେକିବ ତ ପିଠି ବଦଳଲେଇବାକୁ ପଡ଼ିବ। ରୀତିମତ ଦିପଟ ନ ସେକିଲେ କଣ ରୁଟି ଫୁଲେ ? ସେମିତି ଦଳ ବଦଳେଇ ନ ଦେଲେ ଭଲ ଶାସନ ହେବ ନାହିଁ, ବୁଝିଲେ ? ଲୋକେ ବେଶ୍ ବୁଝିଗଲେଣି। ଦେଖିବେ ଫଳ କଣ ହେବ ?"

ହଲଧରବାବୁ କହିଲେ – "ଦଳ ଆଉ କାହିଁ ଯେ ଓଡ଼ିଶାରେ ଲୋକେ ଦଳ ବଦଳେଇବେ ? ଗୋଟିଏ ଦଳ ତ କଂଗ୍ରେସ ଦଳ। ଆଉ ସବୁ ମୁତ୍‌ଫରକା।"

ପି.ଏସ୍.ପି. ବାଲା କେହି କହିଲା– "ମୁତ୍‌ଫରକା କହିଦବ। ଭାରି କହିଲାବାଲା।"

ହଲଧର ଜବାବ ଦେଲେ – "କେବେ ସାତଜନ୍ମକେ ମନ୍ତ୍ରୀମଣ୍ଡଳ ଗଢ଼ିପାରିବ ? ଶହେ ଚାଳିଶ ଆସେମ୍ବ୍ଲି ସଭ୍ୟସଂଖ୍ୟାରୁ କେବେ ହେଲେ ଦିହକରେ ଏକସ୍ତରି ଜଣ ସଭ୍ୟ ଠିଆ କରି ପାରିବ। କେମିତି ଆଶା କରୁଚ କ୍ଷମତାକୁ ଆସିବ ବୋଲି ?"

ଆଉ ଜଣେ କହିଲେ – "କି ସ୍ୱତନ୍ତ୍ର ଦଳ ନାହିଁକି ? ସେ ତ ଏକସ୍ତରିରୁ ବେଶି କରଉଚନ୍ତି।"

"ସେତ ରାଜାରାଜୁଡ଼ାଙ୍କ ଦଳ" – ହଲଧରବାବୁ କହିଲେ।

ଜଣେ ନିରପେକ୍ଷ ଲୋକ ଚୁପ୍‌ଚାପ୍ ବସିଥିଲା, ଘରକୁ ଯିବାପାଇଁ। ଉଠୁଁ ଉଠୁଁ କହିଲା – "ହଇହୋ, ଇୟେ ରାଜାରାଜୁଡ଼ାଙ୍କ ଦଳ, ଆଉ କଂଗ୍ରେସଟା ଖାଲି ଆମ ଚାଷିମୂଲିଆଙ୍କ ଦଳ ହେଇ ବଇଚି। ଚାଲୁଣି କହୁଛି ଛୁଞ୍ଚିକି। ଗଣି ଅଇଲ। କେତେ କେତେ ରାଜା କଂଗ୍ରେସ ଭିତରେ ? ଆମର ସେଥିକୁ କି ଯାଏ ?" କହି ଚାଲିଗଲା ଘରକୁ।

ପି.ଏସ୍.ପି. ଦଳରୁ ସମାଲୋଚନା ହେଲା – "ସେଇ ରାଜାରାଜୁଡ଼ାଙ୍କ ସାଙ୍ଗରେ କଂଗ୍ରେସ ପୁଣି ମିଳି ସରକାର ଗଢ଼ିଲେ ତ।"

"ଆମେ ତା' ସପକ୍ଷରେ ନଥିଲୁଁ। ତମର ବୁଢ଼ା ବୁଢ଼ା କଂଗ୍ରେସ ନେତାମାନେ ସେଇୟା କଲେ। ଆମେ ଭାଙ୍ଗି ଦେଲୁଁ ମିଳିତ ମନ୍ତ୍ରୀମଣ୍ଡଳ।" ହଲଧର କହିଲେ।

"କହନାଇଁ, କହନାଇଁ ସେକଥା। ଆଉ ପତିଆରା ଦେଖାଅ ନାହିଁ ମ ଏତେ! ତମରି ଟୋକା ନେତାମାନେ ବୁଢ଼ାଙ୍କୁ ମଡେଇ ମିଳିତ ମନ୍ତ୍ରୀମଣ୍ଡଳ ଗଢ଼ିଥିଲେ। ଗଢ଼ିକି ପୁଣି ଭାଙ୍ଗି ଦେଲେ। ମୁଣି ପୂରିଲା ନାହିଁ ବୋଲି ଭାଙ୍ଗିଲେ।"

ହଳଧର ହସି ହସି ଲାଜଟାକୁ ଢାଙ୍କି ଦେବାକୁ କହିଲେ - "ସେଟା ରାଜନୀତିରେ ହୁଏ। ଏମିତି ହେଇଥାଏ। ସେ ଗୋଟାଏ ଚାଲ୍। ରାଜନୀତିକ କୌଶଳ? ସାମନ୍ତବାଦକୁ ଲୋପ କରିବାପାଇଁ ସାମନ୍ତବାଦୀ ଶିବିରରେ ପ୍ରବେଶ। ବୁଝିଲ? ତମେତ ଗୋଟାଏ ପରମ ସୁବିଧାବାଦୀ ପାର୍ଟି - ପି.ଏସ୍.ପି.। ତଲେ କାହୁଁ ବୁଝିବ ତା'ର ମରମ?"

"ଓହୋ, କଂଗ୍ରେସ ତେବେ କମିଉନିଷ୍ଟଙ୍କୁ ଗୁରୁ କଲା ପରା? ତମ ଶିବିରରେ କିଏ ପଶିଲାଣି ଆଗ ଦେଖ। ପର ଆଖିରେ ଆଙ୍ଗୁଳି ଖେଞ୍ଚୁଛ ଯେ!"

ହଳଧର କହିଲେ - "ଭୁଲ୍ ଭୁଲ୍! ଆମ ଶିବିରରେ ଅବାଞ୍ଛିତ କେହି ପ୍ରବେଶ କରି ପାରିବେ ନାହିଁ। ସବୁ ସମାଜବାଦୀ ଶକ୍ତି ଏକଯୁଟ ହୋଇ ସାମନ୍ତବାଦୀକୁ ଲୋପ କରିଦେବୁ - ଆମେ।"

ବାଲୁଙ୍ଗା ଏଥର ପାଟି ଫିଟେଇଲା। କହିଲା - "ହଇଓ ଧରବାବୁ ଆଉ କେତେଦିନ ଯାଏଁ ସମାନ୍ତବାଦ ସାମନ୍ତବାଦ ହଉଥିବ? କେତେଦିନ ଆଉ ସେ କୋକୁଆଭୟ ଦେଖେଇ ଭୁଲେଇବ? ଦେଖିବ ଯା - ଗାଁରେ ତ ରହିଚ, ଟିକେ ଭିତରକୁ ପଶ। ଦୂରକୁ କାହିଁକି ଯାଉଚ? ଆମ ସାଆନ୍ତେ ଥିଲେ କିଶୋର ପଟ୍ଟନାୟକ। ଏଇତ ତମ ଆସିବା ଟିକେ ଆଗରୁ ପଡ଼ିଥିଲା ସେକଥା। ଏବେ ତାଙ୍କ ଅବସ୍ଥା କଣ? ଯୁଗ ଆଉ ସାଆନ୍ତମାନଙ୍କର ନାହିଁ। ଯୁଗ ହଉଚି ଅମଲାଙ୍କର। ଉପରେ କେତେ ବଡ଼ ବଡ଼ ଅମଲା ଅଛନ୍ତି ଇନିସ୍‌ପେକ୍‌ଟର, କିଲଟର, ଡିରେକ୍‌ଟର ଆଉରି ଆଉରି କେତେ ଟର୍। ଆମର ଏଠି ବି.ଡି.ଓ. ଏସ୍.ଡି.ଓ. ସବୁ ଅଛନ୍ତି। କିଏ ନାହିଁ? ଏଇନେତ ରଜା। ତାଙ୍କ ସାଙ୍ଗକୁ ଆମ ମନ୍ତ୍ରୀ। ମନ୍ତ୍ରୀମାନେ ହେଲେ ଇନ୍ଦ୍ର। କେତେ ଇନ୍ଦ୍ର ଗଲେଣି, ଯିବେ। ଶଚୀ ବଇଛନ୍ତି। ଶାସନ ଖିଅ ଲଗେଇଛନ୍ତି।"

ଦୁଃଖୀ ହସିପକାଇ କହିଲା - "ସେଥିପାଇଁ ସରକାରୀ ହେଡ୍‌ଅଫିସ ସେକ୍ରେଟେରିଏଟ୍ ନାମ ହେଇଛି କି 'ଶଚିବାଳୟ'?"

"କିଜାଣି କଣ ହେଉଥିବ! ମତେ କି ଜଣା? ମୋ ଆଖିରେ ଖାଲି ଦୁଉଛନ୍ତି ଏଇ ଅମଲାଗୁଡ଼ାକ। ଆଉ ମନ୍ତ୍ରୀ। ବାକି 'କୀଚକ ବାହୁବଳେ ବିରାଟ ରାଜା' ହେଲାପରି ଯାହାଙ୍କ ଟଙ୍କା ବଳରେ ମନ୍ତ୍ରୀ ହୁଅନ୍ତି ସେଇ କଳ ମାଲିକ ଧନପତି କୁବେର। ଦୁନିଆରେ ଏକ ଛଡ଼ା ଆଉ କିଏ ଅଛି ବୋଲି ମତେ ତ ଦୁଶୁନାହିଁ।"

ହଳଧରବାବୁ ହସିଲେ ମୂର୍ଖ ବାଲୁଙ୍ଗା କଥାରେ! କହିଲେ – "ବାଲୁଙ୍ଗାଇ ତମର ପୁରାଣ କଥା ଶୁଣିବାକୁ ଭାରି ଭଲଲାଗେ। ଏ ଖଣ୍ଡମଣ୍ଡଳରେ କୋଉଁ ପୁରାଣପଣ୍ଡା ବି ତମ ସରି ହବନାହିଁ। ତମେ କିନ୍ତୁ ରାଜନୀତି ଫାଜନୀତିରେ ମୁଣ୍ଡ ପୂରାଇବା ଠିକ୍ ନୁହେଁ। ତମେତ କେବେ ତା' ଭିତରେ ପଶିନ। ମିଛଟାରେ କାହିଁକି ଅନଧିକାର ଚର୍ଚ୍ଚା କରୁଛ?"

ବାଲୁଙ୍ଗା କହିଲା – "ଧରବାବୁ, ପୁରାଣ ଶୁଣିବ? ଏଠି ଏରକା ବନ ସୃଷ୍ଟି ହେଲାଣି। କଣ ଜାଣିବ?"

ଶାମ୍ବକୁ ନାରୀବେଶ କରି।

ଉଦରେ ଲୌହ ପାତ୍ର ଭରି।।

"ଗୁରୁ ଗଉରବ ଭୁଲିଲଣି। କିନ୍ତୁ ବ୍ରହ୍ମ ଅଭିଶାପ ପଡ଼ିଯିବ। ଯଦୁବଂଶ ଧ୍ୱଂସ ହେବ।"

"ଆଉ ଏକା ଉଦ୍ଧବ ରହିବ, ଏଇ ବାଲୁଙ୍ଗାଇ। ଚାଲହୋ, ଏଇ ମାହାଳିଆ କଥାରେ କଣ ପେଟ ପୂରିବ?" ହଳଧରବାବୁଙ୍କ ଦଳର ଜଣେ ପୁରୁଖା ଲୋକ ଏତକ କହି, ଉଠିଲା। ସେ ଯିବା ସଙ୍ଗେ ସଙ୍ଗେ ବାକି ଯେତେକ ଥିଲେ, ସମସ୍ତେ ଉଠିଲେ ଯିବାପାଇଁ।

"ଦୁଃଖିଆନ୍ନା ନମସ୍କାର, ଦୁଃଖିଆନ୍ନା ଦଣ୍ଡବତ୍, ଦୁଃଖିଆନ୍ନା ଓଳଗି।" କିଏ କେତେ ପ୍ରକାର ଭାଷାରେ ଦୁଃଖୀଠାରୁ ବିଦାୟ ନେଲେ। ଭକ୍ତି ଯେମିତି କୁଢ଼େଇ ହୋଇ ପଡୁଥାଏ। ଦୁଃଖୀ ହାତ ଉଠେଇ ସମସ୍ତଙ୍କୁ ପ୍ରତିନମସ୍କାର କଲା। ମୁହଁ କିନ୍ତୁ ଫିଟେଇ ନାହିଁ। ଗୁମ୍ ମାରି ବସିଯାଇଛି। ଠିଆ ହୋଇ ସମସ୍ତିଙ୍କି ବିଦାୟ ଦେଲା।

ବାକି ରହିଲେ ଦୁଃଖୀ ଦାସ ଆଉ ବାଲୁଙ୍ଗା। ଆଉ ସେପାଖରେ ବଇଚି ଶୁକୁରା ଏକ ପାଖିଆକି।

ବାଲୁଙ୍ଗା ପଚାରିଲା – "ହଇହୋ ଦୁଃଖୀ ନନା, ଏଥକୁ କି ଉପାୟ କହିଲ?"

"କୋଉ କଥା କହୁଚ? ଭୋଟ କଥା!" ଦୁଃଖୀ ପଚାରିଲା।

"ମାର୍ ଗୋଲି ସେ ଭୋଟ୍‌କୁ। କିଏ ରଜା ହବ, କିଏ ମନ୍ତ୍ରୀ ହବ, କିଏ ସାଧବ ହବ କି କଟୁଆଳ ହବ, ଆମର କି ଯାଏ। ଆମରତ ରକତ ଦବାର କଥା। ଦଉଁ। ସେମାନେ ଆମର ରକ୍ତ ଚୋଷି ଟିଙ୍କପରି ହେଇଚନ୍ତି। ମନ୍ତ୍ରୀ ହେବେତ ହୁଅନ୍ତୁ। ସେ ଖାଇବେ। ଲୋକେ ଅଛନ୍ତି, ତାଙ୍କ ଅତ୍ୟାଚାରକୁ ମୁକାବିଲା କରିବେ। କଲେ କରନ୍ତୁ ନ କଲେ ନାଇଁ। ମୁଁ ସେକଥା କହୁ ନାହିଁ। ଆମେ ତ ଛୋଟିଆ ଜୀବ। ଅଦା ବେପାର କରି ଜାହାଜର ଖବର ନେବା କାହିଁକି? ତେବେ ରଜା ଆମେ କରିଛୁ ସତ।

ମନ୍ତ୍ରୀ ତ ଆମେ ତିଆରିଛୁ। ବସେଇଛୁ। ହେଲେ ସେ ଆମ ଆୟତରେ ନାହାନ୍ତି ପାଞ୍ଚବର୍ଷ ହେଉ ତ ବିଶାଶହେ ବର୍ଷ ହେଉ।"

"ଆମେ ନିପାରିଲା ବୋଲି ଗୋଟିଏ ପାରିଲା ମଣିଷକୁ ଆଣି ଆମ ଉପରେ ବସେଇଚୁଁ। ଏଇତ ରଜା, ଏଇତ ମନ୍ତ୍ରୀ, ନାଁ ଆଉ କିଛି ? ସରଗରୁ ତ ଖସି ଆସି ନାହାନ୍ତି ? ଆମେ କହୁଛୁ, ତୁ ଆମକୁ ଶାସନ କର। ସେ କରୁଛନ୍ତି। ଆମେ ଯଦି ନିଜେ ନିଜକୁ ଶାସନ କରି ପାରନ୍ତୁ, ତେବେ ରଜା ରଜା ଠେଇଁ, ଆମେ ଆମ ଠେଇଁ। ଆମର ରଜାରେ କି ଲୋଡ଼ା ? ମୁଁ ସେ କଥା କହୁ ନଥିଲି, କହୁଥିଲି ସେଇ ପୁରୁଷୋତ୍ତମ ପଟ୍ଟନାୟକ ଘର କଥା। ହାଟ ବଜାରରେ ବାଜା ବଜେଇ ତା'ର କଣ ସମାଧା ହବ ? ଏ ଟୋକାଟାକଳଯାକ ବିଛା ମନ୍ତ୍ର ନ ଜାଣି ସାପ ଗାତରେ ହାତ ଦଉଚନ୍ତି। ଆଳୁ ଖୋଳୁଁ ଖୋଳୁଁ ମହାଦେବ ବାହାରିବେ। ଝିଅଟା ଆଉ ବାହା ହେଇ ପାରିବ ନାହିଁ। ବାଛୁଆରୀ ହେଇଯିବ। ଚାଳିଶଟା ଚାନ୍ଦ ପରେ ଆଗେ ଝିଅ ଶାଶୁ ଘରକୁ ଯାଉଥିଲା। ନ ହେଲେ ପାପ ଲାଗିବ ବୋଲି ଗୋଟେ କଥା ଅଛି। ଶାସ୍ତ୍ରକାରମାନେ ତୁଚ୍ଛାଟାରେ କଣ ଏସବୁ ବିଧି ବିଧାନ ଖଞ୍ଜିଥିଲେ। ସେ ଯାହା ହଉ, ତମକୁ ଗୋଟେ ପ୍ରତିକାର କରିବାକୁ ପଡ଼ିବ। ଏଣେ ଯେତେ ନୁଚେଇଲେ ବି ଅଣ୍ଟିନିଆଁଟି ସେ।"

"ବାଲୁଙ୍ଗାଇ, ମୁଁ ବହୁତ ଭାବିଲିଣି" - ଦୁଃଖୀ କହିଲା। ମତେ ବାଟ କିଛି ଦେଖାଯାଉ ନାହିଁ। ଏଡ଼େ ବଡ଼ ପଟ୍ଟନାୟକ ଘର, ଏବେ ଖାଇବାକୁ ପାଉ ନାହାନ୍ତି। ଗାଁବାଲା ସମସ୍ତେ ଶୁଣୁଛନ୍ତି। କାହାରି ମୁହଁରେ 'ଆହା' ପଦ ନାହିଁ। ସମସ୍ତେ ଖାଲି ଅପନିନ୍ଦା କରିବାରେ ଲାଗିଛନ୍ତି। ପେଟ ପୋଷ୍, ନାହିଁ ଦୋଷ୍। ଉପାୟ କଣ ? ସରକାର ସବୁ ନେଇ ନେବେ। ନିଅନ୍ତୁ ଦେବାର ଦାୟିତ୍ୱ ନେବା ତ ଉଚିତ୍। ଚୋରଠୁଁ ଚୋରି ଧନ କାଢ଼ି ନେଲେ ଚୋରି ବନ୍ଦ ହୁଏ ନାହିଁ। ଚୋରକୁ ଧନ୍ଦା ଯୋଗେଇ ଦେଲେ ସିନା ସେ ପେଟ ପୋଷନ୍ତା, ଚୋରି କରନ୍ତା ନାହିଁ।"

"ତା' ବୋଲି, ଚୋରିଟାକୁ କଣ ଭଲ ବୋଲି କହିବ ?" ବାଲୁଙ୍ଗା ପଚାରିଲା।

"ନା, ଚୋରି କରିବା ପାପ ସତ ଯେ, ହେଲେ ଚୋରକୁ ନୀତିବାକ୍ୟ ଶୁଣେଇଲେ ସେ କଣ ଚୋରି କରିବା ଛାଡ଼ି ଦେବ ? ପେଟ ଦାଉ ସମ୍ଭାଳି ନ ପାରି ସେ ଚୋରି କଲା। ନାଉ ଚୋର, କଖାରୁ ଚୋର, ହେଉଁ ହେଉଁ, ମହାଚୋର। ଅଭ୍ୟାସରେ ପଡ଼ିଗଲା। ଏବେ ତମେ ଖାଇବାକୁ ଦେଲେ ବି ଅଭ୍ୟାସ ତାକୁ କାବୁ କରିଦବ। ସେ ଚୋରି କରିବ। ତମେ ତାକୁ ବନ୍ଦ କରି ପାରିବ ନାହିଁ। ନ ହେଲା ନାହିଁ। ସେ ଚୋରି କରୁ। ତମେ ତାକୁ ଜେଲ୍‌ରେ ଠୁଙ୍କି ଦିଅ। ତା'ପରେ ? ଆଉ ଯେମିତି କେହି ଚୋର ନ ହୁଅନ୍ତୁ ସେଥିପାଇଁ ବ୍ୟବସ୍ଥା କର !"

ହଠାତ୍ ଉପରକୁ ଅନେଇ ଆଖି ଦିଟା ମଟ ମଟ କରି ଦୁଃଖୀ କହିଲା ଏତକ। ଏକ ଧ୍ୟାନରେ ଅନେଇ ଥାଏ ସେଇ ଆକାଶ କାନ୍ଥୀଆଡ଼କୁ, ଯେଉଁଠି ସକାଳ ମେଘରେ ସୂର୍ଯ୍ୟ ଦେବତା ଉଇଁ ପଶୁଥାନ୍ତି ଧାରାଶ୍ରାବଣର ସୂଚନା ଦେଇ।

ପୁଣି କହି ଉଠିଲା – "ହେଇଟି, ଦେଖ, ଦେଖ, ବାଲୁଙ୍ଗାଇ ! ଚାହାଁ, ଜଳ ଜଳ ହେଇ ମତେ ଦିଶୁଚି। ତମେ ଦେଖି ପାରୁନା ? ଗୋଟାଏ ବିରାଟ ବିକଟାଳ ରୂପ। ଆଖି ପିଛୁଳାକେ ମାୟାମୃଗ ହୋଇ ନାଚିଲା। ସୁନାର ମିରିଗ। ରାକ୍ଷସଟାଏ। ମାରିଚ ରାକ୍ଷସ ପରି। ଏ ଗାଁ ସେ ଗାଁକୁ ବୁଲୁଛି। ସେ ଯେଉଁଠି ଯେଉଁଠିକି ଯାଉଚି, ସବୁ ଜଳିପୋଡ଼ି ନାରଖାର ହୋଇ ଯାଉଛି। ଆଉ କିଛି ରହିବ ନାହିଁ। ବାଲୁଙ୍ଗାଇ କିଛି ରହିବ ନାହିଁ। କଣ କରିବା। ଆମେ ନିହାତି ଅଶକତ, ନିହାତି ନିପାରିଲା ଆଗରେ ଠିଆ ହୋଇ ରୋକିଦବାକୁ ବହପ କୁଳଉ ନାହିଁ। ପଛରେ କେହି ନାହିଁ। ଡାକିଲେ କେହି ଶୁଣୁ ନାହିଁ। ମନା କଲେ କେହି ମାନୁ ନାହାଁନ୍ତି। ସମସ୍ତେ ଧାଇଁଚନ୍ତି ତାକୁଇ ଧରିବାପାଇଁ। ତା' ଜାଲରେ ପଡ଼ି ସମସ୍ତେ ଛଟପଟ ହେଉଚନ୍ତି। ମରିବାକୁ ଆଃ ! ଉପାୟ କଣ, ଉପାୟ କଣ, ବାଲୁଙ୍ଗାଇ ?"

ବାଲୁଙ୍ଗା ଦୁଃଖୀ ପାଖକୁ ଚାଲିଆସି ବସିଲାଣି ସେତେବେଳକୁ। ଦୁଃଖୀ ତା' ବାହାଟାକୁ ଖୁବ୍ ଜୋର୍‌ରେ ଧରି ପକେଇ ହଲେଇ ଦେଲା, ଏତେ ଜୋର୍‌ରେ ଯେ ବାଲୁଙ୍ଗା 'ଆ' ବୋଲି ପାଟି କରି ଉଠିଲା।

"ତମେ ଇମିତି କଣ ହଉଚ ଦୁଃଖିଆନ୍ନା" – ବାଲୁଙ୍ଗା କହିଲା। "ପାଗଳ ହେଲ ନା କଣ ? ନା ଦୁଖିଆନ୍ନା ?" ଡାକିଦେଲା ବାଲୁଙ୍ଗା ତାକୁ ହୋସ୍‌ରେ ଆଣିବାପାଇଁ।

"ମୁଁ ପାଗଳ ନୁହେଁ, ବାଲୁଙ୍ଗାଇ ମୋତେ ଜଳ ଜଳ ହେଇ ଦିଶୁଚି। ରାମଚନ୍ଦ୍ର ଭୁଲିଗଲେ ସେଇ ମାୟାମୃଗ ଦେଖି। ସୀତାଙ୍କୁ ହରଣ କରିନେଲା ରାବଣ। ଆହା-ହା- ନେଇ ଗ...ଲା। କିଏ ଜଟାୟୁ ରୋଧିବ ତା' ବାଟ !"

ଦୁଃଖିଆନ୍ନା, ଦୁଃଖିଆନ୍ନା ! ତମେ କଣ ଆବୁଲ୍ ତାବୁଲ ବକୁଚ ? ସାଷ୍ଟମ ହୁଅ ! ଶୁଣ !"

ଦୁଃଖୀର ମୁହଁ ବନ୍ଦ ହୋଇଗଲା। ଆଖି ଆଉ ବୋଲ ନ ମାନେ। ଝର ଝର ହୋଇ ବୋହିଗଲା ଲୁହ। ଧାର ଧାର ଲୁହ।

କହିଲା – "ବାଲୁଙ୍ଗାଇ, ମୁଁ ପିଲା ଦିନରୁ ଘର ଛାଡ଼ିଲି। ଦୁଆର ଛାଡ଼ିଲି। ମା ଛାଡ଼ିଲି। ଶେଷରେ ସମସ୍ତେ ମତେ ଛାଡ଼ି ଦେଇ ଚାଲିଯାଇଥିଲେ। ମୋ ଆଖିରେ କେବେ ଲୁହ ଦେଖିଚ ? ଏବେ କୋହ ଉଠୁଚି। କଣ ହେଲା ? ଗାଁ କଣ ଏମିତି ଉଚ୍ଛନ୍ନ ହେଇଯିବ ?"

କହିଲା ଦୁଃଖୀ, ଏଥର ସ୍ୱାଭାବିକ ସ୍ୱରରେ। ସେ ବୁଝି ପାରିଲା ଯେ ସେ ଭାବପ୍ରବଣ ହୋଇ ଯାଇଛି। ଟିକିଏ ଲଜ୍ଜା ବି ବୋଧକଲା।

"ତମେ କଣ କହିଲ ମୁଁ ବୁଝି ପାରିଲି ନାହିଁ ଦୁଃଖିଆନ୍ନା! ମୁଁ କଉଁ କଥା କହୁଛି, ତମେ କଣ ବକୁଚ?" କହୁଥାଏ ବାଲୁଙ୍ଗା।

ଶୁକୁରା କହିଲା – "ଦୁଃଖିଆନ୍ନା, ତମରି କଥା କହୁଚି, ବାଲୁଙ୍ଗାଇ। ରୋଗର ମଞ୍ଜି। ତମେ ରୋଗ କହିଲ। ସେ ନିଦାନ ଦେଲା। ସବୁ ଶିର ଯାଇ ବେକରେ ଗୋଛା। କଲିକତା। ଦୁଃଖିଆନ୍ନା କଲିକତା କଥା କହୁଛି।"

ବାଲୁଙ୍ଗା କହିଲା – "କଲିକତା କଣରେ? ମୁଁ କଣ କଲିକତା କଥା କହୁଥିଲି! ତୁ ବି ଗୋଟେ ପାଗଳ ଆସି ଜୁଟିଛୁ। କଲିକତାରେ ରହି ତୋ ମୁଣ୍ଡ ଖରାପ ହେଇ ଯାଇଛି।"

ଶୁକୁରା ପଚାରିଲା – "ତମେ ଆଉ କି କଥା କହୁଥିଲ କି?"

ବାଲୁଙ୍ଗାଇ କହିଲା – "ତତେ ଆଜିକାଲି କ'ଣ ଶୁଭୁଚି କି ଶୁକୁରା? ନା ମନ ଯାଇଁ ଆଉ କଉଁଠି? ମୁଁ ପରା କହୁଥିଲି ଏଇ କିଶୋର ପଟ୍ଟନାୟକ ନାତୁଣୀ କଥା। ଆମେ କଣ କରିବା? ଆଜି ପଟ୍ଟନାୟକ ଘରେ ପଶିଲା, କାଲି ମୋ ଘରେ ପଶିବ। ଇୟାର ପ୍ରତିକାର କଣ? ଆମେ ମୁରୁଖ ଲୋକ। ସରଳ ମଣିଷ। ନଟ, କୁଟ, ଫନ୍ଦି, ହୁନ୍ଦର, ଆମକୁ ଜଣାନାହିଁ ବୋଲି ଆମରି ଝିଅ ବୋହୂଙ୍କ ଉପରେ ତମର ଆଖି। ତମେ ବଡ଼ବଡ଼ିଆ ହାକିମ, ଦିପଟି ଆଉ କାହାକୁ ପାଇଲ ନାହିଁ, ଆମକୁ ପାଇଲ? ଗରିବ ମାଇପ ସଭିଙ୍କର ଟାପରା? ତମେ କଣ କଲ ନା, ଆମରି ଇଜ୍ଜତ ଆବ୍ରୁ ଉପରେ ହାତ ପକେଇ ଦେଲ। ଏଗୁରା କିଏ କେତେ ସହିବ? ଯାର ପ୍ରତିକାର କଣ? ଉପାୟ କଣ? ଆମେ ଆଖି ବୁଜି ବସିଥିବା? ତୁଁ ଯା କହୁଛି ନା। ଆଉ ତୁ କହୁଛୁ କଲିକତା। କଲିକତା? ତୋତେ କଲିକତା ଗୋଟେ କକୁଆ ଭୟ ହେଇଗଲାଣି।"

ଦୁଃଖୀ କହିଲା – "ଶୁକୁରା ଯାହା କହୁଚି ଠିକ୍। ଗୋଟାଏ ପଟ୍ଟନାୟକ ଘର ଝିଅ ବୋହୂ କି ଗୋଟାଏ ବି.ଡି.ଓ.କୁ ସାଧ୍ୟ କରିଦେଲେ କଣ ସବୁ ସୁଧରିଯିବ?"

ଶୁକୁରା ମନ ଖୁସ୍। କହିଲା – "ଶୁଣିବ ଦୁଃଖିଆନ୍ନା? କଣ କହିବି। ଆଖିରେ ଦେଖିଲା କଥା। ଅଙ୍ଗେ ନିଭେଇଛି। ତମକୁ ମିଛ ମତେ ସତ। ଏ ସହରମାନଙ୍କରେ ଗୋଟିଏ ଗୋଟିଏ ଟରଣି ଥାଆନ୍ତି। ଛୁଆଧରା ନୁହନ୍ତି, ଟୋକୀଧର ଟରଣି। ବଅସର ଝିଅଙ୍କୁ ଗୋଟା ଗୋଟା ଧରି, ଏଇ ମଫସଲ ଗାଁମାନଙ୍କରୁ ଶିଖେଇ ବୁଝେଇ, ଠକେଇ ଠାକେଇ, ନେଇ ହାଜର କରନ୍ତି କଲିକତା, ସୁନାଗାଛି, ହାଡ଼କାଟା ଗଳିରେ। ଆଖି ଛୁଉଁଚି। ଆମର ଏଇ କଟକରେ ମସ୍‌ଜିଦ୍ ଗଳି, ତେଲେଙ୍ଗା ବଜାର। ଯେ କାହାପାଇଁ?

ସେଇ ସହରର ବାବୁଭୟାଙ୍କ ପାଇଁ। ସହରରେ ବାବୁ ନୁହେଁ କିଏ ? ସମସ୍ତେ ବାବୁ। ଯିଏ କୋଟିପତି ତିନି ତାଲା ଦଶ ତାଲାରେ ରହୁଚି, ସେ ଯେମିତି ବାବୁ ତ ଯିଏ କୁଲି ମଜ୍‌ଦୁର୍ ସହର ତଳି ଗଳିମାନଙ୍କରେ ନୁଙ୍ଗୁରା ବସ୍ତିରେ ରହୁଛି, ସିଏ ବି ବାବୁ। ସିଏ ବି ଅତର ଟିକିଏ ମାରିଦେଇ ସିଗ୍ରେଟ୍ ଟାଣି ଟାଣି ବସି ଯାଉଛି ସିନେମା ଘରେ। ତା' ମମୁଜି ସିଏ ବି ଖୋଜି ନଉଛି ଆମରି ଝିଅ ବୋହୂ, ଯାହାଙ୍କୁ ସବୁ ଟରଣି ନେଇ ହାଜର କରୁଛି ହାଡ଼କଟା, ସୁନାଗାଛିରେ।"

ବାଲୁଙ୍ଗା କହିଲା - "ହଇ, ହଇ, ମୁଁ ବି ଶୁଣିଛିରେ ଶୁକୁରା। ଏକଥା ସତ !"

"କଣ ଏତିକି ?" ଶୁକୁରା ଆହୁରି ଉତ୍ସାହରେ କହି ଚାଲିଥାଏ।

"ମୋରି ଆଖି ଆଗରେ। ଆସିଲା ଯୁଦ୍ଧ। ପଶି ଆସିଲେ ଏଇ ସହର ଭିତରକୁ ଆଉ ରକମର ଦଳେ ବାବୁ! ବାବୁ ନୁହଁନ୍ତି - ସାହାବ। ଇଂରାଜୀ ମାର୍କିନ୍ ସୈନ୍ୟ। ପଇସା ଖାଲି ଆକାଶରେ ଉଡ଼ିଲା। ଏଇ ପାଟଣାସାହୀରୁ ସେ ଟୋକାଟା, ନାଁ କଣ ଭୁଲିଗଲି, ପାନ ଦୋକାନ ଦେଇ ବଇଚି ସେଠି ଗୋଟେ ରାସ୍ତା କଡ଼ରେ କଲିକତାରେ। ଗୋଟାଏ ମାର୍କିନ୍ ସୈନ୍ୟ ମାଗିଲା ପାନ ଖିଲେ। କେତେ ଦେଲା ଜାଣିଚ ? ପକେଇ ଦେଲା ଦଶ ଟଙ୍କା ନୋଟ୍ ଖଣ୍ଡେ। ସେ ଟୋକା ରେଜା ଅଣ୍ଡାଳୁଛି ବଳକା ଫେରେଇ ଦବାକୁ। ଯିଏ ନିଅନ୍ତା ସିଏ ଆଉ କାହିଁ? ଟଙ୍କା ଖାଲି ହାଉ ଯାଉ ଏଙ୍କରି ପାଇଁ। ଏ ବଳକା ପଇସା କଣ କଲା ଜାଣିଚ ? ବିନା ଅର୍ଜନର ପଇସା ପଇସା ନୁହେଁ, ବାଲୁଙ୍ଗାଇ-ଅସୁର-ଅସୁର ! ମାରିଚ ନୁହେଁ ଦଶଶିର ରାବଣ। ଖାଲି କଣ ସୀତା ହରଣ କଲା ? ଦୁଃଶାସନ ପରି କୁରୁସଭା ତଳେ ଦ୍ରୌପଦୀଙ୍କି ବିବସ୍ତ୍ର କରି ଛାଡ଼ିଦେଲା। କଲିକତା ସହରର ଇଜ୍ଜତ ରହିଲା, ଏଇ ଥିଲାବାଲାଙ୍କ ହାତମୁଠା ଭିତରେ। ହାଡ଼କଟା, ସୁନାଗାଛିରେ ଖାଲି ମେଳା ମେଳା ଭେଳା ଭେଳା ଗୋରା ପଲଟଣ - ୟାଙ୍କ, ଟମିମାନେ ମାର୍କିନ୍ ଆଉ ଇଂରାଜୀ। ସୈନ୍ୟ। ସେତେବେଳେ ତ ଇଂରାଜୀ ସରକାର। ଗୋରା ସୈନ୍ୟମାନଙ୍କୁ ଏଇ ବେଶ୍ୟା ଗୁଡ଼ାକ ଖରାପ କରିଦେବେ ବୋଲି ଦେଲେ ଉଠେଇ ସୁନାଗାଛି, ହାଡ଼କଟାରୁ ବେଶ୍ୟାଙ୍କ ଆଡ଼ତ। ତା'ପରେ ଯାହାହେଲା ଆଉ କହିବି କଣ ?"

"ଗୋରା ପଲ୍‌ଟନ୍‌ଗୁଡ଼ାକ ଭଲ ଥିଲେ, ତାଙ୍କୁ ଖରାପ କଲେ ଏ ଦେଶର ବେଶ୍ୟା ? ହା-ହା-ହା", ହସିଲା ବାଲୁଙ୍ଗା।

"ହଇଓ, ବେଶ୍ୟାପଡ଼ାସବୁ ଖାଲି ହୋଇଗଲା। ହେଲେ ତାଙ୍କ ବୃତ୍ତି କଣ ଲୋପ କରିଦେବେ ସରକାର ? ନା କଣ କହୁଛ !"

"ସେଇଟା ତ ମନର ବୃତ୍ତି।" କହିଲା ଦୁଃଖୀ।

"ମନରମୂଳେ ଏ ଜଗତ, ମନକୁ କେବା ସାମରଥ।" ଉଦ୍ଧାର କଲା ବାଲୁଙ୍ଗା।

ମନ ନୁହେଁ ଦୁଃଖିଆନ୍ନା ଧନ-ଧନ। ଶୁଣିବ ? ମୁଁ ତ ଏଠୁ ଗଲି। ଯାଇଁ କଲିକତାରେ ଯେଉଁ ଭାଇନା ଘରେ ରହିଲି, ସେ ଦୁଇ ତିନିଟା, ବାବୁ ବାଡ଼ୀରେ କାମ କରେ। ରୋଷେଇ କାମ। ତା'ରି କହିବା କଥା। ମୁଁ ଆଖିରେ ଦେଖିନି। ମିଛ କାହିଁକି କହିବି। କହିଲା ଗୋଟେ ବାବୁ ଘରେ ଦୁଇ ଦୁଇଟା ଦିନିମନି। ସବୁ ଇସ୍କୁଲ କଲେଜ୍‌ରେ ପାଠ ପଢ଼ନ୍ତି। ପୁଅ ବି ବଡ଼ ବଡ଼ ଦି' ତିନିଟା। କିଏ ସରକାରୀ ସର୍ଭିସ କଲାଣି, କିଏ ବା କମ୍ପାନୀ ଅଫିସ୍‌ରେ। ବୁଢ଼ା ବୁଢ଼ୀ ଦି' ଜଣ ଅଥର୍ବ। ବୁଢ଼ୀ ତ ଏହେ ମୋଟା। ଉଠିବା ବେଳକୁ ଦି'ଟା ଲୋକ ଦରକାର। ପୁଅଝିଅମାନେ ମାଆର ସେବା କରନ୍ତି। କେହି ନଥିବା ବେଳକୁ ବୁଢ଼ା ନିଜେ ହାତ ଲଗାଏ। କଣ କରିବେ ! ସେମିତି ସଚ୍ଛଳ ସଂସାର ନୁହେଁ। ପୁଅ ଦି'ଟା କିରାନୀ। ବଢ଼ି ବଢ଼ି ଟଙ୍କା ଦଶ, ତିନିଶ ପାଉଥିବେ। ଆଉ ଗୋଟେ ପୁଅ କଲେଜରେ। ବୁଢ଼ାର ପେନ୍‌ସନ୍ ଗଣ୍ଡାକ କଉଥିକୁ ପାଏ ? ଆମ ଭାଇନା ରାନ୍ଧେ। ଠିକା। ରାନ୍ଧିଦେଇ ଚାଲିଆସେ। ଖାଏ ନାହିଁ କଉଁଠି। ମାଛ ଖଣ୍ଡକୁ ଖଣ୍ଡ ଗୋଟି ଗଣତା। ହିସାବ ହୋଇଥିବ। ଆଉ ଟିକିଏ ଝୋଳ। ଦିନେ ଦିନେ ଡାଲି ବି ହୁଏ। କଦବା କ୍ୱଚିତ୍। ଶେଷରେ ନନାକୁ ମନା କରିଦେଲେ। ଆଉ ମାଇନା ଦେଇ ପାରିବେ ନାହିଁ। ହଠାତ୍ ଦିନେ ଖବର ଆସିଲା ନନା ପାଖକୁ ଯିବାପାଇଁ। କଣ ନା, ଘରେ ଫିଷ୍ଟ।

"ପୁଅ କେହି ବାହାହେଇ ନଥିଲେ ?" ବାଲୁଙ୍ଗା ପଚାରିଲା।

"ହଁ, ହଁ, ଭୁଲି ଯାଇଚି। ବଡ଼ ପୁଅ କମ୍ପାନୀ ଅଫିସରେ କାମ କରେ। ସେଇ ଏକା ବାହା ହୋଇଥାଏ। ତା' ତଳ ପୁଅର ବୟସ ବତିଶ ତେତିଶ। ଝିଅ ଦି'ଟା ସାନ। ଜଣେ କଲେଜରେ, ଜଣେ ସ୍କୁଲରେ। କଲେଜରେ ଏମ୍.ଏ. ପଢୁଥାଏ ଜଣେ। ବୟସ ବାଇଶ ତେଇଶ ହବ। ଆରଟି ଷୋହଳ ସତର। ଇସ୍କୁଲ ଯାଏ। ଫିଷ୍ଟର ଜିନିଷ ପତର ଦେଖି ଭାଇନା ତ କାବା। ଇଏ କଣ ହେଲା ? ଅନ୍ଧାର ଘରେ ଚନ୍ଦ୍ରଉଦିଆ। ସବୁ ସାହେବୀ ଖାନା କଲା ନନା ! ସେଇମିତିକା ବରାଦ। ତା'ପରେ ଖାଇଲା ବେଳକୁ ଆସିଲେ ଦି'ଟା ସାହାବ। ଖାଇଲେ, ପିଇଲେ, ମାନେ ପାଣି ନୁହେଁ, ବିଏମ୍ ବିଏର୍ ! ମାନେ ମଦ। ତା'ପରେ ଦି ଭଉଣୀକି ନେଇ ପାର୍।"

"କୁଆଡ଼େ ?" ବାଲୁଙ୍ଗା ପଚାରିଲା।

"କୁଆଡ଼େ ଆଉ ଯିବେ ? ପାର୍କ, ସିନେମା। ତା ପରଠୁ ବୁଢ଼ା ଘରେ ଆଉ ଅନ୍ଧାର ରାତି ନାହିଁ। ନନାକୁ କହିଲେ ବାର ଘର ନ ହେଇ ସେଇଠି ରହି ଯିବାକୁ। ତିନି ଯାଗାରୁ ଯାହା ପାଉଥିଲା, କହିଲେ ଏକା ସେ ସେତିକି ଦେବେ। ନନା ମନା କଲା।"

"ତାପରେ", ବାଲୁଙ୍ଗା ପଚାରୁଥାଏ।

"ତାପରେ ଆଉ କଣ ହବ। ଯୁଦ୍ଧ ସଇଲା। ୟାଙ୍କି, ଟମି ସବୁ ଯେଝା ଦେଶକୁ ଫେରିଲେ। ତେଣିକି ଘୋଡ଼ାଗାଡ଼ି ଦିନେ ଦିନେ ଆସେ ଦିଦିମାନେ ଯାଆନ୍ତି ବାହାରି ହାଓ୍ୱାଖାଇ। ଥରେ ତ ଗୋଟେ ସାହେବ ସେ ବୋହୂଟାକୁ ନେଇ ପଳେଇଲା। ନନା କହୁଥିଲା ପରା!! ଶାଶୁ, ଶଶୁର, ଘଇତା, ଦିଅର ସମସ୍ତଙ୍କ ଆଖି ଆଗରେ। ଧନର କି କରାମତି, ବାବା, ବାବା। କାହାକୁ କଣ କହିବ କୁହ। ସେ ବୋହୂଟାର ଗୋଟାଏ ଛୁଆ ହେଲା – ଖାଲି ଗୋରା ତକ ତକ ସାହେବ ଭଳି।"

"ସହରର ଏଇ ଅବସ୍ଥା?" ବାଲୁଙ୍ଗା କହିଲା।

"ହେବ ନାହିଁ? ଆମ ଝିଅ ବୋହୂଙ୍କୁ ଟାଣି ନେଇ ଯେଉଁ ସହରର ଲୋକେ ଭୋଗ କରୁଛନ୍ତି, ତାଙ୍କ ଝିଅ ବୋହୂଙ୍କ ମହତ କେତେକ। ହଇହେ?"

"କହିଲା ଗୋଟେ କଥା ବାଲୁଙ୍ଗାଇ।"

"ଶୁକୁରା ଯାହା କହୁଚି, ତାକୁ ଟିକେ ଗଉର କର ବାଲୁଙ୍ଗାଇ।" ଦୁଃଖିଆ କହିଲା। ଭାବ, ଦେଖ, ବୁଝ। ହେଇଟି ଦେଖିଲତ, ଗାଁଯାକ ଯେତେ ମାତବର ଲୋକେ ଭିଡ଼ି ଆସିଲେ କଣ ନା – ନିଶାପ କରିବେ – ସମାଧାନ କରିବେ। କିଶୋର ପଟ୍ଟନାୟକ ନାତୁଣୀ ବି.ଡି.ଓ. ସାଙ୍ଗରେ ଅଛି। ହେଲା କଣ?

"ହାତୀ, ଫୁସ୍ କରିଦେଲା।" ବାଲୁଙ୍ଗା କହି ହସିଲା।

"ସେ କଥା ଉଡ଼ିଗଲା ବାଏଁ ବାଏଁ। ଖୋଳର ତାଳ ଛିଡ଼ି ଭୋଟ୍ ଉପରେ। ଭୋଟ ବି ଭୁଟ୍ ଭାଟ୍‌ରେ ଶେଷ। କୌଣସି କଥାରେ ଗୁରୁତ୍ୱ ନାହିଁ କିମିତି ବଞ୍ଚିବା, ସେଇଟା ଇ ସମସ୍ୟା। କାହିଁକି ବଞ୍ଚିବା, ସେ କଥା କେହି ଭାବୁ ନାହାନ୍ତି ମଣିଷ କଣ ଖାଲି ନିଜ ପାଇଁ ବଞ୍ଚେ ବାଲୁଙ୍ଗାଇ? ତମେ ସମସ୍ତେ ଯଦି କହିବ ଦୁଃଖୀ ମଲାଣି, ଏ ଦେହଟା ମଣିଷ ନୁହେଁ ମଡ଼ା – ମୁଁ ବଞ୍ଚି କେତେ ନ ବଞ୍ଚି କେତେ। ବଞ୍ଚିବା ମରିବା ସମାନ। ସେଇଥି ପାଇଁ ତ ଆମେ ଗାଁ ବସେଇ, ଘର ବାନ୍ଧି ରହିବେ। ସକାଳୁ ଉଠି ମୁହଁ ଚାହାଁଚାହିଁ, ଭଲ ମନ୍ଦ, ଦିହପା, ହାନି ଲାଭ; ସମସ୍ତଙ୍କର ସମସ୍ତିଙ୍କି ଲଗା। ଏବେ ଆଉ ସେକଥା ଅଛି? ଗାଁ ଭାଙ୍ଗି ଶହେ ଖଣ୍ଡ। ଚୁନା ହେଇଗଲାଣି ମଣିଷ। କାଚ ବାସନ ଭଳି। ଯୋଡ଼ି ହେଉ ନାହିଁ। ଶୁକୁରାର ଘର ନାହିଁ ସମସ୍ତେ ଦେଖୁଛନ୍ତି। ସମସ୍ତେ କାନ୍ଦୁଚନ୍ତି।

"ସମସ୍ତେ କାନ୍ଦୁଛନ୍ତି। କାହାରି ଆଖିରେ ଲୁହ ନାହିଁ।"

ଦୁଃଖୀ କଥାକୁ କାଟିଦେଲା। ବାଲୁଙ୍ଗା କହିଲା, "ହେଲା ଯେ, ଏ ଗାଁ ଫାଟିଲା କାହିଁକି? ଫଟେଇଲା କିଏ? ତମରି ଗନ୍ଧି ଗନ୍ଧି! ଗନ୍ଧି ମହାତ୍ମା। ତମରି ତମରି ଗନ୍ଧିଗୋଳ

ନହୁଏ ନା ଗାଁ ନ ଫାଟେ। ଆସିବେ ମୋହନା ମୁଗଲ। ପୃଥୀକି ହୋଇବେ ସେ ଶଲ। ମାଳିକା ବାଣୀ କଣ ମିଛ ?"

"ଛି, ବାଲୁଙ୍ଗାଇ କାହା ନାଁରେ କଣ କହୁଛ ? ମହାତ୍ମାଜୀ ପରା ଏଇ ଗାଁକୁ ଏକ କରିବା ପାଇଁ ଏତେ କଥା କଲେ। ଶେଷକୁ ଜୀବନ ବି ଦେଲେ ଆମରି ପାଇଁ। ସେ ଜାଣିଥିଲେ ସହର ଗାଁ ଉପରେ ଆକ୍ରମଣ କରିବ, ଆକ୍ରମଣ କଲାଣି। ଗାଁ ନାରଖାର ହୋଇଯିବ। ସହର ପାଖରେ ଯାଇ ଶରଣ ପଶିବ। ସହରର ଗୋଲାମ ହେବ। ସେଥିପାଇଁ ସେ ଆଗରୁ ସାବଧାନ କରି ଦେଇଥିଲେ। ଗାଁ ଯେମିତି ନିଜ ଗୋଡ଼ରେ ନିଜେ ଠିଆ ହେବ, ସ୍ୱାବଲମ୍ବୀ ହେବ, ସହର ଉପରେ ନିର୍ଭର କରିବ ନାହିଁ ସେଥିପାଇଁ କେତେ ବାଟ ବତେଇଲେ। ଆମେ କଣ କଲୁଁ ? କୁଟି ଖାଇଲୁ କାଟି ପିନ୍ଧିଲୁ ? ଗ୍ରାମୋଦ୍ୟୋଗ ଗ୍ରାମ ସଙ୍ଗଠନ ଆଉ ରହିଲା ?" ଦୁଃଖୀ ବୁଝାଇଲା ବାଲୁଙ୍ଗାକୁ।

"ମୁଁ ମାନୁଛି। ଗନ୍ଧି ସବୁ କରିଛନ୍ତି। ଆମ ଦେଶକୁ, ସୁଆଧୀନ କରିଛନ୍ତି। ହେଲେ ଆଜି ଯେ ଅଧର୍ମ ବଢ଼ିଗଲା, କାହାପାଇଁ ? 'ମହତେ ଯାହା ଆଚରିବେ। ଇତରେ ତାହାହିଁ କରିବେ।' କହିଲା ନା ଭାଗବତ ? ନା କହିଲା ନାହିଁ ? ତମେ କହିଲ ଦୁଃଖୀନନା, ଆମେ ତମକୁ ମହାତ୍ମା ବୋଲି ମାନିଲୁଁ। ପୂଜା କଲୁଁ। ତମେ ଯଦି ଜାତି, ଅଜାତି, ଛୁଆଁ ଅଛୁଆଁ ସବୁ ଉଠେଇ ଦେଇ, ବାଛ ବିଚାର କିଛି ରଖିଲ ନାହିଁ ଧର୍ମ ଆଉ ରହିବ ? ଲୋକେ ଅବାଟରେ ଯିବେ ନାହିଁ ? ନା କୁହ।"

"ବାଲୁଙ୍ଗାଇ ତମେବି ସେଇୟା କହିଲ ? ଛୁଆଁ ଅଛୁଆଁ, ଜାତି ଅଜାତି, ଭେଦ କଣ ଧର୍ମ ? ଧର୍ମ କଣ ଏଇଥିରେ ଥାଏ ? ଘରରେ ଅଳିଆ ଆବର୍ଜନା ଭଗତି। ଘର ଭିତରେ ପଶିଛି ବୋଲି, ଆମେ କଣ ତାକୁ ଘର ବୋଲି କହିବା ! ମହାତ୍ମାଜୀ ସେଇୟା କହୁଥିଲେ। ବଡ଼ ଧର୍ମାତ୍ମାପୁରୁଷ ସେ। ଭାରି ଭଗବତ ବିଶ୍ୱାସୀ। ସକାଳେ ସଞ୍ଜେ ପ୍ରାର୍ଥନା କରୁଥିଲେ। ରାମନାମ କୀର୍ତ୍ତନ କରୁଥିଲେ। ଯିବା ବେଳକୁ ରାମ ରାମ କହି ଜୀବ ଛାଡ଼ିଗଲା। ଏତେ ଗୋପୀ ପୁରାଣ ଘାଣ୍ଟି, ତମେ ବେଳେବେଳେ ଏମିତି ମରହଟିଆ କଥା କହଯେ ମୋ ଅକଲ ଗୁଡୁମ୍ ହୋଇଯାଏ।" ହସିଲା ଦୁଃଖୀ।

"ସେଇଆତ ରାମବାବୁ ବି କହୁଛି। ତମେ ଆଉ ଅଧିକା କହିଲ କଣ ?" ବାଲୁଙ୍ଗା କହିଲା। ନ କହିବ କାହିଁକି ? ତମେ ଆଉ କେଉଁଠୁ ଅଇଲ କି ? ସେଇ ଇଞ୍ଜିମିଞ୍ଜି ପାଠରୁ ତ ଗଜା ତମେ ଦିହେଁ ଯାକ। ଅଲଗା ଅଲଗା ହବ କିମିତି ? ମୁଁ ଯାହା କହୁଛି, ମୋ କଥାକୁ ଟିକେ ହେଜ୍। ହୋବ୍ କର। ପଛରେ ମନେ ପକଉଥିବ, ବାଲୁଙ୍ଗାଟା ଇୟା କହୁଥିଲା ବୋଲି। ମୋର ଆସି ବାଳ ପାଚିଲା, କାଳ ପୂରିଲା। ମୋ ଉପରର ଗଛ ପତର ବି ନାହାନ୍ତି। ମୋ କଥାକୁ ଗଣ୍ଠି ପକେଇଥା। ଜାତି ଅଜାତି

ଛୁଆଁ ଅଛୁଆଁ ପାଇଁ ଗାଁ ଫାଟି ନାହିଁ। ରୋଗର ମଞ୍ଜି କଉଠି, ଦଇବ ବତଉଚି କଣ? ଆଗେ ରୋଗ ଚିହ୍ନ। ତା'ପରେ ବ୍ୟବସ୍ଥା ଦବ। ଜାତି ଅଜାତି ପୁରୁଷର ଅଣ୍ଟିରେ। ବଢ଼ିଲେ କରଣ, ଛିଡ଼ିଲେ ଚଷା। ସହରରେ କଣ ଜାତି ଅଜାତି ଅଛି? ଯିଏ ହୋଟେଲରେ ଖାଉଛି ସେ କଣ ଜାତି ଅଜାତି ବାରୁଚି? ଜାତି ଅଜାତି ଛୁଆଁ ଅଛୁଆଁ ପଚାରି ହୋଟେଲବାଲା ଖାଇବାକୁ ଦିଏ? ତା ବୋଲି ସହରଟା କଣ ଏକ? ସେଠି କେହି କାହାରି ମୁହଁ ଚାହାନ୍ତି? ପଡ଼ିଶା ଘରେ କିଏ ରହୁଚି, ପଚାରିଲେ କେହି କହିପାରିବ ନାହିଁ। ଅସଲ ଧନ; ଧନ ଥିଲେ ଜାତି, ଧନ ନ ଥିଲେ ଅଜାତି। ଗାଁଟା ଗରିବ। ସେଥିପାଇଁ ଜାତି ଅଜାତି ଛୁଆଁ ଅଛୁଆଁ। ଭାଗ୍ୟ ଘେନି ଧନୀ ଗରିବ। ଆଉ ଗାରିମା ଗାରିମା ଘେନି ଜାତି ଅଜାତି। ଆଗ ମନରୁ ଧନର ଆରି ଛାଡ଼। ତା'ପରେ ଛୁଆଁ ଅଛୁଆଁ କଥା କହିବ। ସେଇଥି ପାଇଁ ଭେଦ। ସେଇଥି ପାଇଁ ତୋର ମୋର।"

ବାଲୁଙ୍ଗାର ଗୋଟିଏ ଭାଷଣ। ଦୁଃଖୀ ଶୁଣୁଥାଏ ମନଦେଇ। ତାକୁ କୌତୂହଳ ଲାଗୁଥାଏ। ବାଲୁଙ୍ଗାଠୁଁ ଟିକିଏ ଫେଣେଇ ଶୁଣିବାପାଇଁ ଦୁଃଖୀ ପଚାରିଲା – "ବାଲୁଙ୍ଗାଇ ତମେ କଣ କହୁଛ, ଏ ଛୁଆଁ ଅଛୁଆଁ ରହିବା ଠିକ୍? ଗାଁରେ ସବର୍ଣ୍ଣ ହରିଜନ ବିବାଦରେ ତମେ ଯେ ହରିଜନ ପକ୍ଷରେ?"

"ମୁଁ ତାଙ୍କ ପକ୍ଷ ନିଏଁ ବୋଲି କଣ ମୁଁ ଅଛୁଆଁ ମାନେ ନାହିଁ ବୋଲି ପରମାଣ ହୋଇଗଲା? ବାଲୁଙ୍ଗା ପୁଣି ତା ଭାଷଣ ଶୁଣେଇଲା – "ଜଗତରେ କେହି ଛୁଆଁ ନୁହେଁ, କେହି ଅଛୁଆଁ ନୁହେଁ। ପୁଣି ସମସ୍ତେ ଛୁଆଁ ସମସ୍ତେ ଅଛୁଆଁ। ଛୁଆଁ ଅଛୁଆଁ ଯଉଁ କଥାଟା ତମେ କଣ ତାକୁ ପୋଥିରୁ ପୋଛିଦେବ?"

"ତେବେ କୋଉ ବିଚାରରେ ତମେ ଅଛୁଆଁଙ୍କ ପକ୍ଷନିଅ?"

"ଅଛୁଆଁଙ୍କ ପକ୍ଷ ନୁହେଁ – ନ୍ୟାୟ ପକ୍ଷ। ଧର୍ମ ପକ୍ଷ। ନ୍ୟାୟ ଅଛୁଆଁଙ୍କ ପକ୍ଷରେ। ସେଇଥି ପାଇଁ ମୁଁ ତାଙ୍କ ଆଡ଼ିଆ। ନ୍ୟାୟ ଧର୍ମ କଣ ଛୁଆଁ ଅଛୁଆଁ ବାରେ? ଛୁଆଁ ଯେମିତି ଅନ୍ୟାୟ କରନ୍ତି, ଅଛୁଆଁ ବି ସେମିତି ଅନ୍ୟାୟ କରନ୍ତି। ଯେତେବେଳେ ଯଉଁ ପକ୍ଷରେ ନ୍ୟାୟ ଥାଏ ମୁଁ ତାଙ୍କରି ଆଡ଼ିଆ ହୋଇଯାଏଁ। ଯେତେବେଳେ ହରିଜନମାନଙ୍କ ଉପରେ ସବର୍ଣ୍ଣମାନଙ୍କର ଅତ୍ୟାଚାର ହୁଏ ମୁଁ ହରିଜନଙ୍କ ପଟ। ଯେତେବେଳେ ହରିଜନମାନେ ସବର୍ଣ୍ଣଙ୍କ ଉପରେ ଅତ୍ୟାଚାର କରନ୍ତି ସେତେବେଳେ ମୁଁ ସବର୍ଣ୍ଣଙ୍କ ପକ୍ଷ। ଅନ୍ୟାୟ କଲେ ବାଲୁଙ୍ଗା ତା ସାରା ବାପର ନୁହେଁ ଜାଣିଥା।"

"ମଣିଷକୁ ମଣିଷ ନ ଛୁଇଁବାଟା କଣ ନ୍ୟାୟ?" ପଚାରିଲା ଦୁଃଖୀ।

ବାଲୁଙ୍ଗା ଟିକେ ଚେଙ୍ଗା ହେଇ ବସିଲା। ଜଳିଲା ବଳିତାକୁ ତେଜି ଦେଲାପରି କହିଲା – "ଆଉ କଣ? ଛୁଇଁବାଟା ନ୍ୟାୟ? କି କାହିଁକି ମଣିଷ ମଣିଷକୁ ଛୁଇଁବ?

ତାର କି ଲୋଡ଼ା ? ଅଛୁଆଁ ଉଠେଇବ ବୋଲି କଣ ଖାଲି ଅଘର ଦୁଆରିକି ଗୋଡ଼େଇ ଗୋଡ଼େଇ ଛୁଉଁଥିବ ? ଯାହାକୁ ପାରେ ତାକୁ ? ମୁଁ ଗାଧେଇ ପାଧେଇ ପୂଜାରେ ବସିଛି । ତମେ କଣ କଲନା ବାର ଜାଗାରେ, ଘୁଅ ବଣରେ, ମଶାଣି ପଦାରେ, ବୁଲି ବୁଲି ଆସି ମୋତେ ଛୁଇଁ ଦେବ ? କିଏ ମଡ଼ା କାଟି ଆସିଲା, ମଲାଗୋରୁ ଚମଡ଼ା ଗଢ଼ିଲା ସେଇ ଆସି ମୋତେ ମାରା କରିବ । କି କାହିଁକି ? ମୁଁ ତମର କି ଅପରାଧ କରିଛି କି ? ମୋ ଘରେ ମୁଁ । ତମ ଘରେ ତମେ । ମୁଁ ମୋର ପୂଜା ଆହ୍ନିକରେ ବଇଚି । ତମେ ଆସି କହିବ ମୁଁ ତମକୁ ଛୁଇଁବି, ମନା କରିବତ ଜିହଲ । ଏଟା କଣ ନ୍ୟାୟ ? ମୋ ପୁଅ ମାଇପ ମତେ ଛୁଆଁନ୍ତି ନାହିଁ, ତମେ ଗାନ୍ଧିଙ୍କ ଧରମ ପୁଅ ହେଲ ବୋଲି ମୋ ପୂଜା ମାରା କରିବ ? କି କାହିଁକି ? ତମର ଧାରେ ନା ଖାଏ ହୋ ! କଣ ନା ଆଇନ୍ ହେଇଛି । ଏଇ ତମ ଆଇନ୍, ଏଇ ତମ ଶାସନ ।”

“ସେ ଛୁଆଁ ଅଛୁଆଁ କଥା ମୁଁ କହୁନି ବାଲୁଙ୍ଗା ଭାଇ –”

ଦୁଃଖୀର କଥା ନ ସରୁଣୁ ବାଲୁଙ୍ଗା ମାଡ଼ିବସିଲା ପରି କହିଲା– “ଆଉ କେଉଁ ଛୁଆଁ ଅଛୁଆଁ କଥା କହୁଛ ହୋ ? ତମ ସହରୀ ପାଠୋଇ ମାଇପେ କଣ ମାନୁଛନ୍ତି ଆଉ ସେ ଛୁଆଁ ଅଛୁଆଁ ? ତାଙ୍କର କଣ ଆଉ ଶୌଚ ଅଶୌଚ ଅଛି ? ଅଳପାଇକ୍ଷ ହେଇଯିବ, ଅଳପାଇକ୍ଷ ହେଇଯିବ ମଣିଷ ।”

ଦୁଃଖୀ ହସି କହିଲା – “ଆଜିକାଲି ସରକାରୀ ହିସାବରୁ ଜଣା ଯାଉଛି, ହାରାହାରି ଲୋକଙ୍କର ଆୟୁ ଆଗଠାରୁ ଢେର ବଢ଼ିଗଲାଣି ।”

“କେତେ ବଢ଼ିଲା ? କଳିରେ ପରମାୟୁ ବଶାଶହେ ବରଷ । ନାହାକ ଜ୍ୟୋତିଷ ବିଂଶୋତ୍ତରୀ, ନହେଲା ଅଷ୍ଟୋତ୍ତରୀ ଗଣନା କରିଛନ୍ତି କାହିଁ, କିଏ କେଉଁଠି ଶହେ ଆଠ କି ଶହେ କୋଡ଼ିଏ ବର୍ଷ ବଞ୍ଚୁଛି ? ଏଣୁ ହୋଇବେ ଅଳ୍ପାୟୁଷ । ପାପେ ସକଳେ ଯିବେ ନାଶ ।”

“ମୁଁ ସେ ଛୁଆଁ ଅଛୁଆଁ କଥା କହୁଚି ? ଆମ ଦେଶରେ ଯେଉଁମାନେ ସମାଜରେ ସେବା କରନ୍ତି, ସେଇମାନଙ୍କୁ ଛୁଇଁଲେ ଆମକୁ ପାପ ଲାଗେ । ଏହା କଣ ନ୍ୟାୟ ? ଧର୍ମ ?” ପଚାରିଲା ।

ସମାଜର ସେବା କିଏ ନ କରୁଚି ? ‘ଚାଷୀ ଲକ୍ଷପୋଷୀ’ । କୋଟି କୋଟି ଲୋକଙ୍କ ମୁହଁରେ ଆମେ ଦାନା ଦଉଚୁ । ଆମକୁ କେହି ଅଛୁଆଁ କରୁତ ଦେଖିବା ଭଲା । ଯିଏ ଅତିଆଚାର କଲା, ପାପ କଲା, ତାକୁ ବା କରିବ ଅଛୁଆଁ । ତମ ପାଠରେ କଣ ସେ କଥା ଅଛି ? ଯା’ର ପଇସା ହେଲା ସେ ମଦ ଖାଉ, ଦାରୀ ଘରକୁ ଯାଉ, ମିଛ କହୁ, ଖଚ କହୁ, ଚୋରି କରୁ, ବାଟ ପାରିକରୁ ସେ ଅଛୁଆଁ ସେ ବାବୁ । ସେ

ସାଇବ। ବାବୁ ସାଇବମାନେ ଯଉ ଜାତିର ହୁଅନ୍ତୁ ତାଙ୍କଠି କଣ ଅଛୁଆଁ ପଶିପାରେ? ଅଛୁଆଁ ପଶେ ଏଇ ମଳିମୁଣ୍ଡିଆଙ୍କଠି। ଆମକୁ ଛୁଇଁଲେ ପାପ। ଆମ ଛାଇ ପଡ଼ିଲେ ବାବୁ ସାଇବମାନଙ୍କୁ ଗନ୍ଧାଏ। କାହିଁକି ନା ତମେଗୁଡ଼ା ଗରିବ। ତମ ଦିହ ଗନ୍ଧଉଛି। ସାବିନିରେ ତମେ ପାପସବୁ ଧୋଇଆକି ସାପ୍ କରିନ! ଭାଗୋ, ହଟୋ!!! ଇୟେ କୁଆଡ଼େ ଛୁଆଁ ଅଛୁଆଁ ଉଠାଇବେ। ତମ ଶିରା ପ୍ରଶିରା ହାଡ଼ ମାଉଁସରେ ଅଛୁଆଁ ଭରତି ହୋଇ ରହିଛି। ନଳାର ପୋକପରି ସାଲୁ ସାଲୁ ହଉଚି। ଖାଲି ବାହାରକୁ ଦେଖେଇ ହଉଚନି - "ଆମେ ଅଛୁଆଁ ହଟେଇ ଦବୁ - ଅଛୁଆଁ ଉଠେଇ ଦବୁ! କଉଁ କାଳେ ଉଠେଇଲଣି?"

ବାଲୁଙ୍ଗାଇ ଦୁଃଖୀ ବାଧାଦେଇ କହିଲା - "ତମ ଭାଗବତରେ ପରା ପଦଅଛି – 'ସକଳ ଘଟେ ନାରାୟଣ, ବସନ୍ତ ଅନାଦି କାରଣ।' ନାରାୟଣ କଣ ଅଛୁଆଁ?"

"ଭାରି ଭଲ କଥାଟେ କହିଲ ଯେ, ସେଇଠି ଅଛି ବିଚାର। ଭଗବାନ୍ ତ ସବୁଠିଁ ଅଛନ୍ତି। ଆମେ ମନ୍ଦିରକୁ ଯାଉଛୁ କାହିଁକି? ଗାଧେଇ ପାଧେଇ ଭଗବାନ୍ ଯାଉଚନ୍ତି ଭଗବାନ୍‌ଙ୍କୁ ଦେଖିବାକୁ। ପୁଣି ମନ ଚେଙ୍ଗାକରି ଗୋବର ଗଡ଼ିଆକୁ ନଯାଇ ଗଙ୍ଗାସିନାନ କରୁଛୁ କାହିଁକି? ସକଳ ଘଟେ ନାରାୟଣ ଅଛନ୍ତି ବୋଲି ଆମର ବିଶ୍ୱାସ ଅଛି? ଆମେ ଖାଲି କଥାରେ କହି ଦେଉଛୁ। ସେ କଣ ସହଜ କଥା! ଦେହ, ମନ, ସବୁ ପବିତ୍ର ହେଲେ ଯାଇଁ ସକଳ ଘଟେ ନାରାୟଣ ଦେଖିବ। ସେତେବେଳେ ଆଉ ଛୁଆଁ ଅଛୁଆଁ ପବିତ୍ର ଅପବିତ୍ର କିଛି ନାହିଁରେ ବାପା। ଯେତେ ଆଚାର ବିଚାର ସବୁ ତାହାରି ପାଇଁ। ତାକୁଇ ସକଳ ଘଟରେ ଦେଖିବା ପାଇଁ। ଦେଖି ଦେଲେ କାମ ଛିଡ଼ିଗଲା। ଆଉତି ବଢ଼ିଗଲା। ନ୍ୟାୟରେ ହଉ ଅନ୍ୟାୟରେ ହଉ ଆମ ସମାଜରେ ଅଛୁଆଁ ବୋଲି ଯାହାଙ୍କୁ କହୁଛ, ତାଙ୍କୁ ଛୁଇଁଲେ ଯଦି ନାରାୟଣଙ୍କୁ ପାଇବି, ତେବେ ଆମ ଗାଁରେ କାହିଁକି, ଦଶଖଣ୍ଡ ଗାଁରେ ଯେତେ ବାଟ ମୋ ବଳ ପାଇବ ଯିବା ପାଇଁ, ଯେତେ ସବୁ ଅଛୁଆଁ ଅଛନ୍ତି ସଭିଙ୍କ ଗୋଡ଼ତଳେ ଶହେ ଦଣ୍ଡବତ୍ ପକେଇବି। ଗାନ୍ଧିମହାତ୍ମା କହିଦେଇ ଗଲେ ବୋଲି କଣ ସବୁ ଅଛୁଆଁ ଯାକ ହରିଜନ ହୋଇଯିବେ। ବାଲୁଙ୍ଗା ବାଲୁଙ୍ଗା କହିଲେ ଯିଏ ଧାନ ସେ ବାଲୁଙ୍ଗା ହବ ନା, ଦୁଃଖୀ ଦୁଃଖୀ ଡାକିଲେ ତମ ଭଳି ସୁଖୀଲୋକ ଦୁଃଖ ପାଇଯିବ? ଛୁଆଁ କିଏ ଅଛୁଆଁ କିଏ ଶାହସ୍ତ୍ର କଣ କହିଲା ଶୁଣିବ? ଶୁଣ!

"ହରି ବୁମୁଖ ପ୍ରାଣୀ ଯେତେ
ସେଥାନ୍ତି ପଶୁଙ୍କ ସଙ୍ଗତେ।"

- କୁକୁର ଶିଆଳଙ୍କ ସଙ୍ଗେ ସମାନ। ସେଇମାନେ ଅଛୁଆଁ। ଆଉ ଯିଏ ହରି

ଭଜନ କରେ ତାକୁ କଣ ଛୁଆଁ ଅଛୁଆଁ ଦୋଷ ଲାଗିବ ? କଥାରେ କହିଛି ପରା ବାର ଜାତି ତେର ଗୋଲା, ବୈଷ୍ଣବ ହେଲେ ସବୁ ଗଲା । ଆଉ ଜାତି କାହିଁ ଥାଏ ? ହରି ଭଜନ କଲେ ଭଗବାନ୍ ତ ତା ପଛରେ ଗୋଡ଼େଇବେ । ତା' ପଦର ଧୂଳି ପାଇଁ ତାକୁ ଆହୁରି ବସିଥିବେ । କହିଲେ ପରା - ଶ୍ରୀମୁଖର ବାଣୀ -

ମୋର ଭକତ ମୋର ମିତ୍ର | ସେ କରେ ଜଗତ ପବିତ୍ର
ତାଙ୍କ ଚରଣ ରେଣୁ ଆଶେ | ଆବୁରି ଥାଏ ତାଙ୍କ ପାଶେ ।।

ଦାସିଆ ବାଉରୀ ପାଣ ନା ! ସାଲବେଗ ପଠାଣ ନା ! କୁହ ! ଅଛୁଆଁ କୁଳରେ ଜନ୍ମ ହେଲେ ବି ଯେ ହରି ଭକତ, ସେ ଛୁଆଁ । ଆଉ ବଡ଼ ଜାତି କୁଳୀନ ଘରେ ଜନ୍ମ ହେଲେ ବି ହରି ବିମୁଖ ଜନ ଯେ ସେ ପଶୁ, ଅଛୁଆଁ ଅମଣିଷ । ଆମର କଣ ସେ ବିଚାର ଅଛି ? ସେ ଆଖି ଅଛି ? ଯାହାର ଧନ ଅଛି ସେ ପଛେ ଚୋର, ଡକେଇତ, ଭାଡୁଆ, ଲାଞ୍ଚଖୋର, ଠକ, ଜାଲିୟାତ୍, ଧପ୍ପାବାଜ୍, କଳାବଜାରୀ ହେଇଥାଉ, ସେ ବାବୁ ସାହେବମାନଙ୍କୁ ଆମର ସବୁବେଳେ, ଆସନ୍ତୁ, ବସନ୍ତୁ, ହସନ୍ତୁ, ଭାଷନ୍ତୁ, କୋଟି ସନମାନ । ଆଉ ଯା'ର ଧନ ନାହିଁ, ସେ ଯେତେ ହରି ଭଜନ ହରି ଭଗତି କରୁଥାଉ ପଛେ - ତାକୁ ଦୂର୍ ଦୂର୍ ମାର୍ ମାର୍ । ଅପରଛନିଆ ନଅଙ୍କିଆକୁ ମାର୍, ପିଟ, ଘଉଡ଼େଇ ଦିଅ; ଏମିତି ବ୍ୟବହାର । ଭାଇନା, ହରି ଭକ୍ତି ନହେଲେ କଣ ଉଚ୍ଚ, ନୀଚ, ଛୁଆଁ, ଅଛୁଆଁ ଭେଦ ମଣିଷ ମନକୁ ସହଜେ ଯିବ ? ସମଦରଶୀ ହେବାକୁ ହେଲେ, ହରି ଭଜନ କର । ହରି ଭଜନ କଲେ ମଣିଷ ସମଦରଶୀ ହୁଏ ।

"ସମଦରଶୀ ଯେଉଁ ନର । ତା' ପଦେ କୋଟି ନମସ୍କାର ।। - କହି ବାଲୁଙ୍ଗା ହାତ ଉଠେଇ ନମସ୍କାର କଲା ।

ଦୁଃଖୀ ଦାସ ଅନେଇଛି ହାଁ କରି । ଯେମିତି ପିଇ ଯାଉଚି, ବାଲୁଙ୍ଗାର କଥାଗୁଡ଼ାକ । କଥା ନୁହେଁ, ଭାଷଣ ନୁହେଁ, ପ୍ରବଚନ । ସିଦ୍ଧାନ୍ତ । ଏଇଟା ମୂର୍ଖ । ଏଇ ବାଲୁଙ୍ଗା । ବାଲୁଙ୍ଗାଟାଏ ବୋଲି ଗାଁରେ ଅନେକ କହନ୍ତି । ବୁଢ଼ା, ଟୋକା କେହି ବାକି ନାହାନ୍ତି । ପାଠ ପଢ଼ି ନାହିଁ ବାଲୁଙ୍ଗା । ଚାହାଳୀରେ ବସେଇଥିଲା ତା' ବାପ । ଭାଗବତ ପଢ଼ିଲା ଯଉଁ ଦିନ, ତା' ବାପ ସେଇ ଦିନ ଗାଁ ଯାକ ଡାକି ଖୋଇଲା, ପଟ୍ଟନାୟକ ଘର ମନ୍ଦିରରେ । ମଉଛବ କଲା । କହିଲା ପୁଅର ପାଠ ମୁଣ୍ଡି ମଲା । ପଣ୍ଡିତ ବାହ୍ମଣ ସବୁ କହିଲେ, କଥାଟା ଠିକ୍, ଭୁଲ ନୁହେଁ । 'ବିଦ୍ୟା - ଭାଗବତାବଧି' । ସେଇ ଦିନଠୁ ନିତି ସଞ୍ଜବେଳେ ବୁଢ଼ା ବାପ ଆଗରେ ବାଲୁଙ୍ଗା ଭାଗବତ ବୋଲେ । ଏବେ ବି ବୋଲୁଚି । ବାପ କେଉଁ କାଳୁ ଗଲାଣି । ଅଭ୍ୟାସ ପଡ଼ି ଯାଇଚି ବାଲୁଙ୍ଗାର । ଗାଧୋଇ ସାରି ଅଧେ, ଆଉ ସଞ୍ଜବେଳେ ଦଶ ପାଞ୍ଚ ଯାହା ପାରିଲା, ଯେମିତି ବାପ ଆଗରେ

ପଢୁଥିଲା ଠିକ୍ ସେଇମିତି ଦୀପଟିଏ ତେଲରେ ଜାଳି, ବାପ ଯଉଁ ଘରେ ଶୋଉଥିଲା ସେଇଠି ବସି ପଡ଼େ। ଦଣ୍ଡବତ ହୋଇ ବସେ। ଦଣ୍ଡବତ ହୋଇ ଉଠେ। ଭାଗବତକୁ ଦଣ୍ଡବତ କରେ କି ତା' ବାପକୁ ଦଣ୍ଡବତ କରେ, ସେଇ ଜାଣେ।

ବାଲୁଙ୍ଗା ଏଇ ଗାଁରେ ଥାଏ। ଥାଇ ନଥିଲା ପରି। ଘରେ ଥାଏ, ଘରର ଯେମିତି କେହି ନୁହେଁ। କାଳୀଗାଈର ଭିନ୍ନେ ଗୋଠ ଭଳି, ତାର ସବୁଦିନେ ଏମିତି ନାହିଁ ନଥିଲା କଥା। ଲୋକେ କହନ୍ତି ମୂର୍ଖାନ୍ତିଆ କଥା। ବାପ ମଲାପରେ ଦାଦି କହିଲା – ସବୁ ସମ୍ପତ୍ତି ମୋର। ତୋ ବାପ ମୋଠୁଁ କରଜ ଖାଇଥିଲା। ସେଇ ବାବଦକୁ ମୁଁ ଏ ସମ୍ପତ୍ତି ଦଖଲ କରିବି। ତତେ ରହିବା ପାଇଁ ଘର ପରସ୍ତରୁ ଦି' ବଖରା ଛାଡ଼ି ଦଉଚି। ବାସ୍ ସେତିକି। ପଚରା ନାହିଁ ଉଚରା ନାହିଁ। କାହିଁକି କରଜ ନେଇଥିଲା, କେବେ କରଜ ନେଇଥିଲା, ଚିଠାକି ହେଣ୍ଡନୋଟ୍ କିଛି ଅଛି କି ନାହିଁ କିଛି ନ ପୁଛି ଉଠି ଆସିଲା ସେଇଦିନ। ଭାଗ୍ୟ ବାହାସାହା କିଛି ହେଇନଥିଲା ସେତେବେଳକୁ। ଆସି ଘର କଲା ଗାଁ ସେ ମୁଣ୍ଡରେ। ପଛକୁ ଆଉ ଅନେଇ ନାହିଁ। ଏମିତି ଏକସିଙ୍ଗା ଲୋକ ଏଇ ବାଲୁଙ୍ଗା। କାହାରି ପାଖକୁ ଯାଏ ନାହିଁ ଆପେ ଆପେ, ବିପଦ ଆପଦ ଛଡ଼ା। ବିପଦ ଆପଦରେ ଆପେ ଯାଇ ପହଞ୍ଚିଯାଏ। ବିନା ଡାକରାରେ ବଳେ ପଶେ ନାହିଁ କଉଁଠି। ଏକା ଏଇ ଦୁଃଖୀ ଦାସ ଘର ଛଡ଼ା। ଦୁଃଖୀ ତା' କଥା ଶୁଣେ। ସେଇଥିପାଇଁ। ଆଉ ସମସ୍ତେ ତାକୁ ଡ଼ରନ୍ତି। ବକର ବକର ହୁଏ ବୋଲି। କାହାର ଏତେ ସମୟ ଅଛି। ଧୈର୍ଯ୍ୟଧରି ଶୁଣିବ ତା' କଥା ସମସ୍ତଙ୍କ ଆଖିରେ ସେ ଯେମିତି ମୂର୍ଖ, ତା' ଆଗରେ ସେମିତି ସମସ୍ତେ ଯାହାପାରେ ତା' ହୁଅନ୍ତୁ ପଛେ, ଅମଣିଷ।

ରାତି ବେଶି ହୋଇଯାଇଥିଲା। ତାରାଗୁଡ଼ାକ ଜହ୍ନିଫୁଲ ପରି ବିଛେଇ ହେଇ ଯାଇଥିଲେ। ଦିଗକୁଆଁରୀ ଜହ୍ନିଓଷା କରି ଆକାଶ ମଥାନ ଉପରକୁ ସତେ ଯେମିତି ଫିଙ୍ଗି ଦେଇଥିଲା ମୁଠା ମୁଠା କରି ଜହ୍ନି ଫୁଲ ସବୁ। ଅନ୍ଧାର ରାତି।

ଘନା ଅନ୍ଧାର ଭିତରେ ହାରିକିନିଟିଏ ଜାଳି ଉଠି ଚାଲିଗଲା ବାଲୁଙ୍ଗା। ଆସିବାବେଳେ ନିଭେଇ ଦେଇଥିଲା ହାରିକିନିକି। ଅକାରଣରେ କାହିଁକି ତେଲ ଜାଳନ୍ତା। ଦିଆସିଲି ଖୋସା ହୋଇଥିଲା ଅଣ୍ଟାରେ। ହାତ ପାତିବାକୁ ପଡ଼ିନାହିଁ କାହାରି ପାଖରେ ନିଆଁ ଟିକିଏ ପାଇଁ, ହାରିକିନି ଜାଳିବାକୁ। ନିଜ ସଜ ନିଜ ପାଖରେ। ସେଇ ହାରିକିନିର ଘିଟିକିଣୀ ଟେକି ଦେଇ, ଶାଳପତ୍ରରେ ଦୋକତା ପୂରେଇ ଏହେଁ ପିକାଟାଏ ନିଆଁ ଧରେଇସାରି ଉଠୁଁ ଉଠୁଁ କହିଲା "ଶୁଣିଥା ଶୁକୁରା, ଦୁଃଖିଆନ୍ନାତ ପଣ୍ଡିତ ଲୋକ – ତାଙ୍କୁ କଣ କହିବି? ତୁଇ ଶୁଣିଥା। ଆମେ ଦିହେଁଯାକ ତ ମୂର୍ଖ। ତୁ କହିବୁ ମୁଁ ଶୁଣିବି। ମୁଁ କହିବି ତୁ ଶୁଣିବୁ ନା କଣ ରେ।"

ଗୋଡ଼ ବଢ଼େଇଲାଣି ପିଣ୍ଡାରୁ ତଳକୁ ଓହ୍ଲାଉଁ ଓହ୍ଲାଉଁ ଯିବାପାଇଁ କହିଲା, ମନେରଖ –

"ହରି ବିନା ହରିଜନ
ମହତ ବିନା ମହାଜନ
କାର୍ଯ୍ୟ ବିନା ଭେଣ୍ଡା
ବିଚାର ବିନା ଦଣ୍ଡା
ଲାଜ ବିନା ନାରୀ
ବାଳ ବିନା ଟେରି
ନୀତି ବିନା ରାଜା
ଭୀତି ବିନା ପ୍ରଜା – ସହି ଗୋ ! ବଡ଼ ମନ୍ଦ ଏ ?"

ରନ୍ଧା ସରିଥାଏ ଦୁଃଖୀ ଆଶ୍ରମରେ ହଁ ଆଶ୍ରମ। ଘର ନୁହେଁ ଆଶ୍ରମ। ଶ୍ରମ ସାରି ଟିକେ ବିଶ୍ରାମ ପାଇଁ ଆଶ୍ରମ। ଘରର ମାୟା ନାହିଁ, ମମତା ନାହିଁ, ଗୋଟାଏ ଶୁଖିଲା ଖୁଣ୍ଟା ସେ ଘର। ଏଇ ଦୁଃଖୀ ଦାସ। ଗୋଛାଏ ଅଭ୍ୟାସ। ପାଛିଆଏ ନିୟମ। ଅଭ୍ୟାସରେ ଗଣ୍ଠି ପଡ଼ିଯାଇଛି। ତାକୁ କେହି ଫିଟଉ ନାହାନ୍ତି। ଦିନ ରାତିକି ନିୟମଯାକ ଖାଲି ଗୋଟେଇବାରେ ଲାଗିଛି। ପୁଣି ବିଛୁଡ଼ା ହେଇ ପଡ଼ୁଛି। ପୁଣି ଖରିକି ଠୁଳକରି ପାଛିଆରେ ଭରୁଛି। ଯେମିତି ଆଉ କିଛି କାମ ନାହିଁ ଲୋକଟାର।

ଗୋଟାଏ ପ୍ରକାଣ୍ଡ ରାକ୍ଷସ। ରାକ୍ଷସ ନୁହେଁ, ବେତାଳ। କାହୁଁ କାହାଲକ ଶକ୍ତି। ରଜା ଡାକିଲା – ମୋ ପାଖରେ ଖଟ୍। ରାକ୍ଷସ ରାଜି ହେଲା, ଗୋଟାଏ ସର୍ତ୍ତରେ। ଯଦି କାମ ଦେଇ ନ ପାରିବ, ତେବେ ସବଂଶେ ଗିଳିଦବ ରାଜାଙ୍କୁ। ରାଜା ରାଜି। ସେ କଣ ଜାଣିଥିଲେ ଯେ ତାକୁ ସେ କାମ ଦେଇ ପାରିବେ ନାହିଁ ବୋଲି ! ସତକୁ ସତ ସେ ଯାହା କହିଲେ, କହିଲା ମାତ୍ରେ ସେ ସବୁ କରିଦେଲା। ଶେଷକୁ ରଜାକୁ ଆସି କହିଲା – "ରଜା, ତତେ ଆଗ ଖାଇବି। ମୋତେ ତ କାମ ଦେଇ ପାରିଲୁ ନାହିଁ।" ରଜା କାନରେ ମନ୍ତ୍ରୀ କହିଦେଲେ। ରଜା ସେଇଠୁଁ ହୁକୁମ୍ ଦେଲେ – "କାମ ଅଛି। ଯା' କୁକୁର ଲାଙ୍ଗୁଡ଼ ସିଧା କର୍।" ବେତାଳ ତ ସିଧା କରୁଚି।

ସେଇମିତି ଏ ଦୁଃଖୀ ଦାସ। କୁକୁର ଲାଙ୍ଗୁଳ ସିଧା କରୁଛି। ଦୁନିଆରୁ ଦୁର୍ନୀତି ଉଠିଯିବ। ମାଛ ଦେହରେ ପାଣି ଲାଗିବ ନାହିଁ। ଗାନ୍ଧୀ ମହାତ୍ମାଙ୍କର ଦ୍ୱିତୀୟ ଅବତାର। ଗାନ୍ଧୀ ଯାହା କହିଚନ୍ତି ସବୁ ଅକ୍ଷରେ ଅକ୍ଷରେ ସତ। ବାପ ଶିରାଧ ଦେଲାବେଳେ ବିଲେଇଟେ ବସିଥିଲା ବୋଲି, ଇଏ ବିଲେଇଟେ ବାନ୍ଧି ଶିରାଧ ଦବା ଲୋକ। ଭାବି ଭାବି ଯାଉଥାଏ ବାଲୁଙ୍ଗା। ହେଲେ କଣ ହବ। ମଣିଷପରି ଏ ମଣିଷ ଜଣେ।

ରନ୍ଧା ସରିଲାଣି କେତେ ବେଳୁଁ। ଭାତ ଡାଲି ସବୁ କଞ୍ଚା ପାଣି। ଦୁଃଖୀ, ଶୁକୁରା ଖାଇ ବସିଲେ ଏକା ଠା'ରେ। ରତନୀ ପୀଢ଼ା ପକେଇ ଦେଇଥିଲା। ପାଣି ଦି' ଗିଲାସ ଥୋଇ ଦେଇଥିଲା ଖାଇବା ପାଖରେ। ରନ୍ଧାବଢ଼ା କିଛି କରିନାହିଁ। ସେ କି କଥା, କଣ ଜାତି ଚାଲି ଯାଇଥାନ୍ତା ଦୁଃଖୀ ଦାସର ରତନୀ ରାନ୍ଧିଥିଲେ ? ଦୁଃଖୀ ଦୁଃଖ କଲା। ହସିଲା ରତନୀ କଥାରେ। ବାହ୍ମଣ ଘର ଈଶାଣରେ ଶୁଦ୍ରଟା ହେଇ ଭଲା ରତନୀ କିମିତି ପଶନ୍ତା।

ଆଜି କଣ ବ୍ରାହ୍ମଣ ଅଛନ୍ତି ଭାରତବର୍ଷରେ ? ଦୁଃଖୀ ଭାବୁଥିଲା କାହାନ୍ତି ବ୍ରାହ୍ମଣ ? ବ୍ରାହ୍ମଣ ଜଜ୍ ଅଛନ୍ତି, ହାକିମ ଅଛନ୍ତି, ପ୍ରଫେସର, ଇଞ୍ଜିନିୟର, ଡାକ୍ତର, ଆଇ.ଏ.ଏସ୍., ଆଇ.ପି.ଏସ୍. ଠାରୁ ଆରମ୍ଭ କରି ଅମଲା ପିଅନ ଯାଏଁ ବ୍ରାହ୍ମଣ ଅଛନ୍ତି। ମନ୍ତ୍ରୀ, ନେତା, କର୍ମୀଙ୍କ ଭିତରେ ବ୍ରାହ୍ମଣ, ପଠାଣ, ଖ୍ରୀଷ୍ଟାନ୍‌ଙ୍କ ହୋଟେଲରେ ବି ବ୍ରାହ୍ମଣ। କୁକୁଡ଼ା ଅଣ୍ଡା ମାଉଁସ କାଲିଆ କୁରୁମା କରୁଚନ୍ତି ଏଇ ବାହ୍ମଣ। ବ୍ରାହ୍ମଣ ସବୁଠିଁ। ଦିଅଁ ଦେବତା ବି ପୂଜା କରୁଛନ୍ତି ଆଜିଯାଏ କେତେ କଣ। ଆଉ ପୁରୁଷେକେ ତାଙ୍କର ପରା ନଥିବ। ତଥାପି ଅଛନ୍ତି। ଏବେ ବି ପୁରୋହିତ ବ୍ରାହ୍ମଣ - ନନା, ନନା, ଘୃତ ପକାନା ପକାନା, ଲବାଟି ଲବାଟି କହି ହୋମ କରୁଛନ୍ତି। ତଥାପି ବ୍ରାହ୍ମଣ କେଉଁଠି ମିଳିବେ ନାହିଁ ଗୋଟିଏ। ଚତୁର୍ଦ୍ଦିଗରେ ଜଳମୟ। ଜଳ, ଜଳ, ଜଳ ! ଜଳମୟ ପୃଥିବୀ। ପିଇବାକୁ ଟୋପେ ନାହିଁ। ସବୁଠି ବ୍ରାହ୍ମଣ, ମାତ୍ର ବ୍ରାହ୍ମଣ ଗୋଟିଏ ନାହିଁ।

"ଜନ୍ମନା ଜାୟତେ ଶୁଦ୍ର, ସଂସ୍କାରାତ୍ ଦ୍ୱିଜ ଉଚ୍ୟତେ।
ବେଦାଭ୍ୟାସାତ୍ ଭବେତ୍ ବିପ୍ର, ବ୍ରହ୍ମଂ ଜାନାତି ବ୍ରାହ୍ମଣଃ।।" –
କେଉଁଠି ? କାହିଁ ?

ଭାରତ ତ ଖାଲି ଦି'ଶ ବର୍ଷ ଇଂରାଜୀ ଅଧୀନ ହେଇ ନଥିଲା। ଗ୍ରୀକ୍, ପଠାଣ, ମୋଗଲ କେତେ କେତେ ବୈଦେଶିକ ଶକ୍ତି ଭାରତ ଉପରେ ଶହ ଶହ ବର୍ଷ ଧରି ଆଧିପତ୍ୟ ବିସ୍ତାର କରି ଗଲେଣି। ଏ ଅବସ୍ଥା କେବେ ହେଇ ନଥିଲା। ମୁସଲ୍‌ମାନ୍ ରାଜୁତିକାଳରେ ଚୈତନ୍ୟ, ନାନକ, କବୀର, ରାମାନୁଜ, ମଧ୍ୱାଚାର୍ଯ୍ୟ, ବିଷ୍ଣୁ ସ୍ୱାମୀ, କେତେ କେତେ ମହାପୁରୁଷ ଜନ୍ମ ନେଇଥିଲେ। ବ୍ରିଟିଶ ରାଜତ୍ୱର ଶେଷ ପାଦରେ ମଧ୍ୟ ରାମକୃଷ୍ଣ, ବିବେକାନନ୍ଦ, ଦୟାନନ୍ଦ, ରାମମୋହନଙ୍କ ଭଳି ପ୍ରକୃତ ବ୍ରାହ୍ମଣ, ସେ ଯେଉଁ ଜାତି, ଯଉଁ କୁଳରେ ଜନ୍ମ ନେଇଥାନ୍ତୁ ପଛେ, ଆବିର୍ଭୂତ ହୋଇଥିଲେ ଏଇ ଦେଶରେ, ଏଇ ମାଟିରେ। ଆଜି ସ୍ୱାଧୀନତା ପରେ ଗୋଟାଏ ଯୁଗ ଅତିବାହିତ ହୋଇଗଲା, ଯାରି ଭିତରେ ବ୍ରାହ୍ମଣ ସବୁ କୁଆଡ଼େ ଉଭେଇଗଲେ। କିଏ କିମିଆ କଲାପରି। ବ୍ରାହ୍ମଣ ଗଲେ କୁଆଡ଼େ ? ଗାନ୍ଧୀ, ଗୋପବନ୍ଧୁଙ୍କ ପରି ବ୍ରାହ୍ମଣଟିଏ ମଧ୍ୟ

ଖୋଜି ପାଇବା ଦୁଷ୍କର। ପରପାଇଁ ଜୀବନ ଦଉଥିଲା ଯଉଁ ବ୍ରାହ୍ମଣ, ଯଜମାନର ହିତପାଇଁ ସବୁ ତ୍ୟାଗକରି ପାରୁଥିଲା ଯଉଁ ପୁରୋହିତ, ସେ କଣ ଆଉ ଅଛନ୍ତି ଦେଶରେ। ସ୍ୱପ୍ନ! ସ୍ୱପ୍ନ ହେଇଗଲେ ସବୁ। ବ୍ରାହ୍ମଣ କୁଳରେ ଜନ୍ମ ହେଲା ବ୍ରାହ୍ମଣ ବି ବ୍ରାହ୍ମଣ ନୁହନ୍ତି। ଶୁଦ୍ରଠୁଁ ବଳି। ନା ଅଛି ସନ୍ଧ୍ୟା, ନା ଅଛି ଗାୟତ୍ରୀ? ଚାକିରୀ କରି ଯେ ଖାଲି ଶୁଦ୍ରଠାରୁ ହୀନ ହେଲେ, ସେତିକି ନୁହେଁ, ଅଣ୍ଡା ମାଉଁସ ଖାଇ, ମଦ ପିଇ ଧୂଳି ଉଡ଼େଇ ଦଉଚନ୍ତି ଶିକ୍ଷିତ ଧନୀ ବ୍ରାହ୍ମଣ ବଂଶଧରମାନ। ଦୁଃଖୀ ବି ସେଇମିତି ବ୍ରାହ୍ମଣ କୁଳରେ ଜନ୍ମ ହେଇଛି। ଜନ୍ମ ହେଇଛି ବୋଲି କଣ ସେ ବ୍ରାହ୍ମଣ? କାନ୍ଧରେ ପଇତାଖିଏ ବି ନାହିଁ। କାହିଁକି ରତନୀ ତାକୁ ବ୍ରାହ୍ମଣ କହିବ? 'କାଲିଠୁଁ ରତନୀ ତୁ ରାନ୍ଧିବୁ।' ଦୁଃଖୀ ଦାସ ଶୁଣେଇ ଦେଲା ରତନୀକି।

ଶୁକୁରା ମହା ଖୁସି। ରତନୀରନ୍ଧା ସେ କେତେ ଦିନୁ ଖାଇ ନାହିଁ। ରତନୀ ରନ୍ଧା ଭାରି ମିଠା। ସେ ରାନ୍ଧିବାର ବାଗ ଜାଣେ। ଭଲ ଲାଗୁଛି ବୋଲି କହି ଦେଲେ, ଆଉ ରତନୀ କାହିଁଥାଏ। ହାଣ୍ଡିକ ଯାକ ତିଅଣ ବାଢ଼ି ଦେଇ ଯିବ। ସେ ରତନୀ କଣ ବଦଳି ଯାଇଥିବ! ଯାଇଥାଇପାରେ। ସେତେବେଳେ ନହୁଲୀ ବଅସ ରତନୀର। ସବୁ ଗୋଲ ଗାଲ। ଟିଙ୍କ ପରି ଏବେ ତ କାନ ମୂଳରେ ପାଚିଲାବାଳ କେରା କେରା। ଲହମ୍ବି ଆସିଲାଣି ଗାଲ ଉପରକୁ - ସରୁ ସରୁ ପାତଳ ପାତଳ ସେ ବହଳ କଳା ମଚମଚ ଜୁଡ଼ାବନ୍ଧା ବାଳ ଆଉ କାହିଁ? ମୁହଁଟା ଫଣଫଣିଆ ନିଦରୁ ଶୋଇ ଉଠିଲାପରି। ଢିଲା ଢିଲା। ବଅସଟା ସେମିତି ହୁଗୁଳି ପଡ଼ିଛି। ଚିଟା ଲାଗିଲା ବେଳେ ମନଟା ଯେମିତି ଅବଶ ହେଇ ପଡ଼େ, ବଅସ ଗଡ଼ିଗଲେ ଧିଅଟା ସେମିତି, କେମିତିକିଆଟା ଦିଶେ - ଅଶକତ ନିଶକତ ହେଲା ପରି।

ରତନୀ ବି ଭାବୁଥିବ ହୁଏତ ଶୁକୁରାକୁ ଅନେଇ। ଶୁକୁରା ବୁଢ଼ା ହେଲା କିମିତି? ସେ ନିଜକୁ ଚାହିଁଲା। ଖାଲି ଅନେଇଲା। ଶୁକୁରା କଣ ବୁଢ଼ା ହୋଇଥାନ୍ତା, ତା'ପାଖରେ ଥିଲେ? କେଉଁ ନୁହେଁ। ସେ ନିଇତି ତାକୁ ଦେଖୁଥାନ୍ତା। ବୁଢ଼ା ହେବାର ବିଷଟା ପଶନ୍ତା କେଉଁ ବାଟେ? ସେ ପଶିବାକୁ ଦିଅନ୍ତା ନାହିଁ। ତା' ଅଜାଣତରେ କେତେବେଳେ ଯଦି ପଶି ଯାଆନ୍ତା, ତେବେ ବି ସେ ବୁଝି ପାରନ୍ତା ନାହିଁ ଶୁକୁରା ବୁଢ଼ା ହେଲାଣି ବୋଲି। ଏତେ ଦିନପରେ ସେ ଦେଖୁଛି ବୋଲି ଶୁକୁରା ତାକୁ ବୁଢ଼ା ବୁଢ଼ା ଲାଗୁଛି। ହେଲେ ଶୁକୁରା ବୁଢ଼ା ହେଇ ନାହିଁ। କେଉଁ ନୁହେଁ।

ଶୁକୁରା କିନ୍ତୁ ଆପଣାକୁ ଅନେଇ ଦେଖିଲା, ସତ ସତ ସତ ବୁଢ଼ା ହେଇଛି। ରତନୀ ଯେତେ ବୁଢ଼ୀ ହେଇନାହିଁ, ତାଠୁଁ ଢେର୍ ବେଶି ବୁଢ଼ା ହେଇ ଯାଇଛି। ରତନୀ ପାଖରେ ଥିଲେ ସେ ଏତେ ବୁଢ଼ା ହୋଇ ନଥାନ୍ତା। କେତେ ଯତନରେ ରଖିଥାନ୍ତା

ରଙ୍କନିଧି କରି, ଗଣ୍ଠିଧନ କରି, ରତନୀ ତାକୁ। ସେ ବୁଢ଼ା ହେଲା ଖାସ୍ ବିଦେଶ ଯାଇ। ବୁଢ଼ା କଲା ତାକୁ କଲିକତା, ରେଙ୍ଗାପା, ସେଇ ରେଙ୍ଗୁନ୍ ବୋଲି ଯାହାକୁ କହୁଛନ୍ତି। ବୁଢ଼ା କଲା ତାକୁ କଲିକତାର ଚଟକଳ, ଲୁଗାକଳ। ବୁଢ଼ା କଲା ତାକୁ ଜାପାନୀ ଜିହଲଖାନା। ବୁଢ଼ା କଲା ତାକୁ ଇରାବତୀ, କାନାଜନ ନଈର ପାଣି। ଆଉ ବ୍ରିଟିଶ ସରକାରଙ୍କ କଇଦି ଘର।

ସେ ରାତି ସେ ଶୋଇ ନାହିଁ। ରତନୀ ବି। ନିଦ ଯେମିତି ଆଖିକି ଛାଡ଼ି ପଳେଇଚି ରତନୀ ଆସିଛି ବୋଲି। ରତନୀକି ସେ ଅନେଇଛି ବୋଲି କି କଣ, ଆଉ ଖୋଜି ଖୋଜି ପାଉନାହିଁ ଆଖିକି, ଏଇ ନିଦଟା।

ଖରାଦିନ। ବାହାରେ ଦଉଡ଼ି ଖଟିଆ ଖଣ୍ଡେ ପକେଇ ଶୋଇଛି ଦୁଃଖୀ ଦାସ ନିଘୋଡ଼ ନିଦରେ। ଦୁଃଖୀ ରଙ୍କୀଙ୍କର ଦାସ ସିଏ। ନିଶ୍ଚିନ୍ତରେ ଶୋଇଚି। ତା' ଚାରିପଟେ ଯେମିତି ପୃଥିବୀଟା ବୁଲୁଚି। ତା' ଅଜାଣତରେ। ତାକୁ ପତ୍ତା ନାହିଁ। ଚକା ଚକା ଭଉଁରୀ ଖେଳୁଛି। ଖେଳି ଖେଳି ବେଙ୍ଗଳା ପକଉଛି ତାକୁ ମଝିଖୁଣ୍ଟକରି। ତା' ମୁଣ୍ଡ କାହିଁକି ବଥେଇବ !

ସଂସାରଟା ସରଳି ସରଳି ଯାଉଚି। ରବରଟାକୁ ଟାଣିଲେ ଯିମିତି ଲମ୍ବ ହେଇଯାଏ। ସେମିତି। ଦୁଃଖୀ ଦାସ ସେ ଖବର ହୁଏତ ରଖୁନାହିଁ। ନିହାତି ସରଳ, ନିହାତି ସାଧାରଣ। ଅତି ମଣ ହେଲା ମଣିଷଟା ଶୁକୁରା ବେଳେ ବେଳେ ଅନେଇ ଦଉଚି ଦୁଃଖୀଦାସ ଆଡ଼କୁ। କେଡ଼େ ବଡ଼ ମଣିଷଟାଏ ଏଠି ପଡ଼ିଛି। କେଡ଼େ ବଡ଼ ଛାତି। କେଡ଼େ ଓଜନଦାର୍। ପୃଥିବୀକି ଯେମିତି ଭଲ ଲାଗୁଛି ତାର ଭାରା ସହିବାକୁ, ମା' ଦଶମାସର ପିଲାକୁ ଗର୍ଭରେ ଧରିଲା ପରି।

ସେ କହି ଚାଲିଚି। କେତେ କଥା। ରତନୀ ଖାଲି ଶୁଣୁଚି। ଆଉ କାନ୍ଦୁଚି। ବାଇୟା ଯଦି ଥାଆନ୍ତା ? କେଡ଼େଟେ ହୁଅନ୍ତାଣି। ଶାଗୁ ହେଇ ଗୋଡ଼ ନମ୍ଭେଇ ବସୁଥାଆନ୍ତା। ଇମିତି ଭଟର ଭଟର ହେଉଥିଲେ ଶୁକୁରା ଟୁଙ୍କି ଦଉଥାନ୍ତା। ଚୁପ୍ କର ! କେଡ଼େ ବେହଲ। ସେ ଘରେ ପୁଅ ବହୁ ଶୋଇଚନ୍ତି। ଉଠି ପଡ଼ିବେ। କିନ୍ତୁ କାହିଁ ? ବାଇୟା କୋଉଠି ? ବାଇୟା କଣ ସତେ ଫେରି ଆସିବ ? ରତନୀର କୋହ ଉଠୁଚି। ସୁଁ ସୁଁ ହୋଇ କାନ୍ଦୁଚି। ଶୁକୁରା ବୁଝଉଚି। କାନ୍ଦିଲେ କଣ ଗଲାପୁଅ ବାହୁଡ଼ି ଆସିବ ?

ବାଇୟା ଖାଇବାକୁ ନ ପାଇ ମଲା। ରତନୀ ତାକୁ ବଞ୍ଚେଇ ପାରିଲା ନାହିଁ। କିମିତି ବଞ୍ଚାନ୍ତା ? ନିଜେ ତ ପାଇଲା ନାହିଁ ଖାଇବାକୁ। ଥନରେ ଦୁଧ ନଥିଲା ଦବାକୁ। ଯାହାକୁ ମାଗିଲେ ସେ କବାଟ କିଳି ଦେଲା। ଦୁର୍ଭିକ୍ଷ। ନଅଙ୍କ। ତଥାପି ସେ ଭାବେ ବେଳେ ବେଳେ, ସେ ବଞ୍ଚେଇ ପାରି ଥାଆନ୍ତା କି ଆଉ ! ରାଉତ ପୁଅ ନୀଳ ତ

ଥିଲା। ଯାହା ସେ ସାତ ପଛରେ କଲା ସେଇତା ସେ ଆଗରୁ କଲାନାହିଁ କିଆଁ? କିମିତି କରନ୍ତା। କଣ ଥିଲା ତା ଦିହରେ। ଆହୁରି ଆଗରୁ। ନଅଙ୍କ ଆସୁଣୁ ସେ ଯାଇଁ ରାଉତ ଘରେ ନ ରହିଲା କିଆଁ? ବାଇୟା ବଞ୍ଚିଥାଆନ୍ତା ହଁ, ବଞ୍ଚି ଥାଆନ୍ତା। ହେଲେ ସେ କଅଣ କହନ୍ତା? କହନ୍ତା, ଶୁକ୍ରସେନ ବାରିକ, ତୋ ମାଆ କଅଣ କରେ? ପଚାରିଲେ କଅଣ କହନ୍ତା? ନୀଳ ରାଉତ ତୋର କିଏ? ତା'ର ଜବାବ୍ ସେ କଣ ଦିଅନ୍ତା। ଦଉଡ଼ି ନଗେଇ ଦିଅନ୍ତା ନାହିଁ? ନା-ନା- ଯାହା ହବାର ହେଇଛି। ଯାହା ଯିବାର ସେ ଗଲା। ସର୍ବ ଦୋଷ ଏଇ ଶୁକୁରାର। ସେଇ ମନ କରିଥିଲେ ବାଇୟା ବଞ୍ଚିଥାଆନ୍ତା। ମାସକୁ ମାସ ଯଦି ଟଙ୍କା ମନିଅଡ଼ର କରି ଦେଉଥାଆନ୍ତା ତା ନାଆଁରେ, ବାଇୟା କଣ ନଖାଇ ମରିଥାଆନ୍ତା?

ଶୁକୁରା ବି ଭାବୁଥାଏ - ହଁ ବଞ୍ଚେଇଲେ ବଞ୍ଚେଇ ପାରି ଥାଆନ୍ତା ଏକା ସେଇ ଶୁକୁରା। ସେ ତ ପୁଣି ବଞ୍ଚେଇଲା କାଳିଆର ପିଲାପିଲିଙ୍କୁ! ଆପଣାର ଗୋଟିଏ ବୋଲି ପିଲା, ଏକଇରବଲା ବିଶିକେସନ। ସେ ନଖାଇ ମଲା ଆଉ ଶୁକୁରା ବସିଥିଲା କଲିକତାରେ ଆଣ୍ଠୁ ଉପରେ ଆଣ୍ଠୁ ପକେଇ। ଏଡ଼େ ବଡ଼ ପାପର କଣ ପ୍ରାୟଶ୍ଚିତ ଅଛି। ହେଲେ ରତନୀର କଣ ଦୋଷ ନାହିଁ? ସେ ଲେଖି ନଥାନ୍ତା ପଦେ। ଚିଠି ଦେଲା ଶୁକୁରା। ଉତ୍ତର ନାହିଁ। ଟଙ୍କା ପଠେଇଲା, ପାଇଲି ବୋଲି ଫେରନ୍ତା ଜବାବ୍ ନାହିଁ।

ରତନୀ ଭାବୁଥାଏ - ଏଡ଼େ ବଡ଼ କାଳଟା ହେଲା, ସେ ଯଦି ପଦେ ଲେଖି ଥାଆନ୍ତା ଶୁକୁରାକୁ! ଲେଖିବ କିଏ? ଧନୀମାଷ୍ଟର ତ ପୁଲିସ୍ ଗୁଳିରେ ମଲା। ଆଉ ଭାଗୁ ମାହାନ୍ତି? ରାମ୍ ବୋଲ! ଯେତେ ଟଙ୍କା ପଠେଇଚି ଶୁକୁରା, ସବୁ ଖାଇଚି ସେ ପରର ଝାଳବୁହାଧନ। ତାକୁ ବରକତ ହେଲା! ଧର୍ମ ଦେବତା ଗଲା କୁଆଡ଼େ! ଧର୍ମ ନାହିଁ - ଧର୍ମ ନାହିଁ - ଦେବତା ମିଛ। ଏ କଳିକାଳ ପରା। ନହେଲେ ଭାଗୁ ମାହାନ୍ତି ଛାତି ଫୁଲେଇ ଚାଲୁ ଥାଆନ୍ତା? ଦାଣ୍ଡରେ? ତା' ଛାତି ଫାଟି ଯାଆନ୍ତା ନାହିଁ। ଧର୍ମ ତ ସହିଲା। ରତନୀ ତ ମଣିଷ। ପୁଣି ମାଇପିଟାଏ। ଛାଡ଼! ଯାହା ହବାର ହେଲାଣି। ପଛ କଥାକୁ ଘାଣ୍ଟି କି ଲାଭ? କିମିତି ଘର ଖଣ୍ଡେ ହବ? ଦି'ପରାଣୀ ବସାବାନ୍ଧି ରହିବେ। କିଏ ଜାଣେ ବାଇୟା ପୁଣି ଫେରି ଆସିବ? ହସ ମାଡ଼ିଲା ରତନୀକୁ। ଶୁକୁରା କହିବ ବାଲୁଙ୍ଗା କହିଲା ଛଟା – 'ଆଉ ବୟସ ମୋର କାହିଁ'।

ଶୁକୁରା ହାତଟା ବାଜିଲା ରତନୀ ଦିହରେ, ରତନୀ ମୁହଁରେ କି। କେଡ଼େ ଟାଣ ସତେ। ବିଣ୍ଡି ବସିଯାଇଚି ବନ୍ଧୁକ ଧରି ଧରି। ରତନୀ ଭାବିଲା। ଶୁକୁରା କମି ଲୋକ ନୁହେଁ। ଜଣେ ସିପାହୀ। ପଲଟନ୍‌ରେ ମିଶିଥିଲା। ଇସ୍ କିମିତି ମାନୁଥିବ ତାକୁ। ଦମ୍ ଦମ୍ ହେଇ ଚାଲୁଥିବ ଯେତେବେଳେ କାନ୍ଧରେ ବନ୍ଧୁକ ପକେଇ, ଦେଖିବା

କଥା। କିଏ ଦେଖିଚି ? କୁଆଡ଼େ ନିଶ ବି ରଖିଥିଲା ସେତେବେଳେ। ଏବେ କାହିଁକି ଛଅର ହେଇ ପଡ଼ିଲା ଯେ ! କଣ ମାନନ୍ତା ନାହିଁ ? ଖୁବ୍ ମାନନ୍ତା। ଟୋକାଟାଏ ଭଳି ଦିଶନ୍ତା। ତା' ଚକାମୁହଁ ଚଉଡ଼ା ଗାଲକୁ ଗାଲମୁଛା, ଆଉ ଦି'ପଟ ହୁରୁଡ଼ାନିଶ ମୋଟ ହେଇ ମୁନିଆଁ। କାନକୁ ପାଉଥିବ – ଦେଖିଲେ ଟୋକୀଏ ଅନାନ୍ତେ ଦଣ୍ଡେ ଘଡ଼ିଏ। ଅଃ ଭାରି ଅନେଇଲାବାଲି ସବୁ। କି ତା' ଗିରସ୍ତକୁ କାହିଁକି ସମସ୍ତେ ଆଖି ଦେବେ ଯେ ? ହଁ ଦେଲେ ଦିଅନ୍ତୁ। କୋଉ ଘୋରି ହେଇ ଯାଉଚି ଯେ ! ସମସ୍ତେ ତ କହନ୍ତେ ଇଏ ରତନୀ ବର। ବୀରଟାଏ ପରି ଦିଶୁଚି ରତନୀ ଭାରି କପାଳିଆ। କିମିତିକା ବର ପାଇଛି। ସେ କଥା ରତନୀ କାନରେ ପଡ଼ିଲେ ତା' ଛାତି ଫୁଲି ଉଠନ୍ତା।

ସମସ୍ତେ କହିଲେ, ଶୁକୁରା କୁଆଡ଼େ ଗୋଟାଏ ରାଣ୍ଡ ରଖିଥିଲା। କଲିକତାରେ ? ଟୋକାଟା ବିଗିଡ଼ିଗଲା। ସତ୍ୟାନାଶ ହୋଇଗଲା। ମଦ ପିଉଚି କେମନ୍ତେ। ଶୁକୁରା କହିଲା – ଆଖି ଛୁଁ ଛି ଲୋ ରତନୀ ! ମୁଁ ପରଦାରା କରି ନାହିଁ। ଶୁକୁରା କେଉଁ ମିଛ କହିବ ନାହିଁ ରତନୀ ଆଗରେ। ସେ ରାଣ୍ଡ ରଖି ନଥିବ। ମଦ ସେ ପିଇଥିବ ନିଶ୍ଚୟ ପଲଟନ୍‌ରେ ମିଶିଥିଲା, ମଦ ପିଇନଥିବ ? ତା' ପିଉ। ମରଦ ପୁଅ। ମଦ ପିଇଲାତ ଭାସିଗଲା କଣ ! ରାଉତ ପୁଅ ନୀଳ ବି ତ ମଦ ପିଏ। ଶୁକୁରା ପିଇଲା କଣ ହେଲା ? ସେମିତି କୋଡ଼ିଏ କୋଡ଼ିଏ ବର୍ଷ ଭେଣ୍ଡା ଟୋକାଟା ଗଜା ବଅସରେ ବିଭାହେଲା ମାଇପଠୁଁ ଏତେ ଦୂରରେ ରହିଲା, କେଉଁଠି କେମିତି ଗୋଡ଼ ଖସିଯାଇ ନଥିବ। କହୁଚନି ଗାଁ ମାଇପେ। ଗଲାତ ହେଲା କଣ ? ତା' ଘଇତା କୋଉ ରାଣ୍ଡ ରଖିଲାତ ତେମେ କିଏ କହିବାକୁ ଓ ତମେ ଗୁଡ଼ାକ କୋଉ ଭଲ ଯେ ?

ହେଲା ଯେ – ସବୁ ଭଲ ଶୁକୁରାର। ହେଲେ ସେ ମିଲିଟାରୀ ପଲଟନ ପାଲଟିଲା କାହିଁକି ? କଣ ନାହିଁ କଣ ହେଇ ଯାଇଥାଆନ୍ତା। କିଏ ପିଠିରେ ପଡ଼ନ୍ତା ? ଭାରି ପଲଟନ ହେଲାବାଲା। ରତନୀ କଥା ଟିକିଏ ବି ମନରେ ପଡ଼ିଲା ନାହିଁ, ରତନୀ ମୁଣ୍ଡରୁ ସିନ୍ଦୂର ପୋଛି ଦେବାପାଇଁ ପଲଟନ୍ ସାଜିଲୁ ତୁ ? ଏଡ଼େ ଅହନ୍ତା। ଏମିତି ନିରିମାୟା ଲୋକକୁ ପାଟି ଫିଟେଇବାକୁ ମନ ହେଉନାହିଁ। ଖାଲି ରତନୀ ରତନୀ ହଉଛି। କେତେ ଗେହ୍ଲେଇ ହଉଚିମ ମରଦଟା। ରତନୀ ମଲାଣି। ଗାତକୁ ଗଲାଣି। ଯା ଚାଲି ଯା'। କୁଆଡ଼େ ଯିବୁ ଯା'। କି, ପଲଟନ ତ ହେଲୁ। ପଇସା କମେଇଲୁ କଣ କଲୁ ସେ ପଇସା ? ପୁଅ ମଲା। ମାଇପ ଯାଇଁ ପର ଘରେ ପଶିଲା, ପଇସା କମଉଥିଲୁ ? କାହାକୁ ଦଉଥିଲୁ। କିଏ ଖାଉଥିଲା ତୋ ଅର୍ଜନ ?

ହେଲା। ସବୁ ଶୁଣିଲା ସେ। ଶୁକୁରାର ସବୁ କଥା। କେତେ ଭୁଲଉଚି ମ ଏ ମାଇପ ସୁଆଗୀଟା ? ଶୁଣ ତା' କଥା। ସବୁ ହେଇଚି। ଇଂରାଜୀ ସରକାର ତୋତେ ତ

ବର୍ମା ମୂଲକରୁ ଧରି ଆଣିଲେ। ତୋ ପାଖରେ ଯାହାଥିବ ସବୁ ଛଡ଼େଇ ନେଇଥିବେ। ତତେ ଜିହଲରେ ରଖିଲେ। ମାସ ମାସ ଧରି ବିଚାର ଚାଲିଲା। ଦଣ୍ଡ ବି ହେଲା। ଦେଶ ସୁଆଧୀନ ହେଲା ଖୁଣ୍ଟୁତ ଛାଡ଼ି ଦେଲେ। କେତେ ବର୍ଷ ହେଲାଣି ? ତୁ କୁଆଡ଼େ ଥିଲୁ ଆଜି ଯାଏଁ ? କାହାକୁ ପୋଷୁଥିଲୁ ? କାହାକୁଞ୍ଜରେ କୃଷ୍ଣଙ୍କ ପହଡ଼ ପଡୁଥିଲା ? ସେଇଦିନୁ ଆଜି ଯାଏ - ଗୋଟାଏ ଯୁଗ। ଦିନେ ହେଲେ ତୋର ମନେପଡ଼େ ନାହିଁ ରତନୀ କଅଣ କରୁଥିବ, ଯୁବାବଅସର ମାଇକିନିଆଟା, ଘରେ ଛାଡ଼ିଦେଇ ଆସିଚି। ମେଘ ଉଠଉଥିଲେ ଡରୁଥିଲା, ବିଜୁଳି ମାରୁଥିଲେ ଚମକି ପଡୁଥିଲା, ପାଖରେ ଥିଲେ କୁଣ୍ଢେଇ ପକଉଥିଲା। ଆଙ୍କୁଡ଼ି ମାଙ୍କୁଡ଼ି କି ଜାବୁଡ଼ି ଧରୁଥିଲା, ଏକୁଟିଆ ସେ ରହେ କିମିତି ! ତୁ ତାକୁ ଏତେ ଭାଁତିରି କଲୁ। ସେମିତି ରାଉତ ପୁଅ ପାଖରେ ଯାଇ ରହିଲାତ ଭାସିଗଲା କଣ ! ତାର ତ ପୁଣି ବଅସ, ଅଛି ଯଉବନ ଅଛି। ମନ ଅଛି, ସ'କ ଅଛି। ନା ଏକା ତୋହରି ଅଛି ସବୁ, ମାଇପି ଜନ୍ମ ନେଇଛି ବୋଲି କିଛି ନାହିଁ ତାର ? ହେଲା ଏବେ ଦେଖିଲୁତ ରତନୀର ମନ। ସେ ପେଟପାଇଁ ତା ଯଉବନ ଦେଇଥିଲା ବୋଲି କଣ ମନ ଦେଇଚି ? ମନ ଦେଇଥିଲେ କୋଡ଼ିଏ ବର୍ଷ ପରେ ତୁ ଯେମିତି ବିଦେଶରୁ ଫେରିଲୁ, ତୋ ପଛେ ପଛେ ଉଠି ପଳେଇ ଆସିଥାନ୍ତା ? ସେ କଣ ରାଉତ ପୁଅକୁ ଆଦରି ସାରାଜୀବନ ରହିଗଲା କି ? ରାଉତ ପୁଅ ! ରାଉତ ପୁଅ ! ଭଲାରେ ରାଉତ ପୁଅ ! ସେ କାଇଁକି ଏତେ ସୁଆଗ ହଉଥିଲା କି ? ସେଟାର ପୁଅ ମାଇପ ଅଛନ୍ତି। କେତେ ସୁନ୍ଦର କନିଆ। କେତେ ପାଠ ପଢ଼ିଛି। କେତେ ଫେସନ ହଉଛି। ତାକୁ ଛାଡ଼ିଦେଇ ଏଇ କାଳିକାନି ଅସନା ମାଇପିଟାକୁ ସେ କାହିଁକି ବା ରସନ୍ତା ?

ଚମକି ପଡ଼ିଲା ରତନୀ। ରାଉତପୁଅ ରସି ନଥିଲା ? ସେ ମିଛ କହୁଛି ଶୁକୁରା ଆଗରେ। ରାଉତପୁଅ ତାକୁ ଛାତି ଉପରେ ପକେଇ ଆଖି, କାନ, ଓଠ, ପାଟି, ବେକ ଯାଏଁ ଚାରିଆଡ଼େ ଶହେ କି ହଜାରେ ଚୁମା ଖାଇଲାବେଳେ, ତା' ଦିହ ଶୀତେଇ ଉଠିନାହିଁ ? ତା' ଛାତି ଉଲସି ଉଠି ନାହିଁ ? ଭୟରେ ସଙ୍କୋଚରେ, କହି ନ ପାରିଲେ ବି ସେ କଣ ସେତେବେଳେ ରାଉତପୁଅକୁ ଭିଡ଼ିଧରି ନିଜକୁ ତା' ଦେହରେ ହଜେଇ ଦବାକୁ, ସେ ସାଧ ମେଣ୍ଟଣ ନହେବାର ଜାଣିବି, ଜୀବ ଛାଡ଼ି ଗଲେ ଯାଉପଛେ, ବାରବାର ଚେରେଷ୍ଟା କରିନାହିଁ ? ରାଉତପୁଅ ରାଗିଗଲେ, ମନ ମାରିଲେ, ସେ କଣ ତାକୁ କେବେ ସାକୁଲେଇ ନାହିଁ ? ତା କୋଳ ଉପରେ ଢଳି ପଡ଼ି ହାତ ଦି'ଟାକୁ ନେଇ ନିଜ ଗାଲରେ ଆଉଁସି ଦେଇ ନାହିଁ - ଛାତି ଭିତରେ ଜାକି ଧରି ନାହିଁ ? ତା' ବେକ ଚାରିପଟେ ବାହୁ ଦି'ଟାକୁ ଅବଶରେ ପକେଇ ଦଉଁ ଦଉଁ ଅଡୁଆ ଫାଶ ଭିତରେ ବାନ୍ଧି ଦେଲା ପରି ତାକୁ ବଶ କରି ପକେଇ ନାହିଁ ? ସେତେବେଳେ ତା'ର କଣ

ଶୁକୁରା କଥା ମନେ ପଡୁଥିଲା କେବେ? ଦିନକରେ ଦିନେ? ରାଉତପୁଅ ପାଖରେ ଆପଣାର ମାନ ମହତ ସବୁ ଦେଲାବେଳେ ସେ କଣ ପଚାରିଥିଲା ଆପଣାକୁ ଆପେ ଯେ - ଏଇ ଯା, ତୁ ଦଉଛୁ, ସେ ତୋର ନୁହେଁ; ଶୁକୁରାର? ତୁ କଣ ଆଉ ଶୁକୁରାର ମାନ ମହତ ରଖିଚୁ? ଶୁକୁରା କଣ ଆଉ ତତେ ବିଶ୍ୱାସ କରିବ? ଶୁକୁରାର ବିଶ୍ୱାସରେ ତୁ କଣ ବିଷ ଦେଇନାହୁଁ? ତଥାପି ଶୁକୁରା ବଞ୍ଚିଛି। ଶୁକୁରାର ବିଶ୍ୱାସ ଚେଇଁଚି। ଏବେ ବି ଚାହାନ୍ତା ହେଇ ବସିଛି। ହା, ହା, କରି ଉଠିଲା ରତନୀର ଛାତିଟା। ଆଉ କଣ ଅଛି ରତନୀର? ଏଡ଼େ ବଡ଼ କଲିଜା ଘେନି ଯେଉଁ ଲୋକଟି ତା' ପାଖରେ ଶୋଇଚି ତାକୁ ଦବାପାଇଁ ସେ ଆଉ ରଖିଚି କଣ! ରାଉତପୁଅ ତ ତା' ଯଉବନର ସବୁ ରସଯାକ ଚିପୁଡ଼ି ସିଠା ପକେଇ ଦେଇଚି। ଆଉ ଅଛି କଣ ଶୁକୁରା ପାଇଁ, ଦବ! ଶୁକୁରା ପୁଣି ଦିନେ ଫେରିବ ତା'ର ଯଉଁ ନିଧି ସେ ଥୋଇ ଯାଇଥିଲା ରତନୀ ପାଖରେ ଯତନରେ ରଖିବାପାଇଁ, ତାକୁ ସାଇତି ରଖିବ କିମିତି, ସେ କଣ ଭାବିଛି କେବେ। ଭାବି ଥାଆନ୍ତା। ଭାବିବାକୁ ଦେଲାନାହିଁ ତାକୁ ରାବଣ ଛାୟା ପରି ଗୋଟେ ଅଲାଗିଲା, ଅପରଛନିଆ ଆଶା। ରାଉତପୁଅ ତାକୁଇ ନେଇ ଘର କରିବ। ସେ ହବ ରାଉତର ଘରଣୀ। ସାଆନ୍ତାଣୀ। ଖଣ୍ଡିଆଭୂତ ପରି ସେ କୁଆଡ଼େ ଉଡେଇଗଲା ସିନା! ନହେଲେ ସେ ରାଉତପୁଅ ନୀଳାର ପୁଅଝିଅଙ୍କ ମା ହେଇ ବସିଥାଆନ୍ତା। ଶୁକୁରା ଆସିଥିଲେ ସେ କଣ କରନ୍ତା - କଣ କହନ୍ତା।

ନା-ନା- ଶୁକୁରା ତା'ଠୁଁ ଢେର ଭଲ। ଶୁକୁରା ଯା ଇଚ୍ଛା ତା' ହଉ, ସେ ଆଗ ଆସିଚି ରତନୀ ପାଖକୁ। ଧାଇଁ ଆସିଛି। ସେ କଣ ଜାଣିନାହିଁ, ଶୁଣିନାହିଁ, ରାଉତ ଘରେ ତା' ରହିବା କଥା। ବାର ଲୋକେ ବାର ଅନାକରି ତାକୁ କଣ କହି ନଥିବେ? ହେଲେ ସେ କଣ ଶୁଣିଲା? କେତେ ବଡ଼ ଛାତି ଏଇ ଶୁକୁରାର। ତା ଭିତରେ ରତନୀର ସବୁ ମେଲଛୀ ପଣ କୁଆଡ଼େ ହଜି ଯାଇଚି। ବଡ଼ ପୋଖରୀରେ ଅଇଁଠା ବାସନ ଧୋଇଦେଲେ ସେ କଣ ମାରା ହୁଏ।

ଆଉ ରତନୀ? ଏଡ଼ିକି ଛାତିଟିଏ ତା'ର। ବାଇ ଚଢ଼େଇ ପରି। ରାଉତ ପୁଅର ଗେଲବସରର ତାଉ ବାଜିଲା କ୍ଷଣି, ଶୁକୁରାର ଯାହାଥିଲା, ସବୁ ଉଡୁରି ପଡ଼ି ଇଡ଼ି ହେଇ ଗଲା କୁଆଡ଼େ। କୁଆଡ଼େ ଗଲା? ଶୁକୁରା ଏତେ ଭରସା କରି ତା ଜିମାରେ ଯେଉଁ ଅମୂଲ୍ୟ ରତନ ରଖି ଦେଇ ଯାଇଥିଲା ତାକୁ ଯଦି ସେ ସାଇତି ରଖିବାକୁ ମନ କରିଥାନ୍ତା ତେବେ ତା ଛାତି ଫାଟି ଯାଇ ନଥାନ୍ତା? ପୁଅ ତା' ଦିହ ଛୁଇଁଲା ଛାଏଁ? ତା'ର କିଛି ହେଲା ନାହିଁ। ସେ ବଞ୍ଚିଲା। ଏବେ ବି ବଞ୍ଚିଛି। ନିର୍ଲ୍ଲଜୀ। ନିଲଠୀ। ସେ ଯା ମଲାନାହିଁ।

କି କାହିଁକି ମରିବ ? ଆଜି ବଞ୍ଚିଛି ବୋଲି ତ ଶୁକୁରା ପଛେ ପଛେ ଗୋଡ଼େଇ ଗୋଡ଼େଇ ଆସି ପାରିଲା। ଶୁକୁରା ଦିହକୁ ନଗେଇ ହେଇ ଶୋଇଚି। କେତେ ବର୍ଷ, କେତେ ଯୁଗ, କେତେ ହଜିଗଲା ବଅସର ଅଙ୍ଗେନିଭେଇବା କାହାଣୀ ଯେମିତି ଲମ୍ଵି ଲମ୍ଵି ଯାଇ, ହଠାତ୍ ରାତିକ ଭିତରେ କିଏ ଯେମିତି ଚଉତେଇ ଚାଇତେଇକି ଏଡ଼ିକି ବକଟେନାକୁ ପେଡ଼ି ଭିତରେ ଭରତି କରିଦେଇ ପଳେଇଚି। ଲମ୍ଵ ଲୁଗାଟା ଏତେ ଛୋଟ ହେଇ ଯାଇଚି ଯେ କୁଆଡ଼ିକି ପାଉ ନାହିଁ। ଦିହଟାକୁ ଯେତେ ଢାଙ୍କୁଚି, ଗୋଟେ ପାଖ ଢିଙ୍କିଲା ବେଳକୁ ଆର କାନି ଫୁଙ୍ଗୁଳା ହେଇ ଯାଉଚି। ତଥାପି ଭଲ ଲାଗୁଚି। ଏମିତି ଅଜରା ଜୀବନ ବି ଭଲ ଲାଗେ ବେଳେ ବେଳେ ମଣିଷକୁ।

ସୀତାଙ୍କୁ ନେଇ ରଖିଲା ରାବଣ ଅଶୋକ ବନରେ। ବର୍ଷ ବର୍ଷ ବିତି ଯାଇଚି। ସେ ତ ପୁଣି ଫେରି ଆସିଲେ ଅଯୋଧ୍ୟାକୁ।

ଇଲେ ମା ଲୋ। ଠାକୁରେ, ମା ବଣବାସୁଲି ତମେ ରକ୍ଷାକର। ପୁଣି ଯଦି ସୀତା ବନବାସକୁ ଯାଆନ୍ତି। ଗଲେ ପଛେ ଯାଆନ୍ତୁ। ଲବକୁଶ ତ ପାଇଲେ।

ସକାଳ ହୋଇଗଲା। ଏମିତି କେତେ ସକାଳ ଯାଇ, ସୂର୍ଯ୍ୟ ମୁଣ୍ଡ ଉପରକୁ ଉଠି ପଳେଇ ଯାଆନ୍ତି, ନାଲି ନାଲି ହୋରି ଖେଳା, ରଙ୍ଗବୋଳ ମୁହଁକରି, ସଞ୍ଜପହରକୁ ଡାକିଦେଇ, ନିଶା ଗରଜିବାପରେ ସିନ୍ଦୁରା ଫାଟି ପଡ଼ି ପୁଣି ଫରଚା ପଡ଼ିବାପାଇଁ। ରାତି ଥାଉଁ ଥାଉଁ ଦୁଃଖୀ ଦାସ ଉଠି ପ୍ରାର୍ଥନା ବୋଲେ - 'ଈଶ-ଦାସ୍ୟମିଦଂ ସର୍ବଂ ଯତ୍ କିଞ୍ଚିତ୍ ଜଗତ୍ୟାଂ ଜଗତ୍' - ଶେଷ କରେ ରାମଧୂନ୍ ଗାଇ - 'ରଘୁପତି ରାଘବ ରାଜାରାମ'। ପହିଲୁ ପହିଲୁ ଶୁକୁରା ଉଠୁନଥିଲା। ରତନୀ ପେଲି ପେଲି ପଠେଇ ଦିଏ, ଦୁଃଖୀ ସାଙ୍ଗରେ ପ୍ରାର୍ଥନା କରିବା ପାଇଁ। ଦୁଃଖୀ ଦିନେ କହିଲା, ତୁ ଏକୁଟିଆ କାହିଁକି, ରତନୀକି କହ, ସେ ବି ବସୁ।

ତିନିହେଁ ବସି ପ୍ରାର୍ଥନା କରନ୍ତି ପ୍ରତିଦିନ। ଶୁକୁରା ଆଶ୍ରମ ପ୍ରାର୍ଥନାବଳି ବହି ଧରି ପଢ଼େ। ଶୁକୁରା ପଢ଼ିଚି। ଓଡ଼ିଆ ବହି ପଢ଼ିପାରେ। କଲିକତାରେ ସେ ଦିନେ ତ୍ରିନାଥ ମେଳା ବହି ପଢୁଥିଲା। ଆଜାଦ୍ ହିନ୍ଦ୍ ଫୌଜ୍‌ରେ ଯୋଗଦେଲା ପରେ ସେ ଗୀତା ପଢ଼ିଲା। ପକେଟ୍ ଗୀତାଟିଏ - ତା ପକେଟ୍‌ରେ ଥାଏ। ଏବେ ବି ଅଛି। 'ଆଜାଦ୍ ହିନ୍ଦ୍ ଫୌଜ୍'ର ଅନେକ ସଭ୍ୟଙ୍କ ପାଖରେ ଗୀତ ଥାଏ। ମୁସଲ୍‌ମାନ୍ ସୈନ୍ୟଙ୍କ ପାଖରେ କୋରାନ୍। ନେତାଜୀ ନିଜେ ପକେଟ୍‌ରେ ଗୀତା ରଖନ୍ତି। ସେଇ ତାଙ୍କର ରକ୍ଷା କବଚ। ତେବେ କାହିଁକି ତାଙ୍କ ଉଡ଼ାଜାହାଜ ପୋଡ଼ିଗଲା। ସେ କାହିଁକି ଅକାଳରେ ମଲେ। ସେ କଣ ସତରେ ମରିଛନ୍ତି ? ଅସମ୍ଭବ। ନେତାଜୀ କେଭେ ମରି ପାରିବେ

ନାହିଁ। ପାଖରେ ତାଙ୍କର ଗୀତା ଥାଉଁ ଥାଉଁ ସେ ମରିବେ ? ଗୀତା କଣ ମିଛ ? ଭଗବାନ୍‌ଙ୍କ କଥା ମିଛ ହୋଇଯିବ ?

ଦୁଃଖୀ ଦିନେ ପଚାରିଲା - "ତୁ ଗୀତା ପଢୁ ?" ତା' ପାଖରେ ଗୀତା ଦେଖି ।

"ହଁ ପଢ଼େଁ।"

"ଦିନ୍ ଦିନ୍।"

"କମ୍ ସେ କମ୍, ଅଧେ ଲେଖାଁ ପଢ଼େ ପ୍ରତିଦିନ। କେବେ କିମିତି କାମନହସରେ ରହିଯାଏ ସିନା, ନହେଲେ ଦିନ୍ ଦିନ୍ ପଢ଼େଁ।" ଶୁକୁରା କହିଲା।

"ବୁଝି ପାରୁ ?"

ହସିଲା ଶୁକୁରା। "ମୁଁ କଣ ସଂସ୍କୃତ ପଢ଼ିଛି ଯେ ବୁଝିବି ? ବୁଝିବା କି ଦର୍କାର ? ଗୀତା ମାହାତ୍ମ୍ୟରେ ପରା ଲେଖିଛି, ନ ବୁଝି ପଢ଼ିଲେ ବି ଫଳ ମିଳିବ।"

"ବହିରେ ଓଡ଼ିଆ ଟୀକା ନାହିଁ ?"

"ଅଛି ଯେ, ମୋର ଏତେ ମିହନ୍ତ କିଏ କରୁଛି। ଭଗବାନ୍‌ଙ୍କ ନିଜ ମୁହଁର କଥା ଦି'ଥରେ ପଢ଼ି ଦେଲେ ଗଲା। ମନ ଶାନ୍ତି। ଅର୍ଥ କିଏ ବୁଝୁଛି।" କହିଲା ଶୁକୁରା।

"କିଛି ବୋଲି କିଛି ବୁଝି ପାରୁ ନାହୁଁ ?"

"ନା ଖାଲି ମୂଳ ଶ୍ଳୋକ ଆଉ ଶେଷ ଶ୍ଳୋକ ଦୁଇଟାର ମାନେ ଆମର ଜଣେ ବଡ଼ ଅଫିସର ବୁଝେଇ ଦେଇଥିଲେ। ସେତକ ମନେଅଛି। ସେଇ କହିଥିଲେ - ଗୀତା ବୁଝିବା ଭାରି କଷ୍ଟ। କେତେ ମୁନି, ଋଷି ଅର୍ଥ କରିଛନ୍ତି। ତମେ କୋଉଟାଙ୍କୁ ଧରିବ ?"

"ମୂଳ ଶ୍ଳୋକ ଆଉ ଶେଷ ଶ୍ଳୋକର ମାନେ କଣ କହିଲୁ - ସେ କଣ କହିଥିଲେ ?" ଦୁଃଖୀ ପଚାରିଲା।

"ତମେ ମତେ ପଚାରୁଛ ?" ଶୁକୁରା କହିଲା। "ଇଏ କି କଥା ! ତମେ ପଣ୍ଡିତ ଲୋକ ତମ ଆଗରେ ମୁଁ ଗୀତା ବଖାଣିବି। କି କଥା କହୁଚ। ତମେ କଣ ବୁଝିନ ?"

"ବୁଝିଛି ଯେ, ମାତ୍ର ତମ ଅଫିସର୍ କି ଅର୍ଥ କହିଥିବେ ତା'ତ ଜାଣେ ନାହିଁ। ଯଦି ନୂଆ କିଛି ଟୀକା କରିଥିବେ !"

"ନୂଆ ଆଉ କଣ ? ସେଇ ଧର୍ମକ୍ଷେତ୍ର କଥା ତ ବୁଝେଇଥିଲେ। କହିଲେ - ଯଉଦିନ ଆଦୌ ସମୟ ନମିଳିବ ସେଦିନ ଏଇ ପ୍ରଥମ ଆଉ ଶେଷ ଶ୍ଳୋକକୁ ମନରେ କଲେ ବହୁତ୍ ଫଳ ମିଳିବ। ଗୀତା ପ୍ରଥମ ପଢ଼ିଲାବେଳେ ସେ ଯାହା କହିଥିଲେ ମୁଁ ଏବେ ବି ସେଇୟା କରେ।"

"କଣ କହିଥିଲେ ?" ଦୁଃଖୀ ପୁଣି ପଚାରିଲା ?

ଶୁକୁରା କହିଲା – "ସେ କହିଥିଲେ, ପଢ଼ିବା ଆଗରୁ ଆଗ ଗ୍ରନ୍ଥ ଯିଏ ଲେଖିଚନ୍ତି ତାଙ୍କୁ ଦଣ୍ଡବତ୍ ହେଇ କହିବ, ଗୀତା ମୋତେ ବୁଝେଇ ଦିଅ। ତା' ପରେ ଭାବିବ ଗୋଟାଏ ଯୁଦ୍ଧଭୂଇଁ ହେଇଛି। ଦି' ପାଖରେ ସୈନ୍ୟ ଠିଆ ହେଇଛନ୍ତି, ଯେମିତି ସେ ପାଖରେ ଇଂରେଜ୍ ଆଉ ଏପାଖରେ ଆଜାଦ୍ ହିନ୍ଦ୍ ଫୌଜ୍। ମଝିରେ ଗୋଟେ ରଥ ଉପରେ ଅର୍ଜୁନ ବଇଚନ୍ତି। ଧନୁଶର ଥୋଇ ଦେଇଛନ୍ତି ତଳେ। ପିଠି ପଛରେ ଅକ୍ଷୟତୁଣୀର ଝୁଲୁଛି। ଗୋଟେ ଆଣ୍ଠୁ ତଳେ ପକେଇ, ଆର ଆଣ୍ଠୁକୁ ଟେକି ବଇଚନ୍ତି। ତାଙ୍କ ଆଗରେ ଘୋଡ଼ା ଲଗାମ୍ ଧରି ଚତୁର୍ଦ୍ଧାମୂର୍ତ୍ତିରେ ବଇଚନ୍ତି ଚୌକିରେ ବସିଲା ପରି ଶ୍ରୀକୃଷ୍ଣ ସାରଥୀ, ଗୋଡ଼କୁ ଲମ୍ବେଇ ଦେଇ। ଗୋଟେ ହାତରେ ଘୋଡ଼ାର ଲଗାମ୍, ଆଉ ଗୋଟେ ହାତରେ ଶଙ୍ଖ ପାଞ୍ଚଜନ୍ୟ। ଅର୍ଜୁନ ଶରଣ ପଶିଛନ୍ତି କୃଷ୍ଣଙ୍କ ଚରଣ ତଳେ। ଏଇୟାକୁ ମନରେ ଭାବି ଗୀତା ପଢ଼ିଯିବ। ସେଇ ଢେର୍। ମୁଁ ସେଇୟା କରେଁ।"

"ଗୀତା ଆପେ ଆପେ କିଛି ବୁଝି ପାରୁଛୁ।"

"ରାମଶ୍ଚନ୍ଦ୍ର! ବୁଝିବି କେତେବେଳେ ? ମତେ ତ ଜଳ ଜଳ ହେଇ ଦିଶିଯାନ୍ତି, ଖାଲି କୃଷ୍ଣ ଆଉ ଅର୍ଜୁନ। ମୁଁ ପଢ଼ା ସାରିଦେଇ ଛୁ ନକଲାଯାଏଁ ବାଟ ଦିଶେ ନାହିଁ।"

"କାହିଁକିରେ ?"

"ଇଲୋ ମୋ ବୁପା। ମତେ ଡର ମାଡ଼େ।" କହିଲା ଶୁକୁରା।

"ଆଉ ସେ ପ୍ରଥମ ଶ୍ଳୋକର ମାନେ ତ କଣ କହିଲୁ ନାହିଁ, ତୋ ଅଫିସର୍ ତତେ କଣ ବୁଝେଇ ଥିଲେ ?" ପୁଣି ପଚାରିଲା ଦୁଃଖୀ।

"ଶ୍ଳୋକ ମୋର ମନେ ନାହିଁ। ମାନେ ମନେଅଛି। ଶୁଣ! ପହିଲୁ ଶ୍ଳୋକରେ ଦୁଇଟା କଥା ତ। ଧର୍ମକ୍ଷେତ୍ର ଆଉ କୁରୁକ୍ଷେତ୍ର। ସେ କହିଲେ, ସେତେକ ବୁଝିଲେ ହେଇଗଲା।"

"ଆଚ୍ଛା ବୁଝିଲି। ଧର୍ମକ୍ଷେତ୍ର ଆଉ କୁରୁକ୍ଷେତ୍ର ମାନେ କ'ଣ ?"

"ଧୃତରାଷ୍ଟ୍ର ପଚାରିଲେ ସଞ୍ଜୟକୁ – ତାଙ୍କ ପୁଅ ଆଉ ପାଣ୍ଡୁ ପୁଅମାନେ ଧର୍ମକ୍ଷେତ୍ର କୁରୁକ୍ଷେତ୍ରରେ ଯୁଦ୍ଧ କରିବାକୁ ଆସି କଅଣ କଲେ। ଏଇୟାତ ?"

"ହଁ।" ଦୁଃଖୀ କହିଲା।

"ମାନେ, ମନ ପଚାରୁଛି ଚଇତନକୁ। ହେ ଚଇତନ, ମୋର ଏଇ ଯଉ ଆଖି କାନ, ନାକ, ପାଟି, ସବୁ ପୁଅ ଅଛନ୍ତି ଏମାନେ ହେଲେ କୁରୁବଂଶ। ସଂସାରଟାକୁ ଯେ ତାଙ୍କରି ବୋଲି ଭାବୁଛନ୍ତି ବୋଲି ଏ ସଂସାରକୁ କୁରୁକ୍ଷେତ୍ର କୁହାଯାଏ। ବିବେକ

ବୁଦ୍ଧି ଏ ସବୁ ହେଲେ ପଣ୍ଡୁପୁତ୍ର ପାଣ୍ଡବ ! ଏମାନେ କହନ୍ତି, ସଂସାରଟା କୁରୁକ୍ଷେତ୍ର ନୁହେଁ କି ଇନ୍ଦ୍ରିୟମାନଙ୍କ ଭୋଗପାଇଁ ହୋଇନାହିଁ ହେଲେ ବି ଏଠିକି ଆସିଚି ଧର୍ମ କରିବା ପାଇଁ। ଧର୍ମ କରିଯାଅ।" ଶୁକୁରା ବୁଝେଇଲା।

"ବାଃ, ତମ ଅଫିସର୍ ତ ଜଣେ ବୋଧା ଲୋକ ମନେ ହଉଚି।" ଦୁଃଖୀ ମନ୍ତବ୍ୟ ଦେଲା।

"କହିବାକୁ ଅଛି ? ଏମିତି ଧର୍ମାତ୍ମା ଲୋକ ନାହିଁ ନଥିବେ।"

"ତା'ପରେ – ତା' ପରେ – ଶେଷ ଶ୍ଳୋକ ଅର୍ଥ କଣ କହିବୁଟି।"

"ଶେଷ ଶ୍ଳୋକର ମାନେ ହେଉଛି, ଯିଏ ଏ ସଂସାରକୁ ଧର୍ମକ୍ଷେତ୍ର ମନେକରି ଚାଲିବ ସେ ଏକଲକ୍ଷ ହୋଇ ଚାଲିଥିବ। ଯିମିତି ବାଣୁଆ ତା' ଶିକାରକୁ ଅନେଇଥାଏ, ସେମିତି। ଆପଣା ନୀତି ନିୟମକୁ ଠିକ୍ ରଖିଲେ ସେ, ସଂସାର ଯୁଦ୍ଧରେ ଜୟ କରିବ, ଆଗକୁ ଅଗକୁ ବଢ଼ନ୍ତି ବି ହବ। ଆଉ ତା' ପାଖରେ ଏସବୁ ଯୋଗେଇଲାବାଲା କୃଷ୍ଣ ସବୁବେଳେ ଥିବେ।"

"ସାବାସ୍ ଶୁକୁରା ସାବାସ୍। ତତେ ତୋ ଅଫିସର୍ ଠିକ୍ ବୁଝେଇ ଦେଇଛନ୍ତି।" କହି ଶୁକୁରା ପିଠିରେ ହାତମାରି ଦେଇ ଦୁଃଖୀ ଚାଲିଗଲା। ଆଉ ଶୁକୁରାକୁ ସାହସ ଦେଇଗଲା – "ତୋର ଆଉ ଡର କଣ ? ତୋ ପାଖରେ ତ ଗୀତା ଅଛନ୍ତି।"

ସୁତରାଂ ତା'ର ଡର କଣ ? ଏଡ଼େ ବଡ଼ ଯୁଦ୍ଧ ମୁହଁରୁ ବଞ୍ଚିକି ଆସିଛି। ଏଇ ଗୀତା ବଳରେ। ନେତାଜୀଙ୍କ ପାଖରେ ବି ସେଇ ଗୀତା ଥିଲା। ସେ କିମିତି ବିଜୟ ହାସଲ ନକରି ମରିବେ ? ତାଙ୍କୁ ମାରିବ, ଏମିତି ପୁଅ ଜନ୍ମ ହେଇଛି ଏ ମହୀରେ ?

ସେ ନିଜେ ପରା କହିଲେ। ତାକୁଇ। ସେଦିନ ସେ ନେତାଜୀଙ୍କର ବଡିଗାର୍ଡ ହୋଇଥାଏ। ସେ ଚିତ୍ର ଏବେ ବି ତା' ଆଗରେ ସଜୁଆଁ ନାଚି ଯାଉଛି।

ଚାନ୍ଦିନୀ ରାତି। ରାଣିଫୁଲ ପରି ଜହ୍ନ ପଡ଼ିଥାଏ। ସେ ପାଖରେ କଳା କିଟି କିଟି ରାକ୍ଷସଟାଏ ଠିଆ ହେଇଛି ଯେମିତି – ପୋପା ପାହାଡ଼ ଦିଶୁଚି। ଆଜିଯାଏ ବି ତା'ର ମନେ ଅଛି ସେ ପାହାଡ଼ର ବାଟ ଘାଟ ଅନ୍ଧି, ସନ୍ଧି ଢାଲୁ ଚଟାଣ, ଗୁମ୍ଫା, ଗହ୍ୱର ସବୁ। ବାଘ ଭାଲୁ ପଲ ପଲ। ହେଲେ, ବନ୍ଧୁକ ପାଖରେ ଥିଲେ ଡରମାଡ଼େ ନାହିଁ। ଡର ସେଇ ନହନହକା ସାଉଁଳିଆ ଜୀବକୁ। ଛୋଟପାଖରୁ ବଡ଼ ଯାଏଁ। କାଣିନଳି ନଉଡ଼ଙ୍କଠାରୁ, ନାଗ, ଅହିରାଜ, ଅଜଗର ଯାଏଁ। ଗୀତା ପାଖରେ ଥିଲେ ସେ ବା କଣ କରିବେ ? ସେଇ ପାହାଡ଼ ଭିତରେ ନୁଚି ନୁଚି ସେ କେତେ ଇଂରେଜ ସୈନ୍ୟଙ୍କ ଛାତି ଫୁଟେଇ ଦେଇଚି ଗୁଳି ଚୋଟରେ, କଦଳୀ ଗଛ କାଟିଲା ପରି ଢଳି ପଡ଼ନ୍ତି ଗୋଟିଏ ଗୋଟିଏ ଗୁଳିରେ। ତାକୁ ସାହାପକ୍ଷ ହୁଏ ସେଇ ପାହାଡ଼ଟା। ବାଟ ପାଆନ୍ତି ନାହିଁ

ଶତ୍ରୁପକ୍ଷ। ଏତେ ଗଭୀର ପରିଚୟର ପାହାଡ଼ ସେଦିନ କାହିଁକି ଭାରି ଭୟଙ୍କର ଦେଖାଯାଉଥାଏ। ସତେ କି ମାଡ଼ି ବସିବ? ଏମିତି ମନେ ହେଉଥାଏ। ଜାପାନୀମାନେ ଠକି ଦେଲେ ଆଜାଦ୍ ହିନ୍ଦ୍ ଫଉଜକୁ। କଥା ରଖିଲେ ନାହିଁ। ଅସ୍ତ୍ରଶସ୍ତ୍ର ଗୁଳାବାରୁଦ ଥାଉ, ରସଦ ଖୋରାକ ବି ପଠେଇଲେ ନାହିଁ ରୀତିମତେ। ଏଡ଼େ ବୋକା ସେମାନେ ଯେ - ଇମ୍ଫାଲ୍ ରେଙ୍ଗୁନ୍ ରାସ୍ତାକୁ କାଟିଦେଲେ। ଘାଇ କରିଦେଲେ ମଝିରେ ମଝିରେ। ଆରାକାନ୍ ପର୍ବତରେ ଲାଗିଥାଏ ଯୁଦ୍ଧ। ବିଟ୍ରିଶ୍‌ସେନା ପଛଘୁଞ୍ଚା ଦେଲେଣି। ଆଜାଦ୍ ହିନ୍ଦ୍ ଫୌଜ ଆସି ମାତୃଭୂମି ଭାରତ ଭୂଇଁରେ ପହଞ୍ଚି ଗଲେଣି। ଠିକ୍ ସେତିକିବେଳେ ଜାପାନ ଦଗା ଦେଇଦେଲା। ଜାପାନୀ ସୈନ୍ୟମାନେ ଛାଉଣୀ ଛାଡ଼ି ପଳେଇଗଲେ। ଆମେ କିନ୍ତୁ ଶେଷ ରକ୍ତ ବିନ୍ଦୁ ଥିବାଯାଏଁ ଲଢ଼ିବୁଁ ବୋଲି ପଣ କରିଦେଲୁଁ।

ପାଲେଲ୍ ଏରୋଡ୍ରମ୍‌କୁ ପୁଣି ଦଖଲ କରି ନେବାପାଇଁ ବ୍ରିଟିଶ୍ ସୈନ୍ୟମାନେ ପ୍ରାଣପଣେ ଚେଷ୍ଟା କରୁଥାଆନ୍ତି। ଉପରୁ ଉଡ଼ାଜାହାଜରୁ ବୋମା ପଡୁଥାଏ। ବ୍ରିଟିଶ୍ ଆକାଶ ବାହିନୀ ହେଇ ଯାଉଥାନ୍ତି ବୋମାରେ। ପଶ୍ଚିମପଟରୁ କମାଣର ଆୱାଜ୍। କାନରୁ ଅତଡ଼ା ଖସିପଡୁଛି। ବୋମା ଫୁଟିବାକ୍ଷଣି ଆଲୁଅ ହେଇଯାଉଥାଏ ଚତୁର୍ଦ୍ଦିଗରେ। ଆଖି ଝଲସି ଯାଉଥାଏ। ପାହାଡ଼ ଉପରୁ ଭୂତର ମୁଖାଟା ଆଖିପିଛୁଳାକେ ଖସିପଡ଼ି ପୁଣି ଲାଗିଯାଉଥାଏ ଯେଉଁଠି ଥିଲା ସେଇଠି। ଯୁଦ୍ଧ ବେଶ୍ ଜମି ଉଠିଲାଣି। ଗୋଟାଏ ଶେଷ ନିଷ୍ପତ୍ତି ନେବାକୁ ସେ ଯେମିତି ଚାହିଁ ବସିଛି। ଖାଲି ମରଣ ଡାକ ଛାଡ଼ିଥାଏ। ମରଣ ବି ଡାକ ପକାଇଥାଏ କିଏ କଉଁଠି ଅଛ, ଧାଇଁ ଆସ ମୋ ପାଖକୁ। ଏ ଯୁଦ୍ଧ ବିଗ୍ରହ, ହଣାକଟା, ମାରପିଟ୍, ଧୂମ୍‌ଧାମ୍, ସବୁଥିରୁ ତ୍ରାହି ପାଇବାକୁ ଚାହଁ, ମୋ ପାଖରେ ଶରଣ ନିଅ! ସେ ଡାକରେ ବାଇୟା ହେଇ ଛୁଟିଛନ୍ତି ଆଜାଦ୍ ହିନ୍ଦ୍ ସେନା। ମାହେନ୍ଦ୍ରବେଳା ଆସିଛି। ବାରୁଣୀ ଯୋଗ ପଡ଼ିଛି। ଦେଶ ସେବା ପାଇଁ। ମହାପୁଣ୍ୟ ଅର୍ଜନ କରିବା ପାଇଁ।

ନେତାଜୀ କି ଆଉ ସମ୍ଭଳା ପଡ଼ନ୍ତି! ବାହାରି ଆସିଲେ ଟ୍ରେଞ୍ଚ୍ ଭିତରୁ ନେତାଜୀ। ଭାରତବାସୀ ଭାରତବାସୀଙ୍କ ଛାତିକୁ ଲକ୍ଷ୍ୟ କରି କେମିତି ଗୁଳି ଚଳେଇ ପାରନ୍ତି, ଯେମିତି ତାକୁ ଲକ୍ଷ୍ୟ କରି, କି ଶିକ୍ଷା ପାଇବା ପାଇଁ କିଜାଣି, ନିରାପଦ ଥାନରୁ ବିପଦ ଭିତରକୁ ପଶି ଆସିଲେ। ଦାନ୍ତ ତାଙ୍କର କଡ଼ମଡ଼ ହେଉଥାଏ। ବ୍ରିଟିଶ୍ ପକ୍ଷନେଇ ଯେଉଁ ଭାରତୀୟମାନେ କମାଣ ଚଳାଇଥାନ୍ତି, ତାଙ୍କ ଆଡ଼କି ମୁହଁକରି। ପାଗଳ ହେଇଥାଆନ୍ତି ସେମାନେ ଭାଇର ରକ୍ତ ପିଇବାପାଇଁ। ଜାଣନ୍ତି ସେମାନେ। ସେମାନଙ୍କୁ ଜଣେଇଦିଆ ହୋଇଥିଲା। ଭାରତର ମୁକ୍ତି ବାହିନୀ, ଆଜାଦ୍ ହିନ୍ଦ୍ ଫୌଜ, ଭାରତର ଦ୍ୱାରଦେଶରେ। ଆସ ଚାଲିଆସ। ଦେଶର ପରମଶତ୍ରୁ ବ୍ରିଟିଶ୍ ସେନା ବାହିନୀ ଛାଡ଼ି

ଚାଲିଆସ। ମୁକ୍ତିବାହିନୀ ସାଙ୍ଗରେ କାନ୍ଧକୁ କାନ୍ଧ ମିଳାଇ ବନ୍ଧୁକର ମୁହଁ ସେ ପାଖକୁ ବୁଲାଇଦିଅ। ସରେଣ୍ଡର୍ କରି ଯାଅ। କାହାରି କୌଣସି ଭୟ କରିବାର ନାହିଁ।

ତଥାପି ଶୁଣିଲେ ନାହିଁ ଭାରତବାସୀ ବ୍ରିଟିଶ୍ ସେନା। ମା' ପେଟରେ ଶତ୍ରୁ ଥାଏ କଥାଟା କେଡ଼େ ସତ ! ଭାବିଥିବେ ନେତାଜୀ। ଆତ୍ମସମର୍ପଣ କରିବା ବଦଳରେ ଓଲଟି ସଣ୍ଢୁଆସୀ ଆକ୍ରମଣ ଚଳାଇଦେଲେ। ଆଜାଦ୍ ହିନ୍ଦ୍ ଫୌଜ୍ ଯେଉଁ ନିବେଦନ କରିଥିଲା ତା' ଫଳିଲା ନାହିଁ, ବରଂ ଓଲଟା ହେଲା।

ଶାହାନୱାଜ୍ ଖାଁ ଫୌଜର୍ କମାଣ୍ଡର। ତାଙ୍କ ଆଖି ପଡ଼ିଗଲା ନେତାଜୀଙ୍କ ଉପରେ। ଛୁଟି ଆସିଲେ ନେତାଜୀଙ୍କ ପାଖକୁ। "ନେତାଜୀ ! କ୍ୟା କମ୍ ରହେ ହେଁ ଆପ୍ ?" ରାଗରେ ତମ ତମ ମୁହଁ। କଥାଗୁଡ଼ାକ ଠାଏ ଠାଏ ବାଜିଲାପରି ହେଲେ ବି ଖାଁଙ୍କ ଭିତରେ ନେତାଜୀଙ୍କ ପ୍ରତି ଯେଉଁ ଭକ୍ତି, ତାକୁ ମୁଲାଏମ୍ କରି ଦେଇଥାଏ। ନେତାଜୀ ଚୁପ୍। ଓଠରେ ଟିକେ ହସ। ନେତାଜୀଙ୍କ କଡ଼େ କଡ଼େ ପୁଣି ଆଗପଛକି ଚାଲିଥାନ୍ତି ଶୁକୁରା, ଆଉ କେତେ ଜଣ ସିପାହୀ। ଗୁଳି ବାଜିଲେ ଆଗେ ତାଙ୍କଠେଇଁ ବାଜିବ। ଭାରି ଭଲ ପାଉଥିଲେ ଶୁକୁରାକୁ ନେତାଜୀ। ଓଡ଼ିଆଙ୍କ ଆଡ଼କୁ ଚାହିଁଲେ ତାଙ୍କ ଆଖିରେ ଗୋଟାଏ ଉଜ୍ଜ୍ୱଳ ଜ୍ୟୋତି ଦେଖାଯାଏ। ପୁଣି ଛଳ ଛଳ ହେଇ ଆସେ। ତାଙ୍କ ବାପ, ମାଆଙ୍କ କଥା ମନେ ପଡ଼େ କି କଅଣ ? ଓଡ଼ିଆଙ୍କ ଉପରେ ତାଙ୍କର ଭାରି ବିଶ୍ୱାସ। କହନ୍ତି 'ଓଡ଼ିଆ ଭାରତର ଏକ ମହାନ୍ ଜାତି, ଯିଏ ଶେଷ ପର୍ଯ୍ୟନ୍ତ ଇଂରେଜ ଆଗରେ ମୁଣ୍ଡ ନୁଆଁଇ ନଥିଲା।' ଛାତି ଫୁଲାଇ ସେ ପୁଣି କହନ୍ତି – "ମୋର ଗର୍ବ, ମୁଁ ସେଇ ଭୂଇଁରେ ଜନ୍ମ ହେଇଚି।"

ଶାହାନୱାଜ୍ ନେତାଜୀଙ୍କୁ ଚୁପ୍ ରହିବାର ଦେଖି ପୁଣି କହିଲେ, ଗର୍ଜି ଉଠିଲେ – "ନିଜେ ନିଜକୁ ଏ ବିପଦ ଭିତରକୁ ଠେଲି ଦେବାର ଅଧିକାର କିଏ ଦେଲା ଆପଣଙ୍କୁ – ଆପନେ ଆପ୍‌କୋ ଇସ୍ ଖତରେମେ ଡାଲ୍‌ନେକା କୋଇ ହକ୍ ନେହିଁ ଆପ୍‌କା – ଆପକୀ ୟହ ଜାନ୍ ଆପକୀ ନହିଁ ହୈ – ୟହ ସମଝନା ଚାହିୟେ ଆପ୍‌କୋ – ସାରେଁ ଜହାଁ ସେ ଆଚ୍ଛା ହମାରେ ହିନ୍ଦୁସ୍ଥାନକୀ ଅନ୍‌ମୋଲ୍ ଦୌଲତ୍ ହୈ ଆପ୍ ? ଆପ୍ ଉସେ ବରବାଦ୍ କର୍‌ନେ କ୍ୟୋଁ ଜା ରହେ ହେଁ। ୟେ ବାହାଦୂର ବନ୍‌ନା ଆପ୍‌କୀ ଖୁଦ୍ ଗରଜୀ ହୈ।"

ନେତାଜୀ ଶାହାନୱାଜ୍‌ଙ୍କ ମୁହଁକୁ ଅନେଇଲେ। ସମସ୍ତେ ଭାବିଲେ ଏମିତି କଡ଼ା କଥାରେ ନିଶ୍ଚେ ନେତାଜୀ ରାଗିବେ। କିନ୍ତୁ ନେତାଜୀଙ୍କ ମୁହଁରେ ସେଇ ହସ। ସରଳ ପିଲାଟିଏ ପରି ହସିଦେଲେ ନେତାଜୀ।

ଚାରିଆଡ଼େ ଯେତେବେଳେ ରେରେକାର ଧ୍ୱନି ଉଠୁଛି, ସେତିକିବେଳେ

ନେତାଜୀଙ୍କ ମୁହଁର ସେ ହସ କେତେ ଯେ ମୂଲ୍ୟବାନ ତା' କେବଳ ସେଇମାନେ ବୁଝିବେ, ଯେଉଁମାନଙ୍କ ମନରେ ଦେଶର ମୁକ୍ତି ପାଇଁ ମରିବା ଆଉ ମାରିବା ଛଡ଼ା ଅନ୍ୟ ପଦ ନଥିଲା।

ନେତାଜୀଙ୍କ ମୁହଁରୁ ସେତେବେଳେ କଅଣ ବାହାରିଲା ? ସେ କି ବାଣୀ ! ସେ କି ଠାଣି ! ସେଇ ନେତାଜୀ କଣ କେବେ ମରି ପାରନ୍ତି ? ଜାପାନ୍ ଉଡ଼ାଜାହାଜ କଣ ତାଙ୍କୁ ପୋଡ଼ି ଦେଇ ପାରିବ ? ଇଂରେଜ କମାଣର ଗୁଳା ଉଡ଼ାଜାହାଜର ବୋମା ଯାହାଙ୍କୁ ମାରି ପାରିଲା ନାହିଁ, ଜାପାନୀ ଜାହାଜର କି ଶକ୍ତି ତାଙ୍କୁ ପୋଡ଼ି ଦବ ? ଅସମ୍ଭବ। ଅସମ୍ଭବ। ସବୁ ମିଛ ପ୍ରଚାର।

ନେତାଜୀ କହିଲେ। ଗଳାଟା ଗମ୍ଭୀର। ଘଡ଼ଘଡ଼ି ପରି। ଛାତି ଦୁଲୁକି ଉଠିଲା ଶୁକୁରାର ସେ ପଦ ଶୁଣି। ପଦ ନୁହେଁ, ମନ୍ତ୍ର। କହିଲେ – "ମୋତେ ମାରିବା ପାଇଁ ବୋମା ଇଂରେଜମାନେ ଏବେ ବି ଆବିଷ୍କାର କରି ପାରି ନାହାନ୍ତି।"

ଆଜି ବି ସେ କଥା ମନେ ପଡ଼ିଲେ ଶୁକୁରା ଆଖିରେ ଲୁହ ଜମି ଆସେ। ଅମାନିଆ ହେଇ ବହିଯାଏ। ସେ କାନ୍ଦେ। ପିଲାଙ୍କ ଭଳି। ଦିନେ ରତନୀ ଦେଖି ପଚାରିଲା – "କାନ୍ଦୁଛ ଯେ ?"

ଶୁକୁରାର ହୋଷ୍ ପଶିଲା। ବାଆଁରେଇ ଦେଇ କହିଲା – "ତୁ କାନ୍ଦୁ କାହିଁକି ?"

"ଅଲାଜୁକ, ଥୋବରା।" କହି ରତନୀ ଚାଲିଗଲା ଘର ନିପିବାକୁ। ଛୁଞ୍ଚ ଆଣି ସେ ଘର ନିପି ବସିଲା। ଯେମିତି କେତେ ପଛ କଥାକୁ ସେ ନିପି ପୋଛି ସଫା କରି ଦେଇ ଯାଉଚି। ପ୍ରତିଦିନ ସକାଳୁ ସେ ମାଟି ଗୋବରରେ ଘର ନିପେ ଯେମିତି ଗଲା ରାତିର ମଲା ଦିନରୁ ଯାବତ ଅଳିଆ ବାହାରେ ଫିଙ୍ଗି ଦେଇଅଛି। ନିପି ଦେଇ ଯାଉଚି, ଖୁବ୍ ସଫା ସୁତୁରା କରି ଆଗିଲା ଦିନର ପାଦ ପଡ଼ିବା ପାଇଁ।

ଏମିତି କେତେ ବିତିଲା, ନିଭେଇଲା କଥା ଉପରେ କେତେ ପୋଥି ପଡ଼ି ଗଲାଣି ତା'ର ଇୟତା ନାହିଁ। ସବୁ ପଛକଥା ପୋଛି ପକେଇଛି ରତନୀ। ପକେଇ ଦେଇଚି ଶୁକୁରା।

ଦିନ ପରେ ଦିନ ଗଡ଼ି ଯାଉଛି। ଏପଟରେ ଉଇଁଲା ସୂର୍ଯ୍ୟ ସେ ପଟକୁ ଯାଉଛନ୍ତି। କୁଆଁରୀ ପୃଥିବୀଟା ଯେମିତି ଢପା ଖେଳୁଛି ସୂର୍ଯ୍ୟ ଚନ୍ଦ୍ର, ଦୁଇଟାକୁ ନଚେଇ ନଚେଇ ଦିନ ଉଠୁଚି ପଡୁଚି।

ଦିନପରେ ଦିନ ଗଡ଼ି ଯାଉଚି। ଶୁକୁରା କେବେ ତା'ର ନିଜ ଘର କରି ବସା ବାନ୍ଧିବ କିଜାଣି ? ସେ ତ ମନକଥା। ମନ ସାଧ ମନେ ମନେ ମରି ଯାଉଚି। ମରି ଯାଉ। ସେ ତ ଜନ୍ମ ହେଇଚି ଖଟି ଖାଇବା ପାଇଁ। ଦିହ ବୋଲ କରୁଥିଲା ଯାଏଁ,

ଚଲୁଥିବା ଯାକେ ସେ ଖଟିବ, ଖାଇବ। ତା'ପରେ ଶେଷ। ଘର ଖଣ୍ଡେ ଖାଲି ମୁଣ୍ଡ ଗୁଞ୍ଜିବା ପାଇଁ। ଯଉଁଠି ହେଲେ ମୁଣ୍ଡ ଗୁଞ୍ଜିଲେ ହେଲା। ଘର ସେ ସାଙ୍ଗରେ ନେଇଯିବ ନାହିଁ।

ସେ ଦିନ ରାତିକି ଖଟେ। ଦୁଃଖୀ ସାଙ୍ଗରେ ପଟଦେଇ। ଆପଣା ପର ଭୁଲିଯାଏ। ଦୁଃଖୀ କୁଦାଳ ଧରି ମାଟି ହାଣେ। ତା ସାଙ୍ଗକୁ ପଟଦିଏ ଶୁକୁରା। ଯାଏ ଲଙ୍ଗଳମୁଠି କାନ୍ଧରେ ପକେଇ।

ସେ ପଟରେ ମହୁବସା। ତା' ଭିତରେ ମହୁଫେଣା। ଚାରି ଛଅ ମାସରେ ଥରେ ମହୁ କାଢ଼େ। ଆମ୍ବ ବଉଳ, କରଞ୍ଜ ଫୁଲ ମହୁ ଭାରି ବହଳ, ଭାରି ମିଠା। ଅଇଲା ଗଲା ଅତିଥି ଅଭ୍ୟାଗତ, ଯିଏ ଆସୁ ପାନ ନାହିଁ, ଗୁଆ ନାହିଁ, ବିଡ଼ି ନାହିଁ, ସିଗାରେଟ୍ ନାହିଁ, ସେଇଥିରୁ ଗିଲାସେ ମହୁ ସରବତ୍‌ରୁ। ବଢ଼େଇ ଦିଏ ଦୁଃଖିଆନ୍ନା।

ଦୁଃଖୀ ଘରେ ଚାହା ନାହିଁ। ଗରମ ପାଣି ତା ଚୁଲିରେ ବସେ ନାହିଁ – ଚାହା କରିବା ପାଇଁ। ସେତକ ଶୁକୁରାକୁ ଅଡୁଆ। ନଇତ ନାହିଁ, ଆଉ କୋଉ କଥାରେ ଊଣା ନାହିଁ ଦୁଃଖୀ ଘରେ। ଆଉ ରତନୀର ପାନ। ଦୁଃଖୀ ପାନ ଖାଏ ନାହିଁ କି ତା' ଘରେ ପାନଡାଲା ନଥାଏ।

ଦିନରେ ଚାରିଥର ଚାହା ଶୁକୁରାର ଅମଳ। ନିହାତି ପକ୍ଷରେ ସକାଳେ ସଞ୍ଜ ଦି'ଥର ନହେଲେ ନ ଚଳେ। ଦିହ ହାତ ଘୋଳେଇ ପଡ଼ିବ। ଆଖି ପତା ମାଡ଼ି ମାଡ଼ି ପଡ଼ିବ। ହାଇ ଉପରେ ହାଇ।

ଏ ଅମଳ ତା'ର ନଥିଲା। ଚାହା, ପାନ, କିଛି ଖାଉ ନଥିଲା। ଅଳପ ଅଳପକି ଖାଉଁ ଖାଉଁ ଅଭ୍ୟାସ ହୋଇଗଲା। ପରଶୁ ବୋଉର କଥା ଏଡ଼ି ଦେଇ ନ ପାରି ଏ ହଟହଟା। ଯାହା ବା କେତେବେଳେ କିମିତି ଟିକିଏ ମନ ହେଉଥିଲା, ବିଲକୁଲ୍ ଅଭ୍ୟାସରେ ପଡ଼ିଗଲା ମିଲିଟେରୀରେ ଯୋଗଦେଇ। ମିଲିଟେରୀରେ ଯାଇଥିଲେ କି ପରଶୁ ବୋଉର ପରଷା ଖାଇ ନଥିଲେ ଯେ ତା'ର ଅମଳ ହୋଇ ନଥାନ୍ତା, ଏକଥା କିଏ କହିଲା ? ସେ କଲିକତା ଗଲାବେଳେ ଗାଁରେ କାଁ ଭାଁ କିଏ କିମତି ଖାଉଥିଲେ। କାହାରି ଘରେ ଚାହା ପାଣି ବସୁନଥିଲା। ଚାହା କେଟଲି ତ ସପନ। ଯିଏ ଖାଉଥିଲା, ଠେକିରେ ପାଣି ଗରମ କରି ପତଳା କନାରେ ଛାକି ଖାଉଥିଲା। ଇମିତି ଷ୍ଟ୍ରେନର୍ ଚାହା ଛଙ୍କା କିଏ ଦେଖିଥିଲା ? କପ୍ ପ୍ଲେଟ ତ ସହର କଥା। ଗାଁରେ ସପନ। ପଟ୍ଟନାୟକଙ୍କ ଗୋସିମା ଚାହା ଖାଉଥିଲେ। ଗାଁଟା ଯାକରେ ସେଇ ଜଣେ ଖାଉଥିଲା ବୋଲି ତାଙ୍କ ନାଁରେ ଡିବି ଡିବି ବାଜୁଥାଏ। ସେ ଚାହା ଖାଆନ୍ତି କଂସାରେ କଂସାଏ। ତୁଛା ଲିକର୍। ନାଲି ନାଲି ପାଣି ଦୁଧ ନାହିଁ କି ଚିନି ନାହିଁ। ବେଳେ ବେଳେ ନେମ୍ବୁ

ନୁଣ ପକେଇ ଢକ ଢକ କି ପିଇ ଯାଆନ୍ତି। ବୁଢ଼ୀଙ୍କର କୁଆଡ଼େ ଧଇଁ ପେଲେ। ସେଥିପାଇଁ ସେ ଖାଉଥିଲେ। ତାଙ୍କ ଛଡ଼ା ଆଉ ଜଣେ ଦି' ଜଣ ଅଫିମା ଚାହା ଖାଉଥିଲେ। ଚାହା ଖାଇବା ଲୋକ ଗାଁ ଦାଣ୍ଡରେ ମଥାଟେକି ଚାଲିପାରୁ ନଥିଲା। ଏବେ ତ ଗାଁ ମଝିରେ ଦି' ଦିଟା ଚାହା ଦୋକାନ।

ଶୁକୁରା ପିଲା ହୋଇଥାଏ। କାଲି ପରି ମନେ ହେଉଛି, ମେଲନ ପଡ଼ିଆରେ ଧଳା ପରଦା ଖଣ୍ଡେ ଟାଙ୍ଗିଦେଇ ସରକାରଙ୍କ ଚାହା ସଂପ୍ରସାରଣ ବିଭାଗ ଚଳନ୍ତି ଛବି - ସିନେମା ଦେଖାଉଥାନ୍ତି। ସେତେବେଳେ ଛବିସବୁ କଥା କହୁ ନଥିଲେ ଆଜି କାଲିକା 'ଟକି' ଭଳି। ଖାଲି ସେ ଗୋଡ଼ ହାତ ହଲାନ୍ତି।

ଦେବସଭାରେ ଇନ୍ଦ୍ର ବସିଛନ୍ତି। ପଚାରିଲେ ମର୍ତ୍ତ୍ୟପୁରର ଖବର କ'ଣ ? ନାରଦ କହିଲେ - ମର୍ତ୍ତ୍ୟପୁରର ଲୋକେ ଭାରି ଦୁଃଖରେ ଅଛନ୍ତି। କାରଣ ? ଇନ୍ଦ୍ର ପଚାରିଲେ। ନାରଦ କହିଲେ - 'ଖାଇବାକୁ ପାଉନାହାନ୍ତି। ଲୋକ ବହୁତ ବଢ଼ି ଗଲେଣି। ରୋଗରେ ଘାଣ୍ଟି ହେଉଛନ୍ତି।' ଇନ୍ଦ୍ର ତହୁଁ ଧନ୍ୱନ୍ତରୀକୁ ଡାକି କହିଲେ - ଏମିତି ଜଡ଼ିବୁଟିର ନାଆଁ କୁହ, ଯାହା ଏକ ସାଙ୍ଗରେ ଖାଦ୍ୟ ଆଉ ଔଷଧର ଗୁଣ କରିବ। ଧନ୍ୱନ୍ତରୀ ତହୁଁ ଚାହାପତିଟିଏ ଆଣିଦେଲେ। ଦୁଇଟି ପତର ଗୋଟିଏ କଢ଼ି। ଇନ୍ଦ୍ର ଦେବତା ସେଇଟିକୁ ମର୍ତ୍ତ୍ୟ ଭୁବନକୁ ପଠାଇଦେଲେ। କାର୍ତ୍ତିକେଶ୍ୱର ମୟୂରରେ ଚଢ଼ି ଉଡ଼ି ଉଡ଼ି ଚାଲିଗଲେ। ତାପରେ କଣ ଦେଖିବ ? ମର୍ତ୍ତ୍ୟ ମଣ୍ଡଳରେ ଚାହାତ୍ ବ୍ୟାପିଗଲା। ହିମାଳୟରୁ ଆଗ ହରପାର୍ବତୀ ଆସି ଚାହା ଖାଇଲେ। ତେଣିକି ତ ସମସ୍ତେ ଧାଇଁଲେ 'ଚାହା' ପିଇବା ପାଇଁ।

ବୋଧହୁଏ ଏତେକଥା କରିବି କେହି ଚାହାକୁ ଚାହିଁଲେ ନାହିଁ। ସେଇଠୁ ମଟର ଗାଡ଼ିରୁ ଚାହା ପାକେଟ୍ ପାକେଟ୍ ରାସ୍ତାରେ ବିଛୁଡ଼ିଲେ। ତେବେ ବି ଲୋକେ ଭୁଲିଲେ ନାହିଁ। ଏବେ କଣ ହେଲା କିଜାଣି ଘର ଘରକି ଚାହା। ବନ୍ଧୁ ବାନ୍ଧବ, ପ୍ରିୟା ପ୍ରୀତି, ଯିଏ ଅଇଲା ଦିଅ ଚାହା। ଦୁଃଖୀ ଦାସ କହିଲା - "ଦେଶରେ ଏକ ନୂଆ ସଭ୍ୟତା ଜାରି ହେଲାଣି ତା' ନାଆଁ ଚାହା ସଭ୍ୟତା। ସବୁ ଇଂରେଜୀଙ୍କ ଦେଖାଶିଖା। ଏବେ ତ ବିଛଣାରେ ଶୋଇ କାଳା-ସାହେବମାନେ ଅଘଷା ମୁହଁରେ ଚଁ ଚଁ କି ଚାହା ପିଇ ଯାଉଚନ୍ତି। କଣ ନା - 'ସାହେବମାନେ କରନ୍ତି ଆମେ କିଆଁ ନ କରିବୁଁ? ମୁଁ ତ ସେଇଥିପାଇଁ ଘରେ ଚାହା ପୂରେଇ ଦିଏ ନାହିଁ। ଆମେ ନା ଦଉଁ ଦୁଧ ନା ଦଉଁ ପାଣି। ଗୋଟିଏ ଶସ୍ତା ଅମଳ ଆମେ ଚାହା ଦ୍ୱାରା ଯୋଗାଇଁ ଦଉଁ। ନିକୋଟିନ୍ - ବିଷ ଅଛି ଚାହା ଦିହରେ। ଆମେ ଏମିତି ଉପକାରୀ ବନ୍ଧୁ ଯେ କୁଣିଆ ମଇତ୍ର ଯିଏ ଆସିଲା ତାକୁ ବିଷ ବାଢ଼ି ଦଉ। ମୋର ମତ, ଚାହା ବଦଳରେ ଯଦି ସମସ୍ତେ ମହୁ ସରବତ୍

କରି ଦିଅନ୍ତେ, ସମସ୍ତେ ଯଦି ମହୁଚାଷ କରନ୍ତେ, ତା' ଭିତରେ ଗୋଟାଏ ନିଜସ୍ୱ ସଭ୍ୟତା ବିକଶିତ ହୁଅନ୍ତା।"

ଶୁକୁରା କହିଲା – "ଭଲ କହିଲ ଯେ ଭାଇନା, ହେଲେ ଆମେ ଯିଏ ସବୁ ଅମଲ କଲୁଣି, ଆମେ ସବୁ ମଲେ ସିନା ତମେ ଯାଇଁ ନୂଆ ସଭ୍ୟତା କରିବ। ନୂଆ ସଭ୍ୟତାରେ ଆଗେ ଆମ ପୈତୃକ ପ୍ରାଣଟା ଚାଲିଯିବ ଯେ।"

ତା' ପରଠୁଁ ଶୁକୁରା ପାଇଁ ସ୍ୱତନ୍ତ୍ର ଚାହାର ବ୍ୟବସ୍ଥା କରିଦେଲା ଦୁଃଖୀ। ଶୁକୁରାକୁ ଲାଜ ଲାଗିଲା। ତା' ପାଇଁ ଚାହା, ରତନୀ ପାଇଁ ପାନ ଗୁଣ୍ଡି, ଦୁଃଖୀ ଦାସ ଘରେ ପ୍ରବେଶ କଲା। ସେ ଚାହା ଛାଡ଼ିଦେଲା ଶେଷକୁ। ରତନୀ କିନ୍ତୁ ପାନ ଛାଡ଼ି ନପାରେ।

ଦିନ ପରେ ଦିନ ଖାଲି ଗଡ଼ି ଯାଉଚି। କୁଆଡ଼େ ପଳଉଚି ଗଡ଼ ଗଡ଼ ଚକା ଗଡ଼ିଲା ପରି। ଏଇ ଆକାଶ ବାଟେ, ଛାୟାପଥ ଦେଇ। ବୁଝି ହଉନି ଶୁକୁରାକୁ ମାଡ଼ି ପଡୁଛି। କେତେଦିନ ସେ ଆଉ ଏଠି ବସି ଖାଉଥିବ ? ଦି'ଜଣ ଯାକ ଦୁଃଖୀର ଗଳଗ୍ରହ ହେଇ ପଡ଼ି ରହିଛନ୍ତି। ଦୁଃଖିଆନ୍ନା ଶୁଣିଲା ସେ କାହା ଆଗେ କହୁଥିଲା ପରା ଶୁକୁରା ! ଦୁଃଖିଆନ୍ନା ଡାକିଲା – "ହଇରେ, ତୁ କାହିଁକି ମୋ ଗଳଗ୍ରହ ହୁଅନ୍ତୁ। ତୁ ଖଟୁଚୁ। ଖାଉଚୁ ! ମୁଁ ତତେ କଣ ଦଉଚି ନା ନଉଚି। ରତନୀ ଯେ ରାନ୍ଧୁଚି, କଣ ଦରମା ପାଉଛି କିଛି। ନିଜ କାମ ତମେ ନିଜେ କରୁଛ, ଖାଉଛ ! ବରଂ ତମ ମେହେନତ ମୁଁ ଖାଉଚି।"

ଦୁଃଖୀନନା। ଭଲ ମଣିଷ ନୁହେଁ ଦେବତା। ସେ ଆଉ କଣ କୁହନ୍ତା ! ସେ କହିଲା ବୋଲି ତା'ର ତ ପୁଣି ଅକଲ ଅଛି। ସେ କେତେ ଦିନ ଆଉ ଦୁଃଖିଆନ୍ନା ଘରେ ରହିବ। ଭାଗୁ ମାହାନ୍ତି ଜମି ଦବ, ସେ ଘର କରିବ, ମୂଳଦୁଆ ପକେଇବ, କାନ୍ଥ ଦବ, ଶେଣୀ ଖଞ୍ଜିବ, ଛପର ବାନ୍ଧିବ, ପ୍ରତିଷ୍ଠା କରି ସାଇ ପଡ଼ିଶାଙ୍କୁ ଖାଇବାକୁ ଦବ, ତେବେ ଯାଇଁ ରହିବ ସିନା। ଏତେ ସପନକୁ ରାତି କାହିଁ ? ରତନୀ କହୁଛି।

ମଣିଆ ରେଜେଷ୍ଟ୍ରିଖାନାରୁ ବୁଝି ଆସି କହିଲା – "ଭାଗୁ ମାହାନ୍ତି କ'ଣ ଆଉ ତୋ ଘରତଳି ରଖିଚି ? ଏଣେ ଯଉଁଦିନ ସେ କହିଲା – ନେଡ଼ିଗୁଡ଼ କହୁଣୀକି ବହି ଗଲାଣି – ସେଇଦିନ ରେଜେଷ୍ଟ୍ରିଖାନା ଯାଇଁ କବାଲା କରିଦେଇ ଆସିଚି ପରା ! ବାଇୟା କିଏ ଜାଣୁ ? ଚିରଞ୍ଜିଲାଲ୍ ମାରୁଆଡ଼ି। ତୋ ଘରଡିହକୁ ଲାଗି ଭାଗୁ ମାହାନ୍ତିର ଜଳଜମି କେଇ ଏକର ଅଛି। ସବୁ ଏକାସାଙ୍ଗରେ ବିକ୍ରିକରି ରେଜେଷ୍ଟ୍ରି କରି ଦେଲାଣି। ଆଉ ସେ ତମକୁ ଘରତଳି ଫେରେଇ ଦବ ? ମନରେ ଗେଣ୍ଠ ବାନ୍ଧି ବସିଥା।

"କେଡ଼େ ମାୟାବୀ ଏ ଲୋକଟା ସତେ। ତମେ ମକଦ୍ଦମା କରିବ – କର। ଭାଗୁ ମାହାନ୍ତି ପାର୍। ମାର୍ ଛୁ। ସେ ଆଉ ଧରା ନ ପଡ଼େ। ମକଦ୍ଦମା କରୁଥା ! ମକଦ୍ଦମା କଲେ ପକ୍ଷହବ ମାରୁଆଡ଼ି। ଜମି ମାଲିକ ସେ। ଭାଗୁ ମାହାନ୍ତି କିଏ ?

ମୁତ୍‌ଫରକା ଭାଗୁ ମାହାନ୍ତି । ନଢ଼ିବୁ ତ ଲାଖ୍‌ପତି ସାଙ୍ଗରେ ନଢ଼୍ । ଯାଅ ଏଥର କାଠ ଯୋଡ଼ି ପାଣି ପିଇ, ହାଇକୋଟ ଦେଖୁଥାଅ । ତା ଉପରକୁ ଦିଲ୍ଲୀ ଇନ୍ଦ୍ରପ୍ରସ୍ଥରେ ସୁପ୍ରିମ୍ କୋଟ୍ ବସିଚି । କେତେ ଯିବ ଯାଅ । ମାରୁଆଡ଼ି ପୁଅ କଣ ସହଜରେ ଛାଡ଼ି ଦବ ? ତା' ଭାଗ୍ୟ । ଏମିତି ଜମି ସେ ଆଉ କୋଉଠୁଁ ପାଇଥାଆନ୍ତା ଭଲା । ରାସ୍ତାକଡ଼ । ଷ୍ଟେସନ୍ ପାଖ । ଧାନକଳ ପାଇଁ ଠିକଣା ଜାଗା । ଦିଲୁ ମାରୁଆଡ଼ି ସେଠି ଧାନକଳ ବସେଇବ ।"

"ଧାନକଳ ?" ଦୁଃଖୀ ଚମକି ପଡ଼ିଲା ।

"ହଁ ଧାନକଳ ! ଏ ଗାଁ ସହର ହେଇଯିବ । ମଟର ଗାଡ଼ି ପେଁ ପେଁ କରି ଛୁଟିବ । ଚିମିନିରୁ ଧୂଆଁ ଭସ୍ ଭସ୍ ବାହାରିବ । ଶହ ଶହ କୁଲି ମୂଲିଆ କାମ ପାଇବେ ।" ମଣିଆ କହିଲା ।

ଶୁକୁରା ପଚାରିଲା – "ଓ ଧାନକଳ ବସିବ ?" ନିଶ୍ୱାସଟାଏ ଛାଡ଼ିଲା । ଲୁଗାକଳ ନୁହେଁ, ଚଟକଳ ନୁହେଁ, ଧାନକଳଟାଏ ।

ଦୁଃଖୀ କହିଲା – "କେତେ ଲୋକ କାମ ପାଇବେ, କେତେ ଲୋକ ବେକାର ହେବେ, ହିସାବ କରୁଚ ? ଦୁଃଖୀରଙ୍କୀ, ରାଣ୍ଡୀଖଣ୍ଡୀ, ଯିଏ କୁଟୁଥିଲେ, ଖାଉଥିଲେ । ତାଙ୍କ ଦାନା ମରିଗଲା ।

ଦଣ୍ଡେ ବସିଗଲା ମଣିଆ । ଭାବିଲା, ସତେ ତ ! ଧାନକୁଟୁଣୀଯାକ ଯିବେ କୁଆଡ଼େ ? ଗଡ଼ି ମରିଯିବେ । ଗୋଟି ଗୋଟି କି ଭିକ ମାଗିବେ । ଭିକ ନ ମିଳିଲେ ?

"ଏଥର ଉପାୟ କର ଦୁଃଖିଆନ୍ନା ?" ମଣିଆ ଆଗ୍ରହରେ ପଚାରିଲା ।

"ମତେ ତ ବାଟ କିଛି ଦିଶୁନାହିଁ । ବାଟ ଥିଲା । ଗାନ୍ଧୀ ବାଟ । ଲୋକେ ତ ସେ ବାଟ ଳୁଡୁଛନ୍ତି । ଲୋକେ କାହିଁକି ହୁଡ଼ିବେ ? ତାଙ୍କୁ ଭୂଆଁ ବୁଲେଇଚୁ ଆମେ, ଯେଉଁମାନେ ନେତା ବୋଲାଇ ତାଙ୍କ ସରଳ ପଣରେ ସଉଦା କରୁଛୁଁ ।" କହିଲା ଦୁଃଖୀ ।

"ପଛ କଥା ଭାବି ଲାଭ କଣ ? ଏବେ କଣ କରିବା କୁହ । ଗାନ୍ଧୀ ବାଟ ଆଉ କାମ ଦେଖେଇବନି ।"

"ହବନି କାହିଁକି, ହବ ! କିନ୍ତୁ ମୋର ସାହସ କୁଳଉ ନାହିଁ । କୁଣ୍ଢେ ପାଉ ନାହିଁ । ଗାଁକୁ ଗାଁ ଏକଜୁଟ ହୋଇ ଧାନବିକ୍ରି ନକଲେ, ମାଡୁଆଳି ଜବଦ୍ ହୋଇଯିବ । କଳ ବଳ ନେଇ ତା' ବାଟ ଦେଖିବ । କିନ୍ତୁ ଗାଁ ଗାଁ କଣ ଆଉ ଏକଜୁଟ୍ ହେବେ ? ଗୋଟିଏ ଗାଁର ଲୋକ ତ ଏକଜୁଟ୍ ହୋଇପାରୁ ନାହାନ୍ତି । ଗାଁ ଗାଁ କି ଦଶ ପରଶ ଗାଁ ଏକଜୁଟ୍ ହେବେ କିମିତି ? ହୁଅନ୍ତେ । କିନ୍ତୁ ଗାଁକୁ ଭାଙ୍ଗି ଟୁକୁରା ଟୁକୁରା କରିଦେଲେ

ଆମ ନେତାଏ। ଆଉ କଣ ଗାଁ ଅଛି ଯେ ଏକ୍ ହେବେ। ଇଂରେଜ ସରକାର ଚିରଦିନ ଭାରତକୁ ଶାସନ କରିବ ବୋଲି, ହିନ୍ଦୁ ମୁସଲମାନ୍ କଳି ଲଗେଇ ଦେଇଥିଲା। ଆମ ସହରର ନେତାମାନେ ଗାଁକୁ ଚିରଦିନ ଶୋଷିବା ପାଇଁ ଗାଁରେ ଘର ଘରକି କଳି ଲଗେଇ ଦେଇଛନ୍ତି। ଦଳ ଦଳ କି କଳି, ଚଷା ଖଣ୍ଡେଇତ କଳି, ସବର୍ଣ୍ଣ ଅସବର୍ଣ୍ଣ କଳି, ପାଣ କଣ୍ଡରା କଳି, ବ୍ରାହ୍ମଣ କରଣ କଳି, ଜମିଦାର ପ୍ରଜା କଳି, ଚାଷୀ ଭାଗଚାଷୀ କଳି, ସରପଞ୍ଚ ପରପଞ୍ଚ କଳି। କେତେ ରକମର ଭେଦ ସୃଷ୍ଟି କରିଛୁ ଆମେ, ଆମରି ସ୍ୱାର୍ଥ ପାଇଁ। ବୁଝି ପାରୁଛଁ ?

"କିନ୍ତୁ ଭାଇନା, ରାମବାବୁ ତ ଭାରି ପାଠୁଆ ଲୋକ। ସେ ତ ଏକଥା କହୁ ନଥିଲେ। ସେ ଓଲଟି କହିଲେ - ଭାରି ବଢ଼ିଆ କଥା। କଳ ବସୁ! ଲୋକେ କାମ ପାଇବେ। ଧାନ ଭାଙ୍ଗି ଲୋକେ ସାଙ୍ଗେ ସାଙ୍ଗେ ଚାଉଳ ପାଇବେ - ଆହୁରି କେତେ କଥା କହିଲେ।" ମଣିଆ କହିଲା।

ଦୁଃଖୀ କହିଲା - "ହଁ ହଁ ଆହୁରି ଢେର୍ କଥା କହିଥିବେ। କହିଥିବେ, ଫ୍ୟାକଟ୍ରୀ ହେବ। ଟ୍ରେଡ୍ ୟୁନିୟନ୍ ଗଢ଼ା ଯିବ। ଶ୍ରମିକମାନେ ଏକଜୁଟ ହେବେ। ଶୋଷକ ପୁଞ୍ଜିପତି ବିରୋଧରେ କାର୍ଯ୍ୟାନୁଷ୍ଠାନ କରାଯିବ। ସରକାର ଫ୍ୟାକ୍‌ଟରୀକୁ ହାତକୁ ନେଇନେବେ। ଜାତୀୟକରଣ ହେବ। ତା'ପରେ ଏଇ ଶୋଷିତ କୁଲି ମୂଲିଆଙ୍କର ଏକଛତ୍ରବାଦ ପ୍ରତିଷ୍ଠା ହେବ। ସେଇମାନଙ୍କ ସ୍ୱାର୍ଥ ଦିଗରେ ସମଗ୍ର ରାଷ୍ଟ୍ରର ଉତ୍ପାଦନ ଶକ୍ତି ବିନିଯୋଗ କରାଯିବ।"

"ଠିକ୍ ଠିକ୍। ସେଇୟାତ କହିଲେ। ମୁଁ କିଛି ବୁଝି ପାରିଲି ନାହିଁ। ସତ କହୁଛି, ମୋତେ କହିଲେ କିମିତି ଶୋଷିତ ଦଳିତମାନଙ୍କର ଏକଛତ୍ରବାଦ ହେବ। କିମିତି ହେବ! ଅନେକ ଲୋକଙ୍କର ଏକଛତ୍ର ଶାସନ କିମିତି ସମ୍ଭବ! ଏକଛତ୍ର ଶାସନ ତ ଜଣକ ମାମଲା ଯିମିତି ହିଟଲର୍ ଏକଛତ୍ରବାଦୀ ଥିଲା।"

ଶୁକୁରା କହିଲା - "ବଙ୍ଗଳାରେ ଏମିତି ଗୋଟାଏ କଥା ଅଛି। କହନ୍ତି 'ସୋନାର ପାଥର ବାଟୀ' ସୁନାରେ ତିଆରି ପଥୁରୀ ବାସନ।"

ମଣି କହିଲା - "ଶୁଣିଚ ଭାଇନା, ରାମବାବୁଙ୍କ ସାଙ୍ଗରେ ଜୁଟିଛି ସେ କୁତୁରୁପିଆ ବୁଢ଼ା ଭାଗୁ ମାହାନ୍ତି। କିମିତି ଜୁଟିଲେ ? ଦିହିଙ୍କର ତ ଅହିନକୁଳ ସମ୍ପର୍କ। ଏବେ ତ କ୍ଷୀର ନୀର।"

ଦୁଃଖୀ ଦାସ କହିଲା - "ସେଟା ଭାରି ବଡ଼ ରାଜନୀତି। ସେ ସବୁ ଉପର ମହଲର ବିଚାର। ତାକୁ ତଳସ୍ତରରେ ପରୀକ୍ଷା କରୁଛନ୍ତି ରାମବାବୁ। ଜଣେ ମାର୍କସବାଦୀ। ଜାଣିଚୁ ତ ?"

"ଶୁଣିଛି" - ମଣିଆ କହିଲା।

ମଣିଆ ପୁଣି କହିଲା - "ରାମବାବୁ କଥାରେ କଥାରେ କହନ୍ତି - ମାର୍କସ୍, ମାର୍କସ୍। ମାର୍କସ ଯା କହିଥିଲେ, ତା' କହିଥିଲେ। ମାର୍କସଙ୍କ ଶିଷ୍ୟ ଯା କହିଥିଲେ, ତା' କହିଥିଲେ। ଯିମିତି ଭାଗୁ ମାହାନ୍ତି କଥାରେ କଥାରେ କହେ ରାଧାମାଧବ, ରାଧାମାଧବ, ତମ ଇଚ୍ଛା – ସେଇମିତି।"

ହସିଲା ଦୁଃଖୀ ଦାସ। କହିଲା - "ହଁ ସେଇ ମାର୍କସ୍ ହେଉଛନ୍ତି ରାମବାବୁଙ୍କ ଗୁରୁ। ରାମବାବୁ କହନ୍ତି - ନୂଆ ପ୍ରତିକ୍ରିୟାଶୀଳ ଶକ୍ତିକୁ ଆୟତ୍ତ କରିବାକୁ ହେଲେ, ପୁରୁଣା ପ୍ରତିକ୍ରିୟାଶୀଳ ଶକ୍ତି ସହିତ ହାତ ମିଳେଇବା ଦରକାର।"

ଶୁକୁରା କହିଲା, "ନୂଆ କିଏ ? ପୁରୁଣା କିଏ ?"

ଦୁଃଖୀ କହିଲା, "ନୂଆ ହେଲେ ପୁଞ୍ଜିପତି ଓ ପୁରୁଣା ହେଲେ ସାମନ୍ତବାଦୀ।"

ମଣିଆ କହିଲା - "ଭାଇନା, ସତରେ ଏସବୁ ବଡ଼ ବଡ଼ ରାଜନୀତି କଥା। ମୋ ମୁଣ୍ଡରେ ପଶୁ ନାହିଁ। ମୁଁ ଦେଖୁଚି, ଦେଶରେ ଏବେ ତିନୋଟି ଗୋଷ୍ଠୀ। ତଣ୍ଡିଖିଆ, ଭଣ୍ଡିଖିଆ, ଆଉ ଦଣ୍ଡିଖିଆ। ବ୍ୟବସାୟୀ ହେଲେ ତଣ୍ଡିଖିଆ। ଆଗରୁ ରାଜା ଜମିଦାର ଥିଲେ, ଏବେ ସରକାରୀ ଅମଲା ହେଲେ ଦଣ୍ଡିଖିଆ। ଆଉ ଏଇ ରାଜନୈତିକ ନେତାଏ ହେଲେ ଭଣ୍ଡିଖିଆ। ଏ ତିନିହେଁ ଏକାଠି ହେଲେ ଦେଶ ଆଉ ରହିବଟି ? ଦେଶ ଉଚ୍ଛନ୍ନ ହୋଇଯିବ।"

"କିଛି ହବ ନାହିଁ।" ଦୁଃଖୀ ଦାସ କହିଲା। "ଆମେ ଯଦି ଏକା ମନ ହୋଇ ପାରିବା, ଆମେ ଏଇ ମଫସଲର ଲୋକେ, ଗାଁ ଗହଳିର ଲୋକେ, ଆମେ ଯଦି ସହର ମୁହଁକୁ ନ ଚାହିଁ ନିଜେ ନିଜର ଗୋଡ଼ରେ ଠିଆ ହୋଇ ପାରିବା, ତେବେ ଯେତକ ଏଇ ସ୍ୱାର୍ଥସଂଶ୍ଳିଷ୍ଟ ସହରବାସୀ ତଣ୍ଡିଖିଆ, ଦଣ୍ଡିଖିଆ, ଭଣ୍ଡିଖିଆ ଆମର କିଛି କରି ପାରିବେ ନାହିଁ।"

ଶୁକୁରା ଟିକିଏ ଗରମ ଗଳାରେ କହିଲା - "ସେ ସବୁ ତମର ଗାନ୍ଧୀ ଫାନ୍ଧି କଥା ଚଳିବ ନାହିଁ। ବାହାଘର ବେଳେ ବାଇଗଣ ରୋଇବ। ଗାଁ ବାଲା ସମସ୍ତେ କେବେ ଏକଜୁଟ୍ ହେବେ ନା ଆମେ ଏଇ ତଣ୍ଡିଖିଆ, ଭଣ୍ଡିଖିଆ, ଦଣ୍ଡିଖିଆଙ୍କୁ କାବୁ କରିବୁଁ। ବୁଝିଲ ମଣି, ଦୁଃଖିଆନ୍ନା ଏଇନେ କହିବ, ସତ୍ୟାଗ୍ରହ କରିବା, ଅନଶନ କରିବା। ମୁଁ ବାବା ଉପାସ ଫୁପାସ କରି ପାରିବି ନାହିଁ - ଚାଲ ସମସ୍ତଙ୍କୁ ଠେଙ୍ଗାଏ ଲେଖା ଦେଇ ସାବାଡ଼ କରିଦେବା। ବାପ ବୋଲି ଡାକି ଯଦି ବାଟକୁ ନ ଆସିବେ ତ ମୋ ନାଁରେ କୁକୁର ପାଳିବ। ନେତାଜୀ ବାରମ୍ବାର କହିଛନ୍ତି - ମହାତ୍ମା ଗାନ୍ଧୀଙ୍କର ଅହିଂସ୍ର ଆନ୍ଦୋଳନ ପହିଲା ପାହାଚ। ଶେଷଯାଏ ତା' ରୂପ ସେମିତି ରହିବ ନାହିଁ,

ବିଲକୁଲ୍ ବଦଳିବ। ହାତ ହତିଆର ଧରି ଭାରତବାସୀଙ୍କୁ ବ୍ରିଟିଶ୍ ବିରୋଧରେ ଠିଆ ହେବାକୁ ହବ। ତା' ନହେଲେ ସ୍ୱାଧୀନତା ମିଳିବ ନାହିଁ। ସେଇଥିପାଇଁ ମୁଁ କହୁଚି, କୁକୁର ବାଡ଼ିଆ କରିଦବା। ମାଡ଼କୁ ଦେବତା ଡରନ୍ତି ପରା!"

ନାଗର୍‌ଚି ନାଗରା ବାଡ଼େଇ ଚାଲିଗଲା। ତିନିକି ତିନିହେଁ କାନ ପାରି ଶୁଣିଲେ। ସେ ଦିନ ସନ୍ଧ୍ୟାରେ ସଭା ହେବ। କଂଗ୍ରେସ ପ୍ରାର୍ଥୀ ହୃଦୟ ରଞ୍ଜନ ରାୟ ଆଉ କଂଗ୍ରେସର ଯୁବ ସଭାପତି ଜୟରାମ ନାୟକ ଭାଷଣ ଦେବେ।

ନାଗର୍‌ଚି ଚାଲିଗଲା ପରେ ଘାଉଁ ଘାଉଁ ପାଟିକରି ଡାକବାଜି ଯନ୍ତ୍ର ବି କହିଗଲା – ଜୟରାମ ହୃଦୟରଞ୍ଜନ ଭାଷଣ ଦେବେ।

ଓଡ଼ିଶା କଂଗ୍ରେସର ଯୁବ ସଭାପତି – ଦୁଃଖୀ ହସିଲା। ଶୁକୁରା ପଚାରିଲା – "ହସିଲ କାହିଁକି ଭାଇନା?"

"ସେ ଏକ ବିରାଟ ଇତିହାସ।" ଦୁଃଖୀ କହିଲା – "ମନେ ପଡ଼ିବାରୁ ହସ ମାଡ଼ିଲା।" ଉଭୟ ମଣିଆ ଶୁକୁରା – ଶୁଣିବାକୁ ଭାରି ଆଗ୍ରହ ଦୁହିଁଙ୍କର। କଣ ସେ ଇତିହାସ। ମନେ ପକେଇ ହସୁଚି ଦୁଃଖୀ ଦାସ। ଭାରି ମଜାକଥା ହେଇଥିବ। ଦୁଃଖୀ ଦାସ କହିଲା ଗୋଟି ଗୋଟି। ଠିକେ ଠିକେ।

"ଇତିହାସ ନୁହେଁ ପୁରାଣ। ଏବେ ତ ଜୟରାମଙ୍କ ନାମ ହେଇଚି ଭସ୍ମାସୁର। ହରିରାମଙ୍କ ବର ପାଇ ନେତା ହେଲେ, ପଇସା ବି କଲେ, ଏବେ ଗୋଡ଼େଇଚନ୍ତି ହରିରାମଙ୍କ ମୁଣ୍ଡରେ ହାତଦେଇ ଭସ୍ମ କରିଦେବା ପାଇଁ। ହରିରାମ ପଳେଇଚନ୍ତି ଜୟରାମ ଗୋଡ଼େଇଚନ୍ତି। ଏଇ ପାଲା ଲାଗିଚି କଂଗ୍ରେସ ଭିତରେ। ଉପରେ ବଡ଼ ବଡ଼ ନେତା ଯା ପଛରେ ରହି ଖେଳ ଖେଳୁଚନ୍ତି। ସମସ୍ତଙ୍କ ଇଚ୍ଛା ପୁରୁଣା କର୍ମୀ, ନେତା, ପ୍ରତିଭାଶାଳୀ ହରିରାମ ବାବୁ କିପରି ତିନିପାଞ୍ଚିରୁ ପୋଛି ହୋଇଯିବେ। ସେଇଥିପାଇଁ ଜୟରାମ ବାବୁଙ୍କୁ ଟିହାଇ ଦେଇଛନ୍ତି ହରିରାମଙ୍କ ବିରୋଧରେ।"

"ଉପରେ ଯେଉଁ ବଡ଼ବଡ଼ିଆ ନେତା ଅଛନ୍ତି, ହରିରାମ ବାବୁ ତାଙ୍କର କଣ କରିଥିଲେ କି? ବାଡ଼ିରେ ହଗିଥିଲେ ନା ଦାଣ୍ଡରେ ମୂତିଥିଲେ?" ଶୁକୁରା କହିଲା।

"ଆରେ, ଯେଉଁମାନେ ହିଂସାତ୍ମକ ବିପ୍ଳବରେ ବିଶ୍ୱାସ କରନ୍ତି ବିପ୍ଳବ ଫଳପ୍ରସୁ ହେଲାପରେ ସେମାନେ ନିଜ ନିଜ ଭିତରେ କାମୁଡ଼ା କାମୁଡ଼ି ହୁଅନ୍ତି କୁକୁରଙ୍କ ଭଳି। କୁକୁର ଅଇଁଠା ପତ୍ର ଚାଟିଲାବେଳେ ଯେମିତି ହୁଅନ୍ତି ସେମିତି। ହରିରାମ ବାବୁ ତ ଜଣେ ଉପରବାଲା। ତାଙ୍କୁ ଖସେଇ ଦେଲେ ରାଜ୍ୟ ନିଷ୍କଣ୍ଟକ। ଏମିତି କେତେ ନେତାଙ୍କୁ କେତେ କାଇଦା କରି ଖସେଇ ଦେଲେଣି। ପଟେଲ ବିଚାରା ମରିଗଲେ ତରିଗଲେ।

ରାଜାଜୀ, କୃପାଲିନୀ, ଜୟପ୍ରକାଶ, ଶଙ୍କର ରାଓ, ପ୍ରଫୁଲ୍ଲ ଘୋଷ, କିଏ ଯେ କୁଆଡ଼େ ଗଲେଣି କାହାରି ଠିକ୍ ଠିକଣା ନାହିଁ।"

ଆଚ୍ଛା, ଦୁଃଖୀ ଭାଇନା! ଏ କଂଗ୍ରେସ ନେତାମାନେ ପରା ଅହିଂସା ସଂଗ୍ରାମ କରିଥିଲେ ମହାତ୍ମାଗାନ୍ଧୀଙ୍କ ନେତୃତ୍ୱରେ! ତମେ କହିଲ ଯେ ହିଂସାତ୍ମକ ଆନ୍ଦୋଳନ! ମଣିଆ ପଚାରିଲା।

"ଆରେ ମହାତ୍ମାଗାନ୍ଧୀ ସିନା ଅହିଂସ୍ର ଆନ୍ଦୋଳନ କରୁଥିଲେ। ତାଙ୍କର ଚେଲାମାନଙ୍କର କଣ ସେଥିରେ ବିଶ୍ୱାସ ଥିଲା? ସେମାନେ ଗାନ୍ଧିଜୀଙ୍କର ଲୋକପ୍ରିୟତାଠାରୁ ଫାଇଦା ଉଠାଇବା ପାଇଁ ଗାନ୍ଧୀ ଆଖିରେ ଅନ୍ଧପୁଟୁଳି ବାନ୍ଧି ସାତ ଦୁଆର ମଡ଼ଉ ଥିଲେ ନା।"

"ଯଉଁଠି ହିଂସା ହେଉଚି, ସେ ଆନ୍ଦୋଳନ ଶେଷରେ ଏଇମିତି ଆପଣା ଆପଣା ହାତରେ ହଣା କଟା ହେଇଚନ୍ତି?" ଶୁକୁରା ପଚାରିଲା।

"ଆଉ ରୁଷରେ କଣ ହେଲା? ଷ୍ଟାଲିନ୍ ରାଜା ହେଲେ। ଏକଛତ୍ର ଶାସକ ବା ଡିକ୍ଟେଟର ଯାହା ଏକଛତ୍ର ସମ୍ରାଟ ସେଇୟା। ଏକା କଥା। ବିଚାରା ଟ୍ରଟସ୍କି ପ୍ରାଣଘେନି ପଳେଇ ଗଲା ବିଦେଶକୁ। ସେଠି କଣ ରକ୍ଷା ପାଇଲା? ନାହିଁ ସେଠି ତାକୁ ହତ୍ୟା କରାଗଲା। ଏମିତି କେତେ ଟ୍ରଟସ୍କି କେତେ ବେରିଆ ମରିଥିବେ କିଏ ଜାଣିଚି। ଭାରତ ବର୍ଷରେ ବି ସେଇ ଲୀଳାର ଅଭିନୟ।"

ଶୁକୁରା ଶୁଣୁଥାଏ। ଆଉ ତା' ଆଖି ଆଗରେ ନାଚି ଯାଉଥାଏ ଆଜାଦ୍ ହିନ୍ଦୁ ଫଉଜର ସେ ଦୁର୍ଭାଗ୍ୟ, ଦୁର୍ଦ୍ଦଶା! ଭାରତବର୍ଷରେ ଯେମିତି ଏ ଯୁଦ୍ଧ କେତେକାଳରୁ ଲାଗିଲାଣି। ମହାଭାରତ କାହିଁକି, ରାମାୟଣ ଯୁଗରୁ। ଇଏ କଣ ଛିଡ଼ିବ ନାହିଁ? ଭାବୁଥାଏ ଶୁକୁରା।

ଶତ୍ରୁ ଥାଏ ମା ପେଟରେ। ଏ କଥାଟା କେବଳ ଏଇ ଭାରତ ଭୂଇଁର ଲୋକଙ୍କ ମୁହଁରେ ଶୁଣାଯାଉଥିବ। ଆମରି ଦେଶର ଲୋକମାନେ ଏ ଲୀଳା କେତେ ଦେଖିଛନ୍ତି ଅଙ୍ଗେ ନିଭେଇଚନ୍ତି। ସେଥିପାଇଁ ଏ ଢଗ। ଆମ ରକ୍ତରେ ଯଦି ଭାଇ ବେକରେ ଭାଇ ଛୁରୀ ଦବାର ଆଦତ୍ ନଥାନ୍ତା ତେବେ ଆଜାଦ୍ ହିନ୍ଦ୍ ଫୌଜର ଏ ଦୁର୍ଗତି ହୋଇଥାନ୍ତା କାହିଁକି? ଆମେ କାହିଁକି ଆତ୍ମସମର୍ପଣ କରିଥାଆନ୍ତୁ ଇଂରେଜଙ୍କ ପାଖରେ? ଜାପାନୀମାନେ ଭାରି ଚାଲାଖ୍। ଆମକୁ ଇଂରେଜ କମାଣର ଆହାର କରି ପଛକୁ ରହିଗଲେ ଯାଉଛୁ ବୋଲି କହି। ତା'ପରେ ପଛଘୁଞ୍ଚା। ପଳାୟନ। ବୀରତ୍ୱର ସହ ପଛକୁ ହଟିଗଲେ। ଧରା ପଡ଼ିଗଲୁ ଆମେ ଭାରତୀୟ ସୈନ୍ୟଯାକ। ବର୍ମା, ମାଳୟ, ଆଣ୍ଡାମାନ୍, ନିକୋବର, ଯିଏ ଯେଉଁଠି ଜାପାନ ହାତରେ ବନ୍ଦୀ ହୋଇ ରହିଲା ପରେ

ନେତାଜୀଙ୍କ କୌଶଳରେ ଆଜାଦ୍ ହିନ୍ଦ୍ ଫୌଜରେ ଯୋଗ ଦେଇଥିଲେ, ହଜାର ହଜାର ଭାରତୀୟ ସୈନ୍ୟ। ଧରା ପଡ଼ିଗଲେ ଇଂରେଜ ହାତରେ।

ବର୍ମା, ମାଳୟ, ଆଣ୍ଡାମାନ୍, ନିକୋବର। ଭାରତୀୟ ସୈନ୍ୟ ଲଢୁଥିଲେ ଇଂରେଜମାନଙ୍କ ପକ୍ଷରେ ଜାପାନ ବିରୋଧରେ। ଜାପାନୀମାନେ ମାଡ଼ି ଆସିଲେ। ଦଖଲ କରିନେଲେ - ବର୍ମା, ମାଳୟ, ଆଣ୍ଡାମାନ, ନିକୋବର। ଧରା ପଡ଼ିଗଲେ ଯେତେକ ଭାରତୀୟ ସୈନ୍ୟ। କାଲା ଆଦ୍‌ମୀ। ଗୋରା ନୁହନ୍ତି କି ହଳଦିଆ ନୁହନ୍ତି। ଇଂରେଜ ହୁଅନ୍ତୁ ବା ଜାପାନୀ ହୁଅନ୍ତୁ କେହି ଏ କଳା ଆଦ୍‌ମୀକୁ ଦେଖି ପାରନ୍ତି ନାହିଁ। ଜାପାନର ବନ୍ଦୀଶାଳାରେ ସେ କି ଦୁଃଖ ! କି ଯନ୍ତ୍ରଣା ! କଥାରେ କହି ହେବ ନାହିଁ।

ତେଣେ ଚାଲିଥାଏ ଭାରତର ସ୍ୱାଧୀନତା ଆନ୍ଦୋଳନ। ଦେଶ ପାଇଁ ବହୁ ଦୁଃଖ କଷ୍ଟ ସହୁ ଥାଆନ୍ତି ଭାରତବାସୀ। କେତେ କେତେ ବୀରଙ୍କର ଶିର ଲୋଟି ହେଇ ଯାଉଥିଲା, ପୂଜା ଫୁଲ ପରି ଦେଶମାତାଙ୍କ ପାଦତଳେ, ଦେହରୁ ଅଲଗା ହୋଇ। ମହାତ୍ମା ଗାନ୍ଧୀଙ୍କ ନେତୃତ୍ୱ। ସେ ନାମ, ନୁହେଁ ମନ୍ତ୍ର। ସେ ନାମ ଧଇଲେ ରୋମମୂଳ ଫୁଲିଉଠେ।

ଶୁଣାଗଲା ଜାପାନୀମାନେ ଭାରତୀୟ ସୈନ୍ୟଙ୍କୁ ଖଲାସ କରିଦେବେ। ଏସିଆ ମହାଦେଶରୁ ସାହାବମାନଙ୍କୁ ହଟାଇ ମୁକ୍ତ ସ୍ୱାଧୀନ ଏସିଆ ନୂଆକରି ଗଢ଼ିବା ପାଇଁ ଜାପାନ ସରକାର ଘୋଷଣା କରିଛନ୍ତି। ସର୍ଦ୍ଦାର ମୋହନ ସିଂ ଜାପାନ ସରକାର ସାଙ୍ଗରେ କଥାବର୍ତ୍ତା କରୁଛନ୍ତି। ବନ୍ଦୀ ଭାରତୀୟ ସୈନ୍ୟଙ୍କୁ ନେଇ ଏକ ସ୍ୱତନ୍ତ୍ର ବାହିନୀ ଗଢ଼ିବେ ଇଂରାଜୀଙ୍କ ସାଙ୍ଗେ ଲଢ଼ିବା ପାଇଁ।

କିନ୍ତୁ କଣ ହେଲା କିଜାଣି ସେ ପ୍ରସ୍ତାବ ଫସର ଫାଟିଗଲା। ତା'ପରେ ପୂର୍ବ ଦିଗରୁ ଉଠି ଆସିଲେ ନୂତନ ସୂର୍ଯ୍ୟ। ସେହି ମହାପୁରୁଷ ଦେବତାତ୍ମା। ହିମାଳୟ ପରି ବଡ଼। ଭାରତ ମହାସାଗର ପରି ଗଭୀର। ସେ ନାମ ସ୍ମରଣ କଲେ ଏବେ ବି ଶୁକୁରାର ଦେହ ଉଲୁସି ଉଠେ। ଆଖିରେ ଲୁହ ଜମାଟ ବାନ୍ଧିଯାଏ।

ଜର୍ମାନରୁ ବୁଡ଼ା ଜାହାଜରେ ଆସିଲେ ନେତାଜୀ ସୁଭାଷଚନ୍ଦ୍ର ବୋଷ। ଓଡ଼ିଶା ଦେଶରେ ଜନ୍ମ। ଓଡ଼ିଶା ପାଣି ପବନରେ ଗଢ଼ା। ଓଡ଼ିଶାର ଗର୍ବ ନେତାଜୀ ସୁଭାଷ। ଦିନ କେଇଟାରେ ଗଢ଼ି ଦେଲେ ଏକ ବିରାଟ ସେନା ବାହିନୀ - ଆଜାଦ୍ ହିନ୍ଦ୍ ଫୌଜ। ଏକ ସ୍ୱାଧୀନ ଭାରତ ସରକାର – 'ଆର୍ ଜେ ହୁକୁମତେ ଆଜାଦ୍ ହିନ୍ଦ୍।'

ସେଦିନ କି ଆନ୍ଦ ! ତୁଙ୍ଗ ଗୌରୀଶଙ୍କର ଶୃଙ୍ଗଭଳି ସେ କି ବିରାଟ ଆଶା - ବିପୁଳ କଳ୍ପନା। ଭାରତ ସ୍ୱାଧୀନ ହେବ। ମାତୃଭୂମିକୁ ସ୍ୱାଧୀନ କରିବା ପାଇଁ ଭାରତବାସୀ ଶତ୍ରୁ ସହିତ ସଶସ୍ତ୍ର ସଂଗ୍ରାମରେ ଲଢ଼ିବା ପାଇଁ ପ୍ରସ୍ତୁତ। ଗୀତାରେ ଭଗବାନ ଶ୍ରୀକୃଷ୍ଣ

ଅର୍ଜୁନଙ୍କୁ କହିଛନ୍ତି - ଯେଉଁ କ୍ଷତ୍ରିୟ ଭାଗ୍ୟରେ ଏଭଳି ଯୁଦ୍ଧ କରିବାକୁ ସୁଯୋଗ ମିଳେ, ସେ ସୁଖୀ।

ସେଇ ଆଶା ଆଜି ଆଉ ତୁଚ୍ଛା କଳ୍ପନା ନୁହେଁ, ସ୍ୱପ୍ନ ନୁହେଁ - ସତ୍ୟ ବାସ୍ତବ! ଆଜାଦ୍ ହିନ୍ଦ୍ ଫୌଜ ବିଜୟ ଦର୍ପରେ ଭାରତ ଭୂଇଁରେ ପଦାର୍ପଣ କରିଛି। ମାଆ କୋଳକୁ ଫେରି ଆସିଛି। ସେ କି ଆନନ୍ଦ! କଳ୍ପନାର ଅତୀତ। ବର୍ଣ୍ଣନାର ଅତୀତ! ଖାଲି ଆନନ୍ଦ ନୁହେଁ - ଉନ୍ମାଦନା, ଖାଲି ଉନ୍ମତ୍ତ।

କିନ୍ତୁ ହାୟ! ଭାରତର ଭାଗ୍ୟରେ ବିଧି ଯେପରି ଚିରଦିନ ପାଇଁ ଲିହି ଦେଇଛି - ଭାଇ ରକ୍ତରେ ଭାଇର ହିଂସ୍ର ପ୍ରବୃତ୍ତିର ତୃପ୍ତି। ଭାରତୀୟ ହିଁ ଭାରତବାସୀର ପରମଶତ୍ରୁ! ସେ ଦିନ ଯଦି ଭାରତୀୟମାନେ ଆଜାଦ୍ ହିନ୍ଦ୍ ଫୌଜ ପ୍ରତି ବିଶ୍ୱାସଘାତକତା କରି ନଥାନ୍ତେ, ତେବେ ଭାରତମାତା ଶିରରେ ସର୍ବ ପ୍ରଥମ ସ୍ୱାଧୀନତାର ଅମ୍ଳାନ ମୁକୁଟ ପିନ୍ଧେଇ ଦେଇ ଥାଆନ୍ତା - 'ଆଜାଦ୍ ହିନ୍ଦ୍ ଫୌଜ'। ପିନ୍ଧାଇ ଦେଇ ଥାଆନ୍ତେ ନେତାଜୀ ସୁଭାଷ।

ଆଜାଦ୍ ହିନ୍ଦ୍ ଫୌଜ ଯଦି ଭାରତକୁ ଆୟତ୍ତ କରି ପାରିଥାଆନ୍ତା ସେ ଦିନ, ତେବେ ନେତାଜୀଙ୍କର ଅପ୍ରତିଦ୍ୱନ୍ଦ୍ୱୀ ନେତୃତ୍ୱରେ ଭାରତବର୍ଷ ଆଜି ନାମ ମାତ୍ର ସ୍ୱାଧୀନ ହୋଇ ଆମେରିକା ଓ ରୁଷ୍ ପାଖରେ ମୁଣ୍ଡ ବିକି ଦେଇ ନଥାନ୍ତା - ଭିକ୍ଷାଂ ଦେହି ଭିକ୍ଷାଂ ଦେହି କହି ଥାଳ ଧରି ବୈଦେଶିକ ଶକ୍ତିମାନଙ୍କ ଦୁଆରେ ଦୁଆରେ ବୁଲିବାର ଦୁର୍ଭାଗ୍ୟକୁ ବରଣ କରି ନଥାନ୍ତା।

ଦାନ୍ତ ତା'ର କଡ଼ମଡ଼ କଲା। ଶୁକୁରାର। ଦେଶଦ୍ରୋହୀ 'ଗୁଆଲିୟର ଲାନ୍‌ସର'। ସେଦିନ ଯଦି 'ଗୁଆଲିୟର ଲାନ୍‌ସରମାନେ ବିଶ୍ୱାସଘାତକତା କରି ନଥାନ୍ତେ, ନିଜର ପ୍ରତିଶ୍ରୁତି ପାଳନ କରି 'ଆଜାଦ୍ ହିନ୍ଦ୍ ଫୌଜ'କୁ ବାଟ ଛାଡ଼ି ଦେଇଥାନ୍ତେ, ଦେଶ ନାମରେ, ଦେଶବାସୀଙ୍କ ନାଁରେ, ମାହାତ୍ମାଗାନ୍ଧୀଙ୍କ ନାଁରେ, ନେତାଜୀ ସୁଭାଷଙ୍କ ନାଁରେ, ତେବେ ଭାରତର ଚିତ୍ର ଆଜି ଭିନ୍ନ ରୂପ ନେଇଥାଆନ୍ତା। ନେତାଜୀଙ୍କ ମୃତ୍ୟୁର ସତ୍ୟାସତ୍ୟ ଅନୁସନ୍ଧାନ କରିବାର ପ୍ରହସନ ପାଇଁ ଭାରତବାସୀଙ୍କର ସାହାସ ହୋଇ ନଥାନ୍ତା। ଦରକାର ପଡ଼ି ନଥାନ୍ତା।

"ଜାଣିଚ ଭାଇନା!" ଶୁକୁରା ନିଦରୁ ଉଠିଲା ପରି କହି ପକେଇଲା - "ଆମେ ଆଜାଦ୍ ହିନ୍ଦ୍ ଫୌଜର କେତେକ 'ଇରେଗୁଲାର' ଭାରତ ଭୂଇଁରେ ସେତେବେଳେ ପାଦଦେଲୁ, ସେ କି ଆନନ୍ଦ! କି ଜୟ ଧ୍ୱନି! କି ବିଜୟ ଉଲ୍ଲାସ! ଇଂରାଜର ପତନ ଆଉ ଡେରି ନାହିଁ। କାଲିପରି ମନେ ହଉଚି। ଏଟା ମଇ ମାସ ଏକଷଠୀ ମସିହା ନୁହେଁ? ସେ ହଉଚି ମାର୍ଚ୍ଚ ଊଣେଇଶହ ଚଉରାଳିଶ। ବସନ୍ତ ପବନ ପିଟୁଥାଏ। ଶୀତ

ଛାଡ଼ି ଛାଡ଼ି ନଥାଏ । ମଝିରେ ମଝିରେ ଅସରାଏ ଅସରାଏ ବର୍ଷା ଯୋଗୁଁ ଜାଡ଼ ଯାହା ପଡ଼ିଥାଏ ଟିକିଏ ଅଧେ । କିନ୍ତୁ ହାୟ ! ଏତେ ସୁଖ ଯେମିତି ସହି ପାରିଲା ନାହିଁ ବିଧାତା ! ଗୁଆଲିୟର ଲାନସ୍‌ରମାନଙ୍କ ବିଶ୍ୱାସଘାତକତା ଯୋଗୁଁ ଆମର ହେଲା ଘୋର ବିପର୍ଯ୍ୟୟ । ଭାରତୀୟର ଏ ଚରିତ୍ର ଚିରଦିନ ପାଇଁ କଳଙ୍କ ହେଇ ରହିଗଲା ।" ଗୋଟାଏ ଦୀର୍ଘଶ୍ୱାସ ଛାଡ଼ିଲା ଶୁକୁରା ।

"ମୋର କାହିଁକି ମନେହୁଏ, 'ଆଜାଦ୍ ହିନ୍ଦ୍ ଫୌଜ' ଭାରତକୁ ସ୍ୱାଧୀନତା ଆଣି ଦେଇଛି । ଅବଶ୍ୟ ମହାତ୍ମାଗାନ୍ଧୀଙ୍କର ପ୍ରେରଣା କାର୍ଯ୍ୟ କରିଛି ସର୍ବତ୍ର । ଗାନ୍ଧୀ ହେଲେ ଆଦି ଗୁରୁ । ତାଙ୍କର ଆଧାତ୍ମିକ ପ୍ରଭାବର ମୂଲ୍ୟ ସର୍ବାଧିକ । ତଥାପି ଭାରତ, ବର୍ମା ଓ ସିଂହଳକୁ ଏକ ସମୟରେ ମୁକ୍ତି ଦେବା ପଛରେ ଆଜାଦ୍ ହିନ୍ଦ୍ ଫୌଜ ଗଠନ ଓ ବିରୋଧରୁ ପାଇଥିବା ଶିକ୍ଷା ଯେ ଉଦ୍ଦିଷ୍ଟ ଫଳ ଦେଇ ନାହିଁ ତାହା ନୁହେଁ, ଭାରତୀୟ ସୈନ୍ୟମାନଙ୍କ ପ୍ରତି ଇଂରେଜମାନେ ଆସ୍ଥା ହରେଇଦେଲେ । ଏଇ ବିରାଟ ଭୂଖଣ୍ଡକୁ କେତେଜଣ ମାତ୍ର ବ୍ରିଟିଶ ସୈନ୍ୟନେଇ ରକ୍ଷା କରିବା ତାଙ୍କ ପକ୍ଷରେ ଅସମ୍ଭବ ହୋଇ ପଡ଼ିଲା । ସେତେବେଳେ ଭାରତରେ ବ୍ରିଟିଶ ସାମ୍ରାଜ୍ୟର ପ୍ରତିନିଧି ବଡ଼ଲାଟ ଥିଲେ ଜଣେ ମିଲିଟାରୀ ଲୋକ - ଲର୍ଡ ୱାଭେଲ । ତମର ସେଠି ଯାହା କହିଲ ମାର୍ଚ୍ଚ ମାସର ଘଟଣା - ମାର୍ଚ୍ଚ, ଏପ୍ରିଲ ଗଲା ଦି'ଟା ମାସପରେ ବଡ଼ଲାଟ ଗାନ୍ଧିଜୀଙ୍କୁ ଛାଡ଼ି ଦେଲେ । ତା'ପରେ ଲାଗିଲା ପୂରା ଭାରତ ଛାଡ଼ି ବ୍ରିଟିଶ ଚାଲିଗଲେ ଶେଷରେ ।"

ଶୁକୁରାର ଛାତି ଫୁଲି ଉଠୁଥାଏ । ଆଖିର ତାରା ଦୁଇଟା ଜକ ଜକ ଦିଶୁ ଥାଆନ୍ତି । ଶୁକୁରା କହୁଥାଏ – 'ନେତାଜୀ !' ନେତାଜୀ ନେତାଜୀଙ୍କ ପାଇଁ ସବୁ । ଶୁକୁରା ନମସ୍କାର କଲା ନେତାଜୀଙ୍କ ଉଦ୍ଦେଶ୍ୟରେ । ପୁଣି କହିଲା – "କିନ୍ତୁ ଲାଭ କଣ ହେଲା ? ଇଂରେଜ ଏ ଦେଶକୁ ଛାଡ଼ି ଚାଲିଗଲେ ଆଉ କଉଥି ପାଇଁ ନୁହେଁ, ଆମର ଏକତା ପାଇଁ । ଆମେ ଆଜାଦ୍ ହିନ୍ଦ୍ ଫୌଜରେ ସମସ୍ତେ ଥିଲୁଁ ଏକ । ଏକ ମନ ଏକ ଆତ୍ମା ! ବ୍ରିଟିଶ୍ ସରକାର ଏଠି ଆମମାନଙ୍କୁ ସାଂପ୍ରଦାୟିକ ମନୋଭାବର ମିଠା ଚଖେଇ ଦେଇ ଭାଇ ଭାଇଙ୍କ ଭିତରେ ହିନ୍ଦୁ ମୁସଲମାନଙ୍କ ଭିତରେ ଭେଦ ସୃଷ୍ଟି କରିଦେଲା । କିନ୍ତୁ ଆଜାଦ୍ ହିନ୍ଦ୍ ଫୌଜରେ ସେ ବିଷ କାମ କଲା ନାହିଁ । ଗୁଇନ୍ଦା ଲଗାଇ ଅନେକ ଚେଷ୍ଟା କରିଥିଲା । ସବୁ ଫସର ଫାଟିଗଲା । ଆମ ଭିତରେ ସାଂପ୍ରଦାୟିକତା ବିଷ ପଶି ପାରିଲା ନାହିଁ । ପଶନ୍ତା କିମିତି ? ଆମ ଆଗରେ କଣ କ୍ଷମତାର ଲୋଭ ଥିଲା ତମ ନେତାଙ୍କ ଭଳି । ହଁ ଗୋଟିଏ ଲୋଭ ଥିଲା ଆମର ତ - ମରିବାର ଲୋଭ । ସେ ଲୋଭ କାହାର ନହବ ! ନେତାଜୀ ଯେତେବେଳେ ସାମନାରେ ଠିଆ ହୋଇଯାଆନ୍ତି, ମନେହୁଏ ସତେ ଯେମିତି ମରଣଟାକୁ ଗୋଟାଏ ନାଲି ଟହଟହ ପେଣ୍ଡୁପରି ହାତରେ

ନଚଉଛନ୍ତି। ଆମେ ସବୁ ପିଲାଏ ବାପା ମାଆଙ୍କୁ ଅଝଟ କଲାପରି ମାଗୁଛୁ ସେଇ ମରଣକୁ। ଚରମ ତ୍ୟାଗର ପରମ ପ୍ରତିମୂର୍ତ୍ତି ନେତାଜୀ। ଆମେ ନେତାଜୀଙ୍କୁ ଚାହିଁ ନିୟମ କରିଥିଲୁଁ ଆମେ ସମସ୍ତେ ଭାରତୀୟ। କେହି ମୁସଲମାନ୍ ନୋହୁଁ, କି କେହି ହିନ୍ଦୁ ନୋହୁଁ, ଜାତି ଧର୍ମର କୌଣସି ଭେଦ ଆମ ମନରେ ରହିବ ନାହିଁ। ଖାଲି କଥାରେ ନୁହେଁ, କାର୍ଯ୍ୟ କ୍ଷେତ୍ରରେ, ଯୁଦ୍ଧ କ୍ଷେତ୍ରରେ ଦେଖେଇ ବି ଦେଇଥିଲେ, ପ୍ରମାଣ କରିଦେଇଥିଲେ ରକ୍ତରେ ରକ୍ତ ମିଳେଇ, ହିନ୍ଦୁ ରକ୍ତ ସାଙ୍ଗରେ ମୁସଲମାନ ଖ୍ରୀଷ୍ଟିଆନ ରକ୍ତକୁ ଏକା ସାଙ୍ଗରେ ଏକା ସ୍ଥାନରେ ଢାଳିଦେଇ, ଏକା ଭୂଇଁରେ ଏକା ଶେଯରେ ସେଇ ଯୁଦ୍ଧ ଭୂଇଁରେ ଏକାଠି ଆଲ୍ଲା ହୋ ଆକବର୍ ଭଗବାନ୍ ରାମ କୃଷ୍ଣକୀ ଜୟ ଗାଇ ଶହ ଶହ ଦେହକୁ ମରଣର ଖୋରାକ କରି ଫିଙ୍ଗି ଦେଇଥିଲେ ସେଇ ଆଜାଦ୍ ହିନ୍ଦ୍ ଫୌଜର ସୈନିକମାନେ।

କିନ୍ତୁ କଲେ କଣ ତମର ନେତାମାନେ ? ଆମେ ରକ୍ତ ଦେଇ ଯେଉଁ ଏକତା ପ୍ରତିଷ୍ଠା କରି ଦେଇଥିଲୁ, ଚାହୁଁ ଚାହୁଁ ଗୋଟାଏ ରାତି ଭିତରେ, ଅଗଷ୍ଟ ପନ୍ଦର ତାରିଖ ରାତିରେ ତାକୁ ସବୁ ଜାଳି ପୋଡ଼ି ଛାରଖାର କରିଦେଲେ ? କ୍ଷମତାର ଲାଳସା ଏପରି ବାଇ କଲା ଯେ, ଆପଣା ସ୍ୱାର୍ଥପାଇଁ, ଖୁଦ୍‌ଗର୍ଜି ପାଇଁ ମାତୃଭୂମିକୁ, ସାରେ ଜହାଁ ସେ ଆଚ୍ଛା ଆମର ଏଇ ହିନ୍ଦୁସ୍ଥାନକୁ ହିନ୍ଦୁ ଭାରତ ମୁସଲମାନ ଭାରତ ଭୂମିରେ ବିଖଣ୍ଡିତ କରିଦେଇ ଦିଲ୍ଲୀଶ୍ୱରୋ ୱ ବା ଜଗାଦୀଶ୍ୱରୋ ୱ ହେଇ ବସିଗଲେ ? ତମେ ଜାଣିଚ, ଭାଇନା, ଆମେ ଆଜାଦ୍ ହିନ୍ଦ୍ ଫୌଜର ସଭ୍ୟ ଅଗଷ୍ଟ ପନ୍ଦରକୁ ପରାଧୀନ ଦିବସ ରୂପେ ପାଳନ କଲୁଁ। ହାତରେ କଳାକନା ବାନ୍ଧିଲୁ। ଯେଉଁ ଭାରତରେ କରାଚୀ ନାହିଁ, ଲାହୋର୍ ନାହିଁ, ଯେଉଁ ଭାରତରେ ଢାକା ନାହିଁ। ମେମନ୍ ସିଂ ନାହିଁ ସେ ଭାରତ ଭାରତ ନୁହେଁ। ଆଜିର ଏ ଭାରତ ନେତାଜୀଙ୍କର ସ୍ୱପ୍ନର ଭାରତ ନୁହେଁ। ଜଣେ ଆଜାଦ୍ ହିନ୍ଦ୍ ଫୌଜର ସଭ୍ୟ ପକ୍ଷରେ ପାକିସ୍ତାନ ଯେପରି ବିଦେଶ, ଇଣ୍ଡିଆ ମଧ୍ୟ ସେହିପରି ବିଦେଶ।

“ମୁଁ କଣ ଭାବେଁ ଜାଣ ଭାଇନା ! କ୍ଷମତା ପାଇଁ, ଆସନ ପାଇଁ, ବ୍ୟସନ ପାଇଁ, ଆମର ଏ ନେତାମାନେ କଣ ନକରି ପାରନ୍ତି – କି ଦୁଷ୍କର୍ମ କରି ନପାରନ୍ତି, ଏମିତି ନାହିଁ। ଏ ଦେଶରେ ଭାଇ ରକ୍ତରେ ଭାଇ ହୋରି ଖେଳିପାରେ ? ଓଃ ! ଛାତି ଫାଟିଯାଉ ନାହିଁ ଏମାନଙ୍କର ? ମୁସଲମାନମାନେ ବିଦେଶରୁ ଆସିଥିଲେ ସତ। ଏ ଦେଶକୁ ଆକ୍ରମଣ କରି ଫତାହ ହାସଲ କରିଥିଲେ ସତ। ପଠାଣ ହଉ, ମୋଗଲ ହଉ, ଯିଏ ଆସିଲା, ସେମାନେ ଏଇ ଦେଶର ଏଇ ମାଟିର ମଣିଷ ହେଇଗଲେ। ଏ ଦେଶପାଇଁ ଏ ଦେଶର ବାସିନ୍ଦାଙ୍କଠାରୁ ତାଙ୍କର କମ୍ ମୋହ ନଥିଲା। କିନ୍ତୁ ଇଂରେଜ୍।

ସେଇ ଗୋରା ଚମଡ଼ାର ଦେହ କଣ ମିଶିଲା ଏ କାଲା ଆଦ୍‌ମୀଙ୍କ ସାଙ୍ଗରେ ? ମିଶି ପାରିଲା ନାହିଁ। ଆମେ ଚାହିଁଲୁ ମିଶେଇବାକୁ। ମିଶିତ ପାରିଲୁ ନାହିଁ। ତାଙ୍କ ଅଇଁଠା ଚାଟି ଏବେ ବି ଆମେ କୃତାର୍ଥ ହେଇ ଯାଉଛୁ। ସେମାନେ? ସେମାନେ ଭାରତକୁ କଲେ ଚରାଭୂଇଁ। ଏଠି ଚରି ବୁଲି ବାହୁଡ଼ି ଯାଉଥିଲେ ଆପଣା ଗୁହାଳକୁ। ଏ ଦେଶକୁ ଆପଣାର କରିବା ପାଇଁ ସେମାନେ କେବେ ଚେଷ୍ଟା ବି କରି ନାହାନ୍ତି।

"ଇଂରେଜ ଗଲେ। ଏ ଦେଶର କେତେକ କଳା ଚମଡ଼ାର ନେତା ଯିଏ ଶାସନ କଲେ ଭାରତକୁ, ସେମାନେ ଉପରେ ଦେଖିବାକୁ ଭାରତୀୟ କିନ୍ତୁ ଭିତରେ ଇଂରେଜ। ଲର୍ଡ ମାଉଣ୍ଟବେଟେନ୍, ଭାରତର ଶେଷ ବ୍ରିଟିଶ ଶାସକ ନୁହନ୍ତି। ଏ ଦେଶର ଶେଷ ବ୍ରିଟିଶ ଶାସକ କିଏ, ନିରପେକ୍ଷ ଇତିହାସ ହିଁ ତାର ସାକ୍ଷ ଦେବ। ଏମାନେ ଦେଶକୁ ଶାସନ କଲେ, ଦେଶକୁ ଆପଣାର ଭାବିଲେ କେବଳ ନିଜର ଫାଇଦା ଉଠାଇବା ପାଇଁ। କିନ୍ତୁ ଦେଶବାସୀଙ୍କୁ ଆପଣାର କରି ପାରିଲେ ନାହିଁ। ତା' ଯଦି କରିବାର ଚିନ୍ତା ମଧ୍ୟ ଥାଆନ୍ତା, ତେବେ ନିଜ ନିଜ ଭିତରେ କଳିକରି ଦେଶକୁ ଏପରି ଦୁର୍ବଳ କରି ପକେଇ ନ ଥାଆନ୍ତେ ନିଜର ଆସନକୁ ସ୍ଥାୟୀ କରିବା ପାଇଁ, ଦେଶବାସୀଙ୍କର ନୈତିକତାକୁ ଭୋଟ ନାମରେ ଏତେ ତଳକୁ ଖସେଇ ଦେବାରେ କାରେଣୀ ହେଇ ନଥାନ୍ତେ। ସ୍ୱାର୍ଥ ସିଦ୍ଧି ପାଇଁ, ଆମେରିକା ରୁଷିଆର ଗୋଡ଼ାଣିଆ ହେଇ ନଥାନ୍ତେ।

ଦୁଃଖୀ କେବଳ ଶୁଣି ଯାଉଥାଏ। ଶୁକୁରା ଆଜି ଆଉ ଏଇ ଗାଁର ନିତି ମୂଲିଆ, ଖଟିଖିଆ ଶୁକୁରା ନୁହେଁ। ଶୁକୁରାର ଏକ ଅଦ୍ଭୁତ ଅପୂର୍ବ ରୂପ। ଶୁକୁରା ଏ ଭାଷା ପାଇଲା କେଉଁଠୁ ? ଶୁକୁରା ମନରେ ଏ ଭାବ ଖେଳିଲା କିମିତି ! ନେତାଜୀ କଣ କିଛି କାଉଁରୀ କାଠି ରଖିଥିଲେ ? ତା' ନହେଲେ ମୂର୍ଖ ଶୁକୁରା ସାଙ୍ଗରେ କୌଣସି ଆଜିକାଲିକା ପାଠୁଆ ଯୁବକ ପଟ ଦେଇ ପାରିବ ନାହିଁ।

ଶୁକୁରା ପଚାରିଲା – "ଶୁଣୁଚ ନା, ଦୁଃଖିଆନ୍ନା ! ଢୁଳଉଚ ?"

"ସବୁ ଶୁଣୁଛି। ଟିକି ନିଖି କରି।"

"କିଛି କହୁନ ଯେ !"

"କହିବାର କିଛି ନାହିଁ। ଖାଲି ଶୁଣିବାର କଥା।"

ଶୁକୁରାର କଥାର ସୁଅ ଆହୁରି ସରି ନଥିଲା – ଶୁଖି ନଥିଲା। କହିଲା – "ଶୁଣିବ ଭାଇନା, ତମ ନେତାଙ୍କ ଭଳି ଆମେ ଡରକୁଳା ନଥିଲୁଁ। ଭୀରୁ ନଥିଲୁଁ। ଆଜି ଆମେରିକା ପଛରେ, କାଲି ରୁଷିଆ ପଛରେ, ପରଦିନ ଚାଇନା ପଛରେ ଗୋଡ଼େଇବା ଆମର ଧର୍ମ ନୁହେଁ। ଅବଶ୍ୟ ଭାଗବାନ ଦରକାର ବେଳେ ଗଧପାଦ ବି ଧରିଥିଲେ। ଆମେ ଜାପାନର

ସାହାଯ୍ୟ ନେଇଥିଲୁ। କିନ୍ତୁ ଆମେ ଜାପାନର ଗୋଡ଼ାଣିଆ ହେଇ ନଥିଲୁଁ। ନେତାଜୀ ଜାପାନ ସହ ଏକ ସମକକ୍ଷ ଶକ୍ତିର ଅଧିନାୟକ ଭାବରେ ବ୍ୟବହାର କରୁଥିଲେ। ତମେ ଭାବିଲ କି ଆରାକାନରୁ ହଟି ଆସି ଆଜାଦ୍ ହିନ୍ଦ୍ ଫୌଜ ଭାଙ୍ଗିଗଲା, କି ହିମ୍ମତ୍ ହରେଇ ଦେଲା ? ତା' ନୁହେଁ। ଶୁଣ ଭାଇନା ! ଶୁଣିଲେ ତୁମ ଛାତି କୁଣ୍ଢେମୋଟ ହୋଇଯିବ। ଆମେ ତିନି ପାହାଡ଼ ଆରାକାନ୍ ପର୍ବତମାଳାରୁ ହଟି ଆସିଲୁଁ। ଅଗତ୍ୟା। କିନ୍ତୁ ଆମେ ମନର ବଳ ହାରି ନଥିଲୁଁ। ଆମେ ଚାଲି ଆସିଲୁଁ ରେଙ୍ଗୁନ୍। ସେଠି ଆଉ ଦଳେ ତାଜା ଫୌଜ ପୁଣି ଅଭିଯାନ କଲେ ଇମ୍ଫାଲ ଅଭିମୁଖରେ। ଯେଉଁମାନେ ରହିଗଲୁଁ ସେମାନଙ୍କୁ ଧରି ଶହୀଦ୍ ଦିବସରେ କୁଚ୍‌କୱାଜ୍ କଲେ ନେତାଜୀ। କେଉଁଠି, ଜାଣ ?"

ଶୁକୁରା ଡାହାଣ ହାତ ମୁଣ୍ଡରେ ଲଗାଇ ସଲାମ୍ କଲା। କହିଲା - "ସେହି ମହାନ୍ ଆତ୍ମା ଭାରତର ଶେଷ ସମ୍ରାଟ, ମୋଗଲ ରାଜବଂଶର ଶେଷ ଉତ୍ତରାଧିକାରୀ ବାହାଦୂର ଶାହଙ୍କ ପୁଣ୍ୟ କବରପୀଠ ଆଗରେ। ଆମେ 'ଜୋର୍‌ସେ ଚଲ୍' - କରି ଚାଲିଲୁଁ। କବର ପାଖରେ ଆମର ବୀର ଫଉଜ୍ ଠିଆ ହୋଇ ମିଲିଟାରୀ ରୀତିରେ ସମ୍ମାନ ଜଣେଇଲୁଁ। କି ହିନ୍ଦୁ, କି ମୁସଲମାନ। ସମସ୍ତଙ୍କ ମୁହଁ ଲାଲ। ଦେହ ଗରମ୍। ଆମ ସମସ୍ତଙ୍କୁ ଆଗରୁ ବାହାଦୂର ଶାହାଙ୍କ ବିଷୟରେ ସବୁ କୁହାଯାଇଥାଏ। ବ୍ରିଟିଶ ସରକାର ଭାରତର ଶେଷ ସମ୍ରାଟଙ୍କ ପ୍ରତି ଯେଉଁ ଅମାନୁଷିକ ଦୁର୍ବ୍ୟବହାର କରିଛନ୍ତି ତା'ର ପ୍ରତିଶୋଧ ନେବା ପାଇଁ ସମସ୍ତେ ଯେମିତି ପଣ ନେଇଛନ୍ତି। ସେଇ ପ୍ରତିଜ୍ଞାର ଟାଣ ଏମିତି ଯେ ସମସ୍ତଙ୍କ ଆଖି ଯେମିତି ଜଳୁଛି - ଏଇମିତି ମନେ ହେଉଥିଲା।

"ଭାଇନା, ଆଜି ଯେଉଁ ଭାରତବାସୀ, ଆପଣା ଆପଣା ଭିତରେ ଇଂରାଜୀରେ କଥା ହୋଇ କୃତକୃତ୍ୟ ହୋଇଯାଆନ୍ତି ଠିକ୍ ଇଂରାଜୀମାନଙ୍କଭଳି। ଇଂରାଜୀ ଭାଷା କହିବାପାଇଁ ଦାନ୍ତ କାମୁଡ଼ି, ଗାଲ ଫୁଲେଇ ହଟହଟା ହେବାକୁ ଗୌରବ ମନେ କରନ୍ତି, ଇଂଲଣ୍ଡ, ଆମେରିକା ଯାଇ ପାଠ ପଢ଼ି ଆସିଲେ ଆପଣାକୁ ଦେବତା ଜ୍ଞାନ କରନ୍ତି, ଆଉ ଯେଉଁ ଗୋଲାମକା ବଚ୍ଚା ଗୋଲାମମାନେ ଏଇମାନଙ୍କୁ ସଲାମ ବଜାନ୍ତି, ସେମାନେ କଣ ବାହାଦୂର ଶାହାଙ୍କ କରୁଣ କାହାଣୀ ପଢ଼ି ନାହାନ୍ତି ? ପଢ଼ିଥିଲେ ସେମାନେ କେଉଁ ଇଂରାଜୀ ଭାଷାରେ କଥା କହନ୍ତେ ? ଇଂରେଜୀ ପୋଷାକ ପିନ୍ଧନ୍ତେ ? ଲଞ୍ଚ, ଡିନର, ବ୍ରେକ୍‌ଫାଷ୍ଟ, ବେଡ୍‌ଟି ଖାଆନ୍ତେ ? ଇତିହାସ ପଢ଼ି ମଧ୍ୟ ଯିଏ ଇଂରେଜୀ ହେବାକୁ ମନରେ ସେ ଇଂରେଜମାନଙ୍କର ଜାରଜ ସନ୍ତାନ।"

"କଣ ନ କରିଛନ୍ତି ଏଇ ପଶୁ ଇଂରେଜମାନେ ! କି କଷ୍ଟ କି ଅପମାନ ନ ଦେଇଛନ୍ତି ଆମର ମୋଗଲ ସମ୍ରାଟ ବାହାଦୂରଶାହାଙ୍କୁ ! ପଶୁ, ଅମଣିଷ, ବର୍ବର, ଅସଭ୍ୟ ଏ ଜାତି ! ତମେ ପଢ଼ିଚ ନିଶ୍ଚୟ !"

"ପଢ଼ିଚି, ଅନେକ ଦିନ ଆଗେ" - କହିଲା ଦୁଃଖୀ। "ତୁ କହ, ତୋ ମୁହଁରୁ ଶୁଣିବାକୁ ଖୁବ୍ ଭଲ ଲାଗୁଚି। ତା' ଛଡ଼ା ତୁ ହୁଏତ ଅଧିକ କିଛି ଜାଣୁ।"

"ଶୁଣ ଭାଇନା, ତମେ ତ ଜାଣିଚ, ବାହାଦୂରଶାହାଙ୍କୁ ବନ୍ଦୀ କରି ପଠେଇ ଦେଲେ ବର୍ମା - ରେଙ୍ଗୁନ୍। ଭାରତ ଭୂଇଁ ସେ ଛୁଇଁଥିଲେ କାଳେ କେତେବେଳେ କିଏ ଚେଇଁ ଉଠିବ! କାଳେ ପୁଣି ସିପାହୀ ବିଦ୍ରୋହ ହେବ। ଏକା ଥରକେ କଳାପାଣି ପାର୍। ନିର୍ଜନ କାରାବାସ। କେହି ଜାଣିଲେ ନାହିଁ, ସିଏ କଣ କରୁଚନ୍ତି ସେଠି। ଖାଲି ଜୀଅନ୍ତାରେ ନୁହେଁ। ମଲା ଶବଟାକୁ, ମଢ଼ାଟାକୁ ବି ଏତେ ଡର, ଏଇ ଗୋରା ଜାତିର! ତାର ଭୂତଟାକୁ। କାଳେ ସେ ମାଡ଼ି ବସିବ! କାଳେ ତା' ଶବର କୌଣସି ଅଂଶ ପବିତ୍ର ମନେକରି ଭାରତବାସୀ ବାହାଦୂରଶାହାଙ୍କ ପ୍ରତି ହୋଇଥିବା ନିର୍ମମ ଅତ୍ୟାଚାରର ପ୍ରତିଶୋଧ ନେବେ। ସେଇଥିପାଇଁ ସେ ଶବକୁ ନେଇ ଏମିତି ଜାଗାରେ ଏମିତି ଭାବରେ କବର ଦେଲେ ଯେ, ଯେମିତି କେହି ଜାଣି ନ ପାରିବ ଏଠି ବାହାଦୂରଶାହାଙ୍କୁ କବର ଦିଆ ଯାଇଚି ବୋଲି। ଦଫନ୍ କରିସାରି ଭୂଇଁ କି ସମାନ କରିଦେଲେ। ଘାସ ଲଗେଇ ଦେଲେ ତା' ଉପରେ। ଯେମିତି କେହି ଜାଣି ନ ପାରେ ସେଠି କାହାକୁ କେହି କବର ଦେଇଚି ବୋଲି। ଏଡ଼େ ବଡ଼ ବିରାଟ ସାମ୍ରାଜ୍ୟର ଅଧୀଶ୍ୱର। ଦୀଲ୍ଲୀଶ୍ୱରୋ, ଜଗଦୀଶ୍ୱରୋ ବୋଲି କଥା ଅଛି। ତମେ ଏଡ଼େ ବଡ଼ ସଭ୍ୟ ଜାତି ବୋଲି ଗର୍ବ କରୁଛ, ତମର ବି ରାଜା ଅଛନ୍ତି, ରାଣୀ ଅଛନ୍ତି, ତମେ କୋଟି କୋଟି ଭାରତବାସୀଙ୍କର ଅତି ପ୍ରିୟ ଏହି ସମ୍ରାଟଙ୍କର ଶବକୁ ସାମାନ୍ୟ ବିଧିଗତ ସମ୍ମାନ ଦେଇ ପାରିଲ ନାହିଁ? ମହାରାଣୀ ଭିକ୍ଟୋରିଆଙ୍କ ଘୋଷଣାକୁ ତୁମେ ଏଇମିତି ପାଳନ କଲ? ମଲାବେଳକୁ, ଶବକୁ କବର ଭିତରେ ଫିଙ୍ଗିଦେବା ବେଳକୁ, କାଉ କୋଇଲିଟିଏ ବି ରହିବାକୁ ଦେଲ ନାହିଁ। ଫୁଲ ତୋଡ଼ାଟିଏ କେହି ଦଉ ନ ଦଉ କୁଟାଖିଏ, ଘାସକେରେ ତ ହେଲେ କେହି ପକେଇଥାଆନ୍ତା। ସେ ପରା ନିଜେ ମଲା ବେଳକୁ ଶାୟରୀ ଲେଖିଗଲେ।

"କୋଇ ଆକେ ଫୁଲ ଚଢ଼ାଏ କ୍ୟୋଁ
କୋଇ ଆକେ ସମା ଜଲାଏ କ୍ୟୋଁ
କୋଇ ବହର୍ ଫତେହା ଆୟୀ କ୍ୟୋଁ
ୱ୍ ବେକସୀ କା ମଗର ହୁଁ।"

ଦୁଃଖୀ ପଚାରିଲା - "ୟା ମାନେ କଣ?"

ଶୁକୁରା କହିଲା - "ୟା ମାନେ ହଉଚି - ମୋ ସମାଧି ଉପରେ କିଏ କାହିଁକି ଫୁଲଟିଏ ଚଢ଼େଇବ, କିଏ କାହିଁକି ଦୀପଟିଏ ଜାଳିବ, କାହିଁକି ବା କିଏ ଆସି ଫତେହା ପଢ଼ିବ? ମୋର ମରଣ ପାତ୍ରଟି ଖାଲି ଏମିତି ବିଷାଦରେ ପରିପୂର୍ଣ୍ଣ।"

"ଆହା ହା" – ଦୁଃଖୀ ଦୁଃଖ କଲା।

"ବ୍ରିଟିଶ ପଲ୍‌ଟନ୍‌ମାନେ ଆଗରୁ ଗାତ ଖୋଳି ରଖିଥିଲେ। ମଲାମାତ୍ରେ ଆଣି ସେଇ ଗାତ ଭିତରେ ଚୁପ୍ ଚୁପ୍ ପକେଇ ଦେଇ, ମାଟି ଚଲେଇ ଦେଲେ। କେହି ଦେଖିଲେ ନାହିଁ। ସେଇ ଇଂରେଜ, ସେଇ ବ୍ରିଟିଶ୍।"

ଦାନ୍ତ କଡ଼ ମଡ଼ କଲା ଦୁଃଖୀ – "ସେଇ ଇଂରେଜ ସେଇ ବ୍ରିଟିଶ୍ ସାଙ୍ଗରେ ଆଜି ଭାରତର ପ୍ରୀତି। ଆମେ ସ୍ୱାଧୀନ ହୋଇ ମଧ୍ୟ ବ୍ରିଟିଶ କମନ୍‌ୱେଲ୍‌ଥର ସଭ୍ୟ। ନିର୍ଲଜ୍ଜ ଗୁଲାମ୍ – ଅଂଗ୍ରେଜୋଁକୀ କୁତ୍ତା।"

ଏତିକି ବେଳେ ରସଭଙ୍ଗ କଲେ ଆସି ରାମବାବୁ। କହିଲେ – "କି ହୋ ଦୁଃଖୀନନା, ତମେ କଣ ଏଠି ବସିଚ। ତେଣେ ତମ କଂଗ୍ରେସ ସଭା ହଉଚି, ଯିବନି କି ?"

"କଂଗ୍ରେସଟା ମୋର ବୋଲି ତମକୁ କିଏ କହିଲା ?" ପଚାରିଲା ଦୁଃଖୀ।

"ତମେ ପରା କଂଗ୍ରେସ ସେକ୍ରେଟେରୀ ?" ରାମବାବୁ କହିଲେ।

"ଅନେକ ଦିନରୁ ସେ ପଦରୁ ମୁଁ ବିଦାୟ ନେଲେଣି।"

"ବିଦାୟ ନେଇଚ ନା ତଡ଼ା ଖାଇଚ ?"

"ତଡ଼ା ଖାଆନ୍ତି କମିଉନିଷ୍ଟମାନେ, ନୁହେଁ ? ସେଇଟା ପାର୍ଟିର ଗୋଟାଏ ନୈମିତ୍ତିକ ଅଭ୍ୟାସ। କଂଗ୍ରେସବାଲାଏ କ୍ୱଚିତ୍। କାଁ ଭାଁ କୋଉଠି କେମିତି, ଗୋଟାଏ ଅଧେ।"

"ସେଇଟା ହବା କଥା। ଆମେ ଗୋଟାଏ ଡିସିପ୍ଲିନଡ୍ ପାର୍ଟି। ଆମର ଶୃଙ୍ଖଳା ଖୁବ୍ କଡ଼ାକଡ଼ି। କଂଗ୍ରେସର ତ ଶୃଙ୍ଖଳା ନାହିଁ। ଧୁଆ ଅଧୁଆ, ବେଧୁଆ, ସବୁ ସମାନ। କଂଗ୍ରେସ ଦଳରେ ଯିଏ ତଡ଼ା ଖାଆନ୍ତି, ସିଏ ଶୃଙ୍ଖଳା ଭଙ୍ଗ କଲା ବୋଲି ଦଣ୍ଡ ପାଏ ନାହିଁ। ସେ ତଡ଼ା ଖାଇବା ପଛରେ ବିରାଟ ଷଡ଼ଯନ୍ତ୍ରର ଇତିହାସ ରହିଥାଏ। ଆମର ସେଭଳି ଚିନ୍ତା କେହି କରନ୍ତି ନାହିଁ।"

ଶୁକୁରା କହିଲା – "ସେମିତି ହବା କଥା। ତମେ ଲୁଗା ପିନ୍ଧିଲାବେଳେ ଦେଖିବ କେତେବେଳେ ଅଣ୍ଟି ଫିଟିଗଲାଣି ତ କେତେବେଳେ ଅଣ୍ଟି ଖୋସୁଁ ଖୋସୁଁ ତେଣେ କୁଞ୍ଚକାନି ନ ହେଲେ କଛା ଯାଇଁ ତଳେ ଘୋଷରିଲାଣି। ପେଣ୍ଟ, କୋଟ୍ ପିନ୍ଧି ସବୁବେଳେ ଟାଇଟ୍ – ଫିଟ୍ ଫାଟ୍ – ଇଷ୍ଟ ମିଷ୍ଟ୍।"

"ଶୁକୁରା ଭାରି ମଜାଇ ମଜାଇ କଥା କହୁଛି।" କହିଲା ଦୁଃଖୀ। "ଇୟେ ଆଉ ଆଗ ଶୁକୁରା ନାହିଁ। ବେଶ୍ ପଢ଼ା ଶୁଣା କରିଛି। ନିତି ଖବରକାଗଜ ପଢ଼େ। ତା' କଥାକୁ ସହଜରେ ଉଡ଼େଇ ଦେଇ ହବ ନାହିଁ। ଯାହା କହିଲା, ସେ କଥାଟାକୁ

ତଳେଇ ଦେଖିଲେ ମନେ ହବ ସତ କହୁଛି। ତମେ ନିଘା କରିଥିବ ଆମେ ଓଡ଼ିଆରେ ଲେଖିଲାବେଳେ ଯେତେ ବନାନ୍ ଭୁଲୁ କରୁଁ, ଇଂରାଜୀରେ ଲେଖିଲାବେଳେ ସେତେ ହୁଏ ନାହିଁ। ଏଇ ଯଉଁ ରାସ୍ତାଘାଟରେ ଆମ ସରକାର ରାସ୍ତା ନିର୍ଦ୍ଦେଶନାମା ସବୁ ବସେଇଛନ୍ତି – କିମ୍ବା କମ୍ପାନୀମାନେ ବିଜ୍ଞାପନ ବା ହୋଡ଼ିଂ ମାରିଛନ୍ତି ସେଟା ଯଦି ଇଂରାଜୀରେ ହୋଇଥାଏ, ତେବେ ଭୁଲ୍ ପାଇବ ନାହିଁ କେଉଁ, କିନ୍ତୁ ଓଡ଼ିଆରେ ହେଇଥିଲେ ଯାବତ ଭୁଲ। ଭାଷା ଭୁଲ୍, ବନାନ୍ ଭୁଲ୍ ସବୁ ଭୁଲ୍। କାହିଁକି କାହାରି ନଜର ନଥାଏ।"

"ହୁଁ, ବୁଝିଲି।" ରାମବାବୁ ଗମ୍ଭୀର ହୋଇଗଲେ। "କିନ୍ତୁ ଆମ ପାର୍ଟିର ଶୃଙ୍ଖଳା ସହିତ ଏ କଥାର କି ସମ୍ପର୍କ?"

ଶୁକୁରା କହିଲା – "ରାମବାବୁ ବୁଝିଛନ୍ତି ଠିକ୍। କିନ୍ତୁ ବୁଝି ନାହାନ୍ତି ବୋଲି ନିଜକୁ ଭୁଲେଇବାକୁ ଚେଷ୍ଟା କରୁଛନ୍ତି। ନ ରାଗିବତ ଖୋଲିକରି କହିଦେବି।"

"ରାଗିବି କାହିଁକି?" ରାମବାବୁ କହିଲେ। ପ୍ରତ୍ୟେକ ଲୋକର ସ୍ୱତନ୍ତ୍ର ମତ ଦେବାର ଅଧିକାର ଅଛି। ଗଣତନ୍ତ୍ର ରାଷ୍ଟ୍ରରେ କେହି କାହାକୁ ନିଜ ମତ ପ୍ରକାଶ କରିବାକୁ ବାଧା ଦେଇ ପାରିବ?"

"ତା ତ ଠିକ୍।" ଶୁକୁରା କହିଲା। "ତେବେ ମୁତ୍‌ଫରକା କଥାପାଇଁ ନିଜ ନିଜ ଭିତରେ ମନାନ୍ତର କାହିଁକି ହେବ! ମୁଁ ଏମିତି ଖେଆଲରେ ଗୋଟେ ଲଛ ଦେଉଥିଲି।"

"ତା ଠିକ୍!" ରାମବାବୁ ପୁଣି କହିଲେ। "କିନ୍ତୁ ଆମେ ସହଜେ ମତାନ୍ତରରୁ ମନାନ୍ତରକୁ ନେଇଁ ପଡୁନାହୁଁ। ସେଟା ଶିକ୍ଷିତ ମନୁଷ୍ୟ ପକ୍ଷରେ ଉଚିତ୍ ନୁହେଁ।"

"ରାମବାବୁ, ମୁଁ ଗେଲରେ କହୁଚିଟି। କିଛି ଭାବିବ ନାହିଁ। ଥଟ୍ଟା ସହିବା ମଧ୍ୟ ଶିକ୍ଷିତ ମନୁଷ୍ୟ ପକ୍ଷରେ ଉଚିତ୍। କଣ କହୁଥିଲିକି ନୂଆ ମୁସଲମାନ ଦିନରେ ଚଉଦ ଥର ନମାଜ ପଢ଼େ। ନିଜେ ଜବେଇ କରି ଗୋରୁ ଖାଇଯାଏ।"

ଦୁଃଖୀ ଠୋ ଠୋ କରି ହସି ପକେଇଲା। ରାମବାବୁ ମଧ୍ୟ ବାଧ୍ୟ ହୋଇ ହସିଲେ। କିନ୍ତୁ ଆଉ ବସିଲେ ନାହିଁ ବେଶି କାଳ। କହିଲେ, "ହେଇଟି, ଭାଷଣ ଶୁଭୁଚିନା? ମୁଁ ଯାଏଁ, ଦେଖେଁ, କିଏ କଣ କହୁଛି।" କହୁଁ କହୁଁ ଉଠି ଚାଲିଗଲେ ସଭାସ୍ଥଳକୁ।

ଦୁଃଖୀ କହିଲା, "ଆମେ ବି ଯିବା ଚାଲ ଶୁକୁରା। ଦୂରରୁ ରହି ଶୁଣିବା। ମାଇକ୍ ତ ଶୁଭୁଛି ଅନେକ ଦୂରଯାଏଁ।"

ଦୁହେଁଯାକ ଉଠିଯାଇ ଖଣ୍ଡେ ଦୂରରୁ ଶୁଣିଲେ। ଭାଷଣ ଚାଲିଥିଲା ସଭାରେ।

"ବାର ବର୍ଷ ହେଲା ଦେଶ ସ୍ୱାଧୀନ ହେଲା। ଆପଣମାନେ ଯେଉଁ ତିମିରେ, ସେଇ ତିମିରେ। ସ୍ୱାଧୀନତା ପରେ ଯେଉଁମାନେ ଶାସନ ଦାୟିତ୍ୱରେ ରହିଲେ ସେମାନେ ବୟୋବୃଦ୍ଧ। ଉତ୍ତମ ଶାସନ ପାଇଁ ଯୁବରକ୍ତ ଲୋଡ଼ା। ତେଣୁ କଂଗ୍ରେସ ଭିତରେ ନୂତନ ରକ୍ତ ସଞ୍ଚାର କରିବାକୁ ହେବ। ସେଇଥିପାଇଁ ଓଡ଼ିଶା କଂଗ୍ରେସ ଯୁବଶକ୍ତିକୁ ଆହ୍ୱାନ କରିଛନ୍ତି। ଆମ ସଭାପତି ଜଣେ ଯୁବକ। ଆପଣମାନେ ତାଙ୍କ ଭାଷଣ ଶୁଣନ୍ତୁ।"

ଜଣେ ଉଠିପଡ଼ି କହିଲା - "ଆଜ୍ଞା, ବୁଢ଼ା କିଏ ଟୋକା କିଏ ଆମେ ଚିହ୍ନିବୁ କିମିତି ? ସମସ୍ତେ ତ କହୁଛନ୍ତି - 'ଆମେ ଯୁବକ' - ଷାଠିଏ ବର୍ଷର ପ୍ରଧାନମନ୍ତ୍ରୀ ମଧ୍ୟ ଯୁବକ।"

"ଚୁପ୍ ଚୁପ୍ ଚୁପ୍!" ଦଳେ ଟୋକା ପାଟିତୁଣ୍ଡ କରି ସେ ଲୋକଟାକୁ ବସେଇ ଦେଲେ।

ଶୁକୁରା କହିଲା - "ଦୁଃଖିଆନ୍ନା, ଇଏ ଯିଏ ଭାଷଣ ଦେଇ ବସି ପଡ଼ିଲା ସେ କିଏ ?" ଦୁଃଖୀ କହିଲା - "ମୁଁ ଚିହ୍ନି ନାହିଁ। ସେ ଏଠାର ପ୍ରାର୍ଥୀ ହୋଇଥିବ।"

"ଠିକ୍ ଠିକ୍ - ଏଇତ ! ଏଇତ ଆମ କଲିକତି ନେତା। ମୁଁ ଭଲ କରି ଚିହ୍ନେ ନା କଣଟି ଭାଇନା - ହଁ ହଁ ଠିକ୍ ମନେ ପଡ଼ିଲା - ହୃଦୟରଞ୍ଜନ ରାୟ।"

"ଚୁପ୍ ପାଟି କରନା, ସଭାପତିଙ୍କ ଭାଷଣ ଶୁଣ।" ଦୁଃଖୀ ଦାସ କହିଲା।

ଭାଷଣ ଶୁଭୁଥାଏ।

"ପ୍ରେସିଡେଣ୍ଟ ଆଣ୍ଡ ଫ୍ରେଣ୍ଡସ୍! ଆଇ ଆମ୍ ସରି। ମୁଁ ଇଂରାଜୀରେ କହି ପକେଇଲି। ଅନେକ ଦିନ ବିଲାତରେ ରହି ଇଂରାଜୀ କହିବା ହେବିଟ୍ ହୋଇ ଯାଇଛି।"

ତାଳି ପଡ଼ିଲା। ଦୁଃଖୀ ଟିପି ଦେଲା ଶୁକୁରା ହାତକୁ। ବକ୍ତୃତା ଚାଲିଥାଏ।

"ମୋର ଓଡ଼ିଆରେ ଭୁଲ୍ ରହିଯାଇ ପାରେ। ସେଥିପାଇଁ ଏକ୍‌ସକିଉଜ୍ କରିବେ। ମୁଁ ଇଂରେଜୀ କହିଲେ ଆଟ୍ ଅଲ୍ ମିସଟେକ୍ ହବ ନାହିଁ।"

ପୁଣି ତାଳି। ଦୁଃଖୀ କହିଲା, "ଦେଖିଲୁ ତ ଶୁକୁରା ଆମ ଲୋକଙ୍କ ମତି ଗତି।"

ଭାଷଣ ଶୁଭୁଥାଏ।

"ମୁଁ ଆପଣମାନଙ୍କ ସରଭିସ୍ ମାନେ - ମାନେ" - ହୃଦୟରଞ୍ଜନକୁ ଚାହିଁ - "ମାନେ କଣ - ମାନେ କଣ - ଫୁଲିସ୍।"

ହୃଦୟରଞ୍ଜନ ପ୍ରମ୍ପଟିଂ କଲେ - 'ସେବା'।

"ଇଏସ୍ ସେବା - ମାନେ ମୁଁ ଆପଣମାନଙ୍କର ସେବା କରିବାକୁ ଚାହେଁ। ମୋର ବିଶ୍ୱାସ ଆପଣମାନେ ମୋତେ ଡିପ୍ରାଇଭଡି - ମାନେ ମାନେ......।"

ପ୍ରମ୍ପଟିଂ - ବଞ୍ଚିତ।

"ଆପଣମାନେ ସେଥିରୁ ମୋତେ ବଞ୍ଚିତ କରିବେ ନାହିଁ। ମୋତେ ଆପଣମାନଙ୍କର ସେବା କରିବା ପାଇଁ ଅପରଚୁନିଟି - ମାନେ - ମାନେ ....।"

(ପ୍ରମ୍ପଟିଂ - ସୁଯୋଗ)

"ମାନେ ସୁଯୋଗ ଦେବେ। ମୁଁ ଆପଣମାନଙ୍କୁ ଅପରଚୁନିଟି ମାନେ ସୁଯୋଗ ଭିକ୍ଷା କରୁଛି। ମୁଁ ସୁଯୋଗ ପାଇଲେ, ଆପଣମାନେ ବି ସୁଯୋଗ ପାଇବେ। ସମସ୍ତେ ସୁଯୋଗ ପାଇଲେ ଇମିଡିଏଟ୍ ଡେଭଲପମେଣ୍ଟ ହବ - ମାନେ ମାନେ ...।"

(ପ୍ରମ୍ପଟିଂ - ଅଭିବୃଦ୍ଧି - ଅଭିବୃଦ୍ଧି)

"ମାନେ ଅଭି ଆପଣମାନେ ଅଭିବୃଦ୍ଧି ହୋଇଯିବେ।"

ଖୁବ୍ ଜୋର୍‌ରେ ତାଳି ପଡ଼ିଲା। ନେତା ଭାବିଲେ ଲୋକେ ଭାରି ପସନ୍ଦ କରୁଛନ୍ତି। ସେ ଆହୁରି ଗର୍ଜନ ଛାଡ଼ି ବକ୍ତୃତା ଦେଲେ। ଆପଣମାନେ ମୋର ଓଡ଼ିଆ ଲେକଚରରେ ମୁଗ୍ଧ। ମୁଁ ସେଇଥିପାଇଁ ଆପଣମାନଙ୍କଠାରେ ଓବଲାଇଜଡ଼ - ମାନେ ମାନେ –

ପ୍ରମ୍ପଟିଂ - କୃତଜ୍ଞ ମାତ୍ର ନେତାଙ୍କୁ 'ଜ୍ଞ' ଜାଗାରେ 'ଘ୍ନ' ଶୁଭିଲା।

ନେତା କହିଲେ, "ମୁଁ ଆପଣମାନଙ୍କଠାରେ କୃତଘ୍ନ।"

ଶୁକୁରା କହିଲା, "ଭାଇନା, ଲୋକେ କୃତଜ୍ଞ ଆଉ କୃତଘ୍ନ ଭିତରେ ଭେଦଟା ପାଇନାହାନ୍ତି।"

ନେତା ତେଣେ କହୁ ଥାଆନ୍ତି - "କିନ୍ତୁ ମୁଁ ଯଦି ଇଂରାଜୀରେ କହିବି, ଆପଣମାନେ ଆହୁରି ତାଳି ଦେବେ। ଇଂରେଜୀରେ କହୁଛି, ହୃଦୟରଞ୍ଜନବାବୁ ଓଡ଼ିଆରେ ଅନୁବାଦ କରି ଦେବେ। କହିବି ଇଂଲିଶିରେ ?"

"କହନ୍ତୁ - କହନ୍ତୁ।" ବୋଲି ପାଟି ହେଲା। ନେତା ଇଂରାଜୀରେ କହୁଥାନ୍ତି। ହୃଦୟରଞ୍ଜନ ଅନୁବାଦ କରୁଥାନ୍ତି।

"ମୋର ଜନ୍ମ ଇଂଲଣ୍ଡରେ ମାତ୍ର ମୁଁ ଓଡ଼ିଆ !"

ତାଳି ଉପରେ ତାଳି।

"ମୋର ପିତା ଇଂଲଣ୍ଡରେ ବିବାହ କରିଥିବାରୁ ମୋର ପିତୃଭାଷା ଓଡ଼ିଆ, ମାତ୍ର ମାତୃଭାଷା ଇଂରାଜୀ।"

ତାଳି।

ଇଂରାଜୀ ସରକାର ପ୍ରଥମ ବିଶ୍ୱଯୁଦ୍ଧରେ ଜୟ କଲା ବର୍ଷ ମୋର ଜନ୍ମ। ସେଥିପାଇଁ ମୋର ନାମ ମୋର ପିତା ଜୟରାମ ଦେଲେ। ମୁଁ ଜୟଛଡ଼ା ପରାଜୟ ଜାଣେ ନାହିଁ ଜୀବନରେ।"

ତାଳି।

"ମୋତେ ଯଦି ଆପଣମାନେ ଆପଣମାନଙ୍କର ସେବକ କରି ଏ ରାଜ୍ୟର ମୁଖ୍ୟମନ୍ତ୍ରୀ ଆସନରେ ବସାନ୍ତି ତେବେ ଆଉ କାହାରି ଚାଳ ରଖି ଦେବି ନାହିଁ। କାହାରି ହାଣ୍ଡିରେ କଳା ପଡ଼ିବ ନାହିଁ। ସବୁ ପକାଘର ଟାଇଲ ଛପର ହେଇଯିବ। ଇଲେକ୍ଟ୍ରିକ୍ କୁକିଂ ରେଞ୍ଜରେ ରୋଷେଇ ହେବ। ମା ମାଉସୀ ଭଉଣୀମାନେ ଆଉ ପୋଖରୀ ପାଣି ଯିବେ ନାହିଁ। ଘରେ ଘରେ ପାଣିକଳ ବସିଯିବ।"

ତାଳି ଉପରେ ତାଳି। ଅସୁମାରି ତାଳି। ରାହା ଛୁଟିଛି। ବନ୍ଦ ହବ ନାହିଁ କି ଆଉ। ମାତ୍ର କିଛି କ୍ଷଣପରେ ବନ୍ଦ ହେଲା। ସଭା ମଉଳିଲା। ମହାତ୍ମାଗାନ୍ଧୀ କି ଜୟ। ସ୍ୱାଧୀନ ଭାରତ କୀ ଜୟ। ପଣ୍ଡିତ ନେହେରୁ କି ଜୟ। ଜୟ ରାମ ନାୟକ କି ଜୟ ଧ୍ୱନିଦେଇ ସମସ୍ତେ ଘରକୁ ଫେରିଗଲେ।

ସଭା ଶେଷରେ, ସବା ଶେଷରେ ହୃଦୟରଞ୍ଜନବାବୁ ରାମବାବୁଙ୍କୁ ନେଇ ଜୟରାମଙ୍କ ସହ ପରିଚୟ କରାଇ ଦେଲେ। "ଇଏ ହେଉଚନ୍ତି ଆମର କମିଉନିଷ୍ଟ ନେତା ରାମବାବୁ ବି.ଏ. ଏଲ୍.ଏଲ୍.ବି. ଅନେକ ଟ୍ରେଡ୍ ୟୁନିୟନ୍‌ର ସଭାପତି।"

ଜୟରାମବାବୁ ରାମବାବୁଙ୍କର କରମର୍ଦ୍ଦନ ନକରି କହିଲେ - "ଆଇ ନୋ, ଆଇ ନୋ, କମିଉନିଷ୍ଟ ପାର୍ଟି, ଦି ଓନ୍‌ଲି ଡିସିପ୍ଲିନ୍‌ଡ ପାର୍ଟି ଅଫ୍ ଇଣ୍ଡିଆ" (ମୁଁ ଜାଣେ ଭାରତରେ ଏକମାତ୍ର ଶୃଙ୍ଖଳାବଦ୍ଧ ଦଳ କମିଉନିଷ୍ଟ ପାର୍ଟି)।

ଦୁଃଖୀ ଆଉ ଶୁକୁରା ବାଟେ ବାଟେ ଫେରି ଆସିଲେ ଘରକୁ। ବାଟରେ ଭେଟହେଲା ରାମବାବୁଙ୍କର। "କଣ ରାମବାବୁ କିମିତି ଲାଗିଲା ?" ପଚାରିଲା ଦୁଃଖୀ।

"ଗୋଟାଏ ଚାଞ୍ଚଲ୍ୟକର ଭାଷଣ, ନୁହେଁ?" ରାମବାବୁ ଉତ୍ତର ଦେଲେ।

"କଣ ଇଂରେଜୀରେ କହିଲେ ବୋଲି ?" ଦୁଃଖୀ ପଚାରିଲା।

"ନା - ନା - ତା ନୁହେଁ ଯେ। ତେବେ କି ଚିକ୍କାର ଇଂରେଜୀ କହୁଚନ୍ତି ଜୟରାମବାବୁ। ତମେ ନିଶ୍ଚୟ ଏକ ମତ ହବ ଦୁଃଖିଆନ୍ନା।"

"ନିଶ୍ଚୟ ନିଶ୍ଚୟ।" ଶୁକୁରା କହିଲା। ମନେ ହେଲା ଯେମିତି ସତେକି ଲଣ୍ଡନରୁ ଉଡ଼ି ଆସିଲେ। କୋଉଁ ଓଡ଼ିଆଟା ଏମିତି ଇଂରାଜୀ କହି ପାରିବ। କହୁତ ନାହାନ୍ତି, ଖାଲି ବାନ୍ତି କରୁଛନ୍ତି ଇଂରେଜୀ।"

"ଏକଜାକ୍ଟଲି" - ରାମବାବୁ କହିଲେ।

ଶୁକୁରା କହିଲା - "ସେମିତି ନ ହେଲେ ଭାରତବର୍ଷରେ କଣ କେହି ନେତା ହେଇ ପାରିବେ ? ଆମ ଦେଶରେ ଗାଁ କନିଆ ସିଂଘାଣିନାକୀ। ଓଡ଼ିଆ କହିଲେ ଲୋକେ ବୁଝିକରି ବୁଝନ୍ତି ନାହିଁ। ଇଂରେଜୀ କହିଲେ ଆମେ କିଛି ନବୁଝି ମଧ୍ୟ ବୁଝୁ। ଶୁଣିଛି

ଆମ ଓଡ଼ିଆଙ୍କ ନାଡ଼ିଚିପି ରୋଗ ବୁଝିଥିଲେ ବୋଲି ଆମ ଓଡ଼ିଆ ଆନ୍ଦୋଳନର ନେତାମାନେ ସେମିତି ଓଡ଼ିଆ କହୁନଥିଲେ, କହୁଥିଲେ ଇଂରାଜୀ କିମ୍ବା ବଙ୍ଗଳା। ଗାନ୍ଧୀ ଇଂରେଜୀ ନପଢ଼ିଥିଲେ ଇଂରେଜୀରେ ଲେଖି ନଥିଲେ କଣ ଏତେବଡ଼ ନେତା ହୋଇଥାନ୍ତେ ? ଭାରତ ସ୍ୱାଧୀନ ହେଲାପରେ ଆମେ ଖାଲି ଭଲ ଇଂରେଜୀ ଜାଣିବା ଲୋକଙ୍କୁ ଖୋଜି ନେତା କରିନୁ। ଜିନ୍ନା ପାକିସ୍ତାନର ଆଦି କର୍ତ୍ତା। କିନ୍ତୁ ସବୁଯାକ ଅମୁସଲମାନ କାମ ସେଇ କରନ୍ତି ଖାଲି ସାହେବୀ ପୋଷାକ ସାହେବୀ କଥା ପାଇଁ ତାଙ୍କୁ ମୁସଲମାନ ମାନେ ନେତା ବୋଲି ମାନିଲେ। ମୁଁ ଯାହା କହୁଛି ଭୁଲ୍ କହୁଛି ?"

ଦୁଃଖୀ ଦାସ କହିଲା, "ତମେ ରାମବାବୁ, ତା କଥାରୁ କି ପାଇବ। ସେଇଟା ଏମିତି କଥା କହି ଶିଖି ଆସିଛି ଆଜାଦ୍ ହିନ୍ଦ୍ ଫୌଜରେ ରହି। ତା କଥା କହିବଟି ଆଗ ଆପଣଙ୍କ ପାର୍ଟି କାହାକୁ ସମର୍ଥନ କରୁଛି।"

ରାମବାବୁ କହିଲେ, "ତମେ ଦେଖିନ ? କାଗଜରେ ଆମ ସେକ୍ରେଟେରୀ ଷ୍ଟେଟ୍‌ମେଣ୍ଟ୍ ଦେଇ ଦେଇଛନ୍ତି, ଯେଉଁଠି ଆମର ପ୍ରାର୍ଥୀ ନ ଥିବେ ସେଠି ଆମେ କଂଗ୍ରେସକୁ ସମର୍ଥନ କରିବୁଁ।"

ଆଚ୍ଛା, ତା ଯଦି ହେଲା ବିଧାନସଭାରେ କଂଗ୍ରେସ ମନ୍ତ୍ରୀମଣ୍ଡଳ ହେଲେ ଆପଣମାନେ ଟ୍ରେଜେରୀ ବେଞ୍ଚରେ ବସିବେ ତ ?

"ନାଁ, ଆମେ ଅପୋଜିସନ୍‌ରେ ବସିବୁଁ।" ରାମ ଉତ୍ତର ଦେଲା।

"ଏ କେମିତି କଥା ? ନିର୍ବାଚନରେ ସମର୍ଥନ ପୁଣି......" ଦୁଃଖୀ ଆଶ୍ଚର୍ଯ୍ୟ ବୋଧକଲା।

"କାହିଁକି ?" କହିଲେ ରାମବାବୁ। "ଭୁଲ୍‌ଟା କଉଁଠି ହେଲା। ବର୍ତ୍ତମାନ ଯେତେ ଦଳ କମିଉନିଷ୍ଟ ଛଡ଼ା ଠିଆ ହୋଇଛନ୍ତି, ସେମାନଙ୍କ ଭିତରେ ଲେସର ଇଭିଲ ହେଲା କଂଗ୍ରେସ। ସେଥିପାଇଁ ଆମେ ସମର୍ଥନ କରିବୁଁ। ତା' ବୋଲି କଣ ଆମେ କଂଗ୍ରେସ ବୁର୍ଜୁଆଙ୍କ ସାଙ୍ଗରେ ହାତ ମିଳେଇବୁ ? ଅସମ୍ଭବ।"

"ଲେସର ଇଭିଲି କଣ ଦୁଃଖିଆନ୍ନା ?" ପଚାରିଲା ଶୁକୁରା। ଛାତ୍ର ଶିକ୍ଷକଙ୍କୁ ପଚାରିଲା ପରି।

ମାନେ 'କମ ଖରାପ' - କହିଲା ଦୁଃଖୀ ଦାସ। "କିନ୍ତୁ ରାମବାବୁ, ତମେ କଂଗ୍ରେସଠୁ ପଇସା ଖାଇ କଂଗ୍ରେସକୁ ସାହାଯ୍ୟ କଲ ବୋଲି କହିବେ ନାହିଁ ତ ଲୋକେ ?"

"କହନ୍ତୁ। କଂଗ୍ରେସଠୁ ପଇସା ନେଇ ଆମେ ଯଦି ଆଉ କେତେଟା ସ୍ଥାନରୁ ଆସିଯାଉଁ, ତେବେ ମାଛ ତେଲରେ ତ ମାଛ ଭାଜିଲା ପରି ହେବ। କ୍ଷତି କଣ ? ଖାଲି

କଣ ଆମେ ମାଛ ତେଲରେ ମାଛ ଭାଜିବୁ? ଏଥର ଆମ ପାର୍ଟି ଲୋକ କଂଗ୍ରେସ ପ୍ରାର୍ଥୀ ହୋଇ ମନ୍ତ୍ରୀ ବି ହେବେ। କଣ ବିଚାରୁଛ କି? କହିବ ନାହିଁଟି କେଉଁଠି। ହଉ କହିଲେ। ମୁଁ କହିଦେବି ନାହିଁ ମୁଁ କହିନାହିଁ ବୋଲି। ହଉ ନମସ୍କାର।"

"ଶେଷରେ କଂଗ୍ରେସ କମିଉନିଷ୍ଟ ପାର୍ଟିକୁ ହଜମ୍ କରିଦେବଟି ସାବଧାନ!" ଦୁଃଖୀ କହିଲା।

ରାମବାବୁ ଚାଲି ଯାଉଁ ଯାଉଁ କହିଲେ - "ଅସମ୍ଭବ! ଯେ ପର୍ଯ୍ୟନ୍ତ ଭାରତବର୍ଷରେ ଦରିଦ୍ର ଥିବ ଶୋଷିତ ଥିବ ସେ ପର୍ଯ୍ୟନ୍ତ କମିଉନିଷ୍ଟ ପାର୍ଟି ରହିବ ହିଁ ରହିବ। ତାକୁ କେହି ହଜମ୍ କରି ପାରିବେ ନାହିଁ ସବ୍ ଲାଲ ହୋ ଯାଏଗା।"

ବାଟ ଭାଙ୍ଗି ଚାଲିଗଲେ ରାମବାବୁ। ଦୁଃଖୀ ଆଉ ଶୁକୁରା ଫେରି ଆସିଲେ ଘରକୁ।

ରାମ ଆଉ ଦୁଃଖୀ। ରାମବାବୁ ଆଉ ଦୁଃଖୀଦାସ। ଦୁଇଟି ସମାନ୍ତରାଳ ସରଳରେଖା। ଶୁକୁରା ସେ ଦୁଇଟିକୁ ଯେପରି ଛେଦ କରିଛି। ଫଳରେ ତତ୍‌ସମ୍ଭୂତ ଅନୁରୂପ ଦୁଇଟି କୋଣ ସମାନ। ତଥା ତତ୍ ସମ୍ଭୂତ ଏକାନ୍ତର ଓ ପ୍ରତୀପକୋଣ ଗୁଡ଼ିକ ମଧ୍ୟ ସମାନ। ତଥାପି ଶୁକୁରା ଯେପରି ପ୍ରମାଣ କରି ଦେଉଛି ଯେ ଏ ରେଖା ଦୁଇଟି ପରସ୍ପର ସହିତ ମିଳିତ ହେବାର କୌଣସି ସମ୍ଭାବନା ନାହିଁ।

ଘର ପିଣ୍ଡାରେ ବସି ଦୁଃଖୀ ଗୋଟାଏ ଶ୍ୱାସ ଛାଡ଼ିଲା। ଶୁକୁରାକୁ ଡାକି ମନ ଖୋଲି କହିଲା - "ଶୁକୁରା, ଚିହ୍ନିଛୁ ଏମାନଙ୍କୁ? ଏମାନେ ଭାରତର ଗଣଆନ୍ଦୋଳନ ପଛରୁ ଛୁରା ମାରିଥିଲେ ଅଥଚ ଆମକୁ ସେ ଓଲଟି ଆଖ୍ୟା ଦେଇଥିଲେ, ଆମେ ଯେତେ ସ୍ୱାଧୀନତା ସଂଗ୍ରାମୀ ଜେଲ୍‌ରେ ଥିଲୁଁ ସମସ୍ତଙ୍କୁ ସେ ଆମେ ବୁର୍ଜୁଆ, ରକ୍ଷିତସ୍ୱାର୍ଥ ଶୋଷକ, କୁଲିମୂଲିଆଙ୍କର ଶତ୍ରୁ।"

"ଆଜାଦ୍ ହିନ୍ଦ୍ ଫୌଜ ଭିତରେ ବି ପଶିଥିଲେ ସେମାନେ!" ଶୁକୁରା କହିଲା। "ମଝିରେ ମଝିରେ ଆମ ଶିବିରର ଖବର ନେଇ ପଳେଇ ଆସନ୍ତି ଭାରତକୁ। ଗୁପ୍ତଶତ୍ରୁ ଏମାନେ। ଇଂରାଜୀଙ୍କ ଗୁପ୍ତଚର କାମ କରୁଥିଲେ ଆମ ଭିତରେ ପଶି। ପୁଣି ଏଇମାନେ ସେତେବେଳେ ଆମକୁ ଫ୍ୟାସିଷ୍ଟ କହି, ଦିନ ପରେ ଦିନ ଭାରତୀୟ ରେଡ଼ିଓରୁ, ଅନ୍ୟାନ୍ୟ ରେଡ଼ିଓରୁ ଆମ ବିରୋଧରେ ଅତି ଅସମ୍ଭାଳ, ଅରୁଚିକର ଭାଷାରେ ଗାଳି କରୁଥାନ୍ତି। ଖାଲି ରୁଷ୍ ନୁହେଁ, ଆମେରିକା, ଇଂଲଣ୍ଡ ମଧ୍ୟ ସେତେବେଳେ ଏଇମାନଙ୍କ ପ୍ରଚାର ଅନୁସାରେ ହେଇଗଲେ ସର୍ବହରାର ଦେଶ। ଆଉ ଜାପାନ ହେଲା ଫ୍ୟାସିଷ୍ଟ।"

ହସିଲା ଶୁକୁରା। ଦୁଃଖୀ ଦାସ ମଧ୍ୟ। ଶୁକୁରା କହି ଚାଲିଥାଏ - "ପୁଣି ଏଇମାନେ ଅଜାଦ୍ ହିନ୍ଦ୍ ଫୌଜ ଭିତରେ ସାଂପ୍ରଦାୟିକ ଭାବ ପଇଠ କରିବା ପାଇଁ, ଯାବତ

ଅସଭ୍ୟ, ଅଭଦ୍ର ମିଥ୍ୟା ପ୍ରଚାର କରୁଥିଲେ। ଜାଣିଚ ଭାଇନା ? ଏମାନେ କମ୍ ବ୍ୟକ୍ତି ନୁହଁନ୍ତି। କିନ୍ତୁ ଫଳ କିଛି ଫଳିଲା ନାହିଁ। ଆମେ ସମସ୍ତେ କି ହିନ୍ଦୁ କି ମୁସଲମାନ୍ ବାହାଦୂରଶାହଙ୍କ କବର ପାଖରେ ପଣ କରିଥିଲୁ। ଆମେ କେହି ହିନ୍ଦୁ ନୋହୁଁ, ମୁସଲମାନ୍ ନୋହୁଁ, ଶିଖ୍ ନୋହୁଁ - ଆମେ ସମସ୍ତେ ହିନ୍ଦୁସ୍ଥାନୀ - ଭାରତବାସୀ। ଦେଶର ସ୍ୱାର୍ଥ ଆଗରେ ଆମେ ସମସ୍ତେ ଏକ ଏକ ମା'ର ସନ୍ତାନ!!"

ସଲାମ କଲା ଶୁକୁରା। ଦୁଃଖୀ ପଚାରିଲା - "କାହା ଉଦ୍ଦେଶ୍ୟରେ ହାତ ଉଠାଇଲୁ ?" 'ସେଇ, ସେଇ' - ଉତ୍ତର ଦେଲା ଶୁକୁରା - ସେଇ ମହାତ୍ମା, ସେଇ ପୀର; ଯିଏ ଦିନେ ଏଇ ଭାରତଭୂଇଁରେ ହିନ୍ଦୁ ମୁସଲ୍‌ମାନ୍ ସମସ୍ତଙ୍କୁ ଏକ କରି, ଗୋଟିଏ ପୂଜାବେଦୀରେ ଠିଆ କରାଇ ସିପାହୀ ବିଦ୍ରୋହର ନିଆଁ ଜାଳି ଦେଇଥିଲେ। ଆଜି ଯଦି ସେ ବଞ୍ଚିଥାନ୍ତେ, ତାଙ୍କ ହାତରେ ମୋ ମୁଣ୍ଡଟାକୁ କାଟି ଥୋଇ ଦିଅନ୍ତି। କହନ୍ତି - ନେ ମା'କୁ ପୂଜା ଦେ। ମା କହୁଚି ପରା - "ମୈ ଭୂଖା ହୁଁ ?"

ଦୁଃଖୀ ହସିଲା ମନେ ମନେ। ଶୁକୁରାର ଭାବପ୍ରବଣତା ଦେଖି। ନିଜ ମୁଣ୍ଡକୁ ନିଜେ କାଟି ଦେଇ କଥା କହିବା ଅସମ୍ଭବ। ହେଲେ ବି ଶୁକୁରା ଭିତରେ ଯେଉଁ ନିଆଁ ଜଳୁଛି, ଦୁଃଖୀ ଦେଖିଲା ତା'ର ସମ୍ଭାବନା ସୁଦୂରପ୍ରସାରୀ। କେତେଟା ଲୋକ ଏମିତି ମିଳିବେ!

ରାତିଯାକ ଦୁଃଖୀ ଦାସ ଶୋଇ ଶୋଇ ଭାବୁଥିଲା। ଏମିତି ଆଉ କେତୁଟା ଲୋକ ଯଦି ଜୁଟନ୍ତେ ତେବେ କିଛି କାମ କରି ହୁଅନ୍ତା। କେତେ ସ୍ୱପ୍ନ ସେ ଦେଖି ଆସିଚି, ଗତ କେତେ ବର୍ଷ ଧରି। ବର୍ଷେ ବର୍ଷ ଧରି। କୌଣସି ଗୋଟିଏ ସ୍ୱପ୍ନ ତାର ସତ୍ୟ ହୋଇ ନାହିଁ। ତଥାପି ସେ ନିରାଶ ହୋଇନାହିଁ। ତାର ଧାରଣା, ସେ ଯଦି ନିଜ ନୀତିରେ ଦୃଢ଼ ଥିବ ତେବେ ଜୀବନରେ ସୁଯୋଗ ଦିନେ ନା ଦିନେ ଆସିବ, ତାର ସ୍ୱପ୍ନକୁ ସତ୍ୟରେ ପରିଣତ କରିବା ପାଇଁ। ସେ ଧାରଣା ତାର ଏକାନ୍ତ ମିଥ୍ୟା ନୁହେଁ। ଶୁକୁରା ହିଁ ତାକୁ ଭରସା ଦେଇଚି।

ଶୁକୁରା ମଧ୍ୟ ପଡ଼ିଗଲା ଯାଇଁ ବିଛଣାରେ। ରତନୀ ଆସି କେତେବେଳେ ପାଖରେ ଶୋଇଲାଣି, ସେ ଜାଣେ ନାହିଁ। ଶୁକୁରାକୁ ନିଦ ନାହିଁ। ସେ ଭାବିବାରେ ଲାଗିଛି, ଆଜାଦ୍ ହିନ୍ଦ୍ ଫୌଜ ବେଳର କଥା। ରତନୀ ପଚାରୁଚି - ନିଦ ହେଇନାହିଁ କି ? କଣ ପଚାରିଲା ରତନୀ, ଶୁକୁରା ଜାଣେ ନାହିଁ। ଗୋଟେ କଣ ପଚାରିଲା ସେ ଏତିକି ଜାଣେ, ଉତ୍ତର ଦେଲା ଖାଲି ଗୋଟେ ହୁଁରେ।

ହୁଁ କଣ ? ମୁଁ ପଚାରୁଛି ଦିହ ଭଲ ଅଛି ତ ? ରତନୀ ପଚାରିଲା। ଉତ୍ତର କେବଳ ସେଇ ଗୋଟିଏ ହୁଁ।

"କଣ ଜର ଫର ହେଇ ନାଇଁ ତ ?" ହାତ ମାରି ଦେଖିଲା ରତନୀ। କିଛି ନାହିଁ ଦେହଟା ଥଣ୍ଡା। ତଥାପି ନିଦ ନାହିଁ। ସେ ଖାଲି ରହି ରହି କଡ଼ ଲେଉଟାଉଛି। ଶୋଇ ପାରୁ ନାହିଁ। ଛାଇ ନିଦ ମାଡ଼ି ଆସିଲା କ୍ଷଣି ଚିହିଁକି ଉଠୁଛି। ରତନୀ ଡରିଗଲା। ସେ ବି ଶୋଇ ପାରିଲା ନାହିଁ। କେଉଁଠି ଡରିଛି କି କଣ! ସଭାରୁ ଫେରିଲା ବେଳେ ସେଇ ଫାସିଦିଆ ବରଗଛ ତଳେ ଡରିଛି ନିଶ୍ଚେ। ମଣିଷ ଦେଖିଲେ ସେ ଗଛ ପତର ସବୁ ହଲେ। ଯେମିତି କିଏ ଦୁଲ୍‌ମାଦୁଲ ହେଇ ଡେଉଁଛି। ଏ ଡାଳରୁ ସେ ଡାଳକୁ।"

"କଉଁଠି ଡରିଲ କି ?"

'ହୁଁ' ରତନୀ ପ୍ରଶ୍ନର ଉତ୍ତର।

"ତମକୁ ଭୂତ ମାଡ଼ି ବସିଛି ନିଶ୍ଚେ। ଦିନେ ଏମିତି ରାଉତ ଘର ଚାକର ଟୋକାକୁ ଭୂତ ଡାକିଲା ପରା ରାତି ଅଧରେ। ନିଶା ଗର୍ଜୁଛି। ଇଲୋ ମା ଲୋ।"

ସେ ଟୋକାଟାର ଏଡ଼େ ସାହାସ! ସଞ୍ଜବେଳରୁ କଥା ହେଇଥିଲେ ବିଲରୁ ପାଣି ଗଡ଼େଇ ଖଇଞ୍ଚିରେ ମାଛ ଧରିବେ। ଅନ୍ଧୁଲି ବସେଇ ଦେଇ ଯାଇଥିଲେ। ଶୋଇଛି କିଏ ଆସି ଡାକିଲା - ତା ନାଁ ଧରି। ସେ ତ ଉଠି ପଡ଼ି ଧାଇଁଚି ତା ପଛେ ପଛେ। ବିଲକୁ ଯାଆନ୍ତା କଣ, ସେ ଚାଲିଛି ମଶାଣୀ ଆଡ଼କୁ। ଟୋକା ପଚାରୁଛି 'ବିଲକୁ ଯାଉଛୁ ?' ସେ କହୁଛି - ହୁଁ। ପୁଣି ପଚାରିଲା - 'ଏ ବାଟେ କୁଆଡ଼େ ବିଲକୁ ଯାଉଛୁ' - ଖାଲି ହୁଁ ହୁଁ। ଅନ୍ଧୁଲି ବସିଛି ? ନା - ହୁଁ, ଖଇଞ୍ଚି ଆଣିଛୁ ? - ନା - ହୁଁ -। ତାପରେ କୁଆଡ଼େ ମଶାଣୀ ଖଣ୍ଡେ ବାଟ ଅଛି, ଇଏ ଟୋକା ଜାଣିପାରିଲା ଯେ ସେଇଟା ଭୂତ। ପଛେଇ ପଛେଇ ଖଣ୍ଡେ ବାଟ ଆସି ଦଉଡ଼ି ଆସି ଘର ଦୁଆର ମୁହଁରେ - ଭୂ - ଭୂ - ଭୂ ହେଇ ପଡ଼ି ଯାଇଚି। ପାଆଛ ପଥରରେ ମୁଣ୍ଡଟା ବାଜି ନହୁନୁହାଣ। ରତନୀ ନିଦ ଭାଙ୍ଗିଗଲା। ଯାଇ ଦେଖିଲା ବେଳକୁ ଟୋକାର ଏଇ ଅବସ୍ଥା। ତା' ନା ଚେମା। ସେଇ ଟୋକାର ନାଁ। ଯଉଁ ଭୂତ ଚେମାକୁ ଡାକି ନେଇଥିଲା, ସେଇ ଭୂତ ଶୁକୁରାକୁ ବି ନାଗିଚି। ସେଥିପାଇଁ ଖାଲି ହୁଁ ହୁଁ ହଉଚି।

ଶୁକୁରାକୁ ସତ ଭୂତ ଲାଗିଥିଲା। ସେ ଡରି ନାହିଁ। ଚିହିଁକି ନାହିଁ। କିନ୍ତୁ ଭୂତ ତାକୁ ମାଡ଼ି ବସିଚି। ଦେହଟାକୁ ନୁହେଁ ? ମନଟାକୁ।

ଭୂତ ନୁହେଁ। ଖବିସ। କିଫାଏତୁଲ୍ଲାର ଆତ୍ମା। ଅମର ଆତ୍ମା ପୁଣ୍ୟାତ୍ମା!

କିଫାଏତୁଲ୍ଲା ଆଉ ସେ - ଶୁକୁରା। ଦିହେଁ ଯାକ କାନ୍ଧକୁ କାନ୍ଧ ମିଶାଇ ଲଢୁଥିଲେ। ସେ ଟଳି ପଡ଼ିଲା। ଇଂରେଜ ସୈନ୍ୟଙ୍କ ଗୁଳିରେ ନୁହେଁ, ଜାପାନୀ ସୈନ୍ୟଙ୍କ ସଙ୍ଗୀନ୍ ମୁନରେ। ଇମ୍ଫାଲ୍ ଅଭିଯାନରୁ ଫେରିବା ବେଳେ। ସେ କି କରୁଣ ଦୃଶ୍ୟ! ଛାତି ଫାଟିଯିବ ସେ ହୃଦୟ ବିଦାରକ ବିବରଣୀ ଶୁଣିଲେ। ଆଜି ବି ଖାଲି କୋହ

ଉଠେ ଶୁକୁରାର ସେ କଥା ମନେ ପଡ଼ିଲେ। ଅଖିଆ ଅପିଆ ଚାଲିଥାନ୍ତି, ଯୁଦ୍ଧ ଭୂଇଁ ଛାଡ଼ି ଫେରୁଥାନ୍ତି ଇମ୍ଫାଲରୁ ରେଙ୍ଗୁନ୍ ଆଡ଼କୁ। ଗୁଳି ଚୋଟରେ ପଡ଼ି ମରିଥିଲେ ବରଂ ଭଲ ହୋଇଥାନ୍ତା। ଖାଇବା ବିନା ରୋଗ ବାଧିକିରେ ପଡ଼ି ଗଡ଼ିଗଲେ ହଜାର ହଜାର ଆଜାଦ୍ ହିନ୍ଦ୍ ସୈନିକ। ଆଗେ ଆଗେ ପଳଉଥାନ୍ତି ଜାପାନୀ ସୈନ୍ୟ। ତାଙ୍କର କିନ୍ତୁ ଖାଇବାର ଅଭାବ ନଥିଲା। ବିଶ୍ୱାସଘାତକ ଜାତି ! ରସଦ୍ ନ ଦେଇ ଶୁଖେଇ ଶୁଖେଇ ମାରି ଦେଲେ ଭାରତୀୟ ସୈନ୍ୟ ବାହିନୀକୁ। ତାତି ଉଠିଲେ କେତେଜଣ ଭାରତୀୟ ସୈନ୍ୟ। ଦଉଡ଼ି ଯାଇ ଧଇଲେ ଜାପାନୀ ସୈନ୍ୟଙ୍କୁ। ଦିଅ ଆମକୁ ରସଦ୍। ଛଡ଼େଇନେଲେ ତାଙ୍କ ବଢ଼ା ପ୍ଲେଟ୍‌ରୁ କେତେ ଜଣ ଭୋକ ଆତୁରାରେ। ଜାପାନୀମାନେ ଖପ୍‌ପା।

"ଟ୍ରେଟର୍ ଇଣ୍ଡିୟାନ୍" କହି ଅଚାନକ୍ ସଙ୍ଗୀନ୍ ଭୂଷିଦେଲେ କେତେ ଜଣଙ୍କୁ। କିଫାଏତୁଲ୍ଲା ତାଙ୍କ ଭିତରୁ ଜଣେ।

"ମୁଁ ଡରିନାହିଁ।" ଶୁକୁରା କେତେବେଳେକେ ଜବାବ୍ ଦେଲା। କହିଲା ଆପେ ଆପେ - ଶୁକୁରା ଡରେ ନାହିଁ। ଡର ମୋର ଛାଡ଼ିଯାଇଛି ରତନୀ, ଡରଫର ସବୁ ଛଡ଼େଇ ନେଲେ ନେତାଜୀ। ମଣିଷର ଡରଟା କଣ କିଲୋ ? ଭୂତ ଡର, ଡାହାଣୀ ଡର, ଚୋର ଡର, ଡକେଇତ ଡର, ସାପ ଡର, ବେଙ୍ଗ ଡର, ବାଘ ଡର, ଭାଲୁ ଡର, ସବୁ ଡର ସେଇ ଗୋଟିଏ ଡରର ଭିନ୍ନ ଭିନ୍ନେ ରୂପ। ଛାୟା। କି ଡର ଜାଣୁ ? ମରଣ ଡର। ସେ ଡର ଯଉଁଦିନୁ ହରଣ କରି ନେଲେ ନେତାଜୀ, ଆଉ କଉଁ ଡର ମୋତେ ଡରାଏ ନାହିଁ। ତାକୁ ବି ଡରଉ ନଥିଲା, ମୋ ସାଙ୍ଗ କିଫାଏତୁଲ୍ଲାକୁ। ସେ ନାହିଁ। ମୁଁ ଅଛି।"

"କୁଆଡ଼େ ଗଲା ସେ ?" ରତନୀ ପଚାରିଲା।

"ସେ ଶହୀଦ୍ ହୋଇଯାଇଛି। ହେଲେ ମୁଁ ଆଜି ବଞ୍ଚିଛି ତା'ରି ପାଇଁ। ଇଂରେଜ୍‌ଙ୍କ ଗୁଳି ଚୋଟରେ ଥରେ ଏମିତି ଘାଉଲା ହେଲି – ରକ୍ତ ଝୋଳ ହେଇଗଲି।"

ରତନୀ ହାଁ କରି ଅନେଇଥାଏ। ଘରର ସେଇ ଅନ୍ଧାର ଭିତରେ। ତା ଛାତି ଥରୁଥାଏ।

"ହେଇଟି ଦେଖ।" ରତନୀର ହାତଟାକୁ ନେଇ ତା' ବାଁ ଜଙ୍ଘରେ ନଗେଇ, ଦେଖେଇ ଦେଲା। ଏଡ଼େ ବଡ଼ ଗାତଟେ। ରତନୀ ଚମକି ପଡ଼ିଲା।

ଟିକିଏ ଉପରକୁ ବାଜିଥିଲେ ଖତମ୍ ହେଇଯାଇଥାନ୍ତି। ତୁ କଣ ଆଉ ଶୁକୁରାକୁ ଆଜି ତୋ ପାଖରେ ମୁହଁ ନଗେଇ ଶୋଇବାର ଦେଖୁଥାଆନ୍ତୁ। ମରିଥିଲେ କିନ୍ତୁ ମୋ ଭୂତଟା ନିଶ୍ଚେ ଆସି ଏମିତି ତୋ ପାଖରେ ଶୋଇଥାନ୍ତା। ନୁହେଁ ?"

"କି କଥା ଗୁଡ଼ାକ ତୁଣ୍ଡରେ ଆଣୁଛ। ଛିଆ!"

ହସି ପକେଇଲା ଶୁକୁରା। ପଚାରିଲା - "ହଇଲୋ, ମୁଁ ଭୂତ ହେଇ ଆସିଲେ ତୁ ଡରନ୍ତୁ?"

ରତନୀ ଶୁକୁରାକୁ ଠେଲି ଦେଇ ସେ ପାଖକୁ ମୁହଁ ବୁଲେଇ ଶୋଇଲା।

"ନାଇଁ ଲୋ, କହିବି ନାହିଁ, ଶୁଣ।" ରତନୀ ଆଉ ନ ଶୁଣେ। "ମୁଁ ପରା ମରି ଯାଇଥିଲି। କୁଆଡ଼େ କିଫାଏତୁଲ୍ଲାକୁ ରାତିରେ ଯାଇ ମୋ ଭୂତଟା ଡାକିଲା - ଏଇଟି ଉଠ୍। ରକ୍ତ ଦେ।"

ରତନୀ ଏଁ ବୋଲି କହି ପୁଣି ଶୁକୁରା ଆଡ଼କୁ ମୁହଁ ବୁଲେଇ ଶୋଇଲା।

"ନାଇଁ ଲୋ ରତନୀ! ମରି ନଥିଲି ଯେ ମର ମର ହେଉଥିଲି। ଏତେ ରକ୍ତ ଗଲା ଯେ ଦେହଟା ଶେତା ପଡ଼ି ଯାଇଥିଲା। ଆମ ପାଖରେ ରକ୍ତ ଭଣ୍ଡାର ନଥାଏ। ରକ୍ତ କଉଁଠୁ ଆସିବ, ରକ୍ତ କିଏ ଦବ? କିଫାଏତୁଲ୍ଲା ସାଙ୍ଗେ ସାଙ୍ଗେ ବଢ଼େଇଦେଲା ତା ହାତ। ଭାଗ୍ୟକୁ ତା' ରକ୍ତ ମେଳ ହୋଇଗଲା। ହିନ୍ଦୁ ରକ୍ତ, ମୁସଲ୍‌ମାନ୍ ରକ୍ତ, ବି ମେଳ ହୁଏ ଲୋ ରତନୀ, ମେଳ ହୁଏ। ମୁସଲ୍‌ମାନ୍ କିଫାଏତୁଲ୍ଲା ରକ୍ତରେ ହିନ୍ଦୁ ଶୁକୁରା ଜୀଇଚି। ସେଥିପାଇଁ ମୁଁ ତାକୁ ସପନ ଦେଖେଁ ଲୋ ରତନୀ, ସପନ ଦେଖେଁ। ନିଦରେ ନୁହେଁ, ଚାହାନ୍ତାରେ।"

"କିଫାଏତୁଲ୍ଲା, ବହୁତ ପାଠ ପଢ଼ିଥିଲା। ମୋ ପରି ମୂର୍ଖ ନଥିଲା। ବହୁତ ଇଲମ ଥିଲା ଉର୍ଦ୍ଦୁ, ଫାରସୀ, ନାଗରୀ, ସବୁ ବିଦ୍ୟା ହାସଲ କରିଥିଲା। ସେଇ କିଫାଏତୁଲ୍ଲା ମୁହଁରୁ ଶୁଣିବ ବାହାଦୂରଶାହାଙ୍କ କଥା। ଦିଲ୍ଲୀର ବାଦ୍‌ଶାହା ବାହାଦୂରଶା ଜାଣିଚୁ? ଇଂରେଜୀମାନେ ଧରିନେଇ ରେଙ୍ଗୁନ୍‌ରେ କଇଦୀ କରି ରଖିଥିଲେ।"

"କାହିଁକି?" ପଚାରିଲା ରତନୀ।

"ତାଙ୍କୁ ବି ଭୂତ ଲାଗିଥିଲା। ପଇସାର ଭୂତ। ଏ ଦେଶବାସୀଙ୍କ ରକ୍ତ ଶୋଷିବା ପାଇଁ। ବାହାଦୂରଶାହା ଥିଲେ ଭାରି ଗୁଣିଆ। ସେ ଥିଲେ ଇଂରେଜଙ୍କ ଭୂତ ଛଡ଼େଇ ଦେଇଥାଆନ୍ତେ। ସେଥିପାଇଁ ତାଙ୍କୁ ଧରି ନେଇ ପଳେଇଲେ।"

"ସେ ହିନ୍ଦୁ ନା ମୁସଲ୍‌ମାନ୍?" ରତନୀ ପଚାରିଲା।

"ମାଆ ହିନ୍ଦୁ, ବାପ ମୁସଲ୍‌ମାନ୍। ପୁଅ ହିନ୍ଦୁ ମୁସଲ୍‌ମାନ୍ ଉଭୟଙ୍କର ପ୍ରାଣର ପିତୁଳା। ନେତା। ଏଇ ବାହାଦୂରଶାହା। ହଉ ଶୁଣ ସେଇ ବାହାଦୂରଶାହାଙ୍କ କଥା। ଦିନେ କିଫାଏତୁଲ୍ଲା କହୁଥାଏ, ଆଉ ତା' ଆଖିରୁ ଲୁହବହି ଯାଉଥାଏ।"

"କାହିଁକି?" ରତନୀ ପଚାରିଲା।

"ତୁ କାହିଁକି ଶୁକୁରା ପାଖକୁ ଆସିବା ବେଳକୁ କାନ୍ଦୁଥିଲୁ କି?"

"ଖାଲିଟାରେ। ତୁଚ୍ଛାଟାରେ। ମତେ କାନ୍ଦ ମାଡୁଥିଲା ବୋଲି କାନ୍ଦୁଥିଲି।" ରତନୀ କହିଲା।

ଏତିକି ବେଳେ କିଏ ସେ ବାହାରେ ଆସି ଡାକିଲା – 'ଦୁଃଖିଆନ୍ନା, ଦୁଃଖିଆନ୍ନା।'

"କିଏ ?" ଜବାବ୍ ଦେଲା ଦୁଃଖୀ ଦାସ। ଏକା ଡାକକେ। ଏମିତି ଚାହାଙ୍କା ନିଦ !

"ମୁଁ ତ ବିଶୁ !"

"କଣ କିରେ ବିଶୁ ? ଏତେ ରାତିରେ ?"

"ଆଜ୍ଞା, ମୋ ଝିଅଟି ପୁଆଣି ଆସିଥିଲା। ହଠାତ୍ ତା'ର କଣ ହେଇଗଲା। ମୁଁ କିଛି ବୁଝି ପାରୁନାହିଁ। ସେ କିମିତିକା କିମିତିକା ହଉଚି। ସମସ୍ତେ କହୁଚନ୍ତି ଭୂତ ମାଡ଼ି ବସିଚି।"

"ଧେତ୍, ଭୂତ ଫୁତ କଣ !" ବାହାରି ଆସିଲା ଦୁଃଖୀ ଦାସ। "କଣ ହଉଚି ଆଗେ କହିବୁଟି !"

"ଆଜ୍ଞା, କାଲି ରାତିରେ ପଦାକୁ ଯାଇଥିଲା – ବାଡ଼ି ପଛଆଡ଼େ। ସେଇ ଫାସିଦିଆ ବରଗଛ ଉପରେ କିଏ ସେ ଧସ୍‌କିନାକି ହେଲା ଯେ ଚିହିଙ୍କି ତ ପଡ଼ିଲା ଝିଅ। ନୋଟା ଫୋଟା ପକେଇ ଦେଇ ଧଅଡ଼ି ତ ଆସିଲା ଘରକୁ। ତା' ମାଆକୁ କହିଲା, ଦିହ କଣ ହେଇ ଯାଉଚି। ଛାତି ଥରୁଚି। ଆଜି ସଞ୍ଜବେଳୁ ତ ଖାଲି ଛାଟିପିଟି ହଉଚି। ଦୁଇ କଳରୁ ବାଜୁ ବାହାରୁଛି। ବେଳେ ବେଳେ ଆଖି ଖୋସି ଦଉଚି। ଯେତେ ଗୁଣି ଗାରିଡ଼ି କଲିଣି, କିଛି ଶୁଣିବାକୁ ନାହିଁ। ଗୁଣିଆ ସବୁ ଥକତ ହେଇଗଲେଣି। ଖାଲି ଖୁରୁଣ୍ଟି ଚଳଉଚି। କହୁଚି – ମେରା ବାଲମ୍ କାହାଁ ଗଇନ୍ ରେ।"

ଦୁଃଖୀ ହସିଲା। ଔଷଧ ଦେଲା ଚାରିପାନ। ଘଣ୍ଟାକେ ପାନେ। ଶୁକୁରା ଉଠି ଆସି ଠିଆ ହେଲା।

"ଶୋଇ ପଡ଼ିଲେ ଆଉ ଦବୁନି। ପେଟରେ ପଙ୍କଲଦି ଦବୁ। ସରବତ୍, ପଇଡ଼ ପାଣି, ଛଡ଼ା କିଛି ଦବୁନି ଖାଇବାକୁ। କାଲି ସକାଳକୁ ଆଉ ଭୂତ ନଥିବ। ତେଣିକି ଯାହା ଇଚ୍ଛା ତା ଖାଇବ – ଘିଅ, ଦୁଧ, ମହୁ, ମାଛ, ମାଂସ, ଯାହା ଖୁସି।"

ବିଶୁ ଚାଲିଗଲାରୁ ରତନୀ ବି ଆସି ଠିଆ ହେଲା ଶୁକୁରା ପାଖକୁ ଲାଗି। କହିଲା – "ଭାରି ଡର ଲାଗୁଚି ସାଆନ୍ତେ ! ସତରେ ସେ ଗାଁରେ, ସେଇ ଫାସିଦିଆ ଗଛ ଆଗରେ ଗୋଟେ ଖବିସ ଅଛି ! ପଠାଣୁଟାଏ। ତା' ଘର ମେଦିନୀପୁରୁ। ସେ ବର୍ଷ ଅକାଳ ପଡ଼ିଥାଏ ମେଦିନୀପୁର ଅଞ୍ଚଳରେ। ଲୋକେ ପଳେଇ ଆସିଲେ ଏଣିକି।

ମାଗିମୁଗାକି କେତେ ଲୋକ ବଞ୍ଚିଗଲେ। ଆମକୁ ତ ସେ ବର୍ଷ ନିଅଣ୍ଟ। ଦୁର୍ଭିକ୍ଷ। କିଏ କାହାକୁ ଦଉଚି ! ତମେ ଥାଅ ଜିଅଲ୍‌ରେ। ସେ ମାଇପଟାକୁ ମୁଁ ଦେଖିଛି। ତା' ଗିରସ୍ତ ଆଉ କଉଁ ଗାଁରେ ମରି ଯାଇଥିଲା। ଛୁଆପିଲା କିଛି ନାହିଁ। ଜୁଆନ୍ ମାଇପିଟାଏ। ଫାସି ନଗେଇ ଦେଲା। ତହିଁ ଆରଦିନ ସକାଳୁ ଦେଖିଲା ବେଳକୁ ସେ ଝୁଲୁଚି। ସେ ମାଡ଼ିବସି ନଥିଲେ ଏ ଓଡ଼ିଆଣୀ ମାଇପିଟା ଖୁରୁଣ୍ଟି କହୁଥାନ୍ତା ନା ?"

"ଚୁପ୍ ରହ ! ସବୁ ଜାଣିଲା ପରି ଆସି ଉପରେ ପଡ଼ି କଥା କହୁଚି।" ଗାଳି ଦେଲା ଶୁକୁରା ରତିନୀକି। "ଟିକିଏ ଧାଡ଼ି ଶାଡ଼ି ନାହିଁ ?"

ରତନୀ ଚୁପ୍ ରହିଲା। ଦୁଃଖୀ ହସି ହସି କହିଲା – "ରତନୀ ଠିକ୍ କହୁଚି। ଯଉଁ ଭୂତ ମାଡ଼ି ବସିବ, ସେଇ ଭୂତର ଭାଷା ମଣିଷ ଆବେଶ ହେଇ କହେ। ଖାଲି କଣ ମଣିଷର ଭୂତ ଥାଏ, ଗୋଟାଏ ଗୋଟାଏ ଜାତିର ବି ଭୂତ ଥାଏ। ଏଇ ଇଂରେଜୀ ଜାତି ଏଠି ଥିଲେ। ଏଠୁ ଚାଲିଗଲେ ମାନେ ଭୂତ ହୋଇଗଲେ। ଭୂତମାନେ କଣ ଜାଣିଚୁ ? ଭୂତମାନେ ଅତୀତ। ଇଂରେଜୀମାନେ ଅତୀତର କଥା ହେଇଗଲେ। କିନ୍ତୁ ତାଙ୍କ ଭୂତଟା ଆମକୁ ମାଡ଼ି ବସିଚି। ଦେଖୁନୁ ଆମେ କିମିତି ହଉଚୁଁ? ଆମ କଥା ଭାଷା, ଚାଲିଚଳନ, ରହଣି ସହଣି, ନାମ ଧାମ ସବୁ ଇଂରେଜ।"

ରତନୀ ଚମକି ପଡ଼ି କହିଲା – "ଇଲୋ ମା'ଲୋ ! ସାହେବ ଭୂତ ?" ଛାତିରେ ଛେପ ପକେଇ ଦେଲା। "ଭାରି ବିଷମ ଭୂତ ସେଇଟା। ସବୁଠୁଁ ବେଶି ଟାଣୁଆ। ଆଉ ସବୁ ଭୂତଙ୍କର କଥାଏ ଅଛି। ସେ ଭୂତ ଗିରାସିଲେ ଆଉ ରକ୍ଷା ରକ୍ଷଣ ନାହିଁ।"

"ପୁଣି ଉପରେ ପଡ଼ି କଥା କହିଲା।" କହିଲା ଶୁକୁରା। "ରତନୀ ଏଥର ଭାରି ସିହାଣ ହେଇ ଯାଇଚି।" ପୁଣି ରତନୀ କି ଚାହିଁ କହିଲା – "ତୁ କେତେ ରକମର ଭୂତ ଦେଖିଛୁ କହିଲୁ। ସବୁଠୁଁ ଟାଣୁଆ ଭୂତ ସାହେବ ଭୂତ ବୋଲି କହି ଦଉଚୁ।"

ରତନୀ କହିଲା। ଦୁଃଖୀକି ଚାହିଁ କହୁଥାଏ। "ସାଆନ୍ତେ, ତେମେ କଣ ଜାଣିନା – କେତେ ରକମ ଭୂତ ଡାଆଣୀ ଅଛନ୍ତି ? ଅ – ଗୋଟେ ତ ଡାହାଣୀ। ମାଇପୀ ଭୂତ। ଆଉ ଗୋଟେ ପିତାଶୁଣୀ। ଯିଏ ଅନ୍ତୁଡ଼ିରେ ମରିଥାନ୍ତି। ସେ ଖାଲି ପାଣି ପାଣି ହେଇ ଚଢ଼େଇ ରୂପ ଧରି ଉଡୁଥାଆନ୍ତି। ତାଙ୍କୁ କଉଁଠି ଠାବ ମିଳେ ନାହିଁ। ଯଉଁ ଡାଳରେ ବସିବେ, ଯାହା ଚାଳରେ ବସିବେ, ସେ ଭାଙ୍ଗିପଡ଼ିବ। ଆଉ ଗୋଟେ କଞ୍ଚା ଡାହାଣୀ, ସେ ଗୁଡ଼ାକ ଜୀଅନ୍ତା ମଣିଷ। ମାଇପୀ ଗୁଡ଼ାକ। ତାଙ୍କୁ ଡାହାଣୀ ଗିରାସି ଥାଏ। ରାତିରେ ଉଠି କଣ କରନ୍ତି ନା, ଚୁପ୍ ଚୁପ୍‌କି ଉଠି, ଗୁହ ପଡ଼ିଆକୁ ଚାଲିଯାଇ ମୁଣ୍ଡତଳକୁ ଗୋଡ଼

ଉପରକୁ କରି ଖାଲି ଚରି ଯାଆନ୍ତି ସେଇ ଗୁହ ଉପରେ। କଅଁଳା ଛୁଆ ନ ବଞ୍ଚେ। ମଲା ଛୁଆକୁ ନେଇ ମଶାଣୀରେ ପକେଇ ଦେଲା ଉତ୍ତାରୁ ରାତି ଅଧରେ ପନିକିଟାଏ ଧରି ଯିବ ସେ ଡାହାଣୀ। ତା ସାଙ୍ଗସାଥୀଙ୍କୁ ବି ଡାକି ନବ। ଛୁଆଟା ଯାହୁଁ ଯାହୁଁ କୁଆଁ କୁଆଁ କରିବ। ତାକୁ ଧରି ପନିକିରେ ଗଡ଼ ଗଡ଼ କରି ଖଣ୍ଡ ଖଣ୍ଡ କରି କାଟିବେ। ଆଉ ସମସ୍ତେ ମିଶି କଞ୍ଚା ଖାଇଯିବେ ସେ ମାଉଁସ।

‘ହୋ, ହୋ,’ ହୋଇ ହସିଉଠିଲେ ଶୁକୁରା ଓ ଦୁଃଖୀ।

“ମିଛ ମଣୁଚ ସାଆନ୍ତେ ! ଇଏ ସବୁ ଗଡ଼ଜାତରେ ବେଶି। ମୋଗଲ ବନ୍ଦୀରେ ଅଛି, ହେଲେ କାଁ ଭାଁ। ଏବେ ପୁଲିସି ଭୟରେ କଞ୍ଚା ଡାହାଣୀ ସବୁ ତାଙ୍କ ପେଶା ଛାଡ଼ି ଦେଲେଣି। ତମେ ଯାଇଁ ବୁଝ। ମୁଁ ଖୁବ୍ ଭଲ ଭଲ ଲୋକଙ୍କ ମୁହଁରୁ ଶୁଣିଛି, ମୟୂରଭଞ୍ଜ ମାର୍ଜା ଇମିତି କେତେ ଡାହାଣୀଙ୍କି ନେଇ ଜିହଲ୍‌ରେ ରଖିଚି।

“ଆଉ ଅଛି ନା, ଏତିକି ?” ଶୁକୁରା ଥଟ୍ଟାରେ କହିଲା।

“ଏତିକି ? ଏଇତ ମାଇପି ଭୂତ। ପୁରୁଷ ଭୂତକଥା ଶୁଣ ! କହିବି ?”

ଦୁଃଖୀ କହିଲା, “ହଉ କହୁ, ତୁ ଚୁପ୍ ରହ ଶୁକୁରା।”

ରତନୀ ସାହସ ପାଇ କହିଲା – “ପୁରୁଷ ଭୂତ ଭିତରେ ସବୁଠୁଁ ପାଜି ହେଉଛନ୍ତି ବ୍ରହ୍ମରାକ୍ଷାସ। ଇଏ ସବୁ ଥୁଣ୍ଟା ଗଛ ଉପରେ କୋରଡ଼ରେ ଲୁଚି ଥାଆନ୍ତି। ରାତି ଅଧରେ ବାହାରନ୍ତି। ଯିଏ ହାବୁଡ଼ରେ ପଡ଼ିଲା ସିଏ ଆଉ ନଫେରେ। ଯଦି କେହି ବ୍ରାହ୍ମଣ ହେଇଥିବ, ଗାୟତ୍ରୀ ସାବିତ୍ରୀ ପଢ଼ିଥିବ ସେ ରକ୍ଷା ପାଇଯିବ। ବ୍ରହ୍ମରାକ୍ଷସ କିଏ ହୁଅନ୍ତି ଜାଣିଚ ? ବରତ ହେଇଥିବ ତ ବାହା ହେଇ ନ ଥିବ, ସେଇ ବ୍ରାହ୍ମଣ ଯୁବା ବଅସରେ ଯଦି ମଲା ତ ହେଲା ବ୍ରହ୍ମରାକ୍ଷାସ।”

“ତାପରେ ମାଦଳ। ଏ ଭୂତର ଗଣ୍ଡି ମୁଣ୍ଡ ନଥାଏ। ରାସ୍ତା ଉପରେ ଖାଲି ଖାଲି ଗଡୁଥାଏ। ରାତି ଅଧରେ ଅକାଳେ ସକାଳେ ଏକୁଟିଆ କେହି ଗଲା ତ ସଇଲା। ତା’ଛଡ଼ା ଆଉ ଗୋଟାଏ ଭୂତ – ପୁଷ୍କୁଡ଼ା। ଶନିବାର ମଙ୍ଗଳବାର ମଲେ, ସେ ପୁଷ୍କୁଡ଼ା ହୁଅନ୍ତି। ମାଇପେ ମଣିପେ ସବୁ। ଏକ ପାଦିଆ, ଦି’ପାଦିଆ, ତିନି ପାଦିଆ ପୁଷ୍କୁଡ଼ା ଅଛନ୍ତି।”

“ସଇଲା ନା, ଆଉ ଅଛି ?” ଶୁକୁରା ପଚାରିଲା।

ଦୁଃଖୀ କହିଲା – “ରହ, ତୁ ଇମିତି କାହିଁକି ହଉଚୁ ?”

ରତନୀ କହିଲା – “ଭୂତ ଛଡ଼ା ଖବିସ ବି ଅଛନ୍ତି। ମୁସଲମାନ୍ ମଲେ ଖବିସ ହୁଅନ୍ତି। ଭାରି ତୋଖଡ଼ ଭୂତ। ସିଏ ବେଦ, ପୁରାଣ, ଗାଇତ୍ରି ଫାଇତ୍ରି କିଛି ନ ଶୁଣେ। ଯିଏ କଲମ ପଢ଼ିଦବ – ସିଏ ପାର୍। ଖାଲି ‘ବିସ୍‌ମିଲା’ କହିଲେ ବି ଛାଡ଼ିଦିଏ। ଆଉ

ବାଦ୍ ବାକି ତମେ ଯେଉଁ ସାଇବ ପାଦ୍ରି ଭୂତକଥା କହିଲ, ତାଙ୍କ ନା 'ଜିନ୍' - ସମସ୍ତଙ୍କଠୁଁ ତା' ପାବାର ବେଶି।"

ହୋ, ହୋ ହସିପକେଇଲା ଦୁଃଖୀ। ନାଜ ପାଇଗଲା ରତନୀ। ଦୁଃଖୀ କହିଲା - "ରତନୀ ବି ସେ ଜିନ୍ ଭୂତ ଧଇଲାଣି। କିମିତି ଇଂରେଜୀ କହୁଚି ଶୁଣ୍‌ରେ ଶୁକୁରା। ତା ପାବାର ବଢ଼ିଗଲା ଏଥର।"

"ଆଚ୍ଛା, ଆଚ୍ଛା, ସେ ତ ଏତେ ତୋଖଡ଼। ତା' କବଳରୁ କିମିତି ନିସ୍ତରିବା କହିଲୁ!" ଶୁକୁରା ପଚାରିଲା।

"ମୁଁ କି ଜାଣିଚି। ସେଇ ପାଦିରୀଟା କହୁଥିଲା। ଗୋଟେ ପାଦିରୀ ଆସିଥିଲା - ଗାଁକୁ। କେତେ ବହି, ଚିତ୍ର ବହି, କାଗଜ ଦେଇଗଲା। କହିଲା, ପଢ଼ଭୁ ଇଶୁ ଆପଣ ମାଁକୁ ତାଡ଼ିବେ। ସାଇବତ ଭଲ ଓଡ଼ିଆ କହି ଆସୁନଥାଏ। କେତେ ସାଇବି ମିଠେଇ ସବୁ ପିଲାଙ୍କୁ ଦେଲା। ତାକୁ ସବୁ ପଚାରିଲେ ଏଇ ଜିନ୍ ଭୂତକଥା। ସେ କହିଲା, ଭୂତ ଆସିଲେ ଶୂନ୍ୟରେ ଗୋଟେ ଛକ କାଟି ଦବ - ଇମିତି କି ବିଶି ଆଙ୍ଗୁଳିରେ - ଗୋଟେ ବାଡ଼ି ଉପରେ ଆଉ ଗୋଟେ ବାଡ଼ି ପକେଇ, ସେ ଆଉ ନ ରହେ। 'ଆମେ - କହି ପଳେଇବ।' ରତନୀ ଆଙ୍ଗୁଳିରେ କ୍ରୁଶଟିଏ କାଟି ଦେଖାଇ ଦେଲା।

ହଉ ସଇଲା ତ ତୋର, ଏଥର ଯା ସୁନାଝିଅଟି ପରି ଶୋଇପଡ଼ିବୁ। ରାତି ଥାଉଁ ଥାଉଁ ଉଠି ଧାନ ଉଁସେଇବୁ କହିଥିଲୁ ଯେ!

ରତନୀ ତୁନି ହେଇ ଚାଲିଗଲା।

ଦୁଃଖୀ ପଚାରିଲା - "ତୁ ଏଇ ଭୂତ ପ୍ରେତ ଗୁଣୀ ଗାରିଡ଼ି ମାନୁ?"

"ମାନେ, ମାନିବି ନାହିଁ କାହିଁକି?"

"ଦେଖିଚୁ କେବେ କେଉଁଠି?"

"ନ ଦେଖିଲେ କଣ ମାନନ୍ତି ନାହିଁ? ଈଶ୍ୱରଙ୍କୁ କଣ ଆମେ ଦେଖିଛୁଁ?"

"ଲୋକେ କହନ୍ତି - ଇଏ ସବୁ ଅନ୍ଧ ବିଶ୍ୱାସ।"

"ସେମାନେ ଈଶ୍ୱରଙ୍କୁ ବି ଅନ୍ଧବିଶ୍ୱାସ କହୁଥିବେ କୁହନ୍ତୁ! ସେମାନେ ତା କହୁଥିବେ ଅଥଚ ହେଇ ଲୋ ଭୂତ ବୋଲି କହିଦେଲେ ହଗିମୁତି ଆଣ୍ଠିଏ ହେଇଯିବେ। ମୁଁ ଭୂତ ଡାହାଣୀ ଅଛନ୍ତି କି ଗୁଣି ଗାରେଡ଼ି ଅଛି ବୋଲି ମାନେଁ, ହେଲେ ଡରେ ନାହିଁ। ତମେ କଣ କହୁଚ? ଭୂତ ଡାହାଣୀ ଅଛନ୍ତି ନା ନାହିଁ?"

"ଭୂତ ଡାହାଣୀ ଅଛନ୍ତି କି ନାହିଁ, ଏ ବିଷୟରେ ମୁଁ କେବେ ମୁଣ୍ଡ ଖେଳେଇ ନାହିଁ। କିନ୍ତୁ ଗୁଣି ଗାରେଡ଼ିରେ ଯେ ଗୁଣ ଅଛି, ମୁଁ ତା'ର ପ୍ରମାଣ ପ୍ରତ୍ୟକ୍ଷରେ ପାଇଛି।

ସାପ କାମୁଡ଼ିଲେ ତ ମଣିଷ ଗୁଣି ଗାରେଡ଼ିରେ ଭଲ ହେଇ ଯାଉଚି। କିନ୍ତୁ ସେ ବିଦ୍ୟା ବୁଡ଼ିଗଲା।"

"କାହିଁକି ବୁଡ଼ିଲା ?" ଶୁକୁରା ପଚାରିଲା।

"ଯିଏ ସବୁ ଜାଣିଥିଲେ, ସେ କାହାକୁ ଦେଇଗଲେ ନାହିଁ।"

"କାହିଁକି ଦେଲେ ନାହିଁ। ଦେଇଥିଲେ କଣ ଭାସି ଯାଇଥାଆନ୍ତା।"

"ଈର୍ଷା ଅହଙ୍କାର! ମୋ ବିଦ୍ୟା ଆଉ କିଏ କାହିଁକି ଜାଣିବ। ଜାଣିଲେ ମୋ ପରି ଦଶ ଲୋକ ମାନିବେ। ଆଦର କରିବେ।"

"ଛୋଟ ବୁଦ୍ଧି। ଧନରେ ଗରିବ ହେଲେ ରକ୍ଷା! ସେମାନେ କୃପଣ ହୁଅନ୍ତି। ସଞ୍ଚିଲା ଧନ ପର ଭୋଗ କରେ। କିନ୍ତୁ ମନ ଗରିବ ହେଲେ ସବୁ ସଇଲା। କେହି ଭୋଗ କରି ପାରନ୍ତି ନାହିଁ। ଦରିଦ୍ରଗୁଡ଼ାକ - ଆମଲୋକେ।"

"ସତ କହିଲୁ ଶୁକୁରା, ଏଇଟା ଆମ ଜାତିର ଦୋଷ। କେହି କାହାରି ଶିରୀ ଦେଖି ପାରନ୍ତି ନାହିଁ। ଆମ ନେତାମାନେ ବି ସେଇ ଦୋଷରେ ଦୋଷୀ। ଯିଏ ନେତା ହେଲା ସେ ଭାବିଲା, ଏଇଟା ମୋର ଏକଚାଟିଆ ହୋଇ ଯେମିତି ରହେ। ମୋ' ପରି ଯିମିତି ଆଉ କେହି ହୋଇନପାରେ। ସେଥିପାଇଁ ଯାହାର ଟିକେ ଗୁଣ ଦେଖିବେ, ତାକୁ ତଳିତଳାନ୍ତ କରି ଛାଡ଼ିଦେବେ, ସେ ଯିମିତି ଆଉ ଉଠି ନ ପାରେ।"

"ଈର୍ଷା, ଈର୍ଷା, ଈର୍ଷା ଯୋଗୁଁ ଏ ଦେଶଟା ଉଚ୍ଛନ୍ନ ହେଇଗଲା। କହୁଥିଲି ପରା ବାହାଦୂରଶାହାଙ୍କ କଥା। ବାହାଦୂରଶାହା କଣ ହାରିଥାନ୍ତେ! ସିପାହୀ ବିଦ୍ରୋହ କଣ ବିଫଳ ହୋଇଥାଆନ୍ତା। ଏସବୁ ଦୁର୍ଭାଗ୍ୟ ପାଇଁ ଦାୟୀ ଦୁଇଜଣ ବାହାଦୂରଶାହାଙ୍କ ଅତି ଆପଣାର ଲୋକ - ଇସ୍‌ମାଇଲ ଆଉ ଜୀବନଲାଲ୍। ତାଙ୍କର ବିଶ୍ୱାସଘାତକତା। ଜଣେ ହିନ୍ଦୁ ଓ ଜଣେ ମୁସଲ୍‌ମାନ। ଏଇ ଦୁଇଜଣ ସିପାହୀ ବିଦ୍ରୋହର ସବୁ ଖବର ନେଇ ଇଂରେଜମାନଙ୍କୁ ଦେଇନଥିଲେ ଏମିତି ଶହ ଶହ ବର୍ଷଧରି ଇଂରେଜ ଭାରତବର୍ଷକୁ ଶାସନ କରି ପାରିନଥାନ୍ତା କି ଆମକୁ ଗୁଲାମ୍ କରି ଆମ ମାନ୍ ମହତ, ଇଜତ୍ ଆବ୍ରୁ, ଧର୍ମ କର୍ମ ସବୁ ସତ୍ୟାନାଶ କରିବାର ସୁଯୋଗ ପାଇ ନଥାନ୍ତା।

"ମୋର କଣ ବେଳେ ବେଳେ ମନ ହୁଏ ଜାଣିଚ ? ମୋର ମନ ହୁଏ ଆମ ଦେଶର ଏଇ ଯେଉଁ ଈର୍ଷାପର ବିଶ୍ୱାସଘାତ ଦଳ, ଇଂରେଜମାନେ ଯେମିତି ବାହାଦୂରଶାହାଙ୍କ ପୁଅନାତିଙ୍କ ମୁଣ୍ଡକାଟି ତାଙ୍କ ଉପରକୁ ଫିଙ୍ଗି ଦେଇଥିଲେ। ମୁଁ ସେମିତି ଏଇ ନେତାମାନଙ୍କ ପୁଅନାତିଙ୍କ ମୁଣ୍ଡକାଟି ତାଙ୍କ ଉପରକୁ ଫିଙ୍ଗି ଦିଅନ୍ତି। ଭାରତବର୍ଷରେ ବିଶ୍ୱାସଘାତଙ୍କର ବଂଶଲୋପ କରିଦିଅନ୍ତି।" ଗର୍ଜି ଉଠିଲା ଶୁକୁରା।

"ଚୁପ୍, ଚୁପ୍! ଏଇ ଯଉଁ ନିଆଁ, ଏଇ ଯଉଁ ଶକ୍ତି, ତା'ର ବହୁତ କିମତ।

ତାକୁ ଏମିତି ତାତିଲା କଥା କହି ନଷ୍ଟ କର ନାହିଁ। ସାଇତି ରଖ। ବାହାଦୂରଶାହାଙ୍କ କଥା ତ ଏତେ ଜାଣୁ। ତାଙ୍କର ଭାରି ବଡ଼ ଦୁଇଟା ପ୍ରିୟ ଜିନିଷ ଥିଲା। କଣ ଜାଣିଚୁ ?” ଦୁଃଖୀ ପଚାରିଲା।

‘ନାଁ’ - ଶୁକୁରା ଉତ୍ତର ଦେଲା। ସତରେ ଜାଣି ନଥିଲା ସେ।

“ତାଙ୍କର ଅତିପ୍ରିୟ ବସ୍ତୁ ଥିଲା - ଦେଶ ଆଉ କବିତା। ସେ କବିତା ଭିତରେ ଦେଶକୁ ଦେଖୁଥିଲେ, ଆଉ କବିତାଦ୍ୱାରା ଦେଶବାସୀଙ୍କୁ ତତଉଥିଲେ। ତାଙ୍କ କବିତା ମନ୍ତ୍ରଭଳି କାମ କରୁଥିଲା ସିପାହୀମାନଙ୍କ ପ୍ରାଣରେ, ବୁଝିଲୁ ?”

“ବୁଝିଲି ଯେ, ହେଲେ ଏତେ କରି କଣ ହେଲା ? ସବୁ ପଣ୍ଡ କରିଦେଲେ ଈର୍ଷାପର ବିଶ୍ୱାସଘାତକ ଦଳ। ଯଦି ନିଜାମ ଆଉ ପାତିଆଲା ଭିତରେ ଇଂରେଜଙ୍କ ପକ୍ଷ ନେଇ ଖୋଲାଖୋଲି ବିଦ୍ରୋହୀ ସିପାହୀଙ୍କ ସାଙ୍ଗରେ ଯୋଗ ଦେଇଥାନ୍ତେ, ତେବେ ଶହେବର୍ଷ ଆଗରୁ ଭାରତ ସ୍ୱାଧୀନ ହୋଇସାରିଥାନ୍ତା। ମୁଁ ସେଇଥିପାଇଁ କହୁଥିଲି, ଏ ଦେଶରେ ଆଜି ଯେତେ ଜୟଚନ୍ଦ୍ର, ମିର୍ଜାଫର, ଶିଖିମନାଇ, ରାମଚନ୍ଦ୍ର, ନିଜାମ, ପାତିଆଲା ସବୁ ଅଛନ୍ତି, ସବଂଶେ ସମସ୍ତଙ୍କ ମୁଣ୍ଡକାଟି ଫିଙ୍ଗି ନ ଦେଲେ ଦେଶ ପୁଣି ପରାଧୀନ ହୋଇଯିବ। ଆମେରିକା, ଋସିଆ ଖାଲି ଅନେଇ ବସିଚନ୍ତି ଗିଧପରି।”

“ଭଗବାନ ଭରସା !” ଦୁଃଖୀ କହିଲା - “ତୋ ଭିତରେ ଏତେ ନିଆଁ ଦେଲା କିଏ ? ସେଇ ଭଗବାନ୍ ! ବାହାଦୂରଶାହା ଜାଫର୍ ସିପାହୀମାନଙ୍କୁ କଣ ଲେଖି ଦେଇଥିଲେ -

ଆଲ୍ଲାହୀ ହମାରୀ ତରଫ ହେ ଅଏ ଜଫର୍
କୋଇ ଅଗର୍ ନହୀଁ ହେ ତରଫ୍ ନ ହୋ।

“ବାସ୍ ବାସ୍ ! ସେତିକି ମନେ ରଖିଥା। ଦରକାର ବେଳେ କାମରେ ଲାଗିବ।”

“ଆଉ କେବେ ଦରକାର ହବ ଭାଇନା ? କଂଗ୍ରେସ ତ ପନ୍ଦର ବରଷ କାଳ ରାଜୁତି କଲାଣି। ବିଦ୍ରୋହ ହଉଚି କାଇଁ କଉଁଠି ? ଲୋକଗୁଡ଼ାକ ଶୋଇଚନ୍ତି।”

“ଉଠେଇବ କିଏ ? ତାଙ୍କୁ ଉଠେଇବ କିଏ ଶୁକୁରା ? ଏ ନିଆଁକୁ ଜାଳି ରଖ। ଏ ନିଆଁକୁ ଘରେ ଘରେ ଲଗେଇ ଦବାକୁ ହବ। ପୁରେ ପୁରେ ମଣିଷକୁ ଜଗେଇ ଦେବାକୁ ହେବ। କଂଗ୍ରେସ ସରକାରକୁ ଗାଦୀରୁ ତଡ଼ି ଦେବାକୁ ହେବ। ସହରର ଶୋଷଣରୁ ଗାଁକୁ ରକ୍ଷା କରିବାକୁ ହବ !”

କୁକୁଡ଼ା ଡାକି ଦେଲା - “କକର-କଅ।”

ଚମକି ପଡ଼ିଲେ ଦୁହେଁ ଯାକ। ଦୁହେଁ ନୁହେଁ ତିନିହେଁ। ରତନୀ ଶୋଇ ନଥିଲା। ଉଠି ଚାଲିଗଲା ଧାନ ଉଁସେଇବାକୁ।

ପାହାନ୍ତି ପବନ ପିଟୁଥାଏ। ଏମିତି କେତେ ପାହାନ୍ତା ପହରର ପାତଳ ପବନ ବାଡ଼େଇ କଚାଡ଼ି ହେଇ ପଳାଏ। ରତନୀ, ଶୁକୁରା, ଦୁଃଖୀ କେହି ଅନାନ୍ତି ନାହିଁ। କେହି ଶୁଣନ୍ତି ନାହିଁ ସେ ଡାକ। ଯେଝା କାମରେ ଯେଝେ ଲାଗି ଯାଆନ୍ତି - ବଡ଼ି ଭୋର୍‌ରୁ। ସକାଳଟା ଆଖି ଖୋଲି ଅନାଏ। ନିଃଶ୍ୱାସ ମାରେ। ଫରଚା ପଡ଼ିଯାଏ।

ଦୁଃଖୀ ଲିମ୍ବ ଦାନ୍ତକାଠି ଖଣ୍ଡେ ମୁହଁରେ ଦେଇ ବୁଲିଆସେ ଘର ଚାରିପଟେ। ଆଗେ ଗୋରୁ ଗୁହାଳ। ଦଣ୍ଡବତ କରେ। ତା' ପାଖକୁ ଗୋବର ଗ୍ୟାସ୍ ଯନ୍ତ୍ର। ତା' ପାଖରେ ମହୁ ବାକ୍‌ସ - ଏଠି ସେଠି ହୋଇ ଦି'ଚାରିଟା – ବଗିଚା ଯାକ। ସେ ପାଖକୁ କାଗଜ ତିଆରି କଳ। ଘର ଭିତରେ ଢେଙ୍କିଶାଳରେ ନୂଆ ଢେଙ୍କି। ଖାଲି ବୁଲେଇ ଦେଲେ ଚାଉଳ ହୁଏ। ଧାନ ଆଉ କୁଟା ହୁଏ ନାହିଁ। ଧାନ ଭଙ୍ଗା ଯାଏ। ରତନୀ ବାସନ ମାଜୁଥାଏ। ନେଇ ଦିଏ, ଦୁଃଖୀ ତଦାରଖ କରୁଛି। ଟିକିଏ ଓଢ଼ଣା ଟାଣିଦିଏ। ଭାବେ ଦୁଃଖୀନନାକୁ ବି ଗୋଟେ ଭୂତ ମାଡ଼ି ବସିଛି। ସେଇ ଯେଉଁ ଭୂତ ରାଉତଘର ଚାକରକୁ ରାତି ଅଧରେ ଡାକି ନେଲା ପାଣି ବୁହାଇ ମାଛ ଧରିବାକୁ, ସେଇ ଭୂତ। ସିଏ ଯିମିତି ଭୂତ ପଛରେ ଗୋଡ଼େଇଥିଲା, ପାଣି ବୁହାଇ ମାଛ ଧରିବ ବୋଲି, ଇଏ ବି ସେମିତି, ରାତି ନାହିଁ, ଦିନ ନାହିଁ କାମର ନାଁ ଗନ୍ଧ ନାହିଁ, ଛାଇଟା ପଛରେ ଗୋଡ଼େଇଛନ୍ତି। ଚରଖା ଗ୍ୟାସ୍, କାଗଜ, ମହୁବସା ଢେଙ୍କିବଗ। ଏସବୁ ନିହାଲ କରିବେ।

ଦୁଃଖୀ ବି ବେଳେ ବେଳେ ଭାବେ ସେଇୟା। ତାକୁ ଭୂତ ଲାଗିଚି। ସପନ ଭୂତ। ସେ ଗୋଟେ ସପନ ପଛରେ ଧାଇଁଚି। ସପନ ତାକୁ ଡାକୁଚି। ସେ ଚାଲିଛି। ସପନ କିନ୍ତୁ ଜବାବ ଦଉନାହିଁ। ସେଟା କଣ ତେବେ ମିଛ! ଭୂତ ଭଳି ମିଛ? ସେ ଏକୁଟିଆ। ନିହାତି ଏକୁଟିଆ। ଗାଁ ଯାକ କେହି ତା' ସାଙ୍ଗରେ ନାହାନ୍ତି। ସମସ୍ତଙ୍କୁ ଡାକିଛି। ସମସ୍ତଙ୍କୁ ଏକଜୁଟ୍ କରିବାକୁ ଯେତେ ଚେଷ୍ଟା କରିଛି। କଉଁଥିରେ ଫଳ ନାହିଁ। ବରଂ ତାକୁ ହସନ୍ତି। ତା' ପଛପଟେ। ହୁଏତ ରାମବାବୁ କଥା ଠିକ୍। ରାମବାବୁ କହେ ଚକ ଆଉ ପଛକୁ ଘୂରିବ ନାହିଁ। କେହି କେହି ଶୁଣିବେ ନାହିଁ। ସୂତାଲୁଗା ତ କେହି ପିନ୍ଧିବେ ନାହିଁ। ନାଇଲନ୍! ତମେ ସୂତାକାଟୁଥା। ଢେଙ୍କି କୁଟୁଥା। ଲୋକେ ବି ସେଇୟା କହୁଛନ୍ତି। ସମସ୍ତେ ଧାଇଁଚନ୍ତି ସୁନାମିରିଗ ପଛରେ। ସୁନାର ଲଙ୍କା ହେଇଯିବ ଗାଁ ଗାଁ କି। ଗାଁର ଲକ୍ଷ୍ମୀ ଯାଇ ରହିବେ ସହରର ପାର୍କ ଭିତରେ। ସୀତା ଅଶୋକବନରେ ରହିଲାପରି।

କେହି ଶୁଣିଲେ ନାହିଁ। ଝାଳବୁହା ଧନରେ ବାପ କରିଥିଲା ଜମି କେଇମାଣ। ସେଥିରୁ ଅଧେ ବିକି ସାରିଲାଣି। ଏଇ ନୂଆ ନୂଆ ଉଦ୍ୟୋଗ କରି। କିଛି ଭୂଦାନକୁ

ଦେଲା। ଯାହାକୁ ଦେଲା ବା ଯିଏ ସେ ଜମି ନେଲା, ସେ ବା ତାକୁ ରଖିଲା କଉଁଠି ? ସେ ଦଶହାତକୁ ହସ୍ତାନ୍ତର ହେଇଗଲାଣି।

କେହି ଶୁଣୁନାହାନ୍ତି। ସାମାନ୍ୟ କଥାଟେ। ହେଇଟି ଗର୍ଭିଣୀ ଝିଅଟାକୁ ଡାହାଣୀ ମାଡ଼ି ବସିଚି ବୋଲି ତା' ବାପ ଧାଇଁ ଆସିଲା ରାତି ଅଧରେ। ଅଥଚ ଝିଅକୁ ହୁକ୍‌ୱର୍ମ ହେଇ ଏତେ ଅବସ୍ଥା ହେଲାଣି। ଟିକିଏ ବୁଝିବାକୁ ମନ ନାହିଁ। କାହିଁକି ଏ ରୋଗ ହଉଚି। ଆଜି ତାକୁ, କାଲି ଯାକୁ, କେହି ଭାବୁ ବି ନାହାନ୍ତି। ଗାଁ ଯାକ ସମସ୍ତେ ବାଟ କଡ଼ରେ ଝାଡ଼ା ଫେରୁଚନ୍ତି। ତାକୁ ମାଡ଼ି ହୁକ୍‌ୱର୍ମ ହଉଚି। ସେଥିପାଇଁ କହିଲା, ସମସ୍ତେ ବାଡ଼ିରେ ଗାତ ଖୋଳି ଝାଡ଼ା ଫେର। ମାଟି ଚଲେଇ ଦିଅ। ଖତ ହେବ। କେହି ଶୁଣିଲେ ନାହିଁ। ସେ କଣ କଲାନା ସକାଳୁ ଯାଇ ରାସ୍ତାକଡ଼ରେ ଯେତେ ଢାଳ ଥାଏ, ସବୁଥିରୁ ପାଣି ଢାଳି ଦେଇ ଆସେ। ଲୋକେ ରାସ୍ତା କଡ଼େ କଡ଼େ ପାଣି ଢାଳ ରଖିଦେଇ ଟିକିଏ ଭିତରକୁ ବୁଦାମୂଳରେ ବସି ଯାଇଥାଆନ୍ତି। ଦିନ କେତେ ଏଇମିତି କଲାରୁ ଲୋକେ ଆଉ ଝାଡ଼ା ଫେରିବା ପାଇଁ ରାସ୍ତାକଡ଼କୁ ଆସିଲେ ନାହିଁ। ବର୍ଷେ ଛମାସ ଗଲା। ପୁଣି ଯଉଁ କଥାକୁ ସେଇକଥା। ସେ ନିରାଶ ହେଇ ଯାଇଥିଲା। ଭାଙ୍ଗି ପଡ଼ିଥିଲା। ଦିନେ ସେ ଭଜନ ବୋଲୁଥିଲା -

"ଶୁନେରୀ ମେନେ ନିରିବଲ୍ କେ ବଲ୍ ରାମ୍" -

ଶୁକୁରା କହିଲା, "ଭାଇନା ସେ ଗୀତଟା ମୋ ମନକୁ ଭାରି ପାଇଲା। ଠାକୁର ତମ ଡାକ ନିଶ୍ଚେ ଶୁଣିଥିବେ।"

"ତୋ ଭିତରେ ଯେଉଁ ଠାକୁର ଅଛନ୍ତି - ସେ ତ ଶୁଣିଚନ୍ତି।" ଦୁଃଖୀ ଉତ୍ତର ଦେଲା। ସକାଳୁ ଆସି ବିଶୁ ଖବର ଦେଇଗଲା - ତା' ଝିଅ ଶୋଇ ପଡ଼ିଚି।

ଦୁହେଁ ଯାକ ବାହାରିଲେ ବିଲକୁ। ଆଗେ ଆଗେ ଶୁକୁରା। ତା' ପଛକୁ ଦୁଃଖୀ। ଶୁକୁରା ଗୋଡ଼ଉଥାଏ ଯୋଡ଼ି ବଳଦ। ଦୁଃଖୀ ପକେଇଥାଏ ହଳ ଲଙ୍ଗଳ କାନ୍ଧରେ।

ଏମିତି ଦିନ ପରେ ଦିନ ଚାଲିଯାଏ। ସୂର୍ଯ୍ୟ ମୁଣ୍ଡଉପରେ ହେଲେ, ରତନୀ ପଖାଳ ତୋରାଣୀ ବାଢ଼ି ରଖି ଦେଇଥାଏ। ଆଉ ଶାଗଖରଡ଼ା। ଆମ୍ବକଷି ଛେଚା-ବଡ଼ି ପକେଇ। କଞ୍ଚାପିଆଜ, ଲଙ୍କାଲୁଣ। ତା' ସାଙ୍ଗକୁ ଆଚାର। ଖରାଦିନ।

ଦିନେ ବେଳ ଲେଉଟାଣି, ବିଲରୁ ଫେରିବା ବେଳକୁ ଦେଖିଲେ ଦାଣ୍ଡବାରଣ୍ଡାରେ ବସିଚନ୍ତି ମହାଦେବ ବାବୁ। ମହାଦେବ ନାୟକ। ଜିପ୍‌ଟାଏ ଥୁଆ ହେଇଚି।

ସପ ପାରି ଦେଇଚି ରତନୀ। ରତନୀର ପସନ୍ଦ ଅଛି। ଭାବିଲା ମନେ ମନେ ଦୁଃଖୀ। ଖୁସି ହେଲା।

"ଅପୂର୍ବ ଯେ! ନମସ୍କାର। କିମିତି ? କୁଆଡ଼େ ?" ଦୁଃଖୀ ନମସ୍କାର କଲା।

ଖିଆ ହେଇନଥିବ ନିଶ୍ଚୟ। ରହନ୍ତୁ ସାଙ୍ଗ ହୋଇ ଖାଇବା। ଧୁଆଧୁଇ ହେଇ ଆସେଁ। ଇଏ ହେଉଚନ୍ତି ଶୁକ୍ରସେନ ବାରିକ୍ ଆଇ.ଏନ୍.ଏ।

"ନମସ୍କାର, ନମସ୍କାର"। ମହାଦେବ ବାବୁ କହିଲେ – "ଆପଣ ଆଜାଦ୍ ହିନ୍ଦ୍ ଫୌଜର ?"

"ନମସ୍କାର ଆଜ୍ଞା, ଆଜ୍ଞା ହଁ ମୁଁ ଆଜାଦ୍ ହିନ୍ଦ୍ ଫୌଜରେ ଥିଲି।

"ମହାଦେବ ବାବୁଙ୍କୁ ଚିହ୍ନି ନାହୁଁ ଶୁକ୍ରୁ ?" ପଚାରିଲା ଦୁଃଖୀ।

"ନାଁ ଶୁଣିଚି।" କହିଲା ଶୁକୁରା।

"ଆରେ, ଆମ ମହାଦେବ ବାବୁ ମ ! ଗଡ଼ଜାତର ନେତା।"

ଶୁକ୍ରସେନ ଆଜାଦ୍ ହିନ୍ଦ୍ ଫୌଜ ପ୍ରଚଳିତ ଠାଣିରେ – 'ନମସ୍ତେ' କହି ସମ୍ମାନ ଦେଲା।

"ଆପଣମାନେ ଆମ ଜାତିର ଗର୍ବ।"

"ମୁଁ ଟିକିଏ ଧୁଆଧୁଇ ହେଇ ଆସୁଚି। କିଛି ମନେ କରିବେ ନାହିଁ।"

"ନାଇଁ ନାଇଁ ଆସୁନ।"

କିଛି ସମୟ ପରେ ଦୁଃଖୀ ଆସି କହିଲା – "ଆସନ୍ତୁ ଖାଇବା !"

"ନାଇଁ ଦୁଃଖୀ ବାବୁ। ମୁଇଁ ଖାଇଛି। ଆଉ ନାଇଁ ଖାଏଁ।"

"ଆପଣ ଲାଜ କରୁ ନାହାନ୍ତି ତ ?"

"ମୁଇଁ ଖାଇବାର୍‌ଥିଁ ନାଇଁ ଲଜାଏଁ। ପେଟେ ଭୋକ୍, ମୁହେଁ ଲାଜ୍। ଇଟା ମୁଇଁ ପସନ୍ଦ ନାଇଁ କରେଁ।"

ମହାଦେବ ବାବୁଙ୍କୁ ମହୁ ସରବତ୍ ଗିଲାସ ଆଣିଦେଲା ଦୁଃଖୀ।

"ଇଟା, କାଣା ଆଏ ଦୁଃଖୀବାବୁ ?"

"ମହୁ ସରବତ୍।"

"ମହୁଥିଁ ସରବତ୍ କରିଛ ?" ମହାଦେବ ବାବୁ ପଚାରିଲେ, "ଇଟା ଗାନ୍ଧିର ସଭ୍ୟତା।"

"ନା, ଏଟା ଚା ସଭ୍ୟତାର ଏଣ୍ଟିଥେସିସ୍ – ପ୍ରତ୍ୟନ୍ୱୟ।"

"ସମନ୍ୱୟ – ସିନ୍ଥେସିସ୍‌ଟା କାଣା ?"

"କିଛି ଗୋଟାଏ ବାହାରିବ। ଆଗ ଚା ସଭ୍ୟତାଟା ଲୋପ ହେଉ !"

"ଆପଣ ଏକଲା ଇ ଧର୍ମ ଥିଁ ଅଛନ୍, କି ଆଉ କେନ୍ କେନ୍ ଲୋକ ଭି ଇ ଧରମ୍ ନେଇଛନ୍ତି ?" ମହାଦେବ ବାବୁ ପଚାରିଲେ।

"ଗାଁଟା ଯାକ ପ୍ରାୟ ଏଇ ଧର୍ମ ଗ୍ରହଣ କରିଥିଲେ। ସମସ୍ତଙ୍କ ଘରେ ମହୁ ବାକ୍ସ। ଅଇଲା ଗଲା ସମସ୍ତଙ୍କୁ ମହୁ ସରବତ୍ ଦେଇ ଅଭ୍ୟର୍ଥନା କରୁଥିଲେ। ମାତ୍ର କଣ ହେଲା କିଜାଣି, କ୍ରମେ ଲୋକଙ୍କର ସ୍ପୃହା କମିଗଲା। ମହୁ ବାକ୍ସ ଏବେ ଖୁବ୍ ଅଳ୍ପ ଘରେ ପାଇବେ। ପୁଣି ତାହାର ବନ୍ୟା ଛୁଟିଲାଣି।" ଦୁଃଖୀ କହିଲା।

"ଇଥିର କାରଣ କାଣା, ଭାବୁଛନ୍?"

"ତାହା ପ୍ରତି ଆକର୍ଷଣଟା ଇଂରାଜୀ ବିଦ୍ୟା ଓ ସଭ୍ୟତା ପ୍ରତି ମୋହରୁ ଜାତ ମନେହୁଏ। ଦୁଇ ଦୁଇ ଚାରି ଗାଁ ଛାଡ଼ି ଗୋଟାଏ ଲେଖାଏଁ ହାଇସ୍କୁଲ। ଗୋଟାଏ ଗୋଟାଏ ସବ୍‌ଡିଭିଜନ୍‌ରେ ଗୋଟାଏ ଗୋଟାଏ କଲେଜ୍। ଇଂରାଜୀ ପାଠପଢ଼ା ଯେତେ ବଢୁଛି, ଇଂରେଜ ହେବାର ସଉକଟା ସେତିକି ବଢୁଚି।"

"ମହୁଚାଷ, ବନ୍ଦ ହେଇ ଯିବାର 'ହେତୁ' କାଣା ହେଇପାରେ?"

"ଆଳସ୍ୟ। ସେଇଟା ଏ ଜାତିର ମଜ୍ଜାଗତ। ତା'ଛଡ଼ା ନେତାମାନେ ତ ଭୋଟ୍ ବେଳେ ସବୁ କରିଦେବେ ବୋଲି କହିଗଲେ। ଲୋକମାନେ ଆଉ କାହିଁକି କଣ କରନ୍ତେ?"

ମହାଦେବ ବାବୁ ହସିଲେ। ଦୁଃଖୀ, ଶୁକୁରା ବି।

ଶୁକୁରା କହିଲା - "ରାମବାବୁ କହନ୍ତି, ମହୁ ବାକ୍ସ, ଶୋଷଣ ଆଉ ମଲାଙ୍ଗ ସଭ୍ୟତାର ପ୍ରତୀକ!"

"ମଲାଙ୍ଗ ସଭ୍ୟତା?" ପଚାରିଲେ ମହାଦେବ ବାବୁ।

ହସି ହସି ଦୁଃଖୀ କହିଲା - "ପାରାସାଇଟ୍ ସିଭିଲିକେସନ୍! ମଲାଙ୍ଗଟା ନିର୍ମୁଳିଲଟା। ଅନ୍ୟଗଛର ରସଖାଇ ବଞ୍ଚେ।"

"ଓ, ହୋ ହୋ" - ହସିଲେ ମହାଦେବ ବାବୁ।

"ରାମବାବୁଙ୍କ ଯୁକ୍ତି ହଉଚି, ମହୁ ଯେଉଁମାନେ ଖାଆନ୍ତି, ସେମାନେ ମହୁମାଛିର ଶ୍ରମକୁ ଅପହରଣ କରନ୍ତି।" ବୁଝେଇଦେଲା ଦୁଃଖୀ। କହିଲା - "ହଇରେ ଶୁକୁରା, ତୁ କହିଲୁ ନାହିଁ, ମହୁମାଛିମାନେ ରାଷ୍ଟ୍ରୀୟ ପୁଞ୍ଜିବାଦରେ ବିଶ୍ୱାସ କରନ୍ତି। ଫୁଲରୁ ମହୁ ଅପହରଣ କରି ସଞ୍ଚୟ କରନ୍ତି। ଆମେ ସେହି ରାଷ୍ଟ୍ରୀୟ ପୁଞ୍ଜିବାଦର ଧ୍ୱଂସ କାମନା କରୁଁ।" ସମସ୍ତେ ଆହୁରି ଜୋର୍‌ରେ ହସିଲେ।

"ଆଚ୍ଛା, ହଉ, ହଉ, ଆପଣମାନେ ଖିଆପିଆ ସାରୁନ୍ ପରେ ଇ କଥା ବିଚାର କରମା" - ମହାଦେବବାବୁ ଚେତେଇ ଦେଲେ ଦୁଃଖୀ ଶୁକୁରାଙ୍କୁ ଖାଇବା ଡେରି ହଉଚି।

ଶୁକୁରା ଆଉ ଦୁଃଖୀ ଖାଇବାକୁ ଗଲେ। ଦୁଃଖୀ କହିଲା - "ଚିହ୍ନିଲୁ ମହାଦେବ

ବାବୁଙ୍କୁ ! ସହଜ ଲୋକ ନୁହନ୍ତି । ଜଣେ ବଡ଼ ବିପ୍ଳବୀ ଥିଲେ । ପ୍ରଜାମଣ୍ଡଳର ନେତା । ଗଡ଼ଜାତ ରାଜାଙ୍କ ଅତ୍ୟାଚାର ବିରୋଧରେ ପ୍ରଜାମେଳି କରି ତୁମୁଳକାଣ୍ଡ ଭିଆଇଥିଲେ । ରଜାଙ୍କର କୋକୁଆଭୟ ଏଙ୍କୁ । ଏଙ୍କ ମୁଣ୍ଡ ଯିଏ ମଲା କି ଜୀଅନ୍ତା ଆଣିଦବ, ପାଞ୍ଚ ହଜାର ଟଙ୍କା ବକ୍‌ସିସ୍ ପାଇବ ବୋଲି ଘୋଷଣା କରିଥିଲେ ରାଜାମାନେ । ମହାଦେବ ଫେରାର୍ ହୋଇ ଅଣ୍ଡରଗ୍ରାଉଣ୍ଡରେ ରହିଗଲେ । ସ୍ୱାଧୀନତା ପରେ ଆତ୍ମପ୍ରକାଶ କଲେ ।"

"ପ୍ରଜାମଣ୍ଡଳ ଲୋକେ ଯେ, କଂଗ୍ରେସରେ ଯୋଗଦେଲେ ବୋଲି କହୁଥିଲେ ? ମହାଦେବ ବାବୁ ତେବେ କଣ କଂଗ୍ରେସ ବାଲା ?"

"ହଁ ସେ କଂଗ୍ରେସରେ ଯୋଗ ଦେଇଥିଲେ । ଏବେ ନାହାନ୍ତି ।"

"କାହିଁକି ? ସୁବିଧାବାଦୀ ବୋଧହୁଏ ।" ପଚାରିଲା ଶୁକୁରା ।

"ନା, କଂଗ୍ରେସ ନେତାମାନେ ତାଙ୍କୁ ସହି ପାରିଲେ ନାହିଁ । ଗଡ଼ଜାତିଆଟାର ଏତେ ପ୍ରତିପତ୍ତି ? କାହାରି ଆଖିରେ ଗଲା ନାହିଁ । ତାଙ୍କ ଜୀବନ ପ୍ରତି ମଧ୍ୟ ବିପଦ ଆସିଲା ।"

"ଆଃ, ଏଇଟା କଣ ଅହିଂସା କଂଗ୍ରେସବାଲାଙ୍କର ?"

"ଆରେ ଶୁଣ ! ୟା ନା ଅହିଂସା ମାଡ଼ ।" ଦୁଃଖୀ କହିଲା ।

"ମାଡ଼ଟା ପୁଣି ଅହିଂସା କିମିତି କହୁଚ ଭାଇନା ।"

"ହୁଏ ନାହିଁ ? ପୁଅକୁ ମା ବାପ, ମାଷ୍ଟର ମାରନ୍ତି । ସେଟା କଣ ହିଂସା ?" ଦୁଃଖୀ କହିଲା ।

"ତାହେଲେ ଆମକୁ କାହିଁକି କହୁଚ, ଆମେ ଆଜାଦ୍ ହିନ୍ଦ୍ ଫୌଜବାଲା ହିଂସାଦ୍ୱାରା ସ୍ୱାଧୀନତା ଆଣିବାକୁ ଚାହିଁଥିଲୁ ବୋଲି ? ଆମେ ବ୍ରିଟିଶମାନଙ୍କୁ ତାଙ୍କରି ଭଲପାଇଁ ଗୁଳି କରୁଥିଲୁ ।"

ଦୁହେଁ ଯାକ ହସିଲେ । ଦୁଃଖୀ କହିଲା – "ଆଉ ଜଣେ ନେତା ତ ଖାଲି କଥାରେ ନୁହେଁ, କଥା କହିବା ସାଙ୍ଗେ ସାଙ୍ଗେ କାମରେ ଦେଖେଇ ଦେଲେ । ଚଖେଇଦେଲେ ଅହିଂସା ଗାନ୍ଧୀମାଡ଼ କିମିତିକା । ବିଧା, ଚାପୁଡ଼ା, ଧକମ୍‌ଧକ୍କା, କାନମୋଡ଼ା, ନାକଘସା, ଧୋତି ଜାମା ଚିରା । ସବୁ ରକମର ଅହିଂସାମାଡ଼ ଯଉଁଦିନ ହୋଇଗଲା, ସେହିଦିନ ମହାଦେବବାବୁ କଂଗ୍ରେସ ଛାଡ଼ିଦେଇ କହିଲେ – "ପଥ ପଚାରି ପିତାଘର ଯିବି – ଆଉ ଅଯୋଧ୍ୟା ମୁଖ ନ ଦେଖିବି ।" ତା' ପରେ ଯାଇଁ ଯଉଁ ଗଡ଼ଜାତ ରାଜାଙ୍କ ସଙ୍ଗେ ଲଢୁଥିଲେ ତାଙ୍କରି ଦଳରେ ଯୋଡ଼ି ହୋଇଗଲେ ।"

ଶୁକୁରା ପଚାରିଲା – "ଏଠି କ'ଣ ରାଜ ଦଳ ଗୋଟେ ଅଛି । ବଙ୍ଗ ଦେଶରେ

ରାଜା ଜମିଦାରଙ୍କ ଜମାନା ଆଉ ନାହିଁ। ରାଜା ଜମିଦାର ବୋଇଲେ ଲୋକେ ବୁଢ଼ା ଆଙ୍ଗୁଳି ଦେଖେଇ ଦେବେ। ଭୋଟ୍ ଆଶା ଛାଡ଼।"

"ଆମ ଲୋକଙ୍କର ଟିକେ ରାଜଭକ୍ତି ଥାଏ। ରାଜା କଣ, ଜମିଦାର କଣ, ଏଇମାନେ ଇ ଭୋଟ୍‌ରେ ବେଶି ଜିତନ୍ତି। ଗଡ଼ଜାତରେ ରାଜା, ଏଠି ଜମିଦାର। ଓଡ଼ିଶାରେ ଆଜି ଯାଏଁ ଚାରିଟା ମୁଖ୍ୟମନ୍ତ୍ରୀ ଗଲେଣି। ତାଙ୍କ ଭିତରୁ ଛୋଟ ବଡ଼ କି ରାଜା ଜମିଦାର, ଆଉ ଜଣେ ବଡ଼ ଜମି ମାଲିକ। ଜମିଦାର ବୋଲ।"

"ଇଏ ସବୁଦିନେ ରହିବ ନାହିଁ ଭାଇନା।" ଶୁକୁରା ଶୁଣେଇଲା ତା ନିଜ ମତ। ରାଜା ଜମିଦାରଙ୍କ ଯୁଗ ଚାଲିଯାଇଛି। ଏଟା ଖଟିଖିଆଙ୍କ ଯୁଗ। ବୁଝିଲ ବାଲୁଙ୍ଗାଇ ସେଦିନ କହୁଥିଲା ଶାସ୍ତ୍ରରେ କୁଆଡ଼େ ଅଛି - ସତ୍ୟ ଯୁଗଟା ବ୍ରାହ୍ମଣଙ୍କର, ତ୍ରେତୟାଟା କ୍ଷତ୍ରିୟଙ୍କର। ଦ୍ୱାପର ବୈଶ୍ୟଙ୍କର, କଳିଟା ଶୁଦ୍ରଙ୍କର। ଶୁଦ୍ରମାନେ ଖଟିଖିଆ।"

"ସତ ଯେ, କିନ୍ତୁ ମୋର କାହିଁକି ଡର ହୁଏ, ଆମ ବିପ୍ଳବର ପରିଣତି ଫରାସୀ ବିପ୍ଳବ ପରି ନ ହେଉ। ବ୍ରିଟିଶ ସରକାରଙ୍କ, ଡାହାଣହାତ ଏ ଯଉଁ ରାଜା ଜମିଦାରଙ୍କ ବିରୋଧରେ ଆମେ ଲଢୁଥିଲୁ ଶେଷକୁ ତାଙ୍କୁଇ ଶାସନ ଗାଦି ଟେକିଦେଇ ନ ବସୁଁ।"

ଶୁକୁରା କହିଲା - "ଆଜାଦ୍ ହିନ୍ଦ୍ ସରକାର ହାତରେ ପଡ଼ିଥିଲେ ତମର ଏଭଳି ଭୟ ମନରେ ଉଠିନଥାନ୍ତା। ନେତାଜୀ ଏମାନଙ୍କୁ ଭାରି ଘୃଣା କରୁଥିଲେ।"

ମହାଦେବ ସେମିତି ମସିଣାଟି ଉପରେ ବସିଥାନ୍ତି। ଖଦଡ଼ ପେଣ୍ଟ, ଖଦଡ଼ ହାଇୱାଇନ। ବସି ବସି ସିଗାରେଟ୍ କୁଣ୍ଡଳୀ ଛାଡୁଥିଲେ।

"ଅନେକ ଡେରି ହେଇଗଲା ନା ?" ପଚାରିଲା ଦୁଃଖୀ।

"ନାଇଁ ନାଇଁ, ଡେରି ନାଇଁ ହେଇ।" ମହାଦେବବାବୁ କହିଲେ।

"ଆଉ କୁଆଡ଼େ ଆସିବା ହେଲେ ? ହଠାତ୍ କିମିତି ମନେ ପଡ଼ିଲା ?" ଦୁଃଖୀ ପଚାରିଲା। "ଗୁଟେ କଥା ମୋର ମୁଢ଼େଁ ଜୁକିଛି। ଖରାପ ଭାବ୍‌ବ ତ ମୁଇଁ ନାଇଁ କହେଁ।"

"ନାଇଁ, କିଛି ଭାବିବି ନାହିଁ। କହନ୍ତୁ।"

ମହାଦେବବାବୁ ଶୁକୁରାକୁ ଅନେଇଲେ। ବୁଝିପାରିଲା ଦୁଃଖୀ। କହିଲା - "ସେ ମୋର ଅତି ବିଶ୍ୱସ୍ତ। ଆମେ ଦୁହେଁ ଏକାଘରେ ଦୁଇ ଭାଇ ପରି ଚଳୁଁ। ଆପଣ ନିର୍ଭୟରେ କହନ୍ତୁ। ତା'ଛଡ଼ା ମୋ ପାଖରେ କୌଣସି ଗୋପନୀୟ କଥାର ଗୁରୁତ୍ୱ ଅଳ୍ପ। ସେହି ଦୃଷ୍ଟିରୁ ଆପଣ ଯାହା କହିବାର କହିପାରନ୍ତି।"

ହଠାତ୍ ମହାଦେବ ବାବୁଙ୍କର ଚେହେରା ବଦଳିଗଲା। କହିଲେ - "ନାଇଁ, କଥାଟା ସେନ୍ତା ଲୁକାବାର୍ କଥା ନୁହେଁ ଯେ, ହେଲେ ବହୁତ୍ ଭାରି।"

"ଓଃ ବୁଝିଲି, ଆପଣ ବୋଧହୁଏ ମତେ ଗଣତନ୍ତ୍ର ଦଳରେ ଯୋଗଦେବାକୁ କହିବେ ?" ଦୁଃଖୀ ପଚାରିଲା।

"ଆଜ୍ଞା ନାଇଁ। ଗଣତନ୍ତ୍ର ଦଲ୍ କାଣା ଆଉ ଅଛେ ?"

"ମୋର ଭୁଲ୍ ହେଲା। ମୋର କହିବାର କଥା, ସ୍ୱତନ୍ତ୍ରଦଳ। ଗଣତନ୍ତ୍ର - ସ୍ୱତନ୍ତ୍ର ହୋଇଗଲାଣି। ସେଇ ତନ୍ତ୍ରତ ଅଛି।" ଦୁଃଖୀ ହସିଲା।

"ତଫାତ୍ ବହୁତ୍। ସ୍ୱତନ୍ତ୍ରର ନେତା ରାଜଗୋପାଳାଚାରୀ ଗାନ୍ଧି ମହାତ୍ମାଙ୍କର ସମାଧି। ବୁଝିଲେ କିନି ? ଆପଣ ତ ନିଜେ ଗୁଟେ ବଡ଼ ଗାନ୍ଧିବାଦୀ ! ନୁହନ୍ ?"

"ମହାଦେବବାବୁ, କ୍ଷମା କରିବେ। ଆପଣ ମତେ ଯେଉଁ ବାଦୀ କହନ୍ତୁ ପଛେ ଗାନ୍ଧିବାଦୀ କହିବେ ନାହିଁ। ଗାନ୍ଧିବାଦୀ ବୋଲାଇ ଯେମିତି ଥୋକେ ଗାନ୍ଧିର ସବୁ ଲୋପ କରିଦେଲେ, ସେମିତି ସ୍ୱତନ୍ତ୍ରବାଦୀମାନେ ସ୍ୱତନ୍ତ୍ରଦଳର ପ୍ରତିଷ୍ଠାତା ରାଜଜୀଙ୍କୁ ବି ଶେଷ୍ କରିଦେବେ।"

"ଦେଖୁନ୍ ଦୁଃଖୀ ବାବୁ ! ମୁଇଁ କାହିଁର୍‌ଲାଗି କଂଗ୍ରେସ ଛାଡ଼ିଲି ଆପଣ ଜାଣିଛନ୍। ଆମେ ସଭେଁ ପ୍ରଜାମଣ୍ଡଳର ଲୋକ୍ - ଆମର୍ ଦାବୀ ଥିଲା - ଦାୟିତ୍ୱ ମୂଳକ ଶାସନ। କିନ୍ତୁ କଂଗ୍ରେସର ବଡ଼ ବଡ଼ ନେତାମାନେ କହିଲେ - "ଚୋର୍ ସେ ଲେକେ କ୍ୟା ଡାକୁଓଁ କୋ ଦେଙ୍ଗେ ?" ଆମେ ସବୁ ଗଡ଼ଜାତ୍‌ର ଲୋକ ଡାକୁ ହେଲୁଁ, ଆଉ ଯେନ୍ ରଜାର୍ ସଙ୍ଗେ ଲଢ଼ିଥିଲୁଁ, ସେମାନଙ୍କୁ ନବ୍ ଜିମାଦାରିନୁ ମୁକ୍ତି ଦେଇ, ମାନ ସମ୍ମାନ, ପଦ୍ ମର୍ଯ୍ୟାଦା, ଧନ୍ ଦୌଲତ୍ ସବ୍ ଦେଇ ଦିଆଗଲା। ଆଉ ଗୁଟେ ବସିଖିଆ ଗୁଷ୍ଠୀ ତିଆର୍ ହେଲେ।"

"ସେ ଠିକ୍ କଥା।"

"ସେଇ କାରଣରୁ ମୁଇଁ କଂଗ୍ରେସ ଛାଡ଼ିଲି। ଆପଣ ତ କଂଗ୍ରେସ ଛାଡ଼ିଛନ୍। ବୋଲୁନ୍ ତ ଭଦ୍ରଲୋକ କଂଗ୍ରେସରେ ରହି ପାର୍‌ବା ? କଂଗ୍ରେସ୍‌ର କେନ୍‌ସି ନୀତି ଅଛି ?"

"କଂଗ୍ରେସର କୌଣସି ନୀତି ନାହିଁ। କୌଣସି ନିର୍ଦ୍ଦିଷ୍ଟବାଦ୍‌ରେ ତାର ବିଶ୍ୱାସ ନାହିଁ। ଗୋଟିଏ ବାଦ୍‌ରେ ସେ ବିଶ୍ୱାସ କରେ - ସେଟା ହେଲା 'ସୁବିଧାବାଦ'। ସୋସାଲିଷ୍ଟ, କମିଉନିଷ୍ଟମାନେ ଲୋକଙ୍କ ଅସନ୍ତୋଷକୁ ପୁଞ୍ଜିକରି ଯେମିତି ଗୋଟାଏ ଧ୍ୱନି ଉଠେଇ ଦେଲେ, କଂଗ୍ରେସ ସେମିତି ତାର ନୀତି ବଦଳରେ ନିଜେ ସମ୍ବିଧାନ ପ୍ରଣୟନ କଲାବେଳେ ଯେଉଁ ଗଣତାନ୍ତ୍ରିକ ସାଧାରଣତନ୍ତ୍ର ଘୋଷଣା କରିଥିଲା ତାକୁ ଧୋଇଧାଇ ସମାଜବାଦ୍ ଦୁହା ଧରିଚି। ଯେଉଁ ସମବାୟ ସର୍ବସାଧାରଣ ସମ୍ପତ୍ତି ଉପରେ କଂଗ୍ରେସ ଆସ୍ଥା ରଖିଥିଲା ସେ ଏବେ ସମାଜବାଦ ଢ଼ାଞ୍ଚାପରେ ଗଣତାନ୍ତ୍ରିକ ସମାଜବାଦ୍ ବୋଲି ଲୋକଙ୍କୁ ଭୂଆଁ ବୁଲେଇ ଦଉଚି।" ଦୁଃଖୀ କହିଲା।

ମହାଦେବ ବାବୁ କହିଲେ – "ପହିଲେ ପହିଲେ ତ ଆମେ ହେଲୁ 'ଇଏସ୍ ମ୍ୟାନ୍'। କଂଗ୍ରେସବାଲା 'ଇଏସ୍' 'ଇଏସ୍' ହଉଥିଲେ। ଇଂରେଜ୍ କହିଲେ ଭାରତକୁ ଭାଗ କର – ପାକିସ୍ତାନ, ହିନ୍ଦୁସ୍ଥାନ – 'ଇଏସ୍ ସାର୍'। ତାର୍ ପରେ ଆସ୍‌ଲା ଆମେରିକା। କଂଗ୍ରେସ ସରକାର ହେଲେ 'ୟାମ୍ୟାନ' – ଆମେରିକା ବୋଇଲା – ରୂପେୟା ଲେଗା – ମନି, ମନି ? କଂଗ୍ରେସବାଲା କହିଲେ 'ୟାସାର୍' ଆମେରିକାନ୍ ଇଂରେଜୀ। 'ଇୟେସ'କୁ 'ୟା' କହୁଛନ୍ ମାର୍କିନମାନେ। ଆମେରିକା ବରଦାନ ଦେଲେ – ପି.ଏଲ୍. ଚାରିଶଅଶୀ। ସେଥିରେ ଭି ପେଟ ନାଇଁ ଭର୍‌ଲା। ରୁଷିଆର୍ ଦୁଆରେ ଯାଇ ହାଜର୍। ରୁଷିଆ ବୋଇଲା 'କ୍ୟା ମାଙ୍ଗ୍‌ତେ ହୈ – ଟ୍ୟାଙ୍କ୍, ମିଗ୍ !' କଂଗ୍ରେସ ସରକାର୍ କହିଲେ – 'ଦା' 'ଦା' ମାନେ ହାଁ ହାଁ। 'ଇଏସ୍'ରୁ 'ୟା', 'ୟା'ରୁ 'ଦା'। ଆମେମାନେ ଏଛେନ୍ 'ଦା ମ୍ୟାନ୍'। 'ଇଏସ୍ ମ୍ୟାନ'ରୁ 'ୟା ମ୍ୟାନ', 'ୟା ମ୍ୟାନ'ରୁ 'ଦା ମ୍ୟାନ'।"

"ସେଇଟାକୁ ମୁଁ କହେଁ ସୁବିଧାବାଦ !" ଦୁଃଖୀ କହିଲା।

"ଖାଲି ସେତ୍‌କି ନୁହେଁ। ନିଜର ସୁବିଧା ହାସଲ କର୍‌ବା ଲାଗି ଇମାନେ ସବ୍ କରି ପାରନ୍ – ଦୁର୍ନୀତି, ଅନୀତି, ଦୁରାଚାର, ଅନ୍ୟାଚାର, ଅତ୍ୟାଚାର, ବ୍ୟଭିଚାର, ନାରୀ, ଦାରୀ, ଚୋରୀ, ବାଟ୍ ପାରି – ସବ୍।"

"ଆପଣଙ୍କ କଥାର ପ୍ରତିବାଦ କରି ହେବ ନାହିଁ।" ଦୁଃଖୀ କହିଲା, "ପ୍ରତିବାଦ କଲା ଭଳିଆ ଯୁକ୍ତି ମିଳିବା ଅସମ୍ଭବ।"

"ଆଉ ଯୁକ୍ତି ଫୁକ୍ତିର ବେଳ ନାହିଁ ଆଜ୍ଞା। ଆଜାଦ୍ ହିନ୍ଦ୍ ଫୌଜ ଭିତରେ ଏପରି ଟ୍ରେଟର, ଡେଜାଟର୍‌ମାନଙ୍କୁ ଗୁଳି କରି ଦେବାପାଇଁ ନେତାଜୀଙ୍କର ଆଦେଶ ଥିଲା !"

ସମସ୍ତେ ଚୁପ୍। ଗୋଟାଏ ଆତଙ୍କ ଯେପରି ସୂତ୍ରପାତ କରିଦେଲା ଶୁକୁରା। କେତେବେଳ ପରେ ଦୁଃଖୀ କହିଲା – "ଆପଣ କଂଗ୍ରେସ ଛାଡ଼ିବାର କାରଣ ମୁଁ ଶୁଣିଛି। ମାତ୍ର ଆପଣ ଗଣତନ୍ତ୍ରରେ ମିଶିଲେ ଶୁଣି, ମୋର କାହିଁକି, ମୋତେ କ୍ଷମା କରିବେ ଆପଣ, କାଳେ ଆପଣଙ୍କୁ ଆଘାତ ଲାଗିପାରେ, ମୁଁ ଖୋଲା ଲୋକ, ମୋର କାହିଁକି ମନେହେଲା, ଆପଣଙ୍କ ପ୍ରତି ମୋର ଯେଉଁ ଶ୍ରଦ୍ଧା ଥିଲା ତାହା ଯେପରି କେତେକାଂଶରେ ପୂର୍ଣ୍ଣ ହୋଇଯାଇଛି।"

ମହାଦେବ ବାବୁ ବି କ୍ଷୁଣ୍ଣ ହେଲେ। ହେବା ସ୍ୱାଭାବିକ। କିନ୍ତୁ ପକ୍‌କା ରାଜନୀତିଜ୍ଞ ଭାବରେ ନିଜର ଭାବକୁ ସମ୍ବରଣ କରି କହିଲେ – "ଆପଣ ତ ଜାଣିଛନ୍ ମୁଇଁ କଂଗ୍ରେସ ଛାଡ଼ିଲି। ନାଇଁ ଛାଡ଼୍‌ବାର ଆଉ ଉପାୟ ନାଇଁ ଥିଲା। ତାର୍ ପରେ ମୁଇଁ ବୁଝିଲି, ଓଡ଼ିଶାର ନେତାମାନେ ଗଡ଼ଜାତକୁ ଖଣ୍ଡ ଖଣ୍ଡ କରି ଛୋଟ୍ ଛୋଟ୍ ଜମିଦାରୀ

କରି ରଖିବାର୍ ଲାଗି ଷଡ଼ଯନ୍ତ୍ର କରୁଛନ୍। ଆଉ କହିଲେ କି, ଓଡ଼ିଶା ବିଧାନ ସଭାରେ, ଅପର୍ ହାଉସ୍ କରି, ବିଲାତ ପାର୍ଲିଆମେଣ୍ଟରେ ଯେନ୍ତା 'ହାଉସ୍ ଅଫ୍ ଲର୍ଡସ୍' ଅଛେ ଇଠି ଭି, 'ହାଉସ୍ ଅଫ୍ ଫିଉଡେଟେରୀ ଚିଫ୍ସ୍' କରିବେ। ମୁଇଁ ଆଉ ଦୁସ୍‌ରା ପ୍ରଜାମଣ୍ଡଳର ନେତାମାନେ ଇ ପ୍ରସ୍ତାବଥିଁ ରାଜି ନାଇଁ ହେଲୁଁ। ହରିରାମ ବାବୁ ମତେ ଡାକି କରି କହିଲେ - ତମେ ଆମର ସବୁ ପ୍ରସ୍ତାବକୁ ମାନି ଯାଅ, ନ ହେଲେ ତମର ମୁଣ୍ଡକାଟ୍ ହେଇଯିବ। ମୁଇଁ କହିଲି - "ରାଜାମାନେ ତ ମୋର ମୁଣ୍ଡ କାଟି ନାଇଁ ପାରି, ଆପଣ ଯଦି ପାର୍‌ବେ ତ ଇତିହାସରେ ଆପଣଙ୍କର ନାମ୍ ଅମରାକ୍ଷରରେ ଲେଖା ରହିଯିବ। ସେଇଦିନ ମୁଇଁ କଂଗ୍ରେସ ଛାଡ଼ିଲି। ଆଉ ଯେନ୍ ଦିନ, ବଡ଼ ବଡ଼ କଂଗ୍ରେସ ନେତାମାନେ କହିଲେ - "ରାଜାମାନେ ପ୍ରାକୃତିକ ନେତା, ଭଗବାନ ତାଙ୍କୁ ନେତାକରି ଜନ୍ମ ଦେଇଛନ୍ତି" ସେହିଦିନ ମୁଇଁ ଭାବ୍‌ଲି, ରାଜାମାନେ ଯେନ୍ ଦଲ୍‌ଥି ଅଛନ୍, ମୁଇଁ କାହିଁର୍‌ଲାଗି ତାଙ୍କର ସେହି ହାତଗଏଁଠ ପକେଇ ଦେଲି। ମିଳିତ ମନ୍ତ୍ରିମଣ୍ଡଳ କଲି।"

ସମସ୍ତେ ହସି ଉଠିଲେ। ମହାଦେବ ବାବୁ କହିଲେ - "ଏବେ ଆମେ ଗୁଟେ ଅଲ୍ ଇଣ୍ଡିଆ ଦଳରେ ମିଶିଯାଇ 'ସ୍ୱତନ୍ତ୍ର' ହେଲୁଁ। ଆପଣ ତ ଭଲ ଜାଣୁଛନ୍ ଆମରନୀତି !"

ଦୁଃଖୀ କହିଲା - "କ୍ଷମା କରିବେ। ମୁଁ ପ୍ରକୃତରେ ଆପଣଙ୍କ ଦଳ ସମ୍ବନ୍ଧରେ ବିଶେଷ କିଛି ଜାଣେ ନାହିଁ। ଆପଣଙ୍କ ଦଳର ସମ୍ବିଧାନ ଉପରେ ଦୃଷ୍ଟି ଦେବାର ମୋର ସୁଯୋଗ ହୋଇନାହିଁ।"

"ଆପଣ ମତେ ଠକୁଛନ୍। ମୁଇଁ ଆପଣଙ୍କରନୁ ଚଲାଖ୍ ଆଏଁ। ଆପଣ ଏଛେନ୍ ଆମର୍ ଦଲ୍‌ର ନୀତି କହିଲେ କି ନାଇଁ ?"

"କାହିଁ ନାହିଁ।" ଦୁଃଖୀ ଆଶ୍ଚର୍ଯ୍ୟ ବୋଧକରି ଚାହିଁଲା।

"ବାଃ, ମହୁମାଛି ବସାର କଥା ଏଛେନ୍ ନାଇଁ କହି ? ଆମର ନୀତି ମହୁମାଛିର ବିରୋଧ ନୀତି। ଆମେ ରାଷ୍ଟ୍ରୀୟ ପୁଞ୍ଜିର ବିରୋଧୀ ! ଆପଣ ସବୁ ଜାଣୁଛନ୍ ଆପଣ ବୁଦ୍ଧିମାନ୍। ଆପଣ, ଆମର ସଙ୍ଗେ ଯୋଗଦେଲେ ଦଲ୍ ମଜ୍‌ବୁତ୍ ହେତା, ଆଉ ଆମେ ମିଶିକରି କିସ୍ତିମାତ୍ କରିପାର୍‌ତେ।"

ପୁଣି ହସିଲେ ଦୁଃଖୀ ଆଉ ଶୁକୁରା।

ଦୁଃଖୀ କହିଲା - "ମହାଦେବ ବାବୁ। ଆପଣଙ୍କ ଭଳି ନେତା, ଯାହାଙ୍କ ନିର୍ଦ୍ଦେଶରେ ହଜାର ହଜାର ଲୋକ ରୁଣ୍ଡହୋଇ ମରଣପଣ କରୁଥିଲେ, ତାଙ୍କୁ ପାଇଁ ଯେଉଁ ଦଳ ଦୃଢ଼ ହେଇପାରିଲା ନାହିଁ, ମୋ ଭଳି ସାମାନ୍ୟ ଜଣେ କର୍ମୀ ସେ ଦଳକୁ କଣ ଟେକି ଧରିପାରିବ ? ଅସମ୍ଭବ। ଆପଣଙ୍କର ସେ ଆଶା ଦୁରାଶା ମାତ୍ର। ବରଂ ମୋର ମନେହୁଏ ଆପଣ ଯଦି ଅନ୍ୟ କୌଣସି ପ୍ରଗତିଶୀଳ ଦଳରେ ଯୋଗ ଦେଇଥାନ୍ତେ

ତେବେ ସେ ଦଳ ଦୃଢ଼ ହେବା ସଙ୍ଗେ ସଙ୍ଗେ ଆପଣ ମଧ୍ୟ ରାଜନୀତି କ୍ଷେତ୍ରରେ ଅଧିକ ପ୍ରତିଷ୍ଠା ପାଇ ପାରିଥାନ୍ତେ।"

"ହା, ହା, ହା" - ଖୁବ୍ ଜୋର୍‌ରେ ହସିଲେ ମହାଦେବ ବାବୁ। କହିଲେ - "ସେନ୍ତା ଗୁଟେ ପ୍ରଗତିଶୀଲ୍ ଦଲର୍ ନାମ୍ କହୁନ୍ ତ? ଭାରତରେ ପ୍ରଗତିଶୀଲ୍ ଦଲ୍ ଅଛେ? ଯାର ପ୍ରଗତିଶୀଳ ନୀତି ଥାଏ, ସେଇ ତ ପ୍ରଗତିଶୀଲ୍। ଇ ଦେଶଥିଁ କେନ୍‌ସି ଦଲ୍‌ର ନୀତି ନାଇନ୍। ମୁଁଡ଼ ନାଇନ୍ ମୁଁଡ଼ ଦୁଃଖା। ସବ୍ ରାଜନୈତିକ ଦଲ୍ ବ୍ୟକ୍ତିବାଦ୍ ଉପରେ ପ୍ରତିଷ୍ଠିତ - ନୀତିବାଦ୍ ଉପରେ ନୁହେଁ।"

"କିନ୍ତୁ ବ୍ୟକ୍ତିଙ୍କୁ ବାଦ ଦେଇଦେଲେ ନୀତି କେବଳ ପୋଥିବାଇଗଣ ହେଇଯିବ ଯେ" - ଦୁଃଖୀ କହିଲା।

"ମୁଇଁ ମାନୁଛି" ମହାଦେବ ବାବୁ କହିଲେ - "ବ୍ୟକ୍ତିର, ଆଉ ନୀତିର, ଦୁଇଟାର ଦରକାର ଅଛି। ଭଲ ନୀତି ଅଛି, ବ୍ୟକ୍ତି ନାଇଁ ତ କେନସିକାମ ନାଇଁ ହୁଏ। ସେନ୍ତା ବ୍ୟକ୍ତି ଅଛି, ଆଉ ନୀତି ନାହିଁ ତ କାମ ନାଇଁ ହୁଏ।"

ଶୁକୁରା କହିଲା - "ଠିକ୍ କହିଛନ୍ତି ମହାଦେବ ବାବୁ। କଂଗ୍ରେସର ନୀତି ନାହିଁ କି ନେତ ନାହିଁ।"

"ତୋର କଂଗ୍ରେସ ଉପରେ ଏତେ ରାଗ କାହିଁକି?"

"ଗୋଟାଏ ବିଶ୍ୱାସଘାତକ ଦଳ। ମିର୍‌ଜାଫର୍ ଦଳ। ପିତୃହନ୍ତା। ମହାତ୍ମାଗାନ୍ଧିଙ୍କି ଠକିଛନ୍ତି ୟା'ର ନେତାମାନେ। ଏମାନେ ମୋଚି - ନିଜକୁ ଡାକ୍ତର ବୋଲି କହି ଅପରେସନ୍ କରୁଛନ୍ତି। ୟା'ର ନେତାମାନେ ଆପଣାର ସ୍ୱାର୍ଥପାଇଁ ସବୁ କିଛି କରିପାରନ୍ତି। ଦେଖୁଥା, ଏମାନେ ନିଜଗୋଛି ନିଜେ କାଟି ନିର୍ମୂଳ ନ ହୋଇଛନ୍ତି ତ ମୋ ନାଁରେ କୁକୁର ପାଳିବ। ନେତାଜୀ କହୁଥିଲେ - ପାପକୁ ପାର ଅଛି, ମାତ୍ର ବିଶ୍ୱାସଘାତକକୁ ପାର ନାହିଁ ତମେ ଏଙ୍କ ଗୁଣ ଜାଣ ନାହିଁ। ଶୁଣିଲେ କାନରେ ହାତ ଦବ। ମୁଁ କଲିକତାରେ ସବୁ ଜାଣିଛି ଏଙ୍କ ଗୁଣ।"

"କାହା ଗୁଣରେ?" ଦୁଃଖୀ ପଚାରିଲା ଶୁକୁରାକୁ!

"ଏଇ ଯେ ତମ ଓଡ଼ିଶା କଂଗ୍ରେସର ନେତାଙ୍କ ଗୁଣ। ହାଟରେ ପଡ଼ି ଦାଣ୍ଡରେ ଗଡୁଛି। ଆମେ କଣ ମୁହଁ ଦେଖେଇ ପାରୁଛୁଁ ବିଦେଶରେ?"

ମହାଦେବ ବାବୁ ଭାରି ଆଗ୍ରହ ଦେଖେଇଲେ ଶୁଣିବା ପାଇଁ। ଆଗ୍ରହ ହେବାର କଥା। ବିରୋଧୀମାନଙ୍କର ଦୁର୍ବଳତା ଉପରେ ବଞ୍ଚିବାକୁ ତାଙ୍କର ବଡ଼ ଚେଷ୍ଟା। ଓଡ଼ିଶାର ଅନ୍ୟ ସବୁ ଦଳର ନେତାମାନଙ୍କ ପରି। ନିଜ ବାହୁବଳ ଉପରେ କାହାରି ବିଶ୍ୱାସ ନାହିଁ।

"କହୁନ୍, କହୁନ୍, ଶୁନ୍‌ମା" - ମହାଦେବ ବାବୁ କହିଲେ।

ଶୁକୁରା ଗୋଡ଼ଟେକି ସଜାଡ଼ି ହେଇ ବସିଲା। କହିଲା - "ମୁଁ ତମକୁ ଆଜିଯାଏ କହି ନାହିଁ ସେ କଥା। କେମିତି ଇଂରେଜୀ ଝାଡ଼ି ପକେଇ ତମ ଯୁବନେତା କଂଗ୍ରେସ ପ୍ରେସିଡେଣ୍ଟ ହେଲେ। ଭାରି ମଜାର କଥା ଶୁଣ।"

ସମସ୍ତେ ଉଦ୍‌ଗ୍ରୀବ ହୋଇ ଅନେଇଲେ ଶୁକୁରା ମୁହଁକୁ। ଶୁକୁରା ମୁହଁଟା ବିରୂପ ଦେଖା ଯାଉଥିଲା। ମନରେ ଘୃଣା, କ୍ରୋଧ ଆଉ ପରିହାସର ଭାବ। କହିଲା - "ଏଇ ଯଉଁ ହୁରୁଦ ବାବୁଙ୍କୁ ଦେଖୁଛ - ଏଇ ହୃଦୟ ରଞ୍ଜନ ରାୟ ସେଇ ସବୁ ନାଟର ଗୋବର୍ଦ୍ଧନ। ୟେଙ୍କ ଗୁଣ ଅଗଣନ। ଅଳପ ବ୍ୟକ୍ତି ନୁହନ୍ତି। ପୋଖରୀକ ଯାକ ମାଛ ଖାଇବେ। ଦିହରେ ତାଙ୍କ ଲାଗିବ ନାହିଁ ଟିକିଏ। ଏଙ୍କରି ବୁଦ୍ଧିରେ ସବୁ ହେଲା। ଜୟରାମ ବାବୁ ଆଉ ହରିରାମ ବାବୁଙ୍କ ଭିତରେ ତ ଲାଗିଥାଏ ପାଲା। କଲିକତା ସହର ଦୁଲମାଦୁଲ - ହୁଲସ୍ଥୁଲ। ଏଠି ମେଞ୍ଚେ ଓଡ଼ିଆ ଜୟରାମଙ୍କ ପକ୍ଷରେ ତ ସେଠି ମେଞ୍ଚେ ଓଡ଼ିଆ ହରିରାମ ବାବୁଙ୍କ ପକ୍ଷରେ। ବେଳେ ବେଳେ ଦି ଦଳଙ୍କ ଭିତରେ ଲାଗିଯାଏ ଗୋଳ। ହୁରୁଦି ବାବୁତ ଥାଆନ୍ତି ଜୟରାମ ବାବୁଙ୍କ ଆଡ଼ିଆ। ଭିତରେ ଭିତରେ। ବାହାରକୁ ନିରପକ୍ଷ। ଦି ପକ୍ଷରୁ ପକେଇ ଦିଅନ୍ତି। ଆଉ ସବୁ ହାଲ ଯାଇଁ କହନ୍ତି ଜୟରାମ ବାବୁଙ୍କ ଆଗରେ। ଦିନେ ଯାଇଁ କହିଲେ - "ଜାହାଁପନା"।

ଦୁଃଖୀ ହସି ହସି କହିଲା - "ଜାହାଁପନା, କିଏ ରେ ?"

"ଜାହାଁପନା ବୁଝିପାରୁନ ! ଶୁଣ, ବଳେ ବୁଝିବ। କହିଲେ - ଜାହାଁପନା, କାମଦେବ ବାବୁ, ହରିରାମବାବୁଙ୍କ ଡାହାଣ ହାତ। ତାଙ୍କୁ ଯଦି ଆମ ଆଡ଼କୁ ଟାଣି ଆଣି ପାରିବ ତ କିସ୍ତିମାତ୍।"

ଜୟରାମବାବୁ କହିଲେ - "କଥାଟା ଠିକ୍ ଯେ, କାମଦେବ ବାବୁ ବଡ଼ ତୋଖଡ଼ ଲୋକ ତାଙ୍କୁ ଆମ ଆଣିବା ସମ୍ଭବ ନୁହେଁ।"

"ପୃଥିବୀରେ ଅସମ୍ଭବ କିଛି ନାହିଁ। ଆପଣ ମୋତେ ଛାଡ଼ି ଦିଅନ୍ତୁ ମୁଁ ଟାଣି ନ ଆଣିଛି ତ ମୋ ନାଁ ହୃଦୟରଞ୍ଜନ ନୁହେଁ।"

ଜୟରାମ ବଡ଼ ଦିଲ୍‌ଦାର ଲୋକ। ହୃଦବାବୁ ଯାହା ମାଗିଲେ ତା ଦେଲେ, ଯାଆ କହିଲେ ତା କଲେ। ଦିନେ ଦେଖିଲା ବେଳକୁ କାମଦେବ ବାବୁଙ୍କ ଜୁଆଁଇ, ଜୟରାମବାବୁଙ୍କ ଅଫିସରେ ଜଣେ ବଡ଼ ଅଫିସର।

"ଜୟରାମଙ୍କ ଅଫିସ ?" ପଚାରିଲେ ମହାଦେବ ବାବୁ।

"ଜୟରାମ ବାବୁଙ୍କ କାରଖାନାର ଅଫିସ ଥାଏ କଲିକତାରେ।" ଶୁକୁରା କହିଲା।

"କାମଦେବ ବାବୁଙ୍କ ଜୁଆଇଁ କଣ ଖୁବ୍ ବିଚକ୍ଷଣ ଲୋକ ?"

"ବିଚକ୍ଷଣ, ଗାଲ ଟିପିଦେଲେ ଦୁଧ ବାହାରି ପଡ଼ିବ - ବଚକାନି। ମାଟ୍ରିକ୍ ପର୍ଯ୍ୟନ୍ତ ବିଦ୍ୟା। ଚାକିରୀ କିନ୍ତୁ ବଡ଼ ଚାକିରୀ। ହଜାରେ ଟଙ୍କା ମାସକୁ ବେତନ।"

"କିମିତି ?" ମହାଦେବ ବାବୁ, ଦୁଃଖୀ ଏକ ସାଙ୍ଗରେ ପଚାରିଲେ।

ସେ ଗୋଟେ ଉପନ୍ୟାସ। କାମଦେବବାବୁଙ୍କ ଜୁଆଇଁ ଚାକିରୀ ପାଇଲେ। ଝିଅ ଜୁଆଇଁ ଯାଇଁ ରହିଲେ ଗୋଟିଏ ଛୋଟିଆ ଫ୍ଲାଟ୍‌ରେ। ଦିନେ ଜୟରାମବାବୁ ଯାଇଁ ସେଠି ହାଜର ! କହିଲେ, 'ତୁ କେମିତି ରହୁଚୁ, ଦେଖିବାକୁ ଆସିଲି'। ଜୁଆଇଁ ତ କୃତକୃତ୍ୟ। ସେଇଦିନ କାମଦେବଙ୍କ ଝିଅ ହେଲା ଜୟରାମଙ୍କ ମହାପ୍ରସାଦ ଝିଅ। ଜୟରାମବାବୁ ଆସିବାବେଳେ କହି ଆସିଲେ, "ଏ ଛୋଟ ଅସ୍ୱାସ୍ଥ୍ୟକର ଘରେ ତମେ ରହି ପାରିବ ନାହିଁ। ମୁଁ ତାର ବ୍ୟବସ୍ଥା କରିବି। ଘର ଭଡ଼ା କମ୍ପାନୀ ଦବ।"

ଦୁଇ ଦିନ ପରେ ନିମନ୍ତ୍ରଣ ହେଲା ଝିଅ ଜ୍ୱାଇଁ ଦୁହିଁଙ୍କୁ। ଜୟରାମବାବୁଙ୍କ ଘରକୁ। ଖିଆପିଆର ଧୁମ୍। ବବୁର୍ଚି ଖାନା ତିଆର କରିଥାଏ। ହଠାତ୍ ଜୟରାମବାବୁ କହି ଉଠିଲେ, "ଆଜି ମୋ ଝିଅ ବାଢ଼ିଦବ ମୁଁ ଖାଇବି। ଝିଅ ତୁ କିଚିନ୍‌କୁ ଯା। ଥାଏ ବବୁର୍ଚି - ତୁମ କିଚିନ୍ ଛୋଡ୍।"

ଝିଅ ବଡ଼ ଅଡୁଆରେ ପଡ଼ିଗଲା। ମାଇପେ ଆଉ କେହି ନାହାନ୍ତି। ସେ ଏକା। କିଚିନ୍‌କୁ ଯାଇ ବାଢ଼ିବ। ଭାରି ଅଡୁଆ ଅଡୁଆ ଲାଗୁଥାଏ। ଏଣେ ନୂଆ ବାପାଙ୍କ କଥାକୁ କାଟୁଚି କିମିତି ? ଭାରି ସିହାଣୀ ଟୋକୀ। କହିଦେଲା, ବବୁର୍ଚି କିଚେନକୁ କଣ କୂଳବୋହୂ ଯାଆନ୍ତି ? ବାପା, ମୋ ଘରକୁ ଆସନ୍ତୁ, ମୁଁ ରାନ୍ଧିବାଢ଼ି ମୋ ମନ ଖୁସି କରିଦେବି।

ଭେରୀ ଗୁଡ୍ ବୋଲି କହିଦେଲେ ଜୟରାମବାବୁ।

"ତାର୍ ପରେ, ତାର୍ ପରେ, କାଣା ହେଲା ?" ପଚାରିଲେ ମହାଦେବବାବୁ।

"ତା'ପରେ ବୁବୁର୍ଚି ବାଢ଼ି ଦେଇଗଲା, ପଲଉ, କାଲିଆ, କଟ୍‌ଲେଟ୍ ଚପ୍ ଆଉ ବୋତଲ୍ ବି।"

"ବୋତଲ ?" ଦୁଃଖୀ ପଚାରିଲା।

"ସେ ବୁଇ ବି ପିଇଲା ?" ପଚାରିଲେ ମହାଦେବ ବାବୁ।

"ମୁଁ ଆଜ୍ଞା କହି ପାରିବି ନାହିଁ ସେ କଥା। ପରଝିଅ ପରମେଶ୍ୱରୀ। ସେ ପିଇଲା, ନପିଇଲା ମୁଁ କହିପାରିବ ନାହିଁ। ମୁଁ ଯେତିକି ଶୁଣିଛି ସେତିକି ସିନା କହିବି।"

"ଆଚ୍ଛା, ଆଚ୍ଛା, ସେନୁ କାଣା ହେଲା ?" ମହାଦେବ ବାବୁ ପଚାରିଲେ।

ବଢ଼ିଆ, ବଢ଼ିଆ, ଖାନା। ଖାଉଁ ଖାଉଁ ସମସ୍ତେ ମଜଗୁଲ୍। ବାପ ପଚାରିଲେ ଆରେ ଝିଅ, କୋଉ ବାପକୁ ତୁ ବେଶି ଭଲପାଉ କହିଲୁ ?

ଝିଅ କହିଲା, ଘରକୁ ଗଲେ ବାପାଙ୍କୁ ଆଉ କଲିକତା ଅଇଲେ ଆପଣଙ୍କୁ।

ବାଃ, ବାଃ, ବଡ଼େ ଚାଲାଖ ଅଛେ ତ ଟୁକେଲ୍। ମହାଦେବ କହିଲେ। ଦୁଃଖୀ ହସି ଉଠିଲା। ତାର୍ ପରେ -

ତା'ପରେ ସାହାସ ବଢ଼ିଗଲା ଜୟରାମଙ୍କର। କହିଲେ କିମିତି ଜାଣିବି ତୁ ମତେ ଭଲପାଉ ବୋଲି! ତୁ ଯଦି ମୋ କଥା ମାନିବୁ ମାନ ରଖିବୁ ତେବେ ଯାଇଁ ସିନା, ଜାଣିବି ଯେ ତୁ ମତେ ଭଲ ପାଉ ?

ଝିଅ କହିଲା, ବାପ ଝିଅର ମନ ରଖିଲେ, ଝିଅ କାହିଁକି ବାପର ମାନ ନ ରଖିବ ?

"ତୋର କଣ ଦରକାର ? ତୁ କଣ ଚାହୁଁ ? ତୋ ମାନ ରଖିବା ପାଇଁ ମୁଁ କଣ କରିପାରେ ?" ଇଂରାଜୀରେ କହୁଥାଆନ୍ତି।

ଝିଅ କହିଲା - "ଜୟରାମ ବାବୁଙ୍କ ଝିଅ ବୋଲି ମତେ କଲିକତା ଲୋକେ ଜାଣିବେ ତ ? ଝିଅ ଜୁଆଇଁ କଲିକତା ସହରରେ ମାନ ମର୍ଯ୍ୟାଦା ଧରି ରହିପାରିବେ, ସେକଥା କଣ ମୋତେ ଆପଣଙ୍କୁ କହିଦବାପାଇଁ ହବ !"

"ତାପରେ, ତାପରେ, ତାପରେ" ବୋଲି କୁଢ଼େଇ ପକଉଥାନ୍ତି, ମହାଦେବ ବାବୁ।

ତାପରେ ସାଙ୍ଗେ ସାଙ୍ଗେ ଫୋନ ହେଲା ମେନେଜରଙ୍କୁ - ହେଲୋ, କିଏ ? ମ୍ୟାନେଜର! କାଲି ଦାସ ବାବୁଙ୍କୁ ଆସିଷ୍ଟେଣ୍ଟ ମ୍ୟାନେଜର ଏପଏଣ୍ଟମେଣ୍ଟ ଅର୍ଡର ଇଶୁକର। ଦେଢ଼ ହଜାର ଟଙ୍କା ସେଲେରୀ।

"ଆଚ୍ଛା! ଏମିତିକା ଶଶୁର ଭାଗ୍ୟରେ ଥିଲେ ମିଳେ।" ମନ୍ତବ୍ୟ ଦେଲେ ମହାଦେବ ବାବୁ।

ଝିଅ କିନ୍ତୁ ଭାରି ବୁଦ୍ଧିଆ। କହିଲା ଦୁଃଖୀ।

"ବୁଦ୍ଧି ଝିଅର ନୁହେଁ। ବୁଦ୍ଧି ସବୁ ହୁରୁଦୀ ବାବୁଙ୍କର। ଏ ଘର ମାଉସୀ ସେ ଘର ପିଉସୀ। ଆଗରୁ ଝିଅକୁ ଟ୍ରେନିଂ ଦିଆ ହୋଇଥାଏ। ରିହର୍‌ସେଲ୍ କରାଯାଇଥାଏ। ଏଣେ ଜୟୀବାବୁଙ୍କୁ ପରାମର୍ଶ ତେଣେ ଝିଅ ଜୁଆଇଁଙ୍କର ଏକଦମ୍ ଆପଣାର। ହେଇଟି, ଏ ମଉକା ଛାଡ଼ିବ ନାହିଁଟି। ଏତିକି ବେଳେ ଯାହା ମାଗିବୁ ମିଳିଯିବ। ଶିଖେଇ ଦେଇଥାଏ ଝିଅକୁ। ହୁରୁଦୀବାବୁ କମ୍ ନୁହନ୍ତି। କଲିକତିଆ ଓଡ଼ିଆ ଭାଇମାନେ ତାଙ୍କୁ ହୃଦିବାବୁ ନକହି ବୁଦ୍ଧିବାବୁ ବୋଲି କହନ୍ତି।"

"ବୁଦ୍ଧିବାବୁଙ୍କୁ ନିମନ୍ତ୍ରଣ ହୋଇଥିଲାଟି ?" ଦୁଃଖୀ ଦାସ ପଚାରିଲା।

"ହେଇ ନଥିଲା ଯେ କିନ୍ତୁ ପ୍ଲାନ ଅନୁସାରେ ଠିକ୍ ବେଳରେ ପହଞ୍ଚିଗଲେ ମହାତ୍ମା, କହିଲେ - ସାର, ଦୁଇଟା ଫାଷ୍ଟକ୍ଲାସ୍ ରିଜରଭେସନ୍ ଗୋଟିଏ କୁପରେ।"

ଭେରି ଗୁଡ୍ - ବୋଲି ଜୟୀବାବୁ ଆଉ ପେଗେ ପକେଇ ଦେଇଥିବେ।

ତାର୍ ପରେ - ମହାଦେବ ବାବୁ ପୁଣି ପଚାରିଲେ।

ଦେଖ୍ ଝିଅ, ମତେ ଆଜି ତମ ଘରକୁ ଯିବାକୁ ହବ। ମାନେ ତମ ଗାଁକୁ।

"ଆମ ଗାଁକୁ? ବାପାଙ୍କ ପାଖକୁ? ବାପା କଣ ଗାଁରେ ଅଛନ୍ତି? ମୁଁ ତ ଜାଣେ ନାହିଁ?" ଝିଅ କହିଲା।

"ହଁ ହଁ, କାମଦେବ ବାବୁ ଗାଁରେ ଅଛନ୍ତି, ମୁଁ ଜାଣେ। କାଲି ସେ ଚାଲିଯିବେ ଗାଁରୁ। ହରିରାମବାବୁଙ୍କ ପାଇଁ ଯୋଗାଡ଼ କରିବାକୁ। ମୁଁ ଖବର ଦେଇଚି।" ଜୟରାମ କହୁଥାନ୍ତି।

ଝିଅ କହିଲା, "କି ପ୍ରଚାର?"

ବାପ କହିଲେ, "ଆରେ, ତୁ ଜାଣିନୁ ଝିଅ? ହରିରାମ ଆଉ ମୁଁ କଂଗ୍ରେସ ସଭାପତି ପଦପାଇଁ ଲଢୁଛୁ। ତୋ ବାପା ହରିରାମ ପକ୍ଷରେ।"

ଝିଅ ବିଚରା ଭାରି ଲାଜ ପାଇଗଲା। ଜୟରାମବାବୁ କି ଆଉ ଛାଡ଼ନ୍ତି ସେ ମଉକା। କହିଲେ, ଏଇଟା କଣ ଭଲ ଦିଶିବ ଝିଅ? ମୁଣ୍ଡ ହଲାଇ କହିଲା - ନା।

ଆଉ କି ଖୁସି ଦେଖିବ ଜୟରାମଙ୍କର। ପଡ଼ିଗଲା ପୁଅବାର। କହିଲେ, "ମୁଁ ଜାଣେ, ମୋ ଝିଅ ମତେ କେତେ ଭଲ ପାଏ। ମୁଁ କଣ ଜାଣେ ନାହିଁ? ସେ ନିଜ ବାପ ହେଉ ପଛେ, ତାକୁ କେଭେଁ ଭଲ ଲାଗିବ ନାହିଁ ଏକଥା। ମୁଁ ସେଇୟା କହୁଥିଲି। ଏ ବାପଟାକୁ ଯଦି ଭଲପାଉ, ମା, ମୋ ମାନ୍ ରଖିବୁ। କଣ କହୁଥିଲି କି, ତୁ ମୋ ସାଙ୍ଗରେ ଯାଆନ୍ତୁ। ତୋ ବାପାକୁ ଯେମିତି ସେ ଭୁଲ୍ ବାଟରୁ ଫେରେଇ ଆଣିବା। ତୁଇ ଏକା ଏ କାମକୁ ପାରିବୁ। ଆଉ କେହି ନୁହେଁ। ତୋ ଭଳି ବୁଦ୍ଧିଆ ଝିଅ କଣ ଆଉ କେହି ଅଛି ଦୁନିଆରେ। ଛଳେ ବଳେ କଉଶଳେ କାମଦେବଙ୍କୁ ଆମ ଆଡ଼କୁ ଟାଣି ଆଣିବାକୁ ହେବ।"

"ଝିଅ ରାଜି ହେଲା?" ପଚାରିଲା ଦୁଃଖୀ।

"ରାଜି ନ ହେଇ ଆଉ ଚାରା ଅଛି। ମୁଣ୍ଡ ତ ବିକି ଦେଇ ସାରିଲାଣି। ଆଉ ବାଟ କଣ? ଦେଢ଼ ହଜାର ଟଙ୍କା ମାସକୁ। ଆଗରେ ପୁଣି ଥୁଆ ହେଇଥାଏ ଝିଅ ପାଇଁ ସୁନାହାର, ଝଲମଲ ଶାଢ଼ୀ, ଜୁଆଇଁ ପାଇଁ ସୁଟ୍।"

"ତାର୍ ପରେ, ତାର୍ ପରେ" - ପଚାରିଲେ ମହାଦେବ ବାବୁ।

"ତାପରେ ଝିଅ ଯାଇଁ ଘରେ ପହଞ୍ଚିଲା। ଜୟୀବାବୁ ରହିଗଲେ ଷ୍ଟେସନ୍‌ରେ। ଘରକୁ ଯାଇଁ ଝିଅ କାହାକୁ କିଛି ନ କହି ଯାଇଁ ଶୋଇଲା, ମୂଷାନେଣ୍ଟୀର ବଣ, ବିଲେଇ ଘୁଅ ଭଣ, ଗମ୍ଭିରୀ ଭିତରେ ମୁହଁମାଡ଼ି। ଯେତେ ଡାକିଲେ ନଶୁଣେ ବାପର

ଗୋଟିଏ ବୋଲି ଗେହ୍ଲାଝିଅ। କହିଲା, "ଭାଙ୍ଗିଥିଲେ ଗଢ଼େଇ ଦେବି, ହଜିଥିଲେ ଖୋଜେଇ ଦେବି, ଯାହା ମାଗିବୁ ତା ଦେବି। ତୁ ଉଠୁ ଖା। ତୁ ନ ଖାଇଲେ ମୁଁ ବି ଖାଇବି ନାହିଁ।"

ତଥାପି ଝିଅ ଖୁମୁଣି ପୋତି ଶୋଇଛି। ଖାଲି ଗଣୁ ଥିବ, ମାସକୁ ଦେଢ଼ ହଜାର ଶହ, ଶହ, ଦଶ ଶହ। ଆଉ ପାଁଶ। ବର୍ଷକୁ ବାର ହଜାର, ବାର ପାଞ୍ଚ ଷାଠିଏ - ଛ ହଜାର। ଅଠର ହଜାର। ଆଖିରେ ଖାଲି ନାଚୁଥାଏ। ବାପକୁ କହିଲା -

"ବାପା, ମୋ ଦିହ ଛୁଇଁ କହ, ଯାହା କହିବି କରିବ?" ବାପ ନାଚାର। ନିୟମ କଲେ। ତେବେ ଯାଇଁ ଝିଅ ଉଠିଲା। ମୁହଁ ଧୋଇଲା। ଖାଇଲା ପିଇଲା ସବୁକଲା। ବାପ ପଚାରିଲେ - "ଏଥର କଣ କହିବୁ କହ।" ଖାଉ ଥାଆନ୍ତି ଦିହିଁ ଗୋଟିଏ ଥାଳିରେ।

ଝିଅ କହିଲା "ହରିରାମବାବୁଙ୍କୁ ଛାଡ଼ି ଜୟରାମବାବୁଙ୍କୁ ଜିତେଇବାକୁ ପଡ଼ିବ।"

"ଗୁଣ୍ଡା ଖସିପଡ଼ିଲା କାମଦେବ ବାବୁଙ୍କ ହାତରୁ ଯିମିତି ଝିଅ କହିଦେଇଚି ଏକଥା।"

"ତାର୍ ପରେ, ତାର୍ ପରେ" - ମହାଦେବ ବାବୁ ପୁଣି ପଚାରିଲେ।

ତା'ପରେ ଆଉ କଣ ହବ। ସବୁ ଶେଷ। ଡପ ପଡ଼ିଗଲା। ନୂଆ ଅଙ୍କ ଆରମ୍ଭ। ଓଲଟିଗଲା ଓଡ଼ିଶା ରାଜନୀତି। ଆପଣ କଣ ଜାଣନ୍ତି ନାଇଁ। ଜୟରାମ୍ ଜିତିଲେ, ହରିରାମ ହାରିଲେ।

"ବିଚରା ହରିରାମବାବୁ ଯେତେ ଆସି ଡାକିଲେ କାମଦେବ ବାବୁଙ୍କୁ, ଆଉ କାମଦେବଙ୍କୁ ପାଏ କିଏ? ମୋ ଦିହ ଭଲ ନାହିଁ, ମୁଣ୍ଡ ବିନ୍ଧୁଛି। ପେଟ କାଟୁଛି। କିଏ କଣ ଦେଖୁଚି କେଉଁଠି ପେଟ କାଟୁଚି, ମୁଣ୍ଡ କେଉଁଠି ବିନ୍ଧୁଚି। ହରିରାମବାବୁଙ୍କର କିନ୍ତୁ ନିଃଶ୍ୱାସ ପଡ଼ିଗଲା ଭାଇନା। ଛ'ଟା ମାସ ତ। ବୁଢ଼ା ଯାହା କହିଥିଲା ସେଇୟା ହେଲା।"

"କଣ କହିଥିଲା, କଣ କହିଥିଲା?" ପଚାରିଲା ଦୁଃଖିଆ।

କହିଥିଲା - "ଛ' ମାସ ଯିବନାହିଁ - ଏଇମିତି ଅନେଇଥିବୁ, ହାୟ ହାୟ କରୁଥିବୁ, ତୋ ଜୀବ ଛାଡ଼ିଯିବ! କେହି ତୋତେ ବଞ୍ଚେଇ ପାରିବେ ନାହିଁ। ସେଇୟା ହେଲା। ସତ ଘଟଣାଟା ବେଳେ ବେଳେ ଗପଠାରୁ ବି ଅଜବ।"

ଦୁଃଖୀ ଦାସ, ମହାଦେବ ବାବୁ ଦୁହେଁ। ପ୍ରଶ୍ୱାସ ଛାଡ଼ିଲେ! ଦୀର୍ଘ ଶ୍ୱାସ। ଶୁକୁରା କହିଲା - "ଏକା କାମଦେବ ନୁହେଁ କି ଜୟରାମ ନୁହେଁ। ସାରା କଂଗ୍ରେସଟା

ଗୋଟାଏ ଟାଉଟର, ଧପାବାଜ୍‌ଙ୍କ ଦଳ। ସେ ଦଳରେ କି ଭଲ ମଣିଷ ରହନ୍ତି? ଆପଣ ଆଜ୍ଞା, ମହାଦେବବାବୁ ଯାହା କହୁଛନ୍ତି, ମୁଁ ସେଥିରେ ଏକ ମତ।"

ଦୁଃଖୀ ଦାସ ହସି ହସି କହିଲା – "ମହାଦେବ ବାବୁ ଏବେ କଂଗ୍ରେସ ଛାଡ଼ି ଯେଉଁ ଦଳକୁ ଗଲେ ସେ ଏବେ କେଉଁ ଭଲ ଦଳ ଯେ? ବିଶ୍ୱାସ ନୈବ କର୍ତ୍ତବ୍ୟମ ସ୍ତ୍ରୀଷୁ ରାଜକୁଳେଷୁଚ।"

"ଆପଣ ଭି ସେନ୍ତା କହୁଚନ୍ ଦୁଃଖୀ ବାବୁ?" ମହାଦେବ ବାବୁ କହିଲେ। "ବିରୋଧୀ ଦଳମାନେ ଆମର କେନ୍‌ସି ଦୋରା ନାଇଁ ପାଇବାର ବୋଲି ଏନ୍ତା କହୁଛନ୍। ରାଜାଜୀ କେନ୍ ଦେଶର ରାଜା?"

"ମତେ କ୍ଷମା କରିବେ ମହାଦେବ ବାବୁ" – ଦୁଃଖୀ କହିଲା। "ମୁଁ ଟିକେ ରହସ୍ୟ କରି ସେମିତି କହିଦେଲି। କିନ୍ତୁ ଏକଥା ସତ୍ୟ, ଓଡ଼ିଶାରେ ସ୍ୱତନ୍ତ୍ରଦଳ ରାଜାମହାରାଜାଙ୍କ କବଳରୁ ମୁକ୍ତ ନହେଲେ, ସେ ଆଉ ଗୋଟିଏ ବ୍ୟକ୍ତିବାଦୀ ଦଳ ହୋଇ ରହିବ।"

"କଂଗ୍ରେସ ଲେଖେଁ ଠକାମି ସମାଜବାଦୀ ଦଲ୍ ହେବାର୍‌ଟା ବଡ଼ ଡର୍। ବରଂ ବ୍ୟକ୍ତିବାଦୀ ଦଲ୍ ହେବାଟା ଭଲ୍ ଆୟ। ଆପଣ୍ ନିଶ୍ଚେ ଜାଣିଥିବେ, ଗୁଟେ ସର୍ବଭାରତୀୟ ଦଲ୍ ସଙ୍ଗେ ମିଶ୍‌ବାର ଲାଗି ଆମେ ଖୁବ୍ ଚେଷ୍ଟା କଲୁଁ। ଆପଣଙ୍କର ସମାଜ୍‌ବାଦୀ ଦଲ୍‌ମାନେ କେହି ରାଜି ହେଲେ ନାହିଁ। କେହି ମୁହଁ ଫେସ୍‌କେଇ ଦେଲେ। କାହାର୍ ମୁହେଁ ଗୁଟେ ତ, ପେଟେ ଗୁଟେ କଥା। ଆଉ କାହାର୍ ପେଟେ ଭୋକ୍ ମୁହେଁ ଲାଜ୍। ଶେଷେ ପ୍ରଜାସମାଜ୍‌ବାଦୀ ଦଲ୍‌ର ସାଙ୍ଗେ ମିଶ୍‌ବାର୍ ସବ୍ ନିଷ୍ପତ୍ତି ହେଇଗଲା। କିନ୍ତୁ ତାଙ୍କର ନେତାମାନେ ଡର୍‌ଲେ। ଗଡ଼ଜାତ୍‌ରେ ତ ତାଙ୍କର କିଛି କରାମତି ନାଏନା। ଯାହା ଡେଗୁଛନ୍ ତୁମର୍ ଇ ଉପକୁଲ୍ ଅଞ୍ଚଲ୍‌ରେ। ଆଉ ଇନେଭି ବଶ୍ ପଚିଶ୍ ଦଲ୍। ସବ୍ ଭାଗ୍ ଭାଗ୍ ଆଉ ସେନେ ତ ରଜାମାନଙ୍କର ପୂରାପୂରି ସବ୍ ସଲିଡ୍। ସେଥିର୍ ଲାଗି ସେମାନଙ୍କୁ ଦଲ୍‌ରେ ନେଲେ, ନେତା ହେବେ ଗଡ଼ଜାତିଆମାନେ, ଇମାନେ ଆଉ ହେଇ ନାଇଁ ପାରନ୍। ଇ ଡରେ ରାଜିନାମାକୁ ଭାଙ୍ଗିଦେଲେ ପ୍ରଜାସମାଜ୍‌ବାଦୀବାଲା। ବୁଝଲ୍? ଆଚ୍ଛା ହଉ ଦୁଃଖୀବାବୁ, ମୁଇଁ ଆସେଁ। ଆମର ଲିଟରେଚର୍ ଦଉଛିଁ ପଢ଼ି ଦେଖିବେ। ଯଦି କାହିଁ ସନ୍ଦେହ ହେଲା ତ ମତେ ଚିଠି ଦେବେ।" ବିଦାୟ ନେଲେ ମହାଦେବ ବାବୁ ନମସ୍କାର କରି। ଦୁଃଖୀ ବାଟେଇ ଦେଇ ଆସି କହିଲା – "ଦେଖିଲ ତ ଶୁକ୍ରସେନ ଆମ ରାଜନୈତିକ ନେତାମାନଙ୍କର ରୂପ? ଏଠି ଗୋଟାଏ ଘୋଷିତ ନୀତି ଉପରେ କୌଣସି ଦଳ ପ୍ରତିଷ୍ଠିତ ନୁହେଁ। ସବୁଠି ବ୍ୟକ୍ତିର ପ୍ରାଧାନ୍ୟ, ବ୍ୟକ୍ତିର ପୂଜା। ସେଇଥିପାଇଁ ଦୁହା ଉଠୁଛି – 'ନେହେରୁ ପରେ

କିଏ ?' ଗୋଟାଏ ଗଣତନ୍ତ୍ର ରାଷ୍ଟ୍ରରେ ଏଭଳି ପ୍ରଶ୍ନ କେହି କେବେ ପଚାରୁ ନଥିବ। ଆମ ଦେଶର ଲୋକେ ଯେପରି ଗଣତନ୍ତ୍ର ପାଇଁ ପ୍ରସ୍ତୁତ ନାହାନ୍ତି ମୋତେ ଏମିତି ଲାଗେ ବେଳେ ବେଳେ।"

"ଶହ ଶହ ବର୍ଷ ଧରି ପରାଧୀନ ଗୋଟାଏ ଜାତି, ଏକଛତ୍ର ଶାସନରେ ଅଭ୍ୟସ୍ତ। ପିଞ୍ଜରାର ପକ୍ଷୀକୁ ଛାଡ଼ିଦେଲେ ଯାହା ଅବସ୍ଥା ଆମର ସେଇ ଅବସ୍ଥା। ଗଣତନ୍ତ୍ର ଆମ ଉପରେ ଜବରଦସ୍ତ ଲଦି ଦିଆଯାଇଛି, ସେ ଭାରା ଆମେ ସମ୍ଭାଳି ପାରୁନୁ। ବରଂ ପ୍ରଥମରୁ କିଛି ଦିନ ଏକଛତ୍ର ଶାସନ ଜାରି ହେଇଥିଲେ ସୁବିଧା ହୋଇ ଥାଆନ୍ତା।" ଶୁକୁରା କହିଲା।

ଦୁଃଖୀ ଏକମତ ହୋଇ ପାରିଲା ନାହିଁ। କହିଲା – "ମନୁଷ୍ୟ ବଡ଼ ଦୁର୍ବଳ। ଗଣତନ୍ତ୍ରକାମୀ ଶାସକ ଯେଡ଼େ ଉଦାର ହଉପଛେ, ଯଦି ତାକୁ ଏକଛତ୍ର ଆଧିପତ୍ୟ ଅଳ୍ପକାଳ ପାଇଁ ଅସ୍ଥାୟୀ ଭାବରେ ମଧ୍ୟ ଦିଆଯାଏ, ସେ ତାକୁ ସ୍ଥାୟୀ କରିବାକୁ ପ୍ରାଣପଣେ ଚେଷ୍ଟା କରିବ। ଗଣତନ୍ତ୍ର ଆଉ ସମ୍ଭବ ହେବ ନାହିଁ।"

"ଶାସକ କଣ ମନକରି ଏକଛତ୍ର ଶାସକ ହୁଏ ଭାଇନା ?" କହିଲା ଶୁକୁରା। "ଆମେ ତାକୁ ଏକଛତ୍ର ଶାସକ କରି ଦଉଁ, ଆମେ – ଏଇ ଲୋକେ। ପର ଉପରେ ନିର୍ଭର କରିବା ଆମର ଅଭ୍ୟାସ – ଆଦତ୍ ହେଇଗଲାଣି। ନିଜେ କୌଣସି ଦାୟିତ୍ୱ ମୁଣ୍ଡ ଉପରେ ନେବାକୁ ଆମେ ନାରାଜ୍। ତମେ ଦେଖିବ ଏ ଦେଶରେ ଏକଛତ୍ର ଶାସନ ଜାରି ହେବ। ଲୋକେ ଭୋଟ୍ ଦେଇ ଏକଛତ୍ର ଶାସନକୁ ଡାକି ଆଣିବେ। ଉପରୁ କୌଣସି ଶାସକ ଜବର୍‌ଦସ୍ତି କରି ଏକଛତ୍ର ଶାସନ ଜାରି କରିବା ଦରକାର ପଡ଼ିବ ନାହିଁ।"

"ମୁଁ ମାନୁଛି" – କହିଲା ଦୁଃଖୀ। "ଏକଛତ୍ର ଶାସନ ପାଇଁ ବର୍ତ୍ତମାନ କ୍ଷେତ୍ର ପ୍ରସ୍ତୁତ। ମାତ୍ର ସେଇଥିପାଇଁ ଏକକ ଭାବରେ ଲୋକେ ଦାୟୀ ନୁହନ୍ତି କି କୌଣସି ବ୍ୟକ୍ତିବିଶେଷ ଦାୟୀ ନୁହେଁ। ଦାୟୀ ଏ ଦେଶର ରାଜନୈତିକ ଦଳ। କାରଣ ସବୁ ଦଳର ସେଇ ଏକ ସମସ୍ୟା – ନେତା କିଏ ହବ ? ନେତୃତ୍ୱ ନେଇ କଳିରେ ମିଳାମିଶା ସମ୍ଭାବନା ନଥାଏ। ମାତ୍ର ନୀତି ଘେନି ପାର୍ଥକ୍ୟରେ, ଦୁଇ ବିବଦମାନ ନୀତି ମଧ୍ୟରେ ସମନ୍ୱୟର ସମ୍ଭାବନା ସ୍ୱାଭାବିକ।"

"କଂଗ୍ରେସର ମଧ୍ୟ।" କହିଲା ଶୁକୁରା।

'ନିଶ୍ଚୟ।' ଦୁଃଖୀ ଦାସ ଜୋର୍ ଦେଲା। କଂଗ୍ରେସରେ ତ ଏଇ ନେତୃତ୍ୱ ନେଇ ବ୍ୟକ୍ତିଗତ କଳହ ସବୁଠାରୁ ବେଶି। ଫଳରେ ଏକଛତ୍ର ଶାସନ ପାଇଁ କ୍ଷେତ୍ର ପ୍ରସ୍ତୁତ କରିବାରେ କଂଗ୍ରେସ ହିଁ ଅଗ୍ରଣୀ। ପ୍ରତ୍ୟେକ ନିର୍ବାଚନରେ କଂଗ୍ରେସ 'ବୋଲି'

ତାର ପ୍ରମାଣ। ଆମ ଛଡ଼ା ଦେଶକୁ ଆଉ କେହି ଶାସନ କରିପାରିବ ନାହିଁ। ଏ ପ୍ରକାର ଧ୍ୱନିର ଅର୍ଥ କଣ? ଗଣତନ୍ତ୍ର ରାଷ୍ଟ୍ରରେ ଗୋଟାଏ ରାଜନୈତିକ ଦଳର ଏ ପ୍ରକାର ପ୍ରଚାର ହାସ୍ୟାସ୍ପଦ। ଏହା ଏକଛତ୍ରବାଦୀ ମନୋବୃତ୍ତିର ପରିଚାୟକ।

"ଜାଣିଛ ଭାଇନା, ତମେ ସିନା ଏକଥା କହୁଛ। କିନ୍ତୁ ନେତାଜୀ କହୁଥିଲେ – ପ୍ରଥମ ଅବସ୍ଥାରେ ଭାରତରେ ଏକଛତ୍ର ଶାସନ ହେବାହିଁ ବାଞ୍ଛନୀୟ ନୂତନ ସମ୍ବିଧାନ ଜାରୀହେବାତକ୍। ଭାରତର ସ୍ଥାୟୀ ସମ୍ବିଧାନ କିନ୍ତୁ ଗଣତାନ୍ତ୍ରିକ ହେବା ଉଚିତ୍, ତାଙ୍କ ମତରେ।"

ସେଇଠି ବୋଧହୁଏ ଭାରତର ଉଚ୍ଚତମ ନେତା ଓ ନେତାଜୀଙ୍କ ମଧ୍ୟରେ ପାର୍ଥକ୍ୟ। ନେତାଜୀ, ତୋ କଥା ଅନୁସାରେ, ପ୍ରଥମେ ଏକଛତ୍ର ଶାସନ ଜାରି କରି। ପରେ ଗଣତାନ୍ତ୍ରିକ ସମ୍ବିଧାନ ଜାରିକରି ଦେଇଥାନ୍ତେ। ଏକଛତ୍ର ଶାସନ ପ୍ରତିଷ୍ଠା ଦିଗରେ ଦେଶକୁ ଦ୍ରୁତ ପଦକ୍ଷେପରେ ଆଗେଇ ନେଉଛନ୍ତି। ସେଥିପାଇଁ କଂଗ୍ରେସର ମତି ଗତିକୁ ମୁଁ ଘୃଣାକରେ। ମାତ୍ର ନେତାଜୀଙ୍କର ସ୍ୱପ୍ନ ସଫଳ ହୋଇଥାନ୍ତା କି ନାହିଁ ସନ୍ଦେହ। ପାକିସ୍ତାନ ତାର ଦୃଷ୍ଟାନ୍ତ କହିଲା ପରି – "ମନୁଷ୍ୟମାନେ ମନୁଷ୍ୟ। ତାର ଦୁର୍ବଳତା ମଧ୍ୟ ଅଛି।" ଦୁଃଖୀ କହି ତୁନି ପଡ଼ିଲା।

"ସେ କଥା, ଅନ୍ୟ ମନୁଷ୍ୟ ପକ୍ଷରେ ସମ୍ଭବ ହୋଇପାରେ। ମାତ୍ର ନେତାଜୀ ନେତାଜୀ। ନେତାଜୀ ଆଉ ନେହୁରୁଙ୍କ ମଧ୍ୟରେ ତଫାତ୍ ସେଇଠି। ନେହେରୁ ନଇଁଯିବେ ପଛେ ଭାଙ୍ଗିବେ ନାହିଁ। ନେତାଜୀ ଭାଙ୍ଗିଯିବେ ପଛେ ନଇଁବେ ନାହିଁ।"

"ଭାରତର ଭାଗ୍ୟଡୋରି କିନ୍ତୁ ପଡ଼ିଲା ନେତାଜୀଙ୍କ ହାତରେ ନୁହେଁ – ନେହେରୁଙ୍କ ହାତରେ। ଦେଶର ଦୁର୍ଭାଗ୍ୟ!"

"ସେଇଟା ମହାତ୍ମାଙ୍କର ଭୁଲ୍।" କହିଲା ଶୁକୁରା। ନେହେରୁ ମୋର ଉତ୍ତରାଧିକାରୀ ବୋଲି ଯଦି କହି ନଥାନ୍ତେ, ତେବେ ଦେଶର ଏଡ଼େ ବଡ଼ ଦୁର୍ଗତିକୁ ଏଡ଼ାଇ ଦେଇ ହେଇଥାଆନ୍ତା।"

"ତୁ କେଉଁଠୁ ଶୁଣିଲୁ ଏକଥା?" ପଚାରିଲା ଦୁଃଖୀ ଦାସ। ଗାନ୍ଧିଜୀ ଏଭଳି ଭୁଲ୍ କରି ନପାରନ୍ତି। ଏଇଟା ନେହେରୁ ପନ୍ଥିମାନଙ୍କର ମିଥ୍ୟା ପ୍ରଚାର। ସ୍ୱାଧୀନତା ପରେ କଂଗ୍ରେସ ସରକାର ଯାହା ଯାହା କରିଛନ୍ତି, ସବୁ ଗାନ୍ଧୀ କଥାର ବିରୋଧୀ। ଆମେ ମଦ ଦୋକାନରେ ପିକେଟିଂ କରି ଜେଲ ଯାଇଥିଲୁଁ। ଏବେ ବଡ଼ ବଡ଼ କଂଗ୍ରେସ ନେତାମାନେ ମଦ ପିଅନ୍ତି। ବଡ଼ ବଡ଼ ହାକିମମାନେ ମଦ ପିଅନ୍ତି। ମଦ ଏବେ ଗୋଟାଏ ପାନୀୟରେ ପରିଣତ ହେଇଗଲାଣି। ଆମେ ଲବଣ ସତ୍ୟାଗ୍ରହ କରି ଲାଠି ଖାଇଥିଲୁଁ। ଏବେ ଲୁଣରେ ଦୁଇ ପଇସାରୁ ଦୁଇ ଅଣା। ଉଠିଛି ଟିକସ? ଗାନ୍ଧି କହିଥିଲେ କାଟି

ପିନ୍ଧ, କୁଟି ଖାଅ। କଂଗ୍ରେସ ବାଲାଏ ଲୁଗାକଳ କଲେ, ଚାଉଳ ମିଲ୍ କଲେ। ଏସବୁ କଣ ଗାନ୍ଧି କହିଥିଲେ କରିବାକୁ ?"

"କିନ୍ତୁ ଗାନ୍ଧି ତ କେଉଁଠି ନେହେରୁଙ୍କ ଗୋଠ ଭିନ୍ନେ ବୋଲି ସାଫ୍ ସାଫ୍ କହି ନାହାନ୍ତି।"

"କହି ନାହାନ୍ତି ଠିକ୍। କହିବାକୁ ଅବସର ଦେଲା ନାହିଁ କାଳ। ମୁଁ ଶୁଣିଛି ସେ ଏଥିପାଇଁ ପ୍ରସ୍ତୁତ ହେଉଥିଲେ ଏବଂ ନେହେରୁଙ୍କ ସାଙ୍ଗରେ ପରାମର୍ଶ କରୁଥିଲେ ବିବୃତ ଦେବା ପାଇଁ।"

ରତନୀ ଆସି କହିଲା - "ଏ ଓଳି ବାଇଗଣ ବାଡ଼ିରେ ପାଣି ମଡ଼ାଯିବ।" ଖରା ଲେଉଟି ପଡ଼ିଥିଲା। ଚମକି ପଡ଼ିଲେ ଦି'ଜଣ।

ସେ ଦିନ ଦୁଃଖୀ ସକାଳୁ ଉଠିଲା ବେଳକୁ ଦାଣ୍ଡରେ ଆସି ଠିଆ ହେଇଚି ଘନ।

"ସଖାଲୁ ଆଜି ତୋର ମୁହଁ ଚାହିଁଲି।" କହିଲା ହସି ହସି ଦୁଃଖୀ।

"ଭଲ ଖାଇବାର୍ ଯୋଗାଡ଼୍ କର୍ !" ଉତ୍ତର ଦେଲା ଘନ।

ଘନ ! ଜେଲ୍ ସାଙ୍ଗ। ଏକା ଉଆଡ଼ରେ ରହୁଥିଲେ। ଖାଉଥିଲେ ସିଝା ମେସ୍‌ରେ। ତା'ର ବାପା ବି ଆସି ରହିଲେ ସେଇଠି। ସେଇ ମେସ୍‌ରେ ଖାଇଲେ। ଅନେକ ଭୁଲାକଥା ଅଭୁଲା ଘଟଣା ମନେ ପଡ଼ିଗଲା ଦୁଃଖୀର ଘନକୁ ଦେଖି। ଟାଣିଲା ନିଃଶ୍ୱାସଟା ବାହାରି ପଡ଼ିଲା ଫଁ କିନା।

ଦୁଃଖୀର ବାପା। ବ୍ରାହ୍ମଣ ଘରେ 'ନନା'। ଦିନେ ଖବର ଆସିଲା ଜେଲ୍ ଗେଟ୍‌ରେ କେତେ ଜଣ ନୂଆ କଇଦି - ରାଜନୈତିକ ବନ୍ଦୀ। ତାଙ୍କ ଭିତରେ ଅଗଣି ଦାଶ। ଆଉ ଦୋହରା ବିଚାର ପାଇଁ ହାଜତ୍ ଆସାମୀ ବାପ ପୁଅ ଦିହେଁ ଯାକ - ଦି ପଟ୍ଟନାୟକ - ମଦନ - ରାଧାଗୋବିନ୍ଦ।

ହାଜତ୍ ଆସାମୀ ଦି'ଜଣ ରହିଗଲେ ସେ ପାଖରେ - ସାଧାରଣ କଇଦିଙ୍କ ସାଙ୍ଗରେ। ଅଗଣି ଦାଶ। ତା' ସାଙ୍ଗକୁ ଆହୁରି ଦଶ, ପଚିଶ ରାଜନୈତିକ ବନ୍ଦୀ ଆସିଲେ ଏପଟକୁ।

"ଏ ଯେ ଦୁଃଖୀ" ଅଗଣି ଦାଶ ଆଖି ଖୋସି ହେଇଗଲା। କାବା ହେଇ ଠିଆ ହେଇଗଲା ଦଣ୍ଡେ। କେହି ଦେଖି ନାହାନ୍ତି। ଆଖିରୁ ବହିଗଲା ଲୁହ ଦି'ଧାର। ଯେମିତି ତରଳିଗଲା ଜମାଟ ବନ୍ଧା ବରଫ। କାହାରିକି ଜାଣିବାକୁ ଦେଇନାହିଁ।

ଅଗଣି ଦାଶ ଜାଣିଥିଲା, ତା ପୁଅ ଆଉ ଜୀଅନ୍ତାରେ ନାହିଁ। କିଏ ଆସି ଖବର ଦେଲା ଦୁଃଖୀ କି ମାରି ପକେଇ ଦେଇଚନ୍ତି କିଆବୁଦା ମୂଳରେ। କିଆ ବୁଦାରେ ପୁଣି

ନିଆଁ ଲଗେଇ ଦେଇ ପଳେଇଗଲେ ପଲ୍‌ଟନ ପୁଲିସ । ଛାତିଟାକୁ ପଥର ଛିଅଣ କରି ଦେଇଥିଲା । ମନଟାକୁ ବାନ୍ଧି ପକେଇଥିଲା ସରାଗର ଦଉଡ଼ିଟାକୁ ବଳି ବଳି ପାକଳକରି, ତାରି ଦିହରେ, ତାକୁ ସରବ ସହଣି କରି । ସେ ଭୁଲିଯାଇଥିଲା, ତାର ଗଲାଦିନକୁ, ମଲା ଅତୀତକୁ । ମନେ ପଡ଼ିଗଲେ ସେ ଗୋଡ଼ରେ ଇଟା ପଥର ଗୋଡ଼େଇ ଫିଙ୍ଗିଲା ପରି ଫିଙ୍ଗିଦିଏ - ଆଡ଼େଇ ଦିଏ । ଯେମିତି ସେ ଗୁଡ଼ାକ ବାଟର କଣ୍ଟା । ଏଇ ପୁଅ ମାଇପ, ଘର ସମ୍ପତ୍ତି ସବୁ ଯାଇଚି । ଯାହା ଯିବାର ଯାଉ । ଅଇନ୍ଦା ଦିନକୁ ହାତରେ ଧରି କୋଡ଼ି ହାଣିଲା ପରି ସେ ଖେଳେଇ ଦେଖିବାକୁ ଯେମିତି ତିଆରି ହଉଥାଏ, ପ୍ରତିଦିନ ସକାଳୁ ଉଠି, ସିନ୍ଦୁରା ଫାଟିବା ଆଗରୁ । କିନ୍ତୁ ସେ ଭୁଲିପାରେ ନାହିଁ ଗୋଟିଏ କଥା ତା'ରି ଆଖି ଆଗରେ ଘଟିଗଲା ସେ ଦିନ । ଧନିଆ, ଧନୀ ମାଷ୍ଟର ! ତା' ଛାତି ପାଖରେ ବନ୍ଧୁକ ମୂନ ନଗେଇ ଦାଗି ଦେଲେ ! ଛଟ୍‌କିନା ଗଡ଼ି ପଡ଼ିଲା ଧନିଆ । ଉଡ଼ିଗଲା ପ୍ରାଣବାୟୁ ଆଖିପିଛୁଳାକେ । 'ଠୋ' । ସବୁ ଶେଷ ।

ମାରିଦେଲେ ଧନିଆକୁ । ଗଜା ବଅସର ଭେଣ୍ଟାଟା । ଏଇ ପୁଲିସ । ପୁଲିସ ! କାଳା ଆଦ୍‌ମି । ଗୋରା ନୁହନ୍ତି, କାଳା । ଗୋରାଙ୍କ ଗୁଲାମ । ଭାଇ ହାତରେ ଭାଇର ହତ୍ୟା ! ମହାଭାରତ । ଏମିତି କେତେ ଧନିଆ ମରିଥିବ । ଏଇ କଳାଚମଡ଼ା ପଲ୍‌ଟନ୍ ଗୁଳିରେ । ତା' ପୁଅ ମଲା ତ କଣ ଭାସିଗଲା । ତାଙ୍କର ବି ତ ବାପ ମା ଥିବେ । ସେମାନେ ବି ସହିଥିବେ । ଛାତି କି ପଥର କରି । ଆଖିକି ବୁଜି । କାଠ ପିତୁଳା ପରି ।

"ଦୁଃଖିଆ ।"

ପେଟ ଭିତରୁ ବାହାରି ଆସିଲା ଡାକଟା । ଜିଭ ଆଗରେ ଅଟକି ଗଲା । କେହି ଶୁଣି ନାହାନ୍ତି । କାହାରିକି ଶୁଣିବାକୁ ଦେଇ ନାହିଁ ଅଗଣି ଦାଶ । ଦୁଃଖୀ ଆସି ଦଣ୍ଡବତ୍ କଲା । ଅଗଣି ଦାଶର ବିଶ୍ୱାସ ହେଲା, ଦୁଃଖୀ ବଞ୍ଚିଛି । କଣ ସବୁ ପଚାରିବାକୁ ଯାଉଥିଲା । ସବୁ ମିଳେଇଗଲା । ଢୋକିଦେଲା ବାହାରି ଆସିଲା କଥାକୁ । ଯେଉଁ ବାଟେ ଖାଇଲା, ଚୋବେଇଲା, ପିଇଲା ପଦାର୍ଥ ତୁକି ଦିଅନ୍ତି ସେଇ ବାଟେ । ଯାଇଁ ରହିଗଲା ପେଟରେ କେଉଁଠି, ହେଲେ ହଜମ ହେଲା ନାହିଁ ।

ବାହାରି ପଡ଼ିଲା । ଦୁଃଖୀ ଯେଉଁ ଘରେ ଥାଏ, ସେଇ ଘରେ ପଡ଼ିଲା ଅଗଣି ଦାଶର ବିଛଣା । କମ୍ବଳ, ସତରଞ୍ଜି, ବିଛଣା ଚାଦର, ତକିଆ ।

ସିଧାମୁଣ୍ଡ ନଇଁ ନାହିଁ । ଆଖିପତା ପଡ଼ିନାହିଁ । ଜିଭ କୁନ୍ଥେଇ ନାହିଁ ବୋଲ ଡାକିବାକୁ ଓଠ ଥରି ନାହିଁ । ଦିହ ଶିହରି ଉଠି ନାହିଁ । ଗୋଟି ଗୋଟି କରି, ଗୋଟିଏ ଗୋଟିଏ ବର୍ଷ ଗଣିଲା ପରି କହିଦେଲା ଅଗଣି ଦାଶ । ତୋ 'ବୋଉ ପୋଡ଼ି ମଲା' । ବାସ ସେତିକି । ଆଉ କିଛି କଥା ନାହିଁ । ଦୁଃଖୀ ଶୁଣିଲା । ପାଖରେ ବସିଥାଏ । କାନ୍ଦି

ନାହିଁ। ସେମିତି କାଠଟା ପରି ବସି ରହିଲା ଘଡ଼ିଏଯାଏଁ। ତା'ପରେ ଉଠି ଚାଲିଗଲା। ଗାଧେଇଲା। ପାଳିଲା ଦଶଦିନ। ଲଣ୍ଡା ହେଲା। ଶ୍ରାଦ୍ଧ ଦେଲା। ପୁରୋହିତ ନିଜେ ଅଗଣି ଦାଶ।

କିନ୍ତୁ 'ବାପା' ବୋଲି ଡାକିବାକୁ ତାକୁ ବେଶି ଦିନ ସୁଯୋଗ ଦେଲାନାହିଁ ଅଗଣି ଦାଶ। ବାହାରକୁ ସୁସ୍ଥ ସବଳ ଅଗଣି ଦାଶ। ଭିତରଟା କିନ୍ତୁ ପୋଡ଼ି ଜଳି ଯେମିତି ପାଉଁଶ ହେଇ ଯାଇଥାଏ। ଝୁରି ହଉଥାଏ, ପ୍ରାଣଟା। ଭାଙ୍ଗି ପଡ଼ିଲା। ଶୁଖିଲା ସଢ଼ା ବାଉଁଶଟାକୁ ମଡ଼ମଡ଼ କରି ଯିମିତି ଭାଙ୍ଗିଦେଲା କିଏ ସେ। ଠେଙ୍ଗାପରି ପାଞ୍ଚହାତ ପୁରୁଷଟା ଭାଙ୍ଗି ଦି'ଗଡ଼। ଯେ ବିଛଣା ଧଇଲା, ଆଉ ଉଠି ନାହିଁ।

ଦୁଃଖୀ ମନରେ ସାନ୍ତ୍ୱନା, ସେ ବାପର ସେବା କରି ପାରିଲା ଶେଷ ବେଳକୁ। ଜୀବ ଯିବାବେଳକୁ ବୁଢ଼ା ଖାଲି ବାଉଳେଇ ହେଲା। ସେଇ ଗୋଟିଏ କଥା। ଦୁଃଖୀ ବୋଉ, ଦୁଃଖୀ ବୋଉ। ଦୁଃଖୀ ବୋଉ, ଦୁଃଖୀ ବୋଉ, ହେଇ ତାର ଜୀବନ ବାହାରିଗଲା।

ବୁଢ଼ା କହୁଥାଏ। ଯେମିତି ତା ଆଖିରେ ସେ ଦେଖୁଛି ଠିଆ ହେଲା ପରି ଦୁଃଖୀ ବୋଉକୁ। ବକୁଥାଏ – "ଦୁଃଖୀ ବୋଉ, ତମେ ଆସିଛ ? ଚାଲ ! ହେଇଟି ମୁଁ ବାହାରିଲିଣି। ସେ କଣ ? ତମ ଘା' ଏବେ ବି ଶୁଖିନାହିଁ ? ଏତେ ଦିନ ପରେ ଆସିଲ ? ମୁଁ ପରା ଅନେଇ ବସିଥିଲି ତମକୁ। ତମେ ମତେ ଛାଡ଼ିଦେଇ ଏକୁଟିଆ ଚାଲିଗଲ ଭଲା କିମିତି ? ତମକୁ ଡର ମାଡ଼ିଲା ନାହିଁ ? ତମର ଦୋଷ ନୁହେଁ। ମୁଁ ଜାଣେଁ। ଇଂରେଜୀମାନେ ସତୀ ଦାହ ଉଠେଇ ଦେଲେ। ଇତିହାସରେ ନାଁ ରହିଗଲା। ଏବେ ନୂଆ ପ୍ରକାରେ ସେଇ ପ୍ରଥାକୁ ଚାଲୁ କରିଦେଲେ। ସ୍ୱାମୀ ମରି ନଥିବ। ଚାହିଁଥିବ ବଲବଲ କି। ତା'ରି ଆଖି ଆଗରେ ସ୍ତ୍ରୀକୁ ପୋଡ଼ିଜାଳି ଦେଇ ସତୀ କରିଦେଲେ ସେମାନେ। ହେଲେ ମୁଁ ଠିକ୍ ଜାଣିଥିଲି – ତମେ ପୋଡ଼ି ହବ ନାହିଁ। ଅଗ୍ନି ଦେବତା ତମକୁ ପୋଡ଼ି ପାରିବ ନାହିଁ। ସୀତାଙ୍କୁ କଣ ପୋଡ଼ି ପାରିଥିଲା ? ତମକୁ ବି ପାରିଲା ନାହିଁ। ଏତେ ଦିନ ଥିଲ କଉଁଠି ? ମତେ ମନେ ପକଉଥିଲ ? ସେ କଣ ଗୋଡ଼ରେ ? ଏବେ ବି ସେ ଘା ଶୁଖି ନାହିଁ ? ରୁହ ରୁହ ମୁଁ ନଡ଼ିଆ ତେଲ କର୍ପୂର ଗୋଳେଇ ମାରିଦିଏଁ। ଶୁଖିଯିବ ଗୋଡ଼ ! କାଢ଼ି ନଉଚ କାହିଁକି ? ରୁହ ମୁଁ ମାଲିସ୍ କରି ଦିଏଁ। ଖୁବ୍ ଆସ୍ତେ ଆସ୍ତେ ଲଗାଇ ଦେବି। ଜାଣି ପାରିବ ନାହିଁ। ଡର ନାହିଁ। ଆଦୌ କାଟିବ ନାହିଁ। ଛି କଣ ? ଓ ଅଧର୍ମ ହେବ। ତମ ଗୋଡ଼ରେ ମୁଁ ହାତଦେଲେ ତମର ପାପ ହେବ ? ମୋଟେ ନୁହେଁ। ମୁଁ କହୁଚି – ତମେ ଗୋଡ଼ ବଢ଼େଇ ଦିଅ ସୁନାଝିଅଟି ପରି। ଅଧର୍ମ ହେଲେ ମୋର ହବ। ତମର ନୁହେଁ। ଶାସ୍ତ୍ରରେ ଅଛି ତମ ପାପ ମୋର। ତମ ହାତ ପରା ଧରିଛି

ମୁଁ। ପତି ପରମ ଗୁରୁ। ତମର କିଛି ହବ ନାହିଁ। ଯମଦଣ୍ଡ ନାହିଁ ତମର। ମୋର ନାହିଁ ତମର କଉଁଠି ହବ? ଯମର ବୁପା ବି ମତେ ନେଇ ପାରିବ ନାହିଁ। କାହିଁକି ନବ? ମୁଁ କାହାର ଶହେ ଷାଠିଏ ଖାଇନାହିଁ କି ଧାରି ନାହିଁ। କାହାରି ମନ୍ଦ କରିନାହିଁ କି ପାଞ୍ଚେ ନାହିଁ। ମତେ କିମିତି ଯମ ନବ? ତମେ ଡର ନାହିଁ। ମୁଁ ଅଛି। ଇଏ କଣ? କାନ୍ଦୁଛ କାହିଁକି? ଛି ଛି ଛି – ତମେ ପଛକୁ ଅନଉଚ? ହଁ ହଁ, ଦୁଃଖିଆ ବାହାହବ, କୁଳ ରହିବ, ପିଣ୍ଡ ପଡ଼ିବ। ଚିନ୍ତା କାହିଁକି? ଆମେ କଣ ପିଣ୍ଡକୁ ଅନେଇ ବସିଥିବା। ତୁଚ୍ଛା କଥା। ଅଲଣା କଥା। ଆଉ କଣ ପିଣ୍ଡ ଅଛି କଳିକାଳରେ। ରାମ ରାମ କହ! କୃଷ୍ଣ କୃଷ୍ଣ କହ! ଘୋର କଳି। ଲୁପ୍ତପିଣ୍ଡୋଦକ କ୍ରିୟା ପିଣ୍ଡଦବ କିଏ? ବ୍ରାହ୍ମଣ ଆସିବେ କଉଁଠୁ? ବ୍ରାହ୍ମଣ ତ ଇଞ୍ଜିମିଞ୍ଜି ପଢ଼ିଲେ। ଇଂରାଜୀ ବିଦ୍ୟାରେ କଣ ପିଣ୍ଡ ଅଛି ଯେ ପଡ଼ିବ? ଦେଖୁଥା – ଦେଖୁଥା – ଖାଲି ଡାହାଣୀ ଚିରଗୁଣୀ ଭୂତ ପ୍ରେତ ସାଲୁବାଲୁ ହେବେ ଏ ଗୋଟା ଦେଶରେ। ସାରା ଭାରତ ବର୍ଷରେ। ତମେ ହବ ନାହିଁ। ମୁଁ ହେବି ନାହିଁ। ତମେ ବଡ଼ ଯଜ୍ଞ କଲ। ସେ ମାରଣ ଯଜ୍ଞରେ ସ୍ୱାହାକରି ମୁଁ ତମକୁ ପୂର୍ଣ୍ଣାହୂତି ଦେଲି। ଦେଶ ସ୍ୱାଧୀନ ହବ। ଭୋକିଲା ପେଟରେ ଦାନା ପଡ଼ିବ। ସେ ଯଜ୍ଞ କଣ ନିଷ୍ଫଳ ହୋଇଯିବ? ଅଗଣି ଦାଶ ଯେଉଁ କର୍ମ କରେ ସେ ନିଷ୍ଫଳ ହୁଏ ନାହିଁ। ଏତେ ପୁଣ୍ୟ କରି ଆମେ ଭୂତ ହେବା, ପ୍ରେତ ହେବା? କଦାପି ନୁହେଁ। ରାମ ବୋଲ। କୃଷ୍ଣ ବୋଲ!"

କହୁଁ କହୁଁ ପାଟି ପଡ଼ିଗଲା ବୁଢ଼ାର। କହି ପାରିଲା ନାହିଁ। ପାଟି ପାକୁ ପାକୁ ହଉଥାଏ। ପୁଅ ବସିଥାଏ ମୁଣ୍ଡ ଉପରେ। ଗାଁ ବାଲା ଯିଏ ସବୁ ଥିଲେ ଜେଲ୍‌ରେ ଘେରିକି ବସିଥାନ୍ତି। ଆଉ ଆଉ ରାଜନୈତିକ ବନ୍ଦୀମାନେ ଆସି ଦେଖି ଦେଇ ଯାଉଥାନ୍ତି। ବୁଢ଼ା ଠାରିଲା ନିର୍ମାଲ୍ୟ କଣିକାଏ। କିଏ ମାଗି ଆଣି ଦେଲା ଉଆଡ଼ର ପାଖରୁ। ଦୁର୍ମୂଲ୍ୟ ନିର୍ମାଲ୍ୟ କଣିକା ଜେଲ୍‌ରେ।

ଓଠ ଉପରେ ରାମ ନାମ। ଆଖି ସ୍ଥିର ହୋଇଗଲା। ଛାତିଟା ଉଠୁଥିଲା ପଡୁଥିଲା ଖର ନିଃଶ୍ୱାସ ପ୍ରଶ୍ୱାସରେ। ରହିଗଲା। ଉଡ଼ିଗଲା ପ୍ରାଣବାୟୁ। ସବୁ ଶାନ୍ତ। ମହାନିଦ୍ରା।

ଫୁଲରେ ପୋତି ହୋଇ ପଡ଼ିଲା ଅଗଣି ଦାଶର ଶବ।

ଅଗଣି ଦାଶ! ଅଗଣି ଦାଶ ଶହୀଦ୍। ଅଗଣି ଦାଶକୀ ଜୟ। ମହାତ୍ମାଗାନ୍ଧିକୀ ଜୟ। ତୁମୁଳ ଧ୍ୱନି ଭିତରେ ସରକାରୀ ଲୋକେ ଘେନିଗଲେ ଅଗଣି ଦାଶକୁ – ବାହାରେ – ଜେଲ୍ ବାହାରେ ସଂସ୍କାର କରିବାକୁ। ମୁହଁରେ ନିଆଁ ଦେଇ ନାହିଁ ଦୁଃଖୀ। କାନ୍ଦ ବି ମାଡ଼ି ନାହିଁ ଦୁଃଖିକି। ହଁ, କାନ୍ଦିଥିଲା ଥରୁଟିଏ।

ଗେଟ୍ ଫିଟିଗଲା। ଅନେଇଥାଏ ଦୁଃଖୀ ବାପାକୁ ତା'ର। ଗେଟ୍ ବାହାରକୁ ନେଇଗଲାକ୍ଷଣି ପଡ଼ିଗଲା ଫାଟକ। ଦୁଃଖୀ ଦାସ ଫେରିଆସିଲା। କେହି ନଥିଲେ

ସେଠି। ଜେଲ୍‌ର ଗୋଟିଏ କୋଣରେ ନିରୋଳା ଜାଗାରେ ବସି ପଡ଼ିଲା। ପିଲାଙ୍କ ଭଳି କାନ୍ଦି ପକେଇଲା। ସେତିକି।

ସେ ଶହୀଦ୍ ଅଗଣି ଦାଶକୁ ଆଉ କେହି ମନେରଖି ନାହାନ୍ତି। ସେଦିନ ଶୋକସଭା ହୋଇଥିଲା ଶହୀଦ୍ ଅଗଣି ଦାଶ ପାଇଁ। ଦୁଃଖୀ ଯାଇ ନଥିଲା ସଭାକୁ।

ଦୁଃଖୀ ନୀରବରେ ବସି ଧ୍ୟାନ କରୁଥା, ସେଇ ଦେବ ମୂର୍ତ୍ତିକୁ। ସେ ମୂର୍ତ୍ତି ଯେମିତି ତା' ଆଖି ଆଗରେ କହୁଥାଏ ଦୋହରେଇ ଦୋହରେଇ ସେଇ ପୁରୁଣା କଥା – "ଯେ ଧର୍ମ ନିଜେ ଆଚରିବ, ଆନେ ପ୍ରକାଶ ନ କରିବ"। ଦୟାଧର୍ମ ସଦାଚାରକୁ ପ୍ରଚାର କଲେ ଆପଣାର ଉପଚାର ହୋଇଯାଏ, ପୁଣ୍ୟ ପଚିଯାଏ। ହାଁ ଜୀ ହାଁ ଜୀ, କର୍‌ତେ ରହୋ, ବୈଠେ ଆପ୍‌ନା ଠାମ୍।"

ଦୁଃଖୀର ଶୋକ କରିବାର କିଛି ନାହିଁ। ଯେମିତି ଏଇ ବାପର ଏଇ ଉପଦେଶ, ଏଇ ଆଜ୍ଞା ରୂପରେ ତା'ର ବାପା ଏବେ ବି ବଞ୍ଚିଛନ୍ତି। ସେ କାନ୍ଦିଥିଲା ସତ। ସେ କାନ୍ଦଣା ନିଜର ଅପରାଧ ପାଇଁ। ଜୀବନରେ ସେ ଯେତିକି ଅବାଧ୍ୟ ହୋଇଛି ପିତାଙ୍କର, ସେଇଥି ପାଇଁ। ଅନୁତାପରେ, ଶୋକରେ ନୁହେଁ।

ଆଉ ଦିନେ ବି ସଭା ହୋଇଥିଲା। ମନେ ପକେଇ ଦେଲା ଘନ। ଗପ କରୁଁ କରୁଁ କେତେ କଥା ପଡ଼ିଲା। ପରିଆ କଥା ବି। ସଭା ହୋଇଥିଲା ପରିଆ ପାଇଁ। ପରମାନନ୍ଦ ଜେନା। ଭଲ ପିଲାଟିଏ। ଅକାଳରେ ଚାଲିଗଲା। ଖାଲି ଝାଡ଼ା ପାଣି ପରି ବହି ଯାଉଥାଏ। ସେବା କରୁଥାନ୍ତି ଦୁଃଖିଆ ଆଉ ଘନ। ଦୁଃଖିଆ ନିଜ ହାତରେ ଯେତେ କରିଛି, ବଞ୍ଚି ଥାଆନ୍ତା ହେଲେ। ସ୍ୱାଧୀନ ଭାରତକୀ ଜୟ, ମହାତ୍ମା ଗାନ୍ଧିକୀ ଜୟ କହୁଁ କହୁଁ ଜୀବ ଛାଡ଼ିଗଲା। ସନ୍ନିପାତ୍। ଘନ ବସି ସେକ ଦେଉଥାଏ। ଗୋଡ଼ ତଳିରେ। କାହିଁକି ଶୁଣନ୍ତା। କୋରାମିନ୍ ଶୁଣିଲା ନାହିଁ। ଯିବାର କଥା ଗଲା। କିଏ ଅଟକାନ୍ତା। କେହି ଅଟକେଇ ପାରିଲେ ନାହିଁ। ଚାଲିଗଲା। ଶହୀଦ୍ ହେଇଗଲା ଶତ୍ରୁର ଶିବିର ଭିତରେ। ସେ ହରିନାମ ଧରି ନାହିଁ। ତଥାପି ମୁକ୍ତ ପୁରୁଷ।

ଆଉ ଅଗଣି ଦାଶ? ଅଗଣି ଦାଶ, ଭାରତ କଣ ଜାଣେ ନାହିଁ, ଦେଶ ଚିହ୍ନେ ନାହିଁ, ଗାନ୍ଧି କଣ ବୁଝେ ନାହିଁ। ଖାଲି ନାଁଟା ଯାହା ଶୁଣିଛି। ଗୋଟିଏ କଥା ତାର ଧର୍ମ। ଅଧର୍ମକୁ ସେ ବରଦାସ୍ତ କରି ନାହିଁ କଉଁଠି। ଧର୍ମ ହଉଚି ସାକ୍ଷାତ୍ ଭଗବାନ୍। ଯିଏ ଅଧର୍ମ କରେ ସିଏ ଈଶ୍ୱର ଦ୍ରୋହୀ। ସେ ଦେଶ ପାଇଁ ଲଢ଼ି ନାହିଁ, ଦେଶର ସ୍ୱାଧୀନତା ପାଇଁ ଆନ୍ଦୋଳନ କରି ନାହିଁ, ମହାତ୍ମା ଗାନ୍ଧୀଙ୍କ କଥାରେ ଜେଲ୍ ଯାଇ ନାହିଁ, ସେ ଖାଲି ଠିଆ ହେଇଗଲା ସେଦିନ ଅଧର୍ମ ଆଗରେ – ଅଧର୍ମକୁ ବରଦାସ୍ତ କରି ନ ପାରି।

ହରି ହରି କହି ସେ ଚାଲିଗଲା। ଜୀବନଯାକ ସେ କେବେ ଘଣ୍ଟେ କଉଁଠି

ବସି ହରିଭଜନ କରି ନଥିବ ସେ। ସବୁବେଳେ କିନ୍ତୁ ଗୋଟିଏ କଥା ମୁହଁରେ – ଧର୍ମେ ପ୍ରାପତ ନରହରି।

ସରକାର ଦୟା କରି ଶବଦାହ କଲେ। କୁକୁର ଶିଆଳ ମୁହଁରେ ଫିଙ୍ଗି ଦେଇଥିଲେ ବି ଦୁଃଖୀ ଦାସ ଦୁଃଖ କରି ନଥାନ୍ତା। ସମସ୍ତେ କହିଲେ, ଦୁଃଖୀ ଦାସ ପେରଲ୍‌ରେ ଯାଉ – ପିତୃଶ୍ରାଦ୍ଧ କରିବ। ବଡ଼ ବଡ଼ ନେତାମାନେ ଯେତେ ଉପଦେଶ ଦେଲେ ଶୁଣିଲା ନାହିଁ। ଶତ୍ରୁ ପାଖରେ ଭିକ୍ଷା କରିବା ସେ ଶିଖି ନଥିଲା, ଶିଖେଇ ନଥିଲା ତା' ବାପ। ଶତ୍ରୁ ନୁହେଁ ଅଧର୍ମ ? ଅଧର୍ମ ପାଖରେ ସେ ମୁଣ୍ଡ ନଇଁବ ନାହିଁ, ନଇଁଲା ନାହିଁ।

"ସେ ଧର୍ମ କଣ ଉଭେଇଗଲା କୁଆଡ଼େ, ବର୍ଷ କେଇଟାରେ ? ଅଗଣି ଦାଶର ଧର୍ମ, ପରିଆର ଧର୍ମ, ଶହ ଶହ ଶହୀଦ୍‌ଙ୍କର ଧର୍ମର ଫଳ କଣ ଏଇୟା ହେଲା ?" କହୁଥାଏ ଘନ। ବିଲୁଆ କୁକୁରଙ୍କ ପରି କିମିତି କାମୁଡ଼ି ଲାଗିଛନ୍ତି ଏଗୁଡ଼ାକ। ଲଜ୍ଜା ନାହିଁ ସରମ ନାହିଁ ଏଙ୍କୁ।

"ମୋର ମନେହୁଏ ସେଇଟା ଅତି ଶୁଭ ଲକ୍ଷଣ। ପ୍ରତିକ୍ରିୟା ଶକ୍ତିର ଶିବିରରେ ବିଭେଦ ସ୍ୱାଗତ ଯୋଗ୍ୟ। ମୋର ସେଥିପାଇଁ ଦୁଃଖ ନାହିଁ। ଦୁଃଖ ମୋର କେବଳ ନିଷ୍କ୍ରିୟତା ପାଇଁ। ଆମର କଣ କିଛି କର୍ତ୍ତବ୍ୟ ନାହିଁ ଘନ ? ଆମେ କଣ ଏମିତି ଚୁପ୍ ହୋଇ ବସିଥିବା ?" ଦୁଃଖୀ କହିଲା।

ଘନ କହିଲା – "ଚୁପ୍ ହେବା ଛଡ଼ା ଉପାୟ କଣ ଅଛି ? ଲୋକେ ତମକୁ ଖୋଜିଲେ ତ ତମେ କିଛି କହିବ। ମାଗି ଓଲିଗି ଯାଚି କଲ୍ୟାଣ କଲା ଲୋକ ମୁଁ ନୁହେଁ। ତା' ଅପେକ୍ଷା ନିଜ ଧନ୍ଦାରେ ଲାଗି ରହିବା ଭଲ।"

"ଏଟା ପଳାୟନ ପନ୍ଥା।"

"ପଳାୟନ ନୁହେଁ। ଦୁନିଆ ଯଦି ଭୁଲ ବାଟରେ ଯାଏ ଆଉ ତମକୁ ବାଧ କରେ ଯିବା ପାଇଁ, ତମେ ଦେଖେଇ ଦେଲେ ଶିଖିବାକୁ ବି ପ୍ରସ୍ତୁତ ନୁହେଁ, ତେବେ ତମର ଉପାୟ କଣ ଅଛି – ଖାଲି ଠାକୁରଙ୍କୁ ଡାକିବା ଛଡ଼ା ?" ଘନ କହିଲା।

"ପ୍ରାର୍ଥନାରେ ଅନେକ କାମ ହୁଏ। ଖାଲି ପ୍ରାର୍ଥନାରେ।" ଦୁଃଖୀ କହିଲା। "କିନ୍ତୁ ସେହି ପ୍ରାର୍ଥନା ଟିକକ ଆମେ କରୁଛୁଁ କାହିଁ ? ପ୍ରାର୍ଥନା ବି ଗୋଟାଏ କାମ। ସେ ଏଡ଼େ ସହଜ କଥା ନୁହେଁ। ସମସ୍ତେ ମିଶି ଯଦି ଠାକୁରଙ୍କୁ ଡାକନ୍ତେ, ତ ଅବସ୍ଥା ବଦଳି ଯାଆନ୍ତା। ବାଲୁଙ୍ଗାଇ କହେ – 'ସର୍ବେ ହୋଇଣ ଏକ ମୁଖ, ଡାକିଲେ ନାରାୟଣ ରଖ'। ତେବେ ଭଗବାନ ଦେବତାଙ୍କ ଦୁଃଖ ଶୁଣି ଅସୁରନାଶ କଲେ। ଆମେ କଣ ଏକ ମୁଖ ହୋଇ ପାରୁଛେ ?"

"ସେଇଥିପାଇଁ ତ କହୁଚି, ସବ୍‌ସେ ଭଲା ଚୁପ୍।"

"ଚୁପ୍ କଣ ରହିପାରିବୁ ଘନ। ପ୍ରକୃତି ତ ଟାଣିବ। ଗୀତା କହି ନାହିଁ? ମନେ ଅଛି ତ?"

"ଗୀତାରେ ଯେଉଁ ପ୍ରକୃତି ବଶରେ ଅବଶ ହୋଇ କୁହାଯାଇଚି ସେ କାମ କରିବାକୁ ଗଲେ ମଣିଷ ଏକୁଟିଆ ହୋଇଯିବ ଏ ସମାଜରେ। ସେ ତ ଆହୁରି ବିପଦ।"

"ସେଇ ବିପଦକୁ ଡରି ନୀରବ ରହିଯିବାକୁ କହୁଛୁ? ବିପଦର ସମ୍ମୁଖୀନ ହେବା ପୌରୁଷ। ସୁଖୀନୋ କ୍ଷତ୍ରିୟାଃ ପ୍ରାର୍ଥ ଲଭନ୍ତେ ଯୁଦ୍ଧ ମିଦୃଶମ୍।"

"ଯୁଦ୍ଧ ମୁଁ କରିଛି। ନଈ ସୁଅ ମୁହଁରେ ଉଜାଣି ଯିବାକୁ ଚେଷ୍ଟା କରିଛି। ସେ ଚେଷ୍ଟା କେବଳ ବୁଡ଼ି ମରିବା ପାଇଁ। ମୋର ଅବସ୍ଥା ବର୍ତ୍ତମାନ କଣ?"

ଦୁଃଖୀ ଅନେଇଲା। ଦାନ୍ତ କେଇଟା ପଡ଼ିଗଲାଣି ଘନର। ଛାମୁ ଦାନ୍ତ। କାନମୂଳ ବାଳ ପାଚି ପାଚି ଆସୁଛି। ଆଖିରେ ଚାଳିଶା ଚଷମା ଖଣ୍ଡେ ମାଗି ଆଣିଲା ପରି ପଢ଼ିବା ବେଳେ ନାକରେ ଲଗାଏ। ଝୁଲାମୁଣିରେ ପଡ଼ିଥାଏ। ସେଇ ଯେ ଲୁଣମରାରେ ଯୋଗ ଦେଇ ଜାମା ପୋଷାକ ଛାଡ଼ିଥିଲା, ଆଉକେବେ ମନ କରି ନାଇଁ ପିନ୍ଧିବାକୁ। ଜମି ଦି, ଚାରିମାଣ କଣ ଥିଲା। ସବୁ ନିଲାମ କରି ନେଲେ ଇଂରେଜୀ ସରକାର ଜରିମାନା ବାବଦକୁ। ଘରଡିହକୁ ଲାଗି ମାଣେ ଖଣ୍ଡେ ଜମିଥିଲା। ସେଥିରେ ଯାହା ଫସଲ ହୁଏ, ପନିପରିବା ଚଳି ଯାଏ। ଆଗେ ଆଗେ ଚାନ୍ଦା ଦଉଥିଲେ କିଛି କିଛି, ଗୁଜରାଟି କଚ୍ଛ ବେଉସାଦାରମାନେ ଗାନ୍ଧିଙ୍କ ଖାତିରରେ। ଏବେ ଆଉ ମିଳେ ନାହିଁ। ଥରକୁ ଦଶଥର ମାଗି ନ ମିଳିଲାଠୁଁ ଆଉ ମାଗିବାକୁ ଯାଏ ନାହିଁ। ମନା କରନ୍ତି ନାହିଁ କେହି। କାଲିକି, ପହରି, ଦିଦିନ ଛାଡ଼ି ଆସନ୍ତୁ, ଏମିତି ଉତ୍ତର ମିଳେ। ଉପାସ ରହିଲେ ଦିନା କେତେ। ପାଞ୍ଚପ୍ରାଣୀ କୁଟୁମ୍ବ। ତିନି ପୁଅ ଆଉ ସ୍ତ୍ରୀ ଓଳିଏ ଖାଆନ୍ତି, ଓଳିଏ ଉପାସ। ମନ୍ତ୍ରୀମାନଙ୍କ ପାଖକୁ ଦଉଡ଼ି ଦଉଡ଼ି ପାଞ୍ଚ ସାତ ବର୍ଷ ପରେ ଜମିତକ ଫେରସ୍ତ ମିଳିଲା ନିଃଶ୍ୱାସ ମାରିଲା ଘନ। ପେଟରେ ଦାନା ପଡ଼ିଲା। ଅଣ୍ଟିରେ ଧନ ହେଲାକୁ ମନ ଡେଇଁଲା। ଆରମ୍ଭ କଲା ମୌଳିକ ବିଦ୍ୟାଳୟ।

"ମୋତେ, ତ ନିଶା ଲାଗିଲା।" ଘନ କହୁଥାଏ। ଦୁଃଖୀ ଶୁକୁରା ଶୁଣୁଥାଆନ୍ତି ବସି। "ଚାରିଆଡ଼େ ଖାଲି ହାଇସ୍କୁଲ କଲେଜ୍ ଖୋଲି ଯାଉଥାଏ। ସରକାର ଲକ୍ଷ ଲକ୍ଷ ଟଙ୍କା ଖରଚ କରୁଥାନ୍ତି। ଲୋକେ ଚାନ୍ଦା ଦିଅନ୍ତି ଚୋରି ବି କରନ୍ତି। ପାଗଳା କୁକୁର ପରି ମାତି ଥାଆନ୍ତି ଲୋକେ। ସେଇ ସୁଅ ମୁହଁରେ ମୁଁ ଠିଆ ହେଲି ଏକା। କେହି ସାହା ନାହାନ୍ତି। ଗୁଣ୍ଡ ଦୁଧ ବିକି ମୁଁ ପଇସା କରି ପାରିଲି ନାହିଁ। ଆମେରିକା ଆମକୁ ଭିକ ଦିଏ। ଆମ ଛୁଆଙ୍କ ପାଇଁ। ପୋଖତୀ ମାଇପଙ୍କ ପାଇଁ। ସେ କାହାରି

ପେଟରେ ପଡ଼େ ନାହିଁ। ପଡ଼େ ଚା ଖୋର୍, ନିଶା ଖୋର୍ ଅମଲିଙ୍କ ପେଟରେ। ଆମ ଜାତୀୟ ଚରିତ୍ରକୁ ନଷ୍ଟ କଲା ଏ ଗୁଣ୍ଡ ଦୁଧ।"

କହୁଁ କହୁଁ ଘନର ରକ୍ତ ଯେମିତି ଗରମ ହୋଇ ଉଠୁଥାଏ। ମୂଳ କଥାର ଖିଅ ଛାଡ଼ି ମାଡ଼ି ଯାଉଥାଏ ଯୁଆଡ଼େ ପାରି ସିଆଡ଼େ। ଦୁଃଖୀ ବୁଝି ପାରିଲା। କହିଲା - "ବେସିକ୍ ସ୍କୁଲ୍ କଣ ହେଲା ? ଚାଲିଚି ତ ?"

"ଚାଲିବ କେମିତି ! ପଢ଼ିବ କିଏ ? ସବୁ ମା' ବାପ ତ ଚାହିଁଲେ ତାଙ୍କ ପୁଅ ଝିଅ କିମିତି ଚାକିରୀ କରି ଚଉକୀରେ ବସି ତାଙ୍କୁ ପୋଷିବେ। ଦିହ ଖଟେଇ କାମ କରିବା ସାଙ୍ଗେ ସାଙ୍ଗେ ପାଠ କଣ ତାଙ୍କୁ ପୋଷେଇବ ? କଥାରେ ପରା କହିଛି - 'ଖେଳୁଆଡ଼ ବୁଦ୍ଧି ଛାଡ଼ରେ ବାବୁ, ପାଠ ପଢ଼ିଲେ ତୁ ବାବୁ ହୋଇବୁ!' ବେସିକ୍ ସ୍କୁଲରେ ପଢ଼ିବ କିଏ ? ସମସ୍ତେ କହିଲେ ମନେ ମନେ ଇଂରେଜୀ ଛାଡ଼। ଇଂରେଜୀ ଛାଡ଼ କହି ତାଙ୍କ ପୁଅ ଝିଅଙ୍କୁ କନଭେଣ୍ଟ ଷ୍ଟୁଆର୍ଟରେ ଇଞ୍ଜିମିଞ୍ଜି ପଢ଼େଇଲା ପରି ତମ ପୁଅ ଝିଅଙ୍କୁ ତମେ କଣ ଏଠି ପଢ଼େଇବ ? ତମ ପିଲେ ପାଠ ପଢ଼ି ବାବୁ ହେବେ, ଆମ ପିଲେ ଗଜମୂର୍ଖ। ଘାସକାଟିବେ ସ୍କୁଲରେ - ନା ? ମୁଁ ବି ପଢ଼େଇଲି ତିନି ପୁଅକୁ ସେଇ ବେସିକ୍ ସ୍କୁଲରେ।"

"ଆଉ ବି ତ କେଉଁଠି ବେସିକ୍ ସ୍କୁଲ ହୋଇଥିଲା ?" ଦୁଃଖୀ ପଚାରିଲା।

"ହଁ, ହେଇନାହିଁ କାହିଁକି ? ହେଇଥିଲା।" ଘନ ଉତ୍ତର ଦେଲା।

"ସେ ସବୁ ଅଛି ନା ଗଲାଣି ?"

"ସବୁ କଥା ଛାଡ଼ି ଦିଅ। ଆମ ସ୍ୱାଧୀନତା ସଂଗ୍ରାମର ନେତା, ତ୍ୟାଗବୀର ମହାପାତ୍ରେ ଯଉଁ ବେସିକ୍ ସ୍କୁଲ ବସାଇଥିଲେ, ସେ ସବୁ ତ ଗଲାଣି। ଆଉ କାହା କଥା କହିବ କୁହ।" ଘନ ଉତ୍ତର ଦେଲା।

"କଣ ହେଲା ସେ ସ୍କୁଲ ? ଉଠିଗଲା ?" ଦୁଃଖୀ ପଚାରିଲା।

"ଉଠିବ କାହିଁକି ? ସେଟା ଗାନ୍ଧିମାର୍କା ବିଡ଼ିରେ ପରିଣତ ହୋଇଗଲା।"

"ଗାନ୍ଧିମାର୍କା ବିଡ଼ି ?" ପଚାରିଲା ଶୁକୁରା ?

"ଦେଖିନ ? ଗାନ୍ଧିମାର୍କା ବିଡ଼ି, ଗୁଡ଼ାଖୁ, ସବୁ ମିଳୁଛି। ମଦବି ମିଳୁଛି।"

"ଗାନ୍ଧିମାର୍କା ମଦ ବି ବାହାରିଛି ?" ଶୁକୁରା ଆଶ୍ଚର୍ଯ୍ୟ ହେଇଗଲା।

"ନାଇଁ ଗାନ୍ଧିମାର୍କା ମଦ ମିଳୁ ନାହିଁ ଯେ, କଂଗ୍ରେସ ନେତାମାନେ ଯଉଁ ମଦ ଖାଇ ଗାନ୍ଧିଜୟନ୍ତୀର ପୁରୋଧା ହୁଅନ୍ତି, ସେଇ ମଦ ନାଁ ଗାନ୍ଧି ମଦ। ସେମାନେ କହନ୍ତି ଗାନ୍ଧି ବି ଶେଷ ବେଳକୁ ଡାକ୍ତର କଥାରେ ବେଶି କାମ କରିବା ପାଇଁ କୁଆଡ଼େ ଖାଉଥିଲେ।"

"ସତରେ ଖାଉଥିଲେ ?" ଶୁକୁରା ଆଖି ଦି'ଟାକୁ ଡିମା ଡିମା କରି ପଚାରିଲା। ଠୋ, ଠୋ ହୋଇ ହସି ପକେଇଲେ ଘନ, ଦୁଃଖୀ, ଦିହିଁକି ହିହେଁ।

"ହଁ ସେ ମହାପାତ୍ରଙ୍କ ବେସିକ୍ ସ୍କୁଲ କଣ ହେଲା କହିବୁଟି।"

"ସେ ଯାଗାରେ ଏବେ ମହାପାତ୍ରଙ୍କ ସ୍ମୃତିରେ ମହାପାତ୍ର ମହାବିଦ୍ୟାଳୟ, ମାନେ କଲେଜ୍ ହେଇଛି। ଆଉ ଶ୍ରୀମତୀ ମହାପାତ୍ରଙ୍କ ନାମରେ ଗୋଟିଏ ମହିଳା ମହାବିଦ୍ୟାଳୟ।"

"ହେ ଭଗବାନ୍! ଜୀଇଁଥିବା ବେଳେ ତ ତାଙ୍କୁ ଅବଜ୍ଞା ହତାଦର ଯେତେ କରିଛନ୍ତି। ମଲାପରେ ମଧ୍ୟ ସ୍ୱର୍ଗତଃ ଆତ୍ମାକୁ ନରକ ଯନ୍ତ୍ରଣା ଦେବା ପାଇଁ ଏ ଷଡ଼ଯନ୍ତ୍ର ?" ଦୁଃଖୀ ଦୁଃଖକଲା।

"ମତେ ବି ଶିକ୍ଷା ବିଭାଗର କର୍ମକର୍ତ୍ତାମାନେ ଅନୁରୋଧ କଲେ - ହାଇସ୍କୁଲ କରିଦିଅ !"

"ଯୁକ୍ତି ?" ପଚାରିଲା ଦୁଃଖୀ।

"ସେଇ ପୁରୁଣା ଯୁକ୍ତି। ସମସ୍ତେ ସେଇୟା କହିଲେ। ଡିରେକ୍‌ଟର, ସେକ୍ରେଟେରୀ, ସମସ୍ତଙ୍କର ଏକ କଥା। କହିଲେ - ଲାଭ କଣ ? ଅଯଥା ଅର୍ଥହାନି। ପ୍ରଥମେ କହିଲେ ପିଲା ହଉ ନାହାନ୍ତି। ଗୋଟେଇ ଗୋଟେଇ ଯେତେ ସ୍ୱାଧୀନତା ସଂଗ୍ରାମୀଙ୍କୁ ପାଇଲି, କା ଗୋଡ଼ ଧରି, କା ହାତଧରି ଓଠ ଧରି ତାଙ୍କ ପିଲାମାନଙ୍କୁ ଛାତ୍ରାବାସରେ ରଖେଇ, ଖର୍ଚ୍ଚ ଦେଇ ପଢ଼େଇଲି। ସେଠୁ କହିଲେ - ରିପୋର୍ଟ୍ ଆସୁଛି, ପିଲାମାନେ ଇଂରେଜୀରେ ଅଙ୍କରେ ବଡ଼ ଦୁର୍ବଳ ହେଇ ଯାଇଛନ୍ତି। ବେସିକ୍ ସ୍କୁଲରୁ ବାହାରିଲେ କଲେଜ୍ ପାଠକୁ ପାରୁ ନାହାନ୍ତି। ସେକେଣ୍ଡେରୀ ବୋର୍ଡ ଏ ସ୍କୁଲ ଉଠେଇ ଦେବା ପାଇଁ ମତ ଦେଇଛନ୍ତି। କାରଣ ତାଙ୍କ ମତରେ ବେସିକ୍ ସ୍କୁଲରୁ ଉତ୍ତୀର୍ଣ୍ଣ ହେବା ଛାତ୍ରମାନେ ସର୍ବ ଭାରତୀୟ ପରୀକ୍ଷାରେ ପ୍ରତିଯୋଗିତା କରିପାରୁ ନାହାନ୍ତି। ମୌଳିକ ସ୍କୁଲରେ ମୂଳ କଞ୍ଚା ରହିଯାଉଛି। ଫଳରେ ଆଇ.ଏ.ଏସ୍, ଆଇ.ପି.ଏସ୍, ଏଲାଏର୍ଡ ସର୍ଭିସ୍, ଫରେନ୍ ସର୍ଭିସ୍‌ରେ ଓଡ଼ିଆ ପିଲେ ବେଶି ସଂଖ୍ୟାରେ ସ୍ଥାନ ପାଇ ପାରିବେ ନାହିଁ।

"ତା' ଛଡ଼ା ଆଉ କଣ କହନ୍ତେ ?" କହିଲା ଦୁଃଖୀ। "ସରକାର ତ ଚାଲିଛନ୍ତି ସେଇ ଗୋଟିଏ ଧିସାରେ। ଏକ ମୁହାଁ କି। ଗଛ ଆଗକୁ ଦୃଷ୍ଟି। ମୂଳକୁ ନାହିଁ। ଉପରେ ସିନା ଫୁଲ ଫଳ। ମୂଳରେ କଣ ଫୁଲ ଫୁଟେ ନା ଫଳ ଧରେ। ଚାରିଆଡ଼େ ବେକାର ସ୍କୁଲ। ବେକାର ସୃଷ୍ଟି କରି ଚାଲିଛନ୍ତି। ଇୟାର ଶେଷ କେଉଁଠି କିଜାଣି ?"

"ବେକାର ସେ କାହିଁକି ସୃଷ୍ଟି କରିବେ ? ବେକାର ସୃଷ୍ଟି କଲି ମୁଁ। ତିନି ତିନିଟା ପିଲାଙ୍କୁ ମୌଳିକ ସ୍କୁଲରେ ଛାଡ଼ିଲି। ଶେଷକୁ ହଳ ଧଇଲେ।"

"ମନ୍ତ୍ରୀଙ୍କୁ ଦେଖାକରି କହିଥିଲେ ?" ପଚାରିଲା ଶୁକୁରା।

"ଦେଖା ନ କରି ଛାଡ଼ିଛି !" ଘନ କହିଲା।

"କଣ କହିଲେ ସେ ?"

"ଶିକ୍ଷା ମନ୍ତ୍ରୀ କହିଲେ, ଆପଣ କାହିଁକି ଭୂଆଁ ବୁଲୁଛନ୍ତି। ମାତନ୍ତୁ ପଛେ, ନିଜର ଛୁଆପିଲାଙ୍କୁ କମନ୍ ସ୍କୁଲରେ ଦେଇ ଦିଅନ୍ତୁ। ତାଙ୍କ ଜୀବନ ନଷ୍ଟ କରନ୍ତୁ ନାହିଁ। ମୁଁ କଣ ଶୁଣିଲି ସେ କଥା। ହୁଏ ତ ସେମାନେ ଠିକ୍ କହୁଥିଲେ।"

"ଆଉ ମୁଖ୍ୟମନ୍ତ୍ରୀ ?" ପଚାରିଲା ଶୁକୁରା।

ହଁ, ଗୋଟାକ ପରେ ଗୋଟେ ମୁଖ୍ୟମନ୍ତ୍ରୀଙ୍କୁ ଭେଟିଲି। ଜଣେ ଯାହା କହିଲେ ସେ କଥା ମୁଁ ଭୁଲି ପାରିବି ନାହିଁ। ଏକା ସାଙ୍ଗରେ ଜେଲ୍‌ରେ ଥିଲୁଁ। ବେଶ୍ ଘନିଷ୍ଠତା ଥିଲା ଆମ ଦୁହିଁଙ୍କର। ଚୁପ୍‌କିନା ଡାକିନେଇ କହିଲେ - ଘନ କିଛି ଗ୍ରାଣ୍ଟ୍ ଦଉଚି। ନେଇ ଯାଅ। ତମ ଅଭାବ କିଛି ମେଣ୍ଟିବ। ସ୍କୁଲ ତ ରହିବ ନାହିଁ। ସ୍ୱତଃସିଦ୍ଧ କଥା। ଚକା କଣ ଆଉ ପଛକୁ ଘୂରିବ ? ଘୂରିବ ନାହିଁ।

"ମୋର ଭୀଷଣ ରାଗହେଲା ଦୁଃଖୀ ! ଏମାନେ ନିଜେ ଯାହା ସମସ୍ତଙ୍କୁ ଭାବନ୍ତି ସେଇୟା। ମୁଁ ଯାହା ଇଚ୍ଛା ତାହା କହି ଚାଲି ଆସି ଥାଆନ୍ତି। କିନ୍ତୁ ସ୍କୁଲଟା ମୋ ଆଖି ଆଗରେ ନାଚିଲା। ସ୍କୁଲ ପାଇଁ ସବୁ ଦେଇଥିଲି, ମହତ ଟିକକ ବାକି ଥିଲା। ତାକୁ ବି ଦେଇ ଯିବି ଏଠି ? ଭାବିଲି ସବୁ ଯାଉ, ମହତ ଥାଉ। ମହତ ଗଲେ ନଫେରେ ଆଉ। ନମସ୍କାର କହି ଉଠିଲି। ମତେ ଉଠିବାର ଦେଖି ମନ୍ତ୍ରୀ କହିଲେ - ଚାଲି ଯାଉଚ କି ରହ ରହ କଥା ଅଛି। ମୁଁ ଯେତେ ନାହିଁ କଲି ମନ୍ତ୍ରୀ ନ ଛାଡ଼ନ୍ତି। ଶେଷରେ ଚାହା ବିସ୍କୁଟ୍ କାଜୁବାଦାମ୍ ଆସିଲା। ମୋତେ ବି ଯାଚିଲେ। ଖାଇ ସାରି କହିଲେ - "ଘନ, ତମେ ବୋଧହୁଏ ମୋ କଥା ବୁଝି ପାରିଲ ନାହିଁ। ସେଥିପାଇଁ ରାଗିଗଲ। ଅଭାବଟା ତମର ନୁହେଁ। ଅଭାବ ଆମ ସମସ୍ତଙ୍କର। ସମସ୍ତଙ୍କ ଅଭାବ ଯେମିତି ମେଣ୍ଟିବ, ସେଥିପାଇଁ ଆମକୁ ନାମକୁ ମାତ୍ର ସେ ସ୍କୁଲକୁ ବଞ୍ଚେଇ ରଖିବାକୁ ହବ। କିନ୍ତୁ ତମେ ଯେମିତି ସ୍କୁଲ ପଛରେ ଦିନ ନାହିଁ, ରାତି ନାହିଁ, ଖିଆ ନାହିଁ, ପିଆ ନାହିଁ, ମାତି କି ରହିଛ, ତା' କଲେ ପଣ୍ଡଶ୍ରମ ହେବ। ଲୋକେ ଗାନ୍ଧିଙ୍କ ଯେତେଦିନ ଯାଏଁ ପୂରାପୂରି ଭୁଲି ନ ଯାଆନ୍ତି, ସେତେଦିନ ପର୍ଯ୍ୟନ୍ତ ଏମିତି ବେସିକ୍ ସ୍କୁଲ ଦିଟା ଗୋଟେ ଥିବା ଦରକାର। ଖାଲି ଦୋଷ ଛଡ଼ାଇବା ପାଇଁ ଯିମିତି ଖଦୀ ବୋର୍ଡ, ଖଦୀ କମିଶନ୍ କରି ବସି ଯାଇଛୁଁ। ବୁଝିଲ ? ଖଦୀ ସମସ୍ତେ ପିନ୍ଧନ୍ତୁ ବୋଲି କଣ ଆମେ ଚାହୁଁନା, ଆମେ

ପିନ୍ଧୁ। ବାହାରକୁ ଗଲାବେଳେ ଖଦୀ। ଘରେ ପୁଅ ମାଇପେ କଣ ଖଦୀ ପିନ୍ଧନ୍ତି? ଶତକଡ଼ା ପଚାଶ କଂଗ୍ରେସ ଏମ୍.ଏଲ୍.ଏ. ଖଦୀ ପିନ୍ଧନ୍ତି ନାହିଁ। ତଥାପି ସେମାନେ ଖାଣ୍ଟି କଂଗ୍ରେସବାଲା। ବୁଝିଲ? ତମ ତାଙ୍କ ଭିତରେ ତଫାତ୍ ବୁଝି ପାରୁନାହଁ?"

ମତେ ଆହୁରି ରାଗ ଲାଗିଲା। ଏତେ କଥା କହି ସେ ତାଙ୍କ ଦୋଷଟାକୁ ଘୋଡ଼େଇବାକୁ ଅଯଥା ଚେଷ୍ଟା କରୁଥାନ୍ତି। ମୁଁ କହିଲି - "ଆପଣ କଣ କହିବାକୁ ଚାହାନ୍ତି, ଯେ ମୁଁ ମଧ୍ୟ ସରକାରଙ୍କ ପରି ଲୋକଙ୍କୁ ଠକିବି? ସେ କଥା ମୋ ଦ୍ୱାରା ହୋଇ ପାରିବ ନାହିଁ।"

କହିଲେ - "ଆହା ହା, ମୁଁ କଣ ତା' କହିଲି? ମୋ କଥା ତ ଆପଣ ବୁଝି ପାରୁନାହାନ୍ତି। ମୋର କହିବାର କଥା, ଗାନ୍ଧିଙ୍କି ଭୁଲିଲେଣି। ଗାନ୍ଧୀ କଥାକୁ ବି ଭୁଲିଲେଣି। ଆଉ କାହାକଥା କହିବା, ଆମ କଂଗ୍ରେସବାଲା ବି ଭୁଲିଲେଣି। ଯେଉଁ କଂଗ୍ରେସ ଏମ୍.ଏଲ୍.ଏ. ମାନେ ଗାନ୍ଧି ନାଁ ଧରି ଭୋଟ୍ ନେଉଛନ୍ତି, ସେମାନେ ଯଦି ଭୁଲିଲେ, ଆଉ କିଏ ମନେ ରଖିବ, କାହାର କି ଗରଜ ପଡ଼ିଛି? ସେଇଥିପାଇଁ କହୁଥିଲି କି ସ୍କୁଲଟାକୁ ରଖନ୍ତୁ। ମହାତ୍ମା ଗାନ୍ଧୀଙ୍କର ଗୋଟାଏ ସ୍ମୃତି ରହିଥାଉ। ଆଉ ତ କେହି ରଖି ପାରିଲେ ନାହିଁ, ରଖିଲେ ଘନଶ୍ୟାମ ଦାସ।"

ଘନ କହିଲା - "ମୁଁ ଚାଲି ଆସିଲି ଗୋଟେ ଜିଦ୍ ଧରି। ମୋ ପିଲାଙ୍କୁ ବେସିକ୍ ସ୍କୁଲରେ ପଢ଼େଇଲି। ଫଳ କଣ ହେଲା? ଏବେ ତିନିଙ୍କି ତିନିଏ ବେକାର। ଉଚ୍ଚ ପାଠ ବି ପଢ଼ିଲେ ନାହିଁ କେହି ତାଙ୍କ ଭିତରୁ!"

ଗୁମ୍ମାରି ବସିଗଲା ଦୁଃଖୀ। ଶୁକୁରା ବି ଅନେଇଥାଏ ବଲବଲ କି। ଦୁଃଖୀର ପିଲାଝିଲା କେହି ନାହିଁ। ଶୁକୁରାର ବି। କେହି କେବେ ଚିନ୍ତା କରିନାହିଁ ପିଲାଙ୍କର ପଢ଼ାପଢ଼ି କଥା। ତଥାପି ମନେ ହେଲା ଯେମିତି ଆଉ ମଣିଷ ଗଢ଼ିବା ଦରକାର ନାହିଁ। ଦିଅଁ ଗଢ଼ିବା ଦରକାର ନାହିଁ। ଦିଅଁ ଗଢ଼ିବା ତ ଦୂରର କଥା ଏଠି ମାଙ୍କଡ଼ ଦରକାର - ମାଙ୍କଡ଼।

ଏଇ ଘନ ଗୋଟେ ଆଦର୍ଶ ପୁରୁଷ। ଦୁଃଖୀ ସବୁ ଖବର ରଖିଛି। ଗାନ୍ଧିଗତ ପ୍ରାଣ। ତା' ହାଡ଼ ଦେହରେ ବି ଖୋଜିଲେ ଗାନ୍ଧି ଗାନ୍ଧି ବୋଲି ଲେଖା ହେବାର ଦେଖାଯିବ ହୁଏତ। ଏବେ ବି ସୂତାକାଟେ। ପ୍ରତିଦିନ। କେହି ଜାଣନ୍ତି ନାହିଁ। କେହି ଦେଖନ୍ତି ନାହିଁ। ରାତିରୁ ଉଠି ତକଲିଟେ ଧରି ସୂତା କାଟେ। ଚରଖା ନୁହେଁ। ବାକ୍ସ ଚର୍ଖା ବି ନୁହେଁ। ଅମ୍ବୁର ଚରଖା କଥା ଛାଡ଼! କହେ - ନିଜ କଟା ସୂତାରେ ନିଜେ ଲୁଗା ପିନ୍ଧିବା ଆଉ ତାର ଲକ୍ଷ୍ୟ ନୁହେଁ। ବସ୍ତ୍ରାଭାବେ ସୂତ୍ରଂ ଦଦ୍ୟାତ୍ କରୁଛି। କେବଳ ଗୋଟାଏ ବ୍ରତ। ଖାଲି ନିଷ୍ଠା। ସାମାଜିକ ଜୀବନରେ ଚାରିଆଡ଼େ ବିଶୃଙ୍ଖଳା। ସେଥିପାଇଁ

ଜୀବନର ଏଇ ଶୃଙ୍ଖଳାଟାକୁ ବଞ୍ଚେଇ ପାରିଲେ ବହୁତ ବଡ଼ କାମ ହେଲା ବୋଲି ସେ ଭାବେ। ଏ ଗୋଟାଏ ଅତି କ୍ଷୀଣ ସ୍ୱର ତଥାପି ଏହାର ମୂଲ୍ୟ ଅଛି। ସେ ଯୁକ୍ତି କରେ। ଗାନ୍ଧିଙ୍କର କୁଟୀର ଶିଳ୍ପ, ଗ୍ରାମରାଜ୍ୟ ଗ୍ରାମୋଦ୍ୟୋଗ ବଡ଼ ଦେଉଳି ପରି। ବଡ଼ ବିରାଟ କଳ୍ପନା। ସେ ପୋତିହୋଇ ପଡ଼ିଲାଣି। ଘନ ଖାଲି ନୀଳଚକ୍ରରୁ ବାଲି ଟିକିଏ କାଢ଼ିନେଇ ବସିଛି। କେଉଁ ଗାଲମାଧବର ଘୋଡ଼ାଟାପୁରେ କେଉଁ ଦିନ କାଳେ ବାଜିଯିବ !

ଘନ ଖଟିଖାଏ। ପିଲାମାନେ ତା'ର ବିଲକୁ ଯାଆନ୍ତି। ଜାତିରେ କରଣ ଘନ। ଗୋଟାଏ ମଲାଙ୍ଗ ସଭ୍ୟତାର ଦାୟାଦ। ଘନ ଦାସର ପୁଅ ପୁତୁରାମାନେ ହଳ ଲଙ୍ଗଳ ଧରି ବିଲକୁ ଯାଆନ୍ତି। କହିଲେ କେହି ବିଶ୍ୱାସ କରନ୍ତି ନାହିଁ। ଗୋଟିଏ ପୁଅ ଖଦୀ ସଂସ୍ଥାରେ କାମକରେ। ମହୁ ବାକ୍ସ ଗଣେ। ପିଅନଠାରୁ ବି କମ୍ ଦରମା। ସେତିକିରେ ସେ ରାଜଧାନୀରେ ଚଳେ। ତା' ସାନଭାଇର ପୁଅ ଦି'ଟା। ରାଜଧାନୀ ସ୍କୁଲରେ ପାଠ ପଢ଼ନ୍ତି। ସେ ବଡ଼ଭାଇ କଥା ମାନିଲା ନାହିଁ। ପୁଅକୁ ଇଂରାଜୀ ସ୍କୁଲରେ ପଢ଼େଇଲା। ହୁଏତ ଦିନେ ଆଇ.ଏ.ଏସ୍. ହବ। ଘନଶ୍ୟାମ ଦାସଙ୍କ ପୁତୁରା ଆଇ.ଏ.ଏସ୍.। ଘନ ହସେ। ସାନଭାଇ ଜବାବ୍ ଦିଏ ଘନକୁ। ଭାଇ ପୁଅ ତ ସେଇ ମୌଳିକ ସ୍କୁଲରେ ପଢୁଛି। ଘନ ଅନେଇ ରହେ କାବା ହୋଇ ଭାଇ ମୁହଁକୁ। ଗୁରୁଜନଙ୍କୁ ଥଟ୍ଟା। ସାନଭାଇ କହେ, "ହଁ ଭାଇ, ଏବେ ସବୁଯାକ ପ୍ରାଥମିକ ସ୍କୁଲର ନାମ ମୌଳିକ ସ୍କୁଲ ହୋଇଗଲା। ଏକେ କଲମ ଗାରେକେ ମନ୍ତ୍ରୀ ସବୁ ସ୍କୁଲକୁ ମୌଳିକ ସ୍କୁଲ କରିଦେଲେ।"

ଖୁସିହେଇ ଘନ ପଚାରିଲା – "ସେଠି କଣ ଚରଖା ଚାଲେ ? କପା ବୁଣାହୁଏ ? ପଢ଼ିବା ସାଙ୍ଗେ ସାଙ୍ଗେ ଧନ୍ଦା ବି ଶଖନ୍ତି ପିଲେ ?"

"ସେ ସବୁ କିଛି ନାହିଁ ଭାଇ, ଖାଲି ନାଁଟା ମୌଳିକ।" ସାନଭାଇ ଉତ୍ତର ଦିଏ।

ଏକା ରାତିକେ ଓଡ଼ିଶାର ସବୁ ପ୍ରାଥମିକ ବିଦ୍ୟାଳୟର ନାମ 'ମୌଳିକ ପ୍ରାଥମିକ ବିଦ୍ୟାଳୟ' ହୋଇଗଲା। ଟଙ୍କା ଯୋଗେଇଲେ ଭାରତ ସରକାର। ସେହି ଟଙ୍କାରେ ଚାଲିଲା ଗାନ୍ଧିମାର୍କା ମଦର ପ୍ରଚାର। ଘନ କହେ। ଦୁଃଖ କରେ ନାହିଁ। ଲୋକଙ୍କୁ ଧୋକା ଦେଇ ଯେତେଦିନ ଶାସନ ଚାଲିବ ଚାଲୁ। ଏ ତ ଗୋଟାଏ ସାମାନ୍ୟ ନମୁନା। ଗୋଟାଏ ଯୁଗଧରି ଚାଲି ଆସିଲାଣି କେବଳ ଧୋକାବାଜି ଗାନ୍ଧିଜୀଙ୍କ ନାଁରେ।

"ବୋଧହୁଏ ଭାରତର କେଉଁ ରାଜନୀତି ଦଳ ଏ ଧୋକାବାଜରୁ ମୁକ୍ତ ନୁହନ୍ତି, କେବଳ କମିଉନିଷ୍ଟଙ୍କ ଛଡ଼ା।" ଘନ କହିଲା – "କାରଣ ଏମାନେ କଥାରେ ଓ କାର୍ଯ୍ୟରେ ଗାନ୍ଧି ବିରୋଧୀ।"

ଦୁଃଖୀ ପ୍ରତିବାଦ କଲା ନାହିଁ। ଘନ ମୂଳରୁ ଜେଲ୍‌ଖାନା ଭିତରେ କମିଉନିଷ୍ଟମାନଙ୍କ ପ୍ରତି ସହାନୁଭୂତି ଦେଖାଉଥିଲା। କମିଉନିକିମ୍ ପ୍ରତି ନୁହେଁ। କାରଣ ସେମାନେ ଆତ୍ମପ୍ରତାରଣା କରନ୍ତି ନାହିଁ। ସେମାନେ ନିଜ ଆଦର୍ଶରେ ବିଶ୍ୱାସ କରନ୍ତି। ମନୁଷ୍ୟ ପରିସ୍ଥିତିର ଦାସ। ଏ ବିଶ୍ୱାସ ତାଙ୍କର ଥାଏ। ସେମାନେ ନିଜକୁ ପରିସ୍ଥିତିର ଦାସ କରିପକାନ୍ତି। ପରିସ୍ଥିତିର ପ୍ରଭୁ ବୋଲି କେଉଁ ଘୋଷଣା କରନ୍ତି ନାହିଁ। ସେମାନେ ପରମ୍ପରାର ବିରୋଧୀ। ସେଥିପାଇଁ ସ୍ପଷ୍ଟ କହନ୍ତି ଋଷ ଦେଶରୁ ନୂଆ ସଭ୍ୟତା ଆଣିବା ଉଚିତ୍। ଅବଶ୍ୟ ଘନ ସ୍ୱୀକାର କରେ ଯେ ପରିସ୍ଥିତିର ଦାସ ହେଲେ ମଣିଷ ନୂଆ କିଛି କରିପାରେ ନାହିଁ, ଖାଲି ପରମ୍ପରାକୁ ଭୁଲିବା ସାର ହୋଇଯାଏ।

ଘନ ସାମାନ୍ୟ ମଣିଷଟିଏ ନୁହେଁ। ସତ୍ୟର ସନ୍ଧାନ କରି ଆସିଛି ସେ ଜୀବନଯାକ। ଗାନ୍ଧି-ଇର୍‌ଉଇନ୍ ଆକ୍ଟ ହେବା ପରେ ସେ ଜେଲ୍‌ରୁ ଖଲାସ୍ ହେଲା। ଖଲାସ୍ ହୋଇ ଗଲା ପଢ଼ିବାକୁ କାଶୀ ବିଦ୍ୟାପୀଠରେ। ତା' ମାମୁଁ ତାକୁ ସାହାଯ୍ୟ କଲେ। ମାସକୁ ମାତ୍ର ପଚିଶ ଟଙ୍କା। ସେଇଥିରେ ସେ ଚଳିଯାଏ। କେଇଟା ମାସ ପରେ ଗୋଲ୍ ଟେବୁଲରୁ ଫେରି ଗାନ୍ଧି ପୁଣି ବନ୍ଦୀ ହେଲେ। ଘମାଘୋଟ ସତ୍ୟାଗ୍ରହ ଚାଲିଲା। ସେତିକିବେଳେ କାଶୀ ବିଦ୍ୟାପୀଠରେ ଯେତେ ଯୁବଛାତ୍ର, ଅଧ୍ୟକ୍ଷ ଓ ଅଧ୍ୟାପକ ସମସ୍ତେ ଗିରଫ ହୋଇଗଲେ। ଏଇ କାଶୀ ବିଦ୍ୟାପୀଠ ପରି ଯେତୁଟା ଅନୁଷ୍ଠାନ ଭାରତବର୍ଷରେ ଗଢ଼ି ଉଠିଥିଲା ସେ ସବୁ କୁଆଡ଼େ ସାମନ୍ତବାଦୀ ସଭ୍ୟତାର ଶେଷ ସନ୍ତକ। ମହାତ୍ମାଗାନ୍ଧିଙ୍କର 'ରିଭାଇଭେଲିଜିମ୍' ବା ପୁରାତନ ପ୍ରୀତିର ଗୋଟାଏ ଗୋଟାଏ ନମୁନା। ରାମବାବୁ ଓ ତାଙ୍କ ସାଥୀମାନେ ଏ ଅନୁଷ୍ଠାନମାନଙ୍କର ନାମ ଶୁଣିଲେ ହସନ୍ତି। ମଣିଷ ଯେତେ ଆଧୁନିକ ହେଲେ ବି ସହଜରେ ତାର ରକ୍ଷଣଶୀଳ ମନୋବୃତ୍ତିକୁ ଛାଡ଼ି ଦେଇପାରେ ନାହିଁ। ପୁରୁଣା ଜିନିଷ ଯେତେ ପଚିସଢ଼ି ଗଲେ ବି ଫିଙ୍ଗି ଦେବାକୁ କଷ୍ଟ ଲାଗେ। ଗାନ୍ଧି ଥିଲେ ସେହି ଧରଣର ରକ୍ଷଣଶୀଳ ଲୋକ, ରାମବାବୁଙ୍କ ମତରେ। ଦ୍ୱନ୍ଦ୍ୱାତ୍ମକ ବସ୍ତୁବାଦରେ ମୃତ ପଦାର୍ଥରେ ପୁନର୍ଜୀବନ ଦେବା ଅର୍ଥ ମଣିଷ ସମାଜକୁ ପଛକୁ ଟାଣି ନେବା। ସମାଜରେ ସଂଘର୍ଷ ଅବଶ୍ୟମ୍ଭାବୀ। ସଂଘର୍ଷରେ ତୃତୀୟ ଏକ ନୂତନ ବସ୍ତୁର ଆବିର୍ଭାବ। ପ୍ରତିଦ୍ୱନ୍ଦ୍ୱୀ ପୁରାତନର ଲୋପ ହୋଇଯାଏ। ତାକୁ ଫେରାଇ ଆଣିବାର ଚେଷ୍ଟା ବୃଥା। ଘନ କିନ୍ତୁ ରାମବାବୁଙ୍କ କଥାରେ ବିଶ୍ୱାସ କରେ ନାହିଁ। ସେ କହେ, ପୁରାତନ ଉପରେ ହିଁ ନୂତନର ପ୍ରତିଷ୍ଠା କରିବାକୁ ହେବ। ପୁରାତନ ଭିତ୍ତି। ଘନର ଏ ବିଶ୍ୱାସ ମୂଳରେ ତାର ଅଧ୍ୟୟନ ଯେତେ ନୁହେଁ, ତତୋଽଧିକ ତା'ର ମହାର୍ଘ ଅଭିଜ୍ଞତା।

ଦୁଃଖୀ ଜାଣେ, ଯୁକ୍ତ ପ୍ରଦେଶ ଜେଲ୍‌ରୁ ମୁକ୍ତ ହୋଇ ଘନ ଆଉ ଓଡ଼ିଶା ଫେରି

ନଥିଲା ଅନେକ ଦିନ ଯାଏ, ବାଟରେ ଅଟକିଗଲା, କଲିକତାରେ। ତା'ର ଜଣେ ବଙ୍ଗାଳୀ ସାଙ୍ଗ ସାଙ୍ଗରେ ମିଶି ସେଠି 'ଅନୁଶୀଳନ' ଦଳ ସଂସ୍ପର୍ଶରେ ଆସିଲା। ସେ ଭାବିଲା ବରଂ ହିଂସାରେ ବିଶ୍ୱାସ କରି ତଦନୁସାରେ କାର୍ଯ୍ୟ କରିବା ଭଲ। କିନ୍ତୁ ଭିତରେ ହିଂସାଭାବ ରଖି ବାହାରେ ଅହିଂସା ପ୍ରଚାର କରିବା ପାପ। ହିଂସାରେ ବିଶ୍ୱାସ କଲେ ବି ସେ କମିଉନିଷ୍ଟ ହେଇ ପାରିଲା ନାହିଁ। ବଡ଼ କିଏ ? ମାତୃଭୂମି ନା ପିତୃଭୂମି ? ଭାରତ ନା ଋଷ୍ ? ତା ମନରେ ଉଠିଲା ପ୍ରବଳ ଦ୍ୱନ୍ଦ୍ୱ।

ସେଇଠି ତା'ର ପରିଚୟ ହୋଇଥିଲା ପରିମଳ ବୋଷଙ୍କ ସାଙ୍ଗରେ। ସେହି କଲିକତାରେ। ତା'ର ଜେଲ୍ ବନ୍ଧୁ ବିମଳ ଭଟ୍ଟାଚାର୍ଯ୍ୟଙ୍କ ଘରକୁ ସେ ଆସନ୍ତି। ଘଣ୍ଟା ଘଣ୍ଟା ଧରି ବିମଳ ପରିମଳଙ୍କ ମଧ୍ୟରେ ଆଲୋଚନା ଚଲେ। ସେ ବାଧ୍ୟ ହୋଇ ବସି ଶୁଣେ। ପରିମଳ ଦାଦାଙ୍କ ବୟସ ସେତେବେଳେ ଷାଠିଏ। ବାଙ୍ଗରା ହେଇ - ଯାହାକୁ ବଙ୍ଗଳାରେ ବେଁଟେ ବୋଲି କହନ୍ତି, ଲୋକଟିଏ। ନିରାଡ଼ମ୍ବର। ଖଣ୍ଡେ ଧୋତି ଖଣ୍ଡେ ପଞ୍ଜାବୀ। ବାସ୍ ସେତିକି। ବାଳ ଛୋଟ ଛୋଟ ହୋଇ କଟା। ନିଶ ଥାଏ। ଥାଇ ନଥିଲା ପରି। ଖୁଣ୍ଟି ନମାରି ଖିଅର ହେଲା ପରି ଦିଶୁଥାଏ। ପାଚିଲା ପାଚିଲା ଧଳାବାଳ କଳା। ଘନ କଥା ଯିଏ ଶୁଣିବ ସେ ସାଙ୍ଗେ ସାଙ୍ଗେ ଠଉରେଇ ନବ ଯେ ସେ ମୁଣ୍ଡବାଳକୁ ଚୁଳ ବୋଲି କହୁଛି। ଚୁଳ କହିବାରେ ଗୋଟିଏ ଛୋଟ ଇତିହାସ ସେ ବର୍ଣ୍ଣନା କରେ। ଥରେ ତା' ବନ୍ଧୁ ସାଙ୍ଗରେ ସେ ପୁରୀ ଓଡ଼ିଶାର ବଡ଼ ଷ୍ଟେସନ୍‌ରେ ଗାଡ଼ି ଯେତେବେଳେ ରହିଲା, ତା ସିଗାରେଟ୍‌ବାଲାକୁ ପଚାରିଲା ଏଟା କି ଷ୍ଟେସନ୍ ? ସେ ଉତ୍ତର ଦେଲା ବାଲେଶ୍ୱର। ବିମଳ ହସି ପକେଇଲା।

ଘନ ବୁଝି ନଥିଲା ବିମଳର ହସିବା କାରଣ। ବିମଳଟା ସେମିତିକା ପିଲା। ତା' ହସରେ କାନ୍ଦରେ କିଛି ଅର୍ଥ ନଥାଏ। କେତେବେଳେ ହସେ କେତେବେଳେ କାନ୍ଦେ, ତାର ଠିକଣା ନାହିଁ। ବେଶ୍ ଲମ୍ବା ଚଉଡ଼ା ହୋଇ ଜୁଆନ୍ ଟୋକାଟା। ଘନଠୁଁ ବଡ଼ ଦୁଇ ଇଞ୍ଚ୍ ଡେଙ୍ଗାରେ। ସେଥର ସେ ପୁରୀ ଯିବାକୁ ଜିଦ୍ ଧରିଲା। ଜଗନ୍ନାଥଙ୍କୁ ଦର୍ଶନ କରିବା ପାଇଁ ନୁହେଁ ପୁରୀ ସମୁଦ୍ରକୂଳରେ ବୁଲିବ, ସମୁଦ୍ରରେ ଗାଧେଇବ, ଲହଡ଼ୀ ଭାଙ୍ଗିବ, ତାର ଅନେକ ଦିନର ସାଧ। ଘନ ତାକୁ ସେଥିପାଇଁ ସାଙ୍ଗରେ ନେଇ ଯାଉଥିଲା।

ଗହଣା ଭିତରେ ନିମ କାଠି ପରି ଓଡ଼ିଶାର ସେତେବେଳେ ସବୁଠୁଁ ବଡ଼ ସହର କଟକ ଷ୍ଟେସନ୍‌ରେ ଗାଡ଼ି ଛୁଇଁଛି କି ନାହିଁ, କମ୍ପାନୀର ଲାଇସେନ୍‌ସଧାରୀ, ଫେରିବାଲା ପାଟି କରି ଉଠିଲା - "ବାଳକାଟି ବାସନ, ବାଳକାଟି ବାସନ।"

'ଅସଭ୍ୟ' ବୋଲି କହି ମୁହଁଟାକୁ ହାଣ୍ଡି କରିଦେଲା ବିମଳ। ସେତେବେଳେ

ଯାଇଁ ବୁଝିଲା ଘନ, ବାଲେଶ୍ୱର ଷ୍ଟେସନ୍ ନାଁ ଶୁଣି ବିମଳ ହସୁଥିଲା କାହିଁକି ? ତା' ପରେ ଅନେକ ଗୁଡ଼ିଏ 'ବାଳ' ଶବ୍ଦର ସମାହାର ହୋଇଗଲା - ବାଳମୁକୁନ୍ଦପୁରର ଧୂଳିଆପଣ୍ଡା ଯେତେବେଳେ ବିମଳଙ୍କୁ 'ବାଳଭୋଗ' ଆଣି ଦେଲା। ସେତେବେଳେ ବିମଳ ହସିବ କଣ - ଘନ ଠୋ ଠୋ କି ହସି ପକେଇଲା। ସେହି ଦିନଠାରୁ ଘନ ବାଳକୁ ବାଳ ନକହି ଚୂଳ କହେ। ଦୁଃଖୀ କିନ୍ତୁ ଏହାକୁ ସମର୍ଥନ କରେ ନାହିଁ। ଘନର ଏହି ବଙ୍ଗଳାଭାଷା ପ୍ରତି ପକ୍ଷପାତିତାକୁ। ତା ମତରେ ଏଟା ଓଡ଼ିଆ ଜାତିର ହୀନମନ୍ୟତା। ବଙ୍ଗାଳୀମାନଙ୍କଠୁଁ ଏ ରୋଗ ଆମକୁ ଉଡ଼ିଛି। ସେମାନେ ଯେମିତି ନିଜର ଯାହାକିଛି ସବୁ ଖରାପ ଓ ଇଂରେଜୀଙ୍କର ସବୁ ଭଲ ବୋଲି କହନ୍ତି, ଆମେ ସେମିତି ଆମର ସବୁ ଖରାପ ଓ ବଙ୍ଗାଳୀଙ୍କର ସବୁ ଭଲ କହୁଁ - ଥଟ୍ଟା କରି ଦୁଃଖୀ କହେ। ସେହି ଇଂରାଜୀ ସଭ୍ୟତାଟା ବଙ୍ଗାଳୀଙ୍କ କନାରେ ଛାଣିହୋଇ ଆମ ପାଖକୁ ଆସୁଛି। ଏଇ ଅଇଁଠା ସଭ୍ୟତାଟା ଆମ ଜାତିର ଚେତନାକୁ ଯେତେବେଳେ ପଙ୍ଗୁ କରି ଦେବାକୁ ବସିଲା ସେତେବେଳେ ବଡ଼ ବଡ଼ ପାଠୁଆ ବଙ୍ଗାଳୀମାନେ ଇଂରାଜୀକୁ ବାହା ହେବାରେ ଯିମିତି ଗୌରବାନ୍ୱିତ ହେଉଥିଲେ, ଭଲ ଭଲ ଓଡ଼ିଆମାନେ ସେତେବେଳେ ସେମିତି ବଙ୍ଗାଳୀ ଟୋକିଟାଏ ବାହାହେଇ ପଡ଼ିଲେ ସ୍ୱର୍ଗ ଆଉ ଚାରିହାତ ରହିଲା ବୋଲି ମନେକରୁଥିଲେ। ଏଇ ଦାସତ୍ୱ ମନୋବୃତ୍ତିର ସାକ୍ଷୀ ସେତେବେଳର ଓଡ଼ିଆ ସାହିତ୍ୟ। ଦୁଃଖୀ ଦାସ କହେ, ହେଇଟି ଶୁଣ - "ଭାଦର ବାଦଲ ଦିଏ ସାକ୍ଷୀ। ଓଡ଼ିଆରେ 'ଭାଦ' ଶବ୍ଦ କେଉଁଠୁ ଆସିଲା ? ଭୋଦେଇ ବାଦଲ ହୋଇଥାଆନ୍ତା କିମ୍ବା ଭାଦ୍ର ବାଦଲ ହୋଇଥାଆନ୍ତା ! ନ ହେଲା କାହିଁକି ? ଆମକୁ ବଙ୍ଗଳା ଶବ୍ଦ ମିଠାଲାଗେ। ଓଡ଼ିଆ ଶବ୍ଦଗୁଡ଼ାକ କିମିତିକା କିଟିମିଟିଆ। ସେଥିପାଇଁ ଆମେ ଶାଗୁଆକୁ ସବୁଜ କହୁଁ।"

ଘନ କହିଲା - "ଆମ ଭାଷାକୁ ସମୃଦ୍ଧ କରିବାକୁ ହେଲେ ଅନ୍ୟ ଭାଷାରୁ ସଂଗ୍ରହ କରିବା ଏକାନ୍ତ ଆବଶ୍ୟକ।"

ଦୁଃଖୀ ତା'ର ଉତ୍ତର ଦେଲା - "ମୁଁ ମାନୁଛି, ମାତ୍ର ଯାହା ଅଛି ତାହା ଖରାପ, ଅନ୍ୟର ଯାହା ଅଛି ତାହା ଭଲ ବୋଲି ଭାବି, ଅନ୍ୟଠାରୁ ଉଧାର ଆଣିବାଟା ଜାତିର ଅଧଃପତନର ସୂଚନା।"

ଘନର ରାଜନୈତିକ ଜୀବନ ମଧ୍ୟ ଯଥେଷ୍ଟ ପରିମାଣରେ ପ୍ରଭାବିତ ହୋଇଥିଲା କେତେଜଣ ବଙ୍ଗାଳୀ ବିପ୍ଲବୀ ନେତାଙ୍କର ସଂସ୍ପର୍ଶରେ ଆସି। ଗାନ୍ଧିଜୀ ସତ୍ୟର କଷଟିରେ ପରୀକ୍ଷା କରିଥିଲେ। ସେଥିପାଇଁ ଘନକୁ ଗାନ୍ଧିଜୀଙ୍କସହ ତୁଳନା କରି ହେବ ନାହିଁ। କରିବା ଅସୁନ୍ଦର ତଥାପି ଗାନ୍ଧିଜୀଙ୍କ ଜୀବନ ସହିତ ତା'ର ଯେମିତି କେଉଁଠି ଠାଏ ମେଳ ଅଛି, ଏମିତି ମନେହୁଏ। ସେ ସତ୍ୟର ପରୀକ୍ଷା କରି ନାହିଁ। କିନ୍ତୁ ସତ୍ୟର

ସନ୍ଧାନ କରି ଆସିଛି ଜୀବନଯାକ। ସବୁଠି ଯେମିତି ବିଫଳ ହୋଇଛି। କାଶୀ ବିଦ୍ୟାପୀଠରେ ସେ ସତ୍ୟର ସନ୍ଧାନ ପାଇ ନାହିଁ ଓ ବଙ୍ଗର ଅନୁଶୀଳନ ଦଳ ତାକୁ ସତ୍ୟର ସନ୍ଧାନ ଦେଇ ପାରିନାହିଁ। ବିମଳ, ପରିମଳ, ନିର୍ମଳ, କେହି ତାକୁ କହିପାରି ନାହାନ୍ତି ସତ୍ୟ କେଉଁଠି। ସଂସାର ସେ କରି ନଥାନ୍ତା। ପରିମଳଙ୍କ ତାଡ଼ନାରେ ସେ ସଂସାରୀ ହେବାକୁ ବାଧ୍ୟ ହେଲା। ପରିମଳ ଥିଲେ ସଂସାର କରିବାର ଘୋର ବିରୋଧୀ। ତାଙ୍କ ମତରେ ସଂସାର ବିପ୍ଳବର ଅନ୍ତରାୟ। ସଂସାର ଈଶ୍ୱର ପ୍ରାପ୍ତିରେ ଅନ୍ତରାୟ ବୋଲି ସେ ପିଲାଦିନୁ ଶୁଣି ଆସିଛି। ମାତ୍ର ପରିମଳବାବୁ ଈଶ୍ୱର ନାମ ଧରନ୍ତି ନାହିଁ।

ତଥାପି ଆଧୁନିକ ଯୁଗର ସନ୍ନ୍ୟାସୀ ପରିମଳ ଦାଦା। ଈଶ୍ୱର ଉପଲବ୍‌ଧି ପାଇଁ ଯେଉଁମାନେ ସନ୍ନ୍ୟାସ ଗ୍ରହଣ କରନ୍ତି ସେ ଧରଣର ସନ୍ନ୍ୟାସୀ ସେ ନଥିଲେ। ଈଶ୍ୱର ଉପଲବ୍ଧିର ଆବଶ୍ୟକତା, ସେ ଅନୁଭବ କରନ୍ତି ନାହିଁ। କିନ୍ତୁ ସେ ସଂସାର ତ୍ୟାଗୀ ହୋଇଥିଲେ, ଈଶ୍ୱରଙ୍କ ପାଇଁ ନୁହେଁ, ମଣିଷଙ୍କ ପାଇଁ। ମଣିଷଙ୍କର ମଙ୍ଗଳ ସାଧନ କରିବା ପାଇଁ। ସନ୍ନ୍ୟାସୀମାନଙ୍କ ପରି ସେ ଶିକ୍ଷାବୃତ୍ତିକୁ ଗ୍ରହଣ କରି ନଥିଲେ। ଜୀବିକା ଅର୍ଜନପାଇଁ ଥିଲା ତାଙ୍କର ଗୋଟିଏ ଭୁଷାମାଲର ଦୋକାନ। ନିଜେ ଜଣେ ଏମ.ଏସ୍.ସି. ସେକେଣ୍ଡ୍ କ୍ଲାସ କେମିଷ୍ଟ୍ରିର। ସରକାରୀ ଚାକିରୀ ତାଙ୍କ ଗୋଡ଼ ପାଖକୁ ଆସିଥିଲା। କିନ୍ତୁ ସେ କଲେ ନାହିଁ। କିଛି ଦିନ ମାଷ୍ଟରି କଲେ ଗୋଟିଏ ଘରୋଇ ବିଦ୍ୟାଳୟରେ। ସେଠି ସେ ତିଷ୍ଠି ପାରିଲେ ନାହିଁ। ଅନୁଷ୍ଠାନ ତାଙ୍କୁ ନିରାଡ଼ମ୍ବର ଭାବରେ ବିଦାୟ ଦେଇ ଦେଲା। ତା ପରଠାରୁ ସେ ତାଙ୍କ ଧର୍ମ ପ୍ରଚାରରେ ଲାଗିଗଲେ ବନ୍ଧନ ମୁକ୍ତ ହୋଇ।

ତାଙ୍କର ଗୋଟିଏ ଆଶ୍ରମ ମଧ୍ୟ ଅଛି। ସେ ଗୋଟିଏ ବିଚିତ୍ର ଆଶ୍ରୟ। ଥରେ ସେ ତାଙ୍କର ଆଶ୍ରମକୁ ଡାକିନେଇଥଲେ ଘନକୁ। ଘନ ଗଲା। କଲିକତାଠାରୁ ଅନେକ ଦୂର। ମେଦିନୀ ପୁରର ଝାଡ଼ଗ୍ରାମ ସବ୍‌ଡିଭିଜନ୍‌ରେ। ତାଙ୍କ ମତରେ ସେହି ସ୍ଥାନଟା ଶ୍ରେଣୀ-ସଂଘର୍ଷ ବା କ୍ଲାସ୍‌ୱାର ପାଇଁ ଆଦର୍ଶସ୍ଥାନ। କାରଣ, ସେଠି କେତେଜଣ ବଡ଼ ବଡ଼ ଜମିଦାର ଅଛନ୍ତି। ଚିରସ୍ଥାୟୀ ବନ୍ଦୋବସ୍ତ ମାହାଲ୍। ଜମିଦାର ଲାଗି ଗୋଟିଏ ଧର୍ମପୀଠ। ଦେବୋତ୍ତର। ଜମିଦାରୀର ନାମାନ୍ତର ମାତ୍ର। ସାମନ୍ତବାଦର ପୀଠସ୍ଥଳ କହିଲେ ଅତ୍ୟୁକ୍ତି ହେବ ନାହିଁ। ମଠଟି ବସିଖିଆ ତଥାକଥିତ ବୈଷ୍ଣବମାନଙ୍କର ଆଡ୍‌ଡ଼ା। ଠାକୁର, ମଠ, ମହନ୍ତ, ମାତା, ଜମି, ଜମିଦାରୀ ସବୁ ଅଛି। କେଉଁଥିରେ ଊଣା ନାହିଁ। ବେଠୀ, ବେଗାରୀ, ରୋସମ୍, ପାଉଣା, ସବୁ ଆଦାୟ ହୁଏ। ଯୁଗ ଯୁଗ ଧରି ଲୋକେ ଶୋଷିତ ହୋଇ ଆସିଛନ୍ତି। ରାଜା ଜମିଦାରଙ୍କ ନାଁରେ, ଠାକୁର ମହନ୍ତଙ୍କ ନାଁରେ। ଏଇ ଅତ୍ୟାଚାରିତ ଲୋକମାନଙ୍କ ଭିତରେ ଅସନ୍ତୋଷର ନିଆଁ ସହଜରେ ଜାଳି ଦେଇ ହେବ। କିନ୍ତୁ ଏ ନିଆଁ ଜାଳିବ କିଏ ? ଦଳିତ ଅତ୍ୟାଚାରିତ ଲୋକେ କେବେ ବିପ୍ଳବ

କରିପାରନ୍ତି ନାହିଁ। ଥିଲା ଘର, ଖାଇଲା ଘର ପିଲାମାନେ ହିଁ ବିପ୍ଳବରେ ଆଗୁଆ ହୋଇ ଥାଆନ୍ତି ସବୁ ଦିନେ। କିନ୍ତୁ ସେମାନଙ୍କୁ ଶ୍ରେଣୀଚ୍ୟୁତ ହେବାକୁ ପଡ଼ିବ। କାରଣ ବୁର୍ଜୁଆମାନେ ଡି କ୍ଲାସଡ଼୍ ବା ଶ୍ରେଣୀଚ୍ୟୁତ ନ ହେଲେ ବିପ୍ଳବୀ ହୋଇ ପାରିବେ ନାହିଁ। ଏଇଟା ପରିମଳ ଦାଦାଙ୍କ ଦୃଢ଼ମତ।

ପରିମଳ ଦାଦାଙ୍କ ବାସସ୍ଥାନଟି ବାସ୍ତବିକ ଯାହାକୁ କହନ୍ତି ଗୋଟିଏ ଆଶ୍ରମ। ଆଶ୍ରମର ବାତାବରଣ ପରିବେଶ ସବୁ ରହିଛି। ଅଗ୍ନାଅଗ୍ନି ବନସ୍ତ। ତା'ରି ଭିତରେ ପତ୍ର କୁଡ଼ିଆଟିଏ। ଛଣ ଛପର ଦିଆ ଦାଦାଙ୍କର ଶୋଇବା ଘର ଛଡ଼ା ଆଉ କେଉଁ ଘରର କାନ୍ଥ ନାହିଁ। ଛଟା ବାଡ଼। ଘରକୁ ଲାଗି ବଡ଼ ବାଡ଼ିଟିଏ। ବାଡ଼ି ଭିତରେ କେତେଟା ବଡ଼ ବଡ଼ ଗଛ କଟା ହୋଇ ପଡ଼ିଛି। ନୂଆ ପୁରୁଣା ବଡ଼ ସାନ ଅନେକ ଗଛ। ଠାଏ ଠାଏ ଉଇ ଧରିଲାଣି। ଜଙ୍ଗଲକୁ ନେଇ ଦାଦାଙ୍କର ବ୍ୟବସାୟ କରନ୍ତି ବୋଲି ଲୋକଙ୍କର ଧାରଣା। ଦାଦା ଯେ କଣ କରନ୍ତି ସେଠି ତାହା ଭଲ ଭାବରେ ଜାଣିବା ପାଇଁ କେହି କେବେ ମନ ବଳାଇ ନାହାନ୍ତି ବୋଧହୁଏ। ଘନ ସେଦିନ ଆଶ୍ଚର୍ଯ୍ୟ ହୋଇଗଲା, ଦାଦାଙ୍କ ଶୋଇବା ଘରକୁ ଯାଇ ଯେତେବେଳେ ଦେଖିଲା, ସେଠି ଦୁଇଟା ବଡ଼ ବଡ଼ ଛବି ଟଙ୍ଗା ହୋଇଛି। ସୀତାରାମ, ରାଧାକୃଷ୍ଣ କି ଦୁର୍ଗା ଶିବ କେହି ନାହାନ୍ତି କେବଳ ମାର୍କସ୍ ଆଉ ଲେନିନ୍। ସେଇ ତାଙ୍କର ନମସ୍ୟ। ନବ ଯୁଗର ସ୍ରଷ୍ଟା। ନୂତନ ସଭ୍ୟତାର ପ୍ରତୀକ ପରମଜ୍ଞାନଯୋଗୀ, ପରିମଳ ଦାଦାଙ୍କ ଭାଷାରେ।

ଅଗାଧ ପାଣ୍ଡିତ୍ୟ ଲୋକଟାର। ସେ ଗୀତାକୁ ମାନନ୍ତି। କିନ୍ତୁ ଗୀତା ସାକ୍ଷାତ ଈଶ୍ୱରଙ୍କର ମୁଖନିସୃତ ବାଣୀ ବୋଲି ବିଶ୍ୱାସ କରନ୍ତି ନାହିଁ। ଶ୍ରୀକୃଷ୍ଣଙ୍କୁ ଜଣେ ଐତିହାସିକ ପୁରୁଷ ରୂପେ ଗ୍ରହଣ କରି ନେବା ପାଇଁ ତାଙ୍କର ଆପତ୍ତି ନଥାଏ। ସେ ଶ୍ରୀକୃଷ୍ଣଙ୍କୁ ଜଣେ ଜ୍ଞାନଯୋଗୀ ବୋଲି ଧରନ୍ତି। ତାଙ୍କ ମତରେ ମହାଭାରତ ଯୁଦ୍ଧ ଗୋଟିଏ ଆଖ୍ୟାୟିକ। ଜ୍ଞାନ ଛଳରେ ଗୀତା ପରିବେଷଣ କରାଯାଇଛି। ସେ କହନ୍ତି, ଜ୍ଞାନ ହିଁ ଆଲୋକ, ଜ୍ଞାନ ହିଁ ମନୁଷ୍ୟର ମନୁଷ୍ୟତ୍ୱ, ଚରମ ସିଦ୍ଧି। 'ନାସ୍ତିଜ୍ଞାନମିଦଂ ପାର୍ଥ ପବିତ୍ରଂ ଇହ ବିଦ୍ୟତେ' – ଜ୍ଞାନଭଳି ପବିତ୍ର ଆଉ କିଛି ନାହିଁ ଏ ଜଗତରେ। କିନ୍ତୁ ଶ୍ରୀକୃଷ୍ଣ ଗୀତାରେ – "ଜ୍ଞାନେ ପରିସମାପ୍ୟତେ" – କହି ମଧ୍ୟ ପରିଶେଷରେ କର୍ମକୁହିଁ ମୁଖ୍ୟ ସ୍ଥାନ ଦେଇ ଯାଇଛନ୍ତି। ଜ୍ଞାନବିନା କର୍ମ ଅକର୍ମ। ତେଣୁ ଜ୍ଞାନ ଶ୍ରେଷ୍ଠ। ମାତ୍ର କର୍ମ ସାଧ୍ୟ। କର୍ମଦ୍ୱାରା ଜ୍ଞାନ ପରିପୁଷ୍ଟ ହୁଏ। ଏହା ହିଁ ପ୍ରଗତି ଏଇ ପ୍ରଗତିର ନାମ ଯୋଗ। ତେଣୁ ଗୀତା ଶେଷରେ ଯୋଗେଶ୍ୱର ଅର୍ଥାତ୍ ପ୍ରଗତିଶୀଳ ଶ୍ରୀକୃଷ୍ଣ, ଧନୁର୍ଦ୍ଧର ଅର୍ଥାତ୍ ନିଷ୍ଠାପର କର୍ମୀ ପାର୍ଥକୁ କହୁଛନ୍ତି – ଯେଉଁଠି ଆମେ ଦିହେଁ ଥିବା, ଯେଉଁଠି ପ୍ରଗତି ଦିଗରେ ଅଗ୍ରଗତି ଥିବ, ସେଠି ଶ୍ରୀ, ବିଜୟ ଓ ସମୃଦ୍ଧି ରହିବ ହିଁ ରହିବ।

ଦିନେ ଘନ ପଚାରିଲା, "ଆଚ୍ଛା, ଦାଦା, ଗୀତାରେ ତ ଭକ୍ତି ଯୋଗ ବୋଲି ଗୋଟାଏ ଯୋଗ ଅଛି ?"

ସଙ୍ଗେ ସଙ୍ଗେ ପରିମଳ ଦାଦା, ଘନ କଥାରେ ଜବାବ ଦେଇ କହିଲେ, "ଗୀତାରେ ତ ଆହୁରି ଢେର୍ ଢେର୍ ଯୋଗ କଥା ଉଲ୍ଲେଖ ରହିଛି । ଅଠରଟା ଅଧ୍ୟାୟ ଯୋଗ ଉପରେ ନିହିତ । ତା'ଛଡ଼ା ଅଭ୍ୟାସ ଯୋଗ, ବୁଦ୍ଧିଯୋଗ, ଏମିତି ଆହୁରି କେତେଟା ଯୋଗକଥା ବି ରହିଛି । ସେ ସବୁ ଭାତ ଡାଲି ସାଙ୍ଗରେ ଭଜା ତରକାରୀ, ଭରତା ପରି । ଭକ୍ତି ଯୋଗ ବି ସେମିତି ଗୋଟାଏ କଥା । ସେଇଟା ଲକ୍ଷ୍ୟ । ସବୁଥିରେ ଭକ୍ତିଟା ଟିକେ ଟିକେ ମିଶିକରି ଥାଏ - ଲ.ସା.ଗୁ. । ଜ୍ଞାନ ପାଇଁ କର୍ମ, କର୍ମ ପାଇଁ ଭକ୍ତିଟା ପ୍ରେରଣା । ସେଥିରେ ଉତ୍ସାହ ମିଳେ । କିନ୍ତୁ ତା'ର ଭାଗମାପ ରହିବା ଦରକାର । ବେଶି ହୋଇଗଲେ ଅତୋଭଷ୍ଟ ତତୋଭଷ୍ଟ ।" ଉଦାହରଣ ଦେଇ ପରିମଳ ଦାଦା ପୁଣି କହିଲେ, "ଯେମିତି ମଦ ଅଳ୍ପ ଅଳ୍ପ ପିଇଲେ କାମରେ ଉତ୍ସାହ ଦିଏ ? ବେଶି ହୋଇଗଲେ ମୁସ୍କିଲ, ସେମିତି ।"

ଘନ ଟିକେ ହସିଲା । ପରିମଳ ଦାଦା କହିଲେ - "ତମେ କେବେ ମଦ ଖାଇନ ବୋଧହୁଏ, ଜାଣିବ କେମିତି ? ଆଚ୍ଛା, ମୁଁ ତମକୁ ଦିନେ ମଦ ପେଇବି । ଦେଖିବ ମଦ ପିଇଲେ କିମିତି ଏକାଗ୍ରତା ଆସେ । ଓଃ - ତମେ ଡରୁଛ ହାଃ-ହାଃ-ହାଃ ସବୁ ଭ୍ରାନ୍ତଧାରଣା । ମଦ ପିଇଲେ କୁଆଡ଼େ ଧର୍ମ ଚାଲିଯାଏ । ମାଂସ ଖାଇଲେ ଛେଳି ପେଟରେ କଟର କଟର କରେ । ସବୁ ସୁପରଷ୍ଟିସନ୍ ଅନ୍ଧ, ବିଶ୍ୱାସ । ଗାନ୍ଧି ଏ ଦେଶଟାକୁ ସାରି ଦେଇଗଲା । ଯାହାତ ଅନ୍ଧବିଶ୍ୱାସ ଦେଶରେ ଥିଲା ଥିଲା, ସେ ସବୁକୁ ସେ ଆହୁରି ଦୃଢ଼ କରି ଦେଇଗଲା । ଗୋଟାଏ ସଂଶୋଧନ, ରିଭିଜନେଲିଷ୍ଟ, ସଂସ୍କାରକ ବି ନୁହେଁ । ପ୍ରଗତିର ପରିପନ୍ଥୀ । ଭାରତର ବିପ୍ଳବକୁ ପଚାଶବର୍ଷ ପଛେଇ ଦେଇଗଲା । ଗାନ୍ଧି ବୁଝି ପାରି ନଥିଲା, ଯେତେ ଯେତେ ସଂଶୋଧନ କଲେ ବି ପ୍ରଗତିର ଧାରାକୁ କେହି ରୋକି ପାରିବ ନାହିଁ । ବିପ୍ଳବ ଅବଶ୍ୟମ୍ଭାବୀ । ଏଇ ଘନଶ୍ୟାମ ଏଇ ବିମଳ ହେବେ ସେ ବିପ୍ଳବର ଅଗ୍ରଦୂତ ।"

ଘନ ପିଠିରେ ହାତମାରି କହିଲେ ପରିମଳ ଦାଦା - "ଡରି ଯାଅ ନାହିଁ ଘନ, ଦରକାର ପଡ଼ିଲେ ମଦ ପିଇବାକୁ ହବ । ସେଥିରେ ପାପ ନାହିଁ । ଯଦି ମଦ ପିଇବା ଦ୍ୱାରା ତମ କାମରେ ବାଧା ପଡ଼ିଲା, ଜାଣିବ ସେଟା ଅନ୍ୟାୟ । ପାପ ବୋଲି ଜଗତରେ କିଛି ନାହିଁ । ପାପ ମନର ସୁପରଷ୍ଟିସନ୍ । ମଣିଷ ଜୀବନପାଇଁ ସଂଗ୍ରାମ କରୁଛି । ପ୍ରେମରେ ଓ ସଂଗ୍ରାମରେ ଅନ୍ୟାୟ କିଛି ନାହିଁ । ଗୀତାରେ ଶ୍ରୀକୃଷ୍ଣ କହିଛନ୍ତି - 'ତମେ ଯୁଦ୍ଧ କର

– ନେବଂ ପାରଂ ଅବାପସ୍ୟସି'। ତମେ ତ ସେଦିନ ଜଗନ୍ନାଥ ଦାସଙ୍କ ଭାଗବତ ଉଦ୍ଧାର କରି କହୁଥିଲ – ଧର୍ମ ଅଧର୍ମ ବେନି ବାନି, ଯେହା ମୁଁ ଏକ ବୋଲି ଜାନି।"

ଘନ କେତେବେଳେ ପଦେ କଣ କହୁଁ କହୁଁ ଏକଥା କହି ଦେଇଥିଲା, ତାକୁ ମନେରଖିଛି ବୁଢ଼ା। ଏ ବୟସରେ ବି ଦାଦାର ସ୍ମୃତିଶକ୍ତି ପୂର୍ବଭଳି ସତେଜ ଓ ପ୍ରଖର ରହିଛି। ଘନ କହିଲା, ଏ ଲୋକଟା ଆଗରେ କିଛି କହିବାକୁ ବି ଭୟ ଲାଗେ। ପାଣ୍ଡିତ୍ୟ ଦେଖାଇଲ ତ ମଲ। ଅଗାଧ ପାଣ୍ଡିତ୍ୟ ଏ ଲୋକଟାର। ପୁରାଣ ଶାସ୍ତ୍ର ବି କିଛି କିଛି ପଢ଼ିଛି। ତାଙ୍କ ମତରେ ଭକ୍ତିଟା ଜ୍ଞାନ ଓ କର୍ମର ଅପଭ୍ରଂଶ। ବେଦ ଉପନିଷଦ ଭକ୍ତି ଶିଖାଏ ନାହିଁ, ଜ୍ଞାନ ଶିଖାଏ। କର୍ମରେ ପ୍ରେରଣା ଦିଏ। ବ୍ୟାସଦେବ ଗୋଟିଏ ବୁର୍ଜୁଆଙ୍କ ଓସ୍ତାଦ୍। ଯେତକ ପୁରୁଣା ତାଙ୍କରି ଭିଆଣ। ପୁରାଣଗୁଡ଼ାକ ଭକ୍ତି ଶାସ୍ତ୍ର। ରାଜା, ଜମିଦାର, ଠାକୁର ବ୍ରାହ୍ମଣଙ୍କ ପ୍ରତି ଅଯଥା ଅନ୍ଧବିଶ୍ୱାସ ଓ ଆନୁଗତ୍ୟ ଆଣିଦିଏ। ଶୋଷଣର ପନ୍ଥା ସହଜ ହୋଇଯାଏ। ଗୀତାରେ ଯାହାକୁ ତାମସିକ ଭକ୍ତି ବୋଲି କହିଛି ଏ ସେଇ ଭକ୍ତି। ଏସବୁ ବିପ୍ଳବର ପରିପନ୍ଥୀ। ସାତ୍ତ୍ୱିକ ଭକ୍ତି ସେତେବେଳେ ହେବ, ଯେତେବେଳେ ତମର ମନର ଆନୁଗତ୍ୟଟା ଠାକୁର ବ୍ରାହ୍ମଣଙ୍କ ଉପରୁ ଯାଇ ନ୍ୟସ୍ତ ହେବ ପୃଥିବୀର ଶ୍ରମିକମାନଙ୍କଠାରେ। ଅର୍ଥାତ୍ ଶୋଷିତ ସର୍ବହରା ପ୍ରୋଲେଟେରିଏଟ୍‌ମାନଙ୍କ ପ୍ରତି ଯେତେବେଳେ ତମର ନିଛକ ସହାନୁଭୂତି ଜାତ ହେବ ସେତେବେଳେ ଜାଣିବ, ତମର ଭକ୍ତିଟା ସାତ୍ତ୍ୱିକ ହେଲା। ତାହାହିଁ ବିପ୍ଳବର ସହାୟକ।

ଦାଦା, ଖଣ୍ଡେ ଭଙ୍ଗା ଦଉଡ଼ିଆ ଖଟ ଉପରେ ବସି ତାଙ୍କର ବକ୍ତୃତା ଶୁଣଉ ଥାଆନ୍ତି। ସେହି ଘନ ଜଙ୍ଗଲ ଭିତରେ, ଘଞ୍ଚ ଗଛ ବୃକ୍ଷ ବେଢ଼ା କୁଡ଼ିଆଟି ଭିତରେ ଦେଖିଲେ, ପୁରାତନ ଯୁଗର ଋଷି ଆଶ୍ରମ କଥା ମନେପଡ଼େ। ମନେ ହେବ ସତେକି ବୋଧିବୃକ୍ଷତଳେ ବସି ମନୁଷ୍ୟର ଦୁଃଖର ବିଲୋପସାଧନ ପାଇଁ ଆଲୋକ ଦେଉଛନ୍ତି। ସେ କହନ୍ତି, "ମନୁଷ୍ୟର ଚିନ୍ତାଧାରାରେ ବୁଦ୍ଧଦେବହିଁ ବାସ୍ତବିକ ବିପ୍ଳବର ଅଗ୍ରଦୂତ। ବୁଦ୍ଧଦେବ ହିଁ ସର୍ବପ୍ରଥମ ମନୁଷ୍ୟ ସମାଜକୁ ସତ୍ୟର ଆଲୋକ ଦେଇ ଯାଇଛନ୍ତି। ରାମକୃଷ୍ଣ, ଶିବପାର୍ବତୀ, ସବୁ ମନୁଷ୍ୟର କଳ୍ପନାବିଳାସ। ବୁଦ୍ଧଦେବ ହିଁ ଏକମାତ୍ର ଐତିହାସିକ ବ୍ୟକ୍ତି, ଯେ ମନୁଷ୍ୟକୁ ଅନ୍ଧବୈଦିକ ପୂଜା ପଦ୍ଧତି, ଅଦୃଷ୍ଟ ଈଶ୍ୱର ପରମାତ୍ମାଠାରୁ ଦୂରକୁ ଘେନି ଯାଇ ସର୍ବପ୍ରଥମ ମନୁଷ୍ୟ ଭିତରେ ଆତ୍ମବିଶ୍ୱାସ ଆଣି ଦେଇଥିଲେ। ଘନ ପଚାରିଲା, 'କିନ୍ତୁ ବୁଦ୍ଧଦେବ ତ ଆଚାର ଉପରେ ଜୋର୍ ଦେଇଛନ୍ତି?' ପରିମଳଦାଦା ସଙ୍ଗେ ସଙ୍ଗେ ଉତ୍ତର ଦେଲେ, ବୁଦ୍ଧଦେବ କେବଳ ଜ୍ଞାନାଲୋକର ଆଭାସ ମାତ୍ର ପାଇଥିଲେ। ସେହି ଆଲୋକର ପୂର୍ଣ୍ଣତାର ପରିପ୍ରକାଶ ହେଲେ ମାର୍କସ୍ ଆଉ ଏଞ୍ଜେଲସ୍। ବୁଦ୍ଧଦେବ ଈଶ୍ୱରଙ୍କ ସତ୍ତା ସମ୍ପର୍କରେ କେବଳ

ନୀରବ ରହିଛନ୍ତି। ଧର୍ମ, ଈଶ୍ୱର ବିଶ୍ୱାସ, ଆତ୍ମଜ୍ଞାନର ଯେ ପରିପନ୍ଥୀ, ଅହିଫେନ ସଦୃଶ ମନୁଷ୍ୟର ବୁଦ୍ଧି ଓ ବିଚାରକୁ ଯେ ଜଡ଼ କରି ରଖିଦିଏ, ଏ କଥା ସ୍ୱଷ୍ଟ ଭାବରେ ଘୋଷଣା କରିବା ପାଇଁ ତାଙ୍କର ବୁର୍ଜୁଆ ସାମନ୍ତବାଦୀ ରକ୍ତ ତାଙ୍କୁ ଯଥେଷ୍ଟ ଶକ୍ତି ସାମର୍ଥ୍ୟ ଦେଇ ନଥିଲା।"

ଘନ କହିଲା – "ଈଶ୍ୱର ବିଶ୍ୱାସଟା କଣ ଅନ୍ଧବିଶ୍ୱାସ ?" ଏଥିରେ ସନ୍ଦେହ କଣ ଅଛି ? ପରିମଳ ଦାଦା କହିଲେ। ଆଦିମ ଯୁଗରୁ ଆଦିମାନବ କେତେଗୁଡ଼ିଏ ଅନ୍ଧବିଶ୍ୱାସର ବଶବର୍ତ୍ତୀ ହୋଇଥିଲା। ସେ ସବୁ ଅଜ୍ଞାନତା। ଜ୍ଞାନର ସ୍ପର୍ଶ ସଙ୍ଗେ ସଙ୍ଗେ ସେ ସବୁ ଅଜ୍ଞାନତା ତାର ଦୂର ହୋଇ ଯାଇଛି। ପ୍ରଥମେ ସେ ତା' ଆଗରେ ଯେଉଁଠି ଅଧିକ ଶକ୍ତିର ପରିପ୍ରକାଶ ଦେଖିଲା ଶିର ଅବନତକରି ତାକୁଇ ପୂଜାକଲା। ପ୍ରଥମେ ସେ ବଡ଼ ବଡ଼ ଗଛ ବୃକ୍ଷ, ପଥର, ପାହାଡ଼, ନଦୀ ସମୁଦ୍ରର ପୂଜାକଲା। ତା'ପରେ ଚନ୍ଦ୍ର, ସୂର୍ଯ୍ୟ, ମେଘ, ପବନ, ଅଗ୍ନି, ମୃର୍ତ୍ତିକାର ପୂଜାରେ ମଜ୍ଜି ରହିଲା। ସେଥିପାଇଁ ବେଦରେ ତମେ ଇନ୍ଦ୍ର, ମରୁତ, ଅଗ୍ନି, ବରୁଣ ପ୍ରଭୃତିଙ୍କର ସ୍ତୁତିଗାନ ଦେଖିବ। ଜ୍ଞାନର ପରିସର ବୃଦ୍ଧି ସଙ୍ଗେ ସଙ୍ଗେ ମନୁଷ୍ୟ ବହୁ ଈଶ୍ୱରବାଦରୁ ଏକେଶ୍ୱର ବାଦ ଆଡ଼କୁ ଆଗେଇଲା। ଏକେଶ୍ୱରବାଦରୁ ବୁଦ୍ଧଦେବ ଆମକୁ ଈଶ୍ୱରର ଆବଶ୍ୟକତାଠାରୁ ଛିନ୍ନ କରି ନେଇଗଲେ। ତା'ପରେ ଆସିଲା ନୂତନ ଯୁଗ-ଆଧୁନିକ ଯୁଗ ନିରୀଶ୍ୱର ବାଦ୍‌ର ଯୁଗ। ମନୁଷ୍ୟର ଆତ୍ମବିଶ୍ୱାସ ଓ ଆତ୍ମପ୍ରତ୍ୟୟର ଯୁଗ। ଜ୍ଞାନର କ୍ରମ ବିକାଶରେ ଏହା ଅନିର୍ବାର୍ଯ୍ୟ। ତମର ତଥାକଥିତ ଋଷି ଚାର୍ବାକ୍ ମଧ୍ୟ ଏହି ନବାଲୋକର ବର୍ତ୍ତିକା ଧରିଥିଲେ। ସେ କହିଥିଲେ – "ଭସ୍ମୀଭୂତସ୍ୟ ଦେହସ୍ୟ ପୁନରାଗମନଂକୁତଃ – ସେ ହେଉଛନ୍ତି ବୁଦ୍ଧଦେବଙ୍କ ଗୁରୁ ବୁଦ୍ଧଦେବ ତାଙ୍କରି ବାଣୀକୁ ଅଧିକ ମନୋଜ୍ଞାକରି ଉପସ୍ଥାପନ କରି ଯାଉଛନ୍ତି।

ପରିମଳ ଦାଦାଙ୍କର ଏହିସବୁ ଆଲୋଚନା, ଘନର ମନ ଭିତରେ କରିଥିଲା ତୁମୁଳ ଆଲୋଡ଼ନ ସୃଷ୍ଟ। ଭୀଷଣ ଦ୍ୱନ୍ଦ୍ୱ। ସେ କଦାପି ବିଶ୍ୱାସ କରିପାରୁ ନଥିଲା, ପରିମଳଦାଦାଙ୍କର ସେ ତଥ୍ୟକୁ ଯେ ମନଟା ଗୋଟାଏ ବସ୍ତୁ। ବସ୍ତୁରୁ ହିଁ ମନର ଉତ୍ପତ୍ତି। ମନ ବା ମନର କଳ୍ପନାରୁ ବସ୍ତୁର ସମ୍ଭାବନା ହୁଏନାହିଁ। ପରିମଳଦାଦା ଯେତେ ବୁଝାଇଲେ ମଧ୍ୟ, ଘନର ମନ ମାନୁ ନଥାଏ। ସେତେବେଳେ ତା'ର ମନର ଅବସ୍ଥା ସେ ଅତି ସୁନ୍ଦର ଭାବରେ ଦୁଃଖୀ ପାଖକୁ ଖଣ୍ଡିଏ ଚିଠିରେ ପ୍ରକାଶ କରିଥିଲା। ସେ ଚିଠି ବାସ୍ତବିକ ଏକ ଐତିହାସିକ ଚିଠି। ଏକ ଦୀର୍ଘ ପତ୍ର। ଦୁଃଖୀ ତାକୁ ଏବେ ବି ସାଇତି ରଖିଛି। ଘନ ଲେଖିଥିଲା –

ପ୍ରିୟ ସାଥୀ –

ଅନେକ ଦିନ ପରେ ଏ ଚିଠି ଲେଖୁଛି। ମୁଁ ଏପରି ଗୋଟିଏ ସ୍ଥାନରୁ ଚିଠି

ଲେଖୁଛି, ଯାହା ଅତ୍ୟନ୍ତ ମନୋରମ। ଓଡ଼ିଶାର ଅତୀତ ଗୌରବର ଅବଶେଷ, ଆଜି ମଧ୍ୟ ବେଳେବେଳେ ବଞ୍ଚିରହିବା ପାଇଁ ପ୍ରାଣାନ୍ତକ ଚେଷ୍ଟା କରୁଛି ଏଇ ଘନ ବନନୀ ମଧ୍ୟରେ। ପ୍ରବାହିତ ଉଷ୍ମ ପବନ ଭିତରେ ମୁଁ ତାର ସନ୍ଧାନ ପାଏଁ। ମୁଁ ଯେତେବେଳେ ପ୍ରଥମେ ଏ ଅଞ୍ଚଳକୁ ଆସିଲି, ସେତେବେଳେ ମୋର ମନେହେଲା, ଏଇ ବନ ଜଙ୍ଗଲର ଗଛପତ୍ର ସବୁ, ମୋ ଦେଶର କଥା, ମୋ ଦେଶର ଭାଷାରେ କହିବାକୁ ଆରମ୍ଭ କରିଦେଲେ। ସେହି ପୁରୁଣା କଥା। ୧୯୩୧ ମସିହା, ଓଡ଼ନେଲ କମିଟି ବସିଥିବା ବେଳର କଥା। ମୁଁ ଠିକ୍ ଏଇ ଜାଗାକୁ ଆସିନଥିଲି। ନଈର ସେ ପାଖରୁ ଫେରି ଯାଇଥିଲି। ସେତେବେଳେ ବାରମ୍ବାର ମୋର ମନେ ପଡ଼ିଥିଲା କୁଳବୃଦ୍ଧ ମଧୁସୂଦନଙ୍କ କବିତା -

ମାଆ ମାଆ ବୋଲି ଯେତେ ମୁଁ ଡାକିଲି
ମାଆକୁ ପାଇଲି ନାହିଁ
ଭାଇ ଭାଇ ବୋଲି ଯେତେ ମୁଁ ଡାକିଲି
ନ ଦେଲେ ଉତ୍ତର କେହି।

ସୁବର୍ଣ୍ଣରେଖାର ବାଲି ଧୂ ଧୂ ହୋଇ ଜଳୁଥାଏ। ମୁଁ ନଈ ସେ ପାଖରୁ ଫେରିଗଲି। ଏ ପାଖକୁ ଆସି ନାହିଁ। ସାରା ଓଡ଼ିଶାର ଚିତ୍ର ମୋ ଆଖି ଆଗରେ ଦେଖାଗଲା। ଏକା ଏହି ଦକ୍ଷିଣ ମେଦିନୀପୁର ଝାଡ଼ଗ୍ରାମ କଣ୍ଟେଇର ଚିତ୍ର ନୁହେଁ, ଯାହାକୁ ଓଡ଼ିଶା ବୋଲି କୁହାଯାଉଛି ସେଠି ମଧ୍ୟ ସେଇ କଥା। ଓଡ଼ିଆଟିଏ ଓଡ଼ିଆଟିକୁ ଡାକିଲେ ସେ ଓଡ଼ିଆରେ ଉତ୍ତର ଦିଏ ନାହିଁ। ତା ହୋଇଥିଲେ ଓଡ଼ିଶା କଂଗ୍ରେସର ନେତାମାନେ ଓଡ଼ନେଲ କମିଟିକୁ ବାସନ୍ଦ କରିନଥାନ୍ତେ। ସେତେବେଳେ ମହାଭାରତୀୟ ପ୍ରୀତିରେ ଏକାବେଳକେ ଉଦ୍‌ବୁଦ୍ଧ ହୋଇଗଲେ ତମେ ସବୁ ମନା କରିବା ସତ୍ତ୍ୱେ ମୁଁ ପଳେଇ ଆସିଲି ଏଠିକି ପ୍ରଚାର ପାଇଁ। ମୋ ବିରୋଧରେ ଶୃଙ୍ଖଳାଗତ ଶାସ୍ତିବିଧାନ କରାଗଲା। ଏକ ପ୍ରକାର ସେହିଦିନ ମୁଁ କଂଗ୍ରେସରୁ ଅଲଗା। ସେଦିନ ମୋର ଦୃଢ଼ ଧାରଣା ହେଲା ଯେ ଦେଶର ସେବା କରିବାକୁ ଗଲେ କୌଣସି ଗୋଟିଏ ନିର୍ଦ୍ଦିଷ୍ଟ ଅନୁଷ୍ଠାନର ଅନ୍ତର୍ଭୁକ୍ତ ହେବା ଏକାନ୍ତ ଆବଶ୍ୟକ ନୁହେଁ। ତୁ ଜାଣିଛୁ, ମହାତ୍ମାଜୀ ବ୍ୟକ୍ତିଗତ ସତ୍ୟାଗ୍ରହ ଆରମ୍ଭ କଲେ। ମୁଁ ସେଥିପାଇଁ ପ୍ରାର୍ଥୀ ହୋଇନାହିଁ। କିନ୍ତୁ ମୁଁ କାରାବରଣ କରିଛି ସତ୍ୟାଗ୍ରହୀ ଭାବରେ ନୁହେଁ, ମୁଁ ମୋ ସ୍ୱାଧୀନ ମତ ପ୍ରକାଶ କରିବାରୁ, ବ୍ରିଟିଶ ସରକାର ମୋତେ ସଶ୍ରମ କାରାଦଣ୍ଡ ଦେଲେ। ମୁଁ କଂଗ୍ରେସ ସଭ୍ୟ ନହୋଇଥିଲେ ମଧ୍ୟ ୧୯୪୨ ଆନ୍ଦୋଳନରେ ମୁଁ ଅଟକବନ୍ଦୀ ହେଲି। ଅତ୍ୟନ୍ତ ଦୁର୍ଭାଗ୍ୟର କଥା ଯେଉଁମାନଙ୍କୁ ଦେଖିଲେ କ୍ରୋଧରେ ଅଭିମାନ ହୁଏ, ମୋ ଦେହ ନିଆଁ ହୋଇଯାଏ, ସେଇ କେତେକ ସ୍ୱାର୍ଥପର

ଓଡ଼ିଶୀ କଂଗ୍ରେସ ନେତାଙ୍କ ସାଙ୍ଗରେ ମତେ ରହିବାକୁ ପଡ଼ିଲା। ଏଇଟା ରାମଚନ୍ଦ୍ର, ଶିଖି ମନାଇଙ୍କର ଅଭିଶପ୍ତ ଦେଶ। ଆଜି ଅନେକ ଦେଶଭକ୍ତ ଶିଖି ମନାଇ ରାମଚନ୍ଦ୍ରଙ୍କୁ ନିନ୍ଦା କରନ୍ତି। କିନ୍ତୁ ତାଙ୍କର ପ୍ରେତାତ୍ମା ଯଦି କେଉଁଠି ଆବିର୍ଭୂତ ହୁଏ, ତାଙ୍କୁ ଯଦି ପ୍ରଶ୍ନ କରାଯିବ, 'ତମେ ଏପରି ଆତ୍ମଘାତୀ ଦେଶଦ୍ରୋହ କାର୍ଯ୍ୟ କଲ କାହିଁକି ?' ସେ ହୁଏତ ଉତ୍ତର ଦେବେ, "ଆମକୁ ଦେଶଦ୍ରୋହୀ ବୋଲି କହିଲା କିଏ ? ଦେଶଦ୍ରୋହୀ ଆମେ ନୋହୁଁ। ଦେଶଦ୍ରୋହୀ ମୁକୁନ୍ଦଦେବ। ଲକ୍ଷ ଲକ୍ଷ ଓଡ଼ିଆଙ୍କ ଜୀବନବଳୀ ଦେଇ ଗୋହିରାଟିକିରିରେ ରକ୍ତନଦୀ ବୁହାଇ ଦେଲା ସେ କାହିଁକି ? କାହା ସ୍ୱାର୍ଥରେ ? କଦାପି ଓଡ଼ିଶା ବା ଓଡ଼ିଆର ସ୍ୱାର୍ଥରେ ନୁହେଁ। ଓଡ଼ିଶା ଭଳି କ୍ଷୁଦ୍ର ଭୂଖଣ୍ଡର ଅଧିପତି ରହିବାର ଆତ୍ମସ୍ୱାର୍ଥରେ ସେ ଏଇ ଜଘନ୍ୟ ଭ୍ରାତୃହତ୍ୟାରେ ପ୍ରବୃତ ହେଲା। ଓଡ଼ିଶାର ଓ ଓଡ଼ିଆର ସର୍ବମୟ ଉନ୍ନତି ତଥା ଉଜ୍ଜ୍ୱଳ ଭବିଷ୍ୟତ କଣ କୂପମଣ୍ଡୁକତ୍ୱରେ ସମ୍ଭବ ? ସେଥିପାଇଁ ଆମେ ମହାଭାରତୀୟ ଭାବରେ ଅନୁପ୍ରାଣୀତ ହୋଇ, ଭାରତର ଏକ ଗୌରବମୟ ଉଜ୍ଜ୍ୱଳତମ ଅଂଶ ରୂପେ, ଭାରତର ମାନଚିତ୍ରରେ ଓଡ଼ିଶାକୁ ଏକ ସ୍ୱର୍ଣ୍ଣମଣ୍ଡିତ ରେଖାଦ୍ୱାରା ଅଙ୍କିତ ହେବାର ସୌଭାଗ୍ୟ ଆଣି ଦେବା ପାଇଁ, ଦିଲ୍ଲୀଶ୍ୱରୋଃବା ଜଗଦୀଶ୍ୱରେଃବା- ଶାହାନ୍‌ଶାହା ଆକବରଙ୍କର ନିରଙ୍କୁଶ ଛତ୍ରତଳେ ଆଶ୍ରୟ ନେବା ନିମନ୍ତେ ଏକ ସାହାସିକ ପଦକ୍ଷେପ ନେଇଥିଲୁଁ। ସେଇ ରାମଚନ୍ଦ୍ର ଶିଖିମନାଇଙ୍କର ସ୍ୱର, ସେଦିନ ଓଡ଼ିଶା କଂଗ୍ରେସ ନେତୃମଣ୍ଡଳୀଙ୍କ କଣ୍ଠରୁ ପ୍ରତିଧ୍ୱନିତ ହେଉଥିଲା। ମୁଁ ଚାହିଁଥିଲି, ସେଦିନ ନଈ ସେପାରିରେ ମେଦିନୀପୁର ଛାତିଉପରେ ଠିଆ ହୋଇ, ମେଦିନୀ କେତେବେଳେ ଫାଟିଯିବ, ମୁଁ ତା'ରି ଭିତରେ ଆଶ୍ରୟ ନେବି। କୋଟିଏ ଓଡ଼ିଆ ମଧ୍ୟରେ ଅନ୍ତତଃ ଗୋଟିଏ ଓଡ଼ିଆର ଉଦାତ୍ତ କଣ୍ଠ ଶୁଭିବ -

"ଭୂମିକମ୍ପ ହେବ ଧରଣୀ ଫାଟିବ
ଉଠିବେ ସହସ୍ରଭୁଜା
ସେହି ତୋର ମାତା ସେହି ତୋର ପିତା
କର ତାଙ୍କ ପଦେ ପୂଜା"

କିନ୍ତୁ ଏବେ ବି ଭୂମିକମ୍ପ ହୋଇନାହିଁ, ଧରଣୀ ଫାଟିନାହିଁ ଆଜିଯାକେ। ଅଥଚ ସୁବର୍ଣ୍ଣରେଖାର ପାଣି ବଙ୍ଗଦେଶରୁ ବହି ଆସି ଓଡ଼ିଶାକୁ ବନ୍ୟାରେ ଭସାଇ ଦେଉଛି। ଓଡ଼ିଆ ଗର୍ବ କରୁଛି ଭଲ ଫସଲ ହେବ।

ମୋର କାଲି ପରି ମନେପଡୁଛି। ଏଇ ସୁବର୍ଣ୍ଣରେଖାର ବାଲି। ପୁନେଇଁ ଜହ୍ନ ଉଠି ଆସୁଥାଏ ଓଡ଼ିଶାର ବଙ୍ଗଉପସାଗରରୁ। ନଈବାଲି ଚିକ୍ ଚିକ୍ ମାରୁଥାଏ। ସଭା ଭାଙ୍ଗି ଯାଇଥିଲା। ଆମେ ଆସୁଥିଲୁଁ ନଈ ସେପାରିରୁ ଏପାରିକୁ। ଗୋପୀବଲ୍ଲଭପୁରର

ଓଡ଼ିଆମାନେ ଭ୍ରାତୃହନ୍ତା ଓଡ଼ିଆ ଜାତିର ଉପଯୁକ୍ତ ଦାୟାଦ ବୋଲି ପ୍ରମାଣ ଦେଇ ସାରିଥାନ୍ତି। ଟେକାମାଡ଼ରେ ଆମରି ଭିତରୁ କେତେଜଣ କ୍ଷତବିକ୍ଷତ ହୋଇଥିଲେ। ବିଜେତା ବଙ୍ଗ ନେତାମାନେ ସଭାରୁ ଫେରି ନଈ ପଠାରେ ବଣଭୋଜି ଖାଉଥାଆନ୍ତି। ସବୁଯାକ ମାଇତି ଶାସମଲ୍ ଜାନା, ପାଣ୍ଡା ଆମର ମହାନ୍ତି, ସାମଲ, ଜେନା, ପଣ୍ଡାଙ୍କ ବଂଶଧର। ଆମକୁ ଦେଖି ସେମାନେ ବିଜେତାର ଗର୍ବରେ ନିମନ୍ତ୍ରଣ କଲେ ତାଙ୍କ ସାଙ୍ଗରେ ଖାଇବାକୁ। ମୁଁ ସଫା ସଫା ମନାକରି ଦେଲି। ବଙ୍ଗନେତା ମୋର ମନାକରିବାଟାକୁ ସଂକୀର୍ଣ୍ଣତା ପ୍ରମାଣ କରିବା ପାଇଁ ଉଦାରତାର ଏକ ପ୍ରଦର୍ଶନୀ କରି କହିଲେ –

'ଆମି ପ୍ରଥମେ ମାନୁଷ୍, ତାର୍ ପରେ ଭାରତବାସୀ, ତାର୍ପରେ ଗିୟେ ଉଡ଼େ ବା ବାଙ୍ଗାଲି ଯାକିଛୁ।'

ମୁଁ ସେତେବେଳେ ତରୁଣ। ଭାବପ୍ରବଣତା ହେଲା ମୋର ଧର୍ମ। ବଙ୍ଗାଳୀମାନେ ଉଡ଼େ କହିଲେ ମୋ ଦେହ ନିଆଁ ହୋଇଯାଏ। ଆହତଫଣ ପରି ମୁଁ ସେଦିନ ତାଙ୍କୁ ଜବାବ୍ ଦେଇଥିଲି – 'ଓଡ଼ିଆଙ୍କୁ ଉଡ଼େ ବୋଲି କହିବାଟା ଉଦାରତା ନୁହେଁ। ମୟୂରପୁଚ୍ଛଧାରୀ କାକ ଆଉ ବଙ୍ଗାଳୀ ବେଶଧାରୀ ଓଡ଼ିଆଙ୍କ ମୁହଁରେ ଏପରି ବିଦ୍ରୂପାତ୍ମକ ଶବ୍ଦ ଆତ୍ମ-ମର୍ଯ୍ୟାଦାହୀନତାର ପ୍ରମାଣ। ଏଭଳି ଅସଭ୍ୟ ଆଚରଣ ମାଛ ହାଟର କେଉଟ କେଉଟୁଣୀଙ୍କ ମୁହଁରେ ଶୋଭାପାଏ। ସେମାନେ ବଙ୍ଗାଳୀମାନଙ୍କୁ କହନ୍ତି ବେଙ୍ଗ୍। କିନ୍ତୁ ଏଭଳି ଅସଭ୍ୟ ଆପଣମାନେ ଶୁଣିବାକୁ ପାଇବେ ନାହିଁ। ମୋ ମୁହଁରୁ କଥା ଜଣେ ଉଠି ଆସିଲା। ହାତ ମୁଠା କରି ସେ ମୋତେ ମାରେ କି ନମାରେ, ଆଉଜଣେ ତାକୁ ଧରିପକାଇ କହିଲା, 'ଛେଡ଼େ ଦାଓ, ପାଗଲେ କି ନା ବଲେ। ଛାଗଲେ କି ନା ଖାୟ।' ସେ ଲୋକଟା ଦବିଗଲା। କିନ୍ତୁ ରାଗ ଚୋଟରେ କହିଲା – 'ଆପନି ବାଲାର୍ ବୁକେର ଉପର୍ ଦାଁଡ଼ିୟେ ଯା ବଲ୍ଲେନ ତାର୍ ଉତ୍ତର ଆପ୍ନାର ବୁକେର୍ ରକ୍ତେ ଦେଓୱା ହତ। କିନ୍ତୁ ଏଖନ୍ ଆପ୍ନି ଅତିଥି। ତାଇ ଛେଡ଼େଦିଲେମ୍।'

ଆମେ ଚାଲି ଆସିଲୁ। କୋଡ଼ିଏ ବର୍ଷ ପରେ ମୁଁ ପୁଣି ସେଇ ସୁବର୍ଣ୍ଣରେଖା କୂଳକୁ ଫେରି ଆସିଛି। ସମ୍ପୂର୍ଣ୍ଣ ଭିନ୍ନ ପରିସ୍ଥିତିରେ। ସୁବର୍ଣ୍ଣରେଖା ଏବେବି ସେ ଦିନପରି ବଙ୍ଗଭୂମିର ଶୋଭା ବର୍ଦ୍ଧନ କରୁଛି। କିନ୍ତୁ ସେଦିନର ବଙ୍ଗ ଆଉ ନାହିଁ। ବଙ୍ଗ ଭଙ୍ଗ ହୋଇ ଯାଇଛି। ଭାଷାର ଦାବୀ ଉପରେ ଧର୍ମର ଦାବୀ। ଭାଷା ଇହଜଗତର। ଧର୍ମ ଇହପର ଉଭୟ ଲୋକର। କିନ୍ତୁ ଏ ଭାଷା ଓ ଧର୍ମ ଉଭୟର ସଂଘର୍ଷ ମଧ୍ୟରୁ କେଉଁଟି ହେଲେ ଅର୍ଥନୈତିକ ଶ୍ରେଣୀ ସଂଘର୍ଷ ପଦବାଚ୍ୟ ନୁହେଁ। କୁହାଯାଇଛି ଏହାରି ମୂଳରେ ଅର୍ଥନୀତିକ କାରଣ ଲୁଚି ରହିଛି। ଅର୍ଥନୀତିକ ସଂଘର୍ଷର ଏସବୁ ଗୋଟିଏ ଗୋଟିଏ

ବିସ୍ଫୋରଣ। ଯେତେ କହିଲେ ସୁଦ୍ଧା ମୋ ମନ ବୁଝୁନାହିଁ। ସେଇଟା ମୋ ପକ୍ଷରେ ଗୋଟିଏ ସମସ୍ୟା।

ମୁଁ ପରିମଳ ଦାଦାଙ୍କ କଥା ତମକୁ କହିଛି। କେହି ନିଜର ପୁଅକୁ ବି ଏତେ ଭଲ ପାଉଥିବ କି ନାହିଁ ସନ୍ଦେହ, ମୋତେ ସେ ଯେତେ ଭଲ ପାଆନ୍ତି। ଏପରିକି ସେ କହୁ କହୁ ଦିନେ କହି ପକାଇଲେ – 'ଘନଶ୍ୟାମ, ମୃତ୍ୟୁର ପର୍ କୋନ ସଂସ୍କାରେର୍ ଆବଶ୍ୟକତା ଆଛେ ବୋଲେ ଆମି ବିଶ୍ୱାସ କରିନା। ତବୁ ଓ ଆମି ଲୋକଚାର୍‌କେ ଅଗ୍ରାହ୍ୟ କର୍‌ତେ ପାର୍‌ବୋନା। ଭୂ-ସମ୍ପତ୍ତି ନେଇ, ଆମାର ଚିନ୍ତାର ଉତ୍ତରାଧିକାରୀ ଆର୍ମି ତୋମାକେଇ ଦିଏ ଯେତେ ଚାଇ।'

ସେଇ ପରିମଳ ଦାଦାଙ୍କ କଥାରେ ମୁଁ ଏଠିକି ଆସିଛି। ସେ ପାଖରେ ଗୋପୀବଲ୍ଲଭପୁର, ଏପାଖରେ ମୁଁ। ମଝିରେ ସୁବର୍ଣ୍ଣରେଖା ନଈକୂଳକୁ ମନ୍ଦିରର ଚୂଳ ଦିଶେ। ଗୋବିନ୍ଦଜୀଉଙ୍କ ମନ୍ଦିର। ପ୍ରଭୁ ଶ୍ୟାମାନନ୍ଦ ଓ ରସିକାନନ୍ଦଙ୍କ ପୀଠ। ଦୁଇଜଣ ଚୈତନ୍ୟ ଭକ୍ତ ଓଡ଼ିଆ। ପରମ ବୈଷ୍ଣବ ଶ୍ୟାମାନନ୍ଦଙ୍କ ଉପରେ ନ୍ୟସ୍ତ ଥିଲା ଓଡ଼ିଶାରେ ବୈଷ୍ଣବ ଧର୍ମ ପ୍ରଚାରର ଦାୟିତ୍ୱ। ତାଙ୍କ ପରେ ଆସିଲେ ତାଙ୍କର ପ୍ରିୟ ଅନୁଗାମୀ ପ୍ରଭୁ ରସିକାନନ୍ଦ। ଆଜି ଓଡ଼ିଶାର ଗ୍ରାମେ ଗ୍ରାମେ ପ୍ରଭୁ ରସିକାନନ୍ଦଙ୍କର କୃତୀର ସ୍ମୃତି ଅଛି। ବ୍ରାହ୍ମଣଠାରୁ ଚଣ୍ଡାଳ ଯାଏ ଯେତେ ଦାସ ଅଛନ୍ତି ସବୁ ପ୍ରଭୁ ରସିକାନନ୍ଦଙ୍କର ସଂପ୍ରଦାୟଭୁକ୍ତ। କୁଳଶୀଳ ଜାତି ଅଭିମାନ ଭୁଲି ସେଦିନ ସମସ୍ତେ ସାମ୍ୟବାଦର ଗୀତି ଗାଇଗଲେ। ସମସ୍ତେ ନିଜକୁ ଏକ ଭଗବାନଙ୍କର ଭୃତ୍ୟ ଦାସ ବୋଲି କହି। ଏବେ କିନ୍ତୁ କେତେକ ଇଂରାଜୀ ଶିକ୍ଷିତ ଯୁବକ ଜାତିକୁଳର ଆଭିଜାତ୍ୟ ପ୍ରଦର୍ଶନ କରି 'ଦାସ'କୁ ନିରର୍ଥକ 'ଦାଶ'ରେ ପରିଣତ କରିଛନ୍ତି। ମାତ୍ର ମାଳିପିନ୍ଧା ଓଡ଼ିଆ ମାତ୍ରେ ଏଇ ଶ୍ୟାମାନନ୍ଦ ଆଉ ରସିକାନନ୍ଦଙ୍କର ସାମ୍ୟଧର୍ମର ଦାୟାଦ।

"ଏବେ ମୋର ମାନସିକ ଦ୍ୱନ୍ଦ୍ୱ ସମ୍ବନ୍ଧରେ ଟିକିଏ ସୂଚନା ଦିଏ। ଏ ସମ୍ବନ୍ଧରେ ତୋର ପରାମର୍ଶ ମୁଁ ମାଗୁଛି। ତେଣୁ ଏ ଦୀର୍ଘ ପତ୍ରର ଅବତାରଣା।

"ମୁଁ ଓଡ଼ିଶାର ଏହି ପୁଣ୍ୟ ଭୂଇଁ ଉପରେ ବସି ଚିଠି ଲେଖୁଛି। ଅବଶ୍ୟ ଏଟା ପଶ୍ଚିମବଙ୍ଗ ଅନ୍ତର୍ଭୁକ୍ତ ବର୍ତ୍ତମାନ। କ୍ଷମା କରିବୁ। ମୋ କଥା କହିବା ପ୍ରସଙ୍ଗରେ ନାନାଦି ଆନୁଷଙ୍ଗିକ ବିଷୟ ବର୍ଣ୍ଣନା ବିରକ୍ତିକର ବୋଧ ହୋଇପାରେ। କିନ୍ତୁ ମୋର ଏ ଚିଠି ଚିଠି ନୁହେଁ, ଗୋଟାଏ ଦଲିଲ। ମୁଁ ଯେଉଁ ବାଟରେ ଆସି ପହଞ୍ଚିଲିଣି, ଏ ଯଦି ଅନ୍ଧଗଳି ନ ହୋଇଥାଏ ତେବେ ମଧ୍ୟ ଦଳିତ ଜନତାର ସେବା କରୁ କରୁ ହୁଏତ ମୁଁ ଯେଉଁଠି ଯାଇ ପହଞ୍ଚିବି, ସେଠି ଦୁଃଖୀ ସାଙ୍ଗରେ ଘନର ପୁଣି ସାକ୍ଷାତ ହେବାର ଅବକାଶ ଥିବ କି ନାହିଁ ସନ୍ଦେହ। ତେଣୁ ମୋର ଏଇ ପତ୍ର ପ୍ରାଣର ବନ୍ଧୁ ଦୁଃଖୀ ଦାସ

ନିକଟକୁ ଏକ ସଂରକ୍ଷଣୀୟ ସ୍ମରଣିକା ବୋଲି ବିଚାର କରି ଦେଖିବା ଅପ୍ରାସଙ୍ଗିକ ନୁହେଁ। ଏ ପତ୍ର ମୁଁ ଅପାତ୍ରରେ ଅର୍ପଣ କଲି ବୋଲି ବିଚାର କରୁନାହିଁ। ସୁବର୍ଣ୍ଣରେଖାର ଏଇ ପାଣି କେତେ ଓଡ଼ିଆ ପ୍ରାଣରେ ଜୀବନ ସଂଚାର କରୁଛି। ମୋର ଏଇ ପତ୍ରର ବିଷୟବସ୍ତୁ ଯଦି କାହାରି ଜୀବନ ପ୍ରବାହର ଧାରା ବଦଳାଇବାରେ ସାହାଯ୍ୟ ନକରେ, ଅଥବା ପରିବର୍ତ୍ତରେ ଏହା ଯଦି ଜାତୀୟ ଜୀବନକୁ ଭ୍ରଷ୍ଟକରି ଦେବାର ଆଶଙ୍କା ଅଛି ବୋଲି ତୋର ମନେହୁଏ, ତେବେ ଏ ଦଲିଲକୁ ନଷ୍ଟ କରି ଦେବାର ଅଧିକାର ତୋର ରହିଲା।

"ମୁଁ ସୁବର୍ଣ୍ଣରେଖାର ପଠାରେ ବସି ଲେଖୁଛି। ଦୂରରେ ସୂର୍ଯ୍ୟ ବୁଡ଼ିବେ ବୁଡ଼ିବେ ବୋଲି ହେଉଛନ୍ତି। କାନ୍ଥି ଛୁଇଁବାକୁ ଅନେକ ଡେରି। ଏ'ଲେଖା ସଞ୍ଜ ଆଗରୁ ସରି ନପାରେ। ନ ସରୁ। ମାତ୍ର ଏ ମୁହୂର୍ତ୍ତରେ ବର୍ଣ୍ଣନା ନ କରି ମୁଁ ରହି ପାରୁନାହିଁ। ଏ ଗୋଟେ ଅତି ମନୋରମ ମୁହୂର୍ତ୍ତ। ନଈର ଢେଉ ଢେଉରେ ଦୋହଲି ଯାଉଛି ସୁନେଲି ରଙ୍ଗର ପୋଛ। ସେ ପାଖରେ ଘନ ବନାନୀର ହରିତାଭାରେ ମିଶି ମିଶି ଯାଉଛି, ଭୂଇଁ ଭିତରୁ ଉଇଁ ଆସିଲା ଗୋଟାଏ ଅନ୍ଧାରୁଆ ଶିହରଣ। ମୋର ପ୍ରତି ରୋମ କୂପରେ କା'ର ସ୍ପର୍ଶ ନେଇ ମୋ ପେଟ ଭରି ଯାଉଛି। ଜୀବନର ଏ ଗୋଟିଏ ଅତି କରୁଣ ମୁହୂର୍ତ୍ତ। ମୁଁ ଭୀଷଣ ଆଶାବାଦୀ। ତେଣୁ ସତ୍ୟର ଅନୁସରଣ ମୋ ଜୀବନରେ କେବେ ସରିବ କି ନାହିଁ ନ ଜାଣିଲେ ବି, ମୁଁ ଭାଙ୍ଗି ପଡ଼େ ନାହିଁ। କିନ୍ତୁ ଦୁଃଖର କଥା ମୋ ଦେଶର ଭବିଷ୍ୟତ ସମ୍ବନ୍ଧରେ ମୁଁ ନିରାଶ ହୋଇପଡ଼େ। ତାର କାରଣ କଣ ଜାଣୁ? ଅସୂୟା! ପରସ୍ପର ପ୍ରତି ଅସୂୟାଭାବ ଏ ଜାତିର ଜୀବନୀଶକ୍ତିକୁ କ୍ଷୟ କରି ଦେଇଛି। ଯାବତୀୟ ଘୃଣ୍ୟବ୍ୟାଧିର ସଂକ୍ରମଣ ଓ ସଞ୍ଚାର ନିମନ୍ତେ ଆମ ଜୀବନପରି ଏଭଳି ପ୍ରସ୍ତୁତକ୍ଷେତ୍ର ପୃଥିବୀରେ କ୍ୱଚିତ୍ କୌଣସି ଭୂଖଣ୍ଡରେ ବିଂଶ ଶତାବ୍ଦୀର ମଧ୍ୟଭାଗରେ ଥାଇପାରେ ବୋଲି ମୋର ବିଶ୍ୱାସ ହେଉନାହିଁ।

ମୋର ମନେଅଛି, ଲବଣ ସତ୍ୟାଗ୍ରହରେ ଯୋଗଦେବା ପରେ ଆମେ ଜେଲ୍ ଗଲୁ। ତା'ପରେ ହେଲା ଗାନ୍ଧୀ ଇରଉଇନ୍ ସନ୍ଧି। ସମସ୍ତେ ଜେଲ୍‌ଖାନାରୁ ମୁକୁଳିଲେ। ପ୍ରଥମ ହୋଇ ଉତ୍କଳ କଂଗ୍ରେସର କମିଟିର ବୈଠକ ବସିଥାଏ। କଟକରେ। ପୁରୀରେ କଂଗ୍ରେସ ଅଧିବେଶନ ବସିବାର ଆୟୋଜନ ନିମନ୍ତେ ସମସ୍ତେ ପ୍ରସ୍ତୁତ ହେଉଥିଲେ। ସମଗ୍ର ଉତ୍କଳ କଂଗ୍ରେସର ବିଭିନ୍ନ ଜିଲ୍ଲାର ପ୍ରତିନିଧିମାନେ ଯୋଗଦେଇଥାନ୍ତି। ଉତ୍କଳ କଂଗ୍ରେସ ଅନ୍ତର୍ଭୁକ୍ତ ଜିଲ୍ଲାମାନଙ୍କ ତାଲିକାରେ ବିହାରର ସିଂହଭୂମି ଓ ମାନ୍‌ଭୂମର ଅଂଶ, ବଙ୍ଗଳାର ଦକ୍ଷିଣ ମେଦିନୀପୁର, ମାନ୍ଦ୍ରାଜର ଗଞ୍ଜାମ, ଶିକାକୁଲମ୍, ମଧ୍ୟପ୍ରଦେଶର ବସ୍ତର ବିନ୍ଦ୍ରା, ନୂଆଗଡ଼, ଜଳନ୍ତର ପ୍ରଭୃତି ସ୍ଥାନ ପାଇଥିଲା। ନିଖିଳ ଭାବେ କଂଗ୍ରେସ

କମିଟିକୁ ଏହିସବୁ ଅଞ୍ଚଳରୁ ଓଡ଼ିଆ ପ୍ରତିନିଧିମାନେ ବଛାହେବା ପାଇଁ ନିର୍ଦ୍ଦେଶ ଆସିଥିଲା। ମାତ୍ର ପରିତାପର ବିଷୟ ଯେ ଆମ ଓଡ଼ିଆ କଂଗ୍ରେସ ନେତାମାନଙ୍କର ନିଷ୍କ୍ରିୟତା ତଥା କ୍ଷମତା ଲୋଲୁପତାର ଯଜ୍ଞପୀଠରେ ସେ ସବୁ ଗୋଟି ଗୋଟି ହୋଇ ବଳି ପଡ଼ିଗଲା। ଓଡ଼ିଆ ନେତାମାନେ ପରସ୍ପର ପ୍ରତି ଈର୍ଷା ଓ ଅସୂୟାର ବିଷଜ୍ଵାଳାରେ ପୋଡ଼ି ମରୁଥିବା ବେଳେ ଅନ୍ୟାନ୍ୟ ପ୍ରଦେଶର ନେତାମାନେ କ୍ରମେ କ୍ରମେ ଆମ କ୍ଷେତ୍ରରେ ଆଧିପତ୍ୟ ବିସ୍ତାର କଲେ। ଓଡ଼ିଆ କଂଗ୍ରେସ ମାତ୍ର କେତୋଟି ଉପକୂଳବର୍ତ୍ତୀ ଜିଲ୍ଲା ଓ ଗଡ଼ଜାତ ମଧ୍ୟରେ ସୀମାବଦ୍ଧ ହୋଇ ରହିଲା। ଏ ବିଷୟରେ କୌଣସି ଓଡ଼ିଆ କେବେ ସ୍ୱର ଉତ୍ତୋଳନ କରିବାର ମୁଁ ଶୁଣି ନାହିଁ। ତେଣୁ କୌଣସି ଓଡ଼ିଆ କେବେ ହେଲେ ମୋ କଥା ବୁଝିବ ବୋଲି ମୁଁ ବିଶ୍ୱାସ ରଖୁ ନାହିଁ। କିନ୍ତୁ ମୁଁ ଯଦି ଦାଦାଙ୍କର ଏହି ଧର୍ମରେ ଦୀକ୍ଷିତ ହୋଇଯାଏ, ସେତେବେଳେ ମୁଁ ନିଜେ ନିଜକୁ ଓଡ଼ିଆ କହିବାର ଅବକାଶ ନଥିବ। କାରଣ ମନୁଷ୍ୟ ଜାତି ଏକ। କିନ୍ତୁ କାହିଁକି ମୁଁ ବୁଝିପାରୁ ନାହିଁ ଏହି ମହାନ୍ ଆଦର୍ଶରେ ନିଜକୁ ଅନୁପ୍ରାଣିତ କରିବା ପାଇଁ ସମସ୍ତ ଚେଷ୍ଟା ସତ୍ତ୍ୱେ ନିଜେ ଅକ୍ଷମ ହୋଇ ପଡୁଛି। ତଥାପି ମତେ ବିଶ୍ୱାସ କରିବାକୁ ପଡ଼ିବ ଯେ, ମନୁଷ୍ୟ ଜାତି ଏକ୍, ମାତ୍ର ଦୁଇ ଭାଗରେ ବିଭକ୍ତ। ନାରୀ ପୁରୁଷ ଭେଦରେ ନୁହେଁ ହ୍ୟାବସ୍ ଆଣ୍ଡ ହ୍ୟାବନଟସ୍ ଭେଦରେ ଅର୍ଥାତ୍ ଶୋଷକ ଓ ଶୋଷିତ ଭେଦରେ। ଏହି ଭେଦସ୍ଥାନରେ ହିଁ ମୋର ମନରେ ଦ୍ୱନ୍ଦ୍ୱ। ସେ ଦିନ ସେ ବଙ୍ଗନେତା ଏଇ ସୁବର୍ଣ୍ଣରେଖା ନଦୀତୀରେ ଯେଉଁ ଉଦାତ୍ତ ସ୍ୱର ଉତ୍ତୋଳନ କରି କହିଥିଲେ - ଆମେ ପ୍ରଥମେ ମନୁଷ୍ୟ, ତା'ପରେ ଭାରତୀୟ, ତା'ପରେ ଓଡ଼ିଆ ବା ବଙ୍ଗାଳୀ - ସେଇଟା କଣ ଠିକ୍? କିନ୍ତୁ ମୋ ଭିତରେ କିଏ ଯେପରି କହୁଛି, ମୁଁ ପ୍ରଥମେ, ମୁଁ ଅର୍ଥାତ୍ ମୋ ବାପର ପୁଅ, ତା'ପରେ ମୋ ଗାଁର ଘନିଆ, ତା'ପରେ ଯାଇ ସମଗ୍ର ଭାରତର ନାଗରିକ। ଭାରତୀୟ ନାଗରିକ ଥାଇ ମଧ ମୁଁ କଣ ପୃଥିବୀର ଜଣେ ଅଧିବାସୀ ମନୁଷ୍ୟ ହେବାରେ କୌଣସି ବାଧା ଅଛି ? ମୁଁ ନିଜକୁ ଜଣେ ମନୁଷ୍ୟ ବୋଲି ପରିଚୟ ଦେବା ବେଳେ ମୁଁ ମୋ ପିତାର ପୁତ୍ର ବୋଲି ଭୁଲିଯିବା କଣ ନିତାନ୍ତ ଆବଶ୍ୟକ। ଭବିଷ୍ୟତରେ ଭାରତ ଓ ପାକିସ୍ତାନ, କିମ୍ବା ଭାରତ ଓ ଚାଇନା ଭିତରେ ଯୁଦ୍ଧ ହେଲେ, ମୁଁ କଣ ସମଗ୍ର ଦେଶପାଇଁ ଜଣେ ଓଡ଼ିଆ ହିସାବରେ ପ୍ରାଣବଳୀ ଦେଇ ପାରିବି ନାହିଁ ? ସମଗ୍ର ଭାରତ ମୋର ଶହୀଦତ୍ୱରେ ଗର୍ବ କଲାବେଳେ ମୋର ରାଜ୍ୟ ମୋର ପରିବାର ଗର୍ବ କରିବାରେ କଣ ବାଧ ଅଛି ? ମୋର କାହିଁକି ବରାବର୍ ମନେ ହେଉଛି ମୁଁ ଯଦି ମୋର ପିତାର ଯୋଗ୍ୟ ସନ୍ତାନ ହୋଇ ନ ପାରେ, ତେବେ ମୁଁ ଦେଶ ଜଣେ ସୁନାଗରିକ କିମ୍ବା ମନୁଷ୍ୟ ସମାଜର ଜଣେ ସଭ୍ୟ ବୋଲି ଗର୍ବ କରିବାର କୌଣସି ଅଧିକାର ରହିବ ନାହିଁ। ଦ୍ୱନ୍ଦ୍ୱଟା କେବଳ

ଏତିକିରେ ଶେଷ ନୁହେଁ। ମୋ ମନ ଭିତରେ ଆହୁରି ଏକ ଜଟିଳତର ଦ୍ୱନ୍ଦ୍ୱ ଦେଖା ଦେଇଛି। ସେ ଦ୍ୱନ୍ଦ୍ୱ ହେଉଛି, ମୋର ଅତୀତ ଓ ବର୍ତ୍ତମାନ ଭିତରେ - ମୋର ପରମ୍ପରା ଓ ଆଧୁନିକ ପର୍ଯ୍ୟାୟ ମଧ୍ୟରେ।

ଏକଥା ଲେଖିଲା ବେଳେ ମୋ ଆଖି ଆଗରେ ଗୋପୀବଲ୍ଲଭପୁରସ୍ଥ ଗୋବିନ୍ଦଜୀଉଙ୍କ ମନ୍ଦିର ଦେଖାଯାଉଛି। ମୁଁ ଠାକୁର ଓ ମନ୍ଦିରକଥା କହିଲେ ଦାଦା ହସନ୍ତି, ବିଦ୍ରୂପ କରନ୍ତି। ସେସବୁ ମଧ୍ୟଯୁଗୀୟ କୁସଂସ୍କାର, ତାଙ୍କ ମତରେ। ଏଇଠି ମୋର ଦାଦାଙ୍କ ସହିତ ମତଭେଦ। ଏଇ ମତଭେଦ ହିଁ ଆଜି ମତେ ବିଭ୍ରାନ୍ତ କରି ଦେଉଛି। କରି ଦେଇଛି। ଗୋଟାଏ ଦିଗରେ ଦାଦା, ଏକାନ୍ତ ସ୍ନେହପାଶରେ ଆବଦ୍ଧ କରି ରଖିଛନ୍ତି, ତାଙ୍କର ବଚନିକା ମୋତେ ମୁଗ୍ଧ କରିଛି। ମୋର ବେଳେବେଳେ ମନେହୁଏ, ସେ ଯେପରି ସ୍ତର ସ୍ତର ଭେଦ କରାଇ ମତେ ଜ୍ଞାନାଲୋକ ପଥରେ ଅଗ୍ରସର କରାଇ ନେଉଛନ୍ତି। ଲେନିନ୍, ମାର୍କସ୍, ଏଞ୍ଜେଲସ୍, ହେଗେଲ, ଆରିଷ୍ଟଟଲ ଓ ପ୍ଲେଟେ ଆଦି ମହାପୁରୁଷମାନଙ୍କର କୃତି ସମ୍ବନ୍ଧରେ ମୁଁ କିଞ୍ଚିତ୍ ଅବଗତ ହୋଇଛି। ଏହି ମନନଶୀଳ ମୁନିମାନଙ୍କପ୍ରତି ମୋର ଶ୍ରଦ୍ଧା ଅକୃତ୍ରିମ। ତାହା ଛଡ଼ା କମ୍ୟୁନିଷ୍ଟ ମେନିଫେଷ୍ଟୋ ମୁଁ ପଢ଼ିଛି। ବହୁବାର ପଢ଼ିଛି। ଅଭ୍ୟାସ କରିଛି। ମୁଖସ୍ଥ ହୋଇଗଲାଣି କହିଲେ ଚଳେ। ତଥାପି ମୁଁ ତୁଳନା ନକରି ରହିପାରୁନାହିଁ, ଏଇ ମୁନିମାନଙ୍କ ସହିତ, ସେହି ମଧ୍ୟଯୁଗୀୟ ଦୁଇଟି ବ୍ୟକ୍ତିଙ୍କୁ, ଯିଏ ତିନି ଶହବର୍ଷରୁ ଅଧିକ କାଳ, ପ୍ରାୟ ଚାରି ଶହବର୍ଷ ପୂର୍ବେ ଏଇ ଓଡ଼ିଆ ଜାତିକୁ ପୁନର୍ଜୀବନ ଦେଇ ଯାଇଥିଲେ। ସେ ଏ ଜାତି ପ୍ରାଣରେ ଯେଉଁ ନୂତନ ଜୀବନର ସଞ୍ଚାର କରିଥିଲେ, ତାହା ନିଜେ ମାର୍କସ ବା ତାଙ୍କ ଶିଷ୍ୟ ଲେନିନ୍ ଓ ଷ୍ଟାଲିନ୍ ଦେଇ ପାରିଛନ୍ତି କି? ଏକଥା ଦାଦାଙ୍କୁ ପଚାରିବା ପାଇଁ ଭୟ ହୁଏ। ମୁଁ ଦାଦାଙ୍କ ପ୍ରତି ଏତେ ବେଶି ପକ୍ଷପାତୀ ଯେ ତାଙ୍କ ମନରେ କଷ୍ଟ ଦେଲା ଭଳି ମାନସିକ ଦୁଃସ୍ଥିତିକି ବରଣ କରି ପାରିବି ନାହିଁ।

"ମାର୍କସ କହନ୍ତି – ବସ୍ତୁ ହିଁ ସବୁ। ହେଗେଲଙ୍କଠାରୁ ମାର୍କସ୍ ପାଦେ ଆଗେଇ ଯାଇ କହିଲେ, ବସ୍ତୁ ହିଁ ମନୁଷ୍ୟର ଚରମ ସିଦ୍ଧି। ବସ୍ତୁର ସ୍ୱୟଂ ଚଳନ ବା ସଞ୍ଚଳନ ଫଳରେ ହିଁ ସୃଷ୍ଟି ସମ୍ଭବ ହୋଇଛି। ସ୍ଥାବର ଜଙ୍ଗମ ଜଡ଼ ଓ ଚୈତନ୍ୟ ଆଦି ଅଖିଳ ସୃଷ୍ଟି ମୂଳରେ ଏଇ ବସ୍ତୁର ହିଁ ଚିରନ୍ତନ ସଞ୍ଚାର। ମୁଁ ଏଠାରେ ଅଣୁ ପରମାଣୁ ବା ସୂକ୍ଷ୍ମାଣୁର କ୍ରିୟା ବିଶ୍ଳେଷଣ କରିବାକୁ ଯାଉ ନାହିଁ। ମାର୍କସ୍‌ଙ୍କ ଆଗରେ ସେତେବେଳେ ଆଧୁନିକ ବିଜ୍ଞାନର ନବ ନବ ଆବିଷ୍କାରମାନ ନଥିଲା। କିନ୍ତୁ ମାର୍କସଙ୍କ ଜୀବନକାଳ ଅବଧି ମାନବ ସମାଜର ଭାବରାଜ୍ୟରେ ଯେଉଁ ଯେଉଁ ବିପ୍ଲବମାନ ସଂଘଟିତ ହୋଇ ଯାଇଥିଲା, ମାର୍କସଙ୍କ ଭଳି ଜଣେ ଜ୍ଞାନୀ ଗବେଷକ ତତ୍‌ପ୍ରତି ଦୃଷ୍ଟି ନଦେଇ କିପରି

ନିର୍ଭୀକ ଭାବରେ କହି ପାରିଲେ ଯେ ବସ୍ତୁର ଇନ୍ଦ୍ରିୟ ସହିତ ସଂସ୍ପର୍ଶରୁ, ଅର୍ଥାତ୍ ବିଷୟଭୋଗରୁ ହିଁ ଭାବର ସୃଷ୍ଟି ?"

"ଗୋପୀବଲ୍ଲଭପୁରର ଏହି ଓଡ଼ିଆ ବୈଷ୍ଣବଙ୍କ ଜୀବନୀ ତୁ ନିଶ୍ଚୟ ପଢ଼ିଥିବୁ। ବୃନ୍ଦାବନରେ ମାନସିକ ସେବା କରୁ କରୁ ସେ ଭାବମୟ ମାନସ ରାଜ୍ୟରେ ସାକ୍ଷାତ୍ ସମଦର୍ଶନ କରିଥିଲେ। ରାସମୟୀ ନୃତ୍ୟରତା ଶ୍ରୀମତୀ ନିଶାବସାନରେ ରାସସ୍ଥଳୀରୁ ବିଦାୟ ନେଇ ଚାଲିଗଲେ। ମାତ୍ର ତାଙ୍କର ଅଗୋଚରରେ ସ୍ୱର୍ଣ୍ଣମୟ ନୂପୁରର ଗୋଟିଏ ଝରା କୁଞ୍ଜକାନନରେ ପଡ଼ି ରହିଲା। ଶ୍ୟାମାନନ୍ଦ ଭାବରାଜ୍ୟରୁ ଫେରିଆସି ବାସ୍ତବ ରାଜ୍ୟରେ ଦେଖିଲେ - ନିକୁଞ୍ଜକାନନରେ ସେହି ନୂପୁରର ଝରାଟି ଏବେ ବି ଧୂଳିରେ ପଡ଼ି ରହିଛି। ଏହି ଭାବରାଜ୍ୟ ଓ ବାସ୍ତବରାଜ୍ୟ ମଧ୍ୟରେ ସମ୍ପର୍କ କେଉଁଠି ? ତୁ କହିପାରୁ ଯେ ଏସବୁ କେବଳ କାହାଣୀ। ପରୀରାଜ୍ୟ କଥା। ଆମ ପୂର୍ବପୁରୁଷମାନେ ତେବେ କଣ ଆମକୁ ପ୍ରତାରିତ କରି ଯାଇଛନ୍ତି।"

"ତାଙ୍କ ଶିଷ୍ୟ ରସିକାନନ୍ଦଙ୍କ ଜୀବନୀ ଆହୁରି ଅଦ୍ଭୁତ। ଏଇଠି ତାଙ୍କ ଜନ୍ମ। ଏଇ ସୁବର୍ଣ୍ଣରେଖା ତୀରରେ। ରୋହିଣୀ ଗ୍ରାମ ଏଠୁ ବେଶୀ ଦୂର ନୁହେଁ। ତାକୁ ଏବେ ବଙ୍ଗଳାରେ ରୟଣୀ ବୋଲି କହୁଛନ୍ତି। ପ୍ରବାଦ ଅଛି ଯେ ମୁସଲମାନ୍ ଦସ୍ୟୁମାନେ ତାଙ୍କର ସ୍ପର୍ଶମାତ୍ରେ ସାଧୁ ହୋଇ ଯାଉଥିଲେ, ଅଦ୍ଭୁତ ଯାଦୁ ବଳରେ। ସେତେବେଳେ ସମଗ୍ର ଭାରତ ସ୍ପୃଶ୍ୟ ଅସ୍ପୃଶ୍ୟ, ଜାତି ଅଜାତି ଭେଦରେ ବିଭିନ୍ନ। ବଙ୍ଗ ଦେଶରେ ଅସ୍ପୃଶ୍ୟ ନାମ ଶୁଦ୍ରମାନେ ସବର୍ଣ୍ଣମାନଙ୍କ ଅତ୍ୟାଚାର ଯୋଗୁଁ ଇସଲାମ୍ ଧର୍ମ ଗ୍ରହଣ କରିଗଲେ। ତାହାର ପ୍ରଭାବ ପଡ଼ିଲା ଓଡ଼ିଶା ଉପରେ। ସେତେବେଳେ ଓଡ଼ିଶାର ଉତ୍ତରସୀମା ଥିଲା ଗଙ୍ଗାନଦୀ। ଓଡ଼ିଶାର ସୁବେଦାର ଥିଲେ ଇତିହାସ ପ୍ରସିଦ୍ଧ ଅହମ୍ମଦ ବେଗ୍। ସେ ଶୁଣିବାକୁ ପାଇଲେ ଯେ ଓଡ଼ିଶାରେ କୌଣସି ଅସ୍ପୃଶ୍ୟ ମୁସଲମାନ ହେବା ଦୂରେ ଥାଉ, ମୁସଲମାନ୍‌ମାନେ ଓଲଟି ହିନ୍ଦୁ ହୋଇ ଯାଉଛନ୍ତି। ଏ ପ୍ରତିକ୍ରିୟା ମୂଳରେ ଏକମାତ୍ର ବ୍ୟକ୍ତି ହେଉଛନ୍ତି ଯାଦୁକର ରସିକାନନ୍ଦ। କ୍ରୋଧରେ ଅଗ୍ନିଶର୍ମା ହୋଇ ଗଲେ ଅହମ୍ମଦ ବେଗ୍। ଆଜ୍ଞା ଦେଲେ ରସିକାନନ୍ଦଙ୍କୁ ଧରି ଆଣିବାପାଇଁ। ରସିକାନନ୍ଦ ନିରପରାଧ। ମାତ୍ର ଅଭିଯୋଗ ଯେ ମୁସଲ୍‌ମାନଙ୍କୁ କୁପରାମର୍ଶ ଦେଇ ହିନ୍ଦୁ କରିବାରେ ଲାଗିଛନ୍ତି। ରସିକାନନ୍ଦ ଯେ ନିରପରାଧ ସେଥିପାଇଁ ତାଙ୍କୁ ପ୍ରମାଣ ଦେବାକୁ ହେବ ବୋଲି, ସୁବେଦାରଙ୍କ ହୁକୁମ୍ ହେଲା। ସୁବେଦାର କହିଲେ, ଯଦି କେବଳ ରସିକାନନ୍ଦଙ୍କ ସଂସ୍ପର୍ଶରେ ଆସିବା ମାତ୍ରେ ମୁସଲମାନ୍‌ମାନେ ହିନ୍ଦୁ ହୋଇ ଯିବାକୁ ମନ ବଳାଉଛନ୍ତି, ତେବେ ଗ୍ରାମ ସୀମାନ୍ତରେ ମାତିଥିବା ପାଗଳା ହାତୀ ମଧ୍ୟ ରସିକାନନ୍ଦଙ୍କୁ ଦେଖିଲା ମାତ୍ରେ ପାଦତଳେ ଆସି ଶାନ୍ତ ହୋଇଯିବ। ତାହା ହିଁ ହେଲା।

ପାଗଳାହାତୀ ରସିକାନନ୍ଦଙ୍କୁ ଦେଖିଲା ମାତ୍ରେ ପ୍ରଣାମ ଜଣାଇଲା। ଏହା ଯଦି ସତ୍ୟ ହୋଇଥାଏ, ତେବେ ବସ୍ତୁ ପ୍ରଭାବରେ ଭାବର ରୂପାନ୍ତର ଘଟିଲା, ବା ଭାବ ପ୍ରଭାବରେ ବସ୍ତୁର ରୂପାନ୍ତର ଘଟିଲା, ଆମେ କେଉଁ ସିଦ୍ଧାନ୍ତରେ ଉପନୀତ ହେବା ? ଏଥିରୁ କଣ ବିଶ୍ୱାସ ହେବ ଯେ ଜଗତ୍ କେବଳ ବସ୍ତୁମୟ। ଅବଶ୍ୟ ପରସ୍ପର ବିରୋଧୀ ବସ୍ତୁ ମଧ୍ୟରେ ବା ବସ୍ତୁଜାତ ଭାବ ମଧ୍ୟରେ ସଂଘର୍ଷଦ୍ୱାରା, ଯଦି ନୂତନ ଉନ୍ନତିରେ ବସ୍ତୁ ବା ଭାବର ସମ୍ଭାବନା ଓ ଉଦ୍ଭାବନା ହୁଏ ତେବେ ବିନା ସଂଘର୍ଷରେ ଏ ବସ୍ତୁର ଭାବଗତ ଓ ବସ୍ତୁଗତ ଉନ୍ନତ ଅବସ୍ଥା ସମ୍ଭବ ହେଲା କିପରି ? ଯଦି କୁହାଯାଏ ଯେ ଅର୍ଥନୀତିକ ଭିତ୍ତିରେ ହିଁ ବାସ୍ତବ ଭାବଗତ ରାଜ୍ୟର ପ୍ରତିଷ୍ଠା ତଥା ବିକାଶ ସମ୍ଭବ ତେବେ ଦରିଦ୍ର ଭିକ୍ଷାଶୀ ଗୃହତ୍ୟାଗୀ ଓଡ଼ିଆ ସନ୍ନ୍ୟାସୀ ଦୁଇଜଣ, ଶ୍ୟାମାନନ୍ଦ ଓ ରସିକାନନ୍ଦଙ୍କ ଜୀବନରେ ସମାଜର କେଉଁ ପ୍ରଭାବ ପଡ଼ିଥିଲା ? ରସିକାନନ୍ଦ ଥିଲେ ରାଜପୁତ୍ର। ରାଜା ଅଚ୍ୟୁତାନନ୍ଦଙ୍କର ଦାୟାଦ। ଏଠି ସାମନ୍ତବାଦ ସହିତ କେଉଁ ଅର୍ଥନୀତିକ ବିଭାବ ଓ ଭାବର ସଂଘର୍ଷରେ ରସିକାନନ୍ଦଙ୍କର ନୂତନ ସ୍ୱଭାବ ସମ୍ଭବ ହେଲା ? କେଉଁ କ୍ରିୟା ଓ ବିକ୍ରିୟାର ସଂଘର୍ଷରେ, କେଉଁ ଅନ୍ୱୟ ଓ ପ୍ରତ୍ୟନ୍ୱୟର ବିରୋଧ କ୍ରମେ ନୂତନ ପ୍ରକ୍ରିୟା ବା ସମନ୍ୱୟ ଉପଜାତ ହେଲା ? ମନୁଷ୍ୟର ଶିକ୍ଷା, ସଂସ୍କୃତି, ଧର୍ମ, ଆଚାର ଓ ବିଚାର ସବୁ ଯଦି ବସ୍ତୁର ବାହ୍ୟ ବିକାଶ, କଳା ସାହିତ୍ୟ ଯଦି ଅର୍ଥଗତ ପ୍ରାଣର ଶ୍ରମ ନିଷ୍କୃତି ଜନିତ ସମୟର ଉପଯୋଗ, ତେବେ ଏ ବିରାଟ ବୈଷ୍ଣବୀୟ, ପ୍ରେମ ଧର୍ମ ମୂଳରେ କେଉଁ ଅର୍ଥନୀତିକ ହେତୁ ନିହିତ ରହିଛି, ଆମେ ତାହା ଆବିଷ୍କାର କରି ପାରିବା କି ? ଏସବୁ ସନ୍ଦେହ ସତ୍ତ୍ୱେ ମୁଁ ଗୋଟିଏ ବିଷୟରେ ଏହି ଜାତୀୟ ଚିନ୍ତାଧାରା ସହିତ ଏକମତ ଯେ, ମନୁଷ୍ୟ ଜାତିର ଯେଉଁ ଧନୀ ଦରିଦ୍ର ବିଭାଜନ ତାହା ଈଶ୍ୱରକୃତ ନୁହେଁ, ମନୁଷ୍ୟକୃତ। ଆମେ ଭାରତୀୟମାନେ ଅତିରିକ୍ତ ଅଦୃଷ୍ଟବାଦୀ। ତେଣୁ ଆମେ ମନୁଷ୍ୟର ମନୁଷ୍ୟ ଉପରେ ଅତ୍ୟାଚାରକୁ ବରଦାସ୍ତ କରୁଛୁ। ପାପ ପୁଣ୍ୟରେ ଯାହାର ବିଶ୍ୱାସ ଅଛି, ସେ ନିଶ୍ଚୟ କହିବ ଯେ ଆମର ଯାବତୀୟ ଅଧୋଗତି ମୂଳରେ ଏଇ ଅଦୃଷ୍ଟବାଦହିଁ ଆସ୍ଥାନ ଜମାଇ ବସିଛି। ଅଦୃଷ୍ଟବାଦର ବିରୋଧ ମନୋବୃତ୍ତି ହିଁ ମୋତେ ଦାଦାଙ୍କର ଭକ୍ତ କରିଛି। ସମସ୍ତ ସନ୍ଦେହ ଓ ମାନସିକ ଦ୍ୱନ୍ଦ୍ୱ ସତ୍ତ୍ୱେ ମୁଁ ଏପଥରୁ ଭୀରୁ ହୋଇ ପଳାଇ ଯିବାକୁ ଚାହେଁ ନାହିଁ। ତଥାପି ଯଦି ଏହାକୁ କେହି ମୋର ପତନ ବୋଲି କହେ, ମୁଁ କହିବି, ବଙ୍ଗାଳୀମାନଙ୍କ କଥାରେ – 'ଯଦି ଡୁବ୍‌ତେ ହୟ, ଦେଖି ପାତାଲ୍ କତଦୂର'। ମାତ୍ର ମର୍ତ୍ତ୍ୟର ସମସ୍ତ ସମ୍ପର୍କ ଛାଡ଼ି, ଏହି ସଙ୍କଟ ମଧ୍ୟରେ ମୁଁ ତୋ ଠାରୁ କିଛି ନୂତନ ଦିଗ୍‌ଦର୍ଶନ ପାଇବି ବୋଲି ତୋତେ ଏ ପତ୍ର ଲେଖୁଛି।

"ପରମ୍ପରା ଓ ସାଂପ୍ରତିକ ସ୍ଥିତି ମଧ୍ୟରେ ସଂଯୋଗ କେଉଁଠି ଜଡ଼ ଓ ଚେତନା

ମଧ୍ୟରେ, ବଦ୍ଧଜୀବ ଓ ସଚ୍ଚିଦାନନ୍ଦ ମଧ୍ୟରେ ସମ୍ବନ୍ଧ କଣ ଓ କେଉଁଠି ? ଜଡ଼ ମଧ୍ୟରେ ଚୈତନ୍ୟ ଓ ଚେତନ ମଧ୍ୟରେ ଜଡ଼ତ୍ୱର ଆବିଷ୍କାର କଣ ଅସମ୍ଭବ ? ଉତ୍ତର ଆଶାରେ ରହିଲି । ତୋର ସୁଚିନ୍ତିତ ମତ ଦେବୁ । ତୋର ଶାରୀରିକ ଓ ମାନସିକ କୁଶଳ କାମନା କରେ । ଦୀର୍ଘ ପତ୍ର ନିମନ୍ତେ କ୍ଷମା ଦେବୁ ।

(ଇତି)
ତୋର
ଘନ

ଘନକୁ ଆଣି ସେ ଚିଠି ଦେଖେଇଲା ଦୁଃଖୀ । କେତେ ବର୍ଷ ବିତିଗଲାଣି ଇତିମଧ୍ୟରେ । ଘନ ନିଜ ଚିଠି ପଢ଼ି ହସିଲା । କହିଲା – "ମୁଁ ବୋଧହୁଏ ପାଗଳ ହୋଇଥିଲି ସେତେବେଳେ, ନୁହେଁ ଦୁଃଖୀ ? ତୁ ଚିଠି ପଢ଼ି ସେଇୟା ଭାବିଥିବୁ ନିଶ୍ଚୟ !"

ଦୁଃଖୀ କହିଲା – "ବରଂ ବର୍ତ୍ତମାନ ତୋ ଭିତରେ କିଛି କିଛି ପାଗଳାମି ଗଜେଇଛି ବୋଲି ଯଦି କେହି କହେ, ପ୍ରତିବାଦ କରିବା କଷ୍ଟକର ହେବ ମୋ ପକ୍ଷରେ ।"

ଘନ – "ହେଇପାରେ । ଏବେ ମଧ୍ୟ ଯଦି ମୋତେ କାଳଗ୍ରହ ବୋଲି କହେ, ମୁଁ କହିବି, ମୋର ସେଇ ଅତୀତ ଜୀବନର ପ୍ରଭାବ ହିଁ ସେଥିପାଇଁ ଦାୟୀ । ମୁଁ ଆଜି ହଠାତ୍ କାହିଁକି ତୋ ପାଖକୁ ଚାଲି ଆସିଲି ଏତେବେଳଯାଏଁ ପଚାରିଲୁ ନାହିଁ ତ ? କହୁଛି ଶୁଣ୍ ! ମନ ମୋର ବଡ଼ ଅସ୍ଥିର ହେଲା । ମୁଁ ନିଜକୁ ଏପରି ଦୟନୀୟ ଅବସ୍ଥାରେ କେବେ ଦେଖି ନଥିଲି ଇତିପୂର୍ବରୁ । ମୋର ପୋଷଣାହାରୀ ବାପା ଗଲାବେଳେ ବି ନୁହେଁ । ହଁ, ଜାଣିଚୁ ଦୁଃଖୀ ! ପରିମଳ ଦାଦା ଆଉ ନାହାନ୍ତି" – କହି ଘନ ପ୍ରକୃତରେ କାନ୍ଦି ପକେଇଲା । ଏଇ ବୟସରେ, ଜଣେ ବାହାରର, ଅନ୍ୟ ପ୍ରଦେଶର ଅନ୍ୟ ଭାଷାଭାଷୀ ଅନ୍ୟ ଜାତିର ଲୋକପ୍ରତି, ମମତାରେ ଆଖିରୁ ଲୁହ ଗଡ଼େଇବା ବଡ଼ ବିରଳ, ଦୁଃଖୀ ଭାବିଲା । କହିଲା – "ମୁଁ କଣ ଭାବିଥିଲି ଜାଣିଛୁ ? ମାର୍କସ୍ ହିଁ ମାର୍କସ୍‌ବାଦ୍‌ର ସବୁଠାରୁ ବଡ଼ ବିରୋଧୀ ।"

"ତାହା ନ କହି ବରଂ କହିପାରୁ, ଜଡ଼ବାଦୀ ମାର୍କସିଷ୍ଟମାନେ ହିଁ ସର୍ବାଧିକ ଚୈତନ୍ୟବାଦୀ ।" ଘନ ହସିଲା ।

"ମୁଁ ଏ ସଂଶୋଧନକୁ ଗ୍ରହଣ କରି ନେଉଛି । କାରଣ ମନେହୁଏ, ମୁଁ ଯେତେ ମାର୍କସ୍‌ବାଦୀଙ୍କ ସଂସ୍ପର୍ଶରେ ଆସିଛି, ସେମାନଙ୍କ ଆଚରଣରୁ ମତେ ଯାହା ଜଣା ଯାଉଛି, ସେମାନେ ବାହାରେ ଯେତେ ଜଡ଼ବାଦର ପ୍ରଚାର କରନ୍ତୁ ପଛେ ଦଳ ପ୍ରତି ସେମାନଙ୍କର ମୋହ ଅତି ଉତ୍କଟ । ନିଜକୁ ଯେତିକି ବସ୍ତୁବାଦୀ ବୋଲି ଗର୍ବ କରନ୍ତି, ନିଜର ଆଦର୍ଶପ୍ରତି

ସେମାନଙ୍କର ଅନ୍ଧ ଆନୁଗତ୍ୟ, କୌଣସି ଧର୍ମାନ୍ଧ ବ୍ୟକ୍ତଠାରୁ ଅଳ୍ପ ନୁହେଁ।" ଦୁଃଖୀ କହିଲା।

"ସେଥିପାଇଁ ବୋଧହୁଏ ଦାଦା ମୋତେ ଆପଣାର କରିଥିଲେ। ମୁଁ କିନ୍ତୁ ତାଙ୍କୁ ସେତିକି ଆପଣାର କରି ପାରିଲି ନାହିଁ। ତାଙ୍କର ଶେଷ ଆଶା ମୁଁ ପୂରଣ କରିନାହିଁ। ମଲା ବେଳକୁ ମୁଁ ପାଖରେ ନଥିଲି।" ଘନ ପୁଣି କାନ୍ଦିଲା।

"ସେଥିପାଇଁ କଂଗ୍ରେସବାଲାଙ୍କଠାରୁ କମିଉନିଷ୍ଟମାନଙ୍କୁ ମୁଁ ବେଶି ପସନ୍ଦ କରେ। କଂଗ୍ରେସବାଲାଙ୍କର ଆଦର୍ଶପ୍ରତି ଆଦୌ ଶ୍ରଦ୍ଧା ନାହିଁ। ତାହା ଯଦି ଥାଆନ୍ତା ତେବେ ଭୋକିଲା କୁକୁର ରୁଟି ଖଣ୍ଡକ ପାଇଁ କାମୁଡ଼ାକାମୁଡ଼ି ହେଲା ପରି, ନିଜର ଅହିଂସା ନୀତିକୁ ଭୁଲି, ଆପଣା ଆପଣା ଭିତରେ ଏମାନେ ଏପରି ମରାମରି ହୁଅନ୍ତେ ନାହିଁ। ନିର୍ମମ ଅହିଂସାଠାରୁ ହିଂସ୍ର ମମତା ବରଂ ଭଲ।" ଦୁଃଖୀ କହିଲା।

"ଏକା କଥା। ନିର୍ମମ ଜଡ଼ତା ଓ ଜଡ଼ ମମତା ମଧ୍ୟରେ ପାର୍ଥକ୍ୟ କେଉଁଠି ?" ଘନ ଆଖିରୁ ଲୁହପୋଛି ସଳଖ ହୋଇ ବସି କହିଲା – "ତୁ ଦେଖିବୁ, ଦିନେ କଂଗ୍ରେସ ଓ କମିଉନିଷ୍ଟ ଏକ ହୋଇ ଯିବେ। ତାଙ୍କ ଭିତରେ ପରସ୍ପର ବିରୋଧୀ ଏହି ଅନ୍ତର୍ଦ୍ୱନ୍ଦ୍ୱର ମୂଳ ଏକ ବୋଲି ଯେତେବେଳେ ଏମାନେ ବୁଝି ପାରିବେ, ସେତେବେଳେ ତାଙ୍କ ଭିତରେ ଗୋଟାଏ ସମାଧାନ ହୋଇଯିବ। ଏଇ ଦ୍ୱନ୍ଦ୍ୱର ପ୍ରେରକ କିଏ ଜାଣୁ ? ଆତ୍ମେନ୍ଦ୍ରିୟ ତୃପ୍ତି ବାଞ୍ଛା।"

ଦୁଃଖୀ କହିଲା – "ତୁ ଯାହା କହୁଛୁ ବୋଧହୁଏ ସେଇଟା ଠିକ୍। କାରଣ କେଉଁଠି 'ସାମନ୍ତବାଦ୍' ଅନ୍ୱୟ ହେଲାବେଳେ 'ପୁଞ୍ଜିବାଦ' ତାର ପ୍ରତ୍ୟନ୍ୱୟ ହୋଇ ଠିଆ ହୋଇଛି। ପୁଣି କେଉଁଠି ପୁଞ୍ଜିବାଦକୁ ଅନ୍ୱୟ କରି, ସାମନ୍ତବାଦର ନୂତନ ପ୍ରକରଣ 'ସାମ୍ରାଜ୍ୟବାଦ' ପ୍ରତ୍ୟନ୍ୱୟ ଭାବରେ ଠିଆ ହୋଇଛି। ଉଭୟର ସଂଘର୍ଷରେ ସାମ୍ୟବାଦର ପ୍ରତିଷ୍ଠା କଦାପି ସମ୍ଭବ ନୁହେଁ। ଯଦି ସମ୍ଭବ ହୁଏ, ତେବେ ତାର ନୂତନ ରୂପ 'ବୌଦ୍ଧିକ ସାମ୍ରାଜ୍ୟବାଦ' ପ୍ରକାଶ ପାଇବ।

"କେବଳ ନୂଆ ମାର୍କା, ମସଲା ଏକ।"

"ଏସବୁ କଥା ଆମ ରାମ ବାବୁ ଭଲ ବୁଝିବେ। ମୁଁ କିନ୍ତୁ ଗୋଟିଏ କଥା ବୁଝିଛି, ସେ ଦିନ ଚିଠିର ଉତ୍ତରରେ ଯାହା ଲେଖିଥିଲି – 'ପରମ୍ପରାକୁ ଛାଡ଼ି ପ୍ରଗତି ସମ୍ଭବ ନୁହେଁ।' ଯଦି କେହି କହେ ସମ୍ଭବ ବୋଲି ତାହେଲେ ମୁଁ କହିବି, ତାହା ପ୍ରଗତି ନୁହେଁ – ଦୁର୍ଗତି। ତା' ଯଦି ହେଇ ନଥାନ୍ତା ତେବେ ମାର୍କସ୍ ହେଗେଲ୍‌ଙ୍କଠାରୁ ସ୍ୱତନ୍ତ୍ର ଭାବରେ ଡାଇଲେକ୍‌ଟିକ୍‌ସ ବା ଦ୍ୱନ୍ଦ୍ୱାତ୍ମକ ଦର୍ଶନ ଉପରେ ନିଜର ବସ୍ତୁବାଦକୁ ନ୍ୟସ୍ତ କରି ନ ଥାନ୍ତେ।" ଦୁଃଖୀ ମନ୍ତବ୍ୟ କଲା।

"ମୁଁ ତୋ ଚିଠି ପାଇଥିଲି । କିନ୍ତୁ ତାର ଉତ୍ତର ଲେଖିବାକୁ ମୋର ଆଉ ଧୈର୍ଯ୍ୟ ନଥିଲା । ମୁଁ ସେତେବେଳେ ନିଷ୍ପତ୍ତି ନେଇ ସାରିଥିଲି । ମୋ ନିଷ୍ପତ୍ତିଟା ଯେ ଠିକ୍, ତୋ ଚିଠି ତାକୁ ସମର୍ଥନ କରିଥିଲା । କିନ୍ତୁ ସେ ନିଷ୍ପତ୍ତି ମୁଁ ନିଜେ ନେଇ ନାହିଁ । ପରିସ୍ଥିତି ମୋତେ ସେଭଳି ନିଷ୍ପତ୍ତି ନେବାକୁ ବାଧ୍ୟ କଲା ।" ଘନ କହିଲା । ପରିସ୍ଥିତିଟା ସମ୍ବନ୍ଧରେ ଜାଣିବାକୁ ଦୁଃଖୀ ଆଗ୍ରହ ପ୍ରକାଶ କଲା । ଘନ ତା ଜୀବନୀରୁ ଗୋଟିଏ ଘଟଣାବହୁଳ ପୃଷ୍ଠା ଉଦ୍ଧାର କରି କହୁଥାଏ ।

"ବିମଳର ଘର କଲିକତାର ଯେଉଁ ଗଳିରେ, ସେଠୁ 'ମହର୍ଷି ଦେବେନ୍ଦ୍ର ନାଥ ରୋଡ୍‌ଟା ବେଶି ଦୂର ନୁହେଁ । ସେଇଟା ଆମ ଓଡ଼ିଆ କୁଲିମାନଙ୍କର ପେଣ୍ଠ । ଟ୍ରେଡ୍ ୟୁନିଅନିଷ୍ଟ ମାନଙ୍କର ଆଡ୍‌ଡ଼ା ସେ ଜାଗାଟା । ଭାରତୀୟ କମିଉନିଷ୍ଟ ପାର୍ଟିର କଲିକତା ବା ବଙ୍ଗଳା ଶାଖାରେ ଯେତେ ବିଭେଦ, ମତଭେଦ ସବୁର – 'ନମଇଁ ନୃସିଂହ ଚରଣ, ଅନାଦି ପରମ କାରଣ' – ସେଇଠୁଁ ଆରମ୍ଭ । କିଏ କେଉଁ ଶ୍ରମିକ ସଂଘକୁ ହାତକୁ ନେବ ସେଥିପାଇଁ ଚାଲେ ପ୍ରତିଯୋଗିତା । ଆଉ ଏଇ ପ୍ରତିଯୋଗିତାର ମନଫଟାଫଟିରୁ ମତ ଅମେଳ । ଛେନାରୁ ରସଗୋଲା, ପାନତୁଆ, ଲେଡ଼ିକିନ ତିଆରି ହେଲାପରି, ଗୋଟିଏ ମାର୍କସବାଦ ନାନା ରୂପ ନିଏ । ଡାହାଣ, ବାଆଁ ଫରୱାର୍ଡ, ବେକ୍ ୱାର୍ଡ ସେଣ୍ଟର, ଲେଫଟ୍ ଉଇଙ୍ଗ ଆଦି କେତେ ମାର୍କସବାଦୀ ଦଳ ସୃଷ୍ଟି ହୋଇଯାଏ । ମୋତେ ଭାରି ହସ ମାଡ଼େ । ଉତ୍କଳ ଅର୍ଥ କୁଲି ଦେଶ ବୋଲି ଯେଉଁ ବଙ୍ଗାଳୀମାନଙ୍କର ଅଭିଧାନ ଦିନେ ବଖାଣୁଥିଲା ଏବେ ସେଇ ବଙ୍ଗାଳୀମାନେ କଲିକତାବାସୀ ଓଡ଼ିଆ କୁଲିଙ୍କ ସାହାଯ୍ୟ ବିନା ନେତା ପଦବାଚ୍ୟ ହେବା କଷ୍ଟକର । ବିମଳ ମୋତେ ତା ସ୍ୱାର୍ଥ ଉଦ୍ଦେଶ୍ୟରେ ସେଠି ନେଇ ଜୁଟେଇ ଦେଲା । ଦାଦା କିନ୍ତୁ ଏସବୁର ଖବର ରଖୁ ନଥିଲେ । ସେ ସକ୍ରିୟ ରାଜନୀତିରେ କେବେ ହେଲେ ମନୋନିବେଶ କରନ୍ତି ନାହିଁ । ମାର୍କସ ଦର୍ଶନ ହିଁ ତାଙ୍କ ଜୀବନକୁ ପରିପ୍ଲୁତ କରି ରଖିଥିଲା । ସେଥିପାଇଁ ସବୁ କମିଉନିଷ୍ଟ ନେତାଯାକ ତାଙ୍କୁ ଆଶ୍ଚର୍ଯ୍ୟ ଆଖ୍ୟା ଦେଇଥିଲେ । ତାଙ୍କର ଖୁବ୍ ଖାତିର ବି ଥିଲା ।"

"ତୋର ଏ କାହାଣୀ ଭୀଷଣ ମନ ମୁଗ୍ଧକର" – ହସିଲା ଦୁଃଖୀ ।

ଘନ ବି ହସିଲା । କହିଲା – "ହଁ କଣ କହୁଥିଲିଟି ? ଏଇ ବିମଳ କଥା । ବିମଳ ମୋତେ ନେଇ ସେଇ ପଟିରେ ଜୁଟେଇ ଦେଲା । ବିମଳର ଅନୁରୋଧ ଏଡ଼ି ନ ପାରି ମୁଁ ତା ଘରୁ ଯାଇ ସେଠି ଜଣେ ଓଡ଼ିଆ କୁଡ଼ିଆରେ ରହିଲି । ସେତେବେଳକୁ ମୁଁ ବିମଳ ଘରେ ତା ପରିବାରର ଜଣେ ହୋଇ ବର୍ଷୁଟିଏ କଟେଇ ସାରିଥାଏଁ । ବିମଳ କଥାକୁ ଏଡ଼ିଦେବା ମୋ ପକ୍ଷରେ କଷ୍ଟ । ଏଇ ପଟିରେ ମୋର କାମ ହେଲା, ବିମଳ

ଯେଉଁ ଟ୍ରେଡ୍ ୟୁନିଅନର ସେକ୍ରେଟେରୀ ସେହି ଟ୍ରେଡ୍ ୟୁନିଅନ୍‌ରେ ଓଡ଼ିଆ କୁଲିଙ୍କୁ ତାଲିକାଭୁକ୍ତ କରିବା। କିଛି ଦିନ ସେଠି ରହିଲା ପରେ, ମୁଁ ପ୍ରାୟ ବିମଳ ଘରକୁ ଯିବା ବନ୍ଦ କରିଦେଲି। ବିମଳ ପ୍ରତିଦିନ ଆସେ। ତା ସାଙ୍ଗରେ ଦେଖାହୁଏ। ତେଣୁ ତା' ଘରକୁ ଯିବାର ମୋର କୌଣସି ଆବଶ୍ୟକତା ନଥିଲା। କିନ୍ତୁ ସେଉଁଠୁଁ ଅଳ୍ପବାଟ ଦାଦାଙ୍କର 'ଭୁଷା' ଦୋକାନ। ତାକୁ ନାଗିକରି ତାଙ୍କ ଫ୍ଲାଟ୍‌ଟା। ସେଠିକି ମୁଁ ଯାଏଁ ପ୍ରତ୍ୟହ। କିନ୍ତୁ ଦାଦାଙ୍କ ଫ୍ଲାଟ୍‌ଠାରୁ ଗୋଟାଏ ଫର୍ଲଙ୍ଗ୍ ବାଟ ବିମଳ ଘରକୁ ଯିବା ମୋର ଦରକାର ପଡ଼େ ନାହିଁ। ବେଳ ନଥାଏ ଇମିତି ଗୋଟିଏ ମାସ କଟିଗଲା। ହଠାତ୍ ଦିନେ ଖଣ୍ଡେ ଚିଠି ମୁଁ ପାଇଲି। ଡାକପିଅନ ମୋ ହାତକୁ ଖଣ୍ଡେ ଲଫାପା ବଢ଼େଇ ଦେଇ ଚାଲିଗଲା। ଲଫାପା ଉପରେ ଗୋଟାଏ ଚିହ୍ନା ଚିହ୍ନା ହସ୍ତାକ୍ଷର। ମାତ୍ର ସେ ହସ୍ତାକ୍ଷର କାହାର ମୁଁ ହଠାତ୍ ଠିକ୍ କରି ପାରିଲି ନାହିଁ। ଚେଷ୍ଟା କଲି, କିନ୍ତୁ ମନେ ପଡ଼ିଲା ନାହିଁ। ଲଫାପାଟା ଚିରି, ଚିଠିର ଭାଙ୍ଗ ଖୋଲି ହଠାତ୍ ତଳକୁ ଦୃଷ୍ଟି ପକାଇ ଦେଖିଲି, ଲେଖା ଅଛି - 'ଅଳକା' ବଙ୍ଗଳା ଅକ୍ଷରରେ। ଚିଠିର ଠିକଣାଟା ଅବଶ୍ୟ ଇଂରାଜୀରେ ଲେଖାଥିଲା। ଘରୁ କାଳେ ଖରାପ ଖବର ଆସିଥିବ ମନ ଭିତରେ ଏଭଳି ଆଶଙ୍କା ଯାହା ଉଙ୍କି ମାରୁଥିଲା ହଠାତ୍ ତାର ଅବସାନ ଘଟିଲା। ସେ ସ୍ଥାନରେ ଆଉ ଗୋଟିଏ ବିଚିତ୍ର ଆଶଙ୍କା ମୋ ଛାତି ଭିତରକୁ ବେଶ୍ ଥରାଇ ଦେଲା। ସେ ଗୋଟାଏ ଚମକ, ଯେଉଁ ଚମକରେ ଛନକା ନଥାଏ, ଥାଏ ଯମକ। ଅନ୍ୟମନସ୍କ ଥିଲାବେଳେ ହଠାତ୍ ଏକି ଚୁପ୍‌ଚୁପ୍‌କି ଆସି କାନମୂଳରେ ସରୁ ପରଟାଏ ହଲାଇ ଦେଲେ ଯେମିତି ଲାଗେ, ସେମିତି।"

"ବିମଳର ଭଉଣୀ ଅଳକା। ବିଦ୍ୟାସାଗର କଲେଜ୍‌ରେ ତୃତୀୟ ବାର୍ଷିକ କଳାଛାତ୍ରୀ। ଲେଖିଥିଲା - ମା କହୁଛନ୍ତି ଆପଣ ବଡ଼ ନିର୍ମମ। ମାସେ ଦୁଇମାସ ହବ ଆପଣ ଆମ ଘରକୁ ଆସି ନାହାନ୍ତି। ମା କହୁଥିଲେ ଆପଣ ବୋଧହୁଏ ଆମମାନଙ୍କୁ ଭୁଲି ଗଲେଣି। ମୋର କିନ୍ତୁ ଭୀଷଣ ଅସୁବିଧା ହେଉଛି, ଆପଣଙ୍କ ନ ଆସିବା ଦ୍ୱାରା। ଏଇ ଧରନ୍ତୁ, ମୁଁ କମିଉନିଷ୍ଟ ମେନିଫେଷ୍ଟୋ ପଢୁଛି, ମାତ୍ର କିଛି ବୁଝିପାରୁ ନାହିଁ। ଦାଦା ମୋତେ ବୁଝେଇ ଦଉ ନାହିଁ। ଆଉ କେହି ବୁଝେଇ ଦେଇ ପାରିବେ ନାହିଁ। ଆପଣଙ୍କ ଛଡ଼ା ବୁଝେଇଲେ ବି ମୁଁ ବୋଧହୁଏ ବୁଝି ପାରିବି ନାହିଁ। ଆପଣ ଦୟାକରି ବୁଝେଇ ଦେଇ ଯିବେ। ତା'ପରେ ପଛେ ନ ଆସିବେ ନାହିଁ। ମତେ ଏ ଥରକ ବୁଝେଇ ଦେଇ ଯାଆନ୍ତୁ। ଇତି ଆପଣଙ୍କ ସ୍ନେହାନ୍ଧ ଭଉଣୀ - ଅଳକା।"

"ଏ ସମ୍ବୋଧନ ମୋର କଳ୍ପନାତୀତ। କମ୍ୟୁନିଷ୍ଟ ମେନିଫେଷ୍ଟୋ ବିଷୟରେ ବିମଳ ବା ଦାଦାଙ୍କଠାରୁ ମୁଁ ଯେ ବେଶି ଜାଣେ ସେ ବିଶ୍ୱାସ ମୋର ନଥିଲା। ଅଳକାର ମଧ୍ୟ ନ ଥିବ। ତଥାପି ଅଳକା ଡାକିଛି। କାହିଁକି ଡାକିଛି ? ଅଳକା ବୋଧହୁଏ ମୋତେ

ଭଲ ପାଏ। ଅଳକା ମୋତେ ଭଲ ପାଇପାରେ, ଏକଥା ମୁଁ ସ୍ୱପ୍ନରେ ସୁଦ୍ଧା ଭାବି ନଥିଲି ଏଥି ପୂର୍ବରୁ। ଜୀବନରେ ନାରୀପ୍ରତି ସ୍ୱାଭାବିକ ଆକର୍ଷଣ ବୋଧହୁଏ ମୋର ପ୍ରଥମ। ଦାଦା ଏଇ ଆକର୍ଷଣ ସମ୍ବନ୍ଧରେ ବେଳେ ବେଳେ ଆଲୋଚନା କରନ୍ତି। ସେ କହନ୍ତି, ଆମର ଗୁରୁଜନମାନେ, କାମ ବା ସେକ୍‌ସ ସମ୍ବନ୍ଧରେ ପିଲାଙ୍କୁ ଶିକ୍ଷା ଦେବା ପାଇଁ ସଙ୍କୋଚ କରିବା ମୂର୍ଖତା। ତାଙ୍କ ମତରେ କାମଟା ଏକ ଅନିର୍ବାଯ୍ୟ ଅଙ୍ଗ ଏଇ ମନୁଷ୍ୟ ଦେହର ତଥା ମନର। ଯେଉଁମାନେ ବ୍ରହ୍ମଚର୍ଯ୍ୟ ବ୍ରହ୍ମଚର୍ଯ୍ୟ ବୋଲି ଚିଲ୍ଲାନ୍ତି ସେମାନେ ଶାସ୍ତ୍ର ଯେଉଁ ବୀର୍ଯ୍ୟପାତକୁ ମୃତ୍ୟୁ ବୋଲି କହିଛି, ତାର ପ୍ରକୃତ ଅର୍ଥ ଆମେ ବୁଝି ନ ପାରି, ବ୍ରହ୍ମଚର୍ଯ୍ୟ ବ୍ରହ୍ମଚର୍ଯ୍ୟ ବୋଲି ଚିତ୍କାର କରୁଁ। ବିନ୍ଦୁପାତକୁ ଏକ ଭୟାବହ ବ୍ୟାପାର ବୋଲି ଧରି ନଉଁ। ମାତ୍ର ଯୌବନର ଏହା ସ୍ୱାଭାବିକ ଧର୍ମ। ପାତ୍ର ପରିପୂର୍ଣ୍ଣ ହେଲେ ଉଛୁଳି ପଡ଼ିବାକୁ ବାଧ୍ୟ। ବିନ୍ଦୁପାତ ଏକ ଶରୀର ତାତ୍ତ୍ୱିକ ଆବଶ୍ୟକତା। ସେହିପରି ମୃତ୍ୟୁ ମଧ୍ୟ ଜୀବନର ଏକ ଅବଶ୍ୟମ୍ଭାବୀ ଆବଶ୍ୟକତା। ତେଣୁ ବିନ୍ଦୁପାତକୁ ମୃତ୍ୟୁ ସହିତ ତୁଳନା କରାଯାଇଛି। ଖାଦ୍ୟ ଯେପରି ଆବଶ୍ୟକ ଜୀବନପାଇଁ, ଜୀବନ ସେପରି ଆବଶ୍ୟକ ବୀର୍ଯ୍ୟ ଧାରଣ ପାଇଁ। ବୀର୍ଯ୍ୟଧାରଣ ସେହିପରି ଆବଶ୍ୟକ ସୃଷ୍ଟିକ୍ରିୟା ପାଇଁ। ସୃଷ୍ଟିକ୍ରିୟା ଆବଶ୍ୟକ, କାରଣ ମରଣଶୀଳ ମାନବ ଯେହେତୁ ସୃଷ୍ଟି ମଧ୍ୟରେ ବଞ୍ଚି ରହିବା ଆବଶ୍ୟକ। ସ୍ତ୍ରୀ ପୁରୁଷ ପ୍ରତି ଆକୃଷ୍ଟ ହେବ। ତେଣୁ ଜୀବନର ଧର୍ମ ସୃଷ୍ଟିର ରହସ୍ୟ ଆଉ ମୃତ୍ୟୁର ସ୍ୱାଗତିକା। ମୃତ୍ୟୁକୁ ଯେପରି ଭୟ କରିବା ଉଚିତ୍ ନୁହେଁ ବିନ୍ଦୁପାତକୁ ସେ ସେପରି ଭୟ କରିବା ଅନୁଚିତ। ମାତ୍ର ଆହାର ତଥା ବିହାରରେ ସଂଯମ ବା ଅତିରିକ୍ତ ସମ୍ଭୋଗର ବିରୋଧ କରି ସେ ମଧ୍ୟମପନ୍ଥା ଦର୍ଶାଇ ଯାଇଛନ୍ତି। ତେଣୁ କାମକୁ କେବଳ ମିତାଚାର ଦ୍ୱାରା ଆୟତ୍ତ କରାଯାଇପାରେ। କାମ ବିମୁଖତା ଅପସୃଷ୍ଟିର ହେତୁ। ଏକଥା କହିଲା ବେଳେ ଦାଦା କିନ୍ତୁ ଆମ୍ଭମାନଙ୍କୁ ସତର୍କ କରି ଦେଉଥିଲେ ଯେ ବିପ୍ଳବୀ ପକ୍ଷରେ ସମସ୍ତ ପ୍ରକାର ଗତାନୁଗତିକତା ବର୍ଜନୀୟ। ବିପ୍ଳବୀ ପୁରୁଷ ନାରୀ ପ୍ରତି ଆକୃଷ୍ଟ ହେବା ବିପଜ୍ଜନକ।"

"ଦାଦାଙ୍କର ଏ କଥାର ତାତ୍ପର୍ଯ୍ୟ ମୁଁ ଠିକ୍ ଠିକ୍ ବୁଝି ପାରି ନଥିଲେ ବି ମୁଁ ନାରୀଠାରୁ ନିଜକୁ ଦୂରରେ ରଖିବାକୁ ଚେଷ୍ଟା କରି ଆସିଥିଲି। ଅଳକାର ଚିଠି ପାଇଲା ପରେ ମୁଁ ନିଜ ମନ ଭିତରେ ଯେଉଁ ଦୁର୍ବଳତାର ସନ୍ଧାନ ପାଇଲି, ତାକୁ ଜବରଦସ୍ତି ଦାବି ଦେବା ଦ୍ୱାରା ସେଟା ବରଂ ପ୍ରବଳ ହେଉଥିବାର ମୁଁ ଅନୁଭବ କଲି। ଦାଦା ନିଜେ ଥରେ କହିଥିଲେ, ପ୍ରବୃତ୍ତିର ସ୍ୱାଭାବିକ ଗତିରୋଧ ମାନସିକ ବିକାରର ହେତୁ। ତେଣୁ କୌଶଳ, ସହିତ ତାକୁ ଆୟତ୍ତ କରିବା ଉଚିତ୍। ସେଥିପାଇଁ ଗୀତାରେ କୁହା ହୋଇଛି – 'ଯୋଗ କର୍ମସୁ କୌଶଳମ୍' - କୌଶଳ ହିଁ ଯୋଗ।"

"ଚିଠି ପାଇବାର ପ୍ରାୟ ସାତ ଦିନ ଯାଏଁ ମନକୁ ମନରେ ମାରି ରହିଗଲି। ବିମଳ ଘରକୁ ଯିବାର ପ୍ରବଳ ଆକାଂକ୍ଷା ଅଧିକ ଦିନ ଦମନ କରି ରହି ପାରିଲି ନାହିଁ। ଅଳକାକୁ ଦେଖିବାକୁ ଗଲି। ଦୁଆର ମୁହଁରେ ବିମଳ କହିଲା - 'ଅଳକାର ଅସୁଖ'। ଆଶ୍ଚର୍ଯ୍ୟ କଥା, ସେହିଦିନ ଚାରିଟା ବେଳେ ମୁଁ ଦାଦାଙ୍କ ପାଖକୁ ଗଲା ବେଳକୁ ଘର ଭିତରେ ଦାଦା ଓ ବିମଳ। ମୁଁ ବାରଣ୍ଡାରେ ଠିଆ ହୋଇଗଲି। ସେ ଦୁହେଁ କଣ କଥାବାର୍ତ୍ତା ହେଉଥିଲେ। ମୋର କାହିଁକି କାନପାରି ଶୁଣିବାକୁ ଇଚ୍ଛା ହେଲା। ନିଃଶବ୍ଦରେ ମୁଁ ଶୁଣିବାକୁ ଲାଗିଲି। ଦାଦା କହୁଥାନ୍ତି - ଏ ତ୍ୟାଗ ତୁମକୁ କରିବାକୁ ପଡ଼ିବ।"

ବିମଳ କହିଲା - "ମୋ ହାତରେ କିଛି ନାହିଁ। ବାବା ମାଙ୍କର ଇଚ୍ଛା।"

ଦାଦା କହିଲେ - "ତମେ ମିଛ କହୁଛ! ମୁଁ ତମ ବାବାଙ୍କର ଇଚ୍ଛା ଜାଣେ। ତାଙ୍କର ଇଚ୍ଛା ଜଣେ ବଡ଼ ଅଫିସର୍। କିନ୍ତୁ ତମର ଇଚ୍ଛା ଅନ୍ୟ ପ୍ରକାର। ବାବା ମା ତମ ଇଚ୍ଛା ବିରୋଧରେ ଯାଇ ପାରିବେ ନାହିଁ। ଅସ୍ୱୀକାର କରି ପାରିବ ଏ କଥା ?"

"ମୁଁ ସେମିତି ଠିଆ ହୋଇ ରହିଗଲି ବାହାରେ। ମୋର କାହିଁକି ଡର ହେଲା କଥାଟା ମୋତେ କେନ୍ଦ୍ର କରି ନୁହେଁ ତ ?"

ବିମଳ କହୁଥାଏ - "ନାଁ ଆପଣ ଠିକ୍ ବୁଝି ନାହାନ୍ତି। ଏଟା ମୋର ଇଚ୍ଛା ନୁହେଁ, ଅଳକାର ଇଚ୍ଛା।"

"ବିମଳ। ତମେ ମୋ ଆଗରେ ପିଲା। ତମେ ମୋତେ କୌଣସି କଥା ଚେଷ୍ଟାକଲେ ମଧ୍ୟ ଲୁଚେଇ ପାରିବ ନାହିଁ। ଅଳକାର ବୟସ ଅତି ଅଳ୍ପ। ମତି ଚପଳ। ଘନପ୍ରତି ତା'ର ସ୍ୱାଭାବିକ ଆକର୍ଷଣକୁ ପ୍ରଶୟ ଦେଇଛ ତମେ। ମୁଁ ପ୍ରଥମେ କୌଣସି ଆପତ୍ତି କରି ନଥିଲି। ତାର କାରଣ ତମେ ବୋଧହୁଏ ବୁଝିପାରିଥିବ। ମୁଁ ଚାହୁଁଥିଲି ତମ ଭିତରେ ଓ ଘନ ଭିତରେ ବନ୍ଧୁତାଟା କିପରି ଖୁବ୍ ଘନିଷ୍ଠ ହୋଇଯାଉ। ଅଳକାର ଘନପ୍ରତି ମମତାଟା ସେଥିରେ ସହାୟକ ହୋଇପାରେ ବୋଲି ମୁଁ ନୀରବ ଥିଲି। ତା'ଛଡ଼ା ଘନର 'ଅନୁଶୀଳନ ଦଳ' ଲୋକଙ୍କପ୍ରତି ସହାନୁଭୂତିକୁ ଛିନ୍ନ କରିବା ଥିଲା ମୋର ଉଦ୍ଦେଶ୍ୟ। ଅଳକା ସେ କାର୍ଯ୍ୟ ହାସଲ କରି ପାରିଛି ଆଉ ଅଧିକ ବଢ଼ିବା ପାଇଁ ସୁଯୋଗ ଦେବା ଉଚିତ ନୁହେଁ - ଆମ ଦଳର ସ୍ୱାର୍ଥରେ, ମାର୍କସ୍‌ବାଦର ସ୍ୱାର୍ଥରେ।"

ବିମଳ ଉତ୍ତର ଦେଲା - "ଦାଦା, ଆପଣ ବୁଝି ପାରୁନାହାନ୍ତି। ମୋର କାହିଁକି ମନେହୁଏ ଅଳକାର ଏ ନିଷ୍ପତ୍ତି ଆମ ଦଳ ପକ୍ଷରେ ସହାୟକ ହେବ। ଅଳକା ଯଦି ଗୋଟାଏ ଅଫିସରକୁ ବିଭା ନ ହୋଇ, ଜଣେ କମ୍ରେଡ଼କୁ ବିଭା କରେ ଆପଣ କଣ ଅଧିକ ସୁଖୀ ହେବେ ନାହିଁ।"

"ନିଶ୍ଚୟ। କିନ୍ତୁ ଘନକୁ ମୁଁ ତମ ଦଳର ସକ୍ରିୟ କାର୍ଯ୍ୟକ୍ରମରେ ଅଧିକ କାଳ

ସଂପୃକ୍ତ ରଖିବାକୁ ଚାହେଁ। ତା'ର ଟ୍ରେଡ଼ ୟୁନିଅନ୍ କାମରେ ଚାକ୍ଷୁସ ଅଭିଜ୍ଞତା ଅର୍ଜନ ପାଇଁ ମୁଁ କେତେ ଦିନ ତାକୁ ପୋଷ୍ଟାର ଓଡ଼ିଆ ବସ୍ତିରେ ରହିବାକୁ ଅନୁମତି ଦେଇଥିଲି। କିନ୍ତୁ ତାର ଭବିଷ୍ୟତ କର୍ମପନ୍ଥା ଅନ୍ୟତ୍ର। ସେ କ୍ଷେତ୍ର ବିମଳ ଭଟ୍ଟାଚାର୍ଯ୍ୟ ପାଇଁ ଉଦ୍ଦିଷ୍ଟ। ଘନ ମୋର ଚିନ୍ତାରାଜ୍ୟର ଉତ୍ତରାଧିକାରୀ। ସେ ଆଶ୍ଚର୍ଯ୍ୟ। ମୁଁ ତାକୁ ଆଉ କଲିକତାରେ ରହିବାକୁ ଦେବି ନାହିଁ। ଝାଡ଼ଗ୍ରାମ ପଠେଇ ଦଉଛି। ମୁଁ ମାସକ ଭିତରେ ବିବାହର ବ୍ୟବସ୍ଥା କରିଦେବି। ବାବା ମାଙ୍କୁ କହ, ସେମାନେ ପ୍ରସ୍ତୁତ ହୁଅନ୍ତୁ। ଘନ ଝାଡ଼ଗ୍ରାମରେ ଥିବାବେଳେ, ତା ଅଗୋଚରରେ ଏ ବିବାହ ହେବ। ଘନ ଯେପରି ଏ ବିବାହର କୌଣସି ସୁରାକ୍ ନପାଏ। ତମେ ଅଚିନ୍ତ୍ୟକୁ ଖବର ଦିଅ। ତାକୁ ପଠେଇ ଦେବି ଘନ ସାଙ୍ଗରେ।"

"ଅଳକାର ଭୀଷଣ କଷ୍ଟ ହେବ।" ବିମଳ କହିଲା।

"ବିମଳ, ପୁଣି ସେ ବୁର୍ଜୁଆ ସଂସ୍କୃତିର ଜୀବାଣୁ ସାଲୁ ସାଲୁ ହେଲେଣି ତମ ଭିତରେ। ପ୍ରେମପାଇଁ ଯାବତ୍ ଅଶ୍ରୁ ହାହାକାର, ବ୍ୟଥା ବେଦନା ସବୁ ବୁର୍ଜୁଆ ସାହିତ୍ୟ ଓ କଳାର ଅବାଞ୍ଛିତ ଅନାବଶ୍ୟକ ଆଡ଼ମ୍ବର। ଆଡ଼ମ୍ବର ନୁହେଁ, ବିଡ଼ମ୍ବନା। ଛାଡ଼ ସେ ସବୁ। ସବୁ ଠିକ୍ ହୋଇଯିବ।"

"ଆଉ ଘନ ?" ବିମଳ ପଚାରିଲା।

"ଘନ ପାଇଁ ତମକୁ ଚିନ୍ତା କରିବାକୁ ପଡ଼ିବ ନାହିଁ। ଘନ ମନରେ ଏବେ ମଧ ନାରୀ ବାସ୍ତବ ନୁହେଁ। ଗୋଟାଏ କଳ୍ପନା। ସେ କଳ୍ପନାରେ ହିଁ ତାକୁ ମୁଁ ଶେଷ କରିଦେବାକୁ ଚାହେଁ। ବୁର୍ଜୁଆ ସଭ୍ୟତାର ଏହି କଳ୍ପନାବିଳାସକୁ ଠିକ୍ ବାଟରେ ପରିଚାଳନା କଲେ, ତାହା ବିପ୍ଳବ ଅଭିମୁଖୀ ହୁଏ। ସେଥିପାଇଁ ନାରୀର ଆକର୍ଷଣକୁ ବିକର୍ଷଣରେ ପରିଣତ କରିବାକୁ ପଡ଼ିବ। ସେ ଦାୟିତ୍ୱ ମୋର।"

ଘନ କହିଲା – "ଦୁଃଖୀ ! ବିକର୍ଷଣ ଶବ୍ଦଟା ଶୁଣି ମୁଁ ଚମକି ପଡ଼ିଲି। ମୁଁ ଆଉ ବେଶି ସମୟ ବାହାରେ ଅପେକ୍ଷା କରି ରହି ପାରିଲି ନାହିଁ। ଘର ଭିତରକୁ ପଶିଗଲି। ଭାବିବାର ଶକ୍ତି ଯେପରି ମୋର ଲୋପ ପାଇ ଯାଇଥାଏ। ଏ ଲୋକଟା ଗୋଟାଏ ଯାଦୁକର ନା କଣ ଭାବିଲି। ଅଳକା ମୋତେ ଅନେକ ଦିନରୁ ଭଲ ପାଇବା କଥା ମୋତେ ମୁଁ ଜାଣି ନଥିଲି। ମାତ୍ର ଏ କେତେଦିନ ପୂର୍ବେ ଅଳକା ପ୍ରତି ମୋର ଆକର୍ଷଣଟା କାର୍ଯ୍ୟରେ ବା କଥାରେ କାହାରି ପାଖରେ ମୁଁ ପ୍ରକାଶ କରି ନାହିଁ। ମାତ୍ର ମୋର ସେ ଆକର୍ଷଣ କଥାଟା ଦାଦା ଜାଣିଲେ କିମିତି ? ମେସ୍‌ମେରାଇଜଡ୍ ହେଲା ପରି ମୁଁ ଦାଦାଙ୍କ ଆଗରେ ଯାଇ ଠିଆ ହେଲି। ପ୍ରଣାମ କରିଛି କି ନାହିଁ ମନେ ପଡୁ ନାହିଁ।"

"ଏଇ ଯେ ଘନ!" ଦାଦା କହିଲେ। ତମରି କଥା ଆମେ ଆଲୋଚନା କରୁଥିଲୁ ଏତେବେଳ ଯାଏଁ। ତମେ ବୋଧହୁଏ ବାହାରେ ଥାଇ ସବୁ ଶୁଣିଛ?

"ଦାଦା ହସିଲେ। ମୁଁ ସ୍ତମ୍ଭୀଭୂତ ହୋଇଗଲି। ମୁଁ ଦାଦାଙ୍କ ଆଗରେ ଅଙ୍କର ଗୋଟାଏ ବିରାଟ ଶୂନ୍ୟଭଳି ଠିଆ ହୋଇଗଲି। ମୋର ସମସ୍ତ କର୍ତ୍ତୃତ୍ୱ ଯେପରି ଲୋପ ପାଇଗଲା। ଗୋଟାଏ ଭୟ ଖେଳିଗଲା ମୋ ଭିତରେ। ଦାଦା ନିଶ୍ଚୟ କୌଣସି ସିଦ୍ଧ ପୁରୁଷଠାରୁ କିଛି ସିଦ୍ଧି ପାଇଛନ୍ତି। ମୁଁ ଭାବିଲି। ତା ନ ହେଲେ ତାଙ୍କ ଅଗୋଚରରେ ସବୁ କଥା, ସେ ଜାଣିପାରୁଛନ୍ତି କିପରି? ସତ କଥା କହିବା ଛଡ଼ା ମୋର ଅନ୍ୟ ଉପାୟ ନଥିଲା। କିନ୍ତୁ ସତ କହିବା ପାଇଁ ସାହସ ବି ନଥିଲା ମୋ ପାଖରେ। ତା' ଉପରେ ପୁଣି ସଙ୍କୋଚ ବିମଳର ଉପସ୍ଥିତି ପାଇଁ। ମୁଁ ନାହିଁ କରି ଦେଲି, ଛାତିଟା କିନ୍ତୁ ଥରୁଥାଏ।"

ଆଚ୍ଛା, ବେଶ୍! ଦାଦା ମୋର ମନର ଅବସ୍ଥା ବୁଝିପାରି କହିଲେ - କଥାର ଖିଅଟାକୁ ବଦଳେଇ ଦେଇ, "ଘନଶ୍ୟାମ, ତମକୁ ଆଉ ସେ ସ୍ଲମ୍ ଏରିଆରେ ପଡ଼ି ରହିବାକୁ ହେବ ନାହିଁ।"

କହି ବିମଳକୁ ଆଦେଶ ଦେଲେ ଅଚିନ୍ତ୍ୟକୁ ଡାକି ଆଣିବା ପାଇଁ। ବିମଳ ଚାଲିଗଲା। ଦାଦା ମୋତେ ପାଖକୁ ଡାକିଲେ। ମୋ ମୁଣ୍ଡରେ ହାତ ବୁଲାଉ ବୁଲାଉ କହିଲେ - "ଝାଡ଼ଗ୍ରାମର ଆଶ୍ରମ ତମ ପାଇଁ ଏକ ବିରାଟ ଶିକ୍ଷାୟତନ। ସେଠି ମୋ ଲାଇବ୍ରେରୀରେ ଯେତେ ବହି ଅଛି, ତାକୁ ପଢ଼ି ସାରିଦେବାକୁ ହେବ। ମଝିରେ ମଝିରେ ମୁଁ ଯାଉଥିବି। ଯେଉଁଠି ଯେତେବେଳେ ଆବଶ୍ୟକ ମନେ ହବ ମତେ ପଚାରି ବୁଝିବ। ଅଚିନ୍ତ୍ୟ ହେବ ତମର ଏକମାତ୍ର ସାଥୀ। ଖୁବ୍ ଭଲ ପିଲା। ସ୍କଲାରଶିପ୍ ମେଧାବୀ। ପିଲାଦିନରୁ ମନଟା ଗୋଟାଏ ଛାଞ୍ଚରେ ନ ପଡ଼ିଲେ ପରିସ୍ଥିତି ଚାପରେ ମଣିଷ ବିଗିଡ଼ି ଯାଏ। ମୁଁ ଅଚିନ୍ତ୍ୟକୁ ମଣିଷ କରିବାକୁ ଚାହେଁ। ତମ ପଛକୁ ସେ ଠିଆ ହେବା ଯେପରି ଭାରତବର୍ଷରେ ମାର୍କସବାଦ୍ ଶିକ୍ଷାର ସ୍ତର ପରେ ସ୍ତର କ୍ରମଟା ଜାରି ରୁହେ, ସେଥିପାଇଁ ତୁମେ ଦୁହେଁ ମୋର ଦୁଇଟା ବିରାଟ ପରିକଳ୍ପନା। ପରସ୍ପର ସାହଚର୍ଯ୍ୟରେ ତୁମେ ଉଭୟେ ସୁଖୀ ହେବ। ଖୁବ୍ ସୁନ୍ଦର ପିଲା ଅଚିନ୍ତ୍ୟ। ରୂପଗୁଣ କେଉଁଥିରେ ବାଛି ଦେବାକୁ ନାହିଁ। କିନ୍ତୁ ବଡ଼ 'ଲାଜୁକ' ଡେଲିକେଟ୍। ତା' ସହିତ ତମର ବ୍ୟବହାରଟା ଯଥେଷ୍ଟ ମୃଦୁ ହେବା ଆବଶ୍ୟକ। ତମର ବନ୍ଧୁତା ଯେତେ ପ୍ରଗାଢ଼ ହେବ, ସେତିକି ତମର ଅନ୍ତରର ପ୍ରବୃତ୍ତିଟା ସବ୍‌ଲିମିଟେଡ୍ ହୋଇଯିବ।"

"ସବ୍‌ଲିମିଟେଡ୍ କିପରି ହୁଏ?" ମୁଁ ପଚାରିଲି।

"ସେଇଟା ଅଭିଜ୍ଞତାରୁ ଜାଣିବ। ମୁଁ ଯେଉଁ ବାଟ ଦେଖାଉଛି ସେଇ ବାଟରେ ଚାଲୁ ଚାଲୁ ଅଭିଜ୍ଞତା ଆପେ ଆପେ ଆସିବ। ତମ ବୈଷ୍ଣବ ଦର୍ଶନଟା ଗୋଟାଏ ସବ୍‌ଲିମିଟେଡ୍ ଦର୍ଶନ। ପୁରୁଷର ପୌରୁଷଟା ସବ୍‌ଲିମିଟେଡ୍ ହୋଇଗଲେ ସେ ନିଜକୁ ନାରୀ ଜ୍ଞାନ କରିବ। ସବ୍‌ଲିମେସନ୍ ମାନେ ଚିତ୍ତର ବୈଚିତ୍ର୍ୟ, ବୈପରୀତ୍ୟ ଭାବ। ମନର ଉନ୍ନତତର ଅବସ୍ଥା ସ୍ୱାଭାବିକ ମନର ବିକଳ ଭାବ ସହିତ ଅର୍ଥାତ୍ ପର୍‌ଭର୍‌ସନ୍ ସହିତ ସଂଘର୍ଷରେ ଆସିଲେ ତାର ପରିଣାମଟା ସବ୍‌ଲିମେସନ୍।"

ଇତିମଧ୍ୟରେ ଅଚିନ୍ତ୍ୟ ଆସିଗଲା। ବାସ୍ତବିକ୍ ଦେଖିବାକୁ ସୁନ୍ଦର ପିଲାଟିଏ। ସ୍ୱଭାବଟି ଭାରି ମିଠା। ମୋଠୁଁ ଛ, ସାତ ବର୍ଷ ସାନ। ସ୍କୁଲରେ ପାଠ ପଢୁଥାଏ। ସେହି ବର୍ଷ ପରୀକ୍ଷା ଦେବାର କଥା। ବୋର୍ଡ ଏକଜାମିନେସନ୍। ଟେଷ୍ଟ ସରିଯାଇଥିଲା। ସେ ବଡ଼ ଗରିବ ପିଲା। ତାର ପାସ୍ କରିବାର ଦାୟିତ୍ୱ ଦାଦା ମୋ ଉପରେ ନଦି ଦେଲେ। ଝାଡ଼ଗ୍ରାମ ଆଶ୍ରମରେ ସେ ମୋ ସହିତ ରହିବ। ମୁଁ ତାକୁ ପାଠ ପଢ଼େଇବି। ଭାରି ଗରିବ ପିଲା ତାର ବାପା ମା ନଥିଲେ। ଦାଦା ପଚାରିଲେ - "ଅଚିନ୍ତ୍ୟକୁ ଚିହ୍ନ, ସେ ତମ ଅଞ୍ଚଳର ଲୋକ।"

"ଓଡ଼ିଆ ?" ମୁଁ ପଚାରିଲି। ସେ ମୁଣ୍ଡ ହଲେଇ ନାହିଁ କଲା।

"ସେ କିନ୍ତୁ ଘରେ ଓଡ଼ିଆ କହେ" - ଦାଦା କହିଲେ।

ଏଥର ସେ ଆଉ ନୁଚାଇ ପାରିଲା ନାହିଁ। ତା ମୁଣ୍ଡ ତଳକୁ ହୋଇଗଲା। ମୁହଁରେ ତାହାର ନୂଆ ବୋହୁଟି ପରି ଲାଜ।

"ଘରେ ତମର ଓଡ଼ିଆ ପୋଥି ଅଛି ?" ଦାଦା ପଚାରିଲେ। ମୁଣ୍ଡ ଟୁଙ୍ଗାରି ହଁ କଲା ଅଚିନ୍ତ୍ୟ।

"ମେଦିନୀପୁରରେ ବଙ୍ଗଳା ଅକ୍ଷରରେ ଛାପା ଓଡ଼ିଆ ପୁରାଣ ସବୁ ଲୋକେ ପଢ଼ନ୍ତି। ଏମାନେ ଓଡ଼ିଆ କହନ୍ତି କିନ୍ତୁ ଓଡ଼ିଆ ଅକ୍ଷର ଜାଣନ୍ତି ନାହିଁ। ପୋଥି ପଢ଼ା ଓଡ଼ିଆ ବ୍ରାହ୍ମଣ ପ୍ରତି ଗାଁରେ ମିଳିବେ। ଏମାନେ ତାଳପତ୍ର ପୋଥିରୁ ଜଗନ୍ନାଥ ଦାସ ଭାଗବତ ପଢ଼ନ୍ତି" ଦାଦା କହିଲେ ମୋତେ। ପୁଣି ଅଚିନ୍ତ୍ୟକୁ ଚାହିଁ କହିଲେ - "ତୋର ପୁରା ନାମଟି କହ ଅଚିନ୍ତ୍ୟ।"

"ଅଚିନ୍ତ୍ୟ କୁମାର ବେରା" - ଅଚିନ୍ତ୍ୟ କହିଲା।

"ମାନେ ବେହେରା ?" ମୁଁ ପଚାରିଲି। ଅଚିନ୍ତ୍ୟ ଉଁ କି ଚୁଁ କିଛି କହିଲା ନାହିଁ। ମୁଁ ଯେ ମେଦିନୀପୁରରେ ଓଡ଼ିଆ ପ୍ରଚାର କରୁଥିଲି ଏକଥା ଦାଦା ଜାଣନ୍ତି କିନ୍ତୁ ସେ ବିଷୟରେ ସେ କେବେ ମୋ ସହିତ ଆଲୋଚନା କରି ନାହାନ୍ତି। ବିଚିତ୍ର ଚରିତ୍ର ଦାଦାଙ୍କର। ସାଧାରଣ ଶିକ୍ଷିତ ବଙ୍ଗାଳୀଙ୍କଠାରୁ ସମ୍ପୂର୍ଣ୍ଣ ଭିନ୍ନ। ପୌଢ଼ ବୋଲି ଆଦୌ

ନାହିଁ ଦାଦାଙ୍କ ମନରେ। ଓଡ଼ିଆ ବଙ୍ଗାଳୀ ବିହାରୀ ଭେଦ ତାଙ୍କୁ ସ୍ପର୍ଶ ମଧ୍ୟ କରିନାହିଁ। ସତକୁ ମିଛ କହିବାର ପ୍ରବୃତ୍ତି ତାଙ୍କର ନଥିଲା।

"ଏମାନଙ୍କ ଭିତରେ ବିପ୍ଳବଟା ଅତି ସ୍ୱାଭାବିକ। ଏମାନେ ଜାତ ବିପ୍ଳବୀ। ବିପ୍ଳବର ବହ୍ନି ଏମାନଙ୍କ ହୃଦୟରେ ଯେତେ ଶୀଘ୍ର ଜଳି ପାରିବ ତମ ଆମ ଭିତରେ ସେତେ ସହଜରେ ସେ ନିଆଁ ଧରିବ ନାହିଁ କାରଣ ଏମାନଙ୍କ ଭିତରେ ଦୃଢ଼ ଜାତୀୟ ଭାବର ଅଭାବ। ଏମାନେ ଓଡ଼ିଆ ହୋଇ ମଧ୍ୟ ଓଡ଼ିଆ ନୁହନ୍ତି। ଅଥଚ ବଙ୍ଗାଳୀ ହେବା ଏମାନଙ୍କ ପକ୍ଷରେ ସହଜ ନୁହେଁ। ତେଣୁ ଆନ୍ତର୍ଜାତୀୟ ପ୍ରେରଣା ଦେବା ନିମନ୍ତେ ଏମାନଙ୍କ ଭିତରେ କ୍ଷେତ୍ର ପ୍ରସ୍ତୁତ। କମ୍ୟୁନିଜିମ୍‌ର ମୂଳଦୁଆ ଏଇମାନଙ୍କ ଭିତରେ ଖୁବ୍ ମଜବୁତ୍ କରି ଦିଆଯାଇ ପାରିବ। କମ୍ୟୁନିଜିମ୍‌ର ମୂଳଦୁଆ ଆଉ ଏକ ଜାଗାରେ ମଧ୍ୟ ଦୃଢ଼ ହେବାର ସମ୍ଭାବନା ଅଛି। ଜାଣିଛ ଘନଶ୍ୟାମ! ଚିନ୍ତାକରି ଦେଖିଛ ?"

"ମୁଁ ମୁଣ୍ଡ ହଲେଇ ନାହିଁ କଲି। ମୁଁ କେବେ ଚିନ୍ତା କରି ନଥିଲି ଏକଥା ଇତି ପୂର୍ବରୁ।"

"ସେ ସ୍ଥାନଟା ହେଉଛି ଭାରତ ପାକିସ୍ଥାନର ସୀମାନ୍ତ। କାରଣ ଯେଉଁ ନୂଆ ଜାତୀୟତା ସୃଷ୍ଟି ହେଲା, ମାନେ ଭାରତୀୟ ଜାତୀୟତା, ଆଉ ପାକିସ୍ତାନ ଜାତୀୟତା, ତାର କୌଣସି ପ୍ରଭାବ ସୀମାନ୍ତ ଲୋକଙ୍କ ଉପରେ ଆଦୌ ରହିବ ନାହିଁ। ସେଠି ଭଣଜା ଯଦି ହିନ୍ଦୁସ୍ଥାନୀ, ମାମୁଁ ପାକିସ୍ତାନୀ। ବାପ ହିନ୍ଦୁସ୍ଥାନୀ ମା ପାକିସ୍ତାନୀ। ଏମାନଙ୍କ ମଧ୍ୟରେ ଦୃଢ଼ ଜାତୀୟତାର ଅଭାବ ମହାମାନବୀୟ ଭାବ ବିସ୍ତାର ପାଇଁ ଆବଶ୍ୟକୀୟ ବିପ୍ଳବକୁ ସ୍ୱାଗତ କରି ଆଣିବ।"

"ଦାଦା ଯାହା କହିଲେ ତାହା ହୁଏତ ସତ୍ୟ କିନ୍ତୁ ମୋର କାହିଁକି ମନେ ହେଲା, ଏମାନେ ଗୋଟାଏ ଗୋଟାଏ ଭ୍ରଷ୍ଟ ମାନବ ସମାଜର ଗୋଷ୍ଠୀ। ଏମାନଙ୍କର ଭବିଷ୍ୟତ ଅନ୍ଧକାରମୟ। ଅବଶ୍ୟ ପଚାଶ ବର୍ଷ ବା ଦୁଇ ପୁରୁଷ ପରେ ଏମାନଙ୍କ ଭିତରେ ଓଡ଼ିଆତ୍ୱର ଗନ୍ଧ ନଥିବ! କିନ୍ତୁ ତା'ପରେ ପୂରାପୂରି ବଙ୍ଗାଳୀ ହେବା ପାଇଁ କମ୍‌ସେକମ୍ ଆହୁରି ପଚାଶ ବର୍ଷ ଲାଗିଯିବ। ଏହି ପଟ୍ଟ ପରିବର୍ତ୍ତନ ବା ଟ୍ରାନ୍‌ଜିସନ୍ ସମୟଟା ଏଭଳି ଲୋକଙ୍କ ପକ୍ଷରେ ଅତ୍ୟନ୍ତ ଦୁର୍ଭାଗ୍ୟ ଦାୟକ। ବ୍ରିଟିଶ୍ ଶାସନର ଦୁଇଶହ ବର୍ଷକୁ ଲଗେଇ ପ୍ରାୟ ତିନିଶହ ବର୍ଷକାଳ ଏ ଅଞ୍ଚଳ ଲୋକଙ୍କ ଭିତରେ ଅତ୍ୟନ୍ତ ନୈତିକ ଅଧଃପତନ ଦେଖା ଦେଇଛି। ବଙ୍ଗଳାର ରାଜନୀତିକ, ଅର୍ଥନୀତିକ ଓ ସାଂସ୍କୃତିକ ଇତିହାସରେ ଏମାନଙ୍କର ନାମ ଅଙ୍କିତ ହେବାର ସମ୍ଭାବନା ନାହିଁ। ଜଣେ ଓଡ଼ିଆ ଓଡ଼ିଆ ବିରୋଧରେ ଆନ୍ଦୋଳନ କରି ଦେଶ ପ୍ରାଣ କି ଦେଶ ଜୀବନ ବୋଲି କଣ ଗୋଟାଏ ଆଖ୍ୟା ପାଇଥିଲେ। ସେ ଏବେ ବିସ୍ମୃତିର ଗର୍ଭରେ। କଲିକତାର

ରାସବିହାରୀ ଏଭିନ୍ୟୁ, ବିବେକାନନ୍ଦ ଏଭିନ୍ୟୁ, ଚିତ୍ତରଞ୍ଜନ ଏଭିନ୍ୟୁ ଭିତରେ ଗଲାବେଳେ ମେଦିନୀପୁରର ଓଡ଼ିଆ ନିଶ୍ଚୟ ଲଜ୍ଜିତ ହେଉଥିବେ।"

"ବହୁ ଭାଷା, ଭାଷାଭାଷୀ, ବହୁ ଜାତି, ପୃଥିବୀ ଇତିହାସରେ ଆତଯାତ ହେଉଛନ୍ତି। ସଂସ୍କୃତ ଦିନେ ଏକ ସମୃଦ୍ଧିଶାଳୀ ଭାଷା ଥିଲା। ସେ ଏବେ ମୃତ। ହଜାରେ ବର୍ଷ ପୂର୍ବେ ଓଡ଼ିଆ ଭାଷା ହୁଏତ ନଥିଲା। ଏବେ ଓଡ଼ିଆ ଭାଷାଭାଷୀ ଅଞ୍ଚଳ ଭାରତର ଗୋଟିଏ ଅଙ୍ଗ। ଓଡ଼ିଆ ଯଦି ପୁଣି କେବେ ପ୍ରାକୃତିକ ଗତିରେ ଲୋପ ପାଇଯାଏ ଦୁଃଖ କରିବାର କିଛି ନାହିଁ। ମାତ୍ର ଓଡ଼ିଆ ଭାଷାକୁ ଭୁଲି ଓଡ଼ିଆ ବୋଲି କୁହାଯାଉଥିବା ଏହି ରାଜ୍ୟର ଲୋକେ ଯେଉଁ ଭାଷାକୁ ଆପଣାର କରିବାକୁ ଯିବେ ସେଇ ଭାଷାରେ ପୂରାପୂରି ପଟୁ ଓ ଅଭ୍ୟସ୍ତ ନ ହେବା ଯାଏଁ ମଧ୍ୟବର୍ତ୍ତୀ କାଳରେ ସେ ଲୋକଙ୍କୁ ଅଧପତନରୁ ଉଦ୍ଧାର କରିବା କଷ୍ଟକର। କାହାରି କାହାରି ମତରେ ଓଡ଼ିଆ ଭାଷା ଉପରେ ହିନ୍ଦିର ଆକ୍ରମଣ ଯେପରି ଭାବରେ ଚାଲିଛି, ସିନେମା, ରେଡ଼ିଓ, ପତ୍ରପତ୍ରିକା ଓ ସାହିତ୍ୟ ପ୍ରଭୃତି ମାଧ୍ୟମରେ ହୁଏତ ପଚାଶ ବର୍ଷ, ଶହେ ବା ଦୁଇ ଶହ ବର୍ଷ ପରେ, ଓଡ଼ିଆ ଭାଷା ଓ ସାହିତ୍ୟ ହୁଏତ ଲୋପ ପାଇଯିବ। ଏଥିପାଇଁ ମୁଁ ଆଦୌ ଦୁଃଖିତ ନୁହେଁ। କିନ୍ତୁ ପ୍ରତ୍ୟେକ ଓଡ଼ିଆ ତାର ମାତୃଭାଷା ଭୁଲି ହିନ୍ଦିକୁ ସମ୍ପୂର୍ଣ୍ଣ ରୂପେ ଆପଣାର ନ କରିବା ଯାଏଁ, ଏମାନଙ୍କର ଗୌଣ ମନୋବୃତ୍ତି ହିଁ ଏମାନଙ୍କୁ ହିନ୍ଦୀ କ୍ଷେତ୍ରରେ ଯେପରି ଭାବରେ ଲାଞ୍ଛିତ କରିବ, ତା ଠିକ୍ ମେଦିନୀପୁରର ଓଡ଼ିଆମାନଙ୍କର ଦୁର୍ଭାଗ୍ୟ ଜୀବନର ପୁନରାବୃତ୍ତି ହେବ ମାତ୍ର। ଅଚିନ୍ତ୍ୟ ପରି ଜଣେ ତରୁଣ ବିକାଶଶୀଳ କମ୍ୟୁନିଷ୍ଟକୁ ମଣିଷ କରିବାର ଦାୟିତ୍ୱବୋଧ ମୋର ଯେତେ ନଥିଲା, ତାହା ସହିତରେ କିଛିଦିନ ରହି ଗଲାପରେ, ଗୋଟିଏ କୋକିଳକୁ କାକନୀଡ଼ରୁ ଉଦ୍ଧାର କରିବାର ପ୍ରବୃତ୍ତି ଢେର୍ ବେଶି ଭାବରେ ମୋ ମନ ମଧ୍ୟରେ ଜାଗ୍ରତ ହେଲା କାହିଁକି, ମୁଁ ଜାଣି ନାହିଁ।

ଅଚିନ୍ତ୍ୟର ବ୍ୟବହାର ଯେଡ଼େ ସରଳ ବୋଲି ମୋର ପ୍ରଥମେ ପ୍ରଥମେ ମନେ ହେଉଥିଲା, କିଛି ଦିନ ପରେ ମୁଁ ଦେଖିଲି, ମୋର ସେ ଧାରଣା ଠିକ୍ ନୁହେଁ। ପିଲାଟି ଅତି ଅଳ୍ପ୍ୟଳ ପରି ମନେ ହୁଏ। ରାତିରେ ଏକୁଟିଆ ଶୋଇବାକୁ ଡରେ। ଶୀତଦିନେ ଆମେ ଗୋଟିଏ ରେଜେଇ ଘୋଡ଼େଇ ହୋଇ ଶୋଉଁ। କାହିଁକି କିଜାଣି, ଅଚିନ୍ତ୍ୟ ମତେ ଦିନରେ ଥରୁଟିଏ ହେଲେ ମନେ ପକାଇ ଦବ ଯେ, ତାର ବାପ ମା, ଭାଇ ଭଉଣୀ କେହି ନାହାନ୍ତି। ମୁଁ ତାର ବାପ ଭାଇ ସବୁ। ଏକଥା ସେ ବାରମ୍ବାର କାହିଁକି କହେ ମୁଁ ଧରିପାରେ ନାହିଁ।"

ଦୁଃଖୀ କଥା ମଝିରେ ରସ ଭଙ୍ଗକରି କାହିଁକି କିଜାଣି ହଠାତ୍ ପଚାରିଲା – "ଆଚ୍ଛା ଘନ! ମୁଁ ଗୋଟାଏ କଥା ଜାଣିବାକୁ ଚାହୁଁଛି। ତୋ ଭଳି ଜଣେ ନିଛକ

ଗାନ୍ଧୀଭକ୍ତ ଅହିଂସାବାଦୀ ହଠାତ୍ କିମିତି ହିଂସ୍ର କମ୍ୟୁନିଷ୍ଟଙ୍କ ପାଲରେ ଯାଇଁ ପଡ଼ିଲା, ମୁଁ ବୁଝି ପାରୁନାହିଁ। ଯା ଭିତରେ ନିଶ୍ଚୟ ଗୋଟାଏ କିଛି ରହସ୍ୟ ଅଛି।"

"ଅଛି। ମୁଁ ଅହିଂସ୍ର ଗାନ୍ଧୀବାଦରୁ ଗୋଟାଏ ଲମ୍ଫ ଦେଇ ହିଂସ୍ର କମ୍ୟୁନିଷ୍ଟବାଦକୁ ଗ୍ରହଣ କରିନଥିଲି। ପ୍ରଥମେ କମ୍ୟୁନିଷ୍ଟମାନଙ୍କ ସହିତ ମୋର କୌଣସି ସମ୍ପର୍କ ନଥିଲା। ବିମଳର ବି ନଥିଲା। ଆମେ ଦୁହେଁଯାକ ଅନୁଶୀଳନ ଦଳରେ ଯୋଗ ଦେଇଥିଲୁ। ଗୀତା ଧର୍ମ ଥିଲା ଆମର ଧର୍ମ। ଗାନ୍ଧୀଙ୍କର ଗୀତାଭାଷ୍ୟ ମୁଁ ପଢ଼ିଥିଲି। ମାତ୍ର କୁରୁକ୍ଷେତ୍ରରେ କୌରବମାନଙ୍କୁ ହତ୍ୟା କରିବା ପାଇଁ ଶ୍ରୀକୃଷ୍ଣ ଅର୍ଜୁନଙ୍କୁ ଯେଉଁ ହିଂସ୍ର ଉଦ୍‌ବୋଧନ ଦେଇଛନ୍ତି, ତାହାକୁ ଅହିଂସ୍ର ବୋଲି ଗ୍ରହଣ କରିବା ପାଇଁ ମୋର ସତ୍ୟାନୁନ୍ଧାନୀ ମନ ବିଦ୍ରୋହ କରି ଉଠେ। ଭାରତର ସ୍ୱାଧୀନତା ପରେ ମହାତ୍ମାଗାନ୍ଧୀଙ୍କର ଅହିଂସା ପ୍ରଚାର ସତ୍ତ୍ୱେ ଯେଉଁ ଯେଉଁ ହିଂସାର ବାତ୍ୟା ଭାରତ ଓ ପାକିସ୍ତାନରେ ବହିଗଲା ତାହାର ପ୍ରତିକାର କେବଳ ନ୍ୟାୟନିଷ୍ଠ ସବଳ ପୁରୁଷମାନଙ୍କର ସଶସ୍ତ୍ର ପ୍ରତିରୋଧରେ ହିଁ ସମ୍ଭବ ବୋଲି ମୋର କାହିଁକି ବିଶ୍ୱାସ ହେଲା। ଭାଷାଧର୍ମ ଆଦିର ସମସ୍ତ ସଂକୀର୍ଣ୍ଣତାକୁ ବର୍ଜନ କରି ଆମେ କେତେ ଜଣ ଯୁବକ ଭାରତର ଅଖଣ୍ଡତା ପାଇଁ ଜୀବନ ଉତ୍ସର୍ଗ କରିବାକୁ ପଣ କରିଥିଲୁଁ।"

"ସେ ଆଦର୍ଶକୁ ଆଖି ଆଗରେ ରଖି, ଆମେ କେତେଜଣ ଦେଶପ୍ରେମୀ, ଶୁଦ୍ଧଚରିତ୍ର ତ୍ୟାଗୀ, ଅନୁଶୀଳନ ଦଳର ନେତାମାନଙ୍କ ସହିତ ଘନିଷ୍ଠ ସମ୍ପର୍କରେ ଆସିଲୁଁ। ସ୍ୱାଧୀନତା ପୂର୍ବରୁ ଏମାନଙ୍କ ସହିତ ଅବଶ୍ୟ ଆମର ପରିଚୟ ଥିଲା। ଦେଶପାଇଁ ଆତ୍ମବଳୀଦାନର ମହତ୍ ଶିକ୍ଷା, ଆମେ ଏହି ଅନୁଶୀଳନ ଦଳର ନେତାମାନଙ୍କଠାରୁ ହିଁ ଶିକ୍ଷା ଲାଭ କରିଥିଲୁଁ। ଆମର ମନ୍ତ୍ର ଥିଲା – 'ହତୋଃବା ପ୍ରାପ୍‌ସ୍ୟସେ ସ୍ୱର୍ଗଂ ଜିତ୍ୱାବା ଭୋକ୍ଷସେ ମହୀମ୍' – ଆମର ଧ୍ୟେୟ ଥିଲେ ଗୀତାର ଶ୍ରୀକୃଷ୍ଣ। ଶ୍ରୀକୃଷ୍ଣଙ୍କୁ ଧ୍ୟାନ କଲା ମାତ୍ରେ ମୋର ମନେ ହେଉଥିଲା – ସେ ଯେପରି କହୁଛନ୍ତି – 'ମୟା ହତାସ୍ତେ ଜହି ମାବତିଷ୍ଠା, ନିମିତ୍ତ ମାତ୍ରମ୍ ଭବ ସବ୍ୟସାଚିନ୍' – କିନ୍ତୁ ଉଣେଇଶ ଶହ ବୟାଳିଶ ବିପ୍ଳବ ଆମକୁ ବିଚ୍ଛିନ୍ନ କରି ଦେଇଥିଲା। ଜେଲ୍‌ରୁ ମୁକ୍ତିଲାଭ କଲା ପରେ ବିମଳ ସାଙ୍ଗରେ ମୋର କଲିକତା ଆସିବାର ଉଦ୍ଦେଶ୍ୟ ଥିଲା ସେମାନଙ୍କ ସହିତ ପୁଣି ସଂଯୋଗ ସ୍ଥାପନା। କିନ୍ତୁ ଦେଖିଲି ସ୍ୱାଧୀନତା ପରେ ଯେପରି ସେ ଦଳ କ୍ରମେ କ୍ରମେ କ୍ଷୟପ୍ରାପ୍ତ ହୋଇ ଯାଉଛି। ସେହି ନେତାମାନେ ଏବେ ମଧ୍ୟ ନିଜର ପରିସର ମଧ୍ୟରେ ଜଣେ ଜଣେ ବିରାଟ ପୁରୁଷ। କିନ୍ତୁ ଦେଶ ଯେପରି ସେମାନଙ୍କୁ ପଛରେ ପକେଇ ଚାଲିଯାଉଛି, ଏମିତି ମନେ ହେଲା ମୋର। ମାତ୍ର ଦେଶର ଏ ଗତି କୁଆଡ଼େ? ତାହା ହିଁ ଥିଲା ମୋର ପ୍ରଶ୍ନ। ସେତେବେଳେ ମୋତେ ତାର ଉତ୍ତର ଦେଇଥିଲେ ପରିମଳ ଦାଦା।

ସେ ଉତ୍ତର ଠିକ୍ ହେଉ ନ ହେଉ, ମୁଁ ସେତେବେଳେ ବିଚାରିଲି ଉତ୍ତମ ଲକ୍ଷ୍ୟ ସାଧନ ପାଇଁ ଅନ୍ୟାୟ ଉପାୟ ଯଦି ଅବଲମ୍ବନ କରିବାକୁ ହୁଏ, ପ୍ରକାଶ୍ୟରେ ସେ ମତବାଦକୁ ସମର୍ଥନ କରିବା ଉଚିତ। ତାହା ନକରିବାଟା କମ୍ୟୁନିଷ୍ଟମାନେ ସେମାନଙ୍କ ଲକ୍ଷ୍ୟ ହାସଲ ପାଇଁ ଯେ କୌଣସି ଅସତ୍ ଉପାୟ ଅବଲମ୍ବନ କରିବାକୁ ପଶ୍ଚାତ୍‌ପଦ ନୁହନ୍ତି ବୋଲି ପ୍ରକାଶ୍ୟରେ ଘୋଷଣା କରୁଥିଲେ। ତା'ଛଡ଼ା କଂଗ୍ରେସବାଲାମାନେ ଅତ୍ୟନ୍ତ ରକ୍ଷଣଶୀଳ ବୋଲି ମୋର ମନେ ହେଲା। ଏବଂ ଉପରେ ସତ୍ୟ ଅହିଂସା ପ୍ରଚାର କରି ନିଜର ଉଦ୍ଦେଶ୍ୟ ସାଧନ ପାଇଁ ଯେ କୌଣସି ଅସଦୁପାୟ ଅବଲମ୍ବନ କରିବା ଦିଗରେ କମ୍ୟୁନିଷ୍ଟମାନଙ୍କୁ ମଧ୍ୟ ସେମାନେ ବଳି ଯାଉଥିବାର ଦେଖିଲି। ସେଥିପାଇଁ ମୋତେ କଂଗ୍ରେସବାଲାଙ୍କଠାରୁ କମ୍ୟୁନିଷ୍ଟମାନେ ଭଲ ଲାଗିଲେ। ଅନୁଶୀଳନ ଦଳର ନେତାମାନେ କେବଳ ଆଦର୍ଶ ହୋଇ ରହିଗଲେ ମୋ ଆଖି ଆଗରେ। ସେମାନେ କମ୍ୟୁନିଷ୍ଟ ହୋଇ ପାରିଲେ ନାହିଁ କିମ୍ବା କଂଗ୍ରେସିଆ ହୋଇ ପାରିଲେ ନାହିଁ, ତଥାପି ସେମାନେ ମୋ ଆଖିରେ ଦେବପ୍ରତିମ ଓ ପୂଜ୍ୟ।"

ଦୁଃଖୀ କହିଲା, "ସେତିକି ଯଥେଷ୍ଟ। ତା'ପରେ କଣ ହେଲା କହ।"

"ଦିନେ ଦୈବାତ୍ ଆଲ୍‌ମାରୀ ଭିତରୁ ଦାଦାଙ୍କର ଗୋଟିଏ ପୁରୁଣା ଡାଇରୀ ପାଇଲି ସେଇ ଝାଡ଼ଗ୍ରାମ ଆଶ୍ରମରେ। ଦିନେ ଦାଦା ଡାଏରୀ ଲେଖୁଥିଲେ। ସେହି ପୁରୁଣା ଡାଏରୀରୁ ଖଣ୍ଡେ କିମିତି ଭୁଲ୍‌ରେ ବହି ସାଙ୍ଗରେ ରହିଯାଇଛି। ଏବେ ଆଉ ଦାଦା ଡାଏରୀ ଲେଖନ୍ତି ନାହିଁ। ଦିନେ ମତେ ଡାଏରୀ ଲେଖିବାର ଦେଖି ସେ କହିଲେ - ଲେଖ ଲେଖ ସଉକ୍ ଅଛି ତ ଲେଖ। ପ୍ରତିଦିନ ଡାଏରୀ ଲେଖିବା ଦ୍ୱାରା ଅବଶ୍ୟ ନିୟମାନୁବର୍ତ୍ତିତା ଶିକ୍ଷା କରାଯାଏ। କିନ୍ତୁ ମନେ ରଖିବାକୁ ହେବ ଏଟା କମ୍ୟୁନିଷ୍ଟ ରାଷ୍ଟ୍ର ନୁହେଁ। ସାମନ୍ତବାଦୀ ରାଷ୍ଟ୍ରର ଗୁଇନ୍ଦାମାନଙ୍କ ସୁବିଧା ପାଇଁ ଅବଶ୍ୟ ତୁମେ ଡାଏରୀ ଲେଖୁ ନାହଁ। ମନେରଖ!"

"ସେହି ଦିନଠାରୁ ମୋର ଡାଏରୀ ଲେଖିବା ଛାଡ଼ିଗଲା। କିନ୍ତୁ ଦାଦାଙ୍କର ଏଇ ପୁରୁଣା ଡାଏରୀଟା ଦେଖି ମତେ ଆଶ୍ଚର୍ଯ୍ୟ ଲାଗିଲା। ଅନ୍ୟର ଡାଏରୀ ପଢ଼ିବାର ନୁହେଁ। ତଥାପି ପଢ଼ିବାର ଆଗ୍ରହ ସମ୍ବରଣ କରି ପାରିଲି ନାହିଁ। ଡାଏରୀ ଲେଖୁଥିଲା ଲୋକ ଡାଏରୀ ଲେଖା ଛାଡ଼ିଦେଲା ପରେ ଅନ୍ୟର ଡାଏରୀ ପଢ଼ିବା ପାଇଁ ତାହାର ଯେଉଁ ଆଗ୍ରହ, ସେ ବଡ଼ ଦୁର୍ଦ୍ଦାନ୍ତ।"

"ଲେଖାଥିଲା - 'ପରମ୍ପରାରୁ ବିଚ୍ୟୁତି ନ ଘଟିଲେ ବିପ୍ଳବ ଅସମ୍ଭବ। ପରମ୍ପରାରୁ ବିଚ୍ୟୁତ ହେବାକୁ ହେଲେ ସର୍ବପ୍ରଥମେ ରୁଚିକୁ ବିକୃତ କରି ଦେବାକୁ ପଡ଼ିବ। ରୁଚିର ବିକୃତି ଏପରିକି ମତିର ବିକୃତି ମଧ୍ୟ ଆବଶ୍ୟକ। ପିଲାଦିନରୁ ମଣିଷ ମନରେ ଯେଉଁ

ସବୁ ଛାପ ରହିଯାଇଥାଏ, ତାହାହିଁ ରୁଚି । ତାକୁ ଘଷି ସଫା କରି ନଦେଲେ ବିପ୍ଳବର ପ୍ରକୃତ ରୂପ ପ୍ରତିଫଳିତ ହେବା ସମ୍ଭବ ନୁହେଁ । ଏହି ମଜାଘଷା ଫଳରେ ମନୁଷ୍ୟର ଯେଉଁ ନୂତନ ବିକାର ସୃଷ୍ଟି ହୁଏ ତାକୁ ଆମେ ଶୂନ୍ୟ ବା ଜିରୋ ବୋଲି କହିପାରୁଁ । ମାତ୍ର ବ୍ୟବହାରିକ ଜଗତରେ ତାକୁ ମନର ବିକୃତ ଅବସ୍ଥା ବୋଲି କୁହାଯାଇ ପାରେ । ସେକ୍‌ସ ବା ଲିଙ୍ଗ ବୋଧଟା ମନୁଷ୍ୟର ମସ୍ତିଷ୍କ ଉପରେ ସେହିପରି ଆଚାର ବା ବ୍ୟବାହାରର ଗୋଟାଏ ଛାପା । ସେ ରଙ୍ଗକୁ ଛଡ଼ାଇ ନ ଦେଲେ ମନୁଷ୍ୟର ବିପ୍ଳବ ପାଇଁ ପ୍ରସ୍ତୁତ ହୋଇ ପାରିବ ନାହିଁ । ସେଇ ଛଡ଼ାଇବା ପ୍ରୋସେସ୍ ବା କ୍ରମରେ ଆମକୁ ଯାହା କରିବାକୁ ପଡ଼େ ତାକୁ ବାହ୍ୟ ଜଗତ କାମ ବିକୃତି ବା ସେକ୍‌ସ ପରଭରସନ୍ ଆଖ୍ୟା ଦେଇପାରେ । ମାତ୍ର ବିପ୍ଳବୀମାନଙ୍କର ସେ ପନ୍ଥା ଆଶ୍ରୟ କରିବା ଛଡ଼ା ଅନ୍ୟଗତି ନାହିଁ । କମ୍ୟୁନିଷ୍ଟମାନେ ଯଦି ଏକଥା ନ ବୁଝନ୍ତି ତେବେ ଦଳର ବହୁ ଅମୂଲ୍ୟ ରତ୍ନଙ୍କୁ ଘେନି ପଳାଇବାର ପ୍ରହସନ ଆମକୁ ଉପଭୋଗ କରିବାକୁ ହେବ... ।"

"ଏତକ ପଢ଼ି, ମୋର ମନେ ହେଲା ଦୁଃଖି, ମୋର ମସ୍ତିଷ୍କ ଯେପରି ବିକୃତ ହେବାକୁ ଆରମ୍ଭ କଲାଣି ।"

"ତୁ କେମିତି ଜାଣିଲୁ, ତା ପୂର୍ବରୁ ତୋ ମସ୍ତିଷ୍କ ବିକୃତ ହୋଇନଥିଲା ବୋଲି ।" ଦୁଃଖୀ ହସିଲା ।

"ହେଇ ପାରିଥାଏ । ମୁଁ କହିପାରୁ ନାହିଁ । କିନ୍ତୁ ଏ ଡାଏରୀ ପଢ଼ିସାରିବା ପରେ ମୋର ଆଉ ମୁହୂର୍ତ୍ତେ ମଧ୍ୟ ସେଠି ରହିବାକୁ ଇଚ୍ଛା ନଥିଲା । ତଥାପି ଦାଦାଙ୍କର ମମତା ମୁଁ ଛିନ୍ନ କରି ପାରିନଥିଲି । କହିଲେ ଦାଦା ଛାଡ଼ନ୍ତେ ନାହିଁ । ନ କହି ପଳେଇ ଆସିବାଟା ଅଭଦ୍ରତା ଓ ଭୀରୁତା । ମୁଁ ଆମ ଜାତିର କଳଙ୍କ ହେବାକୁ ଚାହୁଁ ନଥିଲି । ଓଡ଼ିଆ ଗୁଡ଼ାକ ଭୀରୁ ବୋଲି କାଳ କାଳକୁ ଏମାନଙ୍କ ମହଲରେ କଥା ରହିଯିବ ।"

ମୋର ଏ ମନୋଭାବର ସୁରାକ, ଅଚିନ୍ତ୍ୟ କିମିତି ପାଇପାରିଲା ଦିନେ କହିଲା – "ସାର୍ ଆମକୁ ଆପନ୍ ଯେମନ୍ ଭାଲବାସନ୍ତି, ତେମନ୍ କହି ବାସି ନାହିଁ । ଆମେ ପିଲାଦିନୁ କାହାରି ଆଦର୍ ପାଇତେ ପାରିନୁ, ଆମକୁ ଏକ୍‌ଟୁ ଆଦର୍ କରୁନ୍ ।"

"କିଛି ଦିନ ଆଗେ ସେ ଏକଥା କହିଥିଲେ ମୁଁ ହୁଏତ ଏଇ ମା ବାପ ଛେଉଣ୍ଡ ପିଲାଟିକୁ ପାଖକୁ ନେଇ ଗେଲ କରିଥାନ୍ତି । କିନ୍ତୁ ଦାଦାଙ୍କ ଡାଏରୀ ପଢ଼ି ସାରିବା ପରେ ଅଚିନ୍ତ୍ୟ ପ୍ରତି ମୋର ସମସ୍ତ ଦୟା କୁଆଡ଼େ ଉଭାଇ ଯାଇଥିଲା । କହିଲି – 'ବେଶୀ ଆଦୁରେ'' ହେଲେ ପିଲା ନଷ୍ଟ ହୋଇଯାଆନ୍ତି । ସେ ତୁନି ପଡ଼ିଲା । ମୁଁ ଅଳକା ପାଖକୁ ଚିଠି ଲେଖି ବସିଲି ଗୋଟିଏ ଜିଦ୍‌ରେ ।"

"ଏଠି ମୁଁ ଏକୁଟିଆ ନାହିଁ । ମୋ ସାଙ୍ଗରେ ପିଲାଟିଏ ଅଛି । ମେଟ୍ରିକ୍ ପରୀକ୍ଷା

ଦବ। ଅଚିନ୍ତ୍ୟ ତା ନାଁ। ପିଲାଟି ବାପ ମା ଛେଉଣ୍ଡ। କିନ୍ତୁ ସେ ନିର୍ଜନ ନିବାସରେ ମୋର ସାଥୀ ହେବାର ଯୋଗ୍ୟ ନୁହେଁ। ବୟସରେ ତମଠାରୁ ବେଶି ସାନ ନ ହେଲେ ମଧ ମାନସିକ ବିକାଶ ଦୃଷ୍ଟିରୁ ସେ ତୁମ ତୁଳନାରେ ଅତି ଶିଶୁ। ସେଥିପାଇଁ ସବୁବେଳେ ମୁଁ ଭାବୁଛି ଅଳକା ଯଦି ମୋ ପାଖରେ ଥାଆନ୍ତା ତେବେ ମୋର ଅଧ୍ୟୟନ ଓ ଚିନ୍ତନରେ ପ୍ରଭୂତ ସହାୟତା ମିଳନ୍ତା। ମୁଁ କିପରି ତୁମର ସାହଚର୍ଯ୍ୟ ପାଇବି ସେଇ ଚିନ୍ତା ମୋତେ ଘାରି ଦଉଛି। ମୋର କାହିଁକି ଆଶଙ୍କା ହଉଛି ତମ ସହିତ ମୋର ଆଉ ଦେଖା ହୋଇ ନପାରେ। ହୁଏତ ଖୁବ୍ ଶୀଘ୍ର ତମର ବିବାହ ହୋଇଯିବ। ତମ ଘରର ସମସ୍ତେ ଏ କଥା ମତେ ଲୁଚାଇଛନ୍ତି। ତା ଭିତରେ, ତମେ ମଧ୍ୟ ଥାଇପାର। ଏକଥାର ସାମାନ୍ୟ ସୂଚନା ଯଦି ତମେ ମତେ ପୂର୍ବରୁ ଦେଇଥାନ୍ତ, ତେବେ ଆଜି ଯେଉଁ ଆଶାର ସୌଧ ଭାଙ୍ଗି ଚୂରମାର୍ ହୋଇଯାଉଛି, ତାକୁ ଗଢ଼ିବାକୁ ମୁଁ ଆଦୌ ଚେଷ୍ଟା କରିନଥାନ୍ତି। ମୋର ଏଇ ଦୁର୍ଗମ ଯାତ୍ରା ପଥରେ ଏକମାତ୍ର ପ୍ରେରଣାର ଉତ୍ସ, ମୋର କଳ୍ପନାର ରାଣୀ ଅଳକାପୁରୀର ଅଳକାକୁ ହରାଇ ବେଶି ଦୂର ଆଗେଇ ପାରିବି କି ନା ସନ୍ଦେହ। ତମେ ମତେ ପ୍ରକୃତରେ ଭଲ ପାଅ କି ନାହିଁ ଜାଣିବାକୁ ଚାହେଁ। ତାହା ହେଲେ ମୋର କର୍ତ୍ତବ୍ୟ ବାଛି ନବାକୁ କିଛି କଷ୍ଟ ହେବ ନାହିଁ। କେବଳ ତମର ସାହସ ଲୋଡ଼ା।

ଯଥାଶୀଘ୍ର ଉତ୍ତର ଦେବ। ଉତ୍ତର ଆଶାରେ ଅନାଇ ରହିଲି।

ଇତି ତୁମର

ମୁଁ"

"ଉତ୍ତର ଆସିଲା ?" ଦୁଃଖୀ ପଚାରିଲା।

"ଠିକ୍ ତିନି ଦିନ ଯାଇ ଚାରି ଦିନ ଉତ୍ତର ପାଇଲି।"

"କଣ ଲେଖିଲା ?" ଦୁଃଖୀର କଥାରୁ ଜଣା ପଡୁଥାଏ, ଅଳକାର ଚିଠି ବିଷୟରେ ତା'ର ପ୍ରବଳ ଆଗ୍ରହ।

"ତୋ ମନ ବିକୃତ ହେବ ନାହିଁ ତ ?"

"ସେ ଆଶଙ୍କା ପାଇଁ ସମୟ ଅତିକ୍ରାନ୍ତ।" ଦୁଃଖୀ ଉତ୍ତର ଦେଲା।

"ହଉ, ତେବେ ଶୁଣ।"

"ତୋର, କଣ ସେ ଚିଠି ମୁଖସ୍ଥ ହୋଇ ଯାଇଛି।"

"ଭାଷା ନୁହେଁ। ଭାବଟା। ସମ୍ବୋଧନଟା କିନ୍ତୁ ମନେ ଅଛି। ତାର ସମ୍ବୋଧନ ଯଦି ସତ୍ୟ ହୋଇଥାଏ, ତାହା ହେଲେ ମୁଁ ତା'ର ପ୍ରାଣର ଦେବତା।"

ଉଭୟେ ହସିଲେ। ଘନ କହି ଆରମ୍ଭିଲା।

"ଆପଣଙ୍କ ଚିଠି ପାଇ ମୁଁ କେତେ ଯେ କାନ୍ଦିଛି ତା' କେବଳ ମୁଁ ଜାଣେଁ।

ଆଉ ଦେଖିଥିଲେ ଦେଖିଥିବେ ଏଇ ନିବୁଜ ଘରର କାନ୍ଥ କବାଟ ସାଙ୍ଗରେ ସୀମାବଦ୍ଧ ଶୂନ୍ୟ ଆକାଶଟା। ସେଇ ଆକାଶ ଦେହରେ ମିଶିଯାଇଛି ବାଷ୍ପ ହୋଇ ମୋର ଦୀର୍ଘ ଉଷ୍ଣ ନିଶ୍ୱାସରେ ଅବାରିତ ଉଷ୍ଣ ବାରି। ଆପଣଙ୍କୁ ଯଦି ମୋର ହୃଦୟ ଚିରି ଦେଖାଇବାର ସୁଯୋଗ କେହି ଦିଅନ୍ତା ତେବେ ମୁଁ ଦେଖାଇ ଦିଅନ୍ତି ମୋ ହୃଦପଟରେ ଆପଣଙ୍କର ଫଟୋଟା କିପରି ବ୍ଲାକ୍ ଆଣ୍ଡ ହ୍ୱାଇଟ୍‌ରେ ବ୍ରାଇଟ୍ ହୋଇ ରହିଛି। ମୁଁ ଆପଣଙ୍କ ବିନା ତିଳାର୍ଦ୍ଧେ ବଞ୍ଚିବାକୁ ଚାହେଁ ନାହିଁ। ପରୀକ୍ଷା ଆଉ ଅଳ୍ପ ଦିନ ରହିଲା। ଆପଣ ଦିନୁଟିଏ ହେଲେ ବୁଲି ଯାଆନ୍ତୁ, ସବୁ କଥା ଜାଣି ପାରିବେ, ମତେ ଚିହ୍ନି ପାରିବେ, ମୋ ମନ କଥା ବୁଝି ପାରିବେ। ଆପଣ ନ ଆସିଲେ ମୋ ପାସ୍ କରିବା କଥା ସେମିତି ସେମିତି।

ଆପଣ ଯେମିତି ହେଲେ ଆସନ୍ତୁ। ଆପଣ ବୋଧହୁଏ ଦାଦାଙ୍କୁ ଡରୁଛନ୍ତି। ରାତି ନଅଟା ପରେ ଦାଦା କେବେ ଆମ ଘରକୁ ଆସନ୍ତି ନାହିଁ। ଆପଣ ସେତେବେଳେ ଆସିଲେ ଦାଦା ଜାଣିପାରିବେ ନାହିଁ। ଆମ ଘରେ ସମସ୍ତେ ଆପଣଙ୍କ ପକ୍ଷରେ। ଏକମାତ୍ର ଦାଦା ଅନ୍ତରାୟ।"

"ବାସ୍, ଏତିକି। ଆଉ କିଛି ନାହିଁ?"

"ହଁ ଆହୁରି ଅନେକ କଥା। ସେ ସବୁ ଖାଲି କବିତା। ଚାନ୍ଦିନୀ, ମଳୟ, ବନ, ଉପବନ, ସଙ୍ଗୀତ, ମୂର୍ଚ୍ଛନା, ବ୍ୟଥା, ବେଦନା ଆଦି ବହୁ ଶବ୍ଦର ଆଡ଼ମ୍ବର।"

"ଶେଷରେ ଭଣିତାଟା କଣ ଥିଲା?"

"ଶେଷରେ ଲେଖାଥିଲା - ଆପଣଙ୍କର ଏକାନ୍ତ ନିବେଦିତା ପୂଜାରିଣୀ ଅଳକା।"

"ତାପରେ, ତୁ ବସିବାଠାରୁ ଉଠି ଯାଇଥିବୁ ନିଶ୍ଚୟ।" ଦୁଃଖୀ ପଚାରିଲା।

"ଯିବାକୁ ଡର କାହିଁ? ମୁଁ ସାଙ୍ଗେ ସାଙ୍ଗେ ଉତ୍ତର ଦେଇଦେଲି ଦୁଇ ଲାଇନ୍‌ରେ। ଅମୁକ୍ ତାରିଖ ରାତି ଦଶଟାରେ ପହଞ୍ଚିବି। ବଡ଼ି ଭୋର୍ ପାଞ୍ଚଟାରେ ଝାଡ଼ଗ୍ରାମ ଟ୍ରେନ୍।"

ତାରିଖଟା ମନେ ଅଛି?

ମନେ ନାହିଁ।

ତାପରେ ଗଲୁ ସେଦିନ?

"ଯେଉଁ ଦିନ ଯିବାର ଥିଲା ଠିକ୍ ତାର ଆଗ ଦିନ ହଠାତ୍ ଆସି ପହଞ୍ଚିଲେ ସାକ୍ଷାତ୍ ଦାଦା, ବିନା ପ୍ରୋଗ୍ରାମ୍‌ରେ। ମୋ ଛାତି ଖାଲି ଥରୁଥାଏ। ଚିଠିଟା ଆଉ ପଡ଼ିଗଲା କି ଦାଦାଙ୍କ ହାତରେ। ପଡ଼ି ନଥିଲେ ବି ଦାଦା ତ ସବୁକଥା ଜାଣିପାରନ୍ତି କିମିତି। ଜାଣି ନଥିବେ କି ଭଗବାନ୍। ଭଗବାନ୍‌ଙ୍କୁ ଅବିଶ୍ୱାସ କରିବାର ଅଭ୍ୟାସଟା

ମୁହୂର୍ତ୍ତକେ ଚାଲିଗଲା। ଭଗବାନ୍ କିନ୍ତୁ ରକ୍ଷା କଲା କରି ଲାଗିଲା। ଦାଦାଙ୍କ ଭାବଭଙ୍ଗୀରୁ ସେ କିଛି ଜାଣିଥିଲା ପରି ମନେ ହେଲାନାହିଁ।"

ତାହେଲେ ସେ ଆସିଥିଲେ କାହିଁକି ?

ଦାଦା ଆସିଥିଲେ ମତେ ପ୍ରକାରାନ୍ତରେ ଜଣାଇ ଦେବାପାଇଁ ଯେ କମ୍ୟୁନିଜିମ୍ ପ୍ରଚାର କାର୍ଯ୍ୟ ଆଉ ମୋ ଦ୍ୱାରା ସମ୍ଭବ ନୁହେଁ।

ତାହେଲେ ତ ଦାଦା ସବୁ କଥା ଜାଣି ଯାଇଥିଲେ।

ଜାଣି ଥାଆନ୍ତୁ ନ ଥାଆନ୍ତୁ, ମୋର କୌଶଳଟା କିନ୍ତୁ କାର୍ଯ୍ୟକାରୀ ହେଲା ଦେଖିଲି।

ସାଇଲୁରେ ସାଇଲୁ। ଓଡ଼ିଆଙ୍କ ନାଁ ପକେଇ ଦେଲୁ। ହସି ହସି ଦୁଃଖୀ କହୁଥାଏ ! ସେଇଠୁ କଣ କଲେ ଦାଦା ?

ଦାଦା ମତେ ପଚାରିଲେ – ଘରୁ କିଛି ଚିଠି ପାଇଛ ?

ମୁଁ କହିଲି ନା।

ଖବର କାଗଜରେ ଦେଖି ନାହଁ? ବନ୍ୟାରେ ତମ ଅଞ୍ଚଳ ବୁଡ଼ି ଯାଇଛି। ବାତ୍ୟାରେ ଉଡ଼ି ଯାଇଛି।

ନା। ଏଠିକି ତିନି ଦିନ ପରେ କାଗଜ ଆସେ।

ମୁଁ ଜାଣେ ସେ କଥା। ସେଥିପାଇଁ ଚାଲି ଆସିଲି। ତେଣେ ବିପଦ ତମକୁ ସାଙ୍ଗେ ସାଙ୍ଗେ ଯିବାକୁ ହେବ। ମୁଁ ଅଚିନ୍ତ୍ୟକୁ ମୋ ସାଙ୍ଗରେ ନେଇ ଯାଉଛି।

ମଲୁ ଖୋଜୁଥିଲା ଯାହା, ବଇଦ ବତେଇ ଦେଲା ତାହା। ମୁଁ ଚୁପ୍‌ଚାପ ଚାଲି ଆସିଲି।

ଆଉ ଯାଇନୁ ତା ପରଠୁଁ?

ଗଲି, କିନ୍ତୁ ଅନେକ ଦିନ ପରେ।

ଗାଁରେ ବହୁତ କ୍ଷତି ହୋଇଥିଲା ?

କ୍ଷତି ତ ହୋଇଥିଲା ନିଶ୍ଚୟ। ମାତ୍ର ଯେତେଟା ଆଶଙ୍କା କରୁଥିଲି ସେତେଟା ନୁହେଁ।

ତମ ଗାଁରେ କ୍ଷତିଟା ହୋଇଥିଲା ବୋଲି ଦାଦା ଜାଣିଲେ କିମିତି ? ଖବର କାଗଜରେ କଣ ତମ ଗାଁ କଥା ବାହାରିଥିଲା ?

ନା, ଆମ ଗାଁ କଥା ଖାସ୍ କିଛି ବାହାରି ନଥିଲା। କିନ୍ତୁ ଦାଦା ତ କିମିତି ସବୁ ଜାଣି ପାରୁଥିଲେ। ତାଙ୍କୁ ଆମେ ସବୁ କହୁଁ କମ୍ୟୁନିଷ୍ଟ ସନ୍ନ୍ୟାସୀ, ଜଣେ ସିଦ୍ଧ ପୁରୁଷ। ଆଗତ ଭବିଷ୍ୟତ ତାଙ୍କୁ ଜଣାଯାଏ।

ଦୁଃଖୀ ହସିଲା । କହିଲା, ତୁ ଯା ଚେଲା ନ ହୋଇ ପଳେଇ ଆସିଲୁ ।

ଚେଲାର କଣ ଅଭାବ ଅଛନ୍ତି । ମୁଁ ଆସିଲେ କଣ ହେଲା ? ଅଚିନ୍ତ୍ୟ ତ ରହିଲା । ଅଚିନ୍ତ୍ୟ ଉପଯୁକ୍ତ ଗୁରୁର ଉପଯୁକ୍ତ ଶିଷ୍ୟ । ସେ କଣ କରେ ଜାଣିଛୁ ? ଭୂତ ପ୍ରେତ ନାଁ ଶୁଣିଲେ ସେ ଭାରି ଡରେ । ଡର ମାଡ଼ିଲାକ୍ଷଣି ସେ ହାତଟାକୁ ମୁଠା କରି ଟେକିଦେଇ କହେ 'ମାର୍କସ୍ ଏଙ୍ଗେଲସ ଲେନିନ' । ମୁଁ ଦିନେ ପଚାରିଲି "ଏମିତି କାହିଁକି ହେଉଛୁ ?" ସେ ଉତ୍ତର ଦେଲା – "ଭୂତ ଡରି ପଳାଇବ ।"

ଦୁଃଖୀ ପୁଣି ଆଗ ମନଲାଗିଲା କଥାଟାକୁ ଖୋଳି ତାଡ଼ି ବାହାର କରିବାକୁ ଲାଗିଲା । ପଚାରିଲା – ଅଳକା ଖବର କଣ ? ଚିଠି ଫିଠି ଦିଏ ?

ନା, ଆଉ କାହିଁକି ତ ଦିଏ ନାହିଁ ?

ତୁ ଦେଇଥିଲୁ ?

ହଁ ଘରକୁ ଆସି ମୁଁ ଖଣ୍ଡେ ପୋଷ୍ଟ କାର୍ଡ଼ ପକେଇ ଦେଇଥିଲି । ଗୋଟାଏ ଲାଇନ – ବାତ୍ୟାରେ ଘରଦ୍ୱାର ଭାଙ୍ଗିଯିବା ଶୁଣି ଏଠିକି ଚାଲିଆସିଛି । ଦାଦାଙ୍କ ଠାରୁ ଶୁଣିଥିବ ।

ଏତିକି ?

ହଁ ।

ଆଉ ଦାଦା ?

ହଁ, ଲେଖିଥିଲି ।

ସେ ଉତ୍ତର ଦେଲେ ?

ଟଙ୍କା ପଠେଇଥିଲେ ଘର ମରାମତି ପାଇଁ ।

ତା'ପରେ ?

ତା'ପରେ ମୁଁ ଚିଠି ଦେଉଥିଲି । ଆଉ ଉତ୍ତର ପାଇନାହିଁ । ଆଉ ବି ଚିଠି ଲେଖିନାହିଁ ।

ଅଳକା ?

ସେ ତ ଏବେ ଅଳକା ସାନ୍ୟାଲ । କମ୍ରେଡ ସାନ୍ୟାଲର ସହଧର୍ମିଣୀ ଓ ସହକର୍ମିଣୀ ।

ତୁ ଦାଦାଙ୍କୁ ଆଉ ଦେଖିବାକୁ ଯାଇନୁ ?

ହଁ ଥରେ ଦୁଇଥର ଯାଇଛି । ଅନେକ ଦିନ ଚିଠି ନ ପାଇବାରୁ ମନଟା ଗୁଡ଼େଇ ହେଲା । ଗଲି । ଦେଖାକରି ଆସିଲି ।

ଆଗ ଭଳି ସ୍ନେହ ଆଦର କରନ୍ତି ?

ଦାଦା ଆଉ ଯାହାପାରେ ତାହା ହୁଅନ୍ତୁ। ଅଭଦ୍ର ନୁହନ୍ତି।

ମାର୍କସ, ଏଙ୍ଗେଲସ, ଲେନିନଙ୍କ କଥା ପଡ଼େ?

ନା। କମ୍ୟୁନିଷ୍ଟ ଦର୍ଶନ ସମ୍ବନ୍ଧରେ ସେ ଆଉ ମୋ ସହିତ ବିଶେଷ ଆଲୋଚନା କରନ୍ତି ନାହିଁ। ମୁଁ ଯେତେବେଳେ ସେ କଥା ଉଠାଏଁ, ସେ କହନ୍ତି - ମୁଁ ବୁଢ଼ା ହେଲି, ଏଣିକି ଯେ ପାରୁଛ ଏ ପତାକାକୁ ଟେକି ଧର। ସଂଗ୍ରାମ ଚାଲୁ ରହୁ।

ବାସ୍ ଏତିକି!

ହଁ।

ଝାଡ଼ଗ୍ରାମର ସେ ଆଶ୍ରମ ଅଛି?

ଅଛି ବୋଲି ଶୁଣୁଛି। କିଏ ଜଣେ କମ୍ରେଡ ସେଠି ଛୁଆପିଲା ଧରି ରୁହନ୍ତି।

ଦୁଃଖୀ ପଚାରିଲା - ଆଚ୍ଛା ଘନ, ତୋର କଣ ବିଶ୍ୱାସ ଯେ ଅଳକା ତତେ ଭଲ ପାଉଥିଲା?

ମୋର ଦୃଢ଼ ବିଶ୍ୱାସ, ମୁଁ ତାକୁ ଭଲ ପାଇ ନଥିଲି।

ତୁ କଣ ବିଶ୍ୱାସ କରୁଛୁ ଯେ, ସେ ଦିନ ବିମଳ ସାଙ୍ଗରେ ଦାଦାଙ୍କର ଯେଉଁ କଥୋପକଥନ ସେଟା ତୋତେ ବିଭ୍ରାନ୍ତ କରିବା ପାଇଁ ଉଦ୍ଦିଷ୍ଟ ନ ହୋଇ ତା ଭିତରେ ସତ୍ୟତାର କୌଣସି ଗନ୍ଧ ଥଲା?

ଅବିଶ୍ୱାସ କରିବାର କାରଣ ମୁଁ ଦେଖି ନଥିଲି।

ମୋର ମନେ ହୁଏ ସେଟା ଉଭୟଙ୍କର ଗୋଟାଏ କୌଶଳ ଓ ତୋ ବିରୁଦ୍ଧରେ ଗୋଟାଏ ଷଡ଼ଯନ୍ତ୍ର।

ମୁଁ ଦାଦାଙ୍କୁ ଅବିଶ୍ୱାସ କରି ପାରିବି ନାହିଁ?

ତୁ ଭୁଲି ଯାଉଛୁ ଯେ ଦାଦା ଜଣେ କମ୍ୟୁନିଷ୍ଟ।

ସେ କଥା ମନେ ପକାଇ ଆଉ କିଛି ଲାଭ ନାହିଁ। ଆମେ ଯେ ଖୁବ୍ ଜୋର୍ ସେଇ ଆଦର୍ଶବାଦ୍ ଆଡ଼କୁ ଦଉଡୁଛୁ, ସେଇ କଥାଟାଇ ଆମେ ଭୁଲି ଯାଉଛୁ ବୋଲି ଡର ହୁଏ।

କିନ୍ତୁ ଦେଶକୁ ଠିକ୍ ବାଟରେ ନେବାର ଦାୟିତ୍ୱ କାହାର? ଘନ ନୀରବ ରହିଲା।

ଦୁଃଖୀ କହିଲା - ସେ ଦାୟିତ୍ୱ ଆମର। ଆମେ ଯେଉଁ କେତେଜଣ ସ୍ୱାଧୀନତା ସଂଗ୍ରାମୀ ଏବେ ବି ପିଣ୍ଡଧରି ରହିଛୁ, କଂଗ୍ରେସର ଦୂଷିତ ହାୱାଠାରୁ ଦୂରରେ, ସେମାନେ ଯଦି ଦେଶର ଦୁର୍ଗତିର ମୋଡ଼ ନ ଫେରାନ୍ତି, ଆଉ କେହି ପାରିବେ ନାହିଁ।

ଘନ ହସିଲା। କହିଲା - "ଭଗବାନ ବଡ଼ ଈର୍ଷାପର। ସେ କାହାରି ଗର୍ବ ରଖନ୍ତି ନାହିଁ। ତୋର ଏଭଳି ଦାମ୍ଭିକ ଉକ୍ତି ଶୁଣି ମୋତେ ଡର ମାଡୁଛି। ଭାରତବର୍ଷଟା

ଏକ ବିରାଟ ଦେଶ। ତା ଭିତରେ ଓଡ଼ିଶା ଏକ କ୍ଷୁଦ୍ର ଦରିଦ୍ର ରାଜ୍ୟ। ସେ ରାଜ୍ୟର ଅବହେଳିତ ଜାତୀୟ ସଂସ୍କୃତି ପଥରୁ ବିସ୍ମୃତିକୁ ଘନ ଆଉ ଦୁଃଖୀ ପରି କେତେଜଣ ବ୍ୟକ୍ତିବିଶେଷ ବିରାଟ ଭାରତବର୍ଷର ଗତିପଥକୁ ବଦଳେଇ ଦେଇ ପାରିବ? ଏ ଦୁଃସାହସିକ ଚିନ୍ତା। ଚିନ୍ତା ନୁହେଁ ଗୋଟାଏ ବ୍ୟାଧି। ଆମକୁ ଜାଣେ କିଏ? ମାନେ କିଏ? ଏ ଦେଶରେ ଆମେ କଣ ମଣିଷ? ଏ ଦେଶରେ ମଣିଷ ହେଉଛନ୍ତି ଧନୀ, ପଇସାବାଲା। ଲୋକେ ମୁହେଁଇଛନ୍ତି ସେଇ ଆଡ଼କୁ। ଧନୀ ବଡ଼ଲୋକଙ୍କ ମୁହଁକୁ ସମସ୍ତେ ରହିଛନ୍ତି। ସମସ୍ତେ ଚାହୁଁଛନ୍ତି କିପରି ରାତାରାତି ବଡ଼ଲୋକ ହୋଇଯିବେ। ରାତାରାତି ବଡ଼ଲୋକ ହବାର ସହଜ ଓ ସଳଖ ଉପାୟ କିଛି ନାହିଁ। ସେଥିପାଇଁ ପ୍ରତ୍ୟେକ ପ୍ରତ୍ୟେକଙ୍କୁ ଠକିବା ପାଇଁ ଚେଷ୍ଟା କରୁଛି। ଏଇ ହଉଛି ଆମ ସଂପ୍ରତିକ ଜାତୀୟ ଜୀବନର ଚିତ୍ର। ସେଥିରେ ତୁ ସାହସ କରୁଛୁ ଆମଭଳି କେତେଜଣ ଲୋକ, ଆଙ୍ଗୁଳି ଆଗରେ ଗଣିହେବେ, ସେଇମାନେ ସମସ୍ତ ଭାରତବର୍ଷଟାକୁ ଏ ବିପଦରୁ ଉଦ୍ଧାର କରିଦେଇ ପାରିବେ?"

ତାହାହେଲେ ଆମେ କଣ ନୀରବ ଦ୍ରଷ୍ଟା ହୋଇ ରହିବା?

"ଉପାୟନ୍ତର ନାହିଁ। ଏ ଦେଶରେ କଂଗ୍ରେସ ଛଡ଼ା, ଆଉ କୌଣସି ରାଜନୀତିକ ଦଳ ଉଧେଇ ପାରିବ? ପଣ୍ଡିତ ନେହେରୁଙ୍କର ନିର୍ବାଚନ ପ୍ରଚାର କଣ? କଂଗ୍ରେସ ଛଡ଼ା ଅନ୍ୟ କୌଣସି ଦଳ ଏ ଦେଶକୁ ଶାସନ କରି ପାରିବେ ନାହିଁ। ଏ ବୋଲି ତଳେ କି ମନଭାବ ପ୍ରକାଶ ପାଉଛି? କଂଗ୍ରେସଟା ରୁଷିଆର କମ୍ୟୁନିଷ୍ଟ ପାର୍ଟି ପରି ହୋଇଯିବ ମୋର ଆଶଙ୍କା ହୁଏ?"

ଅସମ୍ଭବ ନୁହେଁ। ମାତ୍ର ସହଜ ମଧ୍ୟ ନୁହେଁ।

ସହଜ ନୁହେଁ କାହିଁକି?

ଲୋକେ ଶାସକକୁ ପୂଜାକରି ଶିଖିଛନ୍ତି। ଯିଏ ଶାସନ ଗାଦୀରେ ବସିଛି ସେଇ ହେଉଛି ସେମାନଙ୍କର ଆଦର୍ଶ। କଂଗ୍ରେସର ଶାସକମାନେ ଚାହାନ୍ତି ଏକଛତ୍ରବାଦ। ସର୍ବହରାର ଏକଛତ୍ରବାଦ ନୁହେଁ, କଂଗ୍ରେସ ଦଳର ଏକଛତ୍ରବାଦ।

ତେବେ, ଏ ଅନ୍ଧକାର ମଧ୍ୟରୁ ଏକମାତ୍ର ଆଲୋକର ରେଖା ଯାହା ମୋତେ ଦେଖାଯାଉଛି ଯେ ଯେଉଁମାନେ ଏକଛତ୍ରବାଦର ପରଖ ଏ ଦେଶରେ କରିବାକୁ ଚାହୁଁଛନ୍ତି, ସେମାନଙ୍କର କୌଣସି ସୁଚିନ୍ତିତ ଯୋଜନା ନାହିଁ। ଦୁଃଖୀ କହିଲା।

ଯୋଜନା ନାହିଁ ବୋଲି କହିଲେ ଠିକ୍ ହେବ ନାହିଁ। ଯୋଜନା ରହିଛି ମାତ୍ର ସେ ଯୋଜନା କଂଗ୍ରେସର ନୁହେଁ। ସେ ଯୋଜନା କମ୍ୟୁନିଷ୍ଟ କମ୍ରେଡମାନଙ୍କର। କଂଗ୍ରେସ ନେତାମାନେ ଚାହାନ୍ତି ସେମାନଙ୍କର ଶେଷ ନିଶ୍ୱାସ ପର୍ଯ୍ୟନ୍ତ କିମିତି କ୍ଷମତାରେ

ରହିବେ। ସେଥିପାଇଁ ସେମାନେ ଦେଶର ମାନ ସମ୍ମାନ ଅର୍ଥ ଗୌରବ ସମସ୍ତ ଜଳାଞ୍ଜଳି ଦେବାକୁ ପଶ୍ଚାତ୍‌ପଦ ହେବେ ନାହିଁ। କ୍ଷମତା ନିଶା ତାଙ୍କୁ ପୂରାପୂରି ଘାରି ନେଇଛି। ପୂର୍ବେ ରାଜାମାନଙ୍କର ରାଜୁତି କାଳରେ ଯେଉଁ ଲକ୍ଷଣ ଦେଖା ଯାଉଥିଲା, କଂଗ୍ରେସ ରାଜତ୍ୱରେ ତାର ପରିବର୍ତ୍ତିତ ସଂସ୍କରଣ ଦେଖାଯାଉଛି। ରାଜାମାନେ ବିଳାସ ବ୍ୟସନରେ ମତ୍ତ ଥିଲା ବେଳେ, ଶତ୍ରୁମାନେ ବିନା ରକ୍ତପାତରେ ଯେପରି ରାଜ୍ୟ ଅଧିକାର କରି ନିଅନ୍ତି, କଂଗ୍ରେସର ବର୍ତ୍ତମାନ ଠିକ୍ ସେଇ ଦୁର୍ଦ୍ଦଶା। ବର୍ତ୍ତମାନ ସାରୁ ଭିତରେ ମାରୁ ପ୍ରବେଶ କଲାଣି। କଂଗ୍ରେସ ଭିତରେ କମ୍ୟୁନିଷ୍ଟ ଇନ୍‌ଫିଲ୍‌ଟ୍ରେସନ୍ - ଗୁପ୍ତ ପ୍ରବେଶ। ଛଦ୍ମ କଂଗ୍ରେସ ବେଶଧାରଣ କରି ଏମାନେ କଂଗ୍ରେସ ନେତାଙ୍କର ବ୍ରେନ୍‌ୱାସ୍ କରିବା ଆରମ୍ଭ କରିଛନ୍ତି।

ଯେତେ ଯିଏ ବ୍ରେନ୍‌ୱାସ୍ କରୁ, ଭାରତ କିନ୍ତୁ ସହଜରେ କମ୍ୟୁନିଷ୍ଟ ହେଇଯିବ ନାହିଁ - ଏଇଟା ମୋର ଦୃଢ଼ ମତ - ଦୁଃଖୀ କହିଲା।

ବାଜି ରହିଲା। ଗଣି ଗଣି କରି ଆଜିଠାରୁ ଦଶ ବର୍ଷପରେ ଦେଶର ଅବସ୍ଥା ବଦଳି ଯିବ। ଗୋଟିକ ପରେ ଗୋଟିଏ ଯୋଜନା, ଗୋଟିକ ପରେ ଗୋଟିଏ ନିର୍ବାଚନର ପରିଣାମ ଅତି ଭୀଷଣ। ଲୋକଙ୍କର କମ୍ୟୁନିଷ୍ଟ ହେବା ଛଡ଼ା ଗତ୍ୟାନ୍ତର ନାହିଁ।

ଅବସ୍ଥା ଶେଷରେ କଣ ହେବ ମୁଁ ଠିକ୍ କହି ପାରିବି ନାହିଁ। ଦୁଃଖୀ କହିଲା। ମାତ୍ର ମୁଁ ସ୍ୱୀକାର କରୁଛି, ଯୋଜନାରେ ଯେତେ ଟଙ୍କା ଖର୍ଚ୍ଚ ହେଲାଣି ତା ଫଳରେ ଦୁର୍ନୀତିର ବିକେନ୍ଦ୍ରୀକରଣ ହେବା ହିଁ ସାର।

ସେତିକି ନୁହେଁ, ଘନ କହିଲା - "ନିର୍ବାଚନରେ ବୟାର ସେ ଦୁର୍ନୀତିର ନିଆଁକୁ କିମିତି ଘରେ ଘରେ ଲଗେଇ ଦେଇ ଯାଉଛି, ତୁ ଲକ୍ଷ୍ୟ କରିଛୁ ଦୁଃଖୀ? ତା'ଛଡ଼ା ନିର୍ବାଚନରେ ପ୍ରାର୍ଥୀମାନଙ୍କର ପ୍ରତିଜ୍ଞା ଆଉ ଯୋଜନାରେ ସରକାରଙ୍କ ପ୍ରତିଶ୍ରୁତି ଉପରେ ଭରସା କରି ଲୋକେ ଆଉ ଆତ୍ମନିର୍ଭରଶୀଳ ହେବା ଦରକାର ମନେ କରୁନାହାନ୍ତି। ସବୁ ସରକାରଙ୍କ ଉପରେ ଛାଡ଼ିଦେଇ ବସିଲେଣି।"

ଛୁଆପିଲା ଜନ୍ମ କରିବାର ଦାୟିତ୍ୱ ବି ସରକାରଙ୍କର – ଏଡ଼େ ପାଟିଟାଏ କରି କହିଲା ବେଳକୁ ବାଲୁଙ୍ଗା ଆସି ପହଞ୍ଚିଲା। ହସିଲେ ସମସ୍ତେ।

ମୁଁ କଣ ମିଛ କହୁଛି ଭାଇନା? ବାଲୁଙ୍ଗା କହୁଥାଏ। ତମେ ପରା ଯୋଜନା କଥା କହୁଥିଲ? ଯୋଜନା କଣ ଜାଣିଚ? ଯୋଜ୍-ନା। ମାନେ ସ୍ତ୍ରୀ ପୁରୁଷ ଯୋଡ଼ି ହେବାକୁ ମନା। ଯଦି ଯୋଡ଼ି ହେବ ତାହାହେଲେ ଛୁଆପିଲା କରିବାକୁ ମନା। ପହିଲେ ହେଲା ବେଶି ନୁହେଁ, ଚାରୋଟି ବା ପାଞ୍ଚଟି। ତା'ପରେ ତିନି ବା ଚାରି। ତା'ପରେ

ହେଲା ଦୁଇ ବା ତିନି। ଏବେ ଦେଖିଲଣି ଛାପା ମରା ହୋଇଛି - 'ଆମେ ଦୁଇ, ଆମର ଦୁଇ' - ମାନେ ମାଇପର ଗୋଟିଏକୁ ମିଣିପର ଗୋଟିଏ। ୟା'ମାନେ କଣ ଦୁଃଖିଆନ୍ନା ? ମୋ ମଗଜରେ ତ ପଇଟ ନାହିଁ। ମିଣିପ ଆଡୁ ଯଉଁ ଗୋଟିକ ସେଟା ତ ମିଣିପର, ଆଉ ମାଇପର ଯେଉଁ ଗୋଟାକ ସେ କୁଆଡୁ ହବ ତା ଗିରସ୍ତ ପାଖରୁ ନ ହେଇ ଆଉ କୁଆଡୁ ହେଲେ ଚଳିବ ତ ?

ସମସ୍ତେ ହସି ଉଠିଲେ। ତମେ ଏଇ ଜନ୍ମ ନିୟନ୍ତ୍ରଣ କଥା କହୁଛ ତ ? ଦୁଃଖୀ ପଚାରିଲା।

କିଜାଣି କଣ ବାବୁ ! ମତେ କିଛି ଜଣା ନାହିଁ। ମୁଁ ଖାଲି ଶୁଣୁଛି, ମିଣିପଗୁଡ଼ାଙ୍କୁ ପଇସାପତ୍ର ଦେଇ ଖାସୁ କରି ପକାଉଛନ୍ତି।

ଦୁଃଖୀ କହିଲା - ବାଲୁଙ୍ଗାଇ ତମେ ଜାଣିନା ? ଆମ ଦେଶରେ ଲୋକ ସଂଖ୍ୟା ଇମିତି ବଢୁଛି ଯେ ପଚାଶ ବର୍ଷ ପରେ ଆମେ ଯେତେ ଅଛୁଁ ତାର ଦି'ଗୁଣ ହେଇଯିବୁଁ। ଖାଇବାକୁ ମିଳିବ କି ନା ସନ୍ଦେହ।

ପଚାଶ ବର୍ଷ ପରେ କଣ ହେବ ସେଥିପାଇଁ ଏତେ ଚିନ୍ତା ! ବାଲୁଙ୍ଗା କହିଲା। ମଣିଷ ଗୁଡ଼ାକ ଏଡ଼େ ନିର୍ବୁଦ୍ଧିଆ। କିଓ ତମେ ପରା ବୁଦ୍ଧି ବଳରେ ଚନ୍ଦ୍ରଲୋକକୁ ଯିବାକୁ ବସିଲଣି। ପଚାଶ ବର୍ଷ ପରେ ସେଠୁ କଣ ଧାନ ଚାଉଳ ଆସିବ ନାହିଁ? ମଣିଷ ବେଶି ହେଇଗଲେ ଥୋଡ଼େ ସେଠିକି ଉଠିଯିବା ନାଇଁ।

ଆଗରୁ ଏତେ ପାଞ୍ଚ କରିବା ! ଘନ କହିଲା।

ପାଞ୍ଚ କରୁନ ତ ଆଉ କଣ କରୁଛ ? ପଚାଶ ବର୍ଷ ପରେ କଣ ହବ ତମ ମୁଣ୍ଡ କାହିଁକି ବିନ୍ଧୁଛି ? ଯିଏ ଯାହା କହ, ମୁଁ କହୁଛି, ମଣିଷ ହାରିଗଲା। ଆମେ ପୁଣି ଏଡ଼େ ନିଲଠା ? ଆଜିକାଲିକା ଟୋକାଙ୍କୁ ଦେଖିବ ବାଟରେ ଛାତି ଫୁଲେଇ ଚାଲୁଛନ୍ତି। ଯେତେକ ଅଣପୁରୁଷା ଖାସୁ ହେଇ ଚାଲିଛନ୍ତି। ତାଙ୍କୁ ଦେଖିଲେ ମତେ ଲାଜ ମାଡ଼େ। ସେଥିରେ ପୁଣି କି ଉଦ୍‌ବାଇଜା। ମୁଁ ରାମବାବୁଙ୍କୁ ପଚାରିଲି ହଇହୋ ରାମବାବୁ, ଆମେ ବି ତ ଦିନେ ଟୋକା ଥିଲୁଁ। ଏମିତି ଉଦ୍‌ବାଇଜ ତି କାହିଁ ହେଉ ନଥିଲୁ। ସେ କହିଲେ - ଏସବୁ ଆଧୁନିକ ଯୁବକ। ପଚାରିଲି ଆଧୁନିକ କିମିତିକା ଚିଜ ବାବୁ? ଲମ୍ବ ନା ଗୋଲ ନା ଚେପା ? ସେ ମତେ ବୁଝେଇଦେଲେ। ସେ କହିଲେ, ଆଧୁନିକମାନେ - ବିଜ୍ଞାନ। ବିଜ୍ଞାନ ବଳରେ ମଣିଷ କେତେ ସିଦ୍ଧି ହାସଲ କରି ପାରିଲାଣି। ହଇହୋ ସେ ଯାହା କହିଲା ମୁଁ ଶୁଣି ତ କାବା ହୋଇଗଲି ବିଜ୍ଞାନ କଣ ନ କଲା ? ଆମେ ଶାସ୍ତରେ ପଢ଼ିଥିଲୁ ଯେ ଯୋଗବଳରେ ଯୋଗୀ ଋଷିମାନେ ଅଷ୍ଟସିଦ୍ଧି ଲାଭ କରୁଥିଲେ। ଏଠି ଥାଇ ସହସ୍ର କୋଶ ଦୂର କଥା ଶୁଣିବା, ଜିନିଷ ଦେଖିବା -

ମାନେ ଦୂର ଶ୍ରବଣ, ଦୂର ଦର୍ଶନ ଏକା ଯୋଗୀ ଋଷିମାନେ କରି ପାରୁଥିଲେ। ଏବେ ତ ବିଜ୍ଞାନ ସେ ସିଦ୍ଧି ସମସ୍ତଙ୍କୁ ଦେଇ ଦେଲାଣି। ଆମ ଗାଁ ପଞ୍ଚେଇତ ଘରେ କିମିତି ସରକାରୀ ରେଡ଼ିଓ ବଇଛି ଦେଖୁନ ? ଚାଳିଶିଟା ଟଙ୍କା ଦେଇ ଟୋକାଏ ସରକାରଙ୍କଠୁଁ ଘିତି ଆସିଛନ୍ତି। ଆଉ କୁଆଡ଼େ ରାମବାବୁଙ୍କର ସେ ଋଷି ରାଜ୍ୟରେ ଏମିତି ହେଲାଣି ଯେ ଶହ ଶହ କୋଶ ଦୂରରେ କଣ ହଉଛି, ଘରେ ବସି ଦେଖି ପାରିବ।

ହଇହୋ, ତମରତ ଏତେ ସିଦ୍ଧି। ତମେ ଆଧୁନିକ ଯୁଗର ଟୋକା। ବିଜ୍ଞାନଯୁଗର ମଣିଷ। ତମେ ପଚାଶ ବର୍ଷ ପରେ ମଣିଷଗୁଡ଼ାଙ୍କୁ ଖାଇବାକୁ ଦେଇ ପାରିବ ନାହିଁ ? ମୁଁ ସିଥିପିଁ କହିଲି, ମଣିଷ ହାରିଗଲା, ମଣିଷ ହାରିଗଲା !

ତା' ନୁହେଁ ବାଲୁଙ୍ଗା ଭାଇ। ବେଶି ପିଲା ହେଲେ ତାଙ୍କୁ ମଣିଷ କରିବ କିଏ ?

ଏତେ ବେଳେ ଶୁକୁରାର ମୁହଁ ଫିଟିଲା। ସବୁ ଶୁଣୁଥିଲା ଚୁପ୍‌କିନା। ବାଲୁଙ୍ଗା ଆସିବାରୁ ତା'ର ଯେମିତି କହିବାକୁ ସାହସ ହେଲା। ଦୁଃଖୀ ଘନଙ୍କ ଆଲୋଚନା ସେ ଶୁଣୁଥାଏ ବୁଝୁଥାଏ, ମାତ୍ର କହିଲା ଭଳି କଥା ପାଉ ନଥାଏ। ଏବେ ବାଲୁଙ୍ଗା କଥାର ଉତ୍ତର ଦେଇ ସେ କହିଲା –

ଆଜିକାଲି ଲୋକେ ଗରିବ ହୋଇ ଗଲେଣି। ଦେଖୁନ ?

ମଲା ମଲା କି ଅଲାଗିଲା କଥାରେ ତୋର ଶୁକୁରା ! ତୁ କଲିକତା, ରେଙ୍ଗାମ ଯାଇ ଏଇତା ଶିଖି ଆସିଛୁ ! କମ୍ ପିଲା ହେଲେ ମଣିଷ ହୁଅନ୍ତି, ବେଶି ପିଲା ହେଲେ ମଣିଷ ହୁଅନ୍ତି ନାହିଁ। ମଣିଷ କାହାକୁ କହନ୍ତି ? ଯଉଁ ମଣିଷଙ୍କ ହାତରେ କେରାଏ ଘାସ ବି କଅଁଳିବ ନାହିଁ, ବାବୁ ହେଇ ଚଉକିରେ ବସି, କଲମ ଗାର ମାରନ୍ତି ସେଇ ଲୋକଗୁଡ଼ାକୁ ତମେ କହ ମଣିଷ। ସେଇ ବସି ଖାଇଲା ମଣିଷଙ୍କୁ ତମେ ଯେତେ ଜନ୍ମ କରିବ ତାଙ୍କୁ କେହି ଖାଇବାକୁ ଦେଇ ପାରିବେ ନାହିଁ। ମୁଁ ତାଙ୍କୁ ମଣିଷ କୁହେ ନାହିଁ। ସେମାନେ ସବୁ ସମାଜର ମଶା, ଛାରପୋକ। ଆମେ ଯିଏ ସବୁ ଫସଲ ଫଳ ଉପୁଜୋଉଛୁଁ ମଶା ଓଡ଼ଶଙ୍କ ପରି, ଏମାନେ ଆମରି ରକ୍ତ ଶୋଷୁଛନ୍ତି। ହେଲା ବାବୁ ତମେ ମଣିଷ ଆମେ ପଶୁ। ମଲାବେଳକୁ ବୁଢ଼ା ବାପମାଆଙ୍କ କାନ ପାଖରେ ତମେ ପଦେ ଭାଗବତ ବୋଲି ପାରିବ – ବିଦ୍ୟା ଭାଗବତାବଧି। ଭାଗବତ ବୋଲି ନ ପାରିଲ ତ କି ମଣିଷ ହୋ ?

ଘନ ଦେଖିଲା ବାଲୁଙ୍ଗାର ମଥାକୁ ରକ୍ତ ଚଢ଼ିଲାଣି। ସେ କଣ କହୁଁ କହୁଁ କଣ କହି ପକେଇବ ଠିକ୍ ନାହିଁ। ସେଥିପାଇଁ ସେ କଥାର ମୋଡ଼ ପଛକୁ ଫେରେଇ ବାଲୁଙ୍ଗାର ମନକୁ ପାଇବ ବୋଲି ଭାବି କଥାଟାଏ କହିଲା କଣ କି ଭାଇ ପୁରୁଷଗୁଡ଼ାକ

ବଡ଼ ନିଷ୍ଠୁର। ସ୍ତ୍ରୀମାନଙ୍କର ଦୁଃଖ ବୁଝନ୍ତି ନାହିଁ। ହେଁସରେ ହେଁସେ ଛୁଆ - ଏଘରଛିଆକୁ ସେ ଘରଛିଆ। ମାଆମାନେ ସମାଳିବେ କିମିତି ?

ରାଗିଗଲା ବାଲୁଙ୍ଗା। କହିଲା - "ମୋ ମୁହଁରୁ ଅବର୍ଣ୍ଣ ବାହାରୁଛି। ଏବକା ମଣିଷଗୁଡ଼ାକ ଏଡ଼େ ଝିଟ। ମାଇକିନା ହାତ ଧରିଥିଲ କାହିଁକି ? ତାକୁ ପାଖରେ ଧରି ଶୋଇବା ପାଇଁ ? ନାରୀ ଆଉ ମା ହେବ ନାହିଁ। ତମରି ଭାରିଯା ହେଇ ରହିଥିବ। 'ପୁତ୍ରାର୍ଥେ କ୍ରିୟତେ ଭାର୍ଯ୍ୟା' - ପୁଅ ହେଲାତ କାମ ସଇଲା - ମାମଲା ଖତମ୍। କହିଲା - 'ପୁତ୍ର ନିବେଶି ପତ୍ନ ପାଶେ ଅଥବା ଚଳିବ ସନ୍ନ୍ୟାସେ - ପୁଅଟିଏ ହେଲା, ଆଉ ମାଇପସୁଆଗୀ ହେଇ କି ଲାଭ ? ମାଇପ ପାଖକୁ ଯିବ କାହିଁକି, ଛୁଆ ହେବ କାହିଁକି ? ଶାସ୍ତ୍ର କହିଲା - ତୁମ ଆତ୍ମା ତୁମ ବୀର୍ଯ୍ୟରେ ଯାଇ ସ୍ତ୍ରୀ ଗର୍ଭରେ ଜନ୍ମ ନେଲା। ସେଇଥିପାଇଁ ପୁଅକୁ ବୋଲନ୍ତି ଆତ୍ମଜ। ନିଜେ ଯାହା ପେଟରୁ ଜନ୍ମ ନେଲ ସେ ତ ଆଉ ମାଇପ ହେଇ ରହିଲା ନାହିଁ। ସେ ବିଚାର କୁଆଡ଼େ ଗଲା ? ଏବେ କୁକୁର ବିଲେଇଙ୍କୁ ବି ବଳିଗଲେ ଏ ମଣିଷଗୁଡ଼ାକ। କୁକୁର ବିଲେଇଙ୍କର ତ ବେଳକାଳ ଅଛି। ଆଜିକାଲିକା ମଣିଷଗୁଡ଼ାଙ୍କର କିଛି ନାହିଁ।

ଦୁଃଖୀ କହିଲା - ଆଜିକାଲିକା ମଣିଷ ଯାହା କରୁଛନ୍ତି ସେ ସବୁ ବିଜ୍ଞାନ ସମ୍ମତ। ସରକାର ବୈଜ୍ଞାନିକମାନଙ୍କ ପରାମର୍ଶ ନେଇ ଜନ୍ମ ନିୟନ୍ତ୍ରଣ ଯୋଜନା କରିଛନ୍ତି।

ଆଉ ବାଲୁଙ୍ଗାକୁ ସମାଳେ କିଏ ? ନିଆଁରେ ଯେପରି କିଏ ଘିଅ ଢାଳିଦେଲା - କଣ କହିଲ, ବିଜ୍ଞାନ ? ବିଜ୍ଞାନ ମାନେ ଅଜ୍ଞାନ, ବିଜ୍ଞାନୀ ମାନେ ମୂର୍ଖ। ବୋଇଲା - 'ବିଜ୍ଞାନୀ କୈବର୍ତ୍ତ ଧୋଇଲା ମାନେ ରାମଚନ୍ଦ୍ରଙ୍କର ପାଦକୁ ମୂର୍ଖ କେଉଟ ଧୋଇଲା। ବିଜ୍ଞାନ କୋଉଠୁ ଆସିଲା ହୋ। ଆମେ ସବୁ ଜାଣିଥିଲୁ ଜ୍ଞାନ - ମୁଁ ଯାକୁ ହୁଅଇ ସଦୟ, ଜ୍ଞାନ ତା ହୃଦୟେ ଉଦୟ - ଜ୍ଞାନ ଉପରକୁ ଆଉ ବିଜ୍ଞାନ କେଉଠୁ ଆସିଲା ହୋ ! ଏ ବିଜ୍ଞାନ ହେଉଛି ବିଶ୍ୱାମିତ୍ରଙ୍କ ସୃଷ୍ଟି। ବ୍ରହ୍ମା ସୃଷ୍ଟି କଲେ ଗାଈ, ବିଶ୍ୱାମିତ୍ର ସୃଷ୍ଟି କଲେ ମଇଁଷୀ। ବ୍ରହ୍ମା ସୃଷ୍ଟି କଲେ ଆମ୍ବ, ବିଶ୍ୱାମିତ୍ର ସୃଷ୍ଟି କଲେ ଆମ୍ବଡ଼ା। ଭଗବାନ ଦେଲେ ଜ୍ଞାନ। ବିଶ୍ୱାମିତ୍ର ଦେଲେ ବିଜ୍ଞାନ। ଜ୍ଞାନ ଯେଡ଼େ ତାର ପ୍ରଭୁ ତେଡ଼େ। ମଣିଷର କ୍ଷମତାକୁ ବଳି ବିଜ୍ଞାନ ଯଦି ଆଗେଇଗଲା ଆଉ ସେ ମଣିଷକୁ ମାନିବ ? ତମ ବିଜ୍ଞାନ କଣ ଭଗବାନଙ୍କଠୁଁ ବଡ଼ ହୋଇଗଲା ?

ଦୁଃଖୀ କହିଲା - ବାଲୁଙ୍ଗା ଭାଇ, ଭଗବାନ ମଣିଷ ସୃଷ୍ଟି କଲେ। ଭଗବାନଙ୍କ ମଣିଷ ବିଜ୍ଞାନ ସୃଷ୍ଟିକଲା। ତାର ଦୋଷ କଣ ? ତାକୁ ତ ପୁଣି କହୁଛନ୍ତି ଗୋଟାଏ ବିଦ୍ୟା।

ହଁ, ବିଦ୍ୟା ବିଦ୍ୟା। ସେ ସବୁ ଅପରା ବିଦ୍ୟା। ଜ୍ଞାନ ହେଉଛି ପରା ବିଦ୍ୟା।

ନିଧି ଗୁଣିଆକୁ ଜାଣିଛ ? ଆମ ଗାଁରେ ନିଧିଗୁଣିଆ ବୋଲି ଗୋଟିଏ ଗୁଣିଆ ଥଲା। ଅନେକ ଦିନୁ ମଲାଣି। ଦୁଃଖୀ ଦେଖିଥିବ ଯେ ମନେ ନାହିଁ। ସେ ଗୁଡ଼େ ବିଦ୍ୟା ସାଧିଥିଲା। ରାତି ଅଧରେ ମଶାଣିକୁ ଯାଏ, ମଶାଣିଚଣ୍ଡୀ ସାଧେ। ଇଲୋ ମୋ ବୁପାଲେ ! କି ସାହସ ସେ ଲୋକଟାର ! ମଡ଼ା ଉପରେ ବସି ସେ ସାଧନ କରେ। ଚଣ୍ଡୀ ଆସିବା ମାତ୍ରେ ଯଦି ନ ଡରିଲ ତ ବଞ୍ଚିଗଲ। ନ ହେଲେ ସେଇଠି ବେକ ମୋଡ଼ି ଖାଇଲା। ସେ କି କିଳିକିଳା ନାଦ। ଲମ୍ବ ଲମ୍ବ ଜିଭ। ରକତରେ ବୋଳି ହୋଇଛି। ଛାତିରେ ମଲାମଣିଷଙ୍କ ମୁଣ୍ଡ ସବୁ ଝୁଲୁଛି। ତାକୁ ଦେଖି କୋଉ ପୁଅ ସାହସ ଧରିବ ? ଯଦି ସାହସ ଧଇଲ, ତାହା ହେଲେବି କଣ ନିସ୍ତାର ଅଛି ? ଚଣ୍ଡୀ କହିବ - ଦେ ମୁଁ ଖାଇବି ! ସାଧକ ପାଖରେ ଛୁରୀ ରଖିଥିବ। ସାଙ୍ଗେ ସାଙ୍ଗେ ଜଂଘରେ ଭୂଷିଦେଇ ରକ୍ତ ନ ଦେଲ ତ ମଲ। ରକ୍ତ ଦେଲା କ୍ଷଣି ଚଣ୍ଡୀ ଚଁ ଚଁ କି ପିଇଯିବ। ତମେ ଏକା ଡରିବ ନାହିଁ। ରକ୍ତ ପିଇ ଚଣ୍ଡୀ ପୁଣି କହିବ - ଆହୁରି ଦେ, ଆହୁରି ଦେ। ପୁଣି ଖାଇବି। ସାଧକ ଯଦି ମହା ମୃତ୍ୟୁଞ୍ଜୟ ମନ୍ତ୍ର ଜାଣିଥିବ ତ ସାଙ୍ଗେ ସାଙ୍ଗେ ମନ୍ତ୍ର ପଢ଼ି ପାଣି ଛିଞ୍ଚିଦେଲେ ମଡ଼ାଟା ଜୀଇ ଉଠିବ। ମଡ଼ା ନାକରୁ ନିଶ୍ୱାସ ବାହାରିବା କ୍ଷଣି, ତମକୁ ଭଲଗତି ଅଛି ତ ସାଙ୍ଗେ ସାଙ୍ଗେ ଖଣ୍ଡାଟା ଧରି ସେଇ ମଡ଼ା ବେକରେ ଚୋଟାଏ ପକାଇବ। ଯଦି ଟିକିଏ ଡେରି କରିଦବ ସେ ମଡ଼ାଟା ଉଠି ତମକୁ ଖାଇଯିବ ଜୀଅନ୍ତା। ନିଧି ଗୁଣିଆ ଏମିତି କେତେ କଣ ସାଧନ କରିଥିଲା। ଚଣ୍ଡୀ ପ୍ରସନ୍ନ ହୋଇ ତାକୁ ବର ଦେଲେ। ହେଲେ ଛୁଆପିଲା ତା'ର କିଛି ରହିଲା ନାହିଁ। ଏ ଯେତେକ ବିଜ୍ଞାନୀ ସବୁ ନିଆଁଖିଆ। ଏଙ୍କ ପରେ ଆଉ ମଣିଷ ରହିବେ ନାହିଁ। ମଣିଷ ନିବଂଶ ହୋଇଯିବ।

ନିଧି ଗୁଣିଆ କଣ ସବୁ ସିଦ୍ଧି କରିଥିଲା ? ପଚାରିଲା ଶୁକୁରା।

ଆରେ ଜାଣିନୁ? ତୁ ଯାହା ଚାହିଁବୁ, ସେ ଏମିତି ହାତ ବୁଲେଇ ଦବ ଯେ ସାଙ୍ଗେ ସାଙ୍ଗେ ଆସିଯିବ। ତୁ ଏଇଠି ବସିଚୁ, କଲିକତାରେ ତୋ ରଖଣୀ କଣ କରୁଛି ......

ମୋର ରଖଣୀ ଫଖଣୀ କେହି ନାହିଁ। ଶୁକୁରା ପ୍ରତିବାଦ କଲା।

ବାଲୁଙ୍ଗା କହିଲା, ଆରେ କଥାକୁ କହୁଛି। ତୁ ତୋ ଆଡ଼କୁ ଟାଣୁଛୁ କାହିଁକି ? ମୋର କହିବାର କଥା, ସେ କଲିକତାରେ କଣ ହଉଛି କହିଦବ। ତାକୁ ଚଣ୍ଡୀ ଇମିତି ପ୍ରସନ୍ନ ହୋଇଥିଲେ ଯେ ସେ ଯଉଁ ପୁରାଣରେ ଆଖି ପକେଇ ଦବ, ସେ ପୁରାଣ ତାର ମୁଖସ୍ଥ। ହେଲେ ଏତେ ବିଦ୍ୟା ହାସଲ କରିକି ନିରାଶ୍ରୀ ହେଇ ମରିଗଲା। ଡରେ କେହି ପାଖ ପଶିଲେ ନାହିଁ। ପାଣି ମୁନ୍ଦେ ବି ଦବାକୁ କେହି ନ ଥିଲେ ପାଖରେ। ନ ଖାଇ ନ ପିଇ ପ୍ରାଣ ଛାଡ଼ିଗଲା।

ସେ ପରା ଯାହା ମନ କରୁଥିଲା ଆଣି ପାରୁଥିଲା। ନ ଖାଇ ନ ପିଇ ମଲା କିମିତି ?

ଗୁରୁଙ୍କର ମନା ଥିଲା। ଯେଉଁ ଜିନିଷ ଚାହିଁବ ମିଳିବ। ହେଲେ ନିଜ ପାଇଁ ନୁହେଁ। ନିଜ ପାଇଁ କିଛି କଲ ତ ମଲ।

ସେ ବିଦ୍ୟା ଭଲା ସେ କାହାକୁ ଦେଇ ଯାଇଛି ? ପଚାରିଲା ଘନ।

ବିଜ୍ଞାନୀମାନେ ତାଙ୍କ ବିଦ୍ୟାକୁ କଣ ଅନ୍ୟକୁ କହି ଦିଅନ୍ତି ? ତାହେଲେ ତାଙ୍କର କଣ ବାହାଦୂରୀ ରହିବ ? ଏ ବିଜ୍ଞାନୀମାନେ ଯେ କହିଛନ୍ତି, ଜନ୍ମ ନିୟନ୍ତ୍ରଣ କର, କାହିଁକି କହୁଛନ୍ତି ଜାଣ ? ସଂସାରରେ ସେଇ ଏକ ବଡ଼ ମଣିଷ ହେଇ ରହିବେ। ଆଉ କେହି ବଡ଼ ମଣିଷ ପୃଥିବୀକୁ ନ ଆସନ୍ତୁ। ଆରେ ତମେ ତ ଯୌବନ ବେଳରେ ଗୋଟାଏ ଦୁଇଟା ପିଲା କରି ଖାସୁ ହୋଇଗଲ। ଯଉବନ ବେଳରେ ବାପମାଙ୍କର ଯେଉଁ ସ୍ୱଭାବ ପିଲାମାନଙ୍କର ସେଇ ସ୍ୱଭାବ ହବ। ସେତେବେଳେ ମନଟା ଚଞ୍ଚଳ ଥାଏ। ସେଇଥିପାଇଁ ପିଲାମାନେ ଉଦ୍‌ବାଇଜା ହୁଅନ୍ତି। ପୋଖତ ବୟସ ନ ହେଲେ କଣ ଭଲ ଛୁଆ ଜନମ ହେବ ? ଦେଖୁନା ଶାହାସ୍ତ୍ର ପଢୁନ। ରାମକୃଷ୍ଣ କଣ ତାଙ୍କ ବାପା ମାଙ୍କର ବୟସ ବେଳର ପିଲା ? ଦଶରଥଙ୍କର ବୁଢ଼ା ବୟସରେ ରାମଚନ୍ଦ୍ରଙ୍କର ଜନ୍ମ। କୃଷ୍ଣଙ୍କ ଉପରେ ସାତ ସାତଟା ପିଲା। ବସୁଦେବ ବୁଢ଼ା ହେଇ ନଥିଲେ କଣ ଭେଣ୍ଡିଆ ? ହଇହୋ, ମଣିଷ ଦେହ ନେବାକୁ ଦେବତାମାନେ ଅନେଇ ବସିଛନ୍ତି। ତମେ ତାଙ୍କୁ ମନା କରି ଦଉଚ ନା, ଆମ ରାଜ୍ୟକୁ ତମେ ଆସି ପାରିବ ନାହିଁ। ଆଉ ଡାକି ଆଣୁଚ କାହାକୁ ନା, ଯକ୍ଷ, ରକ୍ଷ, ଗନ୍ଧର୍ବ, ଯାବତ୍ ଅପସୃଷ୍ଟି। ଟୋକା ବୟସରେ ଛୁଆ ଆଉ କଣ ହୁଅନ୍ତା ? ନାଟ ତାମସାରେ ମନ ଥିଲା ବେଳେ, ଭୋଗ ଲାଳସାରେ ମାତି ରହିଲା ବେଳେ ଆଉ କି ପ୍ରକାର ଗର୍ଭ ଧାନ ହେବ ? ତମେ ବିଜ୍ଞାନୀ ଗୁଡ଼ାକ ଏଡ଼େ ସ୍ୱାର୍ଥପର ?

ଦୁଃଖୀ କହିଲା – ବାଲୁଙ୍ଗା ଭାଇ ତମର ଏସବୁ କଥା ଆଜିକାଲି କେହି ଶୁଣିବେ ନାହିଁ। ରାମ ସତରେ ତମକୁ କହେ ଅଠରଶ ବାଷଠି। ଦେବତାମାନେ କଣ ସ୍ୱର୍ଗରେ ଥାଆନ୍ତି ? ଏଇ ମଣିଷ ଦେବତା ହୁଏ।

ମୁଁ ତ ସେଇୟା କହୁଛି। ମଣିଷ ଦେବତା ହବ କିମିତି ? ଏଇ ମା ପେଟରେ ତ ଦେବତା ରହିବ। ତମେ କଣ ଦେବତା ସଞ୍ଚାର କରୁଚ ? ତମ ନାରୀମାନଙ୍କ ଗର୍ଭରେ ତ ଭୂତ।

କୋଉ ମଣିଷକୁ ଦେବତା କୁହନ୍ତି ? ଯିଏ ପର ପାଇଁ ଜୀବନ ଦିଏ, ନରନାରାୟଣର ସେବା କରେ, ସେଇ ଯେ ଦେବତା। ଭଗବାନଙ୍କ ସେବା ଠାରୁ ଭଗବାନଙ୍କ ସୃଷ୍ଟିର ସେବା ବଡ଼।

ହୋ, ହୋ, ହୋ, ହସି ଦେଲା ବାଲୁଙ୍ଗା। କହିଲା – ମୋ ପୁଅ ପେଟ ପୂରିଗଲେ ମୋ ପେଟ ପୂରିଗଲା। ହଉ ଏବେ ହେଲା। ମୋ ପୁଅକୁ ଖାଇବାକୁ ଦେଲେ ମୁଁ ଖୁସି ହେଲି। ମୋ ପେଟ ବି ପୂରିଲା। ମୋ ପୁଅକୁ ଭଲକି ଖାଇବାକୁ ଦିଅ। ରାମା, ହରିଆ, ଗୋପାଳିଆ, ମଧୁଆ ମୋର ଯେତେ ପୁଅ ଅଛନ୍ତି ସମସ୍ତଙ୍କୁ ଚାହିଁବ ନା ରାମଟି ପାରିଲାର ବୋଲି ତାକୁ ପଚାରିବ। ଭଗବାନଙ୍କ ସୃଷ୍ଟିରେ ଖାଲି କଣ ହାତୀ, ବାଘ, ଗୋରୁ, ଗାଈ, ମଣିଷ, ମାଙ୍କଡ଼ ଅଛନ୍ତି? ଛେଳି କୁକୁଡ଼ା ବି ତ ତାଙ୍କର ସୃଷ୍ଟି। ତମେ ତାଙ୍କର ସେବା କରୁଛ ନା ତାଙ୍କ ସେବା କରି ଦଉଛ? ଭଗବାନଙ୍କ ସେବା ନ କରି ଖାଲି ସୃଷ୍ଟିର ସେବା କଲେ ଆପଣା ସେବା ହୋଇଯାଏ। ଯିଏ ଭଗବାନଙ୍କୁ ନ ମାନେ ସେ କଣ ତା ସୃଷ୍ଟିକୁ ମାନିବ? ସୃଷ୍ଟିର ସେବା ନୁହେଁ ସ୍ୱାର୍ଥର ସେବା। ତମେ ସବୁ ନେତା ସାଜିବା ପାଇଁ ଆମକୁ ଭୂତେଇ ଦଉଛ।

ବାଲୁଙ୍ଗା କଥା ଶୁଣି ଦୁଃଖୀ କହିଲା, ଯେଉଁମାନେ ଭଗବାନଙ୍କ ସେବା କରନ୍ତି ତାଙ୍କର କଣ କିଛି ସ୍ୱାର୍ଥ ନାହିଁ?

ବାଲୁଙ୍ଗାର ଅକଲ ଗୁଡୁମ୍। ତାକୁ ବୁଦ୍ଧି ପଇଟିଲା ନାହିଁ। ସେତେବେଳେ ଘନ ତା ପକ୍ଷ ନେଇ କହିଲା – ସ୍ୱାର୍ଥ ଅଛି ଯେ ସେ ସ୍ୱାର୍ଥଟା ମଣିଷର ଦୃଷ୍ଟିକି ଉପରକୁ ଉଠାଏ। ମଣିଷକୁ ନୀଚ କରି ଦିଏ ନାହିଁ। ବାଲୁଙ୍ଗା ଭାଇ କଥାଟାର ଓଜନ ଅନେକ। ଗୀତରେ ତ ନିଜେ ଭଗବାନ ମାନିଛନ୍ତି – ତାଙ୍କ ଭକ୍ତ ଚାରିପ୍ରକାର – ଆର୍ତ୍ତ, ଜିଜ୍ଞାସୁ ଅର୍ଥାଥୀ ଜିଜ୍ଞାସୁ ଆଉ ଜ୍ଞାନୀ। ଏ ସବୁଥିରେ ତ ସ୍ୱାର୍ଥ ରହିଛି।

ଏତେ ବେଳେ ଯାଇ ବାଲୁଙ୍ଗା ମୁଣ୍ଡରେ ବୁଦ୍ଧି ପଶିଲା। ଖାଲି କଣ ଅର୍ଥ ବାବୁ? ଧର୍ମ, ଅର୍ଥ, କାମ, ମୋକ୍ଷ ଚତୁର୍ବର୍ଗରୁ କୋଉଟା ସ୍ୱାର୍ଥ ନୁହେଁ। ହେଲେ ଯାହା କହିଲ ଘନବାବୁ, ଏ ଜାତିଆ ସ୍ୱାର୍ଥ ମଣିଷକୁ ଦେବତା କରେ, ଉପରକୁ ଉଠେଇ ନିଏ। ଏ ସ୍ୱାର୍ଥରେ ହିଂସା ନାହିଁ, ଦ୍ୱେଷ ନାହିଁ, ରାଗ ନାହିଁ, ଅଭିମାନ ନାହିଁ। ସ୍ୱାର୍ଥକୁ ନିଜ ଦେହ ଭିତରେ ନିଜେ ରଖିଲା। ସେଇ ସ୍ୱାର୍ଥ ପାଇଁ ଯଦି ତମେ ସେବାକର ଭଗବାନଙ୍କ ସେବା ହଉ, ବା ତାଙ୍କର ସୃଷ୍ଟିର ସେବା ହଉ, ସେଥିରେ ରେଷା ରୋଷ ବା ବଳ କଷାକଷିର କି ଲୋଡ଼ା? ଭୋଟ୍ ଭାଟ୍ କି ଦରକାର?

ଦୁଃଖୀ କହିଲା – ବାଲୁଙ୍ଗା ଭାଇ, ମୋର କଣ ମନେହୁଏ ଜାଣିଛ, ଠାକୁରଙ୍କ ସେବା ହଉ, ଠାକୁରଙ୍କର ସୃଷ୍ଟିର ସେବା ହଉ, ଯିଏ ନିଜେ ଉପରକୁ ଉଠିବା ପାଇଁ, ମୁକ୍ତି କହ ମୋକ୍ଷ କହ, ଭକ୍ତ କହ, କିଛି ଗୋଟାଏ ପାଇବା ଆଶାରେ କରେ, ସେ ବଡ଼ ଗରିବ। ଯିଏ ସମସ୍ତଙ୍କୁ ଉପରକୁ ଉଠେଇବା ପାଇଁ କାମ କରେ, ସେଇ ଏକା ବଡ଼ ଲୋକ।

ଭାରି ବଡ଼ କଥାଟାଏ କହିଲ ଦୁଃଖୀନନା। ହେଲେ ତା ସାଙ୍ଗକୁ ମିଶେଇ ବାଲୁଙ୍ଗା ଗୋଟାଏ କଥା କହୁଛି ଶୁଣ! ସଂସାରରେ ସମସ୍ତଙ୍କ ଭଲ ପାଇଁ ଯିଏ କିଛି କରେ ତାକୁ କ୍ଷତି ସହିବାକୁ ହୁଏ। ନିଜର କ୍ଷତି ନକଲେ ଅନ୍ୟକୁ ଲାଭ ଦେଇ ପାରିବ ନାହିଁ। ଆଉ ନିଜର ଭଲ କରି ବସିଲେ ଅନ୍ୟର କ୍ଷତି ହବଇ ହବ। ଏଇଟା ଏ ରାଜ୍ୟର କଥା। ସେ ରାଜ୍ୟରେ ନିଜପାଇଁ କଲେ ପରପାଇଁ ଆପେ ଆପେ ହୋଇଯାଏ। ଆପେ ଭଲତ ଦୁନିଆଁ ଭଲ। ମନେ ରଖିଥା ଏ ଗୁରୁ ବଚନ। ବାଲୁଙ୍ଗାଟାଏ କହିଛି ବୋଲି ହସି ଉଡ଼େଇ ଦବନି। ମୁଁ ଯାଏଁ ନାତି ଟୋକା ଅଝଟ ଧରିଛି ମହୁ ସରବତ୍ ଖାଇବ। ଟିକିଏ ମହୁ ଦେଲ ଦୁଃଖୀନନା।

ବାଲୁଙ୍ଗା ମହୁ ନେଇ ଚାଲିଗଲା। ଇମିତି ସେ ବେଳେ ବେଳେ ଅଚାନକ ଆସି ପହଞ୍ଚିଯାଏ। ଦିପଦ କହିଦେଇ ଗଲିଯାଏ। ତା' ପାଟି ଖଜବଜ୍ କରୁଥାଏ।

ଦୁଃଖୀ କହିଲା - ଘନ, ଏ ଗୋଟାଏ ଅଜବ ଲୋକ। ଏ ବାଟର ଲୋକ, ଯା'ପରେ ଆଉ ମିଳିବେ ନାହିଁ। ଏଙ୍କ ଛାଞ୍ଚରେ ଜୀବନକୁ ପକେଇ ଆଜି ଆଉ ଖାପ ଖୋଇବା ସହଜ ନୁହେଁ। ତଥାପି ବେଳେ ବେଳେ ମନେହୁଏ, ଏଇ ପୁରୁଣା ମାପ ଭିତରେ ଥାଇ ଯେମିତି ଆଧୁନିକ ଜୀବନର ସତ୍ୟଟା ଉଙ୍କି ମାରୁଛି। ତାକୁ ଆବିଷ୍କାର କରିବାକୁ କାହାରି ଧୈର୍ଯ୍ୟ ନାହିଁ।

ଘନ କହିଲା - ମୋର ଆଶଙ୍କା ହୁଏ ଆମ ଜୀବନରେ ଯେଉଁ ନୂଆ ମୂଲ୍ୟବୋଧ, ସେଥିରେ ଯେମିତି କିଏ ଲେବେଲ୍ ମାରି ଦେଇଛି। ଆଉ ଆଗକୁ ବଢ଼ିବାକୁ କିଛି ନାହିଁ। କେବଳ କଳାବଜାର ହେଇ ପାରିବ। ସେଥିପାଇଁ ବଜାରରେ ତାର ଡିମିନିସିଙ୍ଗ୍ ରିଟର୍ଣ୍ଣ ଅଛି। ଧୀରେ ଧୀରେ ବଜାରରେ ତା'ର ମୂଲ୍ୟ ପଡ଼ିଯାଇ ପାରେ।

ଏଇ ନୂଆ ଆଉ ପୁରୁଣା ଭିତରେ ଆମକୁ ଗୋଟାଏ ସିଧାବାଟ ବାହାର କରିବାକୁ ପଡ଼ିବ। ସେଇଟାଇ ଏ ଯୁଗର ଏକାନ୍ତ ଆବଶ୍ୟକତା - ଦୁଃଖୀ କହିଲା।

ସିଧା ବାଟ କଥା ଭୁଲିଯା। ମାଟି ଉପରେ କଣ କେଉଁଠି ସିଧା ବାଟ ଥାଏ? ଥାଏ ଆସ୍‌ମାନ୍‌ରେ। ଆମେ ମାଟିର ମଣିଷ। ଆମକୁ ବାସ୍ତବବାଦୀ ହେବାକୁ ପଡ଼ିବ। ନହେଲେ ବାସ୍ତବବାଦୀଙ୍କ ସହ ଯୁଦ୍ଧରେ ଆମେ ହାରିଯିବା ଏଇ ହିଡ଼ମାଟିରେ ଯେତେ ଭଙ୍ଗାହାଡ଼ ପଡ଼ିଛି ତାଙ୍କୁଇ ଜୀବନ୍ୟାସ ଦେଇ ଆମର ଘରଡିହ ଉପରେ ଠିଆ କରାଇବାକୁ ପଡ଼ିବ। କଙ୍କାଳକୁ କଥା କୁହାଇବାକୁ ହବ। କିନ୍ତୁ କିଏ କରିବ? ମତେ ଛାନିଆ ଲାଗୁଛି। ନଇର ଉଜାଣି ନାଆ ପେଲିବାକୁ ମୋର ବଳ ନାହିଁ।

ବଳ ସଞ୍ଚୟ କରିବାକୁ ପଡ଼ିବ। ସାଙ୍ଗେ ସାଙ୍ଗେ ଫଳ ମିଳିପାରେ। ଆଦୌ

ମିଳି ବି ନପାରେ। ନାଆ ନ ହଲିବି ପାରେ। ତଥାପି ଆମେ ହଟି ଯିବା ନାହିଁ - କର୍ମଣ୍ୟେ ବାଧିକାରସ୍ତେ ମା ଫଳେଷୁ କଦାଚନ -

କଣ କରିବା ତୁ କିଛି ଚିନ୍ତା କରିଛୁ ? ଘନ ପଚାରିଲା।

"କରିଛି, ଆମେ ଏକ ଚିନ୍ତାର ଲୋକ ଏକାଠି ନ ହେଲେ ହେବ ନାହିଁ। ଦୀନା କାଶିଆଙ୍କୁ ଚିଠି ଲେଖି ଅଣା। ମୁଁ ଭାବୁଛି ଏଇଟାକୁ ଆମର କର୍ମକ୍ଷେତ୍ର କରିବା।" ଦୁଃଖୀ କହିଲା।

ଅନୁଷ୍ଠାନରେ ମୋର ବିଶ୍ୱାସ ନାହିଁ। କେନ୍ଦ୍ର ଫେନ୍ଦ୍ର ନାଁ କହିଲେ ମୁଁ ଡ଼ରେଁ। ଯେମିତି ଅନୁଷ୍ଠାନ ଆରମ୍ଭ ହୋଇଯିବ, ସେମିତି କେନ୍ଦ୍ର ଆଉ କେନ୍ଦ୍ର ହୋଇ ରହିବ ନାହିଁ। ଫୁଲୁକା ପାଲଟି ଯିବ। ଭାରତର ସବୁ ରାଜନୈତିକ ଦଳର ଅବସ୍ଥା ଆଜି ସେଇୟା - ଘନ କହିଲା।

ହଁ, ସେଇୟା - ଘନ କହିଲା। ସଭାପତି ସମ୍ପାଦକ କେହି ରହିବେ ନାହିଁ। ମଠ କରି ଯେମିତି ଧର୍ମର ଶଠତା ବଢ଼ିଛି, ଦଳ କରି ସେମିତି ସମସ୍ତେ ଖଳଦଳ ହୋଇଛନ୍ତି। ମୁଁ ଭାବୁଥିଲି ଆମେ ସାମୟିକ ସମସ୍ୟା ପ୍ରତି ବିଶେଷ ଦୃଷ୍ଟି ନ ଦେଇ ସ୍ଥାୟୀ ସମସ୍ୟା ଉପରେ କାର୍ଯ୍ୟକ୍ରମ ସୁରୁ କରିବା। ସେଥିପାଇଁ ବିଧିବଦ୍ଧ ଅନୁଷ୍ଠାନ ଆବଶ୍ୟକତା ନାହିଁ। ଗୋଟାଏ ଆଦର୍ଶ ଉପରେ କୌଣସି ଅନୁଷ୍ଠାନ ପ୍ରତିଷ୍ଠା କରିବା ପରିବର୍ତ୍ତେ ଆମେ ସମ ଆଦର୍ଶର କେତେଜଣ ଲୋକ ଗୋଟିଏ ଭ୍ରାତୃମଣ୍ଡଳୀ ଗଠନ କରି ଏକ ପରିବାର ଭୁକ୍ତ ହୋଇ ରହିବା।

ଦୁଃଖୀ ହସିଲା। କହିଲା - ତୁ ଗୋଟାଏ ରାଜନୈତିକ ଶବ୍ଦଜାଲ ଭିତରେ ପଡ଼ିଗଲୁଣି। ଦୁଇଟା ଯାକ ଏକା କଥା।

ଘନ କହିଲା - ନା ଏକା ନୁହେଁ। ଆଦର୍ଶରେ ଯେଉଁମାନଙ୍କର ନିଷ୍ଠା ଥିବ କେବଳ ସେଇମାନଙ୍କୁ ନେଇ ଭ୍ରାତୃମଣ୍ଡଳୀ ଗଠିତ ହେବ ନାହିଁ। ଆଦର୍ଶ ଯାହାକୁ ସ୍ପର୍ଶ କରିବ ସେ ମଧ୍ୟ ଏଥିରେ ରହି ପାରିବ। ତାହାହେଲେ ଆଉ ମିଥ୍ୟାଚାରର ଅବକାଶ ରହିବ ନାହିଁ। ଆମେ ଆମର ସୀମାଟାକୁ ଜାଣି ନେଲେ ଆଦର୍ଶ ପଛରେ ଯିଏ ଯେତିକି ପାରିବ, ଚାଲିବ।

ଦୁଃଖୀ କହିଲା - ସେଥିରେ ଆଉ ଗୋଟିଏ ଆଶଙ୍କା ଅଛି। ଯିଏ ଯେତିକି ପାରିବ ସେତିକି ଚାଲିବ କହିଲେ ଅହିଂସା ନାମରେ ହିଂସା ଚାଲିବ। ସମାଜବାଦ ନାମରେ ଯେତକ ଅସାମାଜିକ ପ୍ରାଣୀ ଏକଜୁଟ ହୋଇଯିବେ। ପ୍ରତ୍ୟେକ ପ୍ରତ୍ୟେକଙ୍କୁ ଠକିବାକୁ ଚେଷ୍ଟା କରିବେ। ମତାନ୍ତରରୁ ମନାନ୍ତର ହେବ।

ଘନ କହିଲା - ମୁଁ ତା ଭାବୁ ନାହିଁ। ମୁଁ ଭାବୁଛି ମନ ମେଳରୁ ଆରମ୍ଭ କଲେ

ମତ ମେଳ ଆପେ ଆପେ ଆସିଯିବ। ପ୍ରଥମେ ମନର ମେଳ ତା'ପରେ ମତ। ମନ ମେଳ ଥାଇ ମତ ଅମେଳ ହେଲେ କେବଳ କାର୍ଯ୍ୟକ୍ଷେତ୍ରରେ ସ୍ୱାତନ୍ତ୍ର୍ୟ ଦେଖାଯାଇପାରେ। ଉଦାହରଣ ସ୍ୱରୂପ, କୌଣସି ଗୋଟିଏ ଆବିଷ୍କାର ଉଦ୍ଦେଶ୍ୟରେ ବିଭିନ୍ନ ସୂତ୍ର ପ୍ରୟୋଗ କରିବା ପାଇଁ ବିଭିନ୍ନ ପ୍ରୟୋଗଶାଳାରେ ଯଦି ଆମେ ପ୍ରବେଶ କରୁଁ, ତାହାହେଲେ ମତର ଅମେଳ ସତ୍ତ୍ୱେ ମନର ଅମେଳ ରହିବାର ସମ୍ଭାବନା ନାହିଁ। ଲକ୍ଷ୍ୟ ଏକ ମାତ୍ର ପନ୍ଥା ଅନେକ।

ବୁଝିଲ। ମୋର କିଛି ଆପତ୍ତି ନାହିଁ। ତାହାହେଲେ ମୋ ପ୍ରସ୍ତାବ ଅନୁସାରେ ମୋ ଘରକୁ ଆପାତତଃ କର୍ମ କେନ୍ଦ୍ର କରାଯାଉ।

ମୁଁ ସେଇୟା ଭାବି ତୋ ପାଖକୁ ଆସିଛି। ସହରର ଗ୍ରାମ ଉପରେ ପ୍ରତ୍ୟକ୍ଷ ଓ ପରୋକ୍ଷ ଆକ୍ରମଣର ଗୋଟାଏ ଭଲ ନମୁନା ତମର ଏଇ ଗାଁଟା। ଏଠି କେତେ ଜଣଙ୍କର ଘରଡିହ, ବିଲବାରି, ପୁଞ୍ଜିପତିମାନେ ଗୋଟାଏ ବଡ଼ ଧାନ କଳ ବସାଇବେ ବୋଲି କିଣି ନେବାକୁ ଯାଉଛନ୍ତି ବୋଲି ଶୁଣିଲି, ଏ ଖବର ଠିକ୍ ତ ?

ହଁ। ଉତ୍ତର ଦେଲା।

ଏବେ ଆମକୁ ୟା ବିରୋଧରେ ଆନ୍ଦୋଳନ କରିବାକୁ ହେବ। କୌଣସିମତେ ଏ ଗାଁରେ କଳ ବସେଇ ଦେବା ନାହିଁ।

ଆନ୍ଦୋଳନର ସ୍ୱରୂପ କଣ ହେବ ? ଦୁଃଖୀ ପଚାରିଲା।

ମୁଁ ସେ ବିଷୟରେ କିଛି ଚିନ୍ତା କରି ନାହିଁ। ତୁ କଣ ଭାବୁଛୁ କହ !

ମୁଁ ଭାବୁଛି, ଆନ୍ଦୋଳନ ତ ଅହିଂସ୍ର ଆନ୍ଦୋଳନ ନିଶ୍ଚେ ହେବ। କିନ୍ତୁ ଆନ୍ଦୋଳନର ଧାରାଟା ବଦଳାଇ ଦେବାକୁ ପଡ଼ିବ। ଯେଉଁଠି ଯେତେ ଆନ୍ଦୋଳନ ହେଇଛି, ହିଂସ୍ର ହେଉ କି ଅହିଂସ୍ର ହେଉ ଯେଉଁ ଲକ୍ଷ୍ୟ ସାଧନ କରିବା ପାଇଁ ଆନ୍ଦୋଳନ ହୁଏ ସେହି ଲକ୍ଷ୍ୟରେ ଯାହାର ସ୍ୱାର୍ଥ ଥାଏ, କେବଳ ସେଇମାନଙ୍କୁ ନେଇ ଆନ୍ଦୋଳନ କରାଯାଇଛି। ଅର୍ଥାତ୍ ସମସ୍ୱାର୍ଥ ସଂଶ୍ଳିଷ୍ଟ ବ୍ୟକ୍ତି ଏକଜୁଟ ହୋଇ ନିଜର ଫାଇଦା ଉଠାଇବା ପାଇଁ ଆନ୍ଦୋଳନ କରିଥାଆନ୍ତି। ମହାତ୍ମା ଗାନ୍ଧୀ ଯେ ଲବଣ ସତ୍ୟାଗ୍ରହ କରିଥିଲେ, ତାର କାରଣ ଭାରତବାସୀ ସମସ୍ତେ ଲବଣ କର ଦ୍ୱାରା ଉତ୍ପୀଡ଼ିତ ହେଉଥିଲେ। ଆମେ ସେତେବେଳେ ଆନ୍ଦୋଳନ କରିଥିଲୁଁ ବିଦେଶୀ ସରକାର ବିରୋଧରେ। ଏବେ ଆମକୁ ଆମର ସରକାର ବିରୋଧରେ ଲଢ଼ିବାକୁ ପଡ଼ିବ। ସେଥିପାଇଁ ମୁଁ ଭାବୁଛି ଅହିଂସ୍ର ଆନ୍ଦୋଳନକୁ ଆହୁରି ସୂକ୍ଷ୍ମତର କରିବାକୁ ହେବ ଯେଉଁଥିରେ କି ସ୍ୱାର୍ଥର ଗନ୍ଧ ମଧ୍ୟ ରହିବ ନାହିଁ।

ତୁ କଣ କହୁଛୁ, ମୁଁ ଠିକ୍ ଧରି ପାରୁ ନାହିଁ। ସ୍ୱାର୍ଥ ନଥାଇ ଆନ୍ଦୋଳନ ହେବ

କିମିତି ? ଅବଶ୍ୟ ସେ ସ୍ୱାର୍ଥଟା ନ୍ୟାୟପୂର୍ଣ୍ଣ ହେବା ଉଚିତ୍। ସତ୍ୟକୁ ଆଶ୍ରୟ କରିବା ଉଚିତ୍।

ସ୍ୱାର୍ଥ ନଥାଇ ଆନ୍ଦୋଳନ ମଧ୍ୟ ହୋଇପାରେ। ହେଇଟି ଧର, ଯେଉଁମାନଙ୍କର ଘରଡିହ, ବିଲବାରି ଚାଲି ଯାଉଛି ସେମାନେ ଯଦି ଆନ୍ଦୋଳନ କରନ୍ତି ସେ ଆନ୍ଦୋଳନ ନ୍ୟାୟପୂର୍ଣ୍ଣ ଓ ସତ୍ୟାଶ୍ରୟୀ ହେଲେ ମଧ୍ୟ ସ୍ୱାର୍ଥସଂଶ୍ଳିଷ୍ଟ ସେମାନଙ୍କୁ ଯଦି ଆମେ ଆନ୍ଦୋଳନରୁ ଦୂରେଇ ରଖି, ଯେଉଁମାନଙ୍କର ଘରବାଡ଼ି ନାହିଁ, ସେହିମାନଙ୍କୁ ଧରି, ଆନ୍ଦୋଳନ କରୁଁ, ତେବେ ଆମର ସେ ଆନ୍ଦୋଳନ ଅଧିକ ନୈତିକ ବଳ ସଂଗ୍ରହ କରି ପାରିବ।

ତୁ ଠିକ୍ ଭାବିଛୁ। ମତେ ମଧ୍ୟ ଦିନେ ଏଇ କଥାଟା ଭାରି ଖଟ୍‌କା ଲାଗୁଥିଲା। ପ୍ରାଥମିକ ଶିକ୍ଷକମାନେ ଯେତେବେଳେ ଦରମା ବଢ଼ାଇବା ପାଇଁ ଦାବୀ ଜଣାଇ ଧର୍ମଘଟ କଲେ, ସେତେବେଳେ ମୁଁ ଏଇ କଥା ଭାବୁଥିଲି। ଗୁରୁ ଶିଷ୍ୟକୁ ଯାହା ଦିଏ, ତା'ର ମୂଲ୍ୟ କ'ଣ କେହି ଦେଇ ପାରିବ ? ଯେଉଁ ଶିକ୍ଷକମାନେ ଅଧିକା ପଇସା ନ ପାଇଲେ ପାଠ ପଢ଼େଇବେ ନାହିଁ ବୋଲି କହୁଛନ୍ତି, ମନୁ ସେମାନଙ୍କୁ ବାସନ୍ଦ କରିବା ପାଇଁ ମତ ଦେଇଛନ୍ତି। ସେମାନେ ଗୁରୁ ନୁହନ୍ତି – ଦରମା ଖିଆ ଚାକର – ମନୁ କହୁଛନ୍ତି

"ନୃତ୍ୟକାଧ୍ୟାପକୋ ଯସ୍ୟ ଭୃତକାଧ୍ୟ ପିତ ସ୍ତଥା
ପ୍ରେତ ନିର୍ଯ୍ୟାତକ ଶ୍ଚୈବ ବର୍ଜନୀୟଃ ପ୍ରଯତ୍ନତଃ।"

ମୋର ମନେ ଅଛି – ଦୁଃଖୀ କହିଲା – ସେତେବେଳେ କଂଗ୍ରେସ ସରକାର। କଂଗ୍ରେସ ବିରୋଧୀ ନେତାମାନେ ଡେଇଁ ପଡ଼ିଲେ ମାଷ୍ଟରମାନଙ୍କୁ ସମର୍ଥନ କରି। ମତେ ବି ଡାକିବାକୁ ଆସିଥିଲେ ତାଙ୍କ ପକ୍ଷରେ ବକ୍ତୃତା ଦେବା ପାଇଁ। ମୁଁ ମନା କରିଦେଲି – ସେମାନଙ୍କ ଦାବୀ ପ୍ରତି ମୋର ସମର୍ଥନ ଥିଲେ ବି। ମାଷ୍ଟରମାନେ ଦାବୀ କଲେ ଆମକୁ ଏତିକି ଦିଅ ନ ହେଲେ ଆମେ ପାଠ ପଢ଼େଇବୁ ନାହିଁ। ଆମ ଭବିଷ୍ୟତ ବଂଶଧରମାନେ ପଛେ ମୂର୍ଖ ହୁଅନ୍ତି। କାଲି ଡାକ୍ତରମାନେ କହିଲେ ଆମକୁ ଏତେ ଟଙ୍କା ଦିଅ ନ ହେଲେ ଆମେ ଚିକିତ୍ସା କରିବୁ ନାହିଁ – ରୋଗୀ ପଛେ ମଲେ ମରନ୍ତୁ! ତାଙ୍କ ଦେଖା ଦେଖି ଦିନେ ପୁଣି ମା'ମାନେ ଏକଜୁଟ ହୋଇ କହିବେ, ଆମକୁ ଏତେ ଟଙ୍କାର ଗହଣା ଦିଅ ଶାଢ଼ୀ ଦିଅ ନ ହେଲେ ଆମେ ପିଲାମାନଙ୍କୁ କ୍ଷୀର ଦବୁ ନାହିଁ। ବିଦ୍ୟାଦାନର କ'ଣ ପ୍ରତିଦାନ କେବେ ଦେଇହବ। ମନୁଙ୍କ ଭାଷାରେ –

"ଏକ ମପ୍ୟକ୍ଷରଂ ଯସ୍ତୁ ଗୁରୁଃ ଶିଷ୍ୟେ ନିବେଦୟେତ୍
ପୃଥିବ୍ୟାଂ ନାସ୍ତିତତ୍ ଦ୍ରବ୍ୟଂ ଯେନାସ୍ୟ ତ୍ତୁଳମର୍ହତି।"

ଠିକ୍ କଥା – ଘନ କହିଲା। ମାଷ୍ଟରଙ୍କ ଦାବୀ ଯଦି ନ୍ୟାୟ ସଙ୍ଗତ ହୋଇଥାଏ,

ତେବେ ଛାତ୍ର ବା ଅଭିଭାବକମାନେ କାହିଁକି ମାଷ୍ଟରଙ୍କ ପାଇଁ ଆନ୍ଦୋଳନ ନ କରିବେ ? ଆମ ସମାଜରେ ନିଜ ପାଇଁ ନିଜେ କହିବା ଅସୁନ୍ଦର ଅସୌଜନ୍ୟ। ବିଶେଷତଃ ଶିକ୍ଷକମାନେ ଯଦି ତା କହନ୍ତି ପିଲାଏ କଣ ଶିଖିବେ।

ସେମାନେ ସେଇୟା ଶିଖିବେ। ସ୍ୱାର୍ଥ ଛଡ଼ା ଆଉ କିଛି ଜାଣିବେ ନାହିଁ। ଯେଉଁମାନଙ୍କ ସ୍ୱାର୍ଥରେ ଆନ୍ଦୋଳନ ହେବ ସେମାନେ ଆନ୍ଦୋଳନରେ ଭାଗ ନ ନେଇ, ଯଦି ଅନ୍ୟମାନେ ନିଅନ୍ତି ତାହାଲେ ସେଟା ସୌନ୍ଦର୍ଯ୍ୟ ବହିର୍ଭୂତ ହେବ ନାହିଁ। ମୁଁ ତାକୁ କହିବି ଶୁଦ୍ଧ ସତ୍ୟାଗ୍ରହ। କାରଣ ଏଭଳି ଯୁଦ୍ଧରେ, ଯୋଦ୍ଧାର ଜୟ ପରାଜୟରେ ସମାନ ଜ୍ଞାନ ଆପେ ଆପେ ଆସିଯାଏ। ସ୍ୱାର୍ଥ ଥିଲେ ଜୟରେ ସୁଖ ଓ ପରାଜୟରେ ଦୁଃଖ ହେବା ସ୍ୱାଭାବିକ। ସ୍ୱାର୍ଥ ନଥାଇ ଯୁଦ୍ଧ କଲେ - 'ସୁଖିନୋ କ୍ଷତ୍ରିୟାଃ ପାର୍ଥ ଲଭନ୍ତେ ଯୁଦ୍ଧନାଂ ଦୃଶମ୍' - ସଙ୍ଗେ ସଙ୍ଗେ ଦୁଃଖେଷୁ ବିଗତ ସ୍ନେହ, ସୁଖେଷୁ ଅନୁଦ୍ୱିଗ୍ନମନା।

ନାଚି ଉଠିଲା ଘନ। ମୁଁ ବାଟ ପାଇଗଲି ଦୁଃଖି। ମୁଁ ବାଟ ପାଇଗଲି। ତୁ ଗୋଟାଏ ନୂଆ ରାସ୍ତା ଫିଟାଇଲୁ। ଠାକୁରେ ତୋର ମଙ୍ଗଳ କରନ୍ତୁ। ମୁଁ ଝାଡ଼ଗ୍ରାମରୁ ଫେରିବା ଦିନଠୁଁ ଅନ୍ଧାରରେ ବୁଲୁଥିଲି। ଏବେ ଆଲୋକର କ୍ଷୀଣରେଖା ଦେଖି ପାରୁଛି। ତୁ ଜାଣୁ, ମୁଁ କେତେ ଦିନ ଭୁଦାନରେ ଯୋଗ ଦେଇଥିଲି। ମୋର ଅଧେ ସମ୍ପତ୍ତି ମୁଁ ଦାନ କରି ଦେଇଛି। ଭୁଦାନ ଅନେକଟା ଏଇ ନୀତି ଉପରେ ପ୍ରତିଷ୍ଠିତ। ମାତ୍ର ସେଟା ଏକ ତରଫା। ଭୂମି ମାଲିକ ଭୂମିହୀନ ଲୋକଙ୍କ ପାଇଁ ଦାନ କରିବ। ଭୂମିହୀନ ଲୋକେ ଆନ୍ଦୋଳନ କରି ଛଡ଼ାଇ ଆଣିବାର ପ୍ରଶ୍ନ ନାହିଁ। ଏହା ଦ୍ୱାରା ଭୂମି ମାଲିକ ମନ ଉପରେ ସତ୍ୟାଗ୍ରହର କିଛି ପ୍ରଭାବ ନିଶ୍ଚେ ପଡ଼ିବ। କିନ୍ତୁ ଗ୍ରାମର ଅନ୍ୟମାନଙ୍କ ଉପରେ ଏହାର କୌଣସି ପ୍ରତ୍ୟକ୍ଷ ପ୍ରଭାବ ନାହିଁ। ଭୂମିହୀନ ଲୋକେ ମଧ୍ଯ ଦାତାପ୍ରତି କୃତଜ୍ଞ ହେବାର ଭାବ ମୁଁ ଦେଖିଲି ନାହିଁ।

ଭୁଦାନରେ ଦାନର ଗୌରବ ଆମେ ଜଣକୁ ଦେଉଁ - ବିନୋବାଜୀଙ୍କୁ - ଜମି ମାଲିକଙ୍କୁ ନୁହେଁ। ପାଣି ପାଇଁ ଆମେ ଇନ୍ଦ୍ର ପୂଜା କରୁଁ - ବରୁଣଙ୍କୁ ନୁହେଁ। ସେଥିପାଇଁ ଭୁଦାନ ଦ୍ୱାରା ସମାଜରେ ସାମାନ୍ୟ ଆଲୋଡ଼ନ ସୃଷ୍ଟି ହେଲା ସତ, କିନ୍ତୁ ଭୂମିର ପ୍ରକୃତ ଉପଯୋଗ ପାଇଁ ଆବଶ୍ୟକ ଆନ୍ଦୋଳନ ସମ୍ଭବ ହେଲା ନାହିଁ। ମୋ ମତରେ ଏକ କାଳରେ ସମୂହ ମାନସିକ ପରିବର୍ତ୍ତନ ହିଁ ପ୍ରକୃତ ଆନ୍ଦୋଳନର ଫଳ। ଆନ୍ଦୋଳନ ନିବିଡ଼ ହେଲେ, ଗଭୀର ହେଲେ, ବିପ୍ଳବ ଆଖ୍ୟା ପାଇଥାଏ।

ଦୁଃଖୀ କହିଲା - ତା ଛଡ଼ା ଦାନରେ ପାତ୍ରାପାତ୍ରର ବିଚାର ମଧ୍ୟ ରହିବା ଉଚିତ୍।

ଖାଲି ପାତ୍ର ନୁହେଁ, ସ୍ଥାନ, କାଳ, ପାତ୍ର ସବୁଥିର ବିଚାର ରହିବା ମଧ୍ୟ ବାଞ୍ଛନୀୟ - ଘନ କହିଲା। ସେଥିପାଇଁ ଗୀତାରେ ସାତ୍ତ୍ୱିକ, ରାଜସିକ, ତାମସିକ ଦାନର ଭେଦ ରହିଛି।

ଦୁଃଖୀ କହିଲା - ମୁଁ ଭାବୁଥିଲି ଭୂମିହୀନ ଲୋକେ ଯଦି ଭୂମି ମାଲିକଙ୍କର କୌଣସି ସ୍ୱାର୍ଥପାଇଁ ଆନ୍ଦୋଳନ କରନ୍ତେ ତେବେ ତାହା ଉଭୟ ଭୂମିହୀନ ଓ ଭୂମି ମାଲିକଙ୍କ ଭିତରେ ମାନସିକ ବିପ୍ଳବର କ୍ଷେତ୍ର ପ୍ରସ୍ତୁତ କରି ଦିଅନ୍ତା।

ହେଲେ ତା ଭଲ ହୁଅନ୍ତା। ମୁଁ ବେଶ୍ ବୁଝି ପାରୁଛି। କିନ୍ତୁ ସେଟା କେତେଦୂର ସମ୍ଭବ ସେ ବିଷୟରେ ମୁଁ ଟିକେ ସନ୍ଦିହାନ। କାରଣ ବହୁ ସତ୍ତ୍ୱାଧିକାରୀଙ୍କର ସ୍ୱାର୍ଥ ଓ ଭୂମିହୀନଙ୍କର ସ୍ୱାର୍ଥ ପରସ୍ପର ବିରୋଧୀ।

ଦୁଃଖୀ କହିଲା, ସେଇଟାଇତ ରକ୍ଷଣଶୀଳତାର ଲକ୍ଷଣ। ଭୂମିର ମାଲିକାନା ନେଇ ଆମର ମରହଟ୍ଟୀ ମନୋବୃତ୍ତି ହିଁ ଏହାର ହେତୁ। ଭୂମିର ପ୍ରକୃତ ସତ୍ତ୍ୱାଧିକାରୀ କିଏ, ସେ ବିଷୟରେ ମୋର ମନେହୁଏ ତତେ ବୁଝାଇବାର ଦରକାର ନାହିଁ। ଭୂମିର ଯେ ସେବା କରିବ, ଭୂମି ତା'ର। ଆମେ ଯଦି ଭୂମିକୁ ମା ବୋଲି ବିଶ୍ୱାସ କରୁଁ, ତାହାହେଲେ ଯେ ମାଆର ସେବା କରିବ ସେଇ ଯେ ମାଆର ଠିକ୍ ପୁଅ। ତଥାପି ଯଦି କେହି ଟଙ୍କା ଖଟେଇ ଭୂମି ଉପରେ ତାର ସତ୍ତ୍ୱ ସାବ୍ୟସ୍ତ କଲା, ତେବେ ଭୂମିହୀନ ଲୋକର ସ୍ୱାର୍ଥ ସହିତ ସବୁ ବିଷୟରେ ତା'ର ସ୍ୱାର୍ଥର ଯେ ସଂଘର୍ଷ ଘଟିବ ଏପରି କୌଣସି କଥା ନାହିଁ। ଏଭଳି ଅନେକ ବିଷୟ ରହିଛି, ଯେଉଁଥିରେ ଉଭୟଙ୍କ ସ୍ୱାର୍ଥର ସଂଘର୍ଷ ହେବା ସମ୍ଭବ ନୁହେଁ। ଉଦାହରଣ ସ୍ୱରୂପ ପଥିକର ବିଷୟ ଧରାଯାଉ। ଭୂମ୍ୟଧିକାରୀମାନେ ପଥକର ଦିଅନ୍ତି। ଯାହା ଗାଁକୁ ରାସ୍ତା ଯାଇଛି ସେ ବି ଦିଏ, ଯାହା ଗାଁକୁ ରାସ୍ତା ନ ଯାଇଛି ସେ ବି ଦିଏ। ଛା'ଛନା ଇମିତି ଅନେକ ଲୋକ ଅଛନ୍ତି ଯେଉଁମାନେ ପଥକର ଆଦୌ ଦିଅନ୍ତି ନାହିଁ କିନ୍ତୁ ରାସ୍ତାଘାଟର ସବୁ ସୁବିଧା ନିଅନ୍ତି। ଭୂମିହୀନ ଲୋମାନେ ଯଦି ଆନ୍ଦୋଳନ କରନ୍ତି ଯେ ପ୍ରତ୍ୟେକ ସାଁବାଳକ ଲୋକ ପଥକର ଦବାକୁ ବାଧ୍ୟ, ନଚେତ୍ ଭୂମି ମାଲିକଙ୍କଠାରୁ ପଥକର ଆଦାୟ ବନ୍ଦ ହଉ, ତାହାହେଲେ ଭୂମି ମାଲିକଙ୍କର ହୃଦୟର ପରିବର୍ତ୍ତନ ହୁଅନ୍ତା। ଠିକ୍ ସେମିତି, ଭୂମି ମାଲିକମାନେ ଯଦି ଆନ୍ଦୋଳନ କରନ୍ତେ, ଯେଉଁମାନେ ଭୂମିହୀନ ମୂଲିଆ, ସେମାନେ ମଧ୍ୟ କାରଖାନାର କୁଲି ଯେଉଁ ମଜଦୁରଙ୍କ ପାଇଁ ନିର୍ଦ୍ଦିଷ୍ଟ ସୁବିଧା ଅଛି ତାହା ଉପଭୋଗ କରନ୍ତୁ, ତାହାହେଲେ ଭୂମିହୀନ ଚାଷୀଙ୍କର ହୃଦୟର ପରିବର୍ତ୍ତନ ହୁଅନ୍ତା। କ୍ରମେ ଭୂମିହୀନ ଚାଷୀ ଓ ଭୂମି ମାଲିକଙ୍କ ଭିତରେ ସୌହାର୍ଦ୍ଦ୍ୟ ସୃଷ୍ଟି ହୁଅନ୍ତା। ସରକାର ଆଇନ୍ କରି ଗାଁକୁ ସବୁ ଯେମିତି ଫଟେଇ ଦେଉଛନ୍ତି, ଭୂମିହୀନ ଭୂମି ମାଲିକ, ଚାଷୀ, ଭାଗଚାଷୀ

ଆଦି ଆଇନବଳରେ ନାନା ଭେଦ ସୃଷ୍ଟି କରୁଛନ୍ତି, ସେ ଭେଦର ଆଉ ଅବକାଶ ରହନ୍ତା ନାହିଁ। ସହରିଆ ନେତାମାନେ ଗାଁରେ ଭେଦ ସୃଷ୍ଟି କରି ଚିରଦିନ ଶାସନ କରିବାର ସୁବିଧା ପାଆନ୍ତେ ନାହିଁ।

ଘନ କହିଲା, ଆଉ ଗୋଟାଏ କଥା ମଧ୍ୟ ଭାବିବାର ଅଛି। ଭୁଦାନରେ ଯେଉଁ ଭୂମିହୀନମାନେ, ବିନାଶ୍ରମରେ ଭୂମି ପାଇଲେ, ସେମାନଙ୍କର ସମାଜପ୍ରତି କୌଣସି କର୍ତ୍ତବ୍ୟ ନିର୍ଦ୍ଧାରିତ ହେବା ଉଚିତ୍। ଶ୍ରମଶୀଳ ଲୋକର ଦାରିଦ୍ର୍ୟ ଯେମିତି ପ୍ରାପ୍ୟ ନୁହେଁ, ଶ୍ରମହୀନ ଲୋକର ଧନରେ ମଧ୍ୟ ସେହିପରି ଅଧିକାର ରହିବା ଉଚିତ ନୁହେଁ।

ଦୁଃଖୀ କହିଲା, ତୁ ଏଇ ସବୁ କାରଣରୁ ବୋଧହୁଏ ଭୁଦାନ ଛାଡ଼ି ଦେଲୁ ?

ନା, ଅନ୍ୟ କାରଣରୁ ମୁଁ ଭୁଦାନ ଛାଡ଼ିଦେଲି। ମୁଁ ଦେଖିଲି, ଏ ଆନ୍ଦୋଳନର ପ୍ରାଧାନ୍ୟ କ୍ରମେ କମିଯାଉଛି। ଲୋକ ପ୍ରତ୍ୟେକ କଥାରେ ସରକାରୀ ମୁଖାପେକ୍ଷୀ ହେଉଛନ୍ତି। ଏପରିକି ଭୁଦାନ କର୍ମୀମାନେ ମଧ୍ୟ ବିନୋବାଙ୍କ ପରାମର୍ଶକ୍ରମେ ନିଧିମୁକ୍ତ ହୋଇଗଲା ପରେ ଅଧିକ ଭାବରେ ସରକାରୀ ନିଧିଯୁକ୍ତ ହେବାକୁ ଅପେକ୍ଷା କରି ରହିଲେ। ଏବେ ସମାଜର ସବୁ କ୍ଷେତ୍ରରେ ସମସ୍ତେ ସବୁକାମ ପାଇଁ ସରକାରକୁ ଅନେଇ ବସିଛନ୍ତି। ସରକାର ବର୍ତ୍ତମାନ ସମାଜର ସର୍ବମୟ କର୍ତ୍ତା। ଆମର କର୍ତ୍ତୃତ୍ୱ, କାର୍ଯ୍ୟ କରିବାର ଶକ୍ତି, ତଥା କର୍ମଫଳ ଉପରେ ସମସ୍ତ ଅଧିକାରକୁ ସରକାର ଆୟତ୍ତ କରି ନେଇଛନ୍ତି। ଏହା ହିଁ ବୋଧହୁଏ ଶାସନରେ ସାର୍ବଭୌମତ୍ୱର ନବତମ ଟୀକା।

ଦୁଃଖୀ କହିଲା, ମୁଁ ମଧ୍ୟ ତାହା ଲକ୍ଷ୍ୟ କରୁଛି। ଏବେ ଲୋକଙ୍କ ଆନୁକୂଲ୍ୟରେ ସ୍କୁଲ, ଡାକ୍ତରଖାନା ଆଦି ଖୋଲିବା ଉଚିତ୍ ଶୁଣା ଯାଉଛି। କେହି ଆଗପରି ରାସ୍ତା ଘାଟରେ ଗଛ ଲଗାଇବା, କିମ୍ବା ପାଣି ଛତ୍ରର ବ୍ୟବସ୍ଥା କରିବା ପାଇଁ କୂଅ ପୋଖରୀ ଖୋଳାଇବା, ସ୍ୱପ୍ନ ହୋଇଗଲାଣି।

ଘନ କହିଲା, ଏହା ହେବାଦ୍ୱାରା କ୍ରମେ ସରକାରଙ୍କଠାରେ ଲୋକେ କେବଳ ଦାବୀ ଉପସ୍ଥାପନ କରି ଶିଖିଲେ, କିନ୍ତୁ ସମାଜପ୍ରତି ତାଙ୍କର କିଛି କର୍ତ୍ତବ୍ୟ ଅଛି ବୋଲି କେବେ କିଛି ବିଚାର କଲେ ନାହିଁ। ଭୂଦାନ ଦ୍ୱାରା ଏ ଦାୟିତ୍ୱବୋଧ ଆମେ ସୃଷ୍ଟି କରି ପାରିଲୁ ନାହିଁ, ବରଂ ଦାୟିତ୍ୱହୀନତା ବଢ଼ିବା ଆଶଙ୍କା ମୋର ହେଲା।

ଦୁଃଖୀ ହସିଲା, ମୋର ମଧ୍ୟ ଦିନେ ଲୋଭ ହୋଇଥିଲା, ତା' ଭିତରେ ପଶିବା ପାଇଁ। ମୁଁ ଭାବିଲି, ରାମକୃଷ୍ଣ ମିଶନ, ଭାରତ ସେବାସଂଘ ପରି ଖୁବ୍ ପୁରାତନ ଓ ପ୍ରତିଷ୍ଠିତ ସେବକ ଅନୁଷ୍ଠାନରେ ଯୋଗ ନଦେଇ, ଯଦି କୌଣସି ସେବାନୁଷ୍ଠାନରେ ଯୋଗ ଦେବାକୁ ହୁଏ ତେବେ ଭୁଦାନ ଅନୁଷ୍ଠାନରେ ଯୋଗ ଦେଲେ ଅଧିକ ଲାଭ କଣ ହେବ ? ସରକାରୀ ଆଶ୍ରୟ ଭିକ୍ଷା ତ ମୋର କାମ୍ୟ ନୁହେଁ।

ଘନ କହିଲା, ସରକାରଙ୍କଠାରେ ଆଶ୍ରୟ ଭିକ୍ଷା କରିବା ପାପ ନୁହେଁ, କିନ୍ତୁ ସରକାରୀ ଅର୍ଥରେ ନିଜକୁ ଦାତା ବୋଲି ପ୍ରଚାର କରିବାରେ ବିପଦ ଅଛି। ମୋର ଆଶଙ୍କା ହୁଏ, ଏପରି କଲେ ଶେଷରେ ଆମକୁ ସରକାରୀଦଳ ସହିତ ଏକ ହୋଇ ଯିବାକୁ ହେବ।

ଦୁଃଖୀ କହିଲା, ଠିକ୍ ତା'ର ବିପରୀତ ଗତି ଧରିବା ମଧ୍ୟ ବିଚିତ୍ର ନୁହେଁ। ସରକାରୀ ଅର୍ଥରେ ନିଜକୁ ଦାତା ବୋଲାଇବାରେ ଯେଉଁ ଗୌଣ ମନୋବୃତ୍ତି ଜାତ ହୁଏ ତା ଫଳରେ ସରକାରୀ ଦଳ ସହ ମିଶିବା ପରିବର୍ତ୍ତେ ସମ୍ପୂର୍ଣ୍ଣ ବିରୋଧୀ ଶକ୍ତିର ସମର୍ଥନ କରିବା ମନୋବୃତ୍ତି ସୃଷ୍ଟି ହେବ।

ସେ ଆଶଙ୍କା ଯଥାର୍ଥ ନ ହୋଇପାରେ। କିନ୍ତୁ ସେ ସମ୍ବନ୍ଧରେ ଆମର ଆଉ ମୁଣ୍ଡ ଘୂରାଇବା ଉଚିତ୍ ନୁହେଁ। ଆମେ ବର୍ତ୍ତମାନ ଯେଉଁ ଯୋଜନା କରୁଛେଁ, ସେଥିପାଇଁ ପ୍ରସ୍ତୁତ ହେବା ଉଚିତ୍।

ମୁଁ ତ ସବୁବେଳେ ପ୍ରସ୍ତୁତ। ଦୁଃଖୀ କହିଲା।

ତୋର ପ୍ରସ୍ତୁତ ହେବା ନ ହେବା ବଡ଼ ପ୍ରଶ୍ନ ନୁହେଁ। ସମସ୍ୟା ହେଉଛି ମୋର। ତୋର ମନେଥିବ ଲକ୍ଷ୍ମଣ ନାୟକ ଫାଶୀଘର କାନ୍ଥରେ ରକ୍ତାକ୍ଷରରେ ଆମେ ଯେଉଁ ପ୍ରତିଜ୍ଞା କରିଥିଲେ, ସେ ପଣ ମୋର ରହିଲା ନାହିଁ। ମୋ ବେକରେ ବାଲି କଳସୀ - ବିରାଟ ପରିବାର।

ଦୁଃଖୀ କହିଲା - ପ୍ରତିଜ୍ଞା କଥା ମୋର ମନେଅଛି। କିନ୍ତୁ ତୁ ତ ସ୍ୱାଧୀନତା ପରେ ବିଭା ହେଲୁ। ପ୍ରତିଜ୍ଞା ରହିଲା ନାହିଁ କିମିତି ?

ମୁଁ ଠିକ୍ ସେଇୟା ଭାବି ବିଭା ହୋଇ ପଡ଼ିଲି। କିନ୍ତୁ ଆମେ କଣ ସ୍ୱାଧୀନ ହେଇଛୁଁ ? ସ୍ୱାଧୀନ ହୋଇଛନ୍ତି ଅମଲାମାନେ, ପଇସାବାଲା ବ୍ୟବସାୟୀମାନେ। ଶିଳ୍ପପତିମାନେ। ଆଉ କହିଲେ କହିପାରେ, ଅମଲା ଓ ଶିଳ୍ପପତିମାନଙ୍କର ଗୋଲାମ ମନ୍ତ୍ରୀ ଓ ରାଜନୈତିକ ନେତାମାନେ।

ଆଉ ଗୋଟାଏ ଶ୍ରେଣୀର ଲୋକେ କିଛି ଅଂଶରେ ସ୍ୱାଧୀନ ବୋଲି ତୁ କହିପାରୁ ! ସେ ହେଉଛନ୍ତି ସହରବାସୀ - ଯେଉଁଠି ମନ୍ତ୍ରୀ, ନେତା, ଶିଳ୍ପପତି ଓ ଅମଲାମାନେ ରହନ୍ତି। ଏମାନେ ମାଉଁସ ଖାଇ, ସୁରୁଆ ଖାଇ ଯେଉଁ ହାଡ଼ ଗୋଡ଼ ପକେଇ ଦିଅନ୍ତି, ସେଇଥିରେ ସହରବାସୀ ମଜଗୁଲ୍। ସେ ହାଡ଼ ଗୋଡ଼ ଗାଁ ବାଲାଙ୍କ ପାଖକୁ ଆସେ ନାହିଁ। କାରଣ ଗାଁ ବାଲା ହୁଇହଲ୍ଲା କରି ପାରନ୍ତି ନାହିଁ।

ଛାଡ଼ ତାଙ୍କ କଥା - ଘନ କହିଲା। ଦେଶର ଅର୍ଥନୈତିକ, ସାମାଜିକ, ବୌଦ୍ଧିକ

ତଥା ପାରମ୍ପରିକ ଓ ସାଂସ୍କୃତିକ ସ୍ୱାଧୀନତା ପାଇଁ ଯେଉଁମାନେ ଆମର ସହାୟକ ହେବେ, ସେମାନଙ୍କ କଥା ଚିନ୍ତାକର !

ଆଉ, ସହାୟକ କିଏ ହବ ? ତୁ ଯଦି ବାଲି କଳସୀ ବେକରେ ବାନ୍ଧିଛୁ ବୋଲି କହି ନଈକୁ ନ ଡେଉଁ ଦୀନା, କାଶିଆ କଣ ସହଜରେ ବାହାରିବେ। ସେ ଦିହିଁକି ଦିହେଁ ତ ହାତକୁ ଦିହାତ ହେଇ ପଡ଼ିଛନ୍ତି।

ଖାଲି ଦି' ହାତ କାହିଁକି କହୁଛୁ, ଚାରି ହାତ ଛ'ହାତ ମଧ୍ୟ ହେଇ ଗଲେଣି। ମୁଁ ଭୁଲ୍ କହିଲି। ହାତ ନୁହେଁ ଗୋଡ଼। ଦୀନା ତ ଛ'ଗୋଡ଼ିଆ ଜନ୍ତୁ। କାଶିଆର ଗୋଡ଼ ତା'ଠାରୁ ବେଶି। ପଶୁ, ସରୀସୃପଙ୍କଠାରୁ ବି ହୀନ। ଆଉ କାମ କରିବ କିଏ ?

ଘର ଭିତରୁ ପାଟି କରି ଉଠିଲା ଶୁକୁରା, କାହିଁକି ଶୁକ୍ରସେନ ଅଛି ?

ଦୁଃଖୀ କହିଲା, ତୁ ତ ବିଭା ହେଇଛୁ।

ବିଭା ହେଲି ତ କଣ ହେଲା ? ମୋ ମାଇପ କଣ ମୋ ବେକରେ ବାଲି କଳସୀ ହେଇଛି ? ମୁଁ ମଲେ କି ଜେଲ୍ ଗଲେ, ସେ କଣ ତମ ଧବଧାଉଳିଆ ଭଦରଲୋକଙ୍କ ଭଳି ଉପାସ ଭୋକରେ ମରିବ ? ଯେ ଖଟି ଖାଇ ଶିଖିଛି, ତା' ମୁଣ୍ଡରେ କି ଚିନ୍ତା ? ମଣିଷର ଝାଳ ସାଙ୍ଗେ ସାଙ୍ଗେ କଳୁଷ ଧୋଇ ହେଇଯାଏ, ଆଳସ୍ୟ ବି।

ଶୁକୁରା କଥା ଶୁଣି ସମସ୍ତେ ହସିଲେ। ଘନ ପଚାରିଲା, ଦୁଃଖୀ ଦୀନବନ୍ଧୁ କେବେ ବିଭା ହେଲା ? ମୁଁ ଜାଣିଥିଲି ସେ ଏବେବି ବାଡୁଅ ରହିଛି।

ବାଡୁଅ ସେ ଅନେକ ଦିନ ଥିଲା। ଦୁଃଖୀ ଖବର ଦେଲା। ପରୋପକାରାୟ ସ୍ୱର୍ଗାୟ କରୁଁ କରୁଁ।

ସତେ ! ପରୋପକାର କରୁଁ କରୁଁ କିପରି ବନ୍ଧନରେ ପଡ଼ିଲା ଶୁଣିବା।

ଏକୁଟିଆ ଘନ ନୁହେଁ, ସେ ପାଖରେ କବାଟ ଉହାଡ଼ରେ ବି ରତନୀ ବସି ଶୁଣୁଥାଏ, ମନ ମୂନ ନଗେଇ।

ଦୁଃଖୀ କହିବା ଆରମ୍ଭ କଲା। ସେ ଏକ ଦୀର୍ଘ କାହାଣୀ। ଦୀନା କେମିତି ଯାଇ ଆଦିମାନବ କଲ୍ୟାଣ ସମିତିର ସଭ୍ୟ ହେଲା, ଆଦିବାସୀ ଅଞ୍ଚଳରେ ଯାଇ କାମ ବି କଲା। ଭଲ କର୍ମୀ ବୋଲି ପ୍ରଶଂସା ବି ପାଇଲା, ମୁଁ ସେକଥା ଶୁଣି, ଥରେ ଦୀନା ପାଖକୁ ଯାଇଥିଲି ଦେଖିବା ପାଇଁ ସେ କଣ କରୁଛି। ଭାରି ଭଲ ଲାଗିଲା। ମୋର ଇଚ୍ଛା ହେଲା ଦୀନା ସାଙ୍ଗରେ ମିଶି କାମ କରିବା ପାଇଁ। ଓଃ, ସେ ପାହାଡ଼ ଜଙ୍ଗଲ ମୋ ମନକୁ ଇମିତି ବାନ୍ଧିଥିଲା, ସେ ଝରଣା ପାଣି ମତେ ଇମିତି ମତେଇ ଦେଇଥିଲା ଯେ, ମୁଁ ଆଜି ବି ବେଳେ ବେଳେ ସେ ଜାଗାଟାର ସପନ ଦେଖେଁ।

ତୁ ତାହାହେଲେ, ସେ ଆଦିମାନବ ସମିତିର ସଭ୍ୟ ହୋଇଗଲୁ।

ନା, ମୁଁ ସଭ୍ୟ ହୋଇନାହିଁ। ସେମାନେ ଆଶା କରୁଥିଲେ। ମୁଁ ମନା କରିଦେଲି।

ମନାକଲୁ କାହିଁକି ? ପଚାରିଲା ଘନ। ଦିନେ ନୁହେଁ, ଅଧେ ନୁହେଁ ଦୁଇ ଦୁଇ ବର୍ଷ କାଳ ମୁଁ ସେଠି କଟେଇଲି। କଟେଇଲା ପରେ ମୋର ମନେହେଲା, ସବୁ ପଣ୍ଡଶ୍ରମ ହୋଇଗଲା ବୋଲି। ମୁଁ ଦେଖିଲି ମୋର କାର୍ଯ୍ୟ ଦ୍ୱାରା ଆଦିବାସୀମାନଙ୍କର କିଛି ଭଲ ହୋଇନାହିଁ। ସେମାନଙ୍କର ସ୍ୱଭାବ, ଚରିତ୍ର, ସରଳତା, ମୋତେ ତାଙ୍କଠାରୁ ଦୂରେଇ ନେଇଗଲା। ମନେହେଲା, ସେମାନେ ଯେମିତି ଗୋଟିଏ ଗୋଟିଏ ଠାକୁର। ମୁଁ ତାଙ୍କର ସେବା କରିବାର ଯୋଗ୍ୟ ନୁହେଁ। ଯେଉଁ କାମକରେ ମନରେ ସନ୍ତୋଷ ଆସେ ନାହିଁ, ସେ କାମରେ ଲାଗି ରହିବା ମୋ ମତରେ ଆତ୍ମପ୍ରତାରଣା କିମ୍ବା ଅନ୍ୟମାନଙ୍କୁ ଭଣ୍ଡିବା ଛଡ଼ା ଆଉ କିଛି ନୁହେଁ।

ତୁ କଣ କହିବାକୁ ଚାହୁଁ, ଏପର୍ଯ୍ୟନ୍ତ ଆଦିବାସୀ ଉନ୍ନୟନ ପାଇଁ ଯାହାସବୁ କାର୍ଯ୍ୟ କରାଯାଇଛି, ସରକାରଙ୍କ ଦ୍ୱାରା ହେଉ ବା ବେସରକାରୀ ଅନୁଷ୍ଠାନ ଦ୍ୱାରା ହେଉ, ସେସବୁ ପଣ୍ଡ-ଶ୍ରମ ?

ପଣ୍ଡଶ୍ରମ କହିଲେ ସେମାନଙ୍କୁ ଯଥେଷ୍ଟ ମର୍ଯ୍ୟାଦା ଦିଆଗଲା। କାରଣ, ଶ୍ରମ ପଣ୍ଡ ହୋଇଗଲେ ଲାଭ ହେଉ ନହେଉ କିଛି କ୍ଷତି ହୋଇନାହିଁ ବୋଲି ସ୍ୱୀକାର କରିବାକୁ ହେବ। ମାତ୍ର ମୋ ବିଚାରରେ ସରକାରଙ୍କର ସମସ୍ତ ଯୋଜନା ଆଦିବାସୀଙ୍କର ମଙ୍ଗଳ ନକରି ଅମଙ୍ଗଳ ହିଁ କରିଛି ଅଧିକ।

ମୁଁ କାହିଁକି ତୋ ସହିତରେ ଏ ବିଷୟରେ ଏକମତ ହୋଇ ପାରୁନାହିଁ। କିଛି ନହଉ, ଶିକ୍ଷାର ପ୍ରସାର ତ ହୋଇଛି। କହିଲା ଘନ।

କି ଶିକ୍ଷା ? ତାକୁ କଣ ଶିକ୍ଷା କହନ୍ତି ? ଯେଉଁ ଶିକ୍ଷା ଆମ ସମସ୍ତଙ୍କୁ ପଙ୍ଗୁ ଅକର୍ମଣ୍ୟ କରିଦେଇଛି, ସେଇ ଶିକ୍ଷାକୁ ନେଇ ତାଙ୍କ ଉପରେ ଲଦି ଦେଇ କହିବା ଯେ ଆମେ ତାଙ୍କର ମଙ୍ଗଳ କଲୁ। ପୁଣି ଆମେ ନିଜର ସଂସ୍କୃତିକୁ ଭୁଲି ଯେଉଁ ଇଂରାଜୀ ସଂସ୍କୃତିକୁ ନେଇ ତାଙ୍କ ସଂସ୍କାର ଚଳେଇଛୁ, ତା' ଦ୍ୱାରା ସେମାନେ ଗୋଲାମର ଗୋଲାମ ହେବେ ସିନା, ସେମାନେ ସ୍ୱାଧୀନ ମାନବ ବୋଲି ଆଉ ଅଭିମାନ କରି ପାରିବେ ନାହିଁ। ତାଙ୍କର ତ ପୁଣି ନିଜର ଗୋଟାଏ ସଂସ୍କୃତି ଅଛି। ସେ ସଂସ୍କୃତିକି ବୁଝିବା ଭଳିଆ ଶକ୍ତି ଆମର ନାହିଁ। କାରଣ ଆମର ସଂସ୍କୃତି ପାଶ୍ଚାତ୍ୟ ରଙ୍ଗରେ ରଙ୍ଗା। ଆଦିବାସୀମାନଙ୍କୁ ଶିକ୍ଷିତ ସଂସ୍କୃତି କରିବାର ଅଭିପ୍ରାୟ ରଖି, ଆଦିବାସୀଙ୍କର ସେବା କରିବାକୁ ଯିବା ମୂର୍ଖତା। କାରଣ ତା'ଦ୍ୱାରା ଆମେ ତାଙ୍କୁ ଶୁଦ୍ଧ ସଂସ୍କୃତି ନ ଦେଇ ଆମର ଦୁଃସ୍ଥ ପ୍ରକୃତିଟାକୁ ତାଙ୍କ ଉପରେ ଲଦି ଦେଇ ଆସୁ। ଦୁଃଖୀ କହିଲା।

ଲଦି ଦେଲେ କ୍ଷତି କଣ ହେଲା ? ଲୁଗା ନ ପିନ୍ଧିବା ସେମାନଙ୍କର ପ୍ରକୃତି । ଲୁଗା ପିନ୍ଧିବା ଆମର ପ୍ରକୃତି । ତାଙ୍କୁ ଲୁଗାପିନ୍ଧା ଶିଖେଇଲେ କଣ ଭୁଲ ହେବ ?

ହଁ, ଭୁଲ ହେବ । ଦୁଃଖୀ ଉତ୍ତର ଦେଲା ।

ତୁ ଚାହୁଁ, ସେମାନେ ସବୁଦିନେ ଅସଭ୍ୟ ହୋଇ ରହିଥିବେ ? ଘନ ପଚାରିଲା ।

ନା ।

ତାହାହେଲେ କହିଲୁ କାହିଁକି ଲୁଗାପିନ୍ଧା ଶିଖେଇବା ଭୁଲ ବୋଲି ?

ଦୁଃଖୀ କହିଲା - ଲୁଗାପିନ୍ଧା ଶିଖନ୍ତୁ, କିଛି କ୍ଷତି ନାହିଁ । କିନ୍ତୁ ଆମେ ସବୁ ଯେପରି ଲୁଗାପିନ୍ଧି ନୂଆ ଫେସନକୁ ଆଦରି ଯୌନ ସଚେତନ ହୋଇ ଯାଉଛୁ, ସେଇ ସ୍ୱଭାବଟାକୁ କଲମୀ କରି ନେବା ଯଦି ତାଙ୍କ ସ୍ୱଭାବରେ ଲଗେଇ ଦିଆଯାଏ, ତେବେ ମୋର ଆଶଙ୍କା ହୁଏ, ଆମ ଦେଶରେ ଗୋଟାଏ ଆଦିମ ସଭ୍ୟତା ଲୋପ ପାଇଯିବ ।

ତୁ କଣ କହୁଛୁ, ସେମାନେ ସଂଗ୍ରହାଳୟର କେବଳ ପ୍ରଦର୍ଶନୀ ହୋଇ ରହିବେ ? ପଚାରିଲା ଘନ ।

ନା, ମୁଁ ତାହା କହୁନାହିଁ । ଉତ୍ତର ଦେଲା ଦୁଃଖୀ । ଆମର ସଭ୍ୟତାଟା କଣ ? ଭଦ୍ର ପୋଷାକଟାଇ ଆମର ସଭ୍ୟତା । ତା' ଭିତରେ ଚୋରୀ, ନାରୀ, ଜାଲ୍, ଦ୍ୱାଚୋରୀ, ଯାବତ ଦୁର୍ନୀତି, ଦୁଶ୍ଚରିତ୍ର ଥିଲେ ବି ଭଦ୍ର ପୋଷାକ ପିନ୍ଧିଲେ ସବୁ ଲୁଚିଯାଏ । ଗୋଟିଏ ସାଧୁ ସଚ୍ଚୋଟ ଲୋକ ଯଦି ଗରିବ ହୁଏ ସେ ସମାଜରେ ଘୃଣ୍ୟ ଆମେ ସେଇ ସଭ୍ୟତା ସେଇ ସଂସ୍କୃତିକୁ ନେଇ ତାଙ୍କ ଉପରେ ଲଦି ଦେବାରେ ତାଙ୍କ କଣ ଲାଭ ହେବ ?

ଘନ କହିଲା - ପ୍ରତ୍ୟେକ ସଭ୍ୟତାର ଭଲ ଦିଗ ଓ ମନ୍ଦ ଦିଗ ଉଭୟ ଅଛି ।

ଦୁଃଖୀ ଉତ୍ତର ଦେଲା - ମୁଁ ମାନୁଛି । ମାତ୍ର ମନ୍ଦଟାକୁ ହିଁ ମଣିଷ ସହଜରେ ଆପଣାର କରିନିଏ । ଆମେ ସ୍ୱଧର୍ମକୁ ଭୁଲି କଣ ପର ଧର୍ମକୁ ଗ୍ରହଣ କରି ପାରିଛୁ । ପରଧର୍ମର ଆବର୍ଜନାଟାକୁଇ ଆମେ ଗ୍ରହଣ କରି ପାରିଛୁ । ସେଥିପାଇଁ ଆମେ ଭୌତିକ ଉନ୍ନତିକୁ ମାନବିକ ବିକାଶର ମାନଦଣ୍ଡ ବୋଲି ଧରିନେଉଁ ।

ମନୁଷ୍ୟର ଏକାନ୍ତ ଆବଶ୍ୟକତାର ମାତ୍ରା କେଉଁଠି ଶେଷ ହୋଇଛି କହି ପାରିବୁ ? କାଲି ଯାହାକୁ ଆଡ଼ମ୍ବର ବୋଲି ବିବେଚନା କରାଯାଉଥିଲା, ଆଜି ତାକୁ ଆମେ ଏକାନ୍ତ ଆବଶ୍ୟକ ବୋଲି କହୁଛୁ । ସୁଖ, ସ୍ୱାଚ୍ଛନ୍ଦ୍ୟ, ଆରାମ, ଏହା ସବୁଦିନେ କ୍ରମବର୍ଦ୍ଧନଶୀଳ । ନିର୍ଦ୍ଦୟ ଭାବରେ ତାର ଗତିରୋଧ ନକଲେ, ମନୁଷ୍ୟର ଜୀବନ କେବଳ ଭୌତିକ ସୁଖ ସ୍ୱାଚ୍ଛନ୍ଦ୍ୟରେ ପର୍ଯ୍ୟବେସିତ ହୋଇ ରହିବ । ଆମେ ଆଜି ଆସି ଯେଉଁଠି ପହଞ୍ଚିଛୁ ତାହାର ପ୍ରଭାବ ସରଳ ଆଦିବାସୀଙ୍କ ଜୀବନରେ ଦେଖା ଦେଇଛି ।

ବାହ୍ୟ ଆଡ଼ମ୍ବର ପ୍ରତି ସେମାନଙ୍କର ଆକର୍ଷଣ ବଢ଼ିଛି। ତା' ସଙ୍ଗେ ସଙ୍ଗେ ଆମର ଆଡ଼ମ୍ବରପ୍ରିୟ ସମାଜରୁ ସେମାନେ ଶଠତା, ମିଥ୍ୟା, ଈର୍ଷା, କଳହ, ସ୍ୱାର୍ଥପରତା, ଅତିମାତ୍ରାରେ ଆପଣାର କରିନେଲେଣି। ନୈତିକତାର ନୂତନ ମୂଲ୍ୟବୋଧ ଆରମ୍ଭ ହୋଇଗଲାଣି। ଏହା ସତ୍ତ୍ୱେ ଅଣ-ଆଦିବାସୀମାନଙ୍କ ସହିତ ସମକକ୍ଷ ହେବା ପାଇଁ ଆମେ ଯଦି ବର୍ତ୍ତମାନ ଗତିରେ ପଦକ୍ଷେପ ନେଉଁ, ପ୍ରାୟ ଅନ୍ୟୂନ ଦୁଇଶ ବର୍ଷ ଲାଗିଯିବ। ଏଇ ସମୟ ଭିତରେ ସେମାନେ ତଥାକଥିତ ଆର୍ଯ୍ୟମାନଙ୍କର କ୍ରୀତଦାସ ହୋଇ ରହିବେ। କାରଣ ସେମାନଙ୍କର ଆଡ଼ମ୍ବର ଉପଭୋଗ ପାଇଁ ଉତ୍ପନ୍ନ ସାମଗ୍ରୀ ନିମନ୍ତେ ସେମାନେ ଆମ ଉପରେ ନିର୍ଭର କରିବେ। ଭୌତିକ ଉନ୍ନତିକୁ ଉନ୍ନତିର ମାନଦଣ୍ଡ ବୋଲି ଧରିନେଇ ଜୀବନଟା କେବଳ ସୁଖ ସ୍ୱାଚ୍ଛନ୍ଦ୍ୟ ଭୋଗ କରିବା ପାଇଁ ଉଦ୍ଦିଷ୍ଟ ବୋଲି ବିଚାର କରିବା ଦ୍ୱାରା, ଆମର ଅବସ୍ଥା ବର୍ତ୍ତମାନ କଣ ହୋଇଛି। ଭୌତିକ ଉନ୍ନତିର ଚରମ ସୋପାନରେ ପହଞ୍ଚିବା କାହାରି ନା କାହାରି ଛତ୍ରଛାୟା ତଳେ ଆମେ ଆଜି ରହିବାକୁ ବାଧ୍ୟ। ସ୍ୱାଧୀନତା ପରେ ଆମେ ଥିଲୁ ଇଂଲଣ୍ଡର କୃପାପ୍ରାର୍ଥୀ। ତା'ପରେ ହେଲୁ ଆମେରିକାଠାରେ ଭିକ୍ଷାର୍ଥୀ। ଏବେ ହୋଇଛୁ ଋଷର ଅନୁଚର। ତା'ପରେ ଆମେ ଚାଇନା ବା ଜାପାନର ପୋଷାଶ୍ୱାନ ହୋଇ ନ ରହିବୁ ଏହା କିଏ କହିବ? ଦୁଃଖୀ କହିଲା।

ମୋର କିନ୍ତୁ ମନେ ହେଉଛି, ସେମାନେ ଆମର ଗୋଲାମ ନ ହୋଇ ବରଂ ଆମକୁ ଈର୍ଷା କରିବେ, ଫଳରେ ସେମାନେ ସ୍ୱତନ୍ତ୍ର ରାଜ୍ୟ ମଧ୍ୟ ଦାବୀ କରି ପାରନ୍ତି।

ସେଟା ଅସମ୍ଭବ ନୁହେଁ। ମାତ୍ର ଈର୍ଷାଟା ଗୌଣ ମନୋବୃତ୍ତିରୁ ହିଁ ଜାତ ହୋଇଥାଏ। ଗୌଣ ବା ହୀନ ମନୋବୃତ୍ତିଟା ଜାତି ପକ୍ଷରେ ବଡ଼ ମାରାତ୍ମକ। ଇଂରେଜମାନଙ୍କ ଆଗରେ ଆମର ସେଇ ଗୌଣ ମନୋବୃତ୍ତି ଆମର ଏ ଅଧୋଗତି ଆଣି ଦେଇଛି। ଯାହା କିଛି ସେ ପାଖରୁ ଆସିଲା, ସେଇଟା ଭଲ, ଆଉ ଯାହାକିଛି ଆମର ଅଛି, ସେ ସବୁ ଖରାପ, ଏଇଭଳି ଗୌଣ ମନୋବୃତ୍ତି ଆମ ଜାତୀୟ ଜୀବନକୁ କ୍ଷୟ ବା ବ୍ୟାଧିଗ୍ରସ୍ତ କରି ପକାଇଛି। ଆମେ ପ୍ରତି କଥାରେ ଇଂରେଜଙ୍କ ତୁଳନା ଦେଉଁ। ତାଙ୍କ ସେକ୍ସପିୟର ଇଂଲଣ୍ଡର କାଳିଦାସ ନୁହନ୍ତି। ଆମ କାଳିଦାସ ଭାରତୀୟ ସେକ୍ସପିୟର। ଆମ ଦେଶର ବିବେକାନନ୍ଦ ସେ ଦେଶରୁ ସ୍ୱୀକୃତି ପାଇଲା ପରେ ବିବେକାନନ୍ଦ ହେଲେ। ଆମ ରବି ଠାକୁର ସେ ଦେଶରୁ ନୋବେଲ ପ୍ରାଇଜ୍ ପାଇଲା ପରେ କବିଗୁରୁ ଆଖ୍ୟା ପାଇଲେ। ଆଦିବାସୀମାନଙ୍କୁ ସେଇ ବ୍ୟାଧି ଧରିବାକୁ ଆରମ୍ଭ କଲାଣି। ନିଜର ଯାହା ଅଛି ତାକୁ ଖରାପ ବୋଲି ଭାବି ଆମକୁ ଗୋଟି ପଣେ ଅନୁକରଣ କରିବାକୁ ଚେଷ୍ଟା କଲେଣି।

ସେମାନେ ବିଦେଶୀ ପାଦ୍ରୀମାନଙ୍କ ଅନୁକରଣ ନକରି, ଆମକୁ କାହିଁକି ଅନୁକରଣ କରୁଛନ୍ତି ? ଘନ ପଚାରିଲା ।

ଆମେ ତ ପାଦ୍ରୀମାନଙ୍କୁ ଅନୁକରଣ କରୁଚୁଁ । ଅନୁକରଣ କଲା ଲୋକଠାରୁ ଅନୁକରଣ ଶିଖିବା ସହଜ । ଯେମିତି ଇଂରେଜଙ୍କଠାରୁ ଇଂରେଜ ଶିଖିବା ଅପେକ୍ଷା ଇଂରେଜ ପଢ଼ା ଓଡ଼ିଆଙ୍କଠାରୁ ଇଂରେଜ ଶିଖିବା ସହଜ, ସେମିତି ଭ୍ରଷ୍ଟାଚାରୀଠାରୁ ଭ୍ରଷ୍ଟାଚାର ଶିକ୍ଷା ଯେତେ ସହଜ ହୁଏ ଭ୍ରଷ୍ଟାଚାରୀ ସାହିତ୍ୟରୁ ଭ୍ରଷ୍ଟାଚାରୀ ହେବା ସେତେ ସହଜ ନୁହେଁ । ମୁଁ ଗୋଟାଏ ଘଟଣା ଜାଣେ, ଥାଉ, ପରେ କହିବି ଏବେ ଖାଇବା ବେଳ ହେଲାଣି । ମୁଁ ଦୀନାକୁ ଚିଠି ଲେଖେଁ ସେ ଆସୁ, ନା କଣ କହୁଛୁ ଘନ !

ସେଦିନ ସକାଳୁ ରାଧାଗୋବିନ୍ଦ ବାବୁ ଆସି ପହଞ୍ଚିଲେ । ଘନ ଥାଏ, ଶୁକୁରା ଥାଏ । ଦୀନବନ୍ଧୁ ଆସି ନ ଥାଏ, ତା'ପାଖରୁ ଉତ୍ତର ମିଳି ନଥାଏ । ଘନ ଦୁଃଖୀ ବସି କ'ଣ ସୁଖ ଦୁଃଖ ହେଉଥିଲେ । ଦୁଃଖୀ, ଅଛ ନା ହୋ, ଦୁଃଖୀଶ୍ୟାମ ! କ'ଣ କରୁଛ ବାବା ? ମୁଁ ଯିବି ?

ଖଣ୍ଡେ ଦୂରରୁ ପାଟି ଶୁଭିଲା । ଦୁଃଖୀ ତରତରକି ଉଠି ଯାଇ ପାଛୋଟି ଆଣିଲା ରାଧାଗୋବିନ୍ଦ ବାବୁଙ୍କୁ । ଚଉକି ଦେଲା ବସିବା ପାଇଁ । ଖଣ୍ଡେ ଦିଖଣ୍ଡ ଭଙ୍ଗାରୁଜା ଚଉକି ପଡ଼ିଥାଏ ଦୁଃଖୀ ଘରେ । ଇମିତି ଭଦ୍ରଲୋକ ଭଲଲୋକ ଆସିଲେ ବସିବାକୁ ଦିଏ । ସେ ନିଜେ ବସେ ମସିଣାରେ ।

ପ୍ରଥମେ ଚିହ୍ନା କରେଇଦେଲା ଘନ ସାଙ୍ଗରେ । ଦୁଃଖୀର ଜେଲ୍ ସାଙ୍ଗ । ଗାନ୍ଧୀ-ଗୋଳ ବେଳର ସାଙ୍ଗ । ଅନେକ ଦିନ ଏକାଠି ଥିଲେ ସାଙ୍ଗରେ ଏକା ଆଶ୍ରମରେ ରହିଥିଲେ । ଏକାଠି କାମ କରୁଥିଲେ, ଏକା ଜାଗାରେ ଲୁଣ ମାରୁଥିଲେ । ତା'ପରେ ଦୁଇଜଣ ଦୁଇଟି ଲୁଣମରା କେନ୍ଦ୍ରର ନେତୃତ୍ୱ ନେଲେ । ଅଲଗା ଅଲଗା ହୋଇ ଆରେଷ୍ଟ ହେଲେ । ପୁଣି ଜେଲରେ ରହିଲେ ଏକାଠି ।

ଆଉ ଇଯେତ ଶୁକୁରା । ଚିହ୍ନି ପାରୁଛନ୍ତିଟି ଆଜ୍ଞା ।

ଶୁକୁରା ? କୋଉ ଶୁକୁରା ? କଲିକତିଆ ଶୁକୁରା ? ରାଧାଗୋବିନ୍ଦ ବାବୁ କହିଲେ ।

ହଁ, ସେଇ । କୋଡ଼ିଏ ବର୍ଷ ପରେ ଫେରିଛି ଘରକୁ । ଦୁଃଖୀ କହିଲା ।

ଘର ଆଉ କାହିଁ ଥାଏ ? ପିଲାଟିତ ମରିଗଲା । ତେୟାଳିଶ ଦୁର୍ଭିକ୍ଷରେ । ଯୁଦ୍ଧ ଖାଇଗଲା ହୋ, ଯୁଦ୍ଧ ଖାଇଗଲା । ଆମ ସରକାର ସବୁ ଧାନ ଚାଉଳ ବାହାରକୁ ପଠେଇ ଦେଲେ । ଦର ବଢ଼େଇ ଦେଲେ । ଲୋକ କିଣି ଖାଇ ପାରିଲେ ନାହିଁ । ଶହ ଶହ ଲୋକ ବାଟରେ ଘାଟରେ ପଡ଼ି ମଲେ । ଅଧେ ଲୋକତ ମେଦିନୀପୁରରୁ ପଳେଇ

ଆସିଲେ। ଭିକ ବି ମିଳିଲା ନାହିଁ। ଯାହାକୁ କହନ୍ତି ଦୁର୍ଭିକ୍ଷ। ଯାହାର ଯାହା ଗଲା ଗଲା। ଶୁକୁରାରତ କୁଳ ବୁଡ଼ିଗଲା। ମୁଁ ସବୁ ଶୁଣିଛି। ତମେ ଦୁଃଖୀ ଭଲ କାମଟିଏ କଲ। ନିରାଶ୍ରୀକୁ ଆଶ୍ରା ଦେଲ। ଠାକୁରେ କରନ୍ତୁ କୁଳ ଉଜ୍ଜ୍ୱଳ ହେଉ। ଶୁକୁରା ଓଳିକି କଲା। ହଁ, ସାଆନ୍ତେ, ଯାହାତ ହେବାର ହେଲାଣି ଆଉ ବୟସ ମୋର କାହିଁ? ଏବେ ହେଲେ ଆପଣମାନେ ସାହାପକ୍ଷ ହୁଅନ୍ତେ। ମୁଁ ମୁଣ୍ଡ ଗୁଞ୍ଜିବା ପାଇଁ ଘର ଖଣ୍ଡେ କରନ୍ତି।

ଆମର ଦିନକାଳ କଣ ଭଲରେ ଯାଉଛିରେ ଶୁକୁରା? ରାଧାଗୋବିନ୍ଦ ବାବୁ କହିଲେ।

କଣ ହେଲା ସାଆନ୍ତେ? ଶୁକୁରା କହିଲା। ଦୁଃଖିନନା ଜିଅଲ ଗଲା, ଲାଠି ଖାଇଲା। ଧନୀମାଷ୍ଟ୍ରେ ପୁଲିସି ଗୁଳିରେ ମଲେ। ଆପଣମାନେ ସରକାରଙ୍କୁ ସାହାଯ୍ୟ କଲେ। କୋଉଥିରେ ହେଲେ ଫଳ କିଛି ମିଳିଥାଆନ୍ତା।

କଣ କହିଲୁ, କଣ କହିଲୁ? ଆମେ ସରକାରଙ୍କୁ ସାହାଯ୍ୟ କଲୁଁ। ରାଧାଗୋବିନ୍ଦ ବାବୁ କହିଲେ। ଏଇଟା କଣ ଠିକ୍ କଥା କହୁଛି ଶୁକୁରା। ହଇହୋ ଦୁଃଖୀ, ତମେ କହୁନା! ଆମେ କ'ଣ କିଛି ଭୁଲ୍ କଲୁଁ? ତମେ ତ ଇଂରେଜୀ ସାଙ୍ଗରେ ଲଢୁଥିଲ। ଲଢୁଁଲଢୁଁ ଜମିଦାରଙ୍କ ଉପରେ ପାହାର ପକେଇଲ କାହିଁକି? ସେ କଣ ତମର ପାଆଁଚ ପଚିଶି ଖାଇଥିଲେ? ଜମିଦାରମାନେ ଅତ୍ୟାଚାରୀ। ରଡ଼ି ହୁଡ଼ି ପକେଇଲ ମାର୍ ମାର୍ ଗୋପାଳିଆକୁ ମାର୍। ଆମେତ ପୁଣି ଆତ୍ମରକ୍ଷା କରିବୁ ନା କରିବୁ ନାହିଁ? ଆତ୍ମାନଂ ସତତଂ ରକ୍ଷେତ୍ । ହେଲୁ ଏବେ ଆମେ ଅତ୍ୟାଚାରୀ। ଏବେତ ଜମିଦାର ସବୁ ଗଲେ। ମଦନ ପଟ୍ଟନାୟକ ମଲେ। ରାଧାଗୋବିନ୍ଦ ଯିବାକୁ ବାହାରିଲେଣି। ସମ୍ଭାଳ ଏଥର ବିଶ୍ୱଜିତ୍ ପଟ୍ଟନାୟକଙ୍କୁ। ଏଇ ରକ୍ତରୁ ନା ଆଉ କୋଉଁଠୁ ଆସିଲେ। ତୁମେ ଯେତେ ଯାହା କର, ଆମ ଚଉକି ବଜାୟ ରହିବ। ସବୁଦିନେ ରହିବ। ଆମେ ଜମିଦାର ହୋଇ ଚଉକି ଉପରେ ବସୁଥିଲୁଁ। ନହେଲା ଆମର ଜମିଦାର ହେବା। ଆମରି ପୁଅ ନାତି ପୁଣି ହାକିମ ହୋଇ ଚଉକିରେ ବସୁଛନ୍ତି। ଆମ ପିଚାରୁ ଚଉକି ଛାଡ଼ିବ ନାହିଁ। ତମେ ଯେତେ ପାଟି କରିବାର କର। ଜିଅଲ ଗଲ, ମଲ, ଲାଠି ଖାଇଲ କାହା ପାଇଁ? ଆମର ପାଇଁ। ଆମ ଏ ବୁଦ୍ଧିଆ ଲୋକଙ୍କ ପାଇଁ। ଆମେ ଯିଏ ମଧ୍ୟବିତ୍ତ ଶ୍ରେଣୀର ଲୋକ ତାଙ୍କରି ପାଇଁ। ଆମଠୁଁ ଯିଏ ବଡ଼ ବଡ଼ିଆ ତାଙ୍କ ପାଇଁ? କି ଆଉ ତମେ ଯେତକ ଗରିବ ଗୁରୁବା, କିସ୍କିନ୍ଧାବାସୀ, ତମର ଅଯୋଧ୍ୟାରେ ଅଧିକାର ନାହିଁ। ରାମ ରାଜା ହେଲେ ତମର କିଛି ଯାଏ ଆସେ ନାହିଁ। ତମେ ଯେଉଁ ତିମିରେ, ସେଇ ତିମିରେ।

ଘନ କହିଲା - ଆଜ୍ଞା ମଧ୍ୟବିତ୍ତ ଶ୍ରେଣୀ କଣ ଆଉ ରହିବେ? କହୁଛନ୍ତି ସମାଜବାଦରେ କୁଆଡ଼େ ଦୁଇଟା ଶ୍ରେଣୀ ରହିବ। ଥିଲା ବାଲା, ନଥିଲା ବାଲା।

ଯାହା କହିଲ, କହିଲେ ରାଧାଗୋବିନ୍ଦ ବାବୁ। ଗାଁରେ ମଧ୍ୟବିତ୍ତ ବୋଲି ଆଉ କେହି ରହିବେ ନାହିଁ। ଏବେତ ତମ ସରକାର ଭାଗଚାଷ ଆଇନ୍ କଲେ। ଯିଏ ଭାଗକଲା ଜମି ତାର ହେଲା। ହଳ ଯା'ର ଜମି ତା'ର ହେଲା। ଏବେ ଭଲ କଥା ବଳ ଯା'ର କଳ ତା'ର କରୁନ? କାରଖାନା ବସାଇଚ? କଳକାରଖାନା ମୂଲିଆର ନ ହୋଇ ମାଲିକର କାହିଁକ ହେବ? କି ହୋ ବାବୁ! କ'ଣଟି ତମ ନାଆଁ? ଘନବାବୁ ପରା! କହିଲ ତମେ ଘନବାବୁ ସହରରେ ଯିଏ ଭଡ଼ାଘରେ ଅଛନ୍ତି, ସେ ଘର ଭଡ଼ାଟିଆଙ୍କର ବୋଲି ଆଇନ୍ କରୁନ? ସହରବାଲାଙ୍କର ସାତଖୁଣୀ ମାଫ୍। ପଣ୍ଡିତ ପୁଅ ମାଙ୍କଡ଼ ମାରିଲେ ଦୋଷ ନାହିଁ। ସହରବାଲାଏ ମନ୍ତ୍ରୀଙ୍କ ବାହୁଛାୟା ତଳେ ଅଛନ୍ତି। ସେ ପାଟି କରିବେ, ତୁଣ୍ଡ କରିବେ, ଗଣ୍ଡଗୋଳ ଭେଇବେ, ତାଙ୍କୁ ଚୁପ୍ କରାଅ, ପୁଣି ଭୋଟ୍ ବେଳତ ଅଛି। ତାଙ୍କ ପଇସା ପକେଟରେ ନ ପଡ଼ିଲେ ଭୋଟ୍ ସାଗର ତରିବୁ କେମିତି – ନା ମନ୍ତ୍ରୀ ହେବୁ କିମିତି? କି ହୋ ଘନବାବୁ କହୁନ କାହିଁକି? ଭୂସଂସ୍କାର ଭୂସଂସ୍କାର କହି ଗାଁଟାକୁ ଫଟେଇ ଦେଲ। ଯାହାର କୋଡ଼ିଏ ଏକରରୁ ବେଶି ଜମି ଅଛି ତା'ଠୁଁ ତମେ ଛଡ଼େଇ ନେଲ। ହେଲା ଭଲ କଥା। ନେଇତ ନେଲ। ଯାହାର ବେଶି ଅଛି ତା'ଠୁଁ ନେଇ ଯାହାର କମ୍ ଅଛି ତାକୁ ଦେଲ କାହିଁକି? ଯାହାକୁ ବା ଦେଲ ସେ ରଖିଲା କେଉଁଠି? ଗାଁରେ ଦାରିଦ୍ର୍ୟ ବଣ୍ଟନ ହୋଇଗଲା।

ଶୁକୁରା କହିଲା – ଆଜ୍ଞା। ଯାହାର ଦଶ ଏକର କି କୋଡ଼ିଏ ଏକର ଥିବ ସେ ତ ବଡ଼ ଲୋକ। ଦରିଦ୍ର କାହିଁ ହେବ?

କଣ କହିଲୁ କଣ କହିଲୁ? ଏ କଲିକତାରୁ ଆସିଛି ପରା! କଲିକତାରୁ ଏଇ ବୁଦ୍ଧି ଶିଖି ଆସିଛୁ? କଲିକତାର ଏଡ଼େ ଏଡ଼େ ବଡ଼ କୋଠାବାଡ଼ି ତୋ ଆଖିରେ ପଡ଼ିଲା ନାହିଁ। ଆଖିରେ ଇଲିଶି କଣ୍ଟା ପଶିଥିଲା? ହଇରେ ଏ ଶୁକୁରା। କୋଡ଼ିଏ ଏକର ଜମିର ଦାମ୍ କେତେରେ?

ଆଜ୍ଞା କେତେ ହବ? ଏଇ କୋଡ଼ିଏ ହଜାର ଭିତରେ – ଘନ କହିଲା। ଦୋ ଫସଲି ଭଲ ଜମି, ଦି ହଜାର ଟଙ୍କା ଏକର ହବ।

ହେଲା ଏବେ ଚାଳିଶି ହଜାର ନ ହୋଇ ପଚାଶ ହଜାର ହେଲା, ଲକ୍ଷେ ହେଲା – ରାଧାଗୋବିନ୍ଦ ବାବୁ କହିଲେ। ସହରରେ ଯାହାର ଲକ୍ଷେ ଟଙ୍କାରୁ ବେଶି ସମ୍ପତ୍ତି ଅଛି ତା'ଠୁଁ ଛଡ଼େଇ ନଉନ? କୋଉ ପୁଅର ସାହସ ଅଛି ଦେଖିବା। ମାର୍ ମାର୍ ଭଣ୍ଡାରିଆକୁ ମାର୍। ସୁଧାର ଗାଈର ବାଛୁରୀ ମରେ। ସବୁ ମାଡ଼ ଆମରି ଉପରେ, ଏଇ ଗାଁ ବାଲାଙ୍କ ଉପରେ। ଆମେ ନିପାରିଲା ବୋଲି। ବାବୁ, ଆମେତ ବେଶ୍ ଥିଲୁ।

ଜମିଦାର ପ୍ରଜା ବାପ ପୁଅର ସମ୍ବନ୍ଧ। ତମେ ଆମକୁ ଲଗା, ଆମେ ତମକୁ ଲଗା। ଏମିତି ଚଳୁଥିଲୁ। ଏବେତ କେହି କାହାର ନୁହେଁ।

ଶୁକୁରା କହିଲା - ହେଲେ ସାଆନ୍ତେ। ଆଉ କଣ ଜମିଦାରି ଫେରିବ? ସେକଥା ଭାବୁଛନ୍ତି କାହିଁକି

ରାଧାଗୋବିନ୍ଦ କହିଲେ, ହଁରେ ବାପ, ସେ ଜମିଦାର ତମ ଆଖି ଆଗରେ ନାଚୁଛନ୍ତି। ଦଶ ଏକର କୋଡ଼ିଏ ଏକର ଜମିବାଲାଙ୍କୁ ତମେ ଦି ଆଖିରେ ଦେଖି ପାରୁନା। ଭଗାରୀ ଥାଆନ୍ତି ମାଆ ପେଟରେ। ଗାଁ ବାଲାଙ୍କର ଶତ୍ରୁ ସେଇ ଗାଁ ବାଲା। ବୁଝିଲ ବାପ! ଆଉ ଆମ ପୋଷଣାହାରୀ ବସିଛନ୍ତି ସହରରେ। ଆମର ପ୍ରଭୁ, ଆମର ଭଗବାନ, ଆମର ଠାକୁର।

ତେଣୁ ଆସି ପହଞ୍ଚିଲା ବାଲୁଙ୍ଗା। ଓଳିକି ସାଆନ୍ତେ ଓଳିକି। କଅଣ କହିବା ହେଉଥିଲେ?

ମୁଁ ନୁହେଁ, ଏଇ ଶୁକୁରା। ରାଧାଗୋବିନ୍ଦ କହିଲେ। କହୁଛି ମୋର କାହିଁକି ଦଶ ଏକର ରହିବ, ତାର କାହିଁକି ନ ରହିବ। ମୁଁ କହିଲି ହଇରେ, ଭୂତ କଲିକତା ରେଙ୍ଗୁନ ବୁଲି ଆସିଲୁ। ସେଠି କୋଟିପତିଙ୍କ ଧନ ତୋ ଆଖିରେ ପଡ଼ିଲା ନାହିଁ?

ତା' କେମିତି ପଡ଼ିବ? ଈର୍ଷା ବୋଲି ଗୋଟିଏ ଅସରପା ଚଢ଼େଇ। ସେ ବେଶି ଦୂରକୁ ଉଡ଼ିଯାଇ ପାରେ ନାହିଁ। ଗାଁରେ କଣ ଶାଗଖିଆକୁ ପେଜଖିଆ ଦେଖିପାରେ? ଆମ କଂଗ୍ରେସ ସରକାର ସେଇଟା ଭଲ ବୁଝିଛନ୍ତି। ସେଇଥିପାଇଁ ଫଟେଇ ଦେଲେ ଗାଁଆକୁ। ଭୂସଂସ୍କାର ଭାଗଚାଷ ସବୁ ଆଇନ୍ ଏଇ ଗାଁକୁ ଫଟେଇବା ପାଇଁ। ସାଆନ୍ତେ ଆଜ୍ଞା, ହଜୁରଙ୍କର ଦଶ ଏକର ଜମି, ଜମିରୁ ଆମଦାନୀ କେତେ? ଆଉ ଯେ ଆଇନ୍ କରୁଛନ୍ତି ମନ୍ତ୍ରୀ, ହାକିମ, ଏମାନଙ୍କର ଦରମା ପାଉଣା ମିଶିକରି କେତେ? କିହୋ ଦୁଃଖିନନା, ବଡ଼ ଚୁପ୍ ହୋଇ ବସିଗଲ ଯେ, ତମ କଂଗ୍ରେସ ମନ୍ତ୍ରୀଙ୍କ କଥାପରା, ସବୁ କାରସାଦି ପଦାରେ ପଡ଼ିଯିବ।

ଘନ କହିଲା, ମନ୍ତ୍ରୀଙ୍କ ଦରମା ହଜାରେ। ମୁଖ୍ୟମନ୍ତ୍ରୀଙ୍କର ଦେଢ଼ହଜାର।

ଆଉ ବଡ଼ ହାକିମ, ସେକ୍ରେଟେରୀଙ୍କର?

ଦି ହଜାର, ତିନି ହଜାର।

ଆଉ ରାଜ୍ୟପାଳଙ୍କର?

ପାଞ୍ଚ ହଜାର।

ଆଉ ରାଷ୍ଟ୍ରପତିଙ୍କର?

ଦଶ ହଜାର।

ରାଧାଗୋବିନ୍ଦ କହିଲେ, ଏତ ମାସକୁ। ବର୍ଷକୁ କେତେ ହେଲା ? ଦଶ ଏକର, କୋଡ଼ିଏ ଏକର ଜମିରୁ ସେତିକି ଆମଦାନୀ ହବତ ?

କୁଆଡ୍ରୁ। ବାଲୁଙ୍ଗା କହିଲା, ଏସବୁ ଆମ ନେତାଙ୍କ ଫିକର। ଦଳେ ଗରିବ ନହେଲେ ବଡ଼ଲୋକଙ୍କର ବଡ଼ପଣିଆ ରହିବ କେଉଁଠୁ ? ଆଜ୍ଞା, ମୁଁ କହିଲି ଇଂରେଜ ସରକାର ଥିଲା ବଡ଼ ଭଲ ଥିଲା। ଦୁଃଖୀନନା ମତେ ମାରେ କି ନମାରେ ?

ଆଃ, କଥା ପଦେ କହିଲୁରେ ବାଲୁଙ୍ଗା। ତୋର ଶହେ ବର୍ଷ ପରମାୟୁ ହେଉ। ହଇହୋ ଆମେତ ପ୍ରଜାଙ୍କ ଉପରେ ଅତ୍ୟାଚାର କରୁଥିଲୁ ବୋଲି ପାଟିକଲ ଜମିଦାରୀ ତ ଉଠିଗଲା। ପଚାରିଲ ସେଇ ପ୍ରଜାଙ୍କୁ। ଅତ୍ୟାଚାରୀ କିଏ ? ଆମେ ନା ତମ କଂଗ୍ରେସ ସରକାର ? ଆମଠୁ ଜମି ଜମିଦାରୀ ଛଡ଼େଇ ନେଇ ତମେ କୋଉ ବଡ଼ଲୋକ ହୋଇଗଲ ? ହଇରେ ବାଲୁଙ୍ଗା, ତମର କଣ ଲାଭ ହେଲା ? ବଡ଼ଲୋକ କିଏ ହେଇଛି ? ଖଟିଖିଆ ଗାଁର ପ୍ରଜା, ଯାହାଙ୍କ ପାଇଁ ତମେ ଜମି ଜମିଦାରୀ ନେଇଗଲ, ସିଏ ନା ସହରର ବସିଖିଆ ହାକିମ ହୁକୁମା, ମନ୍ତ୍ରୀ, ଏମ.ଏଲ.ଏ., ବ୍ୟବସାୟୀ, କାନତରାଟି ? କିଏ ବଡ଼ଲୋକ ? କହିଲ ମୋତେ।

ଦୁଃଖୀ, ଘନ ସେତେବେଳକୁ ବଡ଼ ଅଶ୍ୱସ୍ତିବୋଧ କଲେଣି। ଅଶୀ ବର୍ଷରୁ ଊର୍ଦ୍ଧ୍ୱ ଏହି ବୃଦ୍ଧର ପ୍ରଗଲ୍‌ଭତା ବେଶ୍ ଉପଭୋଗ୍ୟ ମନେହେଲା। କଟୁ ତଥାପି ଉପଭୋଗ୍ୟ। ଯେମିତି ଯୁଗ ଯୁଗର ସଞ୍ଚିତ କ୍ରୋଧ, ଆଗ୍ନେୟଗିରିର ଉଦ୍‌ଗୀରଣ ପରି ବଡ଼ ଜ୍ୱାଳାମୟ। ଦୁଃଖୀ ଅଭ୍ୟସ୍ତ ନୁହେଁ, ରାଧାଗୋବିନ୍ଦଙ୍କର ଏପରି ମୌଖିକ ଆକ୍ରମଣର। ଘନର ମନରେ ବେଶ୍ ଆଘାତ ଦେଇଥିଲା, ରାଧାଗୋବିନ୍ଦଙ୍କର ଯୁକ୍ତି। ତାଙ୍କ ଯୁକ୍ତିକୁ କାଟିବା ପାଇଁ ଉଭୟ ଯେପରି ଅସମର୍ଥ ବୋଧ କରୁଥିଲେ। ସେହିପରି ତାଙ୍କ ସହିତରେ ଏକମତ ହେବାପାଇଁ ନିଜକୁ ପ୍ରବର୍ତ୍ତାଇ ମଧ୍ୟ ପାରୁ ନଥିଲେ। ତଥାପି ଉଭୟଙ୍କ ମନରେ ଆନନ୍ଦ ଓ ଆଶାର ସଞ୍ଚାର ହେଲା ଗୋଟିଏ ଶୁଭ ଲକ୍ଷଣ ଦେଖି। ଉଭୟେ ଭାବୁଥିଲେ ଭବିଷ୍ୟତ ବିପ୍ଳବ ପାଇଁ କ୍ଷେତ୍ର ପ୍ରସ୍ତୁତ। ବିଦ୍ରୋହର ବହ୍ନି ଜାଳିବା ପାଇଁ ସାମାନ୍ୟ ସ୍ଫୁଲିଙ୍ଗମାତ୍ର ଲୋଡ଼ା।

ଦୁଃଖୀ ପଚାରିଲା, ସାଆନ୍ତଙ୍କର ହଠାତ୍ ଏଡ଼େ ସକାଳୁ ଏ ଗରିବ କୁଡ଼ିଆରେ ପଦଧୂଳି ପଡ଼ିଲା କିପରି ?

ଗୋଟାଏ ଦୀର୍ଘ ନିଶ୍ୱାସ ଛାଡ଼ିଲେ ରାଧାଗୋବିନ୍ଦ, ମୁଁ ଆଜି ତମ ଆଗରେ ମୋ ଦୁଃଖ ବଖାଣିବାକୁ ଆସିଛି ଦୁଃଖୀ।

ମୁଁ କଣ ଆପଣଙ୍କର କିଛି କରି ପାରିବି ?

ତମେ ସତ୍ ଲୋକ, ସଚ୍ଚୋଟ ଲୋକ। ତମ ଆଗରେ ମନ ଖୋଲି କହିଲେ ମନଟା ହାଲୁକା ହୋଇଯିବ। ରାଧାଗୋବିନ୍ଦ ବାବୁ କହିଲେ।

ବାଲୁଙ୍ଗା କହିଲା, ସେକଥା ଆଉ କାହିଁକି କହୁଛନ୍ତି ସାଆନ୍ତେ? ଜମିଦାରୀ ଗଲା, ଭାଗଚାଷୀମାନେ ଜମି ମାଡ଼ି ବସିଲେ, ତାଙ୍କୁ ବେଦଖଲ କରି ପାରିଲେ ନାହିଁ କେହି?

କରନ୍ତେ କିମିତି? ରାଧାଗୋବିନ୍ଦ କହିଲେ, ମକଦ୍ଦମା କରିବି, ପଇସା କାଇଁ? ଦି ଚାରିଥର କୋର୍ଟକୁ ଦଉଡ଼ିଲି। ସେଠିକା କାରବାର ମୋତେ ପୋଷେଇଲା ନାଇଁ। ବାପ ଗୋସାପ ଅମଳରୁ ଆକେ କୋର୍ଟ କଚେରୀ ମାଡ଼ି ନଥିଲୁ। ମହାନଦୀ ପାଣି ପିଇ ନଥିଲୁ। ଦେଖିଲି ଭାଗଚାଷୀମାନେ ଜମି ମାଡ଼ିବସି ଖାଇଯିବା ବରଂ ଭଲ, କୋର୍ଟର ଆଶ୍ରୟ ନେବା ବେକୁଫି। ଗୋଟିଏ ଗୋଟିଏ ମକଦ୍ଦମା ସାତବର୍ଷ ଦର୍ଶବର୍ଷ ଲାଗିଯାଉଛି। ହାଜିରା ପଡ଼ିଲା ତ ଚାଲିଲ। ପାଉଣା, ପିଅନ-ଚପରାସୀ ପାଖରୁ କିରାଣୀ-ହାକିମ ଯାଏଁ, କୋଉଁଠି ଛାଡ଼ବାଡ଼ ନାହିଁ। ଓକିଲଯାକ ସବୁଠୁଁ ବଡ଼ ଟାଉଟର, ଏପାଖରୁ ସେପାଖରୁ ଦିପାଖରୁ ପକେଇଦେଇ ବସିଯାଆନ୍ତି। ସେଇମାନେ ପୁଣି ହୁଅନ୍ତି ଜଜ୍ ମେଜେଷ୍ଟର। ଏଇ ଖାଇଲା ଘର ପିଲାଙ୍କୁ ଖୋଇବା ବଦଳରେ ନୁଖୁରା ମୁଣ୍ଡରେ ତେଲ ଦେବା ବରଂ ଭଲ। ଯେତେ ମାରିପିଟି ଖାଇଲେତ ସାଇପଡ଼ିଶା, ଖାଇଲେ ଖାଆନ୍ତୁ, ପର କାହିଁକି ଖାଇବେ? ସହରଲୋକଙ୍କୁ କାହିଁକି ଦେବି?

ସେକଥା କଣ ଗାଁବାଲା କେହି ବୁଝିଲେ ସାଆନ୍ତେ? ଗାଁରେ କଣ ଆଉ ଦୟାମାୟା ଅଛି କାହାଠିଁ? ଆପଣଙ୍କର ହୀନସ୍ତା ଦେଖି ଲୋକଙ୍କର ପେଟ ପୂରି ଯାଉଛି। ଟିଟିକାରୀ ମାରି ହସୁଛନ୍ତି। ମୁଁ କଣ ଦେଖୁନାହିଁ ଶୁଣୁନାହିଁ।

ଶୁକୁରା କହିଲା, ଆପଣଙ୍କର ଠାକୁର ସମ୍ପତ୍ତି କଣ ହେଲା ସାଆନ୍ତେ?

ସେକଥା କଣ କହିବି? ତାକୁ ତ ସରକାର ନେଇଯିବାକୁ ବସିଛନ୍ତି।

ସରକାର ନେଇଯିବେ? ଏ କି କଥା? ପଚାରିଲା ବାଲୁଙ୍ଗା।

ସେଇୟାତ, ତମେ କହିଲ, ଠାକୁର କାହାର? ସମ୍ପତ୍ତି କାହାର? ସରକାରଙ୍କ ଚଉଦ ପୁରୁଷର ନା ମୋ ଚଉଦ ପୁରୁଷର?

ବାଲୁଙ୍ଗା କହିଲା, ଆଜ୍ଞା କିଏ ନ ଜାଣେ? ଗାଁର ଅଣ୍ଡା ବଚ୍ଚାଟିଏ ବି କହିବେ। ଠାକୁର ପ୍ରତିଷ୍ଠା କରିଥିଲେ ଆପଣଙ୍କର ପୂର୍ବପୁରୁଷ ସମ୍ପତ୍ତି ଖଞ୍ଜାଇ ଦେଇଥିଲେ। ମୁଁ ମୋ ବାପାଙ୍କଠୁଁ ଶୁଣିଛି। ଆପଣଙ୍କୁ ଲଗେଇ ସାତ ପୁରୁଷ ହେଲା। ମନ୍ଦିର ପ୍ରତିଷ୍ଠା କରିଥିଲେ କୃତ୍ତିବାସ ପଟ୍ଟନାୟକ, ଦିଅଁ ଆଣି ବସେଇଥିଲେ ବୃନ୍ଦାବନରୁ।

ପୂର୍ବପୁରୁଷଙ୍କ ନାଁ ଶୁଣି ରାଧାଗୋବିନ୍ଦ ଉତ୍ସାହରେ ଚଉକି ଉପରୁ ଉଠିପଡ଼ି

ମଚ୍‌କିନା ବସିପଡ଼ିଲେ ଆସନ ଜମେଇ। କହିଲେ, ସାବାସ୍ ବାଲୁଙ୍ଗା ସାବାସ୍। ମଣିଷ ଭଳି ମଣିଷଟାଏ ଏକା ତୁ। ସତ କଥାରେ ଠକ୍ ଠକ୍ ନାହିଁ। ତୁ ଠିକ୍ କହିଛୁ। ଆମ ପଣ ଗୋସାପଙ୍କ ଅଣ ଗୋସାପ କୃତ୍ତିବାସ ପଟ୍ଟନାୟକ ଚାଲି ଚାଲି, ପଇଦଲ୍ ଯାଇ ବୃନ୍ଦାବନରୁ ବିଗ୍ରହ ଆଣି ପ୍ରତିଷ୍ଠା କଲେ। ସମ୍ପତ୍ତି ଖଞ୍ଜା ହେଲା। ହେଇଟି ସନନ୍ଦ ଦେଖ। ପଢ଼ା ପଢ଼ିବଟି ଦୁଃଖୀ। ଦୁଃଖୀ ହାତକୁ ବଢ଼େଇଦେଲେ ସନନ୍ଦ କାଗଜ ଖଣ୍ଡିକ।

ଦୁଃଖୀ ପଢ଼ିଲା, କହିଲା ଏଟାତ ସନନ୍ଦ ନୁହେଁ। ଏଟା ଗୋଟାଏ ମକଦ୍ଦମାର ରାୟ ନକଲ।

ହଉ, ପଢ଼ ପଢ଼। ଏଥିରେ ସବୁ ଅଛି। ସନନ୍ଦଟା ମୁଁ ଛାଡ଼ି ଆସିଲି। ସନନ୍ଦରେ ଆଉ କଣ ଅଛି କି ? କୃତ୍ତିବାସ ପଟ୍ଟନାୟକ ବିଶାଶହେ ମାଣ ଜମି ଶ୍ରୀ ଶ୍ରୀ ରାସବିହାରୀ ଜୀଉଙ୍କ ପାଇଁ ଖଞ୍ଜି ଦେଇ ଲେଖିଛନ୍ତି –

"ଆମ୍ଭେ ଶ୍ରୀ କୃତ୍ତିବାସ ପଟ୍ଟନାୟକ ... ଶ୍ରୀ ଶ୍ରୀ ରାସବିହାରୀ ଜୀଉଙ୍କ ସେବା ପୂଜା ନିମନ୍ତେ ଦକ୍ଷିଣାଢ଼ିଆ ମୌଜା ପ୍ରଗନେ ବାଣିତିଆର ଏତେମାଣ ଏତେଗୁଣ୍ଠ ଏତେ ବିଶ୍ୱା ଜମି ଦେବୋତ୍ତର ଲାଖରାଜ ବାହିଲ୍ କରି ଲେଖିଦେଲୁଁ ଏହି ସନନ୍ଦଚୋପ ଏଥି ନିମନ୍ତେ କି ଯାବତ୍ ଚନ୍ଦ୍ରାର୍କେ ଏହା ଇସ୍ତମୁରାରି ହୋଇ ରହିବ।"

"ସେହି ସନନ୍ଦ ଉପରେ ଆପତ୍ତି କରି ସେତେବେଳେ ଯେଉଁ ମକଦ୍ଦମା ହେଲା, କୃତ୍ତିବାସ ପଟ୍ଟନାୟକଙ୍କର ନାତି ଅମଳରେ, ଯେ ହେଉଛି ତାହାରି ରାୟ। ପଢ଼, ପଢ଼।"

ଦୁଃଖୀ ପଢ଼ିଲା –

ସରକାରୀ କଲେକ୍ଟରୀ କଚିର ଜିଲ୍ଲା ଅମୁକ ଶ୍ରୀ ହଜୁର ରାୟ ଶ୍ରୀ ମୁକୁନ୍ଦ ପ୍ରସାଦ ରାୟବାହାଦୂର, ଡିପୋଟି କଲେକ୍ଟର ମଜକୁର୍‌ଙ୍କ ମୁକାମ ବିରିପଣିଆ, ପରଗଣେ ତିସୀଣିଆଙ୍କ ଇଜଲାସ୍‌ରେ ଅଠେଇଶ ତାରିଖ ମାହେ ମାରିଚ ଅଠରଶଚାଳିଶ ମସିହା। ସରକାର ବାହାଦୂରଙ୍କ ହୁକୁମତେ –

ରୂପଚରଣ ପଟ୍ଟନାୟକ, ସେବାୟତ୍ ଶ୍ରୀ ରାସବିହାରୀ ଜୀଉ, ସାକିନ୍ ଅମୁକ, ପ୍ରଗନେ ଅମୁକ, କିସରେ ପ୍ରଜା –

ନାମ ଓ ପଦ୍ଧତି ଦାତା ଶ୍ରୀ କୃତ୍ତିବାସ ପଟ୍ଟନାୟକ, ତଦାଏତ୍ ଆରାଜି..."

କେତେ ତାରିଖରେ ସନନ୍ଦ ରେଜେଷ୍ଟ୍ରି ହେଲା – ଦୁଃଖୀ କହିଲା। ଆଜ୍ଞା ତାରିଖଟା ପଢ଼ି ହେଉନାହିଁ।

ହଉ ହେଲା। ତାରିଖରେ କି ଦରକାର ? ତମେ ପଢ଼ିଯାଅ। ଦୁଃଖୀ ପୁଣି ପଢ଼ି ଆରମ୍ଭ କଲା –

"ପ୍ରତିବାଦୀ ....."

"ଆଜ୍ଞା ଏ ନାଁ ସବୁ ମଧ୍ୟ ପଢ଼ି ହେଉନାହିଁ। ପ୍ରତିବାଦୀ ଅମୁକ ଅମୁକ ଅମୁକ। ମୌଜା ଅମୁକ। ସାମିଲ୍ ଅମୁକ ପୁର। ମତଓ୍ୱାଦୀ ମୁକରର୍ କରିବାର ମକଦ୍ଦମା।

ଏଥିପୂର୍ବ ସନ୍ ଅଠରଶହ ଅଠର ମସିହା ଲତ୍ କା ୭ ନୁନ୍ ମାଫିକ୍ କମାହଲ ମଜ୍‌କୁର୍ ବନ୍ଦୋବସ୍ତରେ ଆସିବାରୁ ସନ୍ ଅଠରଶ କୋଡ଼ିଏ ମସିହା ମକାଲ୍। ନୁନିପିଜେ ମହାଦ୍ୱୟ କରଣ ଅନୁସାରେ ଲାଖିରାଜ ମକଦ୍ଦମା କଟକରେ ଜରୁର୍ ....."

ଆଜ୍ଞା ଏଠି ଅସ୍ପଷ୍ଟ.....

ସମସ୍ତ ଲାଖିରାଜଦାରମାନଙ୍କୁ ହାଜର୍ ହେବା ନିମନ୍ତେ ତସ୍କା ମଜ୍‌କୁର ହରେକ୍ ମୌଜାରେ ଏକମାସ ମିଆଦ୍‌ରେ କରସ୍ତାହାର ନାମଞ୍ଜୁରୀ ଓ ଗତ ସଂପାଦନ ଡ୍ୱିଜମ୍ବର ମାସ ସନ ଅଠରଶ ମସିହାକୁ ମୁଦାଇଲା କରାଇଲି। ଗୋହା ସୁମ୍ ମୁତାୟନା ଭିକାରୀ ମହାନ୍ତି ଓ ଉଛବ ଦାସଙ୍କ ଜବାନ୍‌ବନ୍ଦୀ ଯାବତ୍ ମାଫିକେ ଜବାନ୍‌ବନ୍ଦୀ ଥିଲେ। ଆରଜିଏ ମକଦ୍ଦମା ଖୋଦ୍ ମୁଦାୟଲା ହାଜିରରେ ଦର୍‌ପେଶ୍ ହୋଇନଥିବାରୁ ସମଗ୍ର କାଗଜାତ୍ ପାଠ ହୁଅନ୍ତେ ମୁଦାୟଲାକୁ ପଚରା ଗଲାକି, ଆରଜି ମଜ୍‌କୁର୍‌ରେ ଦସ୍ତାବିଜ୍ କାହିଁ? ଜବାବ ହେଲାକି ତା ମଜକୁର ମୌଜେ ଚନ୍ଦ୍ରମୁଖୀ ବାଷଠି ନମ୍ବର ସିରସ୍ତା ଲାଖିରାଜ ତଦାରକ ମକଦ୍ଦମାରେ ଦାଖିଲ ଅଛି। ତତ୍‌ବାଦ୍ ସିରସ୍ତାବାଦୀ କଚିରୁ ଜାହେର୍ ଯେ ନମ୍ବର ମଜ୍‌କୁର ମକଦ୍ଦମା ଦସ୍ତାବିଜ୍ ଜାତ ବରରୁ ବାହେଲ୍ ହୋଇବାର କାଗଜାତ୍ କମିଶନର ସାହେବଙ୍କ ହଜୁରକୁ ଭେଜା ଯାଇଛି।"

ରାଧାଗୋବିନ୍ଦ କହିଲେ - ସବୁଟା ପଢ଼ିବା ଦରକାର ନାହିଁ। ଶେଷବେଳକୁ ରାୟଟା ଯାହା ଲେଖାଅଛି ପଢ଼ି ଶୁଣେଇ ଦିଅ।

ଦୁଃଖୀ ପଢ଼ିଲା, "ଏହା ଶୁଣିବାରେ ଯଦ୍ୟପିକି ଦସ୍ତାବିଜ୍ ଉଲ୍ଲିଖିତ ସନ ୧୮୭୧ ମସିହା ପୁନରାୟ ପରେ ୧୮୦୫ ମସିହାରେ ରେଜେଷ୍ଟ୍ରି ନମ୍ବର ହୋଇ ସେଥିରେ ନକଲ ଶତପଥି ମୁକାବିଲାରେ ହରେକ୍ ପ୍ରକାରରେ ସମାନ୍ ଅଛି। କୌଣସି ଅଗଡ଼ମ୍ ବଗଡ଼ମ୍ ନାହିଁ, ଊଣା ଅଧିକ ନାହିଁ ଏବଂ ସେଥିରେ ବାକ୍ୟ ମୁତାବକ ଯାବତ୍ ଚନ୍ଦ୍ରାର୍କେ ଦରଜ୍ ଥିବା ଓ ଗୁହାମାନଙ୍କର ଗୁହାରିରୁ ସାବିତ୍ ହେଲା ଯେ, ମୁଦାଲା ଆରାଜି ମଜ୍‌ଦୁର ଉତ୍ପନ୍ନ ଶ୍ରୀଠାକୁରଙ୍କ ସେବା ପୂଜାରେ ବ୍ୟୟ କରିବାର ସାଫ୍ ସାବିତ୍ ଅଛି। ଏଣୁକରି ତିନିଶବାସ୍ତରି ନମ୍ବର ଭଅଁରିଆକୁ ମୁଦାୟାଲା ଦରଖାସ୍ତ ମୁତାବକ ଓ ମକଦ୍ଦମାର ରୟତି ତଳକୁ ଜିକର୍ କରି ଆରାଜି ବାବଦ୍ ମୟେନ୍ ପଦିକା କଷ୍ଟ ଫିରିଗା ଅନୁସାରେ ନାଖରାଜ୍ ଦେବୋତ୍ତର ବାହେଲ୍ ରଖିବାର ଆମ୍ଭ ରାୟରେ ଉଚିତ୍‌ବୋଧ

ହୋଇ ହୁକୁମ୍ ହେଲାକି ଏ ଲାଖରାଜ୍ ମଜକୁର୍ ଜମିଲାରୁ ମୌଆଦି ଏତେମାଣ ଏତେ ଗୁଣ୍ଠ ଏତେ ବିଶ୍ୱା ଆରାଜି ବାବଦ ଏ ମକଦ୍ଦମା ଖାରଜ୍ କରି ଦାବୀ ଡିସ୍‌ମିସ୍ ହେଲା ଓ ପ୍ରତିବାଦୀଙ୍କର ବାହେଲ୍ ମଞ୍ଜୁରୀ ପ୍ରାର୍ଥନା, କରାଗଲା।"

ରାଧାଗୋବିନ୍ଦ କହିଲେ, ବାସ୍ ବାସ୍, ସେତିକି ଯଥେଷ୍ଟ। ଆଉ ପଢ଼ିବା ଦରକାର ନାହିଁ।

ବାଲୁଙ୍ଗା କହିଲା, ଆଜ୍ଞା ବାପ ଗୋସାପଙ୍କଠାରୁ ଆମେ ଶୁଣିଛୁ, ବୁଢ଼ା କୃତ୍ତିବାସ ପଟ୍ଟନାୟକଙ୍କୁ ସ୍ୱପ୍ନାଦେଶ ହେଲା ଶ୍ରୀ ରାସବିହାରୀ ଜୀଉଙ୍କର ଯେ, ମୁଁ ବୃନ୍ଦାବନ ମଥୁରା ବାଟରେ ରାସ୍ତାକଡ଼ ନିମ୍ବଗଛ ମୂଳରେ ପଡ଼ିଛି। ମୋତେ ଉଠେଇ ମୋର ସେବାପୂଜାର ବିଧାନ କର। ବୁଢ଼ା ପଟ୍ଟନାୟକ ବହୁତ ଖୋଜି ଖୋଜି ଶେଷକୁ ସପନ ମୁତାବିକ୍ ବିଗ୍ରହ ପାଇଲେ। ଏ ମଣିଷ ହାତ ତିଆରି ବିଗ୍ରହ ନୁହେଁ ଆଜ୍ଞା। ସାକ୍ଷାତ୍ ବୃନ୍ଦାବନର ନନ୍ଦସୁତ ଶ୍ରୀକୃଷ୍ଣ। ବୁଢ଼ା ଦେଉଳ ତୋଳି ଠାକୁର ପ୍ରତିଷ୍ଠା କଲେ। ଅଳପ ପୁଣ୍ୟ କରିନଥିଲେ କୃତ୍ତିବାସ ପଟ୍ଟନାୟକ। ଭାଗବତ କହିଲେ –

ଯେ ମୋତେ ଦ୍ୟନ୍ତି ଗୃହଦାନ ହେଲେ ଲଭନ୍ତି ତ୍ରିଭୁବନ।।
ମୋତେ ମଣ୍ଡପେ ସ୍ଥାପଯେବେ ପ୍ରତିଷ୍ଠା କରି ପ୍ରିୟଭାବେ।।
ସପତ ଦ୍ୱୀପେ ହୁଏ ରାଜା ମୋହର ପ୍ରାୟ ଲଭେ ପୂଜା।।
ଯେ ମୋତେ ପୂଜେ ଏ ସଂସାରେ ସେ ବ୍ରହ୍ମଲୋକ ଭୋଗକରେ।।

ରାଧାଗୋବିନ୍ଦ କହିଲେ, ପୁଣ୍ୟ ତ ସେ କରିଗଲେ। ଆମେ ପୂର୍ବ ଜନ୍ମରେ କି ପାପ କରିଥିଲୁ ଯେ ହୀନସ୍ତା ହେଉଛୁଁ।

ବାଲୁଙ୍ଗା କହିଲା, ପାପ ଆପଣଙ୍କର କାହିଁକି ହୁଅନ୍ତା ପାପ ଏଇ ସରକାରଙ୍କର। ଯେଉଁମାନେ ନେତା ହୋଇ ମନ୍ତ୍ରୀ ହୋଇ ଆଇନ୍ ବଳରେ ଦେବସ୍ୱ ଅପହରଣ କରୁଛନ୍ତି। କୃଷ୍ଣ କହିଲେ –

ଶୁଣ ଉଦ୍ଧବ କହୁଁ ତତେ ଯେ ପ୍ରାଣୀ ଜନ୍ମ ଏ ଜଗତେ।।
ସ୍ୱଦତ୍ତ ପରଦତ୍ତ ବୃତ୍ତି ଯତନେ ଅଜ୍ଞାନେ ହରନ୍ତି।।
ଦେବ ବ୍ରାହ୍ମଣ ତାରଶୋକେ ସେ କାହିଁଥିବ ନାଗଲୋକେ।।
ଜୀବନ ଅନ୍ତେ କୁମ୍ଭୀପାକେ ପଡ଼ନ୍ତି ବିଷ୍ଠା କୃମି ରୂପେ।।
କେବଳ ନରକ ଆହାର କରଇ ଲକ୍ଷ ସମ୍ବତ୍ସର।। (ଜି.ଭା:)

ଏମାନେ ନର୍କରେ ପଡ଼ିବେ, ନର୍କରେ। କୁମ୍ଭୀପାକ ନର୍କରେ କୃମି ହେବେ। ପରଦରବୃତ୍ତି, ଦେବ ବ୍ରାହ୍ମଣ ସମ୍ପତ୍ତି ଯିଏ ହରଣ କରନ୍ତି ତାଙ୍କର ଏଇ ଦଶା। ଏକଥା ଭାଗବତ କହିଛି। କଣ ମିଛ ହେବ?

ଘନ କହିଲା, ସରକାର କ'ଣ ସମ୍ପତ୍ତି ଖାଇଗଲେ ? ଠାକୁରଙ୍କ ସମ୍ପତ୍ତି ମହନ୍ତମାନେ ଅବ୍ୟାଜରେ ଉଡ଼େଇଲେ। ସେଥିପାଇଁ ସରକାର ଆଇନ୍ କରି ସୁପରିଚାଳନା କରିବା ପାଇଁ ହାତକୁ ନେଇଛନ୍ତି।

ସୁପରିଚାଳନା ? ରାଧାଗୋବିନ୍ଦ କହିଲେ। ଦେଖିବ ଗଲ। ସରକାର ଯାହାକୁ ନେଇଛନ୍ତି ସେଠି ଠାକୁରଙ୍କ ଉପରେ ତୁଳସୀଟିଏ ଚଢୁଛି ନା ? ଠାକୁର ସମ୍ପତ୍ତି ଏବେ କମିଶନରଙ୍କର ଖାସ୍‌ମାହାଲ। ଇନିସ୍‌ପେକ୍ଟରମାନେ ଏବେ ଠାକୁର ଖାଇ ଠାକୁର ଖଟୁଲି ଖାଇ ସାରିଲେଣି। ମହନ୍ତମାନେ ଠାକୁର ସମ୍ପତ୍ତି ଉଡ଼େଇ ଦେଉଥିଲେ, ଭଗବାନଙ୍କ ନାମ ନେଉଥିଲେ। ଏବେ ଯେଉଁ ଇଂରେଜ ପଢୁଆ ମହନ୍ତମାନେ ହେଇଛନ୍ତି, କମିଶନର, ଆସିଷ୍ଟାଣ୍ଟ କମିଶନର ଏମାନେତ ଗାଣ୍ଡିମୁଣ୍ଡ ଗଳେଇ ଦେଇ ହାଓ୍ୱାଇ ପିନ୍ଧି ଖାଲି ହାଓ୍ୱାରେ ଉଡୁଛନ୍ତି। ଠାକୁର ବ୍ରାହ୍ମଣ ମାନନ୍ତି ଏମାନେ ? ମୋର କହିବାର କଥା, ଠାକୁର ସମ୍ପତ୍ତି କିଜାଣି ସର୍ବସାଧାରଣଙ୍କର। ଠାକୁର କିମିତି ସର୍ବସାଧାରଣ ହେଲେ ? ଶତାନୋଇ ସାତପୁରୁଷର ମୋର ଠାକୁର ରାସବିହାରୀଜୀଉ। ତମେ କଣ କଲନା, ଏକା କଲମ ଗାରରେ ସର୍ବସାଧାରଣ କରିଦେଲ। ରାସବିହାରୀଙ୍କ ଉପରେ ମୋର ଯେଉଁ ମୁହାଁସ ତାହା କଣ ସର୍ବସାଧାରଣଙ୍କର ହବ ?

ଠାକୁର ତ ଆଜ୍ଞା ସମସ୍ତଙ୍କର। ସେ ସର୍ବଘଟରେ ଥାଆନ୍ତି। ଘନ କହିଲା। ବରଂ ଦେବୋତ୍ତର ସମ୍ପତ୍ତିଟା ଆପଣଙ୍କ ପୂର୍ବପୁରୁଷ ଖଞ୍ଜି ଯାଇଛନ୍ତି। ସେଥିରେ ଆପଣଙ୍କର ଦାବୀ ଥାଇପାରେ। ଠାକୁର କଣ କେବେ ଜଣକର ହୋଇପାରେ ?

ବାଲୁଙ୍ଗା କହିଲା, ହଇହୋ ବାବୁ, ତମେ ବି ଇଞ୍ଜିମିଞ୍ଜି ପଢ଼ିଛ ବୋଧହୁଏ। ତା ନହେଲେ ଇମିତି କଥା କହନ୍ତ ?

କହିଲୁ କହିଲୁ ବାଲୁଙ୍ଗା। ଦେଖ ହେ ଏ କାଲିକା ପିଲା। ଗାଲ ଚିପିଦେଲେ ଦୁଧ ବାହାରି ପଡ଼ିବ। ପୁଣି ମୋ ସାଙ୍ଗରେ ଭିଡୁଛି। ଠାକୁର ସମସ୍ତଙ୍କର। ଏଁ କହିଦେଲେ ଗୋଟେ କଥା। ହୁଁ।

ବାଲୁଙ୍ଗା କହିଲା, ହଇହୋ ଘନବାବୁ, ମୁଁ ଗୋଟିଏ କଥା କୁହେଁ, ତମେ ଜବାବ୍ ଦେଲ। ଗ୍ରାମ ଦେବତା ଅଛନ୍ତି। ସେ ମୋର ନା ସମସ୍ତିଙ୍କର ?

ସମସ୍ତିଙ୍କର। ଘନ ଉତ୍ତର ଦେଲା। ମୁଁ ସେଇୟା କହୁଛି।

ଗ୍ରାମ ଦେବତା ସମସ୍ତିଙ୍କର ହେଲେ ବୋଲି, ମୋ କୋଥଳୀ ମୋ ଶାଳଗ୍ରାମ ସମସ୍ତିଙ୍କର ? ମୋ ମାଇପକୁ ବି ମୁଁ ଛୁଇଁବାକୁ ଦିଏ ନାହିଁ। ସେ କମିତି ଆଉ କାହାର ହେବ ?

କହିଲୁ କହିଲୁରେ ବାଲୁଙ୍ଗା; ମୁଁ ଯେଉଁ ଠାକୁର ପୂଜା କରୁଛି ସେ ସର୍ବସାଧାରଣ

କିମିତି ହବ। ଏଇ ଠାକୁର ସମସ୍ତଙ୍କର ପୁଣି ଏଇ ଠାକୁର ଜଣକର। ଗୀତା କହିଲେ, "ଯେ ଯଥା ମାଂ ପ୍ରପଦ୍ୟତେ ତାନ୍ ସ୍ତଥୈବ ଭଜାମ୍ୟହମ୍।" ମନ ଘେନି ଠାକୁର।

ବାଲୁଙ୍ଗା କହିଲା, ତା ନୁହେଁ ଆଉ କଣ? ପରଂବ୍ରହ୍ମ ତ ନିରାକାର। ତାକୁ ତ ପୁଣି ମଣିଷ ଆକାର ଦେଇଛି। ନିରାକାର ପୁଣି ଆକାର ହେବ କିମିତି ମ? ଭକ୍ତର ମନ ଘେନି ସେଇ ନିରାକାର ଆକାର ହୁଅନ୍ତି।

ଯାହା କହିଲୁରେ ବାଲୁଙ୍ଗା। ଆଜିକାଲିର ଟୋକା ସେ ସବୁ ବୁଝିବେ କାହୁଁ? ଗୋଟିଏ ହେଲା ତତ୍ତ୍ୱ ଆଉ ଗୋଟିଏ ପ୍ରକାଶ। ଦି'ଟା ଅଲଗା ପୁଣି ଏକ। ଭକ୍ତ ଏକ, ଭାବ ଦୁଇ। ସ୍ଥାନ କାଳ ପାତ୍ର ଭେଦରେ ଭଗବାନ କେତେବେଳେ ଜଣକର ହୁଅନ୍ତି, କେତେବେଳେ ସମସ୍ତଙ୍କର। ନା କଣରେ ବାଲୁଙ୍ଗା?

ଯାହା କହିଲେ ସାଆନ୍ତେ। ବାଲୁଙ୍ଗା କହିଲା। ଇଯେ ଇଂରେଜୀ ପଢୁଆ ଟୋକାଏ କଣ ବୁଝିପାରିବେ ସେକଥା।

ଦୁଃଖୀ କହିଲା, ଆଜ୍ଞା ମୋ ଜାଣିବାରେ ଆଜିକାଲି ଯେଉଁ ଆଇନ୍ ହେଲାଣି ସେଥିରେ ଠାକୁରଙ୍କୁ ପବ୍‌ଲିକ୍ କରିବାଟା ବରଂ ଭଲ। ମୁଁ ଶୁଣିଲି ଆପଣ ପ୍ରାଇଭେଟ୍ କରିବା ପାଇଁ ଏନ୍‌ଡାଉମେଣ୍ଟ କମିଶନର ସାଙ୍ଗରେ ଲଢୁଛନ୍ତି। ତୁଚ୍ଛାଟାରେ ପଥର ଉପରେ ମୁଣ୍ଡ ବାଡ଼େଇବା କଥା। ଯେଉଁ ଭୂସଂସ୍କାର ଆଇନ୍ ହୋଇଛି, ସେଥିରେ ପ୍ରାଇଭେଟ୍ ଠାକୁରଙ୍କୁ ଠାକୁର ବୋଲି ସ୍ୱୀକାର କରାଯାଇନାହିଁ। ପିଲା ମାଇପଠୁଁ ବି ହୀନ ହୋଇଛନ୍ତି ଦିଅଁ ଦେବତା ଆଇନ୍ ଆଖିରେ। ନାଁବାଳକ ପିଲାଏ, ରାଣ୍ଡମାଇପେ, ଜମି ଭାଗ ଦେଇ ପାରିବେ। ପ୍ରାଇଭେଟ୍ ଠାକୁର କିନ୍ତୁ ପାରିବେ ନାହିଁ।

ରାଧାଗୋବିନ୍ଦ କହିଲେ, ମୁଁ ସେକଥା ବହୁତ ଭାବିଛି। ଦେବୋତ୍ତର ବିଭାଗ ଯେଉଁ ଠାକୁରଙ୍କୁ ସର୍ବସାଧାରଣ କରି ଦେଇଛନ୍ତି ତାଙ୍କ ଅବସ୍ଥା କୁକୁରଠାରୁ ବି ହୀନ। ମୁଁ ବଞ୍ଚି ଥାଉଁ ଥାଉଁ ରାସବିହାରୀ ଏପରି ଅବସ୍ଥା ହେବେ, ମୋ ଦିହ କଣ ସହିବ ଦୁଃଖୀ।

ଘନ ହସି କହି କହିଲା, ମୁଁ ଗୋଟିଏ କଥା କହିବି କରିବେ? ସବୁ ମହନ୍ତଯାକ ଏକାଠି ମିଶି ଠାକୁର ସମ୍ପତ୍ତି କି ସରକାରଙ୍କ ହାତରେ ଟେକି ଦିଅନ୍ତୁ। ସେବା ପୂଜା ପାଇଁ ସେ ଯାହା ଦେବେ ଦିଅନ୍ତୁ ନହେଲେ ଭିକମାଗି ସେବା ପୂଜା ଚଳାନ୍ତୁ। ସରକାର ଅଡୁଆରେ ପଡ଼ିଯିବେ।

ଏକଥା କେହି କରିବେ ନାହିଁ, କହିଲା ଦୁଃଖୀ।

ତା' ମାନେ ସମ୍ପତ୍ତିରେ ଲୋଭ ଅଛି। ସମ୍ପତ୍ତି ଆଗ ଠାକୁର ପଛ - ଘନ କହିଲା।

ହୋଇପାରେ । ମାତ୍ର ଠାକୁର ଓ ଠାକୁର ସମ୍ପତ୍ତିକୁ ଗୋଟାଏ ଅନୁଷ୍ଠାନ ଧରିବାକୁ ହେବ । ଆମ ପୂର୍ବପୁରୁଷଙ୍କର ଧର୍ମବିଶ୍ୱାସ ଥିଲା । ସେଥିପାଇଁ ଦେଉଳ ତୋଳାଉ ଥିଲେ ! ଠାକୁର ପ୍ରତିଷ୍ଠା କରୁଥିଲେ । ସମ୍ପତ୍ତି ଦାନ ଦେଉଥିଲେ । ଏ ମନ୍ଦିର ସବୁ ତା'ର ସାକ୍ଷୀ । ଏବେ ଆଉ ସେଭଳି ଅନୁଷ୍ଠାନ କଣ କିଏ କରୁଛି ? ସମ୍ପତ୍ତି ଅଛି । ଦାନ ନାହିଁ କି ଧର୍ମ ନାହିଁ । ଠାକୁର ଆଉ ସମ୍ପତ୍ତି କି ଅଲଗା ଅଲଗା କରିଦେଲେ ଯାହାହୁଏ ସେଇୟା ।

ଘନ କହିଲା, ଖାଲି କଣ ଠାକୁରଙ୍କ ପାଇଁ ସମ୍ପତ୍ତି ଖଞ୍ଜିଲେ ଦାନ ହବ ଆଉ କେଉଁଥିରେ ନୁହେଁ? ମଠ ନ ହେଲା ମନ୍ଦିର ନହେଲା । ଶିକ୍ଷା ଅନୁଷ୍ଠାନ ତ କରୁଛନ୍ତି ଲୋକେ । ସେ କଣ ସରସ୍ୱତୀଙ୍କ ମନ୍ଦିର ନୁହେଁ? ସେ ଦାନର କଣ ମହାତ୍ମ୍ୟ ନାହିଁ? ଦାନର ପ୍ରଣାଳୀ ବଦଳି ଯାଇଛି । ତରିକା ଭିନ୍ନେ ହୋଇଯାଇଛି । ମାତ୍ର ଦାନ ବନ୍ଦ ହୋଇଯାଇ ନାହିଁ ।

ରାଧାଗୋବିନ୍ଦ କହିଲେ, ଶିକ୍ଷାନୁଷ୍ଠାନ ସବୁ କଣ ସରସ୍ୱତୀଙ୍କ ମନ୍ଦିର ହୋଇ ରହିଛି । ଯାବତ୍ ଚୋର ଟାଉଟରଙ୍କ ଆଡ୍‌ଡ଼ା । ଆମେରିକା ଦବ ପିଲାଙ୍କ ପାଇଁ ଗୁଣ୍ଡଦୁଧ । ତାକୁ ଚୋରାରେ ବିକି ଇସ୍କୁଲ ଚଳେଇବେ । ଆମ ପିଲାମାନେ ସେଇତା ଶିଖୁଛନ୍ତି । ସେଇୟା ଆଦର୍ଶ ହୋଇଛି ।

ବାଲୁଙ୍ଗା କହିଲା, ଆଜ୍ଞା ଯିଏ ଘୁଷ୍ ଦଉଛି ମନ୍ତ୍ରୀଙ୍କ ପାଟି ଆଉ ଅଫିସରଙ୍କ ପେଟକୁ ପୋଷିବା ପାଇଁ ତାକୁ ବି ଲୋକ କହିଲେଣି ଦାନ । ସେ ଦାନ ନପାଇଲେ ଇସ୍କୁଲ ମଞ୍ଜୁରୀ ମିଳୁନାହିଁ ।

ଠିକ୍ କହିଲୁ ବାପ, ଠିକ୍ କହିଲୁ । କହିଲେ ରାଧାଗୋବିନ୍ଦ ବାବୁ । ଏ ରାଜନୈତିକ ଦଳର ନେତାମାନେ ଯେତେ ତଣ୍ଡି ଭଣ୍ଡି ଚାନ୍ଦା ଉଠାଇ ଖାଉଛନ୍ତି, ହିସାବ କରି ଦେଖିଲେ ମହନ୍ତମାନଙ୍କ ଖାଇବା, ସମୁଦ୍ର ସାଙ୍ଗକୁ ଶଙ୍ଖ ପାଣି ଭଳି ଲାଗିବ । ନେତାଙ୍କ ଭଳି ମନ୍ତ୍ରୀଙ୍କ ଭଳି ଚୋର ଡକାୟତ ପାଜି ସଇତାନ ଜୁଆଯେରୀ, ଟାଉଟରୀ, ଜନାକାରୀ, ବାଟପାରି, ଚୋରୀ, ନାରୀ କେଉଁଁ କଉଁ ମହନ୍ତ କରି ନଥିବେ ।

ରାଧାଗୋବିନ୍ଦ ରାଗି ଯାଇଥିଲେ । ଦୁଃଖୀ ତାଙ୍କୁ ଶାନ୍ତ କରିବା ପାଇଁ କଥା ଘୂରାଇ କହିଲା, ଆପଣ ପରା ମତେ କଣ କହିବେ ବୋଲି କହୁଥିଲେ !

ଆଉ କଣ ଅଧିକା କହିବି ? ସବୁତ ଶୁଣିଚ ସବୁତ ଜାଣିଚ ! ମୋତେ ଏଥିରୁ ମୁକୁତି କର । ରାଧାଗୋବିନ୍ଦ ବାବୁ କହିଲେ ।

ମୁଁ କେମିତି ଏ ଦିଗରେ ଆପଣଙ୍କୁ ସାହାଯ୍ୟ କରି ପାରିବି ଆପଣ କହନ୍ତୁ – ଦୁଃଖୀ କହିଲା ।

ମୁଁ କଣ କହୁଥିଲି କି ମୋତେ ଏ ମାମଲାରୁ ତମେ ରକ୍ଷାକର ।

ମୁଁ କଣ ତା’ ପାରିବି ? କହିଲା ଦୁଃଖୀ

ପାରିବ, ପାରିବ। ନିଶ୍ଚୟ ପାରିବ। ତମେ ମନକଲେ ହେଲା।

ଆଜ୍ଞା, କଣ କରିବି କୁହନ୍ତୁ। ମୁଁ କଣ କହୁଥିଲି କି ତମେ ଟିକେ ଆଇନ୍ ମନ୍ତ୍ରୀଙ୍କୁ କହନ୍ତ ନାଇଁ ? ଶୁଣିଲି ସେ ତମକୁ ଭାରି ଖାତିର୍ କରନ୍ତି। ସେ ପରା ଦେବୋତ୍ତର ବିଭାଗର ମନ୍ତ୍ରୀ। ତାଙ୍କୁ କହିଲେ ସେ ମାମଲା ଉଠାଇ ନିଅନ୍ତେ।

ମକଦ୍ଦମା ପରା ବିଚାରାଧୀନ ଅଛି। ଦେବୋତ୍ତର କମିଶନର ବିଚାର କରୁଛନ୍ତି। ବିଚାରାଧୀନ ମାମଲାରେ ମନ୍ତ୍ରୀଙ୍କର କିଛି ହାତ ନାହିଁ। କହିଲା ଦୁଃଖୀ।

ମନ୍ତ୍ରୀ କଣ କରି ନ ପାରନ୍ତି। ରାଧାଗୋବିନ୍ଦ ବାବୁ କହିଲେ। ଟିକିଏ ଖାଲି କମିଶନରଙ୍କୁ ଇସାରା ଦେବେ। ଏ କେସ୍‌ଟା ଟିକେ ଦେଖ। ସେତିକି ଢେର୍। ପ୍ରାଇଭେଟ୍ ନ କରିବାକୁ କମିଶନରଙ୍କର ବୋପାର ଚାରା ନାହିଁ।

ମୋତେ କ୍ଷମା କରିବେ ଆଜ୍ଞା, ସେ କାମ ମୋ ଦ୍ୱାରା ହୋଇପାରିବ ନାହିଁ। କାରଣ ଯଦି କହିବେ ଯେଉଁମାନେ ଠାକୁର ସମ୍ପତ୍ତି ମାଡ଼ିବସି ଖାଉଛନ୍ତି ତାଙ୍କୁ କହିବୋଲି ହାତ ଓଠ ଧରି ଫେରେଇ ଆଣିବାକୁ ଚେଷ୍ଟା କରିବି। କିନ୍ତୁ ହାକିମ ହୁକୁମାରୀ ଉପରେ ଚାପ ପକେଇ ମୁଁ କିଛି କରି ପାରିବି ନାହିଁ।

ରାଧାଗୋବିନ୍ଦ ଗୋଟିଏ ଦୀର୍ଘଶ୍ୱାସ ଛାଡ଼ିଲେ। ଧୀରେ ଧୀରେ ଉଠି ଠିଆ ହେଲେ ଚଉକିରୁ। ହଉ ସେତକ ହେଲେ କର। ଦେଖ ଯଦି ପାରିବ। ମୁଁ ଚାଲିଲି ନମସ୍କାର।

ରାଧାଗୋବିନ୍ଦ ଚାଲିଗଲେ। ତାଙ୍କ ଛାଇଟା ଯେମିତି ଲମ୍ବା ଲମ୍ବା ମାଡ଼ିବସିଲା ଅଗଣାକୁ। ଛାଇ ନୁହେଁ ସେଟା ଗୋଟେ ଭୂତ। ଭୂତ ନୁହେଁ ଗୋଟାଏ ଅତୀତ।

ଅତୀତ ମରି ମରି ଯାଉଛି। ଭୂତ ହୋଇ ଯାଉଛି। ଖାଁ ଖାଁ ହୋଇ ଗୋଡ଼େଇଛି ସମସ୍ତଙ୍କୁ। ଡରୁଛନ୍ତି ସମସ୍ତେ। ପୁଣି ଛାତିରେ ଛେପ ପକେଇ କିଳି ନେଉଛନ୍ତି ଦେହକୁ। ଡର ଛାଡ଼ି ଯାଉଛି।

“ଭୂତକୁ ଡର ନାହିଁ। ଡର ଏଇ ଭବିଷ୍ୟତଟାକୁ।” ବାଲୁଙ୍ଗା କହିଲା, “ଡର ଆମର ଆସନ୍ତା କାଲିକି। ଠାକୁର ବ୍ରାହ୍ମଣ ରହିବେ ନାହିଁ। ଦାନ ଖଇରାତ୍ ରହିବ ନାହିଁ।”

“ସର୍ବେ ହୋଇବେ ଏକାକାର
ନଥିବ ବେଦର ବିଚାର।” (ଜ.ଭା.)

ହଉ ମୁଁ ବି ଆସେ। ସବୁ ଠାକୁରଙ୍କ ଇଚ୍ଛା। ଓଳିକି ଓଳିକି ଦୁଃଖୀନନା। ଯାଉଛି ଘନବାବୁ। ମୋ ଉପରେ ରାଗିବ ନାଇଁ।

ଚାଲିଗଲା ବାଲୁଙ୍ଗା।

ଚିଠି ପାଇ ଦୀନବନ୍ଧୁ, କାଶୀନାଥ ଦିହିଁକି ଦିହେଁ ଆସି ପହଞ୍ଚିଲେ।

ଦୀନବନ୍ଧୁ ଭାରି ରୋଗା ହୋଇଯାଇଛି। ବାଳ ପାଚି ଯାଇଛି ଅକାଳରେ। ବଅସର ଗଲା ଦିନଗୁଡ଼ାକୁ ଘଣ୍ଟା ମିନିଟ୍ ସେକେଣ୍ଡ ଧରି ଗଣୁ ଗଣୁ ମୁଣ୍ଡ ଆଗରୁ ଉପରକୁ ଉପରକୁ ବାଳଗୁଡ଼ାକ କେତେବେଳେ ଗୋଟି ଗୋଟି ହୋଇ ଖସିପଡ଼ିଲାଣି ଅଜାଣତରେ। କପାଳଟା ବେଶ୍ ଉଚ୍ଚ ଦେଖାଯାଉଛି। ସଂସାରର ଚାପୁଡ଼ା ଖାଇ ଖାଇ, ଗାଲ ପାଟି ଦୁଇଟା ପଶିଗଲାଣି ଭିତରକୁ। ଛାମୁଦାନ୍ତରୁ କେଇଟା ଖସି ପଡ଼ିଲାଣି। ଯମର ପରୁଆନାଜାରି। ଅଣ୍ଟା ଟିକିଏ ଆଗକୁ ଝୁଙ୍କି ପଡ଼ିଛି ଦାୟିତ୍ୱର ବୋଝ ବୋହି ବୋହି।

ଏଇ ଦୀନବନ୍ଧୁ। ଦୁଃଖୀର ଜେଲ ସାଙ୍ଗ। ଖୁବ୍ ପାଖ ପାଖରେ ଥିଲେ। ଏକା ଦିନେ ଖଲାସ ହୋଇ ଆସିଥିଲେ ପାଟନା କେମ୍ପ୍ ଜେଲରୁ ଗାନ୍ଧୀ-ଇରଉଇନ୍ ପେକ୍ଟ ଫଳରେ। ଆସିଲାବେଳେ ପାଟ୍‌ନାର ସଦାକତ୍ ଆଶ୍ରମ ହୋଇ ଆସିଲେ। ସେଠି ଜଣେ ଭାରି ବଡ଼ କଂଗ୍ରେସ ନେତା ରହୁଥାନ୍ତି। ସେ ବି ଜେଲରୁ ଖଲାସ ହୋଇ ଆସିଥାନ୍ତି ନଗ୍‌ଦା ନଗ୍‌ଦ। ହଜାରିବାଗ୍ ଜେଲ୍‌ରେ ଥିଲେ। ଇଂରେଜୀ ପଢୁଆ ସତ୍ୟାଗ୍ରହୀ ମାନଙ୍କ ପାଇଁ।

ଆଉ ବଡ଼ ବଡ଼ ନେତାମାନଙ୍କ ପାଇଁ ସେଇଠି ହୋଇଥାଏ ଜାଗା। ସେମାନେ ସବୁ 'ଏ' ଡିଭିଜନ୍ କଇଦୀ ହୋଇଥାନ୍ତି। ଦୁଃଖୀ, ଘନ, କାଶୀ, ଦୀଲବନ୍ଧୁ ଗୁଡ଼ାକ 'ସି' ଡିଭିଜନ୍ କଇଦୀ। ମାନେ ଚୋର, ଡକେଇତଙ୍କ ସଙ୍ଗେ ସମାନ୍। ତାଙ୍କ ପାଇଁ ଦିନକୁ ଖୋରାକ ଚାରିଅଣାର। ଆଉ 'ଏ', 'ବି' ଡିଭିଜନ୍ ନେତାଙ୍କ ପାଇଁ ବାରଣା, ଟଙ୍କେ। 'ସି' ଡିଭିଜନ୍ କଇଦୀଙ୍କର ପୋଷାକ ଦିଖଣ୍ଡ ଜଂଘିଆ ଓ ଦିଖଣ୍ଡ ହାତକଟା ଜାମା। ଜଂଘିଆରେ ଦଉଡ଼ି ଲାଗିବା ମନା କାଳେ କିଏ ବେକରେ ଦଉଡ଼ି ଦେଇଦବ। ଜଂଘିଆର ଦିକଡ଼ରୁ କନା ଟାଣିଆଣି ନାହି ପାଖରେ ଗଣ୍ଠିଟିଏ ପକେଇ ଦିଅନ୍ତି କଇଦୀମାନେ। ଜାମା ଜଂଘିଆ ସବୁ ଗାରି ଗାରିକା ? 'ବି' ଡିଭିଜନ୍‌ର କଇଦୀମାନଙ୍କର ଗୋଡ଼ ପର୍ଯ୍ୟନ୍ତ ପୂରା ପାଇଜାମା ଆଉ ପୂରା ହାତଜାମା। 'ଏ' ଡିଭିଜନ୍‌ବାଲାଙ୍କର ମଧ୍ୟ ସେଇୟା। ତଫାତ୍ ଏତିକି ଯେ 'ଏ' ଡିଭିଜନ୍‌ବାଲାମାନେ ସେ ଜାମା ପାଇଜାମା ନପିନ୍ଧି ନିଜ ନିଜ ଲୁଗାପଟା ପିନ୍ଧି ପାରିବେ। 'ସି' ଡିଭିଜନ୍ କଇଦୀମାନେ ତିନିମାସରେ ଖଣ୍ଡେ ଚିଠି ଘରକୁ ଦେଇପାରିବେ ଓ ଥରୁଟିଏ ଘର ଲୋକଙ୍କ ସାଙ୍ଗରେ ଦେଖାକରି ପାରିବେ। 'ବି' ଡିଭିଜନ୍ ବାଲାଙ୍କର ମାସରେ ଥରେ ଓ 'ଏ' ଡିଭିଜନ୍ ବାଲାଙ୍କର ସାତଦିନରେ ଥରେ ଚିଠି ଓ ସାକ୍ଷାତ୍। କେହି ଯଦି 'ଏ' ଡିଭିଜନ୍ 'ବି' ଡିଭିଜନ୍‌ରେ ନ ରହି 'ସି' ଡିଭିଜନ୍‌ରେ ସମସ୍ତଙ୍କ ସାଙ୍ଗରେ ମିଳିମିଶି ରହିବାକୁ ଚାହିଁ ଥାଆନ୍ତେ

ଇଂରେଜୀ ସରକାର ମନାକରି ନଥାନ୍ତେ। କିନ୍ତୁ ପାଟ୍‌ନା କେମ୍ପ୍ ଜେଲ୍‌ରେ ତିନି ଚାରି ହଜାର କଇଦୀଙ୍କ ଭିତରେ ଗୋଟିଏ ମୁଣ୍ଡ ବି ସେମିତି ଦେଖିବାକୁ ମିଳି ନଥିଲା – ଦୁଃଖୀ, ଦୀନା ପ୍ରଭୃତିଙ୍କି।

ଦୁଃଖୀ, ଦୀନବନ୍ଧୁ ଦୁହେଁଯାକ ଯାଇ ଦେଖାକଲେ କଂଗ୍ରେସର ବଡ଼ପଣ୍ଡା ଜଣେ ନିଶୁଆ ନେତାଙ୍କୁ।

ନେତା ଶୋଇଥାନ୍ତି ଗୋଟିଏ ଖଟ ଉପରେ। ଖଦଡ଼ ଚଦର ବିଛା ହୋଇଥାଏ, ଖଦଡ଼ ଚକିଆକୁ ଆଉଜି ଶୋଇଥାନ୍ତି। ଦୁଃଖୀ ନମସ୍କାର କଲା, ଦୀନା ବି। ନେତା ଉଠି ବସିଲେ। ପଚାରିଲେ –

"ତୁମ କାହାଁ ସେ ଆ ରହେ ହୋ ?"

"ଫୁଲଓ୍ୱାରୀ ସରିଫ୍‌ସେ" – ଦୁଃଖୀ କହିଲା।

"ଓ ପଟ୍‌ନା କେମ୍ପ ଜେଲ୍‌ମେ ଥେ ?"

"ହାଁ ଜୀ"

"କାହାଁକା ରହନେଓ୍ୱାଲେ ହୋ ?"

"ଓଡ଼ିଶା କେ"

"ଅପନେ ଦେଶକୋ ଯାକର୍ କ୍ୟା କର୍‌ନା ଚାହତେ ହୋ ? କୁଛ ସୋଚା ?"

ଦୁଃଖୀ କହିଲା – "ମୈ ସିଂହଭୂମ୍ ମେଁ କାମ କରନା ଚାହତା ହୁଁ।"

"ସିଂହଭୂମ୍ ମେଁ ! ଓଡ଼ିଶା ମୈ ନହିଁ ?" ପଚାରିଲେ ନେତା।

"ସିଂହଭୂମ୍ ତୋ ଓଡ଼ିଶା କେ ଅନ୍ଦର ହେ" – ଜବାବ ଦେଲା ଦୁଃଖୀ।

"କୈସେ ?"

"ଓଡ଼ିଆ ଲୋଗୋଁକି ତାଜାଦ୍ ହିନ୍ଦି ଭାଷାଭାଷିଓଁ ସେ କାଫି ଜ୍ୟାଦା ହୈ।" ଦୁଃଖୀ କହିଲା। "ଇସ୍‌ଲିୟେ ସିଂହଭୂମ୍ ଓଡ଼ିଶାକା ହୈ ୟେ କହ୍‌ନେ ସେ କୁଛ ଭୁଲ୍ ନହିଁ ହୋଗା ?"

ନେତା ଟିକିଏ ହସିଲେ। ଧୀର, ଶାନ୍ତ, ଗମ୍ଭୀର। ବହୁତ ଚିନ୍ତା କରି କହୁଥିଲା ପରି ଜଣାଗଲା। "ମୈ ମାତା ହୁଁ ଓଡ଼ିଆ ଲୋଗୋଁ କି ତାଜାଦ୍ ହିନ୍ଦି ଭାଷାଭାଷିଓଁ ସେ କୁଛ୍ ଜ୍ୟାଦା ତୋ ଜରୁର୍ ହୈ, ଫିରଭି 'ହୋ' ଅଉର୍ ଅନ୍ୟ ଆଦିବାସୀଓଁକୀ ସଂଖ୍ୟା କହିଁ ଅଉର୍‌ଭି ଜ୍ୟାଦାହ୍ ହୈ। ଓଡ଼ିଶାମେ ଅଗର ସିଂହଭୂମ୍ ସାମିଲ୍ ହୋଯାଏ ତୋ ମୁଝେ କୋଇ ଫିକ୍ର ନହିଁ ହୈ। ପର ଆଦିବାସୀଓଁ କୋ ବଡ଼ୀ ଦିକ୍‌କତ୍ ହୋଗୀ।"

"କ୍ୟୋଁ, କୈସେ ?" ପଚାରିଲା ଦୁଃଖୀ।

"ସିଂହଭୂମ୍ ମେ ରହନେଓ୍ୱାଲେ ଆଦିବାସୀଓଁ କୋ ଚାର୍ ଚାର୍ ଭାଷାଏଁ ଶିଖ୍‌ନି

ପଢ଼େଗୀ। ଏକ୍ ତୋ ଅପନି ମାତୃଭାଷା, ଦୁସ୍‌ରୀ ଓଡ଼ିଶା ପ୍ରାନ୍ତକୀ ଭାଷା ମତ୍‌ଲବ୍ ଓଡ଼ିଆ, ତିସ୍‌ରୀ ରାଷ୍ଟ୍ରଭାଷା ହିନ୍ଦୀ ଔର୍ ଚୌଥୀ ସରକାରୀ ଭାଷା ଅଂଗ୍ରେଜୀ।"

ଅଙ୍ଗ୍ରେଜୀ କ୍ୟୋଁ? ଫିର୍‌ହମ୍ ଅଙ୍ଗ୍ରେଜୀ କ୍ୟୋଁ ପଢ଼େଙ୍ଗେ? ସ୍ୱାଧୀନ୍ ଭାରତ ମେଁ ଅଂଗ୍ରେଜୀ କା କୋଇ ସ୍ଥାନ ନହିଁ ହୈ। ଦୁଃଖୀ କହିଲା।

ଦୁଃଖୀର କଥା ଶୁଣି ତାକୁ ଦଣ୍ଡେ ଅନେଇଲେ କଂଗ୍ରେସ ନେତା। ପୁଣି କଣ ଭାବି କହିଲେ, "କୈର ଅଂଗ୍ରେଜୀ ଶିଖ୍‌ନେ କୀ ଜରୁରତ୍ ଅଗର୍ ନହୋ ତୋଭି ଓଡ଼ିଶା ମେଁ ରହନେ ସେ ଉନ୍‌ହେ ତିନ୍ ତିନ୍ ଭାଷା ଶିଖ୍‌ନି ପଡ଼ତି ହୈ। ଔର ବିହାର୍ ମେଁ ରହନେ ସେ ଦୋ ମତ୍‌ଲବ୍ ଅପ୍‌ନି ମାତୃଭାଷା ଔର ରାଷ୍ଟ୍ରଭାଷା।"

ଦୁଃଖୀ, ଦୀନବନ୍ଧୁ ନେତାଙ୍କଠାରୁ ବିଦାୟ ନେଇ ଚାଲି ଆସିଲେ। ଦୁଃଖୀ ସେଦିନ ଦେଖେଇ ଦେଇଥିଲା ଦୀନବନ୍ଧୁଙ୍କୁ ମହାଭାରତୀୟ ନେତାଙ୍କର ମତିଗତି। ସମସ୍ତଙ୍କ ରକ୍ତରେ ପ୍ରାଦେଶିକତା ପୂରି ରହିଛି। ଖାଲି ଆମ ଓଡ଼ିଆ ନେତାଏ ମହାଭାରତୀୟ ଭାବରେ ଉଦ୍‌ବୁଦ୍ଧ।

ଦୀନବନ୍ଧୁ କହିଲା, "ଉଦ୍‌ବୁଦ୍ଧ ନୁହେଁ ଗଦ୍ ଗଦ୍।"

ଦୁଃଖୀ ଯୋଗ କରିଦେଲା, ଗଦ୍ ଗଦ୍ ନୁହେଁ ଗଧ ଗଧ। ଓଡ଼ିଆ ନେତାଙ୍କରତ ନିଜର କିଛି ଜ୍ୟୋତି ନାହିଁ। ମହାଭାରତୀୟ ନେତାମାନଙ୍କର ଜ୍ୟୋତିରେ ଜ୍ୟୋତିଷ୍ମାନ୍ ସେଇଥିପାଇଁ ଏମାନେ ନିଜର ସ୍ୱାତନ୍ତ୍ର୍ୟ ଭୁଲି ଗୋଡ଼େଇଛନ୍ତି ସେମାନଙ୍କ ପଛରେ।

ଦୀନବନ୍ଧୁ କହିଲା, ସିଂହଭୂମରେ ବିଚ୍ଛିନ୍ନାଞ୍ଚଳରେ ଓଡ଼ିଆମାନଙ୍କ ପାଇଁ କାମ କରିବାଠାରୁ ଆଦିବାସୀ 'ହୋ' ମାନଙ୍କ ଭିତରେ ଯାଇ କାମ କରିବା ବେଶି ଦରକାର। କାରଣ ବିଚ୍ଛିନ୍ନାଞ୍ଚଳ ଓଡ଼ିଆମାନଙ୍କ ଭିତରେ ଜାଗରଣ ଅଣାଇଲେ ଓଡ଼ିଶା ଯାହା ହରାଇଛି ତାହା ଫେରି ପାଇବ। କିନ୍ତୁ ଓଡ଼ିଶାର ଆଦିବାସୀମାନଙ୍କ ଭିତରେ କାମକରି ସେମାନଙ୍କୁ ଆପଣାର କରି ନ ନେଲେ ଓଡ଼ିଶାର ଯାହା ଅଛି ତାହା ବି ହରାଇବ।

କିମିତି? ଦୁଃଖୀ ପଚାରିଲା।

ଓଡ଼ିଶାର ଆଦିବାସୀମାନେ ଦିନେ ନା ଦିନେ ଗୋଟାଏ ସ୍ୱତନ୍ତ୍ର ପ୍ରଦେଶ ଚାହିଁବେ, ଆମେ ଯଦି ସେହି ଭୂମିଜ ଓ ଦିକୁମାନଙ୍କ ମଧ୍ୟରେ ଥିବା ଭେଦକୁ ଘୁଞ୍ଚେଇ ନ ପାରୁଁ।

ଦୁଃଖୀ କହିଲା, ଓଡ଼ିଆ ନେତାମାନଙ୍କର ସବୁ ବୁଦ୍ଧି ଫସର୍‌ଫାଟି ଯିବ। ଓଡ଼ିଶାଟା ପୁଣି ଆଦିବାସୀ ଓ ଅଣଆଦିବାସୀଙ୍କ ଭିତରେ ବଣ୍ଟୁଆରା ହୋଇଯିବ। ତୋର ମନେଥିବ ଦୀନୁ ଓଡ଼ନେଲ କମିଟି ବସିଥିଲାବେଳେ ଛୋଟନାଗପୁରର ଆଦିବାସୀ ନେତାମାନେ ପ୍ରସ୍ତାବ ଦେଇଥିଲେ ଓଡ଼ିଶାଟା ଯଦି ଗୋଟାଏ ସ୍ୱତନ୍ତ୍ର ପ୍ରଦେଶ ହେବାପାଇଁ ଅତି

ଛୋଟ ହୋଇଯାଏ ତେବେ ବିହାରଠାରୁ ଛୋଟନାଗପୁରକୁ ମଧ୍ୟ ଅଲଗାକରି ଏଇ ଦୁଇ ଡିଭିଜନ୍‌କୁ ମିଶାଇ ଗୋଟିଏ ପ୍ରଦେଶ ହେଉ । କାରଣ ସ୍ୱରୂପ ସେମାନେ କହିଥିଲେ କେବଳ ଓଡ଼ିଶା ଓ ଛୋଟନାଗପୁରରେ ଆଦିବାସୀ ଅଛନ୍ତି । ମୁଖ୍ୟ ବିହାର ବା ପାଟ୍‌ନା ଡିଭିଜନ୍‌ରେ ଆଦିବାସୀ ନାହାନ୍ତି କହିଲେ ଚଳେ । କିନ୍ତୁ ବୁଦ୍ଧିମାନ୍ ଓଡ଼ିଆ ନେତାମାନେ ସେଥିରେ ରାଜି ହେଲେ ନାହିଁ, ନାହିଁ କରିଦେଲେ ।

"ଓ ହୋ, ବୁଝିଲି ବୁଝିଲି । ନେତାମାନେ ଡରିଗଲେ । କାଳେ ତାଙ୍କ ନେତୃତ୍ୱ ତାଙ୍କ ହାତରୁ ଖସି ପଳେଇବ, ନୁହେଁ ?" ଦୀନବନ୍ଧୁ କହିଲା ।

"ହଁ ଠିକ୍ ସେଇୟା । ଓଡ଼ିଶା ପ୍ରଦେଶରେ ଓଡ଼ିଆମାନେ ସଂଖ୍ୟାଲଘୁ ହୋଇ ରହିଯାଇଥାଆନ୍ତେ । ଆଦିବାସୀଙ୍କ ସଂଖ୍ୟା ବେଶି ହୋଇ ଯାଇଥାଆନ୍ତା ।" ଦୁଃଖୀ ବୁଝେଇ ଦେଲା ।

"ସେଇ ଡରରେ ବୋଧହୁଏ ସ୍ୱାଧୀନତା ପରେ ପରେ ଓଡ଼ିଆ ନେତାମାନେ ସିଂହଭୂମରୁ ଯେଉଁ ବକଟକ ଓଡ଼ିଶାରେ ମିଶିଥିଲା ତାକୁ ବିହାର ସରକାର ହାତରେ ଟେକିଦେଲେ ।"

"ବିହାର ସରକାର ହାତରେ ନୁହେଁ, ବିହାରରେ ସିନା ମିଶିଲା କିନ୍ତୁ ପ୍ରକୃତରେ ସେମାନେ ଟେକିଦେଲେ ସର୍ବଭାରତୀୟ ନେତାଙ୍କ ହାତରେ ।"

"ଏ ଦୁର୍ବୁଦ୍ଧି ତାଙ୍କୁ କାହିଁକି ଦୁଶିଲା ?" ପଚାରିଲା ଦୀନବନ୍ଧୁ ।

ଦୁଃଖୀ ଉତ୍ତର ଦେଇଥିଲା, ସୁନାପୁଅ ହେବାପାଇଁ । କେନ୍ଦ୍ରମନ୍ତ୍ରୀ, ଗଭର୍ଣ୍ଣର ହେବାପାଇଁ । ଭବିଷ୍ୟତରେ ରାଷ୍ଟ୍ରଦୂତ ହେବା ଆଶାରେ ।

ତୁ ଯାହା କହୁଥିଲୁ ଏକ୍‌ଦମ୍ ଠିକ୍ । ଏମାନଙ୍କର ନିଜର ଜ୍ୟୋତି ନାହିଁ । ମହାଭାରତୀୟ ନେତାଙ୍କ ଜ୍ୟୋତିରେ ଜ୍ୟୋତିଷ୍ମାନ୍ ।

ଜେଲ୍‌ଖାନାରେ ଥିଲାବେଳେ ବି ନାନା ପ୍ରସଙ୍ଗରେ ଦୀନୁ ତା'ର ଦୃଢ଼ମତ ପ୍ରକାଶ କରିଛି ଯେ ଓଡ଼ିଆ ଓ ଆଦିବାସୀ ମିଶ୍ରଣ ବିନା ଓଡ଼ିଶାର ଭବିଷ୍ୟତ ଅନ୍ଧକାର । ଦୁଃଖୀ ଆଉ ତା'ର ସାଥୀମାନେ ଅନେକ ସମୟରେ ଦୀନୁର ଆଦିବାସୀ ଅଞ୍ଚଳରେ କାମ କରିବାର ସ୍ପୃହା ଦେଖି ତାକୁ ହସୁଥିଲେ । ତୁ ନିଶ୍ଚୟ ଗୋଟାଏ ଆଦିବାସୀ ବାହା ହବୁ ଦେଖାଗଲାଣି ବୋଲି ତାକୁ ଥଟ୍ଟା କରୁଥିଲେ ।

ସେଇୟା ହେଲା । ଦୀନୁ ଯାହା କହୁଥିଲା ଅକ୍ଷରେ ଅକ୍ଷରେ ସେଇୟା ଫଳିଲା ଆଉ ଦୀନୁକୁ ଯାହା କୁହା ହେଉଥିଲା ତାହା ବି ଘଟିଗଲା ।

ଝାଡ଼ଖଣ୍ଡ ଆନ୍ଦୋଳନ ହେଲା । ଛୋଟନାଗପୁରର ଆଦିବାସୀ ଅଞ୍ଚଳ ଓ ଉତ୍ତର ଓଡ଼ିଶାର ଆଦିବାସୀ ଅଞ୍ଚଳକୁ ମିଶାଇ ଗୋଟିଏ ଗୋଟିଏ ସ୍ୱତନ୍ତ୍ର ପ୍ରଦେଶ କରିବାକୁ

ଦାବୀ ଉଠିଲା। ଖାଲି ସେତିକି ନୁହେଁ, ପୁଣି ପଶ୍ଚିମ ଓଡ଼ିଶା ପୂର୍ବ ଓଡ଼ିଶା ଭିତରେ ଭେଦଭାବର ସୃଷ୍ଟି କରି ଏବେ ଓଡ଼ିଆ ନେତାମାନେ ଓଡ଼ିଶାଟାକୁ ନିଜ ନିଜ ଭିତରେ ଭାଗବଣ୍ଟା କରି ବସିଲେଣି। ପଶ୍ଚିମ ଓଡ଼ିଶାଟା କୁଆଡ଼େ କୋଶଳ ରାଜ୍ୟ ହବ।

ସତକୁ ସତ ଶେଷକୁ ଦୀନୁ ଗୋଟାଏ ଆଦିବାସୀ ଝିଅକୁ ବିଭାହେଲା। ଚିନ୍‌ମିନିକୁ ବିଭାହେଲା ବୋଲି କହିଲେ ଠିକ୍ ହେବ ନାହିଁ। ବରଂ ଉଦ୍ଧାରକଲା ବୋଲି କହିଲେ ଠିକ୍ ହେବ। ଦୀନୁକୁ ଯଦି କେହି ଥଟ୍ଟାକରେ, 'ହଇରେ ଦୀନୁ, ତତେ କଣ କିଛି ମିଳିଲା ନାହିଁ ଶେଷକୁ ଗୋଟିଏ ଆଦିବାସୀ ଝିଅକୁ ବିଭାହୋଇ ପଡ଼ିଲୁ' ?

ଦୀନୁ ଉତ୍ତର ଦିଏ, ଅନ୍ଧାରରେ ଖାଇଲେ ଯାହା ଆଲୁଅରେ ଖାଇଲେ ତାହା। ମୁଁ ଆଦିବାସୀ ବାହାହେଲି। ତମେ ସବୁ ଆଉ କଣ କରିଛ କି ? ତମେ ସବୁ ଯାହାଙ୍କୁ ବାହା ହୋଇଛ ସେ ସମସ୍ତେ ଆଦିବାସୀ। ତମେ ଭାବିଛକି ତମେ ସବୁ ଆର୍ଯ୍ୟ, କଶ୍ୟପ ଋଷିଙ୍କ ଘର କାସ୍ପିୟାନ୍ ହ୍ରଦ ନିକଟରୁ ଆସିଛ ? ଆମେ ହେଲୁ ଗୋଟାଏ ମିଶ୍ରିତ ଜାତି। ଆମ ରକ୍ତରେ ଆର୍ଯ୍ୟ ଅନାର୍ଯ୍ୟ ଆଉ ମଙ୍ଗୋଲିୟନ୍ ରକ୍ତ ମିଶିଛି। ତା'ଛଡ଼ା ଓଡ଼ିଆ ସଂସ୍କୃତି ମଧ୍ୟ ଆର୍ଯ୍ୟ ନୁହେଁ କି ଅନାର୍ଯ୍ୟ ନୁହେଁ - ଉଭୟର ସମନ୍ୱୟ। ଶବର ଠାକୁର ଜଗାବଳିଆଙ୍କୁ ଆମେ କଣ ମିଛୁଟାରେ ପୂଜା କରୁଁ।

ଚିନିମିନିକୁ ବାହାହୋଇ ଦୀନବନ୍ଧୁ ଖୁବ୍ ସୁଖୀ। ତା'ର ସଂସାର ସୁଖର ସଂସାର। ଏ ବିବାହଟା ଠିକ୍ ପ୍ରେମ ବିବାହ ନୁହେଁ। ତା' ମୂଳରେ କୌଣସି ରୋମାଞ୍ଚକର କାହାଣୀ ନାହିଁ। ତଥାପି ବୈଚିତ୍ର୍ୟ ଅଛି।

ଗୁଣପୁର ଆଉ କୋରାପୁଟ ସୀମାରେ ଆଦିବାସୀ ଅଞ୍ଚଳରେ ଦୀନବନ୍ଧୁ କାମ କରୁଥାଏ। ଆଦିବାସୀମାନଙ୍କୁ ସେ ପାଠ ପଢ଼ଉଥିଲା।

ଚିନିମିନି ଥିଲା ତା'ର ଛାତ୍ରୀ। ଆଦିବାସୀ ଝିଅଟିଏ। ଆଶ୍ରମ ସ୍କୁଲରେ ପଢୁଥାଏ। ଆଉ ପିଲାଙ୍କ ସାଙ୍ଗରେ ଚିନିମିନି ପ୍ରାର୍ଥନା ବୋଲେ। ତା' କଣ୍ଠଟି ଭାରି ମିଠା। ତା' ମୁହଁରେ ଓଡ଼ିଆ ଭାଷା ଶିଶୁର ଦରୋଟି ଭଳି ଶୁଭେ। ପ୍ରାର୍ଥନା ବୋଲିଲାବେଳେ ତା' ସ୍ୱର ଥରିଉଠେ। ଚିନିମିନି ତନ୍ମୟ ହୋଇ ବୋଲେ। ଦୀନୁ ବି ତନ୍ମୟ ହୋଇ ଶୁଣେ। ବାସ୍ ସେତିକି। ଚିନିମିନି କିଏ ? ତା' ଘର ସ୍କୁଲରୁ କେତେ ଦୂର ? ଦୀନୁ ଜାଣିନଥିଲା କି କେବେ କାହାଠୁଁ ପଚାରି ବୁଝିବା ଆଗ୍ରହ ନଥିଲା ତା'ର।

ବଣ ଭିତରେ ଆଦିବାସୀ ପଲ୍ଲୀ ଅନେକ ଗୁଡ଼ିଏ ଏଠି ସେଠି ହୋଇଥାଏ। ସେଇ ଗାଁମାନଙ୍କରେ ବୁଲୁଁ ବୁଲୁଁ ଦୀନୁ ଦିନେ ଦୈବାତ୍ ଆସି ପହଞ୍ଚିଲା ଗୋଟିଏ ଆଦିବାସୀ କୁଡ଼ିଆ ଦୁଆରେ। ଝିଅଟିଏ ଠିଆ ହୋଇଛି। ସେ ଚିନିମିନି। ଚିହ୍ନିଲା

ଦୀନୁ। ଦୀନୁକୁ ଦେଖି ଚିନିମିନି ଦଉଡ଼ିଗଲା ଘର ଭିତରକୁ। ଡାକି ଆଣିଲା ତା' ବାପାକୁ ସାଙ୍ଗେ ସାଙ୍ଗେ। ଚିନିମିନିର ବାପା ଆସି ଖଟିଆଖଣ୍ଡେ ପକେଇଦେଲା ଦୀନୁର ବସିବା ପାଇଁ। ଦୀନୁ ବସିପଡ଼ିଲା ନିଃସଙ୍କୋଚରେ। ଚିନିମିନି ଆସି ପାଖରେ ଠିଆ ହେଲା। ତା' ବାପା ବସିଲା ଖଣ୍ଡେ ମାଛିଆ ଉପରେ ଖଣ୍ଡେ ଦୂରରେ।

ଚିନିମିନି ଦେହରେ ଲାଜର ଗନ୍ଧ କିଏ ଲଗେଇ ଦେଲାପରି ଲାଗିଲା ଦୀନୁକୁ। ଚିନିମିନି ଭାରି ଲାଜକୁଳୀ ଝିଅ। ଦୀନୁ କହିଲା – 'ଚିନୁ ଯେତେବେଳେ ଲାଜକରେ, ମନେହୁଏ ତା'ର ସରଳତାର ରଙ୍ଗ ଯେପରି ତା' ମୁହଁରେ ଏଠି ସେଠି ଛାବ୍‌ଛାବ୍‌ଲା ହୋଇ ଲାଗିଛି।'

ଦିନେ ତା' ବାହାଘର କଥା ବଖାଣୁଥାଏ ଦୀନୁ, ତା' ଦୁଇ ସାଙ୍ଗଙ୍କ ଆଗରେ। ଘନ ଆଉ ଦୁଃଖୀ ଶୁଣୁଥାନ୍ତି ମନ ମୁନକୁ ଲଗେଇ।

ଘନ କହିଲା – "ଆଦିବାସୀ ଝିଅଙ୍କର ଲାଜଟା ଦିହରେ ନଥାଏ। ଥାଏ ମୁହଁରେ। ସେଇଟାକୁ ଅନେକ ସମୟରେ ଆମ ଏଣିକାର ଲୋକେ ପ୍ରେମ ବୋଲି ଭୁଲ୍ ବୁଝି ନିଅନ୍ତି। ଆଦିବାସୀ ଅଞ୍ଚଳରେ ଜଣେ ସରକାରୀ ଅମଲାଙ୍କଠାରୁ ମୁଁ ନିଜେ ଶୁଣିଛି ଏକଥା। ଏ ନୂଆହୋଇ ଯାଇଥାଆନ୍ତି ସେ ଅଞ୍ଚଳକୁ। ଛୁଆପିଲା ସାଙ୍ଗରେ ନେଇ ନଥାନ୍ତି କ୍ୱାଟରରେ ଥାଆନ୍ତି ଏକୁଟିଆ। ଆଦିବାସୀ ଝିଅଟିଏ କାମ କରୁଥାଏ ତାଙ୍କ ଘରେ। ନହୁଲି ବୟସ। ସମ୍ଭାଳି ପାରିଲେ ନାହିଁ ସରକାରୀ ଅଫିସର୍। ଏକେ ଟୋକା। ତା'ପରେ କ୍ଷମତା, ପୁଣି ଧନ। ଏକୈକୋଽପି ଅନର୍ଥାୟ –

ଦୀନୁ ପଚାରିଲା, କଣ ଅନର୍ଥ ଘଟିଲା ବୋଧହୁଏ ? –

ବୋଧହୁଏ କଣ ? ବାବୁ ଡାକିନେଲେ ସେ ଟୋକିକୁ ଘର ଭିତରକୁ। କହିଲା ଦିନୁ।

ଉହୁଁ, କଥାଟା ଏଡ଼େ ସହଜ ନୁହେଁ। ସେ ଝିଅତ ଚିତ୍କାର କରିଥିବ। ଭାରି ହୋହଲ୍ଲା ହେଇଥିବ। ସେ ଅଫିସରର ଜୀବନ ରହିଲା ନା ଗଲା ? ପଚାରିଲା ଘନ।

ପାଟି ଛାଟି କରିନାହିଁ। ବାବୁ ଯେମିତି ଧରି ପକେଇଛନ୍ତି, ସେ ରହ, ମୁଁ ଆସୁଛି କହି ପଳେଇଲା। ସାଙ୍ଗେ ସାଙ୍ଗେ ଡାକି ଆଣିଲା ତା' ବାପକୁ।

ତା'ପରେ ? ପଚାରିଲା ଦୁଃଖୀ।

ତା'ପରେ ଆଉ କଣ ହୁଅନ୍ତା ? ବାପ ମା' ଦିହିଁକି ଦିହେଁ ଆସି ପହଞ୍ଚିଲେ ନୂଆ ନାତିକି ଦେଖିବା ପାଇଁ।

ଶୁକୁରା କହିଲା, ନାତି ! ନାତି କିମିତି ହେଲା ? ଦୁଃଖୀ କହିଲା, ପୁରାଣ କଥା ଆଉ ସତ ହେଲା କି ? କାର୍ତ୍ତିକେୟ ଜନ୍ମ ହେଲେ ବୋଲି।

ଦୀନା କହିଲା, ନା ନା କାର୍ତ୍ତିକେୟ ଫାର୍ତ୍ତିକେୟ କେହି ଜନ୍ମ ହୋଇ ନାହାନ୍ତି। ନାତି ହେଲେ ପରା ସେଇ ଅଫିସର୍ ନିଜେ।

କିମିତି ? ଏକାସାଙ୍ଗରେ ପଚାରିଲେ ସମସ୍ତେ।

ଦୀନା କହିଲା, କେତେକ ଆଦିବାସୀଙ୍କ ଭିତରେ ରିବାଜ ଅଛି, ଯଦି କୌଣସି ପୁରୁଷ ଅନ୍ୟ କୌଣସି ସ୍ତ୍ରୀ ସ୍ତନରେ ହାତ ମାରିଦେଲା ତେବେ ସେଇ ମୁହୂର୍ତ୍ତରୁ ସେ ସ୍ତ୍ରୀ ସେ ପୁରୁଷକୁ ପୁଅ ବୋଲି ଡାକିବ। କାରଣ ସ୍ତନରେ କେବଳ ସନ୍ତାନର ଅଧିକାର, ସ୍ୱାମୀର ନୁହେଁ।

ଶୁକୁରା କହିଲା, ବଡ଼ ଅଜବ ଜାତି ତ ? ଏମାନଙ୍କର ଧାଡ଼ି ସାଡ଼ି କିଛି ନାହିଁ।

ଘନ କହିଲା - ମତେ ତ ଲାଗୁଛି ଏଇମାନେ ହିଁ ପ୍ରକୃତ ସଭ୍ୟ। ସ୍ତନର ସୃଷ୍ଟି ତ କେବଳ ସନ୍ତାନ ପାଇଁ। ସନ୍ତାନ ଜାତ ହେଲେ ସ୍ତନରେ କ୍ଷୀର ସଞ୍ଚାର ହୁଏ। ତେଣୁ ଏ ପ୍ରଥା ମୂଳରେ ଗୋଟାଏ ବିରାଟ ସଭ୍ୟତାର ଇତିହାସ ମୁଁ ସ୍ପଷ୍ଟ ଦେଖି ପାରୁଛି।

ଦୁଃଖୀ କହିଲା, ସେଇଥିପାଇଁ ବୋଧହୁଏ ଦୀନା, ଏଇ ବିରାଟ ସଭ୍ୟତାକୁ ଆପଣାର କରି ନେଲା।

ପରିହାସଟାକୁ ଉପଭୋଗ କଲା ଦୀନବନ୍ଧୁ।

ସମସ୍ତେ ହସିଲେ।

ଘନ କହିଲା - ହଉ, ଛାଡ଼୍ ସେ କଥା। ଏବେ ଆମ କଥା ପଡୁ। ଏତେବେଳଯାଏ ଗୋଟାଏ ଲୋକ ଖାଲି ଗୁମ୍‌ମାରି ବସିଛି। ଶୁଣୁଛି। ମୁଣ୍ଡ ହଲଉଛି କିନ୍ତୁ କିଛି କହୁନାହିଁ।

ଘନ କହିଲା, ଗ୍ରାମବାସୀ ସମସ୍ତଙ୍କର ସମର୍ଥନ ମିଳିବ ତ।

ବୋଧହୁଏ ମିଳିବ। ଦୁଃଖୀ କହିଲା।

ଭାଗୁମାହାନ୍ତି ? ପଚାରିଲା ଦୀନା।

ଆମ ମସୁଧା ଶୁଣି, ମୋର ଯେତେଦୂର ମନେହୁଏ, ଭାଗୁ ମାହାନ୍ତି ଡରି ଯାଇଛି।

ଶୁକୁରା କହିଲା - ଭାଗୁ ମାହାନ୍ତି ଡରିବା ଲୋକ ନୁହେଁ। ଭାଗୁ ମାହାନ୍ତି କି ଯିଏ ନ ଚିହ୍ନିଛି ସେ ତା' ସାରା ବାପକୁ ବି ଚିହ୍ନି ନାହିଁ। ତା'ର ବାହାର ଗୋଟାଏ ଭିତର ଗୋଟାଏ। ଉପରେ ଭଲେଇ ହଉଥିବ। ଭିତରେ ଭିତରେ ଚେର କାଟିବାରେ ଲାଗିବଣି। ମୋର ଯାହା ଖବର, ସେ ଦଶ ପାଞ୍ଚ ଗୁଣ୍ଡା ଯୋଗାଡ଼୍ କରିଛି। ପାଣ ସାହିରେ କେତୁଟା ମାହାନ୍ତି ସାହିରେ କେତୁଟା ଟୋକାଙ୍କୁ ସେ ଖୋଇ ପେଇ ପୋଷୁଛି। ତମେ ସତ୍ୟାଗ୍ରହ କଲାବେଳେ ନିଶ୍ଚୟ କିଛି ଗୋଟାଏ ଗଣ୍ଡଗୋଳ ହେବ।

ସେ କଣ କରୁଛି କରୁ। ଘନ କହିଲା।

ଦୁଃଖୀ କହିଲା – ତୋର କିଛି ଡରିବାର ନାହିଁ ଶୁକୁରା। ତୁ ଆଉ ସାଉଁଟା ନିରାପଦ।

ମାନେ ? ପଚାରିଲା ଶୁକୁରା।

ଦୁଃଖୀ କହିଲା – ମାନେ, ତୁମ ଦୁହିଁଙ୍କୁ ସତ୍ୟାଗ୍ରହରେ ଯୋଗ ଦେବାକୁ ଦିଆଯିବ ନାହିଁ।

କାହିଁକି ? ଶୁକୁରା ରାଗିଗଲା।

ଦୁଃଖୀ କହିଲା, ଯେଉଁମାନଙ୍କର ଜମି ଚାଲି ଯାଇଛି, ସେମାନେ ଏ ଜମି ଦଖଲ ସତ୍ୟାଗ୍ରହରେ ଯୋଗଦେଇ ପାରିବେ ନାହିଁ। ତୋର ଓ ସାଉଁଟାର ଜମି ଯାଇଛି ପରା ?

ମୋର କି ଜମି ? ଜମି ଭାଗୁ ମାହାନ୍ତିର। ସେ କୋରକ୍ ନିଲାମ କରି ମୋ ଜମି ନେଇ ଯାଇଛି। ବରଂ ଭାଗୁ ମାହାନ୍ତି ସତ୍ୟାଗ୍ରହରେ ଯୋଗଦେବା ଉଚିତ୍ ନୁହେଁ। ମୁଁ କାହିଁକି ନ ଦେବି ? ଅଲବତ ଦେବି। ଆଜାଦ୍ ହିନ୍ଦ୍ ଫୌଜର ଲୋକେ ଯୁଦ୍ଧବେଳେ ପଛକୁ ହଟିଯିବା ଶିଖି ନାହାନ୍ତି।

ଠିକ୍ କଥା। କହିଲା ଦୀନା। ଶୁକୁରାର ତ ଜମି ନାହିଁ। ସେ ଜମି ଆଇନତଃ ଭାଗୁ ମାହାନ୍ତିର। ଭାଗୁ ମାହାନ୍ତି ବିକିଛି ଚିରଞ୍ଜିଲାଲ୍‌କୁ। ଆଉ ଶୁକୁରା, ସାଉଁଟାର ଜମି ସରକାର ଜବରଦସ୍ତି କିଣି ଦଖଲ ଦେବେ ଚିରଞ୍ଜିଲାଲ୍‌କୁ। ଶୁକୁରା, ସାଉଁଟା ଦିହିଁକି ଦିହେଁ ରାଜି। ଟଙ୍କା କେହି ନେବେ ନାହିଁ ସରକାରଙ୍କଠୁ। ଚିରଞ୍ଜିଲାଲ୍ ପୁଲିସ୍ ଧରି ଦଖଲ ନେବାକୁ ଆସିଲେ, ଆମେ ବାଧା ଦେବା।

ଗାଁଯାକ ସମସ୍ତେ ଆସିବେ ତ ? ପଚାରିଲା ଶୁକୁରା।

ମୁହଁରେ ତ ସମସ୍ତେ କହିଛନ୍ତି, ଦୁଃଖୀ କହିଲା। ମୁଁ ଘରଘରକା ଯାଇ ପଚାରିଛି। ବୁଝିଛି। ସମସ୍ତେ ଆସିବେ। ସତ୍ୟାଗ୍ରହରେ ଯୋଗ ଦେବେ। କିନ୍ତୁ ଆମେ ଏକାଥରକେ ସମସ୍ତେ ସତ୍ୟାଗ୍ରହ ନକରି ଦଳ ଦଳ କରି ପଠେଇବା। ନା କଣ କହୁଛୁ ଘନ ?

ହଁ ସେଇଟା ଠିକ୍ ବାଟ। କହିଲା ଘନ।

ଏତେବେଳେକେ କାଶୀ ପାଟି ଫିଟାଇଲା। କହିଲା – ଗାଁଟାଯାକ ଏକାଥରକେ ଉଠି ଆସିଲା ପରି ମତେ ଲାଗୁନାହିଁ। କଥାଟା ଏତେ ସହଜ ବୋଲି ବିଚାର ନାହିଁ। ଆଜି ଯେଉଁମାନେ ହଁ କହୁଛନ୍ତି, ପରେ ହୁଏତ ସେମାନେ ଓହରି ଯିବେ। ଦୁଃଖୀଆନ୍ନା ଉପ୍ରୋଧରେ ପଡ଼ି ହୁଏତ ସେମାନେ ରାଜି ହୋଇ ପାରନ୍ତି। କାଲି ସକାଳୁ ଶୁଣିବ ଭିନେ କଥା। ଏଇକଥା ସବୁଠି ହୁଏ। ୧୯୩୦ ଲବଣ ସତ୍ୟାଗ୍ରହ, ୧୯୪୨

ଭାରତଛାଡ଼ ଆନ୍ଦୋଳନ ଅଭିଜ୍ଞତାରୁ ମୁଁ କହୁଛି । ସେତେବେଳେ ଗୋଟାଏ ଉତ୍ତେଜନା ହେଲେ ଥିଲା । ଏବେ ତ ସବୁ ଥଣ୍ଡା । ତାତିଲା ରକ୍ତ ନଥାଇ ଆନ୍ଦୋଳନ କଲେ କିଛି ଫଳ ମିଳିବ ନାହିଁ ।

ଦୁଃଖୀ ପଚାରିଲା, "ତୁ ତେବେ କଣ କହୁଛୁ ? ଆନ୍ଦୋଳନ କରିବା ନାହିଁ ?"

ନା, ମୁଁ ସେକଥା କହୁନାହିଁ । ଆନ୍ଦୋଳନ କରିବା, ଆଗରୁ ଲୋକଙ୍କୁ ଟିକେ ତତେଇ ଦେବାକୁ ହବ ।

ତତେଇବ କିମିତି ? ଘନ ପଚାରିଲା ।

ବିନା ସଂଗଠନରେ ଲୋକ ତାତିବେ ନାହିଁ । ଗାନ୍ଧିଜୀ କଣ କରିଥିଲେ ? ଦଶବର୍ଷ ସଂଗଠନ ତାପରେ ବିପ୍ଳବ । ୧୯୩୦ରେ ଲବଣ ସତ୍ୟାଗ୍ରହ । ପୁଣି ୩୦ରୁ ୪୦ ଭିତରେ ସଂଗଠନ । ତା' ଭିତରେ ହରିଜନ ଉଦ୍ଧାର, ଖଦୀ ପ୍ରଚାର ଇତ୍ୟାଦି । ତା'ପରେ ୧୯୪୧ରେ ବ୍ୟକ୍ତିଗତ ସତ୍ୟାଗ୍ରହ ଓ ୧୯୪୨ରେ ଭାରତ ଛାଡ଼ ଆନ୍ଦୋଳନ । ଖାଲି ସଂଗଠନରେ କାମ ଚାଲେ ନାହିଁ କି ଖାଲି ଆନ୍ଦୋଳନରେ ଫଳ ମିଳେ ନାହିଁ ।

କାଶୀ ସହିତ ଦ୍ୱିମତ ହେବାର କୌଣସି କାରଣ ନଥିଲା ଦୁଃଖୀର । କିନ୍ତୁ ସେ ବିଶ୍ଳେଷଣ କରି ଦେଖୁଥିଲା ସଂଗଠନର ଉଦ୍ଦେଶ୍ୟ ଦୁଇ ପ୍ରକାର ହୋଇପାରେ । ଆତ୍ମରକ୍ଷା ଓ ଆକ୍ରମଣ । ପୁଣି ଆତ୍ମରକ୍ଷା ପାଇଁ ଆକ୍ରମଣ କରାଯାଇପାରେ । କାରଣ ଆକ୍ରମଣ ଆତ୍ମରକ୍ଷାର ଶ୍ରେଷ୍ଠ କୌଶଳ । ସେମିତି ଆକ୍ରମଣ କରିବାକୁ ହେଲେ ପ୍ରଥମେ ଆତ୍ମରକ୍ଷା ହିଁ ଆବଶ୍ୟକ ।

ଦୁଃଖୀର ଏ ବିଶ୍ଳେଷଣ ଶୁଣି ନାନା ଆଲୋଚନା ଚାଲିଲା । ଶେଷରେ ନିଷ୍ପତ୍ତି ହେଲା – ଆଗ ସଂଗଠନ କରିବାକୁ ହେବ । ସେ ସଂଗଠନର ପ୍ରଥମ କାମ ହେବ ଆତ୍ମରକ୍ଷା । ଆବଶ୍ୟକ ହେଲେ ଆକ୍ରମଣ ମଧ୍ୟ । ଲକ୍ଷ୍ୟ ହେବ ସହରର ଶୋଷଣରୁ ଗ୍ରାମକୁ ରକ୍ଷା କରିବା । ସେଥିପାଇଁ ସହର ଉପରେ ଆକ୍ରମଣ ମଧ୍ୟ ହୋଇପାରେ ।

ଶୁକୁରା କହିଲା, ଶୁଣିଛନ୍ତି ରାମବାବୁ ଆମ ସାଙ୍ଗରେ ଯୋଗ ଦେବେ ବୋଲି କହିଲେଣି ।

କହିଲେଣି ! ଘନ ଆଶ୍ଚର୍ଯ୍ୟ ହେଲା ।

ମୋର ବିଶ୍ୱାସ ନୁହେଁ – ଦୁଃଖୀ କହିଲା । ରାମବାବୁ, ସହରମୁଖୀ ଶିଳ୍ପ ବିପ୍ଳବରେ ତାଙ୍କର ବିଶ୍ୱାସ । ଶିଳ୍ପକ୍ଷେତ୍ରରେ ଶୋଷିତମାନେ ହିଁ ଏ ଦେଶରେ ଏକଛତ୍ର ରାଜତ୍ୱ କରିବେ ବୋଲି ସେମାନେ ଦଳ ସୃଷ୍ଟି କରିଛନ୍ତି । ସୁତରାଂ ତାଙ୍କ ସ୍ୱାର୍ଥ ସହରରେ । ସହର ବିରୋଧରେ ସେ ଯିବେ କାହିଁକି ?

ଦୀନା କହିଲା - ସବୁ ରାଜନୈତିକ ଦଳର ଅବସ୍ଥା ସେଇୟା। ସମସ୍ତଙ୍କର ମୁହଁ ସହର ଆଡ଼କୁ। ଯିଏ ନେତା ହେଲା ସେ ଯାଇ ସହରରେ। ବରଂ କହିଲେ ଠିକ୍ ହେବ ଯେ ସହରବାସୀ ନହେଲେ କେହି ନେତା, ଏମ୍.ଏଲ୍.ଏ, ଏମ୍.ପି. ବା ମନ୍ତ୍ରୀ ହୋଇ ପାରିବେ ନାହିଁ।

ଦୁଃଖୀ କହିଲା - ସତ। ସବୁ ରାଜନୈତିକ ଦଳର ଲକ୍ଷ୍ୟ, ସହରର ଶିଳ୍ପାଞ୍ଚଳମାନଙ୍କରେ ଥିବା ଟ୍ରେଡ୍ ୟୁନିୟନମାନଙ୍କୁ ହାତ କରିବା। ତେଣୁ ଦେଶରେ ବିଭିନ୍ନ ଟ୍ରେଡ୍ ଇୟୁନିୟନ୍ ବିଭିନ୍ନ ନାମରେ ଗଢ଼ି ଉଠିଛନ୍ତି, ଯଥା- ଟ୍ରେଡ୍ ଇୟୁନିୟନ କଂଗ୍ରେସ।

ଘନ କହିଲା - ଖାଲି କଣ ଟ୍ରେଡ୍ ଇୟୁନିୟନ୍? ସ୍କୁଲ, କଲେଜର ଛାତ୍ରମାନଙ୍କୁ ହାତେଇବାପାଇଁ ସବୁ ରାଜନୈତିକ ଦଳ ପାଣି ପିଇ ଲାଗିଛନ୍ତି। କଂଗ୍ରେସର ଷ୍ଟୁଡେଣ୍ଟ ଇୟୁନିୟନ, କମିଉନିଷ୍ଟଙ୍କର ଷ୍ଟୁଡେଣ୍ଟସ୍ ଫେଡେରେସନ୍, ପି.ଏସ୍.ପି.ର ବୋଧହୁଏ ଛାତ୍ର କଂଗ୍ରେସ ନା କଣ, ଆଉ ବିଦ୍ୟାର୍ଥୀ ପରିଷଦ ହେଉଛି ଜନସଂଘର। ଏବେ ସୋସାଲିଷ୍ଟ ଇୟୁନିୟନ ସେଣ୍ଟରର କି କଣ ଗୋଟିଏ ଛାତ୍ର ସଂଘ ହୋଇଛି। ତା ନାଁ ଦିଆଯାଇଛି ପ୍ରଗତିବାଦୀ ଛାତ୍ର ଇୟୁନିୟନ। ଏମିତି କେତେ କଣ।

କାଶୀ କହିଲା - ଏହି ରାଜନୈତିକ ଦଳର ନେତାମାନେ ହିଁ ଛାତ୍ରମାନଙ୍କୁ ବିଭ୍ରାନ୍ତ କରୁଛନ୍ତି। ଯେତେ ପ୍ରକାର ଛାତ୍ର ବିଶୃଙ୍ଖଳା ହେଉଛି, ସେସବୁ ପାଇଁ ଏଇମାନେ ହିଁ ଦାୟୀ। ଏଇମାନଙ୍କୁ ଗୁଳିକରି ମାରିଦେଲେ ଅନ୍ୟାୟ ହେବନାହିଁ।

ହିଂସା ତ ହେବ। ଦୁଃଖୀ ହସି ହସି କହୁଥାଏ।

ନା, କାଶୀ ଜବାବ ଦେଲା। ରୋଗର ଜୀବାଣୁକୁ ନଷ୍ଟ କରିବା ହିଂସା ନୁହେଁ।

ଦୀନବନ୍ଧୁ କହିଲା - ମୋର କାହିଁକି ଆଶଙ୍କା ହୁଏ, ଏଇ ଛାତ୍ରମାନେ ଏଇ ନେତାମାନଙ୍କୁ ଦିନେ ନା ଦିନେ ଗୁଳିକରି ମାରିବେ।

ଦୁଃଖୀ କହିଲା - ତୋର ଆଶଙ୍କା ଅଯଥା ନୁହେଁ। କିନ୍ତୁ ଆମର କର୍ତ୍ତବ୍ୟ ଏଇ ସୁଅର ମୋଡ଼କୁ ଫେରେଇବା। ଯୁବକମାନଙ୍କର ହିଂସ୍ର ମନୋବୃତ୍ତି ବଡ଼ ମାରାତ୍ମକ। ବର୍ତ୍ତମାନ ବାତାବରଣରୁ ହିଂସା ଲୋପ ନକଲେ ଦେଶର ଭବିଷ୍ୟତ ଅନ୍ଧକାର। ଆମକୁ ମହାତ୍ମାଗାନ୍ଧୀଙ୍କର ପନ୍ଥା ବାଛି ନେବାକୁ ହେବ। ସବୁ ପ୍ରକାର ସମସ୍ୟାର ସମାଧାନ ପାଇଁ ଅହିଂସାର ପ୍ରୟୋଗ ଅପରିହାର୍ଯ୍ୟ ହୋଇଗଲାଣି।

କାଶୀ କହିଲା - ମୋର ସେଥିରେ ବିଶ୍ୱାସ ନାହିଁ। ଶୁକୁରା ଉଠିପଡ଼ି କହିଲା, ମୁଁ ବି ଅହିଂସା ଫହିଂସାରେ ବିଶ୍ୱାସ କରେ ନାହିଁ।

ମୁଁ ତମର ସବୁ ପ୍ରସ୍ତାବ ଶୁଣିଛି। କାଶୀ ଗୋଟିଏ ନାତିଦୀର୍ଘ ବକ୍ତୃତା ଦେବାରେ

ଲାଗିଲା। ତମେ ଗୁଡ଼ିଏ ମାଇଚିଆ ଏଠି ଏକାଠି ହେଇଛ। ଯୁଗ ବଦଳି ଯାଇଛି। ଗାନ୍ଧିଜୀ ଥିଲେ ଏହି ପ୍ରକାର ହିଂସାକୁ ସେ ଆଜି ଅହିଂସା ଆଖ୍ୟା ଦେଇଥାନ୍ତେ। ମଶା, ମାଛି, ଛାରପୋକ ମାରିବା ହିଂସା ନୁହେଁ।

ଦୁଃଖୀ କହିଲା - ତା'ହେଲେ ତୁ କଣ କରିବା ପାଇଁ କହୁଛୁ ?

କାଶୀ କହିଲା, ମୁଁ ତ କହିଲି ଆଗେ ସଂଗଠନ କର, ତା'ପରେ ଆକ୍ରମଣ।

ଅହିଂସା ଉପାୟରେ ତ ? ଦୁଃଖୀ ପଚାରିଲା।

ହିଂସା ଅହିଂସାର ପ୍ରଶ୍ନ ଉଠାଅ ନାହିଁ - କହିଲା କାଶୀ। ଅନ୍ୟାୟକୁ ସହ୍ୟ କରିବା ହିଂସା। ଅନ୍ୟାୟର ପ୍ରତିରୋଧ କରିବା ଅହିଂସା।

ଦୀନବନ୍ଧୁ କହିଲା, ତୁ ଯେଉଁ ସଂଗଠନ କଥା କହୁଛୁ କାଶୀ, ସେ ପ୍ରକାର ସମ୍ଭବ ହେବ କି ନାହିଁ ଏବେ ସନ୍ଦେହ। ଏତେ ତ ସଂଗଠନ କହିଲେ ଟଙ୍କା। ଟଙ୍କା ଦେଲେ ସଂଗଠନ ହେଲା। ଗଲା ତିନିଟା ସାଧାରଣ ନିର୍ବାଚନ ଆମକୁ ଏଇୟା ଶିଖେଇଛି।

ଘନ କହିଲା, ଠିକ୍ କଥା। ଏବେ ତ କୌଣସି ରାଜନୈତିକ ଦଳର କୌଣସି ସଂଗଠନ ନାହିଁ। ନିର୍ବାଚନ ବେଳେ ଗୋଟାଏ ହୁଗୁଳା ସଂଗଠନ ଆପେ ଆପେ ଗଢ଼ି ହୋଇଯାଏ। ନିର୍ବାଚନ ସଇଲେ ସେ ପୁଣି ମରିଯାଏ। ସେ କ୍ଷେତ୍ରରେ ଆମର କର୍ତ୍ତବ୍ୟ କଣ ?

କାଶୀ କହିଲା, କର୍ତ୍ତବ୍ୟ ହେଉଛି ଚୁପଚାପ୍ ବସିଯିବା। ଯୋ ହୋତା ହୈ ଉସେ ହୋନେ ଦୋ। କଂଗ୍ରେସବାଲାଏ ଯାହା କରୁଛନ୍ତି ସେ ସବୁ ବିପ୍ଳବକୁ ସ୍ୱାଗତ କରି ଆଣିବ। ତାଙ୍କୁ ଛାଡ଼ିଦିଅ। ସେମାନେ ତାଙ୍କ ବାଟରେ ଯାଆନ୍ତୁ। ଲୋକେ ଦୁଃଖ ନିର୍ଯ୍ୟାତନାର ଚରମ ସୀମାରେ ନ ପହଞ୍ଚିଲେ ବିପ୍ଳବ ହେବନାହିଁ। ଆମ ଲୋକଗୁଡ଼ାକ ପଶୁ। ମୁଁ କହୁଛି ଏ ଗାଁ ବାଲାଙ୍କ କଥା। ଏଇ ଟିଆପକ୍ଷିଆ ଧାନକ୍ଷେତ ଏମାନଙ୍କ ପାଇଁ ସୁନା ଫଳେଇ ଏମାନଙ୍କୁ କୋଢ଼ୀ କରି ଦେଇଛି। ଯାହା ମିଳିଲା ସେଇ ଢେର୍। ଉପରକୁ ଯିବାର ଅଭିଳାଷ ନାହିଁ। କି ମୋହ ଏ ହିଡ଼ମାଟିର। ତା'ରି ମୋହରେ ଘରଡିହ ଛାଡ଼ି ସେ କେଉଁଠିକି ଯିବେ ନାହିଁ। ତାକୁଇ ଜାବୁଡ଼ି ଧରି ପଡ଼ିଥିବେ। ମରିବେ ପଛେ ବାପା ମାଆ ସାତପୁରୁଷର ଭିଟା ଛାଡ଼ିବାକୁ ନାରାଜ୍।

ଦୁଃଖୀ କହିଲା, ସେକଥା ଠିକ୍। ତେଲେଙ୍ଗାମାନେ କୋରାପୁଟ ଆଡୁ ମାଡ଼ିଆସି ହୀରାକୁଦରେ ପହଞ୍ଚି ଗଲେଣି। ଜଣେ ନୁହେଁ ଅଧେ ନୁହେଁ। ଗୋଟା ଗୋଟା ଗାଆଁ ଉଠି ଆସୁଛନ୍ତି। ସାଙ୍ଗରେ ଭଣ୍ଡାରୀ, ବ୍ରାହ୍ମଣ, ଡାକ୍ତର, ଓକିଲଙ୍କୁ ବି ନେଇ ଆସୁଛନ୍ତି କିନ୍ତୁ ଆମ ଲୋକଙ୍କୁ କୋରାପୁଟ ଯା କହିଲେ ପ୍ରାଣ ଛାଡ଼ି ଯାଉଛି। ମୁଁ ଆଖିରେ

ଦେଖିଛି ଯେଉଁ ସରକାରୀ କର୍ମଚାରୀକୁ କୋରାପୁଟ ବଦଳି ହେଲା ସେ ପିଲାପିଲି, ବୁଢ଼ାବୁଢ଼ୀ ବାପମାଆଙ୍କୁ ନେଇ ପଡ଼ିଯିବ ମନ୍ତ୍ରୀଙ୍କ ଆଗରେ। ମତେ ରକ୍ଷାକର ରକ୍ଷାକର ବୋଲି କାନ୍ଦି କାଟି ଅସ୍ଥିର। ଏ ଜାତି ବଞ୍ଚିବ କିମିତି ?

କାଶୀ କହିଲା, ଆଉ ଗୋଟିଏ କଥା ମୋ ମନରେ ବାରମ୍ବାର ଉଠୁଛି, ଉଠେ। ବ୍ରିଟିଶ୍ ଦେଶକୁ ଛାଡ଼ିଗଲେ। ସ୍ୱର ନାହିଁ ଶବ୍ଦ ନାହିଁ ହଣା ନାହିଁ କଟା ନାହିଁ। ଚୁପ୍‌ଚାପ୍ ରାତି ଅଧରେ କଂଗ୍ରେସ ହାତରେ ଲଗାମ୍ ଧରେଇ ଦେଇ ପଳେଇ ଗଲେ। ସ୍ୱାଧୀନତା ପାଇଁ ଯେତେ ତ୍ୟାଗ କରିବାର କଥା, ଯେତେ ଦୁଃଖ ସହିବାର କଥା, ଆମେ କୋଉଁଠି କରିଛୁ, କୋଉଁଠି ସହିଛୁ ? ସେଥିପାଇଁ ଲୋକେ ସ୍ୱାଧୀନତାର ମୂଲ୍ୟ ବୁଝି ନାହାନ୍ତି। ଭାରି ଶସ୍ତାରେ ସ୍ୱାଧୀନତା ମିଳିଗଲା। ଦାମିକା ଦରବ ମୁଫତ୍‌ରେ ମିଳିଗଲେ ଲୋକ ଠିକ୍ ଠିକ୍ ହେପାଜତ୍ କରି ରଖେ ନାହିଁ। ତା'ର ଅପବ୍ୟବହାର କରେ।

ଶୁକୁରା କହିଲା, ଏକଥା କଲା କିଏ ? ତମ କଂଗ୍ରେସ ନେତାମାନେ। ଆମେ ଆଜାଦ୍ ହିନ୍ଦ୍ ବାଲା ରକ୍ତ ଦେଇ ସ୍ୱାଧୀନତା ଆଣିଛୁଁ। ହଜାର ହଜାର ଜୀବନ ବଳୀ ଦେଇ ସ୍ୱାଧୀନତା ଆଣିଛୁ। କଂଗ୍ରେସବାଲାମାନେ ଗାଲମାଧବ। ଜେଲ୍‌ରେ ଆରାମରେ ଶୋଇ କହିଲେ କଣ ନା ଆମେଇ ଆଣି ଦେଇଛୁ ସ୍ୱାଧୀନତା। ଯାବତ୍ ଭଣ୍ଡ ଏଗୁଡ଼ାକ।

ଠିକ୍ କଥା କହିଛ ଭାଇ। ଏଇ ଯେତକ ନେତା, ଜେଲ୍ ଯାଇ ଆମ ସ୍ୱାଧୀନତା ଆଣି ଦେଲୁ ବୋଲି ଡିଙ୍ଗୁରା ବାଡ଼ଉଛନ୍ତି, ଆଉ ଲୋକଙ୍କୁ ଭଣ୍ଡି ଭୋଟ୍ ନେଇ ଗାଦି ମାଡ଼ି ବସିଛନ୍ତି; ପୁଣି ଯାବତ୍ ଚନ୍ଦ୍ରାକେ ଗାଦିରେ ବସି ରହିବେ ବୋଲି ପାଟିରୁ ଲାଳ ଗଡ଼ଉଛନ୍ତି, ଯେତେ ଦିନ ଯାଏଁ ଏମାନେ ବଞ୍ଚିବେ ସେତେଦିନ ଯାଏଁ ଏ ଦେଶରେ ଶାନ୍ତି ନାହିଁ କି ଦେଶର ଉନ୍ନତି ନାହିଁ। ଏକଥା ଯେତେବେଳେ ଲୋକେ ବୁଝିବେ ସେତେବେଳେ ଲୋକେ ଯଦି ଏମାନଙ୍କୁ ଠେଙ୍ଗେଇ ଏମାନଙ୍କ ପ୍ରାଣ ନନେଇଛନ୍ତି ତେବେ ମୋ ନାଁରେ କୁକୁର ପାଳିବ। କାଶୀ କହିଲା।

ଦୁଃଖୀ ପଚାରିଲା – ତୁ ଖାଲି ଏଇ କଂଗ୍ରେସ ନେତାଙ୍କୁ କହୁଛୁ ନା ... ?

ନା ? ନା, ମୁଁ ସମସ୍ତଙ୍କୁ କହୁଛି, ସମସ୍ତଙ୍କ କଥା କହୁଛି।

କାଶୀ ଉତ୍ତର ଦେଲା।

ଭାରତର ଯେତେ ରାଜନୈତିକ ଦଳ ସେସବୁର ନେତା ଗୋଟିଏ ଗୋଠରୁ ଫିଟି ଭିନ୍ନ ଭିନ୍ନେ ହୋଇଛନ୍ତି। ନେତା ବନିବା ପାଇଁ ଦଳ ଗଢ଼ିଛନ୍ତି। ନୀତି ପାଇଁ ନୁହେଁ।

ସେଟା ତ ଠିକ୍, ଦୁଃଖୀ କହିଲା। କିନ୍ତୁ ସେମାନେ ନ ମଲା ଯାଏଁ ଆମେ କଣ ବସିଥିବା ?

କାଶୀ କହିଲା, ମୁଁ ବସି ରହିବାକୁ କହୁ ନାହିଁ। ତା' ବୋଲି ମୁଁ ଚିରା ନୁଗାରେ ତାଳି ପକାଇବାକୁ କହୁନାହିଁ। ତମେ ଯାହା କରୁଛ ସେଥିରେ ବିପ୍ଳବ ଆଡ଼କୁ ତମେ ଆଗେଇ ଆସି ପାରିବ ନାହିଁ। ତମେ ଭାବୁଥିବ ଆମେ ଆଗେଇ ଆଗେଇ ଯାଉଛି। କିନ୍ତୁ ବିପ୍ଳବଟା ତମ ପଛପଟେ ପଛେଇ ପଛେଇ ଯାଉଥିବ। କଂଗ୍ରେସବାଲା ଲୋକଙ୍କର ଧନ, ମାନ, ମହତ, ନ୍ୟାୟ, ଧର୍ମ ସବୁ ନେଇ ସାରିଲେଣି। ଖାଲି ଜୀବନଟା ପଡ଼ିଛି। ସୁକୁ ସୁକୁ ହେଉଛନ୍ତି। ଲୋକେ ମରନ୍ତୁ। କୋରାମିନ୍ ଦିଅନାହିଁ। ତମେ ବି ତାଙ୍କ ସାଙ୍ଗରେ ମରିବାକୁ ତିଆରି ହୋଇଯାଅ।

ଘନ କହିଲା, ବକ୍ତୃତାଟାତ ଭଲ ହେଲା। କାମର କଥା ହେଉ।

କାଶୀ କହିଲା, ମୁଁ ତୁଚ୍ଛା କଥା କହି ଶିଖି ନାହିଁ। ଯାହା କହୁଛି କାମର କଥା କହୁଛି। ମିଲ୍ ବସିବ। ସେଥିପାଇଁ ସରକାର ଆମ ଭାତହାଣ୍ଡି ଉପରେ ଠେଙ୍ଗଣୀ ପକଉଛନ୍ତି। ଆମେ ବି ଧରିବା ଠେଙ୍ଗା। ଯିଏ ଦଖଲ ନବାକୁ ଆସିବ ଏକା ଏକା ପାହାରକେ ଶେଷ କରିଦିଅ। ଆଉ ନିଜେ ଯାଇ ଗଳାରେ ଦଉଡ଼ି ଲଗେଇ ଝୁଲିପଡ଼। ଏଇ ଶୋଷକ ଦ୍ୱାଚୋର ନେତାଙ୍କ ଜେଲଖାନା ଭିତରେ ଫାଶୀ ଖୁଣ୍ଟରେ ମଲେ ଆମ ଆତ୍ମା ଅପବିତ୍ର ହେବ। ସେଥିପାଇଁ ଆତ୍ମହତ୍ୟା କରିବା ଢେର୍ ଭଲ। ମୋ ମତରେ ଏଇଟାଇ ଅହିଂସା।

ଦୁଃଖୀ କହିଲା, ଏଟା ତ ଡବଲ ହିଂସା। ହତ୍ୟା ଆଉ ଆତ୍ମହତ୍ୟା, ଦୁଇଟା ପାପର ଭାଗୀ ହେବା।

କାଶୀନାଥ ଖୁବ୍ ଜୋର୍ ଦେଇ କହିଲା, ନା କଦାପି ନୁହେଁ। ନିଜ ସ୍ୱାର୍ଥରେ ଅନ୍ୟର ଅନିଷ୍ଟ କରିବା ହିଂସା। ହତ୍ୟା କରିବା ପାପ। କିନ୍ତୁ ଯିଏ ଆତ୍ମହତ୍ୟା କରିବାକୁ ପ୍ରସ୍ତୁତ ହୋଇଯିବ ତାର କି ସ୍ୱାର୍ଥ, ଧରାହୋଇ ବିଚାର ହୋଇ ଫାଶୀ ଖୁଣ୍ଟରେ ଟଙ୍ଗା ହେବାଯାଏଁ କଥା କାହିଁକି ଯିବ। ସେଥିରେ ବଞ୍ଚିବାର ଆଶାଟା ମିଞ୍ଜି ମିଞ୍ଜି ହୋଇ ଜଳୁଥାଏ। ଭବିଷ୍ୟତରେ ନେତା ହୋଇ ପୁଣି ଶାସନଗାଦିକୁ ମାଡ଼ି ବସିବା ପାଇଁ ପାଟିରୁ ଲାଳ ଗଡୁଥାଏ। ୟେସା ନହିଁ ହୋଗା।

"କଲୋଽସ୍ମି ଲୋକକ୍ଷୟକୃତ୍ ପ୍ରବୃଦ୍ଧ
ଲୋକାନ୍ ସମାହର୍ତ୍ତୁଂ ଇହ ପ୍ରବୃତ୍ତଃ -"

ଭଗବାନ ଲୋକ କ୍ଷୟକାରୀ କାଳ ହୋଇ ଆମରି ଭିତରେ ଠିଆ ହୋଇଗଲେଣି। ଆଉ ଡେରି ନାହିଁ। ଡରିବାର ନାହିଁ।

"ଋତେଽପି ତ୍ୱାଂ ନ ଭବିଷ୍ୟନ୍ତି ସର୍ବେ
ଯେଽବସ୍ଥିତା ପ୍ରତ୍ୟନୀକେଷୁ ଯୋଦ୍ଧାଃ।"

ତମେ ତାଙ୍କୁ ହତ୍ୟା ନ କଲେ ବି କେହି ରହିବେ ନାହିଁ।

କାଶୀର ଏ ରୂପ ଦେଖି ସମସ୍ତେ ଚମକି ଉଠିଲେ। ଦୁଃଖୀ କହିଲା, ତୁ ହିଂସାବାଦୀ କମିଉନିଷ୍ଟ ହୋଇଗଲୁ କେବେ ?

କମିଉନିଷ୍ଟ ? ହାଃ ହାଃ ହାଃ - ହସି ଉଠିଲା କାଶୀ।

ମୁଁ କେବେ କଂଗ୍ରେସବାଲା ନଥିଲି କି ହେବି ନାହିଁ।

ନା, ନା, ମୁଁ କଂଗ୍ରେସ କଥା କହୁ ନାହିଁ। ତୁ କମିଉନିଷ୍ଟ ହେଲୁ କେବେ, ମୁଁ ପଚାରୁଛି ?

କଂଗ୍ରେସ କମ୍ୟୁନିଷ୍ଟ ଏକ। ତାଙ୍କ ଭିତରେ ମୁଁ ତଫାତ୍ ଦେଖେ ନାହିଁ। କାଶୀ ଉତ୍ତର ଦେଲା। ତଫାତ୍ ଏତିକି, କଂଗ୍ରେସବାଲା ମୁହଁରେ ଅହିଂସା ଅହିଂସା କହି ସବୁ ପ୍ରକାର ହିଂସା ଆଚରଣ କରନ୍ତି। ଆଉ କମ୍ୟୁନିଷ୍ଟମାନେ, 'ଯଖନ୍ ଯେମନ୍ ତଖନ୍ ତେମନ୍' ନୀତି ବୟାନ୍ କରି ଦରକାର ପଡ଼ିଲେ ହିଂସା କରିବୁଁ ବୋଲି କହି ଜୀବନ ଡରେ ବୈଧାନିକ ଉପାୟ ଅବଲମ୍ବନ କରନ୍ତି। ହିଂସାବାଦୀ ସମସ୍ତେ। କିନ୍ତୁ ସ୍ୱୀକାର କରିବାକୁ ନାରାଜ୍। ମୁଁ ସେ ଦୋନାବୁଡ଼ିଆ ନୀତିକୁ ପସନ୍ଦ କରେ ନାହିଁ।

ଦୁଃଖୀ କାଶୀକି ଅନେଇ ଥାଏ। କିଟିମିଟିକି ଚାହିଁଥାଏ। କାଶୀର ଏକ ନୂଆରୂପ।

କାଶୀ ଥିଲା ଜେଲ୍ ଭିତରେ ସବୁଠୁଁ ଧର୍ମପ୍ରାଣ ରାଜନୈତିକ ବନ୍ଦୀ। ରାତି ତିନିଟାରୁ ଉଠେ। କାରଣ ସେଇଟା ବ୍ରାହ୍ମମୁହୂର୍ତ୍ତ। କମ୍ୟୁନିଷ୍ଟ ୱାର୍ଡରେ ରାତି ପାଞ୍ଚଟାରେ ଘଣ୍ଟି ପଡ଼େ। ସମସ୍ତେ ଉଠି ଏକାଠି ହୁଅନ୍ତି। ପ୍ରାର୍ଥନା ବୋଲାଯାଏ। କମ୍ୟୁନିଷ୍ଟମାନଙ୍କର ପ୍ରାର୍ଥନା, ଝାମେଲା ନଥାଏ। ବୁର୍ଜୁଆ ନେତାମାନେ ସମଷ୍ଟିଗତ ପ୍ରାର୍ଥନାକୁ ଆସନ୍ତି ନାହିଁ। ନିଜ ନିଜ ବିଛଣାରେ ବସି ମନେ ମନେ ପ୍ରାର୍ଥନା କରନ୍ତି। କାରଣ ବୋଧହୁଏ, ନେତା ହେବାପାଇଁ ପ୍ରାର୍ଥନାଟା ସମସ୍ତେ ତ ଏକା ସାଙ୍ଗରେ କରି ପାରିବେ ନାହିଁ। କିମ୍ବା ସମସ୍ତେ ଏକା ସାଙ୍ଗରେ ନେତା ହୋଇ ପାରିବେ ନାହିଁ। ସେଥିପାଇଁ ସେ ଅଲଗା ଗୋଟାଏ ନେତା - ଭଗବାନଙ୍କୁ ଡାକନ୍ତି। କାଶୀନାଥ ସମଷ୍ଟିଗତ ପ୍ରାର୍ଥନାରେ ଯୋଗଦିଏ। ସେତେବେଳକୁ ତାର ସବୁ ନିତ୍ୟକର୍ମ ବଢ଼ି ଯାଇଥାଏ। ଗାଧୁଆ ପାଧୁଆ ସାରି, ଆସନ କରି, ସୂର୍ଯ୍ୟ ନମସ୍କାର ପକେଇ ଘଣ୍ଟି ବାଜିଲା ବେଳକୁ ଦିବ୍ୟ ଆସନରେ ବସି ନାକ ଟିପୁଥାଏ।

କାଶୀର ସୁନ୍ଦର ସ୍ୱାସ୍ଥ୍ୟ। ଅତି ଭଦ୍ର ଆଉ ନମ୍ର। ମାଛିକି ମର୍ ବୋଲି କହିବା ଲୋକ ନୁହେଁ। ଯୁକ୍ତି ଛଳରେ ସେ କେତେଥର କହିଛି। ଦେଶ ସ୍ୱାଧୀନ ହେଉ ନ ହେଉ ତା'ର କିଛି ଯାଏ ଆସେ ନାହିଁ। ସେ ଯାହା ଠିକ୍ ବୋଲି ଭାବୁଛି କରି ଯାଉଛି। କର୍ମରେ ତା'ର ଅଧିକାର, ଫଳରେ ନାହିଁ। କର୍ମଣ୍ୟବାଧିକାରସ୍ତେ ମା ଫଳେଷୁ

କଦାଚନ। ତା'ର ନିଜସ୍ୱ ମତ ହେଉଛି, ଫଳ ଆଶା ଥିଲେ ମଣିଷ ଡରୁଆ ହୋଇଯାଏ। କୌଣସି ସଙ୍କଟ ଉପସ୍ଥିତ ହେଲେ ସେ ପଳାୟନ ପନ୍ଥା ଧରେ। ନେତାମାନେ କ୍ଷମା ମାଗି, ଟିପ ସଇ ଦେଇ, କାନ ନାକ ମୋଡ଼ି ହେଉଛି, ଆଉ ଘୁଅ ଖାଇବି ନାହିଁ ବୋଲି କହି ପେରୋଲ୍‌ରେ ଖଲାସ୍ ହେଇଗଲା ପରି। ସେ କହେ, ଫଳ ଯଦି ମିଳିଗଲା ତ ଭଲ। ଯିଏ ଫଳ ଭୋଗ କରିବାର କରୁ। ଆମେ ସେଠି ଅଟକିଯିବା ଠିକ୍ ନୁହେଁ। ଫଳରେ ଅଧିକାର ନାହିଁ ବୋଲି ଗୀତାରେ ଭଗବାନ ଯେ କହିଛନ୍ତି, ତା'ର ଅର୍ଥ ପଣ୍ଡିତମାନେ ଯେ କହନ୍ତି ନିଷ୍କାମ କର୍ମ, ସେ ସେଥିରେ ସମ୍ପୂର୍ଣ୍ଣ ଏକମତ ନହୋଇ ଆହୁରି ଆଗେଇଯାଇ କହେଁ, ଫଳରେ ତୋର ଅଧିକାର ନାହିଁର ସହଜ ଅର୍ଥ କର୍ମଫଳ ମିଳିଲେ ତହିଁର ଅଧିକାର କର୍ମୀର ନୁହେଁ, ଅନ୍ୟର। ଅର୍ଥାତ୍ ସେ କହେ, କାମନା ରଖି କାମକର, ମାତ୍ର ଫଳକୁ ଫିଙ୍ଗିଦିଅ, ସେଥିପାଇଁ ପ୍ରସ୍ତୁତ ହୋଇଗଲେ କାମଟା ବଳେ ବଳେ ନିଷ୍କାମ ହୋଇଯିବ। ଆମକୁ ସେଥିପାଇଁ ପ୍ରସ୍ତୁତ ହେବାକୁ ପଡ଼ିବ ନାହିଁ।

ସବୁଦିନେ ତା'ର ଭିନ୍ନେ ଗୋଠ। ତା'ର କଥାଟା ବକ୍ତୃତା। ସେ କହିଲା ବେଳେ ମନେହେବ କଥାଗୁଡାକ ପଢ଼ା ବା ଶୁଣା କଥା ସେ କହୁ ନାହିଁ। ତା'ର ଅନୁଭୂତି ଅଭିଜ୍ଞତାରୁ ସେ କହୁଛି। ତା' କଥା ଏବେତ ସତ ହେଲାପରି ଲାଗୁଛି।

କାଶୀ କହିଲା, ତୋର ମନେଥିବ ଦୁଃଖୀ, ମୁଁ କହୁଥିଲି ସେବେ, ଜେଲ୍ ଭିତରେ, କର୍ମ ଫଳରେ ମୋହ ଆସିଲେ, ମଲ। ଆମ ନେତାମାନଙ୍କର ସେଇୟା ହୋଇଛି। ସେମାନେ ମରିଛନ୍ତି। ତାଙ୍କୁ ମାରିବ କଣ ? ଯିଏ ସ୍ଥାଣୁ, ନିର୍ଜୀବ, ଆଗୁଆ ଚିନ୍ତାକୁ ଯେ ଡରେ, ସେ ମଲା। ଚରୈବେତି, ଚରୈବେତି, ଆଗକୁ ମାଡ଼ିଚାଲ।

ଘନ କହିଲା, ଆଗରେ ତ ମୃତ୍ୟୁ। ଆମେ ସମସ୍ତେ ମୃତ୍ୟୁ ଆଡ଼କୁ ଚାଲିଛୁ। ନେତା କଣ ନୀତି କଣ, ସମସ୍ତେ ଦିନେ ନା ଦିନେ ମରିବା। ଘନ ଥଟ୍ଟାକରି କହିଦେଲା ପଦେ। କାଶୀର ମୁହଁ ଜଳି ଉଠିଲା। ଉଜ୍ଜ୍ୱଳ ଦିଶିଲା।

କହିଲା - ତା' କଣ୍ଠରେ ଦୃଢ଼ତାର ହାଉଆଟା ଯେମିତି ଧରି ଉଠୁଥାଏ - କହିଲା ନା ! ଯିଏ ଆଗେଇ ଚାଲେ ସେ ମରେ ନାହିଁ। ଯେ ଜୀବନର ଯାତ୍ରା ପଥରେ ରହିଯାଏ, ସେ ମରେ। ତା'ର ଜୀବନ୍ତ ମୃତ୍ୟୁ ହୁଏ। ମୃତ୍ୟୁ ଜୀବନର ଲକ୍ଷ୍ୟ ନୁହେଁ। ଜୀବନ ହିଁ ଜୀବନର ଲକ୍ଷ୍ୟ। ପୁରାତନ ଜୀବନ ବଦଳରେ ନୂତନ ଜୀବନ।

ବାସାଂସି ଜୀର୍ଣ୍ଣାନି ଯଥା ବିହାୟ
ନବାନି ଗୃହ୍ଣାତି ନରେପରାଣି
ତଥା ଶରୀରାଣି ବିହାୟ ଜୀର୍ଣ୍ଣା-
ନ୍ୟନାନି ସଂଜାତି ନବାନି ଦେହୀ। (ଗୀତା)

ଅନନ୍ତ ପଥ। ପଥିକର ଲକ୍ଷ୍ୟ ହେଉଛି, ଜୀବନର ରହସ୍ୟଭେଦ। ମୃତ୍ୟୁର ନୁହେଁ। ମୃତ୍ୟୁର ରହସ୍ୟ ତ ବହୁ ସହସ୍ର ବର୍ଷ ପୂର୍ବେ ହୋଇସାରିଛି। ନଚିକେତା ସେଥିପାଇଁ ଯମପୁର ଯାଏଁ ଯାଇ ମନୁଷ୍ୟ ଜାତି ପାଇଁ ବର ଭିକ୍ଷା କରି ଆସିଥିଲେ ସେଦିନ। ଆଜି ପୁଣି ମୃତ୍ୟୁର ରହସ୍ୟ ଭେଦ କରିବ କାହିଁକି ଜ୍ଞାନୀ ମାନବ ? ଜୀବନର ରହସ୍ୟ ଭେଦ ମାନବ ଜୀବନର ଚରମ ଲକ୍ଷ୍ୟ। ସେହି ଦିଗରେ ଗତି ହିଁ ତା'ର ସର୍ବପ୍ରଥମ କର୍ତ୍ତବ୍ୟ। ଯିଏ ସେ ଦିଗରେ ଆଗେଇଯାଏ, ସେ ଅମର। ମୃତ୍ୟୁକୁ ଜୟକରି କେହି ଅମର ହୁଏ ନାହିଁ। ମୃତ୍ୟୁଟା ଗୋଟାଏ ପରଦା, ରଙ୍ଗମଞ୍ଚର ଫର୍ଦ୍ଦ। ପର୍ଦ୍ଦାଟାଏ ପଡ଼ିଲେ ଅଭିନୟ ଶେଷ ହୁଏ ନାହିଁ। ପୁଣି ନୂତନ ଦୃଶ୍ୟ ଆରମ୍ଭ ହୁଏ। ଜୀବନର ରହସ୍ୟ ଭେଦ ଦିଗରେ ଆଗେଇବା ହିଁ ଅମରତ୍ୱ। ଜୀବନର ରହସ୍ୟ ଭେଦକରି ଜୀବନର ବନ୍ଧନ ଛିନ୍ନ କରିବାକୁ ଅମରତ୍ୱ କୁହାଯାଏ। ମହାମୃତ୍ୟୁଞ୍ଜୟ ମନ୍ତ୍ର ଜପକର। ତାକୁ ଜପକଲେ କଣ ମନୁଷ୍ୟର ମୃତ୍ୟୁ ହୁଏ ନାହିଁ ? ତାହାହେଲେ ତ ସମସ୍ତେ ମହାମୃତ୍ୟୁଞ୍ଜୟ ପାଠକରି ଆଉ ମରନ୍ତେ ନାହିଁ। ତେବେ କଣ ମହାମୃତ୍ୟୁଞ୍ଜୟ ଜପ ମିଥ୍ୟା ? ନା ତା' ନୁହେଁ, ଏ ମନ୍ତ୍ର ଜପକଲେ ଜୀବନର ପୁଷ୍ଟି ସାଧିତ ହୁଏ। ମୃତ୍ୟୁ ଉନ୍ମୋଚିତ ହୋଇଯାଏ। ମୃତ୍ୟୁର ଆବରଣ ଖୋଲିଯାଏ। ମୃତ୍ୟୁର ମିଥ୍ୟାଭୟ ଦୂର ହୋଇଯାଏ। ସେଥିପାଇଁ ମୁଁ କହେ ଅନ୍ୟାୟକାରୀକୁ ହତ୍ୟାକରି ଆତ୍ମହତ୍ୟା କରିବାରେ ପାପ ନାହିଁ। ଯିଏ ଏକଥା କରିପାରେ ତା'ର ମୃତ୍ୟୁଭୟ ଥାଏ ନାହିଁ କି ରହେ ନାହିଁ - ସେ ଅମର।

ଆଦର୍ଶ ଜୀବନ ଏଇ କାଶୀନାଥର। ଜେଲ୍ ଭିତରେ ଦୁଃଖୀ, ଘନ ତାକୁ ଚଳଉଥିଲେ 'ସେକେଣ୍ଡହ୍ୟାଣ୍ଡ' ମାନେ ଘଣ୍ଟାର ଦ୍ୱିତୀୟ କଣ୍ଟା, ରୁଟିନ୍ ବନ୍ଧା ତା'ର କାମ। ଯେତିକି ସମୟ ପଢ଼େ, ସେତିକି ସମୟ କୋଡ଼ି ହାଣେ, ଆଉ ସେତିକି ସମୟ ରୋଗୀ ସେବାକରେ ପ୍ରତିଦିନ, ନିୟମିତ ଭାବରେ। କୌଣସି ଦିନ ବ୍ୟତିକ୍ରମ ନାହିଁ। ତା' ମତରେ ମଣିଷର ତିନି ପ୍ରକାର ଇନ୍ଦ୍ରିୟ - ଜ୍ଞାନେନ୍ଦ୍ରିୟ, କର୍ମେନ୍ଦ୍ରିୟ ଆଉ ଚିତ୍ତେନ୍ଦ୍ରିୟ। ଏଇ ତିନିର ବିକାଶ ନହେଲେ ମନୁଷ୍ୟ ପୂର୍ଣ୍ଣତା ପ୍ରାପ୍ତ ହୁଏ ନାହିଁ। ଜ୍ଞାନେନ୍ଦ୍ରିୟ ଦ୍ୱାରା ଯେଉଁ ଜ୍ଞାନ ଆହରଣ କରେ କର୍ମେନ୍ଦ୍ରିୟ ଦ୍ୱାରା ସେ ତାହା ପ୍ରୟୋଗ କରେ। ତା'ର ଫଳକୁ ସେ ଚିତ୍ତେନ୍ଦ୍ରିୟ ସାହାଯ୍ୟରେ ଅନ୍ୟର ସେବାରେ ଲଗାଏ। ଅଧ୍ୟୟନ ଦ୍ୱାରା ଜ୍ଞାନେନ୍ଦ୍ରିୟ, ଶାରୀରିକ ଶ୍ରମ ଦ୍ୱାରା କର୍ମେନ୍ଦ୍ରିୟ ଓ ସେବାଦ୍ୱାରା ଚିତ୍ତେନ୍ଦ୍ରିୟର ବିକାଶ ସାଧିତ ହୁଏ।

ପୁରାଣର ନୂତନ ବ୍ୟାଖ୍ୟା କରେ, ତା'ର ଏଇ ତଥ୍ୟର ସତ୍ୟତା ପ୍ରତିପାଦନ କରିବା ପାଇଁ। ବ୍ୟାଖ୍ୟା ନୁହେଁ, ଗୋଟାଏ ନୂତନ ଭାଷ୍ୟ କହିଲେ ଚଳେ। ସେ ଭାଷ୍ୟ ଅନୁସାରେ ବ୍ରହ୍ମା, ବିଷ୍ଣୁ, ମହେଶ୍ୱର ଏ ତ୍ରିମୂର୍ତ୍ତିଙ୍କର କଳ୍ପନା କେବଳ ଏହି ତଥ୍ୟର

ଦୃଷ୍ଟାନ୍ତ ମାତ୍ର। ବ୍ରହ୍ମା ଚତୁର୍ମୁଖ ଓ ଚତୁର୍ଭୁଜ। ତା'ର ଅର୍ଥ ଜ୍ଞାନେନ୍ଦ୍ରିୟ ଓ କର୍ମେନ୍ଦ୍ରିୟର ସମବିକାଶ ଓ ସମାନ ପ୍ରୟୋଗ ଆବଶ୍ୟକ, ସୃଷ୍ଟିକାମୀ ମାନବର। ସୃଷ୍ଟିରକ୍ଷା କରିବାକୁ ହେଲେ ଜ୍ଞାନଠାରୁ ବରଂ କର୍ମେନ୍ଦ୍ରିୟର ଅଧିକ ପ୍ରୟୋଜନ। ସେଥିପାଇଁ ପାଳନକର୍ତ୍ତା ବିଷ୍ଣୁଙ୍କର ଶିର ଏକ ଓ ହାତ ଚାରି – ଚତୁର୍ଭୁଜ। ମନୁଷ୍ୟ ଯାହା ସୃଷ୍ଟି କରେ, ଅର୍ଜନ କରେ, ତାକୁ ରକ୍ଷା କରିବାକୁ ହେଲେ କର୍ମେନ୍ଦ୍ରିୟର ସମାଧି ପ୍ରୟୋଗ ଆବଶ୍ୟକ। ମାତ୍ର ମନୁଷ୍ୟ ଅଧିକ ବୁଦ୍ଧି, ଅଧିକ ଜ୍ଞାନର ଆଶ୍ରୟ ନେଇ ପଞ୍ଚାନନ ହୋଇଗଲା। ପାଞ୍ଚ ପାଞ୍ଚଟା ମୁଣ୍ଡ ମହେଶଙ୍କର – ଚାରିହାତ, ପାଞ୍ଚମୁଣ୍ଡ। କର୍ମେନ୍ଦ୍ରିୟ ଠାରୁ ଜ୍ଞାନେନ୍ଦ୍ରିୟ ବା ବୁଦ୍ଧୀନ୍ଦ୍ରିୟ ଗୋଟିଏ ମାତ୍ର ଅଧିକ ହେବାରୁ ସେ ହେଲେ ଧ୍ୱଂସକର୍ତ୍ତା। ମଣିଷ ଯେତେ କାମ ନକରେ ତା'ଠୁ ଅଧିକ ଚିନ୍ତା ଅଧିକ ଜ୍ଞାନ ଆହରଣ କରେ। ଫଳ ଧ୍ୱଂସ। ଆଣବିକ ଅସ୍ତ୍ରର ଉଦ୍ଭାବନ। ଭଗବାନ ଦେଖିଲେ କେବଳ ଜ୍ଞାନ ଓ କର୍ମେନ୍ଦ୍ରିୟ ଦ୍ୱାରା ମନୁଷ୍ୟ ଜୀବନର ସମାଧାନ ସମ୍ଭବ ହୋଇପାରୁନାହିଁ। ତେଣୁ ଚିତ୍ତେନ୍ଦ୍ରିୟ ବା ପ୍ରେମେନ୍ଦ୍ରିୟର ବିକାଶ ଲୋଡ଼ା। ସେଥିପାଇଁ ଶ୍ରୀଚୈତନ୍ୟ ଅବତାର ହେଲେ ଭଗବାନ, ଚିତ୍ତେନ୍ଦ୍ରିୟର ବିକାଶ ଅନ୍ୟକୁ ସେବା ଦେବା ଦ୍ୱାରା। ସେଥିପାଇଁ ସେ ଗୌର ଅବତାର ଗ୍ରହଣ କଲେ। କେବଳ ଜ୍ଞାନ ଓ କର୍ମର ଉତ୍କର୍ଷ ସାଧନ କଲେ ମନୁଷ୍ୟ ପତିତ ହୋଇଯାଏ। ମନୁଷ୍ୟତ୍ୱର ପତନ ହୁଏ। ସେହି ପତିତମାନଙ୍କୁ ଉଦ୍ଧାର କରିବା ପାଇଁ ଗୌରାଙ୍ଗ ଯୁଗାବତାର ହେଲେ।

ଏମିତିଗୁଡ଼ାଏ ଉଦ୍ଭଟ କଳ୍ପନା କାଶୀନାଥର। ଜେଲ୍‌ଖାନାରେ ଅନେକ ରାଜନୈତିକ ବନ୍ଦୀ ଶୁଣନ୍ତି ତା'ର ବିଚିତ୍ର କାହାଣୀ, ଅଦ୍ଭୁତ ଚିନ୍ତା ଆଉ ଅସମ୍ଭବ କଥାକୁ କାନ ଦେଇ। ମାତ୍ର କେହି ତାକୁ ଗ୍ରହଣ କଲାପରି ମନେହୁଏ ନାହିଁ। ସର୍କସ ଦେଖି ଆନନ୍ଦ ପାଇଲା ଭଳି ସମସ୍ତେ ଆଗ୍ରହରେ ଶୁଣନ୍ତି। କିନ୍ତୁ ତା' କଥା ସଇଲେ, ସମସ୍ତଙ୍କ ଫଳ ଗଛ ମରିଯାଏ। ଯେଝା କାମରେ ଯେଝେ ଭଳିଯାଆନ୍ତି। ମାତ୍ର କେହି କେବେ ତା'ର ପ୍ରଶଂସା କରିବାର ଦୁଃଖୀ ଶୁଣିନାହିଁ। ଘନ ବି ନୁହେଁ। ସମସ୍ତେ ଭାବନ୍ତି କାଶୀନାଥ ମଣିଷ ନୁହେଁ। ଗୋଟେ ଜନ୍ତୁ ଦେଖିଲେ ଆନନ୍ଦ ମିଳେ। ପାଖକୁ ଗଲେ ଡର ମାଡ଼େ।

କମ୍ୟୁନିଷ୍ଟମାନେ କହନ୍ତି ସାଇବେରିଆର ଶ୍ୱେତଭଲ୍ଲୁକ କାରଣ ସେ ଦିନେ କମ୍ୟୁନିଷ୍ଟଙ୍କ ଗୋଠରେ ପଶି ବିତଣ୍ଡା ଆରମ୍ଭ କରିଦେଲା – ପୃଥିବୀଯାକ ଶ୍ରମିକ କେବେ ଏକଜୁଟ୍ ହୋଇପାରିବେ? ତମେ ମିଛୁଟାରେ ଦୁହା ଉଠେଇଛ! ଏମିତି ଅନଧିକାର ଚର୍ଚ୍ଚା କରିବା ତା'ର ସ୍ୱଭାବ। ଯେଉଁଠି ପାରେ ସେଠି ପଶିଯାଇ ସେ ଆଲୋଚନାରେ ଭାଗନିଏ। ବୁର୍ଜୁଆଙ୍କ ବୈଠକଠାରୁ କମ୍ୟୁନିଷ୍ଟଙ୍କ ବ୍ୟୁରୋ ଯାଏଁ।

କମ୍ୟୁନିଷ୍ଟମାନେ ରାଗିଗଲେ। କାଶୀର ଗୋଟାଏ ଗୁଣ ସେ ସହଜରେ ଚିଡ଼େ ନାହିଁ। କ୍ୱଚିତ୍ ତାକୁ କେହି ରାଗିବାର ଦେଖିଥିବେ। କମ୍ୟୁନିଷ୍ଟମାନଙ୍କୁ ସେ କହିଲା - ରାଗିଲେ କଣ ମୁଁ ମାନିନେବି ? ଅଥଚ ଏକଜୁଟ୍ ହେବା ପଛରେ କିଛି ବୁଦ୍ଧିର ପ୍ରୟୋଗ ଆଉ ବେଶି ହୃଦୟର ପ୍ରୟୋଗ ଦରକାର। ବୁଦ୍ଧିଟା ରହିଲା ନେତାମାନଙ୍କ ମୁଣ୍ଡରେ, ଯେଉଁମାନେ କମ୍ୟୁନିଷ୍ଟ ରାଜ୍ୟରେ ଗୋଟାଏ ଗୋଟାଏ ବଡ଼ ବୁର୍ଜୁଆ। ଆଉ ହୃଦୟଟା ରହିଲା ମାର୍କସ୍‌ଙ୍କ ପୋଥି ଭିତରେ। ସେଭଳି ବିଶ୍ୱାସ ମଣିଷକୁ ସ୍ୱର୍ଗକୁ ନେଇପାରେ, ମଲାପରେ। ମାତ୍ର ଏ ବସ୍ତୁବାଦୀ ଜଗତରେ ସେ କିଛି କାମ ଦେଖାଇବ ନାହିଁ।

କମ୍ୟୁନିଷ୍ଟମାନେ ଏଟାକୁ ବିତଣ୍ଡା କହି ଚୁପ୍ ରହିଗଲେ। ଆଉ ସେହିଦିନଠୁଁ କମ୍ୟୁନିଷ୍ଟ କ୍ୟାମ୍ପରେ କାଶୀନାଥର ନାଁ ହେଲା ସାଇବେରିଆର ଭାଲୁ। କାଶୀ ଦେଖିବାକୁ ଭାରି ଗୋରା।

ଆଉଦିନେ ସେମିତି ଯାଇ ଗାନ୍ଧୀବାଲାଙ୍କ ସଭାରେ ବସିଲା। ଗାନ୍ଧୀବାଦର ବିଭିନ୍ନ ଦିଗ ଉପରେ ଆଲୋଚନା ଚାଲିଥାଏ। ବିନୋବାଙ୍କ ଲେଖା ପଢ଼ା ହେଉଥାଏ। ସେତେବେଳକୁ ବ୍ୟକ୍ତିଗତ ସତ୍ୟାଗ୍ରହୀ 'ବିନୋବା ଭାବେ' ଖବରକାଗଜର ଚରିତ୍ର ହୋଇଗଲେଣି। ତାଙ୍କ ବହି ବେଶ୍ ବିକୁଥାଏ - ତାଙ୍କର ମୌଳିକ ଚିନ୍ତା ପାଇଁ। ଦେବ ସଭାରେ ଅସୁରଟାଏ ଛଦ୍ମବେଶରେ ବସିଲାପରି କେତେବେଳେ ଯାଇଁ ସମସ୍ତଙ୍କ ପଛରେ ବସି ପଡ଼ିଲେଣି ଭୁସ୍‌ପଣ୍ଡିତ କାଶୀନାଥ। କଥା ପଡ଼ିଛି କଣ, ଇଏ ଆସି ଭୁସ୍‌କିନା ସମସ୍ତଙ୍କ କଥା ଉପରେ କଥା କହୁଛି। ସମସ୍ତେ ବିରକ୍ତ ହୋଇଗଲେ, ଚିଡ଼ି ଉଠିଲେ।

ଅଧ୍ୟାପକ କହୁଥିଲେ - ମାନେ ଯିଏ ଗ୍ରନ୍ଥ ପଢ଼ି ଶୁଣାଉଥାଆନ୍ତି, ଆଉ ମଝିରେ ମଝିରେ ଛୋଟ ଛୋଟ ଧୋତି ଚାଦର ପିନ୍ଧା ଶ୍ରୋତାମାନଙ୍କ ଆଗରେ ଟୀକା କରୁଥାଆନ୍ତି। ସିଏ କହିଲେ - ବିନୋବାଙ୍କ କହିବା ଉଦ୍ଦେଶ୍ୟ, ମଲାଯାଏଁ ଶିକ୍ଷା କରିବା ଉଚିତ୍। ମୁଁ ତ ମରିଯିବି ଆଉ ପଢ଼ିବି କାହିଁକି, ଶିଖିବି କାହିଁକି ? ଏଭଳି ମନୋବୃତ୍ତି ବୁଢ଼ାପଣିଆ। କି ଚମତ୍କାର ଚିନ୍ତା। କି ଅଭିନବ ଯୁକ୍ତି !

ହଠାତ୍ କାଶୀ ଉଠିପଡ଼ି କହିଲା - ଆଜ୍ଞା ଏଥିରେ କିଛି ଚମତ୍କାରିତା ନାହିଁ। ଏଟା ଭୁଲକଥା। ସମସ୍ତେ ଆଗ ଅନେଇଲେ କାଶୀନାଥଙ୍କୁ। ତା'ପରେ ମୁରୁକି ମୁରୁକି ହସିଲେ। ଜଣେତ କହି ଉଠିଲା - ଓଃ ଇଏ ବିନୋବାଙ୍କଠୁଁ ବେଶୀ ବୁଦ୍ଧିଆ। ଜାଣିଚ ସେ ତାଙ୍କ ପାସ୍ ସାର୍ଟିଫିକେଟ୍ ଛିଡ଼େଇ ପକେଇଥିଲେ।

କାଶୀ କହିଲା - ମୁଁ ସବୁ ଜାଣେଁ। ବିନୋବାଙ୍କ ପ୍ରତି ମୋର ଭକ୍ତି ତମଠୁଁ କମ୍ ନୁହେଁ। ତା' ବୋଲି ଆଖି ବୁଜି ତାଙ୍କ ସବୁକଥା ମାନିନେବାକୁ ମୁଁ ପ୍ରସ୍ତୁତ ନୁହେଁ।

ଏଠି ବିନୋବାଜୀ ଯାହା କହିଛନ୍ତି, ଆପଣଙ୍କର ମାନିବାରେ ଆପତ୍ତି କୋଉଁଠି ? ଜଣେ ପ୍ରଜାହାତି ପଚାରିଲା।

କାଶୀ ଏଇ ଗାନ୍ଧୀବେଶିମାନଙ୍କୁ ପ୍ରଜାହାତି କହେ। କାରଣ ସନ୍ଧ୍ୟା ପ୍ରାର୍ଥନା ବେଳେ ଗୀତାର ଦ୍ୱିତୀୟ ଅଧ୍ୟାୟରୁ ସ୍ଥିତପ୍ରଜ୍ଞର ଲକ୍ଷଣ ବୋଲା ହେବାବେଳେ - "ପ୍ରଜାହାତି ଯଦା କାମାନ୍ ସର୍ବାନ୍ ପାର୍ଥ ମନୋଗତାନ୍" ଶ୍ଳୋକ ଆସେ। ସେହି ଶ୍ଳୋକରୁ ପ୍ରଥମ ଶବ୍ଦଟାକୁ ନେଇ ଏମାନଙ୍କ ସାଙ୍ଗରେ ଗେଲ ହୁଅନ୍ତି ଅନ୍ୟମାନେ।

କାଶୀ କହିଲା - ମୁଁ ସବୁବେଳେ ନିଜକୁ ଯୁବକ ବୋଲି ନଭାବି ବୁଢ଼ା ବୋଲି ମନେ କରେଁ। ନୁହେଁ ବୃଦ୍ଧ ସେହି ଜନ ଶୁକ୍ଳକେଶ ଅଟେ ଯାର ଶିର। ଯୌବନେ ସେ ଜ୍ଞାନେରତ ଜନେ ତାକୁ ବୋଲନ୍ତି ସ୍ଥବିର। ମୁଁ ଜ୍ଞାନବୃଦ୍ଧ ହେବି। ତା'ଛଡ଼ା ନିଜକୁ ବୁଢ଼ା ବୋଲି ଭାବିଲେ, ଶମନର ୱାରଣ୍ଟ ଆସିଗଲାଣି ଭାବିଲେ, ମୃତ୍ୟୁଚିନ୍ତା କଲେ ମଣିଷର ମାୟାମୋହ କଟିଯିବ। ମଣିଷ ଭଲ ଭାବରେ ଈଶ୍ୱର ଆରାଧନା କରିପାରିବ। ମରଣ ଭୟ ଅର୍ଜୁନର ହୋଇନଥିଲେ ଆମେ 'ଗୀତା' ପାଇ ନଥାନ୍ତୁ। ପରୀକ୍ଷିତଙ୍କର ମରଣ ହୋଇ ନଥିଲେ ଭାଗବତ ଶୁଣୁନଥାନ୍ତୁ।

ପରୀକ୍ଷିତ, ପରୀକ୍ଷିତ – ଆମ କାଶୀ ଭାଇ ପରୀକ୍ଷିତ। ଜଣେ ପ୍ରଜାହାତି କହିଲେ।

ପରୀକ୍ଷିତ ନା ଅର୍ଜୁନ, କିଏ ତମେ କାଶୀ ଭାଇ ? ଆଉ ଜଣେ କହିଲେ।

କାଶୀ ରାଗିଲା ନାହିଁ। ହସି ହସି ଉତ୍ତର ଦେଲା - ଋଷିଆର କମ୍ୟୁନିଷ୍ଟ ଦଳ ଭଳି ତମେ କଂଗ୍ରେସକୁ ଗୋଟାଏ ଧର୍ମାନ୍ଧ ଦଳ ନକରି ଛାଡ଼ିବ ନାହିଁ। ଦିନେ ନା ଦିନେ ହେବ ଏକଥା। ତାଙ୍କର ଦେବତା ମାର୍କସ ତମେ ପାଇଗଲ ମହାତ୍ମାଜୀଙ୍କୁ। ଯେମିତି ବିଭିନ୍ନ କମ୍ୟୁନିଷ୍ଟ ଚାଷୀମାନେ ବିଭିନ୍ନ ଟୀକା କରି ମାର୍କସଙ୍କୁ ଖାଇ ସାରିଲେଣି। ଆପଣଙ୍କ ଭଳି ମୁନିମାନେ ସେମିତି ଗାନ୍ଧିଜୀଙ୍କୁ ମନଇଚ୍ଛା ଟୀକାକରି ଆପଣା କାମରେ ଲଗାଇବେ।

କହି କାଶୀନାଥ ଚାଲିଗଲା। ତା' ପଛରେ ସମସ୍ତେ କହିଲେ - ଗାନ୍ଧିଜୀଙ୍କର ତିନିଟା ବାନ୍ଦରରୁ ଏ ଗୋଟିଏ। କାନରେ ହାତ ଦେଇଛି ଯେଉଁ ମାଙ୍କଡ଼ ଏ ସେଇ। ତା' ପରଠୁଁ ଗାନ୍ଧିବାଲାମାନେ ତା' ନାଁ ଦେଲେ କିଷ୍କିନ୍ଧ୍ୟା।

ଆଉ ଦିନକର କଥା। ବୁର୍ଜୁଆ ନେତାମାନଙ୍କର ଆଲୋଚନା ଚାଲିଥାଏ। ଭାରତର ରାଜନୀତିଟା ବ୍ୟକ୍ତିକୈନ୍ଦ୍ରିକ ହୋଇଯାଉଛି। ସେଇଟା ଭାରତୀୟଙ୍କର ରକ୍ତରେ ରହିଛି। ସବୁଦିନେ ଭାରତୀୟମାନେ ରାଜାଙ୍କୁ ଦେବତା ବୋଲି ମାନି ଆସିଛନ୍ତି। ତେଣୁ ଏ ଦେଶରେ ଗଣତନ୍ତ୍ର ଟେକିବ ନାହିଁ। ଏଥିରେ ସମସ୍ତେ ଏକମତ। କାଶୀନାଥ ଆଲୋଚନା ସଭା ଭିତରକୁ ଯିବାକୁ ଭରସି ନପାରି ଝରକା ଏପଟରେ ରହି ଶୁଣୁଥିଲା,

ଶୁଣୁଥିଲା, ହଠାତ୍ କହି ଉଠିଲା - ଆଜ୍ଞା, ନେତା ଓ ନୀତି ଉଭୟ ଦରକାର। ଖାଲି ନେତାକୈନ୍ଦ୍ରିକ ବା ବ୍ୟକ୍ତିକୈନ୍ଦ୍ରିକ ଶାସନ ସୁଶାସନ ହୋଇ ପାରିବ ନାହିଁ। ସେ ଯେତେ ବଡ଼ ସୁଶାସକ ହେଉପଛେ, କିମ୍ବା କୌଣସି ନୀତି ବା ପ୍ରଶାସନିକ ପଦ୍ଧତି, ସେ ଗଣତନ୍ତ୍ର ହେଉ ବା ଏକଛତ୍ରବାଦ ହେଉ, ସୁଶାସନ ମଧ୍ୟ ଦେଇ ପାରିବ ନାହିଁ। ଭଲ ଡାକ୍ତର ହାତରେ କୁରାଢ଼ୀ ଦେଲେ ସେ ଅପରେସନ୍ କରିପାରିବ ନାହିଁ କି ଭଲ ଶଲ୍ୟ ଉପକରଣ ଧରେଇଦେଲେ ମୋଚି ଅସ୍ତ୍ର ଉପଚାର କରିପାରିବ ନାହିଁ।

ବୁର୍ଜୁଆ ନେତାମାନେ କଟାକ୍ଷରେ ଚାହିଁଲେ ଏବଂ କାଶୀକୁ ବେଖାତିର କରି ମୁହଁ ଫେରେଇ ନେଲେ। ମାତ୍ର କାଶୀ ଚାଲି ଆସିଲା। ସେହିଦିନଠୁଁ ବୁର୍ଜୁଆମାନେ କାଶୀର ନାମ ରଖିଲେ 'ଜ୍ୟାକ୍'। 'ଜ୍ୟାକ୍' ମାନେ ସବୁକଥାରେ ପୁରେଇପଣ୍ଡା। କେଉଁ କଥାରେ ବାରିକ ନୁହେଁ।

ଜେଲ୍‌ଖାନାରେ ହଜାରେ ଲୋକଙ୍କ ଭିତରେ କାଶୀନାଥ ବାରି ହୋଇପଡ଼େ। ତା' ଚେହେରା ଦେଖି ନୁହେଁ - ଚେହେରାତ ତା'ର ଦିବ୍ୟ - କିନ୍ତୁ କିଏ ଭଲ ନପାଉ ନାହିଁ, ସମସ୍ତେ ସ୍ୱୀକାର କରନ୍ତି କାଶୀନାଥ ନିର୍ଭୀକ ଆଉ ସ୍ପଷ୍ଟବାଦୀ। ଅନେକ ତା'ର ସ୍ପଷ୍ଟବାଦିତା ଆଉ ଅଡୁଆକ କଥା ଯୋଗୁଁ ଘୃଣାକଲେ ବି କେହି କେହି ମାନି ଯାଆନ୍ତି ଯେ ତା'ର ଚିନ୍ତାଧାରାରେ ମୌଳିକତା ଥାଏ।

ଜେଲ୍‌ରୁ ଖଲାସ ହେଲାପରେ ତା'ର ହେଲା ଭିନ୍ନେ ଗୋଠ। ସେ ଖଲାସ ହେଲା ବେଳକୁ କଂଗ୍ରେସ ହାତରେ ପୂରା କ୍ଷମତା। ଦେଶ ଭାଗ ଭାଗ ହୋଇଗଲାଣି। ସାଧାରଣ ନିର୍ବାଚନ ହୋଇ ନଥାଏ। ଜିଲ୍ଲା ବୋର୍ଡ ସବୁ କଂଗ୍ରେସ ମାଡ଼ି ବସିଥାନ୍ତି। ଓଡ଼ିଶାରେ ଅଧିକାଂଶ ସିଟ୍‌ରେ କଂଗ୍ରେସ ପ୍ରାର୍ଥୀ ନିର୍ଦ୍ୱନ୍ଦ୍ୱରେ ନିର୍ବାଚିତ ହୋଇଯାଇ ଥାଆନ୍ତି। କାଁ ଭାଁ କେଉଁଠି କମ୍ୟୁନିଷ୍ଟମାନେ ଠିଆ ହୋଇ ଅମାନତ୍ ହରାଇଥାନ୍ତି। କାଶୀ ବି ପଶିଲା ଜିଲ୍ଲା ବୋର୍ଡରେ। ତା'ପରେ ମହାତ୍ମାଗାନ୍ଧୀ ଗଡ଼ସେ ଗୁଳିରେ ଗଲେ। କେତେ ଦିନ ପୂର୍ବରୁ ସେ ଯେଉଁ ପ୍ରାର୍ଥନାନ୍ତିକ ଭାଷଣ ଦେଲେ ତାକୁଇ ଶୁଣି ସେ କଂଗ୍ରେସ ଛାଡ଼ିଲା। କହିଲା ଧର୍ମ ଛାଡ଼ିଗଲା ଏ କଂଗ୍ରେସ ନେତାଙ୍କୁ। ପିତୃଦ୍ରୋହୀ ଏମାନେ। ମହାତ୍ମାଜୀଙ୍କୁ ଜାତିର ଜନକ ବୋଲି କେଉଁ ମୁହଁରେ କହୁଛନ୍ତି, ଲାଜ ନାହିଁ ବେହିୟା।

ଊଣେଇଶି ଶହ ବାଉନ (୧୯୫୨) ସାଧାରଣ ନିର୍ବାଚନରେ ଲଢ଼ିଲା କଂଗ୍ରେସ ବିରୋଧରେ - ସ୍ୱାଧୀନ ଭାବରେ। କଂଗ୍ରେସର ସେତେବେଳେ ଯେଉଁ ତାଉ, ଯେଉଁ ବୋଲ୍‌ବାଲା, ସ୍ୱାଧୀନତା ଆଣି ଦେଇଛନ୍ତି ବୋଲି, କାଶୀ ଏକାବେଳକେ ଚିତ୍‌ପଟାଙ୍ଗ। ଲୋକେ କାନ୍ଥବାଡ଼, ଗଛ ପତରରେ ମରାଯାଇଥିବା ପୋଷ୍ଟର ଲେଖା ମୁତାବକ ନେହେରୁଙ୍କ ହାତ ମୁଠାକୁ ଟାଣ କରିବା ପାଇଁ କଂଗ୍ରେସକୁ ଭୋଟ୍ ଦେଲେ। କାଶୀର

ଅମାନତ ଉଡ଼ିଗଲା। କିନ୍ତୁ ଦମ୍ଭ ତା'ର ଭାଙ୍ଗିଲା ନାହିଁ। ଜୀଇକି ରହିଥିଲା ସତାବନ ଯାଏଁ। ଦ୍ୱିତୀୟ ସାଧାରଣ ନିର୍ବାଚନରେ ସେ ଜିତିକି ଆସିଲା ସେଇ ସ୍ୱାଧୀନ ଭାବରେ। ସ୍ୱାଧୀନ ସଭ୍ୟ କାଶୀନାଥ ପରିଡ଼ା। ସରକାରଙ୍କ ହୃତ୍‌କମ୍ପ। କାଶୀନାଥ ଠିଆହେଲେ ମୁଖ୍ୟମନ୍ତ୍ରୀ ବାଳକୁ ମୁଠାଇ ଛିଣ୍ଡାଇବାକୁ ଆରମ୍ଭ କରନ୍ତି।

ହଠାତ୍ ଦିନେ ବାହାରିଲା, ଖବର କାଗଜରେ ବିଧାନସଭା ସଭ୍ୟ କାଶୀନାଥ ପରିଡ଼ା .... ଦଫାରେ ଗିରଫ। ସମସ୍ତେ କାବା, କାଶୀ ଶେଷରେ ଏଇୟା କଲା ? କାଶୀ କେତେଦିନ ଦାଣ୍ଡରେ ମୁହଁ ଦେଖାଇଲା ନାହିଁ। ବିଧାନସଭା ବୈଠକରେ ଯୋଗ ବି ଦେଲାନାହିଁ। ରାୟ ବାହାରିଲା - ନିର୍ଦ୍ଦୋଷରେ ଖଲାସ୍। ରାଜନୈତିକ ଅଭିସନ୍ଧିରେ ସରକାରୀ ଦଳ ମିଥ୍ୟା ଅଭିଯୋଗ କରିଛନ୍ତି।

ତା'ପରେ କିନ୍ତୁ ଅନେକ ଦିନ କାଶୀବାବୁ କୁଆଡ଼େ ଗାଏବ୍ ହୋଇଗଲେ। କିଏ କହିଲା କାଶୀବାବୁ କାଶୀ ବାରଣାସୀ ଚାଲିଗଲେ ବାବାଜୀ ହୋଇ। କିଏ କହିଲା ଲଜ୍ଜାରେ ଆତ୍ମହତ୍ୟା କରିଦେଲା କାଶୀ। କିନ୍ତୁ ଗଲାବେଳକୁ ଦି'ଧାଡ଼ି ଗାରେଇ ପକେଇ ଯାଇଥିଲା ଦୁଃଖୀ ପାଖକୁ। ଲେଖି ଯାଇଥିଲା ଖଣ୍ଡେ ପୋଷ୍ଟକାର୍ଡରେ।

"ଦୁଃଖୀ ମୁଁ ଯାଉଛି। ଚାରିଆଡ଼େ ଅନ୍ଧାର। ଆଲୁଅର ସନ୍ଧାନ କରିବାକୁ ହେବ। ଏଠି ଆଉ ନୁହେଁ। କିନ୍ତୁ କେଉଁଠିକି ଯିବି ଜାଣେ ନାହିଁ। ଏ ଦେଶରେ ଲୋକେ ପୋଲାଖିଆ ସତ, କିନ୍ତୁ ଗୋଟାଏ ଜିନିଷ ପୋଲାରେ ଦେଲେ କେହି ନିଅନ୍ତି ନାହିଁ, ଓଲଟି ଦେବା ଲୋକ ମୁହଁରେ ଛେପ ପକାନ୍ତି। ଟେକାପଥର ଫିଙ୍ଗନ୍ତି। ସେ ହେଉଛି 'ଚିନ୍ତା'। ଏ ଦେଶର ଲୋକଙ୍କୁ ଚିନ୍ତା ଦେବା ମହାପାପ।

ଓଡ଼ିଆ ଦରିଦ୍ର ନୁହଁନ୍ତି। ଧନ ଅର୍ଜନ କରନ୍ତି ପରର ବୁକୁଚା ବହି। ନିଜ ପାରିଲାପଣର ତୋଟି ଚିପି ଦିଅନ୍ତି, ଏନ୍ତୁଡ଼ିଶାଳରୁ - କଇଁ କଇଁ ହେଇ କାନ୍ଦିବା ଆଗରୁ। ସେ ବଞ୍ଚିଲେ କାଳେ ପର ବୁକୁଚାବୁହା ଅଭ୍ୟାସକୁ ଆସିବ।

ସେଥିପାଇଁ ମୁଁ କହେ ଓଡ଼ିଆ ଦରିଦ୍ର ନୁହେଁ। ତା'ର ଧନର ଅଭାବ ନାହିଁ ମନର ଅଭାବ। ଏଠି ବଇରି ଥାଏ ମା' ପେଟରେ। ଜାଣେ ନାହିଁ ପୁଣି କପିଳା ସାଙ୍ଗରେ କେବେ ଭେଟ ହେବ -। ଇତି। ତୋର କାଶିଆ।"

ଦୁଃଖୀ ପଚାରିଲା - ତୁ କଣ ଏଇ ଆଲୋକ ପାଇ ଫେରିଲୁ କି ? ତୋ ଚିଠି ମୁଁ ପାଇଲି ଯେତେବେଳେ, ମୋର ମନେହେଲା, ତୁ ହିମାଳୟକୁ ଚାଲିଗଲୁ।

ଯାଇଥିଲି ତ ! କାଶୀ ଉତ୍ତର ଦେଲା।

ସତରେ ଯାଇଥିଲୁ ? ଘନ ପଚାରିଲା।

ଆଉ କଣ ମିଛରେ କହୁଛି ?

ସମସ୍ତଙ୍କ ଅନୁରୋଧରେ ତା'ର ହିମାଳୟ ଯିବାର କାରଣ ଓ କାହାଣୀ ବଖାଣିଲା।

"ମୁଁ ଖଲାସ ହେଲି ସତ, ମୋ ଇଜ୍ଜତ୍ ରହିଗଲା ସତ, କିନ୍ତୁ ଓଡ଼ିଶାରେ ରହି ଓଡ଼ିଆଙ୍କର ସେବା କରିବାକୁ ମୋତେ କାହିଁକି ଘୃଣା ଲାଗିଲା। ଖାଲି ସେ ମକଦ୍ଦମା ନୁହେଁ, ତୁ ତ ଜାଣିଛୁ ଦୁଃଖୀ, ଥରେ ମୁଁ ଏକୁଟିଆ ଟ୍ରେନ୍‌ରେ ଆସୁଥିବା ବେଳେ କେମିତି କଂଗ୍ରେସ ବାଲାଏ ଦିଟା ଗୁଣ୍ଡା ପଠେଇ ଦେଇଥିଲେ। ସେଇଦିନ ସେମାନେ ମତେ ଶେଷ କରି ଦେଇଥାନ୍ତେ। ମୁଁ ହଠାତ୍ ଚେନ୍ ଟାଣିଦେଲି, ଗାଡ଼ି ଅଟକିଗଲା। ସେମାନେ ପଳେଇଗଲେ। ତା'ରି ପରେ ପରେ ଜଣେ ସ୍ୱାଧୀନତା ସଂଗ୍ରାମୀ କଂଗ୍ରେସ ନେତାଙ୍କୁ କିମିତି ଫାଷ୍ଟକ୍ଲାସ କମ୍ପାଟମେଣ୍ଟରେ ହତ୍ୟା କରାଯାଇଥିଲା ତୁ ଜାଣୁ। ଘନ, ଦୀନା, ସମସ୍ତେ ଜାଣନ୍ତି। ପୁଲିସ୍ ତା'ର ତଦାରଖ ବି କଲାନାହିଁ। ଏ ସବୁ ଆମ ଦେଶରେ ନଥିଲା। ରାଜପ୍ରାସାଦରେ ଏଭଳି ଷଡ଼ଯନ୍ତ୍ର କଥା ଆମେ ଇତିହାସରେ ଶୁଣିଛୁ। ବିଶେଷତଃ ପଠାଣ ମୋଗଲ୍ ରାଜୁତି କାଳରେ। ଏବେ କ୍ଷମତା ବିକେନ୍ଦ୍ରିତ ହେବା ସାଙ୍ଗେ ସାଙ୍ଗେ ଷଡ଼ଯନ୍ତ୍ର ବି ବିକେନ୍ଦ୍ରିତ ହୋଇଗଲା।"

ଦୁର୍ନୀତି, ଅତ୍ୟାଚାର ସବୁ। ଘନ କହିଲା

ଛାଡ଼ ସେ କଥା। କାଶୀ ପୁଣି ଆରମ୍ଭ କଲା – ଇଂରେଜମାନେ ଭାରତର ଖାଲିତ ବିତ୍ତ ଅପହରଣ କରୁଥିଲେ ? ବିତ୍ତ ଗଲେ ମଣିଷ ପୁଣି ବିତ୍ତ ଅର୍ଜନ କରେ। ଏବେତ ଭାରତ ସ୍ୱାଧୀନ। ପ୍ରଶ୍ନ ନାହିଁ। ତଥାପି ଆମର ଏ ଦୁର୍ଦ୍ଦଶା କାହିଁକି ? କାରଣ ସେ ବିତ୍ତ ସାଙ୍ଗରେ ଆମର ଚିତ୍ତ ବି ଚୋରାଇ ନେଇଛନ୍ତି। ଚିତ୍ତ ଥରେ ଖସିଲେ ଫେରିବା କଷ୍ଟ। ଆମେ ସ୍ୱାଧୀନତା ପରେ ସବୁ କଥାରେ ଇଂରେଜ ହେଲୁ। ପରମ୍ପରାକୁ ଭୁଲିଲୁ। ଆମେ ବର୍ଣ୍ଣସଙ୍କର ଖେଚିଡ଼ି ହୋଇଗଲୁଁ। ଆମର ନିଜତ୍ୱ ରହିଲା ନାହିଁ। ଆମ ଜାତୀୟ ଚରିତ୍ର ଲୋପ ହୋଇଗଲା। ଏଥିରୁ ଉଦ୍ଧାର ପାଇବାର ଉପାୟ କଣ ? ଉପାୟ ବିଧାନସଭା ସଭ୍ୟ ହେବାରେ ନାହିଁ। ଉପାୟ ଅନ୍ୟ କେଉଁଠି ଅଛି। କିଏ କଣ ଭାବିଥିବେ, କିନ୍ତୁ ମୁଁ ଜୀବନ ଭୟରେ, ଇଜ୍ଜତ ଭୟରେ ପଳେଇ ନାହିଁ – ମୁଁ ବାହାରିଲି ସେଇ ଉପାୟର ଅନ୍ୱେଷଣରେ।

କାହିଁକି, ପଞ୍ଚବାର୍ଷିକ ଯୋଜନା ତ ଆମର ସର୍ବବିଧ ଉନ୍ନତି ସାଧନ କରିବ ବୋଲି କହୁଛନ୍ତି ସରକାର। ଦୀନା କହିଲା।

ସେଟା ବି ସେହି ଅନୁକରଣ। ନିଜସ୍ୱ ନୁହେଁ। ଋଷିଆର ଅଇଁଠା ବଜେଟ୍ ବର୍ଷିକିଆ ଯୋଜନା। ଏଟା ପାଞ୍ଚବର୍ଷିଆ ଯୋଜନା। ତଫାତ୍ କଣ ? ଛାଡ଼ ସେ କଥା। ମୁଁ ଗଲି ହିମାଳୟର ସୀମାକୁ। କାରଣ ମୁଁ ଭାବିଲି ଆଧ୍ୟାତ୍ମିକ ଅଭ୍ୟୁଦୟ ବିନା ଭାରତର

ନିଖୋଜ୍ ଆତ୍ମା ଆଉ ଆବିଷ୍କୃତ ହୋଇ ପାରିବ ନାହିଁ। ସେଥିପାଇଁ ମୁଁ ଖୋଜିଲି ସାଧୁ, ସନ୍ଥ, ଆଧ୍ୟାତ୍ମିକ ମାର୍ଗର ପଥିକ। ସିଦ୍ଧ ମହାପୁରୁଷମାନଙ୍କ ଅନ୍ୱେଷଣରେ କାଶୀ, ପ୍ରୟାଗ, ବୃନ୍ଦାବନ, ହରିଦ୍ୱାର, ବଦ୍ରୀନାଥ ପ୍ରଭୃତି ବହୁ ତୀର୍ଥ ପର୍ଯ୍ୟଟନ କଲି। ବହୁ ସାଧୁସନ୍ଥଙ୍କର ସାକ୍ଷାତ୍ ହେଲା।

କିଛି ପାଇଲୁ କେଉଁଠୁ? ଦୁଃଖୀ ପଚାରିଲା।

ନିଶ୍ଚୟ।

କଣ ପାଇଲୁ କହିଲୁ?

ମୁଁ ଚାହିଁ ନାହିଁ କାହାଠୁଁ କିଛି, ପାଇବି କଣ?

କହିଲୁ ଯେ ପାଇଛୁ ବୋଲି।

ସେମାନଙ୍କ କୃପାରୁ ମୁଁ ଯାହା ଖୋଜୁଥିଲି ମିଳିଗଲା।

କ'ଣ? ଭାରତର ଆତ୍ମା? ଦୀନବନ୍ଧୁ ପଚାରିଲା ଟିକିଏ ଟାପରା ସ୍ୱରରେ।

ହଁ ଭାରତର ଆତ୍ମା, ଭାରତର ସ୍ୱରୂପ! ମୋର ଧାରଣା ହେଲା ଆମେ ସିଂହ ଶିଶୁ। ଦୁଇଶହ ବର୍ଷ ଧରି ଆମେ ଶିଆଳ ଶିଆଳ ବୋଲି ଆମ କାନେ କାନେ କହି ଆମକୁ ଶିଆଳ କରି ଦିଆଯାଇଛି। ଆମେ ଜାଣୁ ଆମେ ଶିଆଳ। ଆମକୁ ଖାଲି ଥରେ ପାଣି ପାଖକୁ ନେଇ ଆମ ସ୍ୱରୂପ ଦେଖେଇ ଦେଲେ କାର୍ମ ଫତେ। ତେଣିକି ଆମକୁ ଆଉ କିଏ ପାରେ। ପୃଥିବୀରେ କୌଣସି ଶକ୍ତି ନାହିଁ ଯିଏ ଆମକୁ କେଉଁ ଗୁଣରେ ବଳିଯିବ।

ଏତିକି ପାଇଁ ଏତେ ପରିଶ୍ରମ? ଘନ କହିଲା। କାଶୀ ଚୁପ୍ ହୋଇଗଲା। ତା'ର ଅଭିମାନ ଯେମିତି ଆହତ ହେଲା ସାମାନ୍ୟ।

ଦୁଃଖୀ ପଚାରିଲା – ଆଚ୍ଛା, ତୁ ତ ଏତେ ସାଧୁସଙ୍ଗ କଲୁ, କେତେ ସାଧୁ, କେତେ ଭଲ ଭଲ କଥା କହିଥିବେ। ତା' ଭିତରୁ ସବୁଠୁଁ କ'ଣ ଭଲ ଲାଗିଲା କହିବୁ?

ଭାରତର ଆତ୍ମା ଆବିଷ୍କାର କଥା ଛଡ଼ା। ଘନ କହିଲା।

କେଉଁଟା ଭଲ ଲାଗିଲା ମନ ନାହିଁ। ଯେତେ ଉପଦେଶ ଶୁଣିଛି, ସବୁ ଏ କାନରେ ପଶି ସେ କାନରେ ବାହାରି ଯାଇଛି। କେହି କିଛି ନୂଆ କଥା କହିଲା ପରି ମତେ ଲାଗିଲା ନାହିଁ। ସବୁ ଆମ ପୋଥି ପୁରାଣରେ ଅଛି। କିନ୍ତୁ ଗୋଟିଏ କଥା ମୁଁ ସେମାନଙ୍କ ସଂସ୍ପର୍ଶରେ ଆସି ଶିଖିଛି ଯେ ଭାଗବତରେ ଯାହା କହିଛି – "ସାଧୁସଙ୍ଗ ବିନା ଭଗବତ୍ ଉପଲବ୍ଧ ଅସମ୍ଭବ"।

ତୋର ତେବେ ଭଗବତ୍ ଉପଲବ୍ଧି ହୋଇଥିବ? ଘନ ପଚାରିଲା।

ଏକା ଦିନକେ ଏମ୍.ଏ. ପାସ୍? କାଶୀ ଉତ୍ତର ଦେଲା।

ନ ହେଲା, ଏ, ବି, ସି, ଡି ତ ହୋଇଥିବ। ଆମେ ଯେ ଗଣ୍ଡ ମୂର୍ଖ। ଘନ କହିଲା।

ଏ, ବି, ସି, ଡି ହେଇଛି କି ନାହିଁ କହି ପାରିବି ନାହିଁ; ତେବେ ଏତିକି ହେଇଛି, ମୋର ମରଣର ଭୟ ଚାଲି ଯାଇଛି। ଅଥଚ ଜୀବନ ମୋର ବଡ଼ ପ୍ରିୟ।

ଏଇଟା କିନ୍ତୁ ଆଧ୍ୟାତ୍ମବାଦୀଙ୍କ କଥା ପରି ହେଲା ନାହିଁ କାଶୀ, ଦୀନବନ୍ଧୁ କହିଲା। ରାଜନୀତିଜ୍ଞଙ୍କ ଭାଷା ହୋଇଗଲା।

ତଫାତ୍ ଅନେକ କାଶୀ କହିଲା। ରାଜନୀତିଜ୍ଞମାନଙ୍କର ପେଟରେ ଥାଏ ଛଳନା। ସେଥିପାଇଁ ତାଙ୍କ ଭାଷା ବକ୍ର। ସେଥିରେ ଶ୍ଳେଷ ଥାଏ। ଆଧ୍ୟାତ୍ମବାଦୀଙ୍କ ଭାଷାରେ ଶ୍ଳେଷ ନାହିଁ, ଛଳନା ନାହିଁ। କାରଣ ତାହା ଅନୁଭୂତି ପ୍ରସୂତ। ଯାହା ଅନୁଭବ କରନ୍ତି ତାହା କହନ୍ତି।

ଅନୁଭବର କଥାରେ କଣ ପରସ୍ପର ବିରୋଧ ଥାଇପାରେ? ଦୁଃଖୀ ପଚାରିଲା।

ତମେ ଯାହାକୁ ବିରୋଧ ଭାବୁଛ ସେଇଟା ଠିକ୍ ବିରୋଧ ନୁହେଁ। ବୁଝିବାରେ ଭ୍ରମ ଯୋଗୁଁ ସେମିତି ଜଣାଯାଏ। ମୋ ନିଜ ମତରେ ଜୀବନଟା ଗୋଟାଏ ମଧ୍ୟପଦଲୋପୀ କର୍ମଧାରେୟ ସମାସର ମଧ୍ୟ ପଦ। ଅଛି ବି, ନାହିଁ ବି। ଉଭୟ ଠିକ୍। କହିଲା କାଶୀ।

ଏତେ ବେଳକେ ଶୁକୁରା ପଚାରିଲା - ବାବୁ ତମେ ତ ଏତେ ସାଧୁସନ୍ଥ ଦେଖିଲ କେହି ତମକୁ ଆଗତ-ଭବିଷ୍ୟ କଥା କହିଲେ। ମୁଁ ଥରେ ଜଣେ ସାଧୁଙ୍କୁ ଭେଟିଥିଲି। ଆଜାଦ୍ ହିନ୍ଦରେ ଥାଏଁ। ଆମକୁ ହୁକୁମ ହେଲା ପଛକୁ ହଟିଯିବା ପାଇଁ। ସମସ୍ତେ ପଳେଇଲେ। ମୁଁ ଟିକିଏ ପଛକୁ ପଡ଼ିଗଲି। ପଛରେ ଯାଉଁ ଯାଉଁ ବାଟବଣା ହୋଇଗଲି। ଜଙ୍ଗଲ ବାଟ ତ! ଅଗ୍ନାଅଗ୍ନି ବନସ୍ତ। ପାହାଡ଼ିଆ ଅଞ୍ଚଳ। ଯାଏଁ ଯାଉଁ ଦେଖିଲି, ପତର ଶେଯ କରି ଜଣେ ସାଧୁ ଶୋଇଛନ୍ତି। ଏ ହେଁ ଜଟା! ନଖଗୁଡ଼ିକ ବଢ଼ି ଗୁଡ଼େଇ ହେଇଗଲାଣି। ପେଟ ପଶି ଯାଇଛି। ଯେମିତି କେତେଦିନରୁ ଖାଇ ନାହାନ୍ତି। ପଚାରିଲି - ବାବା ରାସ୍ତା କିଧର୍?

ସେ ମୋତେ ଚାହିଁଲେ। ଆଖି ଦି'ଟା ମହମବତୀ ପରି ଜଳୁଥାଏ। କହିଲେ, ତୁମ୍ ରାସ୍ତା ଭୁଲ୍‌ଗୟା। ଇସ୍ ତରଫ ନହିଁ ଉସ୍ ତରଫ୍।

ଆପ୍‌କୋ ମାଲୁମ୍ ହୈ ମେରା କାହାଁ ଜାନା ହେଁ? ମୋତେ ଆଶ୍ଚର୍ଯ୍ୟ ଲାଗିଲା। ମୁଁ ପଚାରିଲି।

ସେ କହିଲେ - ହାଁ ହାଁ ମାଲୁମ୍ ହୈ। ତୁମ୍ ଜଲ୍‌ଦି ଯାଓ। ନହିଁ ତୋ ଖତ୍‌ରା

ହୈ। ଯାତେ ସମୟ ଦୁସ୍‌ମନ୍‌କୀ ଗୋଲି ସାମ୍‌ନା କର୍‌ନା ହୋଗା। ରାମ୍ ନାମ୍ କର୍ କେ ଚଲେ ଯାଓ। କୁଛ ନ ହୋଗା।

ମୁଁ ପଚାରିଲି - ବାବା, ହମାରା ଫୌଜ୍ କା କ୍ୟା ହୋଗା ?

ସେ କହିଲେ - ପିଛେ ପୁଛୋଗେ। ଜଲ୍‌ଦି କରୋ। ଭାଗୋ। ନହିଁ ତୋ ମାରେ ଯାଓଗେ।

ମୁଁ ଦଣ୍ଡବତ କରି ପଳେଇବି ବୋଲି ଉଠିବା ବେଳକୁ ସେ କହିଲେ, ଆପେ ଆପେ, ଶୁନୋ ବେଟା - ତୁମ୍‌ହାରୀ ଫୌଜ୍ କୋ ଅଭି କାମିୟାବୀ ନହିଁ ମିଲେଗୀ। ପର୍ ଘବ୍‌ରାଓ ମତ୍। ଭାରତ ଜରୁର୍ ଆଜାଦ୍ ହୋଗା। ପର୍ ନତିଜା ଔର କୁଛ ହୋଗା। ଛ ମହିନେ କେ ବୀଚ୍ ତୁମ ଅପ୍‌ନେ ଦେଶ୍‌କୋ ଜାନା ପଡ଼େଗା।

ତାଙ୍କ କଥା ସବୁ ଠିକ୍ ଠିକ୍ ହୋଇଗଲା।

କାଶିଆ କହିଲା ମୋର ଅଭିଜ୍ଞତା ଭିନ୍ନ। ମୁଁ ଥରେ ଜଣେ ସାଧୁଙ୍କୁ ପଚାରିଲି - ବାବା, ମୋର ଭବିଷ୍ୟତ କ'ଣ ଦେଖୁଛନ୍ତି ? ସେ କହିଲେ, ବେଟା - ମୋ କଥା ଛାଡ଼, ନିଜେ ସୃଷ୍ଟିକର୍ତ୍ତା ବି ସୃଷ୍ଟିର ଭବିଷ୍ୟତ କହି ପାରିବେ କି ନାହିଁ ସନ୍ଦେହ। କାରଣ ସେ ଇଚ୍ଛାମୟ। କେତେବେଳେ ତାଙ୍କର କି ଇଚ୍ଛା କିଏ କହିବ ? ଈଶ୍ୱରଙ୍କ ଇଚ୍ଛା ଜାଣିବା ମନୁଷ୍ୟ ଶକ୍ତିର ବାହାରେ। ତଥାପି କେହି କେହି ସାଧୁ ଭବିଷ୍ୟ କହନ୍ତି। ମାତ୍ର ମହାକାଳ ଭିତରେ ପ୍ରବେଶ କରିବ କିଏ ? ମଣିଷ ସାଧନା କରି ନିକଟ ଭବିଷ୍ୟତ କହିପାରେ। ମାତ୍ର ସେଥିରେ କିଛି ଲାଭ ନାହିଁ। ସେଥିରେ ଈଶ୍ୱର ଉପଲବ୍ଧି ହୁଏ ନାହିଁ। କିଛି ଅର୍ଥ ଲାଭ ହୋଇପାରେ।

କଥାଟା ମୋ ମନକୁ ଖୁବ୍ ପାଇଥିଲା। ସେଇ ଦିନଠୁଁ ମୁଁ ଆଉ ଭାଗ୍ୟକୁ ବିଶ୍ୱାସ କରେ ନାହିଁ। ପୁରୁଷାକାର ଉପରେ ମୋର ଆସ୍ଥା ନାହିଁ। ଇଚ୍ଛାମୟଙ୍କର ଯାହା ଇଚ୍ଛା ସେ କରି ଯାଉଛନ୍ତି ? ଆମର କର୍ତ୍ତବ୍ୟ ସହିଯିବା। କାରଣ ସହିବା ଛଡ଼ା ଅନ୍ୟ ଉପାୟ ନାହିଁ। କର୍ମଫଳ ହଉ ବା ଭାଗ୍ୟଫଳ ହଉ, ସବୁ ଈଶ୍ୱରଙ୍କ ଇଚ୍ଛା।

ମୋତେ ଗୋଟିଏ କଥା କହିଲୁ, ଦୀନବନ୍ଧୁ ପଚାରିଲା - ତୁ ଅମର କିମିତି ହେଲୁ। ମାନେ, ମରଣ ଭୟ ତୋର କେମିତି ଛାଡ଼ିଗଲା ?

ସମସ୍ତେ ହସିଲେ। କାଶୀ କହିଲା, ଏଥିରେ ହସିବାର କିଛି ନାହିଁ। ଏଟା କିଛି କଷ୍ଟକର ସାଧନା ନୁହେଁ।

ସାଧନା ତ କରିବାକୁ ପଡ଼ିବ। ସେ ପଛେ କଷ୍ଟକର ନ ହେଉ। କି ସାଧନା ଟିକିଏ ବୁଝେଇ କହିଲେ ହୁଅନ୍ତା ନାହିଁ ? ଘନ କହିଲା।

ସାଧନା ଫାଧନା କିଛି ନୁହେଁ। ଶୁଣ ମୁଁ ଯାହା କହୁଛି। କାଶୀ କହିଲା। ଖାଲି ଶୁଣିଲେ ମରଣ ଭୟ ଛାଡ଼ିଯିବ।

ପୁଣି ସମସ୍ତେ ହସି ପକେଇଲେ। କାଶୀ କହିଲା - ଆଗ ଶୁଣ। ଶୁଣିସାରି ହସିବ। ସମସ୍ତେ ଆଗ୍ରହରେ ଅନେଇ ରହିଲେ କାଶୀ ମୁହଁକୁ। କାଶୀ ଆରମ୍ଭ କଲା।

ମୁଁ ବଦ୍ରିନାଥରେ ଥାଏ। ଦିନେ ଖୁବ୍ ବଡ଼ିଭୋରରୁ ଉଠି କଣ ମନେ ହେଲା କେଜାଣି, ଉଠିଗଲି ହିମାଳୟ ଉପରକୁ। ବୋଧହୁଏ ଦେବତାତ୍ମା ହିମାଳୟ ମତେ ହାତଠାରି ଡାକିଲା। ସେ ଡାକକୁ ଅବହେଳା କରିବାର ଶକ୍ତି ମୋର ନଥିଲା। ମୁଁ ଗଲି ଓ ଉପରକୁ, ଉପରକୁ ଉଠି ଯାଉଥାଏ। ପାହାଡ଼ର ପାହାଚ ପାହାଚ ଡେଇଁ ଗୋଟିକ ପରେ ଗୋଟିଏ ଶାଗୁଆ ଶାଗୁଆ ଦୁବ ଆଉ ଘାସର ଫରମାସ୍ ଦିଆହେଲାପରି ନରମ ଗାଲିଚା ଉପରେ ମୁଁ ଚାଲି ଚାଲି ଯାଉଥାଏଁ। ପାର ହେଇଗଲିଣି ମାଟିଆ ଟାଙ୍ଗରା ଭୂଇଁକି କେତେବେଳେ। ପଛରେ ପଡ଼ିଗଲାଣି ସେ ପଡ଼ିଆ। ମୋର ହୋସ୍ ନାହିଁ। ଆସି ପହଞ୍ଚିଗଲି ବରଫର ସରୁ ଆସ୍ତରଣ ଉପରେ। କାଚ ଗୁଣ୍ଡହେଲାପରି ସେ ସବୁ ଗୋଡ଼ତଳେ ଚୂନା ହେଇଯାଉଥାଏ। ଆଗରେ ପାଇନ ବଣ। ମୁଁ ଅନେଇ ରହିଗଲି ସେ ଶୋଭାକୁ କେତେବେଳ ଯାଏଁ। ଯେମିତି ପଂକ୍ତି ଭୋଜନରେ ବସିଛନ୍ତି ଗଛଗୁଡ଼ାକ। କ୍ରମେ କ୍ରମେ ବରଫ ଗୁଡ଼ାକ ଜମାଟବାନ୍ଧି ବହଳ ହେଇ ଆସୁଥାଏ। ହଠାତ୍ ମୋ ଆଖିରେ ପଡ଼ିଲା ସେଇ ବରଫ ବିଛଣା ଉପରେ ଗୋଟିଏ ମଣିଷ। ହାତ ଗୋଡ଼ ଆଖି କାନ ଥାଇ ମଣିଷଟାଏ। ଚକା ପକେଇ ବସିଛି। ଅଦ୍ଭୁତ ଲାଗିଲା। ମତେ ଟିକିଏ ଡର ବି ମାଡ଼ିଲା। ତଥାପି ସାହସ ବାନ୍ଧି ସେ ଲୋକଟାର ପାଖକୁ ଗଲି। ମୁଁ ଜବର କି ଘୋଡ଼ି ଘାଡ଼ି ହୋଇ ବରଫ ଯୋତା ପିନ୍ଧି ଚାଲିଥାଏଁ। ଗୋଟା ଦେହଯାକ ଗରମ ପୋଷାକ। ମୁଣ୍ଡରେ ଟୋପି। ଆଖି ନାକ ଛଡ଼ା ବୋଧହୁଏ ଆଉ କିଛି ଦିଶୁନଥିବ। ତଥାପି ଥର ଉଠଉ ଥାଏ। କିନ୍ତୁ ଏ ଲୋକଟା ଖାଲି ଦେହରେ କେମିତି ବରଫ ଉପରେ ବସିଛି ? ପାଖକୁ ଯାଇ ଦେଖିବାର ଆଗ୍ରହ ସମ୍ଭାଳି ପାରିଲି ନାହିଁ। ଡର ଲାଗୁଥିଲେ ବି ଗଲି। ଭାବୁଥାଏଁ ଭୂତ ପ୍ରେତ ନୁହେଁ ତ ? ହଲ୍‌ଚଲ୍ ହବାକୁ ନାହିଁ। କାଠ ପରି ବସିଛି। ଗୋଟିଏ ଲଙ୍ଗଳା ମୂର୍ତ୍ତି ଗଢ଼ି କିଏ ଏ ଜଙ୍ଗଲ ଭିତରେ ଥୋଇ ଦେଇଗଲା ? ଭୂତ ଏ କଦାପି ନୁହେଁ। ଭୂତ ହୋଇଥିଲେ ତ ହଲଚଲ୍ ହୁଅନ୍ତା। ଭୂତ ସବୁ କେତେରୂପ ଧରନ୍ତି ବୋଲି ଶୁଣିଥିଲି। କାହିଁ କିଛି ନାହିଁ। ପୁଣି ଭୂତପରା ଖାଲି ରାତିରେ ଡରାନ୍ତି। ନା, ଇଏ କଦାପି ଭୂତ ନୁହେଁ। ବରଫ ଗୁଡ଼ାକ ଦେହ ଉପରେ ବର୍ଷି ଛିଟ୍‌କି ପଡୁଛି। ଲାଗି ବି ରହୁଛି ଠାଏ ଠାଏ। ଲୋକଟାର ଦେହ ଟିକିଏ ବି ଥରୁନାହିଁ। ମଲା ମଣିଷଟାଏ କି ଆଉ। ଯା ମଲା ମଣିଷ ହୋଇଥିଲେ ଏମିତି ସିଧା ଠେଙ୍ଗାଟା ପରି

ସଳଖିଆ ବସନ୍ତା କିପରି ? ପାଖକୁ ଯାଇ ଦେଖିଲି - ମୂର୍ତ୍ତି ନୁହେଁ ମଣିଷ। ଜଣେ ସାଧୁ। ଧ୍ୟାନରେ ବସିଛନ୍ତି। ଜଳ ଜଳ କରି ଚାହିଁଛନ୍ତି। ଡୋଳା ଯୋଡ଼ିକ ଯେମିତି ଜଳୁଛି। କିନ୍ତୁ ସ୍ଥିର। ଅପଲକ ଆଖି। ମୁଁ ଠିଆ ହେଇଗଲି ସେ ସାଧୁଙ୍କୁ ଦେଖି। ପାଦ ଆଉ ଚଳିଲା ନାହିଁ। ଭୟ ଓ ଭକ୍ତି ଏକ ସାଙ୍ଗରେ ମତେ ଅଚଳ କରିଦେଲା।

କେତେବେଳଯାଏଁ ଠିଆ ହେଲା ପରେ ଦେଖିଲି ସାଧୁଙ୍କ ଡୋଳା ଖେଲୁଛି। ତଳକୁ ଖସି ଆସୁଛି। ମୋର ଟିକିଏ ସାହସ ହେଲା। ଆନନ୍ଦ ହେଲା। ତା'ପରେ ସେ ମତେ ଚାହିଁଲେ। ମୁଁ ଦଣ୍ଡବତ କଲି। ଉଠି ଦେଖିଲି ତାଙ୍କ ମୁହଁରେ ହସ। ସାହସ ପାଇ ପଚାରିଲି - 'ମୈଁ କୁଛ ପୁଛ୍ ସକ୍‌ତା ହୁଁ' ?

ନିଶ୍ଚୟ, କଣ ପଚାରିବାକୁ ଚାହୁଁଛ ପଚାର।

ଓଡ଼ିଆରେ ? ଦୁଃଖୀ, ଘନ, ଦୀନା, ଶୁକୁରା ସମସ୍ତେ ଏକ ସାଙ୍ଗରେ ପଚାରିଲେ।

କାଶୀ କହିଲା, ହଁ ଓଡ଼ିଆରେ।

ସେ କଣ ଜଣେ ଓଡ଼ିଆ ସାଧୁ ? ଶୁକୁରା ପଚାରିଲା।

କିଜାଣି ? କାଶୀ ଉତ୍ତର ଦେଲା - ଓଡ଼ିଆରେ ତ କହିଲେ।

ତୁ କଣ ପଚାରିଲୁ, ଘନ ପଚାରିଲା।

ମୁଁ ପଚାରିଲି, ଆପଣଙ୍କୁ ଶୀତ ଲାଗୁନାହିଁ ?

ସେ ଉତ୍ତର ନ ଦେଇ ମୋ ମୁହଁ, ନାକ, ଆଖି ଆଡ଼କୁ ହାତ ଦେଖେଇ ଦେଲେ। ମୁଁ ବୁଝି ପାରିଲି ତାଙ୍କ ଠାରରୁ ଯେ ମୋ ମୁହଁ, ନାକ, ଆଖି ଯେମିତି ଶୀତ ସହୁଛି, ସାରା ଦେହଟା ତାଙ୍କ ଶୀତ ସହଣି ହେଇଗଲାଣି। କାଶୀ କହୁଥାଏ। ତା'ପରେ ସେ ହସି ହସି କହିଲେ - 'ଶରୀରେର୍ ନାମ୍ ମହାଶୟ ଯା ସହାଓ ତାଇସୟ'।

ବଙ୍ଗଳାରେ ? ପୁଣି ସମସ୍ତେ ଆଶ୍ଚର୍ଯ୍ୟରେ ପଚାରିଲେ।

ହଁ ବଙ୍ଗଳା ଭାଷାରେ ଠିକ୍ ବଙ୍ଗାଳିଙ୍କ ପରି କହିଲେ। ମୁଁ ବି ବଙ୍ଗଳାରେ ଜାଣିଶୁଣି ପଚାରିଲି - ଆପନି କି ଏଇ ଖାନେ ଥାକେନ୍। ମୁଣ୍ଡ ହଲାଇ ମନାକଲେ।

ମୁଁ ପୁଣି ପଚାରିଲି - ଆପଣଙ୍କ ରେସିଡେନ୍‌ସ ?

ଏଭରିହୋୟାର୍ - ସେ ଉତ୍ତର ଦେଲେ - ମାନେ ସବୁଠିଁ।

ଏଥର ମୁଁ ଓଡ଼ିଆରେ ପଚାରିଲି। ମୋତେ ସେତେବେଳକୁ ଲାଜ ମାଡ଼ିଲାଣି। ମୋ ଭିତରେ ବୋଧହୁଏ ଟିକିଏ ଗର୍ବ ଥିଲା ଯେ ମୁଁ ଓଡ଼ିଆ ହେଲେ ବି ଠେଠ୍ ହିନ୍ଦି ଆଉ ଖାଣ୍ଟି ବଙ୍ଗଳା କହିପାରେ ଏବଂ ମୁଁ ଜଣେ ଇଂରେଜ ପଢୁଆ ଲୋକ। ସେ ଗର୍ବ ଖର୍ବ ହେଇଗଲା। ଆପଣ କେତୁଟା ଭାଷା ଜାଣନ୍ତି ? ପଚାରିଲି।

ଗୋଟିଏ। ସେ ଉତ୍ତର ଦେଲେ।

ମୁଁ ଅବାକ୍ ସାଧୁଙ୍କର ଏକଥା ଶୁଣି। ସେ ମୋ ଭାବଭଙ୍ଗୀରୁ ହେଉ ବା ସେ ସବୁ କଥାଜାଣି ପାରୁଥିବାରୁ ହେଉ, କହିଲେ – "ମନୁଷ୍ୟର ଗୋଟିଏ ଭାଷା। ସବୁ ଭାଷା ଏକ। କାରଣ ଭାବ ଏକ। ଭାବ ଯେଉଁଠି ଭାଷା ରୂପନିଏ ସେଇଠି ପହଞ୍ଚି ପାରିଲେ ସବୁ ଭାଷା ଏକ ମନ ହେବ।"

ମୁଁ ଆଉ କହିବି କଣ ? ମୋର ସବୁ ପଚାରିବାର ଯେମିତି ସରିଗଲା। ତଥାପି ଟାଣି ଓଟାରି କଥା କହିଲି – ଆପର ଏଠି କେତେବେଲୁ ଆସନ କଲେଣି ?

କାଳ ନିରବଧି – ସେ ଉତ୍ତର ଦେଲେ। ତେଣୁ ତମେ ଯେତେବେଳେ ଦେଖିଲ, ସେତିକି ବେଲୁ ବସିଛି ବୋଲି କହିବା ଯାହା, ଅନନ୍ତ କାଳରୁ ଏଠି ବସିଛି କହିବା ସେଇୟା।

କିନ୍ତୁ ମଣିଷତ ପୁଣି ଜନ୍ମ ହେଉଛି ମରୁଛି, ସବୁ କାଳର ସୀମା ଭିତରେ। ସେତିକିବେଳେ ମନେ ହେଲା ବରଫ ସବୁ ବାମ୍ପ ଯାଇ ରଣକୁହୁଡ଼ି ଭଳି ମାଡ଼ି ଆସୁଛି। ତା'ରି ଦେହର ଇନ୍ଦ୍ରଧନୁ ଯେଉଁଠି ରଙ୍ଗର ପସରା ମେଲାଇ ହସୁଥିଲା ସେଇଠିକି ହାତ ବଢ଼ାଇ କହିଲେ – କଣ ସେଠି ଥିଲା, ପୁଣି ରହିବ ?

ମୁଁ ମୁଣ୍ଡ ହଲାଇ ମନାକଲି।

ଭୁଲ୍, ସେ କହିଲେ। ଇନ୍ଦ୍ରଧନୁ ସେଠି ଥିଲା, ପୁଣି ଥିବ। ସୂର୍ଯ୍ୟ ଥିବାଯାଏଁ ତା'ର ସ୍ଥିତି। କେବଳ ମେଘ ବା କୁହୁଡ଼ିରେ ସେ ଦେଖାଯାଏ। ମେଘ ବା କୁହୁଡ଼ି ନଥିଲେ ନାହିଁ। ସେମିତି ଜୀବନ। ଆତ୍ମା ଥିବାଯାଏଁ ସେ ଅଛି। ଆତ୍ମା ଅନନ୍ତ ଅନାଦି। ଜୀବନ ଅନନ୍ତ, ଅନାଦି। ଦେହଟା ମେଘ। ଦେହରେ ତା'ର ବିଳାସ। ମେଘରେ ଇନ୍ଦ୍ରଧନୁ ପରି, ଜନ୍ମ, ଜରା, ମୃତ୍ୟୁ ସବୁ ଦେହର ବିଭିନ୍ନ ଅବସ୍ଥା। ଆତ୍ମାର ନୁହେଁ। ଆତ୍ମାର ମୃତ୍ୟୁ ନାହିଁ। "ଅଜୋନିତ୍ୟଂ ଶାଶ୍ୱତୋଽୟଂ ପୁରାଣଃ।"

ମୁଁ କହିଲି, ଦେହଠାରୁ ଆତ୍ମା ସ୍ୱତନ୍ତ୍ର ବୋଲି ମୋର କାହିଁକି ବିଶ୍ୱାସ ହେଉନାହିଁ। ସେ ଟିକିଏ ହସିଲେ। ତାଙ୍କ ଦେହରେ ହାତମାରି ପଚାରିଲେ, ଏଟା ଦେହ ନା ଆତ୍ମା ?

ମୁଁ ଉତ୍ତର ଦେଲି – ଦେହ।

ସେ କହିଲେ, ଆତ୍ମା ସର୍ବ ବ୍ୟାପୀ–ଅସୀମ–ମାତ୍ର ଦେହର ସୀମା ଅଛି, ନୁହେଁ?

ଆଜ୍ଞା। ମୁଁ ଉତ୍ତର ଦେଲି।

ଏ ଦେହ ଯଦି ସର୍ବବ୍ୟାପୀ ହୋଇଯାଏ ତମର ବିଶ୍ୱାସ ହେବ ?

ମୁଁ କହିଲି – ହଁ।

ତା'ପରେ ମୁଁ ହଠାତ୍ ଦେଖିଲି ତାଙ୍କ ଦେହରୁ ଗୋଟାଏ ଦୀପ୍ତି ବାହାରୁଛି।

ଆଖି ଝଲସି ଗଲା। ଚାହିଁ ପାରିଲି ନାହିଁ। ପତା ପଡ଼ିଗଲା। ଆଖି ଖୋଲି ଦେଖିବା ବେଳକୁ ସେ ନାହାନ୍ତି, କି ଦୀପ୍ତି ନାହିଁ।

ଉଭେଇ ଗଲେ ? ଏକା ସାଙ୍ଗରେ ସମସ୍ତେ ପଚାରିଲେ।

ବିଲକୁଲ୍ ଉଭେଇଗଲେ। କାଶୀ ଉତ୍ତର ଦେଲା

ଗଲେ କୁଆଡ଼େ ? ପୁଣି ଫେରି ଆସିଲେ ? ପଚାରିଲା ଶୁକୁରା।

ନା, ମୁଁ ଆଉ ତାଙ୍କୁ ଦେଖି ନାହିଁ। ଅନେକ ବେଳଯାଏଁ ଅପେକ୍ଷା କଲି। ସେ ଆଉ ଫେରିଲେ ନାହିଁ। ବଡ଼ ପାଟିକରି ତାଙ୍କୁ ଡାକିଲି, ସାଧୁଜୀ, ସାଧୁଜୀ। କେହି ଶୁଣିଲେ ନାହିଁ।

ତୁ କ'ଣ ଭାବୁଛୁ ? ସେ କିଏ ହୋଇଥିବେ ?

ନା, ଅନେକ ସନ୍ନ୍ୟାସୀ, ତପସ୍ୱୀ, ସାଧୁ ଅଛନ୍ତି, ଯେଉଁମାନେ ସାଧନା ବଳରେ ଅଣିମା ଲଘିମାଦି, ଅଷ୍ଟସିଦ୍ଧି ପାଇଥାଆନ୍ତି। ତାହାରି ବଳରେ ସେମାନେ ନିଜ ଦେହକୁ ଲଘୁ କରିପାରନ୍ତି। ଅଣୁଭଳି ହୋଇଯାଇ ପାରନ୍ତି। ମୋର କାହିଁକି ମନେ ହେଉଛି, ସେ ହେଉଛନ୍ତି ସେଇ ବାବାଜୀ ମହାଶୟ। ଦୁଇ ହଜାର ବର୍ଷ ହେବ ସେ ସୂକ୍ଷ୍ମ ଶରୀରରେ ଘୂରୁଛନ୍ତି। ଉପଯୁକ୍ତ କ୍ଷେତ୍ର ପାଇଲେ ସେ ସ୍ଥୂଳ ଦେହରେ ଦେଖାଦେଇ 'ଲୟଯୋଗ' ଶିକ୍ଷା ଦିଅନ୍ତି। ସିଦ୍ଧ ଲାହିଡ଼ି ମହାଶୟଙ୍କର ସେ ଗୁରୁ। ଦୁଃଖୀ ସେଇ ବହିଟା ତୁ ପଢ଼ିଥିବୁ। ଇଂରେଜୀ ବହି। ଜଣେ ଯୋଗୀର ଆତ୍ମକଥା। ସେଥିରେ ବାବାଜୀ ମହାଶୟଙ୍କର କଥା ଅଛି।

ଶୁକୁରା ପଚାରିଲା ସେ ଏବେ ବି ଅଛନ୍ତି ?

କାଶୀ କହିଲା, ନିଶ୍ଚୟ। ସେମାନେ କାଳାତୀତ ପୁରୁଷ। ନିତ୍ୟ ସତ୍ୟ, ପ୍ରତ୍ୟକ୍ଷ।

ଘନ ପଚାରିଲା, ତୁ ତାଙ୍କର ଶିଷ୍ୟ ହେଇଛୁ ?

କାଶୀ ଉତ୍ତର ଦେଲା, ମୁଁ ବିଧିବଦ୍ଧ ଭାବରେ ଶିଷ୍ୟତ୍ୱ ଗ୍ରହଣ କରିନାହିଁ ସତ୍ୟ, କିନ୍ତୁ ସେ ମୋର ଗୁରୁ। ତାଙ୍କୁ ଭେଟିବା ପର ମୁହୂର୍ତ୍ତଠାରୁ ମୋର ମୃତ୍ୟୁ ଭୟ ଚାଲିଯାଇଛି। ସେହି ଦିନଠାରୁ ମୋ କାନରେ ଯେମିତି କିଏ ବେଳେବେଳେ କହେ, ବାରମ୍ବାର କହେ -

"ନ ତ୍ୱେବାହଂ ଜାତୁନାସଂ ନତ୍ୱଂନମେ ଜାନାଧିପାଃ
ନ ଚୈବ ନ ଭବିଷ୍ୟାମଃ ସର୍ବେବୟଂ ଅତଃ ପରମ୍।"

ତା'ପରେ କାଶୀନାଥ ଗୋଟିଏ ନାତି ଦୀର୍ଘ ବକ୍ତୃତା ଦେଇ କହିଲା - ମୃତ୍ୟୁଟା ଗୋଟାଏ ଭୂତ। ଡରିଲେ ଡରାଏ। ଛାତିରେ ଛେପ ପକେଇଦେଲେ ଗଲା। ସେଥିପାଇଁ ଯେ ଜାଣି ଶୁଣି ମୃତ୍ୟୁକୁ ବରଣ କରନ୍ତି, ସେମାନେ ଅମୃତ ହୋଇଯାଆନ୍ତି। 'ହତୋଽବା

ପ୍ରାପସ୍ୟସେ ସ୍ୱର୍ଗ'। ସେଥିପାଇଁ ଭଗବାନ ଶ୍ରୀକୃଷ୍ଣ ଅର୍ଜୁନକୁ କହିଲେ, 'ସୁଖିନୋ କ୍ଷତ୍ରିୟା ପାର୍ଥ, ଲଭନ୍ତେ ଯୁଦ୍ଧମୀଦୃଶମ୍'। ଆମକୁ ଯୁଦ୍ଧ କରିବାକୁ ହେବ। ଯୁଦ୍ଧ କରିବା ହିଁ ମନୁଷ୍ୟର ଧର୍ମ। ଯିଏ ଜୀବନ ସଂଗ୍ରାମ କରି ଜାଣିଛି ତା'ର ମରଣର ଭୟ ନଥାଏ। ସେଥିପାଇଁ ସଂଗ୍ରାମଶୀଳ ଜୀବନ ସୁଖୀ। ଯାହାର ସଂଗ୍ରାମହୀନ, ଆଳସ୍ୟପୂର୍ଣ୍ଣ ଜୀବନ ସେ ବିଧର୍ମୀ। 'ସ୍ୱ ଧର୍ମେ ନିଧନଂ ଶ୍ରେୟଃ ପରଧର୍ମୋଭୟାବହ'। ସଂଗ୍ରାମଶୀଳ ବ୍ୟକ୍ତି ଯୁଦ୍ଧ ଭୂମିରେ କାହାକୁ ହତ୍ୟା କରେ ନାହିଁ ବା ହତ ହୁଏନାହିଁ। 'ନ ହନ୍ୟତେ ହନ୍ୟମାନେ ଶରୀରେ'। ନିଃସ୍ୱାର୍ଥପର ଭାବରେ କାର୍ଯ୍ୟକଲେ ଆମକୁ ପ୍ରତିକ୍ରିୟାଶୀଳ ଶକ୍ତି ବିରୋଧରେ ଲଢ଼ିବାକୁ ପଡ଼ିବ ହିଁ ପଡ଼ିବ। ସେ ସଂଗ୍ରାମରେ ଶତ୍ରୁକୁ ହତ୍ୟାକଲେ ହିଂସା ହୁଏ ନାହିଁ। ଯାହାର ମୃତ୍ୟୁଭୟ ଅଛି ସେ ଅନ୍ୟକୁ ହିଂସା କରେ। ସ୍ୱାର୍ଥ ହିଁ ମୃତ୍ୟୁଭୟର ହେତୁ। ସ୍ୱାର୍ଥ ତ୍ୟାଗକଲେ ଶୀତ, ଉଷ୍ଣ, ସୁଖ ଦୁଃଖ, ଲାଭ ଲାଭ, ଜୟା ଜୟରେ ସମାନ ଜ୍ଞାନ ଆସେ। ଏଇ ସାମ୍ୟଯୋଗରେ ଆରୁଢ଼ ହୋଇଗଲେ 'ନାୟଂ ହନ୍ତି ନ ହନ୍ୟତେ' ଭାବ ଆସିଯାଏ।

"ବେଦା ବିନାଶିନଂ ନିତ୍ୟଂ ଯ ଏନଂ ଅଜମବ୍ୟୟଂ
କଥଂ ସ ପୁରୁଷଃ ପାର୍ଥ ! କଂ ଘାତୟନ୍ତି ହନ୍ତିଂ କମ୍।"

ଯେ ନିଜକୁ ଅବିନାଶୀ, ନିତ୍ୟ, ଅଜ, ଓ ଅବ୍ୟୟ ବୋଲି ଚିହ୍ନିଛି ସେ ହତ୍ୟା କରେ ନାହିଁ ବା କରାଏ ନାହିଁ।

ଗୀତାକୁ ଭାରତୀୟ ଦର୍ଶନର ଶେଷ ଅଭିବ୍ୟକ୍ତି ବୋଲି ମୁଁ ମାନେ ନାହିଁ। ଦୁଃଖୀ କହିଲା। ମହାଭାରତ ଯୁଦ୍ଧରେ ଅର୍ଜୁନକୁ ଗୀତା କହିବାରେ ବହୁ ବର୍ଷ ପରେ ଶ୍ରୀକୃଷ୍ଣ ଉଦ୍ଧବକୁ, ଯେଉଁ ଶିକ୍ଷା ଦେଇଛନ୍ତି, ସେ ଶିକ୍ଷା ଅର୍ଜୁନଙ୍କ ନାତି ପରୀକ୍ଷିତଙ୍କ ଆଗରେ ଶ୍ରୀଶୁକମୁନି ବ୍ୟାଖ୍ୟା କରିଛନ୍ତି। ଶ୍ରୀମଦ୍ ଭାଗବତ, ସନାତନ ଚିନ୍ତନ ସର୍ବଶେଷ ଓ ସର୍ବଶ୍ରେଷ୍ଠ ଗ୍ରନ୍ଥ।

କାଶୀ କହିଲା - ମୁଁ ଜାଣେ ଭାଗବତ ଭକ୍ତିଶାସ୍ତ୍ର। ଗୀତା କର୍ମଯୋଗ ଶିକ୍ଷାଦିଏ। ଗୀତାର ନିଷ୍କାମକର୍ମ ବିନା ଭକ୍ତି ଅସମ୍ଭବ। ସୁତରାଂ ଆମକୁ କାମ କରିବାକୁ ହେବ। ସଂସାରଟା କୁରୁକ୍ଷେତ୍ର। କାମର କ୍ଷେତ୍ର। କାମଟାଇ ଯୁଦ୍ଧ। ସେଥିପାଇଁ କୁରୁକ୍ଷେତ୍ର ଯୁଦ୍ଧ କ୍ଷେତ୍ରଟା ହେଉଛି ଧର୍ମ କ୍ଷେତ୍ର।

ଦୁଃଖୀ କହିଲା, ତୁ ଯାହା କହ ପଛେ, ସ୍ୱାର୍ଥରେ ହେଉ, ନିଃସ୍ୱାର୍ଥରେ ହେଉ ହତ୍ୟାଟା ହିଂସା ମନୋବୃତ୍ତିର ପରିଚାୟକ। ତୋ ଯୁକ୍ତି ଅନୁସାରେ ଏହା ନ୍ୟାୟ ହୋଇପାରେ। ମାତ୍ର ଏହାର ପରିମାଣ ଶୁଭଙ୍କର ନୁହେଁ। ଗୋଟିଏ ହିଂସାପୂର୍ଣ୍ଣ ସଂଘର୍ଷ ପରବର୍ତ୍ତିଗାମୀ ହିଂସାର ଆବାହକ।

ସଂଘର୍ଷ ଦୁଇ ପ୍ରକାର। ଗୋଟାଏ ପ୍ରୀତିପୂର୍ଣ୍ଣ ସଂଘର୍ଷ, ଆଉ ଗୋଟାଏ ହିଂସାତ୍ମକ। ପ୍ରୀତିପୂର୍ଣ୍ଣ ସଂଘର୍ଷ ଅନ୍ୟ ଏକ ପ୍ରୀତିପୂର୍ଣ୍ଣ ସଂଘର୍ଷର କାରଣ ହୁଏ। ଏବଂ ହିଂସାତ୍ମକ ସଂଘର୍ଷର ହେତୁ ହୋଇଥାଏ। ସଂଘର୍ଷରୁ ସଂଘର୍ଷ ଜାତ ହେବା ସତ୍ୟ। ତଥାପି ସଂଘର୍ଷ ବିନା ସୃଷ୍ଟି ଅସମ୍ଭବ। ପ୍ରୀତିପୂର୍ଣ୍ଣ ସଂଘର୍ଷରୁ ସୃଷ୍ଟି। ପୁଣି ସେ ସୃଷ୍ଟିରୁ ସଂଘର୍ଷ ଜାତହୁଏ।

ସମସ୍ତେ ହୋ ହୋ କରି ହସି ଉଠିଲେ।

କାଶୀନାଥ ଟିକେ ଲଜ୍ଜିତ ହୋଇଗଲା କିନ୍ତୁ ନିଜ ବିଶ୍ୱାସରୁ ସେ ତିଳେହେଲେ ହଟିବାର ପାତ୍ର ନୁହେଁ। ସେ ଦୁଃଖୀ ଆଡ଼କୁ ଅନେଇ କହିଲା - ହସିପାର, ମୋର ଆପତ୍ତି ନାହିଁ। ମାତ୍ର ତମେ ସବୁ ଯେଉଁ ସତ୍ୟାଗ୍ରହର ଯୋଜନା କରୁଛ ସେଟା ଅଠରଶ ବାଷଠିର, ତଥାପି ମୁଁ ତମ ସହିତରେ ଯୋଗଦେବି। କାରଣ ଏଟା ମହାଭାରତର ଉଦ୍ୟୋଗପର୍ବ ହୋଇପାରେ। ମୋର ଆଶା କେବଳ ତାତ୍ତ୍ୱିକ ବିଚାର ନ କରି କାର୍ଯ୍ୟକ୍ଷେତ୍ରରେ ଓହ୍ଲାଇ ପଡ଼ିଲାପରେ ସବୁ ଠିକ୍ ହୋଇଯିବ। ସେତେବେଳେ ଅବସ୍ଥା ଅନୁଯାୟୀ ବ୍ୟବସ୍ଥା କରି ପାରିବା। ବଳେ କାର୍ଯ୍ୟକ୍ରମ ବଦଳି ଯିବ।

ଘନ କହିଲା, ମୁଁ ଗୋଟିଏ ସାଲିସ୍ ପ୍ରସ୍ତାବ ଦେବି। କାଶିଆ କପିଳା ଭେଟ ହୋଇଯିବ। କାଶୀର କଥା ମୁଁ ମାନି ନେଉଛି ଯେ ସଂଘର୍ଷ ବିନା ସୃଷ୍ଟି ଅସମ୍ଭବ ଓ ସେ ସଂଘର୍ଷ ପ୍ରୀତିପୂର୍ଣ୍ଣ ହେବା ଦରକାର। ଦୀନବନ୍ଧୁଙ୍କର ସଂଘର୍ଷ ଓ କାଶୀନାଥଙ୍କର ପ୍ରୀତିପୂର୍ଣ୍ଣ ସଂଘର୍ଷଶୀଳ ବସ୍ତୁର ପ୍ରୀତି ହେଲେ ଉଭୟଙ୍କ କଥା ରହିବ। ତେଣୁ ମୋର ପ୍ରସ୍ତାବ, ଆଗ ଜମି ମାଲିକ ଆଉ ଜମି ମୂଲିଆଙ୍କ ଭିତରେ ଗୋଟାଏ ପ୍ରୀତିପୂର୍ଣ୍ଣ ସଂଘର୍ଷ ହେଉ।

ଦୁଃଖୀ କହିଲା, ମୋର ଠିକ୍ ସେଇମତ। ସେହି ବିଷୟରେ ମୁଁ ଗୋଟିଏ ଯୋଜନା କରିସାରିଛି।

ହଠାତ୍ ରାଧାଗୋବିନ୍ଦ ବାବୁ ଆସି ପହଞ୍ଚିଲେ। କହିଲେ, ଦୁଃଖୀ! ମୁଁ ପ୍ରସ୍ତୁତ। ମୁଁ ତମ ସାଙ୍ଗରେ ଯୋଗଦେବାକୁ ଚାହେଁ। ମୁଁ ସବୁକଥା ଶୁଣିଛି। ଯେଉଁମାନଙ୍କର ଜମି ଯାଉନାହିଁ ସେଇମାନେ ଆନ୍ଦୋଳନ କରିବେ। ମୋର ଜମି ତ ସରକାର ଛଡ଼େଇ ନଉ ନାହାନ୍ତି। ଯେଉଁମାନଙ୍କର ଜମି ସରକାର ଛଡ଼େଇ ନଉଛନ୍ତି - ମାନେ ଏଇ ଶୁକୁରା, ସାଉଁଟା, ଏଙ୍କରି ହୋଇ ମୁଁ ଆନ୍ଦୋଳନରେ ଭାଗ ନେବି।

ସମସ୍ତେ ଆଉଥରେ ଲେଖେ ନମସ୍କାର କଲେ। ଘନ କହିଲା, କିସ୍ତିମାତ୍। ମୋ ସ୍କିମ୍‌ଟା ଏଥର ଠିକ୍ କାମ କରିବ। କଣ କାଶୀ! କଣ କହୁଛ।

କାଶୀ କହିଲା, ତୋ ସ୍କିମ୍ କଣ ମୁଁ ଜାଣେ ନାହିଁ, କଣ କହିବି?

ଘନ କହିଲା, ସ୍କିମ୍ ତ ମୋର ନୁହେଁ, ସ୍କିମ୍ ଦୁଃଖୀର। ମାତ୍ର ଦୁଃଖୀ କଣ

କରିବାକୁ ଚାହୁଁଛି ମୁଁ ଜାଣେ। ସେ ଚାହେଁ ପ୍ରୀତିରୁ ସଂଘର୍ଷ ଆଉ ସଂଘର୍ଷରୁ ପ୍ରୀତି। ମାନେ ପ୍ରୀତି ଆଉ ସଂଘର୍ଷ ମଧ୍ୟରେ ପ୍ରୀତି।

ସମସ୍ତେ ହସି ଉଠିଲେ।

ଦୀନବନ୍ଧୁ କହିଲା, ଘନ ମୋ କଥା ଠିକ୍ ବୁଝିଛି। ମୁଁ ଚାହେଁ ସଂଗଠନରୁ ସତ୍ୟାଗ୍ରହ ଓ ସତ୍ୟାଗ୍ରହରୁ ସଂଗଠନ।

ରାଧାଗୋବିନ୍ଦ ବାବୁ କହିଲେ, ଏଇ ସଂଗଠନର ଦାୟିତ୍ୱ ମତେ ଦିଅ। ତେଣିକି ସତ୍ୟାଗ୍ରହ ଯିଏ କରୁଛି କରୁ। ଏ ବୟସରେ ମୁଁ ଆଉ ଜିହଲ ଫିହଲ ଖଟି ପାରିବି ନାହିଁ। ଚାରିକୋଡ଼ି ପାଞ୍ଚ ହେଲା। ମୁଁ ବୋଲି ଚଲା ଫେରା କରୁଛି। ତମେ ସବୁ ମୋ ବଅସ ବେଳକୁ ଭୂଇଁରେ ଲାଗି ଯାଇଥବଣି। ଆମେ ସବୁ ପିଲାଦିନେ କଣ ଖାଇଛୁ, ତମେ ପାଇବ କେଉଁଠି? ସର, ଲବଣୀ, ଦୁଧ ଛେନା କେତେ ଖାଇବ। ଏବେ ତ ସବୁ କୁଆଡ଼େ ଉଭେଇଗଲା। ମୁଁ ଭାତରେ ଘିଅ ପକାଏ ନାହିଁ। ଘିଅରେ ଭାତ ବୁଡ଼େଇ ଖାଏ। ନହେଲେ ତଣ୍ଟିରେ ଲାଗେ। ଖାଇ ବସିବି ତ ଏକା ଠା'ରେ ଗୋଟିଏ ପେଣ୍ଠି ଶେଷ। କଥାରେ ଅଛି, 'ମାଛ ଖାଇବ ବହୁତ ମୁଣ୍ଡ', ଏବେ ତମେ ସବୁ ତା'ର ଭିନ୍ନେ ଅର୍ଥ କରୁଛ। କହୁଛ ଯେ 'ବହୁତ ମୁଣ୍ଡ'ର ମାନେ ଜହ୍ଲା, ଦଣ୍ଡିକିରୀ, କଣ୍ଟିଆ, ଗଡ଼ିଶା ଛୋଟ ଛୋଟ ମାଛ ଖାଇଲେ ଭଲ। ମୁଁ ଛୋଟ ଛୋଟ ମାଛ ଖାଉ ନଥିଲି। ବଡ଼ମାଛ ଖାଉଥିଲି ଓ ବହୁତ ମୁଣ୍ଡ ଖାଉଥିଲି। ଏଣେ ଖାଇ ବସିଥିବି, ପୋଖରୀରେ ଜାଲ ପଡ଼ିଥିବ, ଚୁଲିରେ କରେଇ ଚଢ଼ିଥିବ। ସାଙ୍ଗେ ସାଙ୍ଗେ ଭଜା ହେଇଥିବ, ପରଷା ଚାଲିଥିବ। ମୁଣ୍ଡ ଗଣ୍ଡି ଗଣ୍ଡାଏ ଭାକୁର କି ରୋହୀ, ଦି ଗଣ୍ଡା ପହଣା, ହେଲେ ଯାଇଁ ରାଧାଗୋବିନ୍ଦବାବୁ ଖାଇଲେ ବୋଲି ଘରେ ସମସ୍ତେ ଜାଣିବେ। ନ ଖାଇଲେ ଗାଁ ଯାକରେ ଚହଳ ପଡ଼ିଯିବ - ସାଆନ୍ତଙ୍କର ଦେହ ସୁଖ ନାହିଁ। ଦୀର୍ଘ ନିଃଶ୍ୱାସଟାଏ ଛାଡ଼ି ପୁଣି ସେ କହିଲେ - ସେ ଦିନକୁ ବାଘ ଖାଇଗଲାଣି।

ଆଜ୍ଞା ଆପଣ ଯାଉଛନ୍ତି କି? ଦୁଃଖୀ ପଚାରିଲା।

କଣ କିଛି କାମ ଅଛି? ରାଧାଗୋବିନ୍ଦବାବୁ ପଚାରିଲେ।

ଦୁଃଖୀ କହିଲା, ଆଜ୍ଞା ହଁ। ଆପଣ ତ କହିଛନ୍ତି ଆନ୍ଦୋଳନରେ ଯୋଗଦେବେ ପୁଣି ସଂଗଠନର ଦାୟିତ୍ୱ ନବାକୁ କଥା ଦେଲେଣି। ଦୀନବନ୍ଧୁ ସଂଗଠନର କଣ ଯୋଜନା କରିଛନ୍ତି ଟିକେ ଶୁଣିଯାଆନ୍ତୁ। ଆପଣଙ୍କର ବୁଜୁରୁଗ୍‌ଙ୍କ ସଲା ପରାମର୍ଶ ଆମକୁ ବହୁତ ବଳ ଦବ। ଦୀନା, ତୋ ସ୍କିମ୍‌ଟା କଣ କହିଲୁ।

ଦୀନବନ୍ଧୁ କହିଲା, ମୁଁ ଭାବୁଛି, ଆମେ ଗୋଟାଏ ନୂଆ ଧରଣର କୋଅପରେଟିଭ୍ କରିବା। ସେଇଟା ହେବ ଆମର ସବୁଠାରୁ ବଡ଼ ସଂଗଠନ। ଏଥିରେ

ଅଂଶୀଦାର ହେବେ ଜମି ମାଲିକ ଓ ମୂଲିଆ ଉଭୟେ। ଗୋଟିଏ ଅଂଶର ମୂଲ୍ୟ ପାଞ୍ଚ ଟଙ୍କା ରହିବ। ପ୍ରତି ମୂଲିଆ ଅନ୍ୟୁନ ଗୋଟିଏ ଅଂଶ କିଣି ସହଯୋଗ ସମିତିର ସଭ୍ୟ ହେବେ। ଟଙ୍କା ନଥିଲେ କିସ୍ତିବାରିରେ ତାଙ୍କ ମୂଲରୁ ଦିନକୁ ୨ ଅଣା କରି କାଟି ଭରଣା କରାଯିବ। ମାଲିକମାନଙ୍କର ସଂପତ୍ତିର ଚଳନ୍ତି ମୂଲ୍ୟ ଯାହାହେବ, ସେହି ଅନୁପାତରେ ଦଶଟଙ୍କିଆ ଯେତୁଟା ଅଂଶ ହେବ, ପ୍ରତି ଜମି ମାଲିକ, ସେତିକି ଅଂଶ ପାଇପାରିବେ। କିନ୍ତୁ ଗୋଟିଏ ବ୍ୟକ୍ତିର ମାତ୍ର ଗୋଟିଏ ଭୋଟ୍ ରହିବ। ସେ ମୂଲିଆ ହେଉ ବା ମାଲିକ ହେଉ। ମୂଲିଆମାନେ ନ୍ୟାଯ୍ୟ ମୂଲ୍ୟ ପାଇବେ। ମାଲିକମାନେ ଜମିବାବଦ ଯେତେ ଟଙ୍କାର ଅଂଶ ପାଇଥିବେ ସେଇ ଲଗାଣ ଟଙ୍କାର ସୁଧ ପାଇ ପାରିବେ। ସୁଧହାର କୌଣସି କ୍ଷେତ୍ରରେ ଗୋଟିଏ ସିଡ଼ିଉଲ୍ ବେଙ୍କ୍ ଦେଉଥିବା ସୁଧଠାରୁ ଅଧିକ ହେବ ନାହିଁ।

ରାଧାଗୋବିନ୍ଦ ବାବୁ ପଚାରିଲେ, ଜମି ଉପରେ ତାଙ୍କର ମାଲିକାନା ସତ୍ତ୍ୱ ରହିବ କି ନାହିଁ।

ନିଶ୍ଚୟ ରହିବ। ଦୀନା କହିଲା। ମାଲିକାନା ନବ କିଏ ? ଉତ୍ତରାଧିକାର ସୂତ୍ରରେ ଯାହାର ସତ୍ତ୍ୱ ସେ ତାକୁ ଇଚ୍ଛାନୁସାରେ ଖରିଦ୍ ବିକ୍ରୀ ମଧ୍ୟ କରିପାରିବ।

ଦୁଃଖୀ କହିଲା, ମାଲିକ ମୂଲିଆ ଯେ ଯାହାର ପାଉଣା ପାଇଲା ପରେ ଲାଭାଂଶ ବଣ୍ଟନ କିପରି ହେବ ?

ଯେ ଯାହାର ଅଂଶ ଅନୁସାରେ ପାଇବେ। ଦୀନା କହିଲା।

ଶୁକୁରା କହିଲା, ଦୀନାନ୍ନା ଭାରି ଚାଲାକ୍। ମାଲିକଙ୍କ ପକ୍ଷ ନେଇ କହୁଛି। ଫଳ ମାଲିକଙ୍କର, ଝାଳ ନାଳ ମୂଲିଆଙ୍କର।

ଶୁକୁରା ଠିକ୍ କହୁଛି। ଦୁଃଖୀ କହିଲା, ଲାଭାଂଶରୁ ୫୦ ଭାଗ ମାଲିକ ଓ ୫୦ ଭାଗ ମୂଲିଆ ପାଇବେ। ସେଇ ପଚାଶ ଭାଗକୁ ଅଂଶ ଅନୁସାରେ ବାଣ୍ଟି ଦିଆଯାଇପାରେ।

ଘନ କହିଲା, ମୁଁ ଭାବୁଛି, ତା' ନକରି ଗାଁରେ ଯେତେ ସାବାଳକ ଲୋକ ଅଛନ୍ତି ସମସ୍ତଙ୍କୁ ସମାନ ଭାବରେ ବାଣ୍ଟି ଦିଆଯିବ।

ଦୁଃଖୀ କହିଲା, ସେଇଟା ଆମେ ପରେ ବିଚାର କରି ଦେଖିବା। ଆଗ ସହଯୋଗ ସମିତିଟାଏ ରେଜେଷ୍ଟ୍ରୀ କରା ହେଉ, ନା କଣ କହୁଛନ୍ତି, ସାଆନ୍ତେ ?

ରାଧାଗୋବିନ୍ଦ ବାବୁ କହିଲେ, ମୋତେ ତ କାହିଁକି ଏ ସ୍କିମ୍‌ଟା ବଡ଼ ବଢ଼ିଆ ମନେ ହଉଛି। ଏଇଟା କଂଗ୍ରେସିଆଙ୍କ ଗାଲରେ ଯୋତା ମାଡ଼ ପରି ହବ। ଭାଗଚାଷ ଫାଗଚାଷ, ଭୂସଂସ୍କାର, ଫୁସଂସ୍କାର ଛାଡ଼ିକି ପଳେଇବେ।

ବାସ୍ତବିକ୍ ଚମତ୍କାର ପ୍ରସ୍ତାବ। ମୁଁ ସମ୍ପୂର୍ଣ୍ଣ ଏକ ମତ। କାଶୀ କହିଲା।

ଘନ କହିଲା, ମୋର ଗୋଟାଏ ଆଶଙ୍କା ହେଉଛି।

ଦୀନା କହିଲା, ଆଶଙ୍କାଟା କଣ ଶୁଣେ !

ସେଟା ସେମିତି କିଛି ବଡ଼ କଥା ନୁହେଁ। ସେଇଥିପାଇଁ ଆମେ ଅଟକିଯିବା ଠିକ୍ ହେବ ନାହିଁ। ଆଗେ କାମ ଚାଲୁ। ଅସୁବିଧା ପଡ଼ିଲେ ସୁଧାରି ନେଇହବ।

ଆଶଙ୍କାଟା ତ ତୋ ମନେ ମନେ ରହିଗଲା। କେହି ତ ଜାଣି ପାରିଲେ ନାହିଁ।

ମୋର ଆଶଙ୍କା ହେଉଛି କାଳେ ମୂଲିଆମାନେ ଏହାର ବିରୋଧ କରିବେ। ଘନ କହିଲା।

ମୂଲିଆମାନେ କାହିଁକି ଆପତ୍ତି କରିବେ ? ଦୀନା ପଚାରିଲା।

ଆପତ୍ତିର କାରଣ ଦୁଇଟା। ପ୍ରଥମଟା ମନସ୍ତାତ୍ତ୍ୱିକ। ସେମାନେ ନିଜେ କୌଣସି ଦାୟିତ୍ୱ ନେଇ କାମ କରିବାକୁ ଶିଖି ନାହାନ୍ତି। ଏଭଳି କୋଅପରେଟିଭରେ ମୂଲିଆ ଓ ମାଲିକଙ୍କର ଦାୟିତ୍ୱ ସମାନ। ଆଶଙ୍କାର ଦ୍ୱିତୀୟ କାରଣ ହେଉଛି ଆଇନ୍‌ଗତ। ଭୂସଂସ୍କାର କୁହ, ଭାଗଚାଷ ଆଇନ୍ କୁହ, ଏସବୁ ଯେତେବେଳେ ମୂଲିଆମାନଙ୍କୁ ବିନାଶ୍ରମରେ ସଂପତ୍ତି ପାଇବାର ପ୍ରତିଶ୍ରୁତି ଦେଉଛନ୍ତି, ସେତେବେଳେ ପର ସଂପତ୍ତିରେ କାହିଁକି ପରିଶ୍ରମ କରିବେ ? ଘନ କହିଲା।

ଦୁଃଖୀ କହିଲା, ପ୍ରଥମ ଆଶଙ୍କାକୁ ଏଡ଼େଇ ଦେଇହେବ। ମୂଲିଆମାନଙ୍କୁ ହଠାତ୍ କୌଣସି ଦାୟିତ୍ୱ ଦିଆଯିବ ନାହିଁ। ଦାୟିତ୍ୱ ହେବ ସମିତିର, ସମିତିର କର୍ମକର୍ତ୍ତାମାନଙ୍କର। ନା କଣ କହୁଛୁ ଦୀନା ?

ହଁ, ତାହାହେଲେ ଆଉ କୌଣସି ଆଶଙ୍କାର କାରଣ ରହିବ ନାହିଁ। ଧୀରେ ଧୀରେ ପରିସ୍ଥିତିର ପରିବର୍ତ୍ତନ ସଙ୍ଗେ ସଙ୍ଗେ ତାଙ୍କର ଦାୟିତ୍ୱବୋଧ ଆସିବ।

ହଠାତ୍ ଶୁକୁରା ମୁହଁ ଖୋଲିଲା। କହିଲା, ଏଥର କର୍ମକର୍ତ୍ତା କିଏ ?

କାଶୀ କହିଲା, ଶୁକୁରା ମଞ୍ଜିକଥା ପଚାରିଦେଲା। ଯେଉଁମାନେ କର୍ମକର୍ତ୍ତା ହେବେ – ପ୍ରେସିଡେଣ୍ଟ କୁହ, ସେକ୍ରେଟେରୀ କୁହ, ସେମାନେ ଠାକୁର ଖାଇ ଖଟୁଲି ଖାଇଯିବେ ନାହିଁ ତ ? ଆମ ଦେଶରେ କୋଅପରେଟିଭର ଅବସ୍ଥା ଦେଖୁନା ?

ଦୀନବନ୍ଧୁ କହିଲା, ଏହା କର୍ମକର୍ତ୍ତାମାନଙ୍କର ମଧ୍ୟ ଅଂଶ ରହିବ। ସେମାନେ ମୋଟା ବେତନଭୋଗୀ କର୍ମଚାରୀ ହେବେ ନାହିଁ। ମୂଲିଆମାନେ ଯେମିତି ମଜୁରୀ ପାଉଛନ୍ତି ସେମାନେ ସେମିତି ପାଇବେ। ହୁଏତ ଅଧିକା ଟଙ୍କେ ସେମାନଙ୍କୁ ଦିଆଯାଇପାରେ। ସମିତିର ଲାଭ କ୍ଷତିରେ ଏମାନଙ୍କର ସ୍ୱାର୍ଥ ଜଡ଼ିତ ରହିଲେ, ଏମାନେ ଆଉ ପାଟୁଳି ଉଠେଇବାକୁ ମନ କରିବେ ନାହିଁ।

ଶୁକୁରା ପୁଣି ପଚାରିଲା, ମୁଁ କଣ ସେକଥା ପଚାରୁଛି ? ମୁଁ ପଚାରୁଛି, ଏଇ କର୍ମକର୍ତ୍ତା ହବ କିଏ ? ତା'ରି ସ୍ୱଭାବ ଚରିତ୍ର ନେଇ ସମିତି ଚାଲିଲେ ଚାଲିବ, ନଇଲେ ନାହିଁ। ସଭାପତି, ସମ୍ପାଦକ, ଦୁଃଖୀଆନ୍ନା, ବା ଦୀନାନ୍ନା ଯଦି ହେବେ ତାହାହେଲେ କାମ ଠିକ୍ ଠିକ୍ ହବ।

ଦୀନବନ୍ଧୁ କହିଲା, ଦରକାର ପଡ଼ିଲେ ଦେଖାଯିବ। ଆମେ କର୍ମକର୍ତ୍ତା ହଉ ନହଉ, ଆମକୁ ସବୁବେଳେ ଜାଗତିଆର ହୋଇ ରହିବାକୁ ପଡ଼ିବ।

ଦୁଃଖୀ କହିଲା, ସେଇଟା କିଛି ବଡ଼ କଥା ନୁହେଁ। ମୁଁ ଭାବୁଛି ଘନର ଦ୍ୱିତୀୟ ଆଶଙ୍କା କଥା। ସେ ପ୍ରତିବନ୍ଧକକୁ ଦୂର କରିବା କର୍ମୀମାନଙ୍କର କର୍ମକୌଶଳ ଉପରେ ନିର୍ଭର କରେ। ଆମେ ଗୋଟିଏ ମହାନ୍ ଦାୟିତ୍ୱ ହାତକୁ ନେବୁ। ଆମକୁ ମୂଳରୁ ବୁଝିବାକୁ ହେବ। ଭାଗଚାଷ, ଭୂସଂସ୍କାର, ଭୂଦାନ ଯଜ୍ଞ, ଆଦି ବିଭେଦକାରୀ ଆଇନ୍ ବିରୋଧରେ ଆମର ଏଟା ଅଭିଯାନ। ତାକୁ ଡରିଗଲେ ହବନାହିଁ। ଆମେ ଯେଉଁମାନେ ଆନ୍ଦୋଳନର ଦାୟିତ୍ୱ ନବୁ ତାଙ୍କରି ତ୍ୟାଗ ଉପରେ ଆନ୍ଦୋଳନର ସଫଳତା ନିର୍ଭର କରେ। ତ୍ୟାଗ ଆଗରେ ସମସ୍ତ ସ୍ୱାର୍ଥ ସୂର୍ଯ୍ୟ ଉଦୟରେ ଅନ୍ଧାର ଉଭେଇଗଲା ଭଳିଆ ଉଭେଇ ଯିବ।

କାଶୀ କହିଲା, ମୁଁ ଠିକ୍ ସେଇକଥା କହୁଥିଲି। ତମେମାନେ କେହି ମୋ କଥା ବୁଝି ନପାରି ହସିଲ। ତ୍ୟାଗଟାଇ ହେଉଛି ସେଇ ପ୍ରୀତିପୂର୍ଣ୍ଣ ସଂଘର୍ଷ। ତ୍ୟାଗବିନା ପ୍ରୀତି ଅସମ୍ଭବ। ପୁଣି ତ୍ୟାଗ ମୂଳରେ ଦୁରନ୍ତ ମାନସିକ ସଂଘର୍ଷ ରହିଛି। ଯେ କୌଣସି ବିପ୍ଳବ ତ୍ୟାଗ ଉପରେ ପ୍ରତିଷ୍ଠିତ ନହେଲେ ସଫଳ ହେବା ଅସମ୍ଭବ।

ଘନ କହିଲା, ସେଟା ମଧ୍ୟ ମନସ୍ତାତ୍ତ୍ୱିକ। ମୁଁ ଯେଉଁ ଦୁଇଟି ଆଶଙ୍କା ପ୍ରକାଶ କଲି, ଉଭୟ ମୂଳରେ ମନସ୍ତାତ୍ତ୍ୱିକ ବିପ୍ଳବର ଆବଶ୍ୟକତା ରହିଛି। ମୁଁ ଯେଉଁ ଦ୍ୱିତୀୟ ଆଶଙ୍କା ପ୍ରକାଶ କଲି ତାହା ବାହ୍ୟତଃ ଆଇନ୍‌ଗତ ହେଲେ ମଧ୍ୟ ସମସ୍ତେ ବିରୋଧୀ ଆଇନ୍‌ର ମୁକାବିଲା କରିବା ପାଇଁ, ଏ ଆନ୍ଦୋଳନରେ ଯୋଗ ଦେଉଥିବା ସମସ୍ତ କର୍ମୀଙ୍କଠାରୁ ଯେଉଁ ତ୍ୟାଗ ଆଶା କରାଯାଉଛି ସେଥିପାଇଁ ପ୍ରସ୍ତୁତି ସର୍ବପ୍ରଥମ ଆବଶ୍ୟକ।

ଦୀନବନ୍ଧୁ କହିଲା, ମନଥିଲେ ମାନସିକ ପ୍ରସ୍ତୁତି ଆପେ ଆପେ ହୋଇଯାଏ। ପୁରୁଣା ଅଭ୍ୟାସକୁ ଅବଶ୍ୟ ସହଜରେ ଛାଡ଼ି ହୁଏନାହିଁ। କିନ୍ତୁ ଥରେ ସେ ଅଭ୍ୟାସ ମୂଳରେ ମାଡ଼ ଦେବାକୁ ହେଲେ ମାଡ଼ଟା ଏକା ଖୁବ୍ ଜବର ମାଡ଼ ହେବା ଦରକାର। ତେଣିକି ଆଉ କିଛି ଅସୁବିଧା ହୁଏ ନାହିଁ।

ଦୁଃଖୀ ହସିଲା। ତୁ କେମିତି ଏତେବଡ଼ ଆଦିବାସୀଙ୍କ ଅଭ୍ୟାସ ଉପରେ ମାଡ଼ ଦେଲୁ, ମୋତେ ଟିକେ କହିଲୁ!

ସମସ୍ତେ ହୋ ହୋ ହସି ଉଠିଲେ। ହସର ଜୁଆର ଖେଳିଗଲା।

ରାଧାଗୋବିନ୍ଦ ବାବୁ କହିଲେ - ଏଥର ମୁଁ ଆସେ ଦୁଃଖୀ।

ସମସ୍ତଙ୍କର ଭକ୍ତି ଆଉ ପ୍ରଣାମ ନେଇ ରାଧାଗୋବିନ୍ଦ ବାବୁ ଉଠି, ଧୀରେ ଧୀରେ ପାଦ ପକାଇ ଚାଲିଗଲେ।

ରାଧାଗୋବିନ୍ଦ ବାବୁ ଚାଲିଗଲାକୁ ଦୁଃଖୀ, ଘନ, କାଶୀ, ଶୁକୁରା, ସମସ୍ତେ ଜିଦ୍ ଧରି ବସିଲେ, ଚିନିମିନି କଥା ଶୁଣିବାକୁ। ଚିନିମିନି ଆଦିବାସୀ ଝିଅ ହେଲେ ବି 'ଶନି'କୁ ଛାଡ଼ି ଦୀନାକୁ କିମିତି ଧରିଲା।

ଦୀନବନ୍ଧୁ ନାଚାର। ଲାଜ ଲାଗୁଥିଲେ ବି ଅଳପ ଅଳପ ହସ ଦିହରେ ସରମକୁ ଧୋଇଧାଇ କହି ଆରମ୍ଭିଲା -

ମୁଁ ଆଦିମାନବ କଲ୍ୟାଣ ସମିତି ପକ୍ଷରୁ କାମ କରୁଥାଏ। ଗୋଟିଏ ଆଶ୍ରମରେ କେତେଗୁଡ଼ିଏ ଆଦିବାସୀ ପୁଅଝିଅ ରହୁଥାଆନ୍ତି। ସବୁ ଅଳ୍ପ ବୟସର। ମୁଁ ଥାଏ ଗୀତ ମାଷ୍ଟର ଓ ପ୍ରାର୍ଥନା ଶିଖାଏଁ। କିଛି କିଛି ସାହିତ୍ୟ ବି ପଢ଼ାଏଁ। ଆଦିବାସୀ ଭାଷାକୁ ଓଡ଼ିଆ ହରଫରେ ଲେଖାଁ, ପିଲାଙ୍କର ଓଡ଼ିଆ ପାଠରେ ମନ ଲାଗିବ ବୋଲି। ଦେଶକେ ଫାଙ୍କ୍, ନଈକେ ବାଙ୍କ୍। ଗୋଟିଏ ଜିଲ୍ଲାରେ ଆଦିବାସୀଙ୍କ ଭିତରେ ପ୍ରକାରେ ପ୍ରକାରେ ଭାଷା। ଭାଷାକୁ ଠାର କୁହନ୍ତି। ମୁଁ ଯେତେବେଳେ ମୟୂରଭଞ୍ଜରେ ଥିଲି, ସେତେବେଳେ ଦେଖିଲି, ସେଠା ଆଦିବାସୀମାନେ ଆମକୁ 'ଦିକୁ' ବୋଲି କହୁଛନ୍ତି। ମୋର ମନେହେଲା ସେଟା ଗୋଟାଏ ଘୃଣାର ଶବ୍ଦ। କିନ୍ତୁ କୋରାପୁଟରେ ଆମେ ସବୁ 'ମହାପ୍ରଭୁ'।

ମାଙ୍କଡ଼ା ଜାନି ବୋଲି ଜଣେ ଆଦିବାସୀ। ସେ ମତେ ଭାରି ଖାତିର୍ କରେ। ସେ ଆସି କହିଲା, 'ମହାପ୍ରୁ, ଆମର ଦିଶାରୀ ନାହି, ତମେ ଦିଶାରୀ ହୁଅ' - ମାନେ ତାଙ୍କ ପୁରୋହିତ ମୁଁ ହେବି। ମୁଁ ବ୍ରାହ୍ମଣ ବୋଲି ସେ ଜାଣିଥିଲା। ସେ ମତେ ଦେଖିଛି। ମୁଁ ଡଙ୍ଗରକୁ ଯାଏ, 'ରୁଆ' ପର୍ବରେ। ହଳଦୀ ସିନ୍ଦୂରରେ ବୋଳା ପଥରକୁ ପୂଜା କରନ୍ତି ସେମାନେ, ଠିକ୍ ଆମ ଗ୍ରାମ ଦେବତୀଙ୍କୁ ପୂଜାକଲା ପରି। କିନ୍ତୁ ଦେଖିଲେ ମନେହୁଏ ସେ ପଥରରେ ବି ଯେମିତି ପ୍ରାଣ ଅଛି। ସେ ପ୍ରାଣର ଟାଣଟା କିନ୍ତୁ ଅକାରଣ। ମୁଁ ବୁଝିପାରେ ନାହିଁ, ସେ ପଥରଟା ମୋତେ କାହିଁକି ଟାଣେ। ମୁଁ ଯାଏଁ ପ୍ରଣାମ କରେ। ମନେହୁଏ, ସେ ପଥରଟା ଯେମିତି ମତେ କଅଣ କହିବ ବୋଲି କହିପାରୁ ନାହିଁ। ଛେଳି କୁକୁଡ଼ା ରକ୍ତ ଖାଇ ସେ ଲାଲ ହୋଇଥାଏ। କିନ୍ତୁ ତଥାପି କାହିଁକି ମୋର ମନେହୁଏ, ସେ ଆମର ଚଣ୍ଡୀ ଚାମଣ୍ଡାଙ୍କ ପରି ଏତେ ନୃଶଂସ ନୁହେଁ। ବେଳେବେଳେ ପିଲାଙ୍କ ଭଳି ଯେମିତି ଖିଲିଖିଲି ହୋଇ ହସି ପକାଏ ମୋତେ ଦେଖି।

ଦିନେ ମୁଁ ବସିଥାଏଁ ଧ୍ୟାନରେ ଡଙ୍ଗରରୁ ଫେରି। ଇମିତି ଥରେ ଥରେ ମୁଁ ବସେଁ। ମନଟା ଖୁବ୍ ଶାନ୍ତ ହୋଇଯାଇଥାଏ। ସେଦିନ ଧ୍ୟାନ କରୁଁ କରୁଁ ଆଖି ପତା ମାଡ଼ି ପଡ଼ିଲା। ଛାଇନିଦ। ସ୍ୱପ୍ନ ଦେଖିଲାପରି ମନେ ହେଉଥାଏ। କିନ୍ତୁ ସ୍ୱପ୍ନ ନୁହେଁ।

ଦିନେ ମୁଁ ... ... କିନ୍ତୁ ସ୍ୱପ୍ନ ନୁହେଁ।

ସାକ୍ଷାତ୍ ସେ ଗ୍ରାମ ଦେବତୀ ଆସି ମୋ ଆଗରେ ଠିଆ ହୋଇଗଲେ। କହିଲେ, ଚିହ୍ନି ପାରୁନୁ? ମୁଁ ତମ ଗାଁର ସେଇ ବାସୁଳେଇ। ତମେ ତ ମତେ କେହି ପଚାରିଲ ନାହିଁ ଆଜିକାଲି। କେତେ ବଡ଼ ବଡ଼ ଦିଅଁ ଦେବତା ତମର ହେଲେଣି। ଆଦିମ କାଳରୁ ମୁଁ ତମରି ହୋଇ ସେଠି ପଡ଼ିଛି। ତମ ପୂର୍ବପୁରୁଷମାନେ ମୋତେଇ ପୂଜା କରୁଥିଲେ। ମାରା ହେଲା, ମଡ଼କ ହେଲା, ବାଡ଼ି ପଡ଼ିଲା, ଠାକୁରାଣୀ ହେଲେ ବି ଧାଇଁ ଆସନ୍ତି ମୋରି ପାଖକୁ। ମୁଁ ଘଣ୍ଟ ଘୋଡ଼େଇ ସମସ୍ତଙ୍କୁ ରଖେଁ। ଏବେ ଆଉ ମତେ କେହି ପଚାରୁ ନାହାନ୍ତି। ଡାକ୍ତରଖାନାକୁ ଦଉଡ଼ି ଯାଉଛନ୍ତି। ମୋ ପୂଜା କରିବ କିଏ?

ମୁଁ କହିଲି - ମାଆ! ଏବେ ତ ଆମେ ପୂଜା କରୁଛୁଁ। ଲକ୍ଷ୍ମୀ, ସରସ୍ୱତୀ, ଗଣେଶ, ଶିବ, ପାର୍ବତୀ, ରାଧାକୃଷ୍ଣ, ଗୌରନିତାଇ କେତେ କେତେ ଠାକୁର ଆମର ଅଛନ୍ତି।

ବାସୁଳେଇ କହିଲେ - ମୁଁ କଣ ଜାଣେ ନାହିଁ ସେ କଥା। ନିରାକାରରୁ ସାକାର, ସାକାରରୁ ବହୁ ଆକାର। କେତେ ଚକର ଖାଇଲାଣି ତମ ଜାତିଟା। ତମର ଅଧିକା କଣ ହେଇଛି, ତମର ଯେଉଁ ମନ ମତେ ସୃଷ୍ଟି କରିଛି, ସେଇ ମନ କେତେ ଦିଅଁ ଦେବତା ଶୂନ୍ୟ ବ୍ରହ୍ମ ଯାଏଁ ସୃଷ୍ଟି କରିଛି? କହିଲ ଭଲା, ମୁଁ ତମର କେଉଁ କଥାଟା ନ କରିଛି? ତମେ ଯାଇଁ ଅସୀମ ଅନାଦି ଅନନ୍ତ ପାଖରେ ପହଞ୍ଚିଲଣି। ସେ ଆଉ ତମର ଅଧିକା କଣ କଲେ? ତମ ଜାତିଟା ନିମକହରାମ, ତମେ ଯେତେ ଏଇ ସଭ୍ୟ ମଣିଷ, ତମେ ଯେତକ ସଭ୍ୟ ବୋଲି ବୋଲାଉଛ। ସେଥିପାଇଁ ମୁଁ ତମ ଗାଁ ଛାଡ଼ି ପଳେଇ ଆସିଲି। ମତେ ଆଉ ଭଲ ଲାଗିଲା ନାହିଁ ସେଠି। ସେଠି ଖାଲି ମୋ ଧଡ଼ଟା ପଡ଼ିଛି। ମୋ ବାହନ ହାତୀଘୋଡ଼ା ଗୁଡ଼ାକଙ୍କର ଠେଙ୍ଗଣୀ ଭାଙ୍ଗି ଦେଲେଣି। ଆଉ କେହି ନୂଆ ବାହନ ଆଣି ଦଉନାହାନ୍ତି। କୋଉ ହାତୀର ଥୋଡ଼ପାହାଡ଼ ନାହିଁ, ଗୋଡ଼ ନାହିଁ, କୋଉ ଘୋଡ଼ାର ବେକ କଟିଗଲାଣି। ମୁଁ ଆଉ କାହା ଉପରେ ଚଢ଼ି, ରାତି ଅଧରେ ନିଶା ଗରଜୁଥିବ, ଘର ଘର କି ବୁଲି, ସଭିଙ୍କର ଭଲମନ୍ଦ ବୁଝୁଥିବି। ଭାବିଲି, ମତେ ତ ଆଉ କେହି ଖୋଜୁ ନାହାନ୍ତି, ଏଠି ଆଉ ରହିବି କିଆଁ? ପଳେଇ ଆସିଲି, ଏକା ରାହାକେ। ଆସି ଏଇଠି ପଡ଼ିଛି। ପଡ଼ି ନାହିଁ, ବନ୍ଧା ପଡ଼ିଯାଇଛି। ଏଠି ଏମାନେ

ମୋତେ ତାଙ୍କ ସରଳ ବିଶ୍ୱାସରେ ବାନ୍ଧି ପକେଇଛନ୍ତି। ମୁଇଁ ତାଙ୍କର ବ୍ରହ୍ମା, ବିଷ୍ଣୁ, ମହେଶ୍ୱର, ମୁଇଁ ତାଙ୍କର ଲକ୍ଷ୍ମୀ, ସରସ୍ୱତୀ, ଦୁର୍ଗା। ମୁଇଁ ତାଙ୍କ ଅନାଦି ଅନନ୍ତ ବ୍ରହ୍ମ। ସମସ୍ତଙ୍କୁ ମୋର ଏଇ ପଥର ଛାତି ଭିତରେ ବାନ୍ଧି ପକେଇଛନ୍ତି ଏମାନେ। ମୁଁ ଆଉ ଡେଣା ଫଅରେଇ ପାରୁନାହିଁ। କଳ୍ପନା ବିଶ୍ୱାସ ପାଖରେ ବନ୍ଧା ପଡ଼ି ଯାଇଛି। ତୋର ବିଶ୍ୱାସ ବଡ଼ ନା କଳ୍ପନା ବଡ଼? ବିଶ୍ୱାସକୁ କଳ୍ପନାରେ ବଡ଼ କରି ମତେ ଚାହାଁ। ମୋତେ ପୂଜା ଦେ। ଦବୁ ନାହିଁ?

ବାସୁଳେଇ ସକ ସକ ହେଇ କାନ୍ଦିଲେ। ଆଖିରୁ ଲୁହ ବହି ଯାଉଥାଏ। ମୁଁ ବି କାନ୍ଦିଲି। କହିଲି, ମା' କି ଦେଇ ତତେ ପୂଜିବି? ତତେ କଣ ଭଲ ଲାଗିବ?

ତୁ ଡରି ଯାଉଛୁ କି? ବାସୁଳେଇ କହିଲେ। ମୋର ବେଶି କିଛି ଦରକାର ନାହିଁ। ଷାଠିଏ ମହଣ ଘିଅର ଲୋଡ଼ା ନାହିଁ। ଏଇ ଏମାନେ, ଏଇ ଆଦିବାସୀ ଭୂମିଜମାନେ, ଯାହା ଖାଆନ୍ତି, ମୁଁ ସେଇୟା ଖାଏଁ, ଯାହା ଦିଅନ୍ତି, ମୁଁ ସେତିକି ପାଏଁ। ମୋର ଅଳି ଅଝଟ କିଛି ନାହିଁ।

ମୁଁ କହିଲି, ମୁଁ ସେଇୟା ଦେଲେ ତୁ କଣ ଖୁସି ହବୁ ମା?

ଏଥର ବାସୁଳେଇ ହସିଲେ। କହିଲେ, ମଣିଷର ମନ ଘେନି ଦେବତା। ମଣିଷ ମନ ଯେତେ ଯେତେ ବଡ଼ ବଡ଼ ଆଶା କରୁଥିବ, ତା' ଈଶ୍ୱର ସେତିକି ବଡ଼ ହେଇ ଯାଉଥିବେ। ସେ ଈଶ୍ୱରଙ୍କର ପେଟ ବି ବଢ଼ି ବଢ଼ି ଯାଉଥିବ। ଏମାନଙ୍କ ମାଗୁଣି ଭାରି ଛୋଟ ଛୋଟ। ସେଥିପାଇଁ ଏମାନେ ମୋତେ ବଡ଼ କରି ନାହାନ୍ତି। ମୋ ପେଟ ବି ବଢ଼ି ନାହିଁ। ଯାହା ଦବ ମୁଁ ସେତିକିରେ ଖୁସି।

ମୁଁ କହିଲି, ମୁଁ ଯଦି ବେଶି ମାଗେ?

ବାସୁଳେଇ କହିଲେ, ମୁଁ ତତେ ଜାଣେ। ତୁ ମୋତେ ବେଶି ଖଟେଇବୁ ନାହିଁ। ଏମାନେ ମତେ ବେଶି ଖଟାନ୍ତି ନାହିଁ। ତମ ସେଣିକା ଠାକୁର ସବୁ ତମ ପାଇଁ ଖଟି ଖଟି ନାକେଦମ୍। ଆଗେ ତ ଯା ହଉ ଠାକୁରଙ୍କୁ ଯାହା ମାଗୁଥିଲେ ଆଗ ଠାକୁରଙ୍କୁ ଦେଇ ଖାଉଥିଲେ। ପୁନେଇ ପର୍ବ ବାରବ୍ରତ, ଆନନ୍ଦ ଉତ୍ସବ, ସବୁ ଠାକୁରଙ୍କ ନାଁରେ ଯାଉଥିଲା। ଏବେ ନାଚ ତାମ୍‌ସା, ସିନେମା, ଥିଏଟର, ଭୋଜି ପାଟି, କଳା ସାହିତ୍ୟ, ସବୁ ବିନା ଠାକୁରରେ ଚଳିଛି। ଠାକୁରଙ୍କ ନାଁ ଧରି ଯିଏ ଯାହା କରିବ ସେଇଟା ମରହଟ୍ଟିଆ ବୋଲି ସମସ୍ତେ ତାକୁ ହସିବେ। ଆଦିବାସୀମାନେ ନିମକହାରାମୀ ନୁହନ୍ତି। କାମ କମାଣ, ପର୍ବ ପର୍ବାଣି, ସବୁଥିରେ ମୁଁ। ଆଗେ ମୁଁ। ମୁଁ ନହେଲେ କିଛି ହବନାହିଁ। ମକର ପର୍ବ ହେଲା, ବୁଆ ପର୍ବ ହେଲା, କି କାନ୍ଦୁଲ ପର୍ବ ହେଲା, ଇମିତି କି ଗହ୍ମା ଚଇତ ସୁଦ୍ଧେ ପର୍ବ ଯେତେ ପର୍ବାଣି ଅଛି, ସବୁଥିରେ ଆଗ ମୁଁ। ବାହା ପୁଆଣି ଶୁଦ୍ଧି

ଶିରାଧରେ ମୁଁ ନ ହେଲେ ନ ଚଳେ। ମୋଠୁଁ ବେଶି ଦୂରକୁ ଯିବାପାଇଁ କେବେହେଲେ ମନ କରନ୍ତି ନାହିଁ। ମୋତେ ଛାଡ଼ି କିଛି କାମ କରନ୍ତି ନାହିଁ। ଛଳ ନାଇଁ କପଟ ନାଇଁ। ତରଳ ମନ ନେଇ, ଏମାନେ ଯେତେବେଳେ ମୋତେ କାତର ହେଇ ଡାକନ୍ତି ମୁଁ ଚେଇଁ ଉଠେ। ସେତେବେଳେ ଯାହା ଯେତେ ତାଙ୍କ ମନରେ ଥାଏ, ସବୁ ଉଝେଇ ଦିଅନ୍ତି ମୋ ପାଖରେ। ମୁଁ ପୂରଣ କଲେ କଲି ନକଲେ ନାହିଁ। କେବେ କିଛି କହନ୍ତି ନାହିଁ। ସେଥିପାଇଁ ଡେଣା ଛିଡ଼ିଗଲେ ଚଢ଼େଇଟାଏ ଯେମିତି ନିସତ ହୋଇ ତଳେ ପଡ଼ିଯାଏ, ଏମାନେ ସେମିତି ମୋ ଆଗରେ ପଡ଼ିଯାଆନ୍ତି। ମୋର ଏଇ ଯଉଁ ପଥରର ଦିହଟା ଦେଖୁଛୁ, ତା'ର ଯେତେ ସବୁ ସରୁ ସରୁ, ମିହି ମିହି, ଅଣୁ ପରମାଣୁ, ସେ ସବୁ ଥରି ଉଠନ୍ତି। ସବୁ ଫାଟି ଛିଡ଼ି ବିଛୁଡ଼ି ହୋଇ ପଡ଼ନ୍ତି, ବାଣ ଫୁଟିଲା ପରି। ଅଣୁ ଗୋଟି ଗୋଟିକି ଫୁଟି ପଡ଼ନ୍ତି। ଢୋ ଢା ଶବ୍ଦ ହୁଏନାହିଁ। ସେଥିରେ ମଣିଷ କେହି ମରନ୍ତି ନାହିଁ, ଓଲଟି ମଲା ଜିନିଷଗୁଡ଼ା ଜୀଅନ୍ତା ହୋଇ ଯାଆନ୍ତି। ଏ ଯେଉଁ ଡଙ୍ଗର ପାହାଡ଼ ଦେଖୁଛୁ ତାଙ୍କ ଛାତି ବି ଦକଦକ କରେ।

ଏଇ ଗଛପତ୍ର ନିଃଶ୍ୱାସ ମାରନ୍ତି। ତମେ ତ ଏତେ ଦିନ ହେଲା ଏଠିକି ଆସିଲଣି। ଏଠିକା ବନ୍ଧ, ଝର, ବାଆବତାସ, ବରଷା ପାଣିକି କେବେ ଛୁଇଁଛ? ଛୁଇଁ ଦେଖ। ତମ ଛାତି ଥରି ଉଠିବ। ଥରି ନ ଉଠିବ ତ ମତେ କହିବ। ତମେ ବୁଝିପାରିବ, ତାଙ୍କୁ ଯେ ଛୁଏଁ ତାଙ୍କ ଗହନମନର ଭାଷା ସାଙ୍ଗରେ ସେ ତାଳ ଦେଉଛନ୍ତି। ସମ ଫାଙ୍କ ରଖି ତାଳ ଦିଅନ୍ତି। ବୁଝିବା ଲୋକ ବୁଝେ। ଖାଲି କଣ ପ୍ରାର୍ଥନା ବୋଲିଲେ ହେବ? ଏଇ ସମ ଫାଙ୍କକୁ ନିଘା କର। ତେବେ ଯାଇ ତାକୁ ପାଇବ। ହଉ ମୁଁ ଗଲି। ମତେ ପୂଜା ଦବୁଟି? ଭୁଲିବୁ ନାହିଁ।

ତୁ ପୂଜା ଦେଲୁ? ପଚାରିଲା କାଶୀ।

ପୂଜା ନ ଦେଇ ଆଉ ଚାରା ଅଛି। ଦୀନା ଉତ୍ତର ଦେଲା। ମୁଁ ପୂଜା ଦିଏଁ ଚୁପ୍-ଚାପ୍ କି। ମୁଁ ଆଗେ ହାତ ଯୋଡ଼ି ନମସ୍କାର ହେଉଥିଲି। ସପନ ଦେଖିଲା ପରଠୁଁ ଠାକୁରାଣୀଙ୍କ ପାଖକୁ ଗଲାକ୍ଷଣି ଆପେ ଆପେ ମୁଣ୍ଡ ନଇଁଯାଏ। ମୁଁ ସାଷ୍ଟାଙ୍ଗ ପ୍ରଣିପାତ କରେ।

ଦିନେ ମୁଁ ଦଣ୍ଡବତ କରି ଆଶ୍ରମକୁ ଫେରୁଛି, ବାଟରେ ପଡ଼ିଲା ବେଜୁର ଘର। ବେଜୁ ମତେ ଦେଖି ଡାକିଲା।

ମହାପ୍ରୁ, ଆସ। ମୋ ଘରକୁ ଆସିବ ନାହିଁ?

ମୁଁ ଗଲି। ଖଟିଆ ଉପରେ ଯାଇ ବସିଲି। ବେଜୁ କହିଲା, ମହାପ୍ରୁ! ଝିଅକୁ ଗୋଟିଏ ପାରଥନା ଶିଖେଇ ଦିଅନ୍ତୁ।

କି ପ୍ରାର୍ଥନା ? ମୁଁ ପଚାରିଲି ।

ବେଙ୍କୁ କହିଲା, ସେଇ ଯେ ପାର୍‌ଥନା ତମେ ବୋଲ 'ଦୀନବନ୍ଧୁ ଦଇତାରି ... ଏଇ ଝିଅ ଆଇଲାଣି । ବସ୍ ମା ବସ୍ ।

ଚିନିମିନି ଗୋଟିଏ ମାଞ୍ଚିଆ ଆଣି ବସିଲା ।

ମୁଁ ଗାଇଲି – "ଦୀନବନ୍ଧୁ ଦଇତାରି
ଦୁଃଖ ନଗଲା ମୋହରି
ହେଲ କି ନିଷ୍ଠୁର ଚିତ୍ତ
ନୀଳାଚଳେ ବିଜେ କରି" –

ସେ ଧଇଲା । ଠିକ୍ ଧଇଲା । ତାଳ, ଲୟ, ମାନ, କୋଉଁଠିରେ ଭୁଲ୍ ନାହିଁ ।

ତା ଗଳା କେମିତି ? ଶୁକୁରା ପଚାରିଲା ।

ଦୀନବନ୍ଧୁ ହସିଲା, ବଲେ ଶୁଣିବୁ । ସେ ଆସିଯାଉ ଏଠିକି । ଚିନିମିନି ଗୀତ ବୋଲୁଥାଏ । ମୁଁ ଧରେଇ ଦେଉଥାଏଁ । କେତେବେଳ ପରେ ମୁଁ ତା' ମୁହଁକୁ ଅନେଇ ଦେଖିଲି ଦୁଇ ଆଖିରୁ ଲୁହ ବହି ଯାଉଛି । ତା' କଣ୍ଠ ଗଦଗଦ । ମୁଁ ତାଟକା ହୋଇ ଅନେଇ ରହିଲି । ମୁଗ୍ଧ ହୋଇଗଲି ଚିନିମିନିର ଭାବ ଦେଖି ।

ଗୀତ ଶିଖେଇ ସେ ଦିନ ମୁଁ ଚାଲିଆସିଲି । ଚିନିମିନିକୁ ମୁଁ ଆଜି ନୂଆ ଦେଖିଲି ନାହିଁ । ସେ ଆଶ୍ରମରେ ଥିଲା । ଘରେ ରହିବା ବଅସ ହେବାରୁ ତା' ବାପ ତାକୁ ଘରକୁ ନେଇ ଆସିଲା । ତା'ପରେ ବି ମୁଁ ତାକୁ କେତେଥର ଦେଖିଛି ତାଙ୍କରି ଘରେ । ଲାଜ ଲାଜ ଆଖି । ହସ ହସ ମୁହଁ । କିନ୍ତୁ ସେ ଦିନ ଚିନିମିନି ମୋତେ ଆଉ ରକମରେ ଦିଶିଲା ।

ଅନେକ ଦିନ ବିତିଗଲା । ମୁଁ ଆଉ ଯାଇନାହିଁ ବେଙ୍କୁଘର ଆଡ଼ିକି । ଦିନେ ହଠାତ୍ ବେଙ୍କୁ ଆସି ମୋ ଗୋଡ଼ତଳେ ପଡ଼ିଗଲା – ମହାପ୍ରୁ ମୋ ଝିଅକୁ ରକ୍ଷାକର ! ମୁଁ ଡରିଗଲି ପ୍ରଥମେ । ଭାବିଲି, ଚିନିମିନିର ବୋଧହୁଏ କିଛି ବାଧିକି ହୋଇଛି । କିନ୍ତୁ ବେଙ୍କୀ ଯାହା କହିଲା, ଶୁଣି ଆମେ ସମସ୍ତେ କାବା ହୋଇଗଲୁ ।

କହିଲା – ଆଠ ଦିନ ହୋଇଗଲାଣି, ଧାଙ୍ଗଡ଼ା ଧାଙ୍ଗଡ଼ି ଘରେ ତାଙ୍କ ପୁଅଝିଅ ସବୁ ନାଚ କରୁଥିଲେ, ଏକା ସାଙ୍ଗରେ । ବାସ୍ ସେତିକି । ଝିଅ ରାଜି ହୋଇନି । ପୁଅ ଯାଇଁ ଗାଁରେ କହିଦେଲା – ଚିନିମିନି କି ସେ ବାହାହବ । ଗାଁବାଲା ଜବରଦସ୍ତି ଆସି, ମୋ ଝିଅ ନାହିଁ କରୁଛି, ଟାଣି ନେଇଗଲେ ।

ମୁଁ ପଚାରିଲି, ଝିଅ ଏଇଲେ କେଉଁଠି ?

କିଜାଣି ବାବୁ! କାହାଘରେ ଅଛିଟି ? କୁଆଡ଼େ ଖାଲି କାନ୍ଦୁଚି। ହେଇଟି ଭାଷା ଲେଖିଛି, ଦେଖ।

ବେଜୁ କାଗଜଖଣ୍ଡ ପକେଇଦେଲା ମୋ ପାଖକୁ - ଖୋଲି ଦେଖିଲି ଲେଖିଛି, ବିଷ ଖାଇଦବ ପଛେ ସେ ପୁଅକୁ ସେ ବାହା ହବନାହିଁ।

ଆମେ ଜଣ କେତେ ଆଶ୍ରମରୁ ବାହାରିଲୁ। ସେଇ ଗାଁକୁ। ଆଦିବାସୀ ସମାଜରେ ଏଇ ପାଶବିକ ବିବାହ ପ୍ରଥା ବିରୋଧରେ ଆମେ ସେତେବେଳକୁ ରୀତିମତ ଆନ୍ଦୋଳନ ଚଳେଇଲୁଣି। ଅନେକ ଗାଁରେ ଲୋକେ ଆମ କଥା ମାନି ଆମରି ଢଙ୍ଗରେ ପୁରୋହିତ ଡାକି, ମନ୍ତ୍ର ପଢ଼ି, ହୋମ କରି, ହାତଗଣ୍ଠି ପକେଇ ବାହାଘର କରୁଛନ୍ତି। ରାଜି ଖୁଜାରେ ସବୁ ହଉଛି। ଜୋର୍ ଜବରଦସ୍ତ କେଉଁଠି ନାହିଁ। ସେଥିରେ ସେମାନେ ସମସ୍ତେ ଖୁସି। କନ୍ୟାଘର ବରଘର ଦୁଇପକ୍ଷ ଯାକ। ବର ଘର ତ ବେଶି ଖୁସି, କାରଣ ତାଙ୍କୁ ଏବେ ଆଉ କନ୍ୟା ଝିକି ଆଣିବାକୁ ପଡ଼ିବ ନାହିଁ। କନ୍ୟାମାନେ ମଧ୍ୟ ଟଣା ଝିଙ୍କାରୁ ରକ୍ଷା ପାଇ ଆମକୁ ଧନ୍ୟ ଧନ୍ୟ କହୁଥିଲେ।

ତଥାପି କେତେ ପୁରୁଷର ଅଭ୍ୟାସଟା ଯାଉଛି କେତେକେ।

ଶନା ଯାଇ ତା ଗାଁରେ କହିଲା - ଚିନିମିନିକୁ ତା'ର ପସନ୍ଦ। ତା' ଗାଁ ଲୋକେ ଆସି କହିଲେ ଅମୁକ ଦିନ ସଞ୍ଜ ସରିକି ସେମାନେ ଆସି ଚିନିମିନିକୁ ଝିଙ୍କି ନେଇଯିବେ। ବେଜୁ ବି ଛାଡ଼ିବା ବାଲା ନୁହେଁ। ସେ ବି ତା ଗାଁ ଲୋକଙ୍କୁ ଭେଳେଇ ରଖିଥାଏ। ହେଲା ଦି' ଦଳ ଭିତରେ ମାଡ଼ପିଟ୍। ମୁଣ୍ଡ ଫାଟିଲା କେତେ ଜଣଙ୍କର। ବରଘର ଗାଁ ବାଲାଏ, ମାଡ଼ ଖାଇ ଛିନ୍‌ଛତ୍ର ହୋଇ ପଳେଇଲେ। ହାରିଗଲେ କଣ ହେଲା, ଅହନ୍ତା ରଖିଲେ ମନେ ମନେ। ଛକି ରହିଲେ ବାଟରେ। କନିଆଁକୁ ଏକୁଟିଆ ପାଇଲେ ଝିଙ୍କି ନେବେ।

ଦିନକର କଣ ହୋଇଛି ନା, ବାପ ଝିଅ ଦିହିଁକି ଦିହେଁ ଆସିଥିଲେ ଆଶ୍ରମକୁ ବୁଲି। ଏମିତି ସେ ବେଳେବେଳେ ଆସନ୍ତି ଚିନିମିନି ଘରେ ରହିଲା ଦିନଠୁଁ। ଚିନିମିନି ତା' ସାଙ୍ଗସାଥୀଙ୍କ ସାଙ୍ଗରେ ହସେ, ଖେଳେ, ବୁଲେ। ବେଜୁ ଆମମାନଙ୍କ ସାଙ୍ଗରେ ଦୁନିଆଁ ଗପ ଯୋଡ଼େ ବସିକି। ସଞ୍ଜ ଆଗରୁ ଚାଲି ଯାଆନ୍ତି। ପ୍ରାୟ ଏଇ ଖରାବେଳିଆ ଆସନ୍ତି। ସେ ଦିନ ଫେରିଲା ବେଳକୁ ଶନିଆର ଗାଁ ବାଲା ବାଟରେ ଛକିଥିଲେ। ନିରୋଳା ଜାଗା ଦେଖି ଆଗ ବାନ୍ଧି ପକେଇଲେ ବେଜୁକୁ। ତା'ପରେ ଝିଅକୁ ଝିଙ୍କି ନେଇ ପଳେଇଲେ। ପରେ ଆସି ବାପକୁ ଘରେ ଛାଡ଼ି ଦେଇଗଲେ।

ଆମେ ସବୁ ଯାଇ ଝିଅକୁ ସେ ଗାଁରୁ ଉଦ୍ଧାର କରି ଆଣିଲୁ। ଝିଅ ଥିଲା ମଙ୍ଗଲୁ ଜାନି ଘରେ। ସେ ହଉଛି ଗାଁର ମୁଖିଆ। ମଙ୍ଗଲୁ ଆମ କଥା ମାନିଲା। ଗାଁ ବାଲା

ଝିଅକୁ ଛାଡ଼ିଦେଲେ। ଆମେ କହିଲୁ ଝିଅକୁ ବାହା କରିଦେବୁ। ବେଦୀରେ ବସେଇ ହାତଗଣ୍ଠି ପକେଇ। ଏମିତି ଜୋର୍ ଜବରଦସ୍ତି ଭଲ ନୁହେଁ। ମଙ୍ଗଲୁ କହିଲା, ଝିଅକୁ ପଚାର। ସେ ଯଦି ରାଜି ହୋଇଯାଏ ତାହାଲେ ବେଦୀରେ ବସାଇ ବାହା କରିଦେଲେ ମୋର କିଛି ଆପତ୍ତି ନାହିଁ।

ଝିଅକୁ ପଚରାଗଲା। ଝିଅ କହିଲା, ଶନା ପାଠ ପଢ଼ି ନାହିଁ, ପ୍ରାର୍ଥନା ଶିଖି ନାହିଁ, ତେଣୁ ସେ ତାକୁ ବାହାହବ ନାହିଁ।

ମଙ୍ଗଲୁ ଗୋଟାଏ ସର୍ତ୍ତରେ ଝିଅକୁ ଛାଡ଼ିଦେଲା। ଝିଅ ଆଉ ତା' ବାପ ଘରକୁ ଫେରିବ ନାହିଁ, ଆଶ୍ରମରେ ରହିବ। ଆମେ ତାକୁ ବାହା କରେଇ ଦବୁ।

ଝିଅ ଆସି ଆଶ୍ରମରେ ରହିଲା ଜଣେ ମାଷ୍ଟ୍ରଙ୍କ ଘରେ। ତା'ର ଛୁଆପିଲା ଥାଆନ୍ତି। ତାଙ୍କରି ଘରେ କାମଦାମ କରୁଥାଏ। ଆମେ ବର ଖୋଜିଲୁ। ତା' ନାଖି ବର କୋଉଠି ହେଲେ ମିଳିଲେ ନାହିଁ। ମଙ୍ଗଲୁ ଜାନିର ଭାରି ପ୍ରତିପତ୍ତି ସେ ଅଞ୍ଚଳରେ। ସେ ଗାଁକୁ ଗାଁ ବାତିନି ପଠେଇ ଦେଲା। ସେ ଅଞ୍ଚଳରେ ଚିନିମିନିକୁ କେହି ବାହାହବ ନାହିଁ। ଯିଏ ବାହାହେବ ସେ ତା'ର ଫଳ ପାଇବ। ଚିନିମିନି କାନକୁ ଏକଥା ଗଲା। ସେ ଖାଲି କାନ୍ଦିଲା। ସଞ୍ଜବେଳେ ପ୍ରାର୍ଥନାରେ ଆସି ଯୋଗଦିଏ। ପ୍ରାର୍ଥନା ସଙ୍ଗୀତ ବୋଲିବା ପାଇଁ ମତେ ଆଉ କେହି କହନ୍ତି ନାହିଁ। ସେ ଯେତେବେଳେ ପ୍ରାର୍ଥନା ବୋଲେ 'ଦୀନବନ୍ଧୁ ଦଇତାରି .....।

ଦୁଃଖୀ କହିଲା, ସେତେବେଳେ ଦୀନବନ୍ଧୁଙ୍କ ହୃଦୟ ତରଳି ଯାଏ।

ଦୀନବନ୍ଧୁ କହିଲା, ତା' ଆଖିରୁ ବି ଲୁହ ଝରିପଡ଼େ।

ଘନ କହିଲା, ତା'ପରେ ସାକ୍ଷାତ ଦୀନବନ୍ଧୁ ଆସି ଦୁଃଖ ହରଣ କଲେ।

କାଶୀ କହିଲା, ମଝିରୁ ଗୋଟିଏ କଥା ଛାଡ଼ିଗଲ।

ଘନ ପଚାରିଲା, ସେଇଟା କଣ ?

ପ୍ରେମ - କାଶୀ କହିଲା, ପ୍ରେମ ନ ହେଲେ ଦୁଃଖୀର ଦୁଃଖ ଯିବ କେମିତି ?

ପ୍ରେମ ଫ୍ରେମ କିଛି ନୁହେଁ - ଦୀନବନ୍ଧୁ କହିଲା। ମୁଁ ତ ବାଡୁଆ ଥାଏ। ଆମ ମାଷ୍ଟରମାନେ ସବୁ ଫୁସ୍ ଫୁସ୍ ହେଲେ। ଚିନିମିନି ଯାହା ଘରେ ଥିଲା, ତାଙ୍କ ସ୍ତ୍ରୀ ଚିନିମିନିକୁ ପଚାରିଲା। ଚିନିମିନି ରାଜି ହୋଇଗଲା। ତା'ପରେ -

ତା'ପରେ ପୁଅ ବି ରାଜି, ଝିଅ ବି ରାଜି କ୍ୟା କରେଗା କାଜି। ଏଇୟା ନା। ଘନ କହିଲା। ସମସ୍ତେ ହୋ ହୋ ହୋଇ ହସିଲେ।

ଏବେ ଦୀନବନ୍ଧୁର ଯୋଡ଼ିଏ ପୁଅ ଗୋଟିଏ ଝିଅ। ଦୀନା ବାହାହେଇ କେତେଦିନ ଆଶ୍ରମରେ ରହିଲା। ତା'ପରେ ଗାଁକୁ ଆସିଲା ବାହାରି। ଏଣିକା

ଗାଁଟା ଚିନିମିନିକୁ ଭାରି ଅଡୁଆ ଲାଗେ । ସେ ରାତି ଥାଉଁ ଥାଉଁ ଉଠି ଝରକୁ ପାଣି ଆଣିବାକୁ ଯାଇପାରେ ନାହିଁ । ସକାଳୁ ଉଠି ସେ ଦୁଆର ମୁହଁକୁ ଅନାଏ । ଗାଁର ଧାଙ୍ଗଡ଼ୀ ବୋହୂ ଭୁଆଷୁଣୀ କେହି ନାହାନ୍ତି । କାନ ପାରେ । ବାଘର ହେଣ୍ଟାଳ ଶୁଭେ ନାହିଁ । ସେ ଘର ଭିତରକୁ ଫେରିଯାଏ । ତାକୁ ଭାରି ନିଆଶିଆ ଲାଗେ । ଏଠି ଯେମିତି କେହି ତା'ର ସାଙ୍ଗସାଥୀ ନାହାନ୍ତି । ହେଲେ କାହାରି ଆଗରେ ସେ ମନଖୋଲି କଥାବାର୍ତ୍ତା କରି ପାରେନି । ସମସ୍ତେ ଯେମିତି ତା'ଠୁଁ ଛଡ଼ା ଛଡ଼ା ଅଲଗା ଅଲଗା । ତାଙ୍କ ସାଙ୍ଗରେ ନାଚି, କୁଦି, ଗାଇ, ବାହୁନି, ମୁଣ୍ଡରେ ଫୁଲଖୋସି, ମନର ଭାରିଟାକୁ ମାଡ଼ି ମକଚି ହୁଏ ନାହିଁ । ମାନ୍ଦା ମାନ୍ଦା ମନଟା ଆହୁରି ଗାଉନ୍ଦା ଧରିଯାଏ । ଗହଳି ଗାଁ ଭିତରେ ଥାଇ ବି ସେ ନିହାତି ଏକୁଟିଆ । ଚାରିଆଡ଼େ ଯେମିତି ଖାଁ ଖାଁ ଗୋଡ଼େଇଛି । ସବୁଠୁଁ ବେଶି ତାକୁ ମାଡ଼ିପଡ଼େ ଆପଣା ଘର । ଘରେ କେହି ନାହାନ୍ତି । ସଂସାର ବୋଇଲେ ଜଣେ ସେଇ ଦୀନବନ୍ଧୁ । ଶାଶୁ, ଶଶୁର, ନଣନ୍ଦ, ଜାଆ, ସମସ୍ତଙ୍କଠୁଁ ଭିନ୍ନେ । ସମସ୍ତେ ଅଲଗା କରି ଦେଇଛନ୍ତି ତାକୁ, ଆଉ ଦୀନବନ୍ଧୁକୁ । ସେ ମନ କଥା ମନରେ ମାରି ରହିଯାଏ । କାହାକୁ ବା କହନ୍ତା ? କିଏ ବା କଣ କରି ପାରିବ ?

ଗୋଟିକ ପରେ ଗୋଟିଏ ହୋଇ ଚାରୋଟି ପିଲା ଆସିଲେ । ଚାରୋଟି ଈଶ୍ୱରଙ୍କ ଦୂତ । ଚାହିଁ ଦେଲେ ପେଟଟା ପୂରି ଆସେ । ପେଟ ନୁହେଁ ଛାତି । ଛାତିଟା ଫୁଲିପଡ଼େ । ମନଟା ତା'ର ଉଙ୍କିମାରେ, ଖୁସିର ଝରକା ବାଟ ନେଇ ଆକାଶର ଆରପାଖକୁ, କେତେବେଳେ କିମିତି ମନ ଚାଲିଯାଏ ସେଇ ପାହାଡ଼-ଘେରା, ଝରଣାଧୁଆ ବଣ ଜଙ୍ଗଲର ସାଉଁଳିଆ ସାଉଁଳିଆ, ଛାଇ ବିଛା, ଗହଳି ଭିତରକୁ । ହଠାତ୍ ତା' କଳ୍ପନା ଭିତରେ ଧକ୍କା ବାଜେ । ଛିନ୍ନଛିତ୍ର ହୋଇଯାଏ ସବୁ । ହାତରୁ ବାସନ ଖସିପଡ଼େ । ବଡ଼ ପୁଅଟା ସାତ ଆଠ ବର୍ଷର । ଆସି ଫେରାଦ ହୁଏ । ପଧାନ ପୁଅ ଭିମା ତାକୁ ମାଇଲା । ତା' ମୁହଁରୁ କଥା ନ ସରୁଣୁ ପଧାନ ପୁଅ କ୍ଷେପି ଆସନ୍ତି ତେଣୁ । ରାଣ୍ଡ ପୁଅ, କୋଉଁ ସାନ୍ତାଳ ଘର କନ୍ଧଘର ଝିଅ । ତା' ପୁଅ ପୁଣି ମୋ ସାଙ୍ଗରେ ସରି ସରିସା ହବ ? ବହପ ଦେଖ । ମୋ ପୁଅ ସାଙ୍ଗରେ ଲାଗୁଛି ? ମାରିଲା ତ କଣ ହେଲା ? ଆଚ୍ଛା କି ଛେଚେ ଯାହା ହେଲା ନାହିଁ ।

ଆଖିରୁ ଲୁହ ବୋହିଯାଏ ଚିନିମିନିର । ଦୀନବନ୍ଧୁକୁ ବି ଶୁଭେ । ବେକରୁ ଲଙ୍ଗଳ ଓହ୍ଲେଇ ଦିଏ । ଭାରି ଭାରି ଲାଗେ ଲଙ୍ଗଳଟା ।

ଆଉ କଣ କରନ୍ତା । ଉପାୟ କଣ ? ଶେଷରେ ଦୀନା ଗାଁରୁ ଉଠି ଆସିଲା । ତା'ର ଜନମ ମାଟି ଏଇ ଗାଁ । କେତେ ମାୟା ମମତା ଘେରା ପିଲାଦିନର ନାଚ କୁଦର

ବହଳ ନିବୁଜ ଏଇ ଗାଁଟା। ତାକୁ ମାଡ଼ି ପଡ଼ିଲା ନାଇଁ ଛାଡ଼ି ଆସିବାକୁ। ତା' ପାଦକୁ ଧରି ଟାଣି ରଖିଲା ନାଇଁ। ସେ ଚାଲି ଆସିଲା ଗୋଡ଼ ବଢ଼େଇ ଆଗକୁ ଆଗକୁ।

କାହାରି ମୁହଁରୁ ଆହା ପଦ ବାହାରିଲା ନାହିଁ। ସେ ଯାଉଛି ବୋଲି ଶୁଣି କେତେ ଲୋକ କେତେ କଥା କହିଲେ। ନିନ୍ଦା କଲେ। ଟିଟିକାରୀ ମାରିଲେ। ମାଇପ ସୁଆଗିଆ ବୋଲି ଉଘେଇ ହବାକୁ କେହି ଛାଡ଼ି ନାହାନ୍ତି। ବାପା, ମା ସେମିତି ଅନେଇ ଥାଆନ୍ତି। ଘର, ଦୁଆର, ସମ୍ପତ୍ତିବାଡ଼ି ସବୁ ସେମିତି ପଡ଼ି ରହିଲା, ସେ ଭାବିଲା ଏଇଟାଇ ତା'ର ଭାଗ୍ୟ। ଭଗବାନଙ୍କର ନିର୍ଦ୍ଦେଶ। ତା'ର ବିପ୍ଳବୀ ହେବାର କଳ୍ପନା ଏଇଠି ଯେପରି ସାର୍ଥକ ହୋଇଗଲା। ଏଡ଼େ ବଡ଼ ପାଚେରୀଟାଏ ଚାଇନାର ବିରାଟ ପ୍ରାଚୀର ପରି ତା'ର ଏଇ ଦେଶଟାର ଛାତି ଉପରେ ଯୁଗ ଯୁଗ ଧରି ଠିଆ ହୋଇ ରହିଛି। ଇଟା ଖଣ୍ଡିଏ କେହି ଉଠେଇ ନାହାନ୍ତି। ଆହୁରି ଇଟା ଦେଇ ଚୂନ ଦେଇ ଉଚ୍ଚ କରିଛନ୍ତି ପଛକେ। ସେଇ ପାଚେରୀଟାକୁ ସେ ଭାଙ୍ଗିବାକୁ ମନ କଲା। ବାଡ଼େଇଲା। ପାହାର ଉପରେ ପାହାର ପକେଇଲା। ସେ ଶବ୍ଦର ପ୍ରତିଧ୍ୱନି ତାକୁ ହସୁଚି। ତଥାପି ସେ ପାଚେରୀ ଭାଙ୍ଗି ନାହିଁ। ସେ ବି ଭାଙ୍ଗିପଡ଼ି ନାହିଁ।

ଏଇ ଗାଁ ତା'ର ଜନ୍ମମାଟି। ଏଇଠି ଗୋଟିଏ ଏନ୍ତୁଡ଼ିଶାଳରେ ସେ କୁଆଁ କୁଆଁ ହେଇ କାନ୍ଦିଥିଲା। ଅନେକ ଦିନ ଆଗେ। କେତେ ବର୍ଷ ବିତିଗଲାଣି। ସେ କେତୁଟିଏ ହେଲାଣି। ସେ ବଡ଼ ହେଇ ଯାଉଛି। ଗାଁ ତାକୁ ସେମିତି ଚାହିଁ ରହିଛି। ଏଇ ଗାଁରେ ତା'ର ବାପଭାଇ, ଦାଦାଖୁଡ଼ୀ, ଭାଇ ଭାଉଜ, ଜ୍ଞାତି କୁଟୁମ୍ବ କିଏ ନାହିଁ? ସବୁ ଅଛନ୍ତି। କେହି କୁଆଡ଼େ ଯାଇ ନାହାନ୍ତି। ସିଏ ଚାଲି ଯାଉଛି। ଆପେ, ଆପେ। ତାକୁ କେହି ତଡ଼ି ନାହାନ୍ତି। ତଡ଼ି ଦେଇ ନାହାନ୍ତି। ସେ କାହିଁକି ଯାଉଛି ତେବେ? ହଁ ସେ ଯାଉଛି। ପରକୁ ଆପଣାର କରିବା ପାଇଁ। ଦୂରକୁ ନିକଟତର କରିବା ପାଇଁ। ଦୁନିଆଟା କେତେ ଛୋଟ ହୋଇଗଲାଣି। ବର୍ଷକର ବାଟ ଦିନକରେ ସରି ଯାଉଛି। କିନ୍ତୁ ମଣିଷର ମନଟା ମୋଟ ହୋଇଯାଉଛି। ଦିନକର ବାଟ। ସରିବା ପାଇଁ ତାକୁ ଯେପରି ଯୁଗ ଯୁଗ ଲାଗିଯିବ। ମନର ମୋଟ ସେ ବୋହି ପାରୁନାହିଁ। ଭାବର ଅଭାବ। ଭଲ ପାଇବାର ମରୁଡ଼ି। ସେଥିପାଇଁ ନିକଟ ଦୂର ହୋଇଯାଉଛି। ଦୂରକୁ ନିକଟତର କରିବ କିଏ? ଭାବକୁ ନିକଟ ଅଭାବକୁ ଦୂର।

ହୃଦୟକୁ ହୃଦୟରେ ମିଶାଇବା ପାଇଁ ଏ ଯେଉଁ ବାଟ ପଡ଼ିଛି ସେ ପଥରେ ଚାଲିଲେ ପାଥେୟ ଛାଡ଼ି ଯିବାକୁ ପଡ଼େ। ସବୁ ଛାଡ଼ି ଯିବାକୁ ହୁଏ। ମନକୁ ଖୋଲାକରି ଆଗେଇବାକୁ ପଡ଼େ। ଏକଥା କେହି ବୁଝନ୍ତି ନାହିଁ।

ଓଡ଼ିଶାକୁ ଯେଉଁମାନେ ଦିଭାଗ କରି ବସିଛନ୍ତି, ଦଳେ ଲୋକଙ୍କୁ ଉପାସ ରଖି

ଲଙ୍ଗଳା କରି ନିଜେ ଖାଇପିଇ ଗେଧ ପାଲଟିଲେଣି, ସେମାନଙ୍କ ଗଉଁକୁ ସେ ଖାତର କରେ ନାହିଁ। ଏ ବାଟରେ ଯେତେ ବାଡ଼ ବନ୍ଧ ସବୁକୁ ସେ ଭାଙ୍ଗି ତାଡ଼ି ମାଡ଼ି ଚାଲିଯିବ। ଯେଉଁମାନେ ଆଗକୁ, ପଚାଶ ଶହେ ବର୍ଷ ଆଗକୁ ଚାହୁଁ ନାହାନ୍ତି, ଚାହିଁବାକୁ ଚାହୁଁ ନାହାନ୍ତି, ଡେଇଁ ଶୋଇଛନ୍ତି, ତାଙ୍କୁ ଉଠେଇବା ଅନ୍ଧକୁ ଆଖି ଦେବା ସଙ୍ଗେ ସମାନ। ସେ ଦାୟିତ୍ୱଟା କଣ ଆଉ କାହାରି ନାହିଁ, ତାହାରି ଏକା। ହେଲେ ହେଲା। ସେ ବଞ୍ଚି ଥାଉ ଥାଉ, ଓଡ଼ିଶାକୁ ଭାଗ ଭାଗ ହେବାକୁ ଦବ ନାହିଁ। ଗୋଟିଏ ଖଞ୍ଜା ମଝିରେ ସେ କାନ୍ଥ ଉଠେଇବ ନାହିଁ। ଗୋଟିଏ କିଆରୀ ଉପରେ ସେ ହିଡ଼ ପକେଇବ ନାହିଁ। ସେ ପଟରୁ ମାଡ଼ି ଆସୁଛନ୍ତି ଆଉ ଆଉ ଜାଗାର ଲୋକେ, ପରଦେଶୀ। ତାଙ୍କୁ ଆମେ ଆପଣାର କରି ନଉଛୁ। ଏଣେ ଆପଣାର ଲୋକେ ପର ହୋଇ ଯାଉଛନ୍ତି। ନାଁ ନାଁ ସେ ଯାହା କରିଛି ଠିକ୍ କରିଛି। ସେ ସବୁ ଛାଡ଼ିଯିବ। ବାପ, ମା, ଭାଇ, ଭାଉଜ, ଭଉଣୀ, ଜ୍ଞାତି କୁଟୁମ୍ବ, ସମସ୍ତଙ୍କର ମାୟା ମମତା, ସେ ଉଝେଇ ଦେଇ ଚାଲିଯିବ, ଖାସ୍ ସେଇଥିପାଇଁ।

ତାକୁ ସେଇ ଡଙ୍ଗର ଉପର ଠାକୁରାଣୀ ଡାକୁଛନ୍ତି। ସେ ତାଙ୍କୁଇ ପୂଜାଦବ। ସେଠି ମଣିଷ ପଥରକୁ ପୂଜାକରେ, ଆଉ ପ୍ରକୃତି ପୂଜାକରେ ମଣିଷକୁ। ସେ ଯିବ ସେଇ ଦେଶକୁ। ସେ ତ ପରଦେଶ ନୁହେଁ, ସ୍ୱଦେଶ। ଯିଏ ଯାହା କହିବାର କହୁ। ସେ ନିଜେ ବୁଝିଛି। ଛାର୍ ମାଇକିନାଟା ପାଇଁ ଘର ଦ୍ୱାର, ବାପ ମାଙ୍କୁ ଛାଡ଼ି ଚାଲି ଯାଉ ନାହିଁ। ସେ ପ୍ରେମରେ ପଡ଼ି ବାହାହେଇ ନଥିଲା। ତା'ର ସାଥୀ କର୍ମୀମାନେ ଯେତେବେଳେ ପ୍ରସ୍ତାବ ଦେଲେ, ସେ ଖୁବ୍ ଚିନ୍ତାକରି ରାଜି ହେଲା। ଅନେକ ଦିନ ସେ ଭାବିଛି। ରାତି ରାତି ଶୋଇ ନାହିଁ। ସେ ଖାଲି ନିଜକୁ ସନ୍ଦେହ କରୁଥିଲା, ଏଡ଼େ ବଡ଼ ବିପ୍ଳବ ପାଇଁ ସେ ପ୍ରସ୍ତୁତ ତ ? ଓଡ଼ିଶାଟାକୁ ଗୋଟାଏ କରିବାକୁ ହେବ। ଆଦିବାସୀ ଆଉ ଅଣ ଆଦିବାସୀଙ୍କ ଭିତରେ ଭେଦର ପାଚେରୀଟାକୁ ଭାଙ୍ଗି ଦେବାକୁ ପଡ଼ିବ। ଓଡ଼ିଶା ଓଡ଼ିଶାର ଆଦିବାସୀ ଏକ। କୋରାପୁଟ, ଫୁଲବାଣୀ, ପୁରୀ, କଟକ ଏକ, ଦୁଇ ନୁହେଁ ତିନି ନୁହେଁ, ବାର ନୁହେଁ ତେର ନୁହେଁ। ରକ୍ତ ଏକ, ଠାକୁର ଏକ। ବାପ ଗୋସାପଙ୍କ ଭୂଇଁକି ସେ ପୁଣି ଦଖଲ କରିବାକୁ ଯାଉଛି। ସେ ମାଟି ବି ତା'ର ଜନ୍ମମାଟି। ସେ ବିଦେଶ ଯାଉ ନାହିଁ। ଦୂର ଦେଶ ଯାଉ ନାହିଁ। ଏଇ ଭୂଇଁ ଏଇ ମାଟି। ଏଇ ପାଣି, ଏଇ ପବନ, ସେଠି ବି ଅଛି। ସେ ପଟରୁ କଳାହାଣ୍ଡିଆ ମେଘ ଉଠି ଆସେ। ଏ ପଟରେ ବରଷିଯାଏ। ସାଉଁଳିଆ, ସାଗୁଆ, ଧାନ ଗଛକୁ ଟିଆପକ୍ଷିଆ କରି ଦେଇ ପଳାଏ। ସେ ମାଟି ତା'ରି ମାଟି। ସେ ଭୂଇଁ ତା'ରି ଭୂଇଁ ?

ସେଇ ଯେ ଘରଛାଡ଼ି ଗାଁ ଚାଲି ଯାଇଥିଲା ଦୀନା, ଫେରୁଛି ଏବେ। ଦଶବର୍ଷ

ପରେ ଖାଲି ଦୁଃଖି ଡାକିଲା ବୋଲି। ଆଉ କେହି ଡାକିଥିଲେ ଆସିଥାଆନ୍ତା କି ନାହିଁ ସନ୍ଦେହ। ସବୁ କଥା ସେ ଶୁଣିଲା। ମସୁଧା ଦେଲା। କିନ୍ତୁ ଗୋଟାଏ ଚିନ୍ତା, ତାକୁ ଘାରି ପକେଇଛି। ସେ ତା'ର କର୍ମକେନ୍ଦ୍ର ସେଠୁ ଉଠେଇ ଆଣି ପାରିବ କି ନାହିଁ। ସେ ଅଞ୍ଚଳରେ କାମ କରିବାରେ ଯେଉଁ ଆନନ୍ଦ ଅଛି ଏଠି ତା' ମିଳି ନପାରେ। ପୁଣି ସେଠିକା କାମ ଦରପନ୍ତରିଆ କରି ଏଠିକି ଉଠି ଆସି ପାରିବ କି ?

ମନେ ପଡ଼ିଗଲା ତା'ର ସାହୁକାର କଥା। ତା' ରୂପଟା ଆଖି ଆଗରେ ନାଚିଗଲା। ତା' ମଥାରେ ଜକ ଜକ ହୋଇ ଜଳୁଛି। ସରୁ ଲୁଗାଟା ଦି ପରସ୍ତ କରି ଲୁଙ୍ଗି ବେଢ଼େଇ ଦେଇଛି। ଆଣ୍ଠୁ ତଳ ଲୁଗାଟା ଟେକି ଦେଇ ଭାଙ୍ଗି ପକେଇଛି। ତଳ କାନି ଦୁଇଟାକୁ ନେଇ ଅଣ୍ଟିରେ ବେଢ଼େଇ ଦେଇଛି। ନାହି ଉପରକୁ ଗଣ୍ଠିଟାଏ। ଦେହରେ ଖଣ୍ଡେ କଳା କୋର୍ଟ। ବେକ ପାଖରୁ ପେଟଯାଏଁ ଏଡ଼େ ଏଡ଼େ ବଡ଼ ବୋତାମଟା ମାନ। କେତେ ମାସ କି କେତେ ବର୍ଷର ମଳି ପିଇଯାଇଛି ସେ କୋଟ୍‌ଟା। ଗନ୍ଧଉଛି ଖଣ୍ଡେ ଦୂରକୁ। ଦି କାନତଳକୁ ଗାଲ ପାଖରେ ଦି ପାଟି ତିଳକ। ଝାଳ ନାଳରେ ଧୋଇ ନ ଯାଇ ସେତକ ଏବେ ବି ଜଳ ଜଳ ଦିଶୁଛି। କାହାରି ଦୁଃଖ ଗୁହାରି ନ ଶୁଣିବା ପାଇଁ ସେ ଯେଉଁ ପଣ ନେଇଛି ତାକୁ ସ୍ମରଣ କରେଇ ଦିଏ ଏଇ କାନ ତଳିଆ ତିଳକ। ତା' ଛାଇ ପଡ଼ିଲେ ଲୋକଙ୍କ ଛାତି ଥରେ। ତା' ଦାଉରୁ ଖସି ଆସିବା କାହାରି ଚାରା ନାହିଁ। ଦୀନାକୁ ବି ଦିନେ ତା'ରି ଦୁଆର ମୁହଁରେ ଠିଆ ହେବାକୁ ପଡ଼ିଥିଲା। ତା' ଘରର ଦମ୍ଭିଲା ଖୁଣ୍ଟଗୁଡ଼ାକ ଯେମିତି ମଣିଷଙ୍କ ହାଡ଼ ଦେହରେ ପିଟା ହେଇ ହେଇ ମଜବୁତ୍ ହୋଇଯାଇଚି। ଇଟା ପଥରରେ ବାଡ଼ିଆ ଘରର କାନ୍ଥ ଭିତରକୁ ପବନ ପଶିବାକୁ ଫାଙ୍କ ନାହିଁ। ସେ ଘର ଭିତରେ ପଶିଲେ ଲୋକଙ୍କ ତାତିଲା ନିଶ୍ୱାସ ବାଜେ ନାହିଁ। ମଝିଘର ଗମ୍ଭିରୀ ଭିତରେ କେତେ ପୋତା ମାଲ୍ ଅଛି। କେହି କଳନା କରି ପାରିବ ନାହିଁ। ଧାନ ମରେଇ ସବୁ ଠିଆ ହୋଇଛି ଗୋଟି ଗୋଟିକି। ଏଇ ସରଳ ମଣିଷଗୁଡ଼ାଙ୍କର ନିପାରିଲା ପଣକୁ ସେ ସବୁ ଯେମିତି ହସୁଛନ୍ତି। ଦିନେ ଅଖଞ୍ଜାରେ ପଡ଼ି ସେ ସାହୁକାରଠାରୁ ଟଙ୍କା ଶହେ ଉଧାର ଆଣିଲା। କଳନ୍ତର ଗଣି ଗଣି ହାଲିଆ ହୋଇ ଗଲାଣି। ଏଠିକି ଚାଲି ଆସିଲେ ସୁଧ ମୂଳକି ତାକୁ ଗଣିଦେବାକୁ ହେବ।

ସେଇଟା ବଡ଼ କଥା ନୁହେଁ। ବଡ଼ କଥା, ଲୋକଙ୍କୁ ତା' ଦାଉରୁ ରକ୍ଷା କରିବା। ସେଠି ଆଇନ୍ କାନୁନ୍ କିଛି ନାହିଁ। ଆଇନ୍‌କୁ ଆଶ୍ରାକଲେ ମଲ। ଆଶ୍ରା ନ କଲେ ମଲ। ଗାଈକୁ ମାଇଲେ ମଲି, ନମାଇଲେ ମଲି। ଅଖଳିଆ ଆଦିବାସୀ ଲୋକେ କିଛି ଜାଣନ୍ତି ନାହିଁ। ଆଇନ୍ କାନୁନ୍ ବୁଝନ୍ତି ନାହିଁ। ଯୁଗ ଯୁଗର ଅଭ୍ୟାସ। ଅଭ୍ୟାସର ଦାସ

ସେମାନେ। ସାହୁକାର ଯାହା କହିଲା ସେଇୟା। ସେ ଦେବତା। ବିପଦରେ ସାହା ଭରସା। ସେ ପଛକେ ଜମିଜମା ଘର ଦୁଆର ସବୁ ନେଇଯାଉ, ତାକୁ କେହି ପଦେ କଥା କହିବେ ନାହିଁ।

ଆପନ୍ନା ସାହୁର ଗୋସାପ କି ପଣ ଗୋସାପ ଆସିଥିଲା ଗଞ୍ଜାମ ବ୍ରହ୍ମପୁରରୁ। ଅଣ୍ଟିରେ ଦଶୁଟା ଟଙ୍କା ଖୋସିଥିଲା। ଏବେ ଦଶ ହଜାର ଟଙ୍କାର ମାଲିକ ତା' ନାତି। ଲୋକେ କହନ୍ତି ଆପନ୍ନା ସୁନା ଇଟା କରି ପୋତିଛି। ପାପକୁ ଏମିତି ପୋତି ପକାଇଲେ ଆଉ ପାପ ହୋଇ ରହେ ନାହିଁ। ତାକୁ କେହି ଦେଖନ୍ତି ନାହିଁ। ଜାଣନ୍ତି ନାହିଁ। ପାପଟାଇ ଆପନାର ଭଗବାନ। ଆପନା ପାପକୁ ବି ଦେଖି ନାହିଁ।

ତା ଅତ୍ୟାଚାରରୁ ଆଦିବାସୀଙ୍କୁ ରକ୍ଷା କରିବାକୁ ହେବ। କିଏ ରକ୍ଷା କରିବ? ଦୀନବନ୍ଧୁ ଗୋଟିଏ କୋଅପରେଟିଭ୍ ସୋସାଇଟି କରିଛି। ସେ ନିଜେ ଦେଖି ପାରେ ନାହିଁ। କଟକରୁ ଜଣେ ଭୂଦାନ କର୍ମୀକୁ ନେଇ ରଖିଲା। ତାକୁ କଲା ସମ୍ପାଦକ। ନିଜେ ସଭାପତି ହେଲା। ପହିଲୁ ପହିଲୁ ସେ ସବୁକଥା ବୁଝୁଥିଲା। ତା'ପରେ ନାନା କାମଧନ୍ଦାରେ ପଡ଼ି ସବୁ ଛାଡ଼ିଦେଲା ସମ୍ପାଦକଙ୍କ ହାତରେ। ଲୋକେ ସୋସାଇଟି ପାଇଁ ଘରଟିଏ ବି ତିଆରି କରିଦେଇଥିଲେ। ସମ୍ପାଦକ ମହାଶୟ ସେଇଠି ରହନ୍ତି। ଦିନେ ହିସାବ ତନଖି କଲାବେଳକୁ ଟଙ୍କା ନଖଟ ପଡ଼ିଲା। ସେହିଦିନ ରାତିରେ ଦେଖାଗଲା ଘରେ କିଏ ନିଆଁ ଲଗେଇ ଦେଇଛି। ହିସାବପତ୍ର କାଗଜପତ୍ର କିଛି ନାହିଁ। ସବୁ ଜଳି ପାଉଁଶ। ସମସ୍ତେ କହିଲେ ଆପନ୍ନା ସାହୁର ଲୋକ ଲଗାଇ ଦେଇଛି। ପୋଲିସ୍‌ରେ ଖବର ଦିଆହେଲା। ପୋଲିସ ଆସିଲା ଆପନ୍ନା ଘରକୁ। ଥାନା ବାବୁ ଆପନ୍ନା ଘରେ ଖାଇ ପିଇ ଶୋଇ ଆପଣା ଥାନାକୁ ଫେରିଗଲେ। କାହାରି କିଛି ହେଲା ନାହିଁ।

ଆଉ ଦିନେ ଦୀନା ଯାଉଥିଲା ଏକୁଟିଆ ଜଙ୍ଗଲ ବାଟରେ। ଭାଗ୍ୟେ ତା' ହାତରେ ଲାଠି ଖଣ୍ଡେ ଥିଲା। ନହେଲେ ସେହିଦିନ ତା' ପ୍ରାଣ ଯାଇଥାଆନ୍ତା। ଦୁଇଟା ପାଞ୍ଚହାତ ମର୍ଦ୍ଦ ତା' ଆଗରେ ଆସି ଠିଆ ହୋଇଗଲେ। ଜଣେ ଦୀନାକୁ ମାରିବ ବୋଲି ଠେଙ୍ଗା ଉଞ୍ଚେଇଲା ବେଳକୁ ଦୀନା ଏମିତି ପାହାର ଦେଲା ଯେ ଉଠିଲା ଠେଙ୍ଗାଟା ଦଶ ହାତ ଦୂରରେ ଯାଇ ପଡ଼ିଲା। ଆର ଜଣକ ଦୀନା ମୁଣ୍ଡକୁ ଦେଖେଇ ପାହାର ପକେଇଲା ବେଳକୁ ଦୀନା ଠେଙ୍ଗା ସାଙ୍ଗରେ ବାଡ଼େଇ ହେଇ ତା' ଠେଙ୍ଗାଟା ଦିଗଡ଼ ହୋଇଗଲା। ଜେଲ ଭିତରେ ଦୀନା, ଦୁଃଖୀ, ଘନ, କାଶୀ ସମସ୍ତେ ଛୁରା, ଲାଠି, ଯୁଯୁସୁ ଶିଖିଥିଲେ, ସେ ଏତେ ଦିନକେ କାମ ଦେଖେଇଲା। ଲାଠି ଛାଡ଼ି ସେ ମର୍ଦ୍ଦ ଦିଟା ଧାଇଁ ଆସୁଥିଲେ। ଦୀନାକୁ ଧରି ତଣ୍ଟି ଚିପି ଦେଇଥାନ୍ତେ। ଦୀନା ଗୋଟି

ଗୋଟିକି ଧରି ଏମିତି ଯୁଯୁସ୍ସୁ ପେଞ୍ଚ ମାରିଦେଲା ଯେ ସେମାନେ ଖଣ୍ଡେ ଦୂରରେ ପଡ଼ି ଉଃ ଆଃ, ବୋପାଲୋ ମାଆଲୋ ହେଲେ। ଦୀନା ଦଉଡ଼ି ପଳେଇଗଲା।

ନା ସେ ଜାଗାକୁ ଛାଡ଼ି ସେ ଆସି ପାରିବ ନାହିଁ। ଲୋକ ଗୁଡ଼ାକ ଅରକ୍ଷ ହୋଇଯିବେ। ଦୁଃଖୀକି ସେ ବୁଝେଇ ଦେଲା।

ସେ ଦିନ ସୂର୍ଯ୍ୟ ପଛିମରେ ଉଇଁଥିଲେ କି କଣ ? ଦୁଃଖୀ ଦୁଆର ମୁହଁରେ ଭାଗୁ ମାହାନ୍ତିଙ୍କ ସ୍ତ୍ରୀ। ସରଗରୁ ଛିଡ଼ିଲା ଭଳିଆ କଥା। ଦୁଃଖୀ ତା' ଆଖିକୁ ବିଶ୍ୱାସ କରିପାରୁ ନଥିଲା। ବୁଢ଼ୀ ପାଚିଲାବାଳରେ ସିନ୍ଦୂର ନାଇଚି, ହାତରେ ହାତେ ଲେଖାଏଁ ମୁଠା ମୁଠାକି ଦିମୁଠା ଶଂଖା। ବୁଢ଼ୀ ଆଜିଯାଏଁ ବି କାଚ ପିନ୍ଧି ନାହିଁ। ବାହାରେ ପାଞ୍ଚଭରି ଓଜନର ଅନନ୍ତ। ବେକରେ କେରା କେରା କି ତିନିକେରା ସୁନା ସାପସୂତା। କାନରେ ଚମ୍ପା। ସମସ୍ତଙ୍କ ଆଖି ଯେମିତି ଚଉଡ଼ା ହେଇଗଲା। ସାଆନ୍ତାଣୀକୁ ଘରୁ ବାହାରିବାର କେହି ଦେଖିନାହିଁ ଆଜିଯାକେ। କେବେ ସାଆନ୍ତାଣୀ ଥିଲେ ଏବେ ସରପଞ୍ଚିଆଣୀ। ଗଉଁ ଯେ କାହୁଁ କାହାଁଲକ। ସେ ପୁଣି ଆଜି ଅଚାନକ ଦୁଃଖୀଦାସ ଘରେ।

କାଲି ସକାଳେ ଫଉଜ ଆସିବେ। ଜମି ଦଖଲ ନେବେ ଗାଁ ଯାକ। ଲୋକେ ମେଳି ବାନ୍ଧିଛନ୍ତି ଛାଡ଼ିଦେବେ ନାହିଁ। ତୁମୁଳ ଗୋଳ ହେବ। ଲୋକଙ୍କର ନେତା ହୋଇଛନ୍ତି ରାଧାଗୋବିନ୍ଦ ବାବୁ ନିଜେ। ଗାଁ ଯାକର ମୂଲିଆ ଏକଜୁଟ ହୋଇଛନ୍ତି। ଯାହାର ଜମି ଅଛି, ଯାହାର ଜମି ନାହିଁ ସମସ୍ତେ। ଏ ଗାଁରେ କଳ ବସେଇ ଦେବେ ନାହିଁ।

ଏ ସବୁ ଭୁଲ୍ କଥା। ରାମବାବୁ ବୁଝାଉଛନ୍ତି ଲୋକଙ୍କୁ। ଲାଗିଛନ୍ତି ମେଳିକି ଫଟେଇ ଦେବେ। ତାଙ୍କ ମୁଣ୍ଡ ଏବେ ଯାଇ ଆକାଶରେ ବାଜୁଛି। ବିଧାନ ସଭାରେ ମୁଖ୍ୟମନ୍ତ୍ରୀ କହିଛନ୍ତି ଭାରତ ବର୍ଷରେ ଯଦି କୌଣସି ଦଳର ନୀତି ଥାଏ ତାହାହେଲେ ସେ ହେଉଛି କମ୍ୟୁନିଷ୍ଟ ଦଳ। ଯଦି କୌଣସି ଦଳରେ ଶୃଙ୍ଖଳା ଥାଏ ତାହାହେଲେ ସେ ହେଉଛି କମ୍ୟୁନିଷ୍ଟ ଦଳ। ଖୋଦ୍ ମୁଖ୍ୟମନ୍ତ୍ରୀ ଏକଥା କହିଛନ୍ତି। ଭାରତର ପ୍ରଧାନମନ୍ତ୍ରୀଙ୍କ ସୁନାପୁଅ ଓଡ଼ିଶାର ମୁଖ୍ୟମନ୍ତ୍ରୀ। ଗଲା ନିର୍ବାଚନରେ ନାହିଁ ନଥିଲା ବିଜୟ ହାସଲ କରିଛନ୍ତି। ଚାରିଆଡ଼େ କଂଗ୍ରେସର ଜୟ ଜୟକାର। ସେଇ କଂଗ୍ରେସର ଯୁବନେତା ଓଡ଼ିଶାର ମୁଖ୍ୟମନ୍ତ୍ରୀଙ୍କଠୁଁ ସାର୍ଟିଫିକେଟ୍ ନେଇ ରାମବାବୁ ନାଚୁଛନ୍ତି।

ତାଙ୍କ ସାଙ୍ଗରେ ମିଶିଛି ଭାଗୁ ମାହାନ୍ତି। ଭାଗୁ ମାହାନ୍ତି ରାମବାବୁ ଏକା। ବାଘ ବକିରି ଏକା ଘାଟରେ ପାଣି ପିଉଛନ୍ତି। ଭଲାରେ ଭଲାରେ କଂଗ୍ରେସ। କଂଗ୍ରେସ ଶାସନ କଣ ନ କଲା ?

ଦୁହେଁ ସଲା ସୁତୁରା ହେଉଛନ୍ତି। ଦାଣ୍ଡ ଚଉପାଢ଼ୀରେ ଭାଗୁ ମାହାନ୍ତି ବସିଚନ୍ତି

ଗୋଟିଏ ବେତ ଆରାମ ଚଉକୀ ଉପରେ। ତେଲ ଚିକିଟାରେ ଉପର ଆଡ଼ କଳାପଡ଼ି ଆସିଲାଣି। ଗୋଡ଼ ପକେଇବା ପାଇଁ ଦୁଇଟା ଗୋଡ଼ରଖାରୁ ଗୋଟାଏ ଭାଙ୍ଗି ଗଲାଣି। ଆଉ ଗୋଟାଏ ହଲ ହଲ ହଉଛି। ମରାମତ କରିବା ପାଇଁ ଫୁର୍‌ସତ୍ ନାହିଁ। ବସିଛନ୍ତି ଦଶ ବାର ଜଣ ଗାଁବାଲା। ସମସ୍ତେ ନିତି ମୂଲିଆ। କେଇଜଣ ବାରମାସିଆ ଭାଗୁ ମାହାନ୍ତିଙ୍କ ଘରେ। ରାମବାବୁ ବୁଝଉଛନ୍ତି। ତାଙ୍କପାଇଁ ଗୋଟିଏ ଖାସ୍ ଚଉକୀ ନୂଆ ବଢ଼େଇ କାରଖାନାରୁ ଆସିଛି।

କହୁଛନ୍ତି - ତମେ ସବୁ ବୁଝ। ନ ବୁଝି ନ ସୁଝି କୋଉଥିରେ ହାତ ପୂରାଅ ନାହିଁ। ଏମାନେ ତମ ଦାନାରେ ଧୂଳି ପକାଉଛନ୍ତି। କଳ କାହାର କଣ ଖାଇଯିବ। ଯାହାର ଜମିବାଡ଼ି ନାହିଁ ସେ ଯାଇ କାରଖାନାରେ ଖଟି ଅଧିକ ମଜୁରି ପାଇବ। ତମ ଗାଁବାଲା ଯାହାଙ୍କର ଜମି ଅଛି ଆମକୁ କେତେ ଦଉଛ ? ଦେଇ ଦେଇ ଟିକେ ଦେଢ଼ଟଙ୍କା। ସେଠି ଦିନକୁ ତିନିଟଙ୍କା। ବଖତ ଉଣ୍ଡି ଷ୍ଟ୍ରାଇକ୍ କଲେ ମାନେ ଧର୍ମଘଟ ଧର୍ମଘଟ ? - ବୁଝିଲ ? ଚାରିଟଙ୍କା, ପାଞ୍ଚଟଙ୍କା ବି ହେଇପାରେ। ମୁଁ ଅଛି। ସେ ଭାର ମୋ ଉପରେ। ମୁଁ ସେଇଥିପାଇଁ ଦାୟୀ ରହିଲି।

ମୂଲିଆଙ୍କ ଭିତରୁ ଜଣେ କହିଲା, ଆଜ୍ଞା ଆମେ ତ ତେଢ଼ା ତେଢ଼ି କିଛି ଜାଣୁନାହୁଁ। ଆମେ ସିଧାବାଟରେ ଯିବାଲୋକ। ତେମେ ଆପଣ ଆମ ଭଲକୁ ତ କହୁଛ ? ହଇହୋ, କହୁନ କାହିଁକି ? ହଁ ହଁ, ସମସ୍ତେ ହଁ ଭରିଲେ। କିଏ କହିଲା, ଭଲକୁ ନୁହେଁ ଆଉ କଣ ମନ୍ଦକୁ ? ଆଉ କିଏ କହିଲା, ତାହା ନୁହେଁ ତ ଆଉ କଣ ? ସମସ୍ତେ ମାନିଗଲେ।

ସେ ଲୋକଟା କହିଲା, ଆମକୁ କଣ କରିବାକୁ ହେବ କୁହ ! ରାମବାବୁ କହିଲେ, ଯିଏ ତମ ଦାନା ମାରିବ, ତମେ ତାକୁ ସେମ୍‌ତି ଛାଡ଼ିଦବ ? ଆଉ ଜଣେ ମୂଲିଆ କହିଲା, ବାବୁ, ହାତରେ ମାଇଲେ ସହିହବ, ଭାତରେ ମାଇଲେ ସହିହବ ନାହିଁ।

ଆଉ ଜଣେ କହିଲା, ମୋ ଦାନା ଯିଏ ମାରିବ, ମୁଁ ତା' ମନ ଘର ଧରେଇ ଦେବି। ଗୁଣ ଗାଉଥିବ, ଅଖା ଧୋଉଥିବ।

ଆଉ ଜଣେ କହିଲା, ଦାନା ମାରିବାଟା କମ୍ କଥା ନୁହେଁ। ପଛକେ ପାହାରେ ପିଟି ଦିଅ। ଏକା ଥରକେ ଜୀବ ଯିବତ ଯାଉ। ଦାନା ନେଲେ ତ ଟିକି ଟିକି ହେଇ ଜଳିପୋଡ଼ି ମରିବା କଥା। ସେଗୁଡ଼ାଙ୍କୁ ପରା କହନ୍ତି ଆତତାୟୀ ବୋଲି। ସେଦିନ ବାଲୁଙ୍ଗାଇ କହୁଥିଲା ପୁରାଣରେ ଅଛି, ଏଙ୍କୁ ମାରିଲେ ଦୋଷ ନାହିଁ।

ରାମବାବୁ ନାଚି ଉଠିଲେ, ତା' କଥା ଶୁଣି। କହିଲେ, ଦେଖ ଏଙ୍କୁ ପୁଣି ଏ

ଦୁଃଖୀନନାର ଦଳ କହନ୍ତି ମୂର୍ଖ ଭୁଷୁଣ୍ଡା ଚଷାଣ୍ଡିଆ ବୋଲି। ତମ ବୁଦ୍ଧିକି ଓକିଲ ମୁକ୍ତିଆର ପାରିବେ ନା ଆଗ !

ଭାଗୁ ମାହାନ୍ତି କହିଲେ, ସାବାସ୍ ସାବାସ୍। ଏଇୟାଙ୍କୁ କହନ୍ତି ମଣିଷ।

ପ୍ରଥମ ଲୋକଟି ପୁଣି ପଚାରିଲା, ବାହାବା ତ ପାଇଲୁ ଅନେକ। ସେଥିରେ କଣ ପେଟ ପୂରିବ ? ଆମକୁ କଣ କରିବାକୁ ହେବ କୁହ! ଆମର ଦାନା ଯେମିତି ନଯାଏ ତା'ର ବାଟ କର।

ଭାଗୁ ମାହାନ୍ତି କହିଲା, ବାଟ ତ ସିଧା, ନା କଣ କହୁଛ ରାମବାବୁ ?

ହଁ, ହଁ। ରାମ ବାବୁ କହିଲେ। ସେମାନେ କଣ ମନା କରିବେ। ଆମେ ଯାହା କହିବୁ ସେ ତାହା କରିବେ।

ନିଶ୍ଚେ ନିଶ୍ଚେ ! ଜରୁର୍ ଜରୁର୍। ସମସ୍ତଙ୍କ ମୁହଁରୁ ବାହାରି ପଡ଼ିଲା।

ରାମ ବାବୁ କହିଲେ, ଦେଖ ଡରିବ ନାହିଁ। ଚୁପ୍ ଚାପ୍ କି ଥିବେ। ସର୍‌କାରୀ ଲୋକ ଛଡ଼ା, ଯିଏ ସେ ଜମି ଉପରକୁ ଯିବ, ନା କଣ କହୁଚ ସାଆନ୍ତେ ?

ବେଶି ନୁହେଁ। ପାହାରେ ଲେଖାଏଁ, ଭାଗୁ ମାହାନ୍ତି ପୂରଣ କରିଦେଲା। ତେଣିକି ଯାହା ହବ ମୁଁ ବୁଝିବି।

ହବ ଗୋଟାଏ କଣ ? ସରକାର, ଆମ ପଛରେ। ପୁଲିସ ଆମ ପକ୍ଷ ନବ। ଡର କାହାକୁ ଭୟ କାହାକୁ ?

ଏତିକି ବେଳେ ଦାଣ୍ଡରେ ମଟର ଶବ୍ଦ ଶୁଭିଲା। ସମସ୍ତେ ଅନେଇଲେ ଦାଣ୍ଡକୁ। ମଟର ଦୁଆର ଖୋଲି ବାହାରି ଆସଲେ ଚିରଞ୍ଜିଲାଲ୍। ମୁଣ୍ଡରେ ଗୋଲାପୀ ରଙ୍ଗର ଠେକା। ଦେହରେ ଲମ୍ବା ସିଲ୍‌କରକୋଟ୍। ପାଇକଛା ମରା ସରୁ ଧୋତି। ଗୋଡ଼ରେ କଳା ନାଗରା ଯୋତା।

ସର୍‌ପଞ୍ଚ ସାହେବ ହେଁ ? ସରପଞ୍ଚ ସାହେବ।

ସମସ୍ତେ ଉଠି ଠିଆ ହୋଇ ପଡ଼ିଲେ।

ଜୟ ରାମଜୀ କି। ଜୟ ରାମଜୀ କି। ଭାଗୁ ମାହାନ୍ତି ରାମବାବୁ ନମସ୍କାର କଲେ। ମୂଲିଆମାନେ ଓଳିଗି ହେଲେ।

ଆସନ୍ତୁ, ଆସନ୍ତୁ, ବସନ୍ତୁ। କହି ଭାଗୁ ମାହାନ୍ତି ଚଉକି ଛାଡ଼ିଦେଲେ। ଭାଗୁ ମାହାନ୍ତି ଚିରଞ୍ଜିଲାଲ୍ ଦୁହେଁଯାକ ଆପ୍ ବଇଠିଏ, ଆପଣ ବସନ୍ତୁ। କହୁ କହୁ ମିନିଟିଏ ଦି ମିନିଟ୍ ବିତିଗଲା। ଜଣେ ବାରମାସୀ ଧାଇଁ ଯାଇଁ ଘରଆଡୁ ଚଉକି ଗୋଟାଏ ନେଇ ଆସିଲା ଭାଗୁ ମାହାନ୍ତିଙ୍କ ପାଇଁ। ଚିରଞ୍ଜିଲାଲ୍ ଆରାମ ଚଉକିରେ ଆରାମ କଲେ। ପେଟଟା ଚଉକିର ହାତ ଉପରକୁ ଦୁଇ ଇଞ୍ଚ ଉଠି ପଡ଼ିଥାଏ। ଗୋଡ଼ଟା ଲମ୍ବେଇ

ଦେଲେ ଚିରଞ୍ଜିଲାଲ୍। ଭାଗୁ ମାହାନ୍ତି ବଢ଼େଇ ଦେଲେ ଖଣ୍ଡେ ଟୁଲ ଗୋଡ଼ ରଖିବା ପାଇଁ। ଚିତ୍ ହୋଇପଡ଼ି ଚିରଞ୍ଜିଲାଲ୍ କହିଲେ।

ରାମ ବାବୁ! କୋଣ୍ ହୋବ?

ରାମ ବାବୁ କହିଲେ, ସବୁ ଠିକ୍ ହୋଇ ଯାଇଛି।

କ୍ୟା ହାମ୍‌ଲା କରିବେ?

ଭାଗୁ ମାହାନ୍ତି ରାମ ବାବୁ ଦି'ଜଣଯାକ ଏକା ସାଙ୍ଗରେ କହି ଉଠିଲେ, ବିଲକୁଲ୍ ତିଆର୍। ସବୁ ଠିକ୍ ହୋଇଯାଇଛି।

ଡରିବେ ନାହିଁ? ଚିରଞ୍ଜିଲାଲ କହିଲା।

ଯେତା ରୂପେୟା ଖରଚ ହବୋ ଆମେ ଅଛୁ। ଅଭିଲୋ। ପିଛେ ଅଉର୍ ହୋବୋ। କାମ୍ ଖତମ କରୋ। ଟଙ୍କା ଥଳିଟିଏ ପକେଇଦେଲା ଲୋକଙ୍କ ପାଖକୁ।

ଭାଗୁ ମାହାନ୍ତି ପଚାରିଲା ଚିରଞ୍ଜିଲାଲ୍ କାନ ପାଖରେ - କେତେ?

ପାଞ୍ଚ! ଚିରଞ୍ଜିଲାଲ କହିଲା।

ରାମ ବାବୁ କହିଲେ, ଏବେ ପାଞ୍ଚଶହ ନେଇଥାଅ। ତମ କାମ ଦେଖି ଶେଠ୍‌ଜୀ ଆହୁରି ବକ୍‌ସିସ୍ ଦେବେ।

ମୂଲିଆମାନେ ଉଠିଲେ। ତାଙ୍କ ଭିତରେ ଯିଏ ଟିକେ କାଢ଼ିଲାପଣ ଦେଖେଇ ହଉଥିଲା, ସେ ଉଠି ଆଗେ ନମସ୍କାର ହେଲା। ହାତରେ ଟଙ୍କା ଥଳିକି ଧରିଥାଏ। କହିଲା, ସାଆନ୍ତେ ଆମେ ଯାଉଛୁ।

ଭାଗୁ ମାହାନ୍ତି କହିଲା, ହଉ ଯା ତମେ ଦଶଜଣ ଅଛ। ପଚାଶ ପଚାଶ ବାଣ୍ଟିନବ।

ସେ ଲୋକଟା କହିଲା, ହଁ ସାଆନ୍ତେ। ଆମେ ସମସ୍ତେ ସମାନ ସମାନ ବାଣ୍ଟିନବୁଁ।

ରାମ ବାବୁ କହିଲେ, ଦେଖ ହୁସିଆର୍। ଶୀକାର ଯେମିତି ଖସି ନ ପଳାଏ।

ଲୋକଟା କହିଲା, ହେଁ ହେଁ, ଶଳେ ଆମର ଦାନା ନେବେ ଆମ୍ଭେ ଛାଡ଼ିଦବୁଁ। ସାଆନ୍ତେ। ରାମ ବାବୁ! ଆମ ପୁଅ ମାଇପ ଏକା ତମକୁ ଲାଗିଲେ।

ଭାଗୁ ମାହାନ୍ତି କହିଲା, ଆରେ ପରୁଆ କ୍ୟା। ଆମ ପଛରେ ସରକାର ଅଛନ୍ତି ଚଉବାହାକୁ। ମୁଁ ଯାହା କହିଲି ମନେ ଅଛି ତ। ତମ ଦିହରେ ଯଦି କେହି ଟିପଛୁଏଁ ତମେ ହୁଡ଼ି ପକେଇବ - ମାରି ପକେଇଲେ ହୋ, ମାରି ପକେଇଲେ ହୋ - ତେଣିକି ପୁଲିସ ତା' କାମ କରିବ। ତମେ ଖାଲି ଶୁଣିବ କାନରେ ଢୋ ଢା ଠୋ ଠା। ନା କଣ ରାମ ବାବୁ!

ଘରଆଡ଼େ ବସିଥିଲେ ସାଆନ୍ତାଣୀ। ପୋଇଲି ପରିବାରୀରୁ କିଏ ଜଣେ ଯାଇଁ କହିଲା, ସାଆନ୍ତାଣୀ! ମଣିଷ ନୁହେଁ, ଗୋଟାଏ ହାତୀ ଆସିଛି। ଏ ହେଁ ପେଟ। ପେଟ ନୁହେଁ କଉଡ଼ି। ଦେଖିବ ଯା।

ସାଆନ୍ତାଣୀ ଝରକା ଫାଙ୍କରୁ ଅନେଇଲେ। ସବୁ କଥା ଶୁଣିଲେ। ତାଙ୍କ ଆଖି ଖୋସି ହୋଇଗଲା। ଆଉ ସମ୍ଭାଳି ପାରିଲେ ନାହିଁ। ଗାଁରେ ଗୋଳ ହେବ। ପୁଣି ପୁଲିସ ଆସିବ। ଧନିଆ ପରି କେତୁଟା ଗଡ଼ି ପଡ଼ିବେ। କାହା ମା ଆଣ୍ଠୁକୁଢ଼ୀ ହେବ। କାହା ମାଇପ ରାଣ୍ଡ ହବ। ଏଇ ବୁଢ଼ାଟାର ଏଇ ବୁଦ୍ଧି। ଶୋଧିଲେ ପରସ୍ତେ ଆପଣା ଗିରସ୍ତକୁ। ଛୁଟିଗଲେ ଦୁଃଖୀକି ଖବର ଦବାପାଇଁ। କାହାରି ମନା ମାନିଲେ ନାହିଁ। ଆପଣା ଘର ଏରୁଣ୍ଡିରୁ ଗୋଡ଼ କାଢ଼ିବା ସାଆନ୍ତାଣୀଙ୍କର ଏଇ ପ୍ରଥମ।

ଦୁଃଖୀ ଚିହ୍ନିଲା। ହଁ ସେଇ ତ! କୋଉ ପିଲାଦିନେ ଦେଖିଥିଲା। ତଥାପି ମୋଟାମୁଟି ଚେହେରାଟା ମନେ ଅଛି। ବସିଲା ପାଖରୁ ଉଠି ଆସିଲା ଦୁଃଖୀ। ସାଆନ୍ତାଣୀଙ୍କ ପାଖରେ ଛିଡ଼ାହେଲା।

କୁଆଡ଼େ ଆସିଲେ ମା! ସବୁ ଭଲି ତ?

କାନ୍ଦି ପକେଇଲେ ସାଆନ୍ତାଣୀ। ଭାଗୁ ମାହାନ୍ତିଙ୍କ ଘରଣୀ। ସରପଞ୍ଚଙ୍କ ସ୍ତ୍ରୀ।

ମା, କାନ୍ଦୁଛ କାହିଁକି?

ଏ ଗାଁ କଣ ଆଉ ରହିବ? ଗାଁ ଉଜୁଡ଼ି ଯିବ। କାଲି ସକାଳେ ଫଉଜ ଆସିବେ। ଆମ ଚଉପାଢ଼ୀରେ ସଲାସୁତର ହେଉଛନ୍ତି। ଏଇ, ରାମ ବାବୁ ଆଉ ଗୋଟାଏ ପେଟା ମାରୁଆଡ଼ୀ।

ଗୋଟି ଗୋଟି କରି ସବୁ କହିଗଲେ। ଯାହା ଶୁଣିଥିଲେ ସାଆନ୍ତାଣୀ। ଶେଷରେ କହିଲେ, ଦୁଃଖୀ, ମୋ ସୁନାପୁଅଟା। ଗାଁକୁ ଏ ବିପଦରୁ ରକ୍ଷାକର। ମୁକୁତି ଦିଅ। ମୁଁ ଯାଉଛି ମହାଦେବଙ୍କ ଉପରେ ଘର୍ଷଣ କରିବି।

ବୁଢ଼ୀ ଚାଲିଗଲା। ଦୁଃଖୀ ନମସ୍କାର କଲା। ଚାରିପାହୁଣ୍ଡ ଯାଇଛନ୍ତି କି ନାହିଁ ଫେରିପଡ଼ି ପୁଣି ଦୁଃଖୀ କି ଡାକି କହିଲା – ହେଇଟି, ଦାସ ପୁଅ, ମୁଁ କହି ଦଉଛି ତାଙ୍କ ତରଫରୁ ଯେମିତି କାହାରି ଦେହରେ ତମେ ଟିପ ନଛୁଅଁ। ଆଉ ଯାହା କରୁଛ କର। ହେଇଟି ନିଅ। ସକାଳେ ତମ ଲୋକ ଯାଇଥିଲେ ତାଙ୍କ ପାଖକୁ ଭେଦାପାଇଁ। ଗାଳି ଗୁଲଜ ଖାଇ ଫେରି ଆସିଲେ। ହେଇଟି ଏବେ ମୁଁ ଦଉଚି – ନିଅ। ତମ କାମରେ ଲାଗିବ।

ବୁଢ଼ୀ ବାହାରୁ ସୁନା ଅନନ୍ତଟା କାଢ଼ି ଧରେଇ ଦେଲେ ଦୁଃଖୀ ହାତରେ। ଦୁଃଖୀ ଅବାକ୍ ହୋଇ ରହିଛି। ନେବ ନାହିଁ ବୋଲି କହିବାକୁ ମନକଲା ବେଳକୁ

ବୁଢ଼ୀ ଆଉ ସେଠି ନାହିଁ। ଦୁଃଖୀ ଫେରିଆସି ଘନ, କାଶୀ, ଦୀନା ସମସ୍ତଙ୍କୁ କହିଲା। ଶୁକୁରା ଖଣ୍ଡେ ଦୂରରେ ବସିଥିଲା। ଦଉଡ଼ି ଆସି କହିଲା – କିଏ? ଗ୍ରାମ ଦେବତୀ? ସେ ଥରୁଥାଏ ଗୋଟି ପୁଣି।

ଚଉରା ପାଖରେ ସଞ୍ଜବତୀ ଦେଇ ରତନୀ ଦଣ୍ଡବତ କରୁଥିଲା।

ଦୁଃଖୀ କହିଲା – ନାଇଁରେ, ସେ ପରା ତମ ସାଆନ୍ତାଣୀ। ଭାଗୁ ମାହାନ୍ତି ସ୍ତ୍ରୀ।

ଏଁ? କହି କାଠ ପରି ଚାହିଁ ରହିଲା ଶୁକୁରା।

ସାଆନ୍ତାଣୀ ଫେରିବା ବେଳକୁ ଚଉପାଢ଼ୀରେ ତେବେ ବି ବୈଠକ ବସିଛି। ମୂଲିଆମାନେ ଚାଲି ଯାଇଛନ୍ତି। ଆଉ ଗୋଟେ ନୂଆ ମଣିଷ ଆସି ବଇଚି। ପୁଲିସ। ପୂରା ଦରସ୍‌ରେ। ହୁଦା ପକେଇଚି। ଟୋପିଟା ଯା କାଢ଼ି ଥୋଇ ଦେଇଚି ବେଞ୍ଚ ଉପରେ। କହୁଚି –

"ହେଁ, ହେଁ, ସେଠ୍‌ଜୀ କଣ ଏଡ଼ିକି ସେଡ଼ିକି ଲୋକ! ଯିଏ ପାରେ ସିଏ ହେଇଚନ୍ତି? ଖୋଦ୍ ଘରୋଇ ମନ୍ତ୍ରୀଙ୍କର ଧରମ୍ ଭାଇ। କେତେବେଳେ କଉ କଥା। ରଖନ୍ତୁ ରଖନ୍ତୁ। ଟଙ୍କା ଫଙ୍କା ମୋର କଣ ହେବ। ମୋ କାମ ମୁଁ କରିବି। ବଳେ ଦେଖିବେ। ମୋ କାମରେ ଓଲମ୍ ବିଲମ୍ ନାହିଁ। ପକ୍‌କା କାମ। ମୁଁ ରେଡ଼ି। ହେଲେ ମାଜିଷ୍ଟ୍ରେଟ କଣ କରିବେ କିଜାଣି। ତାଙ୍କୁ କିଛି ନଦେଲେ କାମଟା ଖଇଚା ଧରି ଯାଇପାରେ। ବୁଝିଲେ ସେଠ୍‌ଜୀ!"

ହାମେ ତୟାର୍ ଅଛୁଁ। ପରନ୍ତୁ କୋଣ ଦୋବୋ? ହାମ୍‌କୁ ତ ବଡ଼ା ଡର।

ସେ ଚିନ୍ତା ଆପଣଙ୍କୁ କାହିଁକି ଲାଗିଛି। ମୋତେ ଦିଅନ୍ତୁ। ମୁଁ ଦେଇଦେବି। କହିଲେ ପୁଲିସ ଇନିସ୍‌ପେକ୍ଟର ବାବୁ।

ନାହିଁ, ନାହିଁ, ଅବିଶ୍ୱାସ ହାମେ କ୍ୟୋଁ କରିବେ! ବାତ୍ ହୋଉଚି, ସେ ଆପ୍‌କାନେ ରୂପିୟା ଲୋବୋ ତ? ଅଉର ଆପ୍ ଦେଇ ପାରିବୋ ତୋ? ଅଗର୍ ତୋଖଡ଼୍ ହାକିମ୍ ହୋଇଥିବା ତୋ ଆପ୍‌କା ନଉକରି ଚାଲିଯିବେ। ହାମର୍ ତ ବଡ଼ା ଡର। ସମଝିଲେ କି ନାହିଁ?

ପୁଲିସ ବାବୁ ହସି ହସି କହିଲେ, ସେ ସବୁ ମୋତେ ଲଗା। ଆପଣ ଫିକର୍ କରନ୍ତୁ ନାହିଁ। ଆମେ ଏମିତି ଦେଇ ଆସିଛୁ ନା। ଆଜି କଣ ନୂଆ ହେଇଚି?

ତୋ ଠିକ୍ ଅଛି। କେତା ଦେବୋଁ? ପଚାରିଲା ଚିରଞ୍ଜୀଲାଲ। ତାଙ୍କୁ ତ ଆଉ ଶହେ ଦୁଇଶ ଦେଇହବ ନାହିଁ। ହଜାରେ ପାଞ୍ଚଶ ନ ଦେଲେ କଣ ଭଲ ଦେଖାଯିବ? ନା କଣ କହୁଚ ସରପଞ୍ଚ ବାବୁ?

ହଁ ହଁ, ତା' ନୁହେଁ ଆଉ କଣ? ଭାଗୁ ମାହାନ୍ତି ରାୟ ଦେଲା।

ତୋ, ଲିଅ ଏଇ ପାଞ୍ଚଶୋ। ଚିରଞ୍ଜିଲାଲ ପକେଟ୍‌ରୁ କାଢ଼ି ଶହେ ଟଙ୍କିଆ ପାଞ୍ଚଖଣ୍ଡ ନୋଟ୍ ଗଣି ବଢ଼େଇ ଦେଲା ପୁଲିସ ହାତକୁ।

ଇନ୍‌ସପେକ୍ଟର କହିଲେ - ଏ କଣ ଦଉଚନ୍ତି ? ମତେ ଲାଜମାଡ଼ିବ ଏତିକି ଟଙ୍କା ଦବାକୁ। ମୁଁ ହଜାରକରୁ କେବେ କମ୍ ଦେଇନାହିଁ। ପାଞ୍ଚଶହ ଦେଲେ ସେ କହିବେ ମୁଁ ପାଞ୍ଚଶହ ଖାଇଗଲି। ଆପଣ ରଖନ୍ତୁ ସେ ଟଙ୍କା।

ଆରେ ପୁଲିସ ସାହେବ ! ଆପ୍ ସମ୍‌ଝୁ ନାହାନ୍ତି ଆଉ ପାଞ୍ଚ ଶହୋ ଦଉଚି। ଆଉ ପାଞ୍ଚ ଶୋ କିସ୍ତିବାରି ହରେକ୍ ମହିନା ଏକ୍ ଏକ୍ ଶୋ ଦେବା। ହୋବୋ ତ ?

ରାମ ବାବୁ କହିଲେ - ଠିକ୍ କହିଛନ୍ତି ସେଠ୍‌ଜୀ। ଏକାଥରେ ସେ ପାଞ୍ଚଶହ ଗଣିଦେବେ କାହିଁକି ? କାମ ଚଲୁ। ତା'ପରେ –

ହଁ, କିରିମେ କିରିମେ ଦେବେ। ଭାଗୁ ମାହାନ୍ତି ରାମ ବାବୁଙ୍କୁ ସମର୍ଥନ କଲେ।

ରାମ ବାବୁ କହିଲେ - କଥା ହଉଚି ଏଇ ପାଞ୍ଚ ଶହଟା ପାଞ୍ଚ ମାସରେ ପାଞ୍ଚହଜାର ହୋଇପାରିବ। ନା କଣ ସେଠ୍‌ଜୀ।

ଓ୍ୱାଜିବ୍ ବାତ୍ ବାବୁ ଓ୍ୱାଜିବ୍ ବାତ୍।

ରାମ ବାବୁ ଆଉ ଚାପି ପାରିଲେ ନାହିଁ ହସକୁ। ତାଙ୍କ ହସିବା ସାଙ୍ଗେ ସାଙ୍ଗେ ପୁଲିସ ଇନ୍‌ସପେକ୍ଟର, ଭାଗୁ ମାହାନ୍ତି ସମସ୍ତେ ହସି ପକେଇଲେ। ଚିରଞ୍ଜିଲାଲ ବୁଝିପାରିଲେ ନାହିଁ, ଏମାନେ କାହିଁକି ହସୁଛନ୍ତି। ସେ ଭାବିଲା ଏମାନେ ପସନ୍ଦ କଲେ ତା ପ୍ରସ୍ତାବକୁ।

ଇନ୍‌ସପେକ୍ଟର କହିଲେ - ସେଠ୍‌ଜୀ, ଏଟା ଘୁସ୍ ଘାସ୍ ବ୍ୟାପାର। ଏଟା ବେବ୍‌ସା ନୁହେଁ। ବୁଝିଲେ ? ରୋକ୍ ଠୋକ୍ ନଗଦା ନଗଦ ଗଣି ନ ଦେଲେ କାମ ଚଳିବ ନାହିଁ।

ଅଗତ୍ୟା ଚିରଞ୍ଜିଲାଲ ଆଉ ପାଞ୍ଚଖଣ୍ଡ ନୋଟ୍ କାଢ଼ିଦେଲେ। ଇନ୍‌ସପେକ୍ଟର ସାହେବ ଆଗ ପାଞ୍ଚଶହ ଯେଉଁ ପକେଟ୍‌ରେ ପୂରେଇଥିଲେ ସେଇଠି ଏ ପାଞ୍ଚଶହକୁ ମଧ୍ୟ ପକେଟସ୍ଥ କରି ଉଠିଲେ।

ଭାଗୁ ମାହାନ୍ତି ପୁଲିସ ଇନ୍‌ସପେକ୍ଟରଙ୍କୁ ଉଠିବାର ଦେଖି କହି ପକେଇଲେ, ଆଜ୍ଞା ! ଚାଲି ଯାଉଛନ୍ତି ? ମୁଁ ଚାହା ବରାଦ୍ କରିଛି।

ନାହିଁ ନାହିଁ। ଡେରି ହୋଇଯିବ। ମୁଁ ଯାଉଚି। ପୁଲିସ ଇନ୍‌ସପେକ୍ଟର କହିଲେ।

ଭାଗୁ ମାହାନ୍ତି ନିହାତି ଜିଗର୍ ଧରି କହିଲା - ଇଏ ଗୋଟେ କଥା। ମୋ ଘରକୁ ଆସି ଆପଣ ଚାହା ଜଳଖିଆ କିଛି ଟିକିଏ ପାଟି ନ ଦେଇ ଚାଲିଯିବେ ? ମୁଁ ତ ମୁଁ। ସେଣେ ଘରଣୀଙ୍କ କାନରେ ଯଦି କିଏ ପକେଇ ଦେଲା ଯେ ଅମୁକ ଭଦ୍ରଲୋକ

ଚାହା କି ଜଳଖିଆ କିଛି ନ ଖାଇ ଚାଲିଗଲେ, ମୋର କଣ ଆଉ ବାସ ରହିବ ଏ ଘରେ ? କାନ୍ଦି କାନ୍ଦି ଉଛନ୍ନ। ଘରେ ମାଇପଟା ଆଖିରୁ ଲୁହ ଝରିଲେ କୋଉ ମିଣିପିଟା ଦିହ ଧରି ରହିବ, କହିଲ ? ନା କଣ କହୁଛ ରାମ ବାବୁ ସତ, ନୁହେଁ ସେଠ୍‌ଜୀ ?

ସମସ୍ତେ ହଁ ହଁ ମାରିଲେ।

ନାହିଁ ଆଉ ଦିନେ ଖାଇବି। ଆଜି ଥାଉ। ଇନ୍‌ସପେକ୍ଟର କହିଲେ।

ଆଁ, ସତ କହୁଛନ୍ତି। ଖାଇବେ ନାହିଁ। ଆହା ହା ଚାହା ଗୁଡ଼ାକ ନଷ୍ଟ ହୋଇଯିବ। ଏକା ତମେ ରାମ ବାବୁ ଆଉ ସେଠ୍‌ଜୀ। ଦି ଜଣ ଖାଇବେ। ମୁଁ ତ ଖାଏ ନାହିଁ। ଆଉ କିଏ ଅଛି ? କାହିଁ କେହି ତ ନାହାନ୍ତି। ହଉ ଯାହା ନଷ୍ଟ ହେବାର ହବ। କଣ ଆଉ କରିବି। ହଉ ତା'ହେଲେ, ଯିବେ ତ ଯାଆନ୍ତୁ ! ଯିବାର କଥା ଯଦି ଆଉ ଡେରି କରି କି ଲାଭ।

ସାଙ୍ଗେ ସାଙ୍ଗେ ଚିରଞ୍ଜିଲାଲ ଆଡ଼କୁ ଅନେଇ କହିଲା - ଅନେଇଚ କଣ ସେଠ୍‌ଜୀ ? ଚାଲି ଯାଉଛନ୍ତି ଯେ ପୋଲିସ ସାହେବ। ଦିଅନା।

ଭକୁଆ ହୋଇ ଅନେଇଲା ଚିରଞ୍ଜିଲାଲ ଭାଗୁ ମାହାନ୍ତି ମୁହଁକୁ। ଭାଗୁ ମାହାନ୍ତି ନଛୋଡ଼ବନ୍ଦା। କହି ଚାଲିଥାଏ, ଏମିତି ବଲବଲକି ମୋ ମୁହଁକୁ ଅନେଇଚ କଣ ? କିଛି ମିଳିବ ? ଯାହାଙ୍କୁ ଚାହିଁବାର କଥା ତାଙ୍କୁ ଚାହଁ। ଜମିରେ ଯଦି ତମର ଲୋଭ ଅଛି, ଆଖି ବୁଜିକି ଦେଇଦିଅ। ଏଠି ପାଞ୍ଚଶହ ହଜାରେ ଖରଚ ନ କରିବ ତ କୋର୍ଟ କଚେରୀରେ ଗଣୁଥିବ। ଦିଅ ଦିଅ ବାହାର କର। ବାବୁ ଚାଲିଯିବେ ଯେ।

କେତା ଦୋବ ? ପଚାରିଲା ଚିରଞ୍ଜି।

କେତାଦବ, କେତାଦବ କଣ ହଉଛ ମ ? ଦେଇତ ଦବ ଯାହାକିଛି ଖୋଲାହାତ କରି। ଶହେ ଦୁଇଶ ଦଉଚ ସେ କଣ ନିଅନ୍ତେ।

ଚିରଞ୍ଜିଲାଲ ଆଉ ପାଞ୍ଚଶହ ବଢ଼େଇ ଦେଲେ ଭାଗୁ ମାହାନ୍ତି କି। ଭାଗୁ ମାହାନ୍ତି ଏକ ଦୁଇ କରି ପାଞ୍ଚଖଣ୍ଡ ଗଣି ନେଲା ପରେ ପୁଲିସ ଇନ୍‌ସପେକ୍ଟରଙ୍କ ପକେଟ୍‌ରେ ଗଳେଇ ପକେଇଲେ।

ପୁଲିସ ଇନ୍‌ସପେକ୍ଟର ନାଇଁ ଥାଉ, ନାଇଁ ଥାଉ, କହୁଥାଆନ୍ତି। ଭାଗୁ ମାହାନ୍ତି ତାଙ୍କ ପାଟିରେ ହାତଦେଇ ଖୁବ୍ ଆସ୍ତେକି ଆଡ଼େଇ ନଉଥାଆନ୍ତି ଦାଣ୍ଡକୁ। କହୁଥାନ୍ତି, ଚାଲନ୍ତୁ ଆଜ୍ଞା, ଆପଣଙ୍କର ଡେରି ହଉଚି।

ସମସ୍ତେ ନମସ୍କାର କଲେ। ଇନ୍‌ସପେକ୍ଟର ହାତ ଉଠାଇ ନମସ୍କାରକୁ ସ୍ୱୀକାର କରି ମହାଆନନ୍ଦରେ ଚାଲିଗଲେ।

ଭିତରୁ ଖବର ଆସିଲା, ସାଆନ୍ତାଣୀ ଡାକୁଛନ୍ତି। ଏତିକିବେଳେ ଗୋଟାଏ

ଟୋକା ଆସି ଖବର ଦେଲା ରାମ ବାବୁଙ୍କୁ - ସାର ସଭାରେ ଲୋକ ହେଇଗଲେଣି। ସମସ୍ତେ ଆପଣଙ୍କୁ ଅନେଇ ବସିଛନ୍ତି। ଶୀଘ୍ର ଚାଲନ୍ତୁ।

ପ୍ରୋସେସନ୍? ରାମ ବାବୁ ପଚାରିଲେ।

ପ୍ରୋସେସନ୍ ଆଉ ଦଣ୍ଡକେ ସଭା ଜାଗାରେ ପହଞ୍ଚିବ।

ଭାଗୁ ମାହାନ୍ତି କହିଲେ - ତମେ ଚାଲ ରାମ ବାବୁ। ମୁଁ ଯାଉଚି।

ନେତା ଡାକୁଥାଆନ୍ତି -

ଚାଷୀ ମୂଲିଆ - ଏକଜୁଟ୍ ହୁଅ - ଦୁହା ଧରିଥାନ୍ତି ଅନ୍ୟମାନେ

ଲାଲ ଝଣ୍ଡା - ଆମର ଝଣ୍ଡା

ଆମର ଝଣ୍ଡା - ଅମର ହେଉ

ଧାନ କଳ - ଜିନ୍ଦାବାଦ

ଆମର ଦାବୀ - ଧାନକଳ

ଆମର ଲୋଡ଼ା - କାମଧନ୍ଦା

ପ୍ରତିକ୍ରିୟା - ଜିନ୍ଦାବାଦ

ଦୁଃଖୀଦାସ - ମୁର୍ଦ୍ଦାବାଦ

ରାମ ଭାଇ - ଜିନ୍ଦାବାଦ

ଦୁଃଖୀ ଦୁଆର ଆଗରେ ପାସ କରିଗଲା ପ୍ରୋସେସନ୍। ଦୁଃଖୀ କାନରେ ପ୍ରୋସେସନ୍‌ର ଆବାଜ୍ ବାଜୁଥାଏ। ଦୀନା, ଶୁକୁରା, ଘନ, କାଶୀ ସମସ୍ତେ ଶୁଣୁଥାଆନ୍ତି। ପଟୁଆର ପାଟିକରି ଚାଲିଗଲା ସଭା ସ୍ଥାନକୁ।

ବେଶୀ ଦୂର ନୁହେଁ ସଭାସ୍ଥଳୀ ଦୁଃଖୀ ଘର ପାଖକୁ। ସଭାରେ ମାଇକ୍ ଖଞ୍ଜା ହୋଇଥାଏ। ମାଇକ୍ ପରୀକ୍ଷା ଚାଲିଛି। ଓ୍ୱାନ୍, ଟୁ, ଥ୍ରି, ଫୋର୍। ପରିଷ୍କାର ଶୁଭୁଛି ଦୁଃଖୀ ଘର ପାଖକୁ।

ପଟୁଆର ପହଞ୍ଚିଲା ପରେ ସଭା କାର୍ଯ୍ୟ ଆରମ୍ଭ ହେଲା। ଭାଗୁ ମାହାନ୍ତି ସଭାପତି। ରାମ ବାବୁ ବକ୍ତୃତା ଝାଡୁଛନ୍ତି। ଗୋଟି ଗୋଟି ହୋଇ ଶୁଭୁଛି ଦୁଃଖୀକୁ। କାଶୀ, ଦୀନା, ଘନ, ଶୁକୁରା ସମସ୍ତେ ଶୁଣୁଛନ୍ତି।

ଏଠି ମିଲ୍ ବସିବ। କାମ ଧନ୍ଦା ମିଳିବ ଲୋକଙ୍କୁ। ଚାକିରି ପାଇବେ। ଯେଉଁମାନେ ବଧ ଦେଉଛନ୍ତି, ସେମାନେ ବୁଝିପାରୁ ନାହାନ୍ତି ଦେଶ ଆଗେଇ ଚାଲିଚି। ଦୁନିଆ ଆଗଉଚି। ପାଶ୍ଚାତ୍ୟ ଦେଶରେ, ସାଇବମାନେ ଯେଉଁ ଦେଶରୁ ଆସିଛନ୍ତି, ସେମାନେ କେତେ ଆଗେଇ ଗଲେଣି। ଆମେ ପଛରେ ପଡ଼ିଛୁ। ଆମେ କଣ ସବୁଦିନେ ପଛରେ ପଡ଼ିଥିବା? ସବୁଦିନେ ଢେଙ୍କିରେ କୁଟି ଚୁଲିଫୁଙ୍କି ଭାତ ରାନ୍ଧି ଖାଉଥିବା।

ଏଠି ମିଲ୍ ହେବ। ବିଜୁଳି ଆସିବ। ପାଣିକଳ ଲାଗିବ। ଆମ ଝିଅ ବୋହୂଙ୍କ ଆଉ ପୋଖରୀତୁଠକୁ ଯିବାକୁ ପଡ଼ିବ ନାହିଁ। ବିଜୁଳି ଚୂଲିରେ ରନ୍ଧା ହେବ। ହାଣ୍ଡିରେ କଳାପଡ଼ିବ ନାହିଁ। ମାଇପଙ୍କୁ ବାସନ୍‌ମାନ ଦିନ୍ ଦିନ୍ ହାଣ୍ଡିରୁ କଳା ଛଡ଼ାଇବାକୁ ପଡ଼ିବ ନାହିଁ। ସୁରୁଖୁରୁରେ ରନ୍ଧା ବଢ଼ା, ସବୁ ପାଇଟି ଛିଡ଼ିଯିବ। ଏଇଟା କଣ ଖରାପ? ରାମ ବାବୁ ପଚାରିଲେ।

କେଭେ ନୁହେଁ! କେଭେ ନୁହେଁ! ଲୋକେ ପାଟିକଲେ। ଲୋକେ କାମଧନ୍ଦା ପାଇବେ। ଏଟା କଣ ଖରାପ? ରାମ ବାବୁ ପୁଣି ପଚାରିଲେ। ପୁଣି ପାଟି ହେଲା - କେଭେ ନୁହେଁ, କେଭେ ନୁହେଁ। ଏଠି ମିଲ୍ ବସିବା କଣ ଖରାପ? ରାମ ବାବୁ ପୁଣି ପ୍ରଶ୍ନ କଲେ। କେଭେ ନୁହେଁ କେଭେ ନୁହେଁ - ଲୋକେ ଉତ୍ତର ଦେଲେ। ରାମ ବାବୁ ଦୋହରେଇ ପଚାରିଲେ - ଏଠି ମିଲ୍ ବସିବ କି ନାହିଁ? ଅଲବତ୍ ବସିବ। ଜରୁର ବସିବ। ଲୋକେ ଜବାବ ଦେଲେ। ରାମ ବାବୁ ଭାରି ଉତ୍ସାହିତ ହୋଇଗଲେ, ଉତ୍ତେଜିତ ବି। ଅନର୍ଗଳ ବକ୍ତୃତା ଚାଲିଲା।

ଯେଉଁମାନେ ଏଡ଼େ ବଡ଼ କାମକୁ ବାଧା ଦେଉଛନ୍ତି ସେମାନେ ଆମର ଶତ୍ରୁ ଦୁସ୍‌ମନ।

ଗୋଳ ହେଲା - ଦୁସ୍‌ମନ୍। ଦୁସ୍‌ମନ୍!

ଲୋକେ ଏମାନଙ୍କୁ କ୍ଷମା କରି ପାରିବେ ନାହିଁ।

କେଭେ ନୁହେଁ, କେଭେ ନୁହେଁ। ଲୋକେ ପାଟି କଲେ।

ଶୁଣନ୍ତୁ ଭାଇମାନେ! ଏମାନେ ଗାନ୍ଧିଙ୍କ ନାଁ କହି ଲୋକଙ୍କୁ ଭଣ୍ଡୁଛନ୍ତି। ଗାନ୍ଧିଜୀ କୁଟି ଖାଇବାକୁ ଓ କାଟି ପିନ୍ଧିବାକୁ କହିଥିଲେ। ଧାନକଳ ବି କୁଟିବ। ଲୁଗାକଳ କାଟିବ। ଗାନ୍ଧିଜୀଙ୍କ କଥା କଣ ଆମେ ଅମାନ୍ୟ କଲୁଁ। କୁହନ୍ତୁ ଆପଣମାନେ।

ନା - ନା। ଲୋକେ ଜବାବ୍ ଦେଲେ।

ଭାଇମାନେ। ଆପଣମାନେ ଏଇ ପ୍ରତିକ୍ରିୟାଶୀଳ ଲୋକଙ୍କୁ ଚିହ୍ନି ରଖନ୍ତୁ। ଭଲ କରି ଜାଣି ରଖନ୍ତୁ। ଏମାନେ ତୁଳସୀ ବଣର ବାଘ। ଏମାନେ କୌଣସି ଗୋଟାଏ ମୁଖା ପିନ୍ଧି ଆପଣମାନଙ୍କ ପାଖୁ ଆସୁଛନ୍ତି। ଏମାନଙ୍କର ପ୍ରକୃତ ରୂପ ଆପଣମାନେ ପଦାରେ ପକେଇ ଦିଅନ୍ତୁ। ଏମାନେ ପ୍ରଗତିର ପରିପନ୍ଥୀ। ପ୍ରଗତିର ବିରୋଧୀ। ପ୍ରଗତି ପଥର କଣ୍ଟା। ଆମକୁ ବାଟରୁ କଣ୍ଟା ହଟେଇ ଦବାକୁ ପଡ଼ିବ। ଏମାନେ ହଟି ନଗଲେ ଦେଶ ଆଗେଇ ପାରିବ ନାହିଁ। ପ୍ରଗତି ପଛେଇ ଯିବ।

ହଠାତ୍ ବାଲୁଙ୍ଗା ଉଠି ପଡ଼ିଲା। ଆଜ୍ଞା ପରଗତି ତ ଗୁରୁବାକ୍ୟ ପାଳିଲେ ହୁଏ। ଗାଳି ଗୁଲଜ କଲେ କଣ ପରମଗତି ମିଳିବ?

ମୁଁ ପ୍ରଗତି କଥା କହୁଛି। ପରମଗତି କହୁନାହିଁ। ବସ୍। ବସିଯାଅ। ଚୁପ୍ ହୋଇ ଶୁଣ। ପରମ ଫରମ ସବୁ ମିଛ। ଆମକୁ ମୂର୍ଖ ମନେକରି ଦଳେ ଲୋକ ଆତ୍ମା, ପରମ, ଭଗବାନଙ୍କ ନାଁରେ ଭଣ୍ଡି ଖାଉଛନ୍ତି। ଭଗବାନଙ୍କୁ କେହି ଦେଖିଛ ? ସତ କହିବ। କେହି ଦେଖିଛ ?

ନା - ନା - ନା ବୋଲି ପାଟି ହେଲା।

ମୁଁ ଯାହାକୁ ଦେଖି ନାହିଁ, ମୁଁ ଯାହାକୁ ବୁଝିନାହିଁ ସେ କଥା କହି ମୁଁ ତମକୁ ଭଣ୍ଡିବାକୁ ଚାହେଁ ନାହିଁ। ମୁଁ ଯାହା ପ୍ରତ୍ୟକ୍ଷ ଦେଖୁଛି, ଯାହା ଆମର ପ୍ରତିଦିନ ଲୋଡ଼ା, ସେଇ କଥା ମୁଁ କହିବି। ମୁଁ କହିବାକୁ ଚାହେଁ - ଆମର ଲୋଡ଼ା ଦାନା ଆଉ କନା। ଆମ ଦାନାରେ ଯିଏ ଧୂଳିଦେବ, ଆମ କନା ଯିଏ ଛଡ଼େଇ ନବ ସେ ଆମର ଶତ୍ରୁ ଭଗାରି।

ତାଳି ବର୍ଷିଲା।

ଏ ଗାଁର ଜମି ଆମର। ଚାଷୀ ମୂଲିଆର। ବସି ଖିଆଙ୍କର ନୁହେଁ।

ବାବୁ ଆଜ୍ଞା ! ଆପଣ ବସିଖିଆ ନା ଖଟିଖିଆ ? ବାଲୁଙ୍ଗା ପାଟିକଲା। ଠିଆ ହେଇପଡ଼ିଲା।

ଚୁପ୍ ଚୁପ୍। ପାଟି କର ନାହିଁ। ରାମ ବାବୁ ରାଗି ଉଠିଲେ।

ଜନତା ବି ରାଗି ଉଠିଲେ। ବସିଯାଅ, ବସିଯାଅ ! ବୋଲି ପାଟି କଲେ। ବାଲୁଙ୍ଗା ବସି ପଡ଼ିଲା।

ରାମ ବାବୁ କହି ଚାଲିଛନ୍ତି - ଏମାନେ ପୁଞ୍ଜିପତିଙ୍କ ଦଲାଲ୍। ଆମ ସଭାକୁ ଭଣ୍ଡୁର କରିବା ପାଇଁ ପୁଞ୍ଜିପତିମାନେ ପଠେଇଛନ୍ତି। ଆମେ ପୁଞ୍ଜିପତିଙ୍କୁ ବରଦାସ୍ତ କରିବୁ ନାହିଁ। ପୁଞ୍ଜିପତି ଦଲାଲମାନଙ୍କୁ ବରଦାସ୍ତ କରିବୁ ନାହିଁ। ଆମେ ଆମ ଜମି ଉପରେ ଯାହା ଇଚ୍ଛା ତାହା କରିବୁ। ଆମେ ହଳ ଧରି ଚାଷ କରିବୁ।

ବାବୁ, କେବେ ହଳ ଧରିଥିଲ ନା ? ବାଲୁଙ୍ଗା କହିଲା, ପୁଣି ଉଠି ପଡ଼ିଲା।

ବସିଯାଅ, ବସିଯାଅ। ଜନତା ପୁଣି ଉତ୍ୟକ୍ତ ହୋଇ ପଡ଼ିଲେ।

ରାମ ବାବୁ ବି ଉତ୍ୟକ୍ତ ହୋଇ କହିଲେ - ଆମ ଜମି ଆମେ ହଳ କରିବୁ। ଆମ ଜମିରେ ଆମେ ସୁନାର ଫସଲ ଫଳେଇବୁ, ଆମ ଜମିରେ ଆମେ କଳ ବସେଇବୁ। ଆମର ଧାନ ଆମେ ଚାଉଳ କରିବୁ। କାହା ବାପର କି ଗଲା। ଏ ଜମି ଆମର। ଲଙ୍ଗଳ ଯାର୍ ଜମି ତା'ର।

ଆଜ୍ଞା, ଛପର ଯାର ଘର ତା'ର କହୁନ। ଯିଏ ଛପର କରିବ ଘର ତା'ର ହୋଇଯିବ ? କହି ବାଲୁଙ୍ଗା ଉଠିଗଲା ସଭାରୁ।

ପଳେଇଲାରେ, ପଳେଇଲାରେ। ପାଟିକଲେ ଟୋକାଟାକଳା।

ରାମ ବାବୁ ବକ୍ତୃତା ଶେଷ ହେବାକୁ ନାହିଁ। ଏସବୁ ପ୍ରତିକ୍ରିୟାଶୀଳ ବୁର୍ଜୁଆଙ୍କ ଗୋଲାମ। ପୁଞ୍ଜିପତିଙ୍କ ଦଲାଲ। ଏମାନେ ଆମର ପ୍ରଗତିଶୀଳ ବିପ୍ଳବର ବିରୋଧ କରିବାକୁ ଯାଇଛନ୍ତି। ଏମାନଙ୍କ ମଗଜ୍ ଭାଙ୍ଗିଦବାକୁ ପଡ଼ିବ। ଏଠି କଳ ବସେଇବା ପାଇଁ ସରକାର ଜମି ଦଖଲ ନବାକୁ ଆସିବେ। ଏଇ ପ୍ରତିକ୍ରିୟାଶୀଳ ଲୋକେ, ଏଇ ବାଲୁଙ୍ଗା, ଦୁଃଖୀଦାସ ଆଉ ତାଙ୍କ ଭଳି କେତେକ ନ୍ୟସ୍ତସ୍ୱାର୍ଥ ଦଲାଲ ବାଧା ଦେବାପାଇଁ ଷଡ଼ଯନ୍ତ୍ର କରୁଛନ୍ତି। ଆମେ ତାଙ୍କ ବ୍ୟୂହକୁ ଭାଙ୍ଗିଦେବା। ଆମକୁ ଯିଏ ବାଧାଦେବ, ଆମ ଜମି ଉପରକୁ ଯିଏ ଆସିବ, ପାଖ ଯେ ମାଡ଼ିବ ଆମେ ତାକୁ ଉପଯୁକ୍ତ ଶାସ୍ତି ନ ଦେଇ ଛାଡ଼ିବା ନାହିଁ।

ତାଳି ବର୍ଷା ହେଲା।

ରାମ ବାବୁ ଚିତ୍କାର କରି କହିଲେ - ବୋଲ ଭାଇ ଭାରତ ମାତାକୀ।

ଜୟ - ଲୋକେ ପାଳି ଧରିଲେ।

ବୋଲୋ ଭାଇ - ଲାଲ୍ ଝଣ୍ଡା କୀ।

ଜୟ - ଲୋକେ ଜୟ ଦେଲେ।

ଆମର ଦାବି -

ପୂରଣ ହେଉ !

ପ୍ରତିକ୍ରିୟା -

ଧ୍ୱଂସ ହେଉ -

ଦୁଃଖୀ ଦାସ –

ମୁର୍ଦ୍ଦାବାଦ

କମ୍ରେଡ଼ ରାମଚନ୍ଦ୍ର

ଜିନ୍ଦାବାଦ

ପ୍ରତିକ୍ରିୟା କା -

ବଦ୍‌ଲା ଲେନା।

ଦୁସ୍‌ମନ୍ କା -

ବଦ୍‌ଲା ଲେନା -

ବୋଲୋ ଭାଇ ଭାରତ ମାତାକୀ।

ସାଆନ୍ତାଣୀଙ୍କ ଚାଲିଯିବା ପରେ ମସୁଧା ଚାଲିଲା ଦୁଃଖୀଦାସ, ଦୀନବନ୍ଧୁ, କାଶୀନାଥ, ଘନଶ୍ୟାମ, ଆଉ ଶୁକ୍ରସେନଙ୍କ ଭିତରେ। ସତ୍ୟାଗ୍ରହୀ ସମସ୍ତଙ୍କୁ ଡାକି

କାଲି ସକାଳୁ ତାଲିମ୍ ଦିଆଯିବ। କେହି ଯେମିତି ପୁଲିସ କି ଚିରଞ୍ଜିଲାଲ୍‌ର ଦଲାଲମାନଙ୍କ ଉପରେ ହାତ ନଦିଅନ୍ତି। ସାବଧାନ !

କାଶୀ କହିଲା - ସେ ଦୁର୍ବୁଦ୍ଧି କରନାହିଁ। ଅହିଂସା, ଅହିଂସା ବେଶି ପାଟିକଲେ ଭୀରୁତା ଆସିଯିବ। ସବୁ ପଳେଇବେ। ଅହିଂସା କରିଥିଲେ ଅଗଷ୍ଟ ବିପ୍ଳବ ହେଇଥାନ୍ତା ? ଭୀରୁତାଠାରୁ ହିଂସା ଭଲ। ଥରେ ତ କୁହାଯାଇଛି ଶାନ୍ତିପୂର୍ଣ୍ଣ ଆନ୍ଦୋଳନ ହବ। ପୁଣି ଅହିଂସା ଅହିଂସା ଚିଲ୍ଲେଇଲେ ଅହିଂସା ପଶିଯିବ ସମସ୍ତଙ୍କ ଭିତରେ, ରାତିକ ଭିତରେ କି ଘଣ୍ଟାକ ମଧ୍ୟରେ। କେହି କିଛି ନକଲେ ବି କାଲି ଗୁଳିହବ। ସାନ୍ତାଣୀ ତମର ସେଇ କଥା କହିଗଲେ। ସାନ୍ତାଣୀ ନୁହନ୍ତି ରଣଚଣ୍ଡୀ। ଶୁକୁରା ଠିକ୍ ଦେଖିଛି। ତମେ ସବୁ ଭୁଲ ବୁଝିଛ। ମଣିଷ ମରିବେ। ବିଧାନ ସଭାରେ ପାଟି ହେବ। ସରକାର ଜୁଡିସିଏଲ୍ ଇନ୍‌କ୍ୱାରି କରିବେ ନାହିଁ, ଘରୋଇ ମନ୍ତ୍ରୀ ଜିଦ୍ ଧରିବେ। ଅଫିସିଏଲ୍ ଇନ୍‌କ୍ୱାରି ହବ। ଫଳ - ହସ୍ତୀର ବାତକର୍ମ। ଲୋକେ ଟେକା ଫିଙ୍ଗିଲେ, ବନ୍ଧୁକ ଛଡ଼େଇନେଲେ, ଗୁଳି ହେଲା। ଟେକା ମାରିବା ପାଇଁ ପୁଲିସ ପକ୍ଷରୁ ଏଜେଣ୍ଟ ପ୍ରଭୋକେଟିଭ ସଜିଲ ହୋଇ ରହି ସାରିଲେଣି। ତମେ ଏଠି ନାହିରେ ତେଲ ଦେଇ ଶୋଇଥାଅ। ବ୍ରିଟିଶ ଶାସନରେ ଯାହା କଂଗ୍ରେସ ଶାସନ ସେଇଯା। ଏବେ ବି ଇଂରେଜ ଶାସନ ଚାଲିଛି। ଇଂରେଜୀ ଶାସନରେ ରାଜା ଆସନ୍ତି, ରାଜା ଯାଆନ୍ତି। ତଥାପି ରାଜା ଚିରନ୍ତନ। ଅମର। ଇଂରେଜମାନେ ଭାରତ ଭୂଇଁରେ ଅମର। ଗୋଟାଏ ଯୁଗ ଗୋଟେ କାହିଁକି ଆହୁରି ବେଶିକାଳ ବିତିଗଲାଣି। ଆମେ ସ୍ୱାଧୀନ ହେଲୁ - ମାତ୍ର ପୁଲିସ ଜୁଲୁମ ଗଲା ନାହିଁ। ସ୍ୱାଧୀନତା ପାଇଁ ଯେତେ ଗୁଳିରେ ମରିଥିଲେ, ତା'ରି ଦଶଗୁଣ ଲୋକେ, ବାର, ପନ୍ଦର ବର୍ଷ ଭିତରେ, ସ୍ୱାଧୀନତା ପରେ ମଲେଣି। ବ୍ରିଟିଶ ସରକାର ଯେତେ ଗୁଳି କରିଥିଲା, ତା'ର କୋଡ଼ିଏଗୁଣ ସ୍ୱାଧୀନ ଗଣତନ୍ତ୍ର ସାର୍ବଭୌମ ସରକାର ଗୁଳି କଲେଣି। ଆମେ ବିଧାନ ସଭାରେ ଯେତେ ପାଟିତୁଣ୍ଡ କଲୁ, ପୁଲିସ କୋର୍ଡ ବଦଳାଅ ବୋଲି, କେହି ଶୁଣିଲେ ନାହିଁ। ଆମ ମନଟା ଗୋଲାମ ହୋଇଯାଇଛି। ମନଟାକୁ ସ୍ୱାଧୀନ କରିବାକୁ ଢେର ରକ୍ତ ଦେବାକୁ ହେବ। ଡରିଗଲେ ଚଳିବ ନାହିଁ। ଅହିଂସ୍ର ଆନ୍ଦୋଳନ ହବ। ଅଲବତ୍ ହେବ ମାତ୍ର ହିଂସାକୁ ଡରି ଅହିଂସା ନୁହେଁ।

ପଟୁଆର ଦୁଃଖୀ ଦୁଆର ଦେଇ ଚାଲିଗଲାବେଳେ, ଶୁକୁରା ଠେଙ୍ଗାଟାଏ ଧରି ଠିଆ ହୋଇଗଲା - ନନା, ମତେ ଛାଡ଼ିଦିଅ। ଇଏ ଶଳେ ଆମ ନାକସିଧାରେ ମୁହଁ ଫୁଲେଇ କହିବେ - ଦୁଃଖୀ ଦାସ ମୁର୍ଦ୍ଦାବାଦ। ମୁଁ ତାଙ୍କ ତାଳୁ ଫଟେଇ ବସ ବାହାର କରି ନ ଦେଇଚି ତ ମୋ ନାଁ ଶୁକୁରା ନୁହେଁ।

ଦୁଃଖୀଦାସ ଯାଇ ଛଡ଼େଇ ଆଣିଲା ଠେଙ୍ଗାଟା ତା' ହାତରୁ।

ଘନ ହସି ହସ କହିଲା - ଦେଖିଲ ତ ଅହିଂସାର ସ୍ୱରୂପ। ମୋ ଛୋଟ ବୁଦ୍ଧି ମାନ। ଚାଲ ଆଜି ରାତିଠୁଁ ଜଣ ଜଣ ହୋଇ, ଆମେ, ସେ ଯେତେଜଣ ଆମକୁ ବାଡ଼େଇବାକୁ ଆସୁଛନ୍ତି ତାଙ୍କ ଦାଣ୍ଡଦୁଆରେ ଧାରଣା ଦେଇ ଶୋଇଯିବା। ସେମାନେ ଆମକୁ ନ ଚାହିଁ ବାହାରି ଆସିଲା ପରେ ଆମେ ଜମି ଉପରକୁ ଯିବା। ମୋର ବିଶ୍ୱାସ ସେମାନଙ୍କ ଉପରେ ୟାର ପ୍ରଭାବ ଭଲ ଭାବରେ ପଡ଼ିବ।

କାଶୀ କହିଲା - ହେଇପାରେ। ମାତ୍ର ଗୁଳି ଠିକ୍ ଚାଲିବ। ଏମାନେ ଗଣ୍ଡଗୋଳ ନ ଭେଇଲେ ବି ପୁଲିସ ତା' କାମ କରିବ ନିଶ୍ଚୟ ଏଜେଣ୍ଟ ପ୍ରଭୋକେଟିଭ୍‌ର ବୁଝିଲ ?

ଦୀନା କହିଲା - ସେ ଯାହାହବ ଆମେ ସେଥିପାଇଁ ତିଆର। କିନ୍ତୁ କାଲି କେତେ ଲୋକ ଆମକୁ ବିରୋଧ କରିବେ ? କିଏ କିଏ କରିବେ, ଜାଣିଲେ ତ ଆଜି ରାତିଠୁଁ ଯାଇ ତାଙ୍କ ଦୁଆରେ ଧାରଣା ଦବା।

ଦୁଃଖୀ କହିଲା - ତା ଜାଣିବା କିଛି କଷ୍ଟକର କଥା ନୁହେଁ। ସାଆନ୍ତାଣୀ ପରା କହିଗଲେ ଦଶ ବାରଜଣ ଥିଲେ। ତାଙ୍କ ବାରମାସିଆ ଦୁଇଜଣ ବି ତାଙ୍କ ସାଙ୍ଗରେ। ଦଉଡ଼ିଗଲୁ ଶୁକୁରା, କରୁଣି ହଉ କି ଭାବନା ହଉ ଯିଏ ଥିବ ଡାକି ଆଣିବୁ - କହିବୁ ଦୁଃଖୀଆନ୍ନା ଡାକୁଚି। ସବୁକଥା ଜଣା ପଡ଼ିଯିବ।

ପାଗଳ ହେଲ - ଶୁକୁରା କହିଲା। ସେ ଘରେ ବସି ଟଙ୍କା ଗଣୁଥିବ କି ଗଣିସାରି କଉଁଠି ରଖିବ ଭାବୁଥିବ।

ଶୁକୁରା ଚାଲିଗଲା।

ହସିଲେ ସମସ୍ତେ। ସେ କଣ ମାନିବ।

ଦୁଃଖୀ କହିଲା, ରହ ନା, ନ ମାନି ଯିବ କୁଆଡ଼େ ? ପାପକୁ ଲୁଚେଇ ପାରିବ ନାହିଁ। ଏତିକିବେଳେ ଆସି ପହଞ୍ଚିଲା ବାଲୁଙ୍ଗା। କହିଲା -

ସାରିଦେଲେ, ଦୁଃଖୀଆନ୍ନା ସାରିଦେଲେ। ସଂସାରକୁ ଭସେଇ ଦେଲେ ଏ ପାଷାଣ୍ଡୀ ଗୁଡ଼ାକ। ଶୁଣିଲଣି ! ସଭା କରୁଚନ୍ତି। କହୁଚନ୍ତି ଜମିସବୁ ମାଡ଼ିବସ। ଲଙ୍ଗଳ ଯା'ର ଜମି ତା'ର। ଅନେଇଚ କଣ ହୋ ନାନା। ଗାଁଟା ଫାଟିଗଲା। ହିଡ଼ମାଟି ଆଁ କରିଚି। ଏ ଗାଁରେ ଆଉ କିଛି ହବ ନାଇଁ। ଦୂବ ବି କଅଁଳିବ ନାହିଁ। କଳି କଳି ଘୋର କଳି।

ସର୍ବେ ହୋଇବେ ଖଳବଳ, ନାଶିବେ ଭୁବନ ମଣ୍ଡଳ।

ପାପ ଘୋଟିଗଲା। ଆଗେ ସାରା ଗାଁଟାରେ ଦି'ଟା, ଚାରିଟା ଲୋକଥିଲେ। ବସି ଖାଉଥିଲେ। ପରଧନରେ ବଡ଼ ହୋଇଥିଲେ। ବଡ଼ ହେଲେ ବି ସେ ଦାନ ଖଇରାତ ମେଳା ମଉଛବ କରୁଥିଲେ। ବାହା ପୁଆଣିରେ ଗାଁବାଲାଙ୍କୁ ଖୋଉଥିଲା।

ଲୁଗା, ଯଥା, ପିନ୍ଧଉଥିଲା। ଶିରାଧ ଶୁଦ୍ଧିରେ ବୃଷୋତ୍ସର୍ଗ କରୁଥିଲେ। ନାମଯଜ୍ଞ, ନାମ ସଂକୀର୍ତ୍ତନରେ ଦଶ ପଚିଶ ଖର୍ଚ୍ଚ କରୁଥିଲା। ଏବେ ତ ସେସବୁ କିଛି ନାହିଁ। ଯିଏ ଯାହା ପାଇଲା ଅଣ୍ଟିରେ ଖୋସି ହେଲା। ସମସ୍ତେ ଆପଣା ଧନକୁ ନ ଅନେଇ, ଆପଣା ଅର୍ଜନକୁ ନାକଟେକି, ପରଧନକୁ ମନକରି, ଜାଲ୍ ଜୁଆଚୋରି, କଳାବଜାରି, କିଳାପୋଡେଇରେ ମାତିଛନ୍ତି। କଣ ନା ଲଙ୍ଗଳ ଯା'ର ଜମିର ତା'ର! ପର ଜମିକି, ପରଧନକୁ ମାଡ଼ି ବସିବ। ଯିଏ ପରଧନକୁ ଆଶା କରିବ ତା'ର ସର୍ବନାଶ ହୋଇଯିବ। ମୁଁ ତ ଖଟିଖିଆ ଲୋକ। ମୁଁ କହୁଚି - ଇଏ ଯେମିତି ଲୋକଙ୍କୁ ମତଉଚନ୍ତି ଲୋକେ ଉଚ୍ଛନ୍ନ ହୋଇଯିବେ। ଗାଁ ଗାଁ କି ମାଡ଼ପିଟ୍ ଗଣ୍ଡଗୋଳ ଲାଗିବ। ଆଉ ଶାନ୍ତି ନାହିଁ ଗାଁରେ।

ଦୁଃଖୀ କହିଲା - ରାମ ବାବୁ ଯାହା କହୁଛନ୍ତି, ଆମ ବିନୋବା ଭାବେ ବି ସେଇୟା କହୁଛନ୍ତି - ଭୂମି ହେଉଛି ମା - ମା'ର ଯିଏ ସେବା କରିବ, ମା' ତା'ର।

ରଖ ତମ ବିନୋବା ଫିନୋବାଙ୍କୁ। ବାଭେ ଫାବେ କିଏ, ମତେ କି ଜଣା। ଏସବୁ ଅନ୍ୟାୟ ସାଙ୍ଗରେ ସାଲିସ୍। ବୁଝିଲ? ମା'ର ଯିଏ ସେବାକରେ ମା' ତା'ର। ନୁହେଁ? ଧର୍ମାବତାର ଅଇଲେ କୁଆଡ଼େ। ଯଉଁ ପୁଅ ନିପାରିଲା, ଦୁର୍ବଳ, ରୋଗା, ମା' ତା'ର ନା ମା' ପାରିଲା ପୁଅର ହୋ? ଯଉଁ ମା ରୋଜଗାରିଆ ପୁଅକୁ ଅନାଏ, ନିପାରିଲା ପୁଅକୁ ଅଣହେପାଜତ୍ କରେ ସେ ମା' ନୁହେଁ, ରାକ୍ଷସୀ।

ସରକାର ତ ସେଇମିତିକା ଆଇନ୍ କରିଛନ୍ତି, ଆମେ କଣ କରିବା?

କି ଆଇନ କରିଛନ୍ତି ସର୍କାର? ସରକାର କଣ ଆମର? ଆମ ଗାଁବାଲାଙ୍କର। ସରକାର ସହରବାବୁଙ୍କର। ଝିଣ୍ଟିକା ମାରି ବଣି ପୋଷୁଛନ୍ତି। ଆମକୁ ମାରି ସହରବାଲାଙ୍କୁ ଟେକୁଛନ୍ତି। ଲଙ୍ଗଳ ଯାର, ଜମି ତା'ର ଛପର ଯାର୍ ଘର ତା'ର କରୁନା? ଯେତେ ରାଜମିସ୍ତ୍ରୀ ସହରରେ କୋଠାସବୁ ତିଆରି କରିଛନ୍ତି ଘରସବୁ ତାଙ୍କର ହୋଇଯାଉ। ଆଇନ କର। କରୁନ! ହେଁ, ସେତେବେଳକୁ 'ଷାଠିଏ ଶାହାସ୍ତ୍ର ପଢ଼େ ଶୁଆ, ବିଲେଇ ଦେଖିଲେ ଅଚ୍ଛାଭୂଆ' - ସହରର ଲୋକଙ୍କ ଦିହରେ ହାତ ଦେବେ ନାହିଁ। କିଏ ମିଆଁ ପୁଅ କିହୋ? ହଉ ତେବେ ହଗ ହଗ। ଆମ ବେଳକୁ, ଶଳା ସେଠି କିଏ ବେ? ଏ ଠେଙ୍ଗାକୁ ଚାହିଁଥା! ହଗିବୁ ତ ଦେଖିବୁ।

ଶୁକୁରା କହିଲା, ବାଲୁଙ୍ଗାଇ! କଂଗ୍ରେସ ସର୍କାର୍ କହୁଛନ୍ତି, ଏଇ ସହରବାଲା ଗାଁକୁ ଶୋଷଣ କରୁଛନ୍ତି ବୋଲି ଲଙ୍ଗଳ ଯା'ର ଜମି ତା'ର କରିବା ପାଇଁ ଆଇନ ହୋଇଛି। ସହରବାଲାଏ ସହରରେ ବସି ଫନ୍ଦା ଫିକର କରି ରୋଜଗାର କରିବେ, ବଡ଼ ଲୋକ ହେବେ। ଏଣେ ଗାଁବାଲାଙ୍କ ଜମି ମାଡ଼ିବସି ବିନା ମେହେନତ୍‌ରେ ଫସଲରୁ ଫସଲ ପାଇବେ। ଏଇଟା ଅନ୍ୟାୟ ନୁହେଁ।

ବାହା ବାହାରେ ପୁଅ, କଥା ବୃତ୍ତର ଏକା କଥାଟାଏ କହିଲୁ। ତାହାହେଲେ ଆଇନ୍ କରିଦିଅ, କେହି ଗୋଟାକରୁ ବେଶି ଧନ୍ଦା ହାତରେ ରଖି ପାରିବେ ନାହିଁ। ଯିଏ ଚାକିରୀ କରିବ ବଣିଜ କରିବ, ସେ ଚାଷକରି ପାରିବ ନାହିଁ। କାହିଁକି କରିବ ହୋ? ତମେ ଦଶ ଜାଗାରେ ହାତ ପୂରେଇ ଖାଇବ, ଆଉ ଆମେ ବେକାର୍ ହେଇ ବସିଥିବୁଁ। କିହୋ ଦୁଃଖୀନନା, ମୁଁ ନ୍ୟାୟ କହୁଚି ନା ଅନ୍ୟାୟ କହୁଚି? ତମ ବିନୋବା କଣ କହୁଛନ୍ତି? କାହାରି ମୁଣ୍ଡରେ ଏ ବୁଦ୍ଧି ପଶୁନାହିଁ। କଣ ନା ଗାଁରେ ଯିଏ ଜମି ଦଶମାଣ କରି ପୋଷି ହଉଚି, ତାରି ଛଡ଼େଇ ନିଅ। ଆଉ ଯେଉଁ ସହରର ଲୋକେ କୋଠାବାଡ଼ି କରି ଘୋଡ଼ା ମଟର ରଖି ପେଟକାଡ଼ି ବସିଛନ୍ତି, ସେମାନଙ୍କ ଭାତହାଣ୍ଡି ପାଇଁ ସାତ ପାଞ୍ଚ ଯାହା ରହିଲା ଥାଉ। ସେ ଆମେ ସମାନ? ତାଙ୍କର ଦଶ ଏକରରୁ ବେଶି ରହିବ, ଆଉ ଆମର ଦଶ ଏକରରୁ ବେଶି ରହିବ ନାହିଁ। ଇୟେ କୋଉ ନ୍ୟାୟ? ଇୟେ ଇଂରେଜୀ ପାଠର ନ୍ୟାୟ। ହଉ ବାବୁ, ତମକୁ ଆମେ କଣ ଯୁଗୁତିରେ ପାରିବୁଁ। ଆମେ ଚାଲିଲୁଁ, ଓଳିଗି।

ଚାଲିଗଲା ବାଲୁଙ୍ଗା। ପବନଟା ଯେମିତି ଗରମ ହୋଇଗଲା। ତେଣେ ରାମବାବୁ ଗରମ୍ ବକ୍ତୃତା ଝାଡୁଛନ୍ତି। ଗୋଟି ଗୋଟି ମାଇକ୍‌ରେ ସବୁ ଶୁଭୁଚି। ସେ ଆକ୍ଷେପ, ସେ ଗାଳି, ଦୁଃଖୀ, ଦୀନା, ଘନ, କାଶୀକୁ ଯେତେ ଗରମ ନ କରିଛି, ବାଲୁଙ୍ଗାର କଥା ଗୁଡ଼ାକ ଟାଇଁ ଟାଇଁ ଚାପୁଡ଼ା ମାରିଲାପରି ମୁଣ୍ଡ ଝାଇଁଝାଇଁ କରି ଦେଉଚି। ସମସ୍ତେ ଚୁପ୍। ଭାବିବା ପାଇଁ, ବାଲୁଙ୍ଗା, ମୂର୍ଖ ବାଲୁଙ୍ଗା ଯେଉଁ ଖୋରାକ୍ ଦେଇଗଲା, ସେ ସରୁନାହିଁ ଯେମିତି।

କରୁଣିକୁ ଧରି ଫେରିଲା ଶୁକୁରା, କରୁଣି ଓଳିକି କରି ପଚାରିଲା, କାହିଁକି ଡାକୁଥିଲ କି ନନା?

ତା' ପାଟି ଶୁଖିଯାଇଥାଏ ଯେମିତି। ରହି ରହି ଛେପ ଢୋକି ଢୋକି କଥା କହୁଥାଏ।

ନାଇଁ ସେମିତି କିଛି କଥା ନାହିଁ। ତୋର ସବୁ ଭଲ ତ? ପଚାରିଲା ଦୁଃଖୀ।

ହଇ ଆଜ୍ଞା, ତମ ଆଶୀର୍ବାଦରୁ ଏକ ରକମ୍ ଭଲ ଅଛି। କରୁଣିର ଏଥର ଛାତିରେ ସାହାସ ପଶିଲା।

ଏଥର କେତେ ଅମଳ କଲୁ?

ଧାନ କୋଡ଼ିଏ ଭରଣ ଅମାରରେ ପଡ଼ିଛି। ଆଜ୍ଞା, ବାକି ବରଷକ ଖରଚ ପାଇଁ ମରେଇ କଇଡ଼ି ପୁରା।

ତୋ ଦରମା ଭାଗୁ ମାହାନ୍ତି ଦେଇ ଦଉଥିବ? ଆଜିକାଲି ସେ ଭାରି ଭଲ ହୋଇଗଲେଣି, ନାଇଁରେ?

ଆଜ୍ଞା, ନିମ୍ବ କି ମଧୁର ହେଲାଣି ନା ହବ?

ସମସ୍ତେ ହସି ପକେଇଲେ।

ହଇରେ ତୁ ମୋ ପାଖରେ ରହିବୁ? ପଚାରିଲା ଦୁଃଖୀ।

ଆହୁରି ପଚାରୁଛ। ନନା? କେବଠୁଁ? ଏଇ ମାଘମାସଟା ଯାଉ କହିଲା କରୁଣି।

ତମ ବାବୁ ରାଗିବେନି?

ରାଗିଲେ ରାଗନ୍ତୁ?

ତୋର ବାସ ରହିବ ଟି?

ଆଉ ସେ ଘନପଣ ନାହିଁ ବାବୁଙ୍କର। ସେ ରବାବ୍ କାହିଁ? ତୁଚ୍ଛାଟାରେ ସରପଞ୍ଚ ବୋଲୁଛନ୍ତି ନା। ଏବେ ତ ହାକିମ ପାଖରୁ ପୁଲିସ ଯାଏଁ ସମସ୍ତିଙ୍କି ହାତ ଯୋଡୁଁ ଯୋଡୁଁ ଦିନ ସରୁନାହିଁ।

ଯେତେ ହେଲେ ବି ସରପଞ୍ଚ।

ହୁଅନ୍ତୁ ସରପଞ୍ଚ। ସେ ତମର କଣ କରିବେ?

ଲୋକ ଲଗେଇ ପିଟେଇ ଦବ। ଭାଗୁ ମାହାନ୍ତି କମ୍ ଜାନୁଆର ନୁହେଁ?

ଇମିତି ମୁଫତ୍ ପଡ଼ିଛି ପିଟେଇ ଦେବ।

ଟଙ୍କା ଦେଲେ ଆଜିକାଲି ପିଟିବା ଲୋକର କଣ ଅଭାବ ହେବ?

ଇମିତି ଚଣ୍ଡାଳ କିଏ ଅଛି, ଦୁନିଆରେ, ପଇସା ନେଇ ମଣିଷ ମଣିଷକୁ ପିଟିବ?

ଏ ଯୁଗରେ ନ ହଉଚି କଣ? ତୁ ତ ଆଖିରେ ଦେଖିଲୁ ଆଜି ସଞ୍ଜରେ କି କଥା ନ ହେଲା?

କରୁଣି ପାଟି ପୁଣି ଶୁଖିଗଲା। ଖନି ବାଜିଗଲା। ଡରରେ ଛାତି ଥରୁଚି, ଦୁଃଖୀଦାସ ଜଣେ ସିଦ୍ଧ ମହାପୁରୁଷ। ଅନେକ ଲୋକ ସେ କଥା କହନ୍ତି। ଆଜି କରୁଣି ପ୍ରତ୍ୟକ୍ଷ ଦେଖୁଛି। ଦୁଃଖୀଦାସ ତେବେ ସବୁ ଦେଖିପାରୁଛି। ସଞ୍ଜବେଳେ ଭାଗୁ ମାହାନ୍ତି ଚଉପାଢ଼ୀରେ ଯାହା ଯାହା ଘଟିଲା ସବୁ ଦୁଃଖୀଦାସକୁ ମାଲୁମ୍। ସେ ତା' ଆଗରେ ଲୁଚେଇବ କଣ? ମିଛୁଆ ହେଇଯିବ ଯେ। ତଥାପି ମନରେ ଉଠିଲା, କାଳେ ଆଉ କେଉଁଠା କଥା ହେଉଥିବ। ସାହସ ବାନ୍ଧି ଛୋପଢୋକି କହିଲା – ଆଜି ସଞ୍ଜବେଳେ?

ହଁ, ଦୁଃଖୀ ଉତ୍ତର ଦେଲା, ଆଜି ସଞ୍ଜବେଳେ।

କଉଁଠି କଣ ହେଲା? ପୁଣି ପଚାରିଲା କରୁଣି। ମୁଁ ତ ଜାଣେ ନାହିଁ ବୋଲି କହି ଆସୁଥିଲା, ଅଟକିଗଲା ତୋଟିରେ। ଛେପ ଢୋକିଦେଲା।

କୋଉଁଠି ତୁ ଜାଣିନୁ ? କହିଲା ଦୁଃଖୀ । କରୁଣିର ଛାତି ଥରିଲାଣି ।

କେଉଁଠା କଥା କହୁଛ ନନା ? ପଚାରିଲା ସେ ।

ସେଇ ଭାଗୁ ମାହାନ୍ତି ଚଉପାଢ଼ୀରେ ମ ? ଜାଣି ସିଆଣା ଏଟା ।

ନାଇଁ ନନା, ଆଖି ଛୁଁ, ମୁଁ ନୁହେଁ । ସେମାନେ ସବୁ ନେଲେ । ମୁଁ କିଛି ନେଇନି ।

ସମସ୍ତେ ତ ସମା ସମା ବାଣ୍ଟି ନବ ବୋଲି କଥା ହେଲା । ତୋ ଭାଗଟା କଣ ହେଲା ?

ଏଥର ଖାଲି ଛାତି ନୁହେଁ ସାରା ଦେହଟା ଥରିଲାଣି କରୁଣିର । ଦୁଃଖୀନନା ସିଦ୍ଧ ପୁରୁଷ । ସବୁ ଜାଣିଛି । ଚେତାଘଟ । ଆଉ ଲୁଚେଇ ଲାଭ ନାହିଁ । କହିଲା - ମୁଁ ନେଲି ନାହିଁ । ସବୁ ସେଇ ନେଲା, ସେଇ ଭାବନା । ମିଛୁଟାରେ ମୋ ନାଁ ଦଉଚି । ମୁଁ ତ ମନା କରିଦେଲି, ନା ମୁଁ ପାରିବି ନାହିଁ ବୋଲି ।

ତୋ ଭାଗଟା ସବୁ ଭାବନା ନେଇ ନଥିବ ତ ? ତୋ ଛଡ଼ା ବାକି ସମସ୍ତେ ସମାନ ସମାନ । ତୋ ଶହେ ଟଙ୍କାକୁ ବାଣ୍ଟି ନେଲେ ନା କିଏ କମ୍ କିଏ ବେଶି ପାଇଲେ ?

ପୁଣି ଥରେ ଛେପ ଢୋକି କରୁଣି କହିଲା - ଆଜ୍ଞା ହଁ ।

ମାନେ ? କମ୍ ବେଶି ନେଲେ ? ଦୁଃଖୀ ପଚାରିଲା ।

ଆଜ୍ଞା ହଁ ।

କିଏ କେତେ ନେଲା ?

ମୋର ମନେ ନାହିଁ ନନା ।

କିଏ କିଏ ନେଲେ କହିବୁଟି । ତମେ କେତେଜଣ ଥିଲ । ଦଶ ନା ବାର ?

ଦଶ୍ ।

କିଏ କିଏ ?

ଗୋଟି ଗୋଟି କରି ନଅ ଜଣଙ୍କ ନାଁ କହିଗଲା କରୁଣି । ଦୁଃଖୀଦାସ କହିଲା, ହଉ, ତୁ ଏବେ ଘରକୁ ଯା । ଦେଖ୍ ସେ ଟଙ୍କା ଯଦି ତୁ ଘରେ ପୂରେଇଚୁ, ମହା ଅନର୍ଥ ହବ । ଜାଣିଥା । ପୁଲିସ ଆସିବ । ଘର ତନଖି କରିବ । ଶହେ ଟଙ୍କା ଏକାଠି ପାଇଲେ ଜିଅଲ ଯିବା ଛଡ଼ା ଆଉ ଗତି ନାହିଁ ।

ଲମ୍ବାକି ପଡ଼ିଗଲା ଦୁଃଖୀ ଗୋଡ଼ତଳେ କରୁଣି । ନନା ତମେ ଶରଣ ରଖ । ମୋ ଘରେ ପୁଲିସ ପଶିବ - ଏଁ - ଏଁ - ଏଁ - କାନ୍ଦିଲା ପିଲାଙ୍କ ପରି ।

ହଉ । ଉଠ୍ ଉଠ୍ ! ଦୁଃଖୀ କହିଲା । ତୋର କିଛି ହବ ନାହିଁ । ତୁ ସବୁ ସତ ସତ କହିଯିବୁ ।

ମୁଁ ମିଛ କହୁନାହିଁ। ଆଖି ଛୁଁ ସତ କହୁଛି। ମହାପ୍ରଭୁଙ୍କ ରାଣ। ମୁଁ ମନା ମୁଁ କରୁଥିଲି। ଜବରଦସ୍ତି ଶଙ୍କରାଭାଇ, ସେ ସମସ୍ତଙ୍କ ସର୍ଦ୍ଦାର୍ ହେଇଚି, ମୋ ଅଣ୍ଟିରେ ଗୁଞ୍ଜି ଦେଲା। ଦଶଟଙ୍କିଆ ନୋଟ ଦଶଖଣ୍ଡ। ହେଇତିନି ହେଇ। ଏବେ ବି ମୁଁ ଅଣ୍ଟିରେ ଖୋସିଛି। ସେ ପାପ ପଇସାକୁ ବାକ୍ସ ତୁରଙ୍ଗରେ ପୂରେଇବି ନାହିଁ ବୋଲି। ସେତିକିବେଲୁ ମୋ ମନ ଖାଲି ଛିକଉଛି। ଯେତେ ଡାକିଲେ, ସଭା ହଉଚି ଚାଲ୍ ବୋଲି ମୁଁ ଗଲି ନାହିଁ। ମୋ ମନ ବଳିଲା ନାହିଁ ନନା, ମତେ ଏଥିରୁ ମୁକୁତି କର। ଏ ଟଙ୍କା ତମେ ନିଅ କହି ନୋଟ୍‌ତକ ଥୋଇଦେଲା ଦୁଃଖୀ ଆଗରେ।

ଦୁଃଖୀ କହିଲା, ଦେଖ୍ କରୁଣି, ଆମେ ପୁଲିସକୁ ଖବର ଦେଇଚୁ। ପୁଲିସ ଆସିବ ଏଇଲେ। ତୁ ବସ୍। ପୁଲିସ ଆସିଲେ ତୁ ସବୁ ସତ କହିଯିବୁ। ଟଙ୍କାତକ ପୁଲିସକୁ ଦେଇଦବୁ। ରଖିଥା।

ନାଇ ତମେ ରଖ ନନା, ଯାହା ଘଟିଚି ମୁଁ ପୁଲିସ ଆଗରେ ସବୁ କହିଯିବି।

କିଛି ଲୁଚେଇବୁ ନାହିଁ।

କିଛି ନା। ଆଦୌ ନା।

ତା'ହେଲେ, ତୋ'ର କିଛି ହବ ନାହିଁ।

ସଭା ଭାଙ୍ଗିଲା ପରେ ଦଳେ ଟୋକା ସ୍ଲୋଗାନ୍ ଦେଇ ଦେଇ ଆସିଲେ -

ଦୁଃଖୀଦାସ - ମୁର୍ଦ୍ଦାବାଦ୍

କମ୍ରେଡ୍ ରାମଚନ୍ଦ୍ର - ଜିନ୍ଦାବାଦ

ପ୍ରତିକ୍ରିୟା - ଧ୍ୱଂସ ହେଉ

ଦୁଃଖୀ ଦାସ ଘର ଯାଏଁ। ଜଣେ କହିଲା, ଆବେ ଦୁଃଖୀଆ, କୋଉଁଠି ଅଛୁ ବାହାରି ଆ। ଶଳା। ଏଠି ଆମ ଜମି ଉପରେ ମାମଲତ୍‌କାରୀ ଦେଖେଇ ହଉଚି। ଶଳା, କାଲି ଜମି ଉପରକୁ ଯାଇଚୁ ତ ଦେଖିବୁ। ତୋ ଠେଙ୍ଗୁଣି ବାହାର କରିଦେବି।

ଆଉ ଜଣେ କହିଲା - ସେଟା କୁଆଡ଼େ ଲୁଚିଗଲାଣିବେ - ଚାଲ ପଳେଇବା। ଆଉ ଜଣେ କହିଲା - ଜୀବନକୁ ଏତେ ଡର। ଆଉ ନେତାଗିରି ବାହାରୁଚି କିଆଁ ବେ ?

ଦୁଃଖୀ ଦାସ ସେଇ ବାରଣ୍ଡାରେ ବସିଥିଲା। ଉଠିଆସି କହିଲା ଆପଣମାନେ ମୋତେ କାହିଁକି ଖୋଜୁଛନ୍ତି - କଣ କିଛି କହିବାର ଅଛି ? ପଚାରିଲା ଦୁଃଖୀ। ଠିଆ ହେଇଥାଏ ପାହାଚ ଉପରେ। ପାହାଚ ନୁହେଁ ପଥର। ବାରଣ୍ଡାକୁ ଉଠିବା ପାଇଁ ନୀଚା ପଥର ଖଣ୍ଡକ ଉପରେ ଠିଆ ହେଲା। ସମସ୍ତେ ଚୁପ୍। ଦୁଃଖୀ ତାଙ୍କ ସାମ୍ନାରେ ଛିଡ଼ା ହେଇଚି। ତା ପାଖେ ପାଖେ ଆସି ଠିଆ ହେଇ ଗଲେଣି, କାଶୀ, ଦୀନବନ୍ଧୁ, ଘନଶ୍ୟାମ, ଆଉ ଟିକେ ଆଗେଇକି ଠିଆ ହେଇଚି ଶୁକୁରା।

ଗୋଟାଏ ଦମ୍ଭିଲା ଛାତି । ଦଣ୍ଡା ବେକ । ଟେକ ମୁଣ୍ଡ । ସେ ଯେମିତି ନଇଁ ଜାଣେ ନାହିଁ । ଜଳିଲା ଆଖି । ସେ ଆଖି ଆଗରେ ବାଘ ବି ଯେମିତି ବାଟ ଛାଡ଼ି ଦେବ । ଦୁଃଖୀ ଦାସ ଠିଆ ହୋଇଛି । ସାମ୍ନାରେ ଗଣ୍ଡାଏ ଦିଗଣ୍ଡା ହୁଣ୍ଡା ଭେଣ୍ଡା । ଦି'ଚାରିଙ୍କ ହାତରେ ଠେଙ୍ଗା ।

ଆପଣମାନେ କଣ ଚାହାନ୍ତି ? ପୁଣି ପଚାରିଲା ଦୁଃଖୀ ।

ଆମେ ଚାହୁଁ ମିଲ୍ ।

କାହାକୁ କହୁଚ ? କିଏ ଦେବ ।

ତମେ ଦବ । କହିଲା ସେ ଯୁବକ । ଆଖି ନାଲ୍ ।

ମୋର ସେ ଶକ୍ତି ନାହିଁ । ମୁଁ ଦେଇ ପାରିବି ନାହିଁ ।

ତମେ ଅଟେକେଇଚ । ମିଲ୍ ବସେଇ ଦଉନ ! ଆଉ ଜଣେ କହିଲା ।

ମୁଁ ବସେଇ ଦେବିନି । ଏ ଗାଁରେ ମିଲ୍ ବସିବ ନାହିଁ । ଦୁଃଖୀ ଏଥର ଏଡ଼େ ପାଟିଟାଏ କରି କହିଲା – ଯେମିତି ବଜ୍ର ଫାଟି ପଡୁଛି । ଭାରି ଟାଣ ସେ କଥା ପଦକ । ବାଣ ପରି ତୀଖା ମୁନିଆଁ ।

ଅଲ୍‌ବତ୍ ଦବ । ସେ ଜମି ଆମର । ଆମ ଜମିରେ ଆମେ ମିଲ୍ ବସେଇବୁଁ । ଯାହା ଇଚ୍ଛା ତାହା କରିବୁଁ । ତୋ ବାପର କି ଗଲା ? କହିଲା ସେ ଟୋକା ଯେମିତି ନିଶା ଖାଇଚି ।

ଧାଇଁ ଯାଇଁ ଗୋଟିଏ ପାଞ୍ଚହାତ ଠେଙ୍ଗା ନେଇ ଆସିଲା ଶୁକୁରା । ଠେଙ୍ଗାଟା ପାଚି ନାଲ୍ ହୋଇଚି ତେଲରେ । ଶୁକୁରାର ସଉକି ଠେଙ୍ଗା । ଠାଏ ଠାଏ ପିତ୍ତଳର ଗୋବ ବସିଛି । ମଞ୍ଜି ବାଉଁଶରେ ତିଆରି । ପାଗ ହେଇ ବଜ୍ର ଭଳି ମଜ୍‌ବୁତ୍ ହେଇଚି ।

ଦୁଃଖୀ ଦାସ ଦେଖିଲା, ପରିସ୍ଥିତି କ୍ରମେ ଖରାପ ଆଡ଼କୁ ଗତି କରିବ । ଶୁକୁରା ହାତରୁ ସେ ଠେଙ୍ଗାଟାକୁ ଛଡ଼େଇ ନେଇ ଫିଙ୍ଗି ଦେଲା ବାରନ୍ଦା ଭିତରକୁ ।

ମୋ ବାପର କି ଗଲା ? କହିଲା ଦୁଃଖୀ । ଲାଜ ନାହିଁ ତମକୁ । ଘରଡିହକୁ ପର ହାତରେ ଟେକି ଦବାପାଇଁ ଆସିଚ ଏଠିକି କଳି କରିବାକୁ । ଯାଆ ଫେରିଯାଅ ଘରକୁ । ତମ ବାପ ମାଆଙ୍କୁ ପଚାରିଆସ ।

ନା – ଆମେ ଯିବୁ ନାହିଁ । କହିଲା ସେ ଠେଙ୍ଗାଧରା ଭେଣ୍ଡିଆଟା । ଆମେ ତମଠୁଁ ଜବାବ୍ ନବୁଁ ତେବେ ଯାଇ ଫେରିବୁ କହି ଠେଙ୍ଗାଟାକୁ ବାଡ଼େଇଦେଲା ତଳେ ।

କି ଜବାବ୍ ନବ ? ପଚାରିଲା ଦୁଃଖୀ ।

ଆମ ମିଲ୍ ଜମି ଉପରେ ତମେ କାଲି ଗଣ୍ଡଗୋଳ କରିବ ନାହିଁ ।

ଗଣ୍ଡଗୋଳ ତ ଆମେ ସେଠି କରିବାକୁ ଯାଉନୁ।

ସତ୍ୟାଗ୍ରହ କରିବ ନାହିଁ, ଆମ ଜମି ଉପରେ।

ଆରେ ପାଗଳ, ଜମିତ ଚିରଞ୍ଜୀଲାଲ୍ ମାରୁଆଡ଼ିର। ତମର କିମିତି ହେଲା ?

ଶୁକୁରା ରାଗରେ ତମ ତମ ହେଉଥାଏ। ଆଉ ସମ୍ଭାଳି ପାରିଲା ନାହିଁ, କହିଦେଲା – ତମେ କଣ ଚିରଞ୍ଜୀଲାଲ ଦଲାଲ୍ ?

ଆଉ କିଏ ସମାଳେ। କଣ କହିଲୁ ବେ ଶଳା – ଆମେ ପୁଞ୍ଜିପତିର ଦଲାଲ୍ ? କହି ଠେଙ୍ଗାଟା ନ ଉଠଉଣୁ, କାଶୀ ଧଡ଼ାସ୍ କିନା ଯାଇଁ ତା ପଛପଟୁ ଠେଙ୍ଗାଟାକୁ ଧରି ଝିଙ୍କି ଆଣିଲା।

ତା'ପରେ ଲାଗିଗଲା ମହାଭାରତ। ସେ କି ଦୃଶ୍ୟ। ଚାରି ପାଞ୍ଚଟା ଟୋକା ଲାଠି ଧରି କ୍ଷେପି ଆସିଲେ କାଶୀ ଆଡ଼କୁ। ସେ ପାଖରେ ପାଞ୍ଚ ପାଞ୍ଚ ଲାଠି ଧରା ଭେଣ୍ଡା। ଏ ପାଖରେ ଏକା କାଶୀନାଥ ବାଡ଼ି ବୁଲାଉଚି। ଏମିତି ବାଡ଼ି ଖେଳୁଚି ଯେ ଟେକାଟାଏ ପଡ଼ିଲେ ତା ଦେହରେ ବାଜିବ ନାହିଁ। କିଏ କୁଆଡ଼େ ଛିନ୍ନ ଛତ୍ର ହୋଇଗଲେ ଟୋକା ଗୁଡ଼ାକ।

ଏତିକିବେଳେ ମହତ ରଖିଦେଲେ ତାଙ୍କର ରାମ ବାବୁ। କେଉଁଠି ଉହାଡ଼ରେ ଛକି ଦେଖୁଥିଲେ କି କ'ଣ ଏମାନଙ୍କୁ ମତେଇ ଦେଇ – ଅଚାନକ ଆସି କହିଲେ – ଏ କଣ ହଉଚି, ଏ କଣ ହଉଚି ? ଚୁପ୍ ! ତାଙ୍କ ପକ୍ଷ ଲୋକଙ୍କୁ ଅନେଇ। କାଶୀନାଥ ବନ୍‌ଟି ବୁଲା ବନ୍ଦ କରିଦେଲା। ଟୋକାଗୁଡ଼ାକ ଛାତିରେ ଜୀବନ ପଶିଲା, ରାମ ବାବୁଙ୍କୁ ଦେଖି।

ତୁମ୍ଭମାନଙ୍କର ବୁଦ୍ଧି ନାହିଁ। ଜଣେ ଭଦ୍ରଲୋକ ଘର ଭିତରେ ପଶି ଗଣ୍ଡଗୋଳ କରୁଛ ? ଏଇୟା ଶିଖିଚ ସବୁ ? ଯାଅ, ଘରକୁ ପଳେଇ ଯାଅ। ଭିତରେ ଯେଉଁ ସ୍ପିରିଟ୍ ଅଛି, ଜୋଶ୍ ଅଛି ତାକୁ ଏମିତି ଅପବ୍ୟୟ କରୁଛ ? ଛି ! ତାକୁ ସାଇତି ରଖ ଦେଶପାଇଁ, ଜାତିପାଇଁ, ନୀତିପାଇଁ, ପ୍ରଗତିପାଇଁ, ଅଗ୍ରଗତିପାଇଁ, ଦଳିତପାଇଁ, ଶୋଷିତପାଇଁ, ତାକୁ ସାଇତି ରଖ ! ବେଳ ଆସୁଛି, ଯେତେବେଳେ ତମର ଏଇ ଲାଲ୍ ଝଣ୍ଡା ପାଇଁ ଯେଉଁ ପ୍ରେମ ତା'ରି ବଳରେ ସବୁ ଲାଲ୍ ହୋଇଯିବ। ଲାଲ୍ ସଲାମ୍ କମ୍ରେଡ୍। ଚାଲ ଘରକୁ ଫେରିଚାଲ। ଦୁଃଖୀବାବୁ ! ଏମାନଙ୍କର ଅବିମୃଶ୍ୟକାରିତା ପାଇଁ ମୁଁ ଦୁଃଖିତ, ଲଜ୍ଜିତ, କ୍ଷୁବ୍ଧ, ଅନୁତପ୍ତ ଆଉ ବ୍ୟତିବ୍ୟସ୍ତ ମାନେ ମାନେ ହନ୍ତସନ୍ତ – ମତେ କ୍ଷମା ଦବ। ଆସୁଛି। ବୋଲ ଭାଇ – ଲାଲ୍ ଝଣ୍ଡାକି –

ଟୋକାମାନେ ଜୟ କହିବା ବେଳକୁ ତେଣୁ ମଣିଆ ଧାଇଁ ଆସି କହିଲା – ତେଣେ ଲାଲ୍ ଝଣ୍ଡା ଆସି ଭାରତର ଉତ୍ତରସୀମା ହିମାଳୟ ମାଡ଼ି ବସିଲାଣି।

କିଏ ? ଚାଇନା ନା ରଷିଆ ? ପଚାରିଲା ଘନ।

ଚାଇନା। ଚାଇନା ଭାରତ ଆକ୍ରମଣ କରିଛି।

ରେଡ଼ିଓ। ରେଡ଼ିଓ।

କେତେବେଳେ ଶୁଣିଲ ?

ଏଇ ଏବେତ ଶୁଣି ଦଉଡ଼ି ଦଉଡ଼ି ଆସୁଚି। କହିଲି, ଦୁଃଖୀଆନ୍ନାକୁ ଖବର ଦିଏଁ।

ଅସମ୍ଭବ ! ମିଥ୍ୟା ! ରାମ ବାବୁ ଗର୍ଜି ଉଠି କହିଲେ। ଏସବୁ ବୁର୍ଜୁଆଙ୍କ ପ୍ରଚାର। ଆମର ଆନ୍ଦୋଳନର ଗରମ୍ ଭାଙ୍ଗି ଦେବାପାଇଁ ଏ ସବୁ ମିଥ୍ୟା ଜନରବ ସୃଷ୍ଟି। କୌଣସି କମ୍ୟୁନିଷ୍ଟ ରାଷ୍ଟ୍ର ଅନ୍ୟ ଏକ ସ୍ୱାଧୀନ ସାର୍ବଭୌମ ରାଷ୍ଟ୍ର ଉପରେ ଆକ୍ରମଣ କରି ପାରେନା। ଅସମ୍ଭବ !

BLACK EAGLE BOOKS

www.blackeaglebooks.org
info@blackeaglebooks.org

Black Eagle Books, an independent publisher, was founded as a nonprofit organization in April, 2019. It is our mission to connect and engage the Indian diaspora and the world at large with the best of works of world literature published on a collaborative platform, with special emphasis on foregrounding Contemporary Classics and New Writing.